U0516760

本書出版得到國家古籍整理出版專項經費資助

中國古典文學基本叢書

楊炯集箋注

（修訂本）

第一册

〔唐〕楊炯　撰

祝尚書　箋注

中華書局

圖書在版編目(CIP)數據

楊炯集箋注/(唐)楊炯撰;祝尚書箋注. —2版. —修訂本. —北京:中華書局,2024. 12. —(中國古典文學基本叢書). —ISBN 978-7-101-16775-7

Ⅰ. I222. 742

中國國家版本館CIP數據核字第2024WG4409號

責任編輯:馬　婧
封面設計:毛　淳
責任印製:陳麗娜

中國古典文學基本叢書
楊炯集箋注(修訂本)
(全四册)
〔唐〕楊　炯　撰
祝尚書　箋注
*
中　華　書　局　出　版　發　行
(北京市豐臺區太平橋西里38號　100073)
http://www.zhbc.com.cn
E-mail:zhbc@zhbc.com.cn
大廠回族自治縣彩虹印刷有限公司印刷
*
850×1168毫米 1/32 · 51½印張 · 8插頁 · 1311千字
2016年3月第1版　2024年12月第2版
2024年12月第2次印刷
印數:3001-5000册　定價:238.00元

ISBN 978-7-101-16775-7

目録

楊炯集箋注卷三

序

楊炯集箋注卷四

碑

楊炯集箋注卷五

碑

銘

表

議

楊炯集箋注卷六

神道碑

楊炯集箋注卷七

神道碑

楊炯集箋注卷八

神道碑

楊炯集箋注卷九

墓誌

楊炯集箋注卷十

墓誌

行狀

祭文

贊

楊炯集箋注附録

附録一　傳記逸事評論

前言

在人才輩出、群星璀燦的大唐帝國早期，出現了王勃、楊炯、盧照鄰、駱賓王四位作家，時稱「四才子」，文學史又稱「初唐四傑」。在唐代近三百年的文壇上，「四傑」也許算不上犖犖大家，但任何一部中國古代文學史，又都無法回避他們的成就和貢獻。四人都時運不濟，命運多舛，雖早得大名，一時光芒四射，却又像流星般地劃過太空，很快消失了，留下來的多爲散佚大半的詩文作品，供後人鑒賞、研究。本書箋注的，就是「四傑」之一楊炯的盈川集，爲了讓讀者不致陌生，我們將它更名爲楊炯集。

一、楊炯的身世、思想與政治立場

楊炯（六五〇—？），祖上蓋生活在北方朔漠，北周及隋唐時代占籍華州華陰縣（今陝西華陰市）。華陰在漢代隸屬弘農郡（治今河南靈寶市），而「弘農楊氏」是個赫赫有名的官宦世家。楊炯曾十分自豪地回顧列祖列宗的榮耀，寫道：「楊氏之先，其來尚矣。在皇爲皇軒，在帝爲帝嚳，在王爲周武，在霸爲晉文：此之謂不朽。西京爲丞相，東漢爲司徒，魏室爲九卿，晉朝爲八座：此之謂世禄。」（常州刺史伯父東平楊公墓誌銘）且不論所述歷史人物是否與楊炯家族有血緣關係，也不説皇王帝霸以上，僅就中古論，至少在楊炯心中，就有着令他激動不已的輝煌：西漢楊敞，昭帝時仕至丞相；其裔孫東漢楊震，家族中四世爲司徒、太尉，連高門孔融也不得不贊嘆：「楊公四世清德，海内所瞻。」（後漢書楊震傳）時至魏晉六朝，雖有九卿（曹魏時期的楊阜）、八座（晉代楊珧）可稱，但明顯地有些中衰。直到北周，楊初仕至大將軍，入隋封華山郡開國公、常州刺史，他便是楊炯的曾祖父。在隋唐鼎革之際的政治大動亂中，楊初子楊虔安欲領兵歸唐，被軍閥王世充所殺，於是唐開國後贈大將軍，以表忠烈。他的犧牲，使楊家在新王朝的政治版圖中得到了一席之地，從而世禄不墜。楊初的另一個兒子楊虔威，仕唐爲左衛將軍，封武安公，他便是楊炯的祖父。

自北周而下，楊家似乎多習武，爲將門，其家族大約屬於後魏逐漸形成的關隴軍事集團。但到楊虔威的孫輩，却出了個弄文的「神童」、「才子」——楊炯。楊炯生於高宗繼位的第二年，即永徽元年（六五〇）。他生而聰敏，六歲便考中童子科，也就是俗所稱的「神童」。唐代童子科的録取條件是：「十歲以下能通一經及孝經、論語，卷誦文十，通者予官；通七，予出身。」（新唐書選舉志上）對於一個六歲的孩子，在當今尚不及入小學的年齡，他就已經能通經、誦文，檢徐松登科記考，這在唐代也罕見，可見楊炯的智商極高。十一歲時，楊炯待制弘文館。所謂「待制」，是當時多授予青年才俊的一種官名，雖没有多大實權，却很有利於年輕人的成長和發展。成年後，楊炯娶開國大將李靖姪女亦即鎮軍大將軍李客師之女爲妻（見隰川縣令李公墓誌銘）。楊炯在梓州官僚贊之自贊中稱「吾少也賤」，而宋之問祭楊盈川文却説「之子妙年，香名早傳」。其實，「吾少也賤」只是用孔子之典而已，楊炯家雖不是貴族，却是名門，其伯父楊德裔娶宗室女（見伯母東平郡夫人李氏墓誌銘），而他又與新貴族聯姻，不可謂「賤」。不過，楊炯的仕途并不暢達，他在弘文館待制，一「待」就是十六七年，直到上元三年（六七六）考中制科，方才補爲秘書省校書郎。

楊炯自幼通經，深受儒家思想的熏陶。他在咸亨中所作新都縣學先聖廟堂碑文、長江縣先聖孔子廟堂碑兩文中，表明他對孔子和儒家思想體系有着全面、深刻的認識。如在新都縣學先聖廟堂碑文中，他歷述孔子言行事迹，從「至精」、「至神」、「至剛」、「至柔」、「至文」、「至明」、「至恭」、「至和」八方面加以評論，可謂推崇備至。在所作的諸多神道碑、墓誌銘中，對爲國立功、以死報國的武將們進行了熱情的頌揚，又特别表彰儒將，如曰「踐仁義於區域，白璧已輕；許然諾於樞機，黄金豈重。因心孝友，宜於自然；率志謙沖，得乎天性」（大周明威將軍梁公神道碑），「唯公被服忠孝，周旋禮樂」（唐右將軍魏哲神道碑），等等。當然，楊炯絶非醇儒，他的思想是以儒家爲主體，融會了讖緯之學，特别對星曆、遁甲等方術熱情很高，又喜言兵，在詩文中隨處流露出來，有着將門之後的思想殘留，而對官方大力倡導的道教、佛教，雖有涉獵，但似乎興趣不大。

楊炯校書郎任滿後，因病在家呆了一年多。高宗永隆二年（六八一），楊炯的仕途似乎出現了燦爛的曙光：是年閏七月，以中書令薛元超薦，被授予崇文館學士，遷太子詹事府司直。崇文館是太子府的學館，司直爲東宫憲司，雖然二者官都不高（司直正七品上），但却步入了上流社會，所事者乃皇太子，所與者皆社會名流，機會很多，前程似錦。縱觀楊炯一生，爲崇文館學士大約是他人生中最得意的時期。可惜好景不長。永淳二年（六八三）末，高宗駕崩，太子李顯即位爲皇帝（中宗）。但只做了兩個月，就被其母武則天所廢，立她的另一個兒子李旦爲皇帝（睿宗），然令他居於别殿，不預朝政，武氏自己臨朝稱制，已經是事實上的皇帝。這固然引起皇族及功臣舊族的强烈不滿，紛紛起兵討伐，最有名的，便是開國大將徐勣（曾賜姓李）之孫徐敬業。此事本與楊炯無關，但所謂「城門失火，殃及池魚」，不料他的從父弟楊神讓參加了徐敬業起兵，失敗後，與他父親、也就是楊炯叔父楊德幹一齊被殺。此事連累了楊炯，還算幸運，只是被貶官，出爲梓州（治今四川三臺縣）司法參軍，總算度過了這場令楊家人心驚肉跳的家族危機。高宗時代，楊炯視高宗爲英主，歌頌之不遺餘力，有詩曰：「金泥封日觀，碧水匝明堂。業盛勛華德，興包天地皇。」（奉和上元酺宴應詔），而他的恩主薛元超曾因與反對立武則天爲后的上官儀書信往來，被流放多年，而高宗死後，他佯稱病瘖，拒絶與武氏合作。楊炯蓋因年輕，從現存文獻看，他對立后及後來武氏集團奪權所引發的一系列殘酷的政治鬭争，似乎没有參與，也没有表態，但他内心深處的糾結，是可想而知的。尤其是徐敬業起兵和武氏集團對反對派的血腥鎮壓，蓋深深震撼并影響了楊炯的政治立場，所以在赴任梓州司法後，便忙不迭地寫了一首長詩和劉長史答十九兄，以表明自己的態度，與反對派徹底劃清界限。是詩對潤州司馬劉延嗣在城破後不降徐敬業的舉動大加贊揚，曰：「耿介酬天子，危言數賊臣。……受禄寧辭死，揚名不顧身。精誠動天地，忠義感明神。」又謂

「懦夫仰高節，下里繼陽春」。總之，從此之後，楊炯或迫於淫威，成了武氏集團的旗幟鮮明的擁護者，其姿態之高，在當時的文人隊伍中殆不多見，尤其是與同爲「四傑」之一、曾爲徐敬業作討武曌檄（即代李敬業傳檄天下文）的駱賓王形成鮮明對比。

武則天并不滿足臨朝稱制，而是要改朝换代，做名副其實的女皇帝。載初元年（六八九）九月，她革唐命，改國號爲周，改元天授，加尊號爲神聖皇帝。天授二年（六九一），楊炯梓州司法任滿後回到洛陽，與宋之問分直習藝館，掌教習宫人書畫衆藝。據宋之問祭楊盈川文説，楊炯入習藝館乃「大君（指武則天）有命，徵子文房」，即武則天親自挑選的。楊炯對此自然十分感激。如意元年（六九二）秋七月，武則天親御洛城南門，舉辦盂蘭盆法會，楊炯於是上盂蘭盆賦，對武周王朝進行了全面歌頌：「武盡美矣，周命惟新。聖神皇帝於是乎唯寂唯静，無營無欲。壽命如天，德音如玉。任賢相，惇風俗。遠佞人，措刑獄。省遊宴，披圖籙。捐珠璣，寶菽粟。罷官之無事，恤人之不足。鼓天地之化淳，作皇王之軌躅。」天册萬歲元年（六九五）秋八月，他又上老人星賦，再次歌頌武則天道：「聖上猶復招列仙，擇群賢，日慎一日，玄之又玄。兵戈不起，至德承天。臣炯作頌，皇家萬年。」約在此後不久，楊炯被選爲新設置不久的盈川縣令，并卒於官，卒年不可確考。一代才子，一顆耀眼的文學明星，於是乎殞落，蓋年不足五十。我們没有更多的史料，去解讀這位著名作家在文場、官場的心路歷程，但從上面的簡單介紹，仍可大致了解他的身世、思想和在唐初複雜的政治生態中的立場與態度。

二、楊炯的文學思想與詩文創作

自六朝以降，文學不斷新變，既經歷了飛速發展，也累積了諸多弊端。魏徵等在所撰隋書文學傳序中寫道：「江左宮商發越，貴於清綺，河朔詞義貞剛，重乎氣質。氣質則理勝其詞，清綺則文過其意，理深者便於時用，文華者宜於詠歌，此其南北詞人得失之大較也。若能掇彼清音，簡兹累句，各去所短，合其兩長，則文質斌斌，盡善盡美矣。」這裏既指出了六朝時期南北文學之所長所短，也指出了有唐文學發展的方向。但是，文學的革弊創新并不容易，魏徵所期望的融會南北的道路更加漫長。就詩歌論，唐初雖對齊梁詩風有所革正，但就總體言，仍難根本動摇它在詩壇的主導地位，而到宮廷詩人上官儀等第二代作家，又掀起了一股新的逆流，真所謂餘風未殄，新弊復作。這對王勃、楊炯等第三代作家提出了新的挑戰。

楊炯的文學思想，集中表現在所作王勃集序中。該序曰：

> 嘗以龍朔初載，文場變體。争構纖微，競爲雕刻。糅之金玉龍鳳，亂之朱紫青黄。影帶以狥其功，假對以稱其美。骨氣都盡，剛健不聞。思革其弊，用光志業。

「争構纖微」以下數句，即龍朔「變體」所生新弊，簡言之，一是過於雕琢，二是詞藻華麗，三是太講究用事和聲律對偶。這些，現代學者稱之爲「形式主義」，并認爲楊炯所指，乃是以上官儀爲代表的「上官體」，亦即宮體詩。這是對的。舊唐書上官儀傳：「上官儀，本陝州陝人也。……遊情釋典，尤精三論，兼涉獵經史，善屬文。……舉進士。太宗聞其名，召授弘文館直學士，累遷祕書郎。時太宗雅好屬文，每遣儀視草，又多令繼和，凡有宴集，儀嘗預焉。……（高宗）龍朔二年（六六二），加銀青光禄大夫、西臺侍郎、同東西臺三品，兼弘文館學士如故。本以詞彩自達，工於五言詩，好以綺錯婉媚爲本。儀既貴顯，故當時多有效其體者，時人謂爲『上官體』。」爲應對這場挑戰，王勃發出了詩文革新的號召。關於王勃的文學主張，楊序接着寫道：

> 八紘馳騁於思緒，萬代出没於豪端。契將往而必融，防未來而先制。動揺文律，宫商有奔命之勞；沃蕩詞源，河海無息肩之地。……壯而不虚，剛而能潤，雕而不碎，按而彌堅。

「八紘」以下數句，是説詩文創作應當境界開闊，融會古今，活用音韻，詞采豐富；而「壯而不虚」四句，則是王勃理想中的文章風格，或者説是他革新詩文的目標。應當説明，楊序雖明裹是對王勃領導的詩文革新理論的梳理和總結，其實不分彼此，暗中也是夫子自道，表明他堅定地站在文學革新的前沿。

弄清了楊炯在初唐詩文革新中的立場和主張，我們就可以較準確地把握并探討他詩文創作的成就和不足。

在現存楊炯作品中，詩歌存量較少，連集外佚詩詠竹、薛洗馬宅宴田逸人在内，只有三十五首，包括五言古詩四首，五言律詩十五首，五言排律十四首，五言絶句二首。可以相信，這在他詩歌實際創作的總量中，只是很小的一部分。古今各種唐詩選本經常入選的擬樂府詩從軍行，無疑是楊炯的代表作：

烽火照西京，心中自不平。牙璋辭鳳闕，鐵騎繞龍城。雪暗凋旗畫，風多雜鼓聲。寧爲百夫長，勝作一書生。

首句「烽火照西京」，用西漢故事，代指唐初北方少數民族入侵。鳳闕，指長安。龍城，泛指少數民族首府。是詩表達書生愛國從軍的英雄氣概。軍旅生活是艱苦的，戰爭是慘烈甚至殘酷的，詩人用「雪暗凋旗畫，風多雜鼓聲」作了具體描述和高度概括。詩中没有朔漠沙場的哀怨，更没有腥風血雨的畏縮，有的是一往無前的勇敢和對勝利的渴望。尾聯「寧爲百夫長，勝作一書生」，是對從軍士子思想情操的濃縮和升華，是讀書人追求完美高尚價值觀的自覺，使讀者望到了一個道德高度。「寧爲百夫長」，這極樸素的語言，表達了充滿青春活力的、昂揚奮發的愛國情懷。它氣魄之宏大，境界之崇高，爲此前同類作品所無，故杜甫説「近伏盈川雄」（贈祕書監江夏李公邕），良有以也。可以毫不誇張地説，是詩完全可以與王勃送杜少府之任蜀州比美，儘管題材、風格完全不同，却各臻其妙，是「四傑」詩歌創作的雙璧，也是唐詩中的精華。

楊炯五言古詩三峽三首中的西陵峽，是另一類型的優秀作品，除「雄」外，又表現了詩人思想的「深」：

絶壁聳萬仞，長波射千里。盤薄荆之門，滔滔南國紀。楚都昔全盛，高丘烜望祀。秦兵一旦侵，夷陵火潛起。四維不復設，關塞良難恃。洞庭且忽然，孟門終已矣。自古天地闢，流爲峽中水。行旅相贈言，風濤無極已。及余踐斯地，瓌奇信爲美。江山若有靈，千載伸知己。

若按文選的分類法，是詩可入「游覽」；但從本質論，它又是「詠史」。詩仍然保持着風格雄壯的本色，如用「聳」描寫絶壁，用「射」字描寫長波，極爲生動形象，動人心絃。因西陵峽接近戰國時楚國先王的墓地夷陵（在今湖北宜昌市）和郢都（今湖北江陵），於是詩人的目光不再停留在奇山異水，而是將思緒回溯到遥遠的古代。自「楚都」到「難恃」六句，講的是一段久已湮没在歷史塵埃中的血淋淋的亡國史，爲了讀懂它，這裏略做些解釋。所謂楚都，即楚之郢都。烜，祭祀隆重貌。高丘，泛指西陵峽一帶山峰。宋玉高唐賦有「巫山之陽，高丘之阻」句，故稱。望祀，望祭山川。「秦兵」二句，史記楚世家：楚頃襄王二十年（前二七九），「秦將白起拔我西陵。二十一年，秦將白起遂拔我郢，燒先王墓夷陵。楚襄王兵散，遂不復戰，東北保於陳城」。其後不久，楚國滅亡。「洞庭」二句，「洞庭」代指三苗氏，「孟門」代指夏。三苗氏有洞庭之險，夏桀有孟門之險，但皆因無德，故終於亡國。讀詩至此，不難發現詩人在舟過西陵峽時，除了對壯麗山河的禮贊外，在現實與歷史中，他想了很多很多。欲國家强盛，在德不在險，對統治者來説，這無疑是血的警示，永遠的箴言。像這種有深度的作品，還可舉出一些，嘗鼎一臠，足以説明楊炯詩歌創作的成就。下字剴切，不拖泥帶水，是構成他雄壯詩風的主要因素。但雄壯不等於粗放，警策的詩句表達出深刻的思想，才堪稱上乘之作。當然，由於所處的時代，詩歌革新的成果有限，就現存楊炯作品看，像上面所舉的優秀詩篇還不够多，有的猶存齊梁遺風，而如和輔先入昊天觀星占之類，則純爲推遁甲、演星占了，很少有詩味。楊炯雖然傑出，仍無法擺脱歷史條件的限制。

在現存楊炯文集中，存量最大的是文章，包括八篇賦，二十二篇碑文（碑記、墓誌及神道碑），十一篇各體雜文。由於本文不是專門研究楊炯作品的論文，故只作些簡單介紹。

在八篇賦中，青苔賦、幽蘭賦、庭菊賦、浮漚賦四篇，皆詠物抒情小賦。作者善於體物，更善於以小見大，從而提高作品的思想性。比如青苔賦、浮漚賦，青苔乃低等植物，浮漚即水泡沫，可謂是再瑣屑凡俗不過的題材了，但作者通過對它們生存形態的描繪，化俗爲雅，仍從中體悟出若干人生的大道理。如青苔賦曰：「苔之爲物也賤，苔之爲德也深。夫其爲讓也，每違燥而居濕；其爲謙也，常背陽而即陰。重扃秘宇兮不以爲顯，幽山窮水兮不以爲沉。有達人卷舒之意，君子行藏之心。」浮漚賦曰：「迹均顯晦，妙合虛無。同至人之體道，亦隨時而不拘。夫其得坻則止，乘風則逝。處上下而無窮，任推移而不繫。似君子之從容，常卷舒而不滯。故其在陽則隱，在陰則出。泄泄悠悠，匪徐匪疾。固自然以見體，託行潦以凝質。類達人之修身，故不欺於暗室。」物性竟然與人性相通，不僅僅是天人合一，更説明人的美好修爲，是大自然的普遍法則。詠物抒情小賦歷經漢魏六朝的發展，留給後人的空間已不是很多。上舉兩賦，楊炯以物擬人，刻畫細緻入微，在很短的篇幅中，仍能發掘出新的意藴，消解了卑微與偉大的界限，讀來清新可喜，充分展示出他的創作才能。

楊炯衆多的碑誌雜文，全用駢體寫作，即杜甫戲爲六絶句所謂「王楊盧駱當時體」；後來蓋受到新生代作家的指責，而杜甫則歷史地看待他們，反批評責難者爲「輕薄爲文哂未休」。唐初詩文雖經歷了初步的改造和革新，但似乎在詩歌領域較有進步，而文體變革的步伐却相對滯後，故齊梁氣味還較濃烈。前引王勃集序所批評的那些文弊，其實在楊炯等「四傑」的駢文中都不同程度地存在，他們雖都主張改革，但如前賢所説，「四傑」仍然是「明而未融」。某種寫作模式一旦定型，即便已經認識到它的落後，或弊病已表現得十分明顯，但要改變起來却不容易。這是因爲人的認知能力較强，變化較快，而文章體裁和寫作模式却相對穩定和牢固，同時又受到習慣勢力的制約，故人們常説「知易行難」。

楊炯（也包括「四傑」中的另三位）駢文的最大弊病，是用典太過繁密，以至陳言充斥，而又喜用故事述時事，讀起來猶如猜謎，有的還近乎啞謎。如楊炯瀘州都督王湛神道碑中有這樣一聯：「恩深母子，比王元之事親；夢感夫妻，等衡卿之至孝。」上聯出自搜神記卷一一：「王裒，字偉元，城陽營陵人也。……母性畏雷，母没，每雷，輒到墓曰：『裒在此。』」（事又見晉書王裒傳）下聯亦出自搜神記同卷：「衡農，字剽卿，東平人。少孤，事繼母至孝。常宿於他舍，值雷雨，頻夢虎嚙其足。農呼妻相出於庭，叩頭三下，屋忽然而壞，壓死者三十餘人，唯農夫妻獲免。」將二人的字各取一字，與姓組合爲「王元」、「衡卿」，他們是誰？真讓讀者如墜五里雲霧，作注者則「踏破鐵鞋無覓處」。爲文如此，真讓人嘆息。雖然這只是個别極端的例子，但用事、造語奇特却是普遍的風格，故楊炯的駢文很難讀，這是不争的事實。至於用詞華而不實，「影帶」（由一事帶出另一事）爲文，也不同程度地存在，尤其是後者較突出，故有的文章雖篇幅不小，内容却很單薄，如梓州惠義寺重閣銘的浮華和冗闒，即可爲例。

不過，若就駢文自身而論，正如杜甫所説，「四傑」的「當時體」有如「江河萬古流」，是永恒的存在。上面所舉楊炯文章之弊，并不表明他駢文水平不高，相反，在「初唐四傑」中，他的駢文成就不亞於王勃；也可這樣説：楊炯等「四傑」，是最後一批受齊梁遺風影響較深的駢文大家。而如楊炯王勃集序的脈絡清晰，諸多碑誌、行狀的述事簡潔，用典雖夥，大多妥貼，且格局廓大，景象開闊，若不以駢散論，在今天都可爲法。這無疑是改革使然。楊炯學問淵博，涉獵面極廣，故駢文藴含了廣博的知識，也表現出他駕御典故的超强能力。他所作神道碑、墓誌銘及行狀，實乃北周至唐初的人物傳記。如所記述蕭彪（北周時改名宇文彪）在齊梁革代、家族殘殺中被迫投奔北魏的史實（後周青州刺史齊貞公宇文公神道碑），王義童（唐恒州刺史建昌公王公神道碑）、李楚才（原州百泉縣令李君神道碑）、王湛（瀘州都督王湛神道碑）、高則（唐上騎都尉高君神道碑）等墓主由隋歸唐時的去就抉擇，無不讓我們了解他們在政權鼎革時期彷徨、矛盾甚至帶有投機意味的真實心態，具有很高的史料價值。

三、楊炯文集的流傳與整理

楊炯最終死於盈川令任上。他的詩文作品，宋之問在祭楊盈川文中説：「子文子翰，我緘我持。」因楊炯無嗣，雖有一弟，恐不喜此道，故死後文稿由朋友和同僚宋之問保存，而編纂成集，很可能也出於宋氏之手。舊唐書本傳：「文集三十卷。」舊唐書經籍志也著録「楊炯集三十卷」。這個三十卷本，到宋初已不存，故崇文總目著録，就只有二十卷。郡齋讀書志袁本卷四上（衢本卷一七）著録二十卷本時，晁氏解題道：「集本三十卷，今多亡逸。」可見二十卷本是三十卷本之「亡逸」，而非合併。宋史藝文志七除著録楊炯集二十卷外，又有拾遺四卷。可以想象，歷唐末五代戰亂，至少尚有二十卷保存下來，已算幸運之至。遺憾的是，二十卷本以及拾遺，至宋以後也散佚了。

明清時代，不少詩歌叢刻本中有楊炯集上下二卷刊行，卷上賦，卷下詩。是本以明佚名輯活字本唐五十家詩集爲早，清江標曾以唐人五十家小集之名刊行。明活字原刊本今分藏於國家圖書館等單位，上海古籍出版社於一九八一年影印。前輩藏書家以爲該本乃宋槧，經專家比較研究，定爲明銅活字本，約刊於弘治或正德年間。學界認爲，此二卷本很可能源於南宋時期的坊刻本（詳見徐鵬唐五十家詩集前言）。其他如明朱警輯唐百家詩、張遜業輯唐十二家詩、許自昌輯前唐十二家詩等，也收有二卷本。亦有僅收詩一卷者，此略。

明萬曆間，龍游人童佩首先搜採楊炯遺文，勒爲盈川集十卷，并輯附録一卷。傅增湘藏園群書經眼録卷一二嘗著録另一種十卷本楊盈川集，爲「明武勝沈巘校刊本」。此本今唯日本静嘉堂文庫庋藏一部，據今人嚴紹璗日藏漢籍善本書録載，該本原爲陸心源十萬卷樓藏書，乃重刻童佩本，未見。清乾隆四十六年（一七八一），項家達輯刻初唐四傑集，其中楊盈川集十卷，即以童佩本爲主，參考張遜業本、許自昌本、張燮本（此本見下）以及文苑英華等相互點勘而成編，并在卷九補入彭城公夫人尒朱氏、東平郡夫人李氏兩篇墓誌銘。清同治末，鄒氏叢雅居嘗重刊項氏本。童佩本又録入四庫全書（文字略有校改，見四庫全書考證卷七），民國時影印入四部叢刊初編。在明人所輯楊炯詩文全集本中，以童佩本影響最大。

明崇禎十三年（一六四〇），張燮等輯刊初唐四子集，其中有楊盈川集十三卷、附録一卷。較之童佩本,除補入尒朱氏、李氏兩墓誌銘外,篇什别無增益,但分卷不同。

清末佚名輯初唐四傑文集二十一卷,其中楊炯文集七卷,光緒五年(一八七九)由淮南書局刊行,民國時收入四部備要集部唐别集。此本只收文(包括賦),所收篇目及編次全同全唐文,雖輯刊者未予説明,而其底本可想而知。

關於本箋注本的體例,有以下幾點需要説明。

(一)底本。箋注用四部叢刊初編影印童佩本爲底本。

(二)校本。所用校本有:張燮初唐四子集本楊盈川集(簡稱四子集)、上海古籍出版社影印明銅活字本唐五十家詩集(簡稱五十家)、張遜業輯唐十二家詩本(簡稱十二家)。就總體論,這些本子校勘價值均不大。當日明人搜採楊炯遺文,主要出自宋初人所編文苑英華,故該書實爲箋注時的主要校本(用中華書局影印本,簡稱英華),尤其該書原有校語(當是宋人所爲),羅列了當時所見「集本」、「一本」等的異文,參考價值很高。其他如唐文粹、宋人類書、明人總集,全唐詩、全唐文,以及文淵閣四庫全書本等,皆酌以參校。

(三)校勘。凡對校、理校文字譌脱衍倒,皆爲改正;兩可者擇善而從,或不作判斷。正文中的唐人諱字(亦偶有宋諱),若有礙文意則徑改(如避「虎」爲「武」、避「世」爲「代」之類),可通則不改。引文諱字一律不改。因底本文字錯誤甚多,而校本亦不能完全解決問題,故不少文句需弄清所用典故方可辨别正誤,校、注難以分開,故本書校注合一。校注中引文原標點有未安之處,徑改。文字未盡善者,據他本斟情改之。

（四）編次。由於楊炯詩文數量不多，以碑文誌銘爲主，而此類文章大多記有寫作時間段，故重編意義不大，今一仍童佩本原有編次。集外律詩一首（詠竹）、五言絶句一首（薛洗馬宅宴田逸人）、墓誌銘三篇（彭城公夫人尒朱氏墓誌銘、伯母東平郡夫人李氏墓誌銘、大周故絳蒲岐播四州司馬安養縣開國伯上官公墓誌銘），以及梓州官僚贊，今皆編入本集：詠竹插於卷二「五言律詩」之末，薛洗馬宅宴田逸人置於「五言絶句」之末。三篇墓誌銘依類編入卷十之首，梓州官僚贊則置於卷十之末。因底本文類無「贊」，兹新立之。新輯得楊炯文章斷句若干，置於卷十之後，不作注。另，全唐文卷一九一在楊炯名下收公獄辨一文，不詳出處。考明賀復徵編文章辨體彙選，其卷四三三載有該文，作者即題楊炯，則全唐文蓋即據賀氏彙選；而全唐文卷八六七又收録該文，作者卻爲楊夔。考文苑英華卷三六一收有公獄辨，作者正爲楊夔，而明以前文獻，無楊炯作公獄辨之記載。則該文題楊炯乃賀復徵之誤。中華書局原點校本楊炯集沿其誤，據全唐文收於補遺中。本書不再補入，於此説明。

（五）附録。底本卷二原附有楊炯姪女詩一首，今作爲逸事，移入新編附録一。原書附録一卷，實只寥寥十一則，有的取材不當，且文字多錯訛，今重輯爲附録一傳記逸事評論、附録二著録序跋提要，而將筆者所纂楊炯年譜，作爲附録三，以供參考。

上世紀八十年代初，筆者碩士論文選題爲論四傑與唐初詩歌革新運動，然入題後才感到，閲讀是個大難關。除王、駱二集有清人注本外，楊、盧二集因無注，詩還可以明白大意，文則基本讀不懂（不識典故）。於是開始搜輯材料，有心以後爲之作注。畢業恢復工作後，遂抓緊時間先注盧集，即後來由上海古籍出版社出版的盧照鄰集箋注。該箋注稿於一九八五年十月初交付出版社。約在是年秋冬之際，曾登門拜訪前輩唐詩研究專家劉開揚先生，先生知道盧集箋注已完成，十分高興，於是鼓勵道：「四傑還剩一家，你不如將楊集一起注了。」（先生原話）。那時還算年輕，不知注楊之難，於是懵懵然動筆。不料剛作詩注一卷及部分賦注，我供職的川大古籍研究所承擔了編纂全宋文的任務，要求所有人員都轉入宋代，於是只得將注稿棄置僻處，不再理會。這一放就是二十多年，一直在宋代「混」，没有再回唐的打算了。三年前，中華書局作「十二五」規劃，要我報古籍整理項目，於是想起了這個舊課題。前年初退休，九月份開始重理舊業，在電腦旁穩坐了兩年多，然後修改、校訂又逾一年，没有節假日，苦不堪言，當然，有收獲時也會樂不可支，——終於在苦樂交戰中成稿。

在寫作過程中，參考了徐明霞先生點校本楊炯集、傅璇琮先生楊炯考及楊炯簡譜（中華書局點校本楊炯集附録），同事張志烈先生初唐四傑年譜。中華書局俞國林先生爲立項費心不少，而劉彦捷女士、馬婧女士先後擔任責編，更爲本書審稿、出版竭心盡力，一併在此深致謝忱。鄙人雖年入古稀，然自知水平不高，啃楊集這塊「硬骨頭」，實在力所不逮，錯誤疏漏定然不少，跂望讀者、專家不吝指正。

祝尚書

二〇一三年中秋寫於成都江安河畔

二〇一五年元旦校訂畢

二〇二三年元旦修訂

楊炯集箋注卷一

賦

渾天賦 并序〔一〕

顯慶五年，炯時年十一，待制弘文館〔二〕。上元三年〔三〕，始以應制舉，補校書郎〔四〕，朝夕靈臺之下，備見銅渾之象〔五〕。尋返初服〔六〕，卧疾丘園。二十年而一徙官，斯亦拙之效也。世之言天體者，未知渾、蓋孰是〔七〕；世之言天命者，以爲禍福由人〔八〕。故作渾天賦以辯之〔九〕。其辭曰：

【箋注】

〔一〕序自述顯慶五年（六六〇）待制弘文館時「年十一」，可推知楊炯生於高宗永徽元年（六五〇）。上元三年（六七六）應制舉中第，「補校書郎」當在次年，不久因病「返初服」。則所謂「二十年而一徙官」，「二十年」當由顯慶五年待制時算起，至調露二年（六八〇）實滿二十年（本年八月改永隆元年）。按舊唐書職官志：「凡入仕之後，遷代則以四考爲限。」楊炯上元三年應制舉，補校書郎應在次年，至是年爲四考滿任，待別遷改官職，故曰「返初服」。賦當作於調露二年。

〔二〕「待制」句，作者年十一授「待制」，則其六歲舉神童（童子科，見兩唐書本傳）時并未除授官職。所謂待制弘文館，即「弘文館待制」，乃唐代雜名目供奉官，無實際職掌，詳見本書附録楊炯年譜。

〔三〕「上元」句，上元，唐高宗年號。上元三年爲六七六年，是年十一月改元爲儀鳳元年。三年，文苑英華（以下簡稱英華）卷一八作「二年」，後姚鉉編唐文粹，又作「三年」。考楊炯祭汾陰公（薛元超）文（見本書卷一〇）有「公春華之日也，又陪遊於層城」二句，「春華」代指太子庶子（説詳該文注），「陪游層城」即指作者應制舉後補校書郎。據楊炯所作薛振行狀，薛元超年「五十四，遷中書侍郎，尋同中書門下三品，兼檢太子左庶子」，而薛氏五十四歲時，正爲上元三年，可證作「三年」是。清徐松登科記考卷二繫於「二年」，當沿英華而誤。

〔四〕「始以」二句，制舉，即制科，科舉常科外之科目，由皇帝臨時下詔取士。新唐書選舉志：「其

（制科）爲名目，隨其人主臨時所欲。」補校書郎，此前楊炯待制弘文館，登制科後所補乃秘書省校書郎，説詳本書附録年譜。

〔五〕「朝夕」二句，靈臺，觀測天文之高臺。歷朝皆有之，且其來歷極悠久。詩經大雅有靈臺詩。後漢書祭祀志中李賢注引禮含文嘉曰：「禮，天子靈臺，所以觀天人之際，陰陽之會也。揆星度之驗，徵六氣之端，應神明之變化，覩日氣之所驗，爲萬物獲福於無方之原，招太極之清泉，以與稼穡之根。」唐代靈臺屬太史局。舊唐書天文志下：「舊儀，太史局隸秘書省，掌視天文、曆象。」武則天嘗改爲渾天監、渾儀監、太史監等。徐松唐兩京城坊考卷一西京：「承天門街之西，第五横街之北，從東第一，右領軍衛；次西，右威衛；次西，秘書省。」又曰：「承天門街之西，第六横街之北：從東第一，宗正寺；次西，御史臺；次西，司天監。」注：「本隸秘書省，爲太史局，後别爲渾儀監，尋復舊名，而不屬秘書。監内有靈臺，以候雲物，崇七丈，周八十步。」銅渾，即渾天儀。可知唐初秘書省、太史局相距不遠，皆在長安承天門街之西。舊唐書天文志上：「貞觀初，將仕郎、直太史李淳風始上言：『靈臺候儀是後魏遺範，法制疏略，難爲占步。』太宗因令淳風改造渾儀，鑄銅爲之，至七年（六三三）造成。淳風因撰法象志七卷，以論前代渾儀得失之差。……其所造渾儀，太宗令置於凝暉閣，以用測候。既在宫中，尋而失其所在。」作者所見銅渾，當即李淳風所造。象，英華作「儀」，校：「一作象。」按：英華本文篇末有注曰：「凡『一作』皆（唐）文粹。」

〔六〕「尋返」句，初服，爲百姓時所穿衣服。返初服，指不做官。楚辭屈原離騷：「退將復修吾初服。」楊炯爲校書郎已滿任，故云。

〔七〕「世之」二句，世，原作「代」，避太宗李世民諱，徑改。其下「世之言天命者」同。渾、蓋，即渾天論、蓋天論，古代兩種天體學理論。張衡渾天儀（見嚴可均輯全後漢文）：「渾天如雞子（引者按：即雞蛋），天體圓如彈丸，地如雞中黄，孤居於内。天大而地小。天表裏有水，水之包地，猶殼之裹黄。天地各乘氣而立，載水而浮。周天三百六十五度四分度之一（今按：所言「度」非角度，而是將圓周分爲三百六十五又四分之一度。分、秒爲度以下單位，分法各不一，如劃一度爲十分、一分爲百秒等。以下引書凡涉天文之度、分、秒同，不再注），又中分之，則一百八十二度八分之五覆地上，一百八十二度八分之五繞地上（案：太平御覽卷二渾儀引作「日月星辰繞地下」），故二十八宿半見半隱。其兩端謂之南北極，北極乃天之中也，在正北，出地上三十六度。然則北極上規經七十二度，常見不隱。南極天之中也，在正南，入地三十六度。南極下規七十二度，常伏不見。兩極相去一百八十二度半强。天轉，如車轂之運也，周旋無端，其形渾渾，故曰渾天也。」宋書天文志一：「蓋天之術，云出周公旦訪之殷商，蓋假託之説也。其書號曰周髀（按：即周髀算經）。髀者表也。周天之數也。其術云：『天如覆蓋，地如覆盆，地中高而四隤，日月隨天轉運，隱地之高，以爲晝夜也。天地相去凡八萬里，天地之中，高於外衡六萬里，地上之高，高於天之外衡二萬里也。』」

〔八〕「以爲」句，禍福由人，三國志魏書陳群傳：「皇女淑薨，追封謚平原懿公主。群上疏曰：『……臣以爲吉凶有命，禍福由人。』」句謂今言天命者不信天命，而歸之於人事。

〔九〕「故作」句，「辯」字下，英華無「之」字，校：「一有文字。」

客有爲宣夜之學〔一〕，喟然而言曰：旁望萬里之横山，而皆青翠；俯察千仞之深谷，而皆黝黑。蒼蒼在上，非其正色，遠而望之，無所至極。日月載於元氣，所以或中或昃；星辰浮於大空，所以有行有息〔二〕。故知天常安而不動，地極深而不測〔三〕。可以作觀象之準繩，可以作譚天之楷式〔四〕。有稱周髀之術者，囅然而笑曰：陽動而陰静，天迴而地游。天如倚蓋，地若浮舟〔五〕。出於卯，入於酉，而生晝夜；交於奎，合於角，而有春秋〔六〕。天則西北既傾，而三光北轉；地則東南不足，而萬水東流〔七〕。比於圓首，前臨胸者，後不能覆背〔八〕；方於執炬，南稱明者，北可以言幽〔九〕。此天與而不取，惡遑遑而更求〔一〇〕？

【箋　注】

〔一〕「客有」句，「客」乃虚擬，即文心雕龍詮賦「述客主以首引」之所謂「客」。宣夜之學，古代天體學説之一。後漢書張衡傳：「作渾天儀，著靈憲、筭罔論。」李賢注引漢名臣奏蔡邕曰：「言天體者有三家：一曰周髀（按即蓋天），二曰宣夜，三曰渾天。宣夜之學絶，無師法。」

〔二〕「旁望」至「有息」，晉書天文志上天體：「宣夜之書亡，惟漢秘書郎郗萌記先師相傳云：『天了無質，仰而瞻之，高遠無極，眼瞀精絶，故蒼蒼然也。譬之旁望遠道之黄山而皆青，俯察千仞之深谷而窈黑，夫青非真色，而黑非有體也。日月衆星，自然浮生虚空之中，其行其止皆須氣焉。是以七曜或逝或住，或順或逆，伏見無常，進退不同，由乎無所根繫，故各異也。』」按：所言乃宣夜説之主要思想，其大要有三：天無形、無體、無質；日月星辰乃自然生成，浮於空中，行止靠「氣」推動；北極不動，其他星斗皆圍繞北極運動。横山，據此疑當作「黄山」。或中或昃，有行有息，唐五十家詩集（以下簡稱五十家）作「或中而或昃」「有行而有息」，即各多一「而」字。

〔三〕「故知」二句，晉書天文志上天體：「成帝咸康中，會稽虞喜因宣夜之説作安天論，以爲：『天高窮於無窮，地深測於不測。天確乎在上，有常安之形；地魄焉在下，有居静之體。……』」則安天論之核心，以爲天不動，稱「天有常安之形」，此與宣夜説一致；然其將天與地截然分開，又與宣夜説異。

〔四〕「可以作譚天」句，譚天，「譚」通「談」。談天即議論天文。史記荀卿傳：「齊人頌曰：談天衍，雕龍奭。」集解引劉向別録曰：「騶衍之所言五德終始，天地廣大，盡言天事，故曰『談天』。」

〔五〕「有稱」六句，囅然，笑之狀。晉書天文志上天體：「漢靈帝時，蔡邕於朔方上書，言：『宣夜之學，絶無師法。周髀術數具存，考驗天狀，多所違失。……』」「蔡邕所謂周髀者，即蓋天之説也。其本庖犧氏立周天曆度，其所傳則周公受於殷高（按：前引宋書天文志作「商」），周人志之，故曰周髀。髀，股也；股者，表也。其言天似蓋笠，地法覆槃，天地各中高外下。」按：蓋天說之核心論點爲「天員如張蓋，地方如棊局」（見晉書天文志上天體引周髀家云）。天圓，謂天若半圓球（即所謂「蓋」），居於地之上；地方，謂地爲平面方形，或喻作「輿」，即如大車廂。天主動，地主静，而周髀算經則力圖爲蓋天説建構起可計算之數學模型。

〔六〕「出於卯」六句，爲王蕃之渾天理論。晉書天文志上儀象引吴時中常侍王蕃之論曰：「春分日在奎十四少强，秋分日在角五少弱，此黄赤二道之交中也。去極俱九十一度少强，南北處斗二十一、井二十五之中，故景居二至（引者按：即夏至、冬至）長短之中。奎十四角五，出卯入酉，故日亦出卯入酉。日晝行地上，夜行地下，俱百八十二度半强，故日見之漏五十刻，不見之漏五十刻，謂之晝夜同。夫天之晝夜以日出没爲分，人之晝夜以昏明爲限。日未出二刻半而明，日入二刻半而昏，故損夜五刻以益晝，是以春、秋分漏晝五十五刻。」則王蕃不僅具體説明黄道在天體之走向與位置，且以此爲依據，指出太陽出入方位之四季變化，以及晝夜長短之原因。

〔七〕「天則」四句，列子湯問：「共工氏與顓頊争爲帝，怒而觸不周之山，折天柱，絶地維，故天傾西北，日月星辰就焉；地不滿東南，故百川水潦歸焉。」（又見淮南子天文訓。）三光，即日、月、五星。萬水東流，英華作「萬穴通流」，「通」字下校：「一作東。」唐文粹卷四作「萬水通流」。作「通流」似誤。

〔八〕「比於」三句，述姚信所謂「昕天論」。晉書天文志上天體：「吴太常姚信造昕天論云：『人爲靈蟲，形最似天。今人頤前侈臨胸，而項不能覆背。近取諸身，故知天之體南低入地，北則偏高。又冬至極低，而天運近南，故日去人遠，而斗去人近，北天氣至，故冰寒也。夏至極起，而天運近北，故斗去人遠，日去人近，南天氣至，故蒸熱也。極之高時，日行地中淺，故夜短；天去地高，故晝長也。極之低時，日行地中深，故夜長；天去地下，故晝短也。』」則姚信之昕天論，乃以人體爲喻，以爲天與人相似，可做俯仰動作。天體俯仰時，「南低入地，北則偏高」，并由天體俯仰之過程，論證四季變化及晝夜長短之原因。

〔九〕「方於」三句，方，比擬。王充論衡説日篇曰：「今視日入，非入也，亦遠也。當日入西方之時，其下民亦將謂之日中。從日入之下，東望今之天下，或時亦天地合。如是，方〔今〕天下在南方也，故日出於東方，入於〔西方〕。北方之地，日出北方，入於南方，各於近者爲出，遠者爲入。實者不入，遠矣。……試使一人把大炬火夜行於道，平易無險，去人一里（按晉書天文志上引作「十里」），火光滅矣。非滅也，遠也。」王充之論，古代天文家或稱爲「平天説」。其説以爲天、地皆爲平面，日在天平面上繞極運轉，其遠近乃因人之視力所限，常産生錯覺。其思想接近周髀之蓋天説。

〔一〇〕「惡遑遑」句，惡，英華作「焉」，校：「一作惡。」

太史公有睟其容，乃盱衡而告曰〔一〕：楚既失之，齊亦未爲得也〔二〕。言宣夜者，星辰不可以闊狹有常〔三〕；言蓋天者，刻漏不可以春秋各半〔四〕。周三徑一，遠近乖於辰極〔五〕；東井南箕，曲直殊於河漢〔六〕。明入於地，葛稚川所以有辭〔七〕；日應於天，桓君山由其發難〔八〕。假蘇秦之不死，既莫能知其説〔九〕；儻隸首之重生，亦不能成其算也〔一〇〕。二客嘗亦知渾天之事歟？請爲左右揚搉而陳之〔一一〕。

【箋注】

〔一〕「太史公」二句，太史公，亦爲假託，即文心雕龍詮賦「述客主以首引」之所謂「主」。睟，容光焕發貌；盱衡，揚眉瞪目狀。文選左思魏都賦：「魏國先生，有睟其容，乃盱衡而誥曰……」李善注引孟子「睟然見於面」趙岐注：「睟，潤澤貌也。」又曰：「眉上曰衡。盱，舉眉大視也。」

〔二〕「楚既」二句，史記司馬相如列傳：「相如以『子虛』，虛言也，爲楚稱；『烏有先生』者，烏有此事也，爲齊難；『無是公』者，無是人也，明天子之義。故空藉此三人爲辭，以推天子諸侯之苑囿。其卒章歸之於節儉，因以風諫。」子虛、烏有先生所言皆非，故其上林賦曰：「亡是公听然而笑，曰：『楚則失矣，而齊亦未爲得也。』」

〔三〕「言宣夜」二句，史記天官書：「紫宮、房心、權衡、咸池、虛危列宿部星，此天之五官坐位也，爲經，不移徙，大小有差，闊狹有常。」集解引孟康曰：「闊狹，若三台星相去遠近。」此蓋謂宣夜説不能解釋五宫（即上述紫宫等，亦稱中、東、南、西、北宫）列宿相去遠近不同之現象。

〔四〕「言蓋天」二句，桓譚桓子新論駁揚雄蓋天説曰：「通人揚子雲因衆儒之説天，以天爲如蓋轉，常左旋，日月星辰，隨而東西。乃圖畫形體行度，參以四時曆數昏晝夜，欲爲世人立紀律，以垂法後嗣。余難之曰：『春秋、晝夜欲等平，旦日出於卯，正東方，暮日入於酉，正西方。今以天下人占視之，春分日出卯入酉，此乃人之卯、酉，非天卯、酉。天之卯、酉，當北斗極。北斗極，天樞，樞，天軸也。猶蓋有保斗矣，蓋雖轉而保斗不移；天亦轉周匝，斗極常在，知爲天之中也。仰視之，又在北，不正在人上。而春、秋分時，日出入乃在斗南。如轉蓋，則北道近，南道遠，彼晝夜刻漏之數，何從等平？』子雲無以解也（按：所引文字依嚴可均全後漢文卷一五據晉書天文志上、初學記卷一、太平御覽卷二、事類賦天賦注所輯桓子新論）。」刻漏，英華校：「一作漏刻。」

〔五〕「周三」二句，周三徑一，圓周與圓徑比率。晉書天文志上天體：「蔡邕所謂周髀者，即蓋天之説也。……髀，股也；股者，表也。其言天似蓋笠，地法覆槃，天地各中高外下。北極之下爲天地之中，其地最高，而滂沲四隤，三光隱映，以爲晝夜。天中高於外衡冬至日之所在六萬里。北極下地高於外衡下地亦六萬里，外衡高於北極下地二萬里。天地隆高相從，日去地恒八萬里。日麗天而平轉，分冬夏之間日所行道爲七衡六間。每衡周徑里數，各依算術，用句股重差推晷影極游，以爲遠近之數，皆得於表股者也，故曰周髀。」二句謂宣夜説謬誤。

〔六〕「東井」二句，史記天官書：「仲夏夏至，夕出郊東井、輿鬼、柳東七舍，爲楚；仲秋秋分，夕出郊角、亢、氐、房東四舍，爲漢；仲冬冬至，晨出郊東方，與尾、箕、斗、牽牛俱西，爲中國。」又宋書卷二三天文志一：「吴太常姚信造昕天論曰：『嘗覽漢書云：冬至日在牽牛，去極遠；夏至日在東井，去極近。欲以推日之長短，信以太極處二十八宿之中央，雖有遠近，不能相倍。』今昕天之説，以爲『冬至極低，而天運近南，故日去人遠，而斗去人近，北天氣至，故冰寒也。夏至極起，而天運近北，而斗去人遠，日去人近，南天氣至，故炎熱也。……』」二句謂昕天説謬誤。

〔七〕「明入」二句，晉書天文志上天體引葛洪釋曰：「若天果如渾者，則天之出入行於水中，爲的然矣。故黄帝書曰：『天在地外，水在天外。』水浮天而載地者也。……聖人仰觀俯察，審其如此，故晉卦坤下離上，以證日出於地也。又明夷之卦離下坤上，以證日入於地也。需卦乾下坎上，此亦天入水中之象也。天爲金，金水相生之物也。天出入水中，當有何損，而謂爲不可乎？」按：葛洪字稚川，丹陽句容（今屬江蘇）人。由吴入晉，爲邵陵太守。好道教，後至羅浮山煉丹，自號抱朴子，著抱朴子内、外篇，晉書有傳。其説乃駁王充論衡説日篇辨日不入地之論。

〔八〕「日應」二句，日，原作「候」，英華、五十家、全唐文作「日」。宋彭叔夏文苑英華辨證卷一事證「凡用事有可以證他本之非者」條：「如楊炯渾天賦『日應於天，桓君山由其發難』，晉天文志桓君山曰天若如推磨，右轉而日西行者，其光景當照此廊下稍而東耳，不當拔出去，拔出去是應渾天法也。據此則『日應於天』爲是，而文粹乃以『日』作『候』。」則作「日」是，據改。其字英華校：「一作俟，非。」按桓子新論又曰：「後與子雲奏事待報，坐白虎殿廊廡下，以寒故，背日曝背。有頃，日光去背，不復曝焉。因以示子雲曰：『天即轉蓋，而日西行，其光影當照此廊下而稍東耳。無乃是反應渾天家法焉。』子雲立壞其所作。則儒家以爲天左轉，非也。」按：桓譚，字君山，沛國相（今安徽濉溪西北）人，成帝時爲郎，王莽時爲掌樂大夫。光武即位，徵待詔，極言讖之非經，出爲六安郡丞，道病卒。後漢書有傳。

〔九〕「假蘇秦」二句，蘇秦，戰國時著名縱横家，善辯，事迹詳史記蘇秦列傳。莫能知，英華作「莫能爲」，校：「二字一作既莫知。」全唐文卷一九〇作「莫知其爲」。

〔一〇〕「儻隸首」句，隸，原作「貍」，據五十家本改。隸首，人名，傳説爲黄帝臣，嘗著算數。史記曆書「蓋黄帝考定星曆」句司馬貞索隱：「按：系本及律曆志，黄帝使羲和占日，常儀占月，臾區占星氣，伶倫造律吕，大橈作甲子，隸首作算數，容成綜此六術而著調曆也。」生，英華作「出」，校：「一作生。」「算」下英華無「也」，校：「一有也字。」

〔一一〕「二客」二句，亦知，英華校：「二字一作聞。」全唐文作「聞」。揚搉，莊子徐無鬼：「其問之也，不可以有崖，而不可以無崖。頡滑有實，古今不代，而不可以虧，則可不謂有大揚搉乎！」郭象注謂「搉而揚之」；陸德明釋文引許慎云：「揚搉，粗略法度。」又引王云：「搉略而揚顯之。」揚，原作「楊」，據改。此下即爲所揚搉之内容，然所述乃「衆星之部署」。

原夫杳杳冥冥，天地之精〔一〕；混混沌沌，陰陽之本〔二〕。何太虛之無礙，俾造化之多端〔三〕。南溟玉室之宮，爰皇是宅〔四〕；西極金臺之鎮，上帝攸安〔五〕。地則方如棊局〔六〕，天則圓如彈丸〔七〕。天之運也，一北而物生，一南而物死〔八〕；地之平也，影短而多暑，影長而多寒〔九〕。太陰當日之衝也，成其薄蝕〔一〇〕；衆星傅日之光也，因其波瀾〔一一〕。乾坤闔闢，天地成矣；動静有常，陰陽行矣。方以類聚，物以群分，吉凶生矣；在天成象，在地成形，變化見矣〔一二〕。部之以三門〔一三〕，張之以八紀〔一四〕。其周天也，三百六十五度〔一五〕；其去地也，九萬一千餘里〔一六〕。日居月諸〔一七〕，天行地止〔一八〕。載之以氣，浮之以水〔一九〕。生之育之，長之畜之，亭之毒之，蓋之覆之〔二〇〕。天聰明也，聖人得之〔二一〕；天垂象也，聖人則之〔二二〕。其道也，不言而信〔二三〕；其神也，不怒而威〔二四〕。驗之以衡軸，考之以樞機〔二五〕。三十五官有群生之繫命〔二六〕，一十二次當下土之封畿〔二七〕。中衡外衡，每不召而自至〔二八〕；黄道赤道，亦殊塗而同歸〔二九〕。表裏見伏〔三〇〕，聖人於是乎發揮；分至啓閉，聖人於是乎範圍〔三一〕。可以窮理而盡性〔三二〕，可以極深而研幾〔三三〕。

【箋　注】

〔一〕「原夫」二句，莊子在宥：「至道之精，窈窈冥冥；至道之極，昏昏默默。」郭象注：「窈冥、昏默，皆了無也。」此言天地之道，虚無難明。

〔二〕「混混」二句，混混沌沌，謂混然一體，無所分別。藝文類聚卷一天引徐整三五曆紀曰：「天地混沌如雞子，盤古生其中。萬八千歲，天地開闢，陽清爲天，陰濁爲地。」

〔三〕「何太虚」二句，謂冥冥之中，變化不測。周易繫辭上：「陰陽不測之謂神。」韓康伯注（乾隆武英殿仿宋相臺岳氏周易注本，下同，不再説明）：「神也者，變化之極，妙萬物而爲言，不可以形詰者也，故曰陰陽不測。嘗試論之曰：原夫兩儀之運，萬物之動，豈有使之然哉？莫不獨化於大虚，欻爾而自造矣。造之非我，理自玄應；化之无主，數自冥運。故不知所以然，而況之神。」俾，英華校：「一作偉。」

〔四〕「南溟」二句，南溟，即南海。太平御覽卷一元氣引遁甲開山圖曰：「南溟之山，金堂玉室，上含元氣，實滋神化。」爰皇是宅，謂爲海神居所。爰，語詞。詩經小雅四月：「爰其適歸。」鄭玄箋：「爰，曰也。」太平御覽卷一二雪引金匱：「尚父曰：『南海神曰祝融。』」

〔五〕「西極」二句，西極，指崑崙山。十洲記：「（崑崙）又有墉城，金臺玉樓，……碧玉之堂，瓊華之室，紫翠丹房，錦雲燭日，朱霞九光，西王母之所治也。」又山海經西山經：「崑崙之丘，是實惟帝之下都。」郭璞注：「天帝都邑之在下者也。」

〔六〕「地則」句，晉書天文志上天體：「周髀家云：『天員如張蓋，地方如棊局。』」

〔七〕「天則」句，晉書天文志上天體：「分黄赤二道，相與交錯，其間相去二十四度。以兩儀推之，二道俱三百六十五度有奇，是以知天體員如彈丸也。」又引周禮鄭衆、鄭玄注推之，謂「天體員如彈，地處天之半」。如，英華作「似」，校：「一作如。」

〔八〕「天之運」三句，謂天體運行南北一周，生物亦經由生到死之輪迴。周禮考工記：「天有時以生，有時以殺。草木有時以生，有時以死。石有時以泐，水有時以凝，有時以澤，此天時也。」

〔九〕「地之平」三句，文苑英華辨證卷一：「按周禮（大司徒）『日南而景短多暑，日北而景長多寒』。諸史志并同。而文粹作『影長而多暑，影短而多寒』。」意謂唐文粹誤。按影短陽光趨近直射，故多暑，反之則多寒，所辨是。

〔一〇〕「太陰」二句，太陰，即月。隋書天文志中：「月爲太陰之精。」史記天官書：「逆行所守，及他星逆行，日月薄蝕，皆以爲占。余觀史記，考行事，百年之中，五星無出而不反逆行，反逆行，嘗盛大而變色，日月薄蝕，行南北有時，此其大度也。」集解：「孟康曰：日月無光曰薄。京房易傳曰：『日赤黄爲薄。』或曰不交而蝕曰薄。韋昭曰：『氣往迫之爲薄，虧毁爲蝕。』」晉書律曆志下：「求日蝕虧起角術曰：其月在外道，先交後會者，虧蝕西南角起；先會後交者，虧蝕東南角起。其月在内道，先交後會者，虧蝕西北角起；先會後交者，虧蝕東北角起。虧蝕分多少，如上以十五爲法。會交中者，蝕盡。月蝕在日之衝，虧角與上反也。」隋書天文志中引張衡云：「對日之衝，其大如日，日光不照，謂之闇虚。闇虚逢月則月食，值星則星亡。」

〔一一〕「衆星」二句，藝文類聚卷一月引物理論曰：「京房説，月與星至陰也，有形無光，日照之乃光。

如以鏡照日，而有影見。」又引舊曆説曰：「日猶火也，月猶水也。火則施光，水則含影。」傳日，原作「傅月」，當誤，據上引改。又「傳」，英華、唐文粹作「傅」，形訛。傅，依附、憑藉也。

〔一二〕「乾坤」十句，周易繫辭上：「闔户謂之坤，闢户謂之乾，一闔一闢謂之變，往來不窮謂之通。」韓康伯注：「坤道包物，乾道施生。」上引繫辭又曰：「天尊地卑，乾坤定矣。卑高以陳，貴賤位矣。動静有常，剛柔斷矣。方以類聚，物以群分，吉凶生矣。在天成象，在地成形，變化見矣。」韓注：「乾坤，其易之門户。先明天尊地卑，以定乾坤之體。天尊地卑之義既列，則涉乎萬物貴賤之位明矣。剛動而柔止也。動止得其常體，則剛柔之分著矣。方有類，物有群，則有同有異，有聚有分也。順其所同則吉，乖其所趣則凶，故吉凶生矣。象況日月星辰，形況山川草木也。」成形，「形」，英華作「文」，校：「一作形。」按：作「文」誤。又「見」，英華作「形」，校：「一作見。」

〔一三〕「部之」句，部，原作「剖」，據英華、唐文粹、玉海卷四引改。三門，晉書天文志上二十八舍：「東方，角二星爲天關，其間天門也，其内天庭也。故黄道經其中，七曜之所行也。左角爲天田，爲理，主刑；其南爲太陽道。右角爲將，主兵；其北爲太陰道。蓋天之三門，猶房之四表。」

〔一四〕「張之」句，八紀，黄帝内經素問卷二：「天有八紀。」唐王冰注：「八風爲變化之綱紀。八紀，謂八節之紀。」漢書律曆志上：「人者繼天順地，序氣成物，統八卦，調八風，理八政，正八節……」按：八節，即夏至、冬至、春分、秋分，立春、立夏、立秋、立冬。周髀算經卷下之二：「凡八節二十四氣。」漢趙君卿注：「二至者，寒暑之極；二分者，陰陽之和；四立者，生長收藏之始：是爲八節。節三氣，三而八之，故爲二十四。」

〔一五〕「其周天」二句，晉書天文志上儀象：「至吴時，中常侍廬江王蕃善數術，傳劉洪乾象曆，依其法而制渾儀，立論考度曰：前儒舊説，天地之體，狀如鳥卵，天包地外，猶殼之裹黄也；周旋無端，其形渾渾然，故曰渾天也。周天三百六十五度五百八十九分度之百四十五，半覆地上，半在地下，其二端謂之南極、北極。」

〔一六〕「其去地」二句，指用勾股法計算天地之距離。周髀算經卷下之一：「以冬至夜半北游所極也，北過天中萬一千五百里；以夏至南游所極，不及天中萬一千五百里。此皆以繩繫表（引者按：「表」即股）顛而希望之。北極至地所識丈一尺四寸半，故去周十一萬四千五百里；過天中萬一千五百里，其南極至地所識九尺一寸半，故去周九萬一千五百里。」

〔一七〕「日居」句，詩經邶風日月：「日居月諸，照臨下土。」毛傳：「日乎月乎，照臨之也。」

〔一八〕「天行」句，謂天運行，而地静止不動。以上兩句，英華、唐文粹、古儷府卷一引，句中有「而」字，即作「日居而月諸，天行而地止」。

〔一九〕「載之」二句，晉書天文志上天體：「虞喜族祖河間相聳又立穹天論云：『天形穹隆如雞子，幕其際，周接四海之表，浮於元氣之上。譬如覆奩以抑水，而不没者，氣充其中故也。』」又載葛洪駁渾天説：「故黄帝書曰：『天在地外，水在天外。』水浮天而載地者也。」浮，英華校：「一作乘。」

〔二〇〕「生之」四句，老子：「道生之，德畜之，長之育之，成之熟之，養之覆之。」「成之熟之」，又作「亭之毒之」。老子校釋朱謙之案曰：「傅奕引史記云：『亭，凝結也。』廣雅云：『毒，安也。』畢沅曰：說文解字『毒，厚也』。釋名『亭，停也』。據之，是亭、成，毒、孰，聲義皆相近。」

〔二一〕「天聰明」二句，尚書説命中：「惟天聰明，惟聖時憲。」孔穎達正義：「聰，謂無所不聞；明，謂無所不見。惟聖人於是法天，言聖王法天以立教於下，無不聞見。」

〔二二〕「天垂象」二句，周易繫辭上：「天垂象，見吉凶，聖人象之；河出圖，洛出書，聖人則之。」

〔二三〕「其道」二句，周易繫辭上：「默而成之，不言而信，存乎德行。」

〔二四〕「其神」二句，禮記樂記：「天則不言而信，神則不怒而威。」

〔二五〕「驗之」二句，衡軸、樞機，指旋璣玉衡，古代測天儀器。史記天官書：「北斗七星，所謂『旋、璣、玉衡，以齊七政』。」索隱案：「尚書『旋』作『璿』。馬融云：『璿，美玉也。機，渾天儀，可轉旋，故曰機。衡，其中横簫。以璿爲機，以玉爲衡，蓋貴天象也。』鄭玄注大傳云『渾儀中簫爲旋機，外規爲玉衡』也。」

〔二六〕「三十五官」句，晉書天文志上天文經星引張衡云：「衆星列布，體生於地，精成於天，列居錯峙，各有攸屬。在野象物，在朝象官，在人象事。其以神著，有五列焉，是爲三十五名。一居中央，謂之北斗；四布於方各七，爲二十八舍。」因「在朝象官」，故稱三十五星座爲「三十五官」。

官，英華校：「一作宮。」誤。

〔二七〕「二十二次」句，史記天官書：「二十八舍主十二州，斗秉兼之，所從來久矣。」張守節正義引星經云：「角、亢，鄭之分野，兗州；氐、房、心，宋之分野，豫州；尾、箕，燕之分野，幽州；南斗、牽牛，吳、越之分野，揚州；須女、虛，齊之分野，青州；危、室、壁，衛之分野，并州；奎、婁，魯之分野，徐州；胃、昴，趙之分野，冀州；畢、觜、參，魏之分野，益州；東井、輿鬼，秦之分野，雍州；柳、星（按天官書作「七星」）、張，周之分野，三河；翼、軫，楚之分野，荆州也。」晉書天文志上十二次度數：「十二次。班固取三統曆十二次配十二野，其言最詳（引者按：見漢書天文志）。又有費直說周易、蔡邕月令章句，所言頗有先後。魏太史令陳卓更言郡國所入宿度，今附而次之。」所附此略，可參讀。

〔二八〕「中衡外衡」二句，晉書天文志上天體：「髀，股也；股者，表也。其言天似蓋笠，地法覆槃，天地各中高外下。北極之下爲天地之中，其地最高，而滂沲四隤，三光隱映，以爲晝夜。天中高於外衡冬至日之所在六萬里。北極下地高於外衡下地亦六萬里，外衡高於北極下地二萬里。天地隆高相從，日去地恒八萬里。日麗天而平轉，分冬夏之間日所行道爲七衡六間。每衡周徑里數，各依算術，用句股重差推晷影極游，以爲遠近之數，皆得於表股者也。故曰周髀。」按四庫全書周髀算經提要曰：「以七衡六間測日躔法斂，冬至日在外衡，夏至在內衡，春秋分在中衡。當其衡爲中氣，當其間爲節氣，亦終古不變。古蓋天之學，此其遺法。」按：七衡，即測天儀器之七根横管，用以瞄準天體，所謂「旋、璣、玉衡」之「衡」是也，其中有中衡、外衡。

〔二九〕「黄道赤道」二句，晉書天文志上儀象：「至（漢）順帝時，張衡又制渾象，具内外規、南北極、黄赤道。……至吴時，中常侍廬江王蕃善數術，傳劉洪乾象曆，依其法而制渾儀，立論考度曰：前儒舊説，天地之體，狀如鳥卵，天包地外，猶殼之裹黄也；周旋無端，其形渾渾然，故曰渾天也。周天三百六十五度五百八十九分度之百四十五，半覆地上，半在地下。其二端謂之南極、北極。……赤道帶天之紘，去兩極各九十一度少强。黄道，日之所行也，半在赤道外，半在赤道内。與赤道東交於角五少弱，西交於奎十四少强。其出赤道外極遠者，去赤道二十四度，斗二十一度是也。其入赤道内極遠者，亦二十四度，井二十五度是也。」黄道與赤道東、西相交，故謂「殊塗而同歸」。

〔三〇〕「表裏」句，見伏，或見（同「現」）或隱。周髀算經卷上之二「故曰：月之道常緣宿，日道亦與宿正」趙君卿注：「内衡之内，外衡之北，圓而成規，以爲黄道，二十八宿列焉。月之行也。一出（見）一入（伏），或表或裏。五月二十三分，月之二十而一蝕道一交，謂之合朔交會，及月蝕相去之數，故曰緣宿也。日行黄道，以宿爲正，故曰宿正，於中衡之數，與黄道等。」

〔三一〕「分至」二句，分至，左傳僖公五年：「凡分至啓閉，必書雲物。」杜預注：「分，春、秋分也；至，冬、夏至也。啓，立春、立夏；閉，立秋、立冬。雲物，氣色災變也。」又周髀算經卷上之二：「故春、秋分之日，夜分之時，日所照適至極，陰陽之分等也。冬至、夏至者，日道發斂之所生也。

至，晝夜長短之所極。」又曰：「春、秋分者，陰陽之修，晝夜之象。」趙君卿注：「修，長也，言陰陽長短之等。」按：謂春、秋分晝夜長短相等，而冬至夜最長，夏至晝最長。範圍，周易繫辭上：「範圍天地之化而不過，曲成萬物而不遺，則物宜得矣。」韓康伯注：「範圍者，擬範天地而周備其理也。」

〔三二〕「可以窮」句，窮理盡性，周易説卦：「發揮於剛柔而生爻，和順於道德而理於義，窮理盡性以至於命。」

〔三三〕「可以極」句，周易繫辭上：「夫易，聖人之所以極深而研幾也。」韓康伯注：「極未形之理則曰深，適動微之會則曰幾。」

天有北斗，杓攜龍角，魁枕參首〔一〕；天有北辰，衆星環拱，天帝威神〔二〕。尊之以耀魄，配之以勾陳，有四輔之上相〔三〕，有三公之近臣〔四〕。華蓋巖巖，俯臨於帝座〔五〕；離宫奕奕，旁絶於天津〔六〕。列長垣之百堵〔七〕，啓閶闔之重闈〔八〕。文昌拜於大將，天理囚於貴人〔九〕。泰階平而君臣穆〔一〇〕，招摇指而天下春〔一一〕。東宫則析木之津〔一二〕，壽星之野〔一三〕。箕爲敖客〔一四〕，房爲駟馬〔一五〕。天王對於攝提〔一六〕，皇極臨於宦者〔一七〕。左角右角，兩曜之所巡行〔一八〕；陰間陽間，五星之所次舍〔一九〕。後宫掌於燕息〔二〇〕，太子承於家社〔二一〕。宗人宗正，内外敦叙於家邦〔二二〕；市樓市垣，貨殖畢陳於天下〔二三〕。北宫則靈龜潛匿〔二四〕，騰蛇伏藏〔二五〕。瓠瓜宛然而獨處〔二六〕，織女終朝而七襄〔二七〕。登漸臺而顧步，御輦道而徜徉〔二八〕。聞雷霆之隱隱〔二九〕，聽枹鼓之硠硠〔三〇〕。南斗主爵禄〔三一〕，東壁主文章〔三二〕。須女主布幣〔三三〕，牽牛主關梁〔三四〕。羽林之軍所以除暴亂，壘壁之陣所以備非常〔三五〕。西宫則天潢咸池，五車三柱〔三六〕。奎爲封豕〔三七〕，參爲白虎〔三八〕，胃爲天倉，婁爲衆聚〔三九〕。旄頭之北，宰制其胡虜〔四〇〕；天畢之陰，蓄洩其雷雨〔四一〕。太陵積尸之肅殺〔四二〕，參旗九斿之部伍〔四三〕。樵蘇之地，出入於園苑〔四四〕；萬億之資，填積於倉庾〔四五〕。南宫則黄龍賦象，朱鳥成形〔四六〕。五帝之座，三光之庭〔四七〕。傷成於鉞，誅成於鑕；禍成於井，德成於衡〔四八〕。執法者，廷尉之曹，大夫之象〔四九〕；少微者，儲宫之位，處士之星〔五〇〕。天弧直而狼顧〔五一〕，軍市曉而雞鳴〔五二〕。三河之交，鶉火通其耀〔五三〕；七澤之國，翼軫寓其精〔五四〕。南河北河，象闕於是乎增峻〔五五〕；左轄右轄，邊荒於是乎自寧〔五六〕。

【箋注】

〔一〕「天有北斗」三句，史記天官書：「北斗七星，所謂『旋、璣、玉衡，以齊七政』。杓攜龍角，衡殷南斗，魁枕參首。」索隱案：「春秋運斗樞云『斗，第一天樞，第二旋，第三璣，第四權，第五衡，第六開陽，第七摇光。第一至第四爲魁，第五至第七爲標，合而爲斗』。」集解引孟康云：「杓，北斗杓也。龍角，東方宿也。攜，連也。」又正義：「魁，斗第一星也。言北方斗，斗衡直當北之魁，枕於參星之首；北斗之杓連於龍角。」

〔二〕「天有北辰」三句，史記天官書：「中宫天極星，其一明者，太一常居也。」索隱案：「爾雅『北極謂之北辰』。」晉書天文志上：「北極，北辰最尊者也，其紐星，天之樞也。天運無窮，三光迭耀，而極星不移，故曰『居其所而衆星共之』（引者按：語出論語爲政）。」天帝，「天」，唐文粹作「大」。

〔三〕「尊之」三句，晉書天文志上中宫：「北極五星，鉤陳六星，皆在紫宫中。……鉤陳，後宫也，大帝之正妃也，大帝之常居也。……鉤陳口中一星曰天皇大帝，其神曰耀魄寶，主御群靈，執萬神圖。抱北極四星曰四輔，所以輔佐北極而出度授政也。」勾、鉤同。又曰：「東蕃四星，南第一星曰上相，其北，東太陽門也；第二星曰次相，其北，中華東門也；第三星曰次將，其北，東太陰門也；第四星曰上將：所謂四輔也。西蕃四星，南第一星曰上將，其北，西太陽門也；第二星曰次將，其北，中華西門也；第三星曰次相，其北，西太陰門也；第四星曰上相：亦曰四輔也。」

〔四〕「有三公」句，史記天官書：「中宫天極星，……旁三星三公，或曰子屬。」正義：「三公三星在北斗杓東，又三公三星在北斗魁西，并爲太尉、司徒、司空之象，主變出陰陽，主佐機務。」

〔五〕「華蓋」二句，晉書天文志上中宫：「大帝上九星曰華蓋，所以覆蔽大帝之坐也。」

〔六〕「離宫」二句，離宫，指營室七星；天津，指天河。史記天官書：「(紫宫)後六星絶漢抵營室，曰閣道。」正義：「漢，天河也。……營室七星，天子之宫，亦爲玄宫，亦爲清廟，主上公，亦天子離宫别館也。」奕奕，詩經小雅巧言：「奕奕寢廟，君子作之。」毛傳：「奕奕，大貌。」

〔七〕「列長垣」句，晉書天文志上中宫：「紫宫垣十五星，其西蕃七，東蕃八，在北斗北。一曰紫微，大帝之坐也，天帝之常居也，主命主度也。一曰長垣，一曰天營，一曰旗星，爲蕃衛，備蕃臣也。」百堵，謂垣極長。詩經小雅鴻鴈：「之子于垣，百堵皆作。」毛傳：「一丈爲板，五板爲堵。」

〔八〕「啓閶闔」句，史記天官書：「蒼帝行德，天門爲之開。」索隱案：「天門，即左右角間也。」同上司馬相如列傳載哀二世賦：「排閶闔而入帝宫兮。」正義引韋昭云：「閶闔，天門也。淮南子曰：西方曰西極之山，閶闔之門。」闉，城門。

〔九〕「文昌」二句，史記天官書：「斗魁戴匡六星曰文昌宫：一曰上將，二曰次將，三曰貴相，四曰司命，五曰司中，六曰司禄。在斗魁中，貴人之牢。」索隱：「春秋元命包曰：『上將建威武，次將正左右，貴相理文緒，司禄賞功進士，司命主老幼，司災主災咎也。』」集解引孟康曰：「傳曰『天理四星在斗魁中。貴人牢名曰天理』。」又索隱：「在魁中，貴人牢。樂汁圖云『天理理貴人牢』。」天理，原作「大理」，英華作「天理」，注：「見晉天文志。」是，據改。

〔一〇〕「泰階」句，史記天官書：「魁下六星，兩兩相比者，名曰三能。三能色齊，君臣和；不齊，爲乖戾。」集解引蘇林曰：「能音台。」索隱：「魁下六星，兩兩相比，曰三台。案：漢書東方朔『願陳泰階六符』。孟康曰：『泰階，三台也。台星凡六星。六符，六星之符驗也。』應劭引黃帝泰階六符經曰：「泰階者，天子之三階：上階，上星爲男主，下星爲女主；中階，上星爲諸侯三公，下星爲卿大夫；下階，上星爲士，下星爲庶人。三階平，則陰陽和，風雨時。」

〔一一〕「招摇」句，史記天官書：「杓端有兩星：一内爲矛，招摇；一外爲盾，天鋒。」集解引孟康曰：「近北斗者招摇，招摇爲天矛。」又引晉灼曰：「更河三星，天矛、鋒、招摇，一星耳。」晉書天文志上中宫：「招摇……主胡兵。……招摇欲與棟星、梗河、北斗相應，則胡當來受命於中國。」指，即謂「相應」，「胡」來受命於中國，故稱「天下春」。

〔一二〕「東宫」句，史記天官書：「東宫蒼龍，房、心。心爲明堂。」索隱引文耀鉤云：「東宫蒼帝，其精爲龍。」又引爾雅云：「大辰，房、心、尾也。」天官書又曰：「尾爲九子，曰君臣；斥絶，不和。」索隱引宋均云：「屬後宫場，故得兼子。子必九者，取尾有九星也。」正義：「尾，箕。尾爲析木之津，於辰在寅，燕之分野。」晉書天文志上十二次度數：「自尾十度至南斗十一度爲析木，於辰在寅，燕之分野，屬幽州。」爾雅：「析木謂之津（鄭樵注：即漢津），箕、斗之間，漢津也（鄭樵注：箕，龍尾；斗，南斗。天漢之津梁）。」則東宫、析木俱在辰，故云。

〔一三〕「壽星」句，晉書天文志上十二次度數：「自軫十二度至氐四度爲壽星，於辰在辰，鄭之分野，屬兗州。」則壽星與析木同在辰。

〔一四〕「箕爲」句，史記天官書：「箕爲敖客，曰口舌。」索隱引宋均云：「敖，調弄也。箕以簸揚，調弄象也。箕又受物，有去去來來，客之象也。」敖，原作「傲」，據此改。

〔一五〕「房爲」句，史記天官書：「東宮蒼龍，房、心。」索隱：「房爲天府，曰天駟。爾雅云：『天駟，房。』詩記曆樞云：『房爲天馬，主車駕。』」又晉書天文志上二十八舍：「房四星，爲明堂，天子布政之宫也，亦四輔也。……亦曰天駟，爲天馬，主車駕。」

〔一六〕「天王」句，史記天官書：「大角者，天王帝廷。其兩旁各有三星，鼎足句之，曰攝提。攝提者，直斗杓所指，以建時節，故曰『攝提格』。」索隱案：「元命包云：『攝提之爲言提攜也。言提斗攜角以接於下也。』」天王，原作「天皇」，據英華、唐文粹、全唐文及上引改。

〔一七〕「皇極」句，皇極，當指帝坐。晉書天文志上中宫：「帝坐一星，在天市中候星西，天庭也。光而潤，則天子吉，威令行。……宦者四星，在帝坐西南，侍主刑餘之人也。」刑餘之人，即所謂「宦者」。

〔一八〕「左角」二句，史記天官書：「左角，李；右角，將。」索隱：「李即理，理，法官也。故元命包云『左角理，物以起；右角將，帥而動』。」兩曜，日月，當指平道。晉書天文志上中宫：「左右角間二星曰平道之官。」因主平道，故言及兩曜（代指帝后「巡行」）。

〔一九〕「陰間」二句，史記天官書：「月行中道，安寧和平。陰間，多水，陰事。外北三尺，陰星。北三尺，太陰，大水，兵。陽間，驕恣。」索隱案：「中道，房星之中間也。房有四星，若人之房三間有四表然，故曰房。南爲陽間，北爲陰間，則中道房星之中間也。故房是日、月、五星之行道，然黄道亦經房、心。若月行得中道，故陰陽和平；若行陰間，多陰事；陽間，則人主驕恣；若歷陰星、陽星之南北太陰、太陽之道，即有大水若兵，及大旱若喪也。」次舍，英華作「取舍」，「取」字校曰：「一作次。」

〔二〇〕「後宮」句，晉書天文志上中宮：「鉤陳，後宮也，大帝之正妃也，大帝之常居也。北四星曰女御宮，八十一御妻之象也。」又同上二十八舍：「尾九星，後宮之場，妃后之府。上第一星，后也；次三星，夫人；次星，嬪妾。第三星傍一星名曰神宮，解衣之内室。」又曰：「箕四星，亦後宮妃后之府。亦曰天津，一曰天雞，主八風。」燕，英華作「蕃」，校：「一作燕。」

〔二一〕「太子」句，晉書天文志上中宮：「北極五星，鉤陳六星，皆在紫宮中。北極……第一星主月，太子也。」又曰：「五帝坐北一星曰太子，帝儲也。」冢社，大社，皇帝祭神之所，代指政權。

〔二二〕「宗人」二句，晉書天文志上中宮：「宗正二星，在帝坐東南，宗大夫也。彗星守之，若失色，宗正有事；客星守之，更號令也。宗人四星，在宗正東，主録親疏享祀。族人有序，則如綺文而明正。動則天子親屬有變；客星守之，貴人死。宗星二，在候星東，宗室之象，帝輔血脈之臣也。客星守之，宗支不和。」

〔二三〕「市樓」二句，史記天官書：「旗中四星曰天市，中六星曰市樓。市中星衆者實，其虚則耗。」正義：「天市二十三星，在房、心東北，主國市聚交易之所，一曰天旗。……市中星衆則歲實，稀則歲虚。」按天市又稱天市垣。晉書天文志上中宫：「天市垣二十二星（上引史記爲二十三星，略異），在房、心東北，主權衡，主聚衆。」

〔二四〕「北宫」句，晉書天文志上星官在二十八宿之外者：「龜五星，在尾南，主卜以占吉凶。」

〔二五〕「騰蛇」句，晉書天文志上中宫：「騰蛇二十二星，在營室北，天蛇也，主水蟲。」

〔二六〕「匏瓜」句，史記天官書：「匏瓜，有青黑星守之，魚鹽貴。」索隱案：「荆州占云『匏瓜，一名天雞，在河鼓東。匏瓜明，歲則大熟也』。」又正義：「匏瓜五星，在離珠北，天子果園。」

〔二七〕「織女」句，史記天官書：「婺女，其北織女。織女，天女孫也。」索隱：「織女，天孫也。案：荆州占云『織女，一名天女，天子女也』。」又正義：「織女三星，在河北天紀東，天女也，主果蓏絲帛珍寶。」七襄，詩經小雅大東：「跂彼織女，終日七襄。」鄭玄箋：「襄，駕也。駕謂更其肆也。從旦至莫七辰，辰一移，因謂之七襄。」孔穎達疏：「更其肆者，周禮有市廛之肆，謂止舍處也。而天有十二次，日月所止舍也，舍即肆矣。在天爲次，在地爲辰，每辰爲肆，是歷其肆舍有七也。星之行天，無有舍息，亦不駕車，以人事言之耳。晝夜雖各六辰，數者舉其終始，故七，即自卯至酉也。言『終日』，是晝也，晝不見而七移者，據其理當然矣。」此言「終朝」，詩人用事，不拘於文也。

〔二八〕「登漸臺」二句，晉書天文志上中宫：「東足四星曰漸臺，臨水之臺也，主晷漏律吕之事。西足五星曰輦道，王者嬉游之道也，漢輦道通南北宫，其象也。」按：此亦以人事言天事。地上之漸臺，漢武帝造。漢書郊祀志下：「(建章宮)北治大池，漸臺高二十餘丈，名曰泰液。」顏師古注：「漸，浸也。臺在池中，爲水所浸，故曰漸臺。」

〔二九〕「聞雷霆」句，晉書天文志上中宮：「軒轅十七星，在七星北。軒轅，黄帝之神，黄龍之體也；后妃之主，士職也。一曰東陵，一曰權星，主雷雨之神。」霆，英華校：「一作雹。」

〔三〇〕「聽枹鼓」句，指天鼓。史記天官書：「天鼓，有音如雷非雷，音在地而下及地。其所往者，兵發其下。」硠硠，象聲詞。文選司馬相如子虛賦：「礧石相擊，硠硠礚礚，若雷霆之聲。」張銑注：「言轉石相擊而爲聲。」

〔三一〕「南斗」句，晉書天文志上二十八舍：「南斗六星，天廟也，丞相太宰之位，主褒賢進士，禀授爵禄。」

〔三二〕「東壁」句，晉書天文志上二十八舍：「東壁二星，主文章，天下圖書之秘府也。」

〔三三〕「須女」句，晉書天文志上二十八舍：「須女四星，天少府也。須，賤妾之稱，婦職之卑者也，主布帛裁製嫁娶。」幣，英華、全唐文作「帛」。

〔三四〕「牽牛」句，晉書天文志上二十八舍：「牽牛六星，天之關梁，主犧牲事。……又曰，上一星主道路，次二星主關梁，次三星主南越。」

〔三五〕「羽林」二句，史記天官書：「(北宮)其南有衆星，曰羽林天軍。軍西爲壘，或曰鉞。」正義：「羽林四十五星，三三而聚，散在壘壁南，天軍也。」又曰：「壘壁陳十二星，橫列在營室南，天軍之垣壘。」

〔三六〕「西宮」二句，史記天官書：「西宮咸池，曰天五潢。五潢，五帝車舍。」索隱案：「元命包云『咸池主五穀，其星五者各有所職。咸池，言穀生於水，含秀含實，主秋垂，故一名「五帝車舍」，以車載穀而販也』。」又正義：「五車五星，三柱九星，在畢東北，天子五兵車舍也。」潢，英華校：「一作漢。」

〔三七〕「奎爲」句，史記天官書：「奎曰封豕，爲溝瀆。」正義：「奎，天之府庫，一曰天豕，亦曰封豕，主溝瀆。」

〔三八〕「參爲」句，史記天官書：「參爲白虎。三星直者，是爲衡石。」集解引孟康曰：「參三星者，白虎宿中，東西直，似稱衡。」

〔三九〕「胃爲」二句，史記天官書：「婁爲聚衆。胃爲天倉。」正義：「婁三星爲苑，牧養犧牲以共祭祀，亦曰聚衆。」又：「胃主倉廩，五穀之府也。」按「聚衆」，此作「衆聚」，蓋爲協韻而倒用其名。

〔四〇〕「旄頭」二句，史記天官書：「昴曰髦頭，胡星也，爲白衣會。」正義：「昴七星爲髦頭，胡星，亦爲獄事。……摇動若跳躍者，胡兵大起。」「旄頭之北」，指天街。史記天官書：「昴、畢間爲天街。其陰，陰國；陽，陽國。」正義：「天街二星，在畢、昴間，主國界也。街南爲華夏之國，街北爲夷狄之國。」又集解引孟康曰：「陰，西南，象坤維，河山已北國；陽，河山已南國。」因二星主國界，故曰「宰制」。制，影印英國圖書館藏敦煌寫本殘卷（以下簡稱「敦煌本」）作「割」。又晉書天文志上二十八舍：「昴七星，天之耳目也，主西方，主獄事。又爲旄頭，胡星也。昴、畢間爲天街，天子出，旄頭罕畢以前驅，此其義也。黄道之所經也。」

〔四一〕「天畢」二句，史記天官書：「畢曰罕車，爲邊兵，主弋獵。」正義：「畢八星，曰罕車，爲邊兵，主弋獵。……畢動，兵起；月宿則多雨。」雷雨，「雷」，敦煌本作「雲」。

〔四二〕「太陵」句，史記天官書：「輿鬼，鬼祠事，中白者爲質。」正義：「輿鬼四星，主祠事，天目也。……中一星爲積屍，一名質，主喪死祠祀。」又晉書天文志上中宫：「太陵八星在胃北，亦曰積京，主大喪也。積京中星衆，則諸侯有喪，民多疾，兵起。太陵中一星曰積屍，明則死人如山。」太陵，「太」原作「天」，據改。敦煌本作「太陰」，「陰」誤。尸，尸體，後作「屍」。肅殺，敦煌本作「蕭煞」。

〔四三〕「參旗」句，史記天官書：「（參）其西有句曲九星，三處羅：一曰天旗，二曰天苑，三曰九游。」游，集解引徐廣曰：「音流。」則「游」爲「斿」之假借字。敦煌本作「遊」。正義：「參旗九星，在參西，天旗也，指麾遠近以從命者。」又曰：「九游九星，在玉井西南，天子之兵旗，所以導軍進退，亦領州列邦。」因其「導軍進退」，故稱「部伍」。

〔四四〕「樵蘇」二句，指廥積。樵蘇，泛指芻藁之類。樵，敦煌本作「燋」，誤。史記天官書：「胃爲天倉。其南衆星曰廥積。」集解引如淳曰：「芻藁積爲廥也。」正義：「芻藁六星，在天苑西，主積藁草者。不見，則牛馬暴死。」又晉書天文志上星官在二十八宿之外者：「天廩四星在昴南，一曰天廥，主蓄黍稷以供饗祀，春秋所謂御廩，此之象也。」園苑，敦煌本作「苑園」。

〔四五〕「萬億」二句，指天庫、天倉之類。史記天官書「五帝車舍」正義：「五車五星，三柱九星，在畢東北，天子五兵車舍也。西北大星曰天庫，……次東曰天倉。……占：五車均明，柱皆見，則倉庫實；不見，其國絶食，兵見起。」胃亦主倉廩，見本文前注引。又晉書天文志上星官在二十八宿之外者：「天倉六星，在婁南，倉穀所藏也。南四星曰天庾，積廚粟之所也。天囷十三星，在胃南。囷，倉廩之屬也，主給御糧也。」

〔四六〕「南宫」二句，史記天官書：「南宫朱鳥，權、衡。……權，軒轅。軒轅，黄龍體。」索隱引文耀鉤云：「南宫赤帝，其精爲朱鳥。」又引孟康曰：「軒轅爲權，太微爲衡。」正義：「軒轅十七星，在七星北，黄龍之體，主雷雨之神，後宫之象也。」

〔四七〕「五帝」二句，座，敦煌本作「坐」，同。史記天官書：「衡，太微，三光之廷。匡衛十二星，……其内五星，五帝坐。」索隱引宋均曰：「太微，天帝南宫也。三光，日、月、五星也。」正義：「太微宫垣十星，在翼、軫地，天子之宫庭，五帝之坐，十二諸侯之府也。」所謂「五帝坐」，正義曰：「黄帝坐一星，在太微宫中，含樞紐之神。四星夾黄帝坐：蒼帝東方靈威仰之神；赤帝南方赤熛怒之神；白帝西方白昭矩之神；黑帝北方叶光紀之神。五帝并設，神靈集謀者也。」

〔四八〕「傷成」四句，史記天官書：「德成衡，觀成潢，傷成鉞，禍成井，誅成質。」索隱案：「德成衡，衡則能平物，故有德公平者，先成形於衡。觀成潢，爲帝車舍，言王者遊觀，亦先成形於潢也。傷成鉞者，傷，敗也，言王者敗德，亦先成形於鉞，以言有敗亂則有鉞誅之。」又集解引晉灼曰：

「東井主水事，火入一星居其旁，天子且以火敗，故曰禍也。」又曰：「熒惑入輿鬼，天質，占曰大臣有誅。」鉞，敦煌本誤爲「錢」。質，古代刑具，即殺人所用砧墊。「鑕」乃「質」之後起字，敦煌本作「質」。禍成於井，「禍」，英華、全唐文作「福」，誤。

〔四九〕「執法」三句，史記天官書：「匡衛十二星，藩臣：西，將；東，相；南四星，執法；中，端門；門左右，掖門。」正義：「南藩中二星間爲端門。次東第一星爲左執法，廷尉之象；第二星爲上相；第三星爲次相；第四星爲次將；第五星爲上將。端門西第一星爲右執法，御史大夫之象也。」曹，英華校：「一作列。」大夫，原作「大臣」。敦煌本、英華、全唐文「臣」作「夫」。文苑英華辨證卷一：「按晉志，左執法，廷尉之象；右執法，御史大夫之象。而（唐）文粹作『大臣之象』。」所辨是，據晉志改。

〔五〇〕「少微」三句，史記天官書：「廷藩西有隋星五，曰少微，士大夫。」索隱：「春秋合誠圖云『少微，處士位』。又天官占云『少微一名處士星』也。」正義：「廷，太微廷；藩，衛也。少微四星，在太微西，南北列：第一星，處士也；第二星，議士也；第三星，博士也；第四星，大夫也。」按：史記天官書曰：「衡，太微，三光之廷。匡衛十二星，藩臣。」正義：「太微宮垣十星，在翼、軫地，天子之宮庭，五帝之坐，十二諸侯之府也。」因其爲「十二諸侯之府」，故此稱之爲「儲宮之位」；然少微星在廷藩之西，所稱似牽强。

〔五一〕「天弧」句，指狼星、弧星。史記天官書：「（參）其東有大星曰狼。狼角變色，多盜賊。下有四星曰弧，直狼。」正義：「狼一星，參東南。狼爲野將，主侵掠。」又曰：「弧九星，在狼東南，天之弓也。以伐叛懷遠，又主備賊盜之知姦邪者。弧矢向狼動移，多盜；明大變色，亦如之。矢不直狼，又多盜；引滿，則天下盡兵也。」

〔五二〕「軍市」句，晉書天文志上星官在二十八宿之外者：「軍市十三星在參東南，天軍貿易之市，使有無通也。野雞一星，主變怪，在軍市中。」故言軍市而及雞鳴。

〔五三〕「三河」二句，晉書天文志上十二次度數：「自柳九度至張十六度爲鶉火，於辰在午，周之分野，屬三河。」原注：「費直，起柳五度。蔡邕，起柳三度。」按：三河，原作「三川」，敦煌本同，據改。三河，漢書高帝紀上：「悉發關中兵，收三河士。」注引韋昭曰：「河南、河東、河内也。」交，英華作「郊」，誤。耀，敦煌本作「曜」。

〔五四〕「七澤」二句，七澤泛指古代楚地諸湖泊，此代指楚。文選司馬相如子虛賦：「臣聞楚有七澤，嘗見其一，未覩其餘也。」史記天官書：「翼爲羽翮，主遠客。」正義：「翼二十二星，軫四星，長沙一星，轄二星，合軫七星皆爲鶉尾，於辰在巳，楚之分野。」

〔五五〕「南河」二句，史記天官書：「東井爲水事。其西曲星曰鉞。鉞北，北河；南，南河。兩河、天闕間爲關梁。」正義：「南河三星，北河三星，分夾東井南北，置而爲戒。南河南戒，一曰陽門，亦曰越門；北河北戒，一曰陰門，亦爲胡門。兩戒間，三光之常道也。」又曰：「闕丘二星在南河南，天子之雙闕，諸侯之兩觀，亦象魏縣書之府。」按：象魏，宮闕；縣，同「懸」，懸書謂懸掛朝廷之文書。南河北河，敦煌本作「河南河北」，誤。英華僅作「南河」，校：「一有北河二字。」

〔五六〕「左轄」二句，史記天官書：「軫爲車，主風。」索隱引宋均云：「軫四星居中，又有二星爲左右轄，車之象也。軫與巽同位，爲風，車動行疾似之也。」又晉書天文志上二十八舍：「轄星傅軫兩傍，主王侯，左轄爲王者同姓，右轄爲異姓。星明，兵大起。遠軫，凶。轄舉，南蠻侵。」因包括左、右轄在內之翼二十二星主夷狄，「星明，兵大起」，言「邊荒自寧」，亦嫌牽强。左轄，英華僅有此二字，校：「一有右轄二字。」

乃有金之散氣，水之精液〔一〕。法渭水之横橋〔二〕，像昆明之刻石〔三〕。歲時占其水旱〔四〕，滄溟應其潮汐〔五〕。織女之室，漢家之使可尋〔六〕；飲牛之津，海上之人易覿〔七〕。日也者，衆陽之長，人君之尊〔八〕。天雞曉唱〔九〕，靈烏晝踆〔一〇〕。扶桑臨於大海〔一一〕，若木照於崑崙〔一二〕。太平太蒙，所以司其出入〔一三〕；南至北至，所以節其寒温〔一四〕。龍山銜燭〔一五〕，不能議其光景；夸父棄策〔一六〕，無以方其駿奔。月也者，群陰之紀〔一七〕，上天之使〔一八〕，異姓之王〔一九〕，后妃之事〔二〇〕。方諸對而明水淶〔二一〕，重暈匝而邊風駛〔二二〕。裁盈蚌蛤，則虜騎先侵〔二三〕；適鬭麒麟〔二四〕，則暗虚潛值〔二五〕。五星者〔二六〕，木爲重華〔二七〕，火爲熒惑〔二八〕。鎮居戊己，斯爲土德〔二九〕。太白主西〔三〇〕，辰星主北〔三一〕。俯察人事，仰觀天則。比參右肩之黄，如奎大星之黑〔三二〕。五材所以致用〔三三〕，七政於焉不忒〔三四〕。同舍而有四方〔三五〕，分天而利中國〔三六〕。赤角犯我城，黄角地之争。五星同色，天下偃兵〔三七〕。趨前舍爲盈，退後舍爲縮；盈則侯王不寧，縮則軍旅不復〔三八〕。或向而或背，或遲而或速〔三九〕。金火犯之而甚憂〔四〇〕，歲鎮居之而有福〔四一〕。

【箋注】

〔一〕「乃有」二句，史記天官書：「星者，金之散氣，〔其〕本曰火。……漢者，亦金之散氣，其本曰水。」索隱：「案：水生〔於〕金，散氣即水氣。河圖括地象曰『河精爲天漢』也。」

〔二〕「法渭水」句，渭水，敦煌本、英華作「清渭」，英華校：「二字一作渭水。」句謂横橋上法牽牛星。漢書武五子傳戾太子據：「族滅江充家，焚蘇文於横橋上。」注引孟康曰：「横音光。」又引顔師古曰：「即横門渭橋也。」又三輔黄圖卷一咸陽故城：「（秦始皇）引渭水灌都，以象天漢，横橋南渡，以法牽牛。」同書卷六橋又曰：「横橋，三輔舊事云：秦造横橋，漢承秦制，廣六丈三百八十步，置都水令以掌之，號爲石柱橋。漢末董卓燒之。」

〔三〕「像昆明」句，明，敦煌本、全唐文作「池」。英華作「明」，校：「一作池。」謂昆明池象天河。西京雜記卷一：「武帝作昆明池，欲伐昆明夷，教習水戰。……池周回四十里。」又曰：「昆明池刻玉石爲魚，每至雷雨，魚常鳴吼，鬐尾皆動。漢世祭之以祈雨，往往有驗。」昆明池之由來，三輔黃圖卷四池沼述之甚詳，且引關輔古語曰：「昆明池中有二石人，立牽牛、織女於池之東西，以象天河。」又引張衡西京賦曰：「昆明、靈沼，黑水玄阯。牽牛立其右，織女居其左。」昆明，五十家作「昆池」。

〔四〕「歲時」句，謂星變可以占水旱。其例在史記天官書中頗多，如曰：「西宮咸池，曰天五潢，五潢，五帝車舍。火入，旱；金，兵；水，水。」索隱：「謂火、金、水入五潢，則各致此災也。」

〔五〕「滄溟」句，滄溟，即大海。句謂潮汐與天文運行相應。太平御覽卷六八潮水引抱朴子曰：「糜氏云：潮汐，潮，朝來也；汐，夕至也。一月之中，天再東再西，故潮水再大再小也。又夏時日居南宿，陰消陽盛，而天高一萬五千里，故夏潮大也。冬時日居北宿，陰盛陽消，而天卑一萬五千里，故冬潮小也。又春日居東宿，天高一萬五千里，故春潮漸起也。秋日居西宿，天卑一萬五千里，故秋潮漸減也。」又曰：「天河從北極分爲兩頭，至於南極，其一經南斗中過，其一經東斗中過，兩河隨天轉入地下，過而與下水相得，又與海水合，三水相蕩，而天轉排之，故激涌而成潮水。」今按：所引文字不見於傳本抱朴子内外篇。潮汐，敦煌本、英華作「朝夕」，似誤。

〔六〕「織女」二句，宋祝穆古今事文類聚前集卷一一引荆楚歲時記：「漢武帝令張騫使大夏，尋河源，乘槎經月而至一處，見城郭如官府，室内有一女織。又見一丈夫牽牛飲河。君問云：『此是何處？』答曰：『可問嚴君平。』」據漢書張騫傳，騫於武帝元鼎二年（前一一五）以中郎將出使烏孫，曾分遣副使使大宛、康居、月支、大夏等國。女，敦煌本作「婦」。使，英華作「史」，校：

「一作文。」皆誤，使指張騫。

〔七〕「飲牛」二句，張華博物志卷一〇：「舊説云天河與海通。近世有人居海濱者，年年八月，有浮槎去來，不失期。人有奇志，立飛閣於槎上，多齎糧，乘槎而去。……奄至一處，有城郭狀，屋舍甚嚴，遥望宮中多織婦，見一丈夫牽牛渚次飲之。」上，英華作「畔」，校：「一作上。」

〔八〕「日也者」三句，漢書李尋傳：尋説帝舅曲陽侯王根曰：「夫日者，衆陽之長，煇光所燭，萬里同晷，人君之表也。」又晉書天文志中：「日爲太陽之精，主生養恩德，人君之象也。」日也者，敦煌本無「也」字。

〔九〕「天雞」句，天雞一名瓠瓜，在河鼓東，已見本文前注。史記曆書：「時雞三號，卒明。」索隱：「三號，三鳴也。言夜至雞三鳴則天曉。」

〔一〇〕「靈烏」句，淮南子精神訓：「日中有踆烏。」高誘注：「踆，猶蹲也，謂三足烏。」靈，敦煌本作「雲」，誤。

〔一一〕「扶桑」句，山海經海外東經：「黑齒國……下有湯谷。湯谷上有扶桑，十日所浴，在黑齒北。」又淮南子天文訓：「日出於暘谷，浴於咸池。」

〔一二〕「若木」句，楚辭屈原離騷：「折若木以拂日兮。」王逸注（按：或疑乃王逸子王延壽之徒作，以下同，不再説明）：「若木在崑崙西極，其華照下地。」又淮南子墬形訓：「若木在建木西，末有十日，其華照下地。」

〔一三〕「太平」二句，謂地域不同，人之性格亦異。爾雅釋地：「岠齊州以南，戴日爲丹穴（郭璞注：岠，去也。齊，中也）。北戴斗極爲空桐（郭璞注：戴，值），東至日所出爲太平，西至日所入爲太蒙（郭璞注：即蒙汜也）。太平之人仁，丹穴之人智，太蒙之人信，空桐之人武（郭璞注：地氣使之然也）。」太蒙，「蒙」原作「象」。敦煌本、英華、五十家、全唐文作「蒙」。文苑英華辨證卷四稱「凡郡縣名及地名有不可以他本而輕改者」，即舉此文爲例，蓋以爲乃唐文粹誤改，并引爾雅爲證。所説是，今改。司其，英華無「其」字，校：「一有其字。」

〔一四〕「南至」二句，詳見史記律書，有曰：「南至於箕，箕者，言萬物根棋，故曰箕，正月也，律中泰蔟。泰蔟者，言萬物蔟生也，故曰泰蔟。其於十二子爲寅。寅言萬物始生螾然也，故曰寅。南至於尾，言萬物始生如尾也。南至於心，言萬物始生有華心也。」「北至於胃。胃者，言陽氣就藏，皆胃胃也。北至於婁。婁者，呼萬物且内之也。北至於奎。奎者，主毒螫殺萬物也，奎而藏之。九月也，律中無射。」節其，敦煌本作「肆其」。英華無「其」字，校：「一有其字。」

〔一五〕「龍山」句，楚辭屈原天問：「日安不到，燭龍何照。」王逸注：「言天之西北，有幽冥無日之國，有龍銜燭而照之。」按山海經海外北經：「鍾山之神，名曰燭陰，視爲晝，瞑爲夜，吹爲冬，呼爲夏。」郭璞注：「燭龍也，是燭九陰，因名云。」又大荒北經：「西北海之外，赤水之北，有章尾山。有神，人面蛇身而赤，直目正乘。……是燭九陰，是謂燭龍。」淮南子墬形訓：「燭龍在雁門北，蔽於委羽之山，不見日。其神人面龍身而無足。」則所謂「龍山」，指燭龍所居之山。銜，敦煌本作「衡」，誤。

〔一六〕「夸父」句，山海經海外北經：「夸父與日逐走，入日。渴欲得飲，飲於河渭。河渭不足，北飲大澤。未至，道渴而死，棄其杖，化爲鄧林。」郭璞注：「夸父者，蓋神人之名也。」策、杖義同。

〔一七〕「月也者」二句，也，敦煌本無。説文：「月，闕也，大（太）陰之精。」晉書天文志中七曜：「月爲太陰之精。」

〔一八〕「上天」句，淮南子天文訓：「日月者，天之使也。」

〔一九〕「異姓」句，晉書天文志中七曜：「（月）列之朝廷，諸侯大臣之類。」

〔二〇〕「后妃」句，晉書天文志中七曜：「以之（月）配日，女主之象。」

〔二一〕「方諸」句，謂月。淮南子天文訓：「物類相動，本標相應，……（故）方諸見月則津而爲水。」高誘注：「方諸，陰燧大蛤也。熟磨令熱，月盛時以向月下，則水生。」浹，敦煌本、英華作「治」，英華校：「一作浹。」

〔二二〕「重暈」句，謂日。晉書天文志中：「日旁有氣，員而周帀，内赤外青，名爲暈。日暈者，軍營之象。周環帀日，無厚薄，敵與軍勢齊等。若無軍在外，天子失御，民多叛。日暈有五色，有喜；不得五色者有憂。」日暈帀有戰事，故云「邊風駛」。

〔二三〕「裁盈」二句，謂月。吕氏春秋卷九精通：「月也者，群陰之本也。月望則蚌蛤實，群陰盈；月晦則蚌蛤虛，群陰虧。」高誘注：「月十五日盈滿，在西方，與日相望也。蚌蛤陰物，隨月而盛，其中皆實滿也。」又曰：「虛，蚌蛤肉隨月虧而不盈滿也。」唐開元占經卷一一月占一引河圖帝覽嬉曰：「月未當望而望，是謂趣兵，以攻人城者大昌；當望不望，以攻人城者有殃，所宿之國亡地。」

〔二四〕「適鬬」句，謂日。太平御覽卷八八九麒麟引春秋演孔圖曰：「蒼之滅也，麟不榮也。麟，木精也，麒麟鬬，日無光。」

〔二五〕「則暗虛」句，虛，原作「虎」，除敦煌本外各本同。後漢書天文志上劉昭注引張衡靈憲曰：「當日之衝，光常不合者，蔽於地也，是謂闇虛。在星星微，月過則食。」則「虎」當爲「虛」之誤，據此及敦煌本改。「暗虛潛值」，謂遇月蝕也。

〔二六〕「五星」句，指木（歲星）、火（熒惑）、土（鎮星）、金（太白）、水（辰星）。

〔二七〕「木爲」句，史記天官書：「歲星一曰攝提，曰重華，曰應星，曰紀星。」又晉書天文志中七曜：「歲星曰東方春，木。」

〔二八〕「火爲」句，史記天官書：「察剛氣以處熒惑，曰南方火，主夏。」晉書天文志中七曜：「熒惑曰南方夏，火。」惑，敦煌本作「或」，誤。

〔二九〕「鎮居」二句，史記天官書：「曆斗之會以定填星之位。曰中央土，主季夏，日戊、己，黄帝，主德，女主象也。」晉書天文志中：「填星曰中央，季夏，土。」填、鎮通。

〔三〇〕「太白」句，史記天官書：「察日行以處位太白，曰西方，秋。」晉書天文志中七曜：「太白曰西方秋，金。」主，全唐文作「土」，誤。

〔二〕「辰星」句，史記天官書：「察日辰之會，以治辰星之位。曰北方水，太陰之精，主冬。」晉書天文志中七曜：「辰星曰北方冬，水。」

〔三〕「比參」二句，比，敦煌本作「北」，誤。大星，「大」原作「火」，據敦煌本、英華、全唐文改。史記天官書：「太白白，比狼；赤，比心；黄，比參左肩；蒼，比參右肩；黑，比奎大星。」正義：「比，類也。」晉書天文志中：「凡五星有色，大小不同，各依其行而順時應節。色變有類，凡青皆比參左肩，赤比心大星，黄比參右肩，白比狼星，黑比奎大星。不失本色而應其四時者，吉；色害其行，凶。」

〔三〕「五材」句，漢書刑法志：「古人有言：『天生五材，民並用之，廢一不可。』」顔師古注：「五材，金、木、水、火、土也。」材，敦煌本、英華作「才」，英華校：「一作材。」所以，英華作「以之」，校：「一作所以。」

〔四〕「七政」句，史記天官書：「北斗七星，所謂『旋、璣、玉衡，以齊七政』。」索隱案：「尚書大傳云：『七政，謂春、秋、冬、夏、天文、地理、人道，所以爲政也。人道政而萬事順成。』又馬融注尚書云『七政者，北斗七星，各有所主：第一曰正日；第二曰主月法；第三曰命火，謂熒惑也；第四曰煞土，謂填星也；第五曰伐水，謂辰星也；第六曰危木，謂歲星也；第七曰剽金，謂太白也。日、月、五星各異，故曰七政也』。」前説於義較長。於焉，敦煌本作「由其」。

〔三五〕「同舍」句，史記天官書：「五星皆從辰星而聚於一舍，其所舍之國可以法致天下。」天下，即四方。

〔三六〕「分天」句，史記天官書：「五星分天之中，積於東方，中國利；積於西方，外國用〔兵〕者利。」

〔三七〕「赤角」四句，史記天官書：「五星色白圜，爲喪旱；赤圜，則中不平，爲兵；青圜，爲憂水；黑圜，爲疾，多死；黄圜，則吉。赤角犯我城，黄角地之争，白角哭泣之聲，青角有兵憂，黑角則水。……五星同色，天下偃兵，百姓寧昌。」「黄角地之争」之「地」，原作「天」，敦煌本及各本同，據此引及晉書天文志中七曜改。

〔三八〕「趨前」四句，史記天官書：「（歲星）其趨舍而前曰贏，退舍曰縮。」索隱：「趨音聚，謂促。」同書又曰：「（填星）贏，爲王不寧；其縮，有軍不復。」按：兩「盈」字，英華皆作「贏」，各校曰：「一作盈。」晉書天文志中七曜作「盈」。退，敦煌本無。軍旅，敦煌本作「有軍」。

〔三九〕「或向」二句，史記天官書：「（太白）出西爲刑，舉事右之背之，吉。反之皆凶。」反之，即向之也。又曰：「用兵象太白：太白行疾，疾行；遲，遲行。」

〔四〇〕「金火」句，史記天官書：「金在北，歲偏無。火與水合爲焠，與金合爲鑠，爲喪，皆不可舉事，用兵大敗。」甚，敦煌本作「其」。

〔四一〕「歲鎮」句，史記天官書：「歲填一宿，其所居國吉。……其居久，其國福厚。」

觀衆星之部署，歷七曜之驅馳〔一〕。定天下之文，所以通其變〔二〕；見天下之賾，所以象其宜〔三〕。然後播之以風雨，威之以霜霰〔四〕。或吐霧而蒸雲，或擊雷而鞭電〔五〕。一旬而太平感〔六〕，膚寸而天下遍〔七〕。白日爲之晝昏〔八〕，恒星爲之不見〔九〕。爾乃重明合璧〔一〇〕，五緯連珠〔一一〕。青氣夜朗〔一二〕，黄雲旦扶〔一三〕。握天鏡〔一四〕，授河圖〔一五〕。若曰賜之以福〔一六〕，此明王聖帝之休符。至如怪雲祆氛〔一七〕，冬雷夏雪〔一八〕。日暈長虹〔一九〕，星芒伏鼈〔二〇〕。陰有餘而地動〔二一〕，陽不足而天裂〔二二〕。若曰懼之以災，此昏主亂君之妖孽。

【箋　注】

〔一〕「觀衆星」二句，七曜，指日、月、歲星、熒惑、填星、太白、辰星，詳晉書天文志中七曜。兩句謂星空中所有星宿，皆由日、月、五星所統率。之驅馳，「之」字英華作「而」。全唐文亦作「而」。

〔二〕「定天下」二句，周易繫辭上：「通其變，遂成天地之文；極其數，遂定天下之象。非天下之至變，其孰能與於此！」

〔三〕「見天下」二句，周易繫辭上：「聖人有以見天下之賾，而擬諸其形容，象其物宜。」孔穎達疏：「賾，謂幽深難見。聖人有其神妙，以能見天下深賾之至理也。而擬諸其形容者，以此深賾之理擬度諸物形容也。……象其物宜者，聖人又法象其物之所宜。」按：此指天象，與繫辭所指易象異。以上四句，謂普天下之文、之象，皆由日、月、五星變化所致。

〔四〕「然後」二句，謂天以風雨霜霰示警。史記天官書：「天行德，天子更立年；不德，風雨破石。」索隱案：「天，謂北極，紫微宮。」威，英華作「成」，校：「一作威。」

〔五〕「或吐」二句，謂觀自然變化以定吉凶，史記天官書稱之爲「候息耗」，曰：「若煙非煙，若雲非雲，郁郁紛紛，蕭索輪囷，是謂卿雲。卿雲，喜氣也。若霧非霧，衣冠而不濡，見則其域被甲而趨。夫雷電、蝦虹、辟歷、夜明者，陽氣之動者也，春夏則發，秋冬則藏，故候者無不司之。」鞭，英華作「奔」，校：「一作鞭。」

〔六〕「一旬」句，一旬，謂迅疾。「太平感」，言太平之祥瑞感應。史記禮書：「或言古者太平，萬民和喜，瑞應辨至。」正義：「辨音遍。」

〔七〕「膚寸」句，春秋公羊傳僖公三十一年：「觸石而出，膚寸而合，不崇朝而遍雨乎天下者，唯泰山爾。」何休注：「側手爲膚，案指爲寸。言其觸石理而出，無有膚寸而不合。」

〔八〕「白日」句，言天象反常。太平御覽卷八七九晝昏引史記、後漢書、晉書、宋書、隋書等，晝昏皆爲凶兆。如引後漢書曰：「獻帝時，白晝昏，董卓擁兵發帝陵（按：事見後漢書獻帝紀）。」

〔九〕「恒星」句，左傳莊公七年：「夏，恒星不見，夜明也。星隕如雨，與雨偕也。」又漢書五行志下之下：「嚴公（即莊公，避明帝諱）七年『四月辛卯夜，恒星不見，夜中星隕如雨』。董仲舒、劉向以爲常（即「恒」，避文帝諱）星二十八宿者，人君之象也；衆星，萬民之類也。列宿不見，象諸侯微也；衆星隕墜，民失其所也（見唐開元占經卷七六引）。」皆災異之兆。

〔一〇〕「爾乃」句，重明，即重輝。太平御覽卷七星下引崔豹古今注曰：「漢明帝爲太子時，令樂人作歌詩曰星重輝，言太子比德，故云重也。」合璧，漢書律曆志上：「宦者淳于陵渠復覆太初曆晦朔弦望，皆最密，日月如合璧，五星如連珠。」注引孟康曰：「謂太初上元甲子夜半朔旦冬至時，七曜皆會聚斗牽牛分度，夜盡如合璧連珠也。」又顔師古注：「言其應候不差也。」璧，原作「壁」，據改。

〔一一〕「五緯」句，五緯，即五星。史記天官書：「水、火、金、木、填星，此五星者，天之五佐，爲緯。」連珠，見上注。又太平御覽卷七瑞星引易坤靈圖曰：「至德之萌，五星若貫珠。」同書卷八七二引作「連珠」。

〔一二〕「青氣」句，太平御覽卷八七二氣引應劭漢官儀曰：「世祖封禪，久有白氣一丈東南極，望正直壇，所有青氣上與天屬，遥望不見，此瑞命之符也。」

〔一三〕「黄雲」句，初學記卷一雲引周禮「保章氏以五雲之物辨吉凶」，鄭司農注云：「二至二分觀雲色，……黄爲豐。」又引東方朔傳：「有黄雲來如覆車，五穀大熟。」又引洛書曰：「黄帝起，黄雲扶日。」旦，英華作「晝」，校：「一作旦。」

〔一四〕「握天鏡」句，明孫瑴編古微書卷三六洛書録運法「有人卯金，握天鏡」句，「卯金」爲「劉」字，蓋漢人讖緯之説。徐陵皇太子臨辟雍頌：「皇帝世膺下武，體兹上德。握天鏡而授河圖，執玉衡而運乾象。」

〔一五〕「授河圖」句，太平御覽卷五星上引論語讖曰：「仲尼曰：吾聞堯率舜等遊首山，觀河渚。有五老遊河渚，一老曰：『河圖將來，告帝期。』二老曰：『河圖將來，告帝謀。』三老曰：『河圖將來，告帝書。』四老曰：『河圖將來，告帝圖。』五老曰：『河圖將來，告帝符。』龍銜玉苞金泥玉檢封盛書，五老飛爲流星，上入昴。」

〔一六〕「若曰」句，若曰，尚書酒誥：「王若曰：明大命於妹邦。」僞孔傳釋「若曰」爲「順其事而言之」。

〔一七〕「至如」句，晉書天文志中雲氣：「妖氣，一曰虹蜺，日旁氣也，斗之亂精。主惑心，主内淫，主臣謀君，天子詘，后妃顓，妻不一。二曰牂雲，如狗，赤色，長尾；爲亂君，爲兵喪。」祅氛，英華作「祓氣」，校：「一作祅氛。」

〔一八〕「冬雷」句，太平御覽卷八七六冬雷引京房易妖占曰：「天冬雷，地必震。教令撓，則冬雷，民飢。」晉書五行志下引京房易傳曰：「夏雪，戒臣爲亂。」又太平御覽卷八七八不時雪引易通卦驗曰：「乾得坎之蹇，則夏雨雪。」又引詩推度災曰：「逆天地，絶人倫，則夏雨雪。」

〔一九〕「日暈」句，日暈，晉書天文志中十煇：「日旁有氣，員而周帀，内赤外青，名爲暈。日暈者，軍營之象。周環帀日，無厚薄，敵與軍勢齊等。若無軍在外，天子失御，民多叛。日暈有五色，有喜；不得五色者有憂。」長虹，太平御覽卷八七八虹蜺引易通卦驗曰：「虹不時見，女謁亂公。虹者，陰陽交接之氣，陽倡陰和之象。今失節不見者，似人君心在房内，不循外事，廢禮失義，夫人淫恣而不制，故曰女謁亂公。」又引春秋潛潭巴：「虹五色迭至，照於宮殿，有兵革之事。」又引京氏別對災異曰：「虹蜺近日，則奸臣謀；貫日，客代主其服也。釋安樂，試非常，正股肱，入賢良。」

〔二〇〕「星芒」句，芒，唐文粹、五十家、全唐文作「流」，誤。文苑英華辨證卷一：「按前漢（天文）志：『旬始，〔出於北斗旁，狀如雄雞。〕其怒，青黑色，象伏鼈。』宋均曰：『怒，謂芒角刺出。』而文粹作『星流伏鱉』。」謂作「流」誤，是。按：所指當爲蚩尤星。漢書天文志：「蚩尤之旗，類彗而後曲，象旗。見則王者征伐四方。」注引孟康曰：「熒惑之精也。」又引晉灼曰：「呂氏春秋云其色黄上白下也。」

〔二一〕「陰有餘」句，太平御覽卷八八〇地震引京房易占：「地動，陰有餘。」

〔二二〕「陽不足」句，史記天官書：「天開縣物，地動坼絶。」集解引孟康曰：「謂天裂而見物象，天開示縣象。」太平御覽卷八七四天裂引京氏易妖占：「天裂，陽不足，下害上之象。天裂見人，兵起，國亡。天開見光，血流滂滂。」

昔者顓頊之命重、黎，司天而司地〔一〕；陶唐之分仲、叔，宅西而宅東〔二〕。其後宋有子韋，鄭有裨竈，魏有石氏，齊有甘公〔三〕。唐都之推星，王朔之候氣〔四〕，周文之視日〔五〕，吴範之占風〔六〕，有以見天地之情狀，識陰陽之變通。詩云「謂天蓋高」〔七〕，語曰「惟天爲大」〔八〕，至高而無上，至大而無外〔九〕。四時行焉，萬物生焉〔一〇〕。群神莫尊於上帝〔一一〕，法象莫大於皇天〔一二〕。靈心不測，神理難詮〔一三〕。日何爲兮右轉？天何爲兮左旋〔一四〕？盤古何神兮立天地〔一五〕？巨靈何聖兮造山川〔一六〕？螟何細兮師曠清耳而不聞，離朱拭目而無見〔一七〕？鵬何壯兮摶扶摇而翔九萬，運海水而擊三千〔一八〕？黿與蛇兮異其短長之質〔一九〕，椿與菌兮殊其小大之年〔二〇〕。鍾何鳴兮應霜氣〔二一〕，劍何伏兮動星躔〔二二〕。列子何方兮御風而有待〔二三〕，師門何術兮驗火而登仙〔二四〕。魯陽麾戈兮轉於西日〔二五〕，陶侃折翼兮登於上玄〔二六〕。女何冤兮化精衛〔二七〕，帝何恥兮爲杜鵑〔二八〕。争疆理者有零陵之石〔二九〕，聞絃歌者有蓋山之泉〔三〇〕。若怪神之不語〔三一〕，夫何述於此篇。以天乙之武也，焦土而爛石〔三二〕；以唐堯之德也，襄陵而懷山〔三三〕。以顔回之賢也，貧居於陋巷〔三四〕；以孔丘之聖也，情希於執鞭〔三五〕。馮唐入於郎署也，兩君而未識〔三六〕；揚雄在於天禄也，三代而不遷〔三七〕。桓譚思周於圖讖也，忽焉不樂〔三八〕；張衡術窮於天地也，退而歸田〔三九〕。我無爲而民自化〔四〇〕，吾不知其所以然而然〔四一〕。

【箋注】

〔一〕「昔者」二句，史記太史公自序：「昔在顓頊，命南正重以司天，火正黎以司地。」又天官書：「昔之傳天數者：高辛之前，重、黎。」正義：「左傳云蔡墨曰『少昊氏之子曰黎，爲火正，號祝融』，即火行之官，知天數。」按國語楚語下：「及少皞之衰也，九黎亂德，民神雜糅。……顓頊受之，乃命南正重司天以屬神，命火正黎司地以屬民，使復舊常，無相侵瀆，是謂絶地天通。」韋昭注：「重、黎，顓頊掌天地之臣。」

〔二〕「陶唐」二句，陶唐，即堯。史記五帝本紀：「帝堯者，放勳。」正義引徐廣云：「號陶唐。」仲、叔，指羲仲、羲叔、和仲、和叔，即羲和氏之四子。宅西、宅東，實兼指南、北。尚書堯典：「乃命羲和，欽若昊天，曆象日月星辰，敬授人時。分命羲仲，宅嵎夷，曰暘谷。……申命羲叔，宅南交，平秩南訛，敬致。……分命和仲，宅西，曰昧谷。……申命和叔，宅朔方，曰幽都，平在朔易。」僞孔傳：「重黎之後羲氏、和氏，世掌天地四時之官，故堯命之，使敬順昊天。昊天，言元氣廣大。」即羲氏掌天官，和氏掌地官，四子掌四時。宅，居也。「仲叔」，英華作「叔仲」。

〔三〕「其後」數句，史記天官書：「昔之傳天數者，……於宋，子韋；鄭則裨竈；在齊，甘公；楚，唐眛；趙，尹皋；魏，石申。」正義：「裨竈，鄭大夫也。」集解引徐廣曰：「或曰甘公名德也，本是魯人。」正義引七録云(甘公)「楚人，戰國時作天文星占八卷」。又云「石申，魏人，戰國時作天文八卷也」。子韋，原作「子禕」，據史記改。首句「其」字，英華無。校：「一有其字。」

〔四〕「唐都」二句，史記天官書：「夫自漢之爲天數者，星則唐都，氣則王朔，占歲則魏鮮。」又太史公自序：「太史公學天官於唐都。」

〔五〕「周文」句，史記陳涉世家：「周文，陳之賢人也，嘗爲項燕軍視日。事春申君，自言習兵，陳王與之將軍印，西擊秦。……章邯擊，大破之，周文自剄。」視日，集解引如淳曰：「視日時吉凶舉動之占也。」

〔六〕「吴範」句，三國志吴書吴範傳：「吴範字文則，會稽上虞人也。以治曆數、知風氣聞於郡中。舉有道，詣京都，世亂不行。會孫權起於東南，範委身服事，每有災祥，輒推數言狀，其術多效，遂以顯名。」爲騎都尉，領太史令。孫權立爲吴王，論功封都亭侯，然「恚其愛道於己也，削除其名」。

〔七〕「詩云」句，見詩經小雅正月：「謂天蓋高，不敢不局；謂地蓋厚，不敢不蹐。」毛傳：「局，曲也；蹐，累足也。」

〔八〕「語曰」句，見論語泰伯：「巍巍乎唯天爲大，唯堯則之。」

〔九〕「至高」二句，淮南子繆稱訓：「道至高無上。」又莊子天下：「至大無外，謂之大一；至小無內，謂之小一。」釋文引司馬彪云：「無外不可一，無內不可分，故謂之一也。天下所謂大小皆非，形，所謂一二非至名也。至形無形，至名無名。」按：所謂「一」，亦即「道」。

〔一〇〕「四時」二句，論語陽貨：「子曰：天何言哉，四時行焉，百物生焉，天何言哉！」

〔一一〕「群神」句，尚書舜典：「肆類于上帝，禋于六宗，望于山川，遍于群神。」釋文：「王云：上帝，天也。馬云：上帝，太一神，在紫微宮，天之最尊者。」僞孔傳：「群神，謂丘陵墳衍、古之聖賢，皆祭之。」此即謂上帝尊於群神。

〔一二〕「法象」句，易繫辭上：「法象莫大乎天地，變通莫大乎四時。」

〔一三〕「神理」句，英華校：「一作筌。」

〔一四〕「日何爲」二句，晉書天文志上天體：「周髀家云：天員如張蓋，地方如棊局。天旁轉如推磨而左行，日月右行，隨天左轉，故日月實東行，而天牽之以西没。譬之於蟻行磨石之上，磨左旋而蟻右去，磨疾而蟻遲，故不得不隨磨以左迴焉。」則「右轉」當爲「左轉」，然對句爲「左旋」，故不得已而用「右」，所謂以文害義是也。

〔一五〕「盤古」句，立天地，謂開天闢地。太平御覽卷二天部下引三五曆紀：「天地開闢，陽清爲天，陰濁爲地，盤古在其中，一日九變。」

〔一六〕「巨靈」句，楚辭屈原天問：「鼇戴山抃，何以安之？」王逸注：「有巨靈之鼇背負蓬萊之山而抃舞。」又列子湯問：「渤海之東不知幾億萬里，有大壑焉，……其中有五山焉：一曰岱輿，二曰員嶠，三曰方壺，四曰瀛洲，五曰蓬萊，……而五山之根無所連箸，常隨潮波上下往還，不得蹔峙焉。仙聖毒之，訴之於帝。帝恐流於西極，失群仙聖之居，乃命禺彊使巨鼇十五舉首而戴之。迭爲三番，六萬歲一交焉，五山始峙而不動。」聖，英華作「神」，校：「一作聖。」

〔一七〕「螟何細」二句，列子湯問：「江浦之間生麽蟲，其名曰焦螟，群飛而集於蚊睫，弗相觸也。栖宿去來，蚊弗覺也。離朱子羽方晝拭眥揚眉而望之，弗見其形；鯱俞、師曠方夜擿耳俛首而聽之，弗聞其聲。」張湛注：「離朱，黄帝時明目人，能百步望秋毫之末。」又曰：「鯱俞未聞也。師曠，晉平公時人。」陳景元釋文：「鯱俞、師曠，皆古之聰耳人也。」離朱，英華「朱」作「婁」，校：「一作朱。」按：離朱、離婁乃一人。無，英華作「不」，校：「一作無。」

〔一八〕「鵬何壯」二句，莊子逍遥遊：「窮髮之北有冥海者，天池也。有魚焉，其廣數千里，未有知其修者，其名爲鯤。有鳥焉，其名爲鵬，背若太山，翼若垂天之雲，摶扶摇羊角而上者九萬里，絶雲氣，負青天，然後圖南，且適南冥也。」又曰：「鵬之徙於南冥也，水擊三千里，摶扶摇而上者九萬里。」

〔一九〕「龜與蛇」句，莊子天下：「龜長於蛇。」釋文引司馬彪云：「蛇形雖長，而命不久；龜形雖短，而命甚長。」兮，英華作「而」，校：「一作兮。」

〔二〇〕「椿與菌」句，莊子逍遥遊：「小知不及大知，小年不及大年。奚以知其然也？朝菌不知晦朔，蟪蛄不知春秋，此小年也。楚之南有冥靈者，以五百歲爲春，五百歲爲秋；上古有大椿者，以八千歲爲春，八千歲爲秋。」朝菌，釋文引司馬彪云：「大芝也。天陰生糞上，見日則死。一名日及，故不知月之終始也。」又釋大椿云：「木，一名櫄。櫄，木槿也。」引李頤云：「生江南，一云生北户南。此木三萬二千歲爲一年。」

〔二一〕「鍾何鳴」句，山海經中山經：「（豐山）有九鍾焉，是知霜鳴。」郭璞注：「霜降則鍾鳴，故言知也。」或謂豐山在南陽。全唐文卷四五一喬潭霜鍾賦：「南陽豐山，有九鍾焉，霜降則鳴，斯氣感而應也。」兮，英華作「而」，校：「一作兮。」

〔二二〕「劍何伏」句，晉書張華傳：「初，吴之未滅也，斗牛之間常有紫氣，道術者皆以吴方强盛，未可圖也，惟華以爲不然。及吴平之後，紫氣愈明。華聞豫章人雷焕妙達緯象，乃要焕宿，屏人曰：

『可共尋天文，知將來吉凶。』因登樓仰觀。焕曰：『僕察之久矣，惟斗牛之間頗有異氣。』華曰：『是何祥也？』焕曰：『寶劍之精，上徹於天耳。』……因問曰：『在何郡？』焕曰：『在豫章豐城。』華曰：『欲屈君爲宰，密共尋之，可乎？』焕許之。華大喜，即補焕爲豐城令。焕到縣，掘獄屋基，入地四丈餘，得一石函，光氣非常，中有雙劍，并刻題，一曰龍泉，一曰太阿。……遣使送一劍并土與華，留一自佩。」按「龍泉」，「泉」當作「淵」，唐人以高祖諱改。戰國策韓策一：「龍淵、太阿，皆陸斷馬牛，水擊鵠雁。」動，英華作「上」，校：「一作動。」

〔二三〕「列子」句，莊子逍遥遊：「夫列子御風而行，泠然善也，旬有五日而後反。彼於致福者，未數數然也。此雖免乎行，猶有所待者也。」兮，英華無，校：「一有兮字。」

〔二四〕「師門」句，文選左思魏都賦：「師門使火以驗術，故將去而林燔。」張載注：「師門者，嘯父弟子，亦能使火，爲孔甲龍師，孔甲不能修其心意，殺而埋之外野，一旦風雨迎之，訖，則山木皆燔。……嘯父，冀州人也。……師門者，本嘯父弟子，故附冀州。」兮，英華無，校：「一有兮字。」

〔二五〕「魯陽」句，淮南子覽冥訓：「魯陽公與韓搆難，戰酣，日暮，援戈而撝之，日爲之反三舍。」

〔二六〕「陶侃」句，晉書陶侃傳：「陶侃字士行，本鄱陽人也。吴平，徙家廬江之尋陽。」早孤貧，爲縣吏，積功遷至荆州刺史。蘇峻叛晉，温嶠推侃爲盟主，擊殺之，封長沙郡公，都督八州軍事。嘗「夢生八翼，飛而上天，見天門九重，已登其八，唯一門不得入。閽者以杖擊之，因墜地，折其左翼。及瘖，左腋猶痛」。上玄，文選揚雄甘泉賦：「惟漢十世，將郊上玄。」李善注：「上玄，天也。」按周易坤卦：「天玄而地黄。」故云。於，英華校：「一作乎。」

〔二七〕「女何寃」句，山海經卷三：「發鳩之山，其上多柘木。有鳥焉，其狀如烏，文首，白喙，赤足，名曰精衛，其鳴自詨。是炎帝之少女，名曰女娃。女娃遊於東海，溺而不返，故爲精衛。常銜西山之木石，以堙於東海。」寃，英華作「怨」，校：「一作寃。」化，英華作「爲」，校：「一作化。」

〔二八〕「帝何恥」句，華陽國志蜀志：「望帝杜宇「禪位於開明，帝升西山隱焉。時適二月，子鵑鳥鳴，故蜀人悲子鵑鳥鳴也」。又有化鵑之説。宋葛立方韻語陽秋卷一六引成都記：「杜宇，又曰杜主，自天而降，稱望帝。好稼穡，治郫城。後望帝死，其魂化爲鳥，名曰杜鵑。」

〔二九〕「争疆理」句，太平御覽卷二六九縣尉引荆州圖記曰：「澧陽縣西百三十里，澧水之南岸，有白石雙立，狀類人形，高各三十丈，周迴等四十丈。古之相傳，昔有充縣左尉與零陵尉共論疆，因相傷害，化爲此石，即以爲二縣界首，東標零陵，西碣充縣。充縣廢省，今臨澧縣則其地也。」

〔三〇〕「聞絃歌」句，太平御覽卷四六蓋山引紀義宣城記曰：「登蓋山一百許步，有泉。俗傳云：昔有舒氏女，未適人，其父析薪於此，女忽坐泉處，牽挽不動。父遽告家，比來，唯見清泉湛然。其女性好音樂，乃作絃歌，即泉涌浪迴，復有赤鯉一雙躍出。今作樂嬉遊，泉猶故沸涌。」絃，英華作「弦」，校：「一作絃。」

〔三一〕「若怪神」句，論語述而：「子不語怪、力、亂、神。」何晏集解引王肅注：「怪，怪異也；力，謂若奡盪舟、烏獲舉千鈞之屬；亂，謂臣弑君、子弑父；神，謂鬼神之事。或無益於教化，或所不忍言。」

〔三二〕「以天乙」二句，天乙，即湯。史記殷本紀：「主癸卒，子天乙立，是爲成湯。」謂湯雖有滅夏之英武，然無奈而有旱災。説苑君道：「湯之時，大旱七年，雒坼川竭，煎沙爛石。於是使人持三足鼎祝山川，教之祝曰：『政不節耶？使人疾耶？苞苴行耶？讒夫昌耶？宮室營耶？女謁盛耶？何不雨之極也！』」

〔三三〕「以唐堯」二句，尚書堯典：「湯湯洪水方割，蕩蕩懷山襄陵，浩浩滔天。」僞孔傳：「蕩蕩，言水奔突，有所滌除。懷，包；襄，上也。包山上陵，浩浩盛大，若漫天。」

〔三四〕「以顔回」二句，論語雍也：「子曰：賢哉回也！一簞食，一瓢飲，在陋巷，人不堪其憂，回也不改其樂。賢哉，回也！」賢，英華作「仁」，校：「一作賢。」貧居，英華作「居在」，校：「二字一作貧居。」

〔三五〕「以孔丘」二句，論語述而：「子曰：富而可求也，雖執鞭之士，吾亦爲之；如不可求，從吾所好。」何晏集解引鄭（玄）曰：「若於道可求者，雖執鞭之賤職，我亦爲之；如不可求，從吾所好。」於，英華校：「一作乎。」

〔三六〕「馮唐」二句，兩君，指漢文帝、景帝。史記馮唐列傳：「馮唐，以孝著，爲中郎署長，事文帝。……七年，景帝立，以唐爲楚相，免。武帝立，求賢良，舉馮唐。唐時年九十餘，不能復爲官，乃以唐子馮遂爲郎。」

〔三七〕「揚雄」二句，漢書揚雄傳：「當成、哀、平間，（王）莽、（董）賢皆爲三公，權傾人主，所薦莫不拔擢，而雄三世不徙官。……王莽時，……雄校書天禄閣上。」三代，即三世，「代」避太宗諱。

〔三八〕「桓譚」二句，後漢書桓譚傳：「桓譚字君山，沛國相人也。……善鼓琴，博學多通，徧習五經，皆詁訓大義，不爲章句。能文章，尤好古學。」以大司空宋弘薦，拜議郎、給事中，數上書駁俗儒讖記。「後有詔會議靈臺所處，帝謂譚曰：『吾欲〔以〕讖決之，何如？』譚默然良久，曰：『臣不讀讖。』帝問其故，譚復極言讖之非經。帝大怒曰：『桓譚非聖無法，將下斬之！』譚叩頭流血，良久乃得解，出爲六安郡丞，意忽忽不樂，道病卒，時年七十餘。」圖諜也，英華無「也」字，校：「一作圖讖。」焉，英華作「然」，校：「一作焉。」

〔三九〕「張衡」二句，後漢書張衡傳：「張衡字平子，南陽西鄂人也。」「衡善機巧，尤致思於天文、陰陽、曆算。……安帝雅聞衡善術學，公車特徵拜郎中，再遷爲太史令。遂乃研覈陰陽，妙盡琁璣之正，作渾天儀，著靈憲、算罔論，言甚詳明。」「論曰：崔瑗之稱平子曰：『數術窮天地，制作侔造化。』」文選卷一五張衡歸田賦舊注：「歸田賦者，張衡仕不得志，欲歸於田，因作此賦。」窮，英華作「達」，校：「一作窮。」

〔四〇〕「我無爲」句，老子：「故聖人云：我無爲而民自化，我好静而民自正。」河上公注：「聖人言我修道承天，無所作爲，而民自化成也。聖人言我好静，不言不教，民皆自忠正也。」民，原作

「人」，英華同，避唐太宗諱，據改。

〔四一〕「吾不知」句，吕氏春秋卷一九上德：「古之王者，德迴乎天地，澹乎四海，東西南北極日月之所燭，天覆地載，愛惡不臧，虚素以公，小民皆之。其之敵而不知其所以然，此之謂順天。」又淮南子泰族訓：「民交讓争處卑，委利争受寡，力事争就勞，日化上遷善，而不知其所以然，此治之上也。」

青苔賦〔一〕

粤若稽古聖皇〔二〕，重暉日光〔三〕。開博望之苑〔四〕，闢思賢之堂〔五〕。華館三襲〔六〕，瑚軒四下。地則經省而書坊〔七〕，人則後車而先馬〔八〕。相彼草木兮〔九〕，或有足言者。吁嗟青苔兮〔一〇〕，今可得而聞也。

【箋　注】

〔一〕青苔，苔蘚類植物，又稱水衣、地衣等等。藝文類聚卷八二草部下苔引爾雅曰：「薄，石衣也。」引説文曰：「苔，水衣也。」又引淮南子（按見泰族訓）曰：「窮谷之污，生〔以〕青苔。」又引古今注曰：「苔，或紫或青，一名員蘚，一名緑錢，一名緑蘚。」清人所編佩文齋廣群芳譜，類苔之名有二十餘種。以「青苔」爲題作賦，現存以江淹爲早，王勃亦有同題之作。賦開首曰：「粤若稽古聖皇，重暉日光。開博望之苑，闢思賢之堂。華館三襲，琱軒四下。地則經省而書坊，人則後車而先馬。」所言皆太子堂館之事。按文苑英華卷一四七載崔融瓦松賦并序，其序曰：「崇文館瓦松者，產於屋霤之上。千株萬莖，開花吐葉，高不及尺，下纔如寸，不載於仙經，靡題於藥録。謂之爲木也，訪山客而未詳；謂之爲草也，驗農皇而罕記。豈不以在人無用，在物無成乎？俗以其形似松，生必依瓦，故曰瓦松。楊炯謂余曰：『此中草木，咸可爲賦。』」則青苔賦必與崔融瓦松賦爲同時之作，所賦即崇文館草木之一也。具體寫作時間不詳，當在薛元超永隆二年（六八一）薦楊炯爲崇文館學士後不久。

〔二〕「粤若」句，粤，語詞，義同「曰」。尚書堯典：「曰若稽古。」僞孔傳：「若，順；稽，考也。」

〔三〕「重暉」句，重暉，猶言再放光芒。常指前後相繼，如藝文類聚卷一六儲宮引周王褒爲百僚請立皇太子表曰：「臣聞洊雷居震，春方應守器之禮；明兩作離，少陽纂重暉之業。」日光，「日」原作「月」。十二家唐詩（以下簡稱十二家）、全唐詩卷一九〇作「日」。上句既謂「聖皇」，則作「日」是，因改。

〔四〕「開博望」句，博望苑，漢武帝爲衛太子所建宮苑。漢書武五子傳：「戾太子據，元狩元年（前一二二）立爲皇太子。……及冠就宮，上爲立博望苑，使通賓客。」顔師古注：「取其廣博觀望也。」又三輔黄圖卷四苑囿：「博望苑，武帝立子據爲太子，爲太子開博望苑以通賓客。漢書曰：『武帝年二十九乃得太子，甚喜。太子冠，爲立博望苑，使之通賓客，從其所好。』又云：博望苑在長安城南，杜門外五里有遺址。」元和郡縣志卷一京兆府長安縣：「漢博望苑，在縣北五里，武帝爲太子據所立，使通賓客。」

〔五〕「闢思賢」句，思賢之堂，即思賢苑，漢文帝爲太子所建宫苑。西京雜記卷三：「文帝爲太子立思賢苑以招賓客，苑中有堂隍六所。客館皆廣廡高軒，屏風幃褥甚麗。」以上兩句，乃以漢擬唐。

〔六〕「華館」句，三襲，言其高。爾雅釋山：「山三襲，陟。」郭璞注：「襲亦重。」

〔七〕「地則」句，指崇文館舊隸司經局，又名桂坊。通典卷三〇職官東宫官：「魏文帝始置崇文觀，以王肅爲祭酒，其後無聞。貞觀中，置崇賢館，有學士、直學士員，掌經籍圖書，教授諸王，屬左春坊。龍朔二年（按：當爲三年〔六六三〕，見舊唐書高宗紀上），改司經局爲桂坊，管崇賢館，而罷隸左春坊。……後沛王賢爲皇太子，避其名，改爲崇文館。」

〔八〕「人則」句，後車，代指文學侍從之臣。曹丕與朝歌令吴質書，稱其河曲之游時，「從者鳴笳以啓路，文學託乘於後車」。先馬，又作「洗馬」，官名。漢書百官公卿表上：「太子太傅、少傅，古官。屬官有太子門大夫、庶子、先馬、舍人。」注引張晏曰：「先馬，員十六人，秩比謁者。」又引如淳曰：「前驅也。國語（按見越語）曰句踐親爲夫差先馬。先或作洗也。」詳參顧炎武日知録卷二四洗馬。

〔九〕「相彼」，詩經小雅伐木：「相彼鳥矣，猶求友生。」鄭玄箋：「相，視也。」

〔一〇〕「吁嗟」句，句末原無「兮」字，據五十家、十二家補。

借如靈山偃蹇，巨壁崔巍〔一〕。畫千峰而錦照，圖萬壑而霞開〔二〕。王孫逝兮山之隈，披薜荔兮踐莓苔〔三〕。悵容與兮徘徊〔四〕，一去千年兮時不復來。至若圓潭寫鏡〔五〕，方流聚玉〔六〕。苔何水而不清，水何苔而不緑。漁父遊兮漢川曲，歌滄浪兮濯吾足〔七〕。桂舟横兮蘭枻觸〔八〕，溆浦邅迴兮心斷續〔九〕。

【箋注】

〔一〕「借如」二句，借如，有如、比如。靈山，山之美稱。偃蹇，楚辭屈原離騷：「望瑶臺之偃蹇兮。」王逸注：「高貌。」又同書東方朔七諫：「高山崔巍兮。」王逸注：「崔巍，高貌。」此當指崇文館所建人工景觀。

〔二〕「畫千峰」二句，謂山壑之美，有如圖畫。陶淵明詠貧士：「朝霞開宿霧，衆鳥相與飛。」李白游水西簡鄭明府：「天宫水西寺，雲錦照東郭。」可參讀。圖，英華卷一四七作「圓」，誤。壑，英華校：「集作壁。」亦誤。

〔三〕「王孫」二句，楚辭淮南小山招隱士：「王孫游兮不歸，春草生兮萋萋。」王逸注：「隱士避世在山隅也。」同書屈原離騷：「貫薜荔之落蕊。」王逸注：「薜荔，香草也，緣木而生。」又同書屈原九歌山鬼：「若有人兮山之阿，被薜荔兮帶女羅。」曹植應詔：「涉澗之濱，緣山之隈。」阿、隈義同，謂山曲也。莓苔，文選孫綽游天台山賦：「踐莓苔之滑石，搏壁立之翠屏。」李善注：「莓苔，即石橋之苔也。……異苑曰：天台山石有莓苔之險。」逝，英華卷一四七作「遊」。

〔四〕「悵容與」句，文選司馬相如子虚賦：「於是楚王乃弭節徘徊，翶翔容與。」郭璞注：「容與，言自得也。」同書曹大家東征賦：「悵容與而久駐兮，忘日夕而將昏。」

〔五〕「至若」句，謂潭水清澈如鏡。江淹青苔賦：「若其在水，則鏡帶湖沼，錦匝池林。」寫，即「瀉」字。盧照鄰宴梓州南亭詩序：「圓潭瀉鏡，光浮落日之津。」按：圓潭及下句「方流」，指崇文館之水景。

〔六〕「方流」句，文選顔延年贈王太常詩：「玉水記方流，琁源載圓折。」李善注引尸子曰：「凡水，其方折者有玉，其圓折者有珠也。」

〔七〕「漁父」二句，楚辭屈原漁父：「歌曰：滄浪之水清兮，可以濯吾纓。滄浪之水濁兮，可以濯吾足。」洪興祖補注：「禹貢：『嶓冢導漾，東流爲漢；又東爲滄浪之水。』注云：『漾水至武都，爲漢；至江夏，謂之夏水；又東，爲滄浪之水，在荆州。』孟軻云：『有孺子歌曰：「滄浪之水清兮，可以濯吾纓；滄浪之水濁兮，可以濯吾足。」清斯濯纓，濁斯濯足矣，自取之也。』……余按：尚書禹貢言導漾水東流爲漢，又東爲滄浪之水。不言過而言爲者，明非它水，蓋漢、沔水自下有滄浪通稱耳。」因滄浪之水爲漢、沔水之通指，故言漁父所隱爲漢川。

〔八〕「桂舟」句，楚辭屈原九歌湘君：「沛吾乘兮桂舟。」王逸注：「乘桂木之船，沛然而行，常香浄也。」又同篇：「桂櫂兮蘭枻。」王逸注：「櫂，楫也。枻，船旁板也。」洪興祖引五臣云：「桂、蘭，取其香也。」

〔九〕「溆浦」句，溆浦，原作「浦溆」，各本同。浦溆，水邊也，如何遜詠白鷗：「孤飛出浦溆，獨宿下滄洲。」按此用屈原事。楚辭屈原九章涉江：「入溆浦余儃佪兮。」王逸注：「溆浦，水名。儃佪，一作邅迴。」洪興祖引五臣云：「邅，轉；迴，旋也。」則作「浦溆」誤，據改。按：以上二段，寫崇文館景觀，謂其美如仙境。

別有崇臺廣廈，粉壁椒塗〔一〕。梁木蘭兮椽瑇瑁〔二〕，草離合兮樹珊瑚〔三〕。白露下，蒼苔蕪。暗瑶砌，澀瓊鋪〔四〕。有美人兮向隅〔五〕，應閉門兮踟躕。心震蕩兮意不愉，顔如玉兮淚如珠。請循其本也，見商羊兮鼓舞〔六〕，召風伯兮電赴〔七〕。占顧兔兮離畢星〔八〕，雷闐闐兮雨冥冥〔九〕。皓兮蕩兮，見潢汙之滿庭〔一〇〕；倏兮忽兮，視苔蘚之青青。

【箋注】

〔一〕「別有」二句，椒塗，謂以椒塗牆壁。漢書車千秋傳：「曩者，江充先治甘泉宫人，轉至未央椒房。」顔師古注：「椒房，殿名，皇后所居也。以椒和泥塗壁，取其温而芳也。」

〔二〕「梁木蘭」句，梁木蘭，謂以木蘭做屋梁。楚辭屈原九歌湘夫人：「桂棟兮蘭橑。」王逸注：「以桂木爲屋棟，以木蘭爲榱也。」洪興祖補注：「爾雅：『棟謂之桴。』注：『屋櫋也。』」又曰：「橑音老。説文：『椽也。』一曰星橑，簷前木。爾雅曰：『桷謂之榱。』」木蘭，爾雅翼卷一二木蘭：「木蘭，葉似長生，冬夏榮，常以冬華。其實如小柿，甘美。一名林蘭，一名杜蘭。皮似桂而香，生零陵山谷及泰山，狀如楠，樹高數仞。」椽瑇瑁，謂以瑇瑁飾椽。史記司馬相如列傳載子虛賦：「其中則有神龜蛟鼉，瑇瑁鼈黿。」張守節正義：「（瑇瑁）似觜觿，甲有文，出南海，可以飾器物也。」

〔三〕「草離合」句，離合，草名。西京雜記卷一：「終南山多離合草，葉似江蘺，而紅緑相雜，莖皆紫色，氣如蘿勒。」珊瑚，説文：「色赤，生於海，或生於山。」太平御覽卷八〇七珊瑚引漢武故事曰：「武帝起神堂，前庭植玉樹，葺珊瑚爲枝。」徐陵玉臺新詠序：「漢帝金屋之中，玉樹以珊瑚作枝，珠簾以玳瑁爲柙。」

〔四〕「澀瓊鋪」句，澀，天冷門環不靈便貌。瓊鋪，鑲玉之金鋪。文選左思蜀都賦：「金鋪交映，玉題相暉。」劉淵林注：「金鋪，門鋪首，以金爲之。」按清沈自南藝林彙考卷九引留青日札：「楊炯青苔賦曰『暗（「澀」之誤）瓊鋪』，謂扉上有金玉龍獸以銜環者。」

〔五〕「有美人」句，美人，乃詩人擬詞。向隅，隅，角落也。劉向説苑貴德：「今有滿堂飲酒者，有一人獨索然向隅而泣，則一堂之人皆不樂矣。」此謂極失意。

〔六〕「見商羊」，孔子家語卷三辨政：「齊有一足之鳥，飛集於公朝下，止於殿前，舒翅而跳。齊侯大怪之，使使聘魯問孔子。孔子曰：『此鳥名曰商羊，水祥也。昔童兒有屈其一脚，振訊兩眉，而跳且謡曰：「天將大雨，商羊鼓儛。」今齊有之，其應至矣。』」按：據四庫全書總目提要考證，孔子家語乃魏「王肅自取左傳、國語、荀、孟、二戴記割裂織成之」，「特其流傳既久，且遺文軼事往往多見於其中，故自唐以來，知其僞而不能廢也」。此及以下所引是書，皆可如是觀，不再説明。

〔七〕「召風伯」句，風伯，即飛廉，風神也。楚辭屈原遠遊：「風伯爲余先驅兮。」王逸注：「飛廉奔馳而在前也。」電赴，極言其快。

〔八〕「占顧兔」句，顧兔，代指月。楚辭屈原天問：「厥利維何，而顧菟在腹？」王逸注：「言月中有菟，何所貪利，居月之腹而顧望乎。」畢星，史記天官書：「畢曰罕車，爲邊兵，主弋獵。」正義：「畢八星，曰罕車，爲邊兵，主弋獵。……畢動，兵起；月宿則多雨。」此言將雨。

〔九〕「雷闐闐」句，楚辭屈原九歌山鬼：「靁填填兮雨冥冥，猨啾啾兮狖夜鳴。風颯颯兮木蕭蕭。」王逸注：「言己在深山之中遭雷電暴雨，猨狖號呼，風木摇動，以言恐懼失其所也。」闐闐、填填同，象聲詞。

〔一〇〕「皓兮」二句，皓，通「浩」。文選班固答賓戲并序：「應龍潛於潢汙。」李善注引服虔曰：「左氏傳注曰：蓄小水謂之潢，不洩謂之汙。」以上一段，寫失寵美人與青苔。

爾其爲狀也，羃歷緜密〔一〕，浸淫布濩〔二〕。斑駁兮長廊，夤緣兮枯樹〔三〕。肅兮若遠山之松柏，汎兮若平郊之煙霧。春澹蕩兮景物華，承芳卉兮籍落花。歲峥嶸兮日云暮〔四〕，迫寒霜兮犯危露。觸類而長〔五〕，其生也蕃，莫不文階兮鏤瓦，碧地兮青垣。别生分類，西京南越〔六〕，則烏韭兮緑錢〔七〕，金苔兮石髮〔八〕。

【箋　注】

〔一〕「羃歷」句，文選左思吳都賦：「羃歷江海之流。」劉淵林注：「羃歷，分布覆被貌。」「羃」、「幂」同。

〔二〕「浸淫」句，文選王褒洞簫賦：「浸淫叔子遠其類。」李善注：「浸淫，猶漸冉相親附之意也。」同上司馬相如上林賦：「布濩閎澤，延曼太原。」郭璞注：「布濩，猶布露也。」又吕向注：「言衆草布徧延蔓於原澤之上。」王勃青苔賦：「若夫弱質綿羃，纖滋布濩。」

〔三〕「夤緣」句，文選左思吳都賦：「夤緣山嶽之岊。」劉淵林注：「夤緣，布藤上貌。」枯，英華、十二家作「古」。

〔四〕「歲峥嶸」句，文選鮑照舞鶴賦：「歲峥嶸而催暮心。」張銑注：「峥嶸，零悴貌。」

〔五〕「觸類」句，文選杜預春秋左氏傳序：「推此五體，以尋經傳，觸類而長之。」呂向注：「逢事如此類者生其義矣。觸，逢也；長，生也。」

〔六〕「西京」句，西京即長安，此代指北方。南越，秦末趙佗在今廣州所建國名，武帝時舉國内屬，詳史記南越列傳。此代指南方。

〔七〕「則烏韭」句，烏韭、緑錢，皆青苔之別稱。本草綱目卷二一草，謂苔衣蒙翠而長數寸者有五，「在石曰烏韭」。又初學記卷二七苔引廣志：「空室無人行則生苔蘚，或青或紫，一名圓蘚，一名緑錢。」

〔八〕「金苔」句，金苔、石髮，亦青苔之別稱。王嘉拾遺記卷九：「晉（錦繡萬花谷後集卷一八引作「晉惠帝時」）祖梁國（同上引「梁」作「梨」）獻蔓金苔，色如黄金，若螢火之聚，大如雞卵。投於水中，蔓延於波瀾之上，光出照日，皆如火生水上也。乃於宫中穿池廣百步，時觀此苔，以樂宫人。宫人有幸者，以金苔賜之。置漆盤中，照耀滿室，名曰夜明苔。著衣襟則如火光。帝慮外人得之衒惑百姓，詔使除苔塞池。及皇家喪亂，猶有此物，皆入胡中。」又初學記卷二七苔引周處風土記：「石髮，水苔也。青緑色，皆生於石也。」

苔之爲物也賤，苔之爲德也深。夫其爲讓也，每違燥而居濕；其爲謙也，常背陽而即陰〔一〕。重扃秘宇兮不以爲顯，幽山窮水兮不以爲沉。有達人卷舒之意〔二〕，君子行藏之心〔三〕。唯天地之大德〔四〕，匪予情之所任。

【箋　注】

〔一〕「常背陽」句，王勃青苔賦：「宜其背陽就陰，違喧處静。」

〔二〕「有達人」句，論語述而：「君子哉，蘧伯玉！　邦有道則仕，邦無道則可卷而懷之。」淮南子原道訓：「舒之幎於六合，卷之不盈於一握。」高誘注：「舒，散也。」

〔三〕「君子」句，論語述而：「子謂顔淵曰：『用之則行，舍之則藏，惟我與爾有是夫！』」

〔四〕「唯天地」句，周易繫辭下：「天地之大德曰生。」韓康伯注：「施生而不爲，故能常生，故曰大德也。」謂青苔乃天地所生，其品質非由我愛惡之情所能評判。

臥讀書架賦〔一〕

儒有傳經在乎致遠〔二〕，力學在乎請益〔三〕。士安號於書淫〔四〕，元凱稱於傳癖〔五〕。高眠孰可，詎貽邊子之嘲〔六〕；甘寢則那，寧恥宰予之責〔七〕。伊國工而嘗巧，度山林以爲格〔八〕。既有奉於詩書，固無違於枕席。

【箋　注】

〔一〕本賦疑爲楊炯早年待制弘文館讀書時作，具體年份不可考。

〔二〕「儒有」句，周易繫辭上：「探賾索隱，鉤深致遠。」孔穎達正義：「物在深處能鉤取之，物在遠方能招致之。卜筮能然，故云鉤深致遠也。」

〔三〕「力學」句，禮記曲禮上：「先生問焉，終則對，請業則起，請益則起。」孔穎達正義：「益，謂受説不了，欲師更明説之。」

〔四〕「士安」句，晉書皇甫謐傳：「皇甫謐字士安，幼名静，安定朝那人，漢太尉嵩之曾孫也。……居貧，躬自稼穡，帶經而農，遂博綜典籍百家之言。沈静寡欲，始有高尚之志，以著述爲務，自號玄晏先生。著禮樂、聖真之論。後得風痹疾，猶手不輟卷。……耽翫典籍，忘寢與食，時人謂之『書淫』。」

〔五〕「元凱」句，晉書杜預傳：「杜預字元凱，京兆杜陵人也。」以平吴功進爵當陽縣侯。既立功之後，從容無事，乃耽思經籍，爲春秋左氏經傳集解，又參考衆家譜第，謂之釋例。又作盟會圖、春秋長曆，備成一家之學，比老乃成。「時王濟解相馬，又甚愛之，而和嶠頗聚斂，預常稱『濟有馬癖，嶠有錢癖』。武帝聞之，謂預曰：『卿有何癖？』對曰：『臣有左傳癖。』」

〔六〕「高眠」二句，後漢書邊韶傳：「邊韶字孝先，陳留浚儀人也。以文章知名，教授數百人。韶口辯，曾晝日假卧，弟子私嘲之曰：『邊孝先，腹便便，懶讀書，但欲眠。』韶潛聞之，應時對曰：『邊爲姓，孝爲字，腹便便，五經笥。但欲眠，思經事。寐與周公通夢，静與孔子同意。師而可嘲，出何典記？』嘲者大慚。」

〔七〕「甘寢」二句，論語公冶長：「宰予晝寢。子曰：『朽木不可雕也，糞土之牆不可杇也。』」何晏集解引包（咸）曰：「朽，腐也。雕，雕琢刻畫。」又引王肅注：「杇，鏝也。此二者以喻雖施功猶不成。」

〔八〕「伊國工」二句，國工，猶言國手。山林，英華於「林」下注：「疑。」疑當作「材」。按「山林」亦略可通，姑仍之。格，格式，標準。謂工匠手藝高超，選材極嚴，方作成此書架，既可儲書，亦便於卧讀。

朴斲初成，因夫美名。兩足山立，雙鉤月生〔一〕。從繩運斤，義且得於方正〔二〕；量枘製鑿，術仍取於縱横〔三〕。功因期於學殖〔四〕，業可究於經明〔五〕。不勞於手，無費於目。開卷則氣雜香芸〔六〕，掛編則色連翠竹〔七〕。風清夜淺，每待蘧蘧之覺〔八〕；日永春深，常偶便便之腹〔九〕。股因兹而罷刺〔一〇〕，膺由是而無伏〔一一〕。庶思覃於下幃〔一二〕，豈遽留而更讀〔一三〕。其利何如，其樂只且〔一四〕。巾遂掛於簾幌，履誰曳於階除〔一五〕。每偶草玄之字〔一六〕，不親非聖之書〔一七〕。比角枕而嗟若，匹瑶琴而病諸〔一八〕。

【箋注】

〔一〕「雙鉤」句，鉤，掛簾帷之具。書架有鉤，故下文言「巾遂掛於簾幌」。鉤形曲如缺月，故聯想及

「月生」。公孫乘月賦：「隱員巖而似鉤，蔽修堞而分鏡。」

〔二〕「從繩」二句，從繩運斤，謂依墨綫動斧，將書架製成方正形狀，以象徵爲人方正之義。方正，與姦邪柔媚對。賈誼弔屈原賦：「賢聖逆曳兮，方正倒植。」易无妄：「大亨以正，天之命也。」王弼注：「剛自外來而爲主，於内動而愈健，剛中而應，威剛方正，私欲不行，何可以妄。使有妄之道滅，无妄之道成，非大亨利貞而何？」

〔三〕「量枘」二句，楚辭屈原離騷：「不量鑿而正枘兮。」王逸注：「量，度也；正，方也；枘，所以充鑿也。」洪興祖補注：「鑿，穿孔也。枘，刻木端所以入鑿。」兩句謂造書架時削木入孔，横竪相交，有如縱横之術。縱横術，即合縱連横之術，戰國時形成學派。史記主父偃傳：「主父偃者，齊臨菑人也，學長短縱横之術。」

〔四〕「功因」句，學殖，「殖」原作「術」。英華卷一〇六作「植」，校：「疑作殖。」全唐文卷一九〇作「殖」。按下句爲「經明」，此當作「學植」或「學殖」，以與之對應。左傳昭公十八年：「夫學，殖也，不學將落。」杜預注：「殖，生長也。言學之進德如農之殖苗，日新日益。」殖，亦寫作「植」，如晉書王凝之妻謝氏傳：「又嘗譏玄學植不進。」兹統改爲「殖」。

〔五〕「業可」句，經明，謂明經術。漢書夏侯勝傳：「勝每講授，常謂諸生曰：『士病不明經術。經術苟明，其取青紫如俛拾地芥耳。』」

〔六〕「開卷」句，香芸，即芸香，草本植物，花葉可以避蠹驅蟲，故古人用以保護圖書。太平御覽卷九八二芸香引説文曰：「芸香，似苜蓿。」又引雜字解詁曰：「芸，杜榮。」初學記卷一二引魚豢典略：「芸臺香辟紙魚蠹，故藏書臺稱芸臺。」

〔七〕「掛編」句，編，指書册。掛編謂置書於架。翠竹，此代指書籍，因古代以竹簡寫書故也。句謂書上架後，竹篋之色連成一片。

〔八〕「每待」句，莊子齊物論：「昔者莊周夢爲胡蝶，栩栩然胡蝶也。自喻適志與，不知周也。俄然覺，則蘧蘧然周也。」成玄英疏：「蘧蘧，驚動之貌也。」此言夜間醒來。

〔九〕「常偶」句，便便，腹部肥滿貌。此言春日假寐，見前注引後漢書邊韶傳。

〔一〇〕「股因兹」句，戰國策秦一：「（蘇秦）説秦王書十上而説不行。……歸至家，妻不下紝，嫂不爲炊，父母不與言。……乃夜發書，陳篋數十，得太公陰符之謀，伏而誦之，簡練以爲揣摩。讀書欲睡，引錐自刺其股，血流至足。……期年揣摩成。」句謂既可卧讀，不再有讀書欲睡、如蘇秦刺股之苦。

〔一一〕「膂由是」句，膂，心也，此代指腰身。無伏，不再俯伏。謂可輕鬆卧讀，而無俯身折腰之苦。

〔一二〕「庶思」句，覃，深入。謂深思有如董仲舒。漢書董仲舒傳：「董仲舒，廣川人也。少治春秋，孝景時爲博士。下帷講誦，弟子傳以久次相授業，或莫見其面。蓋三年不窺園，其精如此。」

〔一三〕「豈遽」句，北史孫搴傳：「搴學淺行薄，邢邵嘗謂曰：『須更讀書。』搴曰：『我精騎三千，足敵君羸卒數萬。』」

〔一四〕「其樂」句，詩經王風君子陽陽：「其樂只且。」鄭玄箋謂「其且樂此而已」。且，英華校：「疑作中。」誤。

〔一五〕「履誰」句，莊子列禦寇：「無幾何而往，則户外之屨滿矣。」成玄英疏：「適見脱屨户外，跣足升堂，請益者多矣。」此謂不必曳履於階，即可就讀。

〔一六〕「每偶」句，謂以聖經賢傳爲伴。漢書揚雄傳下：「哀帝時，丁、傅、董賢用事，諸附離之者，或起家至二千石。時雄方草太玄，有以自守，泊如也。」

〔一七〕「不親」句，非聖之書，指諸子書。漢書東平思王傳載王鳳奏，謂「諸子書或反經術，非聖人，或明鬼神，信物怪」。又後漢書周燮傳：「不讀非聖之書，不修賀問之好。」

〔一八〕「比角枕」二句，角枕，用角裝飾之枕。詩經唐風葛生：「角枕粲兮，錦衾爛兮。」謂卧讀書架，較之角枕已可興歎，更不宜與瑶琴相提并論，謂卧讀之境界更高。諸，「之乎」合音字，表感歎。

爾其臨窗有風，閉户多雪。自得陶潛之興〔一〕，仍秉袁安之節〔二〕。既幽獨而多閑，遂憑兹而偏閲。讀易則期於索隱〔三〕，習禮則防於志悦〔四〕。儻叔夜之神交〔五〕，固周公之夢絶〔六〕。其始也一木所爲，其用也萬卷可披〔七〕。墨沼之前，謂江帆之乍至〔八〕；書林之下，若雲翼之新垂〔九〕。動静隨於語默，出處任於輓推〔一〇〕。必欲事於所事，實斯焉而取斯〔一一〕。

【箋注】

〔一〕「自得」句，與上「臨窗有風」爲一事。陶淵明與子儼等疏：「偶愛閒靜，開卷有得，便欣然忘食。見樹木交蔭，時鳥變聲，亦復歡然有喜。常言：五六月中，北窗下卧，遇涼風暫至，自謂是羲皇上人。」

〔二〕「仍秉」句，與上「閉户多雪」爲一事。後漢書袁安傳：「袁安字邵公，汝南汝陽人也。……後舉孝廉，除陰平長、任城令，所在吏人畏而愛之。」李賢注引汝南先賢傳曰：「時大雪積地丈餘，洛陽令身出案行，見人家皆除雪出，有乞食者。至袁安門，無有行路。謂安已死。令人除雪入户，見安僵卧。問何以不出，安曰：『大雪人皆餓，不宜干人。』令以爲賢，舉爲孝廉也。」按：「爾其」至此四句，謂無論是何季節，皆在窗下室内卧讀不輟，有如陶、袁。

〔三〕「讀易」句，索，原作「素」，全唐文作「索」。按周易繫辭上：「探賾索隱，鉤深致遠。」孔穎達正義：「索謂求索，隱謂隱藏。卜筮能求索隱藏之處，故云索隱也。」則「素」乃「索」之形訛，據全唐文改。

〔四〕「習禮」句，志悦，志意愉悦。論語泰伯：「立於禮。」何晏集解引包（咸）曰：「禮者所以立身。」又漢書藝文志引易曰：「有夫婦父子君臣上下，禮義有所措。」習禮既爲立身，則當苦心研讀，提防僅爲性情愉悦。

〔五〕「儻叔夜」句，謂神交嵇康而好老、莊。晉書嵇康傳：「嵇康字叔夜，譙國銍人也。……學不師受，博覽無不該通，長好老莊。」「康嘗採藥游山澤，會其得意，忽焉忘反。……山濤將去選官，舉康自代。康乃與濤書告絶，曰：『……老子、莊周，吾之師也。』」後鍾會譖之於文帝，謂其「言論放蕩，非毁典謨，帝王者所不宜容」，遂被害。

〔六〕「固周公」句，論語述而：「子曰：甚矣吾衰也，久矣吾不復夢見周公。」何晏集解引孔（安國）曰：「孔子衰老，不復夢見周公。明盛時夢見周公，欲行其道也。」此與上句，謂若能與嵇康神交已心滿意足，原不敢夢見周公。

〔七〕「其始也」二句，謂書架只用少量木材製成，却可插放萬卷圖書。

〔八〕「墨沼」二句，沼，原作「浸」，據英華、五十家、四子集、十二家、全唐詩改。墨沼，即硯池。謂當和墨寫作時，如在江上忽遇帆船，可乘而立濟，言順利也。與下文「濟筆海兮爾爲舟航」句同意。

〔九〕「書林」二句，莊子逍遥遊：「鵬之背，不知其幾千里也，怒而飛，其翼若垂天之雲。」謂在書林之下，作文有如大鵬展翅，言能高翔遠到也，與下文「騁文囿兮爾爲羽翼」句義同。

〔一〇〕「動静」二句，謂或動或静，當看是否有人進言；或出或處，任憑他人推薦。周易繫辭上：「子曰：君子之道，或出或處，或默或語。」韓康伯注：「君子出處默語，不違其中，則其迹雖異，道同則應。」此反用其義，言士子之動静、出處，皆掌握在有司。

〔一一〕「必欲」二句，説苑卷七政理：「（孔子）復往見（宓）子賤，曰：『自子之仕，何得何亡？』子賤曰：『自吾之仕，未有所亡，而所得者三：始誦之文，今履而行之，是學日益明也，所得者一也。奉禄雖少，鬻鬻得及親戚，是以親戚益親也，所得者二也。公事雖急，夜勤弔死視病，是以朋友益親也，所得者三也。』孔子謂子賤曰：『君子哉若人！君子哉若人！魯無君子者，斯焉取斯。』」此謂上官欲有所事事，則當取於此讀書之人。

因謂之曰：爾有卷兮爾有舒，爲道可以集虚〔一〕；爾有方兮爾有直，爲行可以立德〔二〕。濟筆海兮爾爲舟航〔三〕，騁文囿兮爾爲羽翼。故吾不知夫不可，聊逍遥以宴息〔四〕。

【箋　注】

〔一〕「爾有卷」二句，爾，指在書架讀書者。卷、舒，見前青苔賦「有達人」句注。爲道，莊子人間世：「唯道集虚。虚者，心齋也。」郭象注：「虚其心，則至道集於懷也。」據莊子，疑「爲」當作「唯」。

〔二〕「爾有方」二句，周易坤卦：「六二：直、方、大，不習，無不利。」王弼注：「居中得正，極於地質，任其自然，而物自生。不假修營而功自成，故不習焉而無不利。」孔穎達正義：「俱包三德（指直、方、大），生物不邪，謂之直也；地體安静，是其方也；無物不載，是其大也。既有三德，極地之美，自然而生，不假修營，故云不習無不利。」此言讀書者當如地之直、方、大。立德，左傳襄公二十四年：「太上有立德，其次有立功，其次有立言，雖久不廢，此之謂不朽。」

〔三〕「濟筆海」句，筆海，文章（無韻文爲筆）之海。謂天下文章之多，如大海浩瀚無邊。舟航，淮南子氾論訓：「古者大川名谷，衝絶道路，不通往來也，乃爲窬木方版以爲舟航。」爾，此指書籍。言欲渡過文章之海，書籍便是舟船。下句「騁文囿」義同。

〔四〕「聊逍遥」句，楚辭屈原離騷：「折若木以拂日兮，聊逍遥以相羊。」王逸注：「聊，且也。逍遥、相羊，皆游也。……相羊而游，以待君命也。」宴息，安處，指在書架下潛心卧讀。

幽蘭賦〔一〕

惟幽蘭之芳草〔二〕，禀天地之純精。抱青紫之奇色〔三〕，挺龍虎之嘉名〔四〕。不起林而獨秀〔五〕，必固本而叢生。爾乃丰茸十步〔六〕，綿連九畹〔七〕。莖受露而將低，香從風而自遠。

【箋注】

〔一〕本賦作年不可考。賦幽蘭者，楊炯之前以顔師古爲早，其後漸多，現存唐宋人同名之作凡九篇，見歷代賦彙及補編。

〔二〕「惟幽蘭」句，説文：「蘭，香草也。」蘭之品種、名目甚多。宋羅願爾雅翼卷二蔄曰：「毛氏曰：

『蕳，蘭也。』陸璣曰：『其莖似藥草澤蘭，但廣而長節，節中赤，高四五尺。漢諸池苑及許昌宮中皆種之。可著粉中藏衣，著書中辟白魚。蓋今之蘭草都梁香也。』陸氏所説皆是，惟引以解左傳、楚辭之蘭爲非矣。蘭草大都似澤蘭，其澤蘭葉尖，微有毛，不光潤，方莖紫節，八月花白，人多種於庭池。此蘭生澤畔，葉光潤，其陰小紫，所以一名都梁者，盛弘之荆州記曰：『都梁縣有山，山下有水清淺，其中生蘭草，因名都梁，因山爲號。其物可殺蟲毒，除不祥。』」因蘭草原生於高山深谷水澤荒僻幽遠之地，故稱「幽蘭」。

〔三〕「抱青紫」句，青紫，謂緑葉紫莖。楚辭屈原九歌少司命：「秋蘭兮麋蕪，羅生兮堂下。緑葉兮素枝，芳菲菲兮襲予。」又曰：「秋蘭兮青青，緑葉兮紫莖。」

〔四〕「挺龍虎」句，嘉名，謂爲龍、爲虎，指澤蘭。太平御覽卷九九〇澤蘭引本草經：「澤蘭一名虎蘭，一名龍棗。味微温，無毒，生池澤。」又引吴氏本草曰：「（澤蘭）生下地水旁，葉如蘭。二月生香，赤節，四葉相值支節間，三月三日採。」

〔五〕「不起」句，不起林，即不成林，謂不與山林比高争茂，故言「獨秀」。

〔六〕「爾乃」句，丰茸，文選司馬相如長門賦：「羅丰茸之遊樹兮。」李善注：「丰茸，衆飾貌。」即衆多茂盛也。

〔七〕「綿連」句，文選王褒洞簫賦：「翩緜連以牢落兮。」劉良注「緜連」爲「相連」。楚辭屈原離騷：「余既滋蘭之九畹兮。」王逸注：「十二畝曰畹。」洪興祖補注引説文曰：「田三十畝曰畹。」

按：九，此言多也。

當此之時，叢蘭正滋。美庭幃之孝子，循南陔而采之〔一〕。楚襄王蘭臺之宮〔二〕，零落無叢；漢武帝猗蘭之殿〔三〕，荒涼幾變。聞昔日之芳菲，恨今人之不見。至若桃花水上，佩蘭若而續魂〔四〕；竹箭山陰，坐蘭亭而開宴〔五〕。江南則蘭澤爲洲〔六〕，東海則蘭陵爲縣〔七〕。隰有蘭兮蘭有枝〔八〕，贈遠别兮交新知〔九〕。氣如蘭兮長不改〔一〇〕，心若蘭兮終不移〔一一〕。

【箋注】

〔一〕「美庭幃」二句，庭幃，指家庭。南陔，詩經小雅篇名，其序曰：「孝子相戒以養也，……有其義而亡其辭。」晉束晳補亡詩六首南陔：「循彼南陔，言採其蘭。眷戀庭闈，心不遑安。」陔，田埂。

〔二〕「楚襄王」句，蘭臺，楚臺名。宋玉風賦：「楚襄王游於蘭臺之宮，宋玉、景差侍，有風颯然而至。」清一統志卷二六五安陸府：「蘭臺，在鍾祥縣治東。輿地紀勝（按見卷三三郢州）『楚王與宋玉游蘭臺』，即此。」

〔三〕「漢武帝」句，猗蘭，漢殿名。北堂書鈔卷一誕載「生猗蘭殿」條引漢武内事：「景帝坐崇方閣上，有丹霞起，赤龍盤棟間，使王夫人居之，改爲猗蘭殿。後夫人夢日，生武帝。」

〔四〕「至若」二句，詩經鄭風溱洧：「溱與洧，方涣涣兮。士與女，方秉蕑兮。」毛傳：「蕑，蘭也。」太平御覽卷九八三蘭香:「韓詩曰:溱與洧,説文云詩人言溱與洧方盛流洹洹然,謂三月桃花水下之時,士與女方盛流秉蘭兮。秉,執也;蕑,蘭也。當此盛流之時,衆姓與衆女執蘭而拂除。鄭國之俗,三月上巳之日,此兩水之上招魂續魄,拂除不祥。」

〔五〕「竹箭」二句,竹箭,代指會稽山。爾雅釋地:「東南之美者,有會稽之竹箭焉。」郭璞注:「會稽,山名,今在山陰縣(按:今浙江紹興市)南。竹箭,篠也。」竹箭即箭竹。晉戴凱之竹譜:「箭竹,高者不過一丈,節間三尺,堅勁中矢,江南諸山皆有之,會稽所生最精好,故爾雅云『東南之美者,有會稽之竹箭焉』。」山陰,陰,此指方位。山之北曰陰,與上句「水上」對應。王羲之於永和九年(三五三)三月三日同謝安等四十一人於山陰之蘭亭修禊,羲之以作并書蘭亭序著名於世。

〔六〕「江南」句,枚乘七發:「游涉乎雲林,周馳乎蘭澤。」則蘭澤爲假擬之地名。按七發謂「楚太子有疾,而吴客往問之」,故蘭澤在江南。又太平御覽卷九九〇澤蘭引建康記:「建康出澤蘭。」此則爲蘭草名。同上又引本草經:「(澤蘭)生汝南,又生大澤旁。」

〔七〕「東海」句,漢於東海郡置蘭陵縣,唐初改爲承縣,故地在今山東蒼山縣西南蘭陵鎮。見元和郡縣志卷一一沂州承縣。

〔八〕「隰有蘭」句,劉向説苑卷一一善説:「越人擁楫而歌,歌辭曰:……鄂君子晳曰:『吾不知越歌,子試爲我楚説之。』於是乃召越譯,乃楚説之曰:『……山有木兮木有枝,心悦君兮君不知。』」

此仿其語。

〔九〕「贈遠别」句，楚辭屈原九歌少司命：「悲莫悲兮生别離，樂莫樂兮新相知。」

〔一〇〕「氣如蘭」句，宋玉神女賦：「吐芬芳其若蘭。」又曹植美女篇：「長笑氣若蘭。」

〔一一〕「心若蘭」句，周易繫辭上：「二人同心，其利斷金。同心之言，其臭如蘭。」

及夫東山月出，西軒日晚。授燕女於春闈〔一〕，降陳王於秋坂〔二〕。乃有送客金谷〔三〕，林塘坐曛。鶴琴未罷，龍劍將分〔四〕。蘭釭熠燿〔五〕，蘭麝氛氲〔六〕。舞袖迴雪〔七〕，歌聲遏雲〔八〕。度清夜之未央〔九〕，酌蘭英以奉君〔一〇〕。

【箋　注】

〔一〕「授燕女」句，燕女，指燕姞。史記鄭世家：文公二十四年（前六四九），「文公之賤妾曰燕姞，夢天與之蘭……以夢告文公，文公幸之，而予之草蘭爲符。遂生子，名曰蘭」。至文公卒，子蘭立，是爲繆公。

〔二〕「降陳王」句，降，謂洛神宓妃到來；陳王，曹植也。曹植嘗作洛神賦，謂洛神「轉盼流精，光潤玉顔。含辭未吐，氣若幽蘭」。賦曰「余從京師，言歸東藩。背伊闕，越轘轅，經通谷，陵景山」，又稱「夜耿耿而不寐，沾繁霜而至曙」，故云「秋坂」。

〔三〕「乃有」句，言石崇金谷送别事。石崇婢妾皆藴蘭麝（詳下注引），因及蘭釭、蘭英，謂以蘭飾奢華。石崇金谷詩叙（文字據嚴可均輯全晉文）曰：「余以元康六年（二九六），從太僕卿出爲使，持節監青、徐諸軍事征虜將軍。有别廬在河南縣界金谷澗中。去城十里，或高或下，有清泉茂林，衆果竹柏藥草之屬，金田十頃，羊二百口，雞猪鵝鴨之類，莫不畢備。又有水碓魚池土窟，其爲娱目歡心之物備矣。時征西大將軍祭酒王詡當還長安，余與衆賢共送往澗中，晝夜游宴，屢遷其坐。或登高臨下，或列坐水濱。時琴瑟笙筑，合載車中，道路并作。及住，令與鼓吹遞奏，遂各賦詩，以叙中懷，或不能者，罰酒三斗。……凡三十人。」

〔四〕「龍劍」句，龍劍，指龍淵、太阿二劍。詳見前渾天賦「劍何伏兮動星躔」句注引晉書張華傳。雷焕得雙劍後，遣使送一劍與張華，留一自佩，遂使二劍分離，故後人以此喻朋友分别。

〔五〕「蘭釭」句，蘭釭，以蘭膏燃點之燈。楚辭宋玉招魂：「蘭膏明燭，華容備些。」王逸注：「蘭膏，以蘭香煉膏也。」蘭膏即澤蘭所煉之油。王融詠幔詩：「但願致樽酒，蘭釭當夜明。」

〔六〕「蘭麝」句，太平御覽卷九八一麝引許慎説文曰：「麝如小麋，臍有香。從鹿，射聲，黑色麞也。」麝香氣如蘭，故又稱蘭麝。晉書石苞傳附石崇傳：「崇婢妾數十人，『皆藴蘭麝，被羅縠』。」

〔七〕「舞袖」句，初學記卷一五引張衡舞賦：「裾似飛燕，袖如迴雪。」

〔八〕「歌聲」句，張華博物志卷八：「薛譚學謳於秦青，未窮青之旨，於一日遂辭歸。秦青乃餞於郊衢，撫節悲歌，聲震林木，響遏行雲。薛譚乃謝，求返，終身不敢言歸。」

〔九〕「度清夜」句，央，英華卷一四七、十二家、全唐詩卷一九〇作「艾」，義同。

〔一〇〕「酌蘭英」句，蘭英，酒名。文選枚乘七發：「蘭英之酒，酌以滌口。」李善注引漢書曰：「百味旨酒布蘭生。」又引晉灼曰：「布列芬芳，若蘭之生。」劉良注：「酒中漬蘭葉，取其香也。」

若夫靈均放逐〔一〕，離群散侶。亂鄢郢之南都〔二〕，下瀟湘之北渚〔三〕。步遲遲而適越，心鬱鬱而懷楚。徒眷戀於君王，斂精神於帝女〔四〕。汀洲兮極目，芳菲兮襲予〔五〕。思公子兮不言〔六〕，結芳蘭兮延佇〔七〕。

【箋注】

〔一〕「若夫」句，靈均，屈原字。楚辭屈原離騷：「皇覽揆余于初度兮，肇錫余以嘉名：名余曰正則兮，字余曰靈均。」王逸注：「靈，神也；均，調也。言正平可法則者，莫過於天；養物均調者，莫神於地。高平曰原。故父伯庸名我爲平以法天，字我爲原以法地。」按「若夫」至「結芳蘭兮延佇」一小段，皆述屈原放逐事。史記屈原列傳：「屈原者，名平，楚之同姓也。爲楚懷王左徒。博聞强志，明於治亂，嫻於辭令。入則與王圖議國事，以出號令；出則接遇賓客，應對諸侯，王甚任之。」因政治主張與權幸不同，遂遭讒而一再放逐，作離騷等以明志，其中多以蘭喻忠貞。

〔二〕「亂鄢郢」句，楚辭王逸九思遭厄：「見鄢郢兮舊宇。」王逸注：「鄢、郢，楚都也。」文選司馬相如上林賦：「鄢郢繽紛，激楚結風。」李善注引李奇曰：「鄢，今宜城縣也；郢，楚都也。」宜城縣，今屬湖北襄陽市。楚之郢都，在今湖北江陵東，楚平王都此。兩地皆無「南都」之名。此所謂「南都」，蓋以張衡南都賦而混誤。文選張衡南都賦李善注引摯虞曰：「南陽郡治宛，在京之南，故曰南都。」又引漢書地理志注曰：「南陽屬荆州。」又曰：「荆州，楚故都。」李周翰注：「南都在南陽，光武舊里，以置都焉。桓帝時議欲廢之，故（張）衡作是賦，盛稱此都是光武所起處，又有上代宗廟，以諷之。」此説是，鄢、郢與「南都」即南陽無關。

〔三〕「下瀟湘」句，瀟湘，即瀟水、湘江，泛指今湖南地區。楚辭屈原九歌王逸解題曰：「九歌者，屈原之所作也。昔楚國南郢之邑，沅湘之間，其俗信鬼而好祀，其祠必作歌樂鼓舞以樂諸神。屈原放逐，竄伏其域，懷憂苦毒，愁思怫鬱。出見俗人祭祀之禮，歌舞之樂，其詞鄙陋，因爲作九歌之曲，上陳事神之敬，下以見己之冤結，托之以風諫。」則九歌即作於瀟湘一帶。其湘君曰：「鼂騁騖兮江皋，夕弭節兮北渚。」

〔四〕「斂精神」句，帝女，指湘夫人。楚辭屈原九歌湘夫人：「帝子降兮北渚。」王逸注：「帝子，謂堯女也。降，下也。言堯二女娥皇、女英隨舜不反，墮於湘水之渚，因爲湘夫人。」

〔五〕「汀洲」二句，楚辭屈原九歌湘夫人：「搴汀洲兮杜若，將以遺兮遠者。」王逸注：「汀，平也。」同上少司命：「秋蘭兮麋蕪，羅生兮堂下。緑葉兮素枝，芳菲菲兮襲予。」王逸注：「襲，及也；

予，我也。言芳草茂盛，吐葉垂華，芳香菲菲，上及我也。」

〔六〕「思公子」句，楚辭屈原九歌湘夫人：「沅有芷兮澧有蘭，思公子兮未敢言。」王逸注：「言沅水之中有盛茂之芷，澧水之外有芬芳之蘭，異於衆草，以興湘夫人美好亦異於衆人也。」又曰：「言己想若舜之遇二女，二女雖死，猶思其神，所以不敢達言者，士當須介，女當須媒也。」

〔七〕「結芳蘭」句，楚辭屈原離騷：「時曖曖其將罷兮，結幽蘭而延佇。」王逸注：「言時世昏昧，無有明君，周行罷極，不遇賢士，故結芳草長立，有還意也。」洪興祖補注引劉次莊云：「蘭喻君子，言其處於深林幽澗之中，而芬芳郁烈之不可掩。」

借如君章有德，通神感靈〔一〕。懸車舊館〔二〕，請老山庭〔三〕。白露下而警鶴〔四〕，秋風高而亂螢〔五〕。循階除而下望〔六〕，見秋蘭之青青。

【箋注】

〔一〕「借如」二句，謂所遇之君有德，而又得其重用。通神感靈，言與君心心相印。

〔二〕「懸車」句，白虎通義卷上致仕：「臣七十懸車致仕者，臣以執事趨走爲職，七十陽道極，耳目不聰明，跂踦之屬，是以退去，避賢者所以長廉恥也。懸車，示不用也。致仕者，致其事於君。」舊館，指昔日供職之所。

〔三〕「請老」句，山庭，謂舊居。太平御覽卷四一引金陵地記：「周顒，字彦倫，隱居蔣山。出爲臨海令，罷還都，欲遊舊居。孔稚珪作北山移文以譏之，曰：『鍾山之英，草堂之靈。馳煙驛路，勒移山庭。』」請，英華校：「一作親。」誤。

〔四〕「白露」句，藝文類聚卷三秋引風土記曰：「鳴鶴戒露，白鶴也。此鳥性儆，至八月白露降，即高鳴相儆。」

〔五〕「秋風」句，梁簡文帝秋閨夜思詩：「初霜隕細葉，秋風吹亂螢。」

〔六〕「循階除」句，文選王粲登樓賦：「循階除而下降兮，氣交憤於胸臆。」李善注引司馬彪上林賦注曰：「除，樓階也。」呂延濟注：「循，履也；階除，樓飛道也；降，下也。」循，英華校：「一作登。」誤。

重曰〔一〕：若有人兮山之阿，紉秋蘭兮歲月多〔二〕。思握之兮猶未得〔三〕，空珮之兮欲如何？乃抽琴操〔四〕，爲幽蘭之歌。歌曰：幽蘭生矣，于彼朝陽〔五〕。含雨露之津潤，吸日月之休光〔六〕。美人愁思兮，採芙蓉於南浦〔七〕；公子忘憂兮，樹萱草於北堂〔八〕。雖處幽林與窮谷，不以無人而不芳〔九〕。

【箋注】

〔一〕「重曰」，楚辭屈原遠遊「重曰」，王逸注：「憤懣未盡，復陳辭也。」此襲其式。

〔二〕「若有」二句，楚辭屈原九歌山鬼：「若有人兮山之阿，被薜荔兮帶女羅。」王逸注：「若有人，謂山鬼也。阿，曲隅也。」又屈原離騷：「紉秋蘭以爲佩。」

〔三〕「思握」句，太平御覽卷九八三蘭香引蔡質漢官儀曰：「尚書郎懷香握蘭，趨走丹墀。」

〔四〕「乃抽」句，琴操，太平御覽卷五七八琴引琴操曰：「古琴曲有歌詩五曲，……又有一十二操：一曰將歸操，孔子所作……；二曰猗蘭操，孔子所作，傷不逢時。」同書卷九八三蘭香引琴操曰：「猗蘭操者，孔子所作也。孔子聘諸侯，莫能任，自衛反魯，過隱谷之中，見薌蘭獨茂，喟然歎曰：『夫蘭當爲王者香，今乃獨茂，與衆草爲伍！』乃止車援琴鼓之，自傷不逢時，托辭於香蘭云。」

〔五〕「于彼」句，詩經小雅卷阿：「鳳凰鳴矣，于彼高岡。梧桐生矣，于彼朝陽。」注：「山之東曰朝陽。」

〔六〕「吸日月」句，文選嵇康琴賦：「含天地之醇和兮，吸日月之休光。」李善注：「謂包含天地醇和之氣，引日月光明也。」

〔七〕「美人」二句，楚辭屈原九章思美人：「因芙蓉而爲媒兮，憚蹇裳而濡足。」王逸注：「意欲下求，從風俗也，又恐衣裳被垢濁也。」同上屈原離騷：「集芙蓉以爲裳。」王逸注：「芙蓉，蓮華也。」又同上屈原九歌河伯：「送美人兮南浦。」

〔八〕「樹萱草」句，詩經衛風伯兮：「焉得諼草，言樹之背。」毛傳：「諼草令人忘憂。背，北堂也。」鄭玄箋：「憂以生疾，恐將危身，欲忘之。」北堂，儀禮士昏禮「婦洗在北堂」，賈公彦釋曰：「房與室相連，謂之房，無北壁，故得北堂之名。」

〔九〕「雖處」二句，孔子家語卷五在厄：「子曰：……君子博學深謀而不遇時者衆矣，何獨丘哉！且芝蘭生於深林，不以無人而不芳；君子修道立德，不爲窮困而敗節。」

趙元叔聞而歎曰〔一〕：昔聞蘭葉據龍圖〔二〕，復道蘭林引鳳雛〔三〕。鴻歸燕去紫莖歇，露往霜來緑葉枯〔四〕。悲秋風之一敗〔五〕，與蒿草而爲芻〔六〕。

【箋注】

〔一〕「趙元叔」句，後漢書趙壹傳：「趙壹字元叔，漢陽西縣人也。……屢抵罪，幾至死，友人救得免。」叔，原作「淑」，據五十家及後漢書本傳改。

〔二〕「昔聞」句，龍圖，魚龍所負圖，即河圖。宋羅泌路史卷四三沈璧引河圖挺佐輔曰：「黄帝持齋七日七夜，天老偕從以游，河洛之書至翠嫣之泉，大鱸泝流而至，問五聖莫見，獨與天老迎之。蘭葉朱文，五色畢見，沈白圖以授帝。」又云：「黄帝游於河洛之間，至澤鴻之泉，鱸魚負圖以授帝，蘭葉朱文，名曰録圖。」按：此乃漢代讖緯之説，因有「蘭葉」，故作者用之。

〔三〕「復道」句，潘岳秋菊賦：「垂彩煒於芙蓉，流芳越乎蘭林。游女望榮而巧笑，鵷鶵遥集而弄音。」莊子秋水：「南方有鳥，其名鵷鶵。」成玄英疏：「鵷鶵，鸞鳳之屬，亦言鳳子也。」

〔四〕「鴻歸」二句，鴻歸燕去，言秋季到。紫莖歇，謂蘭草枯萎。楚辭屈原九歌少司命：「秋蘭兮青青，緑葉兮紫莖。」露往霜來，詩經秦風蒹葭：「蒹葭蒼蒼，白露爲霜。」毛傳：「白露凝戾爲霜。」鄭玄箋：「白露凝戾爲霜，則成而黄。」

〔五〕「悲秋風」句，太平御覽卷九八三蘭香引文子曰：「日月欲明，浮雲蓋之；藂蘭修發，秋風敗之。」

〔六〕「與蒿草」句，楚辭屈原離騷：「蘭芷變而不芳兮，荃蕙化而爲茅。」又後漢書趙壹傳：「作刺世疾邪賦，以舒其怨憤。曰：『……勢家多所宜，咳唾自成珠。被褐懷金玉，蘭蕙化爲芻。』」蒿、芻，皆草也。所謂「趙元叔聞而歎」，實即據此賦句敷演發揮而來。

老人星賦〔一〕

赫赫宗周〔二〕，皇天降休〔三〕。麗哉神聖〔四〕，皇天降命。開綱布網，發號施令。河出圖兮五雲集〔五〕，天垂象兮三光映〔六〕。

【箋注】

〔一〕是賦首句曰「赫赫宗周，皇天降休」，末句稱「臣烔作頌，皇家萬年」，顯然非一般體物之作，而政治氣味十分濃烈。按文苑英華卷五六一載武三思賀老人星見表：「臣守節等文武官九品以上四千八百四十一人上言：臣聞惟德動天，必有非常之應；惟神感貺，允屬會昌之期。天鑒孔明，降休徵者所以宣天意；神聰無昧，效嘉祉者所以贊神功。……伏惟天册金輪聖神皇帝陛下潤色丕業，光赫寶祚。執大象而御風雲，鼓洪鑪而運寒燠。浹洽四海，輝華六幽。希代符來，超今邁昔。浪委波屬，故合沓而無窮；日臻月見，尚殷勤而未已。伏見太史奏稱八月十九日夜有老人星見，臣等謹按黄帝占云：老人星，一名壽星，色黄明，見則人主壽昌。又按孫氏瑞應圖云：王者承天，則老人星臨其國。又春秋分候懸象文曜鏡云：王者安静，則老人星見。當以秋分候之，懸象著符於上，人事發明於下。壽昌者知億載之有歸，安静者示萬邦之必附。澄霞助月，非唯石氏之占；散翼垂芒，何獨斗樞之説。臣等謬參纓笏，叨目禎祥，慶抃之誠，實倍殊品。無任踴躍之至。」按舊唐書則天皇后紀：「證聖元年（六九五）……秋九月，親祀南郊，加尊號天册金輪聖神皇帝，大赦天下，改元爲天册萬歲。」表稱老人星見在八月十九日夜，而親祀南郊、加天册金輪聖神皇帝在九月，蓋先有老人星見，至祀南郊、加尊號時方上表爲賀也。賦當亦作於是時，疑奉武三思之命而作，蓋欲借楊炯之名以頌聖也。宋錢易南部新書卷己曰：「楊盈川……尤最深於宣夜之學，故作老人星賦尤佳。」

〔二〕「赫赫」句，詩經小雅正月：「赫赫宗周，褒姒威之。」毛傳：「宗周，鎬京也。」按：此當指武則天革唐命爲周。舊唐書則天皇后紀：載初元年（六八九）九月九日壬午，「革唐命，改國號爲周，改元爲天授」。

〔三〕「皇天」句，尚書大禹謨：「皇天眷命，奄有四海，爲天下君。」休，休徵，大吉之驗。詩經王風黍離：「悠悠蒼天，此何人哉！」毛傳：「以體言之，尊而君之則稱皇天，元氣廣大則稱昊天，仁覆閔下則稱旻天，自上降鑒則稱上天。據遠視之蒼蒼然，則稱蒼天。」

〔四〕「麗哉」句，文選揚雄羽獵賦：「遂作頌曰：麗哉神聖，處於玄宮。……」吕向注：「麗哉，壯其事也；神聖，謂成帝也。」神聖，此指武則天。舊唐書則天皇后紀：天授元年（六九〇）九月乙酉，「加尊號曰聖神皇帝」。

〔五〕「河出圖」句，出，原作「山」。英華卷八、宋謝維新撰古今合璧事類備要後集卷一引、四子集作「出」，是，據改。藝文類聚卷八洛水引易曰：「河出圖，洛出書，聖人則之。」參幽蘭賦「昔聞蘭葉據龍圖」句注。按舊唐書則天皇后紀：「（垂拱四年）夏四月，魏王武承嗣僞造瑞石，文云：『聖母臨人，永昌帝業。』令雍州人唐同泰表稱獲之洛水，皇太后大悦，號其石爲『寶圖』，擢授同泰游擊將軍。五月，皇太后加尊號曰聖母神皇。秋七月，大赦天下，改『寶圖』曰『天授聖圖』，封洛水神爲顯聖，加位特進，并立廟。就水側置永昌縣，天下大酺五日。」五雲集，周禮春官保章氏：「以五雲之物辨吉凶，水旱降豐荒之祲象。」鄭玄注：「物，色也。視日旁雲氣之色。降，下也，知水旱所下之國。」鄭司農云：以二至二分（引者按：指夏至、冬至，春分、秋分）觀雲色，青爲蟲，白爲喪，赤爲兵荒，黑爲水，黄爲豐。故春秋傳（引者按：見左傳僖公五年）曰：『凡分至啓閉，必書雲物爲備故也。』」此專指兆豐年之黄雲。

〔六〕「天垂象」句，周易繫辭上：「天生神物，聖人則之；天地變化，聖人效之；天垂象，見吉凶，聖人象之；河出圖，洛出書，聖人則之。易有四象，所以示也。」天垂象，唐李鼎祚周易集解卷一四引宋衷曰：「天垂陰陽之象，以見吉凶。謂日月薄蝕，五星亂行，聖人象之，亦著九六爻位得失示人，所以有吉凶之占也。」史記天官書：「衡，太微，三光之廷。」索隱引宋均曰：「三光，日、月、五星也。」

南極之庭，老人之星〔一〕。煜煜爚爚，煌煌熒熒〔二〕。秋分之旦見乎丙，春分之夕入乎丁〔三〕。配神山之呼萬歲〔四〕，符火德之兆千齡〔五〕。晃如金粟〔六〕，燦若銀燭。比秋草之一螢〔七〕，狀荆山之片玉〔八〕。渾渾熊熊〔九〕，懸紫貝於河宫〔一〇〕；曄曄暐暐〔一一〕，曜明珠於漢水〔一二〕。其光也如丹，其大也如李〔一三〕。稽元命之攸述，按星經之所紀，見則化平主昌，明則天下多士〔一四〕。

【箋　注】

〔一〕「南極」二句，老人之星，即南極星。史記天官書：「狼比地有大星，曰南極老人。老人見，治安；不見，兵起。」又唐開元占經卷六八老人星占：「石氏（星經）曰：『老人星在弧南（原注：入井十九度，去極百三十三度半，在黃道外七十五度太）。』」

〔二〕「煜煜」二句，形容老人星光輝明亮。玉篇：「煜，火焰也，又盛貌。」文選班固西都賦：「震震爚爚，雷奔電激。」李善注：「震震爚爚，光明貌也。……爚，電光也。」同書宋玉高唐賦：「煌煌熒熒，奪人目精。」李善注：「煌煌熒熒，草木花光也。」此指星光，亦言明亮。

〔三〕「秋分」二句，史記天官書：「常以秋分時候之（老人星）於南郊。」正義：「老人一星，在弧南，一曰南極，爲人主占壽命延長之應。常以秋分之曙見於丙，春分之夕見於丁。見，國長命，故謂之壽昌，天下安寧；不見，人主憂也。」唐開元占經卷六八老人星占：「郗萌曰：老人，南極星也，立秋二十五日晨見丙午之間（原注：以秋分見南方，春分而没，出於丙，入於丁）。」

〔四〕「配神山」句，漢書武帝紀：元封元年（前一一〇）行幸中嶽，「親登嵩高，御史乘屬，在廟旁吏卒咸聞呼『萬歲』者三」。注引荀悦曰：「萬歲，山神稱之也。」

〔五〕「符火德」句，火，原作「水」，各本同，當誤。史記封禪書：「秦始皇既併天下而帝，或曰：『……周得火德，有赤烏之符。今秦變周，水德之時。昔秦文公出獵，獲黑龍，此其水德之瑞。』於是秦更命河曰『德水』。」則周爲火德，水德則爲秦矣，作者頌聖，斷不會以秦爲喻，徑改。

〔六〕「晃如」句，謂其光燦爛如黃金、糧食。公孫鞅商子卷一去强：「國好生金於境内，則金、粟兩死，倉府兩虚；國好生粟於境内，則金、粟兩生，倉府兩實。」唐開元占經卷六八老人星占引占曰：「老人星，色欲黄潤，王者老人吉；其色青，主有憂，老人疾；色若黑白，主有老人多死，各以五色占吉凶。」

〔七〕「比秋草」句，禮記月令季夏之月：「腐草爲螢。」梁簡文帝詠螢詩：「本將秋草并，今與夕風輕。」

〔八〕「狀荆山」句，荆山片玉，指和氏璧。劉向新序卷五：「荆人卞和得玉璞而獻之荆厲王，使玉尹相之，曰：『石也。』王以和爲謾，而斷其左足。厲王薨，武王即位，和復奉玉璞而獻之武王，武王使玉尹相之，曰：『石也。』又以爲謾，而斷其右足。武王薨，共王即位，和乃奉玉璞而哭於荆山中，三日三夜，泣盡而繼之以血。共王聞之，使人問之，曰：『天下刑之者衆矣，子刑何哭之悲也？』對曰：『寶玉而名之曰石，貞士而戮之以謾，此臣之所以悲也。』共王曰：『惜矣，吾先王之聽！難剖石而易斬人之足？……』乃使人理其璞，而得寶焉，故名之曰和氏之璧。」

〔九〕「渾渾」句，渾渾、熊熊，此形容光盛。文選枚乘七發：「誠奮厥武，如振如怒，沌沌渾渾，狀如奔馬。」李善注：「沌沌渾渾，波相隨之貌也。」此指光波。山海經西山經：「南望崑崙，其光熊熊，其氣魂魂。」郭璞注：「皆光氣炎盛相焜燿之貌。」

〔一〇〕「懸紫貝」句，楚辭屈原九歌河伯：「魚鱗屋兮龍堂，紫貝闕兮朱宫。」藝文類聚卷八四寶玉部引毛詩義疏曰：「紫貝，其白質如玉，紫點爲文，皆行列相當，大者有徑一尺六寸，今九真、交阯以爲杯盤寶物也。」

〔一〕「曄曄」句，曄曄、暐暐，亦形容光盛。文選班固西都賦：「芳草被隄，蘭茝發色。曄曄猗猗，若摛錦布繡。」李善注引説文曰：「曄，草木白華貌。」此指光白。曹植車渠椀賦：「豐玄素之暐暐，帶朱榮之葳蕤。」又文選左思吴都賦：「飾赤烏（按：宫殿名）之暐曄。」吕向注：「暐曄，光盛貌。」

〔二〕「曜明珠」句，文選張衡南都賦：「游女弄珠於漢皋之曲。」李善注引韓詩外傳：「鄭交甫將南適楚，遵彼漢皋臺下，乃遇二女，佩兩珠，大如荆雞之卵。」

〔三〕「其大也」句，如李，陸璣毛詩草木鳥獸蟲魚疏卷上：「常棣，許慎曰：白棣樹也，如李而小如櫻桃。」又：「鬱，其樹高五六尺，其實大如李，色赤，食之甘。」此謂老人星大小如李子。

〔四〕「稽元命」四句，元命，指春秋元命苞，漢代緯書；星經，當指石氏星經，漢代星象家石申著（詳參王應麟漢書藝文志考證卷九）。按唐開元占經卷六八老人星占引春秋元命苞曰：「直弧比地（原注：晉灼注天官書曰：比地，近地也），有一大星，曰南極老人。見則主安，不見則兵革起。常以秋分候之南郊，以慶主令天下。」同上引石氏（星經）曰：「老人星明，主壽昌，天下多賢士。」

經始靈臺，嵯峨崔巍〔一〕。星則唐都講藝，氣則王朔呈材〔二〕。晝觀雲物，夜察昭回〔三〕。睹南郊之炳燿〔四〕，欣北極之康哉〔五〕。三公輔弼〔六〕，庶官文武。獻仙壽兮祝堯，奏昌言兮拜禹〔七〕。瞻太霄而踴躍，伏前庭而俯僂。萬人於是和歌〔八〕，百獸於焉率舞〔九〕。

【箋注】

〔一〕「經始」二句，經始，謂創建。靈臺，觀察天文、伺候雲物之臺，屬秘書省太史局，參前渾天賦序注。嵯峨崔巍，形容靈臺高大宏偉。

〔二〕「星則」二句，唐都、王朔，皆西漢天文學家。史記天官書：「夫自漢之爲天數者，星則唐都，氣則王朔，占歲則魏鮮。」又太史公自序：「太史公學天官於唐都。」此喻指當時供職司天監之官員，謂其天文技能、才華堪比唐、王。

〔三〕「晝觀」二句，觀雲物，謂依據雲之氣色以識災變，詳見渾天賦「分至啓閉」句引杜預注。昭回，詩經大雅雲漢：「倬彼雲漢，昭回于天。」毛傳：「回，轉也。」鄭箋：「雲漢，謂天河也。昭，光也。倬然天河，水氣也。精光轉運于天，時旱渴雨，故宣王夜仰視天河，望其候焉。」

〔四〕「睹南郊」句，後漢書禮儀志中：「仲秋之月，……祀老人星於國都南郊老人廟。」按舊唐書禮儀志四：「開元二十四年（七三六）七月乙巳，初置壽星壇，祭老人星及角、亢等七宿。」則武氏朝并無祭老人星之禮，故此云「睹」，自不必在七月。

〔五〕「欣北極」句，史記天官書：「中宮天極星，其一明者，太一常居也。」索隱案：「爾雅『北極謂之北辰』。」唐開元占經卷六八老人星占引黃帝占曰：「老人星一名壽星，色黃明大而見，則主壽昌，老者康，天下安寧。其星微小，若不見，主不康，老者不强，有兵起。」按：北極星代指皇帝。此謂欣祝武則天壽且康也。

〔六〕「三公」句，泛指朝廷高官。唐六典卷一：「三公，論道之官也，蓋以佐天子，理陰陽，平邦國，無所不統，故不以一職名其官。然周漢已來，代存其任，自隋文帝罷三公府僚，皇朝因之，其或親王拜者，亦但存其名位耳。」唐以太尉、司徒、司空爲三公。

〔七〕「獻仙壽」二句，祝堯、拜禹，向皇帝祝壽之套語，唐詩賦中多有之。如王起元日觀上公獻壽賦：「致君壽日，比華封而祝堯；獻酒福廷，與鈞天而合律。」可參讀。

〔八〕「萬人」句，司馬相如上林賦：「奏陶唐氏之舞，聽葛天氏之歌。千人唱，萬人和。」

〔九〕「百獸」句，尚書舜典：「夔曰：於！予擊石拊石，百獸率舞。」僞孔傳：「樂感百獸，使相率而舞，則神人和可知。」以上自「三公」句至此，寫祝壽場面。

穆穆神皇〔一〕，受天之祥。邈矣台州之北〔二〕，窅然汾水之陽〔三〕。貞明也者，日月同光；貞觀也者，天地爲常〔四〕。有混成之獨立〔五〕，運元氣之茫茫〔六〕。若夫大虹流渚，金天當宁〔七〕；大電繞樞，軒轅受圖〔八〕。殷馗則黄星見楚〔九〕，雷焕則紫氣臨吴〔一〇〕。青方半月〔一一〕，東井連珠〔一二〕。辰極之齊七政〔一三〕，泰階之平六符〔一四〕。雖前皇之盛德〔一五〕，又何以加於此乎！至若甘露溢，醴泉出，蓂莢生，嘉禾實〔一六〕。鳳凰丹彩，騶虞白質〔一七〕。南海無波，東風入律〔一八〕。比夫皇穹之錫壽，何足以談其萬一。聖上猶復招列仙〔一九〕，擇群賢，日慎一日〔二〇〕，玄之又玄〔二一〕。兵戈不起，至德承天。臣炯作頌，皇家萬年。

【箋注】

〔一〕「穆穆」句，揚雄甘泉賦：「聖皇穆穆。」文選張衡東京賦：「穆穆焉，皇皇焉。」薛綜注引禮記：「天子穆穆，諸侯皇皇。……鄭玄曰：威儀容止之貌。」神皇，指武則天。武氏革唐後加尊號曰「聖神皇帝」，見本賦首句注。

〔二〕「邈矣」句，列子卷二黃帝：「黃帝……憂天下之不治，竭聰明，進智力，營百姓，焦然肌色皯䵟，昏然五情爽惑。黃帝……退而閒居大庭之館，齋心服形，三月不親政事，晝寢而夢，遊於華胥氏之國。華胥氏之國在弇州之西，台州之北，不知斯（按：張湛注：斯，離也）齊國幾千萬里，蓋非舟車足力之所及，神遊而已。其國無師長，自然而已；其民無嗜慾，自然而已。不知樂生，不知惡死，故無殀殤。不知親己，不知疏物，故無愛憎。不知背逆，不知向順，故無利害。……黃帝既寤，悟然自得，召天老、力牧、太山稽告之曰：『朕閒居三月，齋心服形，思有以養身治物之道，弗獲其術。疲而睡，所夢若此，今知至道不可以情求矣。朕知之矣，朕得之矣，而不能以告若矣。』又二十有八年，天下大治，幾若華胥氏之國。」此以喻武則天虛心治國，有如黃帝。

〔三〕「窅然」句，莊子逍遥遊：「堯治天下之民，平海内之政，往見四子藐姑射之山，汾水之陽，窅然喪其天下焉。」成玄英疏：「汾水出自太原，西入於河。水北曰陽，則今之晉州平陽縣，在汾水北，昔堯都也。窅然者寂寥，是深遠之名。」此與上句義同。

〔四〕「貞明」四句，周易繫辭下：「吉凶者，貞勝者也；天地之道，貞觀者也；日月之道，貞明者也。天下之動，貞夫一者也。」韓康伯注：「貞者正也，一也。……老子曰：『王侯得一，以爲天下貞。』萬變雖殊，可以執一御也。」又曰：「明夫天地萬物，莫不保其貞以全其用也。」孔穎達正義：「『天地之道，貞觀者也』，謂天覆地載之道，以貞正得一，故其功可爲物之所觀也。『日月之道，貞明者也』，言日月照臨之道，以貞正得一而爲明也。若天覆地載不以貞正而有二心，則天不能普覆，地不能兼載，則不可以觀。由貞乃得觀見也。日月照臨，若不以貞正有二之心，則照不普及，不爲明也，故以貞而爲明也。」

〔五〕「有混成」句，老子：「有物混成，先天地生。寂兮寥兮，獨立而不改，周行而不殆，可以爲天下母。吾不知其名，字之曰道。」河上公注：「謂道無形，混沌而成萬物，乃在天地之前。」又曰：「寂者無音聲，寥者空無形，獨立者無匹雙，不改者化有常，道通行天地，無所不入。」「我不見道形容，不知當何以名之，見萬物皆從道所生，故字之曰道也。」此句言武則天得道。

〔六〕「運元氣」句，老子：「道生一，一生二，二生三，三生萬物。萬物負陰而抱陽，沖氣以爲和。」河上公注：「道始所生者一，一生陰與陽也。陰陽生和、清、濁三氣，分爲天、地、人也，天地共生萬物也。天施地化，人長養之也。萬物無不負陰而向陽，回心而就日。萬物中皆有元氣，得以和柔，若胸中有藏，骨中有髓，草木中有空虛與氣通，故得久生也。」此句言武則天既得道，故能以道化育萬物。

〔七〕「若夫」二句，太平御覽卷七九少昊金天氏引帝王世紀：「少昊帝名摯，字青陽，姬姓也。母曰女節。黄帝時有大星如虹，下流華渚，女節夢接意感，生少昊，是爲玄囂。降居江水，有聖德，邑於窮桑，以登帝位，都曲阜，故或謂之窮桑帝。以金承土，帝圖讖所謂白帝朱宣者也，故稱少昊，號金天氏。在位百年而崩。」當宁，天子接受朝拜。宁，音佇。禮記曲禮下：「天子當宁而立。」鄭玄注：「門屏之間曰宁。」

〔八〕「大電」二句，太平御覽卷七九黄帝軒轅氏引帝王世紀：「黄帝有熊氏，少典之子，姬姓也。母曰附寶。……見大電光繞北斗樞星，照郊野，感附寶，孕二十五月，生黄帝於壽丘。……受國於有熊，居軒轅之丘，故因以爲名。」

〔九〕「殷馗」句，三國志魏書武帝紀：「初，桓帝時有黄星見於楚、宋之分，遼東殷馗善天文，言後五十歲當有真人起於梁、沛之間，其鋒不可當。至是凡五十年，而公（曹操）破（袁）紹，天下莫敵矣。」

〔一〇〕「雷焕」句，用晉書張華傳雷焕掘地得雙劍事，詳前渾天賦注。

〔一一〕「青方」句，指瑞星見。晉書天文志中七曜：「瑞星，一曰景星，如半月，生於晦朔，助月爲明。

或曰星大而中空，或曰有三星，在赤方氣，與青方氣相連，黄星在赤方氣中。亦名德星。」

〔一二〕「東井」句，東井，史記天官書：「東井……其西曲星曰鉞。鉞北，北河；南，南河；兩河、天闕間爲關梁。」正義曰：「南河三星，北河三星，分夾東井南北。」同上書又曰：「牽牛爲犧牲。」正義：「牽牛爲犧牲，亦爲關梁。」漢書律曆志上：「宦者淳于陵渠復覆太初曆晦朔弦望，皆最密，日月如合璧，五星如連珠。」注引孟康曰：「謂太初上元甲子夜半朔旦冬至時，七曜皆會聚斗、牽牛分度，夜盡如合璧連珠也。」牽牛爲關梁，故云「東井連珠」。

〔一三〕「辰極」句，辰極，即北極星。史記天官書：「中宫天極星，其一明者，太一常居也。」索隱案：「爾雅，北極謂之北辰。」同上天官書：「北斗七星，所謂『旋、璣、玉衡，以齊七政』。」索隱案尚書大傳云：「七政，謂春、秋、冬、夏、天文、地理、人道。所以爲政也，人道政而萬事順成。」又同上五帝本紀：「帝堯老，命舜攝行天子之政，以觀天命。舜乃在璿璣玉衡，以齊七政。」集解引鄭玄曰：「璿璣，玉衡，渾天儀也。七政，日、月、五星也。」所言不同。正義：「説文云：璿，赤玉也。按舜雖受堯命，猶不自安，更以璿璣玉衡以正天文。璣爲運轉，衡爲横簫。運璣使動於下，以衡望之，是王者正天文器也，觀其齊與不齊。今七政齊，則已受禪爲是。」旋璣、璿璣同。

〔一四〕「泰階」句，史記天官書：「魁下六星，兩兩相比者，名曰三能。」索隱引孟康曰：「泰階，三台也。台星凡六星。六符，六星之符驗也。」應劭引黄帝泰階六符經曰：「泰階者，天子之三階，……三階平，則陰陽和，風雨時。」詳前渾天賦注。

德也。」

〔一五〕「雖前皇」句，周易繫辭上：「日新之謂盛德。」孔穎達疏：「德日日增新，是德之盛極，故謂之盛德也。」

〔一六〕「至若」四句，禮記禮運：「聖王用民必順，「故無水旱昆蟲之災，民無凶饑妖孽之疾。故天不愛其道，地不愛其寶，人不愛其情。故天降膏露，地出醴泉，山出器車，河出馬圖。鳳皇麒麟，皆在郊棷，龜龍在宮沼，其餘鳥獸之卵胎，皆可俯而闚也」。白虎通義卷下德論下封禪：「德至天，則斗極明，日月光，甘露降。德至地，則嘉禾生，蓂莢起，秬鬯出，平路感。德至文表，則景星見，五緯順軌。德至草木，朱草生，木連理。德至鳥獸，則鳳凰翔，鸞鳥舞，騏驎臻，白虎到，狐九尾，白雉降，白鹿見，白烏下。德至山陵，則景雲出，芝實茂，陵出異丹，阜出蓮莆，山出器車，澤出神鼎。德至淵泉，則黄龍見，醴泉通，河出龍圖，洛出龜書，江出大貝，海出明珠。德至八方，則祥風至，佳氣時喜，鍾律調，音度施，四夷化，越裳貢。……日曆得其分度，則蓂莢生於階間。蓂莢，樹名也。月一日生一莢，十五日畢，至十六日去莢。故莢階生，似日月也。……景星者，大星也。月或不見，景星常見，可以夜作，有益於人民也。甘露者，美露也。降則物無不盛者也。……醴泉者，美泉也。狀若醴酒，可以養老。嘉禾者，大禾也。成王時，有三苗異畝而生，同爲一穟，大幾盈車，長幾充箱，民有得而上之者。成王訪周公而問之，公曰：『三苗爲一穟，天下當和爲一乎？』以是果有越裳氏重九譯而來矣。」

〔一七〕「騶虞」句，詩經國風騶虞序：「仁如騶虞，則王道成也。」陸德明音義：「騶虞，義獸也，白虎，黑文，不食生物，有至信之德。」陸璣毛詩草木鳥獸蟲魚疏卷下：「騶虞，即白虎也。黑文，尾長於軀，不食生物，不履生草，君王有德則見，應德而至者也。」

〔一八〕「東風」句，初學記卷一雲引東方朔十洲記：「天漢三年（前九八），月氏國獻神香，使者曰：『國有常占：東風入律，百旬不休；青雲干呂，連月不散。意中國將有妙道君，故搜奇異而貢神香。』」以上從天命、盛德兩途頌揚武則天。

〔一九〕「聖上」句，列仙，衆仙人。此泛指道高有德之士。

〔二〇〕「日慎」句，韓詩外傳卷八：「日慎一日，完如金城。」後漢書光武帝紀：「如臨深淵，如履薄冰。戰戰慄慄，日慎一日。」李賢注引太公金匱云：「敬勝怠則吉，義勝欲則昌。日慎一日，壽終無殃。」

〔二一〕「玄之」句，老子：「玄之又玄，衆妙之門。」河上公注：「玄，天也。言有欲之人與無欲之人，同受氣於天。」「天中復有天也。稟氣有厚薄，得中和滋液，則生賢聖；得錯亂污辱，則生貪淫也。」此言武則天雖已德盛，猶且修道不已。

庭菊賦 并序〔一〕

庭菊，美貞芳也。天子幸於東都，皇儲監守於武德之殿〔二〕，以門下内省爲左春坊〔三〕。今庶子裴公所居〔四〕，即黄門侍郎之廳事也〔五〕。其庭有菊焉〔六〕。中令薛公，昔拜瑣闥，此焉遊處，今兼左庶子〔七〕，止於東廳。甍宇連接，洞門相向。每罷朝之後，未嘗不遊於斯，詠於斯，覽叢菊於斯。歎其君子之德，命學士爲之賦。是日也，薛覬以親賢爲洗馬〔八〕，田巖以幽貞爲學士〔九〕，高元思、張師德以至孝託後車〔一〇〕，顔强學、沈尊行以博聞兼侍讀〔一一〕。周琮、李憲、王祖英、曹叔文以儒術進〔一二〕，崔融〔一三〕、徐彦伯〔一四〕、劉知柔〔一五〕、石抱忠以文章顯〔一六〕。德行則許子豐〔一七〕，耆舊則權無二〔一八〕。駱縯則詁訓之前識，張相則莊老之後英〔一九〕：並承高命，咸窮體物。小子託於吹竽之末〔二〇〕，敢闕其詞哉？遂作賦云。

【箋　注】

〔一〕庭菊，庭院所植之菊。菊之品種極多。太平御覽卷九九六菊引本草經曰：「菊有筋菊，有白菊花、黄菊花，一名節花，一名傳公，一名延年，一名白花，一名日精，一名更生，一名陰威，一名朱嬴，一名女花。」今存宋史正志史氏菊譜、劉蒙劉氏菊譜及史鑄百菊集譜，述菊花品類極詳，可參讀。此賦序稱天子（高宗）幸東都，皇儲（即太子李顯，儀鳳二年〔六七七〕已改名哲）監國，裴炎、薛元超爲左庶子，考史當爲永淳元年（六八二，詳下）；賦末又謂「歲如何其，歲將逝」，則當作於是年之末。按唐會要卷六四：「永隆二年（六八一）二月六日，皇太子親行釋奠之禮，禮畢，上表請博延耆碩英髦之士爲崇文館學士，許之。於是，薛元超表薦鄭祖玄、鄧玄挺、楊炯、崔融等并爲崇文學士。」則作此賦時，楊炯爲崇文館學士，在長安。

〔二〕「天子」二句，舊唐書卷五高宗紀下：「（開耀二年，六八二）二月癸未，以太子誕皇孫滿月，大赦。改開耀二年爲永淳元年。……（四月）丙寅，幸東都，皇太子京師留守，命劉仁軌、裴炎、薛元超等輔之。」監守，即監國。史記晉世家：「冢子，君行則守，有守則從；從曰撫軍，守曰監國，古之制也。」武德殿，唐長安宫殿名。清徐松唐兩京城坊考卷一：「太極殿……左爲虔化門，……虔化東爲武德門。閤門之東曰萬春殿，又東曰立政殿，又東曰大吉殿，又東曰武德殿。」

〔三〕「以門下」句，門下内省，即門下省，唐代三省六部中「三省」之一，亦爲中央最高政府機構之一。左春坊，唐會要卷六七：「左春坊，本門下坊，龍朔中改爲左春坊，咸亨中復爲門下坊。景雲二年（七一一）八月二十五日，改爲左春坊。」則作是賦時，當稱門下坊，此沿舊名也。因太子監國，故臨時以門下内省爲左春坊。

〔四〕「今庶子」三句，庶子，指左庶子，皇太子屬官。唐六典卷二六：「太子左春坊左庶子二人，正四品上。」李林甫注：「隋門下坊置左庶子二人領之，典書坊置右庶子二人領之，至是始改爲左右矣。左庶子，正四品上；右庶子，四品下。皇朝因之。龍朔二年（六六二）改門下坊爲左春坊，左庶子爲太子左中允，咸亨元年（六七〇）復故左庶子。」又曰：「左庶子之職，掌侍從贊相，禮儀駁正，啓奏監省封題。……凡皇太子從大祀及朝會，出則版奏外辦中嚴，入則解嚴焉。凡令書下於左春坊，則與中允、司議郎等覆啓以畫諾，及覆下，以皇太子所畫者留爲按，更寫令書，印署注令諾，送詹事府。若皇太子監國，事在尚書者，如令書之法。」裴公，即裴炎，絳州聞喜（今屬山西）人。擢明經第。高宗時歷兵部侍郎、中書門下平章事、侍中、中書令。永淳元年（六八二），高宗幸東都，留太子哲守京師，命炎與劉仁軌、薛元超爲輔。其後裴炎因勸武則天歸政，於光宅元年（六八四）十月誣以謀反罪，被斬於都亭驛。睿宗復位，贈益州大都督。舊唐書卷八七有傳。

〔五〕「即黄門」句，黄門侍郎，門下省官名，侍中之副。唐六典卷八：「黄門侍郎二人，正四品上。」注：「隋置四人，正第四品上。煬帝減二人，去給事之名，直曰黄門侍郎。隋氏用人益重，皇朝因之。龍朔二年（六六二）改爲東臺侍郎，咸亨元年（六七〇）復舊。光宅元年（六八四）改爲鸞臺侍郎，神龍元年（七〇五）復舊。」又曰：「黄門侍郎掌貳侍中之職，凡政之弛張，事之與奪，皆參議焉。」時太子監國，以門下省爲左春坊，故左庶子裴炎於黄門侍郎廳治事。

〔六〕「其庭」句，四子集「庭」下有「前」字。當衍。

〔七〕「中令薛公」四句，中令，謂中書令。薛公，即薛元超。舊唐書卷五高宗紀下：「（上元三年，六七六）三月癸卯，黄門侍郎來恒、中書侍郎薛元超并同中書門下三品。」又曰：「（永隆二年，六八一）閏七月丁未，黄門侍郎裴炎爲侍中，黄門侍郎崔知温、中書侍郎薛元超并爲中書令。」瑣闥，初學記卷一二黄門侍郎引董巴漢書曰：「禁門曰黄闥，中人主之，故號黄門令矣。然則黄門郎給事於黄闥之内，入侍禁中，故號曰黄門侍郎。」又引應劭曰：「黄門郎每日暮向青瑣門拜，謂之夕郎。」薛元超拜黄門侍郎事，詳本書卷十中書令汾陰公薛振行狀。兼左庶子，舊唐書卷七三薛收傳附薛元超傳：「永隆二年（六八一），拜中書令兼太子左庶子。高宗幸東都，太子於京師監國，因留元超以侍太子。……於是元超表薦鄭祖玄、鄧玄挺、崔融爲崇文館學士。」

〔八〕「薛覬」，事迹無考，既稱「親賢」，疑乃薛元超族屬。覬，英華卷一四九作「愷」，校：「一作凱。」洗馬，太子府屬官。唐六典卷二六：「司經局洗馬二人，從五品下。……洗馬掌經史子集四庫圖書刊緝之事，立正本副本，貯本以備供進。」唐會要卷六七：「洗馬，龍朔元年（六六一）改爲司經大夫，三年三月九日改爲桂坊大夫，咸亨元年（六七〇）復舊。」

〔九〕「田巖」句，田巖，即田遊巖。舊唐書本傳：「田遊巖，京兆三原人也。初補太學生，後罷歸，遊於太白山，每遇林泉會意，輒留連不能去。其母及妻子并有方外之志，與遊巖同遊山水二十餘年。後入箕山，就許由廟東築室而居，自稱『許由東鄰』。調露中，高宗幸嵩山，遣中書侍郎薛元超就問其母，遊巖山衣田冠出拜，……帝甚歡，因將遊巖就行宫，并家口給傳乘赴都，授崇文館學士。」幽貞，謂其隱居清正。

〔一〇〕「高元思」句，高元思、張師德，事迹無考。後車，文選曹丕與朝歌令吴質書：「天氣和暖，衆果具繁。時駕而游，北遵河曲。從者鳴笳以啓路，文學託乘於後車。」李善注：「毛詩（按：見詩經小雅緜蠻）曰：『命彼後車，謂之載之。』」按：後車，副車，侍從之車，此代指侍從之臣。

〔一一〕「顔强學」句，楊炯薛振行狀：「及兼左庶子，又表鄭祖玄、沈伯儀、賀覬、鄧玄挺、顔强學、崔融等十人爲學士,天下服其知人。」二人事迹別無考。

〔一二〕「周琮」句,周、李、王、曹四人,除李略知一二外,另三人事迹無考。李憲,舊唐書儒學傳下王元感傳:「長安三年(七〇三)表上其所撰尚書糾謬十卷、春秋振滯二十卷、禮記繩愆三十卷,并所注孝經、史記稾草,請官給紙筆寫上秘書閣。詔令弘文、崇賢兩館學士及成均博士詳其可否。學士祝欽明、郭山惲、李憲等皆專守先儒章句,深譏元感掎摭舊義,元感隨方應答,竟不之屈。」則李憲於武周末仍爲學士。曹叔文之「文」字,英華作「父」,當誤。

〔一三〕崔融,舊唐書本傳:「崔融,齊州全節人。初,應八科舉擢第,累補宫門丞,兼直崇文館學士。中宗在春宫,制融爲侍讀,兼侍屬文。東朝表疏,多成其手。」武則天時,融與李嶠、蘇味道等降節事張易之。「撰(則天)哀册文,用思精苦,遂發病卒,時年五十四。」有集六十卷。

〔一四〕徐彦伯,舊唐書本傳:「徐彦伯,兖州瑕丘人也。少以文章擅名,河北道安撫大使薛元超表薦之,對策擢第,累轉蒲州司兵參軍。」武后時官至工部侍郎、衛尉卿兼昭文館學士。開元二年(七一四)卒。有文集二十卷行於時。

〔一五〕劉知柔,彭城人,中進士甲科。歷荆府司馬,拜司業,兼侍讀。出荆府長史,復户部,徙同、宋二州,揚、益二府,淮南廉察,再山東巡撫,官工部尚書,加銀青光禄大夫,進爵彭城侯。春秋七十有五,以開元十一年(七二三)六月十五日卒。事迹詳李邕唐贈太子少保劉知柔神道碑(載英華卷九〇〇),舊唐書劉子玄傳有附傳。

〔一六〕石抱忠，嗣聖元年（六八四）爲弘文館直學士。萬歲通天二年（六九七），劉思禮、綦連耀謀反案發，坐與交結，被殺。事迹略見舊唐書卷一四〇員半千傳、新唐書卷八八劉師立傳。

〔一七〕許子豐，事迹無考。

〔一八〕權無二，舊唐書禮儀志一：乾封初，高宗東封回，下詔議祭五天帝等，「於是奉常博士陸遵楷、張統師、權無二、許子儒等議」云云。又唐釋智昇開元釋教録卷九述大唐慈恩寺三藏法師傳，謂「永隆二年（六八一）辛巳，因太子文學權無二述釋典稽疑十條，用以問禮，請令釋滯」云云。其他事迹未詳。

〔一九〕駱繽、張相，事迹無考。後英，「英」原作「興」，據英華卷一四九、四子集改。英，與上句「識」對應。

〔二〇〕吹竽，韓非子内儲説上：「齊宣王使人吹竽，必三百人。南郭處士請爲王吹竽，宣王説之，廩食以數百人。宣王死，湣王立，好一一聽之，處士逃。」此乃作者謙詞。

日之貞矣，于彼重陽〔一〕；菊之榮矣，于彼華坊〔二〕。含天地之精氣，吸日月之淳光〔三〕。雲布霧合，箕舒翼張〔四〕。鬱兮蔓衍，郁兮芬芳〔五〕。珉枝金蕚〔六〕，翠葉紅芒〔七〕。其在夕也，言庭燎之晢晢〔八〕；其向晨也，謂明星之煌煌〔九〕。爾其萬里年華，九州春色。花的爍兮如錦〔一〇〕，草綿連兮似織。當此時也，和其光，同其塵，應春光而早植〔一一〕。及夫秋星下照〔一二〕，金氣上騰〔一三〕，風蕭蕭兮瑟瑟〔一四〕，霜刺刺兮稜稜〔一五〕。當此時也，弱其志，强其骨〔一六〕，獨歲寒而晚登〔一七〕。

【箋注】

〔一〕「日之貞」二句，九爲陽數，故稱九日爲「貞」，貞，正也。重陽，初學記卷四九月九日：「西京雜記曰：『漢武帝宮人賈佩蘭，九月九日佩茱萸，食餌，飲菊花酒，云令人長壽。』蓋相傳自古，莫知其由。」曹丕九日與鍾繇書：「歲月往來，忽復九月九日。九爲陽數，而日月并應，俗嘉其名，以爲宜於長久，故以宴享高會。」謂九爲陽數，而月、日皆九，故稱重陽。

〔二〕「于彼」句，華坊，指裴炎所居黄門侍郎廳。

〔三〕「含天地」二句，曹丕九日與鍾繇書：「是月（九月）律中無射，言群木庶草無有射而生者，而芳菊紛然獨秀。非夫含乾坤之純和，體芬芳之淑氣，孰能如此？」又晉孫楚菊花賦：「彼芳菊之爲草兮，稟自然之醇精。」

〔四〕「箕舒」句，箕舒，謂菊花舒展，如箕之簸揚狀。史記天官書：「箕爲敖客，曰口舌。」索隱引宋均云：「敖，調弄也。箕以簸揚，調弄象也。」翼張，謂又如鳥展翅。翼亦星座名，史記天官書：「翼爲羽翮，主遠客。」正義：「翼二十二星，軫四星，長沙一星，轄二星，合軫七星皆爲鶉尾。」

〔五〕「鬱兮」二句，鬱，繁茂；郁，芳香。文選潘岳閒居賦：「石榴蒲陶之珍，磊落蔓衍乎其側。」李善

注：「蔓衍，長也。」吕延濟注：「蔓衍，衆多貌。」楚辭屈原九章思美人：「紛郁郁其遠承兮，滿内而外揚。」此言香氣濃郁。

〔六〕「珉枝」句，謂菊之枝條如玉，花萼似金。文選班固西都賦「琳珉青熒」句李善注引郭璞上林賦注曰：「珉，玉名也。」又引張揖注曰：「珉，石次玉也。」萼，花托。

〔七〕「翠葉」句，嵇含菊花銘：「煌煌丹菊，翠葉紫莖。」紅芒，尖細之花蕊。丹菊色紅。鍾會菊花賦：「縹幹緑葉，青柯紅芒。」

〔八〕「其在」二句，詩經小雅庭燎：「夜如何其，夜未央，庭燎之光。」毛傳：「庭燎，大燭。」又曰：「夜如何其，夜未艾，庭燎晣晣。」毛傳：「晣晣，明也。」文選張衡東京賦：「夏正三朝，庭燎哲哲。」薛綜注：「哲哲，大光明也。」哲、晣同。

〔九〕「其向」二句，詩經陳風東門之楊：「昏以爲期，明星煌煌。」按蘇轍詩集傳卷四：「明星，啓明也。」詩經小雅大東：「東有啓明，西有長庚。」朱熹詩經集傳卷五：「啓明、長庚，皆金星也。以其先日而出，故謂之啓明；以其後日而入，故謂之長庚。」煌煌，文選潘岳閒居賦：「煌煌乎，隱隱乎。」李善注引蒼頡篇曰：「煌煌，光明也。」

〔一〇〕「花的爍」句，文選張衡思玄賦：「顔的礫以遺光。」李善引舊注：「的礫，明貌。」的爍、的礫同。英華、四子集作「灼礫」，亦通。古文苑卷二宋玉舞賦：「珠翠灼爍而照曜兮。」宋章樵注：「的皪，鮮明貌。」

〔一二〕「和其」三句，老子：「道沖而用之。……和其光，同其塵。」河上公注：「言雖有獨見之明，當如闇昧，不當以曜亂人也。」又曰：「當與衆庶同垢塵，不當自別殊。」「爾其」句至此，言菊花春天方栽植，不與百花争艷。

〔一三〕「及夫」句，秋星，指北斗。山堂肆考卷一二引孝經緯：「斗指西南，維爲立秋。」

〔一三〕「金氣」句，金氣，猶言秋氣，謂秋風。文選張景陽雜詩十首之三：「金風扇素節，丹霞啓陰期。」李善注：「西方爲秋而主金，故秋風曰金風也。」

〔一四〕「風蕭蕭」句，史記刺客列傳荆軻傳：「風蕭蕭兮易水寒。」蕭蕭，風聲。文選劉楨贈從弟三首其一：「亭亭山上松，瑟瑟谷中風。」瑟瑟，吕向注：「風聲。」

〔一五〕「霜刺刺」句，刺刺，風聲。李商隱送千牛李將軍赴闕五十韻：「去程風刺刺，别夜漏丁丁。」可參讀。稜稜，文選鮑照蕪城賦：「稜稜霜氣，蔌蔌風威。」李善注：「稜稜霜氣，嚴冬之貌。蔌蔌，風聲勁疾之貌。」

〔一六〕「弱其志」二句，老子：「是以聖人治，虚其心，實其腹，弱其志，强其骨，常使民無知無欲。」河上公注「弱其志」二句：「和柔謙讓，不處權也。愛精重施，髓滿骨堅。」此謂菊花平和内斂，注重涵養以後發致勝。

〔一七〕「獨歲寒」句，謂菊花至秋天始開。鍾會菊花賦：「何秋菊之奇兮，獨華茂乎凝霜。……百卉凋瘁，芳菊始榮。」又稱菊有「五美」，第三美爲「早植晚登，君子德也」。「及夫」句至此，言菊開花晚，不畏歲寒。

雨還風去，天長地久〔一〕。純黄象於后土，故采桑而菊衣〔二〕；輕體御於神仙，故登山而菊酒〔三〕。文賓採之而羽化〔四〕，康公服之而不朽〔五〕。東極於是長生〔六〕，南陽以之眉壽〔七〕。胡太尉之允誠〔八〕，光輔漢庭，萬機理，泰階平〔九〕；及暮年華髮垂肩，秋菊落英，蠲邪滌瘵〔一〇〕，於焉永貞〔一一〕。鍾太傅之聲實〔一二〕，彝倫魏室〔一三〕，道合鹽梅〔一四〕，功成輔弼；降文皇之命，修彭祖之術〔一五〕，保性和神〔一六〕，此焉終吉〔一七〕。君章請老，歲久懸車〔一八〕。秋風生兮北園夕，白露濕兮前階虚。佇閑庭之曠邈〔一九〕，對涼菊之扶疎〔二〇〕。人生行樂，孰知其餘〔二一〕。淵明解印，退歸田野〔二二〕。山鬱律兮萬里〔二三〕，天蒼莽兮四下〔二四〕。憑南軒以長嘯，坐東籬而盈把，歸去來兮何爲者〔二五〕。

【箋注】

〔一〕「天長」句，老子：「天長地久。天地所以能長且久者，以其不自生，故能長生。」河上公注：「天地所以獨長且久者，以其安静，施不責報，不如人居處汲汲求自饒之私，奪人以自與。」

〔二〕「純黄」二句，后土，尚書武成：「厎商之罪，告於皇天后土。」僞孔傳：「后土，社也。」孔穎達疏謂即「地神」。菊花純黄色,地亦黄色,故謂菊乃后土之象。參見下注引鍾會菊花賦。采桑,原作「尋藥」,英華、四子集本作「采桑」,是,據改。菊衣,周禮天官内司服曰:「内司服,掌王后之六服褘衣、揄狄、闕狄、鞠衣、展衣、緣衣、素沙。」其中鞠衣,鄭玄注引鄭司農云:「鞠衣,黄衣也。……鞠衣,黄,桑服也。色如鞠塵,象桑葉始生。」又引(禮記)月令:「三月薦鞠衣於先帝,告桑事。」太平御覽卷六九〇鞠衣引三禮六服圖曰:「鞠衣,王后蠶桑之服也。孤之妻服以從助君祭。」菊衣,即鞠衣。釋名:「鞠衣,如菊花色也。」

〔三〕「輕體」二句,鍾會菊花賦:「夫菊有五美焉:黄華高懸,準天極也;純黄不雜,后土色也;早植晚登,君子德也;冒霜吐穎,象勁直也;流中輕體,神仙食也。」登山,太平御覽卷三二引西京雜記曰:「漢武帝宫人皆佩蘭。九月九日佩茱萸,食蓬餌,飲菊花酒,云令人長壽。蓋相傳自古,莫知其由。」初學記卷四九月九日引續齊諧記曰:「汝南桓景,隨費長房遊學,長房謂之曰:『九月九日,汝家當有大災厄。急令家人縫囊盛茱萸繫臂上,登山飲菊酒,此禍可消。』景如言,舉家坐山。夕還,見雞犬一時暴死。長房曰:『此可代之。』今世人九日登高是也。」

〔四〕「文賓」句,列仙傳卷下:「文賓者,太丘鄉人也。賣草履爲業。數取嫗,數十年,輒棄之。後時故嫗壽老,年九十餘,續見賓,年更壯。他時嫗拜賓,涕泣。賓謝曰:『不宜。至正月朝,儻能會鄉亭西社中邪?』嫗老,夜從兒孫行十餘里,坐社中待之。須臾,賓到,大驚:『汝好道邪?知汝爾,前不去汝也。』教令服菊花、地膚、桑上寄生、松子,取以益氣。嫗亦更壯,復百餘年云。」服菊花能延年、成仙，乃道家及道教所言。葛洪抱朴子内篇卷一神丹引劉生丹法曰：「用菊花汁、地楮汁、樗汁和丹蒸之三十日，研合，服一年得五百歲，老翁服更少不可識，少年服亦不老。」

〔五〕「康公」句，藝文類聚卷八一菊引神仙傳（按今本神仙傳無此文）：「康風子服甘菊花、柏實散得仙。」

〔六〕「東極」句，東極，極東之地。史記秦始皇本紀載始皇二十八年（前二一九）泰山刻石：「登茲泰山，周覽東極。」又曰：「齊人徐市等上書，言海中有三神山，名曰蓬萊、方丈、瀛洲，僊人居之，請得齋戒，與童男女求之。於是遣徐市發童男女數千人入海求僊人。」正義引漢書郊祀志云：「此三神山者，其傳在渤海中，去人不遠，蓋曾有至者，諸仙人及不死之藥皆在焉。」此蓋以「不死之藥」而及菊。長生，「生」原作「在」，據五十家、十二家、全唐文卷一九〇改。

〔七〕「南陽」句，太平御覽卷九九六菊引風俗通：「南陽酈縣有甘谷，谷中水甘美。其山上大，有菊菜，水從山流下，得其滋液，谷中三十餘家不復穿井，仰飲此水，上壽百二三十年，中百餘，下七十、八十，名之爲夭。司空王暢、太尉劉寬、太傅袁隗爲南陽太守，聞有此事，令酈縣月送水三十斛，用飲食澡浴，終然無益。」

〔八〕「胡太尉」句，胡太尉，即胡廣。後漢書胡廣傳：「胡廣，字伯始，南郡華容人也。」少孤貧。察孝廉，安帝以爲天下第一。五遷尚書僕射。典機事十年，出爲濟陰太守、汝南太守。桓帝時拜太尉。靈帝立，參録尚書事，代太傅，總録如故。

〔九〕「泰階平」句，泰，英華、四子集、全唐文作「三」，亦通。按周禮春官大宗伯「以實柴祀日月星辰」句鄭玄注：「三能，三階也。」三階謂上階、中階、下階。能，音台。三台即泰階。詳見前渾天賦注。

〔一〇〕「及暮年」三句，後漢書胡廣傳：「年已八十，而心力克壯，……傍無几杖，言不稱老。……年八十二，熹平元年（一七二）薨。」李賢注引盛弘之荆州記曰：「菊水出穰縣，芳菊被涯，水極甘香。谷中皆飲此水，上壽百二十，七八十者猶以爲夭。太尉胡廣所患風疾，休沐南歸，恒飲此水，後疾遂瘳，年八十二薨也。」肩，英華校：「一作白，又作耳。」落，英華作「長」，校：「一作落。」作「長」誤。斸，原作「觸」，五十家、十二家、全唐文作「斸」。四庫全書考證卷七四曰：「庭菊賦『斸邪滌瘵，於焉永貞』，刊本『斸』訛『觸』，今改。」茲亦據改。斸，通「捐」，減也。説文：「瘵，病也。」

〔一一〕「於焉」句，永貞，周禮春官大祝：「太祝掌六祝之辭，……求永貞。」鄭玄注：「永，長也；貞，正也。求多福，歷年得正命也。」

〔一二〕「鍾太傅」句，三國志魏書鍾繇傳：「鍾繇字元常，潁川長社人也。」拜御史中丞，遷侍中、尚書僕射，封東武亭侯。太祖征關中，表爲前軍師。魏國初建，爲大理，遷相國。明帝即位，進封定陵侯，遷太傅。太和四年（二三〇）卒。聲實，原作「家聲」，英華、四子集作「聲實」。按「聲實」與

「胡太尉」句「允誠」對應，是，據改。

〔一三〕「彝倫」句，尚書洪範：「我不知其彝倫攸叙。」僞孔傳：「言我不知天所以定民之常，道理次叙，問何由。」此指治理。

〔一四〕「道合」句，道，指治理國家之法。鹽梅，尚書説命下：「若作和羹，爾惟鹽梅。」僞孔傳：「鹽鹹梅醋，羹須鹹醋以和之。」

〔一五〕「降文皇」二句，文皇，即魏文帝曹丕。降命，指曹丕九日與鍾繇書，其曰：「歲月往來，忽復九月九日。……是月律中無射，言群木庶草無有射而生者，而芳菊紛然獨秀。非夫含乾坤之純和，體芬芳之淑氣，孰能如此？故屈平悲冉冉之將老，思餐秋菊之落英，輔體延年，莫斯之貴。謹奉一束，以助彭祖之術。」彭祖，莊子逍遥遊：「彭祖乃今以久特聞。」神仙傳卷一：「彭祖者，姓籛，名鏗，帝顓頊之玄孫，至殷末世，七百六十歲而不衰老。少好恬静，不恤世務，不營名譽，不飾車服，唯以養生治身爲事。殷王聞之，拜爲大夫，常稱疾閒居，不與政事。善於補養導引之術，并服水桂、雲母、粉麋、鹿角，常有少容。然其性沈重，終不自言有道，亦不作詭惑變化鬼怪之事，窈然無爲。時乃遊行，人莫知其所詣，伺候之竟不見也。」則所謂「彭祖之術」，即補養導引，以求長生不老之術。

〔一六〕「保性」句，漢書藝文志：「仙者，所以保性命之真，游求於其外者也。」又曰：「六藝之文，樂以和神，仁之表也。」張衡温泉賦：「熙哉帝載，保性命兮。」

〔一七〕「此焉」句，周易需卦：「九二，需於沙，小有言，終吉。」王弼注「終吉」爲「以吉終也」。

〔一八〕「君章」二句，晉書羅含傳：「羅含字君章，桂陽耒陽人也。」爲郡功曹，刺史庾亮以爲部江夏從事。尋轉州主簿、州别駕。「以廨舍諠擾，於城西池小洲上立茅屋，伐木爲材，織葦爲席而居。布衣蔬食，晏如也。……累遷散騎常侍、侍中，仍轉廷尉、長沙相。年老致仕，加中散大夫，門施行馬。初，含在官舍，有一白雀棲集堂宇，及致仕還家，階庭忽蘭菊叢生，以爲德行之感焉。年七十七卒，所著文章行於世。」懸車，謂致仕，見前幽蘭賦「懸車舊館」句注。

〔一九〕「佇閑庭」句，佇，英華校：「一作步。」亦通。

〔二〇〕「對涼菊」句，指羅含晚年階庭忽蘭菊叢生，見上注。扶踈，文選司馬相如上林賦：「垂條扶疏。」李善注引説文曰：「扶疏，四布也。」踈、疏同。

〔二一〕「人生」二句，漢書楊惲傳：「酒後耳熱，仰天拊缶，而呼烏烏。其詩曰：『田彼南山，蕪穢不治。種一頃豆，落而爲萁。人生行樂耳，須富貴何時。』」

〔二二〕「淵明」二句，晉書陶潛傳：「陶潛字元亮，大司馬侃之曾孫也。……以親老家貧，起爲州祭酒，不堪吏職，少日自解歸。……復爲鎮軍、建威參軍，謂親朋曰：『聊欲絃歌，以爲三徑之資，可乎？』執事者聞之，以爲彭澤令。……郡遣督郵至縣，吏白應束帶見之，潛歎曰：『吾不能爲五斗米折腰，拳拳事鄉里小人邪！』義熙二年（四〇六），解印去縣，乃賦歸去來。」

〔二三〕「山鬱律」句，文選張衡西京賦：「隆崛崔崒，隱轔鬱律。」薛綜注：「山形容也。」

〔二四〕「天蒼莽」句，莽，英華校：「一作浪。」當誤。

〔二五〕「憑南軒」三句，陶淵明飲酒二十首其五：「秋菊有佳色，裛露掇其英。……嘯傲東軒下，聊復得此生。」又其三：「採菊東籬下，悠然見南山。」此謂「憑南軒」而非「東軒」，蓋爲與下句「東籬」對文故也。又歸去來兮辭：「歸去來兮，田園將蕪胡不歸？」盈把，太平御覽卷九九六菊引續晉陽秋：「陶淵明嘗九月九日無酒，出菊叢中摘盈把，坐其側。久之，望見一白衣人至，乃王弘送酒，即便就酌。」

若此窈窕重闈〔一〕，亘青瑣兮接皇扉〔二〕；深沉大壯〔三〕，通肅成兮連博望〔四〕。乃有邕鄉貴族，薛縣名家〔五〕。共汾河之鼎氣〔六〕，同庶子之春華〔七〕。朝遊夕處，徘徊顧慕。歎搖落於三秋〔八〕，偉貞芳於十步〔九〕。伊纖莖之菲薄，荷君子之恩遇。不羨池水之芙蓉，願比瑤山之桂樹〔一〇〕。歲如何其〔一一〕，歲已秋，叢菊芳兮庭之幽。君子至止〔一二〕，悵容與而淹留〔一三〕。歲如何其，歲將逝，叢菊芳兮庭之際。君子至止，聊從容以卒歲〔一四〕。

【箋　注】

〔一〕「若此」句，「此」指黄門侍郎廳。窈窕，文選孫綽游天台山賦：「邈彼絶域，幽邃窈窕。」李周翰注：「窈窕，深極貌。」

〔二〕「亘青瑣」句，亘，連接。青瑣，「瑣」原作「鎖」，據五十家改。青瑣，原指宫門上所刻之青色圖案。漢書元后傳：「曲陽侯根驕奢僭上，赤墀青瑣。」注引孟康曰：「以青畫户邊鏤中，天子制也。」後代指宫門。皇扉，扉本門扇，此指皇宫門。

〔三〕「深沉」句，大壯，周易卦名。孔穎達正義：「壯者，强盛之名，以陽稱大，陽長既多，是大者盛壯，故曰大壯。」此指宫庭闊大。

〔四〕肅成，門名。三國志魏書文帝紀裴松之注引魏書曰：「帝初在東宫，……集諸儒於肅成門内，講論大義，侃侃無倦。」博望，漢武帝爲太子劉據所建宫苑名，見前青苔賦注。

〔五〕「乃有」二句，萯，原作「邕」。文苑英華辨證卷四：「楊炯庭菊賦『昔鄉貴族』，昔或作邕。詳此賦序云『庶子裴公』、『左庶子薛公』，賦内又云『昔鄉貴族，薛縣名家』，乃指裴與薛也。昔當作萯。步回反。河東聞喜縣有萯鄉，訛作邕耳。」所辨是。英華、全唐文作「萯」，據改。按舊唐書裴炎傳，裴炎爲絳州聞喜人；又據薛振行狀，薛元超爲河東郡汾陰縣人。故所謂「萯鄉」、「薛縣」，實指聞喜、汾陰也。

〔六〕「共汾河」句，汾河，即汾水。説文：「汾水，出太原晉陽山，西南入河。」又水經汾水注：「汾水出太原汾陽縣北管涔山。」鼎氣，指漢武帝於汾陰得鼎事。史記孝武本紀：元狩六年（前一一七）夏六月中，「汾陰巫錦爲民祠魏脽后土營旁，見地如鈎狀，掊視得鼎。……天子使使驗問巫錦得鼎無姦詐，乃以禮祠，迎鼎至甘泉。……至長安，公卿大夫皆議請尊寶鼎，……制曰

『可』」。上注已述裴炎、薛元超分别爲聞喜、汾陰人，故用汾水、寶鼎事，且稱「共」有也。

〔七〕「同庶子」句，庶子，指裴炎、薛元超。謂二人皆愛菊花，志趣相同。

〔八〕「歎摇落」句，楚辭宋玉九辯：「悲哉！秋之爲氣也。蕭瑟兮，草木摇落而變衰。」三秋，秋季三個月。詩經王風采葛：「彼采蕭兮，一日不見，如三秋兮。」作賦在秋季，故云。

〔九〕「偉貞方」句，偉，用如動詞，貞方，指庭菊，贊歎菊花品格高尚。偉，全唐文作「委」，誤。十步，謂近距離賞菊。莊子養生主：「澤雉十步一啄，百步一飲，不蘄畜乎樊中。」

〔一〇〕「願比」句，瑶山，山海經大荒西經：「黄帝之孫曰始均。始均生北狄，有芒山，有桂山，有榣山。」郭璞注：「此山多桂及榣木，因名云耳。」清吴任臣山海經廣注卷一六，稱「初學記引此作『瑶山』」。按見初學記卷一〇皇太子「榣山」條，别本不作「瑶山」，疑吴氏所用版本誤。則此「瑶山」，似當作「榣山」。

〔一一〕「歲如」二句，何其，仿詩經小雅庭燎「夜如何其，夜未央」、「夜如何其，夜未艾」句式。釋音：「其，音基，辭也。」謂「其」乃語助詞。

〔一二〕「君子」句，詩經秦風終南：「君子至止，錦衣狐裘。」鄭玄箋：「至止者，受命服於天子而來也。」此言受命輔皇太子監國，故在此庭。

〔一三〕「悵容與」句，容與，連綿字。楚辭王逸遠遊：「氾容與而遐舉兮。」王逸注「容與」爲「進退俯仰」。又同書淮南小山招隱士：「攀援桂枝兮聊淹留。」王逸注：「周旋中野，立踟躕也。」

〔一四〕「聊從容」句，卒歲，終歲。孔子家語卷五子路初見：「孔子曰：吾歌可乎？歌曰：『……優哉游哉，聊以卒歲。』」

浮漚賦〔一〕

在霖霪之可翫〔二〕，唯浮漚而已矣。況曲澗兮增波，復坳堂兮漲水〔三〕。霤滴瀝兮行注〔四〕，階潺湲而浪起。寸步百川，咫尺千里。

【箋　注】

〔一〕浮漚，浮於水面之泡沫。晉左芬有涪漚賦，涪漚、浮漚同，今存殘篇（見藝文類聚卷八總載水）。此賦作年不可考。

〔二〕「在霖霪」句，説文：「霖，雨三日以往。」久雨爲「霪」。

〔三〕「復坳堂」句，坳堂，莊子逍遥遊：「且夫水之積也不厚，則其負大舟也無力。覆杯水於坳堂之上，則芥爲之舟；置杯焉則膠，水淺而舟大也。」崔譔注：「堂道謂之坳，有坳垤形也。」成玄英疏：「坳，污陷也。謂堂庭坳陷之地也。」堂，英華卷三七、五十家、四子集、十二家作「塘」，誤。

〔四〕「霤滴瀝」句，霤，屋檐之流水。滴瀝，連綿字，水流貌。文選謝靈運游山：「乳竇既滴瀝，丹井復寥泬。」李善注引説文曰：「滴瀝，水下滴瀝也。」行注，流淌不已。

於是乍明乍滅，時行時止。排雨足而分規〔一〕，擘波心而對峙。輕盈徘徊，容與庭隈〔二〕。狀若初蓮出浦，映晴波而未開〔三〕；又似繁星落曙，耿斜漢而將迴〔四〕。合散消息，安有常則；倏來忽往，不可爲象。雨密稠生，風牽亂上〔五〕。若乃空濛來褰〔六〕，浩汗浮天。流平舊沼，派溢新泉。分容對出，吐映均鮮。觸流萍而欲散，礙浮芥而還連〔七〕。光凌虛而半動，影倒水而分圓。始參差而别趣，終宛轉以同淯〔八〕。

【箋注】

〔一〕「排雨足」句，謂浮漚排開雨足而形成圓形空間。

〔二〕「容與」句，隈，原作「槐」。英華、全唐文卷一九〇作「隈」，十二家作「堦」。四庫全書考證卷七四：「浮漚賦『輕盈徘徊，容與庭隈』，刊本『隈』訛『懷』，據英華改。」隈，説文：「水曲隩也。」謂浮漚飄浮在庭院之低窪積水角落，作「堦」、「槐」或「懷」皆義不通，據英華及考證改。

〔三〕「映晴波」句，晴，五十家、十二家作「清」，義亦通。

〔四〕「又似」二句，繁星落曙，謂星爲曙光所掩没。斜漢，文選謝莊月賦：「於時斜漢左界，北陸南躔。」李善注：「漢，天漢也。」李周翰注：「秋時天漢西南斜。」此即指河漢。耿，原作「映」。四子集作「耿」。上句已用「映」，此不應重，作「耿」是，據改。文選謝朓暫使下都夜發新林至京邑贈西府同僚：「秋河曙耿耿，寒渚夜蒼蒼。」李善注：「秋河，天漢也。耿耿，光也。」兩句謂浮漚如拂曉之星，微光照映河漢。

〔五〕「合散」至此六句，謂浮漚聚散、生滅、來往無常，任憑風雨擺布。

〔六〕「若乃」句，文選謝朓觀朝雨：「空濛如薄霧，散漫似輕埃。」吕延濟注：「空濛、散漫，雨微貌。」來褰，文選孫綽游天台山賦：「爾乃羲和亭午，遊氣高褰。」李善注引徐爰射雉賦注曰：「褰，開也。」句謂雨過雲開。

〔七〕「觸流萍」二句，莊子逍遥遊：「覆杯水於坳堂之上，則芥爲之舟。」芥，小草。此泛指極細小之物。句謂水泡本將散去，而遇細物後，重又聚集在一起。

〔八〕「始參差」二句，參差、宛轉，皆連綿字。文選班固幽通賦：「洞參差其紛錯兮。」李善注引曹大家曰：「參差，不齊。」别趣，謂所分泡沫往它處飄游。宛轉，起伏展轉貌。渰，同「淹」。

歷亂踟蹰，漂沸縈紆。細而察之，若美人臨鏡開寶匳〔一〕；大而望也，若馮夷剖蚌列明珠〔二〕。逐風波而澹蕩〔三〕，乃變化而須臾。迹均顯晦，妙合虚無。同至人之體道，亦隨時而不拘〔四〕。夫其得柢則止〔五〕，乘風則逝。處上下而無窮，任推移而不繫〔六〕。似君子之從容，常卷舒而不滯〔七〕。故其在陽則隱，在陰則出〔八〕。泄泄悠悠，匪徐匪疾。固自然以見體，託行潦以凝質。類達人之修身，故不欺於暗室〔九〕。蕩薄畎澮〔一〇〕，鼓舞洲渚。其生兮若浮，其居兮若旅。雲銷雨霽，寂無處所〔一一〕。唯斯物之靡依，獨含情而應機。暫假有而示潔，終淪空而匿輝〔一二〕。苟無心以自累，夫何適而有違〔一三〕。

【箋注】

〔一〕「細而」二句，謂浮漚燦爛如美人之靨。靨，頰上圓窩，即俗所謂酒窩。寶靨，靨之美稱。楚辭大招（此篇作者舊題屈原，或曰景差）：「靨輔奇牙，宜笑嘕只。」王逸注：「嘕，笑貌也。言美女頰有靨輔，口有奇牙，嘕然而笑，尤媚好也。」

〔二〕「大而」二句，謂浮漚明亮如珠。文選謝惠連雪賦：「粲兮若馮夷剖蚌列明珠。」李善注：「莊子曰：『夫道，馮夷得之以游大川。』抱朴子釋鬼篇曰：『馮夷，華陰人，以八月上庚日渡河溺死，天帝署爲河伯。』説文曰：『蚌，蜃也。』司馬彪以爲明月珠蚌，蛤也。蜀志秦宓奏記曰：『剖蚌求珠。』」「細而」至此四句，清吳景旭歷代詩話卷一九評曰：「楊炯浮漚賦『細而察之，若美人臨鏡開寶靨；大而望也，若馮夷剖蚌列明珠』，吳旦生曰：馮夷剖蚌，唐賦多用之，而於浮漚較切。金陵志云：陳後主汎舟於河，忽遇雨，浮漚生，宮人指浮漚曰：『滿河珍珠。』因名其河爲珍珠河。唐闕史載任處士云：『漚珠槿艷，不必多懷。』亦用此也。」

〔三〕「逐風波」句，澹蕩，連綿字，水或風起伏波動貌。鮑照代白紵曲二首其二：「春風澹蕩俠思多，天色浄緑氣妍和。」

〔四〕「同至人」二句，謂浮漚如至人，能隨時變化，不拘於物。至人，莊子逍遥遊所謂無己、無功、無名、修道極高之人。又莊子田子方：「老聃曰：『夫得是，至美至樂也，得至美而游乎至樂，謂之至人。』孔子曰：『願聞其方。』曰：『草食之獸不疾易藪，水生之蟲不疾易水，行小變而不失其大常也，喜怒哀樂不入於胸次。夫天下也者，萬物之所一也。得其所一而同焉，則四支百體將爲塵垢，而死生終始將爲晝夜而莫之能滑，而況得喪禍福之所介乎！』」

〔五〕「夫其」句，坻，詩經小雅甫田：「曾孫之庾，如坻如京。」鄭玄箋：「坻，水中之高地也。」

〔六〕「任推移」句，莊子列禦寇：「莫覺莫悟，何相孰也。巧者勞而知者憂，無能者無所求，飽食而敖遊，汎若不繫之舟，虚而敖遊者也。」

〔七〕「常卷舒」句，淮南子俶真訓：「至道無爲，一龍一蛇。盈縮卷舒，與時變化。」以上數句，謂浮漚極其自由，毫無拘牽。皆暗擬道高之士。

〔八〕「故其」二句，文選張衡西京賦：「夫人在陽時則舒，在陰時則慘，此牽乎天者也。」薛綜注：「陽謂春夏，陰謂秋冬。」此反其意，謂浮漚喜陰惡陽，已超乎上下得喪。

〔九〕「故不欺」句，劉向列女傳卷三衛靈夫人：「衛靈夫人，衛靈公之夫人也。靈公與夫人夜坐，聞車聲轔轔，至闕而止，過闕，復有聲。公問夫人曰：『知此爲誰？』夫人曰：『此蘧伯玉也。』公曰：『何以知之？』夫人曰：『妾聞禮下公門，式路馬，所以廣敬也。夫忠臣與孝子，不爲昭昭變節，不爲冥冥惰行。蘧伯玉，衛之賢大夫也。仁而有智，敬於事上，此其人必不以暗昧廢禮，是以知之。』公使視之，果伯玉也。」後所謂「不欺暗室」出此。

〔一〇〕「蕩薄」句，蕩薄，此指水波蕩漾。畎澮，田間水渠。尚書益稷：「予絶九川，距四海，濬畎澮，距川。」僞孔傳：「一畝之間，廣尺、深尺曰畎；方百里之間，廣二尋、深二仞曰澮。」畎，原作「畝」，同。英華卷三七、五十家、全唐文卷一九〇作「畎」，因改。

〔一一〕「其生」四句，莊子刻意：「聖人之生也天行，其死也物化。靜而與陰同德，動而與陽同波。不爲福先，不爲禍始。……其生若浮，其死若休。」郭象注：「任自然而運動，蛻然無所係。」注又曰：「動靜無心，而付之陰陽也。」「汎然無所惜也。」同書知北遊：「悲夫，世人直爲物逆旅耳！」成玄英疏：「逆旅，客舍也。」又列子卷四：「處吾之家，如逆旅之舍。」張湛注：「不有其家。」吴景旭歷代詩話卷一九評曰：「（浮漚）賦中又云：『其生兮若浮，其居兮若旅。雲銷雨霽，寂無處所。』此金剛經所謂『泡影』也，左九嬪（芬）涪漚賦『亡不長消，存不久寄。其成不欲難，其敗亦以易』也。蘇子瞻作太白像讚云：『天人幾何同一漚。』金人趙周臣詩：『況復秦宫與漢闕，飄然聚散風中漚。』」

〔一二〕「暫假」二句，謂浮漚以「有」爲暫，而終淪於「空」。楞嚴經卷六中：文殊師利法王子，奉佛慈旨説偈曰：「空生大覺中，如海一漚發。有漏微塵國，皆依空所生。漚滅空本無，況復諸三有。」

〔一三〕「苟無心」二句，謂若能以無心處之，不自我牽累，則一切皆可。莊子天地：「通於一而萬事畢，無心得而鬼神服。」郭象注：「一無爲而群理都舉。」

盂蘭盆賦〔一〕

粵大周如意元年秋七月，聖神皇帝御洛城南門〔二〕，會十方賢衆，蓋天子之孝也。渾元告秋〔三〕，羲和奏曉〔四〕。太陰望兮圓魄皎〔五〕，閶闔開兮涼風嫋〔六〕。四海澄兮百川晶〔七〕，陰陽肅兮天地窅〔八〕。掃離宮，清重閣〔九〕。設皇邸〔一〇〕，張翠幕〔一一〕。鸞飛鳳翔，睒睗倏爍〔一二〕。雲舒霞布，翕赫曶霍〔一三〕。

【箋注】

〔一〕盂蘭盆，梵語音譯爲烏藍婆拏，意譯爲救倒懸。盆爲食器，佛家謂置百味五果於盂蘭盆中，供養衆佛僧，仰其恩光，以解脱餓鬼倒懸之苦。舊俗七月十五中元節，延僧尼結盂蘭盆會，誦經施食，俗謂之放燄口。參一切經音義卷三四盂蘭盆、韓諤歲時紀麗三中元節。又藝文類聚卷四七月十五引盂蘭盆經云：「目連比丘見其亡母生餓鬼中，即以鉢盛飯往餉其母。食米入口，化成火炭，遂不得食。目連大叫，馳還白佛，佛言：『汝母罪重，非汝一人力所奈何，當須十方僧衆威神之力。至七月十五日，當爲七代父母、現在父母厄難中者，具百味五果以著盆中，供養十方大德。』佛敕衆僧皆爲施主咒願，七代父母行禪定意，然後受食。是時目連母得脱一劫餓鬼之苦。目連白佛，未來世佛弟子行孝順者，亦應奉盂蘭盆爲爾，可否？佛言『大善』，故後代人因此廣爲華飾，乃至刻木割竹，飴蠟翦彩，模花果之形，極工妙之巧。」舊唐書楊炯傳述是賦寫作緣起道：「如意元年（六九二）七月望日，宫中出盂蘭盆分送佛寺，則天御洛南門，與百僚觀之。炯獻盂蘭盆賦，詞甚雅麗。」

〔二〕「聖神皇帝」句，武則天革唐爲周後所加尊號，前已注。洛城南門，徐松唐兩京城坊考卷五宫城：「宫城在皇城北，……武后光宅元年（六八四），號太初宫。……南面四門：中應天門，東明德門，西長樂門，西南隅洛城南門。」

〔三〕「渾元」句，文選班固幽通賦：「渾元運物，流不處兮。」李善注引曹大家曰：「渾，大也，元氣運轉也。」此指宇宙，謂其運轉到秋季。

〔四〕「羲和」句，文選左思蜀都賦：「羲和假道於峻岐。」李善注引楚辭曰：「吾令羲和弭節兮。」又引廣雅曰：「日御謂之羲和。」此代指日，謂日將出，天已曉。

〔五〕「太陰」句，謂其時月猶明亮。初學記卷一月引淮南子云：「月者，太陰之精。」又引釋名云：「魄，月始生魄然也。」圓魄，指月。時爲七月望日，故月圓。

〔六〕「閶闔」句，閶闔，代指洛城南門。淮南子墬形訓：「西方曰西極之山，曰閶闔之門。」高誘注：「西方，八月建西，萬物成濟，將可及收斂。閶，大也；闔，閉也。大聚萬物而閉之，故曰閶闔之門也。」涼風，秋風也。文選左思蜀都賦：「涼風厲，白露凝。」劉淵林注引禮記月令：「孟秋涼風至。」楚辭屈原九歌湘夫人：「嫋嫋兮秋風。」王逸注：「嫋嫋，秋風摇木貌也。」

〔七〕「四海」句，四海、百川，代指天下。澄，平静；晶，明亮貌。以江海無波，喻指天下太平。

〔八〕「陰陽」句，陰陽，指神界和人間。肅，肅静。窅，深遠貌。以陰陽、天地皆無異常，喻指天下太平。

〔九〕「掃離宫」二句，離宫、重閣，指洛城南門附近宫殿。

〔一〇〕「設皇邸」句，周禮天官掌次：「王大旅上帝，則張氈案，設皇邸。」鄭玄注：「鄭司農云：『皇，羽覆上。邸，後版也。』玄謂後版，屏風與？染羽象鳳皇羽色以爲之。」孔穎達正義：「設皇邸者，邸謂以版爲屏風，又以鳳皇羽飾之，此謂王坐所置也。」皇，原作「黄」，據英華改。

〔一一〕「張翠幕」句，周禮天官幕人：「幕人掌帷、幕、幄、帟、綬之事。」鄭玄注：「王出宫則有是事。在旁曰帷，在上曰幕。幕或在地，展陳于上。帷幕皆以布爲之。」翠幕，以翠羽妝飾之幕。

〔一二〕「睒睗」句，文選左思吴都賦：「忘其所以睒睗，失其所以去就。」李善注引説文曰：「睒，蹔視也，式冉切。睗，疾視也，式亦切。」睗，原作「暘」，形訛，據改。唐、宋文獻引此賦，兩字多誤，如藝文類聚卷四七月十五引作「睒陽」，太平御覽卷三一七月十五日引作「餤暘」等。倏爍，閃爍貌。梁張纘南征賦：「崖映川而晃朗，水騰光以倏爍。」睒睗倏爍，謂光彩閃灼，令人目不暇接。

〔一三〕「翕赫」句，文選揚雄甘泉賦：「翕赫曶霍，霧集而蒙合兮。」李善注：「翕赫，盛貌；曶霍，疾貌。」曶，原作「忽」。英華亦作「忽」，校曰：「一作曶。」「曶」當是「曶」之形訛。五十家脱其字。兹據文選改。

陳法供〔一〕，飾盂蘭。壯神功之妙物，何造化之多端。青蓮吐而非夏〔二〕，赬果摇而不寒〔三〕。銅鐵銀錫〔四〕，璆琳琅玕〔五〕。映以甘泉之玉樹〔六〕，冠以承露之金盤〔七〕。憲章三極〔八〕，儀形萬類。上寥廓兮法天〔九〕，下安貞兮象地〔一〇〕。殫怪力〔一一〕，窮神異。少君王子，掣曳曳兮若來〔一二〕；玉友瑶姬，翩躚躚兮必至〔一三〕。鳴鸐鸐與鸑鷟，舞鵾雞與翡翠〔一四〕。毒龍怒兮赫然〔一五〕，狂象奔兮沉醉。怖魍魎，潛魑魅〔一六〕。離婁明目〔一七〕，不足見其精微；匠石洗心〔一八〕，不足徵其奥祕。繽繽紛紛，氛氛氲氲〔一九〕。五色成文若榮光〔二〇〕，休氣發彩於重雲〔二一〕；蒨蒨粲粲〔二二〕，焕焕爛爛〔二三〕。三光壯觀若合璧，連珠耿耀於長漢〔二四〕。夫其遠也，天台桀起，繞之以赤霞〔二五〕；夫其近也，削成孤峙，覆之以蓮花〔二六〕。晃兮瑶臺之帝室〔二七〕，赩兮金闕之仙家〔二八〕。其高也，出諸天於大梵〔二九〕；其廣也，遍諸法於恒沙〔三〇〕。上可以薦元符於七廟〔三一〕，下可以納群動於三車者也〔三二〕。

【箋　注】

〔一〕「陳法供」,法供,對佛教出家人之供養、布施。魏書釋老志:「承明元年(四七六)八月,高祖於永寧寺設太法供,度良家男女爲僧尼者百有餘人。」

〔二〕「青蓮」句,青蓮,譯爲優鉢羅花。此泛指蓮花。浄土宗以蓮花之自然屬性譬佛教,故蓮華亦隱指佛教。華嚴經探玄記卷三:「大蓮華者,梁攝論中有四義:一、如世蓮華,在泥不染,譬法界真如,在世不爲世法污。二、如蓮華自性開發,譬真如自性開悟,衆生若證,則自性開發。三、如蓮華爲群蜂所採,譬真如爲衆聖所用。四、如蓮華有四德:一香、二浄、三柔軟、四可愛,譬真如四德,謂常、樂、我、浄。」非夏,蓮花於夏季盛開,而時已入秋,故云。夏,英華卷一二五、四子集作「夜」,英華校:「一作夏。」按前人有「青蓮夜開」之説,梁簡文帝善覺寺碑銘:「陽燧暉朝,青蓮開夜。」然下句以「不寒」對文,則此以「非夏」爲長。藝文類聚卷四七月十五、太平御覽卷三二七月十五日、宋葉庭珪海録碎事卷二、宋祝穆古今事文類聚前集卷一〇等引,皆作「非夏」。

〔三〕「赬果」句,赬,朱紅色。此泛指水果。青蓮、赬果,皆盂蘭盆中所盛。

〔四〕「銅鐵」句,銅鐵銀錫,英華校:「一作銅鐵鉻錫。」

〔五〕「璆琳」句,璆琳琅玕,楚辭屈原九歌東皇太一:「璆鏘鳴兮琳琅。」王逸注:「璆、琳琅,皆美玉名也。」又文選王延壽魯靈光殿賦:「駢密石與琅玕,齊玉璫與璧英。」張載注:「琅玕,珠也,似玉。尚書曰：『球琳琅玕。』」此泛指美玉。

〔六〕「映以」句，文選揚雄甘泉賦：「翠玉樹之青葱兮。」李善注引漢武帝故事曰：「上（漢武帝）起神屋，前庭植玉樹，珊瑚爲枝，碧玉爲葉。」

〔七〕「冠以」句，史記孝武本紀：「其後則又作柏梁、銅柱、承露仙人掌之屬矣。」集解引蘇林曰：「仙人以手掌擎盤承甘露也。」索隱：「三輔故事曰『建章宮承露盤高三十丈，大七圍，以銅爲之。上有仙人掌承露，和玉屑飲之』。故張衡賦（按指東京賦）曰『立修莖之仙掌，承雲表之清露』是也。」

〔八〕「憲章」句，憲章，效法。文選班固東都賦：「憲章稽古。」呂向注：「憲，法也。」三極，即天、地、人三才。周易繫辭上：「六爻之動，三極之道也。」韓康伯注：「三極，三才也。兼三才之道，故能見吉凶，成變化也。」又繫辭下：「易之爲書也，廣大悉備，有天道焉，有人道焉，有地道焉。兼三才而兩之，故六。六者非它也，三才之道也。」三，英華、四子集作「皇」。按「三」與下句「萬」對應，作「皇」誤。

〔九〕「上寥廓」句，上，指武則天。寥廓，文選揚雄甘泉賦：「閌閬閬其寥廓兮。」李善注：「寥廓，虛静貌。」謂無爲而治。董仲舒對武帝問賢良策：「臣聞天者，群物之祖也。故遍覆包函，而無所殊。建日月風雨以和之，經陰陽寒暑以成之，故聖人法天而立道，亦溥愛而亡私。」「無所殊」，即所謂「虛静」。

〔一〇〕「下安貞」句，下，指百姓。周易坤卦：「君子有攸往，先迷後得，主利。西南得朋，東北喪朋，安貞，吉。」王弼注：「西南致養之地，與坤同道者也。」孔穎達正義釋「安貞」爲「安静貞正」。

〔一一〕「殫怪力」句，論語述而：「子不語怪力亂神。」何晏集解引王肅注：「怪，怪異也；力，謂若奡盪舟、烏獲舉千鈞之屬；亂，謂臣弒君、子弒父；神，謂鬼神之事。或無益於教化，或所不忍言。」此反其意，言盂蘭盆所設，盡怪力之能事。

〔一二〕「少君」二句，少君王子，指李氏諸皇子皇孫及革唐後所封武氏親王等。掣曳，相互牽挽貌。

〔一三〕「玉友」二句，玉友瑶姬，指貴族男女。玉、瑶，言其華貴。翩躚躚，即「翩躚」，「躚躚」乃疊用。文選左思蜀都賦：「紆長袖而屢舞，翩躚躚以裔裔。」吕向注：「翩，輕貌；躚躚、裔裔，皆舞貌。」此形容步履輕盈多姿。

〔一四〕「鳴鸘鷞」二句，鸘鷞、鸑鷟、鶡雞、翡翠，皆珍禽名。文選張衡西京賦：「鳥則鸘鷞鴰鴇，駕鵞鴻鶤。」李善注引高誘淮南子注曰：「鸘鷞，長脛，緑色，其形似雁。」文選嵇康琴賦：「舞鸑鷟於庭階。」李善注：「説文曰：『鸑鷟，鳳屬，神鳥也。』國語曰：『周文王時，鸑鷟鳴於岐山。』」又文選左思吴都賦：「鳥則鶡雞……」劉淵林注：「鶡雞，鳥也，好鳴。」又文選張華鷦鷯賦：「彼鷲鶚鶡鴻，孔雀翡翠。」李善注「鶡」曰：「鶡狀如鶴而文。」又注「翡翠」曰：「漢書音義應劭曰：『雄曰翡，雌曰翠。』異物志曰：『翡赤色，大於翠。』顔監曰：『鳥各别異，非雄雌異名也。』」鶡，英華、四子集本作「鶤」，同。

〔一五〕「毒龍」句，後漢書西域傳論：「身熱首痛，風災鬼難之域。」李賢注引釋法顯游天竺記云：「西度流沙，屢有熱風惡鬼，過之必死。葱嶺冬夏有雪，有毒龍，若犯之，則風雨晦冥，飛砂揚礫。(過)〔遇〕此難者，萬無一全也。」則「毒龍」爲有毒之龍。怒，原作「拏」，英華校：「一作恕。」藝文類聚卷四七月十五、太平御覽卷三一七月十五日、古今事文類聚前集卷一〇引，皆作「怒」，知英華校「一作」之「恕」，當是「怒」之訛。下句對文爲「奔」，此當以「怒」爲長，因改。赫然，發怒貌。

〔一六〕「怖魍魎」二句，魍魎、魑魅，左傳宣公三年：「民入川澤山林，不逢不若。螭魅罔兩，莫能逢之。」杜預注：「螭，山神，獸形。魅，怪物。罔兩，水神。」此泛指各種妖魔鬼怪。

〔一七〕「離婁」句，孟子離婁上趙岐注：「離婁，古之明目者，黄帝時人也。黄帝亡其玄珠，使離朱索之，離朱即離婁也。能視於百步之外，見秋毫之末。」

〔一八〕「匠石」句，莊子人間世：「匠石之齊，至於曲轅。」司馬彪注：「匠石，字伯。」傳説爲古之巧匠。文選何晏景福殿賦：「公輸荒其規矩，匠石不知其所斲。」又嵇康琴賦：「乃使離子督墨，匠石奮斤。」以上四句，極言布置技巧之高。

〔一九〕「氛氛」句，氛氛氲氲，即「氛氲」之疊用。楚辭九章橘頌：「紛緼宜修，姱而不醜兮。」王逸注：「紛緼，盛貌也。」多形容元氣。紛緼，與氛氲同。

〔二〇〕「五色」句，文選江淹詣建平王上書：「青雲浮雒，榮光塞河。」李善注引尚書中候曰：「成王觀於洛河，沈璧禮畢，王退候至於日昧，榮光并出幕河，清雲浮洛，青龍臨壇，銜玄甲之圖，吐之而去。」張銑注：「青雲、榮光，皆河洛之瑞也。」

〔二一〕「休氣」句，文選任昉宣德皇后令：「祥光總至，休氣四塞。」李善注：「尚書中候曰：『帝堯文明，榮光出河，休氣四塞。』鄭玄曰：『休，美也。』」劉良注：「祥光、休氣，並和平之瑞氣也。」

〔二二〕「蒨蒨」句，蒨蒨，原作「奮奮」。太平御覽卷三二七月十五日引，以及明王志堅古儷府卷二、清康熙御定淵鑑類函（康熙命儒臣增補明俞安期輯唐類函而成）卷二〇引，并作「蒨蒨」。按文選束皙補亡詩六首之二白華：「蒨蒨士子，涅而不渝。」李善注：「蒨蒨，鮮明貌。」此形容盂蘭盆色澤鮮艷，而「奮奮」不詞，當是「蒨」字漫漶形訛，作「蒨蒨」是，據改。粲粲，詩經小雅大東：「西人之子，粲粲衣服。」毛傳：「粲粲，鮮盛貌。」文選束皙補亡詩六首之二白華：「粲粲門子，如磨如錯。」粲粲，五十家等作「燦燦」，同。

〔二三〕「煥煥」句，煥煥爛爛，皆光彩貌。劉熙釋名卷四釋采帛：「紈，涣也。細澤有光，煥煥然也。」煥煥，英華作「爂爂」，形訛。爛爛，文選司馬相如上林賦：「磷磷爛爛，采色澔汗。」李善注引郭璞曰：「皆玉石符采映耀也。」

〔二四〕「三光」二句，文選班固東都賦靈臺詩：「三光宣精，五行布序。」李善注：「淮南子曰：『夫道紘宇宙而章三光。』高誘曰：『三光，日、月、星也。』」漢書律曆志上：「宦者淳于陵渠復覆太初曆晦朔弦望，皆最密，日月如合璧，五星如連珠。」注引孟康曰：「謂太初上元甲子夜半朔旦冬至時，七曜皆會聚斗、牽牛分度，夜盡如合璧、連珠也。」後以「合璧」、「連珠」爲頌聖語。後漢書天文志上：「三皇邁化，協神醇樸，謂五星如連珠，日月如合璧，化由自然，民不犯慝。」壯觀，英華、五十家、四子集作「啓旦」，英華校：「二字一作壯觀。」按「啓旦」爲動賓結構，與下句「耿耀」不侔，似誤。長漢，即河漢。詩經小雅大東：「維天有漢，監亦有光。跂彼織女，終日七襄。」毛傳：「漢，天河也。」

〔二五〕「夫其遠」三句，謂盂蘭盆所樹風景，有如遠望天台、赤城二山之美。天台，山名，在今浙江寧波市境内。文選孫綽游天台山賦：「天台山者，蓋山嶽之神秀者也。涉海則有方丈蓬萊，登陸則有四明天台。」四明，即今寧波市。賦又曰：「赤城霞起而建標。」李善注引支遁天台山銘序曰：「往天台，當由赤城山爲道徑。」又引孔靈符會稽記曰：「赤城，山名，色皆赤，狀似雲霞。」按赤城山乃丹霞地貌，故色赤。桀，亦作「傑」。英華作「傑」，校：「一作嵥。」按：嵥，獨立高聳貌，亦通。

〔二六〕「夫其近」三句，指華山。山海經西山經：「太華之山，削成而四方。」郭璞注：「今山形上大下小，峭峻也。」又太平御覽卷三九華山引華山記曰：「山頂有池，生千葉蓮花，服之羽化，因曰華山。」

〔二七〕「晃兮」句，楚辭屈原離騷：「望瑤臺之偃蹇兮，見有娀之佚女。」王逸注：「石次玉名曰瑶。……有娀，國名；佚，美也。謂帝嚳之妃、契母簡狄也。……吕氏春秋曰：『有娀氏有美女，爲建高臺而飲食之。』」洪興祖補注：「淮南子（按見墬形訓）曰：『有娀，在不周之北。長女簡翟，少女建疵。』高誘注云：『姊妹二人在瑶臺也。』」簡狄爲帝嚳之妃，故稱「帝室」。

〔二八〕「艶兮」句，艶，赤紅色。金闕，藝文類聚卷六二引（東方朔）神異經曰：「東北大荒中有金闕，高百丈，上有明月珠，徑三丈，光照千里。中有金階，西北入兩闕中，名天門。」事出神異之説，故稱「仙家」。

〔二九〕「其高也」二句，出，原作「上」，英華、四子集作「出」，於義較勝，據改。謂盂蘭盆所置之建築美輪美奂，超過劫比他國之伽藍。大唐西域記卷四劫比他國：「（劫比他國）伽藍大垣内有三寶階，南北列，東面下，是如來自三十三天降還也。昔如來起自勝林，上升天宫，居善法堂。爲母説法過三月已，將欲下降。天帝釋乃縱神力，建立寶階，中階黄金，左水精，右白銀。如來起善法堂，從諸天衆履中階而下，大梵王執白拂，履銀階而右侍；天帝釋持寶蓋，蹈水精階而左侍。……數百年前，猶有階級，逮至今時，陷没已盡。諸國君王悲慨不遇，壘以磚石，飾以珍寶，於其故基，擬昔寶階，其高七十餘尺，上起精舍。精舍中有石佛像，而左右之階有釋梵之像，形擬厥初，猶爲下勢。傍有石柱，高七十餘尺，無憂王所建也。」

〔三〇〕「其廣也」二句，「恒」即恒河，爲印度最大河流。「恒沙」即恒河之沙，謂極多。佛教形容其法力廣大，常以恒沙爲喻。金剛經：「『須菩提（按：又稱蘇補底、須扶提等，爲佛十大弟子之一，最善解空理），如恒河中所有沙數，如是沙等恒河，於意云何？是諸恒河沙寧爲多不？』須菩提言：『甚多，世尊。但諸恒河尚多無數，何況其沙？』」

〔三二〕「上可以」句，文選揚雄長楊賦：「方將俟元符。」李善注引晉灼曰：「元符，天瑞也。」七廟，禮記王制：「天子七廟：三昭、三穆與大祖之廟而七。」鄭玄注：「此周制。七者，大祖及文王、武王之祧，與親廟四。大祖，后稷。」

〔三三〕「下可以」句，謂盂蘭盆可以容納衆物。群動，指包括人在内之所有動物。文選陶淵明雜詩二首之二：「日入群動息，歸鳥趨林鳴。」張銑注：「衆物之群動者，日入皆息。」三車，指羊車、鹿車、牛車，譬喻佛教三乘。妙法蓮華經譬喻品第三：諸子在火宅内，其父欲救諸子，告之曰：「汝等所可玩好，稀有難得，汝若不取，後必憂悔。如此種種羊車、鹿車、牛車，今在門外，可以游戲。」佛教以上述三車爲三乘，即聲聞乘、辟支乘、佛乘，以聲聞乘爲小乘，佛乘（又稱菩薩乘）爲大乘。此以三車代指佛教，謂下可以使全民皆信奉佛教。

於是乎騰聲名，列部伍〔一〕。前朱雀〔二〕，後玄武〔三〕。左蒼龍〔四〕，右白虎〔五〕。環衛匝〔六〕，羽林周〔七〕。雷鼓八面〔八〕，龍旂九斿〔九〕。星戈耀日，霜戟含秋〔一〇〕。三公以位〔一一〕，百寮乃入。鳴珮鏘鏘〔一二〕，高冠岌岌。規矩中，威容翕〔一三〕。無族談，無錯立〔一四〕。若乃山中禪定〔一五〕，樹下經行〔一六〕。菩薩之權現，如來之化生〔一七〕。莫不汪洋在列〔一八〕，歡喜充庭。天人儼而同會，龍象寂而無聲〔一九〕。

【箋　注】

〔一〕「於是乎」二句，部伍，史記李將軍列傳：「（李）廣行無部伍行陣。」索隱案：「百官志云『將軍、領軍皆有部曲。大將軍營五部，部校尉一人，部有曲，曲有軍候一人』也。」此泛指隊伍。按此及以下，皆描寫盂蘭盆法會儀仗及儀式。

〔二〕「前朱雀」句，楚辭宋玉九辯：「左朱雀之茇茇兮。」王逸注：「朱雀奉送，飛翩翻也。」朱雀，指儀仗中畫有朱雀圖案之旗。以下玄武、蒼龍、白虎同。

〔三〕「後玄武」句，文選張衡思玄賦：「玄武縮於殼中兮，騰蛇蜿而自糾。」舊注：「龜與蛇交曰玄武。殼，甲也。」春秋漢含孳曰：「『太一常居，後玄武。』」蔡邕月令章句曰：「『北方玄武，介蟲之長。』」

〔四〕「左蒼龍」句，楚辭宋玉九辯：「右蒼龍之躣躣。」王逸注：「青虬負轂而扶轅也。」虬，龍也。蒼龍即青龍。

〔五〕「右白虎」句，文選揚雄甘泉賦：「蛟龍連蜷於東厓兮，白虎敦圉乎崑崙。」李善注引春秋漢含孳曰：「天一之帝居，左青龍，右白虎。」

〔六〕「環衛匝」句，謂警衛環繞。文選班固西都賦：「列卒周匝，星羅雲布。」吕延濟注：「列卒周匝，謂遍列士卒。星羅雲布，言衆也。」

〔七〕「羽林周」句，謂周圍以羽林軍爲儀仗。唐六典卷二五諸衛府：「左右羽林軍衛，大將軍各一人，正三品。」注：「漢置南北軍，掌衛京師。南軍若今諸衛也，北軍若今左右羽林也。……隋煬帝改左右領軍爲左右屯衛，所領兵爲羽林。皇朝名武衛所領兵爲羽林，又别置左右屯營，各有大將軍、將軍等員。龍朔二年（六六二）改爲左右羽林軍，其名則歷代之羽林也。」同上書卷二四諸衛：「左右威衛大將軍、將軍之職掌如左右衛，其異者，大朝會則率其屬被黑質鎧、甲、鎧，執黑弓箭、黑刀、黑䂍，建青麾、黑麾、黄龍負圖旗、黄鹿旗、騶牙旗、蒼烏旗，爲左右廂之儀仗，次立武衛之下。翊府翊衛、外府羽林番上者，則分配之。在正殿前，則以諸隊立於階下；在長樂、永安門内，則以挾門隊列於兩廊。」

〔八〕「雷鼓」句，文選張衡西京賦：「雷鼓䨻䨻，六變既畢。」薛綜注：「雷鼓，八面鼓也。凡樂，六變爲一成，則更奏。」李善注引周禮曰：「雷鼓路鼗奏之，若樂六變。一變川澤之神見，二變山林之神見，三變丘陵之神見，四變墳衍之神見，五變地神見，六變天神見。」

〔九〕「龍旂」句，詩經周頌載見：「龍旂陽陽，和鈴央央。」鄭玄箋：「交龍爲旂。」孔穎達正義：「龍旂者，旂上畫爲交龍。」九斿，「斿」又作「旒」，音流，旌旗末直幅、飄帶之類下垂飾物。九斿即九條飾物。禮記樂記：「龍旂九旒，天子之旌也。」

〔一〇〕「星戈」二句，謂儀仗隊戈矛鋥亮，有如星光閃爍；戟上凝霜，肅殺之氣逼人。

〔一一〕「三公」句，唐六典卷一：「三師，訓導之官也，其名即周之三公。……近代多以爲贈官，皇朝因之,其或親王拜者,但存其名耳。」唐以太尉、司徒、司空爲三公,皆正一品。

〔一二〕「鳴珮」句,文選謝脁直中書省:「兹言翔鳳池,鳴珮多清響。」李善注引禮記曰:「君子行則鳴珮玉。」珮,六臣本作「佩」,同。李周翰注:「鳴佩,所佩玉也。」鏘鏘,玉鳴聲。

〔一三〕「威容」句,翕,集中,一致。英華校:「一作習。」

〔一四〕「無族談」二句,周禮秋官朝士:「禁慢朝、錯立、族談者。」鄭玄注:「慢朝,謂臨朝不肅敬也。錯立、族談,違其位僔語也。」賈公彦疏:「云錯立、族談者,族,聚也。」

〔一五〕「若乃」句,謂法會之寂静,如在山中修禪入定。禪定爲佛家修養法之一,以防非止惡曰戒,息慮静緣曰定,破惑證真曰慧。楞嚴經卷六:「所謂攝心爲戒,因戒生定,因定發慧,是則名爲三無漏學。」

〔一六〕「樹下」句,佛經謂如來在菩提樹下修成正果,故佛教謂樹爲「道樹」,比丘多於樹下修行。法苑珠林卷二七引十輪經頌曰:「經行林樹下,求道志能堅。既有神通力,振錫遠乘煙。」此謂與會者極認真,有如樹下修道。

〔一七〕「菩薩」二句,謂法會極莊嚴,人人皆如菩薩、如來化身。佛家以隨宜之法爲「權」。權現,隨機現身。

〔一八〕「莫不」句,汪洋,連綿字,形容預法會之人極多。楚辭補注王褒九懷蓄英:「臨淵兮汪洋。」王逸注:「瞻望大川,廣無極也。」洪興祖補注,謂「汪洋」又音「晃養」。

〔一九〕「龍象」句，龍象，佛家語，指羅漢中修行最有力者。大智度論卷三：「那伽或名龍，或名象，是五千阿羅漢，諸阿羅漢中最大力，以是故言如龍如象。水行中龍力大，陸行中象力大。」此泛指僧人。

聖神皇帝乃冠通天，佩玉璽〔一〕。冕旒垂目，紞纊塞耳〔二〕。前後正臣，左右直史。身爲法度，聲爲宫徵，穆穆然南面以觀矣。八枝初會〔三〕，四影高懸〔四〕。上妙之座〔五〕，取於燈王之國〔六〕；大悲之飯，出於香積之天〔七〕。隨藍寶味〔八〕，舍衛金錢〔九〕。麵爲山兮酪爲沼〔一〇〕，花作雨兮香作煙〔一一〕。明因不測〔一二〕，大福無邊。鏗九韶〔一三〕，撞六律〔一四〕；歌千人，舞八佾〔一五〕。孤竹之管，雲和之瑟〔一六〕。麒麟在郊〔一七〕，鳳凰蔽日。天神下降，地祇咸出。

【箋注】

〔一〕「聖神皇帝」二句，冠通天，謂戴通天冠。劉昭補後漢書輿服志下：「通天冠，高九寸，正豎，頂少邪却，乃直下爲鐵卷梁，前有山，展筩爲述，乘輿所常服。」原注引獨斷曰：「漢受之秦，禮無文。」據舊唐書輿服志，唐代天子之冕有套裘之冕、衮冕、通天冠等，凡十二等，「通天冠，加金博山，附蟬十二首，施珠翠，黑介幘」。玉璽，文選張衡東京賦：「冠通天，佩玉璽。」薛綜注：「佩，帶也。玉璽，天子印也。」

〔二〕「冕旒」二句，冕旒，即冕冠，垂旒，皇帝所戴禮帽。後漢書輿服志下：冕冠、垂旒，「孝明皇帝永平二年（五九），初詔有司採周官、禮記、尚書臯陶篇，乘輿服從歐陽氏説，公卿以下從大小夏侯氏説。冕皆廣七寸，長尺二寸，前圓後方，朱緑裹，玄上，前垂四寸，後垂三寸，係白玉珠爲十二旒，以其綬采色爲組纓」。據舊唐書輿服志，唐代天子衮冕「金飾，垂白珠十二旒，以組爲纓，色如其綬，黈纊充耳，玉簪導」。漢書東方朔傳：「冕而前旒，所以蔽明；黈纊充耳，所以塞聰。」注引如淳曰：「黈，音工苟反，謂以玉爲瑱，用黈纊縣之也。」顔師古注糾正道：「如説非也。黈，黄色也。纊，綿也。以黄綿爲丸，用組懸之於冕，垂兩耳旁，示不外聽，非玉瑱之縣也。」按：紞，説文曰：「冕冠塞耳者。」則顔注是，紞當亦爲絲綿類。

〔三〕「八枝」句，八枝，指八支酥燈。法苑珠林卷六〇滅罪部，謂「欲持此呪（大般若咒）者，香泥塗地，須新瓦瓶八口。須時華散著道場所，并插著瓶。瓶中著八種漿：石榴、蒲萄、乳汁、酪、蜜、石蜜、酒、甘蔗等漿。并作種種素食，分作八分。燒種種名香，供養形像。并然八支酥燈。」枝乃「支」之後起字。八枝初會，蓋言首次點燃八支酥燈。

〔四〕「四影」句，太平御覽卷八七〇引法顯山記（當即游天竺記）：「舍衛國精舍道東，有外道天寺，名曰影覆，與佛論議處，精舍夾道相對，亦高六丈許。所以名『影覆』者，日在西時，佛精舍影映外道天寺；日在東時，外道天寺影北映，不得映佛精舍也。外道常遣人守天寺，灑掃燒香，燃燈供養，至明旦，其燈輒移在佛精舍中。婆羅門恚，言諸沙門取我燈自供養佛。婆羅門於夜自伺候，見有金天神持燈繞佛精舍三匝，供養佛前，忽然不見。婆羅門乃知佛神，即舍家入道。」

此所謂「四影」，當指四燈，言「影」，以佛精舍影爲喻，神其事也。

〔五〕「上妙」句，上妙之座，指爲佛寺所施坐具、卧具等。法苑珠林卷三〇羅漢部：「如是十六大阿羅漢，一切皆具三明、六通、八解脱等無量功德，離三界染，誦持三藏，博通外典。承佛敕故，以神通力，延自壽量。乃至世尊正法應住，常隨護持，及與施主作真福田，令彼施者得大果報。若此世界一切國王、輔相、大臣、長者、居士，若男若女，發殷浄心，爲四方僧設大施會，或設五年無遮施會，或慶寺、慶像、慶經旛等施設大會，或延請僧至所住處設大福會，或詣寺中經行處等，安布上妙諸坐卧具、衣藥、飲食，奉施僧衆。時此十六大阿羅漢及諸眷屬隨其所應，分散往赴，現種種形，蔽隱聖儀，同常凡衆密受供具，令諸施主得勝果報。」

〔六〕「取於」句，燈王之國，法苑珠林卷六〇滅罪部：「東方最勝燈王如來經云：東方去此百千億佛刹，過已有一佛刹，名無邊華世界。彼世界中有一佛，名最勝燈王如來。」按此言「取於燈王之國」，實指燈，喻所施上妙座等，有如爲佛寺施油燃燈，無論貧富，皆誠心、盡力爲之。故事詳法苑珠林卷三五然燈篇引證部引菩薩本行經所述大國王以身爲燈、阿闍世王受決經所述貧窮老母乞得兩錢買燃一燈等。

〔七〕「大悲」二句，謂以大慈大悲之心供奉美食，事在香積之天，即香積國。維摩詰經卷下香積品：「有國名衆香，佛號香積，……苑囿皆香，其食香氣。」後泛指佛寺之飯，謂其香也。廣弘明集卷一九蕭子顯御講摩訶般若經序：「搆制等於天宫，設飯同於香積。」

〔八〕「隨藍」句，翻譯名義集卷三七：「毗嵐，亦云隨藍，此云迅猛風。」又，此「藍」字疑是「籃」之訛，即指盂蘭盆。寶味，指隨盆供奉之食品，言其味極美。

〔九〕「舍衛」句，舍衛，也稱舍婆提，北印度憍薩羅國都城。藝文類聚卷五八園引法顯記曰：「舍衛精舍，東北六百里，毗舍佉母作精舍，請佛及借此處。故在祇洹舍大園落，有二門，一門東向，一北向。此園即須達長者布金錢買地處也。精舍當中央，佛住此處最久，説法度人，經行坐處，亦盡起塔，皆有名字。」釋迦牟尼居此精舍傳法二十五年。此泛指爲佛寺所施金錢。

〔一〇〕「麵爲」句，沼，英華校：「一作洛。」按此句言所施奶酪多到池沼所不能容，作「洛」誤。

〔一一〕「花作」句，過現因果經：「時燈照王領諸官庶，持妙香花種種供具，出城迎佛。王臣禮敬，散獻名花，花悉墮地。善慧見諸人衆供養畢，已諦觀如來相好之容，欲滿種智度衆生故，即散五花，皆住空中，化成花臺。後散二莖，亦止於空。爾時王民，龍天八部，見此奇特，嘆未曾有。」洛陽伽藍記卷五城北凝圓寺：「道榮傳云：『王修浮圖，木工既訖，猶有鐵柱無有能上者。王於四角起大高樓，多置金銀及諸寶物，王與夫人及諸王子悉在上燒香散花，至心精神，然後轆轤絞索，一舉便到。』故胡人皆云四天王助之，若其不爾，實非人力所能舉。」庾信奉和闡弘二教應詔：「香煙聚爲塔，花雨積成臺。」

〔一二〕「明因」句，明因不測，謂以神而明。周易繫辭上：「陰陽不測之謂神。」韓康伯注：「神也者，變化之極，妙萬物而爲言。不可以形詰者也，故曰陰陽不測。」

〔一三〕「鏗九韶」句，周禮春官大司樂：「凡樂，黄鍾爲宫，大吕爲角，大蔟爲徵，應鍾爲羽，路鼓路鼗，陰竹之管，龍門之琴瑟，九德之歌，九磬之舞，於宗廟之中奏之，若樂九變，則人鬼可得而禮矣。」鄭玄注：「九磬，讀當爲『大韶』，字之誤也。」因沿用已久，故不改。韶，舜樂名。僞古文尚書舜典：「簫韶九成，鳳皇來儀。」又論語述而：「子在齊聞韶，三月不知肉味。」邢昺疏：「韶，樂也。」

〔一四〕「撞六律」句，周禮春官大司樂：「以六律、六同、五聲、八音、六舞大合樂，以致鬼神示，以和邦國，以諧萬民，以安賓客，以説遠人，以作動物。」鄭玄注：「六律，合陽聲者也；六同，合陰聲者也。此十二者，以銅爲管，轉而相生，黄鍾爲首，其長九寸，各因而三分之，上生者益一分，下生者去一焉。」按：六律即黄鍾、太蔟、姑洗、蕤賓、夷則、無射。

〔一五〕「舞八佾」句，論語八佾：「孔子謂季氏：『八佾舞於庭，是可忍也，孰不可忍也？』」何晏集解引馬（融）曰：「佾，列也。天子八佾，諸侯六，卿大夫四，士二。八人爲列，八八六十四人。魯以周公故，受王者禮樂，有八佾之舞。季桓子僭於其家廟舞之，故孔子譏之。」

〔一六〕「孤竹」二句，周禮春官大司樂：「凡樂，圜鍾爲宫，黄鍾爲角，大蔟爲徵，姑洗爲羽，靁鼓靁鼗，孤竹之管，雲和之琴瑟，雲門之舞，冬日至，於地上之圜丘奏之，若樂六變，則天神皆降，可得而禮矣。」孤竹，鄭玄注：「竹特生者。」又注「雲和」曰：「地名也。」

〔一七〕「麒麟」句，初學記卷二九麟引春秋感精符曰：「麟一角，明海内共一主也。王者不刳胎，不剖卯，則出於郊。」

於是乎上公列卿，大夫學士，再拜稽首而言曰：聖人之德，無以加於孝乎！散元氣〔一〕，運洪爐〔二〕。斷鼇足〔三〕，受龍圖〔四〕。定天寶〔五〕，建皇都〔六〕。至如立宗廟〔七〕，平圭臬〔八〕。繡栭文楣〔九〕，山楶藻棁〔一〇〕。昭穆叙〔一一〕，樽罍設〔一二〕。以覲嚴祖之耿光〔一三〕，以揚先皇之大烈〔一四〕：孝之始也。考辰耀〔一五〕，制明堂〔一六〕；廣四修一〔一七〕，上圓下方〔一八〕。布時令，合蒸嘗〔一九〕。配天而祀文考，配地而祀高皇〔二〇〕：孝之中也。宣大乘，昭群聖〔二一〕；光祖考，登靈慶。發深心，展誠敬。刑於四海〔二二〕，加於百姓：孝之終也。夫孝始於顯親，中於禮神，終於法輪〔二三〕。武盡美矣〔二四〕，周命惟新〔二五〕。

【箋注】

〔一〕「散元氣」句，謂散發、調和元氣。文選班固東都賦：「降煙熅，調元氣。」李善注引春秋命歷序曰：「元氣正則天地八卦孳也。」張銑注：「和樂之氣感天而降煙熅，煙熅，即元氣也。」

〔二〕「運洪爐」句，喻統治天下，如鼓氣燒大火爐。抱朴子外篇卷一勗學：「冀群寇畢滌，中興在今，……鼓九陽之洪爐，運大鈞乎皇極。……五刑厝而頌聲作，和氣洽而嘉穟生，不亦休哉！」

〔三〕「斷鼇足」句，淮南子覽冥訓：「女媧鍊五色石以補蒼天，斷鼇足以立四極。」高誘注：「三皇時，天不足西北，故補之。鼇，大龜。天廢頓，以鼇足柱之。」

〔四〕受龍圖，羅泌路史卷四三沈璧引野王符瑞圖云：「黄帝軒轅氏東巡省河，過洛，又沈握，視將加沈璧，集歷并臻，皆臨諸壇。河龍負圖出，赤文象文以授命。龍魚河圖云：天授帝號，黄龍負圖，鱗甲光耀，從河出。黄帝命侍臣寫以示天下。」以上數句，皆言武則天上膺天命，革唐爲周，再造政權，而登皇帝大位。

〔五〕「定天寶」句，天寶，指武承嗣僞造之「寶圖」，詳前老人星賦「河出圖兮五雲集」句注。

〔六〕「建皇都」句，指改東都爲神都。舊唐書則天皇后紀：嗣聖元年（六八四）「九月，大赦天下，改元爲光宅。旗幟改從金色，飾以紫，畫以雜文。改東都爲神都」。

〔七〕「至如」句，立宗廟，舊唐書則天皇后紀：「（載初元年，六八九）九月九日壬午，革唐命，改國號爲周。改元爲天授。……乙酉，加尊號曰聖神皇帝，降皇帝爲皇嗣。丙戌，初立武氏七廟於神都。追尊神皇父贈太尉、太原王士彠爲孝明皇帝。兄子文昌左相承嗣爲魏王，天官尚書三思爲梁王，堂姪懿宗等十二人爲郡王。」

〔八〕「平圭臬」句，「臬」原作「泉」，五十家作「奥」。全唐文卷一九〇作「臬」。按周禮地官大司徒：「以土圭之灋測土深，正日景，以求地中。」鄭玄注：「土圭所以致四時日月之景也。測猶度也，不知廣深，故曰測。」又文選陸倕石闕銘并序：「乃命審曲之官，選明中之士，陳圭置臬，瞻星揆地。」呂延濟注：「圭以測日影也，臬以平水也。」此當指武氏重曆算，故作「臬」是，據全唐文改。舊唐書曆志一：「天后時，瞿曇羅造光宅曆。……皆舊法之所棄者，復取用之，徒云革易，寧造深微，尋亦不行。」同書天文志下：「舊儀，太史局隸秘書省，掌視天文曆象。則天朝，術士尚獻輔精於曆算，召拜太史令。……久視元年（七〇〇）五月十九日，敕太史局不隸秘書省，自爲職局，仍改爲渾天監。至七月六日，又改爲渾儀監。」按：此多爲楊炯身後事，録之以見武則天重視天文曆法。

〔九〕「繡栭」句，文選張衡西京賦：「繡栭雲楣。」薛綜注：「栭，斗也；楣，梁也。皆雲氣畫如繡也。」李善注引王褒甘泉頌曰：「採雲氣以爲楣。」此言「文楣」，義同。

〔一〇〕「山楶」句，棁，原誤「稅」，據英華、全唐文改。論語公冶長：「子曰：『臧文仲居蔡，山節藻棁，何如其知也？』」何晏集解引包（咸）曰：「節者，栭也。刻鏤爲山，棁者梁上楹。畫爲藻文，言其奢侈。」漢書敘傳載班固王命論：「楶棁之材，不荷棟梁之任。」顏師古注：「楶即薄櫨，所謂枅也。棁，梁上短柱也。楶音節，字亦或作節。棁，音之説反。」此與上句義同，俱言武后所建宗廟、太史局等極奢侈華麗。

〔一一〕「昭穆敘」，昭、穆乃古代宗廟或墓地之輩次排列。如天子七廟，太祖居中，二、四、六世位左稱「昭」，三、五、七世位右稱「穆」，餘類推。此指武后建宗廟，奉武氏昭穆七代神主。舊唐書禮儀志五：「天授二年（六九一），則天既革命稱帝，於東都改制太廟爲七廟室，奉武氏七代神主，祔於太廟。改西京太廟爲享德廟，四時唯享高祖已下三室，餘四室令所司閉其門，廢其享祀之禮。……中宗即位，神龍元年（七〇五）……五月，遷武氏七廟神主於西京之崇尊廟。……至睿宗踐祚，乃廢毁之。」

〔一二〕「樽罍設」句，樽罍，祭祀時所用盛酒器。舊唐書職官志三：「良醖署令二人，丞二人，……令掌供奉邦國祭祀五齊三酒之事，丞爲之貳。郊祀之日，帥其屬以實罇罍。若享太廟，供其鬱鬯之酒，以實六彝。」

〔一三〕「以覲」句，謂以表達崇敬祖考之榮耀。文選班固典引并序：「以崇嚴祖考，殷薦宗配帝。」吕向注：「嚴，敬；殷，厚；薦，進；宗，尊；帝，天也。言所以崇敬祖考，厚進馨香，尊配享於上帝也。」覲，原作「覲」，據英華改。尚書多方：「以覲文王之耿光，以揚武王之大烈。」僞孔傳：「所以見祖之光明，揚父之大業。」

〔一四〕「以揚」句，謂表彰武氏祖考之大功大業。此句英華校：「或作『明孝之盛烈』，集作『大宗之盛烈』。」

〔一五〕「考辰耀」，辰耀，即北辰、耀魄寶。謂祭天。禮記月令：「皇天，北辰耀魄寶，冬至所祭於圜丘也。」唐徐彦春秋公羊傳注疏卷一五考證：「按周禮賈疏云：爾雅：『北極謂之北辰。』鄭注：『天皇，北辰耀魄寶，紫微宫中皇天上帝，亦名昊天上帝是也。』」

〔一六〕「制明堂」句，明堂，傳説爲古代布政之宫。藝文類聚卷三八引孝經援神契：「明堂者，天子布政之宮。」又引尸子曰：「黄帝曰合宮，有虞曰總章，殷人曰陽館，周人曰明堂。」舊唐書則天皇后紀：「（垂拱）四年（六八八）春二月，毁乾元殿，就其地造明堂。」高宗生前嘗多次議建明堂，至此方成。

〔一七〕「廣四」句，周禮冬官考工記下：「夏后氏世室堂，修二七，廣四修一。」鄭玄注：「世室者，宗廟也。修，南北之深也。夏度以步，令堂修十四步，其廣益以四分修之一，則堂廣十七步半。」

〔一八〕「上圓」句，藝文類聚卷三八：「王者造明堂，上圓下方，象天地。」文選張衡東京賦：「規天矩地。」李善注：「大戴禮曰：『明堂者，上圓下方。』范子曰：『天者，陽也，規也；地者，陰也，矩也。』三輔黄圖曰：『明堂，方象地，圓象天。』」按舊唐書禮儀志二：「垂拱三年（六八七）春，毁東都之乾元殿，就其地創之。四年正月五日，明堂成，凡高二百九十四尺，東西南北各三百尺。有三層，下層象四時，各隨方色；中層法十二辰，圓蓋，蓋上盤九龍捧之；上層法二十四氣，亦圓蓋。」

〔一九〕「合蒸嘗」句，指祭祀。文選張衡東京賦：「躬追養於廟祧，奉蒸嘗與禴祠。」薛綜注：「言祭皆追感孝養之道，故躬自爲之，躬猶身也。」李善注：「毛詩曰：『禴祠蒸嘗。』公羊氏傳曰：『春曰祠，夏曰禴，秋曰嘗，冬曰蒸。』」

〔二〇〕「配天」二句，文考、高皇，指周文王及武后之父孝明高皇帝。舊唐書禮儀志一：「及則天革命，天册萬歲元年（六九五），加號爲天册金輪大聖皇帝，親享南郊，合祭天地。以武氏始祖周文王追尊爲始祖文皇帝，后考應國公（武士彠）追尊爲無上孝明高皇帝，亦以二祖同配，如乾封之禮。其後長安年，又親享南郊，合祭天地及諸郊丘，並以配焉。」按：追尊武士彠事不在作賦之如意元年，疑文本後經修改。

〔二二〕「宣大乘」二句，大乘，即大乘佛教，梵語摩訶衍。法華經譬喻品：「若有衆生，從世尊聞法信受，勤修精進，……利益天人，度脱一切，是名大乘。」群聖，指佛教之諸菩薩。

〔二三〕「刑於」句，詩經大雅思齊：「刑于寡妻，至于兄弟。」毛傳：「刑，法也。」刑，英華、五十家、四子集作「形」，誤。

〔二三〕「終於」句，法輪，佛法之别稱，代指佛教。四十二章經：「（世尊）於野鹿苑中，轉四諦法輪，度憍陳如等五人而證道果。」

〔二四〕「武盡」句，禮記樂記「干戚之舞，非備樂也」鄭玄注：「樂以文德爲備，若咸池者。孔子曰：『韶盡美矣，又盡善也。』謂武盡美矣，未盡善也。」孔穎達正義：「舜以文德爲備，故云韶盡美矣，謂樂音美也；又盡善也，謂文德具也。虞舜之時，雖舞干羽於兩階，而文多於武也。謂武盡美矣者，大武之樂，其體美矣，下文説大武之樂是也；未盡善者，文德猶少，未致太平。」此「武」字雙關，除大武之樂外，亦指武氏也。

〔二五〕「周命」句，文心雕龍史傳：「洎周命惟新，姬公定法。」此指武則天所建之周朝。惟新，一新也。

聖神皇帝於是乎唯寂唯静,無營無欲〔一〕。壽命如天,德音如玉。任賢相,惇風俗。遠佞人〔二〕,措刑獄〔三〕。省遊宴,披圖籙〔四〕。捐珠璣,寶菽粟〔五〕。罷官之無事,恤人之不足〔六〕。鼓天地之化淳,作皇王之軌躅〔七〕。太陽夕,乘輿歸。下端闈〔八〕,入紫微〔九〕。

【箋　注】

〔一〕「無營」句,文選束晳補亡詩六首白華:「堂堂處子,無營無欲。」李善注引梁鴻安丘嚴平頌曰:「無營無欲,澹爾淵清。」劉良注:「言孝子不得有所營欲。」

〔二〕「遠佞人」句,論語衛靈公:「顔淵問爲邦。子曰:『……放鄭聲,遠佞人。鄭聲淫,佞人殆。』」何晏集解引孔(安國)曰:「鄭聲、佞人,亦俱能惑人心,與雅樂、賢人同,而使人淫亂危殆,故當放遠之。」佞人,巧言善辯之人。

〔三〕「措刑獄」句,漢書文帝紀贊:「海内殷富,興於禮義,斷獄數百,幾致刑措。」注引應劭曰:「措,置也。民不犯法,無所刑也。」

〔四〕「披圖籙」句,圖籙,讖緯類圖籍。太平御覽卷七六叙皇王上引春秋演孔圖曰:「天子皆五帝精寶,各有題序,次運相據,起必有神靈符紀,諸神扶助,使開階立隧。」又曰:「王者常置圖籙坐旁以自立。」此泛指圖書。

〔五〕「捐珠璣」二句,謂不貴異寶,而以農爲本。珠璣,漢書地理志下:「(南越國)處近海,多犀象、毒冒、珠璣、銀銅、果布之凑。」韋昭注：「璣，謂珠之不圓者也。」菽粟，泛指糧食。唐會要卷八封禪下：開元十二年（七二四）十二月，文武百官勸玄宗封禪，玄宗下詔曰：「……寶菽粟於水火，捐珠玉於山谷。兢兢業業，非敢追美前王；日慎一日，實以奉遵遺訓。」可參讀。

〔六〕「恤人」句，之，原作「文」，據英華、四子集、全唐文改。

〔七〕「作皇王」句，謂武則天所爲，可作皇王楷模。文選沈約齊故安陸昭王碑文：「軌躅清晏，車徒不擾。」李善注引漢書音義曰：「躅，迹也。」張銑注：「軌躅，車馬迹也。」

〔八〕「下端闈」句，後漢書班固傳載西都賦：「立金人於端闈。」李賢注引爾雅曰：「宫中之門謂之闈。」又引三輔黄圖曰：「秦宫殿端門四達，以則紫宫。」此指作盂蘭盆會之洛城南門。

〔九〕「入紫微」句，謂啓駕回宫。紫微，即紫宫，星座名。史記天官書：「中宫天極星，其一明者，太一常居也；旁三星三公，或曰子屬。……皆曰紫宫。」又晉書天文志上中宫：「紫宫垣十五星，……一曰紫微，大帝之坐也，天帝之常居也。」此代指皇宫。

楊炯集箋注卷二

五言古詩

廣溪峽

廣溪三峽首〔一〕，曠望兼川陸〔二〕。山路繞羊腸〔三〕，江城鎮魚腹〔四〕。喬林百尺偃〔五〕，飛水千尋瀑〔六〕。驚浪迴高天，盤渦轉深谷〔七〕。漢氏昔云季〔八〕，中原争逐鹿〔九〕。天下有英雄〔一〇〕，襄陽有龍伏〔一一〕。常山集軍旅〔一二〕，永安興版築〔一三〕。池臺忽已傾〔一四〕，邦家遽淪覆〔一五〕。庸才若劉禪〔一六〕，忠佐爲心腹〔一七〕。設險猶可存，當無賈生哭〔一八〕。

【箋注】

〔一〕廣溪峽，長江三峽之首，即今瞿塘峽。水經注江水：「江水又東，逕廣溪峽。斯乃三峽之首也，其間三十里。」本詩及其下巫峽、西陵峽三首，蓋作者由三峽出蜀時作，年代不可確考，當在垂拱元年（六八五）貶梓州司法參軍離任回洛陽途中。唐人離蜀赴洛陽，多選擇由水路出三峽。英華卷一六一於本詩題下注曰：「三峽有序，不録。」蓋此首及後巫峽、西陵峽兩首，原總題爲三峽并有序。其序已佚。

〔二〕「曠望」句，水經注江水：「江水又東，逕諸葛亮圖壘南。石磧平曠，望兼川陸，有亮所造八陣圖，東跨故壘，皆累細石爲之。自壘西去，聚石八行，行間相去二丈，因曰八陣。」

〔三〕「山路」句，羊腸，喻山路曲折崎嶇。水經注江水：「馬嶺（按：在白帝城北緣）小差委迤，猶斬山爲路，羊腸數四，然後得上。」

〔四〕「江城」句，江城，指白帝城，東漢初公孫述改魚復而名之。鎮，彈壓，言勢居其上。魚腹，又作魚復。水經注江水：「江水又東，逕魚腹縣故城南。」酈道元注：「故魚國也。春秋左傳文公十六年：庸與群蠻叛，楚莊王伐之，七遇皆北，唯裨、鯈、魚人逐之是也。地理志：江關都尉治。公孫述名之爲白帝，取其王色。」明何宇度益部談資下：「魚復，即夔地，謂鰉魚至此復回不上也。」在今重慶市奉節縣城東，三峽由此起。

〔五〕「喬林」句，喬林，木之高者曰喬。尚書禹貢：「厥木惟喬。」林，英華作「枝」。尺，英華、五十家、四子集、全唐詩卷五〇（全唐詩收楊炯詩僅此一卷，以下引不再注卷數）作「丈」。

〔六〕「飛水」句，水經注江水：三峽七百里中，「春冬之時，則素湍緑潭，迴清倒影。絶巘多生怪柏，懸泉瀑布，飛漱其間，清榮峻茂，良多趣味」。

〔七〕「盤渦」句，文選郭璞江賦：「盤渦谷轉。」李善注：「渦，水旋流也。」又引王粲游海賦曰：「大浪踊躍，山隆谷窳。」

〔八〕「漢氏」句，指東漢之末。國語晉一：「雖當三季之王，亦不可乎？」韋昭注：「季，末也。」

〔九〕「中原」句，謂漢末軍閥混戰。中原，此指東漢都城洛陽一帶。逐鹿，史記淮陰侯列傳：「秦失其鹿，天下共逐之。」裴駰集解引張晏曰：「以鹿喻帝位也。」或説喻指天下。文選班彪王命論：「遊説之士，至比天下於逐鹿。」李善注引太公六韜曰：「取天下若逐野鹿，得鹿，天下共分其肉。」

〔一〇〕「天下」句，「英雄」指劉備。三國志蜀書先主傳：「曹公（操）從容謂先主曰：『今天下英雄，唯使君（即劉備）與操耳。本初（袁紹字）之徒，不足數也。』」

〔一一〕「襄陽」句，有龍伏，指諸葛亮。三國志蜀書諸葛亮傳裴松之注引漢晉春秋：「亮家於南陽之鄧縣，在襄陽城西二十里，號曰隆中。」伏龍猶言卧龍，謂俊傑隱居。同上傳：「徐庶見先主，先主器之，謂先主曰：『諸葛孔明者，卧龍也，將軍豈願見之乎？』」裴注引襄陽記曰：「劉備訪世事於司馬德操，德操曰：『儒生俗士，豈識時務？識時務者在乎俊傑。此間自有伏龍、鳳雛。』備問爲誰，曰：『諸葛孔明、龐士元也。』」

〔一二〕「常山」句，謂趙雲爲劉備募軍。常山，漢郡名，此代指趙雲。三國志蜀書趙雲傳：「趙雲字子龍，常山真定人也。本屬公孫瓚，瓚遣先主爲田楷拒袁紹，雲遂隨從，爲先主主騎。」裴注引雲別傳：劉備、趙雲同依公孫瓚時，深相結托。其後，「先主就袁紹，雲見於鄴。先主與雲同床眠臥，密遣雲合募得數百人，皆稱劉左將軍部曲，紹不能知。遂隨先主至荆州」。

〔一三〕「永安」句，永安，即魚復。三國志蜀書先主傳：章武（按：蜀漢先主昭烈帝劉備年號）二年（二二二）六月，吴將陸議大破先主軍於猇亭，「先主自猇亭還秭歸，收合離散兵，遂棄船舫，由步道還魚復，改魚復縣曰永安」。興版築，指劉備興建永安宫。版築，築牆時用兩版相夾，填土舂實。詩經大雅緜：「縮版以載，……築之登登。」又孟子告子下：「傅説舉於版築之間。」

〔一四〕「池臺」句，説苑善説：雍門子周以琴見孟嘗君，稱孟嘗君千秋萬歲之後，「高臺既已壞，曲池既已漸，墳墓既已下而青廷矣」云云。此喻指劉備崩殂。三國志蜀書先主傳：章武三年三月，「先主病篤，托孤於丞相（諸葛）亮。尚書令李嚴爲副。夏四月癸巳，先主殂於永安宫，時年六十三」。水經注江水：「江水又東，逕南鄉峽，東逕永安宫南。劉備終於此，諸葛亮受遺處也。其間平地可二十許里，江山迴闊，入峽所無。城周十餘里，背山面江，頽墉四毀，荆棘成林，左右民居，多墾其中。」

〔一五〕「邦家」句，淪覆，謂蜀漢政權滅亡。三國志蜀書後主傳：景耀六年（二六三）夏，魏將鄧艾、鍾會攻蜀，後主（劉禪）「用光禄大夫譙周策，降於艾」。

〔一六〕「庸才」句，劉禪，劉備子，備死繼位，史稱後主。後主平庸無能，三國志蜀書後主傳稱其「惑閹豎則爲昏闇之后」云云。降魏，蜀於是亡。

〔一七〕「忠佐」句，忠佐，指諸葛亮。劉備死時，曾在永安宫「托孤於丞相亮」，詔敕後主「事之如父」。其後，「嗣子幼弱，事無巨細，亮皆專之」。事迹詳三國志之諸葛亮、先主、後主三傳。

〔一八〕「設險」二句，謂即便山河險如長江三峽，亦不足以安邦保國。若險阻可恃，則賈誼便無須爲時事痛哭，言安國在德不在險。張載劍閣銘：「興實在德，險亦難恃。洞庭孟門，二國不祀。自古迄今，天命匪易。憑阻作昏，鮮不敗績。公孫（指公孫述）既滅，劉氏（指劉禪）銜璧。」漢書賈誼傳：「誼數上疏陳政事，多所欲匡建，其大略曰：臣竊惟事勢，可爲痛哭者一，可爲流涕者二，可爲長太息者六，若其它背理而傷道者，難遍以疏舉。進言者皆曰天下已安已治矣，臣獨以爲未也。」

巫峽

三峽七百里〔一〕，惟言巫峽長〔二〕。重巖窅不極，疊嶂凌蒼蒼〔三〕。絶壁横天險，莓苔爛錦章。入夜分明見，無風波浪狂〔四〕。忠信吾所蹈〔五〕，泛舟亦何傷。可以涉砥柱〔六〕，可以浮呂梁〔七〕。美人今何在，靈芝徒自芳〔八〕。山空夜猿嘯，征客淚沾裳〔九〕。

【箋　注】

〔一〕「三峽」句，水經注江水：「自三峽七百里中，兩岸連山，略無闕處。」

〔二〕「惟言」句，巫峽，長江三峽之一。水經注江水：「江水又東，逕巫峽。杜宇所鑿，以通江水也。……其間首尾一百六十里，謂之巫峽，蓋因山（按：指巫山）爲名也。」

〔三〕「重巖」二句，謂三峽兩岸山極高峻。水經注江水：三峽「兩岸連山，略無闕處，重巖疊嶂，隱天蔽日，自非停午夜分，不見曦月」。嶂、凌，英華卷一六一作「障」、「陵」，義同。

〔四〕「入夜」二句，指江神。禮記祭法：「山林川谷丘陵能出雲，爲風雨，見怪物，皆曰神。」文選郭璞江賦：「陽侯遁形乎大波。」李善注：「陽后，陽侯也。高誘淮南子注曰：『楊國侯溺死於水，其神能爲大波。』」

〔五〕「忠信」句，劉向説苑卷一七雜言：「孔子觀於吕梁，懸水四十仞，環流九十里，魚鼈不能過，黿鼉不敢居。有一丈夫方將涉之，孔子使人並崖而止之。……丈夫不以錯意，遂渡而出。孔子問：『子巧乎？且有道術乎？所以能入而出者何也？』丈夫對曰：『始吾入，先以忠信；吾之出也，又從以忠信。忠信錯吾軀於波流，而吾不敢用私，吾所以能入而復出也。』孔子謂弟子曰：『水而尚可以忠信義久而身親之，況於人乎？』」

〔六〕「可以涉」句，砥柱，小山名，在今河南三門峽市東北黄河中。水經注河水：「砥柱，山名也。昔禹治洪水，山陵當水者鑿之，故破山以通河。河水分流，包山而過，山見水中若柱然，故曰砥柱也。三穿既決，水流疏分，指狀表目，亦謂之三門矣。」今已没入三門峽水庫中。

〔七〕「可以浮」句，吕梁，泗水中石梁名。水經泗水：「東南過吕縣南。」酈注：「吕，宋邑也。……泗水之上有石梁焉，故曰吕梁也。昔宋景公以弓工之弓，彎弧東射，矢集彭城之東，飲羽於石梁，即斯梁也。懸濤漰渀，實爲泗崄，孔子所謂魚鼈不能游。」按：石梁在今江蘇銅山縣東南。

〔八〕「美人」二句，美人指瑶姬（「瑶」又作「姚」），即巫山神女。文選宋玉高唐賦李善注引襄陽耆舊傳曰：「赤帝女，曰姚姬，未行而卒，葬於巫山之陽，故曰巫山之女。楚懷王游於高唐，晝寢夢見與神遇，自稱是巫山之女，王因幸之，遂爲置觀於巫山之南，號曰朝雲。後至襄王時，復游高唐。」水經注江水：「丹山西，「即巫山者也，又帝女居焉。宋玉所謂天帝之季女，名曰瑶姬，未行而卒，封於巫山之臺，精魂爲草，寔爲靈芝」。自，五十家、十二家作「有」。全唐詩作「有」，校：「一作自。」作「自」義勝，「有」蓋形訛。

〔九〕「山空」二句，水經注江水：「三峽中，「每至晴初霜旦，林寒澗肅，常有高猿長嘯，屬引淒異，空谷傳響，哀轉久絶，故漁者歌曰：『巴東三峽巫峽長，猿鳴三聲淚沾裳。』」

西陵峽〔一〕

絶壁聳萬仞〔二〕，長波射千里。盤薄荆之門〔三〕，滔滔南國紀〔四〕。楚都昔全盛〔五〕，高丘烜望祀〔六〕。秦兵一旦侵，夷陵火潛起〔七〕。四維不復設〔八〕，關塞良難恃〔九〕。洞庭且忽然，孟門終已矣〔一〇〕。自古天地闢〔一一〕，流爲峽中水。行旅相贈言〔一二〕，風濤無極已。及余踐斯地，瓌奇信爲美〔一三〕。江山若有靈，千載伸知己〔一四〕。

【箋注】

〔一〕西陵峽，長江三峽之最後一峽。水經注江水：「江水又東，逕西陵峽。宜都記曰：『自黄牛灘東入西陵界，至峽口一百許里，山水紆曲，而兩岸高山重嶂，非日中夜半，不見日月。絶壁或千許丈，其石彩色，形容多所像類；林木高茂，略盡冬春；猿鳴至清，山谷傳響，泠泠不絶。所謂三峽，此其一也。』」

〔二〕「絶壁」句，文選郭璞江賦：「若乃巴東之峽，夏后疏鑿，絶岸萬丈，壁立赮駮。」李善注引孟子曰：「堯之時，洪水横流，氾濫於天下，堯獨憂之，舉舜，舜使禹疏九河。」禹，即夏后也。

〔三〕「盤薄」句，文選郭璞江賦：「虎牙嵥豎以屹崒，荆門闕竦而磐礴。」李善注：「盛弘之荆州記曰：「郡西泝江六十里，南岸有山，名曰荆門；北岸有山，名曰虎牙。二山相對，楚之西塞也。虎牙，石壁紅色，間有白文，如牙齒狀。荆門上合下開，開達山南，有門形，故因以爲名。磐礴，廣大貌。」按磐礴、盤薄，連綿字，音義同（水經注引江賦即作「盤薄」）。

〔四〕「滔滔」句，詩經小雅四月：「滔滔江漢，南國之紀。」毛傳：「滔滔，大水貌。其神足以綱紀一方。」鄭玄箋：「江也，漢也，南國之大水，紀理衆川，使不壅滯。」

〔五〕「楚都」句，楚都，指楚之郢都。漢書地理志上：南郡江陵縣，「故楚郢都，楚文王自丹陽徙此。後九世平王城之。後十世秦拔我郢，徙陳」。按史記楚世家正義引括地志，謂郢「在江陵縣東北六里」。

〔六〕「高丘」句，高丘，泛指西陵峽一帶山峰。宋玉高唐賦有「巫山之陽，高丘之阻」句，故稱。烜，祭祀隆重貌。爾雅釋訓：「赫兮烜兮，威儀也。」望祀，望祭山川。史記楚世家：「昭王曰：『自吾先王受封，望不過江漢。』」集解引服虔曰：「祀其國中山川爲望。」又正義：「江，荆州南人江也；漢，江也，二水楚境内也。」句謂西陵峽一帶乃楚國當年望祀之地。

〔七〕「秦兵」二句，史記楚世家：楚頃襄王二十年（前二七九），「秦將白起拔我西陵。二十一年，秦將白起遂拔我郢，燒先王墓夷陵。楚襄王兵散，遂不復戰，東北保於陳城」。索隱：「夷陵，陵名，後爲縣，屬南郡。」按：地在今湖北宜昌市。

〔八〕「四維」句，管子牧民：「禮義廉恥，是謂四維……四維不張，國乃滅亡。」按維乃結物之繩，此喻指統治權，言楚已失去統治基礎。

〔九〕「闞塞」句，闞塞，此指西陵峽。謂楚雖有西陵峽之險，仍以亡國，故言「難恃」。參前廣溪峽「設險」句注。

〔一〇〕「洞庭」二句，「洞庭」代指三苗氏，「孟門」代指殷。文選張載劍閣銘：「洞庭孟門，二國不祀。」李善注引史記（按見孫子吴起列傳）曰：「魏武侯浮西河而下，中流顧而謂吴起笑（按今本史記無「笑」字）曰：『美哉乎山河之固，此魏國之寶也！』吳起對曰：『在德不在險。昔三苗氏左洞庭而右彭蠡，恃此險也（今本史記無此句），德義不修，禹滅之。夏桀之居，左河濟，右太華，伊闕在其南，羊腸在其北，修政不仁，湯放之。殷紂之國，左孟門，右太行，常山在其北，大河經其南，修政不德，武王殺之。由此觀之，在德不在險。若君不修德，舟中之人盡爲敵國。』武侯曰：『善。』」索隱引劉氏曰：「紂都朝歌，今孟山在其西。今言左，則東邊別有孟門也。」忽然，形容敗亡之速。然，英華卷一六一、四子集作「焉」。

〔一二〕「自古」句，太平御覽卷二天部下引徐整三五曆紀：「天地混沌如雞子，盤古生其中。萬八千歲，天地開闢，陽清爲天，陰濁爲地。」文選郭璞江賦：「若乃巴東之峽，夏后疏鑿。」

〔一三〕「行旅」句，贈言，臨別所贈勉勵或吉利語。荀子非相：「贈人以言，重於金石珠玉。」又劉向説苑卷一七雜言：「子路將行，辭於仲尼。曰：『贈汝以車乎？以言乎？』子路曰：『請以言。』」又：「曾子從孔子於齊，齊景公以下卿禮聘曾子，曾子固辭。將行，晏子送之，曰：『吾聞君子贈人以財，不若以言。』」此所謂「贈言」，當以風濤臨懼相戒，以旅途平安相勉。

〔一三〕「瓌奇」句，瓌，英華作「懷」，形訛。

〔一四〕「江山」二句，乃櫽括袁山松語。水經注江水：「（袁）山松言：常聞峽中水疾，書記及口傳，悉以臨懼相戒，曾無稱有山水之美也。及余來踐躋此境，既至欣然，始信耳聞之不如親見矣。其疊崿秀峰，奇構異形，固難以辭叙。……既自欣得此奇觀，山水有靈，亦當驚知己於千古矣。」

伸，英華、五十家作「深」，誤。

奉和上元酺宴應詔〔一〕

甲乙遇災年〔二〕，周隨送上弦〔三〕。祆星六丈出〔四〕，沴氣七重懸〔五〕。赤縣空無主〔六〕，蒼生欲問天〔七〕。龜龍開寶命〔八〕，雲火昭靈慶〔九〕。萬物睹真人〔一〇〕，千秋逢聖政。祖宗玄澤遠〔一一〕，文武休光盛〔一二〕。大號域中平〔一三〕，皇威天下驚。參辰昭文物，宇宙浹聲明〔一四〕。漢后三章令〔一五〕，周王五伐兵〔一六〕。匈奴窮地角〔一七〕，本自遠正朔〔一八〕。驕子起天街〔一九〕，由來虧禮樂〔二〇〕。一衣掃風雨〔二一〕，再戰夷屯剥〔二二〕。清明日月旦〔二三〕，蕭索煙雲渙〔二四〕。寒暑既平分〔二五〕，陰陽復貞觀〔二六〕。惟神諧妙物〔二七〕，乃聖符幽贊〔二八〕。下武發禎祥〔二九〕，平階屬會昌〔三〇〕。金泥封日觀〔三一〕，碧水匝明堂〔三二〕。業盛勛華德〔三三〕，興包天地皇〔三四〕。孝思義罔極〔三五〕，易禮光前式〔三六〕。天渙三辰輝〔三七〕，靈書五雲色〔三八〕。敬時發窮斂〔三九〕，卜世盈千億〔四〇〕。五緯聚華軒〔四一〕，重光入望圓〔四二〕。公卿論至道〔四三〕，天子拜昌言〔四四〕。雷解初開出〔四五〕，星空即便元〔四六〕。瑶臺涼景薦〔四七〕，銀闕秋陰偏〔四八〕。百戲騁魚龍〔四九〕，千門壯宫殿〔五〇〕。深仁洽蠻徼〔五一〕，愷樂周寰縣〔五二〕。宣室召群臣〔五三〕，明庭禮百神〔五四〕。仰德還符日〔五五〕，霑恩更似春。襄城非牧竪〔五六〕，楚國有巴人〔五七〕。

【箋注】

〔一〕上元，唐高宗年號。此指改元上元，時在公元六七四年。舊唐書高宗紀：咸亨五年秋八月壬辰，「改咸亨五年爲上元元年，大赦」。酺宴，指爲改元慶賀而宴飲。史記秦始皇本紀：始皇二十五年（前二二二）五月，「天下大酺」。正義：「天下歡樂，大飲酒也。」詩有句曰：「百戲騁魚龍，千門壯宮殿。」按資治通鑑卷二〇二載本年九月甲寅，「上御翔鸞閣，觀大酺。分音樂爲東西朋，使雍王賢主東朋，周王顯主西朋，角勝爲樂」。所謂「百戲」，蓋指此次酺宴之音樂比賽，當時郝處俊表示擔憂，諫稱「遞相誇競，俳優小人，言辭無度」云云，可知表演極熱鬧。或高宗、或二王有詩，有詔文士奉和，是詩當即楊炯在翔鸞閣應詔而作。

〔二〕「甲乙」句，「甲」指甲子歲，即隋文帝仁壽四年（六〇四）；「乙」指乙丑歲，即隋煬帝大業元年（六〇五）。隋書天文志下五代災變應：「仁壽四年六月庚午，有星入于月中。占曰：『有大喪，有大兵，有亡國，有破軍殺將。』七月乙未，日青無光，八日乃復。占曰：『主勢奪。』又曰：『日無光，有死王。』甲辰，上疾甚，丁未，宮車晏駕（隋文帝死）。漢王（楊）諒反，楊素討平之。皆兵喪亡國死王之應。」又曰：「煬帝大業元年六月甲子，熒惑入太微。占曰：『熒惑爲賊，爲亂入宮，宮中不安。』」按上引隋書天文志下所記之隋代災變，自甲子、乙丑始，以下尚有大業三年、十一年、十二年、十三年等。句謂隋自甲子、乙丑隋文帝死、煬帝楊廣繼位起，即災變不斷，國運轉衰。

〔三〕「周隨」句，周，指北周；隨，全唐詩作「隋」，同。宋會要輯稿選舉四之三九載乾道五年（一一六九）正月三十日禮部貢院言：「契勘隋字，元係隋國名，隋文帝初封隨公，後去其『辶』，以爲代號。其隨、隋兩字，如係國名，即音義并同。」此偏指隋。上弦，每月初七、八日，月呈月牙形，弧在右側，其月相稱「上弦」。唐開元占經卷一一引荆州占曰：「月上弦已後盛，君無戕德，臣執權柄，人背君尊其臣。」送上弦，謂隋之政權自甲子、乙丑以降，已如上弦後之月，月轉盛，而國則漸由其臣所取代，以至滅亡。

〔四〕「祆星」句，宋彭叔夏文苑英華辨證卷一：「楊炯酺宴應詔詩『祆星六丈出』，見漢天文志：五殘、六賊，司詭、威（按：當作「咸」，見下引）漢，四星并去地可六丈。而或作『妖星六紋出』。」四子集即作「妖」，注：「一作祆。」兩字通。按漢書天文志曰：「五殘星，出正東，東方之星。其狀類辰，去地可六丈，大而黃。六（按史記天官書作「大」）賊星，出正南，南方之星。去地可六丈，大而赤，數動，有光。司詭星，出正西，西方之星。去地可六丈，大而白，類太白。咸（按史記天官書作「獄」）漢星，出正北，北方之星。去地可六丈，大而赤，數動，察之中青。此四星所出非其方，其下有兵，衝不利。」又隋書天文志中妖星：「妖星者，五行之氣，五星之變名，見其方，以爲殃災。」此言隋末祆星屢出，天象不吉。

〔五〕「沴氣」句，沴氣，災害不祥之氣。漢書五行志中之上：「氣相傷，謂之沴。沴猶臨莅，不和意也。」七重，泛言多。庾信哀江南賦：「沴氣朝浮，妖精夜殞。」

〔六〕「赤縣」句,赤縣,即赤縣神州,中國之别稱。史記孟子傳附騶衍:「中國名曰赤縣神州。赤縣神州内自有九州,禹之序九州是也,不得爲州數。中國外如赤縣神州者九,乃所謂九州也。」空無主,謂天下大亂。

〔七〕「蒼生」句,蒼生,指百姓。問天,追問天道。謂百姓對隋統治者極度不滿。

〔八〕「龜龍」句,謂河出圖、洛出書。龜、龍乃天之使。初學記卷六洛水引尚書中候:「堯率群臣東沉璧於洛,退候至於下稷,赤光起,玄龜負書出,赤文成字。」又曰:「武王觀於河,沉璧禮畢,且退,至於日昧,榮光并塞河沉璧,青雲浮洛,赤龍臨壇,銜玄甲之圖吐之而去。」寶命,指天命。言唐膺命而有天下。

〔九〕「雲火」句,雲火,初學記卷一引尚書中候曰:「堯沉璧於河,白雲起,迴風摇落。」又史記周本紀:「武王渡河,既渡,「有火自上復於下,至於王屋,流爲烏,其色赤,其聲魄云」。」索隱引馬融云:「明武王能伐紂。」昭,爾雅釋詁:「見也。」又廣雅:「明也。」靈慶,文選范曄後漢書光武紀贊:「靈慶既啓,人謀咸贊。」李善注:「靈慶,謂天符也。」吕延濟注:「靈神慶福,啓,開,咸,皆,贊,助也。言人神皆共助成帝業也。」

〔一〇〕「萬物」句,周易乾卦文言:「聖人作而萬物睹。」孔穎達正義:「聖人有生養之德,萬物有生養之情,故相感應也。」真人,即聖人。淮南子精神訓:「所謂真人者,性合於道也。」又文選張衡南都賦:「豺虎肆虐,真人革命之秋也。」李善注引文子曰:「得天地之道,故謂之真人。」此指唐高祖。

〔一二〕「祖宗」句，玄澤，文選應貞晉武帝華林園集詩：「玄澤滂流，仁風潛扇。」李善注：「玄澤，聖恩也。」此指蔭恩。李氏皇帝以老子爲始祖，而其遠祖李暠嘗爲涼武昭王，故云。

〔一三〕「文武」句，文武，指文德武功。休光，光輝盛美。漢書匡衡傳：「使群下得望聖德休光，以立基楨。」顔師古注：「休，美也。」

〔一三〕「大號」句，大號，指建國號曰唐。

〔一四〕「參辰」二句，左傳桓公二年：「火、龍、黼、黻，昭其文也；五色比象，昭其物也；鍚、鸞、和、鈴，昭其聲也；三辰旂旗，昭其明也。夫德，儉而有度，登降有數，文物以紀之，聲明以發之，以照臨百官，百官於是乎戒懼，而不敢易紀律。」按「參」通「三」，三辰，杜預注：「日月星也，畫於旂旗，象天之明。」浹，爾雅釋言：「徹也。」邢昺疏：「謂沾徹。」兩句言唐王朝典章制度完備。

〔一五〕「漢后」句，漢后，指漢高祖劉邦。三章令，指漢高祖初入秦時所爲約法三章。漢書高祖紀：高祖元年（前二〇六）「十一月，召諸縣豪桀曰：『父老苦秦苛法久矣，誹謗者族，耦語者棄市。吾與諸侯約，先入關者王之，吾當王關中。與父老約，法三章耳：殺人者死，傷人及盜抵罪。餘悉除去秦法。吏民皆按堵如故。』」

〔一六〕「周王」句，周王，指周武王。五伐，伐，原作「代」。尚書牧誓：「夫子勗哉，不愆於四伐五伐，六伐七伐，乃止齊焉。」僞孔傳：「夫子謂將士，勉勵之。伐，謂擊刺，少則四五，多則六七，以爲例。」則「代」當是「伐」之形訛，據改。此「五伐」，實泛指四伐五伐、六伐七伐也。以上二句，以漢高祖、周武王比擬唐高祖。

〔一七〕「匈奴」句，匈奴，秦漢時期北方游牧民族。此泛指唐初西北以突厥爲代表的各少數民族。窮地角，謂處於地之盡頭，極言其僻遠。蕭統謝敕賚地圖啓：「地角河源，户庭不出。」

〔一八〕「本自」句，正朔，禮記大傳：「改正朔，易服色。」孔穎達疏：「正謂年始，朔謂月初。言王者得政，示從我始，改故用新，隨寅、丑、子所建也。」後指帝王所頒曆法，此代指皇王政權。遠正朔，謂匈奴遠在中央王朝統治之外。

〔一九〕「驕子」句，指匈奴。漢書匈奴傳上：「單于遣使遺漢書云：『南有大漢，北有强胡。胡者，天之驕子也。』」天街，史記天官書：「昴、畢間爲天街。」正義：「天街二星，在畢、昴間，主國界也。街南爲華夏之國，街北爲夷狄之國。」此指疆界，謂匈奴崛起於北方。

〔二〇〕「由來」句，虧，缺少。史記匈奴列傳：「（匈奴）苟利所在，不知禮義。」

〔二一〕「一衣」句，一衣，猶言一戎衣。尚書武成：「一戎衣，天下大定。」僞孔傳：「衣，服也。一著戎服而滅紂，言與衆同心，動有成功。」掃風雨，謂戰勝匈奴（指突厥）。

〔二二〕「再戰」句，夷，削平。屯、剥，周易二卦名。屯卦彖曰：「屯，剛柔始交而難生。」又剥卦孔穎達疏：「剥者，剥落也。」後以「屯剥」指時運艱難。庾信和張侍中述懷詩：「季世誠屯剥。」按：以上二句，歌頌唐太宗征服突厥等少數民族之功。

〔二三〕「清明」句，詩經大雅大明：「肆伐大商，會朝清明。」鄭玄箋「清明」爲「昧爽」，孔穎達疏：「昧爽者，爽，明也。言其昧之而初明。晚則塵昏，旦則清，故謂朝旦爲清明。」

〔二四〕「蕭索」句，煙雲，指卿雲。史記天官書：「若煙非煙，若雲非雲，郁郁紛紛，蕭索輪囷，是謂卿雲。卿雲，喜氣也。」蕭索，雲氣飄流貌。文選謝惠連雪賦：「其爲狀也，散漫交錯，氛氳蕭索，藹藹浮浮。」吕延濟注：「皆飄流往來繁密之貌。」涣，卿雲四布貌。

〔二五〕「寒暑」句，寒暑平分，謂寒來暑往均衡，自然而生利。周易繫辭下：「寒往則暑來，暑往則寒來，寒暑相推而歲成焉。」孔穎達疏：「此言不須憂慮，任運往來，自然明生，自然歲成也。」

〔二六〕「陰陽」句，陰陽，此指天地。周易繫辭下：「陰陽合德，而剛柔有體，以體天地之撰。」又曰：「天地之道，貞觀者也。」孔穎達疏：「謂天覆地載之道，以貞正得一，故其功可爲物之所觀也。」

〔二七〕「惟神」句，周易説卦：「神也者，妙萬物而爲言者也。」

〔二八〕「乃聖」句，聖，指唐太宗。符幽贊，謂其所爲合乎神明。周易説卦：「昔者聖人之作易也，幽贊于神明而生蓍。」韓康伯注：「幽，深也；贊，明也。」

〔二九〕「下武」句，下武，後繼者，指唐高宗。詩經大雅下武：「下武維周，世有哲王。」毛傳：「武，繼也。」鄭玄箋：「下，猶後也。」禎祥，吉兆。禮記中庸：「國家將興，必有禎祥。」孔穎達疏：「禎祥，吉之萌兆。」

〔三〇〕「平階」句，平階，謂泰階平，陰陽和，詳見渾天賦注。會昌，文選左思蜀都賦：「天帝運期而會昌。」劉淵林注：「昌，慶也。言天帝於此會慶建福也。」

〔三一〕「金泥」句，指唐高宗封禪泰山。舊唐書高宗紀下：「麟德三年（六六六）春正月戊辰朔，車駕至泰山頓。是日親祀昊天上帝於封祀壇。……己巳，帝升山行封禪之禮。」白虎通封禪：「或曰封者金泥銀繩，或曰石泥金繩，封之以印璽。」日觀，泰山山頂峰名。水經注汶水引應劭漢官儀曰：「泰山東南山頂名曰日觀，雞一鳴時，見日始欲出，長三丈許，故以名焉。」

〔三二〕「碧水」句，碧水代指辟雍。辟雍爲周代貴族大學。史記封禪書：「天子曰明堂、辟雍。」集解引韋昭曰：「水外四周圓如辟雍。」索隱引服虔云：「天子水市，爲辟雍。」又白虎通辟雍：「辟者，璧也，象璧圓，又以法天，於雍水側，象教化流行也。」明堂乃古代帝王宣明政教之所。據舊唐書禮儀志二，高宗永徽二年（六五一）、總章元年（六六八），曾兩度議建明堂、辟雍之制，皆因「群議未決，終高宗之世，未能創立」。

〔三三〕「業盛」句，勛華，即堯舜。史記五帝本紀：「帝堯者，放勳。」索隱：「堯，謚也。放勳，名。」勛、勳同。華，即重華。楚辭屈原離騷：「就重華而陳詞。」王逸注：「重華，舜名也。帝繫曰：瞽叟生重華，是爲帝舜。」

〔三四〕「輿包」句，輿即車箱，「輿包」謂囊括。天地皇，即天皇氏、地皇氏，與人皇氏謂之「三皇」。藝文類聚卷一一引春秋緯：「天皇、地皇、人皇，兄弟九人，分九州，長天下也。」又引項峻始學篇，謂天皇十三頭，治萬八千歲；地皇十一頭，治八千歲。皆神話傳説中之古帝王。輿，英華卷一六

八、五十家、十二家、四子集、全唐詩皆作「興」，全唐詩注：「一作興。」按：作「興」誤。

〔三五〕「孝思」句，孝思，指高宗追尊先帝事。舊唐書高宗紀：咸亨五年（六七四）秋八月壬辰，「追尊宣簡公（李熙）爲宣皇帝，懿王（李天賜）爲光皇帝，太祖武皇帝爲高祖神堯皇帝，太宗文皇帝爲文武聖皇帝，太穆皇后爲太穆神皇后，文德皇后爲文德聖皇后」。罔極，無窮盡。

〔三六〕「易禮」句，易禮，指修改貞觀禮。舊唐書禮儀志一：高宗初，議者以貞觀禮節文未盡，又詔太尉長孫無忌、中書令杜正倫、李義府等重加緝定，勒成一百三十卷。「至顯慶三年（六五八）奏上之，增損舊禮，并與令式參會改定，高宗自爲之序。」

〔三七〕「天渙」句，三辰，即日月星，已見本詩前注。按句指七曜（日、月、五星）會聚。漢書律曆志上：「太初曆晦朔弦望，皆最密，日月如合璧，五星如連珠。」注引孟康曰：「謂太初上元甲子夜半朔旦冬至時，七曜皆會聚斗、牽牛分度，夜盡如合璧連珠也。」

〔三八〕「靈書」句，靈書，神靈所書寫，指龜書。初學記卷六洛水引河圖曰：「洛水地理，陰精之官，帝王明聖，龜書出文，天以與命，地以授瑞。」五雲色，謂五彩雲氣。同上書河引尚書中候：「榮光出河，休氣四塞。」

〔三九〕「敬時」句，時，代詞，同「此」、「是」，指代上述諸祥瑞。窮斂，極力斂聚。尚書洪範：「斂時五福，用敷錫厥庶民。」孔穎達疏：「當先敬用五事，以斂聚五福之道，用此爲教，布與衆民。」又曰：「斂是五福之道，指其敬用五事也。」按句謂高宗敬用天所錫諸祥瑞，爲民造福。發窮，英華、五十家、四子集、全唐詩作「窮發」，倒誤。

〔四〇〕「卜世」句，世，原作「代」，避太宗諱，徑改。指占卜以預測傳國世數。左傳宣公三年：「成王定鼎於郟鄏，卜世三十，卜年七百，天所命也。」此謂「千億」，極言傳國長久。

〔四一〕「五緯」句，五緯，周禮春官大宗伯：「以實柴祀日月星辰。」鄭玄注：「星謂五緯。」孔穎達疏：「五緯，即五星：東方歲星，南方熒惑，西方大（太）白，北方辰星，中央鎮星。言緯者，二十八宿隨天左轉爲經，五星右旋爲緯。」聚華軒，謂五星聚於軒轅宮。史記天官書：「五星皆從而聚於一舍，其下之國可以義致天下。」又曰：「軒轅，黄龍體。」索隱：「援神契曰『軒轅十二星，后宮所居』。石氏星占以軒轅龍體，主后妃也。」此贊皇后。是時皇后爲武則天。

〔四二〕「重光」句，重光，重日之光，即日冕或日珥現象，古以爲瑞應。英華作「光重」，倒誤。漢書兒寬傳：「癸亥宗祀，日宣重光。」注引李奇曰：「太平之世，日抱重光，謂日有重日也。」故又以重光喻指太子。崔豹古今注卷中：「（漢）明帝爲太子，樂人作歌詩四章，以贊太子之德。其一曰日重光。」此即贊太子。是時太子爲李賢。圓，謂日圓。英華、五十家、四子集、全唐詩作「國」，誤。

〔四三〕「公卿」句，至道，戰國策秦一：「商君治秦，法令至行。」高誘注：「至，猶大也。」句謂公卿坐而論大道。周禮冬官考工記：「坐而論道，謂之王公；作而行之，謂之士大夫。」

〔四四〕「天子」句，昌言，善言。尚書大禹謨：「禹拜昌言曰：『俞。』」僞孔傳：「昌，當也。以益言爲當，故拜受而然之。」

〔四五〕「雷解」句，周易解卦：「天地解，而雷雨作；雷雨作，而百果草木皆甲坼，解之時大矣哉。」象曰：「雷雨作解，君子以赦過宥罪。」王弼注：「天地否結，則雷雨不作；交通感散，雷雨乃作也。」孔穎達疏：「解之爲義，兼濟爲美。」又曰：「過輕則赦，罪重則宥，皆解緩之義也。」句指高宗改元大赦，見本詩前注。

〔四六〕「星空」句，便，更換。便元，即改元。此接上句「雷解」，謂大赦後即更改年號爲上元元年，星空似亦爲之一新。

〔四七〕「瑶臺」句，瑶臺，楚辭離騷：「望瑶臺之偃蹇兮。」王逸注：「石次玉曰瑶。」此指唐宫殿。涼景薦，謂秋光滿目。説文：「景，光也。」薦，進。

〔四八〕「銀闕」句，銀闕，史記封禪書：蓬萊、方丈、瀛洲，此三神山者，「其物禽獸盡白，而黄金銀爲宫闕」。此亦代指唐宫殿。以上二句，謂大酺時值秋日。改元在秋八月，故云。

〔四九〕「百戲」句，漢書西域傳贊：「漫衍魚龍、角抵之戲以觀視之。」顔師古注：「魚龍者，爲舍利之獸，先戲於庭極，畢乃入殿前激水，化成比目魚，跳躍漱水，作霧障日，畢，化成黄龍八丈，出水敖戲於庭，炫燿日光。」唐代長安等地盛行魚龍百戲。張説侍宴隆慶池應制詩：「魚龍百戲紛容與。」

〔五〇〕「千門」句，史記封禪書：漢武帝「作建章宫，度爲千門萬户」。此言唐宫殿極壯麗。

〔五一〕「深仁」句，洽，霑潤。尚書大禹謨：「好生之德，洽於民心。」孔穎達疏：「洽謂沾漬優渥。洽於民心，謂潤澤多也。」蠻徼，與少數民族接壤之疆界。史記司馬相如列傳：「南至牂柯爲徼。」索隱引張揖曰：「徼，塞也。以木柵水爲蠻夷界。」此即代指少數民族，謂唐王朝之仁政澤及遠民。此句，五十家、四子集作「深洽仁蠻衡」，「洽仁」二字倒，「衡」字誤。徼，全唐詩注：「一作貊。」

〔五二〕「愷樂」句，愷樂，作戰勝利後所奏軍樂。「愷」亦作「凱」。周禮春官大司樂：「王師大獻，則令奏愷樂。」鄭玄箋：「愷樂，獻功之樂。」寰縣，即寰中赤縣，泛指天下。參本詩前注〔六〕。

〔五三〕「宣室」句，謂高宗禮遇群臣。漢書賈誼傳：「文帝思誼，徵之。至，入見，上方受釐，坐宣室。上因感鬼神事，而問鬼神之本。誼具道所以然之故。至夜半，文帝前席。既罷，曰：『吾久不見賈生，自以爲過之，今不及也。』乃拜誼爲梁懷王太傅。」注引蘇林曰：「宣室，未央前正室也。」此代指唐宮殿。

〔五四〕「明庭」句，明庭，古帝王祀神靈、朝諸侯之所。史記封禪書：「黄帝接萬靈明廷。明廷者，甘泉也。」漢書郊祀志上作「明庭」。百神，詩經周頌時邁：「懷柔百神，及河喬嶽。」鄭玄箋「百神」爲「群神」。此言高宗敬祀神靈。

〔五五〕「仰德」句，謂仰仗皇帝之德，如人仰仗日月。左傳襄公十四年：「民奉其君，愛之如父母，仰之如日月。」

〔五六〕「襄城」句，襄城，即襄陽。牧豎，鄉間小兒。世説新語任誕：「山季倫（引者按：山簡字季倫）

爲荆州，時出酣暢。人爲之歌曰：『山公時一醉，徑造高陽池。日暮倒載歸，茗艼無所知。……』高陽池在襄陽。」劉孝標注引襄陽記曰：「漢侍中習郁於峴山南，依范蠡養魚法作魚池。……山簡每臨此池，未嘗不大醉而還，曰：『此是我高陽池也！』襄陽小兒歌之。」句謂今日歌之者並非嘲笑山簡狂飲的襄陽小兒，而是應詔奉和之酺宴醉客。竪，五十家、四子集作「監」，誤。

〔五七〕「楚國」句，楚國，指楚都郢。巴人，即下里巴人，俗曲名。文選宋玉對楚王問：「客有歌於郢中者，其始曰下里巴人，國中屬而和者數千人。」句謂作此應詔詩，愧如下里巴人，不能高雅。乃作者謙詞。

五言律詩

從軍行〔一〕

烽火照西京〔二〕，心中自不平。牙璋辭鳳闕〔三〕，鐵騎繞龍城〔四〕。雪暗凋旗畫〔五〕，風多雜鼓聲。寧爲百夫長〔六〕，勝作一書生。

【箋　注】

〔一〕從軍行，宋郭茂倩樂府詩集卷三二編入相和歌辭，引樂府解題曰：「從軍行，皆軍旅苦辛之辭。」據説此曲源於左延年苦哉詩。同上引樂府廣題：「左延年辭云：『苦哉邊地人，一歲三從軍。三子到燉煌，二子詣隴西。五子遠鬬去，五婦皆懷身。』陳伏知道又有從軍五更轉。」是詩乃擬樂府，作年不可考（以下凡作年無考者，不再説明）。

〔二〕「烽火」句，烽火，古代邊防所置報警信號。墨子號令：「晝則舉烽，夜則舉火。」史記魏公子傳「北境傳舉烽」，集解引文穎曰：「作高木櫓，櫓上作桔槔，桔槔頭兜零，以薪置其中，謂之烽。常低之，有寇即火然舉之以相告。」照西京，西京即長安，謂匈奴南侵。史記匈奴列傳：漢文帝後元間，「胡騎入代句注邊，烽火通於甘泉、長安」。此以漢事言唐事，唐初西北各少數民族時常内侵，文士亦多從軍幕府。

〔三〕「牙璋」句，牙璋，周禮春官典瑞：「牙璋以起軍旅，以治兵守。」鄭玄注：「鄭司農云：『牙璋，瑑以爲牙。牙齒，兵象，故以牙璋發兵，若今時以銅虎符發兵。』玄謂牙璋亦王使之瑞節。」又冬官考工記下玉人之事：「牙璋、中璋七寸，射二寸，厚寸，以起軍旅，以治兵守。」鄭玄注：「二璋皆有鉏牙之飾於琰側，先言牙璋，有文飾也。」賈公彦疏：「牙璋起軍旅，則中璋亦起軍旅，二璋蓋軍多用牙璋，軍少用中璋。」鳳闕，漢書郊祀志：建章宮「其東則鳳闕，高二十餘丈」。文選陸倕石闕銘：「銅雀鐵鳳之工。」李善注引魏文帝歌：「長安城西有雙圓闕，上有一雙銅爵。」又引薛綜西京賦注：「圓闕上作鐵鳳皇，令張兩翼，舉頭敷尾。」此代指唐京城長安。

〔四〕「鐵騎」句，龍城，地名，匈奴於此祭天地。史記匈奴列傳：「五月，大會龍城，祭其先、天地、鬼神。」索隱：「漢書作『龍城』，亦作『蘢』字。崔浩云『西方胡皆事龍神，故名大會處爲龍城』。」地在今蒙古國鄂爾渾河境。

〔五〕「雪暗」句，旗畫，指旗上所繪圖畫。古時諸侯建龍旂（畫交龍），鄉遂大夫建熊旗（畫熊虎），見周禮冬官考工記輈人。句謂因雪水浸蝕而至旗畫凋殘。

〔六〕「寧爲」句，百夫長，軍隊之低級指揮官。尚書牧誓：「千夫長、百夫長，……稱爾戈，比爾干，立爾矛，予其誓！」僞孔傳：「師帥、卒帥。」孔穎達疏：「周禮：二千五百人爲師，師帥皆中大夫；百人爲卒，卒長皆上士。」明陸時雍唐詩鏡卷一初唐評此詩道：「渾厚，字字銖兩悉稱。首尾圓滿，殆無餘憾。」

劉　生〔一〕

卿家本六郡〔二〕，年長入三秦〔三〕。白璧酬知己，黄金謝主人〔四〕。劍鋒生赤電〔五〕，馬足起紅塵。日暮歌鐘發〔六〕，喧喧動四鄰。

【箋　注】

〔一〕劉生，樂府詩集卷二四横吹曲辭四劉生引樂府解題：「劉生不知何代人，齊梁已來爲劉生辭者，皆稱其任俠豪放，周遊五陵三秦之地。或云抱劍專征，爲符節官，所未詳也。」又古今樂録：「梁鼓角橫吹曲，有東平劉生歌，疑即此劉生也。」

〔二〕「卿家」句，卿，英華卷一九六作「鄉」，誤。六郡，漢書地理志下：「天水、隴西，山多林木，民以板爲室屋。及安定、北地、上郡、西河，皆迫近戎狄，修習戰備，高上氣力，以射獵爲先。……漢興，六郡良家子選給羽林、期門，以材力爲官，名將多出焉。」顔師古注：「六郡謂隴西、天水、安定、北地、上郡、西河。」所謂良家子，史記李將軍列傳：「廣以良家子從軍擊胡。」索隱引如淳曰：「非醫、巫、商、賈、百工也。」

〔三〕「年長」句，三秦，泛指關中一帶。項羽破秦入關，三分秦關中之地，見史記項羽本紀。

〔四〕「白璧」二句，謂以重寶相酬報。戰國策燕：「臣請獻白璧一雙，黄金千鎰，以爲馬食。」又史記虞卿傳：「虞卿者，遊説之士也。躡蹻檐簦，説趙孝成王，一見，賜黄金百鎰，白璧一雙；再見，爲趙上卿。」

〔五〕「劍鋒」句，赤電，謂劍鋒紫氣如電，用張華龍淵、太阿雙劍事，詳前渾天賦注。

〔六〕「日暮」句，歌鐘，鐘，樂器名。此泛指奏樂而歌。

送臨津房少府〔一〕

岐路三秋別〔二〕，江津萬里長。煙霞駐征蓋，絃奏促飛觴〔三〕。階樹含斜日，池風泛早涼。

贈言未終竟〔四〕，流涕忽霑裳。

【箋注】

〔一〕臨津，元和郡縣志卷三三劍州：「臨津縣，本漢梓潼縣地，南齊於此置胡原縣，隋開皇七年（五八七）改爲臨津縣。」清一統志卷二九八保寧府二：臨津廢縣，「在劍州東南。……（宋）熙寧五年（一〇七二）省爲鎮，入普安」。普安即今四川劍閣縣。房少府，名未詳。少府，即縣尉。洪邁容齋四筆卷一五：「唐人好以它名標榜官稱，……尉曰少府、少公、少仙。」詩稱「江津萬里長」，疑作於作者梓州司法任滿後由長江出蜀途中。

〔二〕「岐路」句，岐，亦作「歧」，謂道路歧出，去向不同。列子説符：「岐路之中，又有岐焉，吾不知所之，所以反也。」此謂分手處。三秋，泛指秋季。文選王融永明十一年策秀才文：「三秋式稔。」李善注：「秋有三月，故曰三秋。」

〔三〕「煙霞」二句，駐，停下。征蓋，遠行之車。蓋謂車蓋，代指車。絃奏，臨別時所奏彈撥樂曲。飛觴，舉杯快飲。文選左思吴都賦：「里讌巷飲，飛觴舉白。」劉良注：「飛觴，行觴疾如飛也。」

〔四〕「贈言」句，贈言，臨別所贈勉勵或吉利語，詳參前西陵峽詩注。

送豐城王少府〔一〕

愁結亂如麻，長天照落霞〔二〕。離亭隱喬樹〔三〕，溝水浸平沙。左尉才何屈〔四〕，東關望漸賒。行看轉牛斗，持此報張華〔五〕。

【箋注】

〔一〕豐城，縣名，今屬江西省。元和郡縣志卷二八洪州：「豐城縣，本漢南昌縣地，晉武帝太康元年（二八〇）移於今縣南四十一里，名豐城，即是雷孔章（焕）得寶劍處也。」王少府，名未詳。少府即縣尉，見前詩注。

〔二〕「長天」句，王勃秋日登洪府滕王閣餞别序：「落霞與孤鶩齊飛，秋水共長天一色。」豐城在古南昌（即唐洪州），此或化用其句。

〔三〕「離亭」句，離亭，送别之亭。陰鏗江津送劉光禄不及詩：「依然臨送渚，長望倚河津。鼓聲隨聽絶，帆勢與雲鄰。泊處空餘鳥，離亭已散人。……」

〔四〕「左尉」句，杜佑通典卷三三謂西漢諸縣皆有尉，「長安有四尉，分爲左、右部」；東漢時，「洛陽有四尉，東、南、西、北四部」。故後代以「左尉」稱縣尉。

〔五〕「行看」二句，用雷焕事。晉張華見斗牛之間常有紫氣，於是補雷焕爲豐城令。焕到豐城，得龍淵、太阿二寶劍，「遣使送一劍并土與（張）華，留一自佩」。詳前渾天賦注引晉書張華傳。兩句以雷焕喻王少府。

送鄭州周司功〔一〕

漢國臨清渭，京城枕濁河〔二〕。居人下珠淚〔三〕，賓御促驪歌〔四〕。望極關山遠，秋深煙霧多。唯餘三五夕，明月暫經過〔五〕。

【箋　注】

〔一〕鄭州，春秋時爲鄭國，唐時治滎陽，乃雄州，詳元和郡縣志卷八。司功，即司功參軍。五十家、全唐詩作「司空」，誤。舊唐書職官志三：上州，「司功、司倉、司户、司兵、司法、司士六曹參軍事各一人，并從七品下」。周司功，名未詳。

〔二〕「漢國」二句，清渭、濁河，分别指渭水、涇水。詩經邶風谷風：「涇以渭濁，湜湜其沚。」毛傳：「涇渭相入而清濁異。」鄭玄箋：「涇水以有渭，故見渭濁。」釋文曰：「涇，濁水也；渭，清水也。」按：兩句謂漢代（西漢）都城長安臨近渭水，而唐都京城則背靠涇水。清徐松唐兩京城坊考卷一：「唐西京初曰京城，隋之新都也，開皇二年（五八二）所築。按周、漢皆都長安，而皆非隋、唐之都城。……漢都城在唐城西北十三里。」濁，原作「蜀」，據英華卷二六六、四子集、全唐詩改。

〔三〕「居人」句，珠淚，博物志卷二：「南海外有鮫人，水居如魚，不廢織績，其眼能泣珠。」此言淚如珠。

玉臺新詠卷九張率擬樂府長相思之一：「空望終若斯，珠淚不能雪。」淚，英華校：「集作泣。」誤。

〔四〕「賓御」句，賓御，指僕從。驪歌，告别之歌，即驪駒。漢書王式傳：「（江公）心嫉式，謂歌吹諸生曰：『歌驪駒。』式曰：『聞之於師：客歌驪駒，主人歌客毋庸歸。』」注引文穎曰：「其辭云『驪駒在門，僕夫具存；驪駒在路，僕夫整駕』也。」劉孝綽陪徐僕射勉宴詩：「洛城雖半掩，愛客待驪歌。」

〔五〕「唯餘」二句，三五夕，月之十五，月圓。句謂相見無期，唯每月十五日夜仰看圓月也。

驄馬〔一〕

驄馬鐵連錢〔二〕，長安俠少年。帝畿平若水〔三〕，宫路直如弦〔四〕。夜玉粧車軸〔五〕，秋金鑄馬鞭〔六〕。風霜但自保，窮達任皇天〔七〕。

【箋注】

〔一〕驄馬，英華卷二〇九題作驄馬驅。樂府詩集卷二四横吹曲辭驄馬：「一曰驄馬驅，皆言關塞征役之事。」

〔二〕「驄馬」句，鐵連錢，有圓斑之青色馬。梁元帝紫騮馬詩：「長安美少年，金絡錦連錢。」

〔三〕「帝畿」句，帝畿，京城長安所在地區。平若水，平坦如水面。文選鮑照代結客少年場行：「升高臨四關，表裏望皇州。九塗平若水，雙闕似雲浮。」李善注引莊子曰：「平者，水停之盛也，其可以爲法也。」若，英華作「似」。

〔四〕「宫路」句，直如弦，後漢書五行志：「京師童謡云：『直如弦，死道邊；曲如鈎，反封侯。』」又吴均從軍行：「微誠君不愛，終自直如弦。」此喻京城道路端直如弓弦。宫，五十家、全唐詩作「官」。以上兩句，既寫物，亦喻俠少年爲人剛直。

〔五〕「夜玉」句，夜玉，尹文子：「魏田父有耕於野者，得寶玉徑尺，弗知其玉也，以告鄰人。鄰人陰欲圖之，謂之曰：『怪石也，畜之弗利其家，弗如一復之。』田父雖疑，猶録以歸，置於廡下。其夜玉明，光照一室。田父稱家大怖，復以告鄰人，曰：『此怪之徵，遄棄，殃可銷。』於是遽而棄於遠野。鄰人無何盜之，以獻魏王。魏王召玉工相之。玉工望之，再拜而立，敢賀曰：『王得此天下之寶，臣未嘗見。』王問價，玉工曰：『此玉無價以當之，五城之都，僅可一觀。』魏王立賜獻玉者千金，長食上大夫禄。」此即指玉，極言其裝飾車軸之玉貴重。

〔六〕「秋金」句，秋金，即黄金。漢書五行志：「兑在西方爲秋，爲金也。」故云。金鑄馬鞭，謂用黄金鑲嵌馬鞭柄。金，英華校：「一作風。」全唐詩有校同。按：金與上句「玉」對應，作「風」誤。

〔七〕「窮達」句，孟子盡心上：「窮則獨善其身，達則兼善天下。」文選嵇康幽憤詩：「窮達有命，亦又何求。」李善注引王命論曰：「窮達有命，吉凶由人。」任皇天，謂聽任天命，不爲窮達所累。

文選李康運命論：「聖人處窮達如一也。」李善注引呂氏春秋曰：「古人得道者，窮亦樂，達亦樂，所樂非窮達也，道得於此，則窮達一也。」

出　塞〔一〕

塞外欲紛紜，雌雄猶未分〔二〕。明堂占氣色〔三〕，華蓋辨星文〔四〕。二月河魁將〔五〕，三千太乙軍〔六〕。丈夫皆有志，會是立功勳〔七〕。

【箋　注】

〔一〕出塞，樂府詩集卷二一編入横吹曲辭一，引晉書樂志曰：「出塞、入塞曲，李延年造。」又按：「西京雜記曰：『戚夫人善歌出塞、入塞、望歸之曲。』則高帝時已有之，疑不起於延年也。」

〔二〕「塞外」二句，紛紜，指敵人蠢蠢欲動。雌雄，謂勝負。紜，英華卷一九七作「紛」。全唐詩作「紜」，校：「一作紛。」

〔三〕「明堂」句，明堂，此泛指朝廷政事堂。占氣色，謂望雲氣以占吉凶。墨子迎敵祠：「凡望氣，有大將氣，有小將氣，有往氣，有來氣，有敗氣，能得明此者，可知成敗吉凶。」史記文帝紀：「趙人新垣平以望氣見，因説上設立渭陽五廟。」歷代望氣事，詳見太平御覽卷七三三。

〔四〕「華蓋」句，華蓋，星座名。晉書天文志上中宫：「大帝上九星曰華蓋，所以覆蔽大帝之坐也。」此代指皇帝。辨星文，謂分辨星象，以觀是否宜戰。如史記天官書所稱天狗，「上兑者則有黄色，千里破軍殺將」；蚩尤之旗，「見則王者征伐四方」，等等。

〔五〕「二月」句，明胡震亨唐音癸籤卷二一謂此句用六壬占，曰：「六壬十二月，將二月，卯合戌，將曰河魁。」按六壬大全卷二：「河魁，即天魁，斗魁第一星，抵於戌，故名。建卯之月（按：二月建卯），萬物皆生根本，以類聚合。魁者，聚之義也。」

〔六〕「三千」句，太乙軍，胡震亨唐音癸籤卷二一謂此句用太乙占，曰：「太乙星，天帝神主，知兵革。漢武嘗畫鋒旗奉之，指所伐國。藝文志有其兵法。」按：漢書郊祀志上：「其秋，爲伐南越，告禱泰一，以牡荆畫幡日月、北斗、登龍，以象太一三星。爲泰一鋒旗，命曰『靈旗』，爲兵禱，則太史奉以指所伐國。」注引晉灼曰：「天文志：天極星，其一明者，太一也；旁三星，三公也。畫一星在後，三星在前，爲泰一鋒旗也。」今按：後漢書高彪傳引其所作箴曰：「天有太一，五將三門。」李賢注引太一式，太一式蓋兵書，謂依天之太一而作也。漢書藝文志著録太壹兵法一篇。隋書經籍志三著録「太一兵書一十一卷」，注：「梁二十卷。」皆久佚。太乙軍，此指用太一兵法布陣之兵。

〔七〕「會是」句，是，四子集、全唐詩作「見」，校：「一作是。」按：作「見」亦可通。

有所思〔一〕

賤妾留南楚，征夫向北燕〔二〕。三秋方一日〔三〕，少别比千年〔四〕。不掩嚬紅縷〔五〕，無論數緑錢〔六〕。相思明月夜，迢遞白雲天。

【箋　注】

〔一〕有所思，樂府詩集卷一六鼓吹曲辭一有所思：「樂府解題曰：古辭言『有所思，乃在大海南……』也。按古今樂録，漢太樂食舉第七曲亦用之，不知與此同否。若齊王融『如何有所思』，梁劉繪『别離安可再』，但言離思而已。」明張遜業編十二家唐詩將此詩收歸王勃，誤，英華卷二〇二已題楊炯作。

〔二〕「賤妾」二句，宋玉登徒子好色賦：「且夫南楚窮巷之妾，焉足爲大王言乎。」文選阮籍詠懷十七首之十七：「三楚多秀士，朝雲進荒淫。」顔延年、沈約等注引孟康漢書注曰：「舊名江陵爲南楚。」此泛指南方。北燕，即指燕，今河北一帶。南楚、北燕，謂地理懸隔。江淹蓮華賦：「迎佳人兮北燕，送上客兮南楚。」

〔三〕「三秋」句，三秋，詩經王風采葛：「一日不見，如三秋兮。」孔穎達疏：「年有四時，時皆三月，三秋謂九月也。」或謂三年，即三個秋季。方，比擬，如同。

〔四〕「少别」句，鮑照昇天行：「暫游越萬里，少别數千齡。」清毛先舒詩辯坻卷三：「初唐用古句，盈川『少别比千年』，……間增一字，便與古意迴别，鎔造入工，不嫌成構。」

〔五〕「不掩」句，嚬，通「顰」，皺眉。紅縷，紅絲巾。謂涕淚如血。

〔六〕「無論」句，緑錢，即青苔，見青苔賦注。數緑錢，謂居所荒蕪，百無聊賴，唯以點勘青苔消磨時光，極言孤寂。梁劉孝威怨詩：「丹庭斜草逕，素壁點苔錢。」論，全唐詩校：「一作能。」誤。

梅花落〔一〕

窗外一株梅，寒花五出開〔二〕。影隨朝日遠，香逐便風來〔三〕。泣對銅鈎障〔四〕，愁看玉鏡臺〔五〕。行人斷消息，春恨幾徘徊。

【箋注】

〔一〕樂府詩集卷二四横吹曲辭四漢横吹曲梅花落：「本笛中曲也。按唐大角曲亦有大單于、小單于、大梅花、小梅花等曲，今其聲猶有存者。」

〔二〕「寒花」句，五出，謂梅花有五片花瓣。宋書符瑞下：「草木花多五出，花雪獨六出。」

〔三〕「香逐」句，梁簡文帝梅花賦：「漂半落而飛空，香隨風而遠度。」

〔四〕「泣對」句，障，一稱步障，用鈎懸掛之布帷或屏風，以遮蔽視綫。銅鈎，言鈎貴重。梁簡文帝詠內人晝眠：「攀鈎落綺障，插捩舉琵琶。」

〔五〕「愁看」句，玉鏡臺，鑲玉之鏡臺。世説新語假譎：「温公（嶠）喪婦，從姑劉氏家值亂離散，唯有一女，甚有姿慧。姑以屬公覓婚，公密有自婚意。……却後少日，公報姑云：『已覓得婚處，門地粗可，婿身名宦，盡不減嶠。』因下玉鏡臺一枚。姑大喜。既婚交禮，女以手披紗扇，撫掌大笑，曰：『我固疑是老奴，果如所卜。』」

折楊柳〔一〕

邊地遥無極〔二〕，征人去不還。秋容凋翠羽〔三〕，别淚損紅顔。望斷流星驛〔五〕，心馳明月關〔五〕。藁砧何處在〔六〕，楊柳自堪攀〔七〕。

【箋　注】

〔一〕樂府詩集卷二二横吹曲辭二折楊柳：「梁樂府有胡吹歌云：『上馬不捉鞭，反拗楊柳枝。下馬吹横笛，愁殺行客兒。』此歌辭原出北國，即鼓角横吹曲折楊柳是也。」又晉書五行志：「太康末，京洛爲折楊柳之歌，其曲始有兵革苦辛之辭，終以擒獲斬截之事。」

〔二〕「邊地」句，遥，原作「迷」。英華卷二〇八作「迷」，校：「一作遥。」四子集、全唐詩作「遥」，校：「一作迷。」按「迷無極」義不暢，作「遥」較勝，據改。

〔三〕「秋容」句，翠羽，翠鳥之羽，因其美麗，故用作飾物。文選何晏景福殿賦：「明珠翠羽，往往而在。」李善注引漢書曰：「昭陽舍往往明珠、翠羽飾之。」此代指眉。宋玉登徒子好色賦：「眉如翠羽，肌如白雪。」凋翠羽，謂眉常顰而損容也。

〔四〕「望斷」句，流星驛，後漢書李郃傳：和帝遣二使者到益部，李郃知之，使者問何以知之？指星示云：「有二使星向益州分野，故知之耳。」後以流星代指使者，并聯想驛站，謂苦盼信使至也。

〔五〕「心馳」句，明月關，明月所照邊關。王昌齡出塞有「秦時明月漢時關」名句，可參讀。

〔六〕「藁砧」句，玉臺新詠卷一〇古絶句之一：「藁砧今何在？山上復有山。何當大刀頭，破鏡飛上天。」宋許顗許彦周詩話：「古樂府云『藁砧今何在』，言夫也；『山上復有山』，言出也；『何當大刀頭，破鏡飛上天』，言月半當還也。」何以藁砧言夫，明周祈名義考卷五人部藁椹考曰：「古樂府『稾椹』謂夫也，古有罪者席稾伏於椹上，以鈇斬之。言稾椹，則兼言鈇矣。鈇與夫同音，故隱語稾椹爲夫也。稾，禾稈；椹，斫木櫍，俗作砧。鈇，斧也（原注：椹與砧同，櫍音質）。」稾、藁同。

〔七〕「楊柳」句，謂楊柳又到可攀折送別之時。三輔黄圖卷六橋：「霸橋在長安東，跨水作橋，漢人送客至此橋，折柳贈別。」

紫騮馬〔一〕

俠客重周游〔二〕，金鞭控紫騮〔三〕。蛇弓白羽箭〔四〕，鶴轡赤茸鞦〔五〕。發跡來南海〔六〕，長鳴向北州。匈奴今未滅，畫地取封侯〔七〕。

【箋注】

〔一〕樂府詩集卷二四横吹曲辭四紫騮馬引古今樂録：「紫騮馬古辭云：『十五從軍征，八十始得歸。道逢鄉里人，家中有阿誰。』又梁曲曰：『獨柯不成樹，獨樹不成林。念郎錦褕襠，恒長不忘心。』蓋從軍久戍，懷歸而作也。」

〔二〕「俠客」句，俠客，即游俠。史記游俠列傳集解引荀悦曰：「立氣齊，作威福，結私交，以立强於世者，謂之游俠。」游俠急人之難，無遠不至，故謂其「重周游」。

〔三〕「金鞭」句，紫騮，又名紫燕騮，駿馬名。西京雜記卷二：「文帝自代還，有良馬九匹，皆天下之駿馬也，……一名紫燕騮。」金鞭，英華卷二〇九校：「集作聯翩。」

〔四〕「蛇弓」句，應劭風俗通義卷九怪神：杜宣飲酒，「時北壁上有懸赤弩，照於杯，形如蛇。宣畏惡之。……其日，便得胸腹痛切，妨損飲食，大用羸露」。後有人謂蛇乃「壁上弓影耳，非有他怪。

宣遂解，甚夷懌，由是瘳平」。此即指弓。白羽箭，史記司馬相如列傳：「彎繁弱，滿白羽，射游梟。」正義引文穎曰：「以白羽羽箭，故云白羽也。」

〔五〕「鶴轡」句，轡本馬繮，引申爲駕御。謂御馬猶如仙人駕鶴。文選孫綽游天台山賦：「王喬控鶴以衝天。」李善注引列仙傳曰：「王子喬者，周靈王太子晉也。道士浮丘公接以上嵩高山，三十餘年後，人於山上見之，曰：『告我家，於七月七日待我於緱氏山頭。』果乘白鶴駐山頭。」又引毛萇詩傳曰：「控，引也。」赤茸鞦，絡馬之赤色絲帶。茸，絲縷。鞦，絡於馬股後之革帶，亦作「鞧」。

〔六〕「發跡」句，發跡，立功揚名。司馬相如封禪文：「后稷創業於唐，公劉發跡於西戎。」此言起程。南海，泛指南國。

〔七〕「匈奴」二句，畫地，在地上指畫地理形勢。漢書張安世傳：「（長子千秋）還謁大將軍（霍）光，問千秋戰鬬方略，山川地勢，千秋口對兵事，畫地成圖，無所忘失。」取封侯，後漢書班超傳：班超，「扶風平陵人，徐令彪之少子也。……永平五年（六二），兄固被召詣校書郎，超與母隨至洛陽。家貧，常爲官傭書以供養。久勞苦，嘗輟業投筆歎曰：『大丈夫無它志略，猶當效傅介子、張騫立功異域，以取封侯，安能久事筆研間乎？』」後多次率兵擊匈奴，封定遠侯。

戰城南〔一〕

塞北途遼遠，城南戰苦辛。幢旗如鳥翼〔二〕，甲冑似魚鱗。凍水寒傷馬〔三〕，悲風愁殺人〔四〕。寸心明白日〔五〕，千里暗黃塵。

【箋注】

〔一〕戰城南，漢鐃歌曲名，叙戰陣之事。按樂府詩集卷一九引宋書樂志曰：「鼓吹鐃歌十五篇，何承天晉義熙末私造。」其中有戰城南、巫山高等（餘略）。「按此諸曲皆承天私作，疑未嘗被於歌也。雖有漢曲舊名，大抵别增新意，故其義與古辭考之多不合云。」

〔二〕「幢旗」句，幢旗，即旗幟。韓非子卷八大體：「雄駿不創壽於旗幢。」晉書輿服志：「戎車駕四馬，天子親戎所乘者也。載金鼓、羽旂、幢翳……」幢，英華卷一九六、全唐詩作「幡」。

〔三〕「凍水」句，陳琳飲馬長城窟行：「飲馬長城窟，水寒傷馬骨。」又文選樂府古辭飲馬長城窟行李善注引酈善長水經曰：「余至長城，其下往往有泉窟，可飲馬。古詩飲馬長城窟行，信不虛也。」

〔四〕「悲風」句，悲風，塞北寒風。文選古詩十九首之十五：「白楊多悲風，蕭蕭愁殺人。」

〔五〕「寸心」句，文選沈約鍾山詩應西陽王教一首：「所願從之游，寸心於此足。」李善注引列子（按見卷四仲尼）：「文摯謂叔龍曰：『吾見子之心矣，方寸之地虛矣。』」方寸之地，指心。又詩經大車：「謂予不信，有如皦日。」毛傳：「皦，白也。」鄭箋：「反謂我言不信，我言之信如白日也。」句言報國之心昭然，有如白日。

送梓州周司功〔一〕

御溝一相送〔二〕，征馬屢盤桓。言笑方無日〔三〕，離憂獨未寬。舉盃聊勸酒，破涕暫爲歡。別後風清夜，思君蜀路難。

【箋注】

〔一〕梓州，元和郡縣志卷三三劍南道下：「梓州，上。……因梓潼水爲名也。州城，宋元嘉中築，左帶涪水，右挾中江，居水陸之衝要。」即今四川三臺縣。周司功，名未詳。司功，即司功參軍。梓州爲上州，上州從七品。參前送鄭州周司功詩注。

〔二〕「御溝」句，三輔黄圖卷六雜録：「長安御溝，謂之楊溝，謂植高楊於其上也。」因其地有高楊，故唐人常折楊柳枝送別。

〔三〕「言笑」句，無日，無論何日。謂相處極歡，無日不言笑也。

送楊處士反初卜居曲江〔一〕

鴈門歸去遠〔二〕，垂老脱袈裟。蕭寺休爲客〔三〕，曹溪便寄家〔四〕。緑琪千歲樹〔五〕，黄槿四時花〔六〕。別怨應無限，門前桂水斜〔七〕。

【箋注】

〔一〕楊處士，名不詳。反初，猶言反初服。據詩中所述，此指脱去袈裟而服俗服，即由僧還俗。曲江，縣名。楊處士當先在曹溪爲僧，還俗後遂於曲江定居。元和郡縣志卷三四韶州曲江縣：「本漢舊縣也，屬桂陽郡。江流迴曲，因以爲名。吴置始興郡，縣屬焉。隋置韶州，縣屬不改。皇朝因之。」今屬廣東韶關市。按：此詩又見唐許渾丁卯詩集卷下。全唐詩卷五〇收爲楊炯詩，卷五二八又重出爲許渾詩。無文獻史料可考，兹姑屬楊炯。

〔二〕「鴈門」句，山海經海内西經：「鴈門山，鴈出其間，在高柳北。」山在今山西代縣西北。楊處士蓋原籍鴈門，故云。

〔三〕「蕭寺」句，蕭寺，梁武帝蕭衍所造佛寺。梁書任孝恭傳：「孝恭少從蕭寺雲法師讀經論，明佛理。」李肇國史補中：「梁武帝造寺，令蕭子雲飛白大書『蕭』字，至今一『蕭』字存焉。」此泛指佛寺。客，原作「相」。四子集、全唐詩作「客」，下皆有校曰：「一作相。」按：佛寺無所謂「相」，作「客」是，據改。

〔四〕「曹溪」句，曹溪，水名，流經今廣東曲江縣東南雙峰山下。梁時天竺僧智藥在此建寺。唐儀鳳中，邑人曹叔良捨宅建寶林寺（即今南華寺），禪宗六祖慧能在該寺傳法，曹溪遂成禪宗聖地。

楊處士或曾在寶林寺爲僧，還俗後遂定居曹溪。

〔五〕「緑琪」句，山海經海内西經：「開明北有……玗琪樹。」郭璞注：「玗琪，赤玉屬也。」吳天璽元年（二七六），臨海郡吏伍曜在海水際得石樹，高二尺餘，莖葉紫色，詰曲，傾靡有光彩，即玉樹之類也。」此泛指樹，謂其樹雖老，仍碧緑如玉。

〔六〕「黄槿」句，槿亦作「堇」，即木槿樹。又名蕣、日及等。説文：「蕣，木堇，朝華暮落者。」槿花多爲紅色，然亦有黄者。李德裕會昌一品集别集卷九平泉山居草木記：「又得鍾陵之同心木芙蓉，剡中之真紅桂，稽山之四時杜鵑、相思紫苑、貞桐山茗、重臺薔薇、黄槿。」

〔七〕「門前」句，桂水，元豐九域志卷九韶州曲江縣：有「曲江、桂水」。按元和郡縣志卷二九郴州臨武縣（今屬湖南省），有「雞水，在縣南，即桂水也」。桂水流經曲江縣。

詠　竹〔一〕

森然幾竿竹〔二〕，密密茂成林。半室生清興，一窗餘午陰。俗物不到眼〔三〕，好書還上心。底事忘羈旅〔四〕，此君同此襟〔五〕。

【箋　注】

〔一〕此詩底本無，據宋陳景沂全芳備祖後集卷一六竹補。

〔二〕「森然」句，森然，茂密貌。幾竿，太平御覽卷九六二竹上引古詩曰：「種竹深井中，三年乃成竿。」

〔三〕「俗物」句，世説新語排調：「嵇（康）、阮（籍）、山（濤）、劉（伶）在竹林酣飲，王戎後往，步兵（阮籍）曰：『俗物已復來敗人意！』」劉孝標注引魏氏春秋曰：「時謂王戎未能超俗也。」

〔四〕「底事」句，底事，何事。張相詩詞曲語詞匯釋卷一：「底，猶何也；甚也。」

〔五〕「此君」句，此君，指竹。世説新語任誕：「王子猷（徽之）嘗暫寄人空宅住，便令種竹。或問：『暫住，何煩爾？』王嘯詠良久，直指竹曰：『何可一日無此君？』」襟，懷抱。此與上句，謂因爲有竹，猶如有友朋相伴，故使人忘却羈旅之苦。

五言排律

送劉校書從軍〔一〕

天將下三宫〔二〕，星門召五戎〔三〕。坐謀資廟略〔四〕，飛檄佇文雄〔五〕。赤土流星劍〔六〕，烏號明月弓〔七〕。秋陰生蜀道，殺氣繞湟中〔八〕。風雨何年別，琴樽此日同。離亭不可望，溝水自西東〔九〕。

【箋注】

〔一〕劉校書，名不詳。校書，即校書郎。據唐六典卷一〇，秘書省有校書郎八人，著作局有校書郎二人，皆正九品上。又同上卷二六，崇文館亦有校書。此不詳劉氏任職何所。按詩中有「秋陰生蜀道」句，又謂「溝水自西東」，「溝」當指長安御溝（御溝，見前送梓州周司功詩注），則此詩當作於長安，時楊炯蓋將入蜀。

〔二〕「天將」句，天將，言其威武無敵，有如天將軍。晉書天文志上：「天將軍十二星，在婁北，主武兵。中央大星，天之大將也。南一星曰軍南門，主誰何出入。」三宮，楚辭屈原遠遊：「後文昌使掌行兮。」王逸注：「天有三宮，謂紫宮、太微、文昌也。」此代指朝廷。宮，英華卷二六六作「營」，誤。

〔三〕「星門」句，星門，即軍南門，見上注。又後漢書高彪傳引高彪所作箴曰：「天有太一，五將三門。」李賢注引太一式：「凡舉事，皆欲發三門，順五將。發三門者，開門、休門、生門；五將者，天目、文昌等。」五戎，五種兵車。周禮春官車僕：「掌戎路之萃，廣車之萃，闕車之萃，苹車之萃，輕車之萃。」鄭玄注：「萃猶副也。此五者皆兵車，所謂五戎也。」此代指軍隊。五，英華校：「集作啓。」誤（疑校「召」字，然誤將校語刻在「五」字下）。

〔四〕「坐謀」句，坐謀，坐而謀劃。周禮冬官考工記：「坐而論道，謂之王公。」廟略，朝廷謀略。後漢書申屠剛傳：「建武七年（三一），詔書徵剛。剛將歸，與（隗）囂書曰：『……將軍以布衣爲鄉里所推，廊廟之計既不豫定，動軍發衆又不深料。』」李賢注：「廊，殿下屋也；廟，太廟也。國事必先謀於廊廟之所也。」

〔五〕「飛檄」句，飛檄，即傳檄，「飛」言極快。檄乃軍事文書，後爲文體名。文心雕龍檄移：「凡檄之大體，或述此休明，或叙彼苛虐。指天時，審人事，算强弱，角權勢，標蓍龜於前驗，懸鞶鑑於已然，雖本國信，實參兵詐。」又有所謂「羽檄」。史記韓信盧綰列傳附陳豨傳：「吾以羽檄徵天下兵。」集解：「以鳥羽插檄書，謂之羽檄，取其急速若飛鳥也。」佇文雄，謂等待文章高手，乃稱許劉校書語。

〔六〕「赤土」句，晉書張華傳：張華補雷焕爲豐城令，掘獄屋基得一石函，中有龍淵、太阿雙劍，於是「遣使送一劍并土與華，留一自佩」。詳前渾天賦注。張華傳又曰：「華得劍寶愛之，常置坐側。華以南昌土不如華陰赤土，報焕書曰：『詳觀劍文，乃干將也，莫邪何復不至？雖然，天生神物，終當合耳。』因以華陰土一斤致焕，焕更以拭劍，倍益精明。」故此以「赤土」代指寶劍。流星劍，越絶書卷一一越絶外傳記寶劍：越王允常取純鈎劍示薛燭，薛燭「聞之，忽如敗。有頃，懼，如悟，下階而深惟，簡衣而坐望之，手振拂揚，其華捽如芙蓉始出。觀其鈲，爛如列星之行；觀其光，渾渾如水之溢於塘；觀其斷，巖巖如瑣石；觀其才，焕焕如冰釋。『此所謂純鈎耶？』王曰：『是也。』……」因其劍「爛如列星之行」，故稱流星劍。

〔七〕「烏號」句，烏號，相傳爲黄帝之弓。史記封禪書：「黄帝採首山銅，鑄鼎於荆山下。鼎既成，有龍垂鬍髯下迎黄帝。黄帝上騎，群臣後宫從上者七十餘人，龍乃上去。餘小臣不得上，乃悉持龍髯，龍髯拔，墮，墮黄帝之弓。百姓仰望黄帝既上天，乃抱其弓與鬍髯號，故後世因名其處曰鼎湖，其弓曰烏號。」或謂烏號爲柘樹枝。韓詩外傳卷八：「齊景公使人爲弓，三年乃成。景公得弓而射，不穿三札，景公怒，將殺弓人。弓人之妻往見景公，曰：『蔡人之子，弓人之妻也。此弓者，太山之南烏號之柘，騂牛之角，荆麋之筋，河魚之膠也。四物者，天下之練材也，不宜穿札之少如此。……夫射之道在手，若附枝掌若握卵，四指如斷短杖，右手發之，左手不知，此蓋射之道。』景公以爲儀而射之，穿七札。蔡人之夫立出矣。」楊士弘注：「柘樹枝長，烏集將飛，枝彈烏，烏乃號呼。以柘爲弓，故曰烏號。」明月弓，飾珠之弓。「明月」即明月珠，又名夜光珠。李斯諫逐客書：「垂明月之珠，服太阿之劍。」以上二句，極言劉校書所佩之劍、之弓精良。

〔八〕「殺氣」句，湟中，舊唐書地理志三隴右道鄯州下都督府：「湟水。漢破羌縣，屬金城郡。漢破匈奴，取西河地，開湟中處月氏，即此。湟水，俗呼湟河，又名樂都水。南涼禿髮烏孤始都此。後魏置鄯州，改破羌爲西都縣。隋改爲湟水縣，縣界有浩亹水。」劉校書從軍，蓋到其地。陸時雍唐詩鏡卷一初唐評此詩道：「初唐排律最佳，語語湊拍。首四語一起一接，可謂壯甚。『殺氣繞湟中』，語帶俚氣。」

〔九〕「溝水」句，溝水，指御溝水。御溝，見前送梓州周司功詩注。自西東，以溝水爲喻，謂各奔前程。按上「秋陰」句言及蜀道，似指作者將赴蜀，故云。

游廢觀〔一〕

青嶂倚丹田〔二〕，荒涼數百年〔三〕。猶知小山桂〔四〕，尚識大羅天〔五〕。藥敗金爐火〔六〕，苔昏玉女泉〔七〕。歲時無壁畫〔八〕，朝夕有階煙。花柳三春節，江山四望懸〔九〕。悠然出塵網〔一〇〕，從此狎神仙〔一一〕。

【箋注】

〔一〕詩言所游廢觀有玉女泉，該廢觀當在今成都新津縣（詳下），知此詩作於蜀中。楊炯不止一次入蜀，故寫作時間不詳，疑在咸亨初（詳附録年譜）。

〔二〕「青嶂」句，青、丹，謂山色青，土色丹，乃廢觀所在環境。

〔三〕「荒涼」句，涼，原作「原」。然已是數百年之荒原，必無廢觀可游，作「涼」是，據英華卷二二六、全唐詩改。

〔四〕「猶知」句，楚辭招隱士王逸解題：「招隱士者，淮南小山之所作也。昔淮南王安，博雅好古，招懷天下俊偉之士，自八公之徒，咸慕其德，而歸其仁，各竭才智，著作篇章，分造辭賦，以類相從，故或稱小山，或稱大山。其義猶詩有小雅、大雅也。」按招隱士首句曰：「桂樹叢生兮山之幽，偃蹇連蜷兮枝相繚。」句言廢觀年代久遠，猶見淮南小山所種之桂，意謂蓋建於漢代。

〔五〕「尚識」句，大羅天，道教諸天之名。雲笈七籤卷二引太始經：「四種民天上有三清境，三清之上即是大羅天，元始天尊居其中施化敷教。」言「尚識」，意謂元始天尊嘗臨此觀，則建造年代更爲久遠。

〔六〕「藥敗」句，謂或煉丹用火不當而失敗，故致道觀荒廢，乃推測之詞。煉丹講究火候，有文有武，見抱朴子内篇卷四金丹。

〔七〕「苔昏」句，玉女泉，雲笈七籤卷一二二道教靈驗記有蜀州新津縣平蓋化被盜毁伐驗，曰：「蜀州新津縣平蓋化，即第十六化也。神仙崔孝通得道之所，真像存焉。化有玉人，長一丈，見則天下太平。殿左有玉女泉，水深三四尺，飲之愈疾。」所記盜毁事在唐昭宗大順年間，然道觀稱「化」，則在東漢末。宋祝穆方輿勝覽卷五三謂平蓋山在眉州彭山縣北，有平蓋觀。按：彭山縣北與新津縣接壤，與上引屬地不同，蓋行政區劃變更之故，實即一地也。平蓋山，即今成都新津之九蓮山。

〔八〕「歲時」句，謂歲時無壁畫可拜祭。道觀多有壁畫，雲笈七籤卷七九、卷八〇符圖，專記此類。

如卷七九載東方朔（按乃道教僞託）五嶽真形圖序：「五嶽真形者，山水之象也。盤曲迴轉，陵阜形勢，高下參差，長短卷舒，波流似於舊筆，鋒芒暢乎嶺崿。雲林玄黃，有書字之狀，是以天真道君下觀規矩，擬縱趣向，因如字之韻而隨形、而名山焉。」亦有畫高道之像者，如同上書卷五唐茅山昇真王（遠知）先生：「明皇天寶中，敕李含光於太平觀造影堂，寫真像，用旌仙迹焉。」

〔九〕「江山」句，四望懸，言山勢險峻，道觀如懸於空中。

〔一〇〕「悠然」句，文選江淹雜體詩三十首許徵君詢：「五難既灑落，超迹絶塵網。」呂延濟注：「塵網，喻世事。言脱落五難，超絶去世事。」

〔一一〕「從此」句，狎，原作「學」。英華、五十家、四子集、全唐詩俱作「狎」。狎，躭愛，作「狎」味勝，據改。

和石侍御山莊〔一〕

煙霞排俗累〔二〕，巖壑只幽居。水浸何曾畎〔三〕，荒郊不復鋤。影濃山樹密，香淺澤花疎。闊塹防斜徑，平堤夾小渠。蓮房若箇實〔四〕，竹節幾重虚〔五〕。蕭然隔城市，酌醴焚枯魚〔六〕。

【箋注】

〔一〕石侍御，當即石抱忠。新唐書員半千傳附石抱忠傳：「抱忠，長安人，名屬文。初置右臺，自清道率府長史爲殿中侍御史，進檢校天官郎中，與侍郎劉奇、張詢古共領選，寡廉潔，而奇號清平，二人坐綦連耀伏誅。」舊唐書職官志三：「殿中侍御史六人，從七品下。……殿中侍御史掌殿廷供奉之儀式。」山莊，指鄉間别墅。

〔二〕「煙霞」句，排，原作「非」，英華卷三一九作「排」。排俗累，全唐詩作「非俗宇」，校：「一作排俗累。」按：作「排」是，據改，「俗宇」誤。

〔三〕「水浸」句，畎，原作「畝」，同，英華、五十家、全唐詩作「畎」，兹改爲通行字「畎」。畎，謂疏通。

〔四〕「蓮房」句，若箇，猶言若干箇、多少箇。實，指蓮子。程大昌演繁露卷一：「若干者，設數之言也。干猶箇也，若箇，猶言幾何枚也。」

〔五〕「竹節」句，重，原作「竿」，英華校：「一作重。」四子集、全唐詩作「重」，全唐詩作「重」，校：「一作竿。」按：既言竹節，則作「重」是，據改。幾重虚，猶言有多少虚空之竹節，嘆竹標格極高。

〔六〕「酌醴」句，焚，原作「夢」，據英華、全唐詩改。文選應璩百一詩：「田家無所有，酌醴焚枯魚。」李善注引蔡邕與袁公書曰：「酌麥醴，燔乾魚，欣然樂在其中矣。」醴，泉水也。此言石抱忠山莊生活饒有野趣。

和崔司功傷姬人〔一〕

昔時南浦别〔二〕，鶴怨寶琴絃〔三〕。今日東方至〔四〕，鸞銷珠鏡前〔五〕。水流銜砌咽〔六〕，月影向窗懸。粉匣悽餘淚〔七〕，薰爐滅舊煙〔八〕。晚庭摧玉樹〔九〕，寒帳委金蓮〔一〇〕。佳人不再得〔一一〕，白日幾千年〔一二〕。

【箋注】

〔一〕詩題，原作「和崔司空傷姬」。舊唐書職官志三：「太尉、司徒、司空各一員。」原注：「謂之三公，并正一品。……武德初，太宗爲之，其後親王拜三公，皆不視事，祭祀則攝者行也。」考兩唐書，高宗、武后時未見有崔姓官員仕至司空。英華卷三〇五作「和崔司功傷姬人」，當是，據改，并補「人」字。司功，即司功參軍，前已注。崔司功，名未詳。

〔二〕「昔時」句，楚辭九歌河伯：「送美人兮南浦。」後遂以「南浦」泛指送別地。江淹別賦：「送君南浦，傷如之何。」

〔三〕「鶴怨」句，文選孔稚珪北山移文：「蕙帳空兮夜鶴怨，山人去兮曉猨驚。」李周翰注：「此因山言之，故托猿、鶴以寄驚怨也。」樂府詩集卷五八載商陵牧子別鶴操，解題道：「崔豹古今注曰：『別鶴操，商陵牧子所作也。娶妻五年而無子，父兄將爲之改娶。……牧子聞之，愴然而悲，乃援琴而歌，後人因爲樂章焉。』琴譜曰：『琴曲有四大曲，別鶴操其一也。』」此言昔日暫別，其姬奏琴以訴離愁別怨。

〔四〕「今日」句，東方，指其夫婿，即崔司功。漢樂府古辭陌上桑：「東方千餘騎，夫婿居上頭。」

〔五〕「鸞銷」句，謂姬死。范泰鸞鳥詩序：「昔罽賓王結罝峻祁之山，獲一鸞鳥。……三年不鳴。其夫人曰：『嘗聞鳥見其類而後鳴，何不懸鏡以映之？』王從其意。鸞睹形悲鳴，哀響中霄，一奮而絶。」珠鏡，飾珠之鏡，鏡之美稱。鸞，英華作「變」，形訛。

〔六〕「水流」句，銜，原作「衝」，五十家、四子集、全唐詩作「銜」。按：既言「咽」，則作「銜」義較勝，據改。

〔七〕「粉匣」句，粉匣、淚，英華、四子集、全唐詩作「粧匣」、「粉」。全唐詩於「粧」下校：「一作粉。」於「粉」下校：「一作淚。」悽，原作「棲」，據五十家改。

〔八〕「薰爐」句，滅，原作「減」，四子集作「滅」，全唐詩作「滅」，校：「一作減。」按：作「減」義礙，人死則薰爐當滅，據改。

〔九〕「晚庭」句，摧玉樹，摧折庭院中樹木。喻指姬已亡故。玉，言樹姿極美。晉書庾亮傳：「亮將葬，何充會之，歎曰：『埋玉樹於土中，使人情何能已！』」

〔一〇〕「寒帳」句，金蓮，帳頂飾物。太平御覽卷六九九帳引鄴中記：「石虎御床，……帳頂上安金蓮花，中懸金箔織成錦囊。」庾信鏡賦：「天河漸没，日輪將起。燕噪吴王，烏驚御史。玉花簟上，金蓮帳裏。」此謂傷姬，故金蓮亦委之不掛。

〔一一〕「佳人」句，漢書孝武李夫人傳：「（李）延年侍上起舞，歌曰：『北方有佳人，絶世而獨立。一顧傾人城，再顧傾人國。寧不知傾城與傾國，佳人難再得！』」

〔三〕「白日」句，白，五十家、全唐詩作「雲」，全唐詩校：「一作白。」按「雲日」、「白日」皆義礙，「白」疑是「百」之形訛。古時人死百日，有祭奠儀式。魏書胡國珍傳：「又詔：自始薨至……百日，設萬人齋。」此謂喪姬僅百日，懷念心切，幾有千年之感。

和騫右丞省中暮望〔一〕

故事閑臺閣〔二〕，仙門藹已深〔三〕。舊章窺複道〔四〕，雲幌肅重陰〔五〕。玄律葭灰變〔六〕，青陽斗柄臨〔七〕。年光摇樹色，春氣繞蘭心〔八〕。風響高窗度，流痕曲岸侵。天明揔樞轄〔九〕，人鏡辨衣簪〔一〇〕。日暮南宫静〔一一〕，瑶華振雅音〔一二〕。

【箋　注】

〔一〕騫，原作「蹇」。檢兩唐書及其他文獻，唐初無蹇姓官員。英華卷一九〇、五十家、全唐詩作「騫」，當是，據改。考兩唐書，高宗、武后時期除騫味道外，别無騫姓高官，騫右丞當即騫味道。高宗調露初，騫味道爲考功員外郎。光宅元年（六八四）爲檢校内史，貶青州刺史。垂拱四年（六八八）九月，擢左肅政臺御史、同鳳閣鸞臺平章事，十二月被殺。事迹散見兩唐書，然未載其任右丞事。「省中」，指尚書省。唐六典卷一尚書都省：「左丞一人，正四品上；右丞一人，正四品下。」注：「龍朔二年（六六二），改爲左右肅機。咸亨元年（六七〇），復爲左右丞。」則此詩當作於咸亨元年之後，確年無考。

〔二〕「故事」句，故事，往事、慣例，猶言規矩。臺閣，尚書省之别稱。後漢書仲長統傳載法誡：「光武皇帝愠數世之失權，忿彊臣之竊命，矯枉過直，政不任下，雖置三公，事歸臺閣。」李賢注：「臺閣，謂尚書也。」閑，此爲熟練、熟悉意，謂騫味道熟悉尚書省事務。太平御覽卷二一二總叙尚書郎引益部耆舊傳曰：「太尉李固薦楊淮累世服事臺閣，既嫻練舊典，且有幹用，宜在機密。特拜尚書。」

〔三〕「仙門」句，仙門，亦指尚書省。尚書省或稱仙臺。初學記卷一一尚書令引司馬彪續漢（書）官志云：「尚書省在神仙門内。」又引王筠和劉尚書詩曰：「客館動秋光，仙臺起寒霧。」

〔四〕「舊章」句，複道，史記叔孫通傳：「孝惠帝爲東朝長樂宫，及閑往，數蹕煩人，乃作複道。」集解引韋昭曰：「閣道也。」按：複道，又名閣道，架空爲道，有如今之天橋。太平御覽卷一八一引漢官典職曰：「南北宫相去七里，中間作大屋，複道三重。天子案行，中央臺官從左右。」句謂按漢代官制「舊章」，騫右丞可隨天子進入複道，言其常在皇帝左右。

〔五〕「雲幌」句，雲幌，織有雲形圖案之帷幔，代指尚書右丞公事廳。肅重陰，謂彈壓姦邪，主持公道。

〔六〕「玄律」句，律，候氣儀器。禮記月令：「律中大蔟。」鄭玄注：「律，候氣之管，以銅爲之。」玄，謂候氣之理極奧秘。後漢書律曆志上：「候氣之法，爲室三重，户閉，塗釁必周，密布緹縵。室中以木爲案，每律各一，内庳外高，從其方位，加律其上，以葭莩灰抑其内端，案曆而候之。氣至者灰動。其爲氣所動者其灰散，人及風所動者其灰聚。」謂已到歲暮，春氣已至。

〔七〕「青陽」句，青陽，指春季。文選潘岳射雉賦：「於時青陽告謝。」徐爰注：「時四月也。」李善注引爾雅曰：「春爲青陽，夏爲朱明。」太平御覽卷一九時序部四引鶡冠子曰：「斗柄指東，天下皆春。」

〔八〕「春氣」句，蘭心，如蘭之心。繞蘭心，謂思友之心揮之不去。易繫辭上：「子曰：君子之道，或出或處，或默或語。二人同心，其利斷金；同心之言，其臭如蘭。」韓康伯注：「君子出處默語，不違其中，則其迹雖異，道同則應。」

〔九〕「天明」句，揔，同「總」。尚書皋陶謨：「天明畏，自我民明畏。」孔穎達疏「天明」爲「天之明德」。此指用夔氏爲右丞，乃皇帝之明德。天明，明，全唐詩作「門」，校：「一作民。」作「民」誤。總樞轄，北堂書鈔卷五九尚書令引漢官解故云：「尚書，機事所總，號令攸發。」又藝文類聚卷四八尚書引華嶠漢書韋彪上疏曰：「欲急民所務，當先除其患，其原在尚書，典樞機，天下事一決之，不可不察。」唐六典卷一尚書都省：「左右丞掌管轄省事，糾舉憲章，以辨六官之儀制，而正百僚之文法，分而視焉。」又晉書天文志上：「二十八宿，南方有軫四星，「轄星傅軫兩傍，主王侯，左轄爲王者同姓，右轄爲異姓」。此謂夔氏掌管機要以輔佐皇帝。

〔一〇〕「人鏡」句，後漢書寇恂傳：「今君所將皆宗族昆弟也，無乃當以前人爲鏡戒。」舊唐書魏徵傳：「（太宗）嘗臨朝謂侍臣曰：『夫以銅爲鏡，可以正衣冠；以古爲鏡，可以知興替；以人爲鏡，可以明得失。朕常保此三鏡，以防己過。今魏徵殂逝，遂亡一鏡矣！』」衣簪，代指群官。句喻騫氏猶如人鏡，可辨百官良否忠姦。

〔一一〕「日暮」句，南宫，因轄星所傳之軫宿在南方（見上注），故喻指尚書省。

〔一二〕「瑶華」句，文選謝朓郡内高齋閒坐答吕法曹：「惠而能好我，問以瑶華音。」李善注引楚辭（屈原九歌大司命）曰：「折疎麻兮瑶華，將以遺兮離居。」（按王逸注曰：「瑶華，玉華也。」）又張銑注：「瑶華，玉也。言能以思惠好我，故遺我玉音。玉音，謂詩也。」雅音，指騫味道原詩，言其音節高雅，有如玉振。

和劉侍郎入隆唐觀〔一〕

福地陰陽合，仙都日月開〔二〕。山川凌四險，城樹隱三臺〔三〕。伏檻排雲出，飛軒繞澗回〔四〕。參差凌倒影，瀟灑軼浮埃。百果珠爲實，群峰錦作苔〔五〕。懸蘿暗疑霧〔六〕，瀑布響成雷。方士燒丹液，真人泛玉杯〔七〕。還如問桃水〔八〕，更似得蓬萊〔九〕。漢帝求仙日，相如作賦才〔一〇〕。自然金石奏，何必上天台〔一一〕。

【箋　注】

〔一〕劉侍郎，當即劉禕之。舊唐書劉禕之傳：「劉禕之，常州晉陵人也。」有文藻，少與孟利貞、高智周等同直昭文館，遷左史，又與元萬頃、范履冰等共撰列女傳、臣軌等千餘卷。儀鳳二年（六七七）轉朝奉大夫、中書侍郎。又拜中書舍人，檢校中書侍郎。則天臨朝，參預其謀，擢中書侍郎、同中書門下三品。垂拱三年（六八七）被誣，賜死於家，年五十七。隆唐觀，在登封縣逍遥谷中。全唐文卷二八二載王適體玄先生潘尊師碣（見嵩陽石刻集記卷上），謂唐高宗調露元年（六七九），帝同武后如嵩山，幸道士潘師正之居，「爰制有司：就師（指潘師正宅）立觀。即於逍遥隱谷建隆唐焉」。詩稱「劉侍郎」而未言其爲相，當在調露元年後、武后臨朝稱制前。詩又謂「仙都日月開」，則劉禕之之入隆唐觀，蓋在該觀落成時。按高宗幸潘師正居并命立觀，同時又令爲少姨廟、啓母廟立碑。兩碑於永淳元年（六八二）十二月落成（參見本書卷五少室山少姨廟碑注）。則劉禕之之入隆唐觀，當亦在是時。

〔二〕「福地」二句，福地、仙都，皆指嵩山。道教有十大洞天、三十六小洞天、七十二福地之説，中嶽嵩山洞爲三十六小洞天之一，見雲笈七籤卷二七七十二福地。又同書卷六三洞經教部稱老君云「書有三等，一曰神道書」，「神道書者，精一不離，實守本根，與陰陽合，與神同門」。此謂隆唐觀通於神，故云「陰陽合」。

〔三〕「城樹」句，三臺，後漢書袁紹傳：「坐召三臺，專制朝政。」李賢注：「晉書曰：漢官，尚書爲中臺，御史爲憲臺，謁者爲外臺，是爲三臺。」此以「三臺」代指唐東都洛陽。謂在隆唐觀遥望，洛陽城掩隱在緑樹之中。

〔四〕「伏檻」二句，檻，欄杆；軒，屋檐。言隆唐觀建築聳立於雲霧之中，環境極爲幽雅。

〔五〕「百果」二句，珠爲實，謂果實剔透如珠；錦作苔，謂苔蘚色澤豔麗如錦。陸時雍唐詩鏡卷一初唐評曰：「和劉侍郎入隆唐觀『百果珠爲實，群峰錦作苔』，語殊勝麗。」

〔六〕「懸蘿」句，「蘿」指松蘿，一種寄生類絲狀植物，常懸掛於樹上。文選郭璞遊仙詩七首之三：「緑蘿結高林，蒙籠蓋一山。」李善注：「陸璣毛詩草木疏曰：『松蘿，蔓松而生，枝正青。』毛詩曰：『蔦與女蘿，施於松柏。』毛萇曰：『女蘿，松蘿也。』」此泛指藤蔓類植物。疑，英華卷二二六、全唐詩校：「一作凝。」似誤。

〔七〕「真人」句，真人，指仙人。泛玉杯，謂飲仙藥。藝文類聚卷七嵩高山引世記曰：「嵩高山北有大穴，莫測其深，百姓歲時每游觀其上。晉初，嘗有一人誤墮穴中，同輩冀其儻不死，乃投食於穴中，墜者得之，爲尋穴而行。計可十許日，忽曠然見明，又有草屋，中有二人對坐圍棊局，下有一杯白飲。墜者告以飢渴，棊者曰：『可飲此。』墜者飲之，氣力十倍。」

〔八〕「還如」句，問桃水，詢問通往桃花源之路。陶淵明桃花源記：晉太元中，武陵人捕魚爲業，緣溪行，忘路之遠近，忽逢桃花林，夾岸數百步，中無雜樹。從一山小口入，其中土地平曠，屋舍儼然，男女衣着，悉如外人，自言「先世避秦時亂，率妻子邑人來此絶境，不復出焉」。既出，得其船,便扶向路,處處誌之。及郡下,詣太守,説如此。太守即遣人隨其往,尋向所誌,遂迷,不復得路。句以桃花源喻隆唐觀。

〔九〕「更似」句,得蓬萊,傳説東海有蓬萊等三神山,詳前奉和上元酺宴應詔詩注。句謂嵩嶽有似海上神山。

〔一〇〕「漢帝」二句,漢帝,指漢武帝。史記司馬相如列傳:相如上上林賦,「天子(即武帝)既美子虚之事,相如見上好仙道,因曰:『上林之事未足美也,尚有靡者。臣嘗爲大人賦,未就,請具而奏之。』相如以爲列仙之傳居山澤間,形容甚臞,此非帝王之仙意也,乃遂就大人賦。……相如既奏大人之頌,天子大説,飄飄有凌雲之氣,似游天地之間意。」兩句以漢武帝求仙,喻指唐高宗如嵩山;又以司馬相如作賦,喻劉禕之之詩。

〔一一〕「自然」二句,上天台,猶言游天台。晉書孫綽傳:「嘗作天台山賦,辭致甚工。初成,以示友人范榮期云:『卿試擲地,當作金石聲也。』」天台,山名,在今浙江天台縣。二句謂劉禕之詩具有自然美,超越孫綽天台山賦。

和輔先入昊天觀星占〔一〕

遁甲爰皇里〔二〕,占星太乙宫〔三〕。天門開奕奕〔四〕,佳氣鬱葱葱〔五〕。碧落三乾外〔六〕,黄圖四海中〔七〕。邑居環弱水〔八〕,城闕抵新豐〔九〕。玉檻崑崙側〔一〇〕,金樞地軸東〔一一〕。上真朝北斗〔一二〕，元始詠南風〔一三〕。漢君祠五帝〔一四〕，淮王禮八公〔一五〕。道書藏竹簡〔一六〕，靈液灌梧桐〔一七〕。草茂瓊堦緑〔一八〕，花繁寶樹紅。石樓紛似畫〔一九〕，地鏡淼如空〔二〇〕。桑海年應積〔二一〕，桃源路不窮〔二二〕。黄軒若有問，三月住崆峒〔二三〕。

【箋注】

〔一〕輔先，其人事迹不詳。昊天觀，唐會要卷五〇：「昊天觀，在全一坊地。貞觀初爲高宗宅。顯慶元年（六五六）三月二十四日，爲太宗追福，遂立爲觀，以『昊天』爲名。額，高宗題。」一坊，指保寧坊。唐兩京城坊考卷二：長安保寧坊，「昊天觀，盡一坊之地」。詩題，底本原爲「和輔先入昊天觀」。英華卷二二六作「和輔先入昊天觀星瞻」，校：「集作星占。」全唐詩題與英華同，於「星瞻」下校：「一作占。」據詩中第二句「占星太乙宫」，則「星瞻」之「瞻」，當是「占」之音訛。今據英華所校集本，補「星占」二字。

〔二〕「遁甲」句，遁甲，古代方士星占術之一，用九宫、九星、六儀、三奇、八門等隨時節排列入占，俗多用於擇日。後漢書方術傳序李賢注：「遁甲，推六甲之陰而隱遁也。」宋趙彦衛雲麓漫鈔卷九提出另一説：「世傳遁甲書，甲既不可隱，何取名爲遁？及讀漢郎中鄭固碑，有云『逡遁退讓』，遁即循字。蓋古字少，借用，非獨此一碑也。則知『遁甲』當云『循甲』，言以六甲循環推數故也。」隋書經籍志三著録各類遁甲書凡五十餘種，今僅存少許遺文，其占法早已失傳。是詩内容當多關遁甲星占事，已很難準確注出。爰皇里，爰，於。皇里，皇家第里，此指長安保寧坊。

〔三〕「占星」句，占星，以星象變化占吉凶。隋書經籍志三著録各類星占書甚多，如五星占即有五種，又孫僧化等撰星占達二十八卷。太乙宫，此代指昊天觀，其中當有專供占星之所。

〔四〕「天門」句，史記天官書：「蒼帝行德，天門爲之開。」司馬貞索隱：「謂王者行春令，布德澤，被天下，應靈威仰之帝，而天門爲之開，以發德化也。天門，即左右角間也。」張守節正義：「蒼帝，東方靈威仰之帝也。春萬物開發，東作起，則天發其德化，天門爲之開也。」奕奕，文選謝惠連秋懷詩：「皎皎天月明，奕奕河宿爛。」李善注引薛君韓詩章句：「奕奕，盛貌。」

〔五〕「佳氣」句，史記天官書：凡望雲氣，「若煙非煙，若雲非雲，郁郁紛紛，蕭索輪囷，是謂卿雲。卿雲，喜氣也」。葱葱，英華作「蒼蒼」。

〔六〕「碧落」句，碧落，道教稱東方第一層天，謂「碧者，碧霞之雲也」；落者，雲中飛天之神，乘碧霞朝七寶宫也」，見靈寶無量度人上品妙經。三乾，周易乾卦彖辭：「大哉乾元，萬物資始。」王弼注：「天也者，形之名也。」初學記卷一天：「天謂之乾。」三乾，謂三天。靈寶太乙經：「四人天外曰三清境：玉清、太清、上清，亦名三天。」句謂三天之外，猶有碧落天。

〔七〕「黄圖」句，黄圖，此指帝都長安。江總雲堂賦：「覽黄圖之棟宇，規紫宸於太清。」四海中，言以四海爲帝都。

〔八〕「邑居」句，弱水，河流名。尚書禹貢：「導弱水，至於合黎，餘波入於流沙。」元和郡縣志卷四〇甘州删丹縣：「弱水，在縣南山下。」玄中記（見古小説鉤沈）：「天下之弱者，有崑崙之弱水焉，鴻毛不能起也。」弱，英華、全唐詩作「若」。

〔九〕「城闕」句，新豐，元和郡縣志卷一京兆府昭應縣：「新豐故城，在縣東十八里，漢新豐縣城也。漢七年（前二〇〇），高祖以太上皇思東歸，於此置縣，徙豐人以實之，故曰新豐。」

〔一〇〕「玉檻」句，玉檻，檻之美稱。檻，欄杆也，此代指長安。崑崙，山名，西接帕米爾高原，東延入今青海省境内。古代傳説爲天帝之下都。

〔一一〕「金樞」句，金樞，樞之美稱，以與上句「玉檻」對應。説文：「樞，户樞也。」即門軸。地軸，文選木華海賦：「狀如天輪膠戾而激轉，又似地軸挺拔而争迴。」李善注引河圖括地象曰：「地下有四柱，廣十萬里，有三千六百軸。」又太平御覽卷三八崑崙山引河圖括地象：「崑崙之山爲地首，上爲握契，滿爲四瀆，横爲地軸。上爲天鎮，立爲八柱。」以上二句，言昊天觀與天帝下都崑崙相鄰。

〔一二〕「上真」句，「上真」即真人，俗稱道士。初學記卷二三道釋部道士引樓觀本記曰：「周穆王尚神仙，因尹真人草制樓觀。」又引三洞道科，稱道士有五，其一爲「天真道士」。此代指大臣。朝北斗，拜見皇帝。晉書天文志上天文經星引張衡云：「衆星列布，體生於地，精成於天，列居錯峙，各有攸屬，在野象物，在朝象官，在人象事。其以神著，有五列焉，是爲三十五名：一居中央，謂之北斗；四布於方各七，爲二十八舍。」

〔一三〕「元始」句，元始，即元始天尊，道教所奉最高天神。初學記卷二三道釋部引太玄真一本際經：「無宗無上，而獨能爲萬物之始，故名元始。運道一切爲極尊，而常處三清，出諸天上，故稱天尊。」隋書經籍志卷四：「道經者，云有元始天尊，生於太元之先，稟自然之氣，沖虛凝遠，莫知其極，所以説天地淪壞，劫數終盡，略與佛經同。」此代指皇帝。史記樂書：「昔者舜作五絃之琴，以歌南風。」集解引王肅曰：「南風，養育民之詩也。其辭曰：『南風之薫兮，可以解吾民之慍兮。』」

〔一四〕「漢君」句，史記封禪書：秦有白、青、黄、赤帝祠（即西畤、密畤、上畤、下畤），漢高祖立黑帝祠，命曰北畤，合稱「五帝祠」，皆在渭河流域。

〔一五〕「淮王」句，淮王，指淮南王劉安。神仙傳卷四：漢淮南王劉安折節下士，天下道書及方術之士，不遠千里，卑辭重幣請致之。於是乃有八公詣門，皆鬚眉皓白，門吏先密以白王。王使閽人自以意難問之曰：「我王欲求延年長生不老之道，今先生年已耆矣，似無駐衰之術。」八公笑曰：「薄吾老，今則少矣。」言未竟，八公皆變爲童子，年可十四五，角髻青絲，色如桃花。門吏大驚，走以白王。王聞之，足不履跣而迎，執弟子之禮。八童子乃復爲老人。

〔一六〕「道書」句，藏，英華作「編」，校：「一作簽。」五十家作「藏」。四子集、全唐詩作「編」，校：「一作藏。」按作「藏」是，「藏竹簡」，謂昊天觀所藏道書年代久遠，乃用竹簡寫成。

〔一七〕「靈液」句，液，英華作「藥」。全唐詩作「液」，校：「一作藥。」按：下既言「灌」，當作「液」。梧桐，莊子秋水：「鵷鶵發於南海，而飛於北海，非梧桐不止，非練實不食，非醴泉不飲。」鵷鶵乃鳳類，爲仙禽，其止於梧桐，則梧桐亦爲靈木，故用靈液澆灌。太平御覽卷九五六桐引王逸子曰：「木有扶桑、梧桐、松柏，皆受氣淳矣，異於群類者也。」

〔一八〕「草茂」句，茂，英華、全唐詩校：「一作蔓。」

〔一九〕「石樓」句，石樓，山名。太平御覽卷七八有巢氏引遁甲開山圖曰：「石樓山，在琅玡，昔有巢氏治此山南。」「琅玡」，又作「琅邪」、「琅琊」、「瑯琊」、「瑯邪」、「郎邪」，皆同，下不一一説明。

〔二〇〕「地鏡」句，地鏡，傳説中觀地寶鏡。起源甚遠，如庾信道士步虚詞之九，即有「地鏡階基遠」句。通志卷六八著録地鏡三卷，金婁地鏡一卷，孝子地鏡秘術三卷，皆久已失傳，唯藝文類聚、太平御覽等類書尚偶存片斷。説郛録有闕名地鏡圖一卷，凡十五條，顯係輯本，内容多涉物産，如曰：「欲知寶所在地，以大鏡夜照，見影若光在鏡中者，物在下也。」此言以地鏡觀之，地下幽深浩渺若空，可以透視。

〔二一〕「桑海」句，葛洪神仙傳：王遠，字方平，東海人也。過吴，住胥門蔡經家，因遣人招麻姑。「麻姑自説：『接侍以來，已見東海三爲桑田。向到蓬萊，水又淺於往昔會時略半也，豈將復還爲陵陸乎？』方平笑曰：『聖人皆言海中行復揚塵也。』」年應積，謂積年已久，將有滄海桑田之變。年，英華作「中」，校：「集作年。」全唐詩作「年」，校：「一作中。」按：作「中」誤。

〔二二〕「桃源」句，桃源，即桃花源，已見和劉侍郎入隆唐觀詩注。路不窮，謂有路可尋。

〔三〕「黄軒」二句，黄軒，即黄帝軒轅氏。史記五帝本紀：「（黄帝）西至於空桐，登雞頭。」集解引應劭曰：「山名。」韋昭曰：「在隴右。」索隱：「山名也。後漢王孟塞雞頭道，在隴西，一曰崆峒山之別名。」正義引括地志云：「空桐山在肅州福禄縣東南六十里。抱朴子内篇云『黄帝西見中黄子，受九品之方，過空桐，從廣成子受自然之經』，即此山。」二句謂若有人問黄帝之所在，回答住在空桐之山。傳説黄帝死後成仙，言其住所，謂可追隨也。「空桐」、「崆峒」同。住崆峒，英華校：「集作往崆峒。」全唐詩作「住」，校：「一作往。」作「住」較勝。

和酬虢州李司法〔一〕

脣齒標形勝〔二〕，關河壯邑居〔三〕。寒山抵方伯〔四〕，秋水面鴻臚〔五〕。君子從遊宦，忘情任卷舒〔六〕。風霜下刀筆〔七〕，軒蓋擁門閭〔八〕。平野芸黄遍〔九〕，長洲鴻鴈初〔一〇〕。菊花宜泛酒〔一一〕，蒲葉好裁書〔一二〕。昔我芝蘭契〔一三〕，悠然雲雨疎〔一四〕。非君重千里〔一五〕，誰肯惠雙魚〔一六〕。

【箋注】

〔一〕虢州，元和郡縣志卷六：「虢州，弘農。……周初爲虢國。……（隋大業三年，六〇七），又於弘農縣置弘農郡，義寧元年（六一七）改爲鳳林郡。其年，於盧氏縣置虢郡，武德元年（六一八）改爲虢州。其年，改鳳林郡爲鼎州，因鼎湖以爲名。貞觀八年（六三四）廢，遂移虢州於今理所。」即今河南靈寶市。司法，即司法參軍，唐代於州置之。通典卷三五職官一五：「司法參軍，……大唐掌律令，定罪盜賊贓贖之事。」李司法，名未詳。

〔二〕「脣齒」句，左傳僖公五年：「晉侯復假道於虞以伐虢，宮之奇諫曰：『虢，虞之表也，虢亡，虞必從之。晉不可啓，寇不可翫。一之謂甚，其可再乎？諺所謂輔車相依、脣亡齒寒者，其虞虢之謂也。』」形勝，地勢優越便利。漢書高帝紀下（漢）六年（前二〇一）十二月，田肯賀上曰：「秦，形勝之國也……。」注引張晏曰：「得形勢之勝便也。」

〔三〕「關河」句，關河，史記蘇秦列傳：「（秦）東有關河，西有漢中。」正義：「東有黄河，有函谷、蒲津、龍門、合河等關。」邑居，指虢州治所。

〔四〕「寒山」句，方伯，地名，即方伯堆。宋書柳元景傳：「（龐）法起諸軍進次方伯堆，去弘農城五里。」水經注河水引開山圖：「燭水」「側有阜，名之方伯堆，宋奮武將軍魯方平、建武將軍薛安都等，與建威將軍柳元景北入，軍次方伯堆者也。堆上有城，即方伯所築也」。又元和郡縣志卷六虢州弘農縣：「方伯堆，在縣東南五里。」

〔五〕「秋水」句，鴻臚，水名。水經注河水：「門水，即洛水之枝流者也。……東北歷峽，謂之鴻關水。水東有城，即關亭也。水西有堡，謂之鴻關堡，世亦謂之劉、項裂地處，非也。余按上洛有鴻臚園池，是水津渠沿注，故謂斯川爲鴻臚澗，鴻關之名，乃起是矣。」元和郡縣志卷六虢州弘農縣：「鴻臚水，過縣北十五里入靈寶界，溉田四百餘頃」。

〔六〕「忘情」句，任卷舒，謂不介意於仕宦窮達。論語衛靈公：「君子哉蘧伯玉！邦有道，則仕；邦無道，則可卷而懷之。」

〔七〕「風霜」句，通典卷二四：「御史爲風霜之任，彈糾不法，百僚震恐，官之雄峻，莫之比焉。」此指司法參軍。刀筆，法吏訟師之筆，謂其鋒利如刀，能殺傷人。史記汲黯傳：「天下謂刀筆吏不可以爲公卿。」

〔八〕「軒蓋」句，漢書于定國傳：「始定國父于公，其閭門壞，父老方共治之。于公謂曰：『少高大閭門，令容駟馬高蓋車。我治獄多陰德，未嘗有所冤，子孫必有興者。』至定國爲丞相，永爲御史大夫，封侯傳世云。」此喻李司法，謂其前程遠大。

〔九〕「平野」句，芸黄遍，原作「雲黄變」。英華卷二四一、五十家、四子集、全唐詩作「芸黄遍」。按詩經大雅裳裳者華：「裳裳者華，芸其黄矣。」毛傳：「芸黄，盛也。」鄭玄箋：「華芸然而黄，興，明王德之盛也。」作「芸黄遍」是，言遍地黄花盛開，據改。

〔一〇〕「長洲」句，洲，原作「州」，據英華、五十家、全唐詩改。長洲，河中泥沙沉積之陸地，言其長，故稱。

〔一一〕「菊花」句，西京雜記卷三：「九月九日，佩茱萸，食蓬餌，飲菊花酒，令人長壽。菊花舒時，并採莖葉，雜黍米釀之，至來年九月九日始熟，就飲焉，故謂之菊花酒。」

〔一二〕「蒲葉」句，漢書路温舒傳：「路温舒，字長君，鉅鹿東里人也。父爲里監門。使温舒牧羊，温舒取澤中蒲，截以爲牒，編用寫書。」顏師古注：「小簡曰牒，編聯次之。」

〔一三〕「昔我」句，芝蘭契，謂情誼深厚。周易繫辭上：「同心之言，其臭如蘭。」

〔一四〕「悠然」句，悠，原作「攸」，據英華卷二四一、五十家、全唐詩改。雲雨踈，謂彼此阻隔而交踈。踈，同「疏」。顏延年和謝監靈運詩：「朋好雲雨乖。」

〔一五〕「非君」句，唐李匡乂資暇集卷下：「諺云：『千里井，不反唾。』蓋由南朝宋之計吏瀉剉殘草於公館井中，且自言相去千里，豈當重來？及其復至，熱渴汲水遽飲，不憶前所棄草，草結於喉而斃。俗因相戒曰：『千里井，不反剉。』復訛爲『唾』爾。」然以作「唾」爲佳。宋程大昌演繁露卷一三千里不唾井：「爲嘗飲此井，雖舍而去之千里，知不復飲矣；然猶以嘗飲乎此，而不忍唾也。」此言「重千里」，謂雖相距千里，仍不棄故人，猶如千里不唾井也。

〔一六〕「誰肯」句，雙魚，指書信。樂府古辭飲馬長城窟行：「客從遠方來，遺我雙鯉魚。呼兒烹鯉魚，中有尺素書。」

和旻上人傷果禪師〔一〕

浄業初中日〔二〕，浮生大小年〔三〕。無人本無我〔四〕，非後亦非前〔五〕。簫鼓旁喧地，龍蛇真應天〔六〕。法門摧棟宇〔七〕，覺海破舟船〔八〕。書鎮秦王餉〔九〕，經文宋國傳〔一〇〕。聲華周百億，風烈被三千〔一一〕。蕪没青園寺〔一二〕，荒涼紫陌田〔一三〕。德音殊未遠，拱木已生煙〔一四〕。

【箋注】

〔一〕旻上人，與本集卷三送并州旻上人詩序之「旻上人」，應爲同一人。據詩序，知其爲并州（今山西太原）僧人，道法甚高。又陳子昂陳拾遺集卷二同旻上人傷壽安傅少府詩之「旻上人」，亦當爲同一人。果禪師，英華卷三〇五「果」作「杲」。兩字形近，而現存英華此卷爲明刻，未能定孰是。果禪師事迹不詳。

〔二〕「浄業」句，浄業，佛教指清静善業。其説甚多，如法苑珠林卷二三敬佛篇業因引觀經云：「令未來一切凡夫，生極樂國，當修三業：一、孝養父母，事師不煞，修十善業。二、受三歸，具足衆戒，不犯威儀。三、發菩提心，深信因果，讀誦大乘，勸進行者。如是三事，是名浄業。」初中，指初善、中善、後善。大方廣寶篋經卷下：「所説真正，初、中、後善。云何初善？謂身善行，口、意善行。云何中善？學行勝戒，學勝定、勝慧。云何後善？謂空三昧解脱法門，無相三昧解脱法門，無願三昧解脱法門。復次，初善者，信欲不放逸；中善者，定念一處；後善者，善妙智慧。復次，初善者，信佛不壞；中善者，信法不壞；後善者，信於聖僧得果不壞。復次，初善者，從他聞法；中善者，正念修行；後善者，得聖正見。復次，初善者，知苦斷集；中善者，修行正道；後善者，證於盡滅。是名聲聞初、中、後善。」句謂果禪師修行已臻中善。

〔三〕「浮生」句，莊子刻意：「其生若浮，其死若休。」郭象注：「泛然無所惜也。」成玄英疏：「夫聖人動静無心，死生一貫，故其生也如浮漚之暫起，變化俄然；其死也若疲勞休息，曾無繫戀也。」大小年，莊子逍遥遊：「小知不及大知，小年不及大年。奚以知其然也？朝菌不知晦朔，蟪蛄不知春秋，此小年也。楚之南有冥靈者，以五百歲爲春，五百歲爲秋；上古有大椿者，以八千歲爲春，八千歲爲秋。而彭祖乃今以久特聞，衆人匹之，不亦悲乎！」郭象注：「齊死生者，無死無生者也。苟有乎死生，則雖大椿之與蟪蛄，彭祖之與朝菌，均於短折耳。」此謂人之生命有長有短。

〔四〕「無人」句，莊子齊物論：「子綦曰：……今者吾喪我，汝知之乎？」郭象注：「吾喪我，我自忘矣；我自忘矣，天下有何物足識哉？故都忘外内，然後超然俱得。」

〔五〕「非後」句，莊子大宗師：「彼以生爲附贅縣疣，以死爲決疣潰癰，夫若然者，又惡知死生先後之所在！」郭象注：「死生代謝，未始有極，與之俱往，則無往不可，故不知勝負之所在也。」以上數句，皆引莊子語意，化解果禪師死所帶來之痛傷。

〔六〕「簫鼓」二句，簫鼓，簫與鼓。漢武帝秋風辭：「簫鼓鳴兮發棹歌。」龍蛇，即蛇，其皮可制鼓。周禮冬官梓人：「梓人爲筍虡。天下之大獸五：脂者、膏者、贏者、羽者、鱗者。宗廟之事，脂者、膏者以爲牲，贏者、羽者、鱗者以爲筍虡。」鄭玄注：「樂器所縣，横曰筍，植曰虡。」又注曰：

「脂，牛羊屬；膏，豕屬；贏者，謂虎豹貔螭，爲獸淺毛者之屬；羽，鳥屬；鱗，龍蛇之屬。」之所以以贏者、羽者、鱗者爲筍虡，鄭玄注謂「貴野聲也」。此以龍蛇代指簫鼓等樂器。二句謂果禪師死後，簫鼓哀樂喧然，真可以感天動地。真應，英華作「直映」，四子集作「直應」，全唐詩作「直映」，校：「一作真應。」簫鼓聲不可言「映」，故作「真應」義勝。

〔七〕「法門」句，法門，指佛門。禮記檀弓上：孔子將死，歌曰：「泰山其頹乎！梁木其壞乎！哲人其萎乎！」鄭玄注「梁木」爲「衆木所放」。棟宇，猶言梁木也。

〔八〕「覺海」句，覺海，指佛教，佛以覺悟爲宗。言海者，喻其渡衆生於彼岸，以脱離苦海。今果禪師死，無復渡人，故言舟船已破。

〔九〕「書鎮」句，書鎮，壓書或紙之文具。梁釋慧皎高僧傳卷七：「釋曇諦，姓康，其先康居人。漢靈帝時移附中國。獻帝末亂，移止吴興。諦父彤，嘗爲冀州別駕。母黄氏晝寢，夢見一僧，呼黄爲母，寄一麈尾并鐵鏤書鎮二枚。眠覺，見兩物具存，因而懷孕，生諦。諦年五歲，母以麈尾等示之。諦曰：『秦王所餉。』母曰：『汝置何處？』答云不憶。至年十歲出家，學不從師，悟自天發。後隨父之樊、鄧，遇見關中僧䂮道人，忽喚䂮名。曰：『童子何以呼宿老名？』諦曰：『向者忽言阿上，是諦沙彌，爲衆僧採菜，被野猪所傷，不覺失聲耳。』䂮經爲弘覺法師弟子，爲僧採菜，被野猪所傷。䂮初不憶此，乃詣諦父。諦父具説本末，并示書鎮、麈尾等。䂮乃悟而泣曰：『即先師弘覺法師也。師經爲姚萇講法華，貧道爲都講，姚萇餉師二物，今遂在此。』追計弘覺舍命，正是寄物之日，復憶採菜之事，彌深悲仰。」此言果禪師或爲前代高僧轉世。

〔一〇〕「經文」句，宋國傳，當用蕭瑀事。舊唐書蕭瑀傳：瑀字時文，梁武帝後裔。歸唐，拜尚書右僕射，封宋國公。極好佛道，嘗請出家。法苑珠林卷八五利益部，稱蕭瑀與兄（當指蕭璟）「各造千部法華，書生潔浄，勘校無謬，莊飾函盛，散付流通。請受人名，各録一通，躬自禮敬，日夜一遍。宋公自撰經疏十有餘卷。……每日朝參，必使侍人執經在前，至於公事，伺有閑隙，便自勘讀，日誦一遍，以爲常式」。按：上引兩書俱晚出。疑果禪師嘗爲蕭瑀寫經書生，楊炯、旻上人蓋親知也。

〔一一〕「聲華」二句，周百億，極言知其聲名者之多，謂果禪師爲衆人所景仰。「被三千」，又謂其風采影響極大。「三千」，指三千大千世界。佛教謂九山八海、一日月、四大部洲、六欲天、上覆以初禪三天，爲一小世界。集一千小世界，上覆以二禪三天，爲一小千世界。集一千小千世界，上覆以三禪三天，爲一中千世界。集一千中千世界，上覆以四禪九天，及四空天，爲一大千世界。實即指整個宇宙。大智度論中：「百億須彌山，百億日月，名爲三千大千世界。如是十方恒河沙，三千大千世界，是名爲一佛世界，是中更無餘佛，實一釋迦牟尼佛。」又詳釋氏要覽中界趣。被，英華、五十家本作「破」。全唐詩作「被」，校：「一作破。」作「破」誤。

〔一二〕「蕪没」句，青園寺，六朝時建康（今南京）著名佛寺。景定建康志卷四六：「龍光寺，在城北覆舟山下。宋元嘉二年（四二五），號青園寺。（梁）高僧傳云：西竺道生後還上都青園寺。寺是惠恭皇后褚氏所立，本種青處，因以爲名。其年雷震青園寺佛殿，龍昇於天，光影西壁，因改龍光。」此指果禪師所住佛寺，意其既去，寺或荒蕪。

〔一三〕「荒涼」句，紫陌，常指京城道路，謂其色紫。徐陵長干寺衆食碑：「其外鐵市銅街，青樓紫陌。」紫陌田，靠近紫陌之寺院田産。蓋果禪師所住佛寺在長安附近，故云。

〔一四〕「德音」二句，德音，當指皇帝賜法號之類。未遠，謂即將有封贈。拱木，左傳僖公三十二年：「中壽，爾墓之木拱矣。」杜預注：「合手曰拱。」

和鄭讎校内省眺矚思鄉懷友〔一〕

銅門初下辟〔二〕，石館始沉研〔三〕。遊霧千金字〔四〕，飛雲五色牋〔五〕。樓臺横紫氣〔六〕，城闕俯青田。喧入瑶房裏，春迴玉宇前〔七〕。霞文埋落照，風色澹歸煙〔八〕。翰墨三餘隙〔九〕，關山四望懸。頹風暌酌羽〔一〇〕，流水曠鳴絃〔一一〕。雖欣承白雪〔一二〕，終恨隔青天。

【箋注】

〔一〕鄭讎校，名不詳。讎校，原作「校讎」。英華卷二四一、五十家、全唐詩作「讎校」。按唐六典卷八門下省弘文館：「校書郎二人，從九品上。」注：「本置名讎校，掌校典籍。開元七年（七一九）罷讎校，置校書四人。」則唐初其官名應爲讎校，而非「校讎」，據乙。内省，即門下省。

〔二〕「銅門」句，銅門，指漢代金馬門。後漢書馬援列傳：「孝武皇帝時，善相馬者東門京，鑄作銅馬法獻之，有詔立馬於魯班門外，則更名魯班門曰金馬門。」漢代文士初至，多待詔金馬門，然後命官。此言鄭氏爲門下省召辟，任弘文館讎校。

〔三〕「石館」句，石館，指石渠閣。閣乃漢初蕭何造，在未央宫之北，收藏入關所得秦國圖籍。因閣下礱石爲渠以導水，故名。見三輔黄圖卷六閣。後代代指藏書室。考唐六典卷八門下省「弘文館學士」條李林甫注稱「館中多圖籍」，又稱「館中有四部書」，故此以「石館」指代弘文館藏書室。句謂鄭氏在弘文館潛心研究典籍。

〔四〕「游霧」句，莊子大宗師：「孰能登天游霧，撓挑無極。」成玄英疏「游霧」爲「遨遊雲霧」。又韓非子難勢引慎子曰：「飛龍乘雲，騰蛇游霧。」（按今本慎子無此兩句）。後代常以「游霧」形容書法飄逸瀟灑，如鮑照飛白書勢銘：「輕如游霧，重似崩雲。」張懷瓘書斷卷中：「蕭子雲輕濃得中，蟬翼掩素，游霧崩雲。」句謂鄭讎校書法高妙貴重。

〔五〕「飛雲」句，與上句對文，謂鄭讎校之字如游霧飛雲，所作五色牋極可愛。五色牋，唐代珍貴牋紙。玉海卷三一唐開元十八學士讚：「開元十一年（七二三），麗正學士進詩，上嘉賞之，自燕公（張九齡）以下十八人，各賜讚以褒美之。敕曰：『得所進詩，甚爲佳妙，并據才能，略爲讚述。』上自於五色牋、八分書之。」元和八年（八一三）八月吏部奏，規定官告紙軸之色物，「命婦邑號許用五色牋」，見唐會要卷七五。上述雖非唐初事，蓋唐初已發其端矣。

〔六〕「樓臺」句，樓臺，指弘文館。紫氣，「氣」原作「極」，英華卷二一四一作「氣」，全唐詩作「極」，校：「一作氣。」後漢書竇章傳：「是時學者稱東觀爲老氏臧室，道家蓬萊山。」李賢注：「老子爲守臧史，復爲柱下史，四方所記文書皆歸柱下，事見史記。言東觀經籍多也。蓬萊，海中神山，爲仙府，幽經祕録并皆在焉。」故俗稱藏書處爲蓬萊山，其官似神仙。紫極乃太極殿，爲宫城正牙，皇帝朔望視朝之所，不可謂之「横」，故作「氣」是。據英華改。

〔七〕「暄入」二句，暄，義同「暖」。瑶房，藝文類聚卷七山部上引葛仙公傳：「崑崙一曰玄圃，一曰積石瑶房，……皆仙人所居也。」此亦指弘文館。迴，英華校：「集作過。」

〔八〕「霞文」二句，照，五十家、四子集作「日」。色，原作「物」，全唐詩作「物」，校：「一作色。」按下爲「澹」，作「色」義勝，據改。

〔九〕「翰墨」句，三餘，空閒時間。三國志魏書王肅傳裴松之注引魏略曰：「（董）遇言『當以三餘』，或問三餘之意，遇言『冬者歲之餘，夜者日之餘，陰雨者時之餘』也。」陶淵明感士不遇賦序：「余嘗以三餘之日，講習之暇，讀其文。」

〔一〇〕「頽風」句，睽，背離。酌，古代樂舞名。詩經周頌酌序：「酌，告成大舞也。」白虎通義卷三禮樂：「周樂曰大武象，周公之樂曰酌，合曰大武。」羽，舞者所執。周禮春官樂師：「凡舞，有帗舞，有羽舞。」鄭玄注引鄭司農云：「帗，舞者全羽；羽，舞者析羽。」風，英華校：「集作峰。」五十家、四子集、十二家、全唐詩作「峰」，全唐詩校：「一作風。」此句謂世風頽靡，久違酌、羽之古舞，作「峰」誤。

〔二〕「流水」句，列子湯問：「伯牙善鼓琴，鍾子期善聽。伯牙鼓琴，志在登高山，鍾子期曰：『善哉，峨峨兮若泰山！』志在流水，曰：『善哉，洋洋兮若江河！』」句謂交道不存，高山流水之知音，曠無所聞。

〔三〕「雖欣」句，白雪，謂陽春、白雪，古代雅樂，宋玉對楚王問：「客有歌於郢中者，其始曰下里、巴人，國中屬而和者數千人；其爲陽阿、薤露，國中屬而和者數百人；其爲陽春、白雪，國中屬而和者不過數十人；引商刻羽，雜以流徵，國中屬而和者不過數人而已。是其曲彌高，其和彌寡。」此謂鄭讎校之詩高雅如陽春、白雪。承，指和作。「承白雪」，謂以和其雅詩爲喜。

和劉長史答十九兄〔一〕

帝堯平百姓〔二〕，高祖宅三秦〔三〕。子弟分河嶽〔四〕，衣冠動縉紳〔五〕。盛名恒不隕，歷代幾相因。街巷塗山曲〔六〕，門閭洛水濱〔七〕。五龍金作友〔八〕，一子玉爲人〔九〕。寶劍豐城氣〔一〇〕，明珠魏國珍〔一一〕。風標自落落〔一二〕，文質且彬彬〔一三〕。共許刁玄亮〔一四〕，同推周伯仁〔一五〕。石城俯天闕，鍾阜對江津〔一六〕。驥足方遐騁〔一七〕，狼心獨未馴〔一八〕。鼓鼙鳴九域〔一九〕，烽火集重闉〔二〇〕。城勢餘三版〔二一〕，兵威乏四鄰〔二二〕。居然混玉石〔二三〕，直置保松筠〔二四〕。耿介酬天子，危言數賊臣〔二五〕。鍾儀琴未奏〔二六〕，蘇武節猶新〔二七〕。受祿寧辭死，揚名不顧身。精誠動天地，忠義感明神。怪鳥俄垂翼，修蛇竟暴鱗〔二八〕。來朝拜休命，述職下梁岷〔二九〕。善政馳金馬〔三〇〕，嘉聲繞玉輪〔三一〕。三荆忽有贈〔三二〕，四海更相親〔三三〕。宫徵諧鳴石〔三四〕，光輝掩燭陰〔三五〕。山川遥滿目，零淚坐沾巾〔三六〕。友愛光天下，恩波浹後塵〔三七〕。懦夫仰高節〔三八〕，下里繼陽春〔三九〕。

【箋　注】

〔一〕劉長史，當是劉延嗣。舊唐書劉德威傳：劉德威，徐州彭城人。子審禮，「審禮從父弟延嗣，文明年（六八四）爲潤州司馬，屬徐敬業作亂，率衆攻潤州，延嗣與刺史李思文固守不降。俄而城陷，敬業執延嗣，邀之令降，辭曰：『延嗣世蒙國恩，當思效命。州城不守，多負朝廷，終不能苟免偷生，以累宗族，豈以一身之故，爲千載之辱？今日之事，得死爲幸。』敬業大怒，將斬之，其黨魏思温救之獲免，乃囚之於江都獄。俄而賊敗，竟以裴炎近親（按舊唐書裴炎傳，炎因勸武則天歸政，誣以謀反，於光宅元年十月被殺），不得叙功，遷爲梓州長史，再轉汾州刺史，卒」。長史，舊唐書職官志三：上州（梓州爲上州）「長史一人，從五品上」。十九兄，其人無考。按：本詩末有「恩波浹後塵」句，當指作者坐從父弟神讓參與徐敬業起兵，受累貶梓州司法參軍事。

楊炯在所作梓州官僚贊中，述現任梓州長史爲秦遊藝，前長史爲楊譓。蓋劉延嗣任長史時間很短，待楊炯至梓州時已經離任，故自稱「後塵」。若是，則是詩當作於垂拱年間（六八五—六八八）楊炯爲梓州司法參軍期間。

〔二〕「帝堯」句，尚書堯典：「帝堯，曰放勳，欽明文思安安，允恭克讓，光被四表，格於上下。」「九族既睦，平章百姓，百姓昭明，協和萬邦，黎民於變時雍。」僞孔傳：「既，已也。百姓，百官。言化九族而平和章明。」史記五帝本紀集解引鄭玄曰：「百姓，群臣之父子兄弟。」平和章明，謂使百姓和睦而有地位。

〔三〕「高祖」句，高祖指漢高祖劉邦。宅，謂定都。三秦，此指關中，見前劉生詩注。史記劉敬傳：「婁敬脱輓輅，衣其羊裘」，見劉邦，論宜都長安。劉邦「疑未能決，及留侯明言入關便，即日車駕西都關中」。按：以上二句，謂劉氏之先，源於帝堯，傳至漢高祖劉邦而稱帝。新唐書宰相世系表一上：「劉氏出自祁姓。帝堯陶唐氏子孫生子，有文在手，曰『劉累』，因以爲名。」又云「秦滅魏，徙大梁，生清，徙居沛。生仁，號豐公。生煓，字執嘉。生四子：伯、仲、邦、交；邦，漢高祖也」。

〔四〕「子弟」句，言劉氏子弟分封各地。河嶽，黄河、五嶽，泛指各地。

〔五〕「衣冠」句，衣冠，本指禮服。論語堯曰：「君子正其衣冠。」後代指士大夫。縉紳，縉，插也；插笏於紳（束腰大帶），代指官宦人家。句謂劉氏多達官顯宦，官場籍籍有名。

〔六〕「街巷」句，塗山，左傳哀公七年：「禹合諸侯於塗山。」杜預注：「塗山，在壽春東北。」按舊唐書劉德威傳：子審禮「少喪母，爲祖母元氏所養。隋末，德威從裴仁基討擊，道路不通，審禮年未弱冠，自鄉里負載元氏渡江避亂，及天下定，始西入長安」。所謂「塗山曲」，當指審禮避亂時居壽春（今安徽壽縣）也。

〔七〕「門閭」句，洛水，水經注洛水：「洛水出京兆上洛縣讙舉山。」酈道元注：「地理志：洛出冢嶺山。山海經曰：出上洛西山。又曰讙舉之山，洛水出焉，東與丹水合，水出西北竹山，東南流注於洛。」按：洛河，源出陝西洛南縣，東入河南，至偃師納伊河後，稱伊洛河，到鞏縣洛口流入黄河。疑隋末亂後，劉德威家族嘗遷居洛陽一帶，故上注稱「西入長安」。

〔八〕「五龍」句，南齊書張岱傳：「張岱字景山，吴郡吴人也。祖敞，晉度支尚書。父茂度，宋金紫光禄大夫。岱少與兄太子中舍人寅、新安太守鏡、征北將軍永、弟廣州刺史辨俱知名，謂之『張氏五龍』。」金作友，即「金友」，又作「金友玉昆」或「玉昆金友」，謂兄弟德業齊名。崔鴻十六國春秋前涼録：「辛攀，字懷遠，隴西狄道人也。父鑊，晉尚書郎。兄鑒曠、弟寶迅，皆以才識著名。秦雍爲之諺曰：『三龍一門，金友玉昆。』」又南史王彧傳附王銓：「銓雖學業不及弟錫，而孝行齊焉。時人以爲銓、錫二王，可謂玉昆金友。」

〔九〕「二子」句，晉書裴楷傳：「楷字叔則。……楷風神高邁，容儀俊爽，博涉群書，特精理義，時人謂之『玉人』，又稱『見裴叔則如近玉山，映照人也』。」

〔一〇〕「寶劍」句，以寶劍龍淵、太阿喻劉延嗣。豐城氣，見前送豐城王少府詩注。

〔一一〕「明珠」句，三國志魏書衛臻傳：「衛臻，字公振，陳留襄邑人也。父兹，有大節。……從討董卓，戰于滎陽而卒。……（臻）後爲漢黄門侍郎，東郡朱越謀反，引臻。太祖令曰：『孤與卿君同共舉事，加欽令問。始聞越言，固自不信。及得荀令君書，具亮忠誠。』會奉詔命聘貴人於魏，因表留臻參丞相軍事，追録臻父舊勳，賜爵關内侯，轉爲户曹掾。文帝即王位，爲散騎常侍。及踐阼，封安國亭侯。時群臣并頌魏德，多抑損前朝。臻獨明禪授之義，稱揚漢美。帝數目臻曰：『天下之珍，當與山陽共之。』」明帝即位，進封康鄉侯。以上四句，分别以五龍、玉人、寶劍、明珠喻指劉德威父子兄弟，謂其皆卓然傑出。

〔一二〕「風標」句，風標，風度、標格。標，英華卷二四一作「飈」，誤。落落，謂高尚。文選孫綽游天台山賦：「藉萋萋之纖草，蔭落落之長松。」吕延濟注：「落落，松高貌。」

〔一三〕「文質」句，論語雍也：「質勝文則野，文勝質則史，文質彬彬，然後君子。」何晏集解引包（咸）曰：「彬彬，文質相半之貌。」

〔一四〕「共許」句，許，原作「計」，據英華卷二四一、五十家、四子集、十二家、全唐詩改。刁，原作「陶」，據英華、五十家、全唐詩改。玄，原作「元」，蓋以諱改，今回改。刁玄亮，即刁協。晉書刁協傳：「刁協，字玄亮，渤海饒安人也。……少好經籍，博聞强記，……久在中朝，諳練舊事，凡所制度，皆稟於協焉，深爲當時所稱許。」

〔一五〕「同推」句，周伯仁，即周顗。晉書周顗傳：「周顗，字伯仁，安東將軍浚之子也。少有重名，神彩秀徹，雖時輩親狎，莫能媟也。司徒掾同郡賁嵩有清操，見顗，歎曰：『汝潁固多奇士。自頃雅道陵遲，今復見周伯仁，將振起舊風，清我邦族矣。』」

〔一六〕「石城」二句，石城指石頭城，鍾阜即鍾山。元和郡縣志卷二五潤州上元縣：「石頭城，在縣西四里。即楚之金陵城也，吴改爲石頭城，建安十六年（二一一）吴大帝修築，以貯財寶軍器，有戍。吴都賦『戎車盈於石城』是也。諸葛亮云『鍾山龍盤，石城虎踞』，言其形之險固也。」又「鍾山，在縣東北十八里。按輿地志，古金陵山也，邑縣之名，皆由此而立」。按：石頭城、鍾山，皆在今江蘇南京，曾爲六朝都城，長江在其北，故云「俯天闕」、「對江津」也。

〔一七〕「驥足」句，謂劉延嗣力如駿馬之足，正欲遠馳。三國志魏書杜畿傳：（畿）上疏曰：「使有能者當其官，有功者受其禄，譬猶烏獲之舉千鈞，良樂之選驥足也。」騁，英華作「駛」，校：「集作騁。」全唐詩作「騁」，校：「一作駛。」按：作「騁」義勝。

〔一八〕「狼心」句，狼心，即「狼子野心」。左傳宣公四年：「初，楚司馬子良生子越椒，子文曰：『必殺之。是子也，熊虎之狀，而豺狼之聲，弗殺，必滅若敖氏矣。諺曰：狼子野心。是乃狼也，其可畜乎？』」此指徐敬業，謂其起兵造反。舊唐書李勣傳（按勣原姓徐，因戰功賜姓李）：「勣孫敬業，高宗崩，則天太后臨朝，既而廢帝爲廬陵王，立相王爲皇帝，而政由天后，諸武皆當權任，人情憤怨。時給事中唐之奇貶授括蒼令，長安主簿駱賓王貶授臨海丞，詹事、司直杜求仁黜縣丞，敬業坐事左授柳州司馬，其弟盩厔令，敬猷亦坐累左遷，俱在揚州。敬業用前盩厔尉魏思温謀據揚州。嗣聖元年（六八四）七月，……（敬業）自稱揚州司馬，詐言高州首領馮子猷叛逆，奉密詔募兵進討，……遂據揚州，鳩聚民衆，以匡復廬陵爲辭，……旬日之間，勝兵有十餘萬。」

〔一九〕「鼓鼙」句，鼙，軍鼓，代指徐敬業之討武軍。鳴九域，言其聲勢浩大。駱賓王討武氏檄曰：「（徐氏）爰舉義旗，以清妖孽。南連百越，北盡三河，鐵騎成群，玉軸相接。」雖有誇大，亦可見其號召力不小。

〔二〇〕「烽火」句，烽火泛指戰火。重闉，重重城門。舊唐書李勣傳：「（嗣聖元年）十月，（敬業）率衆渡江攻拔潤州，殺刺史李思文。」

〔二一〕「城勢」句，三版，戰國策趙一：今城「不沈者三板」。版、板同，指築牆木板，每塊二尺寬，三板即六尺。此言城即將被攻破，形勢危急。

〔二二〕「兵威」句，乏四鄰，謂孤軍無援。尚書蔡仲之命：「睦乃四鄰，以蕃王室，以和兄弟。」僞孔傳釋四鄰爲「四鄰之國」。此指鄰近州郡。

〔二三〕「居然」句，混玉石，猶言「玉石俱焚」。尚書胤征：「火炎崑岡，玉石俱焚。」僞孔傳：「崑山出玉。」

〔二四〕「直置」句，保松筠，保持如松、竹之堅貞氣節。論語子罕：「子曰：歲寒，然後知松柏之後雕也。」梁劉孝先竹詩：「竹生空野外，梢雲聳百尋。無人賞高節，徒自抱貞心。」

〔二五〕「危言」句,論語憲問:「邦有道,危言危行。」何晏集解引包(咸)曰:「危,厲也。」數賊臣,指劉延嗣揭露徐敬業之罪并拒絶投降事,見本詩前注引舊唐書劉德威傳。

〔二六〕「鍾儀」句,儀,原作「期」,據英華、五十家、全唐詩改。言劉延嗣雖被囚有如鍾儀,然却未做如鍾儀爲晉鼓琴之事。春秋時,楚鍾儀爲鄭所獲,鄭將其「獻諸晉」,見左傳成公七年。又同上成公九年:晉景公「使與之(鍾儀)琴,操南音。……(范)文子曰:『楚囚,君子也。言稱先職,不背本也。樂操土風,不忘舊也。……君曷歸之,使合晉楚之成。』公從之。」

〔二七〕「蘇武」句,漢書蘇武傳:天漢元年(前一〇〇),漢武帝「遣武以中郎將使持節送匈奴使留在漢者」。後因虞常等謀反事發,匈奴單于欲降武,不可得,「乃徙武北海上無人處,使牧羝,羝乳乃得歸」。蘇武於是「杖漢節牧羊,卧起操持,節旄盡落」。

〔二八〕「怪鳥」二句,「怪鳥」、「修蛇」,皆喻指徐敬業;「垂翼」、「暴鱗」,謂其失敗。舊唐書李勣傳:徐敬業反,「則天命左玉鈐衛大將軍李孝逸將兵三十萬討之。……孝逸軍渡淮至楚州,敬業之衆狼狽還江都,屯兵高郵以拒之。頻戰大敗,孝逸乘勝追躡,敬業奔至揚州,與唐之奇、杜求仁等乘小舸將入海投高麗,追兵及,皆捕獲之」。俄,英華作「來」,校:「集作俄。」全唐文作「俄」,校:「一作來。」作「來」誤。

〔二九〕「來朝」二句,拜休命,接受朝廷所授美官。拜,英華校:「集作報。」當誤。述職,孟子梁惠王下:「諸侯朝於天子曰述職。述職者,述所職也。」此言履職。梁岷:梁山、岷山。元和郡縣志卷三三劍州普安縣：「大劍山，亦曰梁山，在縣北四十九里。」岷山，今四川西北部諸山之總稱。梁，英華校：「一作良。」誤。此梁、岷代指蜀之梓州。延嗣雖保高節，然「以裴炎近親，不得叙功」（見本詩前注），故僅遷爲梓州長史。兩句「休命」、「述職」云者，隱約有鳴不平之意。

〔三〇〕「善政」句，金馬，即金馬碧雞神。漢書郊祀志下：「宣帝時，「或言益州有金馬碧雞之神」。注引如淳曰：「金形似馬，碧形似雞。」此代指蜀。

〔三一〕「嘉聲」句，玉輪，山坂名。水經注江水：「江水又逕汶陽道，汶出徼外岷山西玉輪坂下而南行。」此亦代指蜀。輪，原作「綸」，形訛，據英華、全唐詩改。按：以上二句，言劉延嗣爲梓州長史時頗著政績。

〔三二〕「三荆」句，三荆即三楚，謂東楚、西楚、南楚也。史記貨殖傳以淮北、沛、陳、汝南、南郡爲西楚，彭城以東、東海、吴、廣陵爲東楚，衡山、九江、江南、豫章、長沙爲南楚。後泛指湘、鄂一帶。蓋所稱「十九兄」在楚地，故云。

〔三三〕「四海」句，論語顔淵：「四海之内皆兄弟也，君子何患乎無兄弟也。」此言十九兄雖遠在楚地，正因其遠，故得詩更覺親密無間。

〔三四〕「宫徵」句，宫徵代指宫、商、角、徵、羽五音。鳴石，山海經中山經：平逢之山「又西百里，曰長石之山，無草木，多金玉。其西有谷焉，名曰共谷，多竹，共水出焉，西南流注於洛，其中多鳴石」。郭璞注：「晉永康元年（三〇〇），襄陽郡上鳴石，似玉，色青，撞之聲聞七八里，……即此類也。」按襄陽郡上鳴石事，見晉書五行志。句言劉長史所贈詩歌音節響亮。

〔三五〕「光輝」句，燭陰，「陰」字原作「輪」，英華、全唐詩作「銀」，五十家闕字空格。按山海經海外北經：「鍾山之神，名曰燭陰，視爲晝，瞑爲夜，吹爲冬，呼爲夏，不飲不食不息，息爲風，身長千里。……其爲物，人面，蛇身，赤色，居鍾山下。」郭璞注：「燭龍也。是燭九陰，因名云。」則輪、銀皆誤，當作「陰」，據山海經改。句謂其人品熠熠生輝，蓋過燭陰。

〔三六〕「零淚」句，「淚」原作「露」。詩經鄭風野有蔓草：「野有蔓草，零露漙兮。」鄭玄箋：「零，落也。」然沾巾者當非露。英華作「淚」，是，據改。坐，因。

〔三七〕「恩波」句，恩波，帝王恩澤。按舊唐書楊炯傳，武則天垂拱初，楊炯坐從祖弟神讓參加徐敬業起兵，貶爲梓州司法參軍。未處重罪，故視之爲朝廷施恩。浹，及也。後塵，楊炯出爲梓州司法參軍，約在垂拱元年（六八五）秋冬，劉延嗣是時已離梓州長史任，故自稱爲其「後塵」。參見本詩首注。

〔三八〕「懦夫」句，作者自指。孟子萬章下：「聞伯夷之風者，頑夫廉，懦夫有立志。」

〔三九〕「下里」句，謙言和詩拙劣，不足以繼響原作。文選陸機文賦：「綴下里於白雪。」李善注：「言以此庸音而偶彼佳句，譬以下里鄙曲綴於白雪之高唱。」按：下里爲古代俗曲，陽春爲雅樂，見前和鄭讎校内省眺矚思鄉懷友詩注引宋玉對楚王問。里，英華作「俚」，誤。

送李庶子致仕還洛〔一〕

此地傾城日，由來供帳華〔二〕。亭逢李廣騎〔三〕，門接邵平瓜〔四〕。原野炎氛匝〔五〕，關河遊望賒。白雲斷巖岫，緑草覆江沙。詔賜扶陽宅〔六〕，人榮御史車〔七〕。灞池一相送〔八〕，流涕向煙霞。

【箋　注】

〔一〕庶子，太子府屬官，正四品上，見庭菊賦并序注。李庶子，當是李義琰。舊唐書李義琰傳：「李義琰，魏州昌樂人。……少舉進士，累補太原尉。……麟德中爲白水令，有能名，拜司刑員外郎。上元中，累遷中書侍郎，又授太子右庶子、同中書門下三品。」博學多識，言皆切直，爲官廉潔。「義琰後改葬父母，使舅氏移其舊塋，高宗知而怒曰：『豈以身在樞要，凌蔑外家，此人不可更知政事。』義琰聞而不自安，以足疾上疏乞骸骨，乃授銀青光禄大夫，聽致仕。乃將歸東都田里，公卿已下祖餞於通化門外，時人以比漢之二疏。垂拱初起爲懷州刺史，義琰自以失則天意，恐禍及，固辭不拜。四年，卒於家。」據舊唐書高宗紀下，李義琰拜同中書門下三品在高宗上元三年（六七六）四月。又據新唐書高宗紀，弘道元年（六八三）三月庚子，「李義琰罷」。按弘道僅一個月，中經嗣聖一月餘，則所謂弘道元年三月，已入文明元年矣。詩當作於祖餞於通化門時。詩言「炎氛匝」，當在夏季。

〔二〕「此地」二句，以漢代二疏喻李義琰。漢書疏廣傳：「疏廣字仲翁，東海蘭陵人。宣帝地節三年（前六七）立皇太子，廣爲少傅，數月，徙爲太傅。兄子疏受後亦拜少傅。在位五歲，父子議退歸故鄉，即日俱移病，上疏乞骸骨，「上以其年篤老，皆許之，加賜黃金二十斤，皇太子贈以五十斤。公卿大夫、故人邑子設祖道，供張東都門外，送者車數百兩，辭決而去。及道路觀者皆曰：『賢哉二大夫！』或歎息爲之下泣」。按：祖道，即餞行。帳華，餞行時所設幕帳。陶淵明詠二疏：「餞送傾皇朝，華軒盈道路。」傾，英華卷二六六校：「集作石。」誤。

〔三〕「亭逢」句，漢書李廣傳：「（李廣）與故潁陰侯（灌嬰）屏居藍田南山中射獵。嘗夜從一騎出，從人田間飲。還至亭，霸陵尉醉，呵止廣，廣騎曰：『故李將軍。』尉曰：『今將軍尚不得夜行，何故也！』宿廣亭下。」句言李義琰致仕，其人生況味有如當年「故將軍」李廣。

〔四〕「門接」句，史記蕭相國世家：「召平者，故秦東陵侯。秦破，爲布衣，貧，種瓜於長安城東，瓜美，故世俗謂之『東陵瓜』，從召平以爲名也。」

〔五〕「原野」句，炎，底本及五十家、全唐詩俱作「煙」，英華作「炎」。按詩末句有「煙」字，此不應重出，故作「炎」是，據改。炎氛，暑氣；匝，滿也。

〔六〕「詔賜」句，以韋賢爲喻。漢書韋賢傳：「韋賢字長孺，魯國鄒人也。……本始三年（前七一），代蔡義爲丞相，封扶陽侯，食邑七百户。時賢七十餘，爲相五歲，地節三年（前六七），以老病乞骸骨，賜黄金百斤，罷歸，加賜弟一區。」

〔七〕「人榮」句，御史車，以于定國父子爲喻，見前和酬虢州李司法詩注。

〔八〕「灞池」句，「灞」亦作「霸」。文選謝朓休沐重還道中：「霸池不可别。」李善注引潘岳關中記：「霸陵，文帝陵也。上有池，有四出道以寫水。」地在今西安市東郊白鹿原東北角。

早行

敞朗東方徹〔一〕，闌干北斗斜〔二〕。地氣俄成霧，天雲漸作霞。河流纔辨馬〔三〕，巖路不容車〔四〕。阡陌經三歲〔五〕，閭閻對五家〔六〕。露文沾細草，風影轉高花。日月從來惜，關山猶自賒〔七〕。

【箋注】

〔一〕「敞朗」句，敞朗，連綿字，明亮貌。梁丘遲夜發密巖口詩：「弭櫂才假寐，擊汰已争先。敞朗朝霞徹，驚明曉魄懸。」徹，滿、遍也。

〔二〕「闌干」句，闌干，連綿字，縱横貌。北斗斜，謂北斗西沉，天將曉。古樂府善哉行：「月落參横，北斗闌干。」

〔三〕「河流」句，莊子秋水：「秋水時至，百川灌河，涇流之大，兩涘渚崖之間，不辨牛馬。」成玄英疏：「其水甚大，涯岸曠闊，洲渚迢遥，遂使隔水遠看，不辨牛之與馬也。」此謂河流不寬，約略能辨對岸牛馬。

〔四〕「巖路」句，謂山路險阻道窄，無法行車。樂府詩集卷三四相逢行：「相逢狹路間，道隘不容車。」又同書卷三五長安有狹斜行：「長安有狹斜，狹斜不容車。」

〔五〕「阡陌」句，史記商君傳：「爲田開阡陌封疆。」正義：「南北曰阡，東西曰陌。按謂驛塍也。」驛塍即田間驛道。經三歲，謂長時間行走。

〔六〕「閭閻」句，史記蘇秦列傳：「夫蘇秦起閭閻。」又漢書異姓諸侯王表：「閭閻偪於戎狄。」顔師古注：「閭，里門也。閻，里中門也。」因其爲里門，故此代指村落。五家，周代最小行政單位。周禮地官大司徒：「令五家爲比，使之相保；五比爲閭，使之相受；五閭爲族，使之相葬。」此指小山村。

〔七〕「日月」二句，日月，指光陰。淮南子原道訓：「聖人不貴尺之璧，而重寸之陰，時難得而易失也。禹之趨時也，履遺而弗取，冠掛而弗顧，非争其先也，而争其得時也。」又晉書陶侃傳：「常語人曰：『大禹聖者，乃惜寸陰，至於衆人，當惜分陰。豈可逸游荒醉，生無益於時，死無聞於後？是自棄也。』」賒，遥遠。

途中

悠悠辭鼎邑〔一〕，去去指金墉〔二〕。途路盈千里，山川亘百重。風行常有隊〔三〕，雲出本多峰。鬱鬱園中柳，亭亭山上松〔四〕。客心殊不樂〔五〕，鄉淚獨無從〔六〕。

【箋注】

〔一〕「悠悠」句，鼎邑，指唐都長安。夏禹曾鑄九鼎以象九州，商、周皆以之爲傳國重器，置於國都。後以鼎邑代指京城。

〔二〕「去去」句，金墉，即金墉城。水經注穀水：「金谷水又東，南流入於穀。穀水又東逕金墉城北，魏明帝於洛陽城西北角築之，謂之金墉城。」故址在今河南洛陽市東北，詳清顧祖禹讀史方輿紀要卷四八河南府洛陽縣，此代指洛陽。指，五十家作「拒」，當誤。以上兩句，謂告别長安，東去洛陽。

〔三〕「風行」句，周易巽卦象曰：「隨風，巽，君子以申命行事。」孔穎達正義：「隨風巽者，兩風相隨，故曰隨風。風既相隨，物無不順，故曰隨風巽。」因兩風相隨，故言「有隊」。隊，五十家、四子集、十二家、全唐詩作「地」，全唐詩校：「一作隊。」作「地」誤。

〔四〕「鬱鬱」二句，左思詠史：「亭亭原上草，鬱鬱澗底松。」

〔五〕「客心」句，不，英華卷二八九、全唐詩作「未」。

〔六〕「鄉淚」句，文選劉孝標重答劉秣陵沼書：「泫然不知涕之無從也。」李善注引禮記（檀弓上）：「孔子之衛，遇舊館人之喪，久而哭之。遇一哀而出涕，曰：『予惡夫涕之無從也。』」無從，鄭玄注謂「無他物可以易之」。此言唯有鄉淚而已。

五言絶句

夜送趙縱〔一〕

趙氏連城璧〔二〕，由來天下傳。送君還舊府〔三〕，明月滿前川〔四〕。

【箋　注】

〔一〕趙縱，其人不詳。送，英華卷二六六校：「集作餞。」元楊士弘唐音卷一收此詩，張震注曰：「趙縱，郭子儀之壻也，仕至侍郎。」然郭子儀生於武則天萬歲通天二年（六九七），楊炯卒時或未出世，何來此婿？四庫提要謂張注「極弇陋」，所舉例中，即有此條。

〔二〕「趙氏」句，連城璧，指和氏璧，用古趙國事。史記廉頗藺相如列傳：「趙惠文王時，得楚和氏璧。秦昭王聞之，使人遺趙王書，願以十五城請易璧。」此以璧喻趙縱，謂其人極高華可愛。

〔三〕「送君」句，送還，既是送人，又化用「完璧歸趙」意。

〔四〕「明月」句，謂璧如月，人如璧。滿，英華卷二六六校：「集作照。」全唐詩作「滿」，校：「一作照。」作「滿」義勝。前川，英華作「秦川」。明陸時雍唐詩鏡卷一初唐評此句道：「末句人、景雙映。」清毛先舒詩辯坻卷三評之曰：「初唐四子，人知其才綺有餘，故自不乏神韻。若盈川夜送趙縱，第三句一語完題，前後俱用虛境。……二十字中而遊刃如此，何等高筆！」

薛洗馬宅宴田逸人〔一〕

田北賞年和〔二〕，朝衣狎女邏〔三〕。斜光不可見〔四〕，高興待星河〔五〕。

【箋　注】

〔一〕本詩盈川集無，據四庫全書存目叢書影印西安文管會藏清鈔本晏殊類要卷二四相逢聚會補。洗馬，太子府屬官。唐六典卷二六：「司經局洗馬二人，從五品下。……洗馬掌經史子集四庫圖書刊緝之事，立正本副本，貯本以備供進。」注：「隋門下坊司經局置洗馬四人，從五品上，至大業中減二人，皇朝因之。龍朔二年（六六二）改爲太子司經大夫，咸亨元年（六七〇）復舊。」薛洗馬，當即薛觀。本書卷一庭菊賦序：「是日也，薛觀以親賢爲洗馬，……並承高命，咸窮體物。」薛觀生平事迹不詳。田逸人，田，原作「曰」，當爲「田」之誤（影印本錯字極多）。田逸人應即田遊巖。田乃隱士，高宗嘗招至都，授崇文館學士，文明中亦授太子洗馬，舊唐書卷一九二隱逸傳有傳。詩稱「逸人」，當尚未授官時也。

〔二〕「田北」句，北，原書字迹難辨識，略似「北」，待考。年和，謂風調雨順，民和年豐。庾信變宮調二首其一：「平秩值年和。」又王勃乾元殿頌：「年和政美，化極風調。」

〔三〕「朝衣」句，朝衣，朝官官服。女邏，同「女羅」。楚辭屈原九歌山鬼：「若有人兮山之阿，被薜荔兮帶女羅。」王逸注：「女羅，兔絲也。」兔絲，一年生草本植物名。此代指田逸人，言其爲山野隱逸之士。句謂薛洗馬等朝官與田逸人雖身份不同，却親密無間。

〔四〕「斜光」句，光，原作「先」，形訛，據文意改。斜光，指夕陽。

〔五〕「高興」句，河，原作「何」，形訛，據文意改。星河，代指夜，謂預宴者興致極高，入夜客尚未散。

楊炯集箋注卷三

序

王勃集序〔一〕

大矣哉，文之時義也〔二〕！有天文焉，察時以觀其變；有人文焉，立言以垂其範〔三〕。歷年滋久〔四〕，遞爲文質〔五〕，應運以發其明，因人以通其粹〔六〕。仲尼既没，游夏光洙泗之風〔七〕；屈平自沉，唐宋弘汨羅之跡〔八〕。文儒於焉異術，詞賦所以殊源〔九〕。逮秦氏燔書，斯文天喪；漢皇改運，此道不還〔一〇〕。賈馬蔚興，已虧於雅頌〔一一〕；曹王傑起，更失於風騷〔一二〕。僶俛大猷，未忝前載〔一三〕。洎乎潘陸奮發〔一四〕，孫許相因〔一五〕，繼之以顔謝〔一六〕，申之以江鮑〔一七〕。梁魏群材〔一八〕，周隋衆制〔一九〕，或苟求蟲篆，未盡力於丘墳；或獨狥波瀾，不尋源於禮樂〔二〇〕。會時沿革，循古抑揚，多守律以自全，罕非常而制物〔二一〕。其有飛馳倏忽，倜儻紛綸〔二二〕，鼓動包四海之名，變化成一家之體，蹈前賢之未識，探先聖之不言〔二三〕。經籍爲心，得王、何於逸契〔二四〕；風雲入思，叶張、左於神交〔二五〕。故能使六合殊材，並推心於意匠〔二六〕；八方好事，咸受氣於文樞〔二七〕。出軌躅而驤首〔二八〕，馳光芒而動俗〔二九〕。非君之博物〔三〇〕，孰能致於此乎！

【箋　注】

〔一〕本文言及「薛令公」，薛令公即薛元超。舊唐書薛元超傳：「永隆二年（六八一）拜中書令、兼太子左庶子。」則永隆二年爲是序作年之上限。序文末有「神其不遠」句，王勃卒於上元三年（六七六），至永隆二年不足六年，可謂「神其不遠」；而楊炯在是年閏七月以薛元超薦爲崇文館學士前，已卸秘書省校書郎任，一直卧疾家居，有時間校理編次故友遺文并作序，故本文作於永隆二年之可能性較大，確年不可考。

〔二〕「大矣哉」二句，周易豫卦彖曰：「豫之時義大矣哉！」孔穎達正義：「『豫之時義大矣哉』者，歎美爲豫之善，言於逸豫之時，其義大矣。此歎卦也。凡言不盡意者，不可煩文具説，故歎之以示情，使後生思其餘藴，得意而忘言也。」此乃贊歎文章，言其意義重大。

〔三〕「有天文」四句，周易賁卦：「觀乎天文，以察時變；觀乎人文，以化成天下。」王弼注：「解天之文，則時變可知也；解人之文，則化成可爲也。」孔穎達正義：「觀乎天文以察時變者，言聖人當觀視天文剛柔交錯，相飾成文，以察四時變化。若四月純陽用事，陰在其中，靡草死也。十月純陰用事，陽在其中，齊麥生也。是觀剛柔而察時變也。觀乎人文以化成天下者，言聖人觀察人文，則詩書禮樂之謂，當法此教而化成天下也。」立言，謂著書。左傳襄公二十四年：「太上有立德，其次有立功，其次有立言，雖久不廢，此之謂不朽。」垂其範，立爲典範。文心雕龍原道：「爰自風姓，暨於孔氏，玄聖創典，素王述訓。」此即爲垂範。孔穎達周易正義序：「原夫易理難窮，雖復玄之又玄，至於垂範作則，便是有而教有。」垂，原作「重」，據英華卷六九九改。

〔四〕滋，原作「兹」，據英華、全唐文卷一九一改。

〔五〕「遞爲」句，禮記檀弓上：「夏后氏尚黑。」鄭玄注：「以建寅之月爲正。」又曰：「殷人尚白。」鄭注：「以建丑之月爲正。」又曰：「周人尚赤。」鄭注：「以建子之月爲正。」是即所謂「三正」。孔穎達正義引三正記云：「正朔三而改，文質再而復。」其釋後句曰：「文質再而復者，文質法天地。文法天，質法地。周文法地而爲天正，殷質法天而爲地正者，正朔文質不相須。正朔以三而改，文質以二而復，各自爲義，不相須也。」所謂「遞爲文質」，即或法天，或法地，遞相循環。

〔六〕「應運」二句，謂以天命期運決定文質變化，而聖賢大儒則將該變化發展到極致。

〔七〕「仲尼」二句，謂子游、子夏繼承孔子之文學，並將其發揚光大。論語先進：「文學，子游、子夏。」又史記仲尼弟子列傳：「言偃，吴人，字子游，少孔子四十五歲。……孔子以爲子游習於文學。」又曰：「卜商，字子夏，少孔子四十四歲。……孔子曰：『商始可與言詩已矣。』……孔子既没，子夏居西河教授。」洙、泗，魯之兩條河流，代指魯。史記貨殖列傳：「鄒、魯濱洙、泗，猶有周公遺風，俗好儒，備於禮。」

〔八〕「屈平」二句，史記屈原列傳：「（屈原）懷石，遂自投汨羅以死。屈原既死之後，楚有宋玉、唐勒、景差之徒者，皆好辭而以賦見稱。然皆祖屈原之從容辭令，終莫敢直諫。」

〔九〕「文儒」二句，謂屈原之後，文與儒、辭與賦各自向不同方向發展。文以屈原爲祖，爲辭；儒以孔子爲祖，而賦則祖述宋玉、唐勒之徒。文心雕龍辨騷：「楚辭者，體慢於三代，而風雅於戰國，乃雅頌之博徒，而詞賦之英傑也。觀其骨鯁所樹，肌膚所附，雖取鎔經意，亦自鑄偉辭。」同書銓賦：「及靈均唱騷，始廣聲貌。然賦也者，受命於詩人，拓宇於楚辭也。」

〔一〇〕「逮秦氏」四句，史記秦始皇本紀：秦始皇三十四年（前二一三），丞相李斯曰：「臣請史官非秦記皆燒之，非博士官所職，天下敢有藏詩書百家語者，悉詣守尉雜燒之；有敢偶語詩書者棄市。以古非今者族。吏見知不舉者與同罪。令下三十日不燒，黥爲城旦。」漢皇改運，謂劉邦更改曆運，雖革秦命而建立漢朝，然文章之道仍未能追還周代之盛。

〔一一〕「賈馬」二句，指賈誼、司馬相如，謂二人辭賦已乏雅頌精神。揚雄法言吾子：「如孔氏之門用賦也，則賈誼升堂，相如入室矣；如其不用何！」然司馬遷看法則異。史記司馬相如列傳：太史公曰：「相如雖多虛辭濫説，然其要歸引之節儉，此與詩之風諫何異。揚雄以爲靡麗之賦，勸百風一，猶馳騁鄭衛之聲，曲終而奏雅，不已虧乎！」

〔一二〕「曹王」二句，曹、王指曹植、王粲。曹植，字子建，沛國譙（今安徽亳州）人，曹操第四子。王粲，字仲宣，山陽高平（今山東鄒城西南）人。二人博學多才，爲建安文學代表作家。宋書謝靈運傳論：「子建、仲宣，以氣質爲體，并標能擅美，獨映當時。是以一世之士，各相慕習。原其飈流所始，莫不同祖風騷，徒以賞好異情，故意製相詭。」此謂「更失於風騷」，蓋主要論其辭賦。

〔一三〕「僶俛」二句，僶俛，亦作「黽勉」，勤勉貌。大猷，大道，大原則。詩經小雅巧言：「秩秩大猷，聖人莫之。」鄭玄箋：「猷，道也。」賈、馬、曹、王，代表漢魏時代。謂就總體論，較之從前，四人尚無多愧。

〔一四〕「洎乎」句，潘陸，指潘岳、陸機。鍾嶸詩品將二人列於上品，并引謝混云：「潘詩爛若舒錦，無處不佳；陸文如披沙簡金，往往見寶。」鍾嶸曰：「謂益壽輕華，故以潘爲勝；翰林篤論，故歎陸爲深。余嘗言：陸才如海，潘才如江。」奮發，振起。

〔一五〕「孫許」句，孫許，指孫綽、許詢。相因，相因襲，謂轉相祖尚。文選沈約宋書謝靈運傳論李善注引續晉陽秋：「許詢有才藻，善屬文。詢及太原孫綽，轉相祖尚，又加以三世之辭，而風騷之體盡矣。詢、綽并爲一時文宗，自此作者悉化之。」二人乃玄言詩代表詩人。

〔一六〕「繼之」句，顔謝，指顔延之、謝靈運。宋書顔延之傳：「文章之美，冠絕當時」，「與陳郡謝靈運俱以辭采齊名。自潘岳、陸機之後，文士莫及，江左稱『顏謝』焉」。

〔一七〕「申之」句，江鮑，指江淹、鮑照。二人部份詩歌古奧遒勁，風格相近。然鮑照「嘗爲古樂府，文甚遒麗」（宋書本傳），乃江淹所不及。按：以上所述，爲兩晉、宋、齊時代之代表作家。

〔一八〕「梁魏」句，指南朝梁（五〇二—五五七）及北魏（三八六—五三四）。梁代主要作家有吴均、何遜及蕭衍（梁武帝）、蕭統（昭明太子）、蕭綱（梁簡文帝）等。

〔一九〕「周隋」句，指北周、隋代作家。主要有王褒、庾信（由梁入西魏，再入北周）、盧思道、薛道衡（兩人皆由北周入隋）等。

〔二〇〕「或苟求」四句，批評梁、魏、周、隋數代作家多舍本逐末，背離傳統。蟲篆，揚雄法言吾子稱賦爲「童子雕蟲篆刻」，此指繁文縟藻。丘墳，左傳昭公十二年：「是能讀三墳、五典、八索、九丘。」杜預注：「皆古書名。」宋書謝靈運傳論論之更詳，其曰：「降及元康（晉惠帝司馬衷年號，二九一—二九九），潘、陸特秀，律異班、賈，體變曹、王。縟旨星稠，繁文綺合。綴平臺之逸響（指漢梁孝王劉武時之辭賦創作），採南皮（指曹丕時之詩歌創作）之高韻，遺風餘烈，事極江左。有晉中興，玄風獨振，爲學窮於柱下，博物止乎七篇，馳騁文辭，義殫乎此。自建武（晉惠帝年號，三〇四），暨乎義熙（晉安帝司馬德宗年號，四〇五—四一八），歷載將百，雖綴響聯辭，波屬雲委，莫不寄言上德，托意玄珠，遒麗之辭，無聞焉爾。仲文（姓殷）始革孫（綽）、許（詢）之風，叔源（謝混）大變太元（晉孝武帝司馬曜年號，三七六—三九六）之氣。爰逮宋氏，顏、謝騰聲，靈運之興會標舉，延年之體裁明密，并方軌前秀，垂範後昆。」

〔二一〕「會時」四句，批評梁至隋代作家既不懂文學隨時代變遷而有沿有革、又不曉學古亦須有抑有揚之道理，無所去取，罕有突破，故多沉溺於聲律及用事新巧之時風，而不能自拔。魏徵隋書文學傳序：「梁自大同（梁武帝蕭衍年號，五三五—五四六）之後，雅道淪缺，漸乖典則，爭馳新巧。簡文、湘東（蕭繹）啓其淫放，徐陵、庾信分路揚鑣，其意淺而繁，其文匿而彩。詞尚輕險，情多哀思。……周氏吞併梁荆，此風扇於關右。狂簡斐然成俗，流宕忘反，無所取裁。高祖（隋文帝楊堅）初統萬機，每念斵雕爲樸，發號施令，咸去浮華。然時俗詞藻，猶多淫麗，故憲臺執法，屢飛霜簡。煬帝初習藝文，有非輕側之論，暨乎即位，一變其風。」

〔二二〕「其有」二句，自此至本段末，乃寫王勃，謂其能一反六朝文學之頹風。飛馳倏忽，謂變化不測。文選班固東都賦：「指顧倏忽。」李善注：「倏忽，疾也。」倜儻，放佚不羈。三國志魏書王粲傳：阮籍「才藻艷逸，而倜儻放蕩」。紛綸，後漢書井丹傳：「井丹，字大春，扶風郿人也。少受業太學，通五經，善談論，故京師爲之語曰：『五經紛綸井大春。』」李賢注：「紛綸，猶浩博也。」

〔二三〕「探先聖」句，論語陽貨：「子曰：『予欲無言。』子貢曰：『子如不言，則小子何述焉。』子曰：『天何言哉，四時行焉，百物生焉，天何言哉！』」此及上句，謂能探究先聖不言之奥義，前賢未解之微旨，言其深入其裏，大膽創新。

〔二四〕「經籍」二句，謂遠與王弼、何晏相契。王、何，魏代玄學家。三國志魏書鍾會傳：「會弱冠，與山陽（今山東金鄉縣西北）王弼并知名。弼好論儒道，辭才逸辯，注易及老子。爲尚書郎，年二十餘卒。」何晏，南陽宛（今河南南陽）人，漢大將軍何進之孫，曹操養子。世説新語文學：「何晏爲吏部尚書，有位望，時談客盈坐。」劉孝標注引文章叙録曰：「晏能清言，而當時權勢、天下談士多宗尚之。」又引魏氏春秋曰：「晏少有異才，善談易老。」世説新語又曰：「王弼未弱冠，往見之，晏聞弼名，因條向者勝理……」注引弼別傳曰：「弼字輔嗣，山陽高平人。少而察惠，十餘歲便好莊老，通辯能言，爲傅嘏所知。吏部尚書何晏甚奇之，題之曰：『後生可畏。若斯人者，可與言天人之際矣。』」兩句謂王勃學得王弼、何晏以經籍爲根本之治學方法，故能思想深刻。

〔二五〕「風雲」二句，風雲，此指各地自然風物。叶，合也。謂能神交於張載、左思。晉書左思傳：「左思，字太沖，齊國臨淄人也。……辭藻壯麗，不好交遊，惟以閑居爲事。造齊都賦，一年乃成。復欲賦三都，會妹芬入宫，移家京師，乃詣著作郎張載，訪岷邛之事。遂搆思十年，門庭藩溷皆著筆紙，遇得一句即便疏之。……思自以其作不謝班、張，恐以人廢言，安定皇甫謐有高譽，思造而示之，謐稱善，爲其賦序。張載爲注魏都，劉逵注吴、蜀而序之……於是豪貴之家，競相傳寫，洛陽爲之紙貴。」兩句謂王勃學得張載、左思以學問爲基礎之寫作方法，故能思路開闊，辭采遒麗。

〔二六〕「故能」二句，六合，指天下。殊材，傑出人才。文選班固西都賦：「是故横被六合，三成帝畿。」李善注：「吕氏春秋曰：『神通乎六合。』高誘曰：『四方上下爲六合。』」意匠，文選陸機文賦：「意司契而爲匠。」李善注：「取舍由意，類司契爲匠。」兩句謂天下才子，皆服膺王勃立意高妙。

〔二七〕「八方」二句，八方，與上句「六合」義同。司馬相如難蜀父老：「六合之内，八方之外。」好事，猶言好事者，指熱心人。受氣，接受其氣，受其影響。莊子秋水：「自以比形於天地，而受氣於陰陽。」文樞，爲文樞紐、關鍵。兩句謂所有文學愛好者，皆接受王勃之爲文法則。

〔二八〕「出軌躅」句，謂能超越常規，脱穎而出。文選顔延年赭白馬賦：「跨中州之轍迹，窮神行之軌躅。」劉良注：「軌躅，皆迹也。」同書袁宏三國名臣序贊：「整轡高衢，驤首天路。」劉良注：「良臣遇君，如龍之整轡以游天路也。……驤，舉也。」

〔二九〕「馳光芒」句，動，改變；俗，指六朝以來之頽靡文風。蔡邕彭城姜伯淮（肱）碑：「至德動俗，邑中化之。」

〔三〇〕「非君」句，博物，見多識廣。左傳昭公元年：「晉侯聞子産之言，曰：『博物君子也！』」

君諱勃，字子安，太原祁人也〔一〕。其先出自有周〔二〕，濬啓大明之裔〔三〕。隱乎炎漢，弘宣高尚之風〔四〕。晉室南遷，家聲布於淮海；宋臣北徙，門德勝於河汾〔五〕。宏材繼出，達人間峙。祖父通，隋秀才高第，蜀郡司户書佐，蜀王侍讀。大業末，退講藝於龍門。其卒也，門人謚之曰文中子〔六〕。聞風睹奥，起予道惟〔七〕，揣摩三古，開闡八風〔八〕。始擯落於鄒、韓〔九〕，終激揚於荀、孟〔一〇〕。父福時〔一一〕，歷任太常博士〔一二〕，雍州司功〔一三〕，交阯、六合二縣令〔一四〕，爲齊州長史〔一五〕。抑惟邦彦〔一六〕，是曰人宗〔一七〕。絶六藝以成能〔一八〕，兼百行而爲德。司馬談之晚歲，思弘授史之功〔一九〕；楊子雲之暮年，遂起參玄之歎〔二〇〕。

【箋注】

〔一〕「君諱勃」三句，舊唐書王勃傳：「王勃，字子安，絳州龍門人。」元和郡縣志卷一三太原府祁縣：「本漢舊縣，即春秋時晉大夫祁奚之邑也。左傳曰：『晉殺祁盈，遂滅祁氏，分爲七縣，以賈辛爲祁大夫。』注曰：『太原祁縣也。』」同書絳州龍門縣：「古耿國，殷王祖乙所都，晉獻公滅之以賜趙夙。秦置爲皮氏縣，漢屬河東郡。後魏太武帝改皮氏爲龍門縣，因龍門山爲名，屬北鄉郡。隋開皇三年（五八三）廢郡，以縣屬絳州，十六年割屬蒲州。武德三年（六二〇）屬泰州，貞觀十七年（六四三）廢泰州，縣隸絳州。」按：祁縣，今山西晉中市；龍門縣，今山西河津市。蓋王氏祖籍祁縣，後因王通在龍門講學，遂家焉，故後世又稱王勃爲龍門人。餘詳下注。

〔二〕「其先」句，王勃倬彼我系：「倬彼我系，出自有周。」新唐書宰相世系表：「王氏出自姬姓。周靈王太子晉，以直諫廢爲庶人，其子宗敬爲司徒，時人號曰王家，因以爲氏。」

〔三〕「濬啓」句，「啓」原作「哲」，英華、四子集作「啓」，是，以與下句「宣」對應，據改，「哲」蓋形訛。濬啓，謂開啓。大明，原作「文明」，據英華改。詩大雅大明小序：「大明，文王有明德，故天復命武王也。」鄭玄箋：「二聖相承，其明德日以廣大，故曰大明。」

〔四〕「隱乎」二句，炎漢，即漢，漢自稱以火德王，故稱。高尚之風，指隱風。周易蠱卦：「不事王侯，高尚其事。」孔穎達正義：「不係累於職位，故不承事王侯，但自尊高，慕尚其清虛之事，故云『高尚其事』也。」按：二句指王氏先祖王霸。杜淹文中子世家：「文中子王氏諱通，字仲淹，其先漢徵君霸，絜身不仕。十八代祖殷，雲中太守，家於祁。」後漢書王霸傳：「王霸字儒仲，太原廣武人也。少有清節。及王莽篡位，棄冠帶，絶交宦。建武中，徵到尚書，拜稱名，不稱臣。有司問其故，霸曰：『天子有所不臣，諸侯有所不友。』司徒侯霸讓位於霸。閻陽毁之曰：『太原俗黨，儒仲頗有其風。』遂止。以病歸。隱居守志，茅屋蓬户。連徵不至，以壽終。」

〔五〕「晉室」四句，王勃倬彼我系：「晉代崩坼，衣冠擾弊。粤自太原，播徂江澨。」按杜淹文中子世家曰：「九代祖寓，遭愍懷之難，遂東遷焉。寓生罕，罕生秀，皆以文學顯。秀生二子，長曰玄謨，次曰玄則。玄謨以將略升，玄則以儒術進。玄則字彦法，即文中子六代祖也。仕（南朝）宋，歷太僕、國子博士。常歎曰：『先君所貴者禮樂，不學者軍旅，兄何爲哉？』遂究道德，考經籍。謂功業不可以小成也，故卒爲洪儒；卿相不可以苟處也，故終爲博士。曰：『先師之職也，不可墜。』故江左號王先生，受其道曰『王先生業』，於是大稱儒門，世濟厥美。先生生江州府君焕，焕生虯，虯始北事魏。太和（按：北魏孝文帝年號，四七七—四九九）中爲并州刺史，家河汾，曰晉陽穆公。」按：愍、懷，指西晉懷帝司馬熾、愍帝司馬鄴。愍懷之難，指懷帝永嘉之亂，以致晉室南渡。南渡後，王寓蓋流寓揚州一帶，故謂「家聲布於淮海」。王虬始北事魏，稱「北徙」。河汾，指龍門縣，在汾水、黄河交匯處，故稱。

〔六〕「祖父通」至此數句，據杜淹文中子世家，王通生於隋開皇四年（五八四）。既冠，西游長安，向隋文帝獻太平策十有二策，公卿不悦，遂返家教授，其後朝廷一再徵不至。「大業十年（六一四），尚書召署蜀郡司户，不就。十一年，以著作郎、國子博士徵，并不至。」大業十三年（六一七），病卒。世家所述無「秀才高第」、「蜀王侍讀」事，退講亦不在「大業末」。舊唐書王勃傳：「祖通，隋蜀郡司户書佐。大業末，棄官歸，以著書講學爲業。……義寧元年（隋恭帝年號，六一七）卒。」文中子世家：王通卒，「門弟子數百人會議曰：……仲尼既没，文不在兹乎？易曰：『黄裳元吉，文在中也。』請謚曰文中子」。按四庫全書中説提要謂中説及世家述事多謬妄，因疑世家乃依託，而「（楊）炯爲其孫（王勃）作序，則記其祖事，必不誤。……所謂中説者，其子福郊、福畤等纂述遺言，虚相夸飾」。所論是，本注所采文中子世家語，僅供參證。

〔七〕「聞風」二句，睹奥，窺其一隅，謂王通善於學習。文選孔融薦禰衡表：「初涉藝文，升堂覩奥。」李善注引論語云：「子曰：由也升堂矣，未入於室也。」又引爾雅曰：「西南隅謂之奥。」起予，論語八佾：「子曰：起予者商也，始可與言詩已矣。」何晏集解引包（咸）曰：「予，我也。孔子言子夏能發明我意，可與共言詩。」邢昺疏「起予」曰：「起，發也；予，我也。……孔子言能發明我意者，是子夏也。」

〔八〕「揣摩」二句，戰國策秦策一：「（蘇秦）得太公陰符之謀，伏而誦之，簡練以爲揣摩。」高誘注：「揣，定也；摩，合也。」謂悉心考求，以相比合。三古，漢書藝文志：「易道深矣，人更三聖，世歷三古。」注引孟康曰：「伏羲爲上古，文王爲中古，孔子爲下古。」八風，左傳隱公五年：「夫舞，所以節八音而行八風。」杜預注：「八音：金、石、絲、竹、匏、土、革、木也；八風，八方之風也。以八音之器，播八方之風，手之舞之，足之蹈之，節其制而序其情。」陸德明經典釋文：「八風，八方之風。謂東方谷風，東南清明風，南方凱風，西南涼風，西方閶闔風，西北不周風，北方廣莫風，東北融風。」此喻指王通退講後廣傳其道。

〔九〕「始擯落」句，謂王通擯棄諸子之説。鄒，指鄒衍；韓，指韓非子。史記孟子荀卿列傳：「騶衍睹有國者益淫侈，不能尚德，……乃深觀陰陽消息而作怪迂之變，終始、大聖之篇十餘萬言。其語閎大不經，必先驗小物，推而大之，至於無垠。先序今以上至黄帝，學者所共術，大並世盛衰，因載其機祥度制，推而遠之，至天地未生，窈冥不可考而原也。」史記老莊申韓列傳：「韓非者，韓之諸公子也。喜刑名法術之學，而其歸本於黄老。」索隱：「著書三十餘篇，號曰韓子。」

〔一〇〕「終激揚」句，激揚，振起。史記司馬相如列傳載封禪文：「激清流，揚微波。」謂王通弘揚衰微已久之儒學。荀、孟，儒家學派繼承人。史記孟子荀卿列傳：「荀卿，趙人。年五十始來遊學於齊。……齊襄王時，而荀卿最爲老師。齊尚修列大夫之缺，而荀卿三爲祭酒焉。……荀卿嫉濁世之政，亡國亂君相屬，不遂大道而營於巫祝，信機祥，鄙儒小拘，如莊周等又猾稽亂俗，卿也。」

於是推儒、墨、道德之行事興壞，序列著數萬言而卒。」索隱：「名況，卿者，時人相尊而號爲

〔一一〕「父福時」句，杜淹文中子世家：「文中子二子，長曰福郊，少曰福時。」又王福時王氏家書雜録（中説卷一〇）：「貞觀十六年（六四二），余二十一歲。」以此推之，福時當生於武德五年（六二二），則其生時，父通死已六七年矣。可見雜録亦爲妄托。

〔一二〕「歷任」句，唐六典卷一四太常寺：太常博士四人，從七品上。「太常博士掌辨五禮之儀式，奉先王之法制，適變隨時而損益焉。凡大祭祀及有大禮，則與太常卿以道贊其儀；凡王公已上擬謚，皆迹其功德而爲之褒貶。」

〔一三〕雍州，據元和郡縣志卷一，東漢光武帝都洛陽，「以關中地置雍州」。其後歷代或稱京兆郡，或稱雍州。隋煬帝改爲京兆郡。武德元年（六一八）復爲雍州。開元元年（七一三）改爲京兆府。地即今西安周邊地區。

〔一四〕「交阯」句，元和郡縣志卷三八交趾縣：「本漢龍編縣地。隋開皇十年（五九〇），分置交趾縣。武德四年（六二一），於此置慈州。貞觀元年（六二七）州廢，縣屬交州。」其地今屬越南。按舊唐書王勃傳：「補虢州參軍。……有官奴曹達犯罪，勃匿之，又懼事洩，乃殺達以塞口。事發當誅，會赦除名。時勃父福時爲雍州司户參軍，坐勃，左遷交趾令。」據王勃行迹，時當在高宗上元三年（六七六）。交阯、交趾同。六合縣，繆荃孫輯校元和郡縣志闕卷逸文卷二：「六合縣，

漢棠邑縣。「後周置方州，改六合郡。隋爲六合縣，唐屬揚州。」今爲江蘇南京市六合區。

〔一五〕「爲齊州」句，元和郡縣志卷一〇齊州：「春秋及戰國時屬齊國。秦併天下，爲齊郡。……隋開皇十三年，罷（濟南）郡，以所領縣屬齊州。大業三年（六〇七），罷州爲齊郡。……武德元年（六一八），……罷郡復州。」唐代齊州爲上州，地即今山東濟南。據唐六典卷三〇，上州「長史一人，從五品上」。

〔一六〕「抑惟」句，邦彥，詩經鄭風羔裘：「彼其之子，邦之彥兮。」毛傳：「彥，士之美稱。」又爾雅釋訓：「美士爲彥。」

〔一七〕「是曰」句，文選任昉王文憲集序：「莫不北面人宗，自同資敬。」張銑注：「言上老生之徒莫不北面申弟子之禮也。人宗，謂爲人所尊也。」

〔一八〕「絶六藝」句，絶，盡。六藝，周禮地官保氏：「養國子以道，乃教之六藝：一曰五禮，二曰六樂，三曰五射，四曰五馭，五曰六書，六曰九數。」周易繫辭下：「聖人成能。」韓伯注（十三經注疏本周易注疏，下同，不再説明）：「聖人乘天地之正，萬物各成其能。」此謂在六藝各領域皆有成就。

〔一九〕「司馬談」二句，史記太史公自序：「太史公（司馬遷）曰：先人（指其父司馬談）有言：自周公卒五百歲而有孔子，孔子卒後，至於今五百歲，有能紹明世，正易傳，繼春秋，本詩、書、禮、樂之際，意在斯乎，意在斯乎，小子何敢讓焉！」謂王福時晚年，將學問傳授其子。

〔二〇〕「楊子雲」二句，楊子雲，即揚雄，字子雲。「楊」或作「揚」。學界多以爲「揚」乃後人傳刻之誤，遂約定成俗，反以「楊」爲別字。本書正文兩字并用，俱依原文不改，而注文引書若原作「楊」亦不改，其餘則統書爲「揚」，不再説明。漢書揚雄傳下：「哀帝時，丁、傅、董賢用事，諸附離之者，或起家至二千石。時雄方草太玄，有以自守，泊如也。」

君之生也，含章是託〔一〕。神何由降，星辰奇偉之精；明何由出，家國賢才之運〔二〕。性非外獎，智乃自然。孝本乎未名，人應乎初識。器業之敏，先乎就傅〔三〕。九歲讀顔氏漢書，撰指瑕十卷〔四〕。十歲包綜六經，成乎朞月〔五〕，懸然天得〔六〕，自符音訓。時師百年之學，旬日兼之；昔人千載之機，立談可見。居難則易〔七〕，在塞咸通。於術無所滯，於詞無所假〔八〕。幼有鈞衡之略〔九〕，獨負舟航之用〔一〇〕。年十有四，時譽斯歸。太常伯劉公巡行風俗〔一一〕，見而異之，曰：「此神童也！」因加表薦。對策高第，拜爲朝散郎〔一二〕。沛王之初建國也，博選奇士，徵爲侍讀〔一三〕。奉教撰平臺秘略十篇〔一四〕，書就，賜帛五十疋。先鳴楚館〔一五〕，孤峙齊宫〔一六〕。乘、忌側目〔一七〕，應、劉失步〔一八〕。臨秀不容，尋反初服〔一九〕。遠遊江漢，登降岷峨〔二〇〕。觀精氣之會昌，翫靈奇之肸蠁〔二一〕。考文章之跡，徵造化之程。神機若助，日新其業，西南洪筆，咸出其詞，每有一文，海内驚瞻。所製九隴縣孔子廟堂碑文〔二二〕，宏偉絶人，稀世爲寶〔二三〕，正平之作〔二四〕，不能奪也。咸亨之初，乃參時選〔二五〕。三府交辟〔二六〕，遇疾辭焉。友人凌季友時爲虢州司法，盛稱弘農藥物，迺求補虢州參軍。坐免。歲餘，尋復舊職〔二七〕。棄官沉跡，就養於交阯焉〔二八〕。長卿坐廢於時〔二九〕，君山不合於朝〔三〇〕，豈無媒也，其惟命乎！富貴比於浮雲〔三一〕，光陰踰於尺璧〔三二〕，著撰之志，自此居多。觀覽舊章，翺翔群藝，隨方滲漉〔三三〕，於何不盡？在乎詞翰，倍所用心。

【箋注】

〔一〕含章，含美於內。易坤卦：「含章可貞。」

〔二〕「神何由」四句，謂王勃之生，既是上天星精所降，亦是家國氣運所鍾。莊子天下：「曰神何由降？明何由出？」郭象注：「神、明由事感而後降、出。」星辰，抱朴子內篇卷三辯問引玉鈐記：「主命原由，人之吉凶修短，於結胎受氣之日，皆上得列宿之精。其值聖宿則聖，值賢宿則賢，值文宿則文，值武宿則武。」

〔三〕「器業」二句，器業，氣度、學業。就傅，從師。孝經卷五聖治章：「出以就傅，趨而過庭，以教敬也。」邢昺正義：「云出以就傅者，按禮記內則云：『十年，出就外傅，居宿於外，學書計。』鄭（玄）注：『外傅，教學之師也。』謂年十歲，出就外傅，居宿於外，就師而學也。」先乎就傅，謂十歲之前。舊唐書王勃傳：「勃六歲解屬文，搆思無滯，詞情英邁。」

〔四〕「九歲」二句，顏氏漢書，指顏師古所注漢書。舊唐書顏師古傳：「顏籀，字師古，雍州萬年人。

齊黄門侍郎之推孫也。……少傳家業，博覽群書，尤精詁訓，善屬文。……貞觀七年（六三三），拜秘書少監，專典刊正所有奇書難字。……奉詔與博士等撰定五禮。十一年（六三七），禮成，進爵爲子。時承乾在東宫，命師古注班固漢書，解釋詳明，深爲學者所重。承乾表上之，太宗令編之秘閣，賜師古物二百段，良馬一匹。……十九年（六四五），從駕東巡，道病卒，年六十五，謚曰戴。有集六十卷。其所注漢書及急就章，大行於世。」新唐書王勃傳：「九歲，得顔師古注漢書讀之，作指瑕以擿其失。」按：指瑕一書已久佚。

〔五〕「十歲」二句，綜，英華作「宗」，校：「疑作綜。」作「宗」誤。朞，原作「暮」，形訛，據明張燮刊本王子安集卷首楊炯序文、全唐文改。

〔六〕「懸然」句，文選任昉王文憲集序：「懸然天得，不謀成心。」吕延濟注：「懸，遠也。言遠然得之於天，不謀議於人，已暗成於心也。」

〔七〕「居難」句，謂以難爲易。陸機演連珠：「臣聞應物有方，居難則易。」又裴子野司空安成康王行狀：「位煩以簡，居難則易；霈如時雨，芬若蘭蓀。」

〔八〕「於術」二句，曹丕典論論文：「今之文人，魯國孔融文舉、廣陵陳琳孔璋、山陽王粲仲宣、北海徐幹偉長、陳留阮瑀元瑜、汝南應瑒德璉、東平劉楨公幹，斯七子者，於學無所遺，於辭無所假，咸以自騁驥騄於千里，仰齊足而并馳，以此相服，亦良難矣。」

〔九〕「幼有」句，禮記月令：「日夜分則同度量，鈞衡石，角斗甬，正權概。」鄭玄注：「因晝夜等而平當平也。同、角、正，皆謂平之也。丈尺曰度，斗斛曰量，三十斤曰鈞，稱上曰衡，百二十斤曰石。甬，今斛也。稱錘曰權，概，平斗斛者。」則「鈞衡」，皆謂平也。大戴禮記卷九四代：「夫規矩、準繩、鈞衡，此昔者先王之所以爲天下也。」

〔一〇〕「獨負」句，舟航之用，謂大用。尚書説命上：「若濟巨川，用汝作舟楫。」淮南子主術訓：「賢主之用人也，猶巧工之制木也：大者以爲舟航柱梁，小者以爲楫楔。」高誘注：「舟，船也。方兩小船并與共濟爲航。」

〔一一〕「太常伯」句，劉公，指劉祥道。舊唐書高宗紀上：龍朔三年（六六三）八月，「命司元太常伯竇德玄、司刑太常伯劉祥道等九人爲持節大使，分行天下，仍令内外官五品已上各舉所知」。按杜佑通典卷二三：「隋初有都官尚書。開皇三年（五八三），改都官爲刑部尚書，統都官、刑部、比部、司門四曹，亦因後周之名。大唐因之。龍朔二年（六六二），改刑部尚書爲司刑太常伯，咸亨元年（六七〇）復舊。」按新唐書劉祥道傳：劉祥道，字同壽，魏州觀城（今山東莘縣西南）人。歷御史中丞，顯慶中遷吏部黄門侍郎，知選事。麟德元年（八月）拜右相。卒，年七十一。王勃有上劉右相書，載清蔣清翊王子安集注卷五，有曰：「足下出納王命，升降天衢，……亦復知天下有遺俊乎？……伏願辟東閣，開北堂，待之以上賓，期之以國士。」

〔一二〕「對策」二句，漢書蕭望之傳：「至光禄大夫給事中，望之以射策甲科爲郎。」顔師古注：「對策者，顯問以政事、經義，令各對之，而觀其文辭定高下也。」舊唐書王勃傳：「勃年未及冠，應幽素舉及第。」又新唐書王勃傳：「麟德初，劉祥道巡行關内，勃上書自陳，祥道表於朝。對策高第。年未及冠，授朝散郎。」當代學者張志烈以爲劉祥道表薦與應幽素舉非一回事，後者當在乾封元年（六六六），見所著初唐四傑年譜。記纂淵海卷三七科目載「乾封元年應幽素舉及第一十三人」，而此前無所謂「幽素科」。此説當是。則所謂「對策」，應指應幽素舉。朝散郎，唐六典卷二尚書吏部：朝散郎，從七品上。

〔三〕「沛王」三句，舊唐書高宗紀上：龍朔元年（六六一）九月壬子，「徙封潞王（李）賢爲沛王。是日，以雍州牧、幽州都督沛王賢爲揚州都督、左武候大將軍，牧如故」。同書王勃傳：「乾封初，詣闕上宸游東嶽頌。時東都造乾元殿，又上乾元殿頌。沛王賢聞其名，召爲沛府修撰，甚愛重之。」則王勃入沛王府，最早當在乾封元年。此言「侍讀」，而本傳謂「修撰」，楊炯爲當時人，所記當不誤。

〔四〕「奉教」句，教，新唐書百官志：「凡上之逮下，其制有六：……五曰教，親王、公主用之。」平臺秘略，「秘」原作「鈔」，各本同。新唐書王勃傳：「未及冠，授朝散郎，數獻頌闕下。沛王聞其名，召署府修撰，論次平臺秘略，書成，王愛重之。」現存王勃文集中，有平臺秘略論、平臺秘略贊，而無所謂「鈔略」。按平臺秘略論内容，皆王勃自作，而非「鈔」。則「鈔」字當是「秘」之形訛，據改。平臺秘略論凡十首，載王子安集注卷一一，其目爲：孝行、貞修、藝文、忠武、善政、尊師、褒客、幼俊、規諷、慎終。

〔一五〕「先鳴」句，左傳襄公二十一年：「平陰之役，先二子鳴。」杜預注：「自比於雞鬬，勝而先鳴。」楚館，即章華宫，亦稱章華臺。史記楚世家：靈王「七年，就章華臺，下令内亡人實之」。集解引杜預曰：「南郡華容縣有臺，在城内。」華容縣，故城在今湖北監利縣西北。墨子兼愛中：「昔者楚靈王好士細腰，故靈王之臣皆以一飯爲節，據肱然後興，扶牆然後起。比期年，朝有黧黑之危。」後稱學館爲楚館，言其清貧。唐大詔令集卷三八封懷寧郡王制：「魯庭學禮，楚館聞詩。」此指爲侍讀。

〔一六〕「孤峙」句，齊宫，指戰國時齊國之雪宫。孟子梁惠王下：「齊宣王見孟子於雪宫。王曰：『賢者亦有此樂乎？』孟子對曰：『有。人不得則非其上矣。不得而非其上者非也，爲民上而不與民同樂者，亦非也。』」趙岐注：「雪宫，離宫之名也。宫中有苑囿臺池之飾，禽獸之饒，王自多有此樂，故問曰『賢者亦有此之樂乎』？」孟子與齊宣王見解對立，故謂其「孤峙」。以上二句，以古代著名宫殿章華宫、雪宫代指沛王府。

〔一七〕「乘、忌」句，乘、忌，指枚乘、嚴忌（原姓莊，避明帝諱改嚴）。史記司馬相如列傳：「梁孝王來朝，從遊説之士齊人鄒陽、淮陰枚乘、吴莊忌夫子之徒，相如見而説之。因病免，客游梁，梁孝王令與諸生同舍。相如得與諸生遊士居。」此代指與王勃同官之文士。側目，謂嫉妒也。

〔一八〕「應、劉」句，應、劉，指應瑒、劉楨。三國志魏書王粲傳：「文帝（曹丕）爲五官將，及平原侯（曹）植，皆好文學。粲與北海徐幹字偉長，廣陵陳琳字孔璋，陳留阮瑀字元瑜，汝南應瑒字德璉，東平劉楨字公幹，并見友善。」此亦代指同官文士。失步，莊子秋水：「且子獨不聞夫壽陵餘子之學行於邯鄲與？未得國能，又失其故行矣，直匍匐而歸耳。」後人引此，「故行」作「故步」（如漢書叙傳上）。此言失落、不得志貌，謂讓同官相形見絀。

〔一九〕「尋反」句，指王勃被斥出沛王府。舊唐書王勃傳：「諸王鬬雞，互有勝負。勃戲爲檄英王雞文，高宗覽之，怒曰：『據此，是交構之漸。』即日斥勃，不令入府。」英王，即李顯。舊唐書高宗紀下：儀鳳二年（六七七）八月，「徙封周王顯爲英王，改名哲」。同書中宗紀述徙封英王時間同。據王勃行年，李顯徙封英王時早已離沛王府，所謂檄英王雞文，英王當爲周王，蓋後人誤書。

〔二〇〕「遠遊」二句，指王勃入蜀。江漢，指長江、漢水發源地，古謂長江源出岷山（即今岷江），漢水源出嶓冢山（在今陝西勉縣、寧强縣界）。水經注江水引益州記曰：「故其（指岷山）精則井絡纏曜，江漢炳靈。」指今四川西北部、陝西西南部，爲古蜀郡地。岷峨，即岷山、峨嵋山。新唐書王勃傳：「勃既廢（指被斥出沛王府），客劍南。嘗登葛憒山，曠望慨然，思諸葛亮之功，賦詩見情。」

〔二一〕「觀精氣」二句，謂王勃在蜀。文選左思蜀都賦：「遠則岷山之精，上爲井絡。天帝運期而會昌，景福肸蠁而興作。」劉淵林注：「河圖括地象曰：『上爲天井。』言岷山之地，上爲東井維絡；岷山之精，上爲天之井星也。昌，慶也，言天帝於此會慶建福也。」吕向注：「景，大也。肸鑾，濕生蟲蚊類是也，其群望之如氣之布寫也。言大福之興，有如此蟲群飛而多也。興作，皆超也。」

〔二二〕「所製」句，九隴縣孔子廟堂碑文即益州夫子廟碑，見王子安集注卷一五。

〔二三〕「稀世」句，世，原作「代」，避唐諱，徑改。藝文類聚卷六七玦珮引魏文帝（曹丕）與鍾繇書：「猥以蒙鄙之姿，得觀希世之寶。」

〔二四〕「正平」句，正平之作，指禰衡所作鸚鵡賦。後漢書禰衡傳：「禰衡，字正平，平原般人也。」「（黄）祖長子射爲章陵太守，尤善於衡。嘗與衡俱游，共讀蔡邕所作碑文，射愛其辭，還，恨不繕寫。衡曰：『吾雖一覽，猶能識之，唯其中石缺二字爲不明耳。』因書出之。射馳使寫碑還校，如衡所書，莫不歎伏。射時大會賓客，人有獻鸚鵡者，射舉卮於衡曰：『願先生賦之，以娛嘉賓。』衡覽筆而作，文無加點，辭采甚麗。」

〔二五〕「咸亨」二句，張説贈太尉裴公（行儉）神道碑：「官復舊號（按復舊號在咸亨元年，見上注），爲吏部侍郎，加銀青光禄大夫。自居銓管，大設綱綜，辨職量才，審官序爵法，著新格，言成故事。……在選曹，見駱賓王、盧照鄰、王勃、楊炯，評曰：『炯雖有才，名不過令長，其餘華而不實，鮮克全終。』」唐會要卷七五藻鑑、舊唐書王勃傳所述略同。考王勃咸亨二年（六七一）六月尚在蜀，有文存焉，故所謂咸亨之初「參時選」，當在咸亨二年秋冬。

〔二六〕「三府」句，後漢書承宮傳：「三府更辟，皆不應。」李賢注：「三府，謂太尉、司徒、司空府。」交辟，交相召辟。按：太尉、司徒、司空，即所謂「三公」。唐六典卷一三公：「周、漢已來，代存其任。自隋文帝罷三公府僚，皇朝因之，其或親王拜者，亦但存其名位耳。」則唐代「三公」無府僚，固無所謂「交辟」，此特用事耳。

〔二七〕「友人」六句，舊唐書王勃傳：「久之，補虢州參軍（新唐書本傳謂「聞虢州多藥草，求補參軍」）。勃恃才傲物，爲同僚所嫉。有官奴曹達犯罪，勃匿之，又懼事洩，乃殺達以塞口。事發當誅，會赦，除名。」「坐免」指殺曹達事。兩唐書本傳皆言「會赦除名」，此謂「尋復舊職」，不言「赦」，蓋諱飾之詞。凌季友，「凌」原作「陵」，據英華改。按劉知幾史通卷一一史官建置：「起居郎二員，「龍朔中改名左史、右史。今上（唐中宗）即位，仍從國初之號焉。……高宗、則天時，有李安期、顧胤、高智周、張大素、凌季友，斯併當時得名，朝廷所屬也」。其人事迹别無可考。據元和郡縣志卷六河南道二，唐時虢州治所在弘農，故城在今河南靈寶市北。

〔二八〕「棄官」二句，舊唐書王勃傳：「時勃父福畤爲雍州司户參軍，坐勃左遷交趾令。上元二年（六七五），勃往交趾省父，道出江中，爲采蓮賦以見意，其辭甚美。渡南海，墮水而卒，時年二十八。」新唐書本傳謂「度海溺水，痵而卒，年二十九」。本文稱卒於上元三年八月，年二十八（見後）。王勃卒年、享年，學界向多争議，尚待考。

〔二九〕「長卿」句，史記司馬相如列傳：「司馬相如者，蜀郡成都人也，字長卿。」景帝時爲武騎常侍，病免。游梁孝王，孝王卒，歸。武帝喜其賦，召爲郎，又以中郎將使蜀。「其後人有上書言相如使時受金，失官。居歲餘，復召爲郎。相如口吃，而善著書，常有消渴疾，……稱病閒居，不慕官爵。」

〔三〇〕「君山」句，後漢書桓譚傳：「桓譚，字君山，沛國相人也。……性嗜倡樂，簡易不修威儀，而憙非毁俗儒，由是多見排抵，哀平閒位不過郎。……王莽居攝篡弒之際，天下之士莫不競褒稱德美，作符命以求容媚。譚獨自守，默然無言。」光武即位，喜讖緯，譚「極言讖之非經，帝大怒，曰：『桓譚非聖無法。』將下斬之，譚叩頭流血，良久乃得解，出爲六安郡丞。意忽忽不樂，道病卒」。

〔三一〕「富貴」句，論語述而：「子曰：……不義而富且貴，於我如浮雲。」何晏集解引鄭玄曰：「富貴而不以義者，於我如浮雲，非己之有。」

〔三二〕「光陰」句，淮南子原道訓：「聖人不貴尺之璧，而重寸之陰，時難得而易失也。禹之趨時也，履遺而弗取，冠掛而弗顧，非争其先也，而争其得時也。」

〔三三〕「隨方」句，滲漉，史記司馬相如列傳載封禪文：「甘露時雨，厥壤可游；滋液滲漉，何生不育。」索隱案説文云：「滲漉，水下流之貌也。」此言其淵博知識常流露於詩文之中。

嘗以龍朔初載，文場變體〔一〕。争構纖微，競爲雕刻。糅之金玉龍鳳〔二〕，亂之朱紫青黄〔三〕。影帶以狥其功〔四〕，假對以稱其美〔五〕。骨氣都盡，剛健不聞。思革其弊，用光志業。薛令公朝右文宗，託末契而推一變〔六〕；盧照鄰人間才傑，覽清規而輟九攻〔七〕。知音與之矣，知己從之矣。於是鼓舞其心，發洩其用，八紘馳騁於思緒，萬代出没於豪端〔八〕。契將往而必融〔九〕，防未來而先制〔一〇〕。動摇文律，宫商有奔命之勞〔一一〕；沃蕩詞源，河海無息肩之地〔一二〕。以兹偉鑒，取其雄伯〔一三〕，壯而不虛，剛而能潤，雕而不碎，按而彌堅〔一四〕。大則用之以時，小則施之有序。徒縱横以取勢，非鼓怒以爲資。長風一振，衆萌自偃。遂使繁綜淺術，無藩籬之固〔一五〕；紛繪小才，失金湯之險〔一六〕。積年綺碎，一朝清廓，翰苑豁如〔一七〕，詞林增峻。反諸宏博，君之力焉；矯枉過正，文之權也〔一八〕。後進之士，翕然景慕，久倦樊籠，咸思自擇〔一九〕。近則面受而心服，遠則言發而響應。教之者逾於激電，傳之者速於置郵〔二〇〕。得其片言，而忽焉高視；假其一氣，則邈矣孤騫。竊形骸者，既昭發於樞機；吸精微者，亦潛附於聲律〔二一〕。雖雅才之變例，誠壯思之雄宗也〔二二〕。好異之徒〔二三〕，别爲縱誕，專求怪説，争發大言。乾坤日月張其文，山河鬼神走其思，長句以增其滯，客氣以廣其靈〔二四〕。已逾江南之風，漸成河朔之制〔二五〕。謬稱相述，罕識其源。扣純粹之精機，未投足而先逝〔二六〕；覽奔放之偏節，已滯心而忘返〔二七〕。迺相循於跼步，豈見習於通方〔二八〕。倍譎不同，非墨翟之過〔二九〕；重增其放，豈莊周之失〔三〇〕？唱高罕屬〔三一〕，既知之矣；以文罪我，其可得乎〔三二〕！

【箋注】

〔一〕「嘗以」二句，變體，指詩歌演變爲臺閣流行之「上官體」。舊唐書上官儀傳：「上官儀，本陝州陝人也。……遊情釋典，尤精三論，兼涉獵經史，善屬文。……舉進士。太宗聞其名，召授弘文館直學士，累遷祕書郎。時太宗雅好屬文，每遣儀視草，又多令繼和，凡有宴集，儀嘗預焉。……（高宗）龍朔二年（六六二），加銀青光禄大夫、西臺侍郎、同東西臺三品，兼弘文館學士如故。本以詞彩自達，工於五言詩，好以綺錯婉媚爲本。儀既貴顯，故當時多有效其體者，時人謂爲『上官體』。」

〔二〕「糅之」句，金、玉乃寶物，龍、鳳爲神物，稱「糅之」，謂詩多取用輕重不相稱之詞語，欲給人以高貴美，而内容却華而不實。

〔三〕「亂之」句，朱、紫、青、黄，乃四種顔色，朱、青爲正色，紫、黄爲間色。論語陽貨：「子曰：惡紫之奪朱也。」何晏集解引孔（安國）曰：「朱，正色；紫，間色之好者。惡其邪好而奪正色。」後漢書黄瓊傳，稱黄瓊上書諫皇帝「（姦邪）與忠臣并時顯封，使朱紫共色，粉墨雜蹂，所謂抵金玉於沙礫，碎珪璧於泥塗」云云。朱紫不分，即正邪不辨，故言「亂之」。於文章（主要是詩歌）「亂之」，指好用色澤艷麗之詞藻，欲給人以視覺美，而其實乃虚飾浮誇。劉知幾史通卷四編次謂班固作史，「其間則有統體不一，名目相違，朱紫以之混淆，冠履於焉顛倒」云云，亦「亂之」之義。此與上句義同。

〔四〕「影帶」句，舊題崔融唐朝新定詩格十體之「映帶體」：「映帶體者，謂以事意相愜，復而用之者是。詩曰：『露花疑濯錦，泉月似沈珠。』此意花似錦，月似珠，自昔通規矣。然蜀有濯錦川，漢有明月浦，故特以爲映帶。又曰：『侵雲蹀征騎，帶月倚雕弓。』雲、騎與月、弓是復用，此映帶之類。」影帶，同「映帶」。意謂由一個意象影射并帶出另一意象或典故，一實一虚，有如復用。

〔五〕「假對」句，假對，謂用聲韻爲對偶。文心雕龍聲律：「凡聲有飛沉，響有雙疊。雙聲隔字而每舛，疊韻雜句而必睽。沉則響發而斷，飛則聲揚不還：并轆轤交往，逆鱗相比，迂其際會，則往蹇來連，其爲疾病，亦文家之吃也。」又隋書李諤傳載上（隋高祖）書：「江左齊、梁，其（指文）弊彌甚。……競一韻之奇，争一句之巧。連篇累牘，不出月露之形；積案盈箱，唯是風雲之狀。世俗以此相高，朝廷據兹擢士。」所稱皆假對爲美之弊。

〔六〕「薛令公」二句，薛令公，即中書令薛元超，已見庭菊賦序注，其事迹詳本書卷十中書令汾陰公薛振行狀。「托末契」，文選陸機歎逝賦：「托末契於後生，余將老而爲客。」李周翰注：「末契，下交也。」

〔七〕「盧照鄰」二句，盧照鄰，字昇之，幽州范陽人，「初唐四傑」之一，兩唐書有傳。「覽清規」，「清」，原作「青」，據英華、王子安集本、全唐文改。「清規」意不詳，蓋指王勃之革弊主張，或其作詩之法。九攻，墨子卷一三公輸：「（墨子）於是見公輸盤。子墨子解帶爲城，以牒爲械，公輸盤九設攻城之機變，子墨子九距之。公輸盤之攻械盡，子墨子之守圉有餘。公輸盤詘。」蓋盧、王二人就文體革新問題曾有過辯難，至此達成一致，故謂「輟九攻」。其本事不詳。

〔八〕「八紘」二句，紘，原作「絃」，據英華、王子安集本、全唐文改。八紘，文選左思吴都賦：「古先帝代，曾覽八紘之洪緒，一六合而光宅。」劉淵林注引淮南子曰：「九州外有八澤，方千里；八澤之外有八紘，亦方千里，蓋八索也。」所引見淮南子墬形訓，高誘注曰：「紘，維也。維落天地而爲之表，故曰紘也。」陸機文賦：「其始也，皆收視反聽，耽思傍訊，精騖八極，心游萬仞。」即其義。謂創作思路極爲開闊。騁，英華校：「一作驟。」豪，通「毫」，細毛，此代指筆。

〔九〕「契將往」句，契，契合。將往，以往。謂往古凡合於己者，必融會而用之。陸機文賦：「收百世之闕文，採千載之遺韻。」即其義。

〔一〇〕「防未來」句，謂凡創新處，不要讓其有流弊，故先自我克制，以防患於未然。

〔一一〕「動摇」二句，文選陸機文賦：「普辭條與文律，良余膺之所服。」李善注引尚書（舜典）：「帝曰：律和聲。」又引孔安國曰：「律，六律也。」此所謂「文律」、宫商，指當時詩歌、駢文普遍使用由永明體四聲論改進、發展而來的聲韻格律。謂王勃作品音韻諧合，運用自如。

〔一二〕「沃蕩」二句，文選王簡棲頭陀寺碑文：「頭陀寺……南則大川浩汗，雲霞之所沃蕩。」劉良注：「沃，流也；蕩，動也。」息肩，左傳襄公二年：「子駟請息肩於晉。」杜預注：「以負擔喻。」詞源，指詞藻。謂王勃作品詞彙豐富活潑，有翻江倒海之勢，無匱乏拘牽之態。

〔一三〕「取其」句，雄伯，當指「上官體」宫體詩之主要代表作家，謂其無抵抗之力，故能迅速戰而勝之。

〔一四〕「壯而」四句，謂革新後之作品既氣勢雄壯且内容充實，又風格剛健不乏潤飾，文字渾厚峻潔。彌堅，論語子罕：「顏淵喟然歎曰：仰之彌高，鑽之彌堅。」何晏集解：鑽之彌堅，「言不可窮盡」。

〔一五〕「無藩籬」句，文選陸機辯亡論上：「城池無藩籬之固。」李善注引（賈誼）過秦論曰：「楚師深入鴻門，曾無藩籬之難。」張銑注：「言易取也。」藩籬，以竹木編成之籬笆。

〔一六〕「粉繪」二句，粉繪，猶言藻繪，指爲文華麗。粉，謂文多虚飾，如同人之傅粉。其字英華、全唐文作「紛」，義同。金湯，漢書蒯通傳：「范陽令先降而身死，必將嬰城固守，皆爲金城湯池，不可攻也。」顏師古注：「金以喻堅，湯喻沸熱不可近。」失金湯，失去抵抗之力。

〔一七〕「翰苑」句，豁如，漢書高帝紀上：「寬仁愛人，意豁如也。」顏師古注：「豁然開大之貌。」

〔一八〕「矯枉」二句，漢書孝成許皇后傳：「吏拘於法，亦安足過？蓋矯枉者過直，古今同之。」顏師古注：「矯，正也；枉，曲也。言意在正曲，遂過於直。」又同書王莽傳：「矯枉者過其正。」文之權，權，變通。謂改革文風雖有過正處，乃不得已，目的在「矯枉」。

〔一九〕「久倦」二句，莊子養生主：「澤雉十步一啄，百步一飲，不蘄畜乎樊中。」郭象注：「樊，所以籠雉也。」又陶潛歸園田居詩：「久在樊籠裏。」此喻宫體詩作法有如「樊籠」，詩人久已厭倦，故「咸思自擇」，自擇，自求出路也。

〔二〇〕「傳之者」句，孟子公孫丑上：「孔子曰：德之流行，速於置郵而傳命。」趙岐注：「言王政不興久矣，民患虐政甚矣，若飢者食易爲美，渴者飲易爲甘，德之流行，疾於置郵傳書命也。」置郵，與上句「激電」義同，言文壇衰弊已久，故革新思想傳播之迅速，有如置郵傳書。郵，驛站。

〔二一〕「竊形骸」四句，形骸，本指人之肉體，此喻文體。樞機，周易繫辭上：「言行，君子之樞機。樞機之發，榮辱之主也。」王弼注：「樞機，制動之主。」此指爲文關捩。精微，極細微處。聲律，指四聲。兩句言得其粗者，已明白爲文關鍵；得其精者，則掌握四聲運用技巧。當時發現四聲時間不長，人多不曉，故以其爲「精微」。

〔二二〕「雖雅才」二句，謂學得文體樞機及掌握聲律技巧，雖非高雅之才的學文正途，只能視爲「變例」，然對初學者言，已可稱文士之雄。

〔二三〕「好異」句，好異，喜歡立異。好，原作「妙」，各本同，據王子安集本改。

〔二四〕「客氣」句，客，原作「容」，據王子安集本、全唐文改。左傳定公八年：「陽虎僞不見冉猛者，曰：『猛在此，必敗！』猛逐之，顧而無繼，僞顛。虎曰：『盡客氣也。』」杜預注：「言皆客氣，非勇。」用之論文，指「好異之徒」走向極端，其作品内容、情感虚假不實。

〔二五〕「已逾」二句，江南之風，指南朝文風；河朔之制，指北朝文體。隋書文學傳序：「江左宫商發越，貴於清綺，河朔詞義貞剛，重乎氣質。氣質則理勝其詞，清綺則文過其意。」二句謂後學各執一偏，不能文質相稱。按：以上所謂「縱誕」、「怪説」、「大言」直至「長句」、「客氣」等等，皆「好異之徒」之文弊，具體所指已不可考。

〔二六〕「扣純粹」二句，扣，問，瞭解。純粹、精機，指文體改革之理論精髓。精機謂精神、關捩。未投足，文選揚雄解嘲：「欲步者擬足而投迹。」李善注：「言不敢奇異也。……欲行者擬足不前，待彼行而投其迹也。」此言尚未擬足，即已奔走，形容淺嘗輒止，未得其要。

〔二七〕「覽奔放」二句，奔放，指爲文無節制。偏節，猶言邪道。兩句謂好異者不知改轍，已積重難返。

〔二八〕「迺相循」二句，跼步，步欲舉而退縮貌。通方，漢書韓安國傳：「通方之士，不可以文亂。」顔師古注：「方，道也。」此指通達。皇甫謐三都賦序：「二國之士，各沐浴所聞，……皆非通方之論也。」兩句謂好異者氣度狹小，目光短淺。

〔二九〕「倍譎」二句，莊子天下：「相里勤之弟子五侯之徒，南方之墨者。苦獲、已齒、鄧陵子之屬，俱誦墨經，而倍譎不同，相謂『別墨』。」郭象注：「必其各守所見，則所在無通，故於墨之中又相與別也。」成玄英疏：「譎，異也。俱誦墨經而更相倍異，相呼爲『別墨』。」倍，原作「信」，形訛，據改。「倍」乃「背」之假借字。

〔三〇〕「重增」二句，文選嵇康與山巨源絶交書：「又讀莊老，重增其放。」李善注：「放，謂放蕩。」吕延濟注：「莊、老忘榮辱，齊是非，故增放逸也。」按：以上四句，以墨子、莊子擬王勃，謂好異者之失，不應由王勃承擔責任。

〔三一〕「唱高」句，文選宋玉對楚王問：「客有歌於郢中者，……其爲陽春白雪，國中屬而和者不過數十人。引商刻羽，雜以流徵，國中屬而和者不過數人而已。是其曲彌高，其和彌寡。」

〔三二〕「以文」二句，孟子滕文公下：「孔子曰：知我者，其惟春秋乎！罪我者，其惟春秋乎！」趙岐注：「知我者，謂我正綱紀也；罪我者，謂時人見彈貶者，言孔子以春秋撥亂也。」按：蓋當時有人以「好異之徒」所作「縱誕」詩文加罪於王勃及文體改革，故以上特爲之詳辨并批駁。其史實已不可考。

君以爲摛藻彫章，研幾之餘事〔一〕；知來藏往，探賾之所宗〔二〕。隨時以發，其惟應便〔三〕；稽古以成，其殆察微〔四〕。循紫宫於北門，幽求聖律〔五〕；訪玄扈於東洛，響像天人〔六〕。每覽韋編〔七〕，思弘大易。周流窮乎八索〔八〕，變動該乎四營〔九〕。爲之發揮，以成注解〔一〇〕。於嘗因夜夢，有稱孔夫子，而謂之曰：「易有太極〔一一〕，子其勉之。」寤而循環，思過半矣。於是窮蓍蔡以像告，考爻象以情言〔一二〕。既乘理而得玄，亦研精而狥道〔一三〕。虞仲翔之盡思，徒見三爻〔一四〕；韓康伯之成功，僅踰兩繫〔一五〕。君之所注〔一六〕，見光前古，與夫發天地之秘藏，知鬼神之情狀者〔一七〕，合其心矣。君又以幽贊神明，非杼軸於人事〔一八〕；經營訓導，迺優游於聖作〔一九〕。於是編次論語，各以群分，窮源造極，爲之詁訓〔二〇〕。仰「貫一」以知歸〔二一〕，希「體二」而致遠〔二二〕。爲言式序，大義昭然〔二三〕。

【箋注】

〔一〕「君以爲」二句，摛藻彫章，指寫作華麗文章。彫，同「雕」。漢書叙傳上：「雖馳辯如濤波，摛藻如春華，猶無益於殿最。」顏師古注：「摛，布也；藻，文辭也。」文選任昉王文憲集序：「固以理窮言行，事該軍國，豈直雕章縟采而已哉！」吕延濟注「雕章」爲「雕飾文章」。研幾，周易繫辭上：「夫易，聖人之所以極深而研幾也。唯深也，故能通天下之志；唯幾也，故能成天下之務。」韓康伯注：「極未形之理則曰深，適動微之會則曰幾。」幾，本作機，幾，微也。兩句謂作詩文乃做學問之餘事，後者遠比前者重要。

〔二〕「知來」二句，易繫辭上：「神以知來，知以藏往。」韓康伯注：「明蓍卦之用，同神知也。蓍定數於始，於卦爲來；卦成象於終，於蓍爲往。往來之用相成，猶神知也。」同上又曰：「探賾索隱，鉤深致遠，以定天下之吉凶，成天下之亹亹者，莫大乎蓍龜。」孔穎達正義：「探賾索隱，鉤深致遠者，探謂闚探求取，賾謂幽深難見。卜筮則能闚探幽昧之理，故云探賾也。索謂求索，隱謂隱藏。卜筮能求索隱藏之處，故云索隱也。物在深處，能鉤取之；物在遠方，能招致之，卜筮能然，故云鉤深致遠也。以此諸事，正定天下之吉凶，成就天下之亹亹者，唯卜筮能然，故云莫大乎蓍龜也。案釋詁云：『亹亹，勉也。』」

〔三〕「隨時」二句，謂平日因事所作詩文，乃爲應付酬對，意謂其價值不高。惟，英華校：「一作文。」

〔四〕「稽古」二句，尚書堯典：「曰若稽古帝堯。」僞孔傳：「若，順；稽，考也。能順考古道而行之者。」察微，洞察精微之義。大戴禮記卷七五帝德：「聰以知遠，明以察微。」兩句謂考古道，察精微，方可稱文章高格。

〔五〕「循紫宮」二句，文選班固西都賦：「焕若列宿，紫宮是環。」李善注引春秋合誠圖曰：「紫宮，大帝室，太一之精也。」漢書曰：「中宮天極星，環之匡衛十二星，藩臣，皆曰紫宮也。」此指唐帝之皇宮。北門，舊唐書劉禕之傳：「上元中，遷左史、弘文館直學士，與著作郎元萬頃、左史范履冰、苗楚客，右史周思茂、韓楚賓等皆召入禁中，共撰列女傳、臣軌、百寮新誡、樂書，凡千餘卷。時又密令參決，以分宰相之權，時人謂之北門學士。」資治通鑑卷二〇二唐紀一八記此事，胡三省注曰：「不從南衙，於北門出入，故云然。」此言王勃常與當代著名文士交往。幽，深也。聖律，古先帝王典籍。

〔六〕「訪玄扈」二句，藝文類聚卷九九祥瑞部下引春秋合誠圖曰：「黄帝游玄扈雒水上，與大司馬容光等臨觀，鳳皇銜圖置帝前，帝再拜受圖。」又太平御覽卷四三玄扈山引春秋合誠圖（大略同上），注曰：「玄扈山，在上洛縣北一百里。」此以「玄扈」代指圖讖秘籍。響像，文選王延壽魯靈光殿賦：「忽瞟眇以響像，若鬼神之髣髴。」李善注：「響像，猶依稀，非正形聲也。」天人，神、人。謂得覩秘書，依稀如見當日神人交接之狀。

〔七〕「每覽」句，謂讀易。史記孔子世家：「讀易，韋編三絶，曰：假我數年若是，我於易則彬彬矣。」漢書儒林傳：「（孔子）蓋晚而好易，讀之韋編三絶，而爲之傳。」顔師古注：「編所以聯次簡也。

言愛玩之甚，故編簡之韋爲之三絶也。」

〔八〕「周流」句，周易繫辭下：「易之爲書也，不可遠。爲道也屢遷，變動不居，周流六虚。」八索，僞古文尚書孔安國序：「八卦之説，謂之八索。」孔穎達正義：「言爲論八卦事義之説者，其書謂之八索。」

〔九〕「變動」句，易繫辭上：「是故四營而成易，十有八變而成卦。」韓康伯注：「分而爲二以象兩，一營也；掛一以象三，二營也；揲之以四，三營也；歸奇於扐，四營也。」孔穎達正義：「四營而成易者，營謂經營。謂四度經營蓍策，乃成易之一變也。」

〔一〇〕「爲之」二句，按舊唐書經籍志、新唐書藝文志皆著録「王勃周易發揮五卷」，所謂注易之書，當即指此。

〔一一〕「易有」句，易繫辭上：「易有太極，是生兩儀。」韓康伯注：「夫有必始於無，故大極生兩儀也。大極者，无稱之稱，不可得而名，取有之所極，況之大極者也。」「大」音「泰」。

〔一二〕「於是」二句，周易繫辭上：「定天下之吉凶，成天下之亹亹者，莫大乎蓍龜。」著，草名，蔡，大龜也，古用以占卜。易繫辭下：「八卦以象告，爻象以情言，剛柔雜居，而吉凶可見矣。」韓康伯注：「(八卦)以象告人。(爻彖)辭有險易，而各得其情也。」

〔一三〕「既乘理」二句，謂既重視周易卦象、爻彖之理，再由「理」進而入「玄」，即可在精研之中求得「道」。狥，同「徇」，求也。玄較理更爲深奥、微妙，故老子曰：「玄之又玄，衆妙之門。」河上公注「衆妙」爲「道要」。

〔一四〕「虞仲翔」二句，三國志吴書虞翻傳：「虞翻，字仲翔，會稽餘姚（今屬浙江）人也。」舉茂才，漢召爲侍御史。著易注，又爲老子、論語、國語訓注，皆傳於世。裴松之注引虞翻别傳曰：「翻初立易注，奏上曰：『……臣生遇世亂，長於軍旅，習經於枹鼓之間，講論於戎馬之上，蒙先師之説，依經立注。又臣郡吏陳桃夢臣與道士相遇，放髮被鹿裘，布易六爻，撓其三以飲臣。臣乞盡吞之，道士言：易道在天，三爻足矣。』」

〔一五〕「韓康伯」二句，晉書韓伯傳：韓伯，字康伯，潁川長社（今河南許昌）人。舉秀才，仕至吏部尚書、領軍將軍。隋書經籍志：「周易十卷，魏尚書郎王弼注六十四卦六卷，韓康伯注繫辭以下三卷，王弼又撰易略例一卷。」按繫辭分上下，故稱「兩繫」。

〔一六〕「君之」句，「之」字原無，據英華、全唐文補。

〔一七〕「知鬼神」句，周易繫辭上：「精氣爲物，遊魂爲變。是故知鬼神之情狀，與天地相似，故不違。」韓康伯注：「盡聚散之理，則能知變化之道，無幽而不通也。」

〔一八〕「君又以」二句，謂易道雖深邃，然不關人事。周易説卦：「昔者聖人之作易也，幽贊於神明而生蓍。」韓康伯注：「幽，深也，贊，明也。蓍受命如響，不知所以然而然也。」杼軸，文選陸機文賦：「雖杼軸於予懷，怵他人之我先。」李善注：「杼軸，以織喻也。……毛詩曰：『杼軸其空。』」此喻料理，言神明不能治理人事。

〔一九〕「經營」二句，經營，治理社會，訓導，教化百姓。優游，悠閒自得貌。詩經小雅采菽：「優哉游哉，亦是戾矣。」此謂涵泳其間，不捨離去。聖作，此指論語。謂易與論語不同，前者乃「幽贊神明」，而後者方關於人事。

〔二〇〕「於是」四句，按舊唐書經籍志著録「次論語五卷，王勃撰」，新唐書藝文志著録爲「十卷」。皆久佚。

〔二一〕「仰『貫一』」句，貫一，即一以貫之，指忠恕。論語里仁：「子曰：『參乎！吾道一以貫之。』曾子曰：『唯。』子出，門人問曰：『何謂也？』曾子曰：『夫子之道，忠恕而已矣。』」

〔二二〕「希『體二』」句，體二，謂效法顔淵、冉有。文選李康運命論：「雖仲尼至聖，顔、冉大賢，……孟軻、孫卿，體二希聖，從容正道，不能維其末。」張銑注：「孟、孫二子體法顔、冉，故云『體二』；志望孔子之道，故云希聖。」

〔二三〕「爲言」二句，詩經周頌時邁：「明昭有周，式序在位。」鄭玄箋「式序」爲「次第」，孔穎達正義釋爲「次序」。此謂編次論語（指所著次論語），從而使論語之大義明明白白。

文中子之居龍門也，睹隋室之將散，知吾道之未行，循歎鳳之遠圖〔一〕，宗獲麟之遺制〔二〕，裁成大典，以贊孔門。討論漢、魏，迄於晉代，删其詔命，爲百篇以續書〔三〕。甄正樂府，取其雅奥，爲三百篇以續詩〔四〕。又自晉太熙元年，至隋開皇九年平陳之歲，褒貶行事，述元經以法春秋〔五〕。門人薛收竊慕，同爲元經之傳〔六〕，未就而殁。君思崇祖德，光宣奥義，續薛氏之遺傳〔七〕，制詩書之衆序〔八〕，包舉藝文〔九〕，克融前烈。陳群禀太丘之訓，時不逮焉〔一〇〕；孔伋傳司寇之文，彼何功矣〔一一〕。詩書之序，並冠於篇；元經之傳，未終其業。命不與我，有涯先謝〔一二〕，春秋二十八，皇唐上元三年秋八月〔一三〕。不改其樂，顔氏斯殂〔一四〕；養空而浮，賈生終逝〔一五〕。嗚呼，天道何哉！所注周易，窮乎晉卦〔一六〕；又注黄帝八十一難〔一七〕，幸就其功。撰合論十篇，見行於世〔一八〕。君平生屬文，歲時不倦，綴其存者，纔數百篇。嗟乎促齡〔一九〕，材氣未盡；殁而不朽，君子貴焉。

【箋　注】

〔一〕「循歎鳳」句，論語子罕：「子曰：鳳鳥不至，河不出圖，吾已矣夫！」何晏集解引孔（安國）曰：「聖人受命，則鳳鳥至，河出圖。今天無此瑞。『吾已矣夫』者，傷不得見也。」遠圖，遠大志向，指著書爲後代所用。

〔二〕「宗獲麟」句，左傳哀公十四年（春秋）經：「春，西狩獲麟。」杜預注：「麟者，仁獸，聖王之嘉瑞也。時無明王出而遇獲，仲尼傷周道之不興，感嘉瑞之無應，故因魯春秋而修中興之教，絶筆於『獲麟』之一句。所感而作，固所以爲終也。」

〔三〕「討論」四句，指王通撰寫續書。杜淹文中子世家：「續書一百五十篇，列爲二十五卷。」又王勃續書序：「經始漢魏，迄於有晉，擇其典物宜於教者，續書爲百二十篇。……遭世喪亂，未行於時。歷年永久，稍見殘缺。貞觀中，太原府君（當指其伯父王福郊）考諸六經之目，則亡其小序，其有録而無篇者，又十六焉。」又曰：「間者承命，爲百二十篇作序，而兼當補修其闕。……始自總章二年（六六九），洎乎咸亨五年（六七四），刊寫文就，定成百二十篇，勒成二十五卷。」其書後世未見著録。

〔四〕「甄正」三句，王通中説事君篇：「薛收問續詩。子曰：『有四名焉，有五志焉。何謂四名？一曰化，天子所以風天下也。二曰政，蕃臣所以移其俗也。三曰頌，以成功告於神明也。四曰嘆，以陳誨立誡於家也。凡此四者，或美焉，或勉焉，或傷焉，或惡焉，或誡焉，是謂五志。』」杜淹文中子世家：「續詩三百六十篇，列爲十卷。」又王勃續書序：「遂約大義，刪舊章，續詩爲三百六十篇。」其書後世未見著録。

〔五〕「又自」四句，太熙，西晉武帝司馬炎年號，太熙元年爲公元二九〇年。隋文帝開皇九年，爲公元五八九年。平陳，隋書高祖紀下：「（開皇）九年春正月己巳，……韓擒虎進師入建鄴，獲其將任蠻奴，獲陳主叔寶，陳國平。」按杜淹文中子世家：「元經五十篇，列爲十五卷。」王勃續書序：「考僞亂而修元經。」今傳元經爲十卷，舊稱前九卷爲王通原書，末一卷自隋開皇十年（五九〇）迄唐武德元年（六一八），爲薛收所續。然宋人多指其爲阮逸依託之僞作，見趙希弁郡齋讀書後志卷下、陳振孫直齋書録解題卷四。

〔六〕「門人」二句，薛收，字伯褒，蒲州汾陰人，隋内史侍郎道衡子。十二能屬文。歸唐，授天策府記室參軍。病卒，年三十三。兩唐書有傳。傳，指爲元經作注。按陳振孫直齋書録解題卷四著録元經薛氏傳十五卷，「稱王通撰，薛收傳，阮逸補并注，……其傳出阮逸，或云皆逸僞作也」。

〔七〕「續薛氏」句，遺傳，指薛收未完成之傳注遺稿。據下文「未終其業」，知王勃續作之注，亦未脱稿。

〔八〕「制詩書」句，所稱「衆序」，今王子安集只存續書序一篇，餘皆亡佚。

〔九〕「包舉」句，包，原作「危」，英華同，注曰：「疑。」據四子集、全唐文改。班固典引：「聖上固以垂精游神，苞舉藝文。」

〔一〇〕「陳群」二句，三國志魏書陳群傳：陳群，字長文，潁川許昌（今屬河南）人。事曹操爲侍中，領丞相東西曹掾。魏文帝踐阼，遷尚書僕射，加侍中，徙尚書令，進爵潁鄉侯。太丘，指陳群之祖陳寔，嘗爲太丘長，漢末遭黨錮，隱居荆山，有盛名。群爲兒時，寔常奇異之，謂宗人父老曰：「此兒必興吾宗。」此以陳寔喻王通，陳群喻王勃，而惜王勃出生時已不及見其祖。

〔一一〕「孔伋」二句，册府元龜卷七三九：「孔伋，字子思，孔子孫也。」舊稱孔子没後，七十二子之徒共撰所聞爲禮記，其中中庸爲子思作，或謂大學亦子思作，然無確切文獻可考。司寇，指孔子。史記孔子世家：「（魯）定公以孔子爲中都宰，一年，四方皆則之。由中都宰爲司空，由司空爲大司寇。」此言孔伋雖傳孔子之文，然較王勃於其祖，其功不足論。

〔一二〕「命不」二句，與我，疑爲「我與」之倒。有涯，指生命。莊子養生主：「吾生也有涯。」郭象注：「所秉之分，各有極也。」先謝，謂早亡。

〔一三〕「春秋」二句，皇唐，皇，原作「年」，據英華、全唐文改。高宗上元三年，爲公元六七六年。是序所載享年、卒年，學界多所質疑，至今尚無定論。

〔一四〕「不改」二句，論語雍也：「子曰：賢哉回也！一簞食，一瓢飲，在陋巷，人不堪其憂，回也不改其樂。賢哉，回也！」何晏集解引孔（安國）注：「顔淵樂道，雖簞食，在陋巷，不改其所樂。」又：「季康子問弟子孰爲好學，孔子對曰：『有顔回者好學，不幸短命死矣。』」

〔一五〕「養空」二句，史記賈生列傳：「賈生，名誼，雒陽人也。年十八，以能誦詩屬書聞於郡中。」文帝召爲博士，一歲中至大中大夫，「諸律令所更定，及列侯悉就國，其説皆自賈生發之。於是天子議以爲賈生任公卿之位，絳（周勃）、灌（灌嬰）、東陽侯（張相如）、馮敬之屬盡害之」，出爲長沙王太傅。後又爲梁懷王太傅，「懷王騎墮馬而死，無後，賈生自傷爲傅無狀，哭泣，歲餘亦死」，年三十三。在長沙時，嘗作鵩鳥賦，有曰：「不以生故自寶兮，養空而浮。」索隱引鄧展云：「自寶，自貴也。養空而浮，言體道之人，但養空性，而心若浮舟也。」

〔一六〕「所注」二句，在周易六十四卦中，晉卦位列第三十五，則其所注似未完稿。與前文所謂「君之所注」（即周易發揮五卷）是否一書，已不可詳。

〔一七〕「又注」句，今存黄帝八十一難經序，見王子安集注卷九，而注本未見著録。按難經序稱於龍朔元年（六六一）遇名醫曹元於長安，授周易章句及黄帝素問難經，伏習五年，「謹録師訓，編附聖經」云云。則似只是編附「師訓」，而并非爲之作注。

〔一八〕「撰合論」二句，本序前述王勃「奉教撰平臺秘略十篇」，然此似非所稱合論。合論久已失傳。王子安集注卷一一有八卦卜大演論，不詳是否十篇之一。世，原作「代」，避太宗諱，徑改。

〔一九〕「嗟乎」句，促齡，短壽。文選袁宏三國名臣序贊：「惜其（指周瑜）齡促，志未可量。」吕延濟注：「言（周）瑜早卒，故惜其年促。」

兄勔及勮〔一〕，磊落詞韻，鏗鏘風骨〔二〕，皆九變之雄律也〔三〕；弟助及勛〔四〕，揔括前藻，網羅群思，亦一時之健筆焉〔五〕。友愛之至，人倫所極〔六〕，永言存殁，何痛如之！援翰紀文，咸所未忍。蓋以投分相期〔七〕，非弘詞説，潸然擥涕〔八〕，究而序之。分爲二十卷，具諸篇目〔九〕。三都盛作，恨不序於生前〔一〇〕；七志良書，空撰得於身後〔一一〕。神其不遠，道或存焉〔一二〕。

【箋注】

〔一〕「兄勔」句，舊唐書王勃傳：「（勃）與兄勔、勮才藻相類，父友杜易簡常稱之曰：『此王氏三珠樹也。』」又曰：「勮弱冠進士登第，累除太子典膳丞。長壽中，擢爲鳳閣舍人。……尋加弘文館學士，兼知天官侍郎。……萬歲通天二年（六九七），綦連耀謀逆，事泄，勮坐與耀善，并弟勔并伏誅。」「勔累官至涇州刺史。神龍初，有詔追復勮、勔官位。」勮，原作「劇」，據上引改。

〔二〕「磊落」二句，磊落，大氣貌。文心雕龍明詩：「慷慨以任氣，磊落以使才。」鏗鍧，象聲詞。文選班固東都賦：「鐘鼓鏗鍧，管絃曄煜。」李善注引禮記曰：「子夏曰：『鐘聲鏗。』鏗，苦耕切。鍧亦聲也，呼萌切。」

〔三〕「皆九變」句，周禮春官大司樂：「凡樂……於宗廟之中奏之，若樂九變，則人鬼可得而禮矣。」賈公彦疏：「言六變、八變、九變者，謂在天地及廟庭而立四表，舞人從南表向第二表爲一成，一成則一變。從第二至第三爲二成，從第三至北頭第四表爲三成。舞人各轉身南向，於北表之北，還從第一至第二爲四成，從第二至第三爲五成，從第三至南頭第一表爲六成，則天神皆降。若八變者，更從南頭北向第二爲七成，又從第二至第三爲八成，地祇皆出。若九變者，又從第三至北頭第一爲九變，人鬼可得禮焉。」此約周之大武，象武王伐紂。」此以樂喻文，謂其文章之美，臻於極致。

〔四〕「弟助」句，新唐書王勃傳：「助字子功，七歲喪母哀號，鄰里爲泣。居父憂，毁骨立。服除，爲監察御史裏行。」「萬歲通天二年坐綦連耀案，與兄勔等同時被殺。詳舊唐書酷吏傳之吉頊傳。有雕蟲集一卷傳世，見新唐書藝文志。王勛事迹不詳。

〔五〕「揔括」三句，揔，同「總」字。前藻，前人作品。群思，諸家思想。謂王助等善於汲取衆家之長。新唐書王勃傳：「初，勔、勮、勃皆著才名，故杜易簡稱『三珠樹』。其後助、劼又以文顯。劼早卒。福時少子勸亦有文，福時嘗詫韓思彥，思彥戲曰：『武子（按：王濟）有馬癖，君有譽兒癖，王家癖何多耶！』使助出其文，思彥曰：『生子若是，可夸也！』」

〔六〕「人倫」句，後漢書郭泰傳：「林宗雖善人倫，而不爲危言覈論，故宦者擅政而不能傷也。」李賢注：「禮記曰：『擬人必於其倫。』鄭玄注曰：『倫，猶類也。』」極，原作「及」，據英華改。

〔七〕「蓋以」句，投分，文選潘岳金谷集作詩一首：「投分寄石友，白首同所歸。」李善注：「阮瑀爲魏武與劉備書曰：『披懷解帶，投分記意。』分，猶志也。」謂志趣投合。

〔八〕「潸然」句，漢書景十三王傳中山靖王勝傳：「紛驚逢羅，潸然出涕。」顔師古注：「潸，垂涕貌。」擥涕，楚辭屈原九章思美人：「思美人兮，擥涕而竚眙。」王逸注：「竚立悲哀，涕交横也。」

〔九〕「分爲」二句，舊唐書王勃傳：「勃文章邁捷，下筆則成。尤好著書，撰周易發揮五卷，及次論等書數部，勃亡後并多遺失。有文集三十卷。」或「三」乃「二」之訛，或三十卷爲後人重編。按王勃集宋以後散佚，今傳乃明崇禎間張燮重輯本王子安集十六卷，刊入四子集。清同治時蔣清翊作王子安集注，分爲二十卷。

〔一〇〕「三都」二句，都，原作「部」，各本同，唯蔣清翊王子安集注本作「都」，是，據改。三都，指左思所作蜀都、吳都、魏都三賦。晉書左思傳述其寫作過程道：「搆思十年，門庭藩溷皆著筆紙，遇得一句，即便疏之。自以所見不博，求爲秘書郎。及賦成，時人未之重。思自以其作不謝班（固）、張（衡），恐以人廢言。安定皇甫謐有高譽，思造而示之，謐稱善，爲其賦序。……於是豪貴之家競相傳寫，洛陽爲之紙貴。」

〔二〕「七志」二句，南齊書王儉傳：「王儉，字仲寶，琅琊臨沂（今屬山東）人也。……解褐秘書郎、太子舍人，超遷秘書丞。上表求校墳籍，依七略撰七志四十卷，上表獻之。」撰得，王子安集本作「得撰」。此以七志喻指王勃文集，蓋謂七志雖爲良書，然身前無人撰序，而此序雖作，人已云亡，嘆作者無緣得覩，故謂「空撰」。

〔三〕「道或」句，此句之下，王子安集猶有「華陰楊炯撰」句。

宴族人楊八宅序〔一〕

僕聞八音繁會，合其德者宫商〔二〕；萬壑沸騰，殊其流者涇渭〔三〕。方以類聚，物以群分〔四〕。出言斯應，則四海之内可以爲兄弟〔五〕；吾道不行，則同舟之人可以成胡越〔六〕。夫俗徒擾擾，天下喧喧。風雲竭而交道衰〔七〕，勢利行而小人長〔八〕。固知深期罕遇，所以縱傾蓋之談〔九〕；高契難并，所以泣相知之晚〔一〇〕。道之存也〔一一〕，獨在兹乎！

【箋注】

〔一〕楊八，在同族兄弟中排行第八。其人名未詳，據下文「薄遊朝市」句，知其身在宦籍。又據文中「遥遥别館，花開玉樹之宫。望望八川，苔發璜溪（即磻溪）之水」四句，是序當作於長安附近，時在春季，年份不詳。

〔二〕「僕聞」二句，八音，八類樂器之音，見下注。宫、商，代指宫、商、角、徵、羽五聲。周禮春官大師：「大師掌六律六同，以合陰陽之聲。……皆文之以五聲宫、商、角、徵、羽，皆播之以八音金、石、土、革、絲、木、匏、竹。」

〔三〕「萬壑」二句，殊其流，謂渭清涇濁，見前送鄭州周司功詩注。

〔四〕「方以」二句，周易繫辭上：「方以類聚，物以群分，吉凶生矣。」韓康伯注：「方有類，物有群，則有同有異，有聚有分。順其所同則吉，乖其所趣則凶，故吉凶生矣。」孔穎達正義：「方謂法術，性行以類共聚，同方者則同聚也。物謂物色，群黨共在一處，而與他物相分别。」

〔五〕「出言」二句，斯應，有所回應，表示贊同。論語顔淵：「子夏曰：『……君子敬而無失，與人恭而有禮，四海之内皆兄弟也。』」

〔六〕「吾道」二句，論語公冶長：「子曰：道不行，乘桴浮於海，從我者其由與。」此謂道不相同。説苑卷五貴德：「魏武侯浮西河而下，中流，顧謂吴起曰：『美哉！河山之固也，此魏國之寶也。』吴起對曰：『在德不在險。昔三苗氏左洞庭，右彭蠡，德義不修，而禹滅之。夏桀之居，左河濟，右太華，伊闕在其南，羊腸在其北。修政不仁，湯放之。殷紂之國，左孟門而右太行，常山在其北，太河經其南。修政不德，武王伐之。由此觀之，在德不在險。若君不修德，船中之人盡敵國也。』武侯曰：『善。』」胡越，胡在北，越在南，謂相去遼遠，彼此相背。

〔七〕「風雲」句，風雲，喻地位、權力。交道衰，後漢書王丹傳：「交道之難，未易言也。世稱管、鮑，次則王、貢。張、陳凶其終，蕭、朱隙其末，故知全之者鮮矣。」李賢注：「張耳、陳餘初爲刎頸交，後搆隙。耳後爲漢將兵，殺陳餘於泜水之上。蕭育字次君，朱博字子元，二人爲友，著聞當代，後有隙不終，故時以交爲難。并見前（漢）書。」

〔八〕「勢利」句，小人長，謂小人道長。周易否卦：「小人道長，君子道消也。」

〔九〕「固知」二句，深期，深相期許，謂交誼極深。傾蓋，史記鄒陽列傳：「有白頭如新，傾蓋如故。」索隱引服虔云：「如吴（季）札、鄭僑也。」按家語，孔子遇程子於途，傾蓋而語。又志林云：傾蓋者，道行相遇，軿車對語，兩蓋相切小欹之義，故曰傾也。」後漢書朱樂何列傳論曰：「紵衣傾蓋，彈冠結綬之夫，遂隆其好。」李賢注：「傾蓋，謂駐車交蓋也。」

〔一〇〕「高契」二句，高契，極相契合。難并，難同時出現，與上句「罕遇」義同。古人以相知、相見恨晚之事甚多。如史記魏其武安侯列傳：「灌夫亦倚魏其（竇嬰）而通列侯宗室，爲名高。兩人相爲引重，其游如父子然相得，歡甚無厭，恨相知晚也。」又如後漢書第五倫傳：「倫始以營長詣郡尹鮮于褒，褒見而異之，署爲吏。後褒坐事，左轉高唐令，臨去，握倫臂訣曰：『恨相知晚。』」

又同書王允傳：「趙戩，字叔茂，長陵人，性質正多謀。初平中，爲尚書典選舉，董卓數欲有所私授戩，輒堅拒不聽，言色强厲。卓怒，召將殺之，衆人悚栗，而戩辭貌自若。卓悔謝，釋之。長安之亂，客於荆州，劉表厚禮焉。及曹操平荆州，乃辟之，執戩手曰：『恨相見晚。』」

〔一二〕存，全唐文卷一九一作「行」。

楊八官金木精靈〔一〕，山河粹氣。一門九龍之紱冕〔二〕，四世五公之緒秩〔三〕。天資學業，口談夫子之文；日用温良，身佩先王之德。獨遊山水，高步煙霞。諸侯聞之而願交，三公禮之而争辟。暫同流俗，薄遊朝市。人倫賞鑑，同推郭泰之名〔四〕；好事相趨，畢詣揚雄之宅〔五〕。爾其年光六合，草色三春〔六〕。膏雨零於山原，和風滿於城闕。遥遥別館，花開玉樹之宫〔七〕；望望八川，苔發璜溪之水〔八〕。當此時也，披雲霧，傲松喬〔九〕，坐忘樽酒之間〔一〇〕，戰勝形骸之外。雕蟲壯思，則符彩驚人〔一一〕；非馬高談〔一二〕，則鏗鏘滿聽。亹亹然信天下之奇賞，陶陶然誠域中之樂事。若使陳、雷可作，攝齊於廊廡之間〔一三〕；管、鮑再生，擁篲於高門之外〔一四〕。蓋因文會〔一五〕，共記良遊，人賦一言，同裁四韻〔一六〕。

【箋注】

〔一〕「楊八官」句，孔子家語卷六五帝：「昔少皡氏之子有四叔，曰重、曰該、曰修、曰熙，實能金木及水。使重爲勾芒，該爲蓐收，修及熙爲玄冥。」宋范祖禹帝學卷一引此，謂勾芒爲金正，蓐收爲木正，玄冥爲水正。此「金木」代指金、木、水、火、土（即辰星、太白、熒惑、歲星、填星）五星，謂楊八爲星精下凡，有如少皞氏之子，能擔當大任。

〔二〕「一門」句，北齊書王昕傳：王昕字元景，「母清河崔氏，學識有風訓，生九子，并風流藴籍，世號『王氏九龍』」。紱冕，紱爲繫官印之絲帶，冕爲禮帽，此代指做官。蓋楊八兄弟甚多且皆從宦，故以「王氏九龍」爲喻。

〔三〕「四世」句，後漢書楊震傳：「楊震字伯起，弘農華陰人也。……自震至彪，四世太尉，德業相繼。」四世，指楊震及其子秉、孫賜、曾孫彪。五公，上述四世加楊震玄孫、楊彪子楊修。緒秩，後裔。「世」原作「代」，避太宗諱，徑改。

〔四〕「人倫」二句，東漢郭泰善人倫，已見王勃集序注。

〔五〕「畢詣」句，揚雄之宅，謂清貧。漢書揚雄傳：「家産不過十金，乏無儋石之儲，晏如也。」

〔六〕「爾其」二句，年光，一年之好光景。何遜渡連圻：「客子行行倦，年光處處華。」六合，謂普天之下，前文已注。草色，英華卷七〇九作「常邑」，於「常」下注：「疑。」按「常邑」不詞，當爲「草色」漫漶而形訛。

〔七〕「遥遥」二句，别館（即離宫）、玉樹之宫，當指甘泉宫。三輔黄圖卷二漢宫甘泉宫：「甘泉宫，一曰雲陽宫。……關輔記曰：『林光宫，一曰甘泉宫，秦所造，……故甘泉山，宫以山爲名。』……

今按甘泉谷北岸有槐樹，今謂玉樹。根幹盤峙，三二百年木也。楊震關輔古語云：耆老相傳，咸以謂此樹即揚雄甘泉賦所謂『玉樹青葱』也。」甘泉宮故址，在漢雲陽縣甘泉山，即今陝西淳化縣甘泉山。

〔八〕「望望」二句，八川，文選司馬相如上林賦：「蕩蕩乎八川分流，相背而異態。」李善注引潘岳關中記曰：「涇、渭、灞、滻、豐、鎬、潦、潏，凡八川。」璜溪，即磻溪。太平御覽卷八三四引尚書大傳曰：「周文王至磻溪，見呂望釣。文王拜之尚父。望釣得玉璜，刻曰：『周受命，呂佐昌。德合於今，昌來提。』」故後人稱磻溪爲璜溪。杜甫奉贈太常張卿垍二十韻：「幾時陪羽獵，應指釣璜溪。」可參讀。水經注渭水：「渭水之右，磻溪水注之。水出南山兹谷，乘高激流，注於溪中。溪中有泉，謂之兹泉，泉水潭積，自成淵渚，即呂氏春秋所謂『太公釣兹泉』也，今人謂之丸谷。……其水清泠神異，北流十二里，注於渭。」溪在今陝西寶雞市東南。

〔九〕「傲松喬」句，松、喬，指赤松子、王子喬，傳説中古代仙人。列仙傳卷上：「赤松子者，神農時雨師也。服水玉以教神農，能入火自（或作「不」）燒。往往至崑崙山上，常止西王母石室中，隨風雨上下。」同上王子喬：「王子喬者，周靈王太子晉也。……道士浮丘公接以上嵩高山。三十餘年後，求之於山上，見柏良曰：『告我家，七月七日待我於緱氏山巔。』至時果乘白鶴駐山頭。」句謂此景此情，令人心曠神怡，神仙不足慕也。

〔一〇〕「坐忘」句，莊子大宗師：「墮枝體，黜聰明，離形去知，同於大通，此謂坐忘。」郭象注：「夫坐忘者，奚所不忘哉！　既忘其迹，又忘其所以迹者。　内不覺其一身，外不識有天地，然後曠然與變化爲體，而無不通也。」

〔一〕「雕蟲」二句，揚雄法言吾子：「或問：『吾子少而好賦？』曰：『然。　童子雕蟲篆刻。』俄而曰：『壯夫不爲也。』」後謔稱作詩賦爲「雕蟲」，謂文字雕琢，而内容小巧。　此指宴族人時所作「四韻詩」。　符彩，光彩。　兩句謂諸人詩思甚壯，讀來驚人耳目。

〔二〕「非馬」句，莊子齊物論：「以指喻指之非指，不若以非指喻指之非指也。　以馬喻馬之非馬，不若以非馬喻馬之非馬也。　天地一指也，萬物一馬也。」郭象注以爲「反覆相喻，則彼之與我既同於自是，又均於相非。　均於相非，則天下無是；同於自是，則天下無非」。　因此，「天地萬物各當其分，同於自得，而無是無非也」。　此指相聚清談。

〔三〕「若使」二句，陳、雷，指陳重、雷義。　據後漢書陳重、雷義二傳，陳重字景公，豫章宜春人，雷義字仲公，同郡鄱陽（今皆屬江西）人。　二人「爲友，俱學魯詩、顏氏春秋，太守張雲舉重孝廉，重以讓義，前後十餘通記，雲不聽。　義明年舉孝廉，重與俱在郎署」。　二人皆喜行義，常代人受過。　義舉茂才，讓於陳重，刺史不聽，義遂佯狂被髮走，不應命。　鄉里爲之語曰：「膠漆自謂堅，不如雷與陳。」三府同時俱辟二人。　攝齊，論語鄉黨：「攝齊升堂，鞠躬如也，屏氣似不息者。」何晏集解引孔（安國）曰：「皆重慎也。　衣下曰齊，攝齊者，摳衣也。」摳衣，即提衣，謂極恭敬。　兩句言族人間親情、友情甚深，非陳重、雷義可比。

〔一四〕「管、鮑」二句，史記管晏列傳：「管仲夷吾者，潁上人也，少時常與鮑叔牙游。……已而鮑叔事齊公子小白，管仲事公子糾。及小白立，爲桓公，公子糾死，管仲囚焉。鮑叔遂進管仲。管仲既用，任政於齊，齊桓公以霸。」擁篲，史記孟子荀卿列傳：「（騶衍）如燕，昭王擁彗先驅。」索隱：「彗，帚也。謂爲之埽地，以衣袂擁帚而却行，恐塵埃之及長者，所以爲敬也。」篲、彗同。兩句與上兩句同義。

〔一五〕「蓋因」句，蓋，通「盍」，相當於「何不」。宴會作詩，故稱「文會」。

〔一六〕「人賦」二句，一言，即一句；四韻，謂八句。則所序當爲聯句律詩。

送東海孫尉詩序〔一〕

東川孫尉〔二〕，文章動俗，符彩射人。官裁下士，宣大夫之三德〔三〕；運偶上皇，作東南之一尉。庸才擾擾，流俗喧喧。談遠近爲等差，叙中外爲優劣〔四〕。殊不知三元合朔，九州同軌〔五〕。蓬瀛可訪，還疑上苑之中〔六〕；日月不占，更似靈臺之下〔七〕。彼其之子〔八〕，未爲後時；凡我友朋，無勞疑别。徒以士之相見，人之相知，必欲軒蓋逢迎，朝遊夕處；亦常煙波阻絶，風流雨散〔九〕。

【箋注】

〔一〕東海，縣名。元和郡縣志卷一一海州東海縣：「本漢贛榆縣地，俗謂之鬱州，亦謂之田横島。宋明帝失淮北地，乃於鬱州上僑立青州。地後入魏，魏改青州爲海州，又於此置臨海鎮。高齊廢臨海鎮，周武帝復置東海縣，後遂因之。」縣今屬江蘇連雲港市。序稱「作東南之一尉」，與之相合。孫尉，名未詳，東川（梓州）人，而據序末「夕望牽牛，余侯乘槎之客」句，知當作於楊炯武后垂拱間爲梓州司法參軍時，具體時間不詳。

〔二〕東川，即梓州。元和郡縣志卷三三梓州：「今爲東川節度使理（治）所。」地即今四川三臺縣，孫尉當爲此地人。

〔三〕「官裁」二句，裁，通「才」。下士，古代官名。通典卷一九禄秩：「周制：自天子至下士，凡六等。……下士與庶人在官者同。」漢書王莽傳：「更名秩百石曰庶士，三百石曰下士。」據上引元和郡縣志，東海縣爲上縣。考唐六典卷三〇，諸州上縣「尉二人，從九品下」。則縣尉爲初級官，接近下士。三德，尚書皋陶謨：「皋陶曰：『都！亦行有九德。……』禹曰：『何？』皋陶曰：『寬而栗，柔而立，愿而恭，亂而敬，擾而毅，直而温，簡而廉，剛而塞，彊而義，彰厥有常吉哉！日宣三德，夙夜浚明有家。』」僞孔傳：「三德，九德之中有其三。宣，布。夙，早。浚，須也。卿大夫稱家。言能日日布行三德，早夜思之，須明行之，可以爲卿大夫。」兩句言孫尉官卑而德厚。

〔四〕「談遠近」二句，謂唐代官場重内輕外。舊唐書韋思謙傳：「竊見朝廷物議，莫不重内官，輕外職，每除授牧伯，皆再三披訴。比來所遣外任，多是貶累之人，風俗不澄，實由於此。」此風中唐以後尤盛。詩話總龜卷三志氣門引談苑：「長安舊以不歷臺省使出鎮廉訪節鎮者爲粗官，大率重内而輕外。今東都（開封）乾元門，舊宣武軍鼓角門，節度王彦威（引者按：元和時人，兩唐書有傳）有詩刻其上云：『天兵十萬勇如貔，正是酬恩報國時。汴水波濤喧鼓角，隋堤楊柳拂旌旗。前驅紅旆關西將，坐間青娥趙國姬。寄語長安舊冠蓋，粗官到底是男兒。』彦威自太常博士出辟使府，至茲鎮，故有是句，至今不知所在。薛能亦有謝寄茶詩云：『粗官寄與真抛擲，賴有詩情合得嘗。』」唐音癸籤卷二六談叢二：「唐人仕宦，每重内輕外，如領郡輒無色。『欲把一麾江海去』，見諸詩不一。至州縣親民吏，尤視爲輕，銓曹不甚加意。薛保遜有文云：『嘗於灞上逆旅見數物象人，詰之，口輒動，皆云江淮、嶺表州縣官也。嗚呼！天子生民，爲此輩笞撻，治之不古，此尤其大端歟。』」

〔五〕「殊不知」二句，三元，即元日。初學記卷四歲時部下元日引玉燭寶典曰：「正月爲端月，其一日爲元日，亦云上日，亦云正朝，亦云三元，亦云三朔。」「三元」下原注曰：「歲之元時之元月之元。」所謂「三朔」，原注引尚書大傳云：「夏以平明爲朔，殷以雞鳴爲朔，周以夜半爲朔。」古代帝王立國之初，必先定正朔。三元合朔，謂三朔合而爲一，天下已大一統。九州同軌，史記秦始皇本紀：「車同軌，書同文字。」義與上句同，皆謂國家統一。

〔六〕「蓬瀛」二句，史記秦始皇本紀：「齊人徐市等上書，言海中有三神山，名曰蓬萊、方丈、瀛洲，仙人居之。」上苑，即上林苑，秦建，漢武帝擴建，以供天子春秋畋獵之用。地在今陝西長安、周至（舊作「盩厔」）、户縣（舊作「鄠縣」）界。二句謂訪海外仙山，近如游上林苑。

〔七〕「日月」二句，謂天下太平，外出不必占卜行期，亦如已卜一般。靈臺，國家掌天文、曆象之機構，見渾天賦注。

〔八〕「彼其」句，詩經王風揚之水：「彼其之子，不與我戍申。」鄭玄箋：「之子，是子也。彼其是子。」

〔九〕「亦常」二句，煙波，謂朋友被山水阻隔，不能相見。謝朓謝宣城集卷四附蕭記室餞謝文學：「執手無還顧，別渚有西東。荆吴渺何際，煙波千里通。」風流，王粲贈蘇子篤詩：「風流雲散，一別如雨。」

去矣孫侯，遠離隔矣！ 但當晨看旅鴈，君逢繫帛之書〔一〕；夕望牽牛，余候乘槎之客〔二〕。未能免俗，何莫賦詩，綴集衆篇，列之如左。

【箋注】

〔一〕「但當」二句，漢書蘇武傳：蘇武使匈奴被扣押，至漢昭帝即位，向匈奴索之。常惠教漢使者謂單于，「言天子射上林中，得鴈，足有繫帛書，言武等在某澤中」，於是蘇武等得以歸。此謂孫尉思念故鄉，每天等待書信。

〔二〕「夕望」二句，張華博物志卷一〇：有人乘槎至天河，見牽牛人，「牽牛人乃驚問曰：『何由至此？』此人具説來意，并問此是何處，答曰：『君還，至蜀郡訪嚴君平，則知之。』竟不上岸，因還如期。後至蜀，問君平，曰：『某年月日有客星犯牽牛宿。』計年月，正是此人到天河時也。」此謂我等有如蜀人嚴君平，期待孫尉歸來。

登秘書省閣詩序〔一〕

若夫麒麟鳳凰之署〔二〕，三臺四部之經〔三〕，周王群玉之山〔四〕，漢帝蓬萊之室〔五〕。觀星文而考南北，大象入於璣衡〔六〕；披帝册而質龍神，負圖出於河洛〔七〕。司先王之載籍，掌制書之典謨〔八〕。劉向沉研、揚雄寂寞之士，於兹翰墨〔九〕；馬融該博、傅毅文章之才〔一〇〕，此焉遊處。莫不出言斯善，有道則尊。黼黻其德行〔一一〕，珪璋其事業〔一二〕。心同匪石，達人千載之交〔一三〕；手握靈珠，文士一都之會〔一四〕。

【箋　注】

〔一〕秘書省，通典卷二六秘書監：「周官：太史掌建邦之六典，又有外史，掌四方之志，三皇五帝之書。漢氏圖籍所在，有石渠、石室、延閣、廣内，貯之於外府；又有御史中丞居殿中，掌蘭臺、秘書及麒麟、天禄二閣，藏之於内禁。……隋秘書省領著作、太史二曹，煬帝增置少監一人，後又改監、少監并爲令。大唐武德初，復改爲監。龍朔二年（六六二），改秘書省爲蘭臺，改監爲太史，少監爲侍郎。咸亨初復舊。天授初改秘書省爲麟臺，神龍初復舊。」秘書省閣，即秘書省之官廳。楊炯六歲舉童子科後，曾長期待制弘文館。上元三年登制科，補秘書省校書郎，「尋返初服，卧疾丘園」。此序中以玄晏（皇甫謐）自比，疑作於秘書省校書郎任滿解官（「返初服」）期間，其時未仕。

〔二〕「若夫」句，三輔黄圖卷六閣引漢宫殿疏云：「天禄、麒麟閣，蕭何造，以藏秘書、處賢才也。」鳳凰，據三輔黄圖卷三載，漢宫有鳳凰殿，乃皇帝掖庭宫。漢書郊祀志下：神爵四年（前五八）冬，「鳳皇集上林，迺作鳳皇殿，以答嘉瑞」。則鳳凰殿與藏書無關。此當用荀勖事，指「鳳凰池」，代指晉初之中書監。晉書荀勖傳：荀勖，字公曾。魏時嘗領秘書監，整理汲郡冢中古文竹書。入晉，拜中書監，加侍中，領著作。「久之，以勖守尚書令。勖久在中書，專管機事，及失之，甚罔罔悵恨。或有賀之者，勖曰：『奪我鳳凰池，諸君賀我邪？』」又晉書職官志：「秘書監，……晉受命，武帝以秘書并中書省，其秘書、著作之局不廢。惠帝永平中（按永平不足一年，即公元二九一）復置秘書監。」

〔三〕「三臺」句，後漢書蔡邕傳：「舉高第，補侍御史。又轉持書御史，遷尚書。三日之間，周歷三臺。」又同書袁紹傳：「坐召三臺，專制朝政。」李賢注引晉書曰：「漢官，尚書爲中臺，御史爲憲臺，謁者爲外臺，是謂三臺。」此泛指朝廷。四部，指書目之經、史、子、集。通典卷二六秘書監原注：「魏徵後爲秘書監，奏引學者校定四部書，自是秘府圖籍燦然畢備。」

〔四〕「周王」句，周王，指周穆王。穆天子傳卷二：「天子北征東還，乃循黑水。癸巳，至於群玉之山，……先王之所謂策府。」郭璞注：「言往古帝王以爲藏書册之府，所謂『藏之名山』者也。」

〔五〕「漢帝」句，後漢書竇章傳：「是時學者稱東觀爲老氏臧室，道家蓬萊山。」李賢注：「老子爲守臧史，後爲柱下史，四方所記文書皆歸柱下，事見史記。言東觀經籍多也。蓬萊，海中神山，爲仙府，幽經秘録并皆在焉。」又見初學記卷一二職官部秘書監引華嶠後漢書。

〔六〕「觀星文」二句，謂用璣衡考測星象。南北，實指東南西北二十八宿。劉向説苑卷一八辨物：「所謂二十八星者，東方曰角、亢、氐、房、心、尾、箕；北方曰斗、牛、須女、虚、危、營室、東壁；西方曰奎、婁、胃、昴、畢、觜、參；南方曰東井、輿鬼、柳、七星、張、翼、軫。所謂宿者，日月五星之所宿也。」大象，謂天象。璣衡，即旋璣玉衡，古代測天儀器，詳渾天賦注。

〔七〕「披帝册」句，帝册，帝王典册。質，考證。龍神，即龍魚。緯書説黄帝時河龍負圖授命；又云黄帝游於河洛之間，至澤鴻之泉，鱸魚負圖以授帝，詳見前幽蘭賦「昔聞」句注。

〔八〕「司先王」二句，唐六典卷一〇秘書省：「秘書監之職，掌邦國經籍圖書之事。」又通典卷二六秘書監，謂秘書監職能爲「掌經籍圖書，監國史。領著作、太史二局」。

〔九〕「劉向」二句，漢書劉向傳：劉向，字子政，宗室子。成帝河平三年（前二六），領校中五經秘書，與其子歆同時受詔校書秘閣，每校定一書，皆有叙録。又同書揚雄傳：揚雄字子雲，蜀郡成都人。嘗校書天禄閣，「上治獄事，使者來，欲收雄，雄恐不能自免，乃從閣上自投下，幾死。……京師爲之語曰：『惟寂寞，自投閣。爰清静，作符命。』」「於兹翰墨」，謂如劉向、揚雄之徒，方有資質在秘閣校書。

〔一〇〕「馬融」句，後漢書馬融傳：馬融，字季長，扶風茂陵人也。博通經籍。拜爲校書郎中，詣東觀典校秘書。滯於東觀十年，不得調。後拜議郎，重在東觀著述，以病去官。才高博洽，爲世通儒，教養諸生，常有千數，涿郡盧植、北海鄭玄，皆其徒也。著三傳異同説，注孝經、論語、詩、易、三禮、尚書、列女傳、老子、淮南子、離騷。所著賦、頌、碑、誄、書記、表奏、七言琴歌、對策、遺令，凡二十一篇。同上書傅毅傳：傅毅，字武仲，亦爲扶風茂陵人。少博學。建初中，肅宗博召文學之士，以毅爲蘭臺令史，拜郎中，與班固、賈逵共典校書。著有詩、賦、誄、頌、祝文、七激、連珠凡二十八篇。才，四子集作「儔」。

〔一一〕「黼黻」句，禮記月令季夏之月：「是月也，命婦官染采，黼黻文章必以法。」孔穎達正義：「白與黑謂之黼，黑與青謂之黻，青與赤謂之文，赤與白謂之章。」此黼黻用如動詞，謂以文彩潤飾德行。

〔一二〕「珪璋」句，詩經大雅卷阿：「顒顒卬卬，如圭如璋，令聞令望。」鄭玄箋：「王有賢臣與之以禮義相切瑳，……如玉之珪璋也。人聞之則有善聲譽，人望之則有善威儀，德行相副。」按：珪、璋，皆玉製品，古代用作禮器。珪，其上爲三角形，下端爲方形。半珪爲璋。此亦用如動詞，謂校書乃崇高之事。「珪」同「圭」。

〔一三〕「心同」二句，詩經邶風柏舟：「我心匪石，不可轉也。我心匪席，不可卷也。」毛傳：「石雖堅，尚可轉；席雖平，尚可卷。」鄭玄箋云：「言己心志堅平，過於石、席。」此謂如劉向、揚雄、馬融、傅毅之徒，其於秘閣校書，志向堅確，故稱之爲「達人」。千載之交，謂與古人神交。

〔一四〕「手握」二句，文選曹植與楊德祖書：「當此之時，人人自謂握靈蛇之珠，家家自謂抱荆山之玉。」李善注：「淮南子曰：隨侯之珠。高誘曰：隨侯見大蛇傷斷，以藥傅而塗之。後蛇於大江中銜珠以報之，因曰隨侯之珠。」呂向注：「言人皆自以其才如玉也。」此謂文士多才，秘閣乃其會聚之所。

陶陰寡務〔一〕，紬素多閑〔二〕。命蘭芷之君子〔三〕，坐芸香之秘閣〔四〕。徒觀其重欄四絶，閣道三休〔五〕。紅梁紫柱，金鋪玉碣〔六〕。平看日月，唐都之物候可知〔七〕；坐望山川，裴秀之輿圖在即〔八〕。虹蜺爲之回帶，寒暑由其隔闊〔九〕。豈直崑崙十二〔一〇〕，瀛海千尋〔一一〕；西州有百尺之樓〔一二〕，東國有千秋之觀〔一三〕。

【箋　注】

〔一〕「陶陰」句，陶陰，原作「陶泓」。英華卷七一五於「泓」下校：「集作陰。」今按：「陶泓」一詞，首出韓愈毛穎傳，謂硯也，初唐前無其語。北堂書鈔卷一〇一藝文部刊校謬誤「以陶爲陰」條引劉歆七略云：「古文或誤，以『典』爲『與』，以『陶』爲『陰』，如此類多。」則「陰」爲「陶」之錯字，作「泓」乃後人妄改。英華所校集本是，兹據改。「陶陰」即以「陶」爲「陰」，此用如動詞，指校勘辨正文字。陶陰寡務，謂校勘書籍，其事不多。通典卷二六秘書監：「秘書省但主書寫勘校而已，雖非要劇，然好學君子亦求爲之。」

〔二〕「紬素」句，紬，粗綢；素，原色之生帛，古代用以書寫，後世代指紙張。紬素多閑，謂寫作任務不重，與上句義同。

〔三〕「命蘭芷」句，楚辭東方朔七諫沉江：「明法令而修理兮，蘭芷幽而有方。」王逸注蘭芷喻「幽隱之士」。

〔四〕「坐芸香」句，初學記卷一二秘書監「芸臺」引魚豢典略曰：「芸臺香，辟紙魚蠹，故藏書臺稱芸臺。」

〔五〕「閣道」句，閣道，指宫中所修複道，如今之天橋，見前和騫右丞省中暮望詩注。三休，謂休息多次方能登上，極言其高，此言其長。賈誼新書退讓篇：「（楚王）饗客於章華之臺，上者三休，而乃至其上。」

〔六〕「金鋪」句，文選左思蜀都賦：「金鋪交映，玉題相暉。」劉淵林注：「金鋪，門鋪首，以金爲之。」張銑注：「金鋪，門上飾，以金爲之。」按：鋪，即金屬所製獸面，用以銜門環。玉碣，「碣」原作「鳴」，據英華改。文選張衡西京賦：「雕楹玉碣。」李善注引廣雅曰：「碣，礩也。」即柱下礎石。

〔七〕「平看」二句，唐都，漢代星象學家，見前渾天賦注。

〔八〕「坐望」二句，晉書裴秀傳：裴秀，字季彦，河東聞喜（今屬山西）人。「以秀爲司空。秀儒學洽聞，且留心政事。……又以職在地官，以禹貢山川地名，從來久遠，多有變易，後世説者或彊牽引，漸以暗昧。於是甄擿舊文，疑者則闕，古有名而今無者，皆隨事注列，作禹貢地域圖十八篇。奏之，藏於秘府。」

〔九〕「虹蜺」二句，文選班固西都賦：「軼雲雨於太半，虹霓迴帶於棼楣。」張銑注：「雄曰虹，雌曰霓。楣，檻也。言此臺高，而上升三分，過雲雨之上。虹霓回帶於棼楣，言縈曲若佩帶於椽檻。」又同書左思吳都賦：「寒暑隔閡於邃宇，虹蜺回帶於雲館。」劉淵林注：「寒暑所閡，謂冬温夏涼。」李周翰注：「言宫室深邃，冬則寒氣隔而不入，夏則熱氣閡而不來。雲館，館名。言此館至高，虹蜺之氣繞帶於傍也。迴，繞也。」

〔一〇〕「豈直」句，太平御覽卷三八崑崙山引河圖括地象曰：「崑崙之墟，有五城十二樓，河水出焉，四維多玉。」

〔一一〕「瀛海」句，史記秦始皇本紀：「齊人徐市等上書，言海中有三神山，名曰蓬萊、方丈、瀛洲，仙人居之。」同上封禪書：「此三神山者，其傳在渤海中，……蓋嘗有至者，諸仙人及不死之藥皆在焉。其物禽獸盡白，而黃金銀爲宮闕。」莊子秋水：「夫（海）千里之遠，不足以舉其大；千仞之高，不足以極其深。」

〔一二〕「西州」句，西州，此指成都。百尺之樓，指張儀樓。明曹學佺蜀中廣記卷二成都府二：「任豫益州記曰：『諸樓年代既久，榱棟非昔。惟西門一樓，雖有補葺，張儀時舊迹猶存。』古今集記云：『張儀樓，高百尺。初，張儀築城雖因神龜，然亦順江山之形，以城勢稍偏，故作樓以定南北。』李膺記曰：『成都有百尺樓，後名爲白菟樓也。』晉張載登成都白菟樓詩：『重城結曲阿，飛宇起層樓。累棟出雲表，嶢嶭臨太虛。高軒啟朱扉，迴望暢八隅。……』」

〔一三〕「東國」句，東國，文選劉孝標廣絕交論：「郭有道人倫東國。」李善注：「東國，洛陽也。」此以洛陽代指東漢。千秋之觀，當即千秋亭，東漢光武帝即位處。後漢書光武帝紀一上：「群臣因復奏曰：『受命之符，人應爲大。……宜答天神，以塞群望。』光武于是命有司設壇場于鄗南千秋亭五成陌。六月己未，即皇帝位。」李賢注：「其地在今趙州柏鄉縣。」元和郡縣志卷一七趙州柏鄉縣：「高邑故城，在縣北二十一里，本漢鄗縣也。漢世祖廟，一名壇亭，縣北十四里，鄗縣故城南七里，即世祖即位之千秋亭也，後于此立廟。」「豈直」至「東國」四句，謂秘書省閣壯麗無與倫比，崑崙十二樓、三神山宮闕等皆不足道。

于時五行金王〔一〕，八月秋分。風生閶闔之門〔二〕，日在中衡之道〔三〕。煙雲悽慘，白露下而四郊空；林野蒼茫，青天高而九州迥。登山臨水，無非宋玉之詞〔四〕；高閣連雲，有似安仁之興〔五〕。列芳饌，命雕觴。扼腕抵掌，劇談戲笑〔六〕。假使神仙可得，自蔑松、喬〔七〕；富貴在天，終輕許、史〔八〕。問之以博奕〔九〕，中之以詠歌，陶陶然樂在其中矣〔一〇〕！登高而賦，群公陳力於大夫〔一一〕；聞善若驚，下走自强於玄晏〔一二〕。輕爲序引，綴在辭章。

【箋注】

〔一〕「于時」句，金王，謂以五行之金德王，指秋季。淮南子天文訓：「西方金也，其帝少昊，其佐蓐收，執矩而治秋。」高誘注：「少昊，黄帝之子青陽也。以金德王，號曰金天氏，死託祀於西方之帝。」

〔二〕「風生」句，淮南子墬形訓：「西方曰西極之山，曰閶闔之門。」高誘注：「西方八月建酉，萬物成濟，將可及收斂。閶，大也；闔，閉也。大聚萬物而閉之，故曰閶闔之門。」此言西風生。

〔三〕「日在」句，古代用璇璣七衡六間測日。衡，乃璇璣上之横管，用以觀測日月星辰之位置。周髀算經卷下之一：「春分、秋分，日在中衡。春分以往，日益北五萬九千五百里而夏至；秋分以往，日益南五萬九千五百里而冬至。」此指秋分。

〔四〕「登山」二句，宋玉之詞，指宋玉九辯，其曰：「悲哉！秋之爲氣也。蕭瑟兮，草木摇落而變衰。

憭栗兮，若在遠行；登山臨水兮，送將歸。」

〔五〕「高閣」二句，安仁，即潘岳。晉書潘岳傳：「潘岳，字安仁，滎陽中牟（今屬河南）人。舉秀才，歷著作郎，轉散騎侍郎，爲長安令。諂事賈謐，爲謐「二十四友」之首。至趙王倫輔政，中書令孫秀「誣岳及石崇、歐陽建謀奉淮南王允、齊王冏爲亂，誅之，夷三族」。安仁之興，指其所作秋興賦，序有「高閣連雲，陽景罕曜」之句。

〔六〕「扼腕」二句，文選左思吴都賦：「劇談戲論，扼腕抵掌。」劉淵林注：「劇，甚也。鬼谷先生書有抵戲篇。桓譚七説曰：『戲談以要譽。』張儀傳曰：『天下之士，莫不扼腕以言。』戰國策曰：『蘇秦説趙王於華屋之下，抵掌而言。』皆談説之客也。」李周翰注：「抵，擊也。」

〔七〕「假使」二句，松、喬，指赤松子、王子喬，傳説爲古代仙人，見前宴族人楊八宅序「傲松喬」句注。兩句謂若能成仙（指作秘書省校書郎），當蔑視赤松子、王子喬。

〔八〕「富貴」二句，論語顔淵：「死生有命，富貴在天。」許、史，文選左思詠史八首之四：「朝集金張館，暮宿許史廬。」李善注引漢書：「孝宣許皇后，元帝母，元帝封外祖父廣漢爲平恩侯。」又曰：「史良娣，宣祖母也，兄恭。宣帝立，恭已死，封恭長子高爲樂陵侯。」今按：分別見漢書元帝紀及史丹傳。兩句謂若天命使致富貴，則許、史之流不在話下。

〔九〕「間之」句，博奕，論語陽貨：「子曰：飽食終日，無所用心，難矣哉！不有博弈者乎？爲之猶賢乎已。」邢昺疏：「博，説文作簙，局戲也，六箸十二棊也。……圍棊謂之弈。」奕弈通。

〔一〇〕「陶陶然」句，詩經王風君子于役：「君子陶陶。」毛傳：「陶陶，和樂貌。」

〔一一〕「登高」二句，漢書藝文志：「傳曰：不歌而誦謂之賦。登高能賦，可以爲大夫。」論語季氏：「孔子曰：求！周任有言曰：陳力就列，不能者止。」何晏集解引馬融曰：「周任，古之良史。言當陳其才力，度己所任，以就其位，不能則當止。」

〔一二〕「下走」句，下走，作者謙詞。文選阮籍詣蔣公：「辟書始下，下走爲首。」李善注引司馬遷書（按指報任少卿書）曰：「太史公牛馬走。」又引應劭漢書注：「走，僕也。」晉書皇甫謐傳：皇甫謐，字士安，幼名静，安定朝那（今甘肅靈臺）人，漢太尉嵩之曾孫也。「居貧，躬自稼穡，帶經而農，遂博綜典籍百家之言。沉静寡欲，始有高尚之志，以著述爲務，自號玄晏先生。」「不仕，耽玩典籍，忘寢與食，時人謂之『書淫』。」此乃作者自況，謂欲學皇甫謐專心讀書。

崇文館宴集詩序〔一〕

天下之器也神，立貳者所以經其化〔二〕；聖人之寶也大，建儲者所以贊其庸〔三〕。易所謂照於四方〔四〕，禮所謂貞於萬國〔五〕。皇家以中樞北極，清都有天子之宫〔六〕；儲后以大火前星，蒼震有乾男之位〔七〕。因心也孝，常問安於寢門〔八〕；行己也恭，每不絶於馳道〔九〕。有父子君臣之道焉，有夏干冬羽之事焉〔一〇〕。於是發德音，降明詔，封紫泥於璽禁〔一一〕，傳墨令於銀書〔一二〕。齒於成均，所以明其長幼〔一三〕；通於博望，所以昭其賓客〔一四〕。東方曼倩之文史，即預謀祠〔一五〕；角里先生之羽翼，仍參獻壽〔一六〕。

【箋　注】

〔一〕崇文館之來歷，通典卷三〇職官東宮官述之曰：「魏文帝始置崇文觀，以王肅爲祭酒，其後無聞。貞觀中，置崇賢館，有學士、直學士員，掌經籍圖書，教授諸王，屬左春坊。龍朔二年（六六二），改司經局爲桂坊，管崇賢館，而罷隸左春坊，兼置文學四員，司直二員。司直正七品上，職爲東宮之憲司，府門北向，以象御史臺也。其後省桂坊，而崇賢又屬左春坊。後沛王賢爲皇太子，避其名，改爲崇文館，其學士例與弘文館同。」唐六典卷二六崇文館：「崇文館學士掌刊正經籍圖書，以教授諸生。其課試舉送，如弘文館。校書掌校理四庫書籍，正其訛謬。」有學生二十人。東都崇文館，通典卷五三大學載：「龍朔二年，東都……置弘文館於上臺，生徒三十人；置崇文館於東宮，生徒二十人。」原注：「皆以皇族緦麻以上親，皇太后、皇后大功以上親，散官一品、中書門下平章事六尚書、功臣身食實封者、京官職事正三品、供奉官三品子孫，京官職事從三品、中書黄門侍郎子孫爲之，并尚書省補。」據唐六典卷四尚書禮部載：「其弘文、崇文館學生雖同明經、進士，以其資廕全高，試取粗通文義。」按楊炯應制舉後補秘書省校書郎，後又於永隆二年（六八一）由薛元超薦爲崇文館學士，遷太子詹事府司直。序中言「預群公之末坐」，似當在任崇文館學士後不久。

〔二〕「天下」二句，天下之器，舊題周鬻熊鬻子：「仁與信，和與道，帝王之器。」唐逄行珪注：「四者帝王有天下之器，所以樂用也。苟有違之，而天下離叛，非其所有也。」此指帝王統治之道，因極抽象，故曰「神」。立貳，確定繼承人，即立太子。經其化，謂由太子延續統治。經，長久也。

〔三〕「聖人」二句，周易繫辭下：「天地之大德曰生，聖人之大寶曰位。」建儲，確定副君，亦即立太子。建立儲副，以輔助皇帝，故謂「贊其庸」。贊，輔佐；庸，用也。

〔四〕「易所謂」句，周易離卦象曰：「明兩作離，大人以繼明照於四方。」王弼注：「繼謂不絕也。明照相繼，不絕曠也。」孔穎達正義曰：「明兩作離者，離爲日，日爲明。今有上下二體，故云明兩作離也。」

〔五〕「禮所謂」句，禮記文王世子：「父子君臣長幼之道得，而國治。語曰：樂正司業，父師司成，一有元良，萬國以貞，世子之謂也。」鄭玄注：「司，主也。一，一人也。元，大也。良，善也。貞，正也。」貞於萬國，謂全國皆行正道。

〔六〕「皇家」二句，晉書天文志上：「北極，北辰最尊者也，其紐星，天之樞也。天運無窮，三光迭耀，而極星不移，故曰『居其所而衆星共之』。」列子周穆王：「清都、紫微，鈞天、廣樂，帝之所居。」張湛注：「清都、紫微，天帝之所居也。」據史記天官書，北極紫微宮，乃「太一常居也」，故其象爲人間「天子之宫」。

〔七〕「儲后」二句，儲后，即太子。漢書五行志第七上：「心爲大火。」同書五行志第七下之下：「心，大星，天王也。其前星，太子；後星，庶子也。尾爲君臣乖離。」蒼震，「蒼」指蒼色。乾男，指皇帝長子。周易震卦象曰：「可以守宗廟、社稷以爲祭主也。」韓康伯注：「明所以堪長子之義也。」同書説卦：「震爲雷，爲龍，……爲長子，……爲蒼筤竹。」陸德明音義：「筤音郎，或作琅，通。」孔穎達正義：「此一節廣明震象爲玄黄，取其相雜而成蒼色也。……爲蒼筤竹，竹初生之時色蒼，筤，取其春生之美也。」按蔡邕獨斷卷下：「易曰『帝出於震』。震者，木也，言宓犧氏始以木德王天下也。」

〔八〕「因心」二句，因心，詩經大雅皇矣：「因心則友，則友其兄。」毛傳：「因，親也。」孔穎達正義：「言其有親親之心。」常問，禮記文王世子：「文王之爲世子，朝於王季，日三。雞初鳴而衣服，至於寢門外，問内豎之御者，曰：『今日安否何如？』内豎曰：『安。』文王乃喜。及日中又至，亦如之。及莫又至，亦如之。」鄭玄注：「孝子恒兢兢。」

〔九〕「行己」二句，論語公冶長：「子謂子産有君子之道四焉：其行己也恭，其事上也敬，其養民也惠，其使民也義。」馳道，漢書成帝紀：「孝成皇帝，元帝太子也。……帝爲太子，壯好經書，寬博謹慎。初居桂宫，上嘗急召，太子出龍樓門，不敢絶馳道，西至直城門，得絶，乃度，還入作室門。上遲之，問其故，以狀對。上大説，乃著令令太子得絶馳道云。」注引應劭曰：「馳道，天子所行道也，若今之中道。」顔師古注：「絶，横度也。」

〔一〇〕「有夏干」句，禮記文王世子：「凡學，世子及學士必時。春夏學干戈，秋冬學羽籥，皆於東序。」鄭玄注：「干，盾也；戈，句孑戟也。干戈萬舞，象武也，用動作之時學之。羽籥籥舞，象文也，用安静之時學之。」

〔一一〕「封紫泥」句，漢衛宏漢官舊儀：「皇帝六璽，皆白玉螭虎紐。……皆以武都紫泥封青布囊。」又蔡邕獨斷卷上：「璽者，印也；印者，信也。天子璽以玉螭虎紐。……秦以來，天子獨以印稱璽，又獨以玉，群臣莫敢用也。」元和郡縣志卷三九武州將利縣：「武都有紫水，泥亦紫。漢朝封璽書用紫泥，即此水之泥也。」

〔一二〕「傳墨令」句，宋書禮志二：「皇太子夜開諸門，墨令、銀字棨傳令信。」

〔一三〕「齒於」二句，禮記文王世子：「行一物而三善皆得者，唯世子而已，其齒於學之謂也。」鄭玄注「齒」爲「齒讓」。孔穎達正義：「世子齒於學者，唯在學受業時，與國人齒若朝會。」按：齒指年齡，齒讓，謂文王雖爲世子，而在學時以年齒長幼相讓，與國人同。成均，周禮春官大司樂：「掌成均之法，以治建國之學政，而合國之子弟焉。」鄭玄注引董仲舒云：「成均，五帝之學。」

〔一四〕「通於」二句，漢書武五子傳：「戾太子（劉）據，元狩元年（前一二二）立爲皇太子，年七歲矣。初，上年二十九乃得太子，甚喜。……及冠，就宮，上爲立博望苑，使通賓客，從其所好。」同書成帝紀：建始二年（前三一）秋，「罷太子博望苑」。注引文穎曰：「武帝爲衛太子作此苑，令受賓客也。」三輔黄圖卷四謂「博望苑在長安城南，杜門外五里有遺址」。

〔一五〕「東方」二句，漢書東方朔傳：東方朔，字曼倩，平原厭次（今山東陵縣）人也。「武帝初即位，徵天下舉方正賢良文學材力之士。……朔初來，上書曰：『臣朔少失父母，長養兄嫂，年十三學書，三冬文史足用。十五學擊劍，十六學詩書。』」注引如淳曰：「貧子冬日乃得學書。言文史之事，足可用也。」同上傳述東方朔作品，有皇太子生禖。考漢書武五子傳：戾太子據，「上年二十九乃得太子，甚喜，爲立禖，使東方朔、枚皋作禖祝」。顔師古注：「禖，求子之神也。」又曰：「祝，禖之祝辭。」所謂「即預禖祠」事指此。

〔一六〕「角里」二句，史記留侯世家：漢高祖欲廢呂后所生太子，而立戚夫人之子。留侯（張良）爲呂后設計迎商山四皓輔太子。「及燕置酒，太子侍，四人從太子，年皆八十有餘，鬚眉皓白，衣冠甚偉。上怪之，問曰：『彼何爲者？』四人前對，各言名姓，曰東園公、角里先生、綺里季、夏黄公。上乃大驚，曰：『吾求公數歲，公辟逃我，今公何自從吾兒游乎？』四人皆曰：『……竊聞太子爲人仁孝，恭敬愛士，天下莫不延頸欲爲太子死者，故臣等來耳。』上曰：『煩公幸卒調護太子。』四人爲壽已畢，趨去，上目送之。召戚夫人指示四人者，曰：『我欲易之，彼四人輔之，羽翼已成，難動矣。』」

爲賓者四友，等黄龍之簡才〔一〕；論奏者八人，同赤烏之下士〔二〕。莫不縉紳舊德，縫掖名儒〔三〕。衣簪拜高闕之門〔四〕，驂駕陪直城之路〔五〕。琢磨其道，玉質而金相〔六〕；黼黻其辭，雲蒸而電激〔七〕。琴書暇景，風月名辰。周旋揖讓，觀禮儀之溢目〔八〕；合異離堅，聞辯論之盈耳〔九〕。八珍方饌，寒温取適於四時〔一〇〕；一獻雕觴，賓主交懽於百拜〔一一〕。爾其清垣繚繞，丹禁逶迤。魚鑰則環鎖晨開〔一二〕，雀牕則銅樓旦闢〔一三〕。周廬綺合，廨署星分。左輔右弼之官〔一四〕，此焉攸集；先馬後車之任〔一五〕，於是乎在。顧循庸菲〔一六〕，濫沐恩榮。屬多士之後塵，預群公之末坐。聽笙竽於北里，退思齊國之音〔一七〕；覿瓌寶於東山，自恥燕臺之石〔一八〕。千年有屬，咸蹈舞於時康；四坐勿諠，請謳歌於帝力〔一九〕。小子狂簡，題其弁云〔二〇〕。

【箋注】

〔一〕「爲賓者」二句，賓，指太子賓客，其事起於商山四皓，見上注。唐六典卷二六：「太子賓客四人，正三品。太子賓客掌侍從規諫，贊相禮儀而先後焉。凡皇太子有賓客宴會，則爲之上齒。」黄龍，三國時吴大帝孫權稱帝時年號（二二九—二三一），此代指孫權。簡，擇也。簡才，指孫權爲皇太子孫登選置賓客。三國志吴書孫登傳：「孫登，字子高，權長子也。魏黄初二年（二二一），以權爲吴王，拜登東中郎將，封萬户侯。登辭疾不受。是歲，立登爲太子，選置師傅，銓簡秀士，以爲賓友。於是諸葛恪、張休、顧譚、陳表等以選入，侍講詩書，出從騎射。……黄龍元年，權稱尊號，立爲皇太子，以恪爲左輔，休右弼，譚爲輔正，表爲翼正都尉，是爲四友，而謝景、范慎、刁玄、羊衜等皆爲賓客,於是東宫號爲多士。」

〔二〕「論奏者」,指太子通事舍人。唐六典卷二六引齊職儀,謂「通事舍人掌宣傳令書、内外啓奏」,故云。又述唐制曰:「太子通事舍人八人,正七品下。通事舍人掌導引東宫諸臣辭見之禮,及承令勞問之事。凡大朝謁及正冬百官與諸方之使者參見東宫,亦如之。若皇太子行,先一日京文武官、職事九品已上奉辭,及還宫之明日參見,亦如之。」此泛指東宫諸官。赤烏,亦孫權年號(二三八—二五一),此代指孫和,其於赤烏間立爲皇太子。下士,言孫和禮賢下士。三國志吴書孫和傳:「孫和,字子孝,……年十四,爲置宫衛,使中書令闞澤教以書藝。好學下士,甚見稱述。赤烏五年(二四二),立爲太子,時年十九。闞澤爲太傅,薛綜爲少傅,而蔡穎、張純、封俌、嚴維等皆從容侍從。」裴松之注引吴書曰:「和少岐嶷,有智意。……好文學,善騎射。承師涉學,精識聰敏,尊敬師傅,愛好人物。穎等每朝見進賀,和常降意,歡以待之。講校經義,綜察是非,及訪諮朝臣,考績行能,以知優劣,各有條貫。」按,以上四句,皆代指當朝皇帝及皇太子。楊炯被薦任崇文館學士時,皇帝爲高宗,皇太子爲李顯。

〔三〕「縫掖」句,禮記儒行:「衣逢掖之衣。」鄭玄注:「逢(與「縫」同)猶大也。大掖之衣,大袂禪衣也。此君子有道藝者所衣也。」

〔四〕「衣簪」句,衣簪,衣冠簪纓,乃貴者之所服,代指高官貴胄。高闕之門,即高門,謂門閥崇高。文選左思蜀都賦:「亦有甲第,當衢向術。壇宇顯敞,高門納駟。」劉淵林注:「言甲第高門,可以納駟。」李善注引西京賦曰：「北闕甲第，當道直啓。」又左思詠史八首其四：「峩峩高門內，藹藹皆王侯。」

〔五〕「驂駕」句，驂駕，詩經鄭風大叔于田：「執轡如組，兩驂如舞。」鄭玄箋：「在旁曰驂。」直城，漢長安城門名。漢書成帝紀：「上嘗急召太子，出龍樓門，不敢絶馳道，西至直城門，得絶乃度。」注引晉灼曰：「黄圖：西出南頭第二門也。」

〔六〕「琢磨」二句，文選劉孝標辨命論：「因斯兩賢以言古，則昔之玉質金相、英髦秀達。」李善注：「毛詩曰：『追琢其章，金玉其相。』毛萇曰：『相，質也。』」張銑注：「玉、金，所以比美君子；質、相，言其形貌也。」此形容其道極尊崇。

〔七〕「雲蒸」句，文選賈誼鵩鳥賦：「雲蒸雨降兮，糾錯相紛。」李善注引韋昭國語注曰：「蒸，升也。」同書班固西都賦：「雷奔電激，草木塗地。」李善注引説文曰：「電，陰陽激耀也。」此形容其辭極富文采。

〔八〕「周旋」二句，謂與宴者極講禮儀。儀禮燕禮：「若與四方之賓燕，則公迎之於大門內，揖讓，升。」鄭玄注：「四方之賓，謂來聘者也。」

〔九〕「合異」二句，謂與宴諸人論辯激烈。莊子則陽：「合異以爲同，散同以爲異。」同上秋水：「公孫龍問於魏牟曰：『龍少學先生之道，長而明仁義之行，合同異，離堅白，然不然，可不可，困百家之知，窮衆口之辯，吾自以爲至達已。今吾聞莊子之言，汒焉異之。』」所謂「堅白」，同書齊物論郭象注謂「公孫龍有淬劍之法，謂之堅白」。司馬彪注云：「謂堅石、白馬之辯也。」又引或曰：「設矛伐之説爲堅，辯白馬之名爲白。」此泛指争事論理。

〔一〇〕「八珍」二句，八珍，八種烹飪法。周禮天官膳夫：「珍用八物。」鄭玄注：「珍謂淳熬、淳母、砲豚、砲牂、擣珍、漬、熬、肝膋也。」其法，賈公彦疏有詳説，可參讀，文多不録。寒温，同上食醫：「掌和王之六食、六飲、六膳、百羞、百醬、八珍之齊（鄭玄注「和，調也」）。凡食齊，眡春時（注「飯宜温」）。羹齊，眡夏時（注「羹宜熱」）。醬齊，眡秋時（注「醬宜涼」）。飲齊，眡冬時（注「飲宜寒」）。」陸德明釋文：「食音嗣，下食齊同。齊，才細反。」

〔一一〕「一獻」二句，周禮冬官梓人：「梓人爲飲器，勺一升，爵一升，觚三升。獻以爵，而酬以觚。一獻而三酬，則一豆矣。」鄭玄注：「勺，尊（升）〔斗〕也。觚、豆，字聲之誤，觚當爲觶，豆當爲斗。」雕觴，謂有雕飾之酒杯。儀禮鄉飲酒：「司正升自西階，受命於主人。主人曰：『請坐於賓。』賓辭以俎。」鄭玄注：「至此，盛禮俱成，酒清肴乾，賓主百拜，强有力者猶倦焉。張而不弛，弛而不張，非文武之道。請坐者，將以賓燕也。俎者，肴之貴者。辭之者，不敢以禮殺當貴者。」懽，同「歡」。以上四句，謂宴會食物極講究，賓主禮數極詳備。

〔一二〕「魚鑰」句，魚形鑰匙。宋朱勝非紺珠集卷一〇魚鑰：「鑰必以魚者，取其不瞑目守夜之義。」

〔一三〕「雀牕」句，錦繡萬花谷前集卷四七夕引漢武内傳：「七月七日，西王母降漢武帝，東方朔於朱雀窗中窺王母。」此泛指窗，以與上句「魚鑰」對應。牕，同「窗」。銅樓，漢書成帝紀：「上嘗急召太子，出龍樓門，不敢絶馳道。」注引張晏曰：「門樓上有銅龍，若白鶴、飛廉之爲名也。」後泛稱太子所居爲銅樓。舊唐書音樂志四載章懷太子（李賢）廟樂章六首迎神第一曰：「副君昭象，道應黄離。銅樓備德，玉裕成規。」

〔一四〕「左輔」句，漢書王莽傳：「立宣帝玄孫嬰爲皇太子，號曰孺子，以王舜爲太傅左輔，甄豐爲太阿右拂。」顔師古注：「拂，讀曰弼。」白虎通義卷上諫静：「天子置左輔右弼，前疑後承以順。左輔主修政刺不法，右弼主糾周言失傾；前疑主糾度定德經，後承主匡正常考變失。四弼興道，率主行仁。」

〔一五〕「先馬」句，先，亦作「洗」，洗馬，官名。後車，指文學侍從之臣。詳見前青苔賦注。

〔一六〕「顧循」句，庸菲，謂淺薄。蕭統和上游鍾山大愛敬寺：「顧惟實庸菲，沖薄竟奚施。」

〔一七〕「聽笙竽」二句，文選左思詠史八首之四：「南鄰擊鐘磬，北里吹笙竽。」李善注：「左氏傳曰：鄭伯有夜飲酒擊鐘焉。吕氏春秋曰：帝嚳令人擊磬。墨子曰：彈琴瑟，吹笙竽。」又韓非子卷九内儲説上：「齊宣王使人吹竽，必三百人。南郭處士請爲王吹竽，宣王説之。」兩句謂慣聽北里俗音，今聆群公之論，有如聞齊宣王笙竽之美。

〔一八〕「覿瓌寶」二句，覿，見也。東山，此指泰山，其爲東嶽，故稱。瓌寶，指泰山石。藝文類聚卷六地部石引應劭漢官儀曰：「馬伯弟登泰山，見石二枚。其一是武帝時石，用五車載不能上，因置山下爲屋，號曰五車石；其一是紀號石，刻文字，紀功德，立壇上。」自恥，同上書引闞子曰：

「宋之愚人得燕石於梧臺之東,歸而藏之以爲寶。周客聞而觀焉。主人齋七日,端冕玄服以發寶,革匱十重,緹巾十襲。客見之,掩口而笑曰:『此特燕石也,其與瓦甓不殊。』」按水經臨淄水注:「系水又北逕臨淄城西門北,而西流逕梧宫南,昔楚使聘齊,齊王饗之梧宫,即是宫矣,其地猶名梧臺里。臺甚層秀,東西百餘步,南北如減,即古梧宫之臺。臺東,即闞子所謂宋愚人得燕石處。」兩句謂群公皆貴如泰山之石,而自己則鄙如燕石,相去霄壤。乃作者謙詞。

〔一九〕「請謳歌」句,藝文類聚卷一一引帝王世紀:帝堯之時,「天下大和,百姓無事。有五十老人擊壤於道,觀者歎曰:『大哉!帝之德也。』老人曰:『吾日出而作,日入而息,鑿井而飲,耕田而食,帝何力於我哉!』」

〔二〇〕「題其」句,弁,原作「序」,據全唐文改。弁,首,前面。

李舍人山亭詩序〔一〕

永嘉有高陽公山亭者〔二〕,今爲李舍人别墅也。廊宇重複,樓臺左右。煙霞棲梁棟之間,竹樹在汀洲之外。龜山對出,背東武而飛來〔三〕;鶴阜相臨,向東吴而不進〔四〕。青溪數曲,赤巖千丈〔五〕。寥廓兮惚怳,似蓬嶺之難行〔六〕;深邃兮眇然,若桃源之失路〔七〕。信可謂赤縣幽棲,黄圖勝景〔八〕。從來八子,闢高陽之邑居〔九〕;今日四郊,逢舍人之置驛〔一〇〕。故知樊家失業，遂作庾公之園〔二〕；習氏不游，終成漢陰之地〔三〕。

【箋注】

〔一〕李舍人，其名不可考。文中述其與唐皇帝有親，蓋宗室子。舍人，太子府官名。據唐六典卷二六，太子右春坊置太子中舍人二人，正五品上；太子通事舍人八人，正七品下。又導客舍人六人。不詳李氏爲何舍人。按：楊炯由梓州司法回洛陽後，嘗與宋之問分置習藝館。約在武則天天册萬歲元年（六九五），出爲盈川令。盈川縣，爲武氏如意元年（六九二）析衢州龍丘縣（地在今浙江衢州市東）置。李舍人當居家於永嘉（今浙江温州）。楊炯平生别無東南之行，其預李舍人山亭宴，必在爲盈川令期間。

〔二〕「永嘉」句，舊唐書地理志：「處州，隋永嘉郡。武德四年（六二一）平李子通，置括州。」同書高宗紀下：「上元二年（六七五）夏四月，分括州永嘉、永固二縣置温州。」高陽公，當爲許敬宗。舊唐書許敬宗傳：「許敬宗，杭州新城（按元和郡縣志卷二五杭州：「新城縣，本漢富春縣地，永淳元年〔六八二〕分富春西境置。」）人，隋禮部侍郎善心子也。其先自高陽南渡，世仕江左。」武德初，太宗聞其名，召補秦府學士。貞觀十七年（六四三），以修武德、貞觀實録成，封高陽縣男。顯慶三年（六五八），進封郡公。史臣論其人雖有文學，然「才優而行薄」，不足觀也。蓋許敬宗死後，其園林山亭子孫不能保，遂爲李舍人所有，故下文有「樊家失業」、「習氏不游」

等語。

〔三〕「龜山」二句，太平寰宇記卷九六越州山陰縣：「龜山，縣東北九十四步。越絶書云：『勾踐游臺上，有龜公冢在。』又神異志云：『瑯邪東山，徙於會稽，壓殺百姓。』吴越春秋又云：『勾踐築城邑已成，怪山自至。怪山者，瑯琊東武縣山，海中一宿自來，故曰怪山。』山形似龜，亦呼爲龜山。東武，會稽志云：『龜山之下有東武里，即瑯邪東武縣山，一夕移於此，東武人因徙此，故里不動。』」

〔四〕「鶴阜」二句，太平寰宇記卷九六越州會稽縣：「鶴鳴山，郡國志云：『鶴鳴山上有石鶴，時復鳴，云是仙乘上飛者。』」漢袁康越絶書卷二吴地傳：「荏碓山，故爲鶴阜山。禹遊天下，引湖中柯山置之鶴阜，更名荏碓。」此言會稽鶴鳴山之鶴欲與吴地鶴阜山之鶴相會，故謂「向東吴」云。

〔五〕「赤巖」句，指天台山。文選孫綽游天台山賦：「赤城霞起而建標。」李善注引孔靈符會稽記：「赤城山石色皆赤，猶似雲霞。」又引天台山圖：「赤城山，天台之南門也。」元和郡縣志卷二六台州唐興縣：「赤城山，在縣北六里。」按：山在今浙江天台縣北六里，屬丹霞地貌。

〔六〕「寥廓」二句，寥廓，空曠高遠貌。蓬嶺，指海上蓬萊仙山，見前奉和上元酺宴應詔詩注。難行，謂不可到，難以追尋。

〔七〕「深邃兮」二句，桃源，即陶淵明桃花源記所述桃花源，詳前和劉侍郎入隆唐觀詩注。以上四句，言永嘉山水深邃迷茫，宛如仙窟秘境。

〔八〕「信可謂」二句，赤縣，指中國。史記孟軻傳附騶衍：「中國名曰赤縣神州。赤縣神州内自有九州，禹之序九州是也。」黃圖，古代地圖。

〔九〕「從來」二句，太平御覽卷七九顓頊高陽氏引帝王世紀：「帝顓頊高陽氏，黄帝之孫，昌意之子，姬姓也。」二十二而登帝位，納勝墳氏女，「有才子八人，號八愷」。此謂山亭原主人許敬宗，乃帝顓頊高陽氏八子之後裔。元和郡縣志卷七雍丘縣：「高陽故城，縣西南二十九里。顓頊高陽氏佐少昊有功，受封此邑。」按元和姓纂卷六許：「姜姓，炎帝四岳之後。周武王封其裔孫文叔於許。後爲楚所滅，子孫分散，以國爲氏。晉許偃、楚許伯、鄭許瑕，高陽北新城縣，今入博陵郡。……晉徵君詢，詢元孫懋，有傳（按傳見梁書，稱其爲「高陽新城人」）。懋孫善心，隋黄門侍郎，生唐中書令、高陽公敬宗。」

〔一〇〕「逢舍人」句，謂李舍人好客。漢書鄭當時傳：「孝景時爲太子舍人，每五日洗沐，常置驛馬長安諸郊。」注引如淳曰：「郊，交道四通處也，以請賓客便。」

〔一一〕「故知」二句，水經淯水注：淯水又南入新野縣，枝津分派。淯水又東與朝水合。「朝水又東，南分爲二水，一水枝分東北，爲樊氏陂，陂東西十里，南北五里，俗謂之凡亭陂。陂東有樊氏故宅。樊氏既滅，庾氏取其陂，故諺曰：『陂汪汪，下田良。樊子失業，庾公昌。』」新野縣，在今河南西南部，與湖北襄陽市接壤。樊氏，指東漢樊宏家族。後漢書樊宏傳：「樊宏，字靡卿，南陽湖陽人也。世祖之舅。……爲鄉里著姓。父重，字君雲，世善農稼，好貨殖。……財利歲倍，至乃開廣田土三百餘頃。其所起廬舍，皆有重堂高閣，陂渠灌注。」其下李賢注，即引水經注。

庾公園事不詳。

〔三〕「習氏」二句，習氏不游，謂習氏園池荒廢。晉書山簡傳：「簡字季倫，性温雅，有父（山濤）風。……永嘉三年（三〇九）出爲征南將軍、都督荆湘交廣四州諸軍事，假節鎮襄陽。於時四方寇亂，天下分崩，王威不振，朝野危懼，簡優遊卒歲，唯酒是耽。諸習氏，荆土豪，族有佳園池。簡每出嬉遊，多之池上，置酒輒醉，名之曰高陽池。」按：習池乃習郁所建，故又稱習郁池。元和郡縣志卷二三襄陽縣：「習郁池，縣南十四里。」又太平寰宇記卷一四五襄陽縣：「習郁池，在縣東南十五里。襄陽記云：『峴南八百步，西下道百步，有習家魚池。習郁將死，敕其長子葬於池側。池中起釣臺尚在。』按郁，即鑿齒之兄也。」漢陰，原作「濮陰」，各本同。今按：漢陰，即漢水之南，莊子天地有子貢「過漢陰」之語。後代多代指襄陽。水經注謂襄陽縣北有漢陰臺，而襄陽與濮（濮州、濮水）無關係，「濮」當是「漢」之形訛，因以文意改。二句謂習氏園池荒廢後，終成襄陽尋常之土。以上四句，言高陽氏不能守其山亭，遂爲李舍人所得。

其人也，凝脂點漆〔一〕，瓊樹瑶林〔二〕。學富文史〔三〕，言成準的。葭莩爲漢帝之親〔四〕，凡蔣是周公之裔〔五〕。田孟嘗之待客，照飯無疑〔六〕；孔文舉之邀懽，樽中自溢〔七〕。

【箋　注】

〔一〕「凝脂」句，世説新語容止：「王右軍（羲之）見杜弘治，歎曰：『面如凝脂，眼如點漆，此神仙中人。』」劉孝標注引江左名士傳曰：「永和中，劉真長、謝仁祖共商略中朝人士。或曰：『杜弘治清標令上，爲後來之美，又面如凝脂，眼如點漆，粗可得方諸衛玠。』」蕭繹東宮薦石門侯啓：「點漆凝脂，事逾衛玠；渾金璞玉，才乏山濤。」

〔二〕「瓊樹」句，世説新語賞譽：「王戎云：『太尉（引者按：指王衍，字夷甫）神姿高徹，如瑶林瓊樹，自然是風塵外物。』」劉孝標注引名士傳曰：「夷甫天形奇特，明秀若神。」

〔三〕「學富」句，漢書東方朔傳：「年十三學書，三冬文史足用。」

〔四〕「葭莩」句，葭莩之親，謂薄親。漢書景十三王傳：「今群臣非有葭莩之親。」注引張晏曰：「葭，蘆葉也；莩，葉裏白皮也。」又引晉灼曰：「莩，葭裏之白皮也。皆取喻於輕薄也。」

〔五〕「凡蔣」句，凡蔣，原作「枝葉」，據英華卷七一五、四子集、全唐文卷一九一改。左傳僖公二十四年：「凡、蔣、邢、茅、胙、祭，周公之胤也。」杜預注：「胤，嗣也。蔣在弋陽期思縣。高平昌邑縣西有茅鄉。東郡燕縣西南有胙亭。」孔穎達正義：「周公之胤，邢國見在隱七年解訖。凡、祭闕，故唯解蔣、茅、胙也。」同上襄公十二年：「魯爲諸姬臨於周廟，爲邢、凡、蔣、茅、胙、祭臨於周公之廟。」杜預注：「即祖廟也。六國皆周公之支子，别封爲國，共祖周公。」以上二句，喻指李舍人出身高華，與當今皇族有親。

〔六〕「田孟嘗」二句，史記孟嘗君列傳：「孟嘗君，名文，姓田氏。……食客數千人，無貴賤，一與文等。……孟嘗君曾待客夜食，有一人蔽火光，客怒，以飯不等，輟食辭去。孟嘗君起，自持其飯比之。客慚，自剄。士以此多歸孟嘗君。」

〔七〕「孔文舉」二句，後漢書孔融傳：「孔融，字文舉，魯國人，孔子二十世孫也。……拜太中大夫。性寬容少忌，好士，喜誘益後進。及退閒職，賓客日盈其門。常歎曰：『坐上客恒滿，尊中酒不空，吾無憂矣。』」懽，同「歡」。以上四句，以孟嘗君、孔融喻李舍人，言其好客。

三冬事隙，五日歸休〔一〕。奏金石而滿堂，召琳瑯而觸目〔二〕。心焉而醉，德焉而飽〔三〕。大隱朝市，本無車馬之喧〔四〕；不出户庭，坐得雲霄之致。於是乎百年無幾，萬事徒勞。唯談笑可以遣平生，唯文詞可以陳心賞。既因良會，咸請賦詩。雖向之所歡，已爲陳迹；俾千載之下，感於斯文〔五〕。

【箋　注】

〔一〕「三冬」二句，初學記卷三冬引梁元帝纂要曰：「冬曰玄英，亦曰安寧，亦曰玄冬、三冬、九冬。」五日，指休沐日。同上卷二〇假：「休假亦曰休沐。漢律：吏五日得一下沐，言休息以洗沐也。」據唐會要卷八二休假，唐十日一休沐，稱旬休。此用漢代事。

〔二〕「召琳瑯」句，尚書禹貢：「厥貢惟球、琳、琅玕。」僞孔傳：「球、琳，皆玉名。琅玕，石而似珠。」此言「召」，「琳瑯」當指歌女，言其貌美如玉。

〔三〕「心焉」二句，詩經大雅既醉小序：「既醉，大平也。醉酒飽德，人有士君子之行焉。」孔穎達正義：「莫不醉足於酒，厭飽其德。既荷德澤，莫不自修，人皆有士君子之行焉。」

〔四〕「大隱」二句，文選王康琚反招隱詩：「小隱隱陵藪，大隱隱朝市。」李周翰注：「伯夷、叔齊自竄首陽之山，老聃爲周柱下史，伯夷之德不如老聃，則小隱劣於大隱明矣。」又陶淵明雜詩二首其一：「結廬在人境，而無車馬喧。問君何能爾，心遠地自偏。」

〔五〕「雖向之」四句，王羲之蘭亭修禊序：「雖世殊事異，所以興懷，其致一也。後之覽者，亦將有感於斯文。」

送徐録事詩序〔一〕

徐學士風流蒨蒨〔二〕，容貌堂堂。汝南則顔子更生〔三〕，洛下則神人重出〔四〕。書有萬，覽之者實符於鄭玄〔五〕；州有九，游之者頗類於班固〔六〕。懷岐嶓之舊迹，想江漢之遺風〔七〕。粤在於永淳元年，孟夏四月，始以内率府録事，出攝蒼溪縣主簿〔八〕。同彼漆園之莊周〔九〕，聊居賤職；異乎安定之梁竦，不殫勞人〔一〇〕。騑驂而欲行，紛紜而戒道〔一一〕。

【箋　注】

〔一〕徐録事，名不詳。文中謂徐氏爲内率府録事，按唐六典卷七尚書工部：「東宫官屬，凡府一，坊三，寺三，率府十。」注：「十率府，謂左右衛率府、左右清道率府、左右司禦率府、左右内率府、左右監門率府。」同書卷二八太子左右衛及諸率府太子左右内率府：「録事參軍事各一人，正九品上。」則所謂「録事」，當即録事參軍。詩序謂徐録事出攝蒼溪縣主簿在永淳元年（六八二）四月；又稱「詩成『流火』之文」，則起程已爲初秋七月矣。是時楊炯爲太子詹事府司直、崇文館學士，詳附録年譜。

〔二〕「徐學士」句，蒨蒨，文選束晳補亡詩六首之二白華：「蒨蒨士子，涅而不渝。」李善注：「蒨蒨，鮮明之貌。」

〔三〕「汝南」句，汝南，漢高祖所置郡名，管三十七縣，見漢書地理志。其地在今河南汝南至安徽阜陽一帶。顏子，即顏回，孔子弟子。顏子更生，指黄憲。後漢書黄憲傳：「黄憲，字叔度，汝南慎陽人也。世貧賤，父爲牛醫。潁川荀淑至慎陽，遇憲於逆旅，時年十四，淑竦然異之，揖與語移日，不能去，謂憲曰：『子，吾之師表也。』既而前至袁閎所，未及勞問，逆曰：『子國有顏子，寧識之乎？』閎曰：『見吾叔度邪？』……」

〔四〕「洛下」句，神人，指郭泰，以喻徐録事。郭泰游洛陽，後歸鄉里，衣冠諸儒相送，衆賓望之，以爲神仙。詳下文注。

〔五〕「書有萬」二句，書有萬，即有萬卷書。「萬卷」乃約數。漢書藝文志：「大凡書，六略三十八種，五百九十六家，萬三千二百六十九卷。」言鄭玄讀書之多。後漢書鄭玄傳：「鄭玄，字康成，北海高密人也。」常詣學官，不樂爲吏。「遂造太學受業，師事京兆第五元先，始通京氏易、公羊春秋、三統曆、九章算術；又從東郡張恭祖受周官、禮記、左氏春秋、韓詩、古文尚書。以山東無足問者，乃西入關，因涿郡盧植事扶風馬融。……自遊學十餘年，乃歸鄉里。」此言徐録事讀書之多，有如鄭玄。

〔六〕「州有九」二句，州有九，即九州，言其遊歷之廣如同班固。後漢書班固傳：班固，字孟堅。「永元初，大將軍竇憲出征匈奴，以固爲中護軍，與參議。北單于聞漢軍出，遣使款居延塞，欲修呼韓邪故事，朝見天子，請大使。憲上遣固行中郎將事，將數百騎與虜使俱出居延塞迎之。會南匈奴掩破北庭，固至私渠海，聞虜中亂，引還。」

〔七〕「懷岐嶓」二句，岐，即岐山，在今陝西寶雞境内。嶓，即嶓冢山，在今陝西寧强縣北。江、漢，指長江、漢水，古謂同源於嶓冢山。水經漾水注：「漾水出隴西氐道縣嶓冢山，東至武都沮縣爲漢水。……漢水北，連山秀舉，羅峰競峙。……漢水又西，逕蘭倉城南，又南，右會兩溪，俱出西山，東流注於漢水。……漢水又南，入嘉陵道，而爲嘉陵水。」蒼溪縣在嘉陵水（即嘉陵江）畔，故云。

〔八〕「出攝」句，攝，代理。蒼溪縣，舊唐書地理志四劍南道閬州：「蒼溪，後漢分宕渠置漢昌縣，屬巴郡。隋改漢昌爲蒼溪也。」今屬四川廣元市。

〔九〕「同彼」句，史記老莊申韓列傳：「莊子者，蒙人也，名周。周嘗爲蒙漆園吏。」張守節正義引括地志云：「漆園故城，在曹州冤句縣北十七里。此云莊周爲漆園吏，即此。按其城古屬蒙縣。」

〔一〇〕「異乎」二句，後漢書梁統傳：「梁統，字仲寧，安定烏氏人。」子竦，字叔敬。少習孟氏易，弱冠能教授。坐兄松事，徙九真，顯宗後詔聽還本郡。「竦生長京師，不樂本土，自負其才，鬱鬱不得意。嘗登高遠望，歎息言曰：『大丈夫居世，生當封侯，死當廟食。如其不然，閒居可以養志，詩書足以自娱，州郡之職，徒勞人耳。』後辟命交至，并無所就。」二句言徐録事不懼州郡之職勞人，與梁竦不同。

〔一一〕「騑驂」二句，騑，駕于車轅兩旁之馬，亦即驂。文選王融三月三日曲水詩序：「戒道執殳，展軨效駕。」張銑注：「戒道，謂清净其路也。」此言啓程，「戒道」乃套語。

是日也，鶴鳴于野，龍昇于天〔一〕。詩成「流火」之文〔二〕，易占「清風」之卦〔三〕。聖主以叶時同律，義在於省方〔四〕；皇儲以守器承祧，任隆於監國〔五〕。留臺務静，博望時閑〔六〕。於是久敬之善交，平生之故友，臨御溝而帳飲〔七〕，就離亭而出宿。居成别易，坐覺悲來。平原二客，追子高而已遠〔八〕；河上諸公，餞林宗而有慕〔九〕。兩鄉風月，萬里江山。脩路爲下泣之思，長天非寄愁之所〔一〇〕。何以處我？戒之必軾〔一一〕；何以贈行？上路不拜〔一二〕。孫子荆「傾國」之送〔一三〕，豈若是乎；潘安仁金谷之篇〔一四〕，盡於斯矣〔一五〕。

【箋　注】

〔一〕「鶴鳴」二句，詩經小雅鶴鳴：「鶴鳴于九皋，聲聞于野。」龍昇，乃由「鶴鳴」映帶而出。周易乾卦：「飛龍在天。」

〔二〕「詩成」句，詩經國風七月：「七月流火，九月授衣。」毛傳：「火，大火也。流，下也。」鄭玄箋：「大火者，寒暑之候也。火星中而寒暑退，故將言寒，先著火所在。」句謂時在七月。

〔三〕「易占」句，「清風」之卦，指巽卦。周易巽卦：「巽，小亨。」王弼注：「全以巽爲德，是以小亨也。上下皆巽，不違其令，命乃行也。故申命行事之時，上下不可以不巽也。」孔穎達正義：「説卦云：『巽，入也。』蓋以巽是象風之卦，風行無所不入。」又象曰：「隨風，巽，君子以申命行事。」正義曰：「隨風巽者，兩風相隨，故曰隨風。風既相隨，物無不順，故曰隨風巽。」句謂占卜得巽卦，利於出行。

〔四〕「聖主」二句，叶時，尚書舜典：「肆覲東后，協時月正日，同律度量衡。」僞孔傳：「合四時之氣節，月之大小，日之甲乙，使齊一也。律法制及尺丈、斛斗、斤兩，皆均同。」叶、協同。省方，周易觀卦象曰：「風行地上，觀。先王以省方，觀民設教。」孔穎達正義：「先王以省方，觀民設教者，以省視萬方，觀看民之風俗，以設於教。」兩句謂高宗行幸東都洛陽。事在高宗永淳元年，詳前庭菊賦序注。

〔五〕「皇儲」二句，皇儲，即皇太子李顯（其時已改名哲）。守器，左傳成公二年：「仲尼聞之，曰：

『……唯器與名，不可以假人：君之所司也。』」杜預注：「器，車服名爵號。」承祧，承奉祖廟祭祀。祧，遠祖廟。沈約立太子詔：「自昔哲后，降及近代，莫不立儲樹嫡，守器承祧。」監國，謂留守國都。事詳前庭菊賦序注。

〔六〕「留臺」二句，是時皇太子李顯留守京師，故稱朝廷爲「留臺」。博望，漢成帝爲太子所立苑名，見前崇文館宴集詩序注，此代指太子李顯。

〔七〕「臨御溝」句，御溝，又稱楊溝，唐人常在此餞別，見前送梓州周司功詩注。

〔八〕「平原」二句，孔叢子卷中儒服：「子高（原注：「子高，孔穿之字，孔箕之子，伋之玄孫。」）游趙，平原君客有鄒文、季節者，與子高相善。及將還魯，諸故人訣，既畢，文、節送行三宿。臨別，文、節流涕交頤，子高徒抗手而已。分背就路，其徒問曰：『先生與彼二子善，彼有戀戀之心，未知後會何期，淒愴流涕，而先生厲聲高揖，此無乃非親親之謂乎？』子高曰：『始焉，謂此二子丈夫爾，乃今知其婦人也。人生則有四方之志，豈鹿豕也哉，而常聚乎？』其徒曰：『若此，二子之泣非邪？』答曰：『斯二子，良人也，有不忍之心。若於取斷，必不足矣。』其徒曰：『凡泣者，一無取乎？』子高曰：『有二焉：大姦之人以泣自信，婦人懦夫以泣著愛。』」

〔九〕「河上」二句，後漢書郭太（泰）傳：郭太（泰），字林宗，太原界休人。「就成皋屈伯彥學，三年業畢，博通墳籍。善談論，美音制。乃游於洛陽。始見河南尹李膺，膺大奇之，遂相友善，於是名震京師。後歸鄉里，衣冠諸儒送至河上，車數千兩。林宗唯與李膺同舟而濟，衆賓望之，以爲神仙焉。」

〔一〇〕「長天」句，後漢書仲長統傳：「作詩二篇，以見其志。辭曰：『……百慮何爲，至要在我。寄愁天上，埋憂地下。……』」此反其意。

〔一一〕「何以處我」二句，吕氏春秋卷二一期賢：「魏文侯過段干木之閭而軾之。其僕曰：『君胡爲軾？』曰：『此非段干木之閭歟？段干木蓋賢者也，吾安敢不軾？』」高誘注：「軾，伏軾也。」處，英華作「劇」，注：「疑作處。」按：作「劇」誤。

〔一二〕「何以贈行」二句，禮記少儀：「武車不式，介者不拜。」鄭玄注：「兵車不以容禮下人也。車中之拜，肅拜。」

〔一三〕「孫子荆」句，晉書孫楚傳：孫楚，字子荆，太原中都人。嘗爲征西將軍王駿參軍。其征西官屬送於陟陽候作詩有曰：「晨風飄岐路，零雨被秋草。傾城遠追送，餞我千里道。」據此，則「傾國」疑當作「傾城」。

〔一四〕「潘安仁」句，潘岳，字安仁，其金谷集作詩有曰：「王生和鼎實，石子鎮海沂。親友各言邁，中心悵有違。何以叙離思，攜手游郊畿。朝發晉京陽，夕次金谷湄。……飲至臨華沼，遷坐登隆坻。玄醴染朱顔，但愬杯行遲。揚桴撫靈鼓，簫管清且悲。春榮誰不慕？歲寒良獨希。投分寄石友，白首同所歸。」金谷，文選李善注引酈道元水經注曰：「金谷水，出河南太白原。東南流，歷金谷，謂之金谷水。東南流，經石崇故居。」

〔一五〕「盡於」句，斯，英華作「思」，校：「一作斯。」作「思」誤。

送并州旻上人詩序〔一〕

三元日月，不能改弦望之期〔二〕；四序炎涼，不能移變通之運〔三〕。況乎人生天地，嶽鎮東西〔四〕。良時美景，始雲蒸而電激；臨水登山，忽風流而雨散〔五〕。道之常也，復何言哉！旻上人天骨多奇，神情獨王。法門梁棟，豈非龍象之雄〔六〕；晉國英靈，即是河汾之寶〔七〕。道尊德貴，所以名稱並聞；盡性窮神，所以身心不動。

【箋　注】

〔一〕并州，今山西太原。旻上人生平無考，當與前和旻上人傷果禪師詩之旻上人爲同一人。按序稱相送者有「麟閣良朋」，漢書揚雄傳下：「時雄校書天禄閣上，治獄使者來，欲收雄，雄恐不能自免，乃從閣上自投下，幾死。」漢代另有騏麟閣，乃圖畫功臣處。天禄、騏麟皆傳説中獸名。此以麟閣代指唐秘書省。序當作於上元三年（六七六）舉制科、補秘書省校書郎數年間，具體年份不詳。

〔二〕「三元」二句，三元，即元日，其爲歲之元時之元月之元，詳前送東海孫尉詩序注。月半圓爲弦，當夏曆每月初七、初八日；月圓爲望，約當每月十五日。二句謂日月運行之規律不可改變。

〔三〕「四序」二句，四序，即春夏秋冬，亦變化流轉不息。周易繫辭上：「廣大配天地，變通配四時。陰陽之義配日月，易簡之善配至德。」又曰：「是故法象莫大乎天地，變通莫大乎四時；縣象著明莫大乎日月，崇高莫大乎富貴。」

〔四〕「嶽鎮」句，嶽鎮東西，謂有東嶽、西嶽，各爲一方之鎮。尚書舜典：「封十有二山。」僞孔傳：「每州之名山殊大者，以爲其州之鎮。」周禮夏官職方氏：「河南曰豫州，其山鎮曰華山。」鄭玄注：「鎮，名山安地德者也。」

〔五〕「良時」四句，謂朋友相聚，興致極高，然終究難免一别。雲蒸而電激，風流而雨散，分别見前崇文館宴集詩序、送東海孫尉詩序注。

〔六〕「豈非」句，龍象，即象。維摩經不思議品：「譬如迦葉，龍象蹴踏，非驢所堪。」嘉祥疏：「此言龍象者，只是一象耳，如好馬名龍馬，好象云龍象也。」佛家常以龍象比喻菩薩法力威猛。

〔七〕「晉國」二句，旻上人爲并州人，春秋時屬晉國；又汾水出自太原（即并州），西入於河。潘岳笙賦：「河汾之寶，有曲沃之懸匏焉。」此言晉國之人才，方爲河汾之寶。

徧觀天下，暫游城闕。劉真長之遠致〔一〕，雅契高風；習鑿齒之宏才，深期上德〔二〕。芝蘭一面，暫悦新知〔三〕；垂棘連城，將游舊府〔四〕。雞山法衆〔五〕，餞行於素滻之濱〔六〕；麟閣良朋，祖送於青門之外〔七〕。是日也，河山雨氣，原野秋陰。風煙淒而禁籞寒〔八〕，草木落而城隍晚〔九〕。雲中振錫，有如鴻鵠之飛〔一〇〕；水上乘杯，更似神仙之别〔一一〕。左右爲之魂動，金石由其色變。恒山岱嶽，看寶鼎於風雲〔一二〕；帝里神州，對長安於白日〔一三〕。兩鄉綿邈，何當惠遠之遊〔一四〕；千里相思，空有關山之望。群賢僉議，咸可賦詩，題其爵里，編之簡牘。

【箋注】

〔一〕「劉真長」句，晉書劉惔傳：「劉惔，字真長，沛國相人也。」惔少清遠，有標奇。尚明帝女廬陵公主。雅善言理，尤好莊老，任自然趣。

〔二〕「習鑿齒」二句，晉書習鑿齒傳：「習鑿齒，字彦威，襄陽人也。宗族富盛，世爲鄉豪。鑿齒少有志氣，博學洽聞，以文筆著稱。荆州刺史桓温辟爲從事。江夏相袁喬深器之，數稱其才於温。」出爲滎陽太守，著漢晉春秋五十四卷。上德，老子：「上德無爲。」河上公注：「謂法道安静，無所改爲也。」

〔三〕「芝蘭」二句，謂雖爲新知，却交如芝蘭。芝蘭，香草也。周易繫辭上：「二人同心，其利斷金。同心之言，其臭如蘭。」

〔四〕「垂棘」二句，謂其極重鄉情，故將歸去。左傳成公五年：「秋八月，鄭伯及晉、趙同盟於垂棘。」杜預注：「垂棘，晉地。」垂棘産美玉。同上僖公二年：「晉荀息請以屈産之乘與垂棘之璧，假道於虞以伐虢。」注：「屈地生良馬，垂棘出美玉。」連城，謂所產玉極貴重。史記廉頗藺相如列傳：「趙惠文王時得楚和氏璧，秦昭王聞之，使人遺趙王書，願以十五城請易璧。」

〔五〕「雞山」句，雞山，即雞足山，在古印度。晉釋法顯佛國記：「到一山，名雞足，大迦葉今在此山中。劈山下入，入處不容人。下入極遠，有旁孔，迦葉全身在此中住。孔外有迦葉本洗手土，彼方人若頭痛者，以此土塗之即差。此山中即日故有諸羅漢住。彼方諸國道人年年往供養迦葉，心濃至者，夜即有羅漢來共言，論釋其疑已，忽然不現。此山榛木茂盛，又多師子、虎、狼，不可妄行。」傳説或稱即今雲南省大理州賓川縣之雞足山。此代指長安附近山寺，言其僧衆前來爲旻上人餞行。

〔六〕「餞行」句，滻，長安附近水名。文選潘岳西征賦：「南有玄灞素滻。」李善注：「玄、素，水色也；灞、滻，二水名也。」

〔七〕「麟閣」二句，麟閣，代指秘書省，見本文首注。祖，即祖道，漢書劉屈氂傳：「貳師將軍李廣利將兵出擊匈奴，丞相爲祖道，送至渭橋。」顔師古注：「祖者，送行之祭，因設宴飲焉。」青門，三輔黄圖卷一：「長安城東出南頭第一門曰霸城門，民見門色青，名曰青城門，或曰青門。」

〔八〕「風煙」句，籞，文選張衡東京賦：「於東則洪池清籞，渌水澹澹。」李善注引漢書音義應劭曰：「籞，在池水上作室，可用棲鳥，鳥入捕之。」按：籞、蘌通。禁籞，指帝王宮苑。

〔九〕「草木」句，楚辭宋玉九辯：「悲哉！秋之爲氣也。蕭瑟兮，草木摇落而變衰。」王逸注：「形體易色，枝葉枯槁也。」城隍，即城牆。隍是城下池。

〔一〇〕「雲中」二句，錫，僧人所持錫杖，又稱禪杖，梵名隙棄羅。其首有一鐵卷，振動時錫錫作聲，故稱。史記陳涉世家：「陳涉太息曰：『嗟乎，燕雀安知鴻鵠之志哉！』」索隱：「尸子云『鴻鵠之鷇，羽翼未合，而有四海之心』是也。鴻鵠是一鳥，若鳳皇然，非鴻鴈與黄鵠也。」按：即天鵝。又文選丘遲與陳伯之書：「棄燕雀之小志，慕鴻鵠以高翔。」

〔一一〕「水上」二句，乘杯，梁高僧傳卷一〇神異下杯度傳：「杯度者，不知姓名，常乘木杯度水，因而爲目。初見在冀州。不修細行，神力卓越，世莫測其由來。嘗於北方寄宿一家，家有一金像，度竊而將去，家主覺而追之，見度徐行，走馬逐而不及。至孟津河，浮木杯於水，憑之度河，無假風棹，輕疾如飛，俄而度岸。」神仙之別，神仙傳卷四孫博傳：「孫博者，河東人也。有清才，能屬文，著書百許篇，誦經數十萬言。晚乃學道，治墨子之術。……能將人於水上敷席而坐，飲食作樂，使衆人舞於其上，不没不濡，終日盡歡。」以上四句，想像旻上人其行之速，有如鴻鵠高飛，又如神僧杯度、神仙孫博，極言其歸鄉情切。

〔一二〕「恒山」二句，恒山，古代五嶽之一。爾雅釋地：「恒山爲北嶽。」避漢諱稱常山，主峰在今河北曲陽縣西北。岱嶽，即東嶽泰山。此以二山代指各地。看寶鼎，藝文類聚卷九九祥瑞部鼎引孫氏瑞應圖曰：「禹治水，收天下美銅，以爲九鼎，象九州，王者興則出，衰則去。」此以「寶鼎」代指天下，謂旻上人此前曾雲遊各地，盡覽天下形勝。

〔三〕「帝里」二句，帝里神州，即長安；白日，指皇帝，用世説新語夙惠載晉明帝「舉目見日，不見長安」事。兩句謂旻上人又來京城，瞻仰皇家氣象。

〔四〕「兩鄉」二句，兩鄉，指并州與長安。梁高僧傳卷六慧遠傳：「釋慧遠，本姓賈氏，雁門樓煩人也。」後爲僧，創廬山東林寺，劉遺民、雷次宗等名士并棄世遺榮，依其游止。慧遠於是與貞信之士百有二十三人結社，以香花爲誓，即佛教史所謂廬山蓮花社。兩句謂别後何時方能再逢，以效當年惠遠之廬山雅集。

晦日藥園詩序〔一〕

天下皆知禮之爲貴，用周旋揖讓之儀〔二〕；天下皆知樂之爲盛，節金石絲簧之變。是則忠信之薄，餙容貌於矜莊；風俗之微，陶性靈於歌舞〔三〕。殊不知達人君子，遺形骸於得喪之機〔四〕；心照神交，混榮辱於是非之境〔五〕。若諸公者，玄素之相知也〔六〕。以爲煙霞可賞，歲月難留，遂欲極千載之交歡，窮百年之樂事。莫不如珪如璋，令聞令望〔七〕，濟濟鏘鏘〔八〕，同會於文場者也。

【箋　注】

〔一〕晦日，即夏曆每月最後一日。按文曰「於時丁丑之年，孟春之晦」，丁丑爲高宗儀鳳二年（六七七），孟春爲正月。藥園，此指禁苑中專爲皇家種藥之園。按上年楊炯應制舉中第，補秘書省校書郎，是時當仍爲此職。

〔二〕「天下」二句，禮記内則：「在父母舅姑之所，有命之，應、唯敬對，進退、周旋慎齊，升降、出入、揖遊不敢噦、噫、嚏、咳、欠、伸、跛、倚、睇視，不敢唾、洟。」鄭玄注：「齊，莊也。睇，傾視也。」左傳襄公三十一年：「君子在位可畏，施捨可愛，進退可度，周旋可則，容止可觀，作事可法，德行可象，聲氣可樂，動作有文，言語有章，以臨其下，謂之有威儀也。」兩句謂所謂「禮」，實則講究容貌、動作以表威儀。下二句謂樂實爲歌舞，皆揭禮樂之本質。

〔三〕「是則」四句，謂儒家所謂禮、樂，乃忠信薄、風俗微之僞飾。此類言論，於莊子中比比焉，如馬蹄篇曰：「及至聖人，蹩躠爲仁，踶跂爲義，而天下始疑矣；澶漫爲樂，摘僻爲禮，而天下始分矣。」釋文曰：「蹩躠、踶跂，皆用心爲仁義之貌。」同上又曰：「及至聖人，屈折禮樂以匡天下之形，縣跂仁義以慰天下之心，而民乃始踶跂好知，争歸於利，不可止也，此亦聖人之過也。」餙，同「飾」。

〔四〕「遺形骸」句，莊子天地：「汝方將忘汝神氣，墮汝形骸，而庶幾乎！　而身之不能治，而何暇治天下乎？」

〔五〕「混榮辱」句，莊子逍遥遊：「舉世而譽之而不加勸，舉世而非之而不加沮。定乎内外之分，辨乎榮辱之竟，斯已矣。」以上四句，謂遺形骸、混榮辱方爲人生真諦，而禮樂不與焉。

〔六〕「若諸公」二句，原作「非若諸公者，大夫之相知也」，義礙，據四子集本改。南史宋本紀文帝紀，宋文帝劉義隆嘗令何尚之立「玄素學」，即玄學。玄素相知，謂以好老莊、談玄理相知，故有上述遺形骸、混榮辱之語。

〔七〕「莫不」二句，「如珪如璋，令聞令望」，出詩經大雅卷阿，已見前登秘書省閣詩序注。

〔八〕「濟濟」句，詩經大雅文王：「濟濟多士，文王以寧。」毛傳：「濟濟，多威儀也。」同上烝民：「四牡彭彭，八鸞鏘鏘。」鄭玄箋：「鏘鏘，鳴聲。」劉向說苑卷三建本：「田里周行，濟濟鏘鏘。」句謂諸公雖好玄談，然皆儀容都雅，佩帶整齊，以文章會聚在一起。

於時丁丑之年，孟春之晦。歲陰入於星紀〔一〕，斗柄臨於析木〔二〕。衣冠雜沓，出城闕而盤游；車馬駢闐，俯河濱而帳飲〔三〕。乃有神州福地，上藥中園〔四〕，左太沖所云「當衢向術」〔五〕，潘安仁以爲「面郊後市」〔六〕。九莖仙草，搖八卦之祥風〔七〕；四照靈葩，泫三危之寶露〔八〕。豈直帝神農旋赤鞭而驅毒〔九〕，崔文子擁朱幡以救人〔一〇〕；山圖採之而得道〔一一〕，姮娥竊之而奔月〔一二〕，若斯而已哉！加以回溪漱石，茂林修竹，澹風日之逶迤，妙山泉之體勢。然後搴杜若〔一三〕，籍芝蘭，高論參玄，飛觴舉白〔一四〕。凡我良友，同聲相應〔一五〕。心冥寵辱，推富貴於皇天〔一六〕；事一窮通，任運隨於大命〔一七〕。若使適情知足，則玉帛子女爲伐性之源〔一八〕；達變通機，則尊官厚祿非保全之地。所以列坐羲皇之代〔一九〕，安歌帝堯之力〔二〇〕。

陽光稍晚，高興未闌，請諸文會之游，共紀當年之事。凡厥衆作，列之於後。

【箋　注】

〔一〕「歲陰」句，歲陰，即太歲，古代天文學虛擬之星名，與歲星相應。漢書律曆志上：「斗綱之端連貫營室，織女之紀指牽牛之初，以紀日月，故曰星紀。」星紀，即歲星，亦即木星。史記天官書：「察日月之行，以揆歲星順逆。」索隱引姚氏案：「天官占云：歲星，一曰應星，一曰經星，一曰紀星。」又正義引天官占：「歲星者，東方木之精，蒼帝之象也。」古代以十二次與十二辰對應，用以紀年。歲陰入於星紀，所對應者爲丑，故即指丁丑年。

〔二〕「斗柄」句，國語卷三周語下：「昔武王代殷，歲在鶉火，月在天駟，日在析木之津，辰在斗柄。」韋昭注：「析木，次名。從尾十度至斗十一度爲析木，其間爲漢津，謂戊子日，日宿箕七度。」按：次名，指十二次名，古代將黄赤道帶天區自西向東分爲十二部分，並依次命名，其名爲：星紀、玄枵、娵訾、降婁、大梁、實沈、鶉首、鶉火、鶉尾、壽星、大火、析木。此即指孟春之晦日。

〔三〕「車馬」二句，駢闐，連綿字，相屬貌。其形又作「駢田」。文選張衡西京賦：「駢田偪仄。」薛綜注：「駢田、偪仄，聚會之意。」帳飲，設帳而飲。

〔四〕「上藥」句，類證本草卷一序例上：「上藥一百二十種，爲君主養命以應天。無毒，多服久服不傷人。」中園，謂禁苑中之藥園。

〔五〕「左太沖」句，左思，字太沖。文選左思蜀都賦：「亦有甲第，當衢向術。」劉淵林注：「術，道也。」

〔六〕「潘安仁」句，潘岳，字安仁。文選潘岳閒居賦：「陪京泝伊，面郊後市。」李善注引周禮（天官冢宰）曰：「面朝後市。」又引鄭玄儀禮（士相見禮）注曰：「面，前也。」

〔七〕「九莖」二句，漢書武帝紀：元封二年（前一〇九）六月詔曰：「甘泉宮内中産芝，九莖連葉。」注引應劭曰：「芝，芝草也，其葉相連。」八卦祥風，太平御覽卷九風引易通卦驗曰：「冬至廣莫風至，誅有罪，斷大刑。立春條風至，赦小罪，出稽留。春分明庶風至，正封疆，修田疇。立夏清明風至，出幣帛，禮諸侯。夏至景風至，辨大將，封有功。立秋涼風至，報土功，祀四鄉。秋分閶闔風至，解懸垂，琴瑟不張。立冬不周風至，修宮室，完邊城。八風以時，則陰陽正，治道成，萬物得以育生。王當順八風，行八政，當八卦也。」此時爲正月，當爲條風。

〔八〕「四照」二句，文選王簡棲頭陀寺碑文：「九衢之草千計，四照之花萬品。」李善注引山海經曰：「南山之首山曰鵲山，有木焉，其狀如榖而黑，其華四照。」又引郭璞注：「言有光炎若木華赤，其光照下地，亦此類也。」靈葩，此指藥草之花。泫，露珠晶瑩貌。三危，吕氏春秋卷一四孝行覽本味：「水之美者，三危之露。」高誘注：「三危，西極山名。」尚書禹貢：「三危既宅。」孔穎達正義：「左傳稱舜去四凶，投之四裔。舜典云竄三苗於三危，是三危爲西裔之山也，其山必是西裔，未知山之所在。」三危賓露，此泛指露。

〔九〕「豈直」句，搜神記卷一：「黄帝以赭鞭鞭百草，盡知其平毒寒温之性，臭味所主，以播百穀，故天下號神農也。」

〔一〇〕「崔文子」句，列仙傳卷上崔文子：「崔文子者，太山人也。文子世好黄老事，居潛山下。後作黄散赤丸，成石父祠，賣藥都市，自言三百歲。後有疫氣，民死者萬計。長吏之文所請救，文擁朱旛、繫黄散以徇人門，飲散者即愈，所活者萬計。後去，在蜀賣黄散，故世寶崔文赤丸黄散，實近於神焉。」

〔一一〕「山圖」句，列仙傳卷下山圖：「山圖者，隴西人也。少好乘馬，馬蹋之，折腳。山中道人教令服地黄、當歸、羌活、獨活、苦參散。服之一歲，而不嗜食。病愈身輕，追道人問之，自言五嶽使，之名山采藥，能隨吾，使汝不死。山圖追隨之六十餘年，一旦歸來，行母服於家間，期年復去，莫知所之。」

〔一二〕「姮娥」句，淮南子覽冥訓：「羿請不死之藥於西王母，姮娥竊以奔月。」高誘注：「姮娥，羿妻。羿請不死之藥於西王母，未及服之，姮娥盜食之，得仙，奔入月中，爲月精。」

〔一三〕「然後」句，搴，原作「芳」。全唐文卷一九一作「搴」。按下句「籍」爲動詞，則此作「搴」是，據改。杜若，香草名。屈原九歌湘夫人：「搴汀洲兮杜若。」杜若及下句芝蘭，皆泛指藥園所種藥草，謂其芳香也。

〔一四〕「飛觴」句，文選左思吴都賦：「里讌巷飲，飛觴舉白。」劉淵林注：「白，罰爵名也。漢書曰：

『引滿舉白。』」劉良注：「飛觴，行觴疾如飛也。大白，杯名，有犯令者舉而罰之。」

〔一五〕「同聲」句，周易乾卦文言：「子曰：同聲相應，同氣相求。」

〔一六〕「心冥」二句，冥，遠也。寵辱，老子：「寵辱若驚。」河上公注：「身寵亦驚，身辱亦驚。」此謂不安寵、不驚辱也。論語顏淵：「商聞之矣，死生有命，富貴在天。」

〔一七〕「事一」二句，謂視窮通若一，一切任運隨命。莊子秋水：「孔子游於匡，宋人圍之數匝，而絃歌不輟。子路入見，曰：『何夫子之娱也？』孔子曰：『來！吾語女。我諱窮久矣，而不免，命也；求通久矣，而不得，時也。當堯舜而天下無窮人，非知得也；當桀紂而天下無通人，非知失也。時勢適然。……知窮之有命，知通之有時。』」郭象注：「無爲勞心於窮通之間。」

〔一八〕「若使」二句，玉帛，泛指財物；子女，此偏指女子。國語吴語：「玉帛子女以賓服焉，未嘗敢絶。」伐性，吕氏春秋孟春紀本生：「貴富而不知道，適足以爲患。……靡曼皓齒，鄭衛之音，務以自樂，命之曰伐性之斧。」高誘注：「靡曼，細理弱肌，美色也。皓齒，詩所謂『齒如瓠犀』者也。……以其淫辟滅亡，故曰伐性之斧者也。」又枚乘七發：「皓齒娥眉，命曰伐性之斧。」

〔一九〕「所以」句，陶淵明與子儼等疏：「常言：五六月中，北窗下卧，遇涼風暫至，自謂是羲皇上人。」此翻其義，謂所處即羲皇之世。文選揚雄劇秦美新：「上罔顯於羲皇。」李善注：「伏羲爲三皇，故曰羲皇。」

〔二〇〕「安歌」句，太平御覽卷八〇帝堯陶唐氏引帝王世紀：「帝堯陶唐氏……天下大和，百姓無事。

有八十老人擊壤歌於道，觀者歎曰：『大哉帝之德也！』老人曰：『吾日出而作，日入而息，鑿井而飲，耕田而食，帝力何有於我哉！』」此翻其義，謂當安歌帝力。帝堯及上句羲皇，皆代指當朝皇帝唐高宗。

群官尋楊隱居詩序〔一〕

若夫太華千仞〔二〕，長河萬里〔三〕，則吾土之山澤〔四〕，壯於域中；西漢十輪〔五〕，東京四世〔六〕，則吾宗之人物，盛於天下。乃有渾金璞玉〔七〕，鳳戢龍蟠〔八〕。方圓作其輿蓋〔九〕，日月爲其扃牖〔一〇〕。天光下燭，懸少微之一星〔一一〕；地氣上騰，發大雲之五色〔一二〕。以不貪爲寶，均珠玉以咳唾〔一三〕；以無事爲貴，比旍常於糞土〔一四〕。諸侯不敢以交游相得〔一五〕，三府不敢以辟命相期〔一六〕。與夫形在江海，心游魏闕〔一七〕；跡混朝市，名爲大隱〔一八〕，可得同年而語哉！

【箋　注】

〔一〕近人高步瀛唐宋文舉要乙編卷一收此文，有解題曰：「舊唐書高宗紀曰：『調露二年（六八〇）二月丁巳，至大室山，又幸隱士田遊巖所居。己未，幸嵩陽觀。』群官尋楊隱居，疑在此時，而楊隱居名字事蹟皆未詳。」據文中「軒皇駐蹕，將尋大隗之居；堯帝省方，終全潁陽之節」等句，其說是。楊炯既預「群官」之列，當仍在秘書省校書郎任。

〔二〕「若夫」句，山海經西山經：「華山之首……又西六十里曰太華之山，削成而四方，其高五千仞，其廣十里。」郭璞注：「即西嶽華陰山也。今在弘農華陰縣西南。」

〔三〕「長河」句，河，即黄河，華山在其南。

〔四〕「則吾土」句，據新、舊唐書楊炯傳，楊炯爲華陰人，故稱其地爲「吾土」。

〔五〕「西漢」句，文選楊惲報孫會宗書（按：原載漢書楊惲傳）：「惲家方隆盛時，乘朱輪者十人。」李善注：「二千石皆得乘朱輪。」按：楊惲，華陰人。

〔六〕「東京」句，東京即洛陽，此代指東漢。後漢書楊震傳：「楊震，字伯起，弘農華陰人也。……震少好學，受歐陽尚書於太常桓郁，……年五十，乃始仕州郡。……延光二年（一二三），代劉愷爲太尉。」順帝延熹五年（一六二），子秉代劉矩爲太尉。秉子賜，靈帝熹平二年（一七三）爲司空，五年，代袁隗爲司徒。賜子彪，中平六年（一八九）代董卓爲司空，又歷任司徒、太尉。孔融曰：「楊公四世清德，海内所瞻。」世，原作「代」，避太宗諱，徑改。

〔七〕「乃有」句，渾金璞玉，未煉之金，未琢之玉。喻人純真質樸，此指不仕宦。世説新語賞譽：「王戎目山巨源（濤）如璞玉渾金，人皆欽其寶，莫知名其器。」

〔八〕「鳳戢」句，文選陸機漢高祖功臣頌：「怡顔高覽，弭翼鳳戢。」李周翰注：「戢，藏也。……退歸静理，如鳳之止，羽翼不見也。」龍蟠，同上書左思蜀都賦：「龍蟠於沮。」李善注引方言曰：「未升天龍，謂之蟠龍。」鳳戢、龍蟠，此皆喻隱士。

〔九〕「方圓」句，方指地，圓指天。周禮考工記輈人：「軫之方也，以象地也；蓋之圜也，以象天也。」宋玉大言賦：「方地爲車，圓天爲蓋。」又淮南子原道訓：「以天爲蓋，以地爲輿。……以天爲蓋，則無不覆也；以地爲輿，則無不載也。」按：天圓地方，乃古之蓋天説，詳參前渾天賦注。

〔一〇〕「日月」句，文選劉伶酒德頌：「有大人先生，以天地爲一朝，萬期爲須臾，日月爲扃牖。」張銑注：「扃牖，門也。」以上二句，形容隱士生活，謂其一無所有，而又擁有一切。

〔一一〕「天光」二句，天光，此指星光。史記天官書：「廷藩西有隋星五，曰少微，士大夫。」索隱引春秋合誠圖云：「少微，處士位。」又引天官占云：「少微，一名處士星也。」晉書謝敷傳：「初，月犯少微，少微一名處士星，占者以隱士當之。」

〔一二〕「地氣」二句，禮記月令孟春之月：「是月也，天氣下降，地氣上騰。」藝文類聚卷二〇人部四賢引京房易飛候曰：「視四方常有大雲五色，具而不雨，其下有聖賢人隱。」

〔一三〕「以不貪」二句，左傳襄公十五年：「子罕曰：我以不貪爲寶。」莊子漁父：「孔子曰：『……幸聞咳唾之音，以卒相丘也。』」此以咳唾所出爲穢物，而均之於珠玉，極言隱士不貪財。

〔一四〕「以無事」二句，梁劉峻山栖志：「若夫蠶而衣，耕而食。日出而作，日入而息。晚食當肉，無事爲貴。」旂常，旗名。古代王用太常，諸侯用旂，以爲紀功授勳之儀制。周禮春官司常：「日月

（按：謂畫日月）爲常，交龍（按：謂畫交龍形）爲旂……王建大常，諸侯建旂。」此以旂常代指功業，言視之若糞土。

〔一五〕「諸侯」句，莊子讓王：「曾子居衛，……天子不得臣，諸侯不得友。故養志者忘形，養形者忘利，致道者忘心矣。」

〔一六〕「三府」句，三府，指太尉、司徒、司空府，見前王勃集序注。

〔一七〕「與夫」二句，莊子讓王：「中山公子牟謂瞻子曰：『身在江海之上，心居乎魏闕之下，奈何？』」郭象注：「魏觀闕，人君門也。言心存榮貴。」

〔一八〕「跡混」二句，王康琚反招隱詩：「小隱隱陵藪，大隱隱朝市。」朝市，指官場。

天子巡於下都〔一〕，望於中嶽〔二〕。軒皇駐蹕，將尋大隗之居〔三〕；堯帝省方，終全潁陽之節〔四〕。群賢以公私有暇，休沐多閑。忽乎將行，指林壑而非遠；莞爾而笑〔五〕，覽煙霞而在矚。登坱圠〔六〕，踐莓苔〔七〕。阮籍之見蘇門，止聞鸞嘯〔八〕；盧敖之逢高士，詎識鳶肩〔九〕。憶桑海而無時〔一〇〕，問桃源之易失〔一一〕。寒山四絶，煙霧蒼蒼；古樹千年，藤蘿漠漠。誅茅作室〔一二〕，掛席爲門〔一三〕。石隱磷而環階〔一四〕，水潺湲而匝砌。乃相與旁求勝境，遍窺靈跡。論其八洞，實唯明月之宮〔一五〕；相其五山，即是交風之地〔一六〕。仙臺可望，石室猶存〔一七〕。極人生之勝踐，得林野之奇趣。

【箋注】

〔一〕「天子」句，舊唐書高宗紀下：「（調露）元年（六七九）秋七月己卯朔，詔以今年冬至有事嵩嶽，禮官、學士詳定儀注。」下都，指洛陽。同上高宗紀上：顯慶二年（六五七）十二月乙卯「還洛陽宮。……丁卯，手詔改洛陽宮爲東都」。山海經西山經：崑崙山，「是實惟帝之下都」。此仿其説，以長安爲上都，洛陽遂爲下都。

〔二〕「望於」句，望，遥祭。尚書舜典：「望於山川，徧於群神。」僞孔傳釋「望」爲「望祭之」。爾雅釋山：「嵩高爲中嶽。」山在今河南登封市北。按舊唐書高宗紀下：調露二年二月丁巳，「至少室山。戊午，親謁少姨廟。……己未，幸嵩陽觀及啓母廟，并命立碑。……甲子，自温湯還東都」。

〔三〕「軒皇」二句，軒皇，即黄帝。史記五帝本紀：黄帝者，「姓公孫，名曰軒轅」。莊子徐無鬼：「黄帝將見大隗乎具茨之山。」大隗，隗，原作「塊」，據全唐文卷一九一改。大隗，或曰神名，或曰即大道，此蓋謂其爲隱者，乃有道之士。元和郡縣志卷五河南府密縣：「大騩山，在縣東南五十里。本具茨山，黄帝見大隗於具茨之山，故亦謂之大騩山。」騩、隗同。

〔四〕「堯帝」二句，省方，周易觀卦象曰：「風行地上，觀。先王以省方，觀民設教。」孔穎達正義釋「省方」爲「省視萬方」。莊子逍遥遊：「堯讓天下於許由。……許由曰：『……歸休乎君，予無所用天下爲。』」潁陽，潁水之北，代指許由。全節，謂保全其隱德。史記伯夷列傳：「説者曰：「堯讓天下於許由，許由不受，恥之，逃隱。」正義引皇甫謐高士傳云：「『許由，字武仲。堯聞，致天下而讓焉。乃退而遁於中嶽潁水之陽，箕山之下隱。堯又召爲九州長，由不欲聞之，洗耳於潁水濱。……許由殁，葬此山，亦名許由山。』在洛州陽城縣南十三里。」

〔五〕「莞爾」句，論語陽貨：「夫子莞爾而笑。」何晏集解：「莞爾，小笑貌也。」

〔六〕「登坱圠」句，文選左思吴都賦：「爾乃地勢坱圠，卉木䖘蔓。」劉淵林注：「坱圠，莽沕也，高下不平貌也。」

〔七〕「踐莓苔」句，文選孫綽游天台山賦：「踐莓苔之滑石。」李善注：「莓苔，即石橋之苔也。……異苑曰：『天台山石有莓苔之險。』」

〔八〕「阮籍」二句，晉書阮籍傳：「籍嘗於蘇門山遇孫登，與商略終古，及栖神導氣之術。登皆不應。籍因長嘯而退，至半嶺，聞有聲若鸞鳳之音，響乎巖谷，乃登之嘯也。遂歸，著大人先生傳。」蘇門，元和郡縣志卷一六衛州衛縣：「蘇門山，在縣西北十一里，孫登所隱，阮籍、嵇康所造之處。」清一統志卷一五八衛輝府：「蘇門山，在輝縣西北七里。一名蘇嶺，即太行支山也。」輝縣，今屬河南。

〔九〕「盧敖」二句，淮南子道應訓：「盧敖游乎北海，經乎太陰，入乎玄闕，至於蒙穀之上，見一士焉，深目而玄鬢，淚注而鳶肩，豐上而殺下，軒軒然方迎風而舞。」盧敖語之曰：「子殆可與敖爲友乎？」「若士者齤然而笑曰：『……然子處矣，吾與汗漫期於九垓之外，吾不可以久駐。』若士舉臂而竦身，遂入雲中。」高誘注：「盧敖，燕人，秦始皇召以爲博士，使求神仙，亡而不反也。」

〔一〇〕「憶桑海」句，桑海，謂滄海桑田，用麻姑事，見前和輔先入昊天觀星占詩注。

〔一一〕「問桃源」句，桃源，即桃花源，見前和劉侍郎入隆唐觀詩注。

〔一二〕「誅茅」句，楚辭屈原卜居：「寧誅鋤草茅以力耕乎？」此言鋤草茅以建屋。

〔一三〕「掛席」句，漢書陳平傳：「家迺負郭窮巷，以席爲門，然門外多長者車轍。」

〔一四〕「石隱磷」句，文選司馬相如上林賦：「隱轔鬱壘。」郭璞注：「隱轔鬱壘，堆壟不平貌。」又李周翰注：「皆山勢高峻長遠之貌。」磷、轔同，連綿字。

〔一五〕「論其」二句，八洞，道教謂神仙所居洞府，後泛指神仙或修道者住所。王績遊仙詩其一：「三山銀作地，八洞玉爲天。」明月之宮，指月光童子之宮。藝文類聚卷七山部上嵩高山引仙經云：「嵩高山東南大巖下石孔，方圓一丈。西方北入五六里，有太室，高三十餘丈，周圓三百步，自然明燭，相見如日月無異。中有十六仙人，云月光童子，常在天台，時亦往來此中，人非有道，不得望見。」

〔一六〕「相其」二句，相，審視。五山，指五嶽。交風，風雨交會。謂五嶽中唯嵩山爲風雨交會處。文選張衡東京賦：「總風雨之所交，然後以建王城。」薛綜注：「總，猶括也。王城，今河南（即洛陽）也。周禮曰：土圭之法測土深，正日景，以求地中。四時之所交，風雨之所會，陰陽之所和，乃建王國也。」按晉書天文志上儀象：「鄭衆説土圭之長尺有五寸，以夏至之日，立八尺之表，其景與土圭等，謂之地中。今潁川陽城地也。」按：潁川陽城遺址，在今河南登封市。

〔一七〕「仙臺」二句，太平御覽卷三九嵩山引戴延之西征記曰：「少室山中多神藥，漢武帝築登仙臺，在其峰。」又引嵩高山記：「又一石室，有自然經書、飲食。」

杯浮若聖〔一〕，已蔑松喬〔二〕；清論凝神，坐驚河漢〔三〕。遊仙可致，無勞郭璞之言〔四〕；招隱成文，敢嗣劉安之作〔五〕。

【箋注】

〔一〕「杯浮」句，杯浮，即浮杯，謂酒滿杯。若聖，藝文類聚卷七二食物部酒引魏略曰：「太祖（曹操）禁酒，而人竊飲之故，難言『酒』，以白酒爲賢者，清酒爲聖人。」按：其事又詳見三國志魏書徐邈傳。

〔二〕「已蔑」句，蔑，原作「茂」，據全唐文改。謂既飲酒，遂蔑視仙人。松、喬，指赤松子、王子喬，傳説爲古代仙人，見前宴族人楊八宅序「傲松喬」句注。

〔三〕「清論」二句，清論，指同尋群官之清談高論。莊子達生：「孔子顧謂弟子曰：用志不分，乃凝於神，其痀僂丈人之謂乎！」坐，因也，副詞。河漢，天上星座名，代指天，謂所論驚動上天。

〔四〕「遊仙」二句，郭璞，字景純，河東聞喜縣人，好道教及術數，晉書有傳。文選收其遊仙詩七首，李善注曰：「凡遊仙之篇，皆所以滓穢塵網，錙銖纓紱，飡霞倒景，餌玉玄都。而璞之製文多自叙，雖志狹中區，而辭無俗累，見非前識，良有以哉！」二句謂有酒有友即是仙，勿勞郭璞用遊仙詩以勸也。

〔五〕「招隱」二句，謂群官尋楊隱居所作之詩，可嗣劉安招隱士之篇。楚辭淮南小山招隱士王逸解題曰：「招隱士者，淮南小山之所作也。昔淮南王安博雅好古，招懷天下俊偉之士，自八公之徒，咸慕其德而歸其仁，各竭才智，著作篇章，分造辭賦，以類相從，故或稱小山，或稱大山，其義猶詩有小雅、大雅也。」

宴皇甫兵曹宅詩序〔一〕

皇甫君冠冕於安定，李校書羽儀於隴西〔二〕，岑正字明目於漢南〔三〕，石宫坊抵掌於河朔〔四〕。高侯邦之司直〔五〕，下走齊之濫吹〔六〕。若夫風雲龍虎，水火陰陽，隔千里而應之，莫不潛契於同聲矣〔七〕。聖明千載，區宇一家，掩八紘以得之，莫不高會於中京矣〔八〕。

【箋　注】

〔一〕皇甫兵曹，據序文當爲安定（今甘肅平涼地區）人，疑爲皇甫無逸後裔或族子，具體何人不可考。舊唐書皇甫無逸傳：「皇甫無逸，字仁儉，安定烏氏人。」隋末爲右武衛將軍，投李淵，拜民部尚書，累轉益州大都督府長史。兵曹，即兵曹參軍。據唐六典等，唐代尚書兵部、諸衛、諸衛府及太子左右衛、諸王衛皆有兵曹參軍。序文稱「高會於中京」，又云「河圖適至」、「冰納千金之水」，則此文當作於洛陽，時在垂拱四年（六八八）十二月（詳下注）。作者自謂「下走齊之濫吹」，其時亦當在洛陽。

〔二〕「李校書」句，李校書，名不詳。校書，即校書郎，官名。據唐六典卷一〇、卷二六，唐秘書省有校書郎八人，著作局有二人，皆正九品上。崇文館有校書二人，從九品下；司經局有校書四人，正九品上。隴西，郡名，漢置，隋廢，地在今甘肅東南。

〔三〕岑正字句，岑正字，名未詳。正字，官名。據唐六典卷一〇、卷二六，唐秘書省有正字四人，著作局有正字二人，皆正九品下；太子府司經局亦有正字二人，從九品下。漢南，今河南西南、湖北東北即南陽、襄陽一帶，屬漢江水系。按舊唐書岑文本傳：「岑文本，字景仁，南陽棘陽人。」棘陽在今河南南陽市，正可稱漢南。岑氏於高宗、武氏時甚得勢，上引岑文本傳稱其子孫及族人仕之者達數十人，疑岑正字即其後裔或族人。

〔四〕「石宮坊」句，石宮坊，名未詳。宮坊，指太子左右春坊，不詳任何職。抵掌，相談投機貌，見前登秘書省閣詩序注。河朔，泛指黃河以北之地。

〔五〕「高侯」句，高侯，名未詳。司直，官名。唐六典卷二六：「太子司直二人，正七品上。司直掌彈劾宫寮，糾舉職事。凡皇太子朝宫臣，則分知東西班。凡諸司文武應參官，每月皆具在否，以判正焉。凡諸率府配兵於諸職掌者，亦如之，皆受而檢察，其過犯者隨以彈啓。」

〔六〕「下走」句，下走，自謙之詞，見前登秘書省閣詩序「下走自强於玄晏」句注。濫吹，謂自己如吹竽之齊人，事詳前崇文館宴集詩序注。楊炯是時在洛陽，蓋已由梓州司法參軍解職歸來，參附録年譜。

〔七〕「若夫」四句，謂風雲、龍虎、水火、陰陽，皆兩兩相配，相互對應，朋友之道亦如是。同聲，即「同聲相應，同氣相求」，見前晦日藥園詩序注。

〔八〕「聖明」四句，謂皇帝英明，國家統一，朋友相聚不難。八紘，「紘」原作「弦」，據英華卷七一五、全唐文卷一九一改。淮南子墬形訓：「八殥之外，而有八紘，亦方千里。」高誘注：「紘，維也。維落天地而爲之表，故曰紘也。」文選左思吴都賦：「古先帝代，曾覽八紘之洪緒，一六合而光宅。」劉淵林注「八紘」，即引淮南子，謂「并有天下而一家也」。中京，指洛陽。六朝稱洛陽爲中京，如南齊書明帝紀：「昔中京淪覆，鼎玉東遷。」後遂爲洛陽別稱。

是日也，河圖適至〔一〕，海鯨初死〔二〕。五嶽四瀆，漢皇帝崇其望祀〔三〕；一日三朝，周天子展其莊敬〔四〕。君臣慶色，朝野歡心。玄晏先生開甲第而留賓〔五〕，二三君子赴龍門而廣讌〔六〕。陰雲已墨〔七〕，肅氣彌高。霜寒萬里之園，冰納千金之水〔八〕。面郊後市，即爲潘岳之居〔九〕；累代通家，咸言李膺之客〔一〇〕。百年何計，相知在於我心；四海何求，爲樂止於名教〔一一〕。抽毫進牘，皆請賦詩；日暮途遠，聊裁序引。

【箋注】

〔一〕「河圖」句，舊唐書則天皇后紀：垂拱四年（六八八）夏四月，「魏王武承嗣僞造瑞石，文云『聖母臨人，永昌帝業』。令雍州人唐同泰表稱獲之洛水。皇太后大悦，號其石爲『寶圖』」。所謂「河圖」，當指此。

〔二〕「海鯨」句，淮南子天文訓：「鯨魚死而彗星出。……彗星者，天之忌也。」又太平御覽卷八七五孛星引春秋考異郵曰：「鯨魚死，彗星合。」原注：「鯨魚，陰物，生於水。今出而死，是爲有兵相殺之兆也，故天應之以妖彗。」按舊唐書則天皇后紀垂拱四年（六八八）八月壬寅，「博州刺史、琅邪王（李）沖據博州起兵，命左金吾大將軍丘神勣爲行軍總管討之。庚戌，沖父豫州刺史、越王（李）貞又舉兵於豫州，與沖相應。九月，命内史岑長倩、鳳閣侍郎張光輔、左監門大將軍鞠崇裕率兵討之。丙寅，斬貞及沖等，傳首神都，改姓爲虺氏」。所謂「海鯨初死」，當指此。按前謂「適至」，此言「初死」，雖同在一年，并不同時。

〔三〕「五嶽」二句，爾雅釋山曰：「泰山爲東嶽，華山爲西嶽，霍山爲南嶽，恒山爲北嶽，嵩高爲中嶽。」宋鄭樵注：「霍山，即天柱山。漢武帝以衡山遼曠，移其神於此，號爲南嶽。」同書釋水：

「江、河、淮、濟爲四瀆。四瀆者，發源注海者也。」鄭樵注：「中原之地，諸水所流皆歸此四瀆。惟此四瀆得專達海，故爲瀆祠焉。」漢皇帝，指漢武帝。史記封禪書：武帝尤敬鬼神，嘗與公卿諸生議封禪。「封禪用希曠絶，莫知其儀禮，而群儒採封禪尚書、周官、王制之望祀射牛事」，不能辨明。於是盡罷諸儒不用，遂東幸緱氏，禮登中嶽太室」，又東上泰山，「泰山之草木葉未生，乃令人上石立之泰山巔」。考舊唐書則天皇后紀，武氏臨朝稱制以來，唯垂拱四年十二月嘗「拜洛水，受『天授聖圖』（即所謂「寶圖」）」，此蓋即指其事。

〔四〕「一日」二句，禮記文王世子：「文王之爲世子，朝於王季，日三。」此指皇嗣（皇太子李旦，即睿宗），言其孝敬。舊唐書睿宗紀：「嗣聖元年（六八四），則天臨朝，廢中宗爲廬陵王，立豫王爲皇帝，仍臨朝稱制。及革命，改國號爲周，降帝爲皇嗣，令依舊名輪，徙居東宮，其具儀一比皇太子。」

〔五〕「玄晏先生」句，按皇甫謐，字士安，安定人，自號玄晏先生，晉書有傳（參前登秘書省閣詩序注）。此當指皇甫兵曹乃皇甫謐之後，故亦以玄晏先生相稱。

〔六〕「二三君子」句，二三君子，猶言諸君子、諸位。左傳昭公十六年：「宣子曰：二三君子請皆賦，起亦以知鄭志。」此謂能赴皇甫氏之宴，有如登龍門。後漢書李膺傳：「膺獨持風裁，以聲名自高，士有被其容接者，名爲登龍門。」藝文類聚卷九六龍引辛氏三秦記曰：「河津一名龍門，大魚集龍門下數千，不得上，上者爲龍，不上者魚。」地在今山西河津市。

〔七〕「陰雲」句，太平御覽卷八雲引易通卦驗：「陰雲出而黑，大雪降。」

〔八〕「冰納」句，謂十二月。千金之水，言冰雖爲水，然極貴重。詩經豳風七月：「二之日鑿冰沖沖，三之日納於凌陰。」毛傳：「冰盛水腹，則命取冰於山林。沖沖，鑿冰之意。凌陰，冰室也。」孔穎達正義：「月令：季冬冰方盛，水澤腹堅，命取而藏之。」按周禮天官凌人：「凌人掌冰正，歲十有二月，令斬冰，三其凌。」鄭玄注：「正歲季冬，火星中，大寒，冰方盛之時。……凌，冰室也。三之者，爲消釋度也。」

〔九〕「面郊」二句，謂皇甫氏宅位置極佳。用潘岳閒居賦事，見前晦日藥園詩序注。

〔一〇〕「累代」二句，謂皇甫兵曹德望甚高，爲賓客所仰慕。後漢書孔融傳：「孔融，字文舉，魯國人，孔子二十世孫也。……年十歲，隨父詣京師。時河南尹李膺以簡重自居，不妄接士賓客，敕外自非當世名人及與通家，皆不得白。融欲觀其人，故造膺門，語門者曰：『我是李君通家子弟。』門者言之，膺請融，問曰：『高明祖父嘗與僕有恩舊乎？』融曰：『然。先君孔子與君先人李老君同德比義，而相師友，則融與君累世通家。』衆坐莫不歎息。」

〔一一〕「爲樂」句，晉書樂廣傳：「是時王澄、胡毋輔之等，皆亦任放爲達，或至裸體者。廣聞而笑曰：『名教内自有樂地，何必乃爾！』」此謂勿須放達，亦可爲樂。

中國古典文學基本叢書

楊炯集箋注

（修訂本）

第四册

〔唐〕楊炯 撰
祝尚書 箋注

中華書局

楊炯集箋注卷九

墓　誌

鄺國公墓誌銘〔一〕

永昌元年春二月甲申朔，鄺國公薨〔二〕。公諱柔，字懷順，弘農人也。縣犯太原王廟諱，改爲仙掌焉〔三〕。公即隋煬帝之玄孫，元德太子之曾孫〔四〕，恭帝之孫〔五〕，鄺國公行基之子〔六〕。粤若稽古〔七〕，崇德象賢，統承先王，修其禮物〔八〕。惟丞相保寧西漢〔九〕，惟太尉亮弼東朝，功書王家，澤流後嗣〔一〇〕。亦猶司徒之敬敷五教，殷德日新〔一一〕；后稷之播時百穀，周有大賚〔一二〕。隋高祖昧旦丕顯〔一三〕，齊聖廣淵，皇天眷佑，誕受顧命〔一四〕。恭皇帝遜位明歟，能讓天下，作賓皇室，與國咸休〔一五〕。系承百代之宗，國稱二王之後〔一六〕。

【箋注】

〔一〕墓誌銘，古代墓碑文之一種，刊石埋於墓中。其文體一般分序、銘兩部分，故文心雕龍誄碑曰：「屬碑之體，資乎史才，其序則傳，其文則銘。」前者述其生平事迹，後者讚頌其人品功德。本文首句即云「永昌元年春二月甲申朔，鄫國公薨」；後又謂「越某月，葬於某原」，知當作於武則天永昌元年（六八九）二月之後數月間。

〔二〕「鄫國公」句，隋書恭帝紀：恭帝義寧二年（六一八，即唐高祖武德元年）五月戊午，「上（恭帝）遜位於大唐，以爲鄫國公」。則鄫國公乃楊柔嗣恭帝入唐後所賜爵號。

〔三〕「縣犯」二句，元和郡縣志卷二華州華陰縣：「華陰，（漢）屬弘農郡，後魏屬華州。隋大業五年（六〇九）移於今理。垂拱元年（六八五）改曰仙掌，尋復舊名。」舊唐書地理志：華陰縣，「垂拱二年改爲仙掌縣，……神龍元年（七〇五）復爲華陰」。則改縣名有垂拱元年、二年之異。按唐會要卷六八、新唐書地理志皆謂「元年」改，「二年」疑誤。所謂廟諱，指武則天諱其父武士彠，「彠」、「華」音近。

〔四〕「元德太子」句，隋書煬三子傳：「元德太子昭，煬帝長子也。」大業元年（六〇五）立爲太子，未幾薨。

〔五〕「恭帝」句，隋書恭帝紀：「恭皇帝諱侑，元德太子之子也。」義兵入長安，立爲帝，後遜位於唐，封鄫國公。「武德二年（六一九）夏五月崩，時年十五。」

〔六〕「鄭國公」句，資治通鑑卷一八七：武德二年八月（與上引五月異，不詳孰是）丁酉，「鄭公薨，謚曰隋恭帝。無後，以族子行基嗣」。則楊行基乃恭帝假子，行基及其子楊柔是否系出元德太子，亦存疑。

〔七〕「粤若」句，粤，助詞，義同「曰」。尚書堯典：「曰若稽古。」僞孔傳：「若，順；稽，考也。」古，謂古時傳説。

〔八〕「崇德」三句，尚書微子之命：「惟稽古，崇德象賢，統承先王，修其禮物。」僞孔傳釋首句曰：「惟考古典，有尊德象賢之義，言今法之。」又釋「統承」二句曰：「言二王之後，各修其典禮，正朔服色，與時王并通三統。」

〔九〕「惟丞相」句，丞相，指楊敞。漢書楊敞傳：「楊敞，華陰人也，給事大將軍莫府，爲軍司馬。霍光愛厚之，稍遷至大司農。……後遷御史大夫，代王訢爲丞相，封安平侯。」預廢昌邑王、立宣帝之謀。「宣帝即位月餘，敞薨，謚曰敬侯。」

〔一〇〕「惟太尉」三句，太尉，指楊震，東朝，東漢也。後漢書楊震傳：「楊震，字伯起，弘農華陰人也。……高祖敞，昭帝時爲丞相，封安平侯。」震少好學，「年五十乃始仕州郡，大將軍鄧騭聞其賢而辟之。舉茂才，四遷荆州刺史、東萊太守」。永寧元年（一二〇），代劉愷爲司徒。延光二年（一二三），代劉愷爲太尉。震立朝正直，爲奸臣所誣，飲酖自殺。後嗣，「後」原作「后」，誤，據英華卷九三五、全唐文卷一九六改。

〔一一〕「亦猶」二句，司徒，指契，殷之始祖。尚書舜典：「帝（舜）曰：『契！百姓不親，五品不遜。汝作司徒，敬敷五教，在寬。』」僞孔傳：「五品，謂五常。遜，順也。」又曰：「布五常之教，務在寬，所以得人心，亦美其前功。」舜典又曰：「慎徽五典，五典克從。」僞孔傳：「五典，五常之教：父義、母慈、兄友、弟恭、子孝。」同書咸有一德：「今嗣王新服厥命，惟新厥德；終始惟一，時乃日新。」僞孔傳：「其命王命新其德，戒勿怠。言德行終始不衰殺，是乃日新之義。」

〔一二〕「后稷」二句，后稷，即棄，周之始祖。尚書舜典：「帝（舜）曰：『棄！黎民阻饑，汝后稷，播時百穀。』」僞孔傳：「阻，難；播，布也。衆人之難在於饑，汝后稷布種是百穀以濟之，美其前功以勉之。」同上武成：「大賚於四海，而萬姓悦服。」僞孔傳：「施捨己責，救乏賙無，所謂周有大賚，天下皆悦仁服德。」賚，賜予。以上由漢代楊敞、楊震遠推至契、棄，皆言楊氏先人功德深厚。

〔一三〕「隋高祖」句，隋高祖，即隋文帝楊堅（五四一—六〇四），弘農郡華陰人。北周時拜驃騎大將軍，封大興郡公，進位大將軍。後滅周建立隋朝，統一中國，事迹詳隋書高祖紀。左傳昭公三年：「至讒鼎之銘曰：『昧旦丕顯，後世猶怠。』」杜預注：「昧旦，早起也。丕，大也。言夙興以務大顯，後世猶解怠。」

〔一四〕「齊聖」三句，尚書微子之命：「嗚呼！乃祖成湯克齊聖廣淵，皇天眷佑，誕受厥命。」僞孔傳：「言汝祖成湯能齊德聖達，廣大深遠，澤流後世。大天眷顧，湯佑助之，大受其命。謂天命。」

〔一五〕「作賓」二句，尚書微子之命：「作賓於王家，與國咸休，永世無窮。」僞孔傳：「爲時王賓客，與時皆美，長世無竟。」此指恭帝讓位於唐。

〔一六〕「國稱」句，二王，指夏、商，見上注引尚書微子之命。此以由殷入周之微子，喻由隋入唐之楊柔。

公山河積氣，清白餘基。孝友著於閨門，信義行於邦國。縱心妙用，不出户庭〔一〕；覃思典墳，不窺園圃〔二〕。及其上公傳位，命服居前，有怵惕之心，無驕矜之色。漢之平帝，猶封魯侯〔三〕；宋之戴公，尚聞商頌〔四〕。大唐貴爲辰極，富有寰瀛〔五〕。用三王之禮，以同天地；奏八代之樂，以答神祇〔六〕。郊上玄，定泰畤〔七〕。金繩玉匣，日觀登封〔八〕；左箇西偏，明堂布政〔九〕。未嘗不虞賓在列，周客來庭，禮秩尊於百僚，贊拜絶於群后〔一〇〕。猶能小心畏懼，恪慎肅恭〔一一〕。上帝時歆，下民祗協，以爲藩屏〔一二〕，以訓子孫。禀命不融，享年五十有五，嗚呼哀哉！越某月，葬於某原。嗣子某官，生盡其孝，死盡其哀〔一三〕。學不替於爲喪，禮有踰於鑽燧〔一四〕。卜其宅兆，俾無後艱〔一五〕；述其家風，謂之不朽〔一六〕。

【箋注】

〔一〕「縱心」二句，張衡歸田賦：「苟縱心於物外，安知榮辱之所如。」則縱心，謂潛心也。王符潛夫論卷一贊學：「景君明經年不出户庭，得鋭精其學。」

〔二〕「不窺」句，漢書董仲舒傳：「董仲舒，廣川人也。少治春秋。孝景時爲博士，下帷講誦，弟子傳以久次相授業，或莫見其面，蓋三年不窺園，其精如此。」顔師古注：「雖有園圃，不窺視之，言專學也。」

〔三〕「漢之平帝」二句，猶封魯侯，原作「猶敬劉歆」，各本同，英華卷九三五校：「集作猶封魯侯。」按：「猶敬劉歆」與此處文意不符，「猶封魯侯」是，據所校集本改。漢書平帝紀：元始元年（公元一年），「封周公後公孫相如爲褒魯侯」。兩句謂漢代尚能尊崇古帝王聖人後裔。

〔四〕「宋之戴公」二句，史記宋微子世家：周滅殷之後，以微子奉其先祀，封於宋。「微子開卒，立其弟衍，是爲微仲。」傳至惠公，「惠公四年（前八二七），周宣王即位。三十年（前八〇一），惠公卒，子哀公立。哀公元年（前七九九）卒，子戴公立。戴公二十九年（前七七一），周幽王爲犬戎所殺」。太史公曰：「襄公之時，修行仁義，欲爲盟主。其大夫正考父美之，故追道契、湯、高宗，殷所以興，作商頌。」集解（裴）駰案：「韓詩商頌章句亦美襄公。」索隱：「今按：毛詩商頌序云：『正考父於周之太師得商頌十二篇，以那爲首。』國語亦同此説。今五篇存，皆是商家祭祀樂章，非考父追作也。又考父佐戴、武、宣，則在襄公前且百許歲，安得述而美之？斯謬説耳。」所辨是。宋，原作「魯」。按史記宋微子世家，宋爲齊、衛、楚所滅，三分其地，宋與魯終不相干。此稱「魯之戴公」，非，四庫全書本已改「魯」爲「宋」，是，據改。

〔五〕「大唐」二句，辰極，論語爲政：「子曰：爲政以德，譬如北辰，居其所而衆星共之。」文選嵇康琴賦：「參辰極而高驤。」李善注引爾雅曰：「北極，北辰也。」代指皇位。寰瀛，寰宇、瀛海，泛指天下。

〔六〕「用三王」四句，文選陸機辯亡論上：「於是講八代之禮，蒐三王之樂。」李善注：「八代，三皇五帝也。」杜預左氏傳注曰：『蒐，閱也。』蒐與搜古字通。三王，夏、殷、周也。」此禮、樂與陸機所言不同，互文也。

〔七〕「郊上玄」二句，文選揚雄甘泉賦：「惟漢十世，將郊上玄，定泰畤，雍神休，尊明號。」李善注：「十世，成帝也。上玄，天也。……言將祭泰畤，冀神擁佑之以美祥，因尊己之明號也。」此以漢事言唐之典禮。

〔八〕「金繩」二句，指唐高宗乾封元年（六六六）初東封泰山事，前已屢注。

〔九〕「左个」二句，个，正堂兩邊之側室。吕氏春秋卷一孟春紀：「天子居青陽左个。」高誘注：「青陽者，明堂也，中方外圜，通達四出，各有左右房，謂之个，猶隔也。東出謂之青陽，南出謂之明堂，西出謂之總章，北出謂之玄堂。」高宗生前嘗多次議建明堂，然未動工。舊唐書則天皇后紀：「垂拱四年（六八八）春二月，『毁乾元殿，就其地造明堂』。」此即指其事。

〔一〇〕「未嘗」四句，周禮春官大司樂：「以六律、六同、五聲、八音、六舞大合樂，以致鬼神示，以和邦國，以諧萬民，以安賓客，以説遠人，以作動物。」鄭玄注引虞書云：「夔曰：戛擊鳴球，搏拊琴瑟以詠，祖考來格，虞賓在位，群后德讓。」孔穎達正義：「虞賓在位者，謂舜以爲賓，即堯後丹朱也。云群后德讓者，謂諸侯助祭者以德讓。」則虞賓、周客，指前朝帝王後代。此喻指楊柔，謂其在唐朝廷行大典禮時，禮秩、贊拜皆高於所有官僚。后，英華、四子集作「彦」，英華校：「集作后。」作「彦」誤。后，此泛指王侯大臣。

〔一〕「恪慎」句，尚書微子之命：「王若曰：『……爾惟踐修厥猷，昭聞遠近，恪慎克孝，肅恭神人。予嘉乃德，曰篤不忘。』」僞孔傳：「言微子敬慎能孝，嚴恭神人，故我善汝德，謂厚不可忘。」

〔二〕「上帝」三句，民，原作「人」，避唐諱，徑改。尚書微子之命：「王若曰：『……上帝時歆，下民祗協。……慎乃服命，率由典常，以蕃王室。』」僞孔傳：「孝恭之人，祭祀則神歆享，施令則人敬和。……慎汝祖服命數，循用舊典，無失其常，以蕃屏周室。」以上數句，皆以微子擬楊柔。

〔三〕「生盡」二句，孝經喪親章：「生事愛敬，死事哀戚，生民之本盡矣，死生之義備矣，孝子之事親終矣。」英華於「孝」字下校：「集作養。」又於「死」字下校：「集作没。」皆可通。

〔四〕「禮有」句，論語陽貨：「宰我問：『三年之喪期已久矣。君子三年不爲禮，禮必壞；三年不爲樂，樂必崩。舊穀既没，新穀既升，鑽燧改火，期可已矣。』子曰：『食夫稻，衣夫錦，於女安乎？』曰：『安。』『女安，則爲之。君子之居喪，食旨不甘，聞樂不樂，居處不安，故不爲也。今女安，則爲之！』宰我出，子曰：『予之不仁也。子生三年，然後免於父母之懷。夫三年之喪，天下之通喪也，予也有三年之愛於其父母乎？』」何晏集解引馬（融）曰：「周書月令有更火之文：春取榆柳之火，夏取棗杏之火，季夏取桑柘之火，秋取柞楢之火，冬取槐檀之火。一年之中，鑽火各異木，故曰改火也。」句謂其子不拘「改火」之説，而超過喪禮之規定。

〔一五〕「卜其」二句，舊唐書呂才傳：「呂才，博州清平人也。少好學，善陰陽方伎之書。」累遷太常博士。太宗令刊正陰陽書。「呂才與學者十餘人共加刊正，削其淺俗，存其可用者勒成五十三卷，并舊書四十七卷。（貞觀）十五年（六四一）書成，詔頒行之。」其叙葬經云：「孝經云：卜其宅兆而安厝之。以其顧復事畢，長爲感慕之所；窀穸禮終，永作魂神之宅。朝市遷變，不得豫測於將來；泉石交侵，不可先知於地下。是以謀及龜筮，庶無後艱，斯乃備於慎終之禮，曾無吉凶之義。」謂當卜葬也。

〔一六〕「述其」二句，家風，謂宗祖之德。用潘岳作家風詩事，見前唐上騎都尉高君神道碑「叙潘岳之家風」句注引世説新語。左傳襄公二十四年：「太上有立德，其次有立功，其次有立言，雖久不廢，此之謂不朽。」

其銘曰：

有客有客，乘殷之馬〔一〕。建于上公，尹兹東夏〔二〕。有客有客，乘殷之輅〔三〕。作賓王家，率由典故〔四〕。天之蒼蒼，人之云亡〔五〕。柏櫝成行〔六〕，魂歸故鄉。

【箋注】

〔一〕「有客」二句，詩經周頌有客小序：「有客，微子來見祖廟也。」鄭玄箋：「成王既黜殷命，殺武庚，命微子代殷後。既受命，來朝而見也。」詩曰：「有客有客，亦白其馬。有萋有且，敦琢其旅。」毛傳：「殷尚白也。亦，亦周也。」鄭玄箋：「有客有客，重言之者，異之也。亦，亦武庚也。武庚爲二王後，乘殷之馬，乃叛而誅，不肖之甚也。今微子代之，亦乘殷之馬，獨賢而見尊異，故言亦。」孔穎達疏：「亦白其馬，意以殷尚白故也。檀弓曰：殷人戎事乘翰，翰，白色馬。雖戎事乘之，亦以所尚，故白言『亦白其馬』，則是一代所尚。宜以代相亦，故云亦，亦周也。」

〔二〕「建于」二句，尚書微子之命：「上帝時歆，下民祗協，庸建爾于上公，尹兹東夏。」僞孔傳：「孝恭之人，祭祀則神歆享，施令則人敬和。用是封立汝于上公之位，正此東方華夏之國。宋在京師東。」按：以上二句，以微子代殷後封宋以擬楊柔，言其有德，故嗣封酅國公。

〔三〕「乘殷」句，論語衛靈公：「顔淵問爲邦。子曰：行夏之時，乘殷之輅，服周之冕。」何晏集解引馬（融）曰：「殷車曰大輅。左傳曰：『大輅越席，昭其儉也。』」孔穎達正義：「乘殷之輅者，殷車曰大輅，謂木輅也。取其儉素，故使乘之。」

〔四〕「作賓」二句，尚書微子之命：「欽哉！往敷乃訓，慎乃服命，率由典常，以蕃王室。」僞孔傳：「敬哉，敬其爲君之德，往臨人布汝教訓，慎汝祖服命數，循用舊典，無失其常，以蕃屏周室，戒之。」

〔五〕「人之」句，云亡，原作「亡亡」，誤，據英華、全唐文改。

〔六〕「柏櫝」句，柏櫝，柏樹、櫝樹（即楸樹）。柏櫝成行，謂墓周所植柏、櫝甚多，見前唐上騎都尉高君神道碑「松櫝成行」句注。

常州刺史伯父東平楊公墓誌銘〔一〕

楊氏之先，其來尚矣。在皇爲皇軒〔二〕，在帝爲帝嚳〔三〕，在王爲周武〔四〕，在霸爲晉文〔五〕：此之謂不朽〔六〕。西京爲丞相〔七〕，東漢爲司徒〔八〕，魏室爲九卿〔九〕，晉朝爲八座〔一〇〕：此之謂世禄〔一一〕。

【箋　注】

〔一〕題目，英華卷九五〇無「伯父東平」四字，校：「集作伯父東平楊公。」按文載墓主楊德裔卒於文明元年（六八四）夏四月，「越垂拱元年（六八五）春二月某日，與夫人隴西李氏合葬於某原」，則本文當作於此時段内。

〔二〕「在皇」句，皇軒，即黄帝軒轅氏。後世稱楊氏出自周，而周之始祖后稷爲姬姓，母姜原乃帝嚳元妃（詳下注）。按史記五帝本紀：「帝嚳高辛氏，黄帝之曾孫也。」故謂楊氏在皇爲皇軒。

〔三〕「在帝」句，新唐書宰相世系表稱「楊氏出自姬姓」。按史記周本紀曰：「周后稷，名棄，其母有邰氏女，曰姜原。姜原爲帝嚳元妃。」帝堯舉棄爲農師，帝舜封棄於邰，「號曰后稷，别姓姬氏」，故云。

〔四〕「在王」句，楊氏出於姬姓，一説乃晉之後（詳下注），而晉之始祖乃周武王子唐叔虞，故云。史記晉世家：「晉唐叔虞者，周武王子，而成王弟。……成王與叔虞戲，削桐葉爲珪，以與叔虞，曰：『以此封若。』史佚因請擇日立叔虞，成王曰：『吾與之戲爾。』史佚曰：『天子無戲言，言則史書之，禮成之，樂歌之。』於是遂封叔虞於唐。唐在河、汾之東，方百里，故曰唐叔虞，姓姬氏，字子於。唐叔子燮，是爲晉侯。」周武，英華作「武王」，校：「集作周武。」按：周武，即周武王，義同。

〔五〕「在霸」句，史記晉世家：唐叔虞子燮爲晉侯。傳至文侯仇，文侯卒，子昭侯伯立。昭侯伯封文侯弟成師於曲沃，而曲沃邑大於晉君都邑翼，晉遂分爲兩支。曲沃武公伐晉侯緡，滅之，周釐王命武公爲晉君，列爲諸侯。其子獻公詭諸立。獻公殺太子申生，又趣殺公子重耳，重耳遂出亡。十九年後返國，即位爲晉君，是爲文公，終爲諸侯霸。「在霸爲晉文」指此。按新唐書宰相世系表云：「楊氏出自姬姓，周宣王子尚父封爲楊侯。一云晉武公子伯僑生文，文生突，羊舌大夫也。又云晉之公族，食邑於羊舌，凡三縣，一曰銅鞮，二曰楊氏，三曰平陽。突生職，職五子：赤、肸、鮒、虎、季夙。赤字伯華，爲銅鞮大夫，生子容。肸字叔向，亦曰叔譽。鮒字叔魚，虎字叔羆，號羊舌四族。叔向，晉太傅，食采楊氏，其地平陽楊氏縣是也。叔向生伯石，字食我，以邑爲氏，號曰楊石，黨於祁盈。盈得罪於晉，并滅羊舌氏，叔向子孫逃於華山仙谷，遂居華陰。」（引者按：上述史實，散見左傳。）則華陰楊氏，乃晉大夫叔向之後，故謂楊氏「在霸爲晉文」也。

〔六〕「此之謂」句，左傳襄公二十四年：「春，穆叔（按：即叔孫豹，謚穆叔，魯大夫）如晉。范宣子逆之，問焉，曰：『古人有言曰死而不朽，何謂也？』穆叔未對，宣子曰：『昔匄之祖，自虞以上爲陶唐氏，在夏爲御龍氏，在商爲豕韋氏，在周爲唐杜氏，晉主夏盟爲范氏，其是之謂乎？』」

〔七〕「西京」句，西京，即長安，此代指西漢。丞相，指楊敞。楊敞，華陰人，漢昭帝時爲丞相，封安平侯。詳見前鄭國公墓誌銘「惟丞相保寧西漢」句注引漢書楊敞傳。

〔八〕「東漢」句，司徒，指楊震。楊震，字伯起，楊敞乃其高祖。安帝永寧元年（一二〇），代劉愷爲司徒。詳見前鄭國公墓誌銘「惟太尉亮弼東朝」句注引後漢書楊震傳。

〔九〕「魏室」句，九卿，指楊阜。三國志魏書楊阜傳：「楊阜，字義山，天水冀人也。」以討馬超、平定隴右功封關内侯。「太祖征漢中，以阜爲益州刺史。還，拜金城太守，未發，轉武都太守」。明帝時遷將作大匠，又遷少府。「上疏欲省宫人諸不見幸者，乃召御府吏問後宫人數，吏守舊令，對曰：『禁密不得宣露。』阜怒杖吏一百，數之曰：『國家不與九卿爲密，反與小吏爲密乎？』帝聞而愈敬憚阜。」按，少府，乃九卿之一。

〔一〇〕「晉朝」句，八座，通典卷二二歷代尚書附八座：「後漢以六曹尚書（按：三公曹尚書二人，吏曹、二千石曹、民曹、客曹尚書各一人）并令、僕二人，謂之八座。魏以五曹（按：吏部、左民、客曹、五兵、度支）尚書、二僕射、一令（按：尚書令）爲八座，宋、齊八座與魏同。」未述晉，然晉承魏制，其八座當亦同。晉爲八座者，當指楊珧。晉書楊駿傳：「楊駿，字文長，弘農華陰人也。」據同書楊珧傳，珧乃楊駿弟，「字文琚，歷位尚書令、衛將軍，素有名稱，得幸於武帝」。

〔一一〕「此之謂」句，上注引左傳襄公二十四年范宣子稱其祖先歷代尊顯，可謂「死而不朽」。穆叔曰：「以豹所聞，此之謂世禄，非不朽也。（叔孫）豹聞之：太上有立德，其次有立功，其次有立言，雖久不廢，此之謂不朽。」世禄，世代令禄。世，原作「代」，避唐諱，全唐文卷一九五已改，兹從之。

公諱德裔，字德裔，弘農華陰人也。即常州刺史華山公之元孫〔一〕，左衛將軍武安公之長子〔二〕。生而岐嶷〔三〕，代不乏賢。事親以孝聞，在鄉黨恂恂如也〔四〕。始以父任，爲太子左千牛備身〔五〕。轉秀容、華亭、福昌、雒四縣令〔六〕。詔封東平公，策勳上柱國〔七〕。是時也，天子仄席求賢，勵精爲化，以公屈臨小縣，焉用牛刀〔八〕，處治中、別駕之任，方展其驥足耳〔九〕。擢拜潁州、幽州二司馬〔一〇〕。寬以濟猛〔一一〕，嚴而不殘。每行縣録囚徒，其所平反者十八九。詔徵尚書郎、御史中丞〔一二〕。謇謇亮直〔一三〕，有王臣之節。尋以公事去官〔一四〕，復拜饒州、括州、越州都督府三州長史〔一五〕。在會稽，引陂水溉田數千頃，人獲其利，于今稱之焉。遷棣、曹、恒、常四州刺史〔一六〕。歷政清白，爲當時所重。於是覽先賢之言，知止足之分，罷歸初服，告老私庭。乃率群從子弟，營别業於宜神鄉之望仙里〔一七〕。其制宅也，宗廟爲先，廄庾爲次，居室爲後〔一八〕。喟然而言曰：古人所謂「歌於斯，哭於斯，聚國族於斯」者，吾知之矣〔一九〕。維文明元年夏四月某日〔二〇〕，薨於正寢，春秋八十有五。嗚呼哀哉！

【箋注】

〔一〕「即常州」句，華山公，楊初封號。楊炯從弟去盈墓誌銘（見本卷後）曰：「曾祖諱初，周大將軍，隋宗正卿，常州刺史、順陽公，皇朝左光禄大夫、華山郡開國公，食邑本鄉二千五百户。」

〔二〕「左衛」句，左衛將軍，唐六典卷二四諸衛左右衛：「將軍各二人，從三品。左右衛大將軍、將軍之職，掌統領宫庭警衛之法令，以督其屬之隊仗，而總諸曹之職務。」按：武安公即華山郡公楊初之子楊虔威，亦即楊炯祖父。

〔三〕「生而」句，詩經大雅生民：「誕實匍匐，克岐克嶷，以就口食。」毛傳：「岐，知意也；嶷，識也。」鄭玄箋：「能匍匐則岐岐然意有所知也，其貌嶷嶷然有所識别也。」言早慧。

〔四〕「在鄉黨」句，論語鄉黨：「孔子於鄉黨，恂恂如也，似不能言者。」何晏集解引王（肅）曰：「恂恂，温恭之貌。」

〔五〕「始以」句，左千牛備身，武職名，太子左內率府侍奉官。其職名來歷，詳見前大周明威將軍梁公神道碑「隋左千牛備身」句注。千牛備身之職事，可由唐六典卷二八太子左右內率府窺得：「左右內率府之職，掌東宮千牛備身侍奉之事，而主其兵仗，總其府事，而副率爲之貳。以千牛執細刀弓箭，以備身宿衛侍從，以主仗守戎服、器物。凡皇太子坐朝，則領千牛備身之屬升殿；若射於射宮，則率領其屬以從，位定，千牛備身奉細弓及矢。」父，英華校：「父字集作文。」誤。

〔六〕「轉秀容」句，元和郡縣志卷一四忻州秀容縣：「本漢陽曲縣地，屬太原郡。後漢末於此置九原縣，屬新興郡。後魏莊帝於今縣東十里置平寇縣。隋開皇十八年（五九八），於此置忻州，又於今縣西北五十里秀容故城移後魏明元所置秀容縣於今理，屬忻州。國朝因之。」故治在今山西忻州市西北五十里。華亭，同上書卷二隴州華亭縣：「本秦涇陽縣地，大業元年（六〇五）置華亭縣，以在華亭川口，故名。」今屬甘肅平涼市。福昌，同上書卷五河南府福昌縣：「古宜陽地。……隋義寧二年（六一八），於此置宜陽郡。武德元年（六一八）改爲穀州，改宜陽縣爲福昌縣，取縣西隋宮爲名。顯慶二年（六五七）廢穀州，以縣屬河南府。」今爲河南宜陽縣。雒縣，同上書卷三一漢州雒縣：「本漢舊縣也，屬廣漢郡，縣南有雒水，因以爲名。隋開皇三年（五八三）屬益州，垂拱二年（六八六）割屬漢州。」治今四川廣漢市。

〔七〕「詔封」二句，東平爲鄆州。元和郡縣志卷一〇鄆州：「漢爲東平國，屬兖州。……宋及後魏并爲東平郡。」則東平公，當即東平郡公。東平郡故址，在今山東東平縣。上柱國，唐六典卷二尚書吏部：「凡勳十有二等，十二轉爲上柱國，比正二品。」詔，英華作「制」，校：「集作詔。」皆通。按舊唐書則天皇后紀：載初元年（六八九）春正月，「政詔書爲制書」。

〔八〕「焉用」句，論語陽貨：「子之武城，聞絃歌之聲。夫子莞爾而笑，曰：『割雞焉用牛刀？』」何晏集解引孔（安國）曰：「言治小何須用大道。」意謂大才小用。

〔九〕「處治中」二句，治中、別駕，漢官名，主衆曹文書，即唐之長史、司馬，前已屢注。三國志蜀書龐統傳：「先主（劉備）領荊州，統以從事守耒陽令，在縣不治，免官。吴將魯肅遺先主書曰：『龐士元非百里才也，使處治中、別駕之任，始當展其驥足耳。』」

〔一〇〕「擢拜」句，元和郡縣志卷七潁州：「春秋胡子國，楚滅之。秦併天下，爲潁川郡之地，在漢則汝南郡之汝陰縣也。魏晉於此置汝陰郡。……武德四年（六二一）討平王世充，於汝陰縣西北十里置信州，六年，改爲潁州，移於今理。」治所在今安徽阜陽。幽州，舊唐書地理志二：「幽州，領薊、良鄉、潞、涿、固安、雍奴、安次、昌平等八縣。」治今河北涿州及北京市部份地區。潁，英華作「穎」，誤。

〔一一〕「寬以」句，濟，原作「制」，據英華、四子集、全唐文改。左傳昭二十年引孔子曰：「寬以濟猛，猛以濟寬，政是以和。」

〔一二〕「詔徵」句，尚書郎，唐六典卷一尚書省：「左司郎中一人、右司郎中一人，并從五品上。……左右司郎中、員外郎，各掌付十有二司之事。」楊德裔爲左司抑或右司，不得而詳。同書卷一三御史臺：「中丞二人，正五品。」御史中丞爲御史大夫之貳，「凡天下之人有稱冤而無告者，與三司詰之」。按唐會要卷六一「龍朔二年（六六二）三月，鐵勒道行軍大總管鄭仁泰、薛仁貴殺降九十餘萬，更就磧北討其餘衆，遇大雪，兵士糧盡，凍餓死者十八九。御史大夫楊德裔劾奏曰『謹按仁泰猥以非才，謬荷拔擢，擁旌瀚海，問罪天山』」云云，知楊德裔爲御史中丞，在高宗龍朔初，謂其爲「御史大夫」蓋誤。又宋馬永易實賓録卷七載：「唐楊德裔拜御史中丞，性遲淡。嘗因朝會舞，舉袖舒回，發聲遲緩，久而不輟。列侍相顧，忍笑不禁，西臺舍人杜範固號爲『安穩朝』。」乃德裔爲中丞時逸事。

〔一三〕「謇謇」句，楚辭屈原離騷：「余固知謇謇之爲患兮。」王逸注：「謇謇，忠貞貌也。易曰：『王臣謇謇，匪躬之故。』」亮直，耿直。亮，英華、全唐文作「諒」，英華校：「集作亮。」皆通。

〔一四〕「尋以」句，據下文銘詞「士師三黜」句，此所謂「去官」，實爲貶謫，所言「公事」不詳。

〔一五〕「復拜」句，謂爲饒州、括州、會稽都督府所管越州三州長史（饒、括二州無都督府）。元和郡縣志卷二八饒州：「本秦鄱陽縣也，屬九江郡。……隋開皇九年（五八九）平陳，改鄱陽爲饒州。」今爲江西景德鎮市。同書卷二六處州：「春秋爲越國。……晉立爲永嘉郡，梁、陳因之。隋開皇九年（五八九）平陳，改永嘉爲處州。……武德四年（六二一）討平李子通，復立括州，仍置總管府，七年改爲都督府，貞觀元年（六二七）廢府。」治今浙江麗水。同上越州（會稽都督府）：「武德四年（六二一）討平李子通，置越州總管。六年陷輔公祏。七年平定公祏，改總管爲都督。」今爲浙江紹興市。長史，據唐六典卷三〇，上州長史一人，從五品上；中都督府長史一人，正五品上。

〔一六〕「遷棣、曹」句，元和郡縣志卷一七棣州：「春秋爲齊地。……秦併天下，爲齊郡。漢爲平原、渤海、千乘三郡地。……隋開皇十七年（五九七），割滄州陽信縣置棣州。大業二年（六〇六）廢入滄州。武德四年（六二一）又置棣州，六年又廢。貞觀十七年（六四三）又置，移於厭次縣，即今州理是也。」治今山東陽信縣西南。同書卷一一曹州：「周爲曹國之地，後屬於宋。「宣帝甘露二年（前五二），更名定陶。……後魏於定陶城置西兖州，周武帝改西兖州爲曹州，取曹國爲名也。隋大業三年（六〇七）改爲濟陰郡，隋亂陷賊。武德四年平孟海公，復爲曹州。」轄今山東菏澤、曹縣、成武、東明及河南蘭考、民權等地。恒州，地在今河北正定縣，見前唐恒州刺史建昌公王公神道碑注。常州，今屬江蘇。

〔一七〕「營別業」句，別業，即別墅。宜神鄉望仙里，按楊炯伯母東平郡夫人李氏墓誌銘，稱其伯父楊德裔之妻李氏卒於「華陰之望仙里」，則望仙里當爲華陰縣宜神鄉地名。「宜」字下，英華、四子集有「城」字，英華校：「集無此字。」當衍。

〔一八〕「宗廟」三句，庾，英華、四子集、全唐文作「庫」，義同。詩經大雅緜：「乃召司空，乃召司徒，俾立室家。其繩則直，縮版以載，作廟翼翼。」僞孔傳：「君子將營宮室，宗廟爲先，廏庫爲次，居室爲後。」

〔一九〕「古人」數句，禮記檀弓下：「晉獻文子成室，晉大夫發焉。張老曰：『美哉輪焉，美哉奐焉。歌於斯，哭於斯，聚國族於斯。』文子曰：『武（按：趙文子名）也得歌於斯，哭於斯，聚國族於斯，是全要領以從先大夫於九京也。』北面再拜稽首。」鄭玄注：「祭祀、死喪、燕會於此足矣。全要領者，免於刑誅也。晉卿大夫之墓地在九原，京蓋字之誤，當爲原。」兹姑仍舊。

〔二〇〕「維文明」句，文明，唐睿宗李旦年號。文明元年爲公元六八四年。

公簡貴不交流俗，非禮不動，非禮不行〔一〕，望之儼然，聽其言也厲。博觀史籍，不學書生尋章摘句而已〔二〕。至於臺閣舊事〔三〕，法令科條，莫不成誦在心，若指諸掌。凡爲尚書郎二年〔四〕，御史中丞滿歲，宰民者四縣，上佐及專城者九州〔五〕。盛德形容，被於歌詠〔六〕；門生故吏，遍於天下。永淳二年，輿駕幸東都，召見公於金城頓〔七〕，訪以得失。公採摭群言〔八〕，悉心以對，高宗嗟嘆者良久，賜几杖粟帛，鄉里榮之。一子令珍，早亡，朝夕温清者四女。公慨然有喪明之痛〔九〕，因不豫彌留〔一〇〕，遺命以弟之子神毅爲後。越垂拱元年春二月某日，與夫人隴西李氏合葬於某原，禮也。遠近會葬千餘人，操筆而爲誄者以百數。嗚呼哀哉！

【箋注】

〔一〕「非禮」二句，禮記中庸：「齊明盛服，非禮不動，所以修身也。」漢書董仲舒傳：「進退容止，非禮不行。」

〔二〕「博觀」二句，三國志吴書孫權傳裴松之注引吴書：「(趙)咨，字德度，南陽人。博聞多識，應對辯捷。權爲吴王，擢中大夫，使魏。魏文帝善之，嘲咨曰：『吴王頗知學乎？』咨曰：『吴王浮江萬艘，帶甲百萬，任賢使能，志存經略。雖有餘閑，博覽書傳，歷史籍，採奇異，不效書生尋章摘句而已。』」

〔三〕「至於」句，後漢書仲長統傳：「雖置三公，事歸臺閣。」李賢注：「臺閣，謂尚書也。」

〔四〕「凡爲」句，凡，英華作「最」，校：「集作凡。」作「最」誤。「尚書郎」前，英華有「六」字，校：「集無此字。」「六」字當衍。

〔五〕「宰民」二句，民，原作「人」，避唐諱，徑改。上佐，此指州司馬。專城，文選潘岳馬汧督誄：「剖符專城，紆青拖墨之司。」張銑注：「專，擅也，謂擅一城也。謂守宰之屬。」此指州刺史。

〔六〕「盛德」二句，詩大序：「頌者，美盛德之形容，以其成功告於神明者也。」孔穎達正義：「易稱聖人擬諸形容，象其物宜。則形容者，謂形狀容貌也。作頌者美盛德之形容，則天子政教有形容也。可美之形容，正謂道教周備也。」此謂有歌詩頌揚楊德裔之德。

〔七〕「召見」句，金城，當即金墉城。頓，暫駐地。三國志魏書陳群傳：「群上疏曰：『……若必當移避，繕治金墉城西宮及孟津别宫，皆可權時分止，可無舉宫暴露野次，廢損盛節蠶農之要。』」輿地廣記卷五四京：「金墉城，在（洛陽）故城西北角，魏明帝所築。」其城唐代尚在。舊唐書李密傳：「（王）世充大潰。……密乘勝陷偃師，於是修金墉城居之，有衆三十餘萬。」同書地理志一：「河南（府），隋舊。武德四年（六二一）權治司隸臺。貞觀元年（六二七）移治所於大理寺，貞觀二年徙理金墉城。六年，移治都内之毓德坊。」召見公，英華、四子集作「召公見」。

〔八〕「公採摭」句，採摭，英華校：「集作博採。」皆通。

〔九〕「公慨然」句，禮記檀弓上：「子夏喪其子，而喪其明。曾子弔之，曰：『吾聞之也，朋友喪明則哭之。』曾子哭，子夏亦哭，曰：『天乎！予之無罪也。』」鄭玄注：「怨天罰無罪。」此以喪明代指喪子。

〔一〇〕「因不豫」句，尚書金縢：「既克商二年，王有疾，弗豫。」僞孔傳：「王有疾，不悦豫。」後以病重爲「不豫」。彌留，同書顧命：「（成）王曰：『嗚呼，疾大漸，惟幾。病日臻。既彌留，恐不獲誓言嗣，兹予審訓命汝。』」僞孔傳釋「彌留」爲「已久留」。句謂重病已久。

其銘曰〔一一〕：

巖巖華山，峻極於天〔一二〕。上侵神氣，下涸窮泉〔一三〕。夫惟積德，生我大賢。其一

【箋　注】

〔一〕「其銘」句，英華校：「其字，集作乃爲。」

〔二〕「巖巖」二句，巖巖，高大貌。詩經魯頌閟宫：「泰山巖巖。」同書大雅崧高：「崧高維嶽，駿極于天。維嶽降神，生甫及申。」毛傳：「崧，高貌。山大而高曰崧。嶽，四嶽也，東嶽岱，南嶽衡，西嶽華，北嶽恒。……駿，大；極，至也。嶽降神靈和氣，以生申甫之大功。」駿、峻義同。

〔三〕「上侵」二句，侵，英華校：「集作寖。」誤。侵，入也。涸，原作「固」，各本同，據四庫全書本改。此用如動詞。兩句言高大無比之華山，上入天中，下入枯泉，與天、地之神氣相接，故能誕生大賢如楊德裔。

滔滔河水，中國之紀〔一〕。派别九都〔二〕，經營萬里。夫惟積潤，生我君子。其二

【箋　注】

〔一〕「滔滔」二句，河水，指黄河。中國，中原之國，此指華陰縣。唐代華陰縣屬華州，乃上古中原之地，故云。兩句仿詩經小雅四月：「滔滔江漢，南國之紀。」毛傳：「滔滔，大水貌。其神足以綱紀一方。」

〔二〕「派别」句，九都，山海經中山經：「（魏山）又東二十里曰和山，其上無草木，而多瑶碧，實惟河

之九都。是山也五曲，九水出焉，合而北流，注於河。」郭璞注：「九水所潛，故曰九都。」

惟忻之城，惟華之亭。宜陽之地，益部之星〔一〕。公爲其宰，不殞其名。其三

【箋注】

〔一〕「惟忻」四句，分别指秀容縣（屬忻州）、華亭縣、福昌縣、雒縣。益部之星，指雒縣。後漢書李郃傳：「李郃，字孟節，漢中南鄭人也。……和帝即位，分遣使者，皆微服單行，各至州縣，觀採風謡。使者二人當到益部，投郃候舍。時夏夕露坐，郃因仰觀，問曰：『二君發京師時，寧知朝廷遣二使邪？』二人默然，驚相視曰：『不聞也。』問何以知之？郃指星示云：『有二使星向益州分野，故知之耳。』」雒縣屬益州，故云。楊德裔嘗任上述四縣縣令，見本文前注。忻，英華作「柳」，注：「疑作忻。按志文爲秀容令，即忻州所治。」所疑是，「柳」字誤。

汝陰之國〔一〕，薊門之北〔二〕。陂水朝黄〔三〕，燕雲夜黑〔四〕。公爲其佐，日宣其德。其四

【箋注】

〔一〕「汝陰」句，汝陰，指潁州，魏、晉於此置汝陰郡，故稱。詳本文前注。

〔二〕「薊門」句，薊門，古關名。鄭樵通志卷四〇開元十道圖：「薊門，在幽州北。」清李衛等畿輔通志卷四〇居庸關：「在昌平州（按：今北京市昌平區）西北二十四里。關門南北相距四十里，兩山夾峙，下有巨澗，懸崖峭壁，稱爲絶險。淮南子天下九塞，居庸其一也。……唐十道志：居庸，亦名薊門關。」此以薊門代指幽州。以上兩句，言楊德裔嘗擢潁州、幽州二司馬，詳前注。

〔三〕「陂水」句，潁水流經潁州，而潁水下游多注入陂塘湖泊之水，故云「黄」也。水經潁水注：「（潁水）又東南至慎縣東南，入於淮。」潁水東南流，左合上吴、百尺二水，俱承次塘、細陂，南流注於潁。潁水又東南，江陂水注之。……潁水又東南流，逕青陵亭城北，北對青陵陂，陂縱廣二十里。潁水逕其北，枝入爲陂，陂西則㶏水注之。水出褒城縣之邑城下，東流注於陂。陂水又東，入臨潁縣之狼波。潁水又東南流，而歷臨潁縣也。」

〔四〕「燕雲」句，幽州爲古燕國之地。雲，與上句「水」對應。以上兩句，復言知潁州、幽州事。

其五

入踐郎官〔一〕，含香握蘭〔二〕。來居白室〔三〕，直繩明筆〔四〕。潘子一除〔五〕，士師三黜〔六〕。

【箋注】

〔一〕「入踐」句，入，原作「人」，據英華、全唐文改。郎官，指入朝爲尚書郎，詳前注。

〔二〕「含香」句,初學記卷一一引應劭漢官儀:「尚書郎含雞舌香,伏奏事,黄門郎對揖跪受。故稱尚書郎懷香握蘭,趨走丹墀。」又通典卷二二:「(漢)尚書郎口含雞舌香,以其奏事答對,欲使氣息芬芳也。」

〔三〕「來居」句,白室,莊子人間世:「瞻彼闋者,虚室生白。」郭象注:「夫視有若無,虚室者也。室虚而純白獨生矣。」釋文引司馬彪云:「室比喻心,心能空虚,則純白獨生也。」此謂爲官毫無私念,其心如白室。

〔四〕「直繩」句,謂斷案公正。初學記卷一二御史中丞引王隱晉書:「周處,字子隱,爲御史中丞,奏征虜將軍石崇、大將軍梁王彤等,正繩直筆,權豪震肅。」

〔五〕「潘子」句,潘子,指潘岳,字安仁。其閒居賦云:「自弱冠涉於知命之年,八徙官而一進階,再免,一除名,一不拜職,遷者三而已矣。」

〔六〕「士師」句,士師,指柳下惠。論語微子:「柳下惠爲士師,三黜,人曰:『子未可以去乎?』曰:『直道而事人,焉往而不三黜? 枉道而事人,何必去父母之邦?』」何晏集解引孔(安國)曰:「士師,典獄之官。」三黜,多次貶黜。按荀子大略篇楊倞注:「柳下惠,魯賢人公子展之後,名獲,字禽,居於柳下,謚惠。」按:以上兩句,感慨前文「尋以公事去官」事。

邑號鄱陽〔一〕,山名括蒼〔二〕。東南之美,吴會之鄉〔三〕。展其驥足,實賴王祥〔四〕。其六

【箋注】

〔一〕「邑號」句，鄱陽，指饒州。饒州及下所云括州、越州，楊德裔復官後嘗任三州長史，見前注。

〔二〕「山名」句，括蒼，太平寰宇記卷九八台州：「括蒼山，在州西四十里，高一萬六千丈。」

〔三〕「東南」二句，爾雅釋地：「東南之美者，有會稽之竹箭焉。」郭璞注：「會稽，山名，今在山陰縣南。竹箭，篠也。」吴會，英華校：「集作會稽。」

〔四〕「展其」二句，展驥句用龐統事，見本文前注。王祥，晉書王祥傳：「王祥，字休徵，琅邪臨沂人。徐州刺史吕虔檄爲别駕，祥年垂耳順，而虔委以州事。於時寇盜充斥，祥率勵兵士，頻討破之，州界清静，政化大行，時人歌之曰：『海沂之康，實賴王祥。邦國不空，别駕之功。』」此以王祥擬楊德裔，謂其爲三州長史時頗有政績。實，原作「有」，英華作「直」，校：「集作實。」作「實」是，據改。

四州之大〔一〕，是稱都會。千里之榮，即分麾蓋〔二〕。言旋舊國，保兹耆艾〔三〕。其七

【箋注】

〔一〕「四州」句，四州，指棣、曹、恒、常，楊德裔嘗任四州刺史，見前注。

〔二〕「千里」二句，古代諸侯封地方千里（見周禮夏官職方氏），後世州郡略似之，故稱治州爲「榮」。

分麾蓋，分，給予。麾蓋，旌麾、車蓋，州郡長官儀制。周禮春官司常：「諸侯建旂，孤卿建旜，大夫士建物，師都建旗，州里建旟，縣鄙建旐。」按夢溪筆談卷四曰：「今之守郡謂之建麾，蓋用顔延年詩『一麾乃出守』，此誤也。延年謂一麾者，乃指揮之麾，如『武王右秉白旄以麾』之麾，非旌麾之麾也。」謂顔延年詩「一麾」乃指揮之麾，是，然守郡謂之建麾則不誤，蓋「麾」有兩義耳。

〔三〕「言旋」二句，言，語詞。旋，返也。舊國，謂故鄉。禮記曲禮上：「五十曰艾，服官政；六十曰耆，指使。」鄭玄注：「艾，老也。」又曰：指使，「指事使人也」。兩句義即前所言「罷歸初服，告老私庭」。

生爲貴臣，死爲貴神〔一〕。陰堂是夜〔二〕，古木非春。鄧攸無子，天道何親〔三〕。其八

【箋注】

〔一〕「死爲」句，死，英華校：「集作殁。」

〔二〕「陰堂」句，後漢書周磐傳：「建光元年（一二一），年七十三。歲朝，會集諸生講論終日，因令其二子曰：『吾日者夢見先師東里先生與我講於陰堂之奥。』既而長歎：『豈吾齒之盡乎？』」李賢注：「歲朝，歲旦。東南隅謂之奥。陰堂，幽闇之室，又入其奥，死之象也。」此指墳墓。文選

陸機挽歌：「送子長夜臺。」李周翰注：「壙墓一閉，無復見明。」

〔三〕「鄧攸」二句，晉書鄧攸傳：「鄧攸，字伯道，平陽襄陵人也。」仕爲河東太守。永嘉末没於石勒，勒召爲參軍。「石勒過泗水，攸乃斫壞車，以牛馬負妻子而逃。又遇賊掠其牛馬，步走，擔其兒及其弟子綏，度不能兩全，乃謂其妻曰：『吾弟早亡，唯有一息，理不可絶，止應自棄我兒耳。幸而得存，我後當有子。』妻泣而從之，乃棄之。其子朝棄而暮及，明日攸繫之於樹而去。……攸棄子之後，妻不復孕。過江納妾，甚寵之，訊其家屬，説是北人遭亂，憶父母姓名，乃攸之甥。攸素有德行，聞之感恨，遂不復畜妾。卒以無嗣，時人義而哀之，爲之語曰：『天道無知，使鄧伯道無兒。』弟子綏服攸喪三年。」兩句言楊德裔一子早亡、以弟之子爲後。

杜袁州墓誌銘〔一〕

公諱某，字某，京兆杜陵人也〔二〕。高莘之撫教萬方〔三〕，堯帝之平章百姓〔四〕。傳稱聖人之後〔五〕，易曰積善之家〔六〕。在夏爲御龍，在周爲唐杜〔七〕。三王以降，百代可知。車服出於南陽，衣冠集於京兆〔八〕。曾祖榮華，後魏秦州別駕〔九〕。祖良，宇文朝復州長史〔一〇〕。父舉，唐易州司兵參軍事〔一一〕。州端履道，掾史安貞〔一二〕，厚於天爵，薄於人位〔一三〕。闕里之庭，學夫詩禮〔一四〕；太丘之門，執其羔鴈〔一五〕。

【箋注】

〔一〕按文稱墓主杜氏於「天授三年（六九二）春二月」，與夫人王氏「合祔於杜陵之平原」，則文當作於此稍前。

〔二〕「京兆」句，元和郡縣志卷一京兆府萬年縣：「杜陵，在縣東南二十里，漢宣帝陵也。」三輔黄圖卷六：「宣帝杜陵，在長安城南。帝在民間時好遊鄠、杜間，故葬此。」按：杜陵，在今西安市雁塔區曲江鄉三兆村南；杜陵邑，在杜陵西北五里。

〔三〕「高莘」句，史記五帝本紀：「帝嚳高辛者，黄帝之曾孫也。……高辛生而神靈，自言其名，普施利物，不於其身。聰以知遠，明以察微。順天之義，知民之急，仁而威，惠而信，修身而天下服。取地之財而節用之，撫教萬民而利誨之。」

〔四〕「堯帝」句，尚書堯典：「（帝堯）克明俊德，以親九族。九族既睦，平章百姓。」僞孔傳：「能明俊德之士任用之，以睦高祖玄孫之親。百姓，百官。言化九族而平和章明百姓。」以上二句，述杜氏始祖。

〔五〕「傳稱」句，左傳昭公七年：「孟僖子病，不能相禮，……及其將死也，召其大夫，曰：『禮，人之幹也，無禮，無以立。吾聞將有達者曰孔丘，聖人之後也。……臧孫紇有言曰：聖人有明德者，若不當世，其後必有達人。』今其將在孔丘乎！」杜預注：「聖人之後，有明德而不當大位，謂正考父。」孔穎達正義：「聖人，謂殷湯也。不當世，謂不得在位爲國君也。」此「聖人」指帝嚳、帝堯。史記五帝本紀：「帝嚳娶陳鋒氏女，生放勳。……放勳立，是爲帝堯。」杜氏乃帝堯裔孫之後（見下注），故云。

〔六〕「易曰」句，周易坤卦文言：「積善之家，必有餘慶。」

〔七〕「在夏」二句，左傳襄公二十四年：范宣子曰：「昔匄之祖，自虞以上爲陶唐氏，在夏爲御龍氏，在商爲豕韋氏，在周爲唐杜氏。」杜預注：「唐、杜，二國名。殷末，豕韋國於唐，周成王滅唐，遷之於杜，爲杜伯。杜伯之子隰叔奔晉。」又新唐書宰相世系表：「劉氏出自祁姓。帝堯陶唐氏子孫生子，有文在手，曰劉累，因以爲名。能擾龍，事夏爲御龍氏，在商爲豕韋氏，在周封爲杜伯，亦稱唐杜氏。」

〔八〕「車服」二句，新唐書宰相世系表：「杜氏出自祁姓，帝堯裔孫劉累之後。在周爲唐杜氏。成王滅唐，以封弟叔虞，改封唐氏子孫於杜城，京兆杜陵縣是也。杜伯入爲宣王大夫，無罪被殺，子孫分適諸侯之國。居杜城者爲杜氏，在魯有杜洩，避季平子之難奔於楚，生大夫綽。綽生段，段生赫。赫爲秦大將軍，食采於南陽衍邑，世稱爲杜衍。赫少子秉，上黨太守，生南陽太守札。札生周御史大夫，以豪族徙茂陵。」車服，此代指故居。史記孔子世家：「太史公曰：……余讀孔氏書，想見其爲人。適魯觀仲尼廟堂、車服、禮器，諸生以時習禮其家，余低回留之不能去云。」衣冠，代指仕宦爲官者。集，原作「襲」，英華卷九五〇、四子集作「集」，英華校：「集作襲。」按：作「集」義勝，據英華等改。

〔九〕「曾祖」句，榮華，華，英華校：「集作業。」四子集、全唐文卷一九五作「業」。不詳孰是，姑依底本。秦州，元和郡縣志卷三九秦州：古西戎地。「（秦）始皇分天下爲三十六郡，此爲隴西地。漢武帝元鼎三年（前一一四），分隴西置天水郡。……後漢建武、永平之後，改天水曰漢陽郡。魏分隴右爲秦州。」地在今甘肅天水市。

〔一〇〕「祖良」句，宇文朝，即西魏。元和郡縣志卷二一復州：「秦屬南郡。在漢即江夏郡之竟陵縣地也。晉惠帝分江夏立竟陵郡，周武帝改置復州，取州界復池湖爲名也。貞觀七年（六三三）州理在沔陽縣，寶應二年（七六三）移理竟陵縣。」沔陽縣，今爲湖北仙桃市。

〔一一〕「父舉」句，元和郡縣志卷一八易州（上州）：秦爲上谷郡，「漢分置涿郡，今州則漢涿郡故安縣之地。隋開皇元年（五八一）改爲易州，因州南十三里易水爲名」，今爲河北易縣。司兵參軍事，原「參軍」下有「州」字。「州事」二字當倒誤，即應作「事州」，「州」屬下句，據文意乙。唐六典卷三〇上州中州下州官吏：上州，「司兵參軍事一人，從七品」。

〔一二〕「州端」二句，州端，宋書張暢傳：「（王）子夏親爲州端，曾無同異。」資治通鑑卷一二六宋紀八述此文，胡三省注：「州別駕，居群僚之右，故曰州端。」掾，原作「椽」，據英華、全唐文改。掾史，分曹治事之屬吏。兩字四子集、全唐文作「操失」，然「操失安貞」乃貶詞，與文意不符，當誤。安貞，安靜。周易坤卦象曰：「柔順利貞，君子攸行，……乃終有慶，安貞之吉。」兩句謂杜舉言行合乎爲官之道，雖掾史位卑，然一生平安。

〔一三〕「厚於」二句，天爵，孟子告子上：「孟子曰：有天爵者，有人爵者。仁義忠信，樂善不倦，此天爵也；公卿大夫，此人爵也。」趙岐注：「天爵以德，人爵以禄。」人位，即所謂「人爵」。兩句言雖厚於德，却卑於位。

〔一四〕「闕里」二句，闕里，孔子故居，代指孔子。詩禮，論語季氏：「鯉趨而過庭，曰：『學詩乎？』對曰：『未也。』『不學詩，無以言。』鯉退而學詩。他日，又獨立，鯉趨而過庭，曰：『學禮乎？』對曰：『未也。』『不學禮，無以立。』鯉退而學禮。」鯉，何晏集解引馬（融）曰：「以爲伯魚，孔子之子。」兩句言自幼接受家庭之良好教育。

〔一五〕「太丘」二句，後漢書陳寔傳：「陳寔，字仲弓，潁川許人也。」嘗爲太丘長。天下服其德，從其學者甚衆，如同書王烈傳曰：「王烈，字彦方，太原人也。少師事陳寔，以義行稱。」羔鴈，古代進見尊長禮物。白虎通義卷下文質：「卿大夫贄，古以麑鹿，今以羔鴈。何以爲？古者質，取其內，謂得美草鳴相呼；今文，取其外，謂羔跪、乳鴈有行列也。」兩句謂曾拜德高者爲師。

公孝慈而敬，威莊而安〔一〕。淹貫義方〔二〕，周覽典籍。服其服，則文之以君子之容；遂其辭，則實之以君子之德〔三〕。起家左翊衛〔四〕，選授貝州司倉參軍事〔五〕。出自中禁，在於外臺；謹其蓋藏〔六〕，實其倉庾。尋遷蓬州咸安〔七〕、許州長社〔八〕、洛州洛陽三縣令〔九〕。地方百里，官歷三城。言非法度，不出於口；行非公道，不萌於心。令不肅而威宣，教不舒而德洽。轉虢州司馬〔一〇〕。制授朝散大夫、婺州司馬〔一一〕。又遷蘇州長史，加中散大夫〔一二〕。鸞鳳不棲於枳棘，燕雀不集於梧桐〔一三〕，宜得其材，非公莫可。我大周誕受萬國，寵綏四方，建官惟賢，垂拱而治〔一四〕。乃命公爲朝議大夫、使持節袁州諸軍事、守袁州刺史〔一五〕。天王之使，列國之君〔一六〕。發其德音，而勸不用賞；正其顏色，而禁不用刑。德成而位尊，名遂而身退。乞骸告老，謝病言歸。以某年月日終於淮海之館〔一七〕，春秋七十有七。嗚呼哀哉！

【箋　注】

〔一〕「公孝慈」二句，禮記表記：「子言之：君子之所謂仁者，其難乎！詩云：『凱弟君子，民之父母。』凱以强教之，弟以説安之。樂而毋荒，有禮而親，威莊而安，孝慈而敬，使民有父之尊，有母之親，如此而後可以爲民父母矣。非至德，其孰能如此乎！」鄭玄注：「有父之尊，有母之親，謂其尊、親己如父母。」

〔二〕「淹貫」句，淹貫，通曉。義方，做人之道。左傳隱公三年：「石碏諫曰：『臣聞愛子，教之以義方。』」後多指家教。蔡邕司徒袁公夫人馬氏碑銘：「義方之訓，如川之流。」

〔三〕「服其服」四句，禮記表記：「小雅曰：『不愧于人，不畏于天。』是故君子服其服，則文以君子之容；有其容，則文以君子之辭；遂其辭，則實以君子之德。是故君子恥服其服而無其容，恥有其容而無其辭，恥有其辭而無其德，恥有其德而無其行。是故君子衰絰則有哀色，端冕則有敬色，甲冑則有不可辱之色。」鄭玄注：「遂，猶成也。無其行，謂不行其德。」所引小雅二句，見詩經小雅何人斯。

〔四〕「起家」句，家，英華作「於」，校：「集作家。」作「於」誤。左翊衛，唐代禁衛軍，有左右衛親衛、勳衛、翊衛及左右率府親勳、翊衛，及諸衛之翊衛，通謂之三衛，見唐六典卷五尚書兵部、卷二四諸衛。

〔五〕「選授」句，元和郡縣志卷一六貝州（清河，上）：「春秋時其地屬晉。七國時屬趙。秦兼天下，以爲鉅鹿郡。漢文帝又分鉅鹿置清河郡，以郡臨清河水，故號清河。……周武帝建德六年（五七七）平齊，於此置貝州，因丘以爲名。……武德四年（六二一）討平竇建德，復置貝州。」地在今河北邢臺市清河縣。司倉參軍事，司，原作「府」，據四子集、全唐文改。唐六典卷三〇上州中州下州官吏：上州「司倉參軍事一人，從七品下」。

〔六〕「謹其」句，禮記月令：「孟冬之月，……命百官謹蓋藏。」鄭玄注：「謂府庫囷倉有藏物。」所任爲司倉參軍，故云。

〔七〕「尋遷」句，舊唐書地理志二：「蓬州，下。武德元年（六一八）割巴州之安固、伏虞，隆州之儀隴、大寅，梁州之宕渠、咸安等六縣置蓬州，因周舊名。」咸安縣，治今四川營山縣三元鄉興福村。

〔八〕「許州」句，長社，縣名。元和郡縣志卷八許州長社縣：「本漢舊縣，屬潁川郡。……隋開皇三年（五八三）罷郡，以縣屬汴州。大業三年（六〇七）改爲潁川縣，武德四年（六二一）復爲長社，改屬許州。」地在今河南許昌市魏都區。

〔九〕「洛州」句，洛，原作「湘」，英華作「相」，皆誤，據全唐文改。洛陽縣，元和郡縣志卷五河南府（洛州、東都）洛陽縣：「本秦舊縣，歷代相因。貞觀六年（六三二）自金墉城移入郭内毓德坊，今理是也。」即今河南洛陽市。

〔一〇〕「轉虢州」句，元和郡縣志卷六虢州：「周初爲虢國。……漢武帝元鼎四年（前一一三）置弘農郡。……隋開皇三年（五八三）廢郡，以縣屬陝州。……武德元年（六一八）改爲虢州。」地在今河南靈寶市南。司馬，即司馬參軍。

〔一一〕「制授」句，唐六典卷二尚書吏部：「從五品下曰朝散大夫。」元和郡縣志卷二六婺州：「春秋時爲越之西界，秦屬會稽郡，今之州界分得會稽郡之烏傷、太末二縣之地。……隋開皇九年（五八九）平陳，置婺州，蓋取其地於天文爲婺女之分野。隋氏喪亂，陷於寇境，武德四年（六二一）討平李子通，置婺州。」即今浙江金華市。

〔一二〕「又遷」二句，唐六典卷三〇上州中州下州官吏：「長史一人，從五品上。」同書卷二尚書吏部：「正五品上曰中散大夫。」

〔一三〕「鸞鳳」二句，莊子秋水：「鵷鶵發於南海，而飛於北海，非梧桐不止。」枳棘，枳木、棘木，謂其凡庸不材。鵷鶵，鳳類。又史記陳涉世家：「陳涉太息曰：嗟乎，燕雀安知鴻鵠之志哉！」索隱：「鴻鵠是一鳥，若鳳皇然。」兩句以鳳凰喻杜氏，言其爲難得之賢才，理當處高位，居要職。

〔一四〕「建官」二句，尚書武成：「建官惟賢。」僞孔傳：「立官以官賢才。」治，原作「理」，避高宗諱，徑改。

〔一五〕「乃命」句，唐六典卷二尚書吏部：「正五品下曰朝議大夫。」使持節，通典卷三二州牧刺史：「魏、晉爲刺史，任重者爲使持節都督，輕者爲持節。」元和郡縣志卷二八袁州：「本秦九江郡地，在漢爲宜春縣，屬豫章郡。……隋開皇十一年（五九一）置袁州，因袁山爲名。大業三年（六〇七）罷袁州爲宜春郡。武德五年（六二二）討平蕭銑，復置袁州。」地在今江西宜春市。唐六典卷二尚書吏部：「凡任官，階卑而擬高則曰守。」

〔一六〕「列國」句，晉書何曾傳：「郡守之權雖輕，猶專任千里，比之於古，則列國之君也。」

〔一七〕「終於」句，淮海之館，當爲杜氏故鄉杜陵之私宅名。海，英華作「水」，校：「集作海。」

夫人太原王氏，魏驃騎大將軍、新昌公平之曾孫〔一〕，唐蜀王府典軍、上柱國志隆之女也〔二〕。纂承洪烈，嗣續徽音，中外柔嘉〔三〕，小大懷睦。夫人之化，國風美於鵲巢〔四〕；寶劍之沉，夜氣衝於牛斗〔五〕。享年四十八，嗚呼！咸亨二年某月日，終長杜之官第。維天授三年春二月，合祔於杜陵之平原，禮也。王人弔祭〔六〕，儀仗官給。長子某官等，毁形於骨〔七〕，痛貫於心。父母哀哀，昊天莫報〔八〕；佳城鬱鬱，白日何年〔九〕！願述餘風，式銘幽壤。

【箋注】

〔一〕「魏驃騎」句，魏，當指後魏。驃騎將軍，武散官名。通典卷三四驃騎將軍：「後魏初，加『大』則在三司上；太和中，制加『大』，則在都督中外諸軍下。」魏書地形志上：「遼東郡，領縣二：太平、新昌（永熙中置）。」隋改爲遂城，故城在今河北徐水縣西。又，後魏另置新昌，隋改盧龍，即今河北盧龍縣。王平所封，未詳在何地。

〔二〕「唐蜀王」句，舊唐書太宗諸子傳：「蜀王愔，太宗第六子也。貞觀五年（六三一）封梁王，……十年改封蜀王，轉益州都督。」愔常非理毆擊所部縣令，又畋獵無度，數爲非法，太宗怒斥其爲「不如禽獸」。高宗時坐與吴王恪謀逆，黜爲庶人，徙居巴州，尋改爲涪陵王。乾封二年（六六七）薨。唐六典卷二九親王府：「親王親事府典軍二人，正五品上。」上柱國，勳名。同上卷二尚書吏部：「司勳郎中、員外郎掌邦國官人之勳級，凡勳十有二等，十二轉爲上柱國，比正二品。」王志隆，事迹别無可考。

〔三〕「嗣續」二句，續，英華校：「集作揚。」嘉，原作「加」，據全唐文改。詩經大雅抑：「敬爾威儀，無不柔嘉。」鄭玄箋：「柔，安；嘉，善也。」

〔四〕「夫人」二句，詩經國風召南鵲巢小序：「夫人之德也。……夫人起家而居有之，德如鳲鳩，乃可以配焉。」詩稱「維鵲有巢，維鳩居之」云云。

〔五〕「寶劍」二句，用晉張華所得寶劍龍淵、太阿事，劍沉，喻人亡故，前已屢注。夜，英華校：「集作祥。」按晉書張華傳稱「斗牛之間常有紫氣」，是「夜」之所出；張華問雷煥：「是何祥也？」是「祥」之所出，則兩字皆可通。

〔六〕「王人」句，春秋左傳莊公六年：「春王正月，王人子突救衛。」杜預注：「王人，王之微官也。」此指朝廷所派祭弔官員。

〔七〕「毁形」句，孝經喪親：「三日而食，教人無以死傷生。毁不滅性，此聖人之政也。」邢昺疏：「不食三日，哀毁過情，滅性而死，皆虧孝道。」此言哀痛之極。

〔八〕「父母」二句，詩經小雅蓼莪：「父兮生我，母兮鞠我。……欲報之德，昊天罔極。」鄭玄箋：「我欲報父母是德，昊天乎！我心無極。」

〔九〕「佳城」句，文選沈約冬節後至丞相第詣庶子車中作：「誰當九原上，鬱鬱望佳城。」李善注引西京雜記曰：「滕公（夏侯嬰）駕至東都門，馬鳴，跼不肯前，皆以前腳跼地久之。滕公懼，使卒掘馬所跼地，入三尺所，得石槨，有銘焉。銘曰：『佳城鬱鬱，三千年見白日。吁嗟滕公居此室。』滕公曰：『嗟乎，天也！吾其即安此乎？』遂葬焉。」三千年方見白日，故感歎「何年」。李周翰注：「鬱鬱，松柏盛貌。佳城，墓之塋域也。」

其銘曰：

鳳凰鳴矣，于彼高岡〔一〕。顯允君子〔二〕，邦家之光〔三〕。猗歟令德，秀于閨房〔四〕。歲云暮矣〔五〕，池樹荒涼。死則同穴〔六〕，如何彼蒼〔七〕！

【箋注】

〔一〕「鳳凰」二句，詩經大雅卷阿：「鳳凰鳴矣，于彼高岡。」鄭玄箋：「鳳凰鳴于山脊之上者，居高視下，觀可集止。喻賢者待禮乃行，翔而後集。」此喻杜氏夫婦。

〔二〕「顯允」句，詩經小雅湛露：「顯允君子，莫不令德。」鄭玄箋：「令，善也，無不善其德。」孔穎達正義釋「顯允君子」爲「明信之君子」。

〔三〕「邦家」句，詩經周頌載芟：「有飶其香，邦家之光。」鄭玄箋：「芬香之酒醴饗燕賓客，則多得其歡心，于國家有榮譽。」此言杜某乃國家之榮光。

〔四〕「猗歟」二句，詩經周頌潛：「猗與漆沮，潛有多魚。」鄭玄箋：「猗與，歎美之言也。」令德，見上注。兩句言夫人王氏有德，乃女中之穎秀。

〔五〕「歲云」句，詩經小雅小明：「曷云其還，歲聿云莫。」鄭玄箋：「何言其還，乃至歲晚，尚不得歸。」此言人已亡，雖歲晚不可復還。按：杜某夫婦葬於天授三年（六九二）春二月，蓋杜某卒於上年末，故言「歲暮」。

〔六〕「死則」句，詩經王風大車：「穀則異室，死則同穴。謂予不信，有如皦日。」毛傳：「穀生，皦白也。生在于室，則外内異；死則神合，同爲一也。」鄭玄箋：「穴，謂冢壙中也。」按：此言死後夫婦合葬。

〔七〕「如何」句，彼蒼，詩經秦風黄鳥：「彼蒼者天，殲我良人。如可贖兮，人百其身。」鄭玄箋：「言彼蒼者天，愬之。如此奄息之死，可以他人贖之者，人皆百其身。謂一身百死，猶爲之惜善人之甚。」

隰川縣令李公墓誌銘〔一〕

公諱嘉，字大善，隴西成紀人也〔二〕。趙郡太守、雍州大中正、上開府、永康公之孫〔三〕，幽州都督、鎮軍大將軍、上柱國、丹陽公之子〔四〕。重華以文明允塞〔五〕，謨九德於皋陶〔六〕；仲尼以恭儉温良，緇六經於柱史〔七〕。將軍李牧，人主願其同時〔八〕；河尹李膺，天下思其執御〔九〕。况乎衣冠世美，祖考時續〔一〇〕。家聲占於日月，爲宗周之姻姓〔一一〕；誓以山河，則炎漢之劉氏〔一二〕。

【箋　注】

〔一〕隰川縣，地在今山西臨汾市，詳後注。按誌文稱「越弘道二年歲次甲申，正月甲申朔二十六日己酉,陪葬於昭陵東南之平原」。所謂「弘道二年」,即中宗嗣聖元年(六八四,詳後注),則文當作於此稍前。

〔二〕「隴西」句,元和郡縣志卷三九秦州:「(秦)始皇分天下爲三十六郡,此爲隴西地。漢武帝元鼎三年(前一一四),分隴西置天水郡。……魏分隴右爲秦州,因秦邑以爲名。……大業三年(六〇七)罷州爲天水郡。隋末陷於盜賊。武德二年(六一九)討平薛舉,改置秦州,仍立總管府。」此言隴西,乃循舊名。同上成紀縣:「本漢舊縣也,屬天水。……周成紀縣屬略陽郡。隋開皇三年(五八三)罷郡,縣屬秦州,皇朝因之。」縣址約在今甘肅平涼市静寧縣西南。

〔三〕「趙郡」句,趙郡,唐改爲趙州,地在今河北石家莊市趙縣。大中正,官名。隋書百官志中:「流内比視官十三等。……諸州大中正,……視第五品。」上開府,「開」下原有「封」字,據英華卷九五九、四子集、全唐文卷一九五删。上開府,即上開府儀同三司。唐六典卷二尚書吏部:「從一品曰開府儀同三司。」注:「後周置上開府儀同三司、開府儀同三司、上儀同三司、儀同三司等十一號,以酬勤勞,隋氏因之。」永康公,封號。其人即李詮,乃李靖(舊唐書本傳稱「本名藥師」。新唐書謂「字藥師」,疑非是)、李客師兄弟之父。舊唐書李靖傳:「父詮,隋趙郡守。」上句謂墓主李嘉爲「隴西成紀人」,兩唐書本傳稱李氏「雍州三原人」,皆不誤:「隴西成紀」乃郡望,實居雍州三原也。三原,雍州(即京兆府)縣名,地在今陝西咸陽市東北部。

〔四〕「幽州」句,指李客師。舊唐書李靖傳:「靖弟客師,貞觀中官至右武衛將軍,以戰功累封丹陽郡公。」新唐書二李傳增如下兩句：「卒，年九十，贈幽州都督。」關於李氏家族，參見本書附録楊炯年譜。

〔五〕「重華」句，尚書舜典：「曰若稽古，帝舜曰重華，協於帝。濬哲文明，温恭允塞。」僞孔傳：「華，謂文德。言其光文重合於堯，俱聖明。濬，深；哲，智也。舜有深智文明温恭之德，信允塞上下。」據下句義，此言舜文明允塞，故用皋陶作士。同上：「帝（舜）曰：『皋陶！蠻夷猾夏，寇賊姦宄。汝作士。五刑有服，五服三就；五流有宅，五宅三居。惟明克允！』」僞孔傳：「士，理官也。」

〔六〕「謨九德」句，尚書皋陶謨：「皋陶曰：『都！亦行有九德，亦言其人有德，乃言曰：載采采。』禹曰：『何？』皋陶曰：『寬而栗，柔而立，愿而恭，亂而敬，擾而毅，直而温，簡而廉，剛而塞，彊而義，彰厥有常，吉哉！』」「寬而栗」至「彊而義」，即所謂「九德」。僞孔傳釋「九德」及末句曰：「性寬弘而能莊栗；和柔而能立事；慤愿而恭恪；亂，治也，有治而能謹敬；擾，順也，致果爲毅；行正直而氣温和；性簡大而有廉隅；剛斷而實塞；無所屈撓，動必合義。彰，明；吉，善也。明九德之常，以擇人而官之，則政之善。」按通志氏族略第四：「李氏，嬴姓。高陽氏生大業，大業生女華，女華生皋陶，字庭堅，爲堯大理，因官命族爲理氏。」理氏後改爲李氏。則皋陶爲高陽氏帝顓頊後裔，李氏遠祖，故云。

〔七〕「仲尼」句，論語學而：「子禽問於子貢曰：『夫子至於是邦也，必聞其政，求之與？抑與之與？』子貢曰：『夫子温、良、恭、儉、讓以得之。』」柱史，指老子（按史記老子列傳張守節正義稱老子「姓李，名耳，字伯陽，一名重耳，外字聃」），嘗爲周柱下史。繙六經，指孔子向老子問禮。孔子家語卷三觀周：「（孔子）至周，問禮於老聃。」事又見史記老莊列傳。

〔八〕「將軍」二句，漢書馮唐傳：「文帝曰：『吾居代時，吾尚食監高祛數爲我言趙將李齊之賢，戰於鉅鹿下。吾每飯食，意未嘗不在鉅鹿也。父老知之乎？』唐對曰：『齊尚不如廉頗、李牧之爲將也。』上曰：『何已？』唐曰：『臣大父在趙時爲官帥將，善李牧；臣父故爲代相，善李齊，知其爲人也。』上既聞廉頗、李牧爲人，良説，乃拊髀曰：『嗟乎！吾獨不得廉頗、李牧爲將，豈憂匈奴哉！』」

〔九〕「河尹」二句，河，黄河也，此代指河南，即洛陽。尹，官名，衆官之長。後漢書李膺傳：「李膺，字元禮，潁川襄城人也。」性簡亢，無所交接，唯以同郡荀淑、陳寔爲師友。嘗爲青州刺史、漁陽太守、烏桓校尉，以公事免官。教授常千人。「荀爽嘗就謁膺，因爲其御。既還，喜曰：『今日乃得御李君矣！』其見慕如此。……延熹二年（一五九）徵，再遷河南尹。」

〔一〇〕「況乎」二句，世，原作「代」，避唐諱，徑改。「祖考」下「時續」原無，英華校：「集有時續二字。」按：若無「時續」二字，則句爲「祖考家聲」，既與上句「衣冠世美」不對應，文意亦礙。若補二字，則「時續」與「世美」正相對，「家聲」屬下句，是。據所校集本補。

〔一一〕「家聲」二句，左傳成公十六年：「吕錡夢射月，中之，退入於泥。占之，曰：『姬姓，日也；異姓，月也，必楚王也。射而中之，退入於泥，亦必死矣。』」杜預注：「周世姬姓，尊；異姓，卑。」姻，原作「姬」，英華作「姻」。據文意，兩句當言李氏在周代亦貴，然李氏非姬姓（通志氏族略第四稱李氏爲「嬴姓」），故以作「姻」是，據英華改。史記秦本紀：「秦之先人柏翳輔佐舜有功，「舜賜姓嬴氏」。後裔中濡，「以親故歸周」，故稱嬴氏爲「宗周之姻姓」。宗周，即周王朝。

〔三〕「誓以」二句，史記高祖功臣侯者年表：「封爵之誓曰：『使河如帶，泰山若厲，國以永寧，爰及苗裔。』」集解引應劭曰：「封爵之誓，國家欲使功臣傳祚無窮。帶，衣帶也；厲，砥石也。河當何時如衣帶，山當何時如厲石，言如帶厲，國乃絶耳。」按漢代李氏封侯者，當指李廣從弟李蔡。史記李將軍列傳：「（李蔡）元朔五年（前一二四）爲輕車將軍，從大將軍擊右賢王，有功中率，封爲樂安侯。元狩二年（前一二一）中，代公孫弘爲丞相。」炎，英華校：「集作大。」亦通。唐人稱漢應不云「大」，當誤。

公門承將相〔一〕，地積英靈。望之儼然，横斷山而鬱起〔二〕；聽其言也，注懸河而不竭〔三〕。玉則秦王所見，天照白虹〔四〕；劍則殷帝所傳，星浮紫氣〔五〕。假使蔡中郎之博學〔六〕，郭有道之人倫〔七〕，何嘗不迎王粲而倒屣〔八〕，爲茅容而下拜〔九〕！起家爲太子左千衛〔一〇〕，以調升也。按河圖於玉版，震一索而爲長男〔一一〕；考天象於銅渾，心前星而爲太子〔一二〕。直城霞繞〔一三〕，曲障雲平〔一四〕。出入青牓之門〔一五〕，周旋黑衣之列〔一六〕。稍遷越王府户曹參軍〔一七〕。

越之建國也，地居南斗之躔〔一八〕；王之受封也，禮極東門之拜〔一九〕。郕霍所以隆懿親〔二〇〕，恭和所以資明德〔二一〕。一言而干楚后，即從雲夢之畋〔二二〕；三見而説趙王，仍襲上卿之印〔二三〕。又遷隰川令〔二四〕。川原爽塏〔二五〕，風俗和平。晉獻公之胤，夷吾是邑〔二六〕；代恭王之子，郢客爲侯〔二七〕。陽泉依六壁之城〔二八〕，孟津合三溪之水〔二九〕。公以輜車就列，墨綬當官〔三〇〕。有蠶績於郕人〔三一〕，用牛刀於魯邑〔三二〕。市鄽無競，不假鞭絲〔三三〕；學校方興，唯聞擊石〔三四〕。諸侯取其軌則，四海瞻其儀表。爲杜陵之男子，誰詣後曹〔三五〕；蔑鄉里之小人，願辭彭澤〔三六〕。於是退歸初服，就養私門。戲嬰兒於階下，扶老生於井上〔三七〕。尋丁外艱，哀毀踰制，加人一等，俯就三年〔三八〕。服闋，襲封丹陽公，勳上騎都尉〔三九〕。公以安車禮盛，賜杖年高〔四〇〕，被服先王之道，游優太平之化。左琴右書，謀孫翼子〔四一〕。居常飽德，不言何氏之萬錢〔四二〕；直置當仁，豈特于公之駟馬〔四三〕。清風可賞，必有鸞鳳相期；白雪時遊，多以神仙見屬〔四四〕。義形於金石，節貫於松筠。西山五日之朝，將化羽而生翼〔四五〕；北海明年之驗，便展辰而至巳〔四六〕。以永淳元年八月二十一日〔四七〕，終於京師道政里之私第〔四八〕，享年七十二。嗚呼哀哉！

【箋注】

〔一〕「公門承」句，據上句，李嘉伯父李靖爲唐開國大將，又嘗爲宰相，其父亦爲將，故云。貞觀政要卷二：王珪對太宗曰：「才兼文武，出將入相，臣不如李靖。」

〔二〕「望之」二句，世説新語賞譽下：「世目周侯嶷如斷山。」劉孝標注引晉陽秋曰：「（周）顗正情嶷然，雖一時儕類，皆無敢媟近。」

〔三〕「聽其」二句，世説新語賞譽下：「王太尉云：郭子玄語議如懸河寫水，注而不竭。」劉孝標注引名士傳曰：「子玄有儁才，能言莊老。」按晉書郭象傳：「郭象，字子玄。」

〔四〕「玉則」二句，玉，底本訛爲「王」，據英華、四子集改。秦王所見，指和氏璧，乃玉之極品。禮記聘義：「孔子曰：……君子比德於玉焉：温潤而澤，仁也；縝密以栗，知也；廉而不劌，義也；垂之如隊，禮也；……氣如白虹，天也。」

〔五〕「劍則」二句，列子湯問：「申他曰：吾聞衛孔周，其祖得殷帝之寶劍，一童子服之，却三軍之衆。」星浮紫氣，用張華雙劍事，謂殷帝之劍，亦寶劍之精。以上數事，極言李嘉資質之優。

〔六〕「假使」句，後漢書蔡邕傳：「蔡邕，字伯喈，陳留圉人也。……少博學，師事太傅胡廣。好辭章、數術、天文，妙操音律。」嘗任左中郎將，故稱「蔡中郎」。

〔七〕「郭有道」句，後漢書郭太（泰）傳：「郭太（泰），字林宗，太原界休人也。」人稱有道先生。「善人倫，而不爲危言核論。」李賢注：「禮記曰：『擬人必於其倫。』鄭玄注曰：『倫，猶類也。』」

〔八〕「何嘗」句，接上蔡邕事。倒屣，忙亂中倒穿鞋子。三國志魏書王粲傳：「獻帝西遷，粲徙長安，左中郎將蔡邕見而奇之。時邕才學顯著，貴重朝廷，常車騎填巷，賓客盈坐，聞粲在門，倒屣迎之。」「迎」上原有「聞」字，據四子集、全唐文删。

〔九〕「爲茅容」句，接上郭泰事。後漢書郭太（泰）傳附茅容傳：「茅容，字季偉，陳留人也。年四十餘，耕於野。時與等輩避雨樹下，衆皆夷踞相對，容獨危坐愈恭。林宗行見之，而奇其異，遂與共言，因請寓宿。旦日，容殺雞爲饌，林宗謂爲己設，既而以共其母，自以草蔬與客同飯。林宗起拜之，曰：『卿賢乎哉！』因勸令學，卒以成德。」

〔一〇〕「起家」句，太子左千衛，當即太子左内率府之千牛備身。唐六典卷二八太子左右内率府：「千牛十六人。」

〔一一〕「按河圖」二句，謂以玉版所刻河圖爲占。漢書五行志上：「受河圖，則而畫之，八卦是也。」周易説卦：「乾，天也，故稱乎父；坤，地也，故稱乎母。震一索而得男，故謂之長男；巽一索而得女，故謂之長女。」索，陸德明音義引王肅云：「求也。」

〔一二〕「考天象」二句，謂用銅渾觀察天象。銅渾，古代測天儀。漢書五行志下之下：「劉向以爲星傳曰：『心，大星，天王也。其前星，太子；後星，庶子也。』」

〔一三〕「直城」句，漢書成帝紀：「孝成皇帝，元帝太子也。……初居桂宫，上嘗急召，太子出龍樓門，不敢絶馳道，西至直城門，得絶，乃度，還入作室門。上遲之，問其故，以狀對。上大説，乃著令令太子得絶馳道云。」注引應劭曰：「馳道，天子所行道也，若今之中道。」又引晉灼曰：「（直城門），黄圖：西出南頭第二門也。」後爲太子故事，如舊唐書孝敬皇帝（李）弘傳：薨，制曰：「皇太子弘生知誕質，惟幾毓性。直城趨駕，肅敬著於三朝。」此代指太子宫。

〔一四〕「曲障」句，障，影壁，又稱照壁。雲平，言其高。張敞東宫舊事（説郛卷五九上，又見太平御覽卷一八八窗引）：「（太子）閤内有曲鄣，鄣上雀目窗。」

〔一五〕「出入」句，舊題東方朔神異經中荒經：「東方有宫，青石爲牆，高三仞，左右闕高百丈，畫以五色。門有銀牓，以青石碧鏤，題曰『天帝長男之宫』。」此指太子宫門，本當稱「銀牓」，言「青牓」，蓋以青石爲牆、青石碧鏤牓，而與下句「黑」對應，變言之也。

〔一六〕「周旋」句，戰國策趙策四：「左師公（觸讋謂太后）曰：『老臣賤息舒祺最少，不肖，而臣衰，竊愛憐之。願令得補黑衣之數，以衛王宫，没死以聞。』」鮑彪注：「尸祝之服，所謂袨服。又漢書蕭望之傳注：『朝時皆著皂衣。』」吴師道正曰：「增韻：黑衣，戎服。」武士所著衣服，即戎服。

〔一七〕「稍遷」句，越王，舊唐書太宗諸子傳：「濮王泰，字惠褒，太宗第四子也。少善屬文。武德三年（六二〇）封宜都王，四年進封衛王，以繼衛懷王霸後。貞觀二年（六二八）改封越王，授揚州大都督。……十年，徙封魏王。」同上傳：「越王貞，太宗第八子也。貞觀五年封漢王，七年授徐州都督，十年改封原王，尋徙封越王，拜揚州都督。」少善騎射，頗涉文史，兼有吏幹。垂拱三年（六八七）因起兵反武則天，飲藥而死。則李貞當接替李泰封越王。據李嘉年齡，所仕必爲前越王李泰。唐六典卷二九親王府：「户曹參軍事二人，正七品上。」

〔一八〕「越之」二句，漢書天文志：「南斗，越分也。」按：越分，即越之分野。躔，星辰運行度次。

〔一九〕「王之」二句，東門，指西漢洛陽之上東門。賈誼新書卷一益壤：「高皇帝瓜分天下，以王功臣，反者如蝟毛而起。高皇帝以爲不可，故剽去不義諸侯而空其國，擇良日立諸子洛陽上東門之外。諸子畢王，而天下乃安。」

〔二〇〕「郕霍」句，左傳僖公二十四年：「昔周公弔二叔之不咸，故封建親戚以蕃屏周。管、蔡、郕、霍、魯、衛、毛、聃、郜、雍、曹、滕、畢、原、酆、郇，文之昭也；邘、晉、應、韓，武之穆也。凡、蔣、邢、茅、胙、祭，周公之胤也。召穆公思周德之不類，故糾合宗族於成周，而作詩曰：『常棣之華，鄂不韡韡。凡今之人，莫如兄弟。』其四章曰：『兄弟鬩於牆，外禦其侮。』如是，則兄弟雖有小忿，不廢懿親。」「管、蔡」至「酆、郇」，杜預注：「十六國皆文王子也。」又注「懿親」：「懿，美也。」此以文王十六子之郕、霍泛指王子。「郕霍」，原作「郎爵」，英華同，校：「集作郕霍。」四子集、全唐文作「郕霍」，是，據改。

〔二一〕「恭和」句，尚書皋陶謨：「天秩有禮，自我五禮有庸哉，同寅協恭和衷哉！」僞孔傳：「庸，常；自，用也。天次秩有禮，當用我公、侯、伯、子、男五等之禮以接之，使有常。衷，善也。以五禮正諸侯，使同敬合恭而和善。」則「恭和」，義爲恭敬、和善。

〔二二〕「一言」二句，戰國策楚策一：「江乙説於安陵君曰：『君無咫尺之功，骨肉之親，處尊位，受厚禄，一國之衆，見君莫不斂衽而拜，撫委而服，何以也？』曰：『王過舉而已。不然，無以至此。』江乙曰：『以財交者，財盡而交絶；以色交者，華落而愛渝。是以嬖女不敝席，寵臣不避軒。今君擅楚國之勢，而無以深自結於王，竊爲君危之。』安陵君曰：『然則奈何？』『願君必請從死，以身爲殉，如是必長得重於楚國。』曰：『謹受令。』……於是楚王游於雲夢，結駟千乘，旌旗蔽日，野火之起也若雲蜺，兕虎嘷之聲若雷霆，有狂兕牂車依輪而至，王親引弓而射，壹發而殪。王抽旃旄而抑兕首，仰天而笑曰：『樂矣，今日之游也。寡人萬歲千秋之後，誰與樂此矣？』安陵君泣數行而進曰：『臣入則編席，出則陪乘。大王萬歲千秋之後，願得以身試黄泉，蓐螻蟻，又何如得此樂而樂之。』王大説，乃封壇（鮑彪注：「名壇，失其姓，楚之倖臣。」）爲安陵君。君子聞之曰：江乙可謂善謀，安陵君可謂知時矣。」畋，打獵。從，英華校：「集作收。」誤。

〔二三〕「三見」二句，當指蘇秦説趙王合縱事。戰國策趙策二蘇秦從燕之趙始合從，謂蘇秦獻三策，趙王以爲是「社稷之長計」，「乃封蘇秦爲武安君，飾車百乘，黄金千鎰，白璧百雙，錦繡千純，以約諸侯」。以上四句，謂李嘉對越王多有進益之言，以表忠誠。

〔二四〕「又遷」句，隰川，元和郡縣志卷一二隰州隰川縣：「本漢蒲子縣地也，屬河東郡。……周宣帝改置長壽縣。隋開皇十八年（五九八），改爲隰川縣，南有龍泉下濕，因以爲名，屬隰州。」今屬山西臨汾市。

〔二五〕「川原」句，左傳昭公三年：「景公欲更晏子之宅，……請更諸爽塏者。」杜預注：「爽，明；

塏，燥。」

〔二六〕「晉獻公」二句，史記晉世家：「驪姬生奚齊，獻公有意廢太子，乃曰：『曲沃，吾先祖宗廟所在，而蒲邊秦，屈邊翟，不使諸子居之，我懼焉。』於是使太子申生居曲沃，公子重耳居蒲，公子夷吾居屈，獻公與驪姬子奚齊居絳。晉國以此知太子不立也。」其後太子申生被迫自殺，重耳奔翟，夷吾奔梁，晉遂亂。

〔二七〕「代恭王」二句，漢書楚元王（交）傳：「高后時，以元王子郢客爲宗正，封上邳侯。元王立二十三年薨，太子辟非先卒，文帝乃以宗正、上邳侯郢客嗣，是爲夷王。」客，原作「容」，據改。彭叔夏文苑英華辨證卷二事疑曰：「楊炯隰州令李公誌『代恭王之子，郢客爲侯』。按漢代恭王子義嗣，其父爲王。楚元王子郢客，由上邳侯嗣楚王。今云代恭王子郢客，未詳。而集本又云『楚代恭王之子，郢非客爲侯』，尤不可曉。」今按：漢書文三王傳：「代孝王參，初立爲太原王。四年，代王武徙爲淮陽王，而參徙爲代王，復并得太原，都晉陽如故。五年一朝，凡三朝，十七年薨，子共王登嗣。二十九年薨，子義嗣。」共王之「共」，顏師古注：「讀曰恭。」則楊炯蓋將楚元王誤記爲代共王。至於集本，前有「楚」字，乃誤記之證，「非」字當衍。又按：此二句因隰川而述晉陽事，不應涉楚。

〔二八〕「陽泉」句，陽泉，即陽泉水。水經文水注：「（文水）東逕六壁城南，魏朝舊置六壁於其下，防離石諸胡，因爲大鎮。太和中罷鎮，仍置西河郡焉。勝水又東，合陽泉水。水出西山陽溪，東逕六壁城北，又東南流，注於勝水。」太平寰宇記卷四一汾州孝義縣：「（六壁城），俗以城有六面，因以爲名。在縣西八里。」

〔二九〕「孟津」句，水經河水：「（河水）南出龍門口，汾水從東來注之。」酈道元注：「昔者大禹導河積石，疏決梁山，謂斯處也，即經所謂龍門矣。魏土地記曰：『梁山北有龍門山，大禹所鑿，通孟津河口，廣八十步。』」又曰：「河水又南，右合暢谷水。水自溪東南流，逕夏陽縣西北，東南注於河。」又曰：「河水又南，崌谷水注之。水出縣西北梁山，東南流，横溪水注之。」所謂「三溪」，當即指暢谷水、崌谷水及横溪水。按：以上所言陽泉、孟津，皆距隰川縣不遠。

〔三〇〕「墨綬」句，漢書百官公卿表上：凡吏，「秩比六百石以上，皆銅印黑綬」。按舊唐書輿服志，唐「五品黑綬」。此代指縣令。

〔三一〕「有蠶績」句，禮記檀弓下：「成人有其兄死而不爲衰者，聞子皋將爲成宰，遂爲衰。成人曰：『蠶則績而蟹有匡，範則冠而蟬有緌，兄則死而子皋爲之衰。』」鄭玄注：「蚩兄死者，言其衰之不爲兄死，如蟹有匡、蟬有緌不爲蠶之績、範之冠也。範，蜂也；蟬，蜩也。緌爲蜩喙，長在腹下。」藝文類聚卷九七蜂引此文，「成」作「郕」。子皋，孔子弟子。

〔三二〕「用牛刀」句，論語陽貨：「子之武城，聞絃歌之聲。夫子莞爾而笑，曰：『割雞焉用牛刀？』子游對曰：『昔者偃也聞諸夫子曰：君子學道則愛人，小人學道則易使也。』」言偃，字子游，孔子弟子。邢昺疏：「武城，魯邑名。」

〔三三〕「市鄽」二句，南齊書傳琰傳：「太祖輔政，以山陰獄訟煩積，復以琰爲山陰令。賣針、賣糖老姥争團絲，來詣琰，琰不辯核，縛團絲於柱鞭之，密視有鐵屑，乃罰賣糖者。……縣内稱神明，無敢復爲偷盜。」

〔三四〕「唯聞」句，擊石，尚書舜典：「帝曰：『夔！命汝典樂，教胄子。……』夔曰：『於！予擊石拊石，百獸率舞。』」僞孔傳：「石，磬也。磬，音之清者。拊亦擊也。」

〔三五〕「爲杜陵」二句，詣，原作「繼」。英華校：「集作詣。」作「詣」是，據改。漢書蕭望之傳附蕭育傳：「育字次君，少以父（蕭望之）任爲太子庶子。……後爲茂陵令，會課，育第六，而漆令郭舜殿，見責問，育爲之請扶風，怒曰：『君課第六，裁自脱，何暇欲爲左右言？』及罷出，傳召茂陵令詣後曹，當以職事對。育徑出曹，書佐隨牽育，育案佩刀曰：『蕭育杜陵男子，何詣曹也？』遂趨出，欲去官。明旦，詔召入，拜爲司隸校尉。」

〔三六〕「蔑鄉里」二句，宋書陶潛傳：「爲彭澤令，……郡遣督郵至縣，吏白應束帶見之。潛嘆曰：『我不能爲五斗米折腰向鄉里小人。』即日解印綬去職。」按後銘詞有「亟改炎涼，罷歸桑梓」二句，則所謂李嘉「願辭」，實爲罷官，其緣由恐不如陶潛之高尚，今已不可考。

〔三七〕「扶老生」句，生，原作「子」。英華、四子集、全唐文作「生」。按：老子，古代多用於老人自稱，此作「生」義勝，據改。唐開元占經卷八四客星占八引黄帝占：「客星出老人星，有兵起，老人不安。若老人者行，若守之久，命曰扶老人，其國安，老人昌。」井上，指老人星入東井。同書卷六八老人星占：「石氏（星經）曰：『老人星在弧南（原注：入井十九度，去極百三十三度半，在黃道外七十五度太）。』」句謂願作「扶老人」，以求國安。

〔三八〕「尋丁」四句，丁外艱，謂喪父。艱，英華校：「集作難。」誤。孝經喪親：「喪不過三年，示民有終也。」孔子家語卷一〇曲禮子貢問：古人喪親，「及二十五月而祥」。此言三年，故謂「加人一等」。

〔三九〕「勳上騎」句，唐六典卷二尚書吏部：「凡勳十有二等，……六轉爲上騎都尉，比正五品。」

〔四〇〕「公以」二句，漢書杜延年傳顏師古注：「安車，坐乘之車也。」賜杖，禮記內則稱「七十杖於國」，乃周制。按：李嘉雖官卑，然所襲爵位高，故有所謂安車、賜杖云云。高，英華校：「集作侵。」誤。

〔四一〕「謀孫」句，詩經大雅文王有聲：「詒厥孫謀，以燕翼子。」毛傳：「燕及翼，敬也。」鄭玄箋：「詒，猶傳也。孫，順也。……傳其所以順天下之謀，以安其敬事之子孫，謂使行之也。」孔穎達正義：「詒訓遺，即流傳之義，故詒猶傳也。傳其順天下之謀者，謂聖人所謀之事，行之則必順天下之心。安其敬事之子孫，言子孫敬事，能遵用其道，則得安也。」

〔四二〕「居常」二句，詩經大雅既醉：「既醉以酒，既飽以德。」孟子告子上：「詩云：『既醉以酒，既飽以德。』言飽乎仁義也，所以不願人之膏粱之味也。」何氏，太平御覽卷二五八良刺史下引語林曰：「何公爲揚州，有葬親者乞數萬錢，而帳下無有。」按北堂書鈔卷三八廉潔引語林，謂「何公」爲何宏。言以廉潔爲德。

〔四三〕「直置」二句，直置，文選江淹雜體詩三十首殷東陽仲文：「直置忘所宰。」吕延濟注：「言直置專一。」于公，漢書于定國傳：「始，定國父于公，其閭門壞，父老方共治之。于公謂曰：『少高大門閭，令容駟馬高蓋車。我治獄多陰德，未嘗有所冤，子孫必有興者。』」

〔四四〕「白雪」二句，世説新語企羨：「孟昶未達時，家在京口。嘗見王恭乘高輿，被鶴氅裘。於時微雪，昶於籬間窺之，歎曰：『此真神仙中人！』」

〔四五〕「西山」二句，西山，即首陽山。史記伯夷列傳集解引馬融曰：「首陽山，在河東蒲坂華山之北，河曲之中。」該山又稱西山。同上伯夷列傳：「伯夷、叔齊餓且死，作歌，其辭曰：『登彼西山兮，采其薇矣。』」索隱：「西山，即首陽山。」五日之朝，史記高祖本紀：「六年（前二〇一），高祖五日一朝。」兩漢多遵此制。化羽，用王喬事。後漢書王喬傳：「王喬者，河東人也。顯宗世，爲葉令。喬有神術，每月朔望，常自縣詣臺朝。帝怪其來數，而不見車騎，密令太史伺望之。言其臨至，輒有雙鳧從東南飛來。於是候鳧至，舉羅張之，但得一隻舄焉。乃詔尚方診視，則四年中所賜尚書官屬履也。」其後，天下玉棺於堂前，喬曰：「天帝獨召我邪？」乃沐浴服飾，寢其中，蓋便立覆。宿昔葬於城東，土自成墳。兩句謂李嘉即將羽化仙去，婉言其將死。

〔四六〕「北海」二句，後漢書鄭玄傳：「鄭玄，字康成，北海高密人也。……（袁）紹乃舉玄茂才，表爲左中郎將，皆不就。公車徵爲大司農，給安車一乘，所過長吏送迎。玄乃以病自乞還家。五年春，夢孔子告之曰：『起！起！今年歲在辰，來年歲在巳。』既寤，以讖合之，知命當終。有頃寢疾。時袁紹與曹操相拒於官渡，令其子譚遣使逼玄隨軍，不得已，載病到元城縣，疾篤不進。其年六月卒，年七十四。」李賢注引北齊劉晝高才不遇傳論玄曰：「辰爲龍，巳爲蛇，歲至龍蛇，賢人嗟。玄以讖合之，蓋謂此也。」「明年之」三字，英華校：「一作大明而。」展，同上校：「集作度。」皆誤。

〔四七〕「以永淳」句，永淳，唐高宗年號，永淳元年爲公元六八二年。

〔四八〕「終於」句，徐松唐兩京城坊考卷三西京外郭城：朱雀門街東第五街（即皇城東之第三街），街東從北第一坊，次南興寧坊，次南永嘉坊，次南興慶坊，次南道政坊。

長子隨州光化縣令守節等〔一〕，哀纏弔鶴，痛結鄰人〔二〕。孝之始也，則身體髮膚，所以全其性〔三〕；孝之終也，則衣裳棺槨，所以成其禮〔四〕。天高八萬，想京兆而何從〔五〕；地闊三阡，對佳城而有恨〔六〕。越弘道二年歲次甲申，正月甲申朔二十六日己酉〔七〕，陪葬於昭陵東南之平原〔八〕。炯樗櫟庸材〔九〕，瓶筲小器〔一〇〕。仰惟先友，叨雅契於金環〔一一〕；俯逮嘉姻，荷深知於玉潤〔一二〕。南容有道，僅聞將聖之言〔一三〕；東武建塋，俄述安仁之賦〔一四〕。嗚呼哀哉！

【箋　注】

〔一〕「長子」句，元和郡縣志卷二一隨州光化縣：「本漢隨縣地。南齊武帝分其地立安化縣，屬隨郡。後魏文帝改爲新化縣，廢帝改爲光化縣。」縣於一九八三年撤併入湖北老河口市。

〔二〕「哀纏」二句，太平御覽卷九一六鶴引陶侃别傳：「侃丁母艱，在墓下，忽有二客來弔，不哭而退，儀服鮮潔，知非常人。隨看之，但見雙鶴，飛而衝天。」鄰人，晉書吴隱之傳：「事母孝謹，及其執喪，哀毀過禮。……與太常韓康伯鄰居，康伯母，殷浩之姊，賢明婦人也，每聞隱之哭聲，輟餐投筯，爲之悲泣。」

〔三〕「孝之始」句，孝經開宗明義章：「身體髮膚，受之父母，不敢毁傷，孝之始也。」李隆基（唐明皇）注：「父母全而生之，已當全而歸之，故不敢毁傷。」

〔四〕「孝之終」二句，孝經喪親章：「子曰：孝子之喪親也，……爲之棺椁衣衾而舉之。」李隆基注：「周屍爲棺，周棺爲椁。衣，謂斂衣，衾，被也。舉，謂舉屍内於棺也。」

〔五〕「天高」二句，周髀算經卷上稱「日高八萬里」。何，英華作「可」，校：「集作何。」作「可」誤。何從，謂不可得也。

〔六〕「地闊」二句，史記秦本紀：「四十一縣爲田，開阡陌。」索隱引風俗通曰：「南北曰阡，東西曰陌。河東以東西爲阡，南北爲陌。」此所謂「三阡」，「三」言其多，非定數；阡，亦含陌，謂面積大。佳城，塋墓也。佳，原作「任」，據英華、四子集、全唐文改。

〔七〕「越弘道」二句，按舊唐書則天皇后紀，「嗣聖元年（六八四）春正月甲申朔，改元（爲嗣聖）」。合葬李嘉夫婦在是年「正月甲申朔二十六日己酉」，則已改元二十多日，即并無所謂「弘道二年」。蓋志銘已在改元前刻就，不便改刊，故有此紀年。

〔八〕「陪葬」句，昭陵，唐太宗陵墓名，在今陝西禮泉縣城西北五十里九嵕山上。

〔九〕「炯樗櫟」句，樗、櫟，皆木名。莊子逍遥遊：「惠子謂莊子曰：吾有大樹，人謂之樗，其大本擁腫而不中繩墨，其小枝卷曲而不中規矩，立之塗，匠者不顧。」同書人間世：「匠石之齊，至于曲轅，見櫟社樹，其大蔽牛，絜之百圍，其高臨山千仞，而後有枝。其可以爲舟者旁十數，觀者如市，匠伯不顧，遂行不輟。弟子厭觀之，走及匠石曰：『自吾執斧斤以隨夫子，未嘗見材如此其美也，先生不肯視，行不輟，何邪？』曰：『已矣，勿言之矣，散木也。以爲舟則沈，以爲棺槨則速腐，以爲器則速毁，以爲門户則液樠，以爲柱則蠹。是不材之木也，無所可用，故能若是之壽。』」後以樗櫟喻人之不才。此乃楊炯自謙自貶之詞。

〔一〇〕「瓶筲」句，瓶，古代小酒器。詩經小雅蓼莪：「缾之罄矣，維罍之恥。」毛傳：「缾小而罍大。」筲，論語子路：「子曰：噫！斗筲之人，何足算也。」何晏集解引鄭（玄）曰：「筲，竹器，容斗二升。」後喻人氣局小。陳書韓子高華皎傳「史臣曰」評二人：「瓶筲小器，輿臺末品。」

〔一一〕「仰惟」二句，先友，指楊炯父之友人。晉書傅玄傳附傅暢傳：「暢，字世道。年五歲，父友見而戲之，解暢衣，取其金環與侍者，暢不之惜，以此賞之。」

〔二〕「俯逮」二句，晉書魏瓘傳：「總角乘羊車入市，見者皆以爲玉人，觀之者傾都。……瓘妻父樂廣，有海内重名，議者以爲婦公冰清，女壻玉潤。」嘉，原作「婚」，有校曰：「集作嘉。」英華校：「集作嘉。」四子集亦作「嘉」。按：作「嘉」義勝。潘岳懷舊賦：「余總角而獲見，承戴侯之清塵。名余以國士，眷余以嘉姻。」據底本校、英華校等改。以上四句，楊炯自謂從小得其父友李客師器重，成人後，兩家便結爲「嘉姻」。

〔三〕「南容」二句，論語公冶長：「子謂南容，『邦有道，不廢；邦無道，免於刑戮』。以其兄之子妻之。」何晏集解引王（肅）曰：「南容，弟子南宫縚，魯人也，字子容。不廢，言見用。」將聖，指孔子。論語子罕：「大宰問於子貢曰：『夫子聖者與？何其多能也。』子貢曰：『固天縱之將聖，又多能也。』」兩句謂孔子之兄僅聞孔子之言，即將女兒嫁與南宫縚。兩句亦自謂得李客師垂愛，被招爲婿。

〔四〕「東武」二句，塋，原作「瑩」，據英華、全唐文改。文選潘岳懷舊賦：「余十二而獲見於父友東武戴侯楊君。始見知名，遂申之以婚姻，而道元、公嗣，亦隆世親之愛，不幸短命，父子凋殞。」李善注引潘岳楊肇碑曰：「肇字秀初，滎陽人，封東武伯，薨，謚曰戴。」又引賈弼之山公表注曰：「楊肇女適潘岳。……肇生潭，字道元，太中大夫；次韶，字公嗣。」則「東武」指楊肇。懷舊賦又曰：「東武託焉，建塋起疇。」李善注引如淳漢書注曰：「塋，冢田也。」按潘岳字安仁，則「安仁之賦」即懷舊賦。兩句謂爲妻兄李嘉營葬并作墓誌銘，與潘岳當年受岳父楊肇所託，爲妻兄弟楊潭、楊韶「建塋起疇」之事相同。

乃作銘曰：

爰初帝子，堯之大理[一]。降及真人，國之柱史[二]。衣冠百代，慶靈千祀。吉兆占熊[三]，嘉名贈鯉[四]。聿修厥德[五]，必復其始[六]。大孝因心[七]，至仁由己[八]。肅成門内[九]，章華宫裏[一〇]。父任爲郎[一一]，學優則仕[一二]。陽山之曲[一三]，蜀江之涘[一四]。月旦乘梟[一五]，田間狎雉[一六]。其心若鏡[一七]，其直如矢[一八]。亟改炎涼，罷歸桑梓[一九]。象賢舊國，安車暮齒[二〇]。忽愴池臺[二一]，俄悲生死。郭門一望，郊煙四起。夫復何言，平生已矣！

【箋注】

[一]「爰初」二句，爰，原作「愛」，誤，據四子集、全唐文改。爰，於也。帝子，指皋陶，皋陶爲帝顓頊高陽氏後裔（見本文前注），故稱。大理，指皋陶爲堯理官，詳本文前注。

[二]「降及」二句，真人，指李聃，即老子，嘗爲周柱下史。詳本文前注。後代道教奉老子爲教主，故稱「真人」。

[三]「吉兆」句，史記齊太公世家：「西伯將出獵，卜之，曰：『所獲非龍非彲，非虎非羆，所獲霸王之輔。』於是周西伯獵，果遇太公於渭之陽。」此當指李藥師、客師兄弟，謂其軍事才能有如姜

太公。

〔四〕「嘉名」句，孔子家語本姓解：「（孔子）至十九娶於宋之上官氏，生伯魚。魚之生也，魯昭公以鯉魚賜孔子。榮君之貺，故因以名鯉，而字伯魚。」因墓主名「嘉」，疑有來歷，或與「贈鯉」相似。

〔五〕「聿修」句，詩經大雅文王：「無念爾祖，聿修厥德。」毛傳：「聿，述。」

〔六〕「必復」句，左傳閔公元年：「公侯之子孫，必復其始。」孔穎達正義：「公侯之子孫，必當復其初始，言此人子孫又將爲公侯也。」此言李嘉具再爲公侯之德。

〔七〕「大孝」句，詩經大雅皇矣：「因心則友，則友其兄。」毛傳：「因，親也。」孔穎達正義：「言其有親親之心。」

〔八〕「至仁」句，論語顏淵：「子曰：『……爲仁由己，而由人乎哉？』」何晏集解引孔（安國）曰：「行善在己，不在人也。」

〔九〕「肅成門」句，曹丕與王朗書：「集諸儒於肅城門内，講論大義，侃侃無倦。」城，初學記卷二一講論、太平御覽卷九三文皇帝引，皆作「成」。

〔一〇〕「章華宫」句，章華宫，又稱章華臺，楚靈王築。顏之推古意詩：「十五好詩書，二十彈冠仕。楚王賜顏色，出入章華裏。」此及上句，以肅成門、章華宫代指太子宫，言其爲太子左千衛事。

〔一一〕「父任」句，漢代宦族，多以父任爲郎，如漢書張安世傳：「安世字子孺，少以父任爲郎。」又韋玄成傳：「玄成字少翁，以父任爲郎。」又翟方進傳：「少子曰義，義字文仲，少以父任爲郎。」等等，後代亦常見。後漢書公孫述傳：「哀帝時，以父任爲郎。」李賢注：「任，保任也。」

〔一二〕「學優」句，論語子張：「子夏曰：『仕而優則學，學而優則仕。』」「則」下原有校曰「集作從」。

〔一三〕「陽山」句，陽山，指首陽山。史記伯夷列傳：伯夷、叔齊「義不食周粟，隱於首陽山，采薇而食之」。集解引馬融曰：「首陽山，在河東蒲坂華山之北，河曲之中。」雍正山西通志卷二四蒲州府永濟縣：「首陽山，在縣南三十里，即雷首南支也。」此代指隰川縣，言李嘉爲隰川令事。

〔一四〕「蜀江」句，蜀江，蜀中江河之泛稱或別稱。據上下文，此句當仍述爲隰川令事，況李嘉平生行迹未至蜀，不詳何以言及。疑「蜀」字誤，待考。涘，英華校：「集作汜。」

〔一五〕「月旦」句，月旦，每月初一。此指朔望，用王喬爲葉令時，每月朔望乘鳧自縣詣臺朝見事，已見前注。此以喻李嘉，謂其爲令隰川時輕鬆自如，宛如神人。

〔一六〕「田間」句，狎雉，後漢書魯恭傳：「魯恭，字仲康，扶風平陵人也。」拜中牟令。「建初七年（八二），郡國螟傷稼，犬牙緣界，不入中牟。河南尹袁安聞之，疑其不實，使仁恕掾肥親往廉之。恭隨行阡陌，俱坐桑下，有雉過止其傍，傍有童兒，親曰：『兒何不捕之？』兒言『雉方將雛』。親瞿然而起，與恭訣，曰：『所以來者，欲察君之政迹耳。今蟲不犯境，此一異也；化及鳥獸，此二異也；豎子有仁心，此三異也。久留徒擾賢者耳。』還府，具以狀白安。」李賢注：「仁恕掾，主獄，屬河南尹，見漢官儀。廉，察也。」此以魯恭喻李嘉，謂其在隰川政績甚佳。

〔一七〕「其心」句，莊子應帝王：「至人之用心若鏡。」郭象注：「鑒物而無情。」此謂斷事清明。

〔一八〕「其直」句，詩經小雅大東：「周道如砥，其直如矢。」毛傳：「如砥，貢賦平均也；如矢，賞罰不偏也。」此言李嘉生性耿直，辦事公正。

〔一九〕「罷歸」句，詩經小雅小弁：「維桑與梓，必恭敬止。」毛傳：「父之所樹，己尚不敢不恭敬。」後以「桑梓」指故鄉。李嘉於隰川令任上罷歸事，細節不詳，參本文前注。

〔二〇〕「象賢」二句，謂李嘉晚年好遊獵，似其父李客師。李客師封丹陽郡公（已見前注），故稱「舊國」。舊唐書李靖傳：「靖弟客師，……永徽初以年老致仕。性好馳獵，四時從禽，無暫止息。有別業在昆明池南，自京城之外，西際灃水，鳥獸皆識之，每出則鳥鵲隨逐而噪，野人謂之『鳥賊』。」安車，漢書武帝紀「遣使者安車……徵魯申公」。顔師古注：「以蒲裹輪，取其安也。」

〔二一〕「忽愴」句，悲李嘉亡故。池臺，用説苑善説之雍門子周以琴説孟嘗君事，稱「高臺既已壞，曲池既已漸，墳墓既已下而青廷」云云，前已屢引。

李懷州墓誌銘〔一〕

公諱沖寂，字廣德，隴西狄道人也〔二〕。左衛大將軍、西平王之孫〔三〕，荆州大都督、漢陽王之子〔四〕，今上之族兄也〔五〕。原夫帝堯之緒，運期受於天漢；顓頊之胄，大命集於皇家〔六〕。光耀則若木十枝〔七〕，波瀾則長河九派〔八〕。或中軍按部，金鼓所以節其聲〔九〕；或刺史班條，冕旒所以彰其德〔一〇〕。信可謂玉林多寶，天族多奇〔一一〕，以御家邦〔一二〕，以藩王室者也。

【箋注】

〔一〕懷州，指李沖寂死後贈懷州刺史，詳後注。按誌文述墓主卒於永淳元年（六八二）某月，於次年五月葬，則本文當作於此時間段内。

〔二〕「隴西」句，隴西，古邑名。秦昭王始設隴西郡，治狄道，即今甘肅臨洮縣。乃唐皇李氏發祥地。

〔三〕「左衛」句，西平王，即李安。舊唐書宗室傳：「襄武王（李）琛，高祖從父兄子也。祖蔚，周朔州總管；父安，隋領軍大將軍。武德初，追封蔚爲蔡王，安爲西平王。」李安爲左衛大將軍，當亦在隋代。

〔四〕「荆州」句，指李瓌。新唐書宗室傳：「漢陽郡王瓌，始爲郡公，進王。高祖使持幣遺突厥頡利可汗言和親事。……遷左武侯將軍，代孝恭爲荆州都督。政務清静。嶺外酋豪數相攻，瓌遣使諭威德，皆如約不敢亂。後例爲公長史馮長命者，嘗爲御史大夫，素貴，事多專決。瓌怒杖之，坐免。起爲宜州刺史、散騎常侍，薨。」

〔五〕「今上」句，今上，即唐高宗李治。

〔六〕「原夫」四句，謂顓頊、帝堯乃李氏遠祖。北史序傳：「李氏之先，出自帝顓頊高陽氏。當唐堯之時，高陽氏有才子曰庭堅（按：即皋陶），爲堯大理，以官命族，爲理氏。歷夏、殷之季，其後理徵字德靈，爲翼隸中吴伯，以直道不容，得罪於紂，其妻契和氏攜子利貞逃隱伊侯之墟，食木子而得全，遂改理爲李氏。」運期，歷運之期。天漢，即天。太平御覽卷八〇帝堯陶唐氏引帝王世紀，稱堯「常夢攀天而上，故年二十而登帝位」。大命，謂天命。皇家，指唐，謂天命集於李氏。按：四句言古帝王爲李氏遠祖。現代學者陳寅恪嘗對正史所載唐皇族李氏之世系提出質疑，以爲李淵實爲西魏弘農太守、鮮卑大野氏人李初古拔後代，詳見所著李唐氏族之推測、李唐氏族之推測後記以及唐代政治史述論稿等，可參讀。

〔七〕「光耀」句，淮南子墜形訓：「若木在建木西，末有十日，其華照下地。」高誘注：「末，端也。若木端有十日，狀如蓮華，華猶光也，光照其下也。」末有十日，則「末」有十枝矣。

〔八〕「波瀾」句，長河九派，即前常州刺史伯父東平楊公墓誌銘所謂「滔滔河水，……派別九都」之意。山海經中山經：「（騩山）又東二十里曰和山，其上無草木，而多瑶碧，實惟河之九都。是山也五曲，九水出焉，合而北流，注於河。」郭璞注：「九水所潛，故曰九都。」九派，即九水。以上兩句，以若木、黄河喻李氏枝繁葉茂、源遠流長。

〔九〕「或中軍」二句，中軍，古代軍隊分上、中、下三軍，主帥居中軍。按部，按兵法行動。節其聲，謂用鼓聲節制衆軍。此以金鼓代指主將。節，原作「接」，據英華卷九五〇、四子集、全唐文卷一九六改。文選顔延年赭白馬賦：「勒五營使按部，聲八鸞以節步。」李善注：「漢書（王莽傳下）：『（王尋）敕諸營皆按部。』薛綜東京賦注曰：『馬步齊則鸞聲和。』」

〔一〇〕「或刺史」二句，班條，頒布教條法令。冕旒，即冕冠、垂旒，皇帝禮帽。彰其德，謂冕旒象徵其德，亦即權力。文選劉孝標辨命論：「天王之冕旒，任百官以司職。」李善注：「天王冕旒而執契，必因百官司職以立政。文子曰：『德、仁、義、禮四者，聖人之所以御萬物也。』」吕向注：「冕旒，天子服也。言天子之命，居旒冕之尊，須任百官以爲主司之職，乃成其命。」以上四句，謂李氏家族或爲軍將，或爲長吏，富於人才。

〔一一〕「信可謂」二句，天族，皇帝家族。晉書載記慕容超傳：「（慕容）法曰：『向見北海王子天資弘雅，神爽高邁，始知天族多奇，玉林皆寶。』」

〔一二〕「以御」句，家邦，原作「邦家」，據英華、四子集、全唐文改。詩經大雅思齊：「刑于寡妻，至于兄弟，以御于家邦。」

公山河誕慶，辰昴發祥〔一〕。金多木少，孔文舉之天骨〔二〕；玉潔冰清，華子魚之神彩〔三〕。南陽李偉恭，懸識宰臣〔四〕；沛國趙元儒，竊知公輔〔五〕。編漢皇之兄弟〔六〕，列周室之邢茅〔七〕。天下稱其八才〔八〕，吾家號爲千里〔九〕。初任尚舍直長〔一〇〕，稍遷城門郎〔一一〕，仍奉敕於弘文館讀書，掌舍諸宫城門列校〔一二〕。制詣東觀，有黄香之博聞〔一三〕；賜其制書，有班斿之廣學〔一四〕。尋授駕部員外郎〔一五〕，轉金部郎中〔一六〕。又敕公爲戎州道支度軍糧使〔一七〕。天府充牣〔一八〕，軍儲委積。振南宫之紱冕，譽表三臺〔一九〕；歷西蜀之江山，榮高駟馬〔二〇〕。遷太府、鴻臚二少卿〔二二〕,丁艱去職。楊播之登太府,初聞累遷之命〔二三〕;鄭默之拜鴻臚,遽見終喪之禮〔二三〕。孔宣尼既祥五日,彈不成聲〔二四〕;孟獻子加人一等,懸而不樂〔二五〕。

【箋注】

〔一〕「公山河」二句,謂李沖寂乃天地之精所生。淮南子墬形訓:「山爲積德,川爲積刑。」高誘注:「山,仁,萬物生焉,故爲積德;川,水,智,智制斷,故爲積刑也。」此言地。辰昴,乃天之精。文選王儉褚淵碑文:「辰精感運,昴靈發祥。」李善注:「爾雅曰:『大辰,房、心尾也。』王逸楚辭注曰:『辰星,房星也。』春秋元命苞曰:『殷紂之時,五星聚房,房者,蒼神之精,周據而興。』齊水德,故曰辰精。』春秋佐助期曰:『漢將蕭何,昴星精,生於豐,通於制度。』毛詩曰:『長發其祥。』」吕向注:「辰星,主水也;感運,謂齊水德也。蕭何稟昴星而生。齊帝則蕭何後也。」邢邵廣平王碑文:「公山瀆效神,辰昴降德。」

〔二〕「金多」二句,白虎通義卷上五行:「木王即謂之春,金王即謂之秋。」秋主肅殺,春主和同(初學記卷三春稱春季「天地和同,草木萌動」)。故金多木少,謂多威武肅殺之氣,而少和氣。後漢書孔融傳:「孔融,字文舉,魯國人,孔子二十世孫也。」三國志魏崔琰傳裴松之注引張璠漢紀,稱孔融「天性氣爽,頗推平生之意,狎侮太祖(曹操)」,「御史大夫郗慮知旨,以法免融官」。天骨,即天性。兩句言李沖寂爲人莊重,然不善處事。

〔三〕「玉潔」二句,冰,原作「水」,據英華、四子集、全唐文改。玉潔冰清,謂品德極高尚。司馬遷與摯伯峻書：「伏惟伯陵……冰清玉潔，不以細行荷累其名，固已貴矣。」華子魚，「魚」原作「全」，據四子集、全唐文改。三國志魏書華歆傳：「華歆，字子魚，平原高唐人也。」拜豫章太守，爲政清静，不煩吏民。「素清貧，禄賜以振施親戚故人，家無擔石之儲。公卿嘗並賜没入生口，唯歆出而嫁之，帝歎息。」明帝即位，進封博平侯，轉拜太尉。同書陳矯傳：「淵清玉潔，有禮有法，吾敬華子魚。」

〔四〕「南陽」二句，三國志吴書步騭傳裴松之注引吴書曰：「（李）肅，字偉恭，南陽人。少以才聞，善論議，臧否得中，甄奇録異，薦述後進，題目品藻，曲有條貫，衆人以此服之。權擢以爲（選曹尚書），選舉號爲得才。求出補吏，爲桂陽太守，吏民悦服。徵爲卿，會卒，知與不知並痛惜焉。」同書孫晧傳裴注引吴録曰：「（孟）仁，字恭武，江夏人也。本名宗，避晧字，易焉。少從南陽李肅學，其母爲作厚褥大被，或問其故，母曰：『小兒無德致客，學者多貧，故爲廣被，庶可得與氣類接也。』其讀書夙夜不懈，肅奇之，曰：『卿宰相器也。』」後果爲丞相、司空。李，原誤「季」，據此改。偉恭，原倒爲「恭偉」，據此乙。

〔五〕「沛國」二句，晉書石苞傳：「石苞，字仲容，渤海南皮人也。雅曠有智局，容儀偉麗，不修小節，故時人爲之語曰：『石仲容，姣無雙。』縣召爲吏，給農司馬。會謁者陽翟郭玄信奉使求人爲御，司馬以苞及鄧艾給之。行十餘里，玄信謂二人曰：『子後併當至卿相。』苞曰：『御隸也，何卿相乎！』既而又被使到鄴，事久不決，乃販鐵於鄴市。市長沛國趙元儒名知人，見苞異之，因與結交，歎苞遠量，當至公輔。由是知名。」公輔，原作「公望」，據此改，以與上句「宰臣」對應。

〔六〕「編漢皇」句，漢書平帝紀：「元始五年（五）春正月，「祫祭明堂，諸侯王二十八人，列侯百二十人，宗室子九百餘人徵助祭。禮畢，皆益户，賜爵及金帛，增秩補吏各有差。詔曰：『蓋聞帝王以德撫民，其次親親以相及也。昔堯睦九族，舜惇叙之。朕以皇帝幼年，且統國政，惟宗室子皆太祖高皇帝子孫及兄弟，吴頃（按：劉仲）、楚元（按：劉濞）之後，漢元至今十有餘萬人，雖有王侯之屬，莫能相糾，或陷入刑罪，教訓不至之咎也。……其爲宗室，自太上皇以來族親，各以世氏，郡國置宗師以糾之，致教訓焉。』」

〔七〕「列周室」句，邢，原作「邪」，乃「邢」之形訛，據英華、四子集、全唐文改。邢、茅，左傳僖公二十四年：「周公傷夏殷之叔世，疏其親戚，以至滅亡，故廣封其兄弟。……凡蔣、邢、茅、胙、祭，周公之胤也。」杜預注：「胤，嗣也。……高平昌邑縣西有茅鄉。」同書隱公五年：「曲沃莊伯以鄭人、邢人伐翼。」杜注：「邢國，在廣平襄國縣。」則邢、茅代指周公之兄弟。以上二句，言李沖寂爲宗室子，乃皇帝親戚。

〔八〕「天下」句，左傳文公十八年：「高辛氏有才子八人。」杜預注：「高辛，帝嚳之號。八人，亦其苗裔。」指伯奮、仲堪、叔獻、季仲、伯虎、仲熊、叔豹、季貍。

〔九〕「吾家」句，三國志魏書曹休傳：「曹休，字文烈，太祖（曹操）族子也。天下亂，宗族各散去鄉里，休……間行北歸見太祖，太祖謂左右曰：『此吾家千里駒也。』」

〔一〇〕「初任」句，唐六典卷一一殿中省尚舍局：「直長六人，正七品下。……掌殿庭張設，供其湯沐，而潔其灑掃。」

〔一一〕「稍遷」句，唐六典卷八門下省：「城門郎四人，從六品上。……城門郎掌京城、皇城宫殿諸門開闔之節，奉其管鑰而出納之。」

〔一二〕「掌舍」句，掌舍，謂仍掌諸宫城門事。列校，即列校郎將。資治通鑑卷五四漢紀四六：「宗族列校郎將。」胡三省注：「列校，謂北軍五校尉郎將，即三署中郎將。」三署，唐代爲親、勳、翊三府。

〔一三〕「制詣」二句，後漢書黄香傳：「黄香，字文彊，江夏安陸人也。年九歲失母，思慕憔悴，殆不免喪，鄉人稱其至孝。年十二，太守劉護聞而召之，署門下孝子，甚見愛敬。香家貧，内無僕妾，躬執苦勤，盡心奉養，遂博學經典，究精道術，能文章，京師號曰『天下無雙，江夏黄童』。初除郎中，元和元年（八四），肅宗詔香詣東觀，讀所未嘗見書。」東觀，東漢藏書處，此代指弘文館。

〔一四〕「賜其」二句，漢書叙傳上：「（班）況生三子：伯、斿、穉。……斿博學有俊材，左將軍史丹舉賢良方正，以對策爲議郎。遷諫大夫、右曹中郎將。與劉向校祕書，每奏事（顔師古注：斿每奏校書之事），斿以選受詔進讀群書（顔注「於天子前讀書」）。上器其能，賜以祕書之副。」斿，原作「游」，據此改。以上四句，以黄香、班斿擬李沖寂，言其有皇帝賜讀書之幸。

〔一五〕「尋授」句，駕，原作「篤」，據英華、全唐文改。唐六典卷五尚書兵部：「兵部尚書、侍郎之職，掌天下軍衛武官選授之政令。……其屬有四：一曰兵部，二曰職方，三曰駕部，四曰庫部。」又曰：「(駕部)員外郎一人，從六品上。……駕部郎中、員外郎，掌邦國之輿輦車乘，及天下之傳驛廄牧，官私馬牛雜畜之簿籍。」

〔一六〕「轉金部」句，唐六典卷三尚書户部：「户部尚書、侍郎之職，掌天下户口、井田之政令。……其屬有四：一曰户部，二曰度支，三曰金部，四曰倉部。」又曰：「金部郎中一人，從五品上。……金部郎中、員外郎，掌庫藏出納之節，金寶財貨之用，權衡度量之制，皆總其文籍，而頒其節制。」

〔一七〕「又敕」句，元和郡縣志卷三一戎州：「古僰國也。……至漢武帝建元六年(前一三五)，遣唐蒙發巴、蜀卒通西南夷自僰道抵牂柯，鑿石開道二十餘里，通西南夷，置僰道縣，屬犍爲郡。今州即僰道縣也。……梁武帝大同十年(五四四)，使先鐵討定夷獠，乃立戎州，即以鐵爲刺史，後遂不改。」地在今四川宜賓市。支度軍糧使，資治通鑑卷二〇三唐紀一九高宗下胡三省注：「唐制：凡天下邊軍有支度使，以計軍資糧仗之用，所費皆申度支會計，以長行旨爲準。」

〔一八〕「天府」句，周禮春官宗伯「天府」鄭玄注：「府，物所藏。言天者，尊此所藏，若天物然。」即國庫。充牣，充滿。

〔一九〕「振南宫」二句，史記天官書：「南宫朱鳥，權、衡。衡，太微，三光之廷。」索隱引文耀鉤云：「南宫赤帝，其精爲朱鳥也。」又引宋均曰：「太微，天帝南宫也。」此以「南宫」代指朝廷。紱冕，代指百官。紱，繫官印之絲帶；冕，官帽。三臺，文選陳琳爲袁紹檄豫州：「坐領三臺，專制朝政。」李善注引漢官儀曰：「尚書爲中臺，御史爲憲臺，謁者爲外臺。」此泛指朝廷百司。

〔二〇〕「歷西蜀」二句，駟馬，代指司馬相如。華陽國志蜀志：「（成都）城北十里有昇仙橋，有送客觀。司馬相如初入長安，題其門曰：『不乘赤車駟馬，不過汝下也。』」按：今成都城北駟馬橋，即其址。據史記司馬相如列傳，武帝嘗拜相如爲中郎將，往通西夷，「便略定西夷，邛、筰、冉、駹、斯榆之君，皆請爲内臣」。兩句謂李沖寂爲戎州道支度軍糧使之功，高過司馬相如。

〔二一〕「遷太府」句，太，原作「大」，據英華、全唐文改。唐六典卷二〇太府寺：「少卿二人，從四品上。太府卿之職，掌邦國財貨之政令，總京都四市、平準、左右藏、常平八署之官屬，舉其綱目，修其職務。少卿爲之貳。」同書卷一八鴻臚寺：「少卿二人，從四品下。鴻臚卿之職，掌賓客及凶儀之事，領典客、司儀二署，……少卿爲之貳。」

〔二二〕「楊播」二句，北史楊播傳：「楊播，字延慶，弘農華陰人也。……母王氏，文明太后之外姑。播少修飭，奉養盡禮，擢爲中散，累遷衛尉少卿。……除太府卿，進爵爲伯。後爲華州刺史。」

〔二三〕「鄭默」二句，晉書禮志中：「太康七年（二八六），大鴻臚鄭默母喪。既葬，當依舊攝職，固陳不起，於是始制大臣得終喪三年。」據此，知上句所謂「丁艱」，或如鄭默，當爲丁内艱，即喪母。

〔二四〕「孔宣尼」二句，孔子家語卷一〇公西赤問：「孔子泫然而流涕，曰：『吾聞之：古不修墓，及二十五月而祥，五日而彈琴，不成聲。』」孔宣尼，即孔子。三字全唐文作「卜子夏」，誤。

〔二五〕「孟獻子」二句，禮記檀弓上：「孟獻子禫，縣而不樂。……夫子曰：『獻子加於人一等矣。』」鄭玄注：「孟獻子，魯大夫仲孫蔑。加，猶踰也。」按：禫，除喪服之祭禮。縣，同懸，指鐘、磬類樂器，演奏時懸掛於架上。依禮，除喪即可作樂，孟獻子喪除而不作樂，故謂加人一等。此謂李沖寂守喪過禮。

服闋，歷青、德、齊、徐四州刺史〔一〕。東臨巨海，西至長原〔二〕，或全齊歷下之軍〔三〕，或大禹徐方之地〔四〕。任隆荆部，陶侃八州〔五〕；寄重潯陽，桓伊十郡〔六〕。遷宣州刺史〔七〕。吴王舊邑，楚國先封〔八〕。江迴鵲尾之城〔九〕，山枕梅根之冶〔一〇〕。蜀郡無此計吏，則惟薦張堪〔一一〕；潁川尤多制書，則但稱黄霸〔一二〕。巡察使以尤異聞〔一三〕，遷陝州刺史〔一四〕。觀其井邑，虢伯上陽之故墟〔一五〕；度其川原，周公分陝之遺跡〔一六〕。脣齒通其列國〔一七〕，咽喉壯其天險〔一八〕。善人爲政，無待於百年〔一九〕；童子行謡，先符於兩日〔二〇〕。于斯時也，天以順動〔二一〕，帝以會昌〔二二〕。修封禪於岱嶽〔二三〕，作明堂於汶上〔二四〕。望山川而遍群神〔二五〕，執玉帛而朝萬國〔二六〕。制公檢校司禮常伯〔二七〕。文昌之省，遥接大階〔二八〕；建禮之門，旁連複道〔二九〕。萬機匡贊，八座謀猷〔三〇〕。既陪軒帝之巡，仍覲漢家之事〔三一〕。

【箋注】

〔一〕「歷青、德」句，青州、齊州、徐州，本書前已注。德州，元和郡縣志卷一七德州：「戰國時亦爲齊地。秦兼天下，今州秦之齊郡。漢分齊郡置平原郡。……後魏文帝於今州置安德郡。隋開皇三年（五八三）改爲德州，大業三年（六〇七）罷州，爲平原郡。……武德四年（六二一）討平竇建德，復爲德州。」今爲山東德州市。

〔二〕「西至」句，長原，「長」與上句「巨」對應。原，當指太行山。古青、兖、徐、豫之西爲太行山，太行山之東，爲今山東省。

〔三〕「或全齊」句，史記淮陰侯列傳：「（韓）信因襲齊歷下軍，遂至臨菑。」歷下，集解引徐廣曰：「濟南歷城縣。」句言李沖寂爲齊州刺史，其治軍有如韓信。

〔四〕「或大禹」句，史記夏本紀：「禹乃行相地宜所有以貢，及山川之便利。……海岱及淮維徐州，……其土赤埴墳，草木漸包。其田上中，賦中中。」徐方，詩經大雅常武：「徐方繹騷，震驚徐方。如雷如霆，徐方震驚。」鄭玄箋徐方爲「徐國」。史記秦本紀：「徐偃王作亂。」集解（裴）駰案地理志曰：「臨淮有徐縣，云故徐國。」正義引括地志云：「大徐城在泗州徐城縣北三十里，古徐國也。」此指徐州，謂李沖寂爲徐州刺史，能相地宜，有如大禹。

〔五〕「任隆」二句，荆，原作「刑」，英華注「疑」，當疑其誤；全唐文作「荆」，是，據改。荆部，指荆州。據晉書陶侃傳，侃仕終侍中、太尉，嘗都督荆、江、雍、梁、交、廣、益、寧八州諸軍事，荆、江二州刺史。

〔六〕「寄重」二句，晉書桓宣傳：「桓宣，譙國銍人也。」族子伊，字叔夏，都督豫州諸軍事、西中郎將、豫州刺史。以功封永脩縣侯，進號右軍將軍。「遷都督江州、荆州十郡、豫州四郡軍事，江州刺史，將軍如故。」「十郡」之「郡」，英華作「部」，校：「本傳作郡。」作「部」誤。潯陽，江州舊名。元和郡縣志卷二八江州：「晉太康十年（二八九），以荆、揚二州疆域曠遠，難爲統理，分豫章、鄱陽、廬江等郡之地置江州，因江水以爲名，理豫章。至惠帝，分廬江之潯陽、武昌之柴桑置潯陽郡。……隋文帝平陳，置江州總管，移理湓城。大業三年（六〇七），罷江州爲九江郡。武德四年（六二一）討平林士弘，復置江州。」地在今江西九江市。

〔七〕「遷宣州」句，元和郡縣志卷二八宣州：「春秋時屬楚（按：當作「吴」），秦爲鄣郡，漢武帝改爲丹陽郡。……順帝立宣城郡。……隋開皇九年（五八九）平陳，改郡爲宣州，移於今理（宣城）。」今爲安徽宣城市。

〔八〕「楚國」句，漢書地理志上丹陽郡丹陽，原注：「楚之先熊繹所封。」宋洪适隸續卷三丹陽太守郭旻碑按曰：「西漢志丹陽云：『楚之先熊繹所封。』案史記：『周封熊繹於楚，居丹陽。』徐廣注云：『在南郡枝江縣。』秦、齊破楚屈匄，遂取丹陽（引者按：此乃史記張儀傳語），即其地。東漢（郡國）志亦云：『枝江，侯國，有丹陽聚。』班史所注，乃以丹陽爲楚子始封，誤也。」按：枝江縣在今湖北省，與漢武帝改鄣郡爲丹陽郡（地在今安徽）相去甚遠，故洪适謂漢書地理志注誤。

其説是。

〔九〕「江迴」句，後漢書郡國志四廬江郡：「舒有桐鄉。」李賢注：「古桐國。左傳昭五年：『吴敗楚鵲岸。』杜預曰：『縣有鵲尾渚。』」地在今安徽桐城市北。

〔一〇〕「山枕」句，宋書百官志上：「江南唯有梅根及冶塘二冶，皆屬揚州。」庾信枯樹賦：「南陵以梅根作冶。」又元和郡縣志卷二八宣州南陵縣：「梅根監，在縣西一百三十五里。梅根監并宛陵監，每歲共鑄錢五萬貫。」又太平寰宇記卷一〇五池州銅陵縣：「銅陵縣北一百里元五鄉，本漢南陵縣，自齊、梁之代，爲梅根治，以烹銅鐵。」梅，原作「海」，治，原作「治」，皆形訛，據改。以上兩句，言宣州之地理、物産。

〔一一〕「蜀郡」二句，後漢書張堪傳：「張堪，字君游，南陽宛人也。」拜蜀郡太守，協助吴漢伐公孫述，拔成都，「堪先入據其城，撿閲庫藏，收其珍寶，悉條列上言，秋毫無私」，拜漁陽太守。「帝嘗召見諸郡計吏，問其風土及前後守令能否。蜀郡計掾樊顯進曰：『漁陽太守張堪，昔在蜀漢，仁以惠下，威能討姦。前公孫述破時，珍寶山積，捲握之物，足富十世，而堪去職之日，乘折轅車，布被囊而已。』帝聞，良久歎息，拜顯爲魚復長，方徵堪，會病卒。」兩句言李沖寂在宣州仁威廉潔，有如張堪。

〔一二〕「潁川」二句，漢書黄霸傳：「黄霸，字次公，淮陽陽夏人也，以豪桀役使徙雲陵。」爲潁川太守，「時上垂意於治，數下恩澤詔書，吏不奉宣。太守霸爲選擇良吏，分部宣布詔令，令民咸知上意。……治爲天下第一，徵守京兆尹」。制，四子集、全唐文作「璽」。兩句言李沖寂在宣州宣傳皇帝詔令，有如黄霸。

〔一三〕「巡察使」句，巡察使，朝廷所遣巡行各地之使者。如舊唐書蔣儼傳：「幽州司馬劉祥道以巡察使到部表最狀，擢會州刺史。」同書元讓傳：「永淳元年（六八二），巡察使奏讓孝悌殊異，擢拜太子右内率府長史。」然至高宗末，尚是臨時差遣。據舊唐書李嶠傳，武則天之初，李嶠建議設立專職使者，於是「乃下制：分天下爲二十道，簡擇堪爲使者。會有沮議者，竟不行」。至神龍時，方成爲制度。通典卷三二州郡上：「神龍二年（七〇六）二月，分天下爲十道，置巡察使二十人（一道二人），以左右臺及内外官五品以下堅明清勁者爲之，兼按郡縣，再期而代。」參見文獻通考卷五九觀察使。

〔一四〕「遷陝州」句，元和郡縣志卷六陝州：「周爲二伯分陝之地。……又爲古之虢國，今平陸縣地是也。……漢爲弘農郡之陝縣，自漢至宋不改。後魏孝文帝太和十一年（四八七）置陝州。……隋大業二年（六〇六）復罷，以其地屬河南郡。義寧元年（六一七）改置弘農郡。武德元年（六一八）改爲陝州。」今爲河南三門峽市所屬陝縣。

〔一五〕「觀其」二句，井邑：城鄉。虢，春秋時小諸侯國，地在今三門峽市。虢伯，指虢國國君虢公醜。左傳僖公五年：「八月甲午，晉侯圍上陽。問於卜偃曰：『吾其濟乎？』對曰：『克之。』公曰：『何時？』對曰：『……其九月十月之交乎！……』冬十二月丙子朔，晉滅虢，虢公醜奔京師。」杜預注：「上陽，虢國都，在弘農陝縣東南。」伯，英華、全唐文作「仲」。按左傳桓公八年：「冬，（周）王命虢仲立晉哀侯之弟緡於晉。」杜預注：「虢仲，王卿士虢公林父。」則作「仲」非。

〔一六〕「度其」二句，尚書顧命序：「成王將崩，命召公、畢公中分天下而治之，率諸侯相康王。」僞孔傳：「二公，爲二伯。」孔穎達正義：「隱五年公羊傳云：『諸公者何？天子三公。天子三公者何？天子之相也。天子之相何以三？自陝而東者，周公主之；自陝而西者，召公主之；一相處乎内，是言三公，爲二伯也。』公羊傳，漢世之書，陝縣者，漢之弘農郡所治，其地居二京之中，故以爲二伯分掌之界，周之所分，亦當然也。公羊傳所言周、召分主，謂成王即位之初，此時周公已薨，故畢公代之。」

〔一七〕「脣齒」句，左傳僖公五年：「晉侯復假道於虞以伐虢。宫之奇諫曰：『虢，虞之表也，虢亡虞必從之。晉不可啓，寇不可翫。一之爲甚，其可再乎？諺所謂輔車相依、脣亡齒寒者，其虞、虢之謂也。』」

〔一八〕「咽喉」句，咽喉，當指函谷關。李尤函谷關銘：「函谷險要，襟帶咽喉。」按：函谷關，在今河南靈寶市北黄河岸邊，古屬弘農郡。

〔一九〕「善人」二句，史記孝文本紀：「太史公曰：孔子言『必世然後仁。善人之治國，百年亦可以勝殘去殺』。誠哉是言！」集解引王肅曰：「勝殘暴之人，使不爲惡。去殺，不用殺也。」

〔二〇〕「童子」二句，姚之駰後漢書補逸卷一〇引謝承後漢書：「（黄）昌爲蜀郡太守，未至郡時，蜀有童謡曰：『兩日出，天兵戢。』」兩日，「昌」字也。

〔二一〕「天以」句，周易豫卦彖曰：「天地以順動，故日月不過，而四時不忒。聖人以順動，則刑罰清而民服，豫之時義大矣哉！」句謂政治清明，天下太平。

〔二二〕「帝以」句，文選左思蜀都賦：「岷山之精，上爲井絡，天帝運期而會昌。」劉淵林注：「昌，慶也，言天帝於此會慶建福也。」

〔二三〕「修封禪」句，指唐高宗於乾封元年（六六六）初封禪泰山事，前已屢注。

〔二四〕「作明堂」句，史記孝武本紀：「初，天子封泰山，泰山東北阯古時有明堂處，處險不敞。上欲治明堂奉高旁，未曉其制度。濟南人公玊帶上黄帝時明堂圖。明堂圖中有一殿，四面無壁，以茅蓋，通水，圜宫垣爲複道，上有樓，從西南入，命曰崑崙，天子從之入，以拜祠上帝焉。於是上令奉高作明堂汶上，如帶圖。」集解引徐廣曰：「在元封二年（前一〇九）秋。」漢書郊祀志上述此事，顔師古注「汶上」曰：「汶，水名也，出琅邪朱虚，作明堂於汶水之上也。」句指唐高宗封禪泰山後，又欲建明堂。舊唐書高宗紀下：「（乾封三年）丙寅，以明堂制度歷代不同，漢魏以還，彌更訛舛，遂增古今新制其圖，下詔大赦，改元爲總章。（總章）元年（六六八）二月己卯，分長安、萬年置乾封、明堂二縣，分理於京城之中。」按：分縣蓋表其決心之大，然明堂終未建而罷。

〔二五〕「望山川」句，謂高宗封禪之後，又望祭名山大川之群神。舊唐書高宗紀下：乾封元年（六六六六）正月甲午，高宗次曲阜縣，幸孔子廟，以少牢致祭；二月己未次亳州，幸老君廟，創造祠堂。其行次所在，當有望祭活動。

〔二六〕「執玉帛」句，執玉帛，謂攜帶禮器、禮物。朝萬國，猶言萬國來朝。萬國，謂萬邦，指全國各地及友邦近鄰。資治通鑑卷二〇一：麟德二年（六六五）十月丙寅，高宗封禪，發自東都，「東自高麗，西至波斯、烏長諸國朝會者，各帥其屬扈從，穹廬毳幕，牛羊駝馬，填咽道路」。

〔二七〕「制公」句，檢校，代理。司禮，「禮」原作「理」。按唐六典載尚書省各部於龍朔二年（六六二）改官名，所改官名中無「司理」而有「司禮」，則「理」當是「禮」之音訛，因改。該書卷四尚書禮部：「禮部尚書一人，正三品。」注：「龍朔二年改爲司禮太常伯，咸亨元年（六七〇）復爲禮部。光宅元年（六八四）爲春官尚書，神龍元年（七〇五）復故。」又曰：「侍郎一人，正四品下。」注：「龍朔二年改爲司禮少常伯，咸亨、光宅、神龍并隨曹改復。」此言「常伯」，則李沖寂所檢校者，當爲禮部侍郎。

〔二八〕「文昌」二句，史記天官書：「斗魁戴匡六星曰文昌宫。一曰上將，二曰次將，三曰貴相，四曰司命，五曰司中，六曰司禄。」索隱：文耀鉤曰「文昌宫爲天府」。又曰：「孝經援神契云：『文者精所聚，昌者揚天紀。』輔拂并居，以成天象，故曰文昌宫。」索隱又引春秋元命包，稱「司禄賞功進士」，後遂以尚書省爲文昌省，以尚書禮部掌選舉。初學記卷一一尚書令「天府」：「荀綽晉百官表注曰：『尚書爲文昌天府。』天官書又曰：『魁下六星，兩兩相比者，名曰三能。』三能即三台。索隱引孟康曰：「泰階，三台也。台星凡六星，六符，六星之符驗也。」應劭引黄帝泰階六符經曰：「泰階者，天子之三階。」所謂「遥接大階」，「大」即「太」（同「泰」）字。兩句言尚書省與天子之宫遥接。

〔二九〕「建禮」二句，建禮門，兩漢時尚書官署居所。晉書職官志：「尚書郎，西漢舊置四人，以分掌尚書。……及光武分尚書爲六曹之後，合置三十四人，秩四百石，并左右丞爲三十六人。郎主作文書起草，更直五日於建禮門内。」又宋書百官志上引漢官云：「尚書寺，居建禮門内。」複道，閣道也。後漢書竇武傳：「（曹節）召尚書官屬，脅以白刃，使作詔板，拜王甫爲黄門令……令中謁者守南宫，閉門，絶複道。」尚書既居建禮門内，據此可知其地在南宫，距複道（如今之天橋）不遠。

〔三〇〕「萬機」二句，萬機，尚書皋陶謨：「兢兢業業，一日二日萬幾。」僞孔傳：「幾，微也。言當戒懼萬事之微。」又後漢書馮衍傳：「忠臣不顧争引之患，以達萬機之變。」李賢注：「事非一塗，故曰萬機之變也。書曰『一日二日萬機』。」幾、機同。一般用指皇帝。匡贊，文選王儉褚淵碑文：「匡贊奉時之業。」劉良注：「匡正、贊佐也。」八座，唐六典卷一尚書都省注：「今（按：指唐）則以二丞相、六尚書爲八座。」謀猷，尚書君陳：「爾有嘉謀嘉猷，則入告爾后於内。」僞孔傳：「汝有善謀善道，則入告汝君於内。」兩句言是時李沖寂上以協助皇帝，中爲宰相、尚書獻謀納策。

〔三一〕「既陪」二句，軒帝，黄帝軒轅氏。此以陪黄帝巡行天下，喻指陪高宗東巡封禪。覿，遇也。漢家之事，指漢武帝元封元年（前一一〇）封禪泰山事，見漢書武帝紀、同書郊祀志上。漢武帝之後，至唐高宗方行封禪之禮，故云。

屬河孫南走，憑斗骨而爲城居〔一〕；衛滿東亡，界朝鮮而爲役屬〔二〕。乘輿乃誅後至〔三〕，討不庭〔四〕，申命六事之人〔五〕，以問三韓之罪〔六〕。制曰：「師出遼左，卿可爲北道主人。〔七〕」檢校營州都督〔八〕。石門山險，銅鼎河流〔九〕。天文則營室辨方〔一〇〕，地象則神臺鎮野〔一一〕。供其行李，鄭國有東道之名〔一二〕；爲我主人，常山當北州之寄〔一三〕。遼東平〔一四〕，以功遷蒲州刺史〔一五〕。堯都蒲坂〔一六〕，舜耕歷山〔一七〕。昭襄王始作河橋〔一八〕，穆天子至於雷首〔一九〕。汝南朕之心腹，遂拜韓崇〔二〇〕；河東吾之股肱，時徵季布〔二一〕。遷少府監〔二二〕。忠信爲主，楊阜齊衡〔二三〕；清白在官，常林比德〔二四〕。又除蒲州刺史。諸童之逢迎郭伋，再牧并州〔二五〕；百姓之願得耿純，復臨東郡〔二六〕。孝敬皇帝，國之儲嗣，乾之長男〔二七〕。四極奏於重光，二年賓於上帝〔二八〕。崇其謚號，用黄屋於羽儀〔二九〕；卜其園塋，象玄宮之制度〔三〇〕。山陵之建也，以公檢校將作大匠〔三一〕。游衣漢寢之外〔三二〕，抱劍橋山之下〔三三〕。百工畢力，陳球於是乎躬親〔三四〕；諸吏懷恩，魏霸於是乎無謫〔三五〕。遷銀青光禄大夫、行少府監〔三六〕。

【箋注】

〔一〕「屬河孫」二句,孫,原作「縣」,據全唐文改。「河孫」下原有「而」字,下句無對文,當衍,據英華、四子集、全唐文删。周書異域傳高麗:「高麗者,其先出於夫餘。自言始祖曰朱蒙,河伯女感日影所孕也。朱蒙長而有材略,夫餘人惡而逐之。土於紇斗骨城,自號曰高句麗,仍以高爲氏。」又魏書高句麗傳:「夫餘人以朱蒙非人所生,將有異志,請除之,王不聽。……夫餘之臣又謀殺之,朱蒙母陰知,告朱蒙曰:『國將害汝,以汝才略,宜遠適四方。』朱蒙乃與烏引、烏違等二人棄夫餘,東南走。中道遇一大水,欲濟無梁,夫餘人追之甚急,朱蒙告水曰:『我是日子,河伯外孫。今日逃走,追兵垂及,如何得濟?』於是魚鼈并浮,爲之成橋,朱蒙得渡,魚鼈乃解,追騎不得渡。……至紇升骨城(按:「升」,上引周書作「斗」),遂居焉,號曰高句麗,因以爲氏焉。」則所謂「河孫」即朱蒙,謂爲河伯外孫也。

〔二〕「衛滿」二句,後漢書東夷列傳東夷:「昔武王封箕子於朝鮮。……其後四十餘世,至朝鮮侯準,自稱王。漢初大亂,燕、齊、趙人往避地者數萬口,而燕人衛滿擊破準,而自王朝鮮。」滿,原作「蒲」,形訛。

〔三〕「乘輿」句,乘輿,代指皇帝。誅後至,史記孔子世家:「仲尼曰:禹致群神於會稽山,防風氏後至,禹殺而戮之。」集解引韋昭曰:「防風氏違命後至,故禹殺之。陳屍爲戮。」

〔四〕「討不庭」句,左傳成公十二年:「謀其不協,而討不庭。」杜預注:「討背叛不來在王庭者。」

〔五〕「申命」句，史記夏本紀：「有扈氏不服，啓伐之，大戰於甘。將戰，作甘誓。乃召六卿申之。啓曰：『嗟！六事之人，予誓告汝：有扈氏威侮五行，怠棄三正，天用勦絶其命，今予維共行天之罰。』」則六事之人，指六卿。集解引孔安國曰：「各有軍事，故曰六事。」

〔六〕「以問」句，後漢書東夷列傳：「韓有三種：一曰馬韓，二曰辰韓，三曰弁辰。馬韓在西，有五十四國，其北與樂浪、南與倭接；辰韓在東，十有二國，其北與濊貊接；弁辰在辰韓之南，亦十有二國，其南亦與倭接。凡七十八國。……大者萬餘户，小者數千家，各在山海間。」按：句指乾封初高宗伐高麗事。舊唐書高宗紀下：乾封元年（六六六）「冬十月己酉，命司空、英國公勣爲遼東道行軍大總管，以伐高麗」。

〔七〕「卿可」句，後漢書鄧晨傳：「鄧晨，字偉卿，南陽新野人也。……更始北都洛陽，以晨爲常山太守。會王郎反，光武自薊走信都，晨亦間行，會於鉅鹿下，自請從擊邯鄲。光武曰：『偉卿以一身從我，不如以一郡爲我北道主人。』乃遣晨歸郡。」

〔八〕「檢校」句，營州，新唐書地理志：「營州柳城郡，上都督府。本遼西郡，萬歲通天元年（六九六）爲契丹所陷，聖曆二年（六九九）僑治漁陽，開元五年（七一七）又還治柳城，天寶元年（七四二）更名。」按：營州初置於後魏，唐初爲營州遼西郡，治所在今遼寧朝陽市。

〔九〕「石門」二句，石門山、銅鼎河，當爲古營州境内山水名，不詳待考。

〔一〇〕「天文」句，史記天官書：「（紫宮）後六星，絶漢抵營室，曰閣道。」又曰：「北宮：玄武。……

營室爲清廟，曰離宫、閣道。」索隱：「元命包云：『營室十星，埏陶精類，始立紀綱，包物爲室。』又爾雅云：『營室謂之定。』郭璞云：『定，正也。天下作宫室，皆以營室中爲正也。』」辨方，謂建造房屋，以營室星定方位。此言營州州名來歷。

〔二〕「地象」句，謂在地，則以神臺爲鎮。據周禮夏官職方氏，古代九州皆有鎮山，所謂神臺，當建於鎮山之上。上引職方氏曰：「東北曰幽州，其山鎮曰醫無閭。」鄭玄注：「醫無閭，在遼東。」

〔三〕「供其」二句，左傳僖公三十年：「九月甲午，晉侯、秦伯圍鄭，以其無禮於晉。」「（鄭大夫）燭之武見秦伯，曰：『若舍鄭以爲東道主，行李之往來，共其乏困，君亦無所害。』」杜預注：「行李，使人。」此言李沖寂爲營州都督，以供伐三韓之軍需。

〔三〕「爲我」句，即光武帝遣鄧晨爲常山太守事，已見上注。

〔四〕「遼東平」二句，遼東平，在總章初。舊唐書高宗紀下：總章元年（六六八）「九月癸巳，司空、英國公勣破高麗，拔平壤城，擒其王高藏及其大臣男建等以歸。境内盡降，其城一百七十，户六十九萬七千，以其地爲安東都護府，分置四十二州」。

〔五〕「以功」句，蒲州，元和郡縣志卷一二河中府：「按今州本帝舜所都蒲坂也。……即秦河東郡也。……後魏太武帝於今州理置雍州。延和元年（四三二），改雍州爲秦州。周明帝改秦州爲蒲州，因蒲坂以爲名。隋大業三年（六〇七）罷州，又置河東郡。……武德元年（六一八）罷郡，置蒲州。」地在今山西永濟市。

〔一六〕「堯都」句，史記秦本紀：「（昭襄王）四年（前三〇三），取蒲坂。」正義引括地志云：「蒲坂故城，在蒲州河東縣南，堯、舜所都也。」元和郡縣志卷一二河中府河東縣：「故堯城，在縣南二十八里。」

〔一七〕「舜耕」句，尚書大禹謨：「帝（舜）初於歷山，往於田。」僞孔傳：「言舜初耕於歷山。」又史記五帝本紀：「舜耕歷山。」集解引鄭玄曰：「在河東。」正義引括地志云：「蒲州河東縣雷首山，一名中條山，亦名歷山，亦名首陽山，亦名蒲山……此山西起雷首山，東至吴坂，凡十一名，隨州縣分之。歷山南有舜井。」元和郡縣志卷一二河中府河東縣：「州城，即蒲坂城也，城中有舜廟，城外有舜宅及二妃壇。」

〔一八〕「昭襄王」句，史記秦本紀：昭襄王五十年（前二五七），「初作河橋」。正義：「此橋在同州臨晉縣東，渡河至蒲州，今蒲津橋也。」

〔一九〕「穆天子」句，穆天子傳卷四：「天子南旋，升於長松之隥。孟冬壬戌，至於雷首。」郭璞注：「雷首，山名，今在河東蒲坂縣南也。」

〔二〇〕「汝南」二句，北堂書鈔卷七四太守「汝南心腹」條引謝承後漢書：「韓崇遷汝南太守，詔引見，賜車馬劍革帶，上敕崇曰：『汝南，朕之心腹也。』」

〔二一〕「河東」二句，漢書季布傳：「布爲河東守。孝文時，人有言其賢，召欲以爲御史大夫；又言其勇，使酒難近，至留邸一月，見罷。布進曰：『臣待罪河東，陛下無故召臣，此人必有以臣欺陛下者；今臣至，無所受事，罷去，此人必有毁臣者。夫陛下以一人譽召臣，一人毁去臣，臣恐天下有識者聞之，有以窺陛下。』上默然慚，曰：『河東，吾股肱郡，故特召君耳。』」

〔二二〕「遷少府」句，唐六典卷二二少府監：「監一人，從三品。……少府監之職，掌百工伎巧之政令，總中尚、左尚、右尚、織染、掌治五署之官屬，庀其工徒，謹其繕作。」

〔二三〕「忠信」二句，三國志魏書楊阜傳：「楊阜，字義山，天水冀人也。」察孝廉，辟丞相府，州表留參軍事。嘗與馬超戰，身被五創，宗族兄弟死者七人。太祖封討超之功，侯者十一人，賜阜爵關内侯。阜讓，太祖報曰：「君與群賢共建大功，西土之人以爲美談。子貢辭賞，仲尼謂之止善，君其剖心，以順國命。」爲益州刺史、武都太守，遷將作大匠。明帝時屢上疏言事，「天子感其忠言，手筆詔答」。齊衡，謂李沖寂、楊阜二人之忠信等同。

〔二四〕「清白」二句，三國志魏書常林傳：「常林，字伯槐，河内温人也。」太祖以爲南和宰，治化有成，超遷博陵太守、幽州刺史，所在有績。文帝爲五官將，林爲功曹。出爲平原太守、魏郡東部都尉，入爲丞相東曹屬。魏國既建，拜尚書。文帝踐阼，遷少府，封樂陽亭侯。明帝即位，進封高陽鄉侯。時論以林節操清峻，欲致之公輔，而林遂稱疾篤，年八十三薨。裴松之注引魏略曰：「林性既清白，當官又嚴。」比德，謂李沖寂、常林二人德行相當。

〔二五〕「諸童」二句，後漢書郭伋傳：王莽時，伋嘗爲并州牧。光武帝時，轉爲漁陽太守。「帝以盧芳據北土，乃調伋爲并州牧。……伋前在并州，素結恩德，及後入界，……有童兒數百各騎竹馬於道次迎拜。伋問：『兒曹何自遠來？』對曰：『聞使君到，喜，故來奉迎。』」

〔二六〕「百姓」二句，後漢書耿純傳：「耿純，字伯山，鉅鹿宋子人也。」從劉秀起兵，屢有戰功。世祖即位，封純高陽侯。「因自請曰：『……天下略定，臣無所用，志願試治一郡，盡力自效。』帝笑曰：『卿既治武，復欲修文邪？』迺拜純爲東郡太守。時東郡未平，純視事數月，盜賊清寧。」因事坐免，「以列侯奉朝請。從擊董憲，道過東郡，百姓老小數千隨車駕涕泣，云：『願復得耿君。』」

〔二七〕「孝敬皇帝」三句，孝敬皇帝，即太子李弘。舊唐書孝敬皇帝弘傳：「孝敬皇帝（李）弘，高宗第五子也。永徽四年（六五三。新唐書作「六年」）封代王，顯慶元年（六五六）立爲皇太子，大赦改元。」長男，周易說卦：「乾，天也，故稱乎父；坤，地也，故稱乎母。震一索而得男，故謂之長男。」

〔二八〕「四極」二句，四極，淮南子墬形訓：「地形之所載，六合之間，四極之内。」高誘注：「四極，四方之極。」重光，崔豹古今注卷中：「漢明帝爲太子，樂人作歌詩四章，以贊太子之德。其一曰日重光。」皇帝、太子爲兩日，故曰重光。賓於上帝，婉言死。風俗通義卷二：「太子晉曰：『然吾後三年，將上賓於天。……』其後太子果死。」舊唐書孝敬皇帝弘傳：「上元二年（六七五），太子從幸合璧宮，尋薨（高宗制稱因「沉瘵嬰身」，新唐書謂「遇鴆薨」），年二十四。制曰：『……慈惠愛親曰「孝」，死不忘君曰「敬」，謚爲孝敬皇帝。』其年，葬於緱氏縣景山之恭陵。制度一準天子之禮。」按：恭陵，在今河南偃師市景山之白雲嶺。

〔二九〕「崇其」二句，李弘并未嗣皇帝位，因謚爲孝敬皇帝，乃用皇帝禮下葬，故稱「崇其謚號」。黃屋，史記項羽本紀：「紀信乘黃屋。」正義引李斐云：「天子車，以黃繒爲蓋裏。」羽儀，指儀仗。周易漸卦：「上九，鴻漸於陸，其羽可用爲儀，吉。」

〔三〇〕「卜其」二句，園塋，即墳域。玄宮，史記天官書：「（紫宮）後六星，絶漢抵營室，曰閣道。」正義曰：「營室七星，天子之宮，亦爲玄宮，亦爲清廟。」此言墓中象天上玄宮，即按皇帝陵制度。

〔三一〕「以公」句，檢校，代理。唐六典卷二三將作監：「將作監大匠一人，從三品。……將作大匠之職，掌供邦國修建土木工匠之政令。……凡山陵及京都之太廟、郊社諸壇廟，京都諸城門，……并謂之外作。」

〔三二〕「游衣」句，游衣，即游衣冠。漢書叔孫通傳：「惠帝爲東朝長樂宮，及間往，數蹕煩民，作複道，方築武庫南，通奏事，因請間，曰：『陛下何自築複道高帝寢，衣冠月出游高廟？子孫奈何乘宗廟道（上）行哉！』惠帝懼，曰：『急壞之。』通曰：『人主無過舉。今已作，百姓皆知之矣。願陛下爲原廟渭北，衣冠月出游之，益廣宗廟，大孝之本。』上乃詔有司立原廟。」服虔、應劭、如淳等皆有説（見漢書注），顔師古注以爲「諸家之説皆未允也。謂從高帝陵寢出衣冠，游於高廟，每月一爲之，漢制則然。而後之學者不曉其意，謂以月出之時而夜游衣冠，失之遠也」。此以漢寢代指唐帝陵寢，謂李沖寂爲建恭陵，常視察唐先帝陵寢，有如漢代游衣冠。

〔三三〕「抱劍」句，史記五帝本紀：「黃帝崩，葬橋山。」集解（裴）駰案引皇覽曰：「黃帝冢，在上郡橋山。」索隱：「地理志：橋山在上郡陽周縣，山有黄帝冢也。」正義引括地志云：「黄帝陵在寧州羅川縣東八十里子午山。」羅川縣，即今甘肅正寧縣。又，今陝西黄陵縣亦有橋山，有黄帝陵。此以橋山代指唐帝陵所在地，言常去謁拜，有如抱劍衛士。

〔三四〕「百工」二句，球，原作「琳」。後漢書陳球傳：「陳球，字伯真，下邳淮浦人也。……遷魏郡太守，徵拜將作大匠，作桓帝陵園，所省巨萬以上。」後漢書補逸卷一二引謝承後漢書：「陳球，字伯真，爲將作大匠。桓帝崩，營寢陵，躬親作事，爲士卒先，百工畢（力）。」則「琳」乃「球」之誤，據改。

〔三五〕「諸吏」二句，後漢書魏霸傳：「魏霸，字喬卿，濟陰句陽人也。……永元十六年（一〇四），徵拜將作大匠。明年，和帝崩，典作順陵。時盛冬地凍，中使督促，數罰縣吏以厲霸。霸撫循而已，初不切責，而反勞之曰：『今諸卿被辱，大匠過也。』吏皆懷恩，力作倍功。」

〔三六〕「遷銀青」句，唐六典卷二尚書吏部：「（吏部）郎中一人，掌考天下文吏之班秩品命，凡叙階二十九。……從三品曰銀青光禄大夫。」同上：「凡任官，階卑而擬高則曰守，階高而擬卑則曰行。」少府監，上已注。

若夫協時月〔一〕，乘天正〔二〕。秦人往事，遊別館而祈年〔三〕；漢宫舊儀，下明庭而避暑〔四〕。上幸九成宫〔五〕，以公檢校右領軍將軍〔六〕，本官如故。董司戎政，以戒不虞。七校陳其甲兵〔七〕，五營按其車服〔八〕。領軍之職，用文武於紀瞻〔九〕；右軍之官，叙勤勞於常惠〔一〇〕。尋以公事免，左授歸州司馬〔一一〕。楚之舊也，始得子男之田〔一二〕；夔之先也，裁爲附庸之國〔一三〕。人同賈傅〔一四〕，路似長岑〔一五〕。伯騫有聲於鄉里〔一六〕，仲任見知於筆札〔一七〕。制遷中大夫、行兖州都督府長史〔一八〕。大庭之庫〔一九〕，少昊之墟〔二〇〕，上真降婁〔二一〕，金精吐宿〔二二〕。旁瞻日觀，水德題山〔二三〕。別乘初迎，將宣萬邦之化〔二四〕；佩刀終爽，徒見三公之服〔二五〕。以永淳元年某月日，行次唐州方城縣〔二六〕，遇疾薨。朝廷聞而傷之，贈懷州刺史〔二七〕。

【箋注】

〔一〕「若夫」句，尚書舜典：「協時月正日。」僞孔傳：「合四時之氣節，月之大小，日之甲乙，使齊一也。」

〔二〕「乘天正」句，左傳昭公十七年：「火出，於夏爲三月，於商爲四月，於周爲五月。夏數得天。」杜預注：「得天正。」孔穎達正義：「斗柄所指，一歲十二月，分爲四時。夏以建寅爲正，則斗柄東指爲春，南指爲夏，是爲得天四時之正也。若殷、周之正，則不得正。」此即指夏季。

〔三〕「秦人」二句，史記秦本紀：「繆公卒，葬雍。」集解（裴）駰案皇覽曰：「秦繆公冢在橐泉宮祈年觀下。」正義引廟記云：「橐泉宮，秦孝公造；祈年觀，德公起，蓋在雍州城内。」水經渭水注：「水南流，逕胡城東，俗名也，蓋秦惠公之故居，所謂祈年宮也，孝公又謂之爲橐泉宮。」別館，即別墅。

〔四〕「漢宫」二句，漢書劉屈氂傳：「是時上（武帝）避暑在甘泉宫。」按漢書載諸帝幸甘泉宫事甚衆，多爲避暑。梁劉孝威行幸甘泉歌：「漢家迎夏畢，避暑甘泉宫。」

〔五〕「上幸」句，上，指唐高宗。九成宫，即隋文帝所建仁壽宫。唐貞觀五年（六三一）修復，爲唐皇帝避暑之所。元和郡縣志卷二鳳翔府麟遊縣：「九成宫，在縣西一里（新唐書地理志作五里）。」遺址在今陝西麟遊縣新城區天臺山上。李沖寂護衛高宗避暑九成宫，當在上元間恭陵建成之後。按舊唐書高宗紀下：上元三年（六七六）夏四月戊午，「幸九成宫」。所指或即此行。

〔六〕「以公」句，右領軍將軍，唐六典卷二四諸衛：左右衛「領軍將軍各（按：指左、右）二人，從三品」。

〔七〕「七校」句，漢書刑法志：「京師有南北軍之屯。至武帝平百粤，内增七校。」注引晉灼曰：「百官表：中壘、屯騎、步兵、越騎、長水、胡騎、射聲、虎賁，凡八校尉。胡騎不常置，故此言七也。」

〔八〕「五營」句，車，原作「軍」，據英華改。後漢書順帝紀：「調五營弩師，郡舉五人，令教習戰射。」李賢注：「五營，五校也。謂長水、步兵、射聲、（胡）〔屯〕騎、（車）〔越〕騎等五校尉也。」

〔九〕「領軍」二句，晉書紀瞻傳：「紀瞻，字思遠，丹陽秣陵人也。」「明帝嘗獨引瞻於廣室，慨然憂天下曰：『社稷之臣，欲無復十人，如何？』因屈指曰：『君便其一。』瞻辭讓，帝曰：『方欲與君善語，復云何崇謙讓邪！』瞻才兼文武，朝廷稱其忠亮雅正。俄轉領軍將軍，當時服其嚴毅，雖恒疾病，六軍敬憚之。」

〔一〇〕「右軍」二句，漢書常惠傳：「常惠，太原人也。少時家貧，自奮應募，隨栘中監蘇武使匈奴，并見拘。留十餘年，昭帝時迺還，漢嘉其勤勞，拜爲光禄大夫。……後代蘇武爲典屬國。明習外國事，勤勞數有功。甘露中，後將軍趙充國薨，天子遂以惠爲右將軍，典屬國如故。」

〔一一〕「左授」句，歸州，舊唐書地理志二歸州：「隋巴東郡之秭歸縣。武德二年（六一九），割夔州之秭歸、巴東二縣，分置歸州。」秭歸縣，今屬湖北省。據新唐書地理志，歸州爲下州。唐六典卷三〇：下州「司馬一人，從六品上」。按：李沖寂貶官，蓋得罪族弟唐高宗。前文謂其「金多木少」，又言及孔融，疑即禍根也。

〔一二〕「楚之」二句，上「之」字，原作「州」，四子集、全唐文作「之」。按對句爲「之」，此亦當作「之」，據改。史記楚世家：「周文王之時，季連之苗裔曰鬻熊。鬻熊子事文王，蚤卒，其子曰熊麗。熊麗生熊狂，熊狂生熊繹。熊繹當周成王之時，舉文、武勤勞之後嗣，而封熊繹於楚蠻，封以子男之田，姓芈氏，居丹陽。」正義：「括地志云：歸州巴東縣東南四里，歸故城，楚子熊繹之始國也。又熊繹墓在歸州秭歸縣。輿地志云：秭歸縣東有丹陽城，周回八里，熊繹始封也。」

〔一三〕「夔之」二句，左傳僖公二十六年：「夔子不祀祝融與鬻熊。楚人讓之，對曰：『我先王熊摯有疾，鬼神弗赦，而自竄於夔。吾是以失楚，又何祀焉？』」杜預注：「夔，楚同姓國，今建平秭歸縣。」又曰：「祝融，高辛氏之火正，楚之遠祖也。鬻熊，祝融之十二世孫。」夔，楚之別封，故亦世紹其祀。」注又曰：「熊摯，楚嫡子，有疾，不得嗣位，故別封爲夔子。」因夔爲楚之別封，故稱其爲「附庸之國」。

〔一四〕「人同」句，賈傅，即賈誼。漢書賈誼傳：「賈誼，雒陽人也。」主張更定法令及列侯就國，文帝愛其能，欲任公卿之位，公卿盡害之，出爲長沙王太傅。

〔一五〕「路似」句，岑，原作「沙」，據英華、全唐文改。長岑，縣名。後漢書崔駰傳：「崔駰，字亭伯，涿郡安平人也。」肅宗時上四巡頌，帝深愛之，令侍中竇憲見之。「及憲爲車騎將軍，辟駰爲掾。……憲擅權驕恣，駰數諫之。及出擊匈奴，道路愈多不法，駰爲主簿，前後奏記數十，指切長短，憲不能容，稍疏之。因察駰高第，出爲長岑長。駰自以遠去，不得意，遂不之官而歸。」李賢注：「長岑縣，屬樂浪郡，其地在遼東。」後以長岑路喻指遠貶。如陰鏗罷故章縣：「長岑舊知遠，萊蕪本自貧。……惟當有一犢，留持贈後人。」又庾信詠懷詩：「由來不得意，何必往長岑。」以上四句，以賈誼、崔駰擬李沖寂，爲其得罪高宗遭遠謫鳴不平。

〔一六〕「伯騫」句，晉袁宏後漢紀孝順皇帝紀：漢安二年（一四三）十二月，「匈奴中郎將馬寔有功於邊，詔書褒獎，賜錢十萬。寔，字伯騫，扶風茂陵人也。晝誦經書，夜習弓兵，希慕名流，交結豪傑，荷擔徒走，不遠千里。山陽王暢，知名當時，寔慕其名，故往之。……（暢）即引俱入，知其異士也。……寔臨退，執暢手曰：『太上立德，其次立功。幸俱生盛明之世，當垂名千載，不可徒存天壤之間，各遇當仁之功，勿相忘也。』歸，舉孝廉，補尚書郎。西羌之難，王暢薦寔於執事，由是爲匈奴中郎將。」

〔一七〕「仲任」句，後漢書王充傳：「王充，字仲任，會稽上虞人也。……師事扶風班彪，好博覽，而不守章句。家貧無書，常游洛陽市肆，閲所賣書，一見輒能誦憶，遂博通衆流百家之言。後歸鄉里，屏居教授。仕郡爲功曹，以數諫争不合去。充好論説，始若詭異，終有理實，以爲俗儒守文，多失其真，乃閉門潛思，絶慶弔之禮，户牖牆壁各置刀筆，著論衡八十五篇，二十餘萬言。」

〔一八〕「制遷」句，唐六典卷二尚書吏部：「（吏部）郎中一人，掌考天下文吏之班秩品命，凡叙階二十九：……從四品下曰中大夫。」元和郡縣志卷一〇兖州（中都督府）：「春秋時爲魯國。……隋大業元年（六〇五），於兖州置都督府。二年，改爲魯州，三年，改爲魯郡。……武德五年（六二二），討平圓朗，改魯郡置兖州。貞觀十四年（六四〇），改置都督府。」據唐六典卷三〇，中都督府「長史一人，正五品上」。

〔一九〕「大庭」句，後漢書郡國志二：「魯國，……古奄國，有大庭氏庫。」李賢注引杜預曰（按見左傳昭公五年注）：「大庭氏，古國名，在城内，魯於其處作庫。」

〔二〇〕「少昊」句，史記魯世家：「封周公旦於少昊之虚曲阜，是爲魯公。周公不就封，留佐武王。」正義引括地志云：「兖州曲阜縣外城，即魯公伯禽所築也。」又漢書地理志下：「周興，以少昊之虚曲阜封周公子伯禽爲魯侯，以爲周公主。」顔師古注：「少昊，金天氏之帝。」又曰：「主周公之祭祀。」

〔二一〕「上真」句，上真，天上真人，即指天。降婁，分野星名。周禮春官保章氏：「以星土辨九州之地所封，封域皆有分星，以觀妖祥。」鄭玄注：「星土，星所主土也，封猶界也。……今其存可言者，十二次之分也：星紀，吴越也；玄枵，齊也；娵訾，衛也；降婁，魯也……」賈公彦疏稱：「此古之受封之日，歲星所在之辰，國屬焉，則魯之分星爲降婁。」唐開元占經卷六四宿次分野：「奎、婁，魯之分野。自奎五度至胃六度，於辰在戌，爲降婁。降，下；婁，曲也。陰生於午，與陽俱行，至八月陽遂下，九月陽微，剥卦用事，陽將剥盡。陽在上，萬物枯落卷縮而死，故曰降婁。」句謂魯於李沖寂爲凶地。

〔二二〕「金精」句，春秋公羊傳哀公十四年：「金精埽旦，置新之象。」徐彦疏：「孛（引者按：即彗星）從西方鄉東，故曰金精（引者按：西方爲金）。彗者埽除之象，鄉晨而見，故曰埽旦也。是天不能殺，地不能理。」吐宿，謂金精吐星宿（指彗星）。史記天官書「三月生彗星，長二丈，類彗」，正義：「天彗者，一名掃星，本類星，末類彗。……光芒所及爲災變，見則兵起，除舊布新。」亦言李沖寂即將有災。

〔二三〕「旁瞻」二句，日觀，泰山東南山頂名。題山，指秦始皇泰山刻石。史記秦始皇本紀：始皇二十八年（前二一九），「乃遂上泰山，立石封祠祀，……禪梁父，刻所立石，其辭曰『皇帝臨位，作制明法，臣下修飭。二十有六年，初併天下，罔不賓服』」云云。水，原作「木」。然秦爲水德而非木德。同上書：始皇二十六年（前二二一），「更名河曰德水，以爲水德之始」。則「木」當爲「水」之形訛，據文意改。

〔二四〕「别乘」二句，别乘，即别駕。唐六典卷三〇：「（大都督府）長史一人，從三品。」注：「秦、漢邊郡有長史。……隋九等州亦有長史。開皇三年（五八三），改雍州别駕爲長史。煬帝罷州置郡，又改爲别駕，唯都督府則置長史。永徽中，始改别駕爲長史。」則長史乃由别駕改名而來。鄭樵通志卷五六職官略：「别駕從事史。一人。臣謹按：庾亮答郭豫書云：『别駕與舊刺史别乘同流，宣王化於萬里，其任居刺史之半。』原注：「從刺史行部，别乘一乘傳車，故謂之别駕，漢制也。歷代皆有之，隋、唐并爲郡佐。」

〔二五〕「佩刀」二句，晉書王覽傳：「初，吕虔有佩刀，工相之，以爲必登三公，可服此刀。虔謂（王）祥曰：『苟非其人，刀或爲害。卿有公輔之量，故以相與。』祥固辭，彊之乃受。祥臨薨，以刀授覽，曰：『汝後必興，足稱此刀。』覽後奕世多賢才，興於江左矣。」三公，各代不一，唐以太尉、司徒、司空爲三公，見唐六典卷一。爽，違背，謂未能實現進位三公之願。

〔二六〕「行次」句，次，到。元和郡縣志卷二一唐州方城縣：「本漢堵陽地也，屬南陽郡，在堵水之陽，故名。……梁於此置堵陽郡。隋改置方城縣，取方城山爲名也，屬淯陽郡。貞觀改屬唐州。」今屬河南南陽市。

〔二七〕「贈懷州」句，元和郡縣志卷一六懷州：「春秋時屬晉，七國時屬韓、魏二國。秦兼天下，滅韓爲三川郡，滅魏爲河東郡，今州爲三川郡之北境、河東郡之東境。……漢高帝二年（前二〇五），以其地爲河内郡。……隋開皇三年（五八三）罷郡，置懷州。」武德四年（六二一），移治於河内。治所在今河南沁陽縣。

公嚴而有禮，直而能和。行孝立身，移忠事主〔一〕。生知者上，重之以八索九丘〔二〕；道在斯尊，加之以文昭武穆〔三〕。故能入登常伯〔四〕，出踐方州，爲六卿之儀表，發三軍之號令。列長戟於門前〔五〕，羅曲旃於堂下〔六〕。子孫朝夕，玉樹相輝〔七〕；賓客遠迎，玳簪交映〔八〕。悲夫！展禽三黜〔九〕，安仁再免〔一〇〕。奚辭棘署〔一一〕，俯集桐華〔一二〕。慘舒則不繫於陰陽〔一三〕，喜愠則不形於顏色〔一四〕。何嗟及矣，竟遊東岱之山〔一五〕；無所不知，旋閉南陽之墓〔一六〕。二年夏五月日，葬於萬年縣龜川鄉之平原〔一七〕。長子某官某，次子某官某，箕裘必復〔一八〕，花萼生光〔一九〕。鄰人泣其悲慟〔二〇〕，明主憂其毀瘠。觀其弔客，不無雙鶴之徵〔二一〕；察其成墳，自有百鳥之感〔二二〕。森森隴樹，漠漠郊煙。右玄灞而浩蕩〔二三〕，左驪山而起伏〔二四〕。杜陵萬家之邑，非復城池〔二五〕；滕公駟馬之銘，不知年代〔二六〕。

【箋注】

〔一〕「移忠」句，孝經廣揚名章：「子曰：君子之事親孝，故忠可移於君。」

〔二〕「生知」二句，生知，謂生而知之。論語季氏：「孔子曰：生而知之者上也，學而知之者次也，困而學之又其次也。」八索九丘，左傳昭公十二年：「左史倚相趨過，王曰：『是良史也，子善視之！是能讀三墳、五典、八索、九丘。』」杜預注：「皆古書名。」僞孔安國尚書序：「八卦之説，謂之八索，求其義也；九州之志，謂之九丘，丘，聚也，言九州所有土地所生、風氣所宜，皆聚此書也。」按：乃傳説中古書名，已不可知其詳，尚書序之説，亦後人臆度而已。

〔三〕「道在」二句，昭、穆，乃古代宗廟或墓地之輩次排列，太祖居中。二、四、六世位左稱「昭」，三、五、七世位右稱「穆」。昭爲文，穆則爲武。此泛指祖宗，言李沖寂既有道，又爲皇帝近親，地位顯赫。

〔四〕「故能」句，指李沖寂嘗檢校禮部侍郎，見本文前注。

〔五〕「列長戟」句，列戟，謂門前架設棨戟，以示威武和地位。唐會要卷三二云「開元八年(七二〇)九月敕『廟社宫門、正一品、開府儀同三司、嗣王、郡王、上柱國、柱國、帶職事二品已上，及京兆、河南尹，大都督、上都護、開國及護軍、帶職事三品，若下都督、諸州門』」，門皆列戟。又：「天寶六載(七四七)四月八日，初改儀制，令廟社門、宫殿門，每門各二十四戟。東宫，每門各十八戟。一品門，十六戟。嗣王、郡王、右上柱國、柱國、帶職事二品、散官光禄大夫已上、鎮軍大將軍上、各司職事品及京兆、河南、太原尹，大都督、大都護門，十四戟。上柱國、柱國、帶職事三品、上護軍、帶職事二品，若中都督、上州、上都護門，十二戟。國公及上護軍、帶職事三品，若下都督、中下州門，各十戟。并官給。」唐初情況不詳，蓋亦大致相同。李沖寂官至從三品（將作大匠、右領軍將軍等），故亦列戟。戟及列戟之法，宋史卷一五〇輿服志二曰：「門戟，木爲之，而無刃。門設架而列之，謂之棨戟。」唐代蓋亦略同。

〔六〕「羅曲旃」句，漢書田蚡傳：「前堂羅鐘鼓，立曲旃。」注引蘇林曰：「禮，大夫建旃，曲，柄上曲也。」顔師古注引許慎云：「旃，旗；曲，柄也。所以旃表士衆也。」

〔七〕「子孫」二句，晉書謝玄傳：「玄，字玄度，少穎悟。與從兄朗俱爲叔父（謝）安所器重。安嘗戒約子姪，因曰：『子弟亦何預人事，而正欲使其佳？』諸人莫有言者，玄答曰：『譬如芝蘭玉樹，欲使其生於階庭耳。』安悦。」

〔八〕「賓客」二句，史記春申君列傳：「趙平原君使人於春申君，春申君舍之於上舍。趙使欲夸楚，爲瑇瑁簪，刀劍室以珠玉飾之，請命春申君客。春申君客三千餘人，其上客皆躡珠履以見趙使，趙使大慚。」

〔九〕「展禽」句，論語微子：「柳下惠爲士師，三黜，人曰：『子未可以去乎？』曰：『直道而事人，焉往而不三黜？枉道而事人，何必去父母之邦？』」又左傳文公二年：「仲尼曰：臧文仲其不仁者三，不知者三。下展禽，廢六關，妾織蒲，三不仁也。……」杜預注：「展禽，柳下惠也。文仲知柳下惠之賢，而使在下位，非己欲立而立人之道。」

〔一〇〕「安仁」句，潘岳，字安仁，其閒居賦曰：「自弱冠涉於知命之年，八徙官而一進階，再免，一除名，一不拜職，遷者三而已矣。」以上二句，再爲李沖寂免官左授鳴不平。

〔一一〕「奚辭」句，禮記王制：「正以獄成告於大司寇，大司寇聽之棘木之下。」鄭玄注：「周禮鄉師之屬，辨其獄訟，異其死刑之罪而要之職。聽於朝，司寇聽之；朝，王之外朝也，左九棘，孤卿大夫位焉；右九棘，公侯伯子男位焉；面三槐，三公位焉。」此當指李沖寂謫官後爲州司馬、都督府長史，其職爲聽獄訟，故稱「棘署」。奚辭，謂不辭爲之也。

〔一二〕「俯集」句，禮記月令：「季春之月，……桐始華。」此所謂「桐華（花）」，即指梧桐。集梧桐，詩經大雅卷阿：「鳳凰鳴矣，于彼高岡；梧桐生矣，于彼朝陽。」鄭玄箋：「鳳凰鳴于山脊之上者，居高視下，觀可集止。喻賢者待禮乃行，翔而後集。……鳳凰之性，非梧桐不棲，非竹實不食。」句言李沖寂人格高潔有如鳳凰，視梧桐而後棲集。

〔一三〕「慘舒」句，慘舒，猶言憂樂。文選張衡西京賦：「夫人在陽時則舒，在陰時則慘，此牽乎天者也。」薛綜注：「陽，謂春夏，陰，謂秋冬。」李善注引春秋繁露曰：「春之言猶偆也，偆者，喜樂之貌也；秋之言猶湫也，湫者，憂悲之狀也。」句謂其憂樂與陰陽季節變化無關。上句「於」原無，據對句補。

〔一四〕「喜愠」句，論語公冶長：「子張問曰：『令尹子文三仕爲令尹，無喜色；三已之，無愠色。舊令尹之政，必以告新令尹，何如？』子曰：『忠矣。』」

〔一五〕「竟遊」句，東岱，即東嶽泰山。張華博物志卷一：「泰山，一曰天孫，言爲天帝孫也。主召人魂魄，東方萬物始成，知人生命之長短。」遊泰山，婉言辭世。

〔一六〕「旋閉」句，後漢書王喬傳：「王喬者，河東人也，顯宗世，爲葉令。喬有神術。……後天下玉棺於（葉縣）堂前，吏人推排，終不摇動。喬曰：『天帝獨召我邪？』乃沐浴服飾，寢其中，蓋便立覆。宿昔葬於城東，土自成墳。」葉縣，漢屬南陽郡。

〔一七〕「葬於」句，元和郡縣志卷一京兆府（雍州）萬年縣：「本漢舊縣，屬馮翊，在今櫟陽縣東北三十五里。周明帝二年（五六〇）分長安、霸城、山北等三縣，始於長安城中置萬年縣。隋開皇三年（五八三）遷都，改爲大興縣，理宣陽坊。武德元年（六一八）復爲萬年。」則唐代之萬年縣，治在長安城中，當今西安市區。龜川鄉遺址待考。

〔一八〕「箕裘」句，謂二子能繼承父業家風。箕，柳箕；裘，衣裘也。詳見前唐同州長史宇文公神道碑「箕裘早學」句注引禮記學記。必復，左傳閔公元年：「公侯之子孫，必復其始。」孔穎達正義：「公侯之子孫，必當復其初始，言此人子孫又將爲公侯也。」

〔一九〕「花蕚」句，謂兄弟二人友愛如常棣之花，韡韡生輝。事見詩經小雅常棣，本書前注已屢引。

〔二〇〕「鄰人」句，用吴隱之爲母執喪事，見前隰川縣令李公墓誌銘「痛結鄰人」句注引晉書吴隱之傳。

〔二一〕「觀其」二句，晉書陶侃傳：「以母憂去職。嘗有二客來弔，不哭而退，化爲雙鶴，衝天而去，時人異之。」

〔二二〕「察其」二句，太平御覽卷九二〇烏引孝子傳曰：「李陶，交趾人。母終，陶居於墓側，躬自治墓，不受鄰人助，群烏銜塊助成墳。」

〔二三〕「右玄灞」句，文選潘岳西征賦：「南有玄灞素滻。」李善注：「玄、素，水色也；灞、滻，二水名也。」按：灞水乃渭河支流，發源於秦嶺北麓藍田縣，由南北流，匯於渭河。

〔二四〕「左驪山」句，史記周本紀：「西夷犬戎攻幽王，……遂殺幽王驪山下。」正義引括地志云：「驪山，在雍州新豐縣南十里。」按：山在今西安臨潼區城南。

〔二五〕「杜陵」二句，史記呂不韋列傳：「故夏太后獨別葬杜東，曰：『東望吾子，西望吾夫。後百年，旁當有萬家邑。』」索隱：「杜原之東也。」正義：「夏太后陵在萬年縣東南三十五里。」按：夏太后，秦莊襄王母、秦始皇祖母。（二〇〇四年，在今西安市長安區南神禾原西安財經學院新校區發現一大墓，考古界以爲即夏太后墓。）兩句謂李沖寂之萬年縣葬所，乃大吉之地，杜陵人將大量遷入（按秦漢與唐代之萬年縣，雖名同而地異。此乃用事，勿庸深究）。

〔二六〕「滕公」二句，滕公（夏侯嬰）嘗駕至東都門，馬局不肯前，使卒掘馬所跼地，得石槨，有銘曰：「佳城鬱鬱，三千年見白日。吁嗟滕公居此室。」滕公死，遂葬焉。事出西京雜記，前已屢引。

其銘曰：

高陽積德〔一〕，武昭餘慶〔二〕。宅鎬開基〔三〕，封唐啓聖〔四〕。協和萬國，平章百姓〔五〕。天叙諸侯〔六〕，禮陳宗正〔七〕。其一

【箋注】

〔一〕「高陽」句，謂李氏乃高陽氏顓頊之後，詳本文前注。

〔二〕「武昭」句，武昭，指李暠。舊唐書高祖紀：「高祖神堯大聖大光孝皇帝姓李氏，諱淵，其先隴西狄道人，涼武昭王暠七代孫也。」按：涼，史稱西涼，李暠所建。武昭王爲暠死後謚號。晉書卷八七有傳。餘慶，周易坤卦：「積善之家，必有餘慶。」謂前人積善，子孫獲享福慶之餘。

〔三〕「宅鎬」句，鎬，在今陝西長安縣馬王鎮、斗門鎮灃河兩岸。西周文王建豐京，武王建鎬京，豐在灃河之西，鎬在河東。此代指長安。謂李氏至唐高祖李淵時，始定居長安，於是開有唐基業。舊唐書高祖紀：「高祖以周天和元年（五六六）生於長安。」

〔四〕「封唐」句，啓，原作「起」，據英華、全唐文改。啓聖，開啓聖明。指李虎。舊唐書高祖紀：「皇祖諱虎，後魏左僕射，封隴西郡公。……周受禪，追封唐國公，謚曰襄。……武德初，追尊景皇帝，廟號太祖。」其子昞、昞子淵，皆襲封唐國公。

〔五〕「協合」二句，尚書堯典：「克明俊德，以親九族。九族既睦，平章百姓。百姓昭明，協和萬邦，黎民於變時雍。」協合，僞孔傳謂「合協」，猶今言「團結」。萬國，萬邦，指衆部落。平章，僞孔傳謂「平和章明」。

〔六〕「天叙」句，天指皇帝，叙，按規定排列等級次第。李沖寂祖安、父瓌皆封王（詳本文前注），乃古之諸侯。

〔七〕「禮陳」句，陳，原作「樂」，據英華、四子集改。宗正，即宗正寺。唐六典卷一六宗正寺：「宗正卿之職，掌皇九族六親之屬籍，以別昭穆之序，紀親疏之列，并領崇玄署。少卿爲之貳。九廟之子孫，其族五十有九，……其籍如州縣之法，凡大祭祀及册命、朝會之禮，皇親、諸親應陪位豫會者，則爲之簿書以申司封；若皇親爲王公子孫應襲封者，亦如之。」李沖寂爲宗室子，故云。

周之曲阜〔一〕，漢之平陸〔二〕。地則葭莩〔三〕，祥惟岳瀆〔四〕。鄉黨稱善〔五〕，閨庭雍穆〔六〕。始拜城門〔七〕，即遊天禄〔八〕。其二

【箋　注】

〔一〕「周之」句，史記魯世家：「（周）偏封功臣同姓戚者，封周公旦於少昊之虚曲阜，是爲魯公。」李沖寂之祖襄武王李琛，乃高祖李淵從父兄之子，詳本文前注。周公旦爲周武王弟，李琛乃唐高祖從兄弟，關係略相似。

〔二〕「漢之」句，漢書景帝紀：前元三年（前一五四）「夏六月，詔曰：『乃者吴王濞等爲逆，……楚元王子蓺等與濞等爲逆，朕不忍加法，除其籍，毋令汙宗室。』立平陸侯劉禮爲楚王，續元王後。」注引孟康曰：「禮，元王子也。」按：此當指李沖寂之父漢陽郡王李瓌因杖長史馮長命失王爵事（詳本文前注），故以劉禮爲喻，言其唯是王之後，已無爵位。

〔三〕「地則」句，漢書景十三王傳：「今群臣非有葭莩之親，鴻毛之重……」注引張晏曰：「葭，蘆葉也，莩，葉裏白皮也。」又引晉灼曰：「莩，葭裏之白皮也，皆取喻於輕薄也。」顔師古注：「葭，蘆也，莩者，其筩中白皮，至薄者也。葭，張言葉（裹）〔裏〕白皮，非也。」句謂李沖寂雖爲宗室子，然非至親，故地位不高。

〔四〕「祥惟」句，岳瀆，此偏指岳。詩經大雅崧高：「崧高維岳，駿極于天。維岳降神，生甫及申。」毛傳：「……岳降神靈和氣，以生申、甫之大功。」鄭玄箋：「降，下也。四岳，卿士之官，掌四時者也。因主方岳巡守之事，在堯時姜姓爲之，德當岳神之意，而福興其子孫，歷虞、夏、商，世有國土。周之甫也、申也、齊也、許也，皆其苗胄。」句謂李沖寂雖是皇帝疏親，然亦爲岳神子孫，自當有吉祥之福。

〔五〕「鄉黨」句，論語雍也：「孔子爲魯司寇，以原憲爲家邑宰，與之粟九百，辭。子曰：『毋，以與爾鄰里鄉黨乎。』」何晏集解引鄭（玄）曰：「五家爲鄰，五鄰爲里，萬二千五百家爲鄉，五百家爲黨。」此泛指鄉邦鄰里。

〔六〕「閨庭」句，閨庭，指女眷居所，此泛指家庭。雍穆，文選曹植求通親親表：「是以雍雍穆穆，風人詠之。」吕延濟注：「雍，和；穆，美也。」後漢書陳寔傳附陳紀傳：「兄弟孝養，閨門廱和。」

〔七〕「始拜」句，指拜城門郎，見本文前注。

〔八〕「即遊」句，天禄，尚書大禹謨：「四海困窮，天禄永終。」僞孔傳釋「天禄」爲「天之禄籍」。遊天禄，謂入仕食禄。

大微之位〔一〕，益部之星〔二〕。卿則有六，四至丹青〔三〕。州則有九，八牧專城〔四〕。既踐臺閣，仍司甲兵〔五〕。其三

【箋　注】

〔一〕「大微」句，大，即「太」字。史記天官書：「南宫朱鳥，權、衡。衡，太微，三光之廷。」索隱引宋均曰：「太微，天帝南宫也。三光，日、月、五星也。」此指朝廷。太微之位，謂李沖寂位在朝廷。

〔二〕「益部」句，史記天官書：「觜觿、參，益州。」謂參星爲益州分野。此指李沖寂爲戎州道支度軍糧使事，詳本文前注。

〔三〕「卿則」二句，唐六典卷一尚書省：「尚書令，掌部領百官，儀刑端揆。其屬有六尚書，法周之六卿：一曰吏部，二曰户部，三曰禮部，四曰兵部，五曰刑部，六曰工部。」此當指李沖寂爲檢校司禮常伯即禮部侍郎事。侍郎爲尚書之副，故亦稱之爲「六卿」。四至，四方所至，猶言處處。丹青，指圖畫其像。

〔四〕「州則」二句，九州，指先後任青、德、齊、徐、宣、陜、營、蒲（兩任）刺史。因蒲州爲再任，故「專城」者爲八。

〔五〕「既踐」二句，後漢書仲長統傳：「雖置三公，事歸臺閣。」李賢注：「臺閣，謂尚書也。」此指尚書省禮部。仍司甲兵，指高宗避暑九成宫時，爲檢校右領軍將軍。

倚伏無兆〔一〕，遭隳有運〔二〕。賈誼從王〔三〕，桓譚佐郡〔四〕。自忘寵辱〔五〕，曾無喜愠。人去何歸，天高不問〔六〕。其四

【箋　注】

〔一〕「倚伏」句，老子：「禍兮福之所倚，福兮禍之所伏。」河上公注：「倚，因也。夫禍因福而生，人遭禍而能悔過責己，修善行道，則禍去而福來。禍伏匿於福中，人得福而爲驕恣，則福去禍來。」無兆，無預兆，不知何時而至。

〔二〕「遭隳」句，隳，毁壞。此指貶謫。運，命運。謂李沖寂左授歸州司馬，乃命運使然。

〔三〕「賈誼」句，漢文帝將擢賈誼爲公卿之位，遭舊功臣反對，出爲長沙王太傅，見前注。

〔四〕「桓譚」句，後漢書桓譚傳：「桓譚，字君山，沛國相人也。」世祖（光武帝）時以薦拜議郎、給事中，上疏諫帝「屏群小之曲説」，勿信圖讖。「其後有詔會議靈臺所處，帝謂譚曰：『吾欲讖決之，何如？』譚默然良久，曰：『臣不讀讖。』帝問其故，譚復極言讖之非經，帝大怒，曰：『桓譚非聖無法，將下斬之。』譚叩頭流血，良久乃得解，出爲六安郡丞。」

〔五〕「自忘」句，老子：「何謂寵辱？辱爲下，得之若驚，失之若驚，是謂寵辱若驚。」此反其言，謂寵辱皆忘，故亦無所謂「驚」。

〔六〕「天高」句，楚辭天問王逸解題：「天問者，屈原之所作也。何不言問天？天尊不可問，故曰『天問』也。」既不可問，故不如「不問」。

東都門外〔一〕，長樂宮邊〔二〕。白馬旒旐〔三〕，青烏墓田〔四〕。楸桁〔五〕夾路，碑石書年。百代之後，南陽之阡〔六〕。其五

【箋注】

〔一〕「東都門」句，用滕公（夏侯嬰）事，本文前已注。

〔二〕「長樂宮」句，史記樗里子傳：「樗里子者，名疾，秦惠王之弟也。……樗里子卒，葬於渭南章臺之東，曰：『後百歲，是當有天子之宮夾我墓。』……至漢興，長樂宮在其東，未央宮在其西，武庫正直其墓。秦人諺曰：『力則任鄙，智則樗里。』」

〔三〕「白馬」句，晉書五行志中：「庾亮初鎮武昌，出至石頭，百姓於岸上歌曰：『庾公上武昌，翩翩如飛鳥；庾公還揚州，白馬牽旒旐。』……及薨於鎮，以喪還都葬，皆如謠言。」元方回續古今考卷三：「設崇，商也，綢練，夏也，此則周禮司常之所共也。設崇，謂崇牙旌旗之飾；綢練，以練

綢旌之杠，此旌葬乘車所建。旌之旒，緇布廣充幅，長尋，曰旐。爾雅：『素錦綢杠。』今人以紅帛粉書某官某人之柩，上下繪板，俗曰旒旐。」

〔四〕「青烏」句，青烏，漢代方士，善相冢，著有相冢書。舊唐書經籍志下著録青烏子三卷，或即其書。此泛指相士。烏，原誤「鳥」，據英華、全唐文改。

〔五〕「楸椼」句，椼，全唐文作「梓」。

〔六〕「南陽」句，用南陽郡葉令王喬事，本文前已注。

從弟去盈墓誌銘〔一〕

古者黃帝軒轅氏没，帝嚳高辛氏作〔二〕。幼而狥齊，長而敦敏〔三〕，則天下之人用其教者百年；忠肅恭懿，宣慈惠和，則天下之人謂之才者八子〔四〕。赤烏流而白魚躍，有周武之興王〔五〕；彤弓百而玈矢千，有晉文之啓霸〔六〕。雖隱公遜位〔七〕，哀侯失國〔八〕，而文之昭也，武之穆也，司徒爲五教之官〔九〕；有社稷焉，有黎民焉〔一〇〕，丞相臨萬機之職〔一一〕。崤、函鼎盛，赫奕於朱輪〔一二〕；河、洛台階，昭彰於白玉〔一三〕。積善餘慶，信而有徵。

【箋　注】

〔一〕從弟，文苑英華卷九六一作「楊」，校：「集作從弟。」文稱墓主楊去盈死於上元三年（六七六）

五月二十二日，儀鳳四年（六七九）十二月二日葬，則本文當作於此時段内。

〔二〕「古者」二句，據史記五帝本紀，黄帝軒轅氏没，帝顓頊高陽氏立；顓頊崩，帝嚳高辛氏立。此不述顓頊，因楊炯以黄帝、帝嚳爲楊氏遠祖故也，見前常州刺史伯父東平楊公墓誌銘注。

〔三〕「幼而」二句，史記五帝本紀：「（黄帝）姓公孫，名曰軒轅。生而神靈，弱而能言，幼而徇齊，長而敦敏，成而聰明。」集解引徐廣曰：「墨子曰『年踰十五，則聰明心慮無不徇通矣』。」（裴）駰案：「徇，疾；齊，速也。言聖德幼而疾速也。」索隱稱「斯文未是」，其考甚繁，此略。

〔四〕「忠肅」三句，左傳文公十八年：「高辛氏有才子八人，忠肅共懿，宣慈惠和，天下之民謂之八元。」杜預注：「肅，敬也；懿，美也；宣，徧也；元，善也。」謂之，英華校：「集作稱其。」

〔五〕「赤烏」二句，赤、流，原作「黄」、「旗」，據全唐文卷一九五改。史記周本紀：「武王渡河，中流，白魚躍入王舟中，武王俯取以祭。既渡，有火自上復於下，至於王屋，流爲烏，其色赤，其聲魄云。」集解引馬融曰：「魚者，介鱗之物，兵象也。白者，殷家之正色。言殷之兵衆與周之象也。」又曰：「王屋，王所居屋。流，行也。魄然，安定意也。」鄭玄曰：「書説云烏有孝名。武王卒父大業，故烏瑞臻。赤者，周之正色也。」躍，英華校：「集作燎。」誤。按：此言周事，因楊氏出自姬姓，爲周人之後，見前常州刺史伯父東平楊公墓誌銘注。

〔六〕「彤弓」二句，史記晉世家：「初，鄭助楚，楚敗，懼，使人請盟晉侯。晉侯與鄭伯盟。五月丁未，獻楚俘於周，駟介百乘，徒兵千。天子使王子虎命晉侯爲伯，賜大輅，彤弓矢百，玈弓矢千，……晉侯三辭，然後稽首受之。」集解引服虔曰：「駟介，駟馬、被甲也。徒兵，步卒也。」又引賈逵曰：「王子虎，周大夫。大輅，金輅。彤弓，赤，玈弓，黑也。諸侯賜弓矢，然後征伐。」百，原作「一」，玈，原作「旅」，誤，據此改。玈，全唐文作「盧」，蓋音訛（「玈」音「盧」）。啓，原作「起」，據英華、全唐文改。

〔七〕「雖隱公」句，史記晉世家：「（晉）鄂侯二年（前七二二），魯隱公初立。……哀侯六年（前七一一），魯弒其君隱公。」「遜位」指此。隱，英華校：「集作出。」誤。按：此當述晉事，魯隱公蓋因鄂侯、哀侯旁及之，以言世道之衰。隱公被殺事，詳見史記魯世家。

〔八〕「哀侯」句，史記晉世家：「孝侯十五年（前七二五），曲沃莊伯弒其君晉孝侯於翼，晉人攻曲沃莊伯，莊伯復入曲沃，晉人復立孝侯子郄爲君，是爲鄂侯。……鄂侯六年（前七一八）卒，……晉人共立鄂侯子光，是爲哀侯。……哀侯八年（前七一〇），晉侵陘廷，陘廷與曲沃武公謀。九年，伐晉於汾旁，虜哀侯。晉人乃立哀侯子小子爲君，是爲小子侯。小子元年（前七〇九），曲沃武公使韓萬殺所虜晉哀侯。」「失國」指被虜。按：以上述晉國事，乃楊烱以華陰楊氏爲晉大夫叔向後之故，見前常州刺史伯父東平楊公墓誌銘注。

〔九〕「司徒」句，指楊震。東漢安帝時，楊震爲司徒，其事迹詳前鄺國公墓誌銘注引後漢書楊震傳。五教，尚書舜典：「慎徽五典，五典克從。」僞孔傳：「徽，美也。五典，五常之教：父義、母慈、兄友、弟恭、子孝。」舜典又曰：「帝曰：契！百姓不親，五品不遜，汝作司徒，敬敷五教，在寬。」僞孔傳：「布五常之教，務在寬，所以得人心，亦美其前功。」

〔一〇〕「有黎民」句，民，原作「人」，避唐諱，徑改。黎民，謂百姓、民衆。尚書堯典：「協和萬邦，黎民於變時雍。」僞孔傳釋「黎民」爲「衆民」。

〔一一〕「丞相」句，丞，原作「承」，據英華、四子集、全唐文改。丞相，指楊敞。西漢昭帝時楊敞爲丞相，其事迹詳前鄺國公墓誌銘注引漢書楊敞傳。

〔一二〕「崤、函」二句，崤、函，即崤山、函谷關。漢書郊祀志上：「自崤以東，名山五，大川祠二。」顏師古注：「崤，即今之陝州二崤也。」史記項羽本紀：「行略定秦地，函谷關有兵守關，不得入。」集解引文穎曰：「時關在弘農縣衡山嶺。」正義引括地志云：「函谷關，在陝州桃林縣西南十二里。」按張衡西京賦稱西京「左有崤、函重險，桃林之塞」云云，故此以「崤、函」代指西京長安，又以長安代指西漢。赫奕於朱輪，文選左思詠史詩：「濟濟京城内，赫赫王侯居。冠蓋蔭四術，朱輪竟長衢。」張銑注：「濟濟、赫赫，美盛貌。……貴人所乘車，朱其輪也。」赫奕，與「赫赫」義同。文選陸機弔魏武帝文：「伊君王之赫奕，寔終古之所難。」呂向注：「赫奕，盛貌。」兩句言西漢時楊氏貴盛之狀。

〔一三〕「河、洛」二句，河、洛，代指東京洛陽。張衡東京賦稱洛陽「泝洛背河，左伊右瀍」云云，此又以洛陽代指東漢。台階，後漢書郎顗傳：「三公上應台階，下同元首。」李賢注引春秋元命苞曰：「魁下六星，兩兩而比，曰三台。」注又曰：「言三公上象天之台階，下與人君同體也。」昭彰，鮮明貌。白玉，此代指車。劉昭補後漢書輿服志輿服下：「乘輿，諸侯、王公、列侯以白玉。」兩句言東漢時楊氏貴盛之狀。

國子進士楊去盈〔一〕，字流謙，弘農華陰人也。曾祖諱初，周大將軍，隋宗正卿〔二〕、常州刺史、順陽公〔三〕，皇朝左光禄大夫〔四〕、華山郡開國公，食邑本鄉二千五百户〔五〕。唐、虞之稷、契〔六〕，魏、晉之裴、王〔七〕。晏嬰可以事百君〔八〕，臯繇爲之謨九德〔九〕。麾蓋兵馬，人知牧伯之尊〔一〇〕；名山大川，地積公侯之氣〔一一〕。王考諱虔安，僞鄭王世充逼授二十八將，封鄖國公。尋謀歸順，爲充所害〔一二〕。皇朝贈大將軍，旌忠烈也。陶謙雅尚〔一三〕，祖逖雄心〔一四〕，會天子之蒙塵，見諸侯之釋位。雖陳平去就，潛懷杖劍之謀〔一五〕；而石勒凶殘，遂及推牆之禍〔一六〕。父某，潤州句容、遂州長江二縣令〔一七〕，朝散大夫，行鄧州司馬〔一八〕。文武兼備，清明在躬〔一九〕，人無間言，位不充量。四方取則，孔宣父之踐中都〔二〇〕；百里非才，龐士元之登別駕〔二一〕。

【箋注】

〔一〕「國子」句，國子進士，即國子監學生，習進士科。唐六典卷二一國子監：「學生三百人。」又曰：「國子博士掌教文武官三品已上及國公子孫、從二品已上曾孫之爲生者。五分其經以爲之業：習周禮、儀禮、禮記、毛詩、春秋左氏傳，每經各六十人，餘經亦兼習之。……其習經有暇者，命習隸書并國語、説文、字林、三蒼、爾雅。每旬前一日則試其所習業，每歲其生有能通兩經已上求出仕者，則上於監；堪秀才、進士者亦如之。」

〔二〕「隋宗正卿」句，隋書百官志：「諸卿，梁初猶依宋、齊，皆無卿名。天監七年（五〇八），以太常爲太常卿，加置宗正卿，以大司農爲司農卿。三卿，是爲春卿。」唐六典卷一六「宗正寺卿」李林甫注：「隋開皇初，宗正卿三品，煬帝爲從三品。」

〔三〕「順陽公」句，順陽公，封爵名。陽，原作「楊」，各本同。古之封爵，以地爲封，考無「順楊」之地名。按後漢書四王三侯列傳有順陽懷侯（劉）嘉傳，乃以順陽爲封地。同上書李通傳：「還屯田順陽。」李賢注：「順陽，縣名，屬南郡，哀帝改爲博山。故城在今鄧州穰縣西。」則「楊」當是「陽」之形訛，據此改。

〔四〕「皇朝」句，唐六典卷二尚書吏部：「（吏部）郎中一人，掌考天下文吏之班秩品命，凡叙階二十九。……從二品曰光禄大夫。」注：「皇朝初猶有左、右之名，貞觀之後唯有光禄大夫。」則楊初叙左光禄大夫，當在唐高祖時。

〔五〕「華山郡」二句，通典卷三一歷代王侯封爵：「（唐）庶姓卿士功業特盛者，亦封郡王，其次封國公，其次有郡、縣開國公、侯、伯、子、男之號，亦九等，并無官土。其加『實封』者，則食其租調，分食諸郡，以租調給（原注：自武德至天寶，實封者百餘家）。」則所謂「華山郡」，實僅以其地名爲號而已，并非實領其地，亦不真食其租調。

〔六〕「唐、虞」句，唐、虞，指陶唐氏、有虞氏，即堯、舜，此偏指舜。史記五帝本紀索隱：「虞，國名，在河東大陽縣；舜，謚也。」尚書舜典：「帝（舜）曰：『棄！黎民阻饑，汝后稷播時百穀。』」稷，即后稷，名棄，周之始祖。五帝本紀又曰：「帝曰：『契！百姓不親，五品不遜，汝作司徒，敬敷五教，在寬。』」僞孔傳：「五品，謂五常。遜，順也。」按：契，殷之始祖。

〔七〕「魏、晉」句，當亦偏指晉。裴，指裴秀。裴氏在魏時已顯，至晉方盛。晉書裴秀傳：「裴秀，字季彦，河東聞喜人也。祖茂，漢尚書令；父潛，魏尚書令。」秀少好學，有風操，時人爲之語曰：「後進領袖有裴秀。」晉武帝（司馬炎）即王位，拜尚書令、右光禄大夫。及受禪，加左光禄大夫，封鉅鹿郡公。後又拜司空，詔稱「動德茂著，配蹤元凱」云云。泰始七年（二七一）薨。其子頠、從弟楷，楷子憲，皆有名。王，指王導。晉書王導傳：王導，字茂弘，琅邪臨沂人，光禄大夫覽之孫。渡江之初，拜右將軍、揚州刺史，監江南諸軍事，有定鼎之功。明帝即位，又受遺詔輔政，遷司徒。其家族極盛，史臣有贊曰：「契叶三主，榮逾九命。……赫矣門族，重光斯盛。」

〔八〕「晏嬰」句，晏子春秋卷四：「梁丘據問晏子曰：『子事三君，君不同心，而子俱順焉。仁人固多心乎？』晏子對曰：『嬰聞之：順愛不懈，可以使百姓；暴强不忠，不可以使一人。一心可以事百君，三心不可以事一君。』仲尼聞之，曰：『小子識之，晏子以一心事百君者也。』」

〔九〕「皋繇」句，尚書皋陶謨：「皋陶曰：『都！亦行有九德，亦言其人有德，乃言曰：載采采。』禹曰：『何？』皋陶曰：『寬而栗，柔而立，愿而恭，亂而敬，擾而毅，直而温，簡而廉，剛而塞，彊而義，彰厥有常，吉哉！』」

〔一〇〕「麾蓋」二句，麾蓋，麾，用作指揮之旌旗；蓋，車蓋，代指車。牧伯，尚書周官：「六卿分職，各率其屬，以倡九牧，阜成兆民。」僞孔傳：「六卿各率其屬官大夫士，治其所分之職，以倡道九州牧伯，爲政大成，兆民之性命皆能其官，則政治。」後之州刺史，即古之牧伯。漢書朱博傳：「今部刺史居牧伯之位。」

〔一一〕「名山」二句，地，原作「藴」，英華校：「集作地。」全唐文作「地」。按上句爲「人」，此作「地」是，據改。淮南子墬形訓：「山爲積德，川爲積刑。」高誘注：「山，仁，萬物生焉，故爲積德；川，水，智，智制斷，故爲積刑也。」尚書舜典：「望秩于山川。」僞孔傳：「謂五嶽，牲禮視三公；四瀆，視諸侯；其餘視伯、子、男。」按：自「唐、虞」至此，謂楊初在歷朝德業極盛。

〔一二〕「王考」數句，隋書王充傳（按：王充即王世充，避唐諱闕字，以下徑補「世」字）：「王世充，字行滿，本西域人也。」爲隋將軍。宇文化及殺煬帝於江都，王世充奉越王楊侗爲主，封鄭國公，又自稱鄭王，於是廢楊侗於别宫，「僭即皇帝位，建元曰開明，國號鄭。」大唐遣秦王率衆圍之，世充頻出兵，戰輒不利。都外諸城相繼降款，世充窘迫，遣使請救於竇建德，建德率精兵援之。師至武牢，爲秦王所破，禽建德以詣城下。世充將潰圍而出，諸將莫有應之者，自知潛竄無所，於是出降。至長安，爲讎人獨孤修德所殺」。逼，英華、全唐文作「遥」，英華校：「集作逼，是。」二十八將，東漢有所謂「中興二十八將」，「永平中，顯宗追感前世功臣，乃圖畫二十八將於南宮雲臺，其外又有王常、李通、竇融、卓茂，合三十二人」（後漢書馬武傳）。王世充蓋效之。鄶國公，鄶爲古國名，英華作「鄫」，蓋形誤。王世充殺楊虔安，當在其被秦王李世民包圍之後。「王考諱虔安」，原作「王考諱安」。按册府元龜卷一六四招懷：「席辯，字令言，隋末寓居東郡。及王世充僭號，署辯爲左龍驤將軍。辯私謂僞將楊虔安、李君義等曰：『充雖據有雒陽，無人君之量，大唐已定關中，即真主也。』乃共虔安、君義等遣使入京，密申忠款。高祖欲發兵攻雒陽，潛令以書召辯，辯奉書，即帥部兵入京。」則楊安，當即楊虔安，楊安弟名楊虔威可助證，據此補「虔」字。蓋席辯帥部入京并不成功，故招致楊虔安被殺。

〔一三〕「陶謙」句，後漢書陶謙傳：「陶謙，字恭祖，丹陽人也。」爲車騎將軍、徐州刺史。下邳闕宣自稱天子，謙始與合從，後遂殺之，而并其衆。

〔一四〕「祖逖」句，晉書祖逖傳：「祖逖，字士稚，范陽遒人也。……與司空劉琨俱爲司州主簿，情好綢繆，共被同寢，中夜聞荒雞鳴，蹴琨覺，曰：『此非惡聲也！』因起舞。逖、琨并有英氣，每語世事，或中宵起坐，相謂曰：『若四海鼎沸，豪傑并起，吾與足下當相避於中原耳。』」爲奮威將軍、豫州刺史，將本流徙部曲百餘家渡江，「中流擊楫而誓曰：『祖逖不能清中原而復濟者，有如大江！』辭色壯烈，衆皆慨歎」。以上二句，以陶謙、祖逖喻楊虔安，謂其既知順逆，又具英雄氣概。

〔一五〕「雖陳平」二句，史記陳丞相世家：「陳丞相平者，陽武户牖鄉人也。……項羽略地至河上，陳平往歸之，從入破秦，賜平爵卿。項羽之東王彭城也，漢王還定三秦而東。殷王反楚，項羽乃以平爲信武君，將魏王咎客在楚者以往，擊降殷王而還。項王使項悍拜平爲都尉，賜金二十鎰。居無何，漢王攻下殷，項王怒，將誅定殷者將吏。陳平懼誅，乃封其金與印，使使歸項王，而平身閒行杖劍亡。……遂至修武降漢。」此以陳平降漢，喻楊虔安歸唐。杖，全唐文作「仗」，義同。

〔一六〕「而石勒」二句，晉書王衍傳：「衍字夷甫，琅邪臨沂人。石勒寇京師，衍以太尉爲太傅軍司，衆共推爲元帥。「俄而舉軍爲石勒所破，勒呼王公，與之相見，問衍以晉故。衍爲陳禍敗之由，云計不在己。勒甚悦之，與語移日。衍自説少不豫事，欲求自免，因勸勒稱尊號。勒怒曰：『君名蓋四海，身居重任，少壯登朝，至於白首，何得言不豫世事邪？破壞天下，正是君罪。』使左右扶出，謂其黨孔萇曰：『吾行天下多矣，未嘗見如此人，當可活不？』萇曰：『彼晉之三公，必不爲我盡力，又何足責乎？』勒曰：『要不可加以鋒刃也。』使人夜排牆填殺之。」按：王衍大節有虧，此唯取石勒排牆之「凶殘」，以喻王世充殺楊虔安，蓋手段相同也。

〔一七〕「父某」二句，某，其名未詳，嘗爲長江縣令，見前遂州長江縣先聖孔子廟堂碑注。元和郡縣志卷二五潤州句容縣：「漢舊縣也。晉元帝興於江左，爲畿内第二品縣。縣有茅山，本名句曲。

以山形似『己』字，故名句曲；有所容，故號句容。」按：潤州即今江蘇鎮江市，句容爲鎮江所轄縣級市。

〔一八〕「行鄧州」句，元和郡縣志卷二一鄧州：「周爲中國。……秦昭襄王取韓地置南陽郡，以在中國之南而有陽地，故曰南陽。……隋開皇七年（五八七）……置鄧州，大業三年（六〇七）改爲南陽郡。武德二年（六一九）復爲鄧州。」今爲河南鄧州市。

〔一九〕「清明」句，明，原作「白」，英華、全唐文作「明」，英華校：「集作白。」按禮記孔子閒居：「清明在躬，氣志如神。」下文「四方取則」二句以孔子爲喻，此當如之，則作「明」是，據改。躬，英華校：「一作體。」誤。

〔二〇〕「四方」二句，史記孔子世家：「（魯）定公以孔子爲中都宰，一年，四方皆則之。」

〔二一〕「百里」二句，三國志蜀書龐統傳：「龐士元（統）非百里才也，使處治中、別駕之任，始當展其驥足耳。」百里，指一縣。

若夫庭生玉樹，身帶金鐶〔一〕，有衛玠之風神〔二〕，有張良之容貌〔三〕。黄琬之譏盛允，責在司空〔四〕；陳蕃之對薛勤，志清天下〔五〕。觀其昏定晨省〔六〕，立身揚名，怪草蔚其休徵，神魚會其冥感〔七〕。莊公獨嘆，聞潁叔之純行〔八〕；有道相推，見茅容之盡禮〔九〕。則閨門雍穆，以孝聞也。輔仁會友〔一〇〕，合志同方〔一一〕，晏平仲之善交〔一二〕，鮑叔牙之知我〔一三〕。張堪死日，妻子惟託於朱暉〔一四〕；劉惔生平，風月每思於玄度〔一五〕。則朋友之德，若蘭芬也〔一六〕。朱穆好學，終食忘餐〔一七〕；譙周研精，欣然獨笑〔一八〕。張華四海之内，若指諸掌〔一九〕；班固百家之言，無不窮究〔二〇〕。鉤深致遠〔二一〕，悦丘墳也〔二二〕。八音繁會，五色章明〔二三〕，動天地而感鬼神，序人倫而成孝敬〔二四〕。陽臺並作，楚襄王賜雲夢之田〔二五〕；上林同時，漢武帝給尚書之筆〔二六〕。則瓊敷玉藻，未足多也〔二七〕。自攝齊東序〔二八〕，撰杖西膠〔二九〕，推宰我之能言，貴顏回之有德〔三〇〕。成如麟角，道尊於璧水之前〔三一〕；翼若鴻毛，俯拾於金門之下〔三二〕。方將咫尺宣室〔三三〕，扈從明庭，申賈誼之忠讜，盡楊雄之規諫〔三四〕。豫章七載，擢修幹而聳長條〔三五〕；有鳥三年，摶積風而運滄海〔三六〕。豈期數有迍否，天無皂白〔三七〕，苗而不秀，秀而不實〔三八〕，蓋有是夫！古人有言：殁而不朽者〔三九〕，此之謂也。春秋二十有六，以上元三年五月二十二日，殁於京師勝業里〔四〇〕。嗚呼哀哉！至儀鳳四年十二月二日，歸葬於華陰之某原，不忘本也。山河鬱鬱，松柏蒼蒼，骨肉閉兮歸后土，魂魄遊兮思故鄉。三荆搖落〔四一〕，五都悲涼〔四二〕，痛門户之無主，悼人琴之兩亡〔四三〕。嗚呼哀哉！

【箋注】

〔一〕「若夫」二句，玉樹、金鐶，分別用謝玄、傅暢事，言楊去盈資質之佳，分別見前李懷州墓誌銘「玉樹相輝」句、隰川縣令李公墓誌銘「叨雅契於金環」句注。

〔二〕「有衛玠」句，世説新語識鑒：「衛玠年五歲，神衿可愛，祖太保（瓘）曰：『此兒有異，顧吾老，不見其大耳。』」劉孝標注引玠别傳曰：「玠有虚令之秀，清勝之氣，在群伍之中有異人之望。祖太保見玠五歲，曰：『此兒神爽聰令，與衆大異，恐吾年老不及見爾。』」

〔三〕「有張良」句，史記留侯世家：「太史公曰：……上（漢高祖）曰：『夫運籌筴帷帳之中，決勝千里外，吾不如子房。』余以爲其人計魁梧奇偉，至見其圖，狀貌如婦人好女。」

〔四〕「黄琬」二句，「黄」原作「蔣」，「允」原作「元」。宋彭叔夏文苑英華辨證卷一〇：「楊盈川楊去盈墓誌『蔣琬之譏盛元，責在司空』，元，集作『允』。按後漢黄琬對司空盛允曰：『蠻夷猾夏，責在司空。』當作黄琬、盛允。蔣琬乃蜀人也。」今按後漢書黄瓊傳：「黄瓊，字世英，江夏安陸人。」附黄琬傳：「瓊爲司徒，琬以公孫拜童子郎，辭病不就，知名京師。時司空盛允有疾，瓊遣琬候問，會江夏上蠻賊事副府（李賢注「副本詣公府也」），允發書視畢，微戲琬曰：『江夏大邦，而蠻多士少。』琬奉手對曰：『蠻夷猾夏，責在司空。』因拂衣辭去，允甚奇之。」言黄琬聰慧。彭氏所辨是，二字據改。

〔五〕「陳蕃」二句，後漢書陳蕃傳：「陳蕃，字仲舉，汝南平輿人也。祖河東太守。蕃年十五，嘗閑處一室，而庭宇蕪穢。父友同郡薛勤來候之，謂蕃曰：『孺子何不灑掃以待賓客？』蕃曰：『大丈夫處世，當掃除天下，安事一室乎？』勤知其有清世志，甚奇之。」

〔六〕「觀其」句，禮記曲禮上：「凡爲人子之禮，冬温而夏清，昏定而晨省。」鄭玄注：「安定其牀衽也。省，問其安否何如。」謂其孝。

〔七〕「怪草」二句，初學記卷一六孝引孝經援神契曰：「元氣混沌，孝在其中。天子孝，天龍負圖，地龜出書，妖孽消滅，景雲出遊。庶人孝，則澤林茂，浮珍舒，怪草秀，水出神魚。」休徵，好兆頭。冥感，冥冥中産生感應。

〔八〕「莊公」二句，莊公，謂鄭莊公；潁叔，即潁考叔。左傳隱公元年：「初，鄭武公娶於申，曰武姜，生莊公及共叔段。莊公寤生，驚姜氏，故名曰寤生，遂惡之。愛共叔段，欲立之，亟請於武公，公弗許。」及莊公即位，武姜遂與共叔段配合發動叛亂，戰敗。於是莊公「遂寘姜氏於城潁，而誓之曰：『不及黄泉，無相見也！』既而悔之。潁考叔爲潁谷封人（杜預注「封人，典封疆者」），聞之，有獻於公，公賜之食，食舍肉。公問之，對曰：『小人有母，皆嘗小人之食矣，未嘗君之羹，請以遺之。』公曰：『爾有母遺，繄我獨無。』潁考叔曰：『敢問何謂也？』公語之故，且告之悔。對曰：『君何患焉？若闕地及泉，隧而相見，其誰曰不然？』公從之。……遂爲母子如初。君子曰：潁考叔純孝也，愛其母，施及莊公。詩（按見詩經大雅既醉）曰：『孝子不匱，永錫爾類。』其是之謂乎！」潁，原作「穎」，各本同，據此改。行，英華、全唐文作「深」。按「純行」指純孝之德行，作「深」誤。

〔九〕「有道」二句，有道，即郭泰，人稱有道先生。後漢書郭太（泰）傳附茅容傳：「茅容，字季偉，陳留人也。……（郭林宗）請寓宿。旦日，容殺雞爲饌，林宗謂爲己設，既而以共其母，自以草蔬與客同飯。林宗起拜之，曰：『卿賢乎哉！』」

〔一〇〕「輔仁」句，論語顔淵：「曾子曰：君子以文會友，以友輔仁。」何晏集解引孔（安國）曰：「友以文德合。友相切磋之道，所以輔成己之仁。」

〔一一〕「合志」句，禮記儒行：「儒有合志同方，營道同術。」鄭玄注：「同方、同術，等志行也。」

〔一二〕「晏平仲」句，論語公冶長：「子曰：晏平仲善與人交，久而敬之。」何晏集解引周曰：「齊大夫，晏姓，平謚，名嬰。」

〔一三〕「鮑叔牙」句，史記管子列傳：「管仲曰：吾始困時，嘗與鮑叔賈，分財利多自與，鮑叔不以我爲貪，知我貧也。吾嘗爲鮑叔謀事而更窮困，鮑叔不以我爲愚，知時有利不利也。吾嘗三仕，三見逐於君，鮑叔不以我爲不肖，知我不遭時也。吾嘗三戰三走，鮑叔不以我爲怯，知我有老母也。公子糾敗，召忽死之，吾幽囚受辱，鮑叔不以我爲無恥，知我不羞小節，而恥功名不顯於天下也。生我者父母，知我者鮑子也。」正義引韋昭云：「鮑叔，齊大夫，姒姓之後。鮑叔之子，叔牙也。」

〔一四〕「張堪」二句，後漢書朱暉傳：「朱暉，字文季，南陽宛人也。」仕光武、明、章三帝，官終尚書令。爲人好節概。「初，暉同縣張堪素有名稱，嘗於太學見暉，甚重之，接以友道。乃把暉臂曰：『欲以妻子託朱生。』暉以堪先達，舉手未敢對，自後不復相見。堪卒，暉聞其妻子貧困，乃自往候視，厚賑贍之。暉少子頡怪而問曰：『大人不與堪爲友，平生未曾相聞，子孫竊怪之。』暉曰：『堪嘗有知己之言，吾以信於心也。』」堪，英華作「琪」，校：「集作堪。」作「琪」誤。

〔一五〕「劉惔」二句，晉書劉惔傳：「劉惔，字真長，沛國相人也。……尚明帝女廬陵公主，以惔雅善言理，簡文帝初作相，與王蒙并爲談客，俱蒙上賓禮。」世説新語言語：「劉尹云：清風朗月，輒思玄度。」劉孝標注引晉中興士人書曰：「許詢能清言，於時士人皆欽慕仰愛之。」按：劉惔爲丹陽尹，故稱劉尹。許詢，字玄度。

〔一六〕「則朋友」二句，周易繫辭上：「二人同心，其利斷金。同心之言，其臭如蘭。」

〔一七〕「朱穆」二句，太平御覽卷六一四好學引張璠漢紀曰：「朱穆，字公叔。好學專精，每一思至，終日失食，行墜坑坎，亡失冠履。其父常言：『穆大專，幾不知馬之幾足。』」終，原作「中」，全唐文作「終」，核以漢紀，作「終」是，據改。按：朱穆，朱暉孫，後漢書朱暉傳有附傳。

〔一八〕「譙周」二句，三國志蜀書譙周傳：「譙周，字允南，巴西西充國人也。……周幼孤，與母兄同居。既長，耽古篤學，家貧，未嘗問産業，誦讀典籍，欣然獨笑，以忘寢食。」

〔一九〕「張華」二句，晉書張華傳：「張華……學業優博，辭藻温麗朗贍，多通圖緯方伎之書，莫不詳覽。……彊記默識，四海之内，若指諸掌。」

〔二〇〕「班固」二句，後漢書班固傳：「（班）固，字孟堅，年九歲能屬文，誦詩書。及長，遂博貫載籍，九流百家之言，無不窮究。所學無常師，不爲章句，舉大義而已。」

〔二一〕「鉤深」句，周易繫辭上：「探賾索隱，鉤深致遠，以定天下之吉凶、成天下之亹亹者，莫大乎著龜。」孔穎達正義釋「鉤深致遠」曰：「物在深處，能鉤取之；物在遠方，能招致之。」

〔二二〕「悦丘墳」句，丘，謂九丘；墳，三墳也。左傳昭公十二年：「左史倚相趨過，王曰：『是良史也，子善視之！是能讀三墳、五典、八索、九丘。』」杜預注：「皆古書名。」此泛指典籍。

〔二三〕「八音」二句，禮記樂記：「五色成文而不亂，八風從律而不姦。」鄭玄注：「五色，五行也；八風從律，應節至也。」孔穎達正義引崔氏云：「五色者，五行之音，謂宫、商、角、徵、羽之聲，和合成文不亂也。……八風從律而不姦者，八風，八方之風也；律，謂十二月之律也。樂音象八風，其樂得其度，故八風十二月律，應八節而至不爲姦慝也。」則八音，即八風，謂其樂音象八風也。徐陵丹陽上庸路碑：「若夫固天將聖，垂意藝文，五色相宣，八音繁會。」

〔二四〕「動天地」二句，毛詩序：「情發於聲，聲成文謂之音。治世之音安以樂，其政和；亂世之音怨以怒，其政乖；亡國之音哀以思，其民困。故正得失，動天地，感鬼神，莫近於詩。先王以是經夫婦，成孝敬，厚人倫，美教化，移風俗。」

〔二五〕「陽臺」二句，藝文類聚卷一九言語：「楚宋玉大言賦曰：楚襄王與唐勒、景差、宋玉游於陽雲之臺，王曰：『能爲寡人大言者上座。』……賦卒，而宋玉受賞。又曰：『有能爲小言賦者，賜之雲夢之田。』景差（賦）曰：……唐勒（賦）曰：……宋玉（賦）曰：……王曰：『善！』賜雲夢之田。」

〔二六〕「上林」二句，漢書司馬相如傳：「蜀人楊得意爲狗監，侍上（漢武帝），上讀子虛賦而善之，曰：

『朕獨不得與此人同時哉！』得意曰：『臣邑人司馬相如自言爲此賦。』上驚，乃召問相如，相如曰：『有是。然此乃諸侯之事，未足觀，請爲天子遊獵之賦。』上令尚書給筆札。……奏之天子，天子大説。其辭曰：……（按即上林賦。）賦奏，天子以爲郎。」

〔二七〕「則瓊敷」二句，文選陸機文賦：「彼瓊敷與玉藻，若中原之有菽。」李善注：「瓊敷、玉藻，以喻文也。」張銑注：「瓊敷、玉藻，謂文章妙句其爲無限，若中原有菽，採之則有，同天地之氣無窮，并育於中也。菽，豆葉也。」兩句言其極善詩賦。多，原作「云」，英華校集本同，據英華、四子集、全唐文改。

〔二八〕「自攝齊」句，論語鄉黨：「攝齊升堂，鞠躬如也，屏氣似不息者。」何晏集解引孔安國曰：「皆重慎也。衣下曰齊，攝齊者，摳衣也。」東序，禮記王制：「夏后氏養國老於東序，養庶老於西序。」孔穎達正義引熊氏云：「國老，謂卿大夫致仕者。庶老，謂士也。」按：此指太學，似當言西序，東序乃養「國老」之地。蓋爲對偶，當時不甚講究也。

〔二九〕「撰杖」句，禮記曲禮上：「侍坐於君子，君子欠伸，撰杖屨，視日蚤莫，侍坐者請出矣。」鄭玄注：「以君子有倦意也。撰，猶持也。」孔穎達正義：「撰杖屨者，則君子自執杖在坐著屨，升堂脱之在側。若倦，則自撰持之也。」西膠，禮記王制：「周人養國老於東膠，養庶老於虞庠。虞庠在國之西郊。」鄭玄注：「周立小學於西郊。」「西膠」、「西郊」義同，代指虞庠（即學校）。關於三代學校名稱變化，詳參前新都縣學先聖廟堂碑文「東膠西序」句注。

〔三〇〕「推宰我」二句，論語先進：「德行：顔淵、閔子騫、冉伯牛、仲弓；言語：宰我、子貢。」邢昺疏：「言若任用德行，則有顔淵、閔子騫、冉伯牛、仲弓（即冉雍）四人，若用其言語辯説以爲行人，使適四方，則有宰我、子貢二人。」推，英華作「唯」，校：「集作推。」按：對句爲「貴」，此作「推」是。

〔三一〕「成如」二句，太平御覽卷六〇七叙學引徐幹中論：「蔣子萬機論曰：諺曰『學如牛毛，成如麟角』，言其少也。」又顔氏家訓養生篇：「學如牛毛，成如麟角。」道尊，禮記學記：「凡學之道，嚴師爲難。師嚴然後道尊，道尊然後民知敬學。」璧水，指辟雍，古之太學。禮記禮統：「所以制辟雍何？教化天下也。辟雍之制奈何？王制曰：『辟雍員如璧，雍以水，内如覆，外如偃盤也。』」兩句謂已學成。

〔三二〕「翼若」二句，漢書景十三王傳：「今群臣非有葭莩之親，鴻毛之重。」注引晉灼曰：「皆取喻於輕薄也。」翼之輕薄，謂能高飛。俯拾，漢書夏侯勝傳：「經術苟明，其取青紫如俛拾地芥耳。」顔師古注：「地芥謂草芥之横在地上者。俛而拾之，言其易而必得也。青紫，卿大夫之服也。俛即俯字也。」金門，即金馬門。漢書公孫弘傳：「拜爲博士，待詔金馬門。」注引如淳曰：「武帝時相馬者東門京作銅馬法獻之，立馬於魯班門外，更名魯班門爲金馬門。」兩句謂羽翼已豐，取官易如拾芥。

〔三三〕「方將」句，咫尺，史記淮陰侯列傳：「遺辯士奉咫尺之書。」正義：「咫，八寸。」言其簡牘或長尺也。」史記賈生列傳：「賈生（誼）徵見，孝文帝方受釐，坐宣室。」索隱引三輔故事云：「宣室，在未央殿北。」此代指皇帝。句謂即將向皇帝上書，距召見已經很近。

〔三四〕「申賈誼」二句，賈誼忠讜，集中在「更法」，如改正朔、易服色制度、定官名、興禮樂，以及「列侯就國」等，事詳漢書本傳。楊雄規諫乃用賦，其自述曰：「雄以爲賦者，將以風也。」因而嘗「奏甘泉賦以風」、「上河東賦以勸」、「聊因校獵，賦（校獵賦）以風」、「上長楊賦，聊因筆墨之成文章，故借『翰林』以爲主人，『子墨』爲客卿，以風」等（見漢書揚雄傳）。風，通「諷」，即規諫。

〔三五〕「豫章」二句，史記司馬相如列傳載子虛賦：「楩柟豫章。」集解引郭璞曰：「豫章，大木也，生七年乃可知也。」此喻人才。

〔三六〕「有鳥」二句，莊子逍遥遊：「鵬之徙於南冥也，水擊三千里，摶扶摇而上者九萬里。……風之積也不厚，則其負大翼也無力，故九萬里則風斯在下矣，而後乃今培風，背負青天而莫之夭閼者，而後乃今將圖南。」三年，當爲對應上句「七載」而設。鳥，原作「烏」，據改。積，英華校：「集作高。」

〔三七〕「豈期」二句，迍否，艱難，時運不濟。晉書元帝紀：「建武元年（三一七）春二月辛巳，平東將軍宋哲至，宣愍帝詔曰：『遭運迍否，皇綱不振，朕以寡德，奉承洪緒。……』」皂白，即黑白。晉書天文志下：「康帝建元二年（三四四），歲星犯天關。安西將軍庾翼與兄冰書曰：『歲星犯天關，……石季龍頻年再閉關，不通信使，此復是天公憒憒，無皂白之徵也。』」

〔三八〕「苗而」二句，論語子罕：「子曰：苗而不秀者有矣，夫秀而不實者有矣夫！」何晏集解引孔（安國）曰：「言萬物有生而不育成者，喻人亦然。」孔穎達正義：「以顏回早卒，孔子痛惜之，爲之作譬也。言萬物有生而不育成者，喻人亦然也。」

〔三九〕「殁而」句，左傳襄公二十四年：「春，穆叔如晉，范宣子逆之，問焉，曰：『古人有言曰死而不朽，何謂也？』……穆叔曰：『以豹所聞，……魯有先大夫曰臧文仲，既没，其言立，其是之謂乎？豹聞之：太上有立德，其次有立功，其次有立言，雖久不廢，此之謂不朽。』」

〔四〇〕「殁於」句，勝業里，清徐松唐兩京城坊考卷三：「朱雀門街東第四街，……次南安興坊，……次南勝業坊。本名宜仁，後改。……西南隅，勝業寺。」

〔四一〕「三荆」句，文選陸機豫章行：「三荆歡同株。」劉良注：「三荆，三枝共本也。昔有田廣、田真、田慶兄弟三人將别，無以分，明日欲分庭有荆樹。荆樹經宿萎黄，乃相謂曰：『荆樹尚然，況我兄弟乎？』遂不分，荆復悦茂。故云『歡同株』。」按：故事見吴均續齊諧記。楚辭宋玉九辯：「蕭瑟兮草木摇落而變衰。」王逸注：「華葉隕零，肥潤去也。」

〔四二〕「五都」句，五都，即洛陽、邯鄲、臨淄、宛、成都，見漢書食貨志下。此泛指普天下。

〔四三〕「悼人琴」句，世説新語傷逝：「王子猷（徽之）、子敬（獻之）俱病篤，而子敬先亡。子猷問左右：『何以都不聞消息，此已喪矣！』語時了不悲。便索輿來奔喪，都不哭。子敬素好琴，便徑入坐靈牀上，取子敬琴彈，絃既不調，擲地云：『子敬！子敬！人琴俱亡。』因慟絶良久。月餘亦卒。」

其銘曰：

高掌遠蹠〔一〕，濁涇清渭〔二〕。天子諸侯，司空太尉。星辰鼓舞，山澤通氣〔三〕。道在者尊〔四〕，德成爲貴〔五〕。賈家三虎，偉節最怒〔六〕。荀氏八龍，慈明無雙〔七〕。劍光衝斗〔八〕，璧氣浮江〔九〕。據於道德，聞於家邦。子之承親，温席扇枕〔一〇〕。子之友悌，同輿共寢〔一一〕。朝歌不入，盜泉不飲〔一二〕。垂露崩雲〔一三〕，繁絃縟錦〔一四〕。明經大學，射策鴻都〔一五〕。對揚天子〔一六〕，高揖司徒〔一七〕。鱗翮摶運，波濤不虞〔一八〕。子之喪也，良可悲夫！瞻望不及，佇立以泣。惟見黄埃〔一九〕，心腸以摧。躑躅兮徘徊，嗚呼兮哀哉！長夜漫漫何時旦〔二〇〕，魂兮魂兮歸去來〔二一〕！

【箋注】

〔一〕「高掌」句，掌，原作「集」，據四子集、全唐文改。文選張衡西京賦：「綴以二華，巨靈贔屭，高掌遠蹠，以流河曲，厥迹猶存。」薛綜注：「華，山名也。巨靈，河神也。巨，大也。古語云：此本一山，當河水過之而曲行，河之神以手擘開其上，足蹋離其下，中分爲二，以通河流，手足之迹，於今尚在。」二華，李善注引山海經曰：「太華之西，小華之山。」此即指華山。又引遁甲開山圖曰：「有巨靈胡者，偏得坤元之道，能造山川，出江河。」

〔二〕「濁涇」句，詩經邶風谷風：「涇以渭濁。」毛傳：「涇渭相入而清濁異。」釋文：「涇，濁水也；渭，清水也。」

〔三〕「天子」四句，漢書天文志序：「經星常宿中外官凡百一十八名，積數七百八十三里，皆有州國官宮物類之象。……迅雷風祅，怪雲變氣，皆陰陽之精，其本在地，而上發天者也。」謂天子及諸侯、司空、太尉等百官，皆與星辰交互感應。鼓舞，謂星辰運轉。周易繫辭上：「懸象運轉，以成昏明，山澤通氣，而雲行雨施，故變化見矣。是故剛柔相摩。」韓伯注：「相切摩也。言陰陽之交感也。」

〔四〕「道在」句，禮記學記：「凡學之道，嚴師爲難。師嚴然後道尊，道尊然後民知敬學。是故君之所不臣於其臣者二：當其爲尸，則弗臣也；當其爲師，則弗臣也。大學之禮，雖詔於天子無北面，所以尊師也。」鄭玄注：「嚴，尊敬也。」又曰：「尸，主也，爲祭主也。」又曰：「尊師重道焉，不使處臣位也。」

〔五〕「德成」句，禮記文王世子：「君子曰德，德成而教尊，教尊而官正，官正而國治，君之謂也。」又史記樂書：「是故德成而上，藝成而下。」正義：「德成，謂人君禮樂。德成則爲君，故居堂上南面，尊之也。」

〔六〕「賈家」二句，後漢書賈彪傳：「賈彪，字偉節，潁川定陵人也。……舉孝廉，補新息長。小民困貧，多不養子，彪嚴爲其制，與殺人同罪。……數年間，人養子者千數，僉曰：『賈父所長。』生男名爲賈子，生女名爲賈女。」延熹元年（一五八），黨事起，「乃入洛陽，説城門校尉竇武、尚書霍諝，武等訟之桓帝，以此大赦黨人。……以黨禁錮，卒於家。初，彪兄弟三人并有高名，而彪最優，故天下稱曰：『賈氏三虎，偉節最怒。』」怒，强也。

〔七〕「荀氏」二句，後漢書荀爽傳：「爽字慈明，一名諝。幼而好學，年十二能通春秋、論語。太尉杜喬見而稱之曰：『可爲人師。』爽遂耽思經書，慶弔不行，徵命不應。潁川爲之語曰：『荀氏八龍，慈明無雙。』」以上四句，以賈彪、荀爽喻楊去盈。

〔八〕「劍光」句，用張華得龍淵、太阿雙劍事，前已屢注。

〔九〕「璧氣」句，藝文類聚卷九八龍引尚書中候曰：「舜沉璧於河，榮光休至。」榮光，即所謂「璧氣」。本爲河，此云「江」，以押韻故也。

〔一〇〕「温席」句，東觀漢記卷一九黄香傳：「黄香，字文彊，江夏安陸人也。父況，舉孝廉，爲郡五官掾。貧無奴僕，香躬執勤苦，盡心供養。冬無被袴，而親極滋味，暑即扇牀枕，寒即以身温席。」

〔一一〕「同輿」句，鍾毓、鍾會兄弟善嘲，未嘗屈躓。一日同車從東至西門，被一女子嘲其多鬚，見前唐上騎都尉高君神道碑「一門兄弟」句注。後漢書姜肱傳：「肱與二弟仲海、季江俱以孝行著聞。其友愛天至，常共卧起。及各娶妻，兄弟相戀不能别寢，以係嗣當立，乃遞往就室。」

〔一二〕「朝歌」二句，淮南子説山訓：「墨子非樂，不入朝歌之邑；曾子立廉，不飲盜泉，所謂養志者也。」又説苑説叢：「水名盜泉，孔子不飲，醜其聲也。」按：朝歌，殷紂王國都，地在今河南淇縣。盗泉，在今山東泗水縣。

〔一三〕「垂露」句，初學記卷二一文字引蕭子良古今篆隸文體，稱書有數十種，其中有「垂露書」。又引王愔文字志曰：「垂露書如懸針，而勢不遒勁，阿那若濃露之垂，故謂之垂露。」唐韋續墨藪卷一：「垂露篆者，漢章帝時曹喜作也。」崩雲，謂下筆重。鮑照飛白書勢銘曰：「鳥企龍躍，珠解泉分。輕如游霧，重似崩雲。」唐孫過庭書譜：「觀夫懸針垂露之異，奔雷墜石之奇，……形或重若崩雲，或輕如蟬翼。」句謂楊去盈擅長書法。

〔一四〕「繁絃」句，謂詩歌音節豐富，文采斐然。蕭子範求撰昭明太子集表曰：「若乃緣情體物，繁絃縟錦，縱横艷思，籠蓋辭林，……既異陳王之躬撰，又非當陽之自集。」

〔一五〕「射策」句，射策，謂設難問疑義書之於策，欲射者隨其所取而釋之，詳見前唐同州長史宇文公神道碑「射策王庭」句注引漢書蕭望之傳。此泛指考試。鴻都，後漢書靈帝紀：光和元年（一七八）二月己未：「始置鴻都門學生。」李賢注：「鴻都，門名也，於内置學。時其中諸生皆敕州郡、三公舉召，能爲尺牘、辭賦及工書鳥篆者相課試，至千人焉。」句指唐之科舉考試。

〔一六〕「對揚」句，對揚，英華、全唐文作「揚名」，英華校：「集作對揚。」按：作「對揚」是。尚書説命下：「（傳）説拜稽首曰：敢對揚天子之休命。」僞孔傳：「對，答也。答受美命而稱揚之。」

〔一七〕「高揖」句，後漢書趙壹傳：「趙壹，字元叔，漢陽西縣人也。……光和元年（一七八），舉郡上計到京師。是時司徒袁逢受計，計吏數百人皆拜伏庭中，莫敢仰視，壹獨長揖而已。逢望而異之，今左右往讓之，曰：『下郡計吏而揖三公，何也？』對曰：『昔酈食其長揖漢王，今揖三公，何遽怪哉！』逢則斂衽下堂執其手，延置上坐。」

〔一八〕「鱗翮」二句，鱗指魚類，翮指鳥類。摶，上飛；運，游動。兩句謂鳥飛魚躍，難免有意外風險，婉言楊去盈之死。

〔一九〕「惟見」句，文選鮑照蕪城賦：「直視千里外，唯見起黄埃。凝思寂聽，心傷已摧。」黄埃，李善注引王逸楚辭注曰：『埃，塵也。』」

〔二〇〕「長夜」句，藝文類聚卷九四牛引琴操曰：「甯戚飯牛，車下叩角而商歌曰：『……短布單衣裁至骭，長夜漫漫何時旦！』」

〔二一〕「魂兮」句，楚辭宋玉招魂：「乃下招曰：魂兮歸來！」王逸注：「巫陽受天帝之命，因下招屈原之魂，還歸屈原之身。」

從弟去溢墓誌銘〔一〕

處士弘農楊去溢，年二十，即華山公之曾孫，大將軍之孫，朝散大夫、鄧州司馬之第四子也〔二〕。維嶽有五，有華山之金石焉〔三〕，山阜相屬，含谿懷谷〔四〕，所以鎮其南也〔五〕。維瀆有四，有河宗之玉璧焉〔六〕，波瀾汨起，迴洑萬里，所以經其北也。言其土地，則巨靈之高掌遠蹠，作西漢之城池〔七〕；叙其衣冠，則太尉之四世五公，爲東京之柱國〔八〕。然後積勳累德，枝分葉散。大君有命，臨夏日之壇場〔九〕；天子動容，聽秋風之金鼓〔一〇〕。是以熊羆入兆〔一一〕，羔鴈成群〔一二〕。黄憲之名，聞於海内〔一三〕，陳蕃之志，掃於天下〔一四〕。群童忽聚，逢苦李而懸知〔一五〕；賓客相過，問楊梅而即對〔一六〕。善父母爲孝，善兄弟爲友〔一七〕，居家可移之道也〔一八〕；利者義之和，貞者事之幹〔一九〕，元亨日新之德也〔二〇〕。

【箋注】

〔一〕從弟，文苑英華卷九六一作「楊」，校：「集作從弟。」按：文稱楊去溢葬於儀鳳四年（六七九）十月二日，則本文當作於此前不久。

〔二〕「處士」數句，處士，漢書異姓諸侯王表：「秦既稱帝，患周之敗，以爲起於處士横議。」顔師古注：「處士，謂不官於朝，而居家者也。」「華山公」即楊初，「大將軍」爲楊虔安，「鄧州司馬」楊某，其名未詳，見上文從弟去盈墓誌銘注。

〔三〕「有華山」句，金石，金指金液，石指玉版。初學記卷五華山引列仙傳曰：「馬明生從安期先生受金液神丹方，乃入華陰山合金液百藥昇天，但服半劑，爲地仙。」又引崔鴻前燕録曰：「石季龍使人采藥上華山，得玉版。」

〔四〕「含谿」句，含，原作「合」。英華作「含」，校：「集作合。」全唐文作「含」。按：「含」與「懷」字配，義較勝，據英華等改。

〔五〕「所以」句，周禮夏官職方氏：「河南曰豫州，其山鎮曰華山。」鄭玄注：「鎮，名山安地德者也。」

〔六〕「維瀆」二句，尚書禹貢：「高山五嶽，大川四瀆。」孔穎達正義：「大川四瀆，謂江、河、淮、濟也。」河宗，地名。史記趙世家：「奄有河宗。」正義：「蓋在龍門，河之上流嵐、勝二州之地也。」清惠士奇禮説卷一一曰：「穆天子傳（卷一）：『天子西征，騖行至陽紆之山，河伯無夷之所都居，是惟河宗氏。』……説者謂吕梁在西河離石縣西，孟門乃龍門之上口，兼孟津之名，古河宗之地。」按穆天子傳卷一又曰：「穆天子（即周穆王）至河宗，「河宗伯夭逆天子燕然之山，勞用束帛加璧」。」故稱有「玉璧焉」。

〔七〕「則巨靈」二句，巨靈，即河神，謂其用手掌將華山劈之爲二，見前從弟去盈墓誌銘注。城池，指西漢之初都咸陽。張衡西京賦：「漢氏初都，在渭之涘，秦里其朔，寔爲咸陽。左有崤函重險，桃林之塞，綴以二華，巨靈贔屭。高掌遠蹠，以流河曲，厥迹猶存。右有隴坻之隘，隔閡華戎，岐梁汧雍，陳寶鳴雞在焉。……於後則高陵平原，據渭踞涇，澶漫靡迤，作鎮於近。其遠則九嵕、甘泉，涸陰沍寒。……」兩句謂楊氏占籍華陰，在咸陽之左，爲西漢都城險要之地。

〔八〕「叙其」三句，衣冠，謂仕宦。太尉，指楊震，官至太尉。世，原作「代」，避唐諱，徑改。四世，指楊震及其子秉、孫賜、曾孫彪；五公，加楊震玄孫、楊彪子楊修也。後漢書楊震傳曰：「自震至彪，四世太尉，德業相繼。」史臣贊曰：「楊氏載德，仍世柱國。」李賢注：「言世爲國柱臣也。」東京，東漢首都洛陽，代指東漢。兩句言楊氏先祖楊震動德彪炳史册。

〔九〕「大君」二句，大君，與對句「天子」互文義同。壇場，漢書高帝紀上：「於是漢王齊戒設壇場，拜（韓）信爲大將軍。」顔師古注：「築土而高曰壇，除地爲場。」

〔一〇〕「天子」二句，金鼓，英華作「懿範」，校：「集作金鼓。」按：作「金鼓」是，金鼓代指爲國征戰殺伐，以英勇感動天子。古代征戰多在秋季馬肥時，故言及「秋風」。禮記樂記：「君子聽鼓鼙之聲，則思將帥之臣。」以上四句，言楊氏祖先武功卓著。

〔一一〕「是以」句，謂爲天子欲得之才。史記齊太公世家：「西伯（周文王）將出獵，卜之，曰：『所獲非龍非彲，非虎非羆，所獲霸王之輔。』於是周西伯獵，果遇太公於渭之陽。」兆，占卜時灼龜甲所現裂紋，古人據以判斷吉凶。

〔一二〕「羔鴈」句，後漢書陳紀傳：「弟諶，字季方，與紀齊德同行，父（按：陳寔）子并著高名，時號『三君』。每宰府辟召，常同時旌命，羔鴈成群。」李賢注：「古者諸侯朝天子，卿執羔，大夫執鴈，士執雉。成群，言衆多也。」

〔一三〕「黄憲」二句，後漢書黄憲傳：「黄憲，字叔度，汝南慎陽人也。世貧賤，父爲牛醫。……同郡陳蕃、周舉常相謂曰：『時月之間不見黄生，則鄙吝之萌復存乎心。』及蕃爲三公，臨朝歎曰：『叔度若在，吾不敢先佩印綬矣。』太守王龔在郡，禮進賢達，多所降致，卒不能屈憲。郭林宗少游汝南，先過袁閎，不宿而退。進往從憲，累日方還。或以問林宗，林宗曰：『奉高（按：袁閎字）

之器，譬諸汎濫，雖清而易挹。叔度汪汪若千頃陂，澄之不清，淆之不濁，不可量也。』」

〔一四〕「陳蕃」二句，陳蕃庭宇蕪穢，父友薛勤責之，蕃曰：「大丈夫處世，當掃除天下，安事一室乎？」詳前原州百泉縣令李君神道碑「不掃一室」句注引後漢書陳蕃傳。

〔一五〕「群童」二句，晉書王戎傳：「王戎，字濬沖，琅邪臨沂人也。……嘗與群兒戲於道側，見李樹多實，等輩競趣之，戎獨不往。或問其故，戎曰：『樹在道邊而多子，必苦李也。』取之信然。」懸，原作「先」。英華作「懸」，校：「集作先。」全唐文作「懸」。按：作「懸」義勝，若作「先」則不足奇，據改。

〔一六〕「賓客」二句，太平御覽卷五一八子引郭子曰：「楊修，字德祖，九歲聰惠。孔文舉詣其父，父不在，乃呼修，修爲設果。果有楊梅，融指視曰：『此爾家果耶？』修應聲曰：『未聞孔雀是夫子家禽也。』」

〔一七〕「善父母」二句，周禮地官大司徒：「善於父母爲孝，善於兄弟爲友。」

〔一八〕「居家」句，孝經廣揚名章：「子曰：君子之事親孝，故忠可移於君；事兄悌，故順可移於長；居家治，故治可移於官。」

〔一九〕「利者」二句，周易乾卦文言：「元者善之長也，亨者嘉之會也，利者義之和也，貞者事之幹也。君子體仁足以長人，嘉會足以合禮，利物足以和義，貞固足以幹事。君子行此四德者，故曰：『乾，元亨利貞。』」

〔二〇〕「元亨」句，周易繫辭上：「日新之謂盛德。」韓伯注：「體化合變，故曰日新。」自「大君有命」至此，述楊震以後楊氏家族之文武俊彦。

若夫羽陵遺策〔一〕，汲冢殘書〔二〕，倚相之八索九丘〔三〕，張華之千門萬户〔四〕，莫不山藏海納，學無所遺。至如白雪迴光，清風度曲〔五〕，崔亭伯真龍之氣〔六〕，揚子雲吐鳳之才〔七〕，莫不玉振金聲〔八〕，筆有餘力。遠心天授，高興生知〔九〕，盡江海之良圖，得煙霞之秘筭。貞不絶俗，從容於名教之場〔一〇〕；道由人弘，坐卧於羲皇之代〔一一〕。于時朝廷之上，山林之下，英儒瞻聞之士〔一二〕，洪筆麗藻之客，希末光而影集〔一三〕，聽餘聲而響和者，猶藩籬之望天地〔一四〕，鱗介之宗龜龍也〔一五〕。

【箋注】

〔一〕「若夫」句，羽，原作「節」，據全唐文改。穆天子傳卷五：「天子東游，次於雀梁，蠹書於羽陵。」郭璞注：「謂暴書中蠹蟲，因云蠹書也。」羽陵，古地名，不詳所在。

〔二〕「汲冢」句，晉書束皙傳：「太康二年（二八一），汲郡人不準盜發魏襄王墓，或言安釐王冢，得竹書數十車。其紀年十三篇，記夏以來至周幽王爲犬戎所滅，以事接之，三家分，仍述魏事至安釐王之二十年。蓋魏國之史書，大略與春秋皆多相應。」按：以上兩句所謂遺策、殘書，泛指古代典籍。

〔三〕「倚相」句,左傳昭公十二年:「左史倚相趨過,王曰:『是良史也,子善視之!是能讀三墳、五典、八索、九丘。』」杜預注:「皆古書名。」

〔四〕「張華」句,晉書張華傳:「華彊記默識,四海之内若指諸掌。武帝嘗問漢宫室制度及建章千門萬户,華應對如流,聽者忘倦,畫地成圖,左右屬目。」

〔五〕「至如」二句,言雪光返照,清風仾吟。此連下文,謂每當是時,便有詩文。

〔六〕「崔亭伯」句,後漢書崔駰傳:「崔駰,字亭伯,涿郡安平人也。……元和中,肅宗(章帝)始修古禮,巡狩方嶽,駰上四巡頌,以稱漢德,辭甚典美。……帝雅好文章,自見駰頌後,常嗟歎之,謂侍中竇憲曰:『卿寧知崔駰乎?』對曰:『班固數爲臣説之,然未見也。』帝曰:『公愛班固而忽崔駰,此葉公之好龍也,試請見之。』」按:「葉公好龍」故事,見劉向新序卷五,謂「葉公非好龍也,好夫似龍而非龍者也」,則此以崔爲「真龍」。

〔七〕「揚子雲」句,揚雄,字子雲。西京雜記卷二:「揚雄讀書,有人語之曰:『無爲自苦,玄故難傳。』忽然不見。雄著太玄經,夢吐鳳凰,集玄之上,頃而滅。」以上二句,謂楊去溢其學其才,有如崔駰、揚雄。

〔八〕「莫不」句,漢書兒寬傳:寬對曰:「……唯天子建中和之極,兼總條貫,金聲而玉振之,以順成天慶,垂萬世之基。」顔師古注:「言振揚德音,如金玉之聲也。」此形容詩文極美。

〔九〕「高興」句，高興，興致、熱情極高。生知，與上句「天授」義同，謂自然而然，與生俱來。論語季氏：「孔子曰：『生而知之者上也，學而知之者次也，困而學之又其次也。』」

〔一〇〕「貞不」二句，後漢書郭太（泰）傳：「或問汝南范滂曰：『郭林宗何如人？』滂曰：『隱不違親，貞不絶俗，天子不得臣，諸侯不得友，吾不知其它。』」名教，以名份爲核心之禮教。兩句謂楊去溢既能守正，又能隨俗。

〔一一〕「道由」二句，論語衛靈公：「子曰：『人能弘道，非道弘人。』」陶潛與子儼等疏：「常言：五六月中，北窗下卧，遇涼風暫至，自謂是羲皇上人。」羲皇，即伏羲氏，爲三皇之一，故稱。藝文類聚卷一一引帝王世紀：「太昊帝庖羲氏，風姓也。蛇身人首，有聖德，都陳。」兩句謂楊去溢能弘揚古道。

〔一二〕「英儒」句，贍，原作「瞻」，據英華、全唐文改。聞，英華校：「集作文。」按：贍，多也。作「聞」義勝。

〔一三〕「希末光」，希，慕也。末光，謙詞，即輝光。影集，文選陳琳爲曹洪與魏文帝書：「未有星流景集，飈奮霆擊，長驅山河，朝至暮捷若今者也。」劉良注：「星流景（同「影」）集，飈舉霆擊，言疾速也。」按：此言如影隨光而不離，以喻希慕之甚。

〔一四〕「猶藩籬」句，文選宋玉對楚王問：「鳳凰上擊九千里，絶雲霓，負蒼天，足亂浮雲，翱翔乎杳冥之上。夫藩籬之鷃，豈能與之料天地之高哉！」張銑注：「藩籬，蒿草之屬。鷃，小鳥也。言栖於蕃籬之上，豈能料計天地之高遠哉！言其不知也。」地，原作「池」，據此作「池」誤，據英華、四子集、全唐文改。

〔一五〕「鱗介」句，文選蔡邕郭有道碑文：「於時纓緌之徒，紳佩之士，望形表而影附，聆嘉聲而響和者，猶百川之歸鉅海，鱗介之宗龜龍也。」李善注：「曾子曰：『介蟲之精者曰龜，鱗蟲之精者曰龍。』」劉良注：「鱗介之物，以龜龍爲長也。」按：以上皆極言楊去溢英邁傑出，爲時人所許。

嗟乎！陰陽爲道，大道無亭毒之心〔一〕；禍福惟人，聖人有抑揚之教〔二〕。智焉而斃，仁焉而終〔三〕。今也則亡，歎顔回之短命〔四〕；死而可作，冀隨會之同歸〔五〕。文不在兹乎，天之將喪也〔六〕。以某年某月某日，終於某所。越儀鳳四年十月二日，歸葬於華陰之某原。林野彌望，關山寥廓。樵童牧竪，孟嘗君之池臺〔七〕；一去千年，丁令威之城郭〔八〕。悲纏於魯衛〔九〕，痛深於花萼〔一〇〕。姜肱没齒，無因共被之歡〔一一〕；鍾毓生年，非復同車之樂〔一二〕。嗚呼哀哉！

【箋　注】

〔一〕「大道」句，老子：「故道生之，德畜之，長之育之，亭之毒之，養之覆之。生而不有，爲而不恃，長而不宰，是謂玄德。」王弼注：「亭謂品其行，毒謂成其質。」又注其義曰：「謂成其實，各得其庇廕，不傷其體矣。」又曰：「有德而不知其主也，出乎幽冥。」大道任其自然，故謂無亭毒之心。毒，英華校：「集作育。」按釋文曰：「毒，今作育。」

〔二〕「聖人」句，後儒稱孔子作春秋抑揚其詞，善善惡惡，一字褒貶。所謂抑揚之教蓋指此。

〔三〕「智焉」二句，文選顔延之陶徵士誄：「仁焉而終，智焉而斃。」李善注引應劭風俗通曰：「傳云：五帝聖焉死，三王仁焉死，五伯智焉死。」李周翰注：「歎自古仁智之人，皆不免於死。斃亦死也。」

〔四〕「今也」二句，論語雍也：「哀公問弟子孰爲好學？孔子對曰：『有顔回者好學，不遷怒，不貳過。不幸短命死矣，今也則亡，未聞好學者也。』」

〔五〕「死而」二句，禮記檀弓下：「趙文子與叔譽觀乎九原，文子曰：『死者如可作也，吾誰與歸？』叔譽曰：『其陽處父乎。』……文子曰：『……我則隨武子乎。利其君不忘其身，謀其身不遺其友。』晉人謂文子知人。」鄭玄注：「作，起也。」又注：「武子，士會也，食邑於隨。」按：士會食邑於隨，故又稱隨會，見左傳文公十三年。

〔六〕「文不」二句，論語子罕：「（孔子）曰：『文王既没，文不在兹乎！天之將喪斯文也，後死者不得與於斯文也。』」何晏集解引孔（安國）曰：「兹，此也。言文王雖已死，其文見在此。此，自謂其身。文王既没，故孔子自謂後死，言天將喪此文者，本不當使我知之，今使我知之，未欲喪也。」

〔七〕「樵童」二句，説苑善説：雍門子周以琴見孟嘗君，稱其死後「高臺既已壞，曲池既已漸，墳墓既已下而青廷矣。嬰兒豎子、樵採薪蕘者躑躅其足而歌其上」云云，前已屢引。

〔八〕「一去」二句，搜神後記卷一：「丁令威，本遼東人，學道於靈虚山。後化鶴歸遼，集城門華表柱。時有少年舉弓欲射之，鶴乃飛，徘徊空中而言曰：『有鳥有鳥丁令威，去家千年今始歸。城廓如故人民非，何不學仙冢壘壘。』遂高飛衝天。」

〔九〕「悲纏」句，論語子路：「子曰：魯、衛之政，兄弟也。」何晏集解引包（咸）曰：「魯，周公之封；衛，康叔之封。周公、康叔既爲兄弟，康叔睦於周公，其國之政亦如兄弟。」此即指兄弟。

〔一〇〕「痛深」句，花萼，詩經小雅常棣：「常棣之華，鄂不韡韡。凡今之人，莫如兄弟。」萼、鄂通，花托也。此亦指兄弟。

〔一一〕「姜肱」二句，後漢書姜肱傳：「姜肱，字伯淮，彭城廣戚人也。家世名族。肱與二弟仲海、季江俱以孝行著聞，其友愛天至，常共卧起。及各娶妻，兄弟相戀，不能别寢。以係嗣當立，乃遞往就室。」

〔一二〕「鍾毓」二句，太平御覽卷三七四鬚髯引世説（新語）（按今本世説無此條）曰：「鍾毓兄弟警悟過人，每有嘲語，未嘗屈躓。毓、會語聞安陸能作調，試共視之，於是與弟盛飾共載，從東至西門。一女子笑曰：『車中央殊高。』二鍾都不覺。車後一門生云：『向已被嘲。』鍾愕然，門生曰：『中央高者，兩頭羶。』毓兄弟多鬚，故以此調之。」此上四句，謂再無兄弟之友愛歡樂。

其銘曰：

叔虞建國，天錫之唐〔一〕。伯僑受氏，食菜於楊〔二〕。五侯簪紱，四世軒裳〔三〕。有德有行，如圭如璋〔四〕。乃生男子，載寢之牀〔五〕。從公小大〔六〕，辨日炎涼〔七〕。天下之寶，邦家之光〔八〕。神鋒太俊〔九〕，旗鼓相當〔一〇〕。事親以禮，左右無方〔一一〕。交友以信，芝蘭有芳〔一二〕。文犀健筆〔一三〕，白鳳雕章〔一四〕。鵬鶚齊致〔一五〕，江湖兩忘〔一六〕。謂天輔德，則惟其常〔一七〕。殲我吉士〔一八〕，于何不傷！關山摇落，洲渚蒼茫。黄塵匝地，白露爲霜〔一九〕。左右刮骨〔二〇〕，親賓斷腸。摧殘玉樹〔二一〕，埋没金鄉〔二二〕。交交黄鳥，爰集于桑〔二三〕。命不可續，人之云亡〔二四〕。

【箋注】

〔一〕「叔虞」二句，史記晉世家：「唐叔虞者，周武王子而成王弟。初，武王與叔虞母會時，夢天謂武王曰：『余命女生子，名虞，余與之唐。』及生子，文在其手曰『虞』，故遂因命之曰虞。」

〔二〕「伯僑」二句，漢書揚雄傳上：「揚雄，字子雲，蜀郡成都人也。其先出自有周伯僑者，以支庶初食采於晉之楊，因氏焉。」顏師古注：「采，官也。以官受地，謂之采地。」菜、采通。

〔三〕「五侯」二句，指楊震及其子、孫、曾孫、玄孫，詳見上文「太尉之四世五公」句注。簪紱、軒裳，公侯所用車服。世，原作「代」，避唐諱，徑改。

〔四〕「如圭」句，圭、璋，古代玉製禮器。圭爲長條形，下端正方，上爲三角形。半圭爲璋。詩經大雅阿卷：「顒顒卬卬，如圭如璋。」

〔五〕「乃生」二句，詩經小雅斯干：「乃生男子，載寢之牀。」鄭玄箋：「男子生而卧於牀，尊之也。」載，原作「初」，英華校：「集作載。」全唐文作「載」。作「載」是，據改。載，語詞。

〔六〕「從公」句，尚書酒誥：「越小大德，小子惟一。」僞孔傳：「言子孫皆聰，聽父祖之常教，於小大之人皆念德，則子孫惟專一。」句言楊去溢能恭從父祖之教。

〔七〕「辨日」句，列子湯問：「孔子東游，見兩小兒辯鬬，問其故，一兒曰：『我以日始出時去人近，而日中時遠也。』一兒以日初出遠，而日中時近也。一兒曰：『日初出大如車蓋，及日中則如盤盂，此不爲遠者小而近者大乎？』一兒曰：『日初出滄滄涼涼，及其日中如探湯，此不爲近者熱而遠者涼乎？』孔子不能決也。兩小兒笑曰：『孰爲汝多知乎！』」句言楊去溢自小聰慧。

〔八〕「天下」二句，管子卷二三：「天下之寶，壹爲我用。」詩經小雅南山有臺：「樂只君子，邦家之光。」鄭玄箋：「光，明也。政教明，有榮曜。」

〔九〕「神鋒」句，俊，原作「阿」，據英華、四子集、全唐文改。世説新語賞譽上：「王平子目太尉阿兄形似道，而神鋒太儁。太尉答曰：『誠不如卿落落穆穆。』」按：王澄，字平子。其兄王衍，官至太尉。

〔一〇〕「旗鼓」句，三國志魏管輅傳裴松之注引輅别傳：「輅年十五至官舍讀書，諸生四百餘人皆服其才。琅邪太守單子春欲得見，大會賓客百餘人。輅問子春：「請先飲三升清酒，然後言之。」子春大喜。酒盡之後，問子春：「今欲與輅爲對者，若府君四坐之士邪？」子春曰：「吾欲自與卿旗鼓相當。」子春及衆士互共攻劫，議論鋒起，而輅人人答對，言皆有餘。「於是發聲徐州，號之神童。」句以管輅喻指楊去溢，謂其學極優贍。

〔一一〕「左右」句，無方，謂事親不僅止左右，而是全方位，全方位即無方，「左右」乃泛指。詩經周南關雎：「參差荇菜，左右流之。」朱熹注：「彼參差之荇菜，則當左右無方以流之矣。」

〔一二〕「交友」二句，交友，英華、全唐文作「交朋」，英華於「交」下校：「集作友。」作「友」較勝。芝蘭，香草名。周易繫辭上：「二人同心，其利斷金。同心之言，其臭如蘭。」

〔一三〕「文犀」句，傅玄傅子校工篇：「嘗見漢末一筆之柙，雕以黃金，飾以和璧，綴以隨珠，發以翠羽。此筆非文犀之植，必象齒之管，豐狐之柱，秋兔之翰。用之者必被珠繡之衣，踐雕玉之履。由是推之，極靡不至矣。」後漢書馬援傳李賢注：「文犀，犀之有文彩也。」

〔一四〕「白鳳」句，太平御覽卷九一五鳳引西京雜記：「揚雄讀書，有語之曰：『無爲自若苦，玄故難傳。』忽不見。雄著太玄經，夢吐白鳳凰集其項上而滅（按今本西京雜記文字多異）。」句謂其作文極刻苦認真。

〔一五〕「鵬鷃」句，謂鯤鵬與鷃雀等齊。莊子逍遥遊：「鵬背若泰山，翼若垂天之雲，摶扶摇羊角而上者九萬里，絶雲氣，負青天，然後圖南，且適南冥也。斥鷃笑之曰：『彼且奚適也？我騰躍而上，不過數仞而下，翱翔蓬蒿之間，此亦飛之至也。』」

〔一六〕「江湖」句，莊子大宗師：「泉涸，魚相與處於陸，相呴以濕，相濡以沫，不如相忘於江湖。」郭象注：「與其不足而相愛，豈若有餘而相忘。」

〔一七〕「則惟」句，詩經小雅十月之交：「彼月而食，則維其常。此日而食，于何不臧？」鄭玄箋：「臧，善也。」句謂天有月蝕乃常事，而日蝕則爲天之不善。此以楊去溢之死而婉言罪天。

〔一八〕「殲我」句，詩經秦風黄鳥：「彼蒼者天，殲我良人。」毛傳：「殲，盡；良，善也。」

〔一九〕「白露」句，詩經秦風蒹葭：「蒹葭蒼蒼，白露爲霜。」毛傳：「白露，露凝戾爲霜。」「爲」，英華作「成」，校：「集作爲。」全唐文作「成」。

〔二〇〕「左右」句，刮骨，本爲去毒療法，此喻悲痛之深，有如刮骨。

〔二一〕「摧殘」句，晉書庾亮傳：「亮將葬，何充會之，歎曰：『埋玉樹於土中，使人情何能已！』」

〔二二〕「埋没」句，後漢書山陽郡金鄉，劉昭注：「晉地道記曰：縣多山，所治名金山。山北有鑿石爲冢，深十餘丈，隧長三十丈，傍却入爲堂三方，云得白兔，不葬，更葬南山，鑿而得金，故曰金山。故冢今在，或云漢昌邑所作，或云秦時。」此代指墳墓。

〔二三〕「交交」二句，詩經秦風黄鳥：「交交黄鳥，止于桑。」毛傳：「交交，小貌。黄鳥以時往來得所，人以壽命終，亦得其所。」

〔二四〕「人之」句，詩經大雅瞻卬：「人之云亡，心之悲矣！」

從甥梁錡墓誌銘〔一〕

故右衛率府翊衛安定梁錡〔二〕，年二十有八〔三〕，以上元三年秋八月某日，終於某所。圖其景宿，天有大梁之星〔四〕；辨其物土，地有大梁之國〔五〕；考其衣冠，人有大梁之姓〔六〕。綜乾坤而列位，兼土木而成文〔七〕。業耕織而樂琴書，有梁鴻之雅尚〔八〕；生封侯而死廟食，有梁竦之雄圖〔九〕。西山求白鹿之仙〔一〇〕，東海受黃蛇之寶〔一一〕。曾祖某，光禄大夫、開府儀同三司、驃騎將軍、清河太守〔一二〕、右衛大將軍、同州刺史、上柱國。郡守旁通於月建〔一三〕，儀同上法於太階〔一四〕。光禄大夫，下大夫之職〔一五〕；驃騎將軍，大將軍之比〔一六〕。祖某，河南澠池令〔一七〕，鄭州司功參軍事，冀州、蒲州二州司馬〔一八〕，朝散大夫，紀王府司馬〔一九〕，襄州、同州二長史〔二〇〕。仲由宰邑〔二一〕，蕭何主吏〔二二〕。桓温之徵謝奕，暫爲司馬之官〔二三〕；周景之禮陳蕃，仍降題輿之命〔二四〕。考某，國子學生、霍王府參軍〔二五〕、并州大都督府兵曹、揚州大都督府録事參軍〔二六〕。仲尼閒居，曰參不敏〔二七〕；天子命我，參卿軍事〔二八〕。

【箋注】

〔一〕文稱墓主梁錡卒於上元三年（六七六）秋八月，葬於儀鳳三年（六七八）春二月某日，則本文當作於此時期内。

〔二〕「故右衛」句，唐六典卷二八太子左右衛率府：「左右衛率掌東宫兵仗羽衛之政令，以總諸曹之事。凡親、勳、翊府及廣濟等五府屬焉，副率爲之貳。凡元正、冬至，皇太子朝宫苑、諸方使，則率衛府之屬以儀仗爲左右廂之周衛；若皇太子備禮出入，則如鹵簿之法以從。」安定，元和郡縣志卷三涇州（安定）：「禹貢雍州之域，春秋時屬秦。至始皇分三十六郡，屬北地郡。漢分北地郡置安定郡，即此是也。……後魏太武帝神䴥三年（四三〇）於此置涇州，因水爲名。隋大業三年（六〇七）改爲安定郡。……武德元年（六一八）……改安定郡爲涇州。」治所在今甘肅涇川縣。

〔三〕「年二十」句，二，英華卷九六一作「三」，校：「集作二。」全唐文卷一九五作「二」。四子集作「三」。兩字形近易訛，孰是難定，姑依底本作「二」。

〔四〕「圖其」二句，景宿，謂星宿。文選左思吴都賦：「上圖景宿，辯於天文者也。」劉淵林注：「謂天垂其象而分野。」漢書五行志上：「大梁，昴也。」後漢書天文志：「建安五年（二〇〇）十月辛亥，有星孛於大梁，冀州分也。」通志天文略第二：「自胃七度至畢十一度爲大梁，於辰在酉，趙之分野，屬冀州。（原注：「費直起婁十度，蔡邕起胃一度。」）」按：大梁爲天區十二次之一。

〔五〕「辨其」二句，物土，文選左思吴都賦：「下料物土，析於地理者也。」劉淵林注：「形地以別土，而區域殊。料，度也。」吕向注：「料，計析、分別也。言計其土地上下，定其貢賦而分別也。」大梁之國，指魏國。漢書地理志下：「韓、魏皆姬姓也，自畢萬後十世稱侯，至孫稱王，徙都大梁，故魏一號爲梁。」後漢書明帝紀：永平十五年（七二）三月辛卯，「進幸大梁」。李賢注：「大梁城，魏惠王所築。故城在今汴州。」按：大梁，地在今河南開封。

〔六〕「考其」二句，大梁之姓，即梁姓。通志卷二六氏族略第二：「梁氏，嬴姓，伯爵伯益之後。秦仲有功周平王，封其少子康於夏陽梁山。夏陽，今爲同州，縣猶有新里城。新里，梁伯所城者。樂史云：『新里在澄城。（引者按：樂史太平寰宇記卷一：「新里縣故城，在縣東三十里，隋高祖開皇十六年（五九六）分浚儀縣置，因新里爲名。」未見新里在澄城之説。）（左傳）僖十九年秦取之，子孫以國爲氏。』」

〔七〕「綜乾坤」二句，梁姓既有天上星區之大梁，又有地之大梁，故謂「綜乾坤」。土木，原作「水土」。土，英華作「木」，校：「集作土。」四子集、全唐文作「木」。按：英華所校集本「土」作「木」是，然「水」當作「土」，即「水土」當作「土木」。徐幹中論卷上藝紀：「孔子曰：君子恥有其服而無其容，恥有其容而無其辭，恥有其辭而無其行。故寶玉之山，土木必潤；盛德之士，文藝必衆。」則「土木」乃山之文，以喻人之有文。茲據改。

〔八〕「業耕織」二句，後漢書梁鴻傳：梁鴻，字伯鸞，扶風平陵人也。受業太學，家貧而尚節介，博覽無不通，而不爲章句學。娶醜女孟光爲妻，「共入霸陵山中，以耕織爲業，詠詩書、彈琴以自娱」。

〔九〕「生封侯」二句，後漢書梁竦傳：梁竦，字叔敬，安定烏氏人，梁統子。「竦生長京師，不樂本土，自負其才，鬱鬱不得意。嘗登高遠望，歎息言曰：『大丈夫居世，生當封侯，死當廟食，如其不然，閒居可以養志，詩書足以自娱，州郡之職，徒勞人耳。』後辟命交至，并無所就。」

〔一〇〕「西山」句，用梁伯之成仙事。神仙傳卷二衛叔卿：「衛叔卿者，中山人也，服雲母得仙。漢元鳳二年（前七九）八月壬辰，武帝閒居殿上，忽有一人乘浮雲，駕白鹿，集於殿前。帝驚問之爲誰，曰：『我中山衛叔卿也。』帝曰：『中山非我臣乎？』叔卿不應，即失所在。帝甚悔恨，即使使者梁伯之往中山推求，遂得叔卿子名度世，即將還見帝，問焉，度世答曰：『臣父少好仙道，服藥治身八十餘年，體轉少壯，一旦委臣去，言當入華山耳，今四十餘年未嘗還也。』帝即遣梁伯之與度世往華山覓之。」兩人覓得衛叔卿，然其以爲武帝「不識道真」，「不足告語，是以棄去」，而告度世長生不死之藥。度世得藥服之，又以教梁伯之，遂俱仙去。則所謂「西山」，當指西嶽華山。

〔一一〕「東海」句，用龍王女成佛事。妙法蓮華經提婆達多品第十二：「文殊師利言：『我於海中，唯常宣説妙法華經。』智積問文殊師利言：『此經甚深微妙，諸經中寶，世所稀有。頗有衆生勤加精進，修行此經，速得佛不？』文殊師利言：『有娑竭羅龍王女，年始八歲，智慧利根，善知衆生。……志意和雅，能至菩提。』智積菩薩言：『……不信此女於須臾頃便成正覺。』言論未訖，時龍王女忽現於前，頭面禮敬，却住一面，以偈贊曰：……時舍利弗語龍女言：『汝謂不久得無上道，是事難信。所以者何？女身垢穢，非是法器，曰何能得無上菩提？佛道懸曠，經無量劫，勤苦積行，具修諸度，然後乃成。又女人身猶有五障：一者不得作梵天王，二者帝釋，三者魔王，四者轉輪聖王，五者佛身。曰何女身，速得成佛？』爾時龍女有一寶珠，價值三千大千世界，持以上佛，佛即受之。龍女謂智積菩薩尊者舍利弗言：『我獻寶珠，世尊納受，是事疾不？』答言：『甚疾。』女言：『以汝神力，觀我成佛，復速於此。』當時衆僧，皆見龍女忽然之間變成男子，具菩薩行，即往南方無垢世界，坐寶蓮華，成等正覺。」按：以上兩句，言梁氏家男好仙道，女好佛道，皆有成就。

〔二〕「曾祖某」至此，清河，指隋之清河郡，即唐之貝州。元和郡縣志卷一六貝州：「春秋時其地屬晉，七國時屬趙，秦兼天下，以爲鉅鹿郡。漢文帝又分鉅鹿置清河郡，以郡臨清河水，故號清河。……於此置貝州，因丘以爲名。隋大業三年（六〇七），又爲清河郡。……武德四年（六二一）討平竇建德，復置貝州。」地在今河北清河縣（上下文所述州名、官名前已屢注，不贅）。

〔三〕「郡守」句，月建，即每月所置之辰，如正月建寅、二月建卯等。周禮春官馮相氏：「掌十有二歲、十有二月、十有二辰、十日、二十有八星之位，辨其叙事，以會天位。」鄭玄注：「歲謂太歲，歲星與日同次之月斗所建之辰。……歲、日、月、辰、星宿之位謂方面，所在辯其叙事。謂若仲春辯秩東作，仲夏辯秩南譌，仲秋辯秩西成，仲冬辯在朔易。會天位者，合此歲、日、月、辰、星宿五者以爲時事之候。」郡守之職，即按月叙事，故謂與月建「旁通」。月，英華作「日」，校：

「集作月。」作「日」誤。

〔一四〕「儀同」句，東觀漢記卷八鄧陟傳：「鄧陟（按：陟，後漢書本傳作「騭」，通），字昭伯，三遷虎賁中郎將，以延平元年（一〇六）拜爲車騎將軍、儀同三司，儀同三司始自陟也。」據唐六典卷二尚書吏部，唐代儀同三司爲從一品。史記天官書謂魁下六星名曰三台。三台即泰階，應劭注引黄帝泰階六符經，稱三階之中階上星爲「諸侯、三公」，故云開府儀同三司亦「上法於太階」。太、泰同。

〔一五〕「光禄」二句，唐六典卷二尚書吏部：「從二品曰光禄大夫。」注：「秦郎中令屬官，有中大夫，漢氏因之。武帝太初元年（前一〇四）更名光禄大夫，秩比二千石。」下大夫，指州刺史。漢書朱博傳：「刺史，位下大夫。」

〔一六〕「驃騎」句，後漢書光武帝紀下：「左中郎將劉隆爲驃騎將軍、行大司馬事。」李賢注：「武帝省太尉，置大司馬、將軍。成帝賜金印紫綬，置官屬，禄比丞相。哀帝去將軍，位在司徒上。見前（漢）書。」故謂驃騎將軍與大將軍相當。

〔一七〕「河南」句，元和郡縣志卷五河南府澠池縣：「本韓地，哀侯東徙，其地入秦。漢以爲縣，屬弘農郡。隋文帝時屬熊州，十六年（五九六）改屬穀州。顯慶二年（六五七）廢穀州，縣屬河南府。」今屬河南三門峽市。

〔一八〕「冀州」句，冀州，今河北冀縣；蒲州，今山西永濟。兩州前已注。二州，原作「二府」，府，英華校：「集作州字。」作「州」是，據改。「二州」下，原有「事」字，據英華、四子集、全唐文删。

〔一九〕「紀王」句，舊唐書太宗諸子傳：「紀王慎，楊妃生。」太宗第十子也。貞觀五年（六三一）封申王，十年，改封紀王。「少好學，長於文史，皇族中與越王貞齊名，時人號爲『紀越』。」垂拱四年（六八八），越王貞起兵反武則天，「慎不肯同謀。及貞敗，慎亦下獄，臨刑放免，改姓虺氏，仍載以檻車，配流嶺表，道至蒲州而卒」。

〔二〇〕「襄州」句，舊唐書地理志二：「襄州，隋襄陽郡，武德四年（六二一）平王世充，改爲襄州，因隋舊名。」地在今湖北襄陽市。同州，本書前已注。

〔二一〕「仲由」句，史記仲尼弟子列傳：「仲由，字子路，卞人也，少孔子九歲。」又曰：「子路爲季氏宰。」

〔二二〕「蕭何」句，史記蕭相國世家：「蕭相國何者，沛豐人也。以文無害爲沛主吏掾。」索隱：「漢書云『何爲主吏』，主吏，功曹也。又云『何爲沛掾』，是何爲功曹掾。」

〔二三〕「桓温」二句，晉書謝奕傳：「奕字無奕，少有名譽。初爲剡令。……與桓温善，温辟爲安西司馬，猶推布衣好。在温坐，岸幘笑詠，無異常日，桓温曰：『我方外司馬。』」

〔二四〕「周景」二句，後漢書陳蕃傳：「陳蕃，字仲舉，汝南平輿人也。……初仕郡，舉孝廉，除郎中。遭母憂，棄官行喪。服闋，刺史周景辟别駕從事。」李賢注引續漢志曰：「别駕從事校尉，行部奉引，總録衆事。」題輿，北堂書鈔卷七三别駕「周景題輿」引謝承後漢書云：「周景爲豫州刺史,辟陳蕃爲别駕,不就。景題别駕輿曰:『陳仲舉座也,不復更辟。』蕃惶懼,起視職。」

〔二五〕「霍王」句,舊唐書高祖二十二子傳:「霍王元軌,高祖第十四子也。少多才藝,高祖甚奇之。武德六年(六二三)封蜀王,八年徙封吴王。……(貞觀)十年(六三六)改封霍王,授絳州刺史,尋轉徐州刺史。元軌前後爲刺史,至州惟閉閤讀書,吏事責成於長史、司馬。」後亦因越王貞案牽連而卒。

〔二六〕「并州」二句,元和郡縣志卷一三太原府(并州):「武德元年(六一八)罷郡爲并州總管,……七年又改爲大都督。」揚州大都督府,「督」字原無,據英華、全唐文補。

〔二七〕「仲尼」二句,孝經開宗明義章:「仲尼居,曾子侍。子曰:『先王有至德要道,以順天下,民用和睦,上下無怨,汝知之乎?』曾子避席曰:『參不敏,何足以知之?』」李隆基(唐明皇)注:「居,謂閒居。」按:「參」乃曾子之名,與「參軍」無涉,此乃用其字面義。

〔二八〕「天子」二句,晉書孫楚傳:「孫楚,字子荆,太原中都人也。……遷佐著作郎,復參石包驃騎軍事。楚既負其材氣,頗侮易於包。初至,長揖曰:『天子命我參卿軍事。』因此而嫌隙遂構。」

張常山之福應,直保金鉤〔一〕;謝太傅之閨門,惟生玉樹〔二〕。所以圓光折水,真氣衝天〔三〕。孩笑之時,見之者知其孝友;能言之際,聽之者許其聰明〔四〕。審清河管輅之天文〔五〕,對江夏黄童之日蝕〔六〕。揮其勁翮,則鳳凰飛鳴於赤山〔七〕;整其蘭筋,則駿馬騰驤於綠地〔八〕。若夫神龍負卦〔九〕，瑞雀銜書〔一〇〕，安釐王汲冢之文〔一一〕，穆天子羽陵之籍〔一二〕，莫不因條報葉〔一三〕，望表知裏。鄭玄殫見，覽萬卷之八千〔一四〕；班固洽聞，涉五經之四部〔一五〕。至如琱弧夜月，角力三才〔一六〕，鐵劍秋霜，煙雲五色，莫不推之以智勇，成之以揖讓。歷諸侯而説劍，直之無前〔一七〕；引司馬而操弓，觀者如堵〔一八〕。可謂多才天縱〔一九〕，盛德日新〔二〇〕。曼倩不讓於詩書〔二一〕，翁歸兼强於文武〔二二〕。由是交通遂廣，聲名益振。朱家大俠，滕公有然諾之言〔二三〕；劇孟過人，袁盎有逢迎之禮〔二四〕。及其從微至著，資父事君，籍丹書之勳業〔二五〕，參黑衣之行伍〔二六〕。神宮海外，瞻鏤牓於明山〔二七〕；太室雲端，奏仙簧於洛水〔二八〕。翊駕馳道，周廬甲觀〔二九〕。方當奉詞出使，萬里行封，受命忘身〔三〇〕，三軍拜將。豈期年歲朝露〔三一〕，浮生過隙〔三二〕。漢逸人之雅操，命也如何〔三三〕；魯司寇之知言，苗而不秀〔三四〕。嗚呼哀哉！

【箋　注】

〔一〕「張常山」二句，搜神記卷九：「京兆長安有張氏，獨處一室。有鳩自外入，止於牀。張氏祝曰：『鳩來，爲我禍也，飛上承塵；爲我福也，即入我懷。』鳩飛入懷。以手探之，則不知鳩之所在，而得一金鉤，遂寶之。自是子孫漸富，資財萬倍。蜀賈至長安，聞之，乃厚賂婢，婢竊鉤與賈。張氏既失鈎，漸漸衰耗，而蜀賈亦數罹窮厄，不爲己利。或告之曰：『天命也，不可力求。』於是賫鈎以反張氏，張氏復昌。故關西稱張氏傳鈎云。」按：此所謂「長安有張氏」，與「常山」無涉。上引搜神記(中華書局一九七九年校點本)此條之前，有「常山張顥」條，稱張顥得鳥化爲圓石，破之得金印，文曰「忠孝侯印」云云。疑楊炯所見本兩條亦相接，而誤以「長安張氏」爲「常山張顥」，遂有此二句。兩句蓋謂梁氏家境曾中衰而復振。

〔二〕「謝太傅」二句，世説新語言語：「謝太傅(安)問諸子姪：『子弟亦何預人事，而正欲使其佳？』諸人莫有言者，車騎(謝玄)答曰：『譬如芝蘭玉樹，欲使其生於階庭耳。』」

〔三〕「所以」二句，淮南子墬形訓：「水圓折者有珠，方折者有玉。」高誘注：「圓折者陽也，珠，陰中之陽；方折者陰也，玉，陽中之陰。皆以其類也。」真，英華校：「集作直。」按此謂珠玉生於陰陽本真之氣，作「直」誤。

〔四〕「孩笑」四句，孩笑，指能笑而不能言之嬰兒。曹植金瓠哀辭：「在繈褓而撫育，尚孩笑而未言。」許其，其，英華校：「集作以。」

〔五〕「審清河」句，三國志魏書管輅傳裴松之注引管輅别傳曰：「輅年八九歲，便喜仰視星辰，得人輒問其名。夜不能寐，父母常禁之，猶不可止，自言我年雖小，然眼中喜視天文。」

〔六〕「對江夏」句，後漢書黄香傳：「黄香，字文彊，江夏安陸人。」博學經典，究精道術，能文章，京師號曰「天下無雙，江夏黄童」。歷尚書令，延光元年(一二二)遷魏郡太守，卒。其論日蝕事，今唯見南齊書天文志上有摘引，曰：「漢尚書令黃香曰：『日蝕皆從西，月蝕皆從東，無上下中央者。』」疑是駁管輅，原委不詳。以上四句，言梁錡少時即好術數，且博學，有如管輅、黃香。

〔七〕「揮其」二句，赤山，即丹山。太平御覽卷九一五鳳引括地圖曰：「孟虧，人首鳥身，其先爲虞氏，馴百獸。夏后之末世，民始食卵，孟虧去之，鳳隨之，止於丹山。山多竹，長千仞，鳳凰食竹實，孟虧食木實，去九疑萬八千里。」又山海經卷一南山經：「丹穴之山，其上多金玉，丹水出焉，而南流，注於渤海。有鳥焉，其狀如雞，五采而文，名曰鳳凰。」飛鳴，英華作「鳴舞」。

〔八〕「整其」二句，蘭筋，文選陳琳爲曹洪與魏文帝書：「整蘭筋，揮勁翮。」李善注引相馬經云：「一筋從玄中出，謂之蘭筋。玄中者，目上陷如井字。蘭筋竪者千里。」呂向注：「蘭筋，馬筋節竪者，千里足也。」騰驤，文選張衡西京賦：「乃奮翅而騰驤。」薛綜注：「騰，超也；驤，馳也。言……奮其兩翼，如將超馳者矣。」緑，原作「陸」，據英華、四子集、全唐文改。英華校：「集作陸。」按：「緑」與上句「赤」字對應，當是。緑地，草地也。

〔九〕「若夫」句，藝文類聚卷九八龍引河圖曰：「舜以太尉即位，與三公臨觀，黃龍五采負圖出舜前，以黃玉爲柙，玉檢金繩，芝爲泥，章曰『天黃帝符璽』。」又引尚書中候曰：「舜沉璧於河，榮光休至，黃龍負卷舒圖出入壇畔。」尚書顧命「河圖在東序」，僞孔傳：「河圖，八卦也。」

〔一〇〕「瑞雀」句，瑞雀，指鳳凰。藝文類聚卷四七大司馬引春秋運斗樞曰：「黃帝與大司馬容光觀鳳御圖，置黃帝前。」按：以上二句，泛指讖緯之書。

〔一二〕「安釐王」句，指汲郡人於安釐王墓所得竹書，詳前從弟去溢墓誌銘「汲冢殘書」句注引晉書束皙傳。

〔一三〕「穆天子」句，穆天子傳卷五：「天子東游，次於雀梁，蠹書於羽陵。」郭璞注：「謂暴書中蠹蟲，因云蠹書也。」羽陵，古地名，未詳。

〔一三〕「因條」句，條，樹枝。據枝條以知樹葉，謂學有條貫，由先人可知子孫。

〔一四〕「鄭玄」二句，後漢書鄭玄傳：「鄭玄，字康成，北海高密人也。」萬卷之八千，言其讀書多也。同上傳：「（玄）遂造太學受業，師事京兆第五元先，始通京氏易、公羊、春秋、三統曆、九章算術，又從東郡張恭祖受周官、禮記、左氏春秋、韓詩、古文尚書。以山東無足問者，乃西入關，因涿郡盧植，事扶風馬融。……玄日夜尋誦，未嘗怠倦。」參見本書卷三送徐録事詩序「書有萬」二句注。

〔一五〕「班固」二句，五經之四部，亦言讀書多。後漢書班固傳：「固字孟堅，年九歲能屬文，誦詩賦。及長，遂博貫載籍，九流百家之言，無不窮究。所學無常師，不爲章句，舉大義而已。」李賢注：「九流，謂道、儒、墨、名、法、陰陽、農、術、縱横。」三國志魏志文帝紀裴松之注引曹丕典論自叙曰：「上（曹操）雅好詩書文籍，雖在軍旅，手不釋卷。每每定省，從容常言：『人少好學則思專，長則善忘。長大而能勤學者，唯吾與袁伯業耳。』余是以少誦詩、論，及長而備歷五經、四部，史、漢、諸子百家之言，靡不畢覽。」按：以上皆言梁錡極富於學。

〔一六〕「至如」二句，琱弧，玉篇：「弧，木弓也。」琱弧，有雕畫紋飾之弓。夜月，謂滿弓如圓月。角力，角，英華作「筋」，校：「集作角。」三才，天、地、人也。才，全唐文作「材」。句指學射習武。

〔一七〕「歷諸侯」二句，莊子說劍：趙文王喜劍，莊子稱其「有天子劍，有諸侯劍，有庶人劍」，唯王所用。其說諸侯之劍曰：「諸侯之劍，以知勇士爲鋒，以清廉士爲鍔，以賢良士爲脊，以忠勝士爲鐔，以豪傑士爲夾，此劍直之亦無前，舉之亦無上，案之亦無下，運之亦無旁。上法圓天，以順三光；下法方地，以順四時；中知民意，以安四鄉。此劍一用，如雷霆之震也，四封之内，無不賓服而聽從君命者矣。此諸侯之劍也。」

〔一八〕「引司馬」二句，孔子家語卷七觀鄉射：「（孔子）與門人習射於矍相之圃，蓋觀者如牆堵焉。試射至於司馬，使子路執弓矢出列延。……」王肅注：「子路爲司馬，故射至，使子路出延射。」

〔一九〕「可謂」句，天縱，論語子罕：「太宰問於子貢曰：『夫子聖者與？何其多能也！』子貢曰：『固天縱之將聖，又多能也。』」

〔二〇〕「盛德」句，周易繫辭上：「日新之謂盛德。」

〔二一〕「曼倩」句，漢書東方朔傳：「東方朔，字曼倩，平原厭次人也。……朔初來上書，曰：『臣朔少失父母，長養兄嫂，年十二學書，三冬文史足用。十五學擊劍，十六學詩書，誦二十二萬言。十九學孫、吴兵法，戰陣之具，鉦鼓之教，亦誦二十二萬言。……』」

〔二二〕「翁歸」句，漢書尹翁歸傳：「尹翁歸，字子兄，河東平陽人也，徙杜陵。翁歸少孤，與季父居，爲獄小吏，曉習文法，喜擊劍，人莫能當。……田延年爲河東太守，行縣至平陽，悉召故吏五六十人，延年親臨見，令有文者東，有武者西。閱數十人，次到翁歸，獨伏不肯起，對曰：『翁歸文武兼備，唯所施設。』功曹以爲此吏倨敖不遜，延年曰：『何傷？』遂召上辭問，甚奇其對，除補卒史，便從歸府。案事發姦，窮竟事情，延年大重之，自以能不及翁歸。」兼，英華校：「集作自。」作「自」似誤，其自稱「文武兼備」。

〔二三〕「朱家」二句，史記季布傳：「季布者，楚人也，爲氣任俠，有名於楚。項籍使將兵，數窘漢王。及項羽滅，高祖購求布千金，敢有舍匿，罪及三族。季布匿濮陽周氏，周氏……置廣柳車中，并與其家僮數十人之魯朱家所賣之。朱家心知是季布，迺買而置之田。……朱家迺乘軺車之洛陽，見汝陰侯滕公，滕公留朱家飲，數日，因謂滕公曰：『季布何大罪，而上求之急也？』滕公曰：『布數爲項羽窘上，上怨之，故必欲得之。』朱家曰：『君視季布何如人也？』曰：『賢者也。』朱家曰：『臣各爲其主用。……君何不從容爲上言邪？』汝陰侯滕公心知朱家大俠，意季布匿其所，迺許曰：『諾。』待閒果言如朱家指。上迺赦季布。當是時，諸公皆多季布能摧剛爲柔，朱家亦以此名聞當世。」滕公，漢書季布傳顏師古注：「夏侯嬰也，本爲滕令，遂號爲滕公。」

〔二四〕「劇孟」二句，史記袁盎傳：「袁盎者，楚人也，字絲父。」文帝時爲中郎，又爲楚相，病免居家。「劇孟嘗過袁盎，盎善待之。安陵富人有謂盎曰：『吾聞劇孟博徒，將軍何自通之？』盎曰：『劇孟雖博徒，然母死，客送葬車千餘乘，此亦有過人者。且緩急人所有，夫一旦有急叩門，不以親爲解，不以存亡爲辭，天下所望者獨季心、劇孟耳。今公常從數騎，一旦有緩急，寧足恃乎！』罵富人，弗與通。諸公聞之，皆多袁盎。」

〔二五〕「籍丹書」句，謂梁錡家勳業在封侯名籍。漢書高惠高后文功臣表：「漢高祖封侯者百四十有三人，……於是申以丹書之信，重以白馬之盟。」則所謂「丹書」，指以丹書寫之文狀。籍，英華校：「集作策。」

〔二六〕「參黑衣」句，黑衣，指禁衛軍所穿戎服，詳前隰川縣令李公墓誌銘「周旋黑衣之列」句注。

〔二七〕「神宮」二句，舊題東方朔神異經：「東方外有東明山，有宮焉，左右有闕而立，其高百尺，畫以五色，青石爲牆，高三仞。門有銀榜，以青石碧鏤，題曰『天地長男之宮』。」神，英華校：「一作位。」誤。

〔二八〕「太室」二句，太室，嵩山東石室名，此代指嵩山。奏，英華作「聽」，校：「集作奏。」全唐文作「聽」。按：此用王子喬吹笙事，作「奏」是。王子喬，即周靈王太子晉，見前瀘州都督王湛神道碑「籍神仙以命氏」句注引列仙傳卷上王子喬。

〔二九〕「翊駕」二句，指梁錡爲太子翊衛。翊衛之職，若皇太子出入，則爲之周衛，見本文前注。馳道，用漢成帝爲太子時不敢絶馳道事，見漢書成帝紀，本書前注已屢引。史記秦始皇本紀：始皇二十七年（前二二〇），「治馳道」。集解引應劭曰：「馳道，天子道也，道若今之中道。」甲觀，漢書成帝紀：「元帝在太子宮生甲觀畫堂，爲世嫡皇孫。」注引如淳曰：「甲觀，觀名。畫堂，堂名。三輔黄圖云太子宫有甲觀。」顏師古注：「甲者，甲乙丙丁之次也。」按：自「参黑衣」至此，皆述梁錡爲太子右衛率府翊衛事。

〔三〇〕「萬里」二句，行封，用班超事，前已屢注。忘身，後漢書高彪傳：「彪乃獨作箴曰：『……古之君子，即戎忘身。』」李賢注引司馬穰苴曰：「將受命之日，忘其家；援枹鼓，即忘其身。」

〔三一〕「豈期」句，文選曹植贈白馬王彪：「存者忽復過，亡没身自衰。人生處一世，去若朝露晞。」李善注：「漢書：李陵謂蘇武曰：『人生如朝露，何久自苦如此。』薤露歌曰：『薤上零露何易晞。』毛萇詩傳曰：『晞，乾也。』」喻人生短促。

〔三二〕「浮生」句，莊子刻意：「（人）其生若浮，其死若休。」又盜跖：「人上壽百歲，中壽八十，下壽六十。除病瘦死喪，憂患其中，開口而笑者，一月之中不過四五日而已矣。天與地無窮，人死者有時。操有時之具，而託於無窮之間，忽然無異騏驥之馳過隙也。」騏驥馳過隙，謂時間極短，喻人生迫促。

〔三三〕「漢逸人」二句，後漢書趙岐傳：「趙岐，字邠卿，京兆長陵人也。初名嘉，生於御史臺，因字臺卿。……年三十餘，有重疾，卧蓐七年，自慮奄忽，乃爲遺令，敕兄子曰：『大丈夫生世，遁無箕山之操，仕無伊吕之勳，天不我與，復何言哉！可立一員石於吾墓前，刻之曰：「漢有逸人，姓趙名嘉，有志無時，命也奈何！」』」

〔三四〕「魯司寇」二句，魯司寇，指孔子，其曾任此職。苗而不秀，言萬物有生而不育成，喻人早亡，見前從弟去盈墓誌銘「苗而不秀，秀而不實」二句注引論語子罕。

望吾子者，空懷倚閭之歎〔一〕；嗟余弟者，獨有亡琴之悲〔二〕。從日月於龜謀〔三〕，考圖書於馬鬣〔四〕。越以儀鳳三年春二月某日甲子，葬於某所。悲夫！吾見其進，由來孔、李之家〔五〕；吾謂之甥，實曰何、劉之族〔六〕。陽元既没，瞻舊宅而無成〔七〕；康伯不存，對玄言而誰與〔八〕。

【箋注】

〔一〕「空懷」句，戰國策齊策六：「王孫賈年十五，事閔王，……其母曰：『女朝出而晚來，則吾倚門而望；女暮出而不還，則吾倚閭而望。』」宋戴埴鼠璞卷下：「朝暮之出入，固可言倚門，若出稍久，當言倚閭，蓋門不可久倚故也。」按：此説似未妥。蓋言其母心情焦慮，故遠至閭門望也。

〔二〕「嗟余弟」二句，余弟，指梁錡。按：古代除姊妹之子女稱「甥」外，姑之子、舅之子、姊妹之夫等皆可稱甥。本文作者稱梁錡爲「甥」，此又稱「弟」，表明梁氏并非其從姊妹之子（兩家其實并無親戚關係，詳下注）。亡琴，世説新語傷逝：「王子猷（徽之）、子敬（獻之）俱病篤，而子敬先亡。子猷……索輿來奔喪，都不哭。子敬素好琴，便徑入坐靈牀上，取子敬琴彈，絃既不調，擲地云：『子敬！子敬！人琴俱亡。』」

〔三〕「從日月」句，言卜葬期。龜謀，謀以龜兆。詩經大雅緜：「爰始爰謀，爰契我龜。」此指擇地相冢。

〔四〕「考圖書」句，禮記檀弓上：「吾見封之若堂者矣，……見若斧者矣，從若斧者焉，馬鬣封之謂也。」鄭玄注：「俗間名。」句謂討論墳墓形制。此句，英華校：「集作老圖書於鳥逝。」文字多訛誤。

〔五〕「吾見」二句，論語子罕：「子謂顏淵曰：惜乎吾見其進也，未見其止也。」何晏集解引包（咸）曰：「孔子謂顏淵進益未止，痛惜之甚。」孔、李之家，後漢書孔融傳：「融幼有異才。年十歲，隨父詣京師。時河南尹李膺以簡重自居，不妄接士賓客，敕外自非當世名人及與通家，皆不得白。融欲觀其人，故造膺門，語門者曰：『我是李君通家子弟。』門者言之，膺請融，問曰：『高明祖父嘗與僕有恩舊乎？』融曰：『然。先君孔子與君先人李老君同德比義，而相師友，則融與君累世通家。』衆坐莫不歎息。」此謂楊氏與梁氏有通家之舊。其事無考。

〔六〕「吾謂」二句，梁書何遜傳：「初，遜文章與劉孝綽并見重於世，世謂之何劉。」以上四句，作者自明與梁氏并非親戚，兩家抑或有舊，而兩人則爲文章之交。所以稱「甥」，蓋因愛之而親之也。

〔七〕「陽元」二句，晉書魏舒傳：「魏舒，字陽元，任城樊人也。少孤，爲外家甯氏所養。甯氏起宅，相宅者云當出貴甥，外祖母以魏氏甥小而慧，意謂應之。舒曰：『當爲外氏成此宅相。』」武帝時仕至司徒，封劇陽子。按：「宅相」後爲外甥典故。此言梁錡没後，楊家舊宅雖在，已無宅相之說。

〔八〕「康伯」二句，晉書韓伯傳：「韓伯，字康伯，潁川長社人也。」及長，清和有思理，留心文藝。簡文帝居藩，引爲談客。仕至丹陽尹、吏部尚書、領軍將軍。嘗注周易，爲著名玄學家。

其銘曰：

山河帶礪〔一〕，金木精靈〔二〕。磊磊千丈〔三〕，森森五兵〔四〕。騑驂西掖〔五〕，出入東明〔六〕。人壽無幾，皇天不平。碑留郭泰〔七〕，輓送田横〔八〕。終寂寥於相宅〔九〕，空嗟嘆於佳城〔一〇〕。

【箋注】

〔一〕「山河」句，漢書高惠高后文功臣表稱漢高祖封爵之誓曰：「使黄河如帶，泰山若厲，國以永存，爰及苗裔。」厲、礪同。

〔二〕「金木」句，春秋公羊傳哀公十四年：「麟者，木精。」唐開元占經卷一一六獸占：「麟，木精也。」又引干寶曰：「虎，金精。」此以金、木代指五行，謂梁錡仁如麟，勇如虎，乃五行所誕育。

〔三〕「磊磊」句，磊磊，多石貌。楚辭九歌山鬼：「石磊磊兮葛蔓蔓。」又古詩十九首：「青青陵上柏，磊磊澗中石。」此言梁錡其人，有如山石壁立千丈。磊磊，英華校：「集作鬱鬱。」

〔四〕「森森」句，世説新語賞譽上：「裴令公（楷）目夏侯太初（玄）『肅肅如入廊廟中，不修敬而人自敬』。一曰『如入宗廟，琅琅但見禮樂器』。見鍾士季（會）『如觀武庫，但覩矛戟』（按晉書裴楷傳，二句作「如觀武庫森森，但見矛戟在前」）。」五兵，漢書百官公卿表上：「從軍死事之子孫養羽林，官教以五兵，號曰羽林孤兒。」顔師古注：「五兵，謂弓、矢、殳、矛、戈戟也。」此以兵器之多，喻人之内涵豐富。

〔五〕「騑驂」句，騑，駕在車轅兩旁之馬，與驂義同。文選曹植應詔詩：「騑驂倦路，載寢載興。」李善注：「韓詩曰：『兩驂鴈行。』薛君曰：『兩驂，左右騑驂。』」西掖，初學記卷一一中書令「西掖，右曹」，注引應劭漢官儀曰：「左右曹，受尚書事。前世文士以中書在右，因謂中書爲右曹，又稱西掖。」西，英華作「面」，形訛。

〔六〕「出入」句，東明，即東明山，見本文上注引神異經，此代指太子宫。以上兩句，言梁氏先祖地位顯赫。

〔七〕「碑留」句，後漢書郭太（泰）傳：「（卒，）同志者乃共刻石立碑，蔡邕爲文。既而謂涿郡盧植曰：『吾爲碑銘多矣，皆有慚德，唯郭有道無愧耳。』」句謂作此墓誌銘，有如蔡邕銘郭泰，亦可稱無愧。

〔八〕「輓送」句，太平御覽卷五五二挽歌引譙周法訓曰：「挽歌者，高帝召田横，至尸鄉自斃，從者不敢哭，而不勝其哀，故作此歌以寄哀音焉。」干寶搜神記卷一六：「挽歌者，喪家之樂，執紼者相和之聲也。挽歌辭有薤露、蒿里二章，漢田横門人作。横自殺，門人傷之，悲歌言人如薤上露易晞滅，亦謂人死精魂歸於蒿里，故有二章。」按：田横事迹，詳史記、漢書田儋傳。

〔九〕「終寂寥」句，相宅，即所謂「宅相」，見上注。

〔一〇〕「空嗟歎」句，佳城，用西京雜記所載滕公（夏侯嬰）事，本書前注已屢引。

楊炯集箋注卷十

墓誌

彭城公夫人尒朱氏墓誌銘〔一〕

夫人尒朱氏〔二〕，河南洛陽人也。若夫陰山表裏，衝北斗之機衡〔三〕；瀚海彌綸，直西街之畢昴〔四〕。四時銜火，燭龍開照地之光〔五〕；六月摶風，大鵬運垂天之翼〔六〕。由是奄有京縣，遂荒中土〔七〕。車書禮樂，三王之損益可知〔八〕；將相公侯，百代之山河不殞〔九〕。

【箋注】

〔一〕此文盈川集不載，據英華卷九六四補，全唐文收於卷一九六。四庫提要盈川集提要曰：「文苑英華載其（指楊炯）彭城公夫人尒朱氏墓誌銘一首、伯母東平郡夫人李氏墓誌銘一首，列庾信文後，明人因誤編入（庾）信集中。此本收尒朱氏誌一篇，而李氏誌仍不載，則蒐羅尚有所遺也（按：在提要之前，倪璠庾子山集校注已辨，可參讀）。」所謂「此本」，指四庫全書所用底本，爲浙江鮑士恭家藏本，而今傳文淵閣四庫全書本，尒朱氏誌仍未收。英華所收本篇署作者爲庾信，庾信卒於北周静帝大定元年（五八一），而墓主卒於唐高宗永淳元年（六八二）八月，相去逾百年，署庾信顯誤。下篇伯母李氏墓誌銘署「前人」，而文中明言「炯忝參爲詹事司直」，則作者爲楊炯無疑，稱「前人」，則上篇即尒朱氏墓誌銘，亦當爲楊炯作。本文未載墓主尒朱氏卒年，謂葬於上元三年（六七六）十月二十日，則當作於是年十月稍前。尒，底本字形作「爾」，本書據魏書統改作「尒」。

〔二〕「夫人」句，魏書尒朱榮傳：「尒朱榮，字天寶，北秀容人也。其先居於尒朱川，因爲氏焉。常領部落，世爲酋帥。高祖羽健，登國初爲領民酋長，率契胡武士千七百人從駕平晉陽，定中山，論功拜散騎常侍，以居秀容川。詔割方三百里封之，長爲世業。太祖（道武帝拓跋珪）初以南秀容川原沃衍，欲令居之，羽健曰：『臣家世奉國，給侍左右，北秀容既在剗内，差近京師，豈以沃塉更遷遠地？』太祖許之。」按：尒朱氏爲東胡之一支。尒朱川即秀容川，地在今山西朔州市朔城區，尒朱川之北爲北秀容川。墓主尒朱氏，爲尒朱榮族子尒朱敞之女，詳下。

〔三〕「若夫」二句，史記匈奴列傳：「趙武靈王亦變俗胡服，習騎射，北破林胡、樓煩，築長城，自代并陰山，下至高闕爲塞。」正義引括地志云：「陰山，在朔州北塞外突厥界。」按：山在今内蒙古自治區中部，東入河北西北部，連綿一千二百多公里。左傳僖公二十八年：（晉）子犯曰：「若其不捷，表裏山河，必無害也。」杜預注：「晉國外河而内山。」史記天官書：「北斗七星，所謂『旋、璣、玉衡，以齊七政』。……魁枕參首。」正義：「魁，斗第一星也。言北方斗，枕於參星之上。……（參）中央三小星曰伐，天之都尉也，主戎狄之國。」此述陰山而及北斗，因斗魁與參星之伐相關，而伐主戎狄故也。

〔四〕「瀚海」二句，漢書霍去病傳：「封狼居胥山，禪於姑衍，登臨翰海。」注引如淳曰：「翰海，北海名也。」彌綸，包羅。西街，天街之西。史記天官書：「昴畢間爲天街，其陰，陰國；陽，陽國。」集解引孟康曰：「陰，西南，象坤維，河山已北國；陽，河山已南國。」正義：「天街二星，在畢昴間，主國界也。街南爲華夏之國，街北爲夷狄之國。」

〔五〕「四時」二句，楚辭屈原天問：「日安不到，燭龍何照？」王逸注：「言天之西北，有幽冥無日之國，有龍銜燭而照之也。」又山海經大荒北經：「西北海之外，赤水之北，有章尾山，有神人面蛇身而赤，直目正乘，其瞑乃晦，其視乃明。……是燭九陰，是謂燭龍。」郭璞注引詩含神霧曰：「天不足西北，無有陰陽消息，故有龍銜（火）精以往，照天門中云。」兩句以燭龍指塞外戎狄之地。

〔六〕「六月」二句，莊子逍遥遊：「北冥有魚，其名爲鯤。鯤之大，不知其幾千里也，化而爲鳥，其名爲鵬。鵬之背，不知其幾千里也，怒而飛，其翼若垂天之雲。……鵬之徙於南冥也，水擊三千里，摶扶摇而上者九萬里，去以六月息者也。」兩句以鯤鵬南徙，喻尒朱氏隨北魏朝廷南遷。按魏書高祖（孝文帝）紀下：太和十九年（四九五），遷都洛陽，「（六月）丙辰詔：『遷洛之民，死葬河南，不得還北。』於是代人南遷者，悉爲河南洛陽人」。

〔七〕「由是」二句，詩經魯頌閟宫：「奄有龜蒙，遂荒大東。」毛傳：「荒，有也。」鄭玄箋云：「奄，覆；荒，奄也。」孔穎達疏：「鄭以奄爲覆，覆有龜蒙之山，遂奄有極東之地。」此謂北魏遂擁有洛陽及中原之地。

〔八〕「車書」二句，車書禮樂，泛指漢地文化、政治之各項制度。按北魏拓跋氏遷都洛陽後，大力推進漢化。如魏書高祖（孝文帝）紀下：太和十九年（四九五）六月己亥詔：「不得以北俗之語言於朝廷，若有違者，免所居官。」戊午詔：「改長尺大斗，依周禮制度，班之天下。」等等。論語爲政：「子曰：殷因於夏禮，所損益可知也；周因於殷禮，所損益可知也。其或繼周者，雖百世可知也。」何晏集解引馬（融）曰：「所因，謂三綱五常；所損益，謂文質三統。物類相召，世數相生，其變有常，故可預知。」此所謂損益，指狄、漢之文化變遷。

〔九〕「將相」二句，史記高祖功臣侯者年表：「封爵之誓曰：『使河如帶，泰山若厲，國以永寧，爰及苗裔。』」集解引應劭曰：「封爵之誓，國家欲使功臣傳祚無窮。」此謂魏雖遷都，然如尒朱氏等舊功臣，其封爵地位依舊牢固。

祖敞〔一〕，隋儀同三司、金紫光禄大夫〔二〕，岐、同、金、申、信、臨、徐七州總管〔三〕，兵部尚書〔四〕，金城郡開國公〔五〕。天列尚書之星〔六〕，地標光禄之塞〔七〕。出身萬里，知吕岱之元勳〔八〕；專命一方，識劉弘之重寄〔九〕。父最，隋左千牛備身、朝散大夫、齊王府司馬〔一〇〕，襲封爵金城公。大夫稱伐〔一一〕，諸侯胙土〔一二〕。淮仙致雨，仍攀桂樹之山〔一三〕；楚客臨風，更入芙蓉之水〔一四〕。

【箋注】

〔一〕「祖敞」句，隋書尒朱敞傳：「尒朱敞，字乾羅，秀容契胡人，尒朱榮之族子也。父彦伯，官至司徒。」博陵王齊神武帝韓陵之捷，盡誅尒朱氏。敞小，隨母養於宫中，免於難。及年十二時逃出，詐爲道士，變姓名隱嵩山。後投周太祖，拜大都督行臺郎中，封靈壽縣伯，進爵爲公。（隋）高祖受禪，改封邊城郡公，拜金州總管，尋轉徐州總管。以年老上表乞骸骨，歸河内，卒於家。

〔二〕「隋儀同」句，隋書百官志下：儀同三司，「爲第二品」。「金紫光禄大夫，爲從二品」。

〔三〕「岐、同」句，岐，即岐州，地在今陝西寶雞市。同，即同州，在今陝西大荔、韓城、澄城一帶。詳前唐恒州刺史建昌公王公神道碑注。金，即金州。舊唐書地理志二：「隋西城郡，武德元年（六一八）改爲金州。」地在今陝西安康市。申，即申州。元和郡縣志卷九申州：「古申國也。……入後魏爲郢州，入梁爲司州。周武帝平齊，改爲申州。大業二年（六〇六）改爲義州，武德四年（六二一）復置申州。」今爲河南信陽市。信，即信州，今江西上饒，詳元和郡縣志卷二八。臨，即臨州。新唐書地理志：「隋巴東郡之臨江縣，義寧二年（六一八）置臨州。……貞觀八年（六三四）改臨州爲忠州。」今爲重慶忠縣。徐，即徐州。總管，隋書百官志下：「州置總管者，列爲上、中、下三等。總管、刺史加使持節。」又曰：上總管爲「視從二品」，中總管爲「視正三品」，「下總管爲視從三品」。通典卷三二：「總管、刺史加使持節。至開皇三年（五八三）罷郡，以州統縣，自是刺史之名存而職廢。」

〔四〕「兵部」句，隋書百官志下：「兵部尚書，統兵部。」又曰：「兵部尚書爲從二品。」唐六典卷五尚書兵部「兵部尚書」注：「齊、梁、陳、後魏、北齊皆置五兵尚書，後周依周官置大司馬卿一人，隋改爲兵部尚書。」兵，英華校：「集作藩。」誤，隋代官制中無藩部。

〔五〕「金城郡」句，漢書昭帝紀始元六年（前八一）秋七月，「以邊塞闊遠，取天水、隴西、張掖郡各二縣置金城郡」。隋書地理志上：「金城郡，開皇初置蘭州總管府，大業初府廢。統縣二，户六千八百一十八。金城舊縣曰子城，帶金城郡。開皇初郡廢，大業初改縣爲金城，置金城郡有關官。」地在今甘肅蘭州市。同書百官志中：「開國郡公爲從一品。」金，英華校：「集作邊。」前注引隋書本傳亦作「邊」，然地名無「邊城郡」，兹姑依底本。下文「襲封」句，英華有校同。

〔六〕「天列」句，史記天官書：「南宫朱鳥，權、衡。……其内五星，五帝坐。後聚一十五星，蔚然，曰郎位。」正義：「郎位十五星，在太微中帝坐東北，周之元士，漢之光禄、中散、諫議，此三署郎中，是今之尚書郎。」又隋書天文志上經星中宮：「文昌六星，在北斗魁前，天之六府也，主集計天道。一曰上將、大將，建威武；二曰次將、尚書，正左右。」

〔七〕「地標」句，漢書匈奴傳：「（呼韓邪）單于就邸留月餘，遣歸國。單于自請願留居光禄塞下。」顏師古注：「即徐自爲所築者也。」資治通鑑卷二七漢紀一九述此事，胡三省補注：「余按武帝遣光禄徐自爲出五原塞，築亭障列城，後人因謂之光禄塞。」輿地廣記卷一八麟州：「中，銀城縣，本漢稒陽、曼柏二縣地，屬五原郡。後魏置石城縣，後周改爲銀城。隋屬綏州，後廢焉。唐貞觀二年（六二八）復置，四年屬銀州，八年屬勝州。天寶元年（七四二）來屬。漢本紀：光禄勳徐自爲築五原塞，外列城，西北至盧朐山，即今縣北所謂光禄塞是也。」按：盧朐山，在今内蒙古五原縣烏拉特中後聯合旗之陰山北麓。

〔八〕「出身」二句，三國志吴書吕岱傳：「吕岱，字定公，廣陵海陵人也。……孫亮即位，拜大司馬。岱清身奉公，所在可述。初，在交州，歷年不餉家，妻子饑乏。（孫）權聞之歎息，以讓群臣曰：『吕岱出身萬里，爲國勤事，家門内困，而孤不早知，股肱耳目，其責安在？』於是加賜錢米布絹，歲有常限。」

〔九〕「專命」二句，晉書劉弘傳：「劉弘，字和季，沛國相人也。……以勳德兼茂，封宣城公。太安中，張昌作亂，轉使持節南蠻校尉、荆州刺史。」又爲鎮南將軍、都督荆州諸軍事。嘗上表稱其用兵「比須表上，慮失事機……甘受專輒之罪」。武帝詔曰：「將軍文武兼資，……雖有不請之嫌，古人有專之之義，其恢宏奥略，鎮綏南海，以副推轂之望。」按：以上言尒朱敞之功業。

〔一〇〕「父最」二句，「父」下原有「休」字。隋書尒朱敞傳：「子最嗣。」據删。同上書百官志下：「千牛備身十二人，掌執千牛刀。」同上：朝散大夫爲散官，「以加文武官之德聲者，并不理事」。又曰：朝散大夫，「爲正四品」。又隋書煬三子傳：「齊王暕，字世朏，小字阿孩。……及長，頗涉經史，尤工騎射。」後驕淫無度，爲宇文化及所殺。同上百官志下：親王府司馬，「爲從四品」。

〔一一〕「大夫」句，左傳襄公十九年：「大夫稱伐。」杜預注：「銘其功伐之勞。」孔穎達正義：「從行征伐，可得稱伐勞耳。」

〔一二〕「諸侯」句，左傳隱公八年：「諸侯因生以賜姓，胙之土而命之氏。」杜預注：「因其所由生以賜姓，謂若舜由嬀汭，故陳爲嬀姓，報之以土，而命氏曰陳。」

〔一三〕「淮仙」二句，指淮南王劉安。神仙傳卷六淮南王：「淮南王安好神仙之道。」八公求見，因其老，拒之數四。八公於是振衣整容，立成童幼之狀，王倒屣而迎之，設禮稱弟子，曰：「高仙遠降，何以教寡人？」八公稱「各能吹嘘風雨，震動雷電」云云。其後或告淮南王反，八公「乃取鼎煮藥，使王服之，骨肉近三百餘人同日昇天，雞犬舐藥器者亦同飛去」。又楚辭淮南小山招隱士：「攀援桂枝兮聊淹留。」

〔一四〕「楚客」二句，楚客，指屈原。楚辭九歌少司命：「臨風怳兮浩歌。」又湘君：「搴芙蓉兮木末。」芙蓉之水，指湘水，代指汨羅水。屈原以忠遭讒，史記屈原列傳稱於是懷石，遂自投汨羅以死。

以上言劉安、屈原，疑與尒朱最遭遇有關。蓋齊王楊暕被殺，尒朱最亦未能善終。

夫人玉臺貞氣〔一〕，金河仙液〔二〕。蔡中郎之女子，早聽色絲〔三〕。謝太傅之閨門，先揚麗則〔四〕；彭城公發源殷伯，承家漢相〔五〕。山川氣候，彰白虎於皋陶〔六〕；象緯休徵，下蒼龍於曼倩〔七〕。三星照夜，佇稽鳴鴈之期〔八〕；七日秉秋，坐薦飛皇之兆〔九〕。夫人年甫十八，遂歸於我〔一〇〕。巫山南眺，逢暮雨於瑶姬〔一一〕；華嶽西臨，降明星於玉女〔一二〕。

【箋注】

〔一〕「夫人」句，漢書禮樂志郊祀歌天馬徠：「游閶闔，觀玉臺。」注引應劭曰：「閶闔，天門；玉臺，上帝之所居。」玉臺貞氣，謂夫人尒朱氏乃上天之正氣所産。

〔二〕「金河」句，太平寰宇記卷四九雲州雲中縣金河水：「郡國志：郡有紫河鎮，界内有金河水。其泥色紫，故曰金河。」該河流經古朔州，尒朱氏出於朔州，與古雲中相接，故用此事。仙，英華校：「集作靈。」句謂尒朱氏乃金河水所育。

〔三〕「蔡中郎」二句，蔡中郎，即蔡邕，字伯喈，嘗任左中郎將。其女蔡琰，後漢書列女傳董祀妻傳：「陳留董祀妻者，同郡蔡邕之女也，名琰，字文姬。博學有才辯，又妙於音律。適河東衛仲道，夫亡無子，歸寧於家。興平中，天下喪亂，文姬爲胡騎所獲，没於南匈奴左賢王，在胡中十二年，生二子。曹操素與邕善，痛其無嗣，乃遣使者以金璧贖之，而重嫁於祀。……後感傷亂離，追懷悲憤，作詩二章。」色絲，世説新語捷悟稱曹操、楊修過曹娥碑下，碑背有「黄絹幼婦，外孫齏臼」八字，兩人解爲「絶妙好辭」，其中「黄絹」，解爲「色絲也，於字爲絶」，詳見前唐恒州刺史建昌公王公神道碑注引。此言蔡文姬詩歌絶妙。

〔四〕「謝太傅」二句，世説新語言語：「謝太傅（安）寒雪日内集，與兒女講論文義。俄而雪驟，公欣然曰：『白雪紛紛何所似？』兄子胡兒（謝朗）曰：『撒鹽空中差可擬。』兄女（謝道韞）曰：『未若柳絮因風起。』公大笑樂。即公大兄無奕女，左將軍王凝之妻也。」麗則，作品華麗而不失爲正。揚雄法言吾子篇：「詩人之賦麗以則。」按：以上四句，以蔡琰、謝道韞擬尒朱氏，謂其極有文才。

〔五〕「彭城公」二句，彭城公，因文内綫索太少，史料闕如，難以考定其姓名，所可知者，其遠祖爲殷伯，漢代爲丞相。以史證之，疑爲韋氏。按漢書韋賢傳：「韋賢，字長孺，魯國鄒人也。其先韋孟，家本彭城，爲楚元王傅，傅子夷王及孫王戊。戊荒淫不遵道，孟作詩風諫，後遂去位，徙家於鄒，又作一篇。其諫詩曰：『肅肅我祖，國自豕韋。黼衣朱紱，四牡龍旂，彤弓斯征。撫寧遐荒，總齊群邦，以翼大商。迭彼大彭，勳績惟光。』」注引應劭曰：「在商爲豕韋氏也。」又曰：「國語曰：大彭豕韋爲商伯。」顔師古注：「迭，互也。自言豕韋氏與大彭互爲伯於殷商也。」漢書本傳又曰：「本始三年（前七一），代蔡義爲丞相，封扶陽侯。……少子玄成，復以明經歷位至丞相。」則韋氏嘗爲殷伯、漢丞相，誌文所述與之合。又按新唐書宰相世系表述韋氏世系，稱「韋氏出自風姓，顓頊孫大彭爲夏諸侯，少康之世，封其别孫元哲於豕韋，其地滑州韋城是也。豕韋、大彭迭爲商伯。周赧王時始失國，徙居彭城，以國爲氏。韋伯遐二十四世孫孟，爲漢楚王傅。去位，徙居魯國鄒縣。孟四世孫賢，漢丞相，扶陽節侯，又徙京兆杜陵」。韋氏後人又分東眷、西眷，後魏時東眷「韋淹生雲起，封彭城公，因號彭城公房」。至有唐，韋氏又分爲九房，「有宰相十四人」。然考兩唐書，雖唐代韋氏宰相衆多，然皆在則天朝以後，唐初韋氏不顯。玄宗時，韋湊首封彭城郡公。肅宗時，其子見素襲封，位宰相。據上述，本文所言彭城公，蓋出自彭城公房，并非有其封爵。該人官或不甚顯達（疑爲晉州長史韋悦然，説詳附録年譜），否則作者將在墓誌中大加渲染，不止帶過而已。

〔六〕「山川」二句，山川，謂山川之氣誕育靈秀。白虎，「虎」原作「武」，避唐諱，今改。藝文類聚卷九九騶虞引春秋元命苞曰：「堯爲天子，季秋下旬夢白虎遺吾烏（原作「馬」，據太平御覽卷二四秋上引改）啄子。其母曰扶始，升高丘，睹白虎，上有雲感己，生皋陶。索扶始問之，如堯言。明於刑法，罪次終始，故立皋陶爲大理。」此當指彭城公長於治獄，有如皋陶。

〔七〕「象緯」二句，象緯，象數讖緯之學。休徵，好兆頭。漢書東方朔傳：「東方朔，字曼倩。」太平廣記卷六引東方朔别傳：「朔未死時，謂同舍郎曰：『天下人無能知朔，知朔者太王公耳。』朔卒後，武帝得此語，即召太王公問之，曰：『爾知東方朔乎？』公對曰：『不知。』『公何所能？』

曰：『頗善星曆。』帝問諸星皆具在否？曰：『諸星具，獨不見歲星十八年，今復見耳。』帝仰天歎曰：『東方朔生在朕旁十八年，而不知是歲星哉！』慘然不樂。」淮南子天文訓：「東方木也，……其神爲歲星，其獸蒼龍。」兩句言彭城公博學多才，乃天上星宿降在人間，有如東方朔。

〔八〕「三星」二句，詩經唐風綢繆：「綢繆束薪，三星在天。」毛傳：「綢繆，猶纏綿也。三星，參也；在天，謂始見東方也。男女待禮而成，若薪芻待人事而後束也。三星在天，可以嫁娶矣。」鄭玄箋云：「三星，謂心星也。心有尊卑，夫婦父子之象。又爲二月之合宿，故嫁娶者以爲候焉。」佇稽，等待檢核。詩經邶風匏有苦葉：「雝雝鳴鴈。」毛傳：「雝雝，鴈聲和也。納采用鴈。」鄭玄箋：「鴈者，隨陽而處，似婦人從夫，故昏禮用焉。」兩句言夫人與彭城公結爲夫婦。

〔九〕「七日」二句，梁宗懍荆楚歲時記：「七月七日，爲牽牛、織女聚會之夜。」坐薦，等候。薦，草墊。飛皇，左傳莊公二十二年：「初，懿氏卜妻敬仲，其妻占之，曰：『吉。是謂「鳳凰于飛，和鳴鏘鏘」。』」杜預注：「雄曰鳳，雌曰凰。雄雌俱飛，相和而鳴，鏘鏘然。」按：皇、凰同，古今字。此與上兩句義同。

〔一〇〕「遂歸」句，左傳隱公元年：「仲子歸於我。」杜預注：「婦人謂嫁曰歸。」

〔一一〕「巫山」二句，文選宋玉高唐賦：「昔者先王嘗游高唐，怠而晝寢，夢見一婦人，曰：『妾，巫山之女也。……』王因幸之，去而辭曰：『妾在巫山之陽，高丘之阻。旦爲朝雲，莫爲行雨。朝朝莫莫，陽臺之下。』」李善注引襄陽耆舊傳曰：「赤帝女，曰姚姬。未行而卒，葬於巫山之陽，故曰巫山之女。楚懷王游於高唐，晝寢夢見與神遇，自稱是巫山之女，王因幸之，遂爲置觀於巫山之南，號爲朝雲。」

〔三〕「華嶽」二句，北堂書鈔卷一六〇華山引詩含神霧云：「華山上有明星玉女，持玉漿，得上服之即成仙。道險僻不通。」太平御覽卷三九華山引武帝内傳曰：「魯女，長樂人。初餌麻及水，絶穀八十餘年，日更少壯，色如桃花。一旦與故人别，云入華山。去後五十年，先相識者逢女華山廟前，乘白鹿，從玉女三十人，并謝其鄉里親戚故人。」以上四句，以瑶姬、玉女喻尒朱氏，言其美麗。

動合詩禮，言成軌則。晨昏展敬，事極於移天〔一〕；蘋藻挈誠，義申於中饋〔二〕。女郎砧石，響明月而思秋風〔三〕；織婦機牀，聽寒蛩而催絡緯〔四〕。用曹大家之明訓〔五〕，執宋伯姬之貞節〔六〕。加以心依八覺〔七〕，理會三空〔八〕。遊智刃於檀林〔九〕，泛仙舟於法海〔一〇〕。幾神獨照，默言象而無施〔一一〕；空有兼忘，束筌蹄而不用〔一二〕。人生天地，壽非金石。銀臺竊藥，想奔月而何年〔一三〕；玉釜煎香，思反魂而無日〔一四〕。以某年月日，終於平康里之私第〔一五〕。越上元三年十月二十日，合葬於城南之畢原〔一六〕，禮也。齊侯寢側〔一七〕，杜氏階前〔一八〕。對文王之畢原〔一九〕，用周公之合葬〔二〇〕。偃松千古，長無寡鶴之悲〔二一〕；文梓百尋，還見雙鴛之集〔二二〕。

【箋　注】

〔一〕「事極」句，移天，謂由「天父」轉變爲「天夫」。左傳桓公十五年：「（雍姬）謂其母曰：『父與夫孰親？』其母曰：『人盡夫也，父一而已，胡可比也。』」杜預注：「婦人在室則天父，出則天夫。女以爲疑，故母以所生爲本解之。」儀禮喪服鄭玄注：「父者，子之天也；夫者，妻之天也。」

〔二〕「蘋藻」二句，詩經召南采蘋：「于以采蘋，南澗之濱。于以采藻，于彼行潦。」毛傳：「蘋，大蓱也。藻，聚藻也。」其小序曰：「采蘋，大夫妻能循法度也。能循法度，則可以承先祖、共祭祀矣。」中饋，操持飲食等家務活。周易家人卦：「六二，无攸遂，在中饋。貞吉。」王弼注：「居内處中，履得其位，以陰應陽，盡婦人之正，義无所必，遂職乎中饋。巽順而已，是以貞吉也。」

〔三〕「女郎」二句，太平御覽卷五二石下引郡國志：「梁州女郎山，張魯女浣衣石上，女便懷孕。魯謂邪淫，乃放之，後生二龍。及女死，將殯，柩車忽騰躍昇此山，遂葬焉。其水傍浣衣石猶在，謂之女郎山。」按水經沔水注曰：「其（五丈溪）水南注漢水，南有女郎山，山上有女郎冢。遠望山墳嵬嵬狀高，及即其所，裁有墳形。山上直路下出，不生草木，世人謂之女郎道，下有女郎廟及擣衣石。言張魯女也。」砧石，即浣衣石。聞月下擣衣聲，遂引起征婦送寒衣之情思。兩句言夫人養育兒女，忙於家務。

〔四〕「織婦」二句，機牀，織布機。古詩十九首：「迢迢牽牛星，皎皎河漢女。纖纖擢素手，札札弄機杼。」古今注：「莎雞，一名促織，一名絡緯，一名蟋蟀。促織，謂鳴聲如急織；絡緯，謂其鳴聲如紡績也。」中華古今注：「蟋蟀，一名秋吟、蛩。」婦，英華校：「集作女。」

〔五〕「用曹大家」句，後漢書列女傳曹世叔妻：「扶風曹世叔妻者，同郡班彪之女也，名昭，字惠班，一名姬。博學高才。世叔早卒，有節行法度。凡（班）固著漢書，其八表及天文志未及竟而卒，和帝詔昭就東觀藏書閣踵而成之。帝數召入宮，令皇后、諸貴人師事焉，號曰大家。……作女誡七章。」所謂「明訓」，當即指女誡。

〔六〕「執宋伯姬」句，劉向列女傳卷四宋恭伯姬：「伯姬者，魯宣公之女，成公之妹也。其母曰繆姜，嫁伯姬於宋恭公。……伯姬既嫁於恭公十年，恭公卒，伯姬寡。至景公時，伯姬嘗遇夜失火，左右曰：『夫人少避火。』伯姬曰：『婦人之義，保傅不俱，夜不下堂，待保傅來也。』保母至矣，傅母未至也，左右又曰：『夫人少避火。』伯姬曰：『婦人之義，傅母不至，夜不可下堂，越義而生，不如守義而死。』遂逮於火而死。」按：因彭城公先卒（夫人死後即合葬，見下文），故用此典。

〔七〕「加以」句，「加」英華作「如」，據全唐文改。八覺，八種覺悟。佛説八大人覺經述八覺爲：一、世間無常覺；二、多欲爲苦覺；三、心無厭足覺；四、懈怠墜落覺；五、愚癡生死覺；六、貧苦多怨横結惡緣覺；七、五欲過患覺；八、生死熾然苦惱無量覺。稱八覺乃諸佛菩薩教佛弟子「永斷生死，常住快樂」之法。

〔八〕「理會」句，三空，「空」乃佛教之基本教義。空至於三，其説不一。佛説仁王經序品第一稱空、無相、無作爲三空。俱舍論卷三八謂非我、無相、無願爲三空。僧肇維摩詰所説經注序曰：「道越三空，非二乘所議。」理會，以理解會，謂懂得三空之理。

〔九〕「遊智刃」句，文選王簡棲頭陀寺碑文：「智刃所遊，日新月故。」李善注引莊子養生主「庖丁解牛」故事，謂「彼節者有間，而刀刃者無厚，以無厚入有間，恢恢乎其於遊刃，必有餘地矣」。吕向注：「明智之理，斷割之道，如刀刃之利。」此指佛教智慧，喻其機鋒如刀，能了斷世間煩惱。檀林，檀即旃檀樹，亦即檀香，梵語爲旃檀那。慧琳一切經音義卷二七妙法蓮華經序品旃檀：「旃檀那，謂牛頭旃檀等，赤即紫檀之類，白謂白檀之屬。」佛教僧徒視旃檀林爲聖潔之地，故又以檀林代指佛寺。

〔一〇〕「泛仙舟」句，謂深喜佛教。佛説生經卷第四：「法爲舟船，度諸未度。」又大乘起性論：「法性真如海。」

〔一一〕「幾神」二句，周易繫辭上：「夫易，聖人之所以極深而研幾也。唯深也，故能通天下之志；唯幾也，故能成天下之務；唯神也，故不疾而速，不行而至。」韓伯注：「極未形之理則曰深，適動微之會則曰幾。」獨照，謂幾、神雙得。默言象，謂言、象兩忘。王弼周易注卷一〇明象：「夫象者，出意者也；言者，明象者也。盡意莫若象，盡象莫若言。言生於象，故可尋言以觀象；象生於意，故可尋象以觀意。意以象盡，象以言著，故言者所以明象，得象而忘言；象者所以存意，得意而忘象，猶蹄者所以在兔，得兔而忘蹄；筌者所以在魚，得魚而忘筌也。」

〔一二〕「空有」二句，後漢書西域傳論：「詳其清心釋累之訓，空有兼遣之宗，道書之流也。」李賢注：「清心，謂忘思慮也；釋累，謂去貪慾也。不執著爲空，執著爲有。兼遣，謂不空不有，虚實兩忘也。維摩詰云：『我及涅槃，此二皆空。』老子云：『常無，欲觀其妙；常有，欲觀其徼。』故曰道書之流也。」莊子外物：「筌者所以在魚，得魚而忘筌；蹄者所以在兔，得兔而忘蹄；言者所以在意，得意而忘言。」按：「加以」句至此，謂夫人尒朱氏極喜佛，其佛學修養甚高。

〔一三〕「銀臺」二句，文選張衡思玄賦：「聘王母於銀臺兮。」舊注：「王母，西王母也。銀臺，王母所居。」淮南子覽冥訓：「羿請不死之藥於西王母，姮娥竊以奔月。」高誘注：「恒娥，羿妻。羿請不死之藥於西王母，未及服之，恒娥盜食之，得仙奔入月中，爲月精。」

〔一四〕「玉釜」二句，舊題東方朔十洲記：「聚窟洲，在西海中申未之地。……有大山，形似人鳥之象，因名之爲神鳥山。山多大樹，與楓木相類，而花葉香聞數百里，名爲反魂樹。……伐其木根心於玉釜中煮取汁，更微火煎如黑餳狀，令可丸之，名曰驚精香，或名之爲震靈丸，或名之爲反生香，或名之爲震檀香，或名之爲人鳥精，或名之爲却死香，一種六名。斯靈物也，香氣聞數百里，死者在地聞香氣乃却活，不復亡也。」玉釜，英華作「金殿」，並校：「一作玉釜，集作金釜。」考上引，作「玉釜」是，據改。

〔一五〕「終於」句，長安志卷二唐京城二：「朱雀街東第三街，即皇城東之第一街，……次南崇仁坊，次南平康坊。」康，英華校：「集作原。」當誤。

〔一六〕「合葬」句，畢原，元和郡縣志卷一京兆府萬年縣：「畢原，在縣西南二十八里。」地在今陝西咸陽、西安附近渭水南北岸，周初王季嘗建都於此。

〔一七〕「齊侯」句，晏子春秋卷二諫下：「（齊）景公成路寢之臺。逢於何遭喪，遇晏子於途，再拜乎馬前，……曰：『於何之母死，兆在路寢之臺牖下，願請命合骨。』……晏子曰：『諾。』遂入見公，曰：『有逢於何者，母死，兆在路寢，當如之何？願請合骨。』公作色不悦，曰：『古之及今，子亦嘗聞請葬人主之宫者乎？』晏子對曰：『古之人君，其室宫節，不侵生民之居，臺榭儉，不殘死人之墓，故未嘗聞諸請葬人主之宫者也。今君侈爲宫室，奪人之居，廣爲臺榭，殘人之墓，是生者愁憂，不得安處，死者離易，不得合骨。……生者不得安，命之曰蓄憂，死者不得葬，命之曰蓄哀。蓄憂者怨，蓄哀者危，君不如許之。』公曰：『諾。』……逢於何遂葬其母路寢之牖下。」

〔一八〕「杜氏」句，禮記檀弓上：「季武子成寢，杜氏之葬在西階之下，請合葬焉。許之。」

〔一九〕「對文王」句，史記周本紀：「武王上祭於畢。」集解引馬融曰：「畢，文王墓地名也。」

〔二〇〕「用周公」句，禮記檀弓上：「季武子曰：『周公蓋祔。』」鄭玄注：「祔，謂合葬。合葬自周公以來。」

〔二一〕「偃松」二句，太平御覽卷九五三松引西京雜記（傳本雜記無）：「東京龍興觀有古松，樹枝偃倒垂，相傳云已經千年，常有白鶴飛止其間。」寡鶴，失伴之鶴。王褒洞簫賦：「孤雌寡鶴，娱優乎其下兮。」

〔二二〕「文梓」二句，搜神記卷一一韓憑妻：「宋康王舍人韓憑，娶妻何氏，美，康王奪之。憑怨，王囚之，……憑乃自殺。其妻乃陰腐其衣。王與之登臺，妻遂自投臺，左右攬之，衣不中手而死，遺書於帶曰：『願以屍骨，賜憑合葬。』王怒，弗聽，使里人埋之，冢相對也。……宿昔之間，便有大梓木生二冢之端，旬日而大盈抱，屈體相就，根交於下，枝錯於上。又有鴛鴦，雌雄各一，恒棲樹上，晨夕不去，交頸悲鳴，音聲感人。宋人哀之，遂號其木曰相思樹。」

其銘曰：

合葬非古，周公所存〔一〕。死生千載，棺槨雙魂〔二〕。野曠風急，天寒日昏。煙霾杳嶂，霧失遥村。紀黄絹之碑表〔三〕，對青松之墓門〔四〕。

【箋注】

〔一〕「合葬」二句，文選謝惠連祭古冢文：「合葬非古，周公所存。」李善注引禮記（按：見檀弓上）：「武子曰：『合葬非古，自周公以來未之有也。』」

〔二〕「棺槨」句，謝惠連祭古冢文：「還祔雙魂。」

〔三〕「紀黄絹」句，黄絹，用曹娥碑事，見本文上注。言作此誌銘，有如爲曹娥作碑表。

〔四〕「對青松」句，孔子家語卷九終記解：「孔子之喪，……葬於魯城北泗水上，……樹松柏爲志焉。」詩經陳風墓門：「墓門有棘，斧以斯之。」毛傳：「墓門，墓道之門。」

伯母東平郡夫人李氏墓誌銘〔一〕

夫人姓李氏，隴西狄道人也〔二〕。自涼武昭王以後〔三〕，一門三公，爲四海著族，國史、家諜詳之矣。祖充穎〔四〕，後周大將軍〔五〕、滑州刺史〔六〕、流江郡公〔七〕。考玄明〔八〕，皇朝上儀同〔九〕、□□濟三州刺史〔一〇〕、成紀縣男〔一一〕。出入三朝，剖符分竹〔一二〕，秦隴河濟之地，人到於今稱之。天下士大夫，知與不知，莫不想望其風采。

【箋　注】

〔一〕此文盈川集不載，據英華卷九六四補。全唐文收於卷一九六。其作者爲楊炯，文中有自述，參上文首注。東平郡，因夫人之夫、即作者伯父楊德裔封東平郡公，故稱（詳本書卷九常州刺史伯父東平楊公墓誌銘）。文述其伯母卒於永淳元年（六八二）八月，葬於同年冬十一月一日，則此志銘當作於是年九、十月間。

〔二〕「隴西」句，隴西狄道，地在今甘肅臨洮縣，乃唐皇李氏發祥地，參前李懷州墓誌銘注。

〔三〕「自涼武昭王」句，涼武昭王，即西涼國主李暠。據舊唐書高祖紀，唐高祖李淵乃李暠七代孫。詳前李懷州墓誌銘注。

〔四〕「祖充穎」句，李充穎，周書、北史無傳，亦未載其事迹或仕歷。按宋鄧名世古今姓氏書辯證卷二一曰：「隴西李氏，出自興聖皇帝（按：即李暠。興聖皇帝乃玄宗天寶二年〔七四三〕爲暠所上尊號，見舊唐書禮儀志四）第七子豫，字士寧，東晉西海太守。孫琰之，字景珍，後魏侍中、文簡公。生剛、慧。剛，宜州刺史，生充節、充信、充穎。……充穎，後周滑州刺史、流江公，生宣州刺史義本。義本生迴秀，字茂實，相武后。」

〔五〕「後周」句，周書武帝紀下：建德四年（五七五）冬十月戊子，「初置上柱國、上大將軍官，改開府儀同三司爲開府儀同大將軍，儀同三司爲儀同大將軍，又置上開府、上儀同官」。據唐六典卷二尚書吏部「十二轉爲上柱國」李林甫注，置、改諸官乃「以賞勤勞」。此所謂「大將軍」，當爲上述諸「大將軍」之一。

〔六〕「滑州」句，滑，原作「消」。考唐及歷代無「消州」，「消」蓋「滑」之形訛。全唐文作「滑州」，上注引古今姓氏書辯證亦作滑州，是，據改。元和郡縣志卷八滑州：春秋時爲魏國，戰國時屬魏，秦始皇五年（前二四二）置東郡。隋開皇九年（五八九）置杞州，「十六年改杞州爲滑州（取滑臺爲名）。大業三年（六〇七）又改爲東郡。武德元年（六一八）罷郡，置滑州」。地在今河南滑縣，屬安陽市。

〔七〕「流江」句，舊唐書渠州流江：「漢宕渠縣地，屬巴郡。梁置渠州，周改爲北宕渠郡，又改爲流江郡，仍於郡内置流江縣。武德元年（六一八）改爲渠州，又併賨城、義興二縣入流江。」地即今四川渠縣。

〔八〕「考玄明」句，舊唐書李大亮傳：「迥秀，大亮族孫也。祖玄明，濟州刺史。父義本，宣州刺史。」據上注引古今姓氏書辯證，生義本者乃充穎，據此則玄明即充穎，蓋玄明爲李充穎字，或以字行也。

〔九〕「皇朝」句，上儀同，即上開府儀同三司，散品官名。通典卷三四開府儀同三司：「大唐武德七年（六二四），改上開府儀同三司爲上輕車都尉。」則在是年之前，乃有「上儀同」。

〔一〇〕「濟三州」句，「濟」字上，英華原空一格，全唐文注「闕」字。既稱「三州」，當闕二字，茲補加兩闕字符（據下文，疑所闕二字爲「秦隴」）。古濟州治鉅野（今屬山東）。元和郡縣志卷一〇鄆州：「天寶十三年（七五四），濟州爲河所陷没。」舊唐書地理志一：「天寶十三年廢濟州，其所管五縣，并入鄆州。」

〔一一〕「成紀縣男」句，元和郡縣志卷三九秦州成紀縣：「本漢舊縣也，屬天水。……周成紀縣屬略陽郡，隋開皇三年（五八三）罷郡，縣屬秦州，皇朝因之。」唐代成紀縣治在今甘肅秦安縣。

〔一二〕「剖符」句，漢書文帝紀：二年（前一七八）九月，「初與郡守爲銅虎符、竹使符」。注引應劭曰：「銅虎符，第一至第五，國家當發兵，遣使者至郡，合符，符合乃聽受之。竹使符，皆以竹箭五枚，長五寸，鎸刻篆書，第一至第五。」又引張晏曰：「符，以代古之圭璋，從簡易也。」顔師古注：「與郡守爲符者，謂各分其半，右留京師，左以與之使。」此代指爲官。

夫人生而純深，幼而恭敬，長而敦睦，成而和惠。年及初笄〔一〕，甫歸於我。執箕箒，奉舅姑〔二〕，人不間於其娣姒妾媵之言〔三〕，閨門之内，穆如也。故宗黨推其令問，鄉閭以爲美談〔四〕。東平公守清白之基〔五〕，逢太平之日，辟命交至，聲聞於天〔六〕。詔徵尚書郎，遷御史中丞，出爲棣、曹、恒、常四州刺史〔七〕。夫人輔佐君子，聿修内政〔八〕。平旦纚笄，則有君臣之嚴；沃盥饋食，則有父子之敬；報反而行，則有兄弟之道；受期必誠，則有朋友之信〔九〕。其婦德也如此。歷職中外，聲名籍甚〔一〇〕，和其琴瑟〔一一〕，正其邦家者，夫人與有力焉。蓋常喟然而言曰：「古者卿之内子爲大帶，命婦成祭服，社而獻功〔一二〕，可不勗哉〔一三〕！可不勗哉！」由是服澣濯之衣〔一四〕，躬紡績之事。筐筥錡釜之器，所以執其勞〔一五〕；蘋蘩薀藻之菜，所以明其德〔一六〕。非夫博文達禮，貞婉聽從者，孰能與於此乎！

【箋　注】

〔一〕「年及」句，詩經召南采蘋小序：「（女子）十有五而笄，二十而嫁。」禮記内則：「女子……十有五年而笄。」鄭玄注：「謂應年許嫁者。女子許嫁，笄而字之；其未許嫁，二十則笄。」按：笄，古代女子所行成年禮。

〔二〕「執箕箒」二句，後漢書曹世叔妻（班昭）傳：「年十有四，執箕箒於曹氏。」李賢注：「前（漢）書

（高帝紀）吕公謂高祖曰：『臣有息女，願爲箕帚妾。』言執箕帚，主賤役，以事舅姑。」舅姑，即公婆。

〔三〕「人不間」句，論語先進：「子曰：孝哉，閔子騫！人不間於其父母昆弟之言。」間言，何晏集解引陳曰：「人不得有非間之言。」陸德明音義：「間，間厠之間。」孔穎達正義：「間謂非毁間厠。言子騫上事父母，下順兄弟，動静盡善，故人不得有非間之言。」娣姒，儀禮喪服：「夫之姑姊妹、娣姒婦報。」鄭玄注：「娣姒婦者，兄弟之妻相名也。長婦謂稚婦爲娣婦，娣婦謂長婦爲姒婦。」妾媵，妾，男子正妻之外所娶女子。媵，古代隨嫁之女子或男子。

〔四〕「故宗黨」二句，宗黨，同宗族之人；鄉間，指鄉鄰。禮記曲禮上：「周禮：二十五家爲間，四間爲族，五族爲黨，五黨爲州，五州爲鄉。」此泛指宗族鄉里。令問，好名聲。漢書禮樂志：「令問不忘。」顔師古注：「令，善也；問，名也。」

〔五〕「東平公」句，東平公，即楊德裔，封東平郡公，事迹見前常州刺史伯父東平楊公墓誌銘注。墓誌銘稱其「歷政清白」。

〔六〕「聲聞」句，詩經小雅鶴鳴：「鶴鳴于九皋，聲聞于天。」鄭玄箋云：「天，高遠也。」此「天」代指皇帝，故下句稱「詔徵」。

〔七〕「詔徵」三句，詔，英華原作「制」，校：「集作詔。」全唐文作「詔」，伯父東平楊公墓誌銘亦作「詔」。按：作「詔」是，據改。武氏載初元年（六八九）一月，方改「詔」爲「制」，見舊唐書則天皇后紀。楊德裔所歷四州刺史，見前伯父東平楊公墓誌銘注。

〔八〕「夫人」二句，聿，語詞。内政，指家務。庾信周太傅鄭國公夫人鄭氏墓誌銘：「夫人輔佐君子，勤勞是司。」

〔九〕「平旦」八句，太平御覽卷五四一婚姻下引劉向曰：「魯師春姜者，魯師氏之母也。嫁其女，三往而三逐。春姜問故，以輕其室人也。春姜召其女而笞之曰：『夫婦人，以順從爲務，貞慤爲首。故婦事夫有五：平旦纚笄而朝，則有君臣之嚴；洗盥饋食，則有父子之敬；報反而行，則有兄弟之道；必期必誠，則有朋友之信；寢席之交，然後有夫婦之際。』君子謂春姜曰：知陰陽之順逆也。」朱熹儀禮經傳通解卷二昏義引列女傳，内容相同（僅有個别異文），然傳本劉向列女傳無其文。又説郛本女孝經紀德行章第十引，又稱「（曹）大家曰」云云，然女孝經乃唐侯莫陳邈妻鄭氏撰，宋史藝文志五著録，引曹大家，不詳所據。

〔一〇〕「聲名」句，籍甚，漢書陸賈傳：「賈以此游漢廷公卿間，名聲籍甚。」注引孟康曰：「言狼籍甚盛。」文選王儉褚淵碑文：「諸侯風流籍甚。」劉良注：「言其風美之聲流於天下籍甚也。籍甚，言多也。」是注較暢達。

〔一一〕「和其」句，詩經小雅常棣：「妻子好合，如鼓瑟琴。」鄭玄箋：「好合，志意合也。合者，如鼓瑟琴之聲相應和也。」

〔一二〕「古者」三句，國語魯語下：「王后親織玄紞，公侯之夫人加之以紘、綖，卿之内子爲大帶，命婦成祭服，列士之妻加之以朝服，自庶士以下，皆衣其夫。社而賦事，烝而獻功，男女效績，愆則有辟，古之制也。」韋昭注：「説云：紞，冠之垂前後者。昭謂紞，所以縣瑱當耳者也。既織紞，又加之以紘、綖也。冕曰紘。紘，纓之無緌者也，從下而上，不結。綖，冕上覆之者也。卿之適妻曰内子。大帶，緇帶也。命婦，大夫之妻也。祭服，玄衣、纁裳也。列士，元士也。既成祭服，又加之以朝服也。朝服，天子之士皮弁素積，諸侯之士玄端委貌。庶士，下士也。下，至庶人也。社，春分祭社也，事，農桑之屬也。冬祭曰烝，烝而獻五穀、布帛之功也。績，功也；辟，罪也。」可參讀詩經周南葛覃之毛傳、鄭箋及孔穎達正義。

〔一三〕「可不」句，勗，尚書泰誓中：「勗哉夫子。」僞孔傳：「勗，勉也。」

〔一四〕「由是」句，詩經周南葛覃序：「后妃在父母家，則志在于女功之事，躬儉節用，服澣濯之衣，尊敬師傅，則可以歸安父母，化天下以婦道也。」孔穎達正義：「服澣濯之衣者，卒章『汙私澣衣』是也。澣濯即是節儉，分爲二者，見由躬儉節用，故能服此澣濯之衣也。」按：所謂「汙私澣衣」，即該詩末章兩句：「薄汙我私，薄澣我衣。」毛傳：「汙，煩也；私，燕服也。婦人有副褘盛飾以朝事舅姑，接見于宗廟，進見于君子，其餘則私也。」鄭玄箋：「煩，煩撋之用功深。澣謂濯之耳，衣謂褘衣以下至褖衣。」句謂所穿衣服皆親自洗滌。

〔一五〕「筐筥」二句，詩經召南采蘋：「于以盛之，維筐及筥。于以湘之，維錡及釜。」毛傳：「方曰筐，圓曰筥。湘，亨也。錡，釜屬，有足曰錡，無足曰釜。」鄭玄箋：「亨蘋藻者於魚湆之中，是鉶羹之芼。」陸德明音義：「亨，本又作烹，同，煮也。湇，汁也。鉶，鄭（玄）云三足兩耳有蓋，和羹之器。」執其勞，謂親自操辦祭祀之事。

〔一六〕「蘋蘩」二句，左傳隱公三年：「苟有明信，澗谿沼沚之毛，蘋蘩薀藻之菜，筐筥錡釜之器，潢汙行潦之水，可薦於鬼神，可羞於王公，……昭忠信也。」杜預注：「蘋，大蓱也；蘩，皤蒿；薀藻，聚藻也。……明有忠信之行，雖薄物皆可爲用。」明其德，此指婦德。詩經召南采蘋鄭玄箋，謂「古者婦人先嫁三月，祖廟未毀，教于公宮，祖廟既毀，教于宗室。教以婦德、婦言、婦容、婦功。教成之祭，牲用魚，芼之以蘋藻，所以成婦順也」。

及公乞骸告老，退歸初服，夫人年踰耳順〔一〕，視聽不衰。每獻歲發春〔二〕，日南長至〔三〕，群從子弟稱觴上壽者，動至數十百，未嘗不歡言善誘〔四〕，借以温顔。侃侃焉，誾誾焉〔五〕，有孟母之風焉〔六〕，有敬姜之誨焉〔七〕。維永淳元年秋八月旁死魄〔八〕，寢疾彌留，終於華陰之望仙里〔九〕，享年八十有一。冬十一月一日丙辰〔一〇〕，遷窆於永豐鄉之平原，從先兆也〔一一〕。東平公撫存懷舊，用痛悼於厥心。遠近咸集，宗親畢會，生榮死哀，其此之謂矣。是日也，皇太子監守長安，炯忝爲詹事司直〔一二〕，不獲展哀喪次，陪奉靈輀〔一三〕。敢薦李顒之文〔一四〕，庶同潘岳之誄〔一五〕。嗚呼哀哉！

【箋　注】

〔一〕「夫人」句，耳順，論語爲政：「子曰：……六十而耳順。」何晏集解引鄭（玄）曰：「耳聞其言，而知其微旨。」

〔二〕「每獻歲」句，楚辭宋玉招魂：「亂曰：獻歲發春兮，汩吾南征。」王逸注：「獻，進也。……言歲始來進，春氣奮揚，萬物皆感氣而生。」

〔三〕「日南」句，日南，即冬至。左傳莊公二十九年：「日至而畢。」杜預注：「日南至微，陽始動，故土功息。」初學記卷四冬至引玉燭寶典曰：「十一月建子，周之正月，冬至日南極景極長，陰陽、日月、萬物之始。」長至，即夏至。禮記月令：「仲夏之月，……是月也，日長至，陰陽争，死生分。」鄭玄注：「争者，陽方盛，陰欲起也。分，猶半也。」孔穎達正義：「長至者，謂此月之時日長之至極。大史漏刻，夏至晝漏六十五刻，夜漏三十五刻，是日長至也。」吕氏春秋卷六季夏紀音律：「仲夏日長至。」高誘注：「夏至日，日極長，故曰日長至。」

〔四〕「動至」二句，「百」下英華原校：「集無此字。」歡，英華原作「勸」，校：「一作歡。」全唐文作「歡」，據改。

〔五〕「侃侃」二句，桓寬鹽鐵論卷一〇雜論：「知者贊其慮，仁者明其施，勇者見其斷，辯者陳其詞，誾誾焉，侃侃焉。」顔師古注：「誾誾，辯争之貌；侃侃，剛直之貌。」

〔六〕「有孟母」句，劉向列女傳卷一鄒孟軻母：「鄒孟軻之母也，號孟母。其舍近墓。孟子之少也，嬉游爲墓間之事，踴躍築埋。孟母曰：『此非吾所以居處子。』乃去，舍市傍，其嬉戲爲賈人衒賣之事。孟母又曰：『此非吾所以居處子也。』復徙舍學宮之旁，其嬉游乃設俎豆揖讓進退，孟母曰：『真可以居吾子矣。』遂居。及孟子長，學六藝，卒成大儒之名，君子謂孟母善以漸化。」

〔七〕「有敬姜」句，列女傳卷一魯季敬姜：「魯季敬姜者，莒女也，號戴巳，魯大夫公父穆伯之妻，文伯之母，季康子之從祖叔母也。博達知禮。穆伯先死，敬姜守養。文伯出學而還歸，敬姜側目而盻之，見其友上堂，從後階降而却行，奉劍而正履，若事父兄。文伯自以爲成人矣，敬姜召而數之曰：『昔者武王罷朝而結絲襪，絶左右，顧無可使結之者，俯而自申之，故能成王道。桓公坐友三人，諫臣五人，日舉過者三十人，故能成霸業。周公一食而三吐哺，一沐而三握髮，所執贄而見於窮閭隘巷者七十餘人，故能存周室。彼二聖一賢者，皆霸王之君也，而下人如此。其所與游者皆過己者也，是以日益而不自知也。今以子年之少而位之卑，所與游者皆爲服役，子之不益亦以明矣。』文伯乃謝罪，於是乃擇嚴師賢友而事之，所與游處者皆黄耄倪齒也。」

〔八〕「維永淳」句，旁死魄，初二，説見後中書令汾陰公薛振行狀注。

〔九〕「終於」句，按作者伯父東平楊公墓誌銘稱其伯父楊德裔「營别業於宜神鄉之望仙里」。

〔一〇〕「冬十一月」句，丙辰，「丙」原作「景」。明顧起元説略卷八：「漢書注以『景』字代『丙』字，如干支景戌、景辰、景子、景科、景令之類，晉書與唐人文字皆然。緗素雜記亦莫曉所以，考之，蓋唐初爲世祖諱耳（引者按：世祖，唐高祖李淵父李昞）。」其説是。全唐文已改爲「丙」，兹從之。

〔一一〕「遷窆」二句，窆，埋葬。永豐鄉，今爲陝西蒲城縣永豐鎮。先兆，謂楊氏祖先墳域。按常州刺史伯父東平楊公墓誌銘曰：「越垂拱元年（六八五）春二月某日，與夫人隴西李氏合葬於某原，禮也。」

〔一二〕「皇太子」二句，舊唐書卷五高宗紀下：「（開耀二年，六八二）二月癸未，以太子誕皇孫滿月，大赦，改開耀二年（六八二）爲永淳元年。……（四月）丙寅，幸東都，皇太子京師留守，命劉仁軌、裴炎、薛元超等輔之。」司直，太子詹事府官名。唐六典卷二六太子詹事府：「太子司直二人，正七品上。司直掌彈劾宫寮，糾舉職事。」

〔一三〕「不獲」二句，展哀，英華原作「就展」，校：「集作展哀。」全唐文作「展哀」，是，據改。太平御覽卷五五五葬送三引虞氏家記：「昔文王之葬王季，既定而洪水出，截冢棺椁。文王乃設張屋，出柩三日，群臣臨之，然後葬。此則上聖之遺令，載在篇籍。遂奉遷神柩，權停幕屋，使子孫展哀晨夕，宗族相臨，允合張屋之儀也。」輀，同轜、輭，説文：「輭，喪車也。」

〔一四〕「敢薦」句，李顒，晉代學者、作家，晉書無傳。册府元龜卷六〇五：「李顒，字長林，爲江夏太守。撰周易卦象數旨二卷，集解尚書十一卷，尚書新釋二卷。」隋書經籍志著録「晉李顒集十卷」。蓋其善作墓誌，故此言之，然嚴可均輯全晉文，李顒無誌銘類作品存世。

〔一五〕「庶同」句，晉書潘岳傳：「潘岳，字安仁，……尤善爲哀誄之文。」

乃爲銘曰：

高嶽之上，浮雲翔兮〔一〕。函谷之外，真氣揚兮〔二〕。建功北狄，討西羌兮。受封南鄭，家素昌兮〔三〕。於赫祖考，爲龍光兮〔四〕。牧州典郡，佩銀黄兮〔五〕。降生淑質，秉禎祥兮〔六〕。苕華菊茂，蘭若芳兮〔七〕。我有懿德，如珪璋兮〔八〕。求之卜筮，鳴鳳凰兮〔九〕。君子至止，玉環鏘兮〔一〇〕。室家好合，琴瑟張兮〔一一〕。執其麻枲，供衣裳兮〔一二〕。羞其饋食，澄酒漿兮〔一三〕。諸姑伯娣，穆温良兮〔一四〕。姨姒叔妹〔一五〕，歡未央兮。公之出牧，守四方兮〔一六〕。夫人之化，德洋洋兮。公之告老，返維桑兮〔一七〕。閨門之内，道彌彰兮。正月上日，南至長兮〔一八〕。子孫歡慶，各稱觴兮〔一九〕。宋公孟母，魯季姜兮〔二〇〕。匪怒伊教，由舊章兮〔二一〕。方期高舉，登紫房兮〔二二〕。誰謂冥默，掩玄堂兮〔二三〕。肅肅松檟，鬱成行兮。沉沉厚穸，終不暘兮〔二四〕。

【箋注】

〔一〕「高嶽」二句，高嶽，指李夫人夫家楊氏故鄉之華山。郭璞華山贊：「華嶽靈峻，削成四方。爰有神女，是挹玉漿。其誰游之？龍駕雲裳。」

〔二〕「函谷」二句，函谷，古關名，在今河南靈寶市北黄河岸邊。真人，指老子。列仙傳卷上關令尹：「關（即函谷關）令尹喜者，周大夫也。善内學，常服精華，隱德修行，時人莫知。老子西游，喜先見其氣，知有真人當過，物色而遮之，果得見老子。老子亦知其奇，爲著書授之。」按李氏以老子爲其遠祖，故云。北史序傳：「周時，（李氏）裔孫曰乾，娶于益壽氏女嬰敷，生子耳，字伯陽，爲柱下史。」

〔三〕「建功」四句，晉書涼武昭王（李暠）傳：「暠字玄盛，小字長生，隴西成紀人。姓李氏，漢前將軍廣之十六世孫也。廣曾祖仲翔，漢初爲將軍，討叛羌於素昌，素昌，乃狄道也。衆寡不敵，死之。仲翔子伯考奔喪，因葬於狄道之東川，遂家焉。」又北史序傳：「（李氏周時）子孫散居諸國，或在趙，或在秦。……在秦者名興族，爲將軍，生子伯祐，建功北狄，封南鄭公。伯祐生二子：平燕、内德。子信爲秦將，虜燕太子丹。信孫元曠，仕漢爲侍中。元曠弟仲翔，位太尉。仲翔討叛羌於素昌，一名狄道。仲翔臨陣隕命，葬狄道川，因家焉。」

〔四〕「於赫」二句，於赫，贊歎聲。詩經商頌那：「於赫湯孫，穆穆厥聲。」毛傳：「於赫湯孫，盛矣湯爲人子孫也。」爲龍，詩經小雅蓼蕭：「既見君子，爲龍爲光。」毛傳：「龍，寵也。」鄭玄箋：「爲寵爲光，言天子恩澤光耀被及己也。」

〔五〕「牧州」二句，文選沈約齊故安陸昭王碑文：「公攬轡昇車，牧州典郡。」李善注引蔡邕橋玄碑曰：「牧一州、典五郡也。」按：牧，治理；典，主管。銀黄，漢書楊僕傳：「懷銀黄，垂三組。」顏師古注：「銀，銀印也；黄，黄金印也。」黄，全唐文作「璜」，誤。以上言李氏家族祖考皆顯榮貴盛。

〔六〕「秉禎祥」句，漢書宣帝紀：「神光并見，咸受禎祥。」顏師古注：「禎，正也；祥，福也。」

〔七〕「苕華」二句，詩經小雅苕之華：「苕之華，芸其黃矣。」毛傳：「苕，陵苕也。」鄭玄箋：「陵苕之華，紫赤而繁。」即紫雲英。蘭若，楚辭屈原九歌雲中君：「浴蘭湯兮沐芳，華采衣兮若英。」王逸注：「華采，五色采也。若，杜若也。言己將修饗祭以事雲神，乃使靈巫先浴蘭湯，沐香芷，衣五采華衣，飾以杜若之英，以自潔清也。」文選陸機擬蘭若生朝陽張銑注：「蘭、若，皆香草，古詩取興閨中守芳香之氣，以待遠人。」以上喻李夫人高潔美麗。

〔八〕「我有」二句，詩經大雅烝民：「民之秉彝，好是懿德。」毛傳：「懿，美也。」同上卷阿：「顒顒卬卬，如圭如璋。」按：珪、璋，玉制禮器。珪、圭同。德如珪璋，謂其德行美好高貴如玉。

〔九〕「求之」二句，左傳莊公二十二年：「初，懿氏卜妻敬仲，其妻占之，曰：『吉。是謂「鳳皇于飛，和鳴鏘鏘」。』」

〔一〇〕「君子」二句，詩經小雅庭燎：「君子至止，鸞聲將將。」毛傳：「君子，謂諸侯也。將將，鸞鑣聲。」至止，來到。玉環，環狀玉器，即璧。將將，玉鳴聲，同「鏘鏘」。

〔一一〕「室家」二句，詩經周南桃夭：「之子于歸，宜其室家。」毛傳：「之子，嫁子也。于，往也。宜以有室家，無踰時者。」詩經小雅常棣：「妻子好合，如鼓瑟琴。」鄭玄箋：「好合，志意合也。合者，如鼓瑟琴之聲相應和也。」

〔一二〕「執其」二句，詩經召南采蘋序：「大夫妻能循法度也。能循法度，則可以承先祖、共祭祀矣。」

鄭玄箋：「女子十年不出姆教，婉娩聽從，執麻枲，治絲繭，織紝組紃，學女事以共衣服。」孔穎達正義：「執麻枲者，執治緝績之事。枲，麻也。釋草云：『枲，麻。』孫炎曰『麻一名枲』是也。」

〔一三〕「羞其」二句，周禮天官膳夫：「凡王之饋食用六穀，膳用六牲，飲用六清，羞用百二十品。」鄭玄注：「進物於尊者曰饋。……羞出於牲及禽獸，以備滋味，謂之庶羞。」禮記坊記：「澄酒在下，示不淫也。」鄭玄注：「淫，猶貪也。澄酒，清酒也。」

〔一四〕「諸姑」二句，伯娣，伯謂大姑，娣指小姑。穆温良，與下「歡未央」，謂相處極融洽。

〔一五〕「姨姒」句，母之姊妹或庶母稱姨，兄弟之妻稱姒。叔妹，即堂妹。按：此與上「諸姑」，通指家族中上下所有女眷。

〔一六〕「公之」二句，「出」字下，底本（英華）原有「門」字，當衍。全唐文已删，兹從之。守四方，謂在各地爲官。史記高祖本紀：「（高祖）自爲歌詩曰：『大風起兮雲飛揚，威加海内兮歸故鄉，安得猛士兮守四方。』」

〔一七〕「返維桑」句，詩經小雅小弁：「維桑與梓，必恭敬止。」毛傳：「父之所樹，已尚不敢不恭敬。」後以桑梓代指故鄉。

〔一八〕「正月」二句，尚書舜典：「正月上日，受終於文祖。」僞孔傳：「上日，朔日也。」朔日，即夏曆每月初一日。南至，即日南、長至，亦即冬至、夏至，見本文前注。古代節令多爲節日，故下兩句言「歡慶」、「稱觴」。

〔一九〕「子孫」二句，按伯父東平楊公墓誌銘曰：「一子令珍，早亡，朝夕温清者四女。……彌留遺命，以弟之子神毅爲後。」則所謂「子孫」，當指過繼子楊神毅及其子女、外孫等，包括上文所謂「群從子弟」。

〔二〇〕「宋公」二句，公，英華校：「集作云。」全唐文作「云」。未見有「宋云」其人。宋公，或指女宗事。列女傳宋鮑女宗曰：「女宗者，宋鮑蘇之妻也，養姑甚謹。鮑蘇仕衛三年，而娶外妻，女宗養姑愈敬。因往來者請問其夫賂遺外妻甚厚，女宗姒謂曰：『可以去矣。』女宗曰：『何故？』姒曰：『夫人既有所好，子何留乎？』女宗曰：『婦人一醮不改，夫死不嫁。……』遂不聽，事姑愈敬。宋公聞之，表其閭，號曰女宗。」然女宗事用於此，似覺未安，或因李夫人之子早亡，後無子，楊德裔另有所娶乎？待考。孟母、魯季敬姜，乃古所謂列女，事見本文前注。

〔二一〕「匪怒」二句，詩經魯頌泮水：「載色載笑，匪怒伊教。」毛傳：「色，温潤也。」鄭玄箋：「和顔色而笑語，非有所怒，於是有所教化也。」同上大雅假樂：「不愆不忘，率由舊章。」鄭玄箋：「循用舊典之文章，謂周公之禮法。」

〔二二〕「方期」二句，高舉，謂飛昇成仙。紫房，仙人居所。曹植九詠：「登文階兮坐紫房。」又鮑照代淮南王：「淮南王，好長生，服藥鍊氣讀仙經。琉璃作椀牙作盤。金鼎玉匕合神丹。合神丹，戲紫房，紫房彩女弄明當。」兩句言方期長生不死。

〔二三〕「誰謂」二句，冥默，英華原作「不宜」，校：「集作冥默。」全唐文作「冥默」，是，據改。冥默，謂大自然之理高深莫測。文選班固幽通賦：「道修長而世短兮，夐冥默而不周。」李善注引曹大家曰：「夐，遠邈也；周，至也。言天道長遠，人世促短，當時冥默不能見徵應之所至也。」又引劉德曰：「冥默玄深，不可通。」玄堂，文選謝朓齊敬皇后哀策文：「翠帟舒皋，玄堂啓扉。」李善注引張衡吕司徒誄曰：「去此寧宇，歸於幽堂。玄室冥冥，修夜彌長。」吕延濟注：「玄堂，謂墓中也。」

〔二四〕「沉沉」二句，穸，英華原作「夕」，校：「集作穸。」全唐文作「穸」，是，據改。厚穸，左傳襄公十三年：「楚子疾，告大夫曰：『……若以大夫之靈，獲保首領以殁於地，唯是春秋窀穸之事、所以從先君於禰廟者，請爲「靈」若「厲」。大夫擇焉。』」杜預注：「窀，厚也；穸，夜也。厚夜猶長夜。春秋謂祭祀，長夜謂葬埋。」暘，明亮。終不暘，謂永無天日。

大周故絳蒲歧播四州司馬安養縣開國伯上官公墓誌銘 并序〔一〕

天水郡上邽縣安養伯，姓上官氏，諱恕，年六十，字義同〔二〕。祖政，隨左衛大將軍，鴻臚卿，殿内監，義清定公〔三〕。父師裕，唐使持節宣、成二州刺史，上柱國，安養縣開國伯〔四〕。昔巫郡、海陵，五千餘里〔五〕；負蒭、熊繹〔六〕，八百餘年。則誕姓之源，代雄南國。天狼昞曜，散爲皤冢〔七〕；河漢垂精，下流清渭〔八〕。則播遷之後，奄宅西秦〔九〕。漢將軍之派別〔一〇〕，晉中郎之苗裔〔一一〕。六卿周代〔一二〕，邦國以寧；四岳唐朝，星辰有序〔一三〕。

【箋注】

〔一〕本文據劉文、杜鎮編陝西新見唐朝墓誌（三秦出版社二〇二二年二月版）所載原碑板及釋文照片核對轉録文本并箋注。大周，指武則天於天授元年（六九〇）代唐所建之周。絳州，唐代州名，春秋時屬晉，秦爲河東郡地，後魏爲東雍州。隋大業三年（六〇七）廢州，爲絳郡。武德元年（六一八）復絳州。治今山西新絳縣。詳元和郡縣志卷一二。蒲州，即河中府河東郡，同上書：「本帝舜所都蒲坂。後魏太武帝於今州理置雍州，延和元年（四三二）改雍州爲秦州。周明帝改秦州爲蒲州，因蒲坂以爲名。隋大業三年罷州，又置河東郡。……武德元年罷郡，置蒲州。……開元元年（七一三）五月改爲河中府。」治所在今山西永濟。岐州，元和郡縣志卷二：「鳳翔府，岐州。春秋、戰國時爲秦都。漢高祖更名中地郡，武帝更名右扶風。「武德元年復爲岐州。至德元年（七五六）改爲鳳翔郡」。地在今陝西寶雞。岐，亦作「歧」，同。播州，元和郡縣志卷三〇黔州：「黔中，下都督府。原注：管黔州、涪州、播州、辰州等十五州。播州「本西南徼外蠻夷夜郎、且蘭之地，戰國屬楚，秦亦常置吏，至漢武帝平西南夷，置牂柯郡。貞觀元年（六二七），於牂柯北界置麟州，十一年省。十三年置播州。景龍二年（七〇八）置都督府，先天二年（七一三）罷」。地在今貴州遵義市。安養縣，隋書卷三一地理志下襄陽郡安養縣：「西魏置河南郡，後周廢樊城、山都二縣入，開皇初郡廢焉。」治所在今湖北襄陽市樊城。安養縣開國伯，爵位名，蓋墓主襲其父爵（見下）。按：本文當作於武則天長壽元年（六九二）十月初墓主歸葬雍州明堂縣（今西安長安區）時。

〔二〕「天水郡」數句，隋書卷二九地理志上：「天水郡（舊秦州，大業初廢），上邽，「故曰上邽，帶天水郡。開皇初郡廢，大業初復置郡，縣改名焉。」太平寰宇記卷一五〇秦州：「廢上邽縣，舊十六鄉，本邽戎地。秦伐邽戎而置縣，屬隴西郡，後屬漢陽郡。晉太康記屬天水郡。後魏以避太武諱，改爲上封，隋開皇初復爲上邽縣。」地即今甘肅天水市秦州區。安養伯，即安養縣開國伯，見上注，蓋墓主襲其父上官師裕之爵位。據上官昶享年、卒年推考，其人當生於貞觀五年（六三一）。除本墓誌銘外，别無事跡可述。

〔三〕「祖政」數句，宋趙明誠金石録卷三曾著録隋西平太守上官政墓誌（大業六年〔六一〇〕三月）。清陸心源已據文館詞林編入唐文拾遺卷一五，題隨右驍衛將軍上官政碑銘並序，褚亮撰。略曰：「公諱政，字匡濟，京兆某縣人也。」「父某，周使持節大將軍、某州刺史。」「公夙承基緒，早播聲芳」，開皇元年仍授儀同大將軍，賜爵安養縣子。十一年，進授上大將軍，改封義清縣開國公，食邑一千五百户。大業二年（六〇六），授潘州道行軍部總管。三年，徵授左武衛將軍，頃之，又授右驍衛將軍。官號初改，更授右光禄大夫，將軍如故。又以本官檢校西平太守。「某年某月，遘疾薨於官，春秋五十有五。」按：隨，作朝代名時同「隋」。左衛大將軍、鴻臚卿、殿内監，皆官名。左衛大將軍，乃禁衛軍統帥，負責宮禁宿衛，爲帝王心腹。晉書卷二四職官志：「案（魏）文帝（曹丕）初置中衛及衛，（晉）武帝（司馬炎）受命，分爲左右衛。」隋書卷一：開皇元年（五八一）正月甲子，楊堅即皇帝位，以「上柱國、雍州牧、邗國公楊惠爲左衛大將軍」。同上卷二八百官志下：「煬帝即位，多所改革。……改左、右衛爲左、右翊衛。」其將領亦更名左、右衛將軍。鴻臚卿，杜佑通典卷二六職官八：「秦官有典客，掌諸侯及歸義蠻夷。漢改爲鴻臚。……武帝太初元年（前一〇四）更名大鴻臚。……後魏曰大鴻臚，北齊曰鴻臚寺，有卿、少卿各一人，亦掌蕃客朝（會）及吉凶弔祭。」隋書卷二六百官志上：「鴻臚卿位視尚書左丞，掌導護贊拜。」殿内監即殿中監，屬門下省。隋書百官志中：「殿中局，殿中監四人。掌駕前奏引行事，制請修補。東耕則進耒耜。」後改爲殿内監。資治通鑑卷一八七唐紀三「上遣殿内監竇誕」句胡三省注：「隋煬帝置殿内監。諱『中』，改爲『内』。唐爲殿中監。是時蓋未改隋官名也。」某州刺史，據隋書卷四〇元胄傳、卷五六薛胄傳，上官政曾爲慈州刺史，徵爲驍衛將軍，則「某州」疑即慈州。義清，舊縣名。隋書卷三一地理志下襄陽郡：義清，「梁置，曰穰縣。西魏改爲義清，屬歸義郡。後周廢郡及左安、開南、歸仁三縣入焉」。治所在今湖北南漳縣東北。義清定公，褚亮碑銘謂上官政死後，「有司考行，謚曰某侯，禮也」，疑「定公」即所賜謚號。庾信周大將軍司馬裔神道碑：「建德元年八月十二日，合葬於武功三時原，……詔謚定公，禮也。」

〔四〕「父師裕」數句，使持節，通典卷三二州牧刺史：「魏、晉爲刺史，任重者爲使持節都督，輕者爲持節。……大唐武德元年（六一八），罷郡置州，改太守爲刺史。」宣、成，即宣州、成州。前者今爲安徽宣城，後者今爲甘肅成縣。上柱國，官階名。據隋書卷二八百官志下，上柱國爲從一品，唐代爲勳級最高等，比正二品，見唐六典卷二。據現存文獻，上官師裕別無事跡可述。

〔五〕「昔巫郡」句，古巫咸國、巫載國等并於楚，爲巫郡。史記蘇秦列傳：「楚，天下之彊國也，王，天下之賢王也，西有黔中、巫郡。」正義：「巫郡，夔州巫山縣是。」海陵，漢書枚乘傳：「轉粟西鄉，陸行不絶，水行滿河，不如海陵之倉。」注引晉灼曰：「海陵，海中山爲倉也。」又引臣瓚注：「海陵，縣名也，有吴大倉。」地即今江蘇泰州。此以巫郡、海陵分別代指楚之西、東兩端，言其地域極遼闊。

〔六〕「負蒭」句，蒭，同「芻」。負芻乃楚考烈王子，爲楚國亡國之君。秦始皇二十三年（前二二四），秦將王翦、蒙武擊楚，虜負芻，見史記卷六秦始皇本紀。熊繹，鬻熊曾孫，周成王始封之楚國國君名，居丹陽（在南郡枝江縣），見史記楚世家。句言楚國歷史悠久，由始封到滅亡凡八百餘年。

〔七〕「天狼」二句，楚辭屈原九歌東君：「青雲衣兮白霓裳，舉長矢兮射天狼。」王逸注：「天狼，星名，以喻貪殘。日爲王者，王者受命必誅貪殘，故曰舉長矢射天狼，言君當誅惡也。」晒曜，漢書揚雄傳上載河東賦：「彏天狼之威弧，張燿日之玄旄。」注引晉灼曰：「有狼弧之星也。」顔師古注：「彏，急張也，音钁。」嶓冢，山名。劉昭補後漢書卷二三郡國志五隴西郡：「西，故屬隴西，有嶓冢山、西漢水。」自注：史記曰：「申命和仲居西土。」徐廣曰：「今之西縣。」鄭玄曰：「西在隴西〔之〕西，今謂之八充山。」按：今陝西寧强縣北漢源所出之山，以及甘肅天水東南西漢水之源，皆稱嶓冢山，此指天水嶓冢山。楚辭屈原離騷：「吾令羲和弭節兮，望崦嵫而勿迫。」王逸注：「羲和，日御也。弭，按也，按節，徐步也。崦嵫，日所入山也，下有蒙水，水中有虞淵。」舊説崦嵫即天水嶓冢山。

〔八〕「河漢」二句，文選古詩十九首：「迢迢牽牛星，皎皎河漢女。」李善注引毛詩（小雅大東）曰：「維天有漢，監亦有光。」又引毛萇傳：「河漢，天河也。」清渭，即渭水，較涇水爲清，故稱。詩經邶風谷風：「涇以渭濁，湜湜其沚。」毛傳：「涇、渭相入，而清濁異。」鄭箋：「涇水以有渭，故見渭濁。」渭水流經秦州，故言及。水經注卷一七渭水：「渭水出隴西首陽縣渭谷亭南鳥鼠山。」酈注：「渭水出首陽縣首陽山渭首亭南谷，山在鳥鼠山西北。此縣有高城嶺，嶺上有城號渭源城，渭水出焉。三源合注，東北流逕首陽縣西，與别源合，水南出鳥鼠山渭水谷。」南谷當即渭水谷。兩句言渭水乃天河之精靈下流至地。

〔九〕「則播遷」二句，播遷，謂上官氏本楚人，秦滅楚後，被迫遷徙到西秦。西秦，指天水郡上邽縣。

〔一〇〕「漢將軍」句，漢將軍當指上官桀。史記卷二〇建元以來侯者年表：「安陽：上官桀，家在隴西。以善騎射從軍。稍貴，事武帝，爲左將軍。覺捕斬侍中謀反者馬何羅弟重合侯通功侯，三千户。中事昭帝，與大將軍霍光争權，因以謀反，族滅，國除。」索隱：「表在蕩陰，志屬汝南。」

〔一一〕「晉中郎」句，晉中郎，疑指上官巳。宋王應麟姓氏急就篇卷下：「上官氏出芈姓，楚莊王少子爲上官大夫，以爲氏。漢上官桀，後漢上官鴻、上官資，晉上官巳，唐上官儀、上官懷仁、上官涗。」按：上官巳，西晉末人，晉書無傳。初爲長沙王司馬乂戰將，後響應東海王司馬越倡議，出兵討伐皇太弟司馬穎。祖逖北伐，受其節制以抗擊石勒，甚有功。

〔一二〕「六卿」句，周書卷二（西魏）文帝紀下：「魏恭帝三年（五五六）春正月丁丑，初行周禮，建六官。以太祖（宇文泰）爲太師、大冢宰，柱國李弼爲太傅、大司徒，趙貴爲太保、大宗伯，獨孤信爲大司馬，于謹爲大司寇，侯莫陳崇爲大司空。初，太祖以漢魏官繁，思革前弊。大統中，乃命蘇綽、盧辯依周制改創其事，尋亦置六卿官，然爲撰次未成，衆務猶歸臺閣。至是始畢，乃命行之。」「六官」即六卿。北周時上官氏官至六卿，未見諸文獻，待考。

〔一三〕「四岳」二句，尚書堯典：「乃命羲和，欽若昊天，曆象日月星辰，敬授人時。」僞孔傳：「重、黎之後羲氏、和氏，世掌天地四時之官，故堯命之，使敬順昊天。」同上：「帝曰：『咨！四岳，湯湯洪水方割，……有能俾乂？』僉曰：『於，鯀哉！』」僞孔傳：「四岳，即上羲和之四子，分掌四岳之諸侯，故稱焉。」此當指墓主上官昶，「四岳唐朝」表其嘗爲大唐帝國四州司馬。州司馬職位雖不算高，但上官昶當時頗有威望，如「初唐四傑」之首王勃對他甚爲尊重，嘗作長文上絳州上官司馬書（王子安集卷九），求其引薦。星辰有序，指維持社會秩序正常運轉。周易繫辭上：「在天成象，在地成形，變化見矣。」韓伯注：「象，況日月星辰；形，況山川草木也。懸象運轉以成昏明，山澤通氣而雲行雨施，故變化見矣。」

公天標秀出，宇量和平。至德因心〔一〕，上仁由己〔二〕。爲一代之冠冕，作當朝之水鏡〔三〕。學明人事，不讀非聖之書〔四〕；言滿天下，唯道先王之法。貞觀廿三年補挽郎〔五〕。尋授杞王府功曹參軍〔六〕。積小成高，從微至著〔七〕。橋山之下，奉軒帝之衣冠〔八〕；雲夢之中，陪楚王之畋獵〔九〕。尋轉同州司户〔一〇〕，入爲司農寺丞〔一一〕。漢之馮翊，唯京之輔〔一二〕；秦之内史，惟國之泉〔一三〕。司版籍而人殷〔一四〕，掌天囷而國富〔一五〕。

【箋注】

〔一〕「至德」句，詩經大雅皇矣：「維此王季，因心則友。則友其兄，則篤其慶，載錫之光。」毛傳：「因，親也。善兄弟曰友。慶，善。光大也。」鄭箋：「篤，厚。載，始也。王季之心親親，而又善於宗族，又尤善於兄，大伯乃厚明其功美，始使之顯著也。大伯以讓爲功美，王季乃能厚明之，使傳世稱之，亦其德也。」

〔二〕「上仁」句，論語顔淵：「爲仁由己，而由人乎哉！」何晏集解引孔（安國）曰：「行善在己，不在人者也。」

〔三〕「作當朝」句，水鏡，喻人清明剔透如水似鏡，能明察事物。晉書樂廣傳：「尚書令衛瓘，朝之耆舊，逮與魏正始中諸名士談論，見廣而奇之，曰：『自昔諸賢既没，常恐微言將絶，而今乃復聞斯言於君矣。』命諸子造焉，曰：『此人之水鏡，見之瑩然，若披雲霧而睹青天也。』」

〔四〕「不讀」句，非聖之書，指諸子書。漢書宣元六王傳載王鳳語，謂「諸子書或反經術，非聖人；或明鬼神，信物怪」。又後漢書周燮傳：「不讀非聖之書，不修賀問之好。」

〔五〕「貞觀」句，貞觀廿三年（六四九）五月，唐太宗駕崩。挽郎，杜佑通典卷八六挽歌：「漢高帝時，齊王田横自殺，其故吏不敢哭泣，但隨柩叙哀。而後代相承，以爲挽歌，蓋因於古也。晉成帝咸康七年（三四一），杜后崩，有司聞奏，依舊選公卿以下六品子弟六十人爲挽郎，詔又停之。摯虞云：漢、魏故事，大喪及大臣之喪，執紼者挽歌。」則太宗駕崩後，墓主上官昶曾以挽郎身份參與執紼、唱挽歌等活動。

〔六〕「尋授」句，杞王府，舊唐書卷四高宗紀上：「永徽元年（六五〇）春正月辛丑朔，二月辛卯，封皇子『上金爲杞王』。」授上官昶杞王府功曹參軍，當在是時，亦即在太宗葬禮之後。唐六典卷二九親王府：「功曹參軍事一人，正七品上。」原注：「後魏太和末，諸王府並有功曹員。隋氏親王、嗣王府有功曹參軍，煬帝改爲功曹書佐，皇朝復爲功曹參軍。」

〔七〕「積小」二句，荀子勸學：「積土成山，風雨興焉。積水成淵，蛟龍生焉。積善成德，而神明自得，聖心循焉。」楊炯原州百泉縣令李君神道碑（本書卷七）：「從微至著，濫觴萌括地之波；積小成高，覆簣漸排雲之搆。」

〔八〕「橋山」句，軒帝，即黄帝軒轅氏，崩後葬橋山，見史記五帝本紀。正義引括地志謂黄帝陵在寧州羅川縣東八十里子午山，羅川縣爲甘肅正寧縣。橋山，在今陝西黄陵縣。此以橋山代指唐太宗之昭陵，在今陝西咸陽禮泉縣煙霞鎮九嵕山主峰上。

〔九〕「雲夢」句，此以安陵君陪楚王獵於雲夢，從而自結於王，見本書卷九隰川縣令李公墓誌銘「一言而干楚后」句注引戰國策楚策一，而以楚王代指杞王，以安陵君喻上官恕。舊唐書卷五高宗紀下：上元二年（六七五）秋七月辛亥，「慈州刺史、杞王上金坐事，於澧州安置」。

〔一〇〕「尋轉」句，元和郡縣志卷二同州：「禹貢雍州之域。春秋時其地屬秦。……始皇併天下，京兆、馮翊、扶風並内史之地。……漢王定三秦，以爲河上郡，復罷爲内史。武帝更名左馮翊。魏除左字，但爲馮翊郡，晉因之。後魏永平三年（五一〇），改爲同州。禹貢云『漆、沮既從，灃水攸同』，言二水至此同流入渭，城居其地，故曰同州。」司户，即司户參軍，州郡佐史。唐六典卷三〇上州官吏：「司户參軍事二人，從七品下。」杜佑通典卷三三總論郡佐：「司功、司倉、司户、司兵、司法、司士等六參軍，在府爲曹，在州爲司（府曰功曹、倉曹，州曰司功、司倉）。大與上府置二員，州置一員（自司功以下通謂之判司）。」

〔一一〕「入爲」句，唐六典卷一九司農寺：「丞六人，從六品上。」原注：「秦治粟内史，有兩丞，漢因之。武帝改爲大司農，亦兩丞。及桑弘羊爲大司農，置部丞數十人，分部主郡國，將以興利。後漢司農丞一人，比千石，部丞一人，六百石。部丞主帑藏。魏因之，品第七。……隋司農丞五人，品從第六。……皇朝武德中置四人,貞觀中加置六人。」

〔一二〕「漢之」二句,漢書百官公卿表上:「内史,周官,秦因之,掌治京師。景帝二年(前一五五)分置左(右)内史。右内史武帝太初元年(前一〇四)更名京兆尹。……左内史更名左馮翊。」注引張晏曰:「地絶高曰京。左傳曰:『莫之與京。』」又注曰:「馮,輔也。翊,佐也。」則「馮翊」意謂輔佐京師。

〔一三〕「秦之」二句,唐六典卷一九司農寺注:「漢書百官表云:治粟内史,秦官,掌穀貨,有兩丞。景帝更名大農令,武帝更名大司農,秩中二千石。」太平御覽卷二三二司農卿引史游急就篇:「司農少府,國之泉也。」唐獨孤及金紫光禄大夫司農卿邵州長史李公(韶)墓誌銘:「遷衛尉卿,秩至金紫。乃命大司農,爲國之泉首。」泉,此泛指財富。按:秦官之治粟内史,與治京師之内史截然不同,此蓋以駢偶湊合。

〔一四〕「司版籍」句,周禮天官宫伯:「掌王宫之士庶子凡在版者。」鄭玄注:「鄭司農云:庶子,宿衛之官。版,名籍也,以版爲之,今時鄉户籍謂之户版。」後漢書仲長統傳:「明版籍以相數閲,審什伍以相連持。」李賢注即引周禮。殷,富足。

〔一五〕「掌天囷」句,晉書天文志上星官在二十八宿之外者:「天囷十三星,在胃南。囷,倉廩之屬也,主給御糧也。」前注已述司農丞主帑藏,故云。

出爲太州鄭〔一〕、雍州新豐二縣令〔二〕。蓮峰四合，白玉爲牀〔三〕；石柱三泉，水銀成海〔四〕。乃咸林之舊邑，實榆社之新豐〔五〕。谷口聞名，不言而化〔六〕；瑕丘伏罪，以義行誅〔七〕。三阿之表載馳〔八〕，百里之才未展〔九〕。累遷絳、蒲、岐、播四州司馬〔一〇〕。地流汾澮〔一一〕，有全晉之餘風；城繞山河，有陶唐之舊跡〔一二〕。西瞻汧水，漢家都尉之庭〔一三〕；南眺牂江，楚國黔中之地〔一四〕。四州都會，萬里宣風，有顧和之清識〔一五〕，有唐彬之納善〔一六〕。王脩海岱，人以多之〔一七〕；蔣濟東南，吾無憂矣〔一八〕。嗟乎！頹山起嘆，渡瀘成疾〔一九〕。浮屈平於夏首，望盡龍門〔二〇〕；出賈誼於長沙，災生服舍〔二一〕。以天授元年十月十五日終於位。越長壽元年十月九日，歸葬於雍州明堂縣神禾原〔二二〕，禮也。

【箋注】

〔一〕「出爲」句，太州，即華州。元和郡縣志卷二華州：「後魏置東雍州，廢帝改爲華州。隋大業二年（六〇六）省華州，義寧元年（六一七）置華山郡。武德元年（六一八）復爲華州。垂拱元年（六八五）改爲太州，避武太后祖諱也。神龍元年（七〇五）復舊。」鄭，即鄭縣。同上書：「鄭縣，望，郭下。本秦舊縣，漢屬京兆，後魏置東雍州，其縣移在州西七里。隋大業二年，州廢移入州城，隸屬雍州，至三年，以州城屋宇壯麗，置太華宮，縣即權移城東。四年宮廢，又移入城。」

〔二〕「雍州」句，元和郡縣志卷一京兆府（雍州）：「禹貢雍州之地，舜置十二牧，雍其一也。周武王都豐、鎬，平王東遷，以岐、豐之地賜秦襄公，至孝公始都咸陽。……後魏太武破赫連昌，復於長安置雍州，孝武自洛陽遷長安，改爲京兆尹。隋開皇三年（五八三），自長安故城遷都龍首川，即今都城是也。」同上：「新豐故城，在縣東十八里，漢新豐縣城也。漢七年（前二〇〇），高祖以太上皇思東歸，於此置縣，徙豐人以實之，故曰新豐。并移枌榆舊社，街衢棟宇，一如舊制，男女老幼，各知其室，雖雞犬混放，亦識其家焉。」史記封禪書：「高祖初起，禱豐枌榆社。」集解引張晏曰：「枌，白榆也。社，在豐東北十五里。或曰枌榆鄉名，高祖里社也。」豐，此同「豐」。

〔三〕「蓮峰」二句，蓮峰，指華山。太平御覽卷三九華山引華山記曰：「山頂有池，生千葉蓮花，服之羽化，因曰華山。」四合，山海經西山經：「太華之山，削成而四方。」故言。白玉，指華山女仙明星玉女，謂所居多玉器。太平御覽卷六六九服餌上引真誥：「明星玉女者，居華山，服玉漿。山中頂上有石龜，其廣數畝，高且三仞。其側有梯磴達龜背。見玉女祠前有五石臼，號曰玉女洗頭盆，其中水碧緑澄澈，雨不加溢，旱不減耗，內有玉女馬一疋。」

〔四〕「石柱」二句，石柱，此當指石柱橋。三輔黄圖卷六橋横橋：「三輔舊事云：秦造横橋，漢承秦制，廣六丈三百八十步，置都水令以掌之，號爲石柱橋。」此言不懼水深。三泉，史記秦始皇本紀：「始皇初即位，穿治酈山。及併天下，天下徒送詣七十餘萬人，穿三泉，下銅而致椁。宫觀百官奇器珍怪徙臧滿之。令匠作機弩矢，有所穿近者輒射之。以水銀爲百川江河大海，機相灌輸。」銅，集解引徐廣曰：「一作錮，錮，鑄塞。」三泉，顏師古注：「三重之泉，言至水也。」「宫觀」句，顏師古注：「言冢内作宫觀及百官位次，奇器珍怪徙滿冢中。臧，才浪反。」

〔五〕「乃咸林」二句，元和郡縣志卷二華州：「禹貢雍州之域，周爲畿内之國，鄭桓公始封之邑。其地一名咸林，春秋時爲秦、晉界邑。」按：地在今陝西華縣。榆社，即「枌榆社」，新豐，即「新豐」，已見上注。

〔六〕「谷口」二句，谷口，古縣名。史記孝武本紀：「所謂寒門者，谷口也。」索隱引小顏云：「谷，中山之谷口，漢時爲縣，今呼爲治谷，去甘泉八十里。盛夏凛然，故曰寒門谷口也。」地在今陝西淳化西北。不言而化，謂墓主作縣令時弘揚漢代高士鄭子真之德以治民，效果極佳。漢書王貢兩龔鮑傳：「谷口有鄭子真，蜀有嚴君平，皆修身自保，非其服弗服，非其食弗食。成帝時，元舅大將軍王鳳以禮聘子真，子真遂不詘而終。」顏師古注引三輔決録云：「子真名樸。」

〔七〕「瑕丘」二句，後漢書鍾離意傳：「鍾離意，字子阿，會稽山陰人也。……舉孝廉，再遷，辟大司徒侯霸府。……後除瑕丘令，吏有檀建者，盜竊縣内。意屏人問狀，建叩頭服罪，不忍加刑，遣令長休。建父聞之，爲建設酒，謂曰：『吾聞無道之君，以刃殘人；有道之君，以義行誅。子罪，命也。』遂令建進藥而死。」李賢注：「瑕丘，今兖州縣也。」

〔八〕「三阿」句，史記卷一五帝本紀：「帝堯者，放勳。」索隱引皇甫謐云：「堯初生時，其母在三阿之南，寄於伊長孺之家，故從母所居爲姓也。」正義引徐才宗國都城記：「唐國，帝堯之裔子所封。……其南有晉水。」又引括地志云：「今晉州所理平陽故城是也。平陽河水，一名晉水也。」按：史記所稱「其母在三阿之南」，初學記卷一〇、北堂書鈔卷二、太平御覽卷八〇等「三阿」皆作「三河」，疑是。乾隆山西通志卷一七山川，謂晉河北泉分三河，即北河、中河、南河。孰是待考。要之「三阿」或「三河」皆指晉州，故下文言遷絳事。表，指晉地之河流。左傳僖公二十八年：子犯曰：「若其不捷，表裏山河，必無害也。」杜預注：「晉國外河而内山。」載馳，謂爲公事奔忙。詩經小雅皇皇者華：「載馳載驅，周爰咨諏。」毛傳：「忠信爲周。訪問於善爲咨，咨事爲諏。」鄭箋：「爰，於也。大夫出使，馳驅而行，見忠信之賢人，則於之訪問。求善道也。」

〔九〕「百里」句，以龐統喻墓主，言其乃大才。三國志蜀書龐統傳：「統以從事守耒陽令，在縣不治，免官。吴將魯肅遺先主書曰：『龐士元非百里才也，使處治中、別駕之任，始當展其驥足耳。』諸葛亮亦言之於先主。先主見，與善譚，大器之，以爲治中從事，親待亞於諸葛亮，遂與亮並爲軍師中郎將。」

〔一〇〕「累遷」句，四州，已見前注。司馬，唐六典卷三〇：上州「司馬一人，從五品下」。杜佑通典卷三三總論郡佐：「大唐州府佐吏與隋制同，有別駕、長史、司馬一人。（大都督府司馬有左右二員。凡別駕、長史、司馬，通謂之上佐。）」

〔一二〕「地流」句，汾澮，左傳成公六年：「晉人謀去故絳，……（韓獻子對曰：）『不如新田，土厚水深，居之不疾，有汾、澮以流其惡，且民從教，十世之利也。』」杜預注：「汾水出太原，經絳北，西南入河；澮水出平陽絳縣，南西入汾。惡，垢穢。」

〔一三〕「有陶唐」句，陶唐，即帝堯。史記五帝本紀：「自黃帝至舜禹，皆同姓而異其國號，以章明德。故黃帝爲有熊，帝顓頊爲高陽，帝嚳爲高辛，帝堯爲陶唐。」集解引韋昭曰：「陶、唐皆國名，猶湯稱殷、商矣。」太平御覽卷八〇帝堯陶唐氏引帝王世紀：「帝堯陶唐氏，祁姓也。母曰慶都，孕十四月而生堯於丹陵，名曰放勳，或從母姓伊祁氏。」

〔一三〕「西瞻」二句，汧水，今稱千河，源出甘肅，流經陝西入渭河。劉昭補並注後漢書志第一九郡國志一右扶風：「汧，有吴岳山，本名汧，汧水出。有回城，名回中。」原注：「爾雅曰十藪，秦有楊紆，郭璞曰在縣西。」郭璞又曰：「別名吴山，周禮所謂岳山者。來歙開道處。」漢都尉，當指李廣。史記卷一〇九李將軍列傳：「李將軍廣者，隴西成紀人也。……孝景初立，廣爲隴西都尉。」

〔一四〕「南眺」二句，牂江，即牂柯江，源頭爲珠江水系、北盤江水系，乃珠江上游流經貴州之一段。史記西南夷列傳：「牂柯江廣數里，出番禺城下。……夜郎者，臨牂柯江，江廣百餘步，足以行船。」「楚威王時，使將軍莊蹻將兵循江上，略巴、蜀、黔中以西，……（欲歸報，道塞不通），以其衆王湞,變服,從其俗,以長之。」

〔一五〕「有顧和」句,晉書顧和傳:「顧和,字君孝,侍中衆之族子也。……和二歲喪父,總角便有清操。」累遷司徒掾。永昌初,除司徒左曹掾。太寧初,王敦請爲主簿,遷太子舍人、車騎參軍,護軍長史。王導爲揚州,請爲别駕,所歷皆著稱。「和居任多所獻納,雖權臣不苟阿撓。」

〔一六〕「有唐彬」句,晉書唐彬傳:「唐彬,字儒宗,魯國鄒人也。」彬有經國大度,而不拘行檢。少便弓馬,好遊獵,晚乃敦悦經史,尤明易經。晉武帝用彬爲益州監軍,監巴東諸軍事,加廣武將軍。「上征吴之策,甚合帝意。後與王濬共伐吴,彬屯據衝要,爲衆軍前驅。每設疑兵,應機制勝。……彬知賊寇已殄,孫晧將降,未至建業二百里,稱疾遲留,以示不競。果有先到者争物,後到者争功,于時有識莫不高彬此舉。」吴平,詔彬爲右將軍,都督巴東諸軍事,徵拜翊軍校尉,改封上庸縣侯。

〔一七〕「王脩」句,三國志魏書王脩傳:「王脩,字叔治,北海營陵(今山東濰坊)人也。……年二十,游學南陽,止張奉舍。奉舉家得疾病,無相視者,脩親隱恤之,病愈乃去。初平中,北海孔融召以爲主簿,守高密令。高密孫氏素豪俠,人客數犯法。民有相劫者,賊入孫氏,吏不能執。脩將吏民圍之,孫氏拒守,吏民畏憚不敢近。脩令吏民:『敢有不攻者與同罪。』孫氏懼,乃出賊。由是豪彊懾服。」

〔一八〕「蔣濟」句,東南,指楚。三國志魏書蔣濟傳:「蔣濟,字子通,楚國平阿人也。仕郡計吏、州别駕。」建安十三年（二〇八），孫權率衆圍合肥。曹操無力救援，「濟乃密白（揚州）刺史僞得（張）喜書，云步騎四萬已到雩婁，遣主簿迎喜。三部使齎書語城中守將，一部得入城，二部爲賊所得。權信之，遽燒圍走，城用得全。」其後，曹操父子重用蔣濟，操拜濟爲丹陽太守。曹丕即位，轉爲相國長史，出爲東中郎將，入爲散騎常侍，徵爲尚書。明帝即位，賜爵關内侯，遷爲中護軍。按：以上顧和、唐彬、王脩、蔣濟四人，皆喻指墓主上官昶，言其融匯前賢才德之長。

〔一九〕「渡瀘」句，三國志蜀書諸葛亮傳：「五月渡瀘，深入不毛。」裴松之注引漢書地理志曰：「瀘惟水，出牂牁郡句町縣。」按：水經卷三六若水：「東北至犍爲朱提縣西，爲瀘江水。」注引益州記曰：「瀘水源出曲羅嶲，下三百里曰瀘水。兩峰有殺氣，暑月舊不行，故武侯（諸葛亮）以夏渡爲艱。瀘水又下合諸水，而總其目焉，故有瀘江之名矣。」則瀘江在播州。句謂墓主在播州司馬任上，因環境惡劣而不幸染疾。

〔二〇〕「浮屈平」二句，楚辭屈原九章哀郢：「過夏首而西浮兮，顧龍門而不見。」王逸注：「夏首，夏水口也。船獨流爲浮也。龍門，楚東門也。言己從西浮而東行，過夏水之口，望楚東門，蔽而不見，自傷日以遠也。」

〔二一〕「出賈誼」二句，漢書賈誼傳：「誼爲長沙傳三年，有服飛入誼舍，止于坐隅。服似鴞，不祥鳥也。誼既以謫居長沙，長沙卑溼，誼自傷悼，以爲壽不得長，乃爲賦以自廣。」史記集解引晉灼曰：「異物志有山鴞，體有文色，土俗因形名之曰服，不能遠飛，行不出域。」索隱：「鄧展云：

『似鵲而大。』荆州記云：『巫縣有鳥如雌雞，其名爲鴞，楚人謂之服。』吴録云：『服，黑色，鳴自呼。』」

〔三〕「以天授」三句，天授元年，爲武則天稱帝之年，即公元六九〇年。長壽元年爲六九二年。明堂縣，元和郡縣志卷一京兆府萬年縣：「乾封元年（六六六）分置明堂縣，理永樂坊。長安三年（七〇三）廢。」神禾原，清一統志卷一七八山川：「在咸寧縣南。長安圖説：唐蓮花洞在神禾原，即鄭駙馬（潛曜）之居所，謂主家陰洞者也。縣志：原在縣南三十里，下臨樊川，南起竹谷，東西北行三十里入長安，爲潏水界斷。其南爲御宿川，（後）晉天福六年（九四一）産禾一莖六穗，重六斤，故名。」按：地在今西安長安區南古樊川與御宿川之間。

公虛心待士，握髮迎賢〔一〕，門不停賓，坐無空席〔二〕。平原適楚，有毛遂之請行〔三〕；孟嘗歸薛，有馮諼之市義〔四〕。取重諸侯，顯名天下。及遊魂岱岳〔五〕，反葬周原〔六〕，則送車千乘，緦麻五百〔七〕。草平寒壟，朋友時來；樹積荒塋，門人不去。古之遺愛者〔八〕，其此之謂乎！

【箋注】

〔一〕「握髮」句，握髮，捉住頭髮，喻指禮賢下士。史記魯周公世家：「周公戒伯禽曰：『我文王之子，武王之弟，成王之叔父，我於天下亦不賤矣。然我一沐三捉髮，一飯三吐哺，起以待士，猶恐失天下之賢人。』」

〔二〕「門不」二句，晉書王渾傳：「時吴人新附，頗懷畏懼，渾撫循羈旅，虚懷綏納，座無空席，門不停賓，於是江東之士莫不悦附。」

〔三〕「平原」二句，史記平原君列傳：「平原君趙勝者，趙之諸公子也。諸子中勝最賢，喜賓客，賓客蓋至者數千人。……趙使平原君求救，合從於楚，約與食客門下有勇力文武備具者二十人偕。」已得十九人，毛遂於是自薦。

〔四〕「孟嘗」二句，戰國策齊四：齊人有馮諼者，貧乏不能自存，寄食孟嘗君門下。後爲孟嘗君收責（債）於薛。至薛，「使吏召諸民當償者悉來合券。券徧合，起，矯命以責賜諸民，因燒其券，民稱萬歲。長驅到齊，晨而求見。孟嘗君怪其疾也，衣冠而見之，曰：『責畢收乎？來何疾也！』曰：『收畢矣。』『以何市而反？』馮諼曰：『……臣竊計君宫中積珍寶，狗馬實外廏，美人充下陳，君家所寡有者，以義耳。竊以爲君市義。』孟嘗君曰：『市義奈何？』曰：『今君有區區之薛，不拊愛子其民，因而賈利之。臣竊矯君命，以責賜諸民，因燒其券，民稱萬歲，乃臣所以爲君市義也。』」諼，碑版作「煖」，蓋書誤，據此改。

〔五〕「及遊魂」句，遊魂岱岳，指死而未葬。張華博物志卷一引援神契：「太山……天帝孫也。主召人魂魄。東方萬物始成，知人生命之長短。」又水經卷二四汶水注引開山圖：「太山在左，亢父在右；亢父知生，梁父主死。」

〔六〕「反葬」句，宋王應麟通鑑地理通釋卷四周都：「世紀：周『后稷始封邰』，今扶風斄是也。……徙邑於岐山之陽，西北岐城舊址是也。詩稱：『率西水滸，至于岐下。』南有周原，故始改號曰周。（原注：〔鄭〕康成云：周原在岐山之南。）」此以周原代指神禾原。

〔七〕「送車」二句，漢書劇孟傳：「孟母死，自遠方送喪蓋千乘。」緦麻，喪服之一種，用疏織細麻布製作，爲較疏遠之親屬所穿。禮記喪服小記：「緦麻小功，虞，卒哭則免。」注：「卒哭，緦麻以上至斬衰皆免。」千乘、五百，皆泛指衆多。

〔八〕「古之」句，左傳昭公二十年：「子産卒，仲尼聞之出涕，曰：『古之遺愛也。』」杜預注：「子産見愛，有古人之遺風。」

嗣子構哀纏集蓼〔一〕，痛踰攀柏〔二〕。懼深谷之爲陵〔三〕，紀丹銘於翠石〔四〕。乃爲銘曰：

巖巖嶓冢〔五〕，滔滔西漢〔六〕。符瑞挺生，神靈幽贊〔七〕。星開劍匣，月圓珠岸〔八〕。廣學扶疏〔九〕，奇文粲爛。出遊藩國，諸侯築館〔一〇〕；歷宰神畿，來朝朔旦〔一一〕。展驥驤首〔一二〕，棲梧理翰〔一三〕。天王外臺，刺史之半〔一四〕。靈鈞旋迷，賈生長嘆。飲恨吞聲，窮泉漫漫〔一五〕。

前梓州司法參軍事、内閣供奉弘農楊炯撰〔一六〕。義姪渤海高獻書〔一七〕。

【箋注】

〔一〕「嗣子」句，上官構，未見於文獻。集蓼，詩經周頌小毖：「未堪家多難，予又集于蓼。」毛傳：「堪，任；予，我也。我又集于蓼，言辛苦也。」鄭箋：「集，會也。未任統理我國家衆難成之事，謂使周公居攝時也，我又會于辛苦，遇三監及淮夷之難也。」朱熹詩集傳卷一九：「蓼，辛苦之物也。」釋義曰：「我乃幼沖，未堪多難，而又集于辛苦之地，群臣奈何舍我而弗助哉？」

〔二〕「痛踰」句，攀柏，三國志魏書王脩傳裴松之注引王隱晉書：「脩一子名儀，字朱表，高亮雅直。司馬文王(昭)爲安東，儀爲司馬。東關之敗，文王曰：『近日之事，誰任其咎？』儀曰：『責在軍帥。』文王怒曰：『司馬欲委罪於孤耶？』遂殺之。子褒字偉元，……痛父不以命終，絶世不仕，立屋墓側，以教授爲務。旦夕常至墓前拜，輒悲號斷絶。墓前有一柏樹，褒常所攀援，涕泣所著，樹色與凡樹不同。」

〔三〕「懼深谷」句，詩經小雅十月之交：「高岸爲谷，深谷爲陵。」毛傳：「言易位也。」鄭玄箋：「易位者，君子居下，小人處上之謂也。」此指世事變遷。

〔四〕「紀丹銘」句，丹銘，用朱砂將銘文寫於碑石，後泛指碑文。翠石，泛指美石。梁簡文帝吴興楚王神廟碑：「式樹高碑，翠石勒文。」

〔五〕「巖巖」句，詩經魯頌閟宫：「泰山巖巖，魯邦所詹。」同上小雅節南山「維石巖巖」，毛傳：「巖巖，積石貌。」嶓冢，山名，前已注。

〔六〕「滔滔」句，西漢，即西漢水，亦即嘉陵江，流經今川北、川東，在重慶入長江。

〔七〕「符瑞」二句，謂墓主乃山川神靈所生。詩經大雅崧高：「崧高維嶽，駿極于天。維嶽降神，生甫及申。」毛傳：「嶽降神靈和氣，以生申、甫之大功。」又文選左思蜀都賦：「近則江漢炳靈，世載其英。蔚若相如，皭若君平。王褒韡曄而秀發，楊雄含章而挺生。」吕向注：「炳，明也。載猶生也。言江漢明靈，故代生英哲。」

〔八〕「星開」二句，星，指牛斗。以寶劍、明珠喻墓主，言其爲國之至寶。張華見牛斗之間常有紫氣，補雷焕爲豐城令，得寶劍龍淵、太阿，見本書卷一渾天賦「劍何伏兮動星躔」句注引晉書張華傳。珠岸，文選顔延年贈王太常詩：「玉水記方流，琁源載圓折。」李善注引尸子曰：「凡水其方折者有玉，其圓折者有珠也。」

〔九〕「廣學」句，論語子張：「子夏曰：博學而篤志。」何晏集解引孔（安國）曰：「廣學而厚識之。」文選司馬相如上林賦：「垂條扶疏，落英幡纚。」李善注引説文曰：「扶疏，四布也。」形容富於文采。

〔一〇〕「出遊」二句，藩國，古代分封及臣服之國，用以屏藩王室，故稱。史記吴王濞列傳：「高皇帝親表功德，建立諸侯，……爲漢藩國。」築館，建館舍以居之，意欲真心挽留。

〔一一〕「歷宰」二句，宰，此指治理。神畿，主要指京兆府管轄之地。朔旦，每月初一。三國志魏書文帝（曹丕）：黄初二年（二二一）「冬十月，授楊彪光禄大夫」。裴松之注引魏書曰：「己亥，公卿朝朔旦，并引故漢太尉楊彪，待以客禮，詔曰：『夫先王制几杖之賜，所以賓禮黄耇褒崇元老也。昔孔光、卓茂皆以淑德高年，受兹嘉錫，公故漢宰臣，乃祖已來，世著名節，年過七十，行不踰矩，可謂老成人矣，所宜寵異以章舊德。』」

〔一二〕「展驥」二句，展驥，此指在軍事才能上大展身手，如駿馬高蹈。文選顔延之赭白馬賦：「眷西極而驤首，望朔雲而蹀足。」李善注引鄒陽上書曰：「交龍驤首。」張銑注：「驤，舉也。」

〔一三〕「棲梧」句，莊子秋水：「鵷鶵發於南海，而飛於北海，非梧桐不止，非練實不食，非醴泉不飲。」鵷鶵乃鳳類。理翰，打理羽毛。沈約齊丞相豫章文憲王碑：「摩赤霄而理翰，望閶闔以上馳。」以上兩句，謂墓主内外兼修，爲文武全才。

〔一四〕「天王」二句，天王，即皇帝。史記天官書：「大星天王，前後星，子屬。」外臺，唐代多指地方官，即外任。舊唐書韋思謙傳附韋嗣立傳：長安中，武則天嘗與宰臣議及州縣官吏，納言李嶠、夏官尚書唐休璟等奏，謂「朝廷物議莫不重内官輕外職」，又謂「富國安人之方在擇刺史」。武則天曰：「卿等處鸞臺鳳閣，誰爲此行？」韋嗣立率先對曰：「臣以庸愚，謬膺獎擢，内掌機密，非臣所堪，承乏外臺，庶當盡節。儻垂採録，臣願此行。」於是嗣立帶本官檢校汴州刺史。此喻指墓主，言其長期任外職，職權相當於刺史之半。太平御覽卷二六三别駕引庾亮集答郭遜書曰：「别駕舊與刺史别乘周流，宣化於萬里者，其任居刺史之半，安可任非其人？」

〔一五〕「飲恨」二句，江淹恨賦：「自古皆有死，莫不飲恨而吞聲。」窮泉，猶言九泉。江淹青苔賦：「妖童出鄭，美女生燕，而頓死艷氣於一旦，埋玉玦於窮泉。」

〔一六〕「内閣供奉」句，即内供奉。杜佑通典卷二一補闕拾遺：「武太后垂拱中，置補闕、拾遺二官，以掌供奉、諷諫。天授二年（六九一），各增置，通前爲五員。三年，舉人無賢愚，咸加擢用，高者試鳳閣侍郎、給事中，次或試員外郎、侍御史、補闕、拾遺、校書郎，當時頗爲濫雜，著於謡誦。」供奉官非正官。楊炯由梓州司法參軍秩滿回洛陽後，蓋嘗得内閣供奉官，疑即在内侍省掖廷局分置習藝館。

〔一七〕「義姪」句，渤海，漢郡名。漢書卷二八地理志八上：「勃海郡，高帝置。莽曰迎河。屬幽州。」顔師古注：「在勃海之濱，因以爲名。」魏書卷一〇六地形志六：「渤海郡，故臨淄地，劉駿（引者按：南朝宋孝武帝）置，（後）魏因之。」領縣三：「重合、脩、長樂。」元和郡縣志卷一八滄州：「後魏孝明帝熙平二年（五一七），分瀛州、冀州置滄州，以滄海爲名。隋大業二年（六〇六）罷州，爲渤海郡。」郡治清池縣（今河北滄縣）。高獻，其人不詳。

行狀

中書令汾陰公薛振行狀〔一〕

高祖德，魏給事中〔二〕，黄門侍郎〔三〕，御史中尉〔四〕，散騎常侍，直閤、輔國二將軍〔五〕，齊州刺史，贈車騎將軍、儀同三司、華州刺史，謚曰簡懿。曾祖孝通，魏中書、黄門二侍郎，銀青光禄大夫，散騎常侍，關西道大行臺右丞〔六〕，常山太守，汾陰侯〔七〕，贈車騎將軍，儀同三司，齊、鄭二州刺史。祖道衡〔八〕，齊中書、黄門二侍郎，隋吏部、内史二侍郎〔九〕，上開府儀同三司，陵、邛、潘、襄四州刺史〔一〇〕，襄州總管，司隸大夫〔一一〕；皇朝贈上開府、臨河縣開國公〔一二〕。父收〔一三〕，皇朝上開府兼陝東道大行臺金部郎中、天策上將軍府記室參軍〔一四〕，文學館學士，上柱國，汾陰縣開國男〔一五〕，贈定州刺史，太常寺卿〔一六〕，謚曰獻〔一七〕。

【箋注】

〔一〕行狀，古代文體之一。劉勰文心雕龍書記：「狀者，貌也。體貌本原，取其事實，先賢表謚，并有行狀。」明吴訥文章辨體序説行狀：「按行狀者，門生故舊狀死者行業上於史官，或求銘志於作者之辭也。」又徐師曾文體明辨序説行狀：「蓋具死者世系、名字、爵里、行治、壽年之詳，或牒考功、太常使議謚，或牒史館請編録，或上作者乞墓誌碑表之類皆用之。而其文多出於門生故吏親舊之手，以爲非此輩不能知也。」本文爲薛元超請謚而作。元潘昂霄金石例卷五：「諸謚，職事以上三品、散官二品以上，從吏部勘當善惡，仍下所屬追取行狀，關移禮部呈省聞奏。若有旨議謚，即下太常寺擬謚訖，申省議定奏聞（如有司不以時降行，亦許本家陳請）。其官職未至而德行超異者，特旨議之，人亦準此。」清黄宗羲金石要例行狀例：「行狀爲議謚而作，與求志而作者，其體稍異。爲謚者須將謚法配之，可不書婚娶子姓（昌黎狀董晉亦書子姓）。」據本行狀，薛元超卒於武則天光宅元年（六八四）季冬，狀上於武則天垂拱元年（六八五）四月初，則文當作於此段時間之內。中書令、汾陽公，詳後注。

〔二〕「魏給事中」句，事，原作「侍」，據英華卷九七一、全唐文卷一九六改。魏，指後魏（亦稱北魏）。唐六典卷八門下省給事中注：「漢書百官表云：『給事中，亦加官，所加或大夫、博士、議郎，皆秦制。』」又曰：「後魏史（指魏書）闕其員。初從第三品上。太和（四七七—四九九）末，從第六品上。」

〔三〕「黄門」句，黄門侍郎，後魏稱「給事黄門侍郎」，見魏書官氏志。唐六典卷八門下省給事中注：「晉職官志云：『黄門侍郎，秦官也。無常員，掌侍從左右。漢因之，秩六百石。』」又曰：「後魏給事黄門侍郎，史闕其員。初正第三品，太和末正第四品上。」

〔四〕「御史」句，唐六典卷一三御史臺御史中丞注：「後魏改中丞曰中尉，正三品。太和二十三年（四九九）爲從三品。」注稱後魏無「御史大夫」一職，中尉即御史臺最高行政長官。

〔五〕「直閤」句，閤，原作「閣」，據英華、全唐文改。魏書官氏志：「直閤將軍，從第三品下。」「輔國將軍，從第三品。」（以下常見官名、地名不注。）

〔六〕「關西道」句，大行臺，通典卷二二行臺省：「行臺省，魏、晉有之。昔魏末晉文帝討諸葛誕，散騎常侍裴秀、尚書僕射陳泰、黄門侍郎鍾會等以行臺從。至晉永嘉四年（三一〇），東海王越帥衆許昌，以行臺自隨是也。及後魏，謂之尚書大行臺，别置官屬。」右丞，即所謂「别置官屬」之官屬之一。

〔七〕「汾陰」句，汾陰，漢縣名。元和郡縣志卷一二河中府寶鼎縣：「本漢汾陰縣也，屬河東郡。劉元海時廢汾陰縣入蒲坂縣。後魏孝文帝復置汾陰縣。」汾陰故城，在今山西運城市萬榮縣西南榮河鎮。

〔八〕「祖道衡」句，隋書薛道衡傳：「薛道衡，字玄卿，河東汾陰人也。祖聰，魏濟州刺史。父孝通，常山太守。」按：薛道衡爲隋代著名詩人，原有文集七十卷，後散亡。

〔九〕「隋吏部」句，内史，唐六典卷九中書省注：「隋氏改中書省爲内史省，置内史省監、令各一人，尋廢。……煬帝十二年（六一六），改爲内書省。武德初爲内史省，三年（六二〇），改爲中書省。」則所謂内史侍郎，即後來之中書侍郎。

〔一〇〕「陵、邛」句，陵，即陵州。元和郡縣志卷三三陵州：「在漢即犍爲郡之武陽縣之東境也。……周閔帝元年（五五七），又於此置陵州，因陵井以爲名。」按：地即今四川仁壽縣。邛，即邛州。同上書卷三一邛州：「今州即蜀郡之臨邛縣地也。……梁益州刺史蕭範於蒲水口立柵爲城，以備生獠，名爲蒲口頓。武陵王蕭紀於蒲口頓改置邛州，南接雅州。武德元年（六一八），割雅州依政等五縣置邛州。」按：地即今四川邛崍市。潘，即潘州。隋書薛道衡傳：「煬帝嗣位，轉潘州刺史。」今按：潘州在北魏時爲吐谷渾地，北周置扶州，疑隋初改爲潘州。其遺址在今四川若爾蓋縣求吉鄉甲基村西南，當地稱阿哈，意爲吐谷渾。「襄」即襄州（今湖北襄陽），本書前已注。

〔一一〕「司隸」句，隋書百官志下：「司隸臺大夫一人（原注：正四品），掌諸巡察。……後又罷司隸臺，而留司隸從事之名，不爲常員，臨時選京官清明者權攝以行。」

〔一二〕「臨河縣」句，元和郡縣志卷一六相州臨河縣：「本漢黎陽縣地。隋開皇六年（五八六）分置臨河縣，屬衛州。……武德二年（六一九）重置黎州，縣屬焉。貞觀十七年（六四三）廢黎州，以縣屬相州。」地在今河南浚縣。

〔一三〕「父收」句，舊唐書薛收傳：「薛收，字伯褒，蒲州汾陰人，隋内史侍郎道衡子也。」

〔一四〕「皇朝」二句，舊唐書太宗紀：武德四年（六二一）十月，「（秦王李世民）加號天策上將、陝東道大行臺，位在王公上」。兼金部郎中（舊唐書本傳稱「判陝東道大行臺金部郎中」），乃大行臺府屬官，與朝廷尚書省户部之金部層級不同，但職事蓋相仿，兹録後者以爲參考。唐六典卷三尚書户部：「金部郎中、員外郎掌庫藏出納之節，金寶財貨之用，權衡度量之制，皆總其文籍，而頒其節制。」記室參軍，舊唐書薛收傳稱其爲「秦府記室」。記，原作「紀」，據英華、全唐文改。唐六典卷二九親王府：「記室參軍事二人，從六品上。」

〔一五〕「文學館」三句，舊唐書太宗紀上：秦王（太宗）爲天策上將、陝東道大行臺，「於時海内漸平，太宗乃鋭意經籍，開文學館以待四方之士，行臺司勳郎中杜如晦等十有八人爲學士。每更置閣下，降以温顔，與之討論經義，或夜分而罷」。同書薛收傳：「從平劉黑闥，封汾陰縣男。武德六年（六二三），以本官兼文學館學士。」次年病卒。

〔一六〕「贈定州」二句，舊唐書薛收傳：「貞觀七年（六三三），贈定州刺史。永徽六年（六五五），又贈太常卿，陪葬昭陵。」定州，本書前已注，地在今河北定州市。唐六典卷一四太常寺：「太常寺卿一人，正三品。」

〔一七〕「謚曰獻」句，宋趙明誠金石録卷二四唐薛收碑：「右唐薛收碑，文字殘缺，其可讀處，以唐史校之，無甚異同，惟收之卒，謚曰懿，而史不書爾。」此作「獻」，或傳本訛誤，或曾改謚，待考。按：以上述死者薛元超祖宗四代仕歷。

河東郡汾陰縣薛振，年六十二，字元超狀〔一〕。

昔者唐堯之協和萬邦也〔二〕，有若四岳之敬順昊天，曆象日月〔三〕；虞舜之慎徽五典也〔四〕，有若八元之忠肅恭懿，宣慈惠和〔五〕；夏禹之分别九州也〔六〕，有若咎繇之謨明弼諧，允迪厥德〔七〕。殷湯之南征北怨也〔八〕，有若伊尹之格於皇天〔九〕；姬文之受命作周也〔一〇〕，有若虢叔之聞於上帝〔一一〕。自唐虞而列考，及秦漢而無譏。元首必籍於股肱〔一二〕，方隆太平之化；賢者必待於明主，克致崇尚之業。若夫驂駕六龍〔一三〕，驅馳七聖〔一四〕，斟酌元氣〔一五〕，裁成天道者，其惟聖人乎；宏闡大猷〔一六〕，發揮神化，匡正八極〔一七〕，阜成兆民者〔一八〕，其惟良宰乎！我大唐之建國也，粤若神堯，明揚側陋〔一九〕。文王協於朕卜，迎太公於渭水〔二〇〕；高宗求於朕夢，得良弼於傅巖。若歲大旱以爲霖雨，若濟巨川以爲舟楫者也〔二一〕。

【箋注】

〔一〕「河東」句，薛振，趙明誠金石録卷二四唐薛收碑：「收之子元超，據唐史及此碑皆云名元超，而楊炯盈川集載炯所爲元超行狀，乃云名振、字元超。蓋唐初人多以字爲名耳。」

〔二〕「昔者」句，尚書堯典：「克明俊德，以親九族；九族既睦，平章百姓；百姓昭明，協和萬邦，黎民於變時雍。」僞孔傳：「昭，亦明也。協合黎衆，時是雍和也。言天下衆民皆變化從上，是以風俗大和。」

〔三〕「有若」二句，四岳，尚書堯典：「帝曰：咨！四岳。」僞孔傳：「四岳，即上羲和之四子，分掌四岳之諸侯。」同上：「乃命羲和，欽若昊天，曆象日月星辰，敬授人時。」僞孔傳：「重黎之後羲氏、和氏，世掌天地四時之官，故堯命之，使敬順昊天。昊天，言元氣廣大。星，四方中星；辰，日月所會。曆象其分節，敬記天時以授人也。」和、龢同。

〔四〕「虞舜」句，尚書舜典：「慎徽五典，五典克從。」僞孔傳：「徽，美也。五典，五常之教：父義、母慈、兄友、弟恭、子孝。舜慎美篤行斯道。」

〔五〕「有若八元」二句，左傳文公十八年：「高辛氏有才子八人：伯奮、仲堪、叔獻、季仲、伯虎、仲熊、叔豹、季貍。忠肅共懿，宣慈惠和，天下之民謂之八元。」杜預注：「肅，敬也；懿，美也；

宣，徧也；元，善也。」

〔六〕「夏禹」句，尚書禹貢：「禹敷土，隨山刊木，奠高山大川。」僞孔傳：「洪水汎溢，禹分布治九州之土，隨行山林，斬木通道。奠，定也。高山，五嶽；大川，四瀆。定其差秩，祀禮所視。」

〔七〕「有若咎繇」二句，咎繇，即臯陶。漢書百官公卿表：「咎繇作士，正五刑。」顔師古注：「咎音臯，繇音弋昭反。」尚書臯陶謨：「曰若稽古，允迪厥德，謨明弼諧。」僞孔傳：「迪，蹈；厥，其也。其，古人也。言人君當信蹈行古人之德，謀廣聰明，以輔諧其政。」

〔八〕「殷湯」句，尚書仲虺之誥：「（湯）克寬克仁，彰信兆民。乃葛伯仇餉，初征自葛，東征西夷怨，南征北狄怨。曰：『奚獨後予？』攸徂之民，室家相慶，曰：『徯予后，后來其蘇。』民之戴商，厥惟舊哉！」謂民衆期盼湯以征伐解救自己，故未被征伐之地，民反有怨氣。

〔九〕「有若伊尹」句，尚書君奭：「（周）公曰：『君奭！我聞在昔成湯既受命，時則有若伊尹，格於皇天。』」僞孔傳：「尹摯佐湯，功至大。天，謂致太平。」

〔一〇〕「姬文」句，姬文，即周文王，姬姓。受命，謂受天命。作周，締造周王朝。

〔一一〕「有若虢叔」句，尚書君奭：「（周）公曰：『君奭！在昔上帝，割申勸寧王之德，其集大命於厥躬。惟文王尚克修和我有夏。亦惟有若虢叔，有若閎夭，有若散宜生，有若泰顛，有若南宫适。』」僞孔傳：「在昔上天割制其義，重勸文王之德，故能成其大命於其身。謂勤德以受命。文王庶幾能修政化，以和我所有諸夏，亦惟賢臣之助爲治有如此。……凡五臣，佐文王爲胥附，奔走先後，禦侮之任。」（周公）又曰：「無能往來，兹迪彝教，文王蔑德降於國人。亦惟純佑秉德，迪知天威。乃惟時昭文王，迪見冒聞於上帝，惟時受有殷命哉！」僞孔傳：「文王亦如殷家，惟天所大佑，文王亦秉德蹈知天威。乃惟是五人，明文王之德。言能明文王德蹈行顯見，覆冒下民，彰聞上天，惟是故受有殷之王命。」按：以上舉堯、舜、夏、商、周各代著名輔弼之臣，以譬喻、贊美薛元超。

〔一二〕「元首」句，尚書益稷：「帝曰：『臣作朕股肱耳目。予欲左右有民，汝翼；予欲宣力四方，汝爲。』」僞孔傳：「言大體若身。左右，助也。助我所有之民富而教之，汝翼成我。布力立治之功，汝群臣當爲之。」股肱，大腿、手臂。大腿、手臂乃人體最着力處，藉以喻大臣。

〔一三〕「若夫」句，驂駕，車兩旁馬并行拉車。六龍，六馬。周禮夏官廋人：「馬八尺以上爲龍。」按：駕六馬，乃帝王乘輿之制。

〔一四〕「驅馳」句，驅馳，追趕以并駕。七聖，資治通鑑卷七三魏紀五「闕七聖而課試之文不垂」句胡三省注：「七聖，堯、舜、禹、湯、文、武、周公。」

〔一五〕「斟酌」句，文選左思吴都賦：「仰南斗以斟酌。」吕向注：「南斗，星名。將仰取以用酌酒。」元氣，自然之氣。斟酌元氣，謂利用、調配自然之力。後漢書李固傳：「斗斟酌元氣，運平四時。」

〔一六〕「宏闡」句，文選孔安國尚書序：「漢室龍興，開設學校，旁求儒雅，以闡大猷。」張銑注：「闡，開；猷，道也。」

〔一七〕「匡正」句，八極，泛指天下。鹽鐵論論鄒：「所謂中國者，天下八十分之一，名曰赤縣神州，而分爲九。川谷阻絶，陵陸不通，乃爲一州，有八瀛海圜其外，此所謂八極，而天下際焉。」

〔一八〕「皋成」句，成，原作「戍」，據英華、全唐文改。民，原作「人」，避唐諱，徑改。尚書周官：「六卿分職，各率其屬，以倡九牧，阜成兆民。」僞孔傳：「六卿各率其屬官大夫士，治其所分之職，以倡道九州牧伯，爲政大成，兆民之性命皆能其官，則政治。」

〔一九〕「粤若」二句，粤若，發語詞。神堯，即唐高祖。舊唐書高祖紀：「高宗上元元年（六七四）八月，改上尊號曰神堯皇帝。」尚書堯典：「帝曰：『咨！四岳：朕在位七十載，汝能庸命。巽朕位？』岳曰：『否德忝帝位。』曰：『明明揚側陋。』」僞孔傳：「堯知子不肖，有禪位之志，故明舉明人在側陋者，廣求賢也。」側陋，孔穎達正義釋爲「僻隱鄙陋之處」，謂聲名不顯，即不在位者。

〔二〇〕「文王」二句，朕卜，國語周語下：「朕夢協於朕卜。」韋昭注：「朕，武王自謂也。協亦合也。……言武王夢與卜合。」此謂西伯（周文王）因卜而得姜太公。史記齊太公世家：「西伯將出獵，卜之，曰：『所獲非龍非彲，非虎非羆，所獲霸王之輔。』於是周西伯獵，果遇太公於渭之陽，與語大説，……載與俱歸，立爲師。」

〔二一〕「高宗」四句，高宗，指殷高宗，盤庚之弟，小乙之子，名武丁，高宗乃其廟號。尚書説命上：「王庸作書以誥，曰：『以台正於四方，惟恐德弗類，兹故弗言，恭默思道。夢帝賚予良弼，其代予言。』乃審厥象，俾以形旁求於天下。説築傅巖之野，惟肖，爰立作相。王置諸其左右，命之曰：『朝夕納誨，以輔台德。若金，用汝作礪。若濟巨川，用汝作舟楫。若歲大旱，用汝作霖雨。』」僞孔傳：「傅氏之巖，在虞、虢之界。」又曰：「鐵須礪，以成利器。渡大水，待舟楫。霖，三日雨。霖以救旱。」以上兩注，以文王得姜太公、武丁得傅説，喻唐高宗得薛元超。

公含天地之間氣〔一〕，依日月之末光〔二〕。能備九德〔三〕，兼資百行〔四〕。探賾索隱，極深研幾〔五〕。齠齡之際，羞言霸道〔六〕；詞賦之間，已成王佐〔七〕。六歲，襲爵汾陰男〔八〕。十一，太宗召見，敕弘文館讀書〔九〕。十三，爲神堯皇帝挽郎〔一〇〕。十九，尚和静縣主〔一一〕。高宗升儲之日也，敕公爲太子通事舍人〔一二〕。二十二，除太子舍人〔一三〕。高宗踐位，詔遷朝散大夫、守給事中，年二十七〔一四〕。尋拜中書舍人、弘文館學士〔一五〕。三十二，丁太夫人憂，去職〔一六〕。起爲黄門侍郎〔一七〕，固辭不許。修東殿新書畢〔一八〕，進爵爲侯。公毁瘠過禮，多不視事。出爲饒州刺史〔一九〕。上夢公，徵爲右成務〔二〇〕。四十，復爲東臺侍郎〔二一〕。是歲也，放李義府于邛笮〔二二〕。舊制：流人禁乘馬，公爲之言，左遷簡州刺史〔二三〕。歲餘，上官儀伏誅，坐詞翰往來〔二四〕，徙居越巂。五十三，赦還，拜正諫大夫〔二五〕。五十四，遷中書侍郎，尋同中書門下三品，兼檢太子左庶子〔二六〕。五十九，遷中書令〔二七〕。車駕幸洛陽，詔公兼户部尚書，與皇太子居守〔二八〕。俄以風疾不視事。高宗崩，輿疾往神都〔二九〕，抗表辭位，至於再，至於三，詔加金紫光禄大夫，仍聽致仕〔三〇〕。以光宅元年季冬旁死魄〔三一〕，薨於洛陽豐財里之私第〔三二〕。嗚呼哀哉！

【箋注】

〔一〕「公含」句，藝文類聚卷一一總載帝王引春秋演孔圖：「正氣爲帝，間氣爲臣，宮商爲姓，秀氣爲人。」清王植正蒙初義卷一七乾稱篇：「間氣，謂間有之氣，難得之賢才也。」

〔二〕「依日月」句，漢書蕭何曹參傳贊：「漢興，依日月之末光。」顏師古注：「言何、參值漢初興，故以日月爲喻耳。」按：日月，此喻指皇帝。

〔三〕「能備」句，九德，尚書皋陶謨：「皋陶曰：『都！亦行有九德，亦言其人有德。乃言曰：載采采。』禹曰：『何？』皋陶曰：『寬而栗，柔而立，愿而恭，亂而敬，擾而毅，直而温，簡而廉，剛而塞，彊而義，彰厥有常，吉哉！』」僞孔傳：「彰，明；吉，善也。明九德之常，以擇人而官之，則政之善。」

〔四〕「兼資」句，百行，衆多才能。文選嵇康與山巨源絶交書：「故君子百行，殊塗而同致。」吕向注：「百行，言多也。」

〔五〕「探賾」二句，周易繫辭上：「探賾索隱，鉤深致遠。」孔穎達正義：「探謂闚探求取，賾謂幽深難見。」繫辭又曰：「夫易，聖人之所以極深而研幾也。唯深也，故能通天下之志；唯幾也，故能成天下之務。」韓伯注：「極未形之理，則曰深；適動微之會，則曰幾。」

〔六〕「齠齡」二句，齠齡，少小時。齠，小兒下垂之髮式。英華校二字曰：「集作髫齔。」齔，幼童換乳齒長恒齡，義亦通。羞言霸道，謂其自小堅守儒家王道。孟子梁惠王上：「齊宣王問曰：『齊桓、晉文之事，可得聞乎？』孟子對曰：『仲尼之徒無道桓、文之事者，是以後世無傳焉，臣未之聞也。』」齊桓公、晉文公在春秋時稱霸，故其道爲「霸道」。

〔七〕「詞賦」二句，晉書張華傳：「初未知名，著鷦鷯賦以自寄，其詞曰……陳留阮籍見之，歎曰：『王佐之才也！』由是聲名始著。」

〔八〕「六歲」二句，按新、舊唐書薛收傳附薛元超傳，皆稱元超九歲襲爵汾陰男，未詳孰是。

〔九〕「十一」三句，考薛元超生於武德六年（六二三，考見下），其十一歲時爲太宗貞觀七年（六三三）。弘文館，唐六典卷八門下省：「武德初置修文館，武德末改爲弘文館。」

〔一〇〕「十三」二句，神堯皇帝，即唐高祖，見上注。挽郎，通典卷八六挽歌：「晉成帝咸康七年（三四一），有司聞奏，依舊選公卿以下六品子弟六十人爲挽郎，詔又停之。摯虞云：漢、魏故事，大喪及大臣之喪，執紼者挽歌。」禮記曲禮上：「助葬必執紼。」鄭玄注：「紼，引車索。」則執紼、唱挽歌之六品官子弟，稱「挽郎」。十三，原作「十六」，各本同。據行狀，薛元超卒於光宅元年（六八四）季冬，享年六十二。考舊唐書則天皇后紀，亦載光宅元年「十二月，前中書令薛元超卒」，與行狀合。以卒年、享年推之，則薛元超當生於武德六年（六二三）。又據舊唐書太宗紀下，高祖於貞觀九年（六三五）十月庚寅「葬於獻陵」。以薛元超生年推之，是年十三歲，作「十六」誤，據改。

〔一一〕「十九」二句，上注考知薛元超生於武德六年，其年十九則當太宗貞觀十五年（六四一）。舊唐書薛元超傳：「及長，好學善屬文，太宗甚重之，令尚巢刺王女和静縣主。」尚，娶也。漢書王吉傳：「漢家列侯尚公主。諸侯，則國人承翁主。」注引晉灼曰：「娶天子女則曰尚公主。國人娶諸侯女，曰承翁主。尚、承，皆卑下之名也。」按舊唐書太宗紀下：貞觀十六年（六四二）夏六月辛卯，詔「改封海陵刺王元吉曰巢刺王」。則其尚和静時，元吉尚未改封。按：巢王元吉，高祖第四子，太宗李世民之弟，在與李世民争位中被殺。太宗踐阼，追封元吉爲海陵郡王，謚曰刺。事迹詳舊唐書高祖二十二子傳。

〔一二〕「高宗」二句，升儲，即立爲皇太子。舊唐書高宗紀上：高宗李治，太宗第九子，貞觀五年（六三一）封晉王。「（貞觀）十七年（六四三），皇太子承乾廢，魏王泰亦以罪黜，太宗與長孫無忌、房玄齡、李勣等計議，立晉王爲皇太子。」升，英華校：「集作建。」誤。唐六典卷二六：「太子通事舍人八人，正七品下。」通事舍人掌導引東宫諸臣辭見之禮，及承令勞問之事。」

〔一三〕「二十二」二句，薛元超二十二歲，當爲貞觀十八年（六四四）。太子舍人，即太子中舍人。唐六典卷二六：「太子中舍人二人，正五品上。」注：「太子中舍人，本漢魏太子舍人也。」

〔一四〕「高宗踐位」三句，踐位，登帝位。舊唐書高宗紀上：「（貞觀）二十三年（六四九）五月己巳，太宗崩。……六月甲申朔，皇太子即皇帝位。」唐六典卷二尚書吏部：「從五品下曰朝散大夫。」同上：「凡任官，階卑而擬高則曰守。」同書卷八門下省：「給事中四人，正五品上。給事中掌侍奉左右，分判省事。凡百司奏抄，侍中審定，則先讀而署之，以駁正違失。」「二十七」，原作「二十六」。以薛元超生年推之，是年二十七，據改。舊唐書本傳亦稱「高宗即位，擢拜給事中，時年二十六」，蓋沿行狀而誤。

〔一五〕「尋拜」句，唐六典卷九中書省：「中書舍人六人，正五品上。中書舍人掌侍奉進奏，參議表章，凡詔旨制敕及璽書、册命，皆按典故起草，進畫既下，則署而行之。」同書卷八門下省：「弘文隸門下省，自武德、貞觀以來皆妙簡賢良爲學士。故事：五品已上稱爲學士，六品已下爲直學士。」

〔一六〕「三十二」三句，舊唐書本傳：「永徽五年（六五四），丁母憂。」以生年推之，元超是年三十二歲，正合。

〔一七〕「起爲」句，唐六典卷八門下省：「黄門侍郎二人，正四品上。黄門侍郎掌貳侍中之職，凡政之弛張，事之與奪，皆參議焉。」按舊唐書薛收傳附薛元超傳：「永徽五年（六五四），丁母憂解。明年，起授黄門侍郎，兼檢校太子左庶子。」則起復時間爲丁憂之「明年」，即永徽六年。

〔一八〕「修東殿新書」句，舊唐書高宗紀上：「顯慶元年（六五六）五月己卯，「弘文館學士許敬宗進所撰東殿新書二百卷，上自製序」。

〔一九〕「出爲」句，舊唐書薛收傳附薛元超傳：「後以疾出爲饒州刺史。」元和郡縣志卷二八饒州：「本秦鄱陽縣也，屬九江郡。……隋開皇九年（五八九）平陳，改鄱陽爲饒州。」地在今江西上饒市。

〔二〇〕「徵爲」句，右成務，即尚書省右司郎中。唐六典卷一尚書省：「左司郎中一人，右司郎中一人，并從五品上。」注：「龍朔二年（六六二）改爲左右承務，咸亨元年（六七〇）復故。」通典卷二二尚書省：左司郎中，「龍朔二年改爲左丞務，咸亨元年復舊。」而通志卷五三尚書省述此事，「左丞務」作「左成務」。要之，唐六典作「承」當誤，官階中另有「承務郎」，官名不當重。丞，英華作「成」，於字下校：「集有武字。」誤。

〔二一〕「四十」二句，據薛元超生年，其四十歲爲高宗龍朔二年（六六二）。唐六典卷八門下省：「黄門侍郎二人，正四品上。」注：「龍朔二年改爲東臺侍郎，咸亨元年（六七〇）復舊。」

〔二二〕「是歲也」二句，舊唐書高宗紀上：龍朔三年（六六三）「夏四月乙丑，右相李義府下獄。戊子，李義府除名，配流巂州」。則李義府流放與薛氏復官，并非同在一年，紀年小誤。邛笮，皆縣名，代指越巂。史記司馬相如列傳：「是時邛筰之君長，聞南夷與漢通，得賞賜多，多欲願爲内臣妾，請吏，比南夷。」索隱引文穎曰：「邛者，今爲邛都縣；筰者，今爲定筰縣，皆屬越巂郡也。」笮、筰同。越巂，今四川西昌市。

〔二三〕「左遷」句，元和郡縣志卷三一簡州：「秦爲蜀郡地，漢武帝分置犍爲郡，今州即犍爲郡之牛鞞縣也。……隋仁壽三年（六〇三）於此置簡州，因境有賴簡池爲名。大業二年（六〇六）省，武德三年（六二〇）復置。」地即今四川簡陽市。

〔二四〕「上官儀」句，舊唐書高宗紀上：麟德元年（六六四）十二月丙戌，「殺西臺侍郎上官儀」。按：上官儀被殺，乃因欲廢武后事。資治通鑑卷二〇一唐紀一七述之曰：「初，武后能屈身忍辱，奉順上意，故上排群議而立之。及得志，專作威福，上欲有所爲動，爲后所制，上不勝其忿。有道士郭行真出入禁中，嘗爲厭勝之術，宦者王伏勝發之。上大怒，密召西臺侍郎、同東西臺三品上官儀議之，儀因言皇后專恣，海内所不與，請廢之。上意亦以爲然，即命儀草詔。左右奔告於后，后遽詣上自訴，詔草猶在上所。上羞縮不忍，復待之如初。猶恐后怨怒，因紿之曰：『我初無此心，皆上官儀教我。』儀先爲陳王諮議，與王伏勝俱事故太子忠。后於是使許敬宗誣奏儀、伏勝與忠謀大逆。十二月丙戌，儀下獄，與其子庭芝、王伏勝皆死，籍没其家。戊子，賜忠死於流所。」詞翰，英華校：「集作翰墨。」即書信。

〔二五〕「五十三」三句，以薛元超生年推之，其五十三歲時爲上元二年（六七五）。舊唐書薛元超傳：「上元初，遇赦還，拜正諫大夫。」若「上元初」爲上元元年，則當爲五十二。通典卷二一：「龍朔二年（六六二），改諫議大夫爲正諫大夫。」

〔二六〕「五十四」四句，薛氏五十四歲，當爲上元三年（六七六）。舊唐書高宗紀下：「（上元）三年，遷中書侍郎，尋同中書門下三品。」正合。同中書門下三品，職同宰相。左庶子，唐六典卷二六：「太子左春坊左庶子二人，正四品上。左庶子之職，掌侍從贊相禮儀，駁正啓奏監省封題。」

〔二七〕「五十九」二句，以薛元超生年推之，其五十九時爲永隆二年（六八一）。舊唐書薛元超傳：「永隆二年，拜中書令，兼太子左庶子。」合。唐六典卷九中書省：「中書令二人，正三品。中書令之職，掌軍國之政令，緝熙帝載，統和天人。入則告之，出則奉之，以釐萬邦，以度百揆，蓋以佐天子而執大政者也。」

〔二八〕「車駕」三句，舊唐書卷五高宗紀下：「（開耀二年，六八二）二月癸未，以太子誕皇孫滿月，大赦，改開耀二年爲永淳元年。……（四月）丙寅，幸東都，皇太子京師留守，命劉仁軌、裴炎、薛元超等輔之。」舊唐書薛收傳附薛元超傳：「高宗幸東都，太子於京師監國，因留元超以侍太子。」

〔二九〕「高宗崩」二句，舊唐書高宗紀下：「（永淳二年，六八三）十二月己酉，詔改永淳二年爲弘道元年。……是夕，帝崩於真觀殿，時年五十六。」神，原作「成」，據英華、四子集改。舊唐書則天皇后紀：文明元年（六八四）「九月，大赦天下，改元爲光宅，……改東都（洛陽）爲神都」。

〔三〇〕「詔加」二句，舊唐書薛元超傳：「弘道元年（六八三）以疾乞骸，加金紫光禄大夫，聽致仕。其年冬卒，年六十二。贈光禄大夫、秦州都督。」按薛元超并不卒於弘道元年冬，而卒於次年即光宅元年（六八四）冬，舊唐書述此事歟確，本文上注考其生卒年時已詳辨。唐六典卷二尚書吏部：「從二品曰光禄大夫，正三品曰金紫光禄大夫。」資治通鑑卷二〇三：「中書令兼太子左庶子薛元超病瘖，乞骸骨，許之。」後人或謂其爲佯瘖。宋黄震古今紀要卷一〇：「薛元超，武氏用事，陽瘖，卒。」

〔三一〕「以光宅」句，旁死魄，尚書武成：「惟一月壬辰旁死魄。」僞孔傳：「此本說始伐紂時一月，周之正月。旁，近也，月二日近死魄。」孔穎達正義：「一月壬辰旁死魄，謂伐紂之年，周正月辛卯朔，其二日是壬辰也。」逸周書世俘：「越若來，二月既死魄。」孔晁注：「朔後爲死魄。」漢書律曆志引作「旁死霸」，顔師古注：「孟康曰：『月二日以往，月生魄死，故言死魄。魄，月質也。』霸，古魄字同。」近人王國維以爲孔、孟傳、注之説謬不足據，參其觀堂集林卷一生霸死霸考。舊唐書則天皇后紀載，薛元超卒於光宅元年十二月。此所謂「旁死魄」，蓋用僞孔傳之義，當指該月初二也。

〔三二〕「薨於」句，豐財里，徐松唐兩京城坊考卷五東京外郭城：「東城之東，第四南北街，北當安喜門東街，從南第一曰時泰坊，……次北立行坊，……次北殖業坊，……次北豐財坊（北抵城）。」

公地藉膏腴〔一〕，姻連戚里〔二〕。鼎湖長往，拜卿子而爲郎〔三〕；金榜洞開，徵列侯而尚主〔四〕。遂乃彈冠筮仕〔五〕，策名委質〔六〕，叩天門於晝闕，攀鳳翼於紫宸〔七〕。凡升右轄者一年〔八〕，居外臺者兩郡〔九〕，四遷門下，三入中書。用能燮理我陰陽，經緯我天地〔一〇〕，鹽梅我寶鼎〔一一〕，梁棟我宸極。治百官而察萬民，平邦國而和上下〔一二〕。借如風后、力牧，左右軒皇；蕭何、曹參，謀猷漢室，未有一心事主，四十餘年〔一三〕。參兩宮而出入，歷三臺而陟降〔一四〕。合其道也，大壑縱其鯤鵬〔一五〕；遇其時也，名山出其雲雨〔一六〕。功成輔弼，德邁機深。星象不僣，方踐中台之位〔一七〕；山川並走，竟遊東岱之魂〔一八〕。天不慭遺〔一九〕，民將安仰！越翼日，詔贈光禄大夫，使持節都督秦、成、武、渭四州諸軍事〔二〇〕，秦州刺史，餘如故。賜物四百段，米粟四百石，東園秘器〔二一〕，凶事給儀仗至墓所，往還司賓卿監護〔二二〕，璽書弔祭。別降中使賜歛衣一襲，雜物百段。又詔陪葬乾陵，依故事也〔二三〕。

【箋注】

〔一〕「公地藉」句，膏腴，文選左思蜀都賦：「内函要害於膏腴。」劉淵林注：「膏腴，土地肥沃也。」此指環境優越，言薛元超藉助家族政治、經濟之强大優勢。

〔二〕「姻連」句，戚里，史記萬石君列傳：「徙其家長安中戚里。」索隱引小顔云：「於上有姻戚者皆居之，故名其里爲戚里。長安記：『戚里在城内。』」此指薛氏尚和静縣主事。

〔三〕「鼎湖」二句，史記孝武本紀：「黄帝采首山銅，鑄鼎於荆山下。鼎既成，有龍垂胡頿下迎黄帝。黄帝上騎，群臣後宫從上龍七十餘人，龍乃上去。餘小臣不得上，乃悉持龍頿，龍頿拔，墮黄帝之弓。百姓仰望黄帝既上天，乃抱其弓與龍胡頿號，故後世因名其處曰鼎湖，其弓曰烏號。」正義引括地志云：「湖水源出虢州湖城縣南三十五里夸父山，北流入河，即鼎湖也。」此代指唐高祖崩。卿子，即公卿子弟。後漢書左雄傳：「雄又奏徵海内名儒爲博士，使公卿子弟爲諸生，有志操者加其俸禄。及汝南謝廉、河南趙建，年始十二，各能通經，雄并奏拜童子郎。於是負書來學，雲集京師。」兩句謂高祖崩後，薛元超奉太宗敕於弘文館讀書。

〔四〕「金榜」二句，藝文類聚卷六二宮引神異經曰：「西方有宮，白石爲牆，五色黄門，有金牓而銀鏤，題曰『天地少女之宮』。」此代指和静縣主。薛元超襲封汾陰男，故稱列侯。列，英華校：「集作封。」誤。

〔五〕「遂乃」句，漢書王吉傳：「吉與貢禹爲友，世稱『王陽（王吉字子陽）在位，貢公彈冠』，言其趣舍同也。」顔師古注：「彈冠者，且入仕也。」筮仕，入仕前占吉凶。左傳閔公元年：「畢萬筮仕於晉。」後泛指初作官。

〔六〕「策名」名，左傳僖公二十三年：「策名委質，貳乃辟也。」杜預注：「名書於所臣之策，屈膝而君事之，則不可以貳辟罪也。」

〔七〕「叩天門」二句，天門、畫闕、鳳翼、紫宸，皆指宮闕，言其崇高華麗，代指朝廷。宸，英華作「林」，校：「集作宸。」作「林」誤。

〔八〕「凡升」句，右轄，此指尚書省右成務郎（即右司郎中，見上注）。尚書左右丞，又稱左右轄。初學記卷一一左右丞引傅咸答辛曠詩序曰：「尚書左丞，彈八座以下，居萬機之會。斯乃皇朝之司直，天臺之管轄。」據通典卷二二尚書省，左右司郎中「掌副左右丞所管諸司事」，故此亦稱「右轄」。

〔九〕「居外臺」句，唐六典卷一三御史臺「御史大夫一人」注：「御史臺，漢名御史府，後漢曰憲臺。時以尚書爲中臺，謁者爲外臺，謂之三臺。」漢有謁者中書令，唐六典卷九中書省「中書令」注：「漢中書謁者令丞，……司馬遷被腐刑之後爲中書令，即其任也，不言謁者，省文也。」後代又以安撫、轉運等爲外臺。宋趙昇朝野類要卷三外臺：「安撫、轉運、提刑、提舉，實分御史之權，亦似漢繡衣之義，而代天子巡狩也，故曰外臺。」考薛元超仕歷，所謂「外臺」當指外任，即先後出爲饒州、簡州刺史。臺，英華校：「集作轄。」誤。郡，英華、四子集作「部」，英華校：「集作月。」皆誤。

〔一〇〕「用能」二句，尚書周官：「立太師、太傅、太保，兹惟三公，論道經邦，燮理陰陽。」僞孔傳：「此惟三公之任，佐王論道，以經緯國事，和理陰陽。」

〔一一〕「鹽梅」句，尚書説命下：「若作和羹，爾惟鹽梅。」僞孔傳：「鹽鹹梅醋，羹須鹹醋以和之。」寶鼎，鼎之美稱，煮食器。此以烹飪爲喻，言協合、平衡朝廷政治，有如鹽、醋調和味道，極爲重要。

〔一二〕「治百官」二句，周禮天官冢宰：「大宰之職：掌建邦之六典，以佐王治邦國。一曰治典……四曰政典，以平邦國，以正百官，以均萬民。」治、民，原作「理」、「人」，避唐諱，徑改。

〔一三〕「借如」數句，史記五帝本紀：「（黄帝）舉風后、力牧、常先、大鴻以治民。」集解：「鄭玄曰：『風后，黄帝三公也。』班固曰：『力牧，黄帝相也。』」後漢書張衡傳李賢注引帝王紀曰：「黄帝以風后配上台，天老配中台，五聖配下台，謂之三公。其餘知天、規紀、地典、力牧、常先、封胡、孔甲等，或以爲師，或以爲將。」軒皇，謂黄帝軒轅氏。力牧，英華、四子集、全唐文作「天老」。亦可。下言蕭、曹佐漢，與此義同。數句謂即如風后、力牧及蕭、曹等古代名臣，皆不及薛元超忠心事主如此之久。

〔一四〕「參兩宫」二句，文選王儉褚淵碑文：「升降兩宫，實惟時寶。」李周翰注：「升降，上下也。兩宫，謂天子、太子宫。入天子宫則爲上，入太子宫則爲下也。」三臺，文選陳琳爲袁紹檄豫州：「坐領三臺，專制朝政。」李善注引應劭漢官儀曰：「尚書爲中臺，御史爲憲臺，謁者爲外臺。」

〔一五〕「大壑」句，莊子天地：「諄芒將東之大壑，適遇苑風於東海之濱。」注引李云：「大壑，東海也。」句謂大海之大，可任憑鯤鵬遨翔。

〔一六〕「名山」句，劉向説苑卷五貴德：「山致其高，雲雨起焉；水致其深，蛟龍生焉。君子致其道德，而福禄歸焉。」同書卷一八辨物：「五嶽何以視三公？能大布雲雨焉，能大斂雲雨焉。」謂其遭遇明時，故能雲行雨施，莫不得志。

〔一七〕「星象」二句，僁，即「愆」，錯誤。中台，即泰階三階之中階。泰階又稱三台，前已屢注。史記天官書應劭注引黄帝泰階六符經曰：「泰階者，天子之三階。……中階：上星爲諸侯、三公，下星爲卿大夫。」

〔一八〕「山川」二句，並走，謂名山大川祭拜殆遍。竟遊，謂魂歸東嶽泰山。博物志卷一：「泰山，……主召人魂魄，東方萬物始成，知人生命之長短。」

〔一九〕「天不」句，詩經小雅十月之交：「不憖遺一老，俾守我正。」鄭玄箋：「憖者，心不欲自彊之辭也。」陸德明音義引爾雅云：「願也，强也，且也。」又左傳哀公十六年：「孔丘卒，公誄之曰：『旻天不弔，不憖遺一老。』」杜預注：「憖，且也。」按：不憖，猶言何不、寧不。「憖」原作「慗」，據改。

〔二〇〕「使持節」句，秦州，地在今甘肅天水市，本書前已注。成州，元和郡縣志卷二二成州：「禹貢梁州之域，古西戎地也。……（北）齊廢帝改爲成州，隋大業三年（六〇七）改成州爲漢陽郡，武德元年（六一八）復爲成州。」治今甘肅成縣。武州，同上卷三九武州：「禹貢梁州之域，古西戎地也。……諸葛亮使將攻武都、陰平，遂克定二郡，其地始入於蜀。……（後魏）廢帝改置武州。隋大業三年又改爲武都郡，武德元年復爲武州。」地在今甘肅岷縣、舟曲、宕昌一帶。渭州，治今甘肅平涼，本書前已注。

〔二一〕「東園」句，秘器，指棺材。漢書董賢傳：「及至東園秘器，珠襦玉柙，豫以賜賢，無不備具。」顔師古注：「東園，署名也。漢舊儀云：東園秘器作棺梓，素木長二丈，崇廣四尺。」

〔二二〕「往還」句，杜佑通典卷二六鴻臚卿：「大唐龍朔二年（六六二）改鴻臚爲司文，咸亨初復舊。光宅初改爲司賓，神龍初復舊。卿一人，掌賓客、凶儀之事，及册諸蕃。」

〔二三〕「又詔」二句，乾陵，高宗、武后陵。陪葬故事，當遵太宗生前建陵、陪葬詔令。舊唐書太宗紀下：貞觀十一年（六三七）二月丁亥，詔曰：「……又佐命功臣，或義深舟楫，或謀定帷幄，或身摧行陣，同濟艱危，克成鴻業。追念在昔，何日忘之！使逝者無知，咸歸寂寞，若營魂有識，還如疇曩，居止相望，不亦善乎！漢氏使將相陪陵，又給以東園秘器，篤終之義，恩意深厚，古人豈異我哉！自今已後，功臣密戚，及德業佐時者，如有薨亡，宜賜塋地一所，及以秘器，使窀穸之時，喪事無闕。所司依此營備，稱朕意焉。」

公襲封之年也，受左傳於同郡韓文汪。至天王狩河陽〔一〕，乃廢書而嘆曰：「周朝豈無良相，何得以臣召君？」文汪異焉。神堯皇帝婕妤河東郡夫人，公之姑也，每侍高宗詞翰，高宗嘗顧曰〔二〕：「不見婕妤姪〔三〕，經數日便謂社稷不安。」其見重如此。上幸温泉，射猛獸，公奏疏極諫，上深納焉〔四〕。後因閑居，謂公曰：「我昔在春宮，與卿俱少壯，光陰倏忽，已三十年，往日賢臣良將〔五〕，索然俱盡，我與卿白首相見。卿歷觀書傳，君臣共終白首者幾人？我觀卿大憐我，我亦記卿深。」公嗚咽稽首，謝曰：「老臣早參麾蓋，文皇委之以心膂；臣又多幸，天皇任之以股肱。誓期殺身報國，致一人於堯舜。伏願天皇遵黄老之術，養生衛壽，則天下幸甚。」賜黄金二百鎰〔六〕。公有事君之節也，不亦忠乎！每讀孝子、忠臣傳，未嘗不慷慨流涕，以爲帝舜非孝子，朱雲非忠臣〔七〕。客有譏之者，公曰：「寧有揚君父之過，而稱忠孝哉！」太夫人薨，公每哭嘔血，杖而後起。上見公柴毁，泣曰：「朕遂不識卿。卿事朕，君父一致，遂至於滅性，可謂孝子。」中書省有一磐石，隋内史府君常踞而草詔〔八〕。及公揮翰躍鱗，每見此石，未嘗不泫然流涕。公有至性之道也〔九〕，不亦孝乎！其年修晉史〔一〇〕，筆削之美，爲當時最。孝敬崩，詔公爲哀册〔一一〕。上幸九成宫，敕皇太子赴行在所，置酒別殿，享王公以下〔一二〕。時太子、英王侍皇帝酒〔一三〕，酒酣，公獻壽曰：「天皇合易象乾，將三男震、坎、艮，今日是也〔一四〕。」上大悦，百官舞蹈稱萬歲，賜雜物百段，銀鏤鍾一枚。吐蕃不庭〔一五〕，詔英王爲元帥，總戎西討。公賦西征詩一首，上稱善，嗟嘆者久之。因代英王屬和〔一六〕，御筆繕寫，朝以爲榮。公有屬詞之美也，不亦文乎！黄門侍郎上疏薦高智周、任希古、郭正一、王義方、顧徹、孟利貞等〔一七〕，後皆有重名，歷登清貴〔一八〕。及兼左庶子，又表鄭祖玄、沈伯儀、賀覬、鄧玄挺、顔强學、崔融等十人爲學士〔一九〕，天下服其知人。公爲右成務，獻封禪書及平夷策，上深納焉。或有抵罪者，同類數百，經赦令，獄官評經年不決〔二〇〕，竟以死論。公上疏陳其濫，詔百寮廷議〔二一〕，獄官及宰臣未有所決，公酬對如響，衆咸服焉。上歎息曰：「幾令我殺無辜之人。」百寮莫不震懼。又上疏陳請備塞垣〔二二〕，未幾而匈奴背誕〔二三〕。公有神通之鑒也，不亦明乎！儀表魁傑，鬢眉若畫，身長七尺四寸，望之儼然。喜愠不形於色，雖至於近習左右，胥徒僕妾，莫不待之以禮。公有行己之方也，不亦恭乎！在饒州六年〔二四〕，以仁明馭下。鄱陽北崗上忽生芝草一株，郡人以爲善政所感，共起一舍，號曰芝亭，因立碑頌德。公有馭人之術也，不亦惠乎！在邛都十餘載〔二五〕，沉研易象，韋編三絶〔二六〕，賦詩縱酒，以樂當年。有醉後集三卷行於世〔二七〕。公有安和之德也，不亦康乎！上初覽萬機，公上疏論社稷安危，君臣得失，上大驚，即日召見，不覺膝之前席〔二八〕，歎曰：「覽卿疏，若暗室而照天光，臨明鏡而覩萬象。」此後寵遇日隆，每軍國大事，必參謀帷幄。在中書，獨掌機務者五年，出納帝命，口占數百〔二九〕。上曰：「使卿長在中書，一夔足矣〔三〇〕。」大駕東巡，詔公驂乘，上曰：「朕之留卿，若去一目，若斷一臂。關西事重，一以委卿。」因賜物百段。公有社稷之勳也，不亦重乎〔三一〕！

【箋　注】

〔一〕「至天王」句，天王，周王也。春秋左傳僖公二十八年經曰：「天王狩於河陽。」杜預注：「晉地，今河内有河陽縣。晉實召王，爲其辭逆而意順，故經以王狩爲辭。」左氏傳：「王狩於河陽，言非其地也，且明德也。」杜預注：「使若天王自狩以失地，故書河陽，實以屬晉，非王狩地。隱召君之闕，欲以明晉之功德。」以諸侯而召天子，可知朝廷之弱，故下句有廢書之歎。

〔二〕「每侍」二句，兩「高宗」，英華、四子集、全唐文皆作「高祖」，英華校曰：「集作宗。」按：作「高宗」是，「高祖」誤。楊炯作此行狀時，高宗已葬，故稱廟號，而薛元超幼時高祖已崩，絶不可能有思念見重之語。

〔三〕「不見」句，英華、四子集、全唐文無「姪」字。按：婕妤爲薛元超之姑，婕妤姪指薛元超，故該字斷不可無。

〔四〕「上幸」四句，舊唐書薛元超傳：「（上元）三年（六七六），遷中書侍郎，尋同中書門下三品。時高宗幸温泉校獵，諸蕃酋長亦持弓矢而從。元超以爲既非族類，深可爲虞，上疏切諫。帝納焉。」温泉，宫名，在臨潼驪山下，唐玄宗改爲華清宫，有華清池。見舊唐書玄宗紀下。

〔五〕「往日」句，賢，英華校：「集作忠。」

〔六〕「賜黄金」句，國語晉語二：「黄金四十鎰。」韋昭注：「二十兩爲鎰。」

〔七〕「以爲」二句，史記五帝本紀：「舜父瞽叟頑，母嚚，弟象傲，皆欲殺舜。舜順適不失子道，兄弟孝慈。……年二十，以孝聞。……堯乃賜舜絺衣，與琴，爲築倉廩，予牛羊。瞽叟尚復欲殺之，使舜上塗廩，瞽叟從下縱火焚廩。舜乃以兩笠自扞而下，去，得不死。後瞽叟又使舜穿井，舜穿井爲匿空旁出。舜既入深，瞽叟與象共下土實井，舜從匿空出，去。……舜復事瞽叟愛弟彌謹。」朱雲，漢書朱雲傳：「成帝時，丞相故安昌侯張禹以帝師位特進，甚尊重。雲上書求見，公卿在前。雲曰：『今朝廷大臣上不能匡主，下亡以益民，皆尸位素餐，……臣願賜尚方斬馬劍，斷佞臣一人以厲其餘。』上問：『誰也？』對曰：『安昌侯張禹。』上大怒，曰：『小臣居下訕上，廷辱師傅，罪死不赦！』御史將雲下，雲攀殿檻，檻折。……於是左將軍辛慶忌免冠解印綬，叩頭殿下曰：『此臣素著狂直於世。使其言是，不可誅；其言非，固當容之。臣敢以死争。』慶忌叩頭流血。上意解，然後得已。及後當治檻，上曰：『勿易！因而輯之，以旌直臣。』」雲，英華作「虚」，校：「集作雲。」作「虚」誤。

〔八〕「隋内史」句，舊唐書薛元超傳：「中書省有一盤石，初，（薛）道衡爲内史侍郎，嘗踞而草制。元超每見此石，未嘗不泫然流涕。」

〔九〕「公有」句，至性，原作「立身」，據英華、四子集、全唐文改。所舉忠孝、嘔血、流涕數事皆關性情，以作「至性」爲善。

〔一〇〕「其年」句，晉史，即晉書。舊唐書房玄齡傳：「與中書侍郎褚遂良受詔重撰晉書。於是奏取太子左庶子許敬宗、中書舍人來濟、著作郎陸元仕、劉子翼、前雍州刺史令狐德棻、太子舍人李義府、薛元超、起居郎上官儀等八人分功撰録，以臧榮緒晉書爲主，參考諸家，甚爲詳洽。」同書薛元超傳：「預撰晉書。」按唐大詔令集卷八一修晉書詔，時在貞觀二十年（六四六）閏二月。

〔一一〕「孝敬」二句，謂孝敬皇帝李弘。舊唐書孝敬皇帝弘傳：「孝敬皇帝（李）弘，高宗第五子也。……顯慶元年（六五六）立爲皇太子。……上元二年（六七五），太子從幸合璧宫，尋薨。」哀册，代皇帝爲已故帝王、皇后、皇子安葬時致哀思之册文。古代書於簡册，唐以後鎸於金玉。按：所作孝敬皇帝哀册文今存，載唐大詔令集卷二六，首曰：「維上元二年夏四月己亥，皇太子弘薨於合璧宫之綺雲殿，年二十四。五月戊申，詔追號謚爲孝敬皇帝。八月庚寅，將遷葬於恭陵，有司奏哀册文。」

〔一二〕「上幸」四句，九成宫，即隋之仁壽宫，太宗時修繕以避暑，本書前已注。皇太子，指李賢；英王，乃李顯，詳下注。别殿，即咸亨殿。舊唐書高宗紀下：「（儀鳳三年，六七八）五月壬戌，幸九成宫，以相王輪爲洛州牧。秋七月丁巳，宴近臣諸親於咸亨殿。上謂霍王元軌曰：『去冬無雪，今春少雨，自避暑此宫，甘雨頻降，夏麥豐熟，秋稼滋榮。又得敬玄表奏，吐蕃入龍支，張虔勗與之戰，一日兩陣，斬馘極多。……又男輪最小，特所留愛，比來與選新婦，多不稱情；近納劉延景女，觀其極有孝行，復是私衷一喜。思與叔（引者按：指霍王元軌）等同爲此歡，各宜盡醉。』上因賦七言詩，效柏梁體，侍臣并和。（今按：全唐詩卷二收高宗句曰：「屏欲除奢政返淳。」注：「霍王以下和句亡。」）九月丁巳，還京師。」「上」字下，英華校：「集有行字。」

〔三〕「時太子」句，太子，指李賢，即章懷太子。舊唐書高宗中宗諸子傳：「章懷太子賢，字明允，高宗第六子也。」上元二年（六七五）孝敬皇帝薨，其年六月立爲皇太子。被武則天所廢，及臨朝，迫令自殺。「睿宗踐祚，又追贈皇太子，謚曰章懷。」英王，即後來之中宗。舊唐書中宗紀：「中宗太和聖昭孝皇帝諱顯，高宗第七子，母曰則天順聖皇后。顯慶元年（六五六）十一月乙丑生於長安，明年封周王，授洛州牧。儀鳳二年（六七七）徙封英王，改名哲，授雍州牧。永隆元年（六八〇）章懷太子廢，其年立爲皇太子。」「酒酣」下，英華校：「集：英王皇帝作太子侍酒甘。是。」其中「甘」字，宋彭叔夏文苑英華辨證卷一〇引作「酣」（見下注），則「甘」蓋「酣」之刊誤。據校者之意，當謂「太子、英王侍皇帝酒，酒酣」，集本作「時太子侍酒，酣」。亦可通。全唐文即作「時太子、英王侍皇帝酒，酒酣」。然文苑英華辨證作者因不悉參加該宴會之王子，又未明白所校底本、集本異在何處，乃妄辨道：「楊炯薛元超行狀：上幸九成宮，時太子、英王侍皇帝酒，酒酣，公獻壽曰：『天皇合易象乾，將三男震、坎、艮，今日是也。』集作『太子、英王、皇帝侍酒，酣』，皇帝蓋謂睿宗也。當如集本，適合三男之説。」按舊唐書睿宗紀：「總章二年（六六九）徙封冀王。上初名旭輪，至是去旭字。上元二年（六七五）徙封相王，拜右衛大將軍。儀鳳三年（六七八）遷洛牧，改名旦，徙封豫王。嗣聖元年（六八四）則天臨朝，廢中宗爲廬陵王，立豫王爲皇帝，仍臨朝稱制。」行狀明言幸九成宫者乃「天皇（高宗）」。且據兩唐書，高宗儀鳳三年五月幸九成宫，乃其最後一次至此避暑，後來武則天從未到九成宫，故行狀所述，只能是高宗時事。而李旦即皇帝位在高宗死後，時高宗尚在，豈能言「皇帝蓋謂睿宗」？故辨證所引集本及判斷皆大誤。所謂「三男」，實指太子李賢、英王（後爲中宗）李顯、相王（後爲睿宗）李輪（後改名旦）也。

〔一四〕「天皇」三句，唐李鼎祚周易集解卷一三釋繫辭上「乾道成男，坤道成女」二句，引荀爽曰：「男謂乾，初適坤爲震，二適坤爲坎，三適坤爲艮，以成三男也。」「三男」已見上注。

〔一五〕「吐蕃」句，吐蕃，即藏族。不庭，指上引舊唐書高宗紀下所述高宗幸九成宫時「吐蕃入龍支」事。

〔一六〕「因代」句，王，英華校：「集作公。」誤。

〔一七〕「黄門」句，舊唐書薛元超傳：「起授黄門侍郎、兼檢校太子左庶子。元超既擅文辭，兼好引寒俊，嘗表薦任希古、高智周、郭正一、王義方、孟利貞等十餘人，由是時論稱美。」按：任希古，嘗爲越王府記室，遷太子舍人，見舊唐書王方慶傳，同書經籍志下著録任希古集五卷。高智周，常州晉陵人。舉進士，授秘書郎、弘文館直學士，預撰瑶山玉彩、文館辭林等。官至同中書門下三品，永淳二年（六八三）十月卒，兩唐書有傳。郭正一，定州彭城人。貞觀中舉進士，累轉中書舍人，弘文館學士，官至同中書門下平章事。永昌元年（六八九）爲酷吏所陷，流配嶺南而死。兩唐書有傳。王義方，泗州漣水人。舉明經，授晉王府參軍，直弘文館。歷著作佐郎、侍御史，總章二年（六六九）卒。撰筆海十卷、文集十卷。兩唐書有傳。顧徹，事迹未詳。孟利貞，華州華陰人。預撰瑶山玉彩五百卷，累轉著作郎，加弘文館學士。垂拱初卒，舊唐書有傳。

〔一八〕「歷登」句，貴，英華、全唐文作「貫」。

〔一九〕「及兼」二句，舊唐書薛收傳附薛元超傳：「永隆二年（六八一）拜中書令、兼太子左庶子。高宗幸東都，太子於京師監國，……於是元超表薦鄭祖玄、鄧玄挺、崔融爲崇文館學士。」按新唐書薛元超傳曰：「授黄門侍郎、檢校太子左庶子。所薦豪俊士若任希古、高智周、郭正一、王義方、孟利貞、鄭祖玄、鄧玄挺、崔融等，皆以才自名於時。」薛氏本兩次薦人，此則以前後所薦合爲一，文雖簡而失史實之真矣。挺，原作「捷」，據兩唐書薛元超傳改。按：沈伯儀，湖州吴興人，武后時爲太子右諭德。歷國子祭酒、修文館學士，舊唐書有傳。崔融，齊州全節人。初應八科舉擢第，累補宫門丞兼直崇文館學士。歷鳳閣舍人、知制誥，除司禮少卿，拜國子司業兼修國史。有集六十卷，爲初唐著名詩人，兩唐書有傳。鄭祖玄、賀覬、鄧玄挺、顔强學四人，生平事迹不詳。

〔二〇〕「獄官」句，經，英華校：「集作連。」

〔二一〕「詔百寮」句，寮，原作「官」。按下文有「百寮莫不震懼」之呼應句，則作「官」誤，據英華、全唐文改。

〔二二〕「又上疏」句，又，英華作「後」，校：「集作又。」作「又」較勝。塞垣，要塞處所築防禦工事。後漢書鮮卑傳：「天設山河，秦築長城，漢起塞垣，所以別内外、異殊俗也。」

〔二三〕「未幾」句，漢書五行志中之上：「伯州犂曰：『子姑憂子晳之欲背誕也。』」顔師古注：「背誕者，背命放誕欲爲亂也。」

〔二四〕「在饒州」句，在，英華校：「集作牧。」

〔二五〕「在邛都」句，都，原作「笮」，據英華、四子集、全唐文改。史記孝文本紀：「群臣請處（淮南）王蜀嚴道邛都。」正義引括地志云：「邛都縣，本邛都國，漢爲縣，今嶲州也。」薛元超流放地在嶲州，亦即漢邛都縣（今四川西昌），頗具體，而邛笮則地域寬泛，故作「都」是。

〔二六〕「韋編」句，史記孔子世家：「孔子晚而喜易，……讀易，韋編三絶。」又漢書儒林傳序：「（孔子）蓋晚而好易，讀之韋編三絶，而爲之傳。」顔師古注：「編所以聯次簡也。言愛玩之甚，故編簡之韋爲之三絶也。」按：韋，皮繩，古代用以編聯書簡。三絶，多次斷裂。

〔二七〕「有醉後集」句，醉後集未見著録。舊唐書薛元超傳：「文集四十卷。」舊唐書經籍志下、新唐書藝文志、通志藝文略别集四皆著録薛元超集三十卷，醉後集三卷蓋在其中。各本皆久佚。

〔二八〕「不覺」句，漢書賈誼傳：賈誼出爲長沙王太傅。「文帝思誼，徵之。至，入見，……至夜半，文帝前席。」顔師古注：「漸促近誼，聽説其言也。」

〔二九〕「口占」句，口占，不起草而口授成文。漢書朱博傳：「閤下書佐入，博口占檄文曰……」顏師古注：「隱度其言，口授之。」百，原作「首」，英華、全唐文作「百」。作「百」是，五年當不致「數首」，據改。

〔三〇〕「一夔」句，吕氏春秋卷二二察傳：「魯哀公問於孔子曰：『樂正夔一足，信乎？』孔子曰：『昔者舜欲以樂傳教於天下，乃令重黎舉夔於草莽之中而進之，舜以爲樂正。夔於是正六律、和五聲以通八風，而天下大服。重黎又欲益求人，舜曰：「夫樂，天地之精也，得失之節也，故唯聖人爲能和，樂之本也。夔能和之，以平天下，若夔者一而足矣。」故曰夔一足，非一足也。』」後漢書曹褒傳：「昔堯作大章，一夔足矣。」此以夔喻薛元超。

〔三一〕「不亦重」句，重，英華校：「集作盛。」

若夫有官功者賜其官族〔一〕，有大行者受其大名〔二〕。公叔，列國之陪臣，猶安社稷〔三〕；黔婁，匹夫之介節，不忘仁義〔四〕。古今以爲通訓，書籍以爲美談。況乎輔佐明主〔五〕，寧濟天下，生死無二，始終若一。業高於六相〔六〕，道貫於五臣〔七〕。其生也榮，同心比於周召〔八〕；其死也哀，陪葬均於衛霍〔九〕。豈使易名之典〔一〇〕，不及於會同〔一一〕；賜謚之文，不傳於終古？門生故吏，願述德音；博士禮官〔一二〕，佇聞清議。是則鍾繇之策，降於皇魏之年〔一三〕；王導之疏，寢於中興之日〔一四〕。謹狀。

【箋　注】

〔一〕「若夫」句,尚書仲虺之誥:「德懋,懋官;功懋,懋賞。」孔穎達正義:「於德能勉力行之者,王則勸勉之以官;於功能勉力爲之者,王則勸勉之以賞。」左傳隱公八年:「官有世功,則有官族,邑亦如之。」杜預注:「謂取其舊官、舊邑之稱以爲族,皆禀之時君。」

〔二〕「有大行」句,春秋穀梁傳桓公十八年:「桓公葬而後舉謚,謚所以成德也,於卒事乎加之矣。」晉范甯集解:「謚者,行之迹,所以表德。人之終卒,事畢於葬,故於葬定稱號也。昔武王崩,周公制謚法,大行受大名,小行受小名,所以勸善而懲惡。」

〔三〕「公叔」三句,禮記檀弓下:「公叔文子卒,其子戍請謚於君,曰:『日月有時,將葬矣,請所以易其名者。』君曰:『昔者衛國凶饑,夫子爲粥與國之餓者,是不亦惠乎?昔者衛國有難,夫子以其死衛寡人,不亦貞乎?夫子聽衛國之政,修其班制,以與四鄰交,衛國之社稷不辱,不亦文乎?故謂夫子貞惠文子。』」鄭玄注:「文子,衛獻公之孫,名拔,或作發。」左傳僖公十二年:「陪臣敢辭。」杜預注:「諸侯之臣曰陪臣。」陪,原作「倍」,據英華、全唐文改。

〔四〕「黔婁」三句,列女傳卷二魯黔婁妻:「魯黔婁先生之妻也。先生死,曾子與門人往弔之。其妻出户,曾子弔之,上堂,見先生之屍在牖下,枕墼席稾,緼袍不表,覆以布被,手足不盡斂,覆頭則足見,覆足則頭見。曾子曰:『斜引其被,則斂矣。』妻曰:『斜而有餘,不如正而不足也。先生以不斜之故,能至於此。生時不邪,死而邪之,非先生意也。』曾子不能應,遂哭之曰:『嗟乎！先生之終也，何以爲謚？』其妻曰：『以康爲謚。』曾子曰：『先生在時，食不充口，衣不蓋形，死則手足不斂，旁無酒肉。生不得其美，死不得其榮，何樂於此而謚爲康乎？』其妻曰：『昔先生君嘗欲授之政，以爲國相，辭而不爲，是有餘貴也；君嘗賜之粟三十鍾，先生辭而不受，是有餘富也。彼先生者甘天下之淡味，安天下之卑位，不戚戚於貧賤，不忻忻於富貴。求仁而得仁，求義而得義，其謚曰康，不亦宜乎！』」忘，原作「志」，形訛，據英華、全唐文改。

〔五〕「況乎」句，主，英華校：「集作君。」

〔六〕「業高」句，管子五行篇：「昔者黄帝得蚩尤而明於天道，得大常而察於地利，得奢龍而辯於東方，得祝融而辯於南方，得大封而辯於西方，得后土而辯於北方。黄帝得六相而天地治，神明至。」王應麟困學紀聞卷一〇：「黄帝六相，一曰蚩尤，通鑑外紀改爲風后。」通典卷一九職官：「黄帝六相（堯有十六相）爲之輔相，不必名官。」清顧炎武日知録卷二四相，稱「三代之時，言相者皆非官名」。

〔七〕「道貫」句，論語泰伯：「舜有臣五人，而天下治。」何晏集解引孔（安國）曰：「禹、稷、契、皋陶、伯益。」

〔八〕「其生」二句，論語子張：「（夫子）其生也榮，其死也哀。」周，周公旦；召，召公奭。召，英華作「邵」，同。同心，尚書泰誓中：「予有亂臣十人，同心同德。」僞孔傳：「我治理之臣雖少，而心、德同。」陸德明音義：「十人：周公旦、召公奭、太公望、畢公、榮公、太顛、閎夭、散宜生、南宫适及文母。」

〔九〕「陪葬」句,衛,衛青;霍,霍去病。衛、霍爲武帝時大將,死後皆陪葬茂陵,見漢書衛青霍去病傳及顏師古注。此指薛元超陪葬乾陵。

〔一〇〕「豈使」句,禮記檀弓下:「公叔文子卒,其子戍請謚於君,曰:『日月有時,將葬矣,請所以易其名者。』」孔穎達正義:「所以易其名者,生存之日若呼其名,今既死將葬,故請所以誄行爲之作謚,易代其名者。」按儀禮士冠禮:「死而謚,今也,古者生無爵,死無謚。」鄭玄注:「今,謂周衰記之時也;古謂殷,殷士生不爲爵,死不爲謚。」

〔一一〕「不及」句,會同,謂親友賓客聚會。周禮夏官諸子:「大喪,正群子之服位,會同賓客,作群子從。」賈公彦釋曰:「云『大喪,正群子之服位』者,位,謂在殯宫外内哭位也。正其服者,公卿大夫之子爲王斬衰,與父同。……『會同賓客,作群子從』者,作,使也,使國子從王也。」

〔一二〕「博士」句,唐六典卷二尚書吏部:「考功郎中……謚議之法,古之通典,皆審其事,以爲不刊。」注:「諸職事官三品已上、散官二品已上身亡者,其佐吏録行狀申考功,考功責歷任勘校,下太常寺擬謚訖,覆申考功,於都堂集省内官議定,然後奏聞。」同上卷一四太常寺:「太常博士掌辨五禮之儀式,……凡王公已上擬謚,皆迹其功德而爲之褒貶。」注:「議謚,職事官三品已上、散官二品已上,佐史録行狀申考功勘校,下太常擬謚訖,申省議定奏聞。」其謚法典籍,李林甫又注曰:「舊有周官謚法、大戴禮謚法,又漢劉熙注謚法一卷,晉張靖撰謚法兩卷,又有廣謚一卷。至梁沈約總集謚法，凡有一百六十五卷。」

〔一三〕「是則」二句，鍾繇之策，指鍾繇爲追謚曹丕曾祖之議。通典卷七二天子追尊祖考妣：「（魏）文帝即王位，尚書令桓階等奏：『臣聞尊祖敬宗，古之大義。故六代之君，未嘗不追崇始祖，顯彰所出。先王應期撥亂，啓魏大業，然禰廟未有異號，非崇孝敬、示無窮之義也。』……鍾繇議：『……今若追崇帝王之號，天下素不聞其受命之符，則是武皇帝（按：即曹操）櫛風沐雨、勤勞天下爲非功也。推以人情，普天率土不襲此議，處士君（按：指曹騰之父，即曹操曾祖，其未嘗入仕，故稱）明神不安此禮。今諸博士以禮斷之，其義可從。』詔從之。」兩句謂當推之人情，以禮議謚。

〔一四〕「王導」二句，北堂書鈔卷九四謚引晉中興書曰：「中宗即位，尊號時賜，謚多由封爵，不考德行。王導上疏曰：『臣聞大行受大名，小行受小名，則實稱不誣而已。近代以來，惟爵得謚，武官牙門，有爵必謚，卿校常伯，無爵悉不賜謚，甚失制謚之本。今中興肇建，勳德兼被，宜深體前訓，使行以謚彰，豈可限以有爵？』中宗納焉。自後公卿無爵而謚，自導始也。」按：兩句謂不考德行、有爵必謚之風，自王導上疏後便消歇，意謂當以薛元超之德行議謚。

垂拱元年四月四日，故中書令、汾陰公府功曹姓名上文昌臺考功〔一〕：竊聞生爲貴臣，車服昭其令德；死而不朽，謚號光其大名。今謹按故府主中書令、汾陰公、贈秦州都督薛元超以王佐之才，逢太平之會，撫綏萬國，康濟兆人。力牧輔軒皇，未爲盡善〔二〕；皋陶佐大禹，猶有慙德〔三〕。名遂身退〔四〕，生榮死哀。羽父之請魯君，抑惟舊典〔五〕；衛侯之謚文子，庶幾前列〔六〕。謹上。

【箋　注】

〔一〕「故中書令」句，汾陰，各本誤作「汾陽」，據下文及兩唐書薛元超傳改。「姓名」，留待功曹佐吏聯署，姑闕之，故作者以「姓名」二字爲代。上，原作「謹狀」，英華校：「二字集作上。」按：上已有「謹狀」二字，且署名佐吏位卑，故以作「上」是，據改。文昌臺，舊唐書職官志一：「光宅元年（六八四）九月，改尚書省爲文昌臺。」考功郎中屬吏部，吏部爲尚書省六部之一。

〔二〕「力牧」二句，力牧，史稱爲黄帝輔臣，見本文前注。未爲盡善，論語八佾：「子謂韶盡美矣，又盡善也；謂武盡美矣，未盡善也。」何晏集解引孔（安國）曰：「韶，舜樂名。謂以聖德受禪，故盡善。武，武王樂也。以征伐取天下，故未盡善。」此襲其語，謂薛元超輔佐之功，猶在力牧之上。

〔三〕「皋陶」二句，皋陶，禹嘗命其作士（理官，見尚書舜典）。慙德，尚書仲虺之誥：「成湯放桀於南巢，惟有慙德。」僞孔傳：「有慙德，慙德不及古。」此亦襲用其語。

〔四〕「名遂」句，老子：「功成名遂身退，天之道。」

〔五〕「羽父」二句，左傳隱公二年：「無駭帥師入極。」杜預注：「無駭，魯卿。極，附庸小國。無駭不書氏，未賜族。賜族例在八年。」同上隱公四年：「羽父請以師會之。」杜預注：「羽父，公子翬。」又同上隱公八年：「無駭卒，羽父請謚與族。公問族於衆仲，衆仲對曰：『天子建德，因生以賜姓，胙之土而命之氏。諸侯以字爲謚，因以爲族。官有世功，則有官族，邑亦如之。』公命以字爲展氏。」杜預注：「諸侯之子稱公子，公子之子稱公孫，公孫之子以王父字爲氏。無駭，公子展之孫，故爲展氏。」

〔六〕「衛侯」二句，謂公叔文子卒、其子戍請謚於君事，見本文前注引禮記檀弓下。按：薛元超得謚懿文。唐會要卷八〇謚法下：「懿文，太子太保薛元超。」太子太保，當是再贈官。

左武衛將軍成安子崔獻行狀〔一〕

祖弘壽，隋獲嘉縣開國侯〔二〕。父萬善，皇朝左監門將軍〔三〕、持節隆州諸軍事、守隆州刺史〔四〕、上護軍〔五〕、成安縣開國男〔六〕，謚曰信。

【箋　注】

〔一〕左武衛將軍，武職名；成安子，爵名，詳後注。據行狀，崔獻卒於高宗調露二年（六八〇）七月，此狀上於永隆二年（六八一）正月，文當作於此時間段内。

〔二〕「祖弘壽」句，「獲」下原有「鹿」字，「嘉」下原有「樂」字。「鹿」字，據英華卷九七一、四子集、全唐文卷一九六删。英華校：「按唐世系表，弘壽，左監軍，夔嘉男。」文苑英華辨證卷三：「楊炯崔獻行狀『祖宏壽，隋獲嘉縣開國侯。……表作弘壽、左監門將軍、獲嘉男』。」則英華校引唐世系表之「夔」字，當是「獲」之誤。所謂唐世系表，指新唐書宰相世系表，該表博陵崔氏第二房載：「弘壽，左監門將軍，獲嘉侯。」則「樂」字亦衍，據删，并據此及英華改「宏」爲「弘」。元和郡縣志卷一六懷州獲嘉縣：「本漢縣也。武帝將幸緱氏，至汲縣之新中鄉，得南越相吕嘉首，因立爲獲嘉縣。」地在今河南新鄉市西。

〔三〕「皇朝」句，唐六典卷二五諸衛府：「左右監門衛，大將軍各一人，正三品。將軍各二人，從三品。……左右監門衛大將軍、將軍之職，掌諸門禁衛門籍之法。凡京司應以籍入宫殿門者，皆本司具其官爵、姓名以移牒其門，以門司送於監門，勘同，然後聽入。凡財物器用應入宫者，所由以籍傍取左監門將軍判，門司檢以入之。」

〔四〕「持節」二句，通典卷三二州牧刺史：「魏、晉爲刺史，任重者爲使持節都督，輕者爲持節。」隆州，英華校：「唐世系表：……萬善，閬州刺史。」文苑英華辨證卷三同。按新唐書宰相世系表載：「萬善，閬州刺史、成安縣男，謚曰信。」舊唐書地理志四閬州：「隋巴西郡，武德元年（六一八）改爲隆州。」又新唐書地理志：「閬州閬中郡，上。本隆州巴西郡，先天二年（七一三）避玄宗名，更州名；天寶元年（七四二）更郡名。」則唐初稱隆州，後更名閬州也。地在今四川閬中市。

〔五〕「上護軍」句，通典卷三四勳官：「隋煬帝十二衛，每衛置護軍四人，以副將軍，將軍無則一人攝。尋改護軍爲虎賁郎將。大唐采前代舊名，置上護軍、護軍。」

〔六〕「成安縣」句，元和郡縣志卷一六相州成安縣：「本漢斥丘縣地，屬魏郡。……高齊文宣帝分鄴縣置成安縣。……隋開皇三年（五八三）改屬相州，皇朝因之。」縣今屬河南邯鄲市。開國男，封爵名。通典卷三一歷代王侯封爵：「（太宗）定制皇兄弟、皇子爲王，皆封國之親王。……其次封國公，其次有郡縣開國公、侯、伯、子、男之號，亦九等，并無官土，其加實封者則食其封，分食諸郡，以租調給。」則縣開國男，乃封爵之最低等。

郡縣崔獻〔一〕，年六十七。

夫推其天命，南端上將之文〔二〕；考其地靈，北極崆峒之武〔三〕。厭次有東方曼倩，早達於孫、吴〔四〕；瑯琊有諸葛孔明，深期於管、樂〔五〕。貞觀九年，起家太穆皇后挽郎〔六〕。十六年，授營州都督府參軍事〔七〕。燕齊遼遠，所以分置營州〔八〕；天子命我，以參卿軍事〔九〕。太宗文武聖皇帝把斧鉞〔一〇〕，動琁璣〔一一〕。發四方之人，爰整其旅〔一二〕；問東夷之罪，恭行天罰〔一三〕。公自家刑國〔一四〕，資父事君〔一五〕。樂王粲之神武〔一六〕，棄班超之筆硯〔一七〕。一鼓作氣，方輕肉食之謀〔一八〕；七旬舞干，始受昌言之拜〔一九〕。二十三年，遷除王府西閤祭酒〔二〇〕。梁孝王武者，漢王之少子，廣東苑，屬平臺，則司馬相如所以騁其詞賦〔二一〕；陳思王植者，魏國之天人，遊西園，擁飛蓋，則邯鄲子叔所以爲其賓友〔二二〕。永徽六年，授晉州司士〔二三〕。龍朔三年，遷岐州司户〔二四〕。剪桐垂棘，珪璧相輝〔二五〕；紫鳳寶雞，休祥狎至〔二六〕。從乾值巽之風土〔二七〕，被山帶河之國邑〔二八〕。邦君坐嘯，方推太守之名〔二九〕；鄰國從遊，始屈陪臣之禮〔三〇〕。尋丁外憂三年。泣血一慟，能使禽獸莫觸其松柏〔三一〕；神仙每留其玉石〔三二〕。春秋忽變，有君子之終身〔三三〕；金革不辭〔三四〕，達賢人之俯就〔三五〕。麟德元年，有詔起公爲左威衛、修仁府左果毅都尉，仍命羽林軍長上〔三六〕。乘輿歷日月，步山川，詳益部之圖書，聽干雲之律吕〔三七〕。長城十角，盡入隄封〔三八〕；高闕三襲，並爲州縣〔三九〕。於是九姓抗表，請築安北府城〔四〇〕。詔公馳驛，許以便宜行事〔四一〕。則榮奉中旨，計日期還，親降鑾輿，待於故都樓上〔四二〕。雖復東西萬里，張博望之尋河〔四三〕；裝橐千金，陸大夫之使越〔四四〕，猶未聞降星蹕，迴帝車〔四五〕。擬於陶侃，扣天門之八襲〔四六〕；方於魯陽，留白日於三舍〔四七〕。若夫類上帝，徧群神，則孔宣父之所刊者五年一狩〔四八〕；登泰山，禪梁甫，則管夷吾之所識者十有二君〔四九〕。秦皇致風雨之迷〔五〇〕，漢后雜貂羊之恥〔五一〕。夫名山之所望，非我后而誰哉？是以馭蒼龍，控翠鳳〔五二〕。陰陽不測，發揮於作樂之文〔五三〕；天地無私，揖讓於升中之禮〔五四〕。公受命陪祠汶上〔五五〕，扈蹕梁陰〔五六〕。列藩衛於環星〔五七〕，受嘉名於捧日〔五八〕。與夫茂陵之下，獨留符命之書〔五九〕；河洛之間，不覩漢家之事〔六〇〕，豈同年而語也！

【箋注】

〔一〕「郡縣」句，「郡縣」下，英華有「鄉里」二字，全唐文作「某郡某縣」，皆留待填寫。兩「某」字，疑爲後人所加。崔獻，原作「崔文」。英華、全唐文作「崔獻」，英華校：「獻字，表作文。」按新唐書宰相世系表博陵崔氏第二房：「（萬善子）文憲，右武衛將軍，襲成安縣男。」又舊唐書高宗紀下：調露元年（六七九）冬十月，「單于大都護府突厥阿史德温傅及奉職二部相率反叛，立阿史那泥熟匐爲可汗，二十四州首領并叛。遣單于大都護長史蕭嗣業、將軍花大智、李景嘉等討之。與突厥戰，爲賊所敗，嗣業配流桂州。壬子，令將軍曹懷舜率兵往恒州守井陘，崔獻往絳州守龍門，以備突厥」。與行狀「調露元年，詔公龍門鎮守」語合，則崔氏名獻是，據改。作「文」、「文憲」，其故未詳，疑文憲乃崔獻之初名或字，故載於世系表，待考。

〔二〕「大推其」二句，南端，指南藩之端門。史記天官書：「南宮朱鳥，權、衡。……匡衛十二星，藩臣：西，將；東，相。」正義：「太微宮垣十星，在翼、軫地，天子之宮庭，五帝之坐，十二諸侯之府也。其外藩，九卿也。南藩中二星間爲端門，……第四星爲次將，第五星爲上將。……端門西……第二星爲上將，第三星爲次將。」文，原作「女」，據英華、四子集、全唐文改。「文」指天象，即天文。「女」蓋形訛。

〔三〕「考其」二句，太平御覽卷三六〇叙人引爾雅曰：「太平之人仁（原注：東至日所出爲太平），丹穴之人智（原注：距齊州以南戴日爲丹穴），大蒙之人信（原注：西至日所入爲大蒙），崆峒之人武。」虞裕談撰（載説郛）：「太平之人仁，東方也；丹穴之人智，南方也；太蒙之人信，西方也；崆峒之人武，北方也。此四方地氣形之不同也。」按：崆峒，史記五帝本紀：「（黄帝）西至於空桐，登雞頭。」集解引韋昭曰：「在隴右。」崆峒、空桐，同。以上四句，謂無論天文地理，「武」皆不可或闕，爲崔獻武將身份張本。

〔四〕「厭次」二句，漢書東方朔傳：「東方朔，字曼倩，平原厭次人也。……朔初來上書，曰：『臣朔……十九學孫、吴兵法，戰陣之具，鉦鼓之教，亦誦二十二萬言。』」後漢書郡國志四：「厭次，本富平，明帝更名。」同書法雄傳「攻厭次城」句李賢注：「厭次，今棣州縣是也。」按：厭次縣，秦置，西漢改爲富平縣，東漢復爲厭次縣，屬棣州。今爲惠民縣，屬山東濱州市。早，英華作「卓」，校：「集作早。」早，蓋言早年，作「卓」似誤。二句言崔獻早習兵書，其軍事修養達到孫、吴的水平。

〔五〕「瑯琊」二句，三國志蜀書諸葛亮傳：「諸葛亮，字孔明，琅邪陽都人也。……亮躬畊隴畝，好爲梁父吟。身長八尺，每自比於管仲、樂毅。」二句以崔獻擬諸葛孔明，謂其大有管仲、樂毅之志。

〔六〕「貞觀」二句，舊唐書太穆皇后傳：「高祖太穆皇后竇氏，京兆始平人，隋定州總管神武公毅之女也。……初葬壽安陵，後祔葬獻陵。上元元年（六七四）八月，改上尊號曰太穆順聖皇后。」同書太宗紀下：「（貞觀九年，六三五）冬十月庚寅，葬高祖太武皇帝於獻陵。」太穆皇后當於是時祔葬。按：太穆皇后，乃太宗生母。

〔七〕「授營州」句，營州初置於後魏，唐初爲營州遼西郡，治所在今遼寧朝陽市。詳前李懷州墓誌銘注。

〔八〕「燕齊」二句，水經河水注：「漢武帝元光二年（前一三三），河又徙東郡，更注渤海。是以漢司空掾王璜言曰：『往者天嘗連雨，東北風，海水溢西南，出侵數百里。故張君云：碣石在海中，蓋淪於海水也。昔燕齊遼曠，分置營州。今城届海濱，海水北侵，城垂淪者半。』王璜之言，信而有徵，碣石入海，非無證矣。」

〔九〕「天子」二句，用孫楚參石包軍事事，見晉書孫楚傳，前已屢注。

〔一〇〕「太宗」句，漢書刑法志：「聖人因天秩而制五禮，因天討而作五刑。大刑用甲兵，其次用斧鉞。」用斧鉞，注引韋昭曰：「斬刑也。」後以斧鉞代指專殺之權。斧，英華、四子集作「金」，誤。

〔一一〕「動琁璣」句，琁璣，即璇機玉衡，古代天文儀器，王者用以觀天文，考曆運。故動琁璣代指運用皇權。

〔一二〕「爰整」句，詩經大雅皇矣：「王赫斯怒，爰整其旅。」毛傳：「旅，師。」鄭玄箋：「五百人爲旅。」此泛指軍隊。

〔一三〕「問東夷」二句，東夷，指高麗。恭行天罰，謹代上天懲罰。尚書泰誓下：「爾其孜孜，奉予一人，恭行天罰。」按：所述當指貞觀十八年（六四四）冬至次年太宗親伐高麗事。舊唐書太宗紀下：「貞觀十八年十一月壬寅，『車駕至洛陽宫。庚子，命太子詹事、英國公李勣爲遼東道行軍總管，出柳城，禮部尚書、江夏郡王道宗副之；刑部尚書、鄖國公張亮爲平壤道行軍總管，以舟師出萊州，左領軍常何、瀘州都督左難當副之，發天下甲士，召募十萬，并趣平壤，以伐高麗。十九年春二月庚戌，上親統六軍發洛陽。……夏四月癸卯，誓師於幽州城南，因大饗六軍以遣之。……五月丁丑，車駕渡遼。……十一月辛未，幸幽州。癸酉，大饗，還師」。

〔一四〕「公自家」句，詩經大雅思齊：「刑于寡妻，至于兄弟，以御于家邦。」毛傳：「刑，法也。寡妻，適妻也。」鄭玄箋：「御，治也。」

〔一五〕「資父」句，孝經士章：「資於事父以事母而愛同，資於事父以事君而敬同。故母取其愛，而君取其敬，兼之者父也。故以孝事君則忠，以敬事長則順，忠順不失，以事其上，然後能保其禄位，而守其祭祀。」李隆基（唐明皇）注：「資，取也。言愛父與母同，敬父與君同。……移事父孝以事於君，則爲忠矣。」

〔一六〕「樂王粲」句，文選王粲從軍詩五首其一：「從軍有苦樂，但問所從誰。所從神且武，焉得久勞師。」吕向注：「謂曹公（操）神武，必不勞師旅也。」此謂跟隨神武之主出征，其樂同於王粲。

〔一七〕「棄班超」句，後漢書班超傳：「家貧，常爲官傭書以供養，久勞苦。嘗輟業投筆歎曰：『大丈夫無他志略，猶當效傅介子、張騫立功異域，以取封侯，安能久事筆研間乎？』」

〔一八〕「一鼓」三句，左傳莊公十年：「春，齊師伐我（按：指魯國）。公（魯莊公）將戰，曹劌請見。其鄉人曰：『肉食者謀之，又何間焉。』劌曰：『肉食者鄙，未能遠謀。』乃入見。……公與之乘，戰於長勺。公將鼓之，劌曰：『未可。』齊人三鼓，劌曰：『可矣。』齊師敗績，公將馳之，劌曰：『未可。』下視其轍，登軾而望之，曰：『可矣。』遂逐齊師。既克，公問其故，對曰：『夫戰，勇氣也。一鼓作氣，再而衰，三而竭，彼竭我盈，故克之。』」

〔一九〕「七旬」二句，尚書大禹謨：「禹拜昌言曰：『俞！』班師振旅。帝乃誕敷文德，舞干羽於兩階。七旬，有苗格。」僞孔傳：「昌，當也。以益言爲當，故拜受而然之，遂還師。兵入曰振旅，言整衆。遠人不服，大布文德以來之。干，楯；羽，翳也，皆舞者所執。修闡文教，舞文舞於賓主階間，抑武事。討而不服，不討自來，明御之者必有道。」

〔二〇〕「遷除」句，唐六典卷二九親王府：「東閤祭酒、西閤祭酒各一人，從七品上。……祭酒，掌接對賢良，導引賓客。」

〔二一〕「梁孝王」五句，「孝」字原無，據四子集、全唐文補。史記梁孝王世家：「梁孝王武者，孝文皇帝子也，而與孝景帝同母，母竇太后也。……賞賜不可勝道。於是孝王築東苑，方三百餘里，廣睢陽城七十里，大治宮室，爲複道，自宮連屬於平臺三十餘里。……招延四方豪傑，自山以東，遊説之士莫不畢至。」同書司馬相如列傳上：「景帝不好辭賦，是時梁孝王來朝，從遊説之士齊人鄒陽、淮陰枚乘、吴嚴忌夫子之徒，相如見而説之。因病免，客游梁，得與諸侯遊士居。數歲，乃著子虛之賦。」

〔二二〕「陳思王」五句，三國志魏書陳思王植傳：「陳思王植，字子建。年十歲餘，誦讀詩論及辭賦數十萬言，善屬文。」曹植公讌詩：「公子敬愛客，終宴不知疲。清夜遊西園，飛蓋相追隨。」又三國志魏書王粲傳裴松之注引魏略曰：「（邯鄲）淳，一名竺，字子叔，博學有才章。……臨菑侯（曹）植亦求淳，太祖遣淳詣植。植初得淳，甚喜，延入坐，……與淳評説混元造化之端，品物區別之意，然後論羲皇以來賢聖、名臣、烈士優劣之差次，頌古今文章賦誄及當官政事宜所先後，又論用武、行兵、倚伏之勢。……及暮淳歸，對其所知歎植之材，謂之天人。」子叔，「叔」原作「淑」，各本同，據所引改。按：崔獻因除王府祭酒，故以上擬之於司馬相如、邯鄲淳。

〔二三〕「授晉州」句，元和郡縣志卷一二晉州：「即堯舜禹所都平陽也。……今州即漢河東郡之平陽縣也。……後魏太武帝於此置東雍州，孝明帝改爲唐州，尋又改爲晉州，因晉國以爲名也。……義旗初建，改爲平陽郡。武德元年（六一八）罷郡置晉州。」地在今山西臨汾。司士，即司士參軍。唐六典卷三〇：上州「司士參軍事一人，從七品下。……司士參軍，掌津梁、舟車、舍宅、百工、衆藝之事」。

〔二四〕「遷岐州」句，岐州，爲四輔之一，唐肅宗乾元元年（七五八）改爲鳳翔府。地在今陝西寶雞市，本書前已注。司户，即司户參軍。唐六典卷三〇：「司户參軍事二人，從七品下。」「司户參軍掌户籍、計帳、道路、逆旅、田疇、六畜、過所、蠲符之事，而剖斷人之訴競。」

〔二五〕「剪桐」二句，史記晉世家：「成王與叔虞戲，削桐葉爲珪，以與叔虞，曰：『以此封若。』史佚因請擇日立叔虞。成王曰：『吾與之戲爾。』史佚曰：『天子無戲言，言則史書之，禮成之，樂歌之。』於是遂封叔虞於唐。唐在河汾之東，方百里，故曰唐叔虞，姓姬氏，字子於。唐叔子燮，是爲晉侯。」垂棘，地名，代指晉。左傳僖公二年：「晉荀息請以屈産之乘與垂棘之璧，假道於虞，以伐虢。」杜預注：「荀息，荀叔也。屈地生良馬，垂棘出美玉，故以爲名。四馬曰乘。自晉適虢，途出於虞，故假道。」按：此皆言晉州事。

〔二六〕「紫鳳」二句，紫鳳，鳳之美稱。列仙傳卷上簫史：「簫史者，秦穆公時人也。善吹簫，能致孔雀、白鶴於庭。穆公有女字弄玉，好之，公遂以女妻焉。日教弄玉作鳳鳴，居數年，吹似鳳聲，鳳凰來止其屋。公爲作鳳臺，夫婦止其上不下。數年，一旦皆隨鳳凰飛去。」史記封禪書：「作鄜畤後九年，文公獲若石云，於陳倉北坂城祠之。其神或歲不至，或歲數來。來也常以夜，光輝若流星，從東南來集於祠城，則若雄雞，其聲殷云，野雞夜雊。以一牢祠，命曰陳寶。」陳倉，縣名，地在今陝西寶雞市金臺區。休祥，美瑞之兆；狎，迭，不斷。按：此皆言岐州（即鳳翔）事。

〔二七〕「從乾」句，乾指晉州，謂其垂棘之地出璧；巽指岐州，謂其地有寶雞。周易説卦：「乾爲天，爲圜，爲君，爲父，爲玉。」晉傳咸玉賦：「易稱乾爲玉。玉之美，與天合德。」初學記卷三〇雞引易林曰：「巽爲雞。」

〔二八〕「被山」句，史記秦始皇本紀：「秦地被山帶河以爲固，四塞之國也。自繆公以來，至於秦王，二十餘君，常爲諸侯雄，豈世世賢哉？其勢居然也。」此以岐州代指秦。

〔二九〕「邦君」二句，後漢書黨錮列傳：「汝南太守宗資任功曹范滂，南陽太守成瑨亦委功曹岑晊，二郡又爲謡曰：『汝南太守范孟博（按：范滂字），南陽宗資主畫諾。南陽太守岑公孝（按：岑晊字），弘農成瑨但坐嘯。』」

〔三〇〕「鄰國」句，鄰國，指梁國；從遊、陪臣，指鄒陽、枚乘之徒，其爲諸侯國梁孝王之臣，故稱陪臣。此指司馬相如，其爲景帝臣而客游梁，與鄒、枚等居，故稱「屈」，詳見本文上注。句以司馬相如爲喻，言崔獻爲王府祭酒而遊宦州郡，地位高於陪臣。

〔三一〕「能使」句，晉書許孜傳：「許孜，字季義，東陽吴寧人也。……二親没，柴毁骨立，杖而能起，建墓於縣之東山，……每一悲號，鳥獸翔集。……乃棄其妻，鎮宿墓所，列植松柏，亘五六里。時有鹿犯其松栽，孜悲歎曰：『鹿獨不念我乎？』明日，忽見鹿爲猛獸所殺，置於所犯栽下。孜悵惋不已，乃爲作冢，埋於隧側，猛獸即於孜前自撲而死。孜益歎息，又取埋之。自後樹木滋茂，而無犯者。」

〔三二〕「神仙」句，搜神記卷一一：「楊公伯雍，雒陽縣人也。本以儈賣爲業，性篤孝。父母亡，葬無終山，遂家焉。山高八十里，上無水，公汲水作義漿於坂頭，行者皆飲之。三年，有一人就飲，以一斗石子與之，使至高平好地有石處種之，云：『玉當生其中。』……語畢不見。乃種其石。數歲，時時往視，見玉子生石上，人莫知也。」

〔三三〕「春秋」二句，變春秋，謂改歲。禮記祭義：「君子生則敬養，死則敬享，思終身弗辱也。君子有終身之喪，忌日之謂也。忌日不用，非不祥也，言夫日志有所至，而不敢盡其私也。」兩句謂喪期有限，而哀思則終身無窮。

〔三四〕「金革」句，禮記曾子問：「子夏問曰：『三年之喪卒哭，金革之事無辟也者，禮與？初有司與？』孔子曰：『夏后氏三年之喪，既殯而致事；殷人既葬而致事。記曰：君子不奪人之親，亦不可奪親也，此之謂乎！』子夏曰：『金革之事無辟也者，非與？』孔子曰：『吾聞諸老聃曰：昔者魯公伯禽有爲爲之也。』」鄭玄注：「致事，還其職位於君。」又注：「伯禽，周公子，封於魯。有徐戎作難，喪卒哭而征之，急王事也。征之，作費誓。」按：金革之事，金謂兵器，革謂甲胄，代指戰爭。不辭，即不辟（避）。此段文字，孔穎達正義有詳解，可參讀，文多不録。意謂解職守喪三年，雖有喪禮之明文規定，但若遇國家發生戰爭這類急事，也有不遵禮制之例。

〔三五〕「達賢人」句，禮記檀弓上：「子思曰：先王之制禮也，過之者俯而就之，不至焉者跂而及之。故君子之執親之喪也，水漿不入於口者三日，杖而後能起。」孔穎達正義：「此一節論曾子疾時居喪不能以禮，子思以正禮抑之之事。曾子謂子思伋誇己居親之喪，能行於禮，故云吾水漿不入於口七日，意疾時人行禮不如己也。故子思以正禮抑之云：古昔先代聖王制其禮法，使後人依而行之，故賢者俯而就之，不肖者跂而及之。以水漿不入於口三日，尚以杖扶病若曾子之言，即後難爲繼也。」以上兩句，謂喪禮雖有金革不避之例，而崔獻守喪仍過禮俯就，已達賢人標準。

〔三六〕「有詔」三句，唐六典卷五尚書吏部：「郎中一人，掌考武官之勳禄品命，以二十有九階：……左右威衛，曰羽林。」同上卷二四諸衛：「左右威衛，大將軍各一人，正三品；將軍各二人，從三品。左右威衛大將軍、將軍之職掌，如左右衛，其異者，大朝會則率其屬被黑質鍪、甲、鎧，執黑弓箭、……爲左右廂之儀仗，次立武衛之下。」不詳崔獻爲左威衛大將軍，抑或將軍。修仁府，折衝府名，所在不詳，據下文「詳益部」句，疑在蜀中。果毅都尉，唐六典卷二五諸衛府：「諸衛折衝都尉府，每府折衝都尉一人，左果毅都尉一人，右果毅都尉一人。」羽林軍，京師禁軍。同上書：「左右羽林軍衛，大將軍各一人，正三品。」注：「皇朝名武衛所領兵爲羽林。又別置左右屯營，各有大將軍、將軍等員。龍朔二年（六六二）改爲左右羽林軍，其名則歷代之羽林也。」長上，武官名。資治通鑑卷一一〇晉隆安二年胡三省注：「凡衛兵皆更番迭上，長上者，不番代也。」

〔三七〕「聽干雲」句，律指陽律，吕指陰律，統稱樂律。初學記卷一引東方朔十洲記：「天漢三年（前九八），月氏國獻神香，使者曰：『國有常占，東風入律，百旬不休，青雲干吕，連月不散。意中國將有妙道君，故搜奇異而貢神香。』」句謂時值太平盛世，蜀中清静。

〔三八〕「長城」二句，十角，唐會要卷九九吐火羅國：「在葱嶺之西數百里，……國近吐蕃。多男子，少婦人，故兄弟通室，婦人五夫則首戴五角，十夫則首戴十角。」唐代又稱突厥爲十角。唐大詔令集卷一二九册突厥李思摩爲可汗文：「於戲！突厥部衆，代居沙漠。……三部種類，十角酋渠，咸襲冠帶，俱爲臣妾。」此泛指少數民族。隄封，漢書匡衡傳：「提封三千一百頃。」顔師古注：「提封，舉其封界内之總數。」此指國家疆界。隄、提通。

〔三九〕「高闕」二句，漢書衛青傳：「明年，青復出雲中，西至高闕。」顔師古注：「高闕，山名也。一曰塞名也，在朔方之北。」此當指山。三襲，爾雅釋山：「山三襲。」郭璞注：「襲亦重。」按：以上四句，言國家統一，各民族和睦。

〔四〇〕「於是」二句，九姓，指回紇部落。舊唐書回紇傳：「回紇，其先匈奴之裔也，在後魏時號鐵勒部落。……本九姓部落，一曰藥羅葛，即可汗之姓；二曰胡咄葛；三曰啒羅勿；四曰貊歌息訖；五曰阿勿嘀；六曰葛薩；七曰斛嗢素；八曰藥勿葛；九曰奚耶勿。」抗表，上表。安北府，即安北都護府。舊唐書高宗紀上：龍朔三年（六六三）春正月，「改燕然都護府爲瀚海都護府，瀚海都護府爲雲中都護府」。同書高宗紀下：乾封二年（六六七）秋八月甲戌，「改瀚海都護府爲安北都護府」。則所謂安北府，即原燕然都護府，治磧北（漠北）回紇部落，地在蒙古高原大沙漠以北。

〔四一〕「許以」句，便宜，謂見機自主行事。史記蕭相國世家：「不及奏上，輒以便宜施行，上來以聞。」

宋趙昇朝野類要卷四便宜：「主將之從權行事也，謂之便宜黜陟。」

〔四二〕「待於」句，故都，指太原（并州），乃唐之發祥地，故稱。然考兩唐書，高宗幸并州（太原）在顯慶五年（六六〇）初，其後再無其行，而顯慶時尚無安北都護府。疑崔獻奉旨所至，即瀚海都護府，楊炯作此行狀時，改用更名已久之安北府也。據行狀所述年代次序，崔獻奉詔到安北府排在高宗封禪泰山之前，時間亦合。

〔四三〕「雖復」二句，漢書張騫傳：「騫以校尉從大將軍（李廣利）擊匈奴，知水草處，軍得以不乏，乃封騫爲博望侯。」其後，「漢使窮河源，其山多玉石」。

〔四四〕「裝橐」二句，橐，袋子。陸大夫，指陸賈。史記陸賈傳：「陸賈者，楚人也。以客從高祖定天下，名爲有口辯士，居左右，常使諸侯。」高祖時使南越，「陸生橐中裝直千金，（尉）他送亦千金，陸生卒拜尉他爲南越王，令稱臣奉漢約。歸報，高祖大悦，拜賈爲太中大夫」。文帝時再使越，使南越王趙佗臣服漢室。

〔四五〕「猶未聞」二句，蹕，車駕。星蹕，星宿之斗，爲帝車。史記天官書：「斗爲帝車，運於中央，臨制四鄉。」索隱引宋均曰：「言是大帝乘車巡狩，故無所不紀也。」降、回，謂皇帝留待其歸來，禮遇遠過張騫、陸賈。

〔四六〕「擬於」二句，晉書陶侃傳：「或云侃少時，……夢生八翼，飛而上天，見天門九重，已登其八，唯一門不得入。閽者以杖擊之，因墜地，折其左翼。及寤，左腋猶痛。又嘗如廁，見一人朱衣介幘，斂板曰：『以君長者，故來相報：君後當爲公，位至八州都督。』」

〔四七〕「方於」二句，淮南子覽冥訓：「魯陽公與韓搆難，戰酣，日暮，援戈而撝之，日爲之反三舍。」

〔四八〕「若夫」三句，類，祭名。詩經大雅皇矣：「是類是禡，是致是附，四方以無侮。」毛傳：「於内曰類，於野曰禡。」上帝，天帝也。偏，原作「徧」，英華作「偏」，據四庫全書本、全唐文改。群神，百辟卿士、山川河瀆之神。孔宣父所刊，此指禮記，古人以爲曾經孔子之手。按禮記王制曰：「天子五年一巡守。」鄭玄注：「天子以海内爲家，時一巡省之。五年者，虞夏之制也，周則十二歲一巡守。」

〔四九〕「登泰山」三句，管仲，字夷吾。所著管子封禪篇曰：「古者封泰山、禪梁父者七十二家，而夷吾所記者十有二焉。昔無懷氏封泰山，禪云云，虙羲封泰山，禪云云，神農封泰山，禪云云，炎帝封泰山，禪云云，黄帝封泰山，禪亭亭，顓頊封泰山，禪云云，帝嚳封泰山，禪云云，堯封泰山，禪云云，舜封泰山，禪云云，禹封泰山，禪會稽，湯封泰山，禪云云，周成王封泰山，禪社首。皆受命然後得封禪。」房玄齡注：「云云山，在梁父東。」又曰：社首，「山名，在博縣，或云在鉅平南十三里」。

〔五〇〕「秦皇」句，史記秦始皇本紀：「二十八年（前二一九），始皇東行，……乃遂上泰山，立石封祠祀。下，風雨暴至，休於樹下，因封其樹爲五大夫。」

〔五一〕「漢后」句，漢，原作「魏」；雜，原作「積」，各本同。東觀漢記世祖光武皇帝：「（建武）三十年

（五四），有司奏封禪，詔曰：『災異連仍，日月薄食，百姓怨嘆，而欲有事於太山，污七十二代編録，以羊皮雜貂裘，何强顔耶？』」則「魏」當是「漢」之誤（漢后指東漢光武帝）；積，當是「雜」之誤，據所引改。

〔五二〕「是以」二句，文選張衡東京賦：「乘鑾輅而駕蒼龍。」李善注：「禮記曰：『孟春之月，乘鑾輅，駕蒼龍。』……馬八尺爲龍。」翠鳳，「翠」原作「玉」，英華校：「集作翠。」四子集作「翠」。漢書揚雄傳上載甘泉賦：「迺撫翠鳳之駕。」顔師古注：「翠鳳之駕，天子乘車爲鳳形，而飾以翠羽也。」則作「翠」是，據改。

〔五三〕「陰陽」二句，周易繫辭上：「陰陽不測之謂神。」韓康伯注：「神也者，變化之極，妙萬物而爲言。不可以形詰者也，故曰陰陽不測。」周禮春官大司樂：「凡樂，……冬日至，於地上之圜丘奏之，若樂六變，則天神皆降，可得而禮矣。」賈公彦疏：「凡祭祀，皆先作樂下神，乃薦獻；薦獻訖，乃合樂也。」此指封禪祭天時奏樂。禮記樂記：「屈伸俯仰，綴兆舒疾，樂之文也。」

〔五四〕「天地」二句，禮記孔子閒居：「子夏曰：『敢問何謂三無私？』孔子曰：『天無私覆，地無私載，日月無私照。奉斯三者，以勞天下，此之謂三無私。』」此言天地無私，有德者方可封禪。禮記樂記：「樂至不無怨，禮至則不争，揖讓而治天下者，禮樂之謂也。」同書禮器：「因名山升中於天。」鄭玄注：「名，猶大也。升，上也。中，猶成也。謂巡守至於方嶽，燔柴祭天，告以諸侯之成功也。」

〔五五〕「公受」句，命，原無，據四子集、全唐文補。四庫全書本「受」作「乃」，無「命」字。陪祠，陪祭（實爲藩衛，見下文）。汶上，史記孝武本紀：「初，天子封泰山，泰山東北阯古時有明堂處，處險不敞。……於是上令奉高作明堂汶上。」漢書郊祀志上述此事，顔師古注「汶上」曰：「汶，水名也，出琅邪朱虚，作明堂於汶水之上也。」此以汶上代指泰山，言崔獻陪高宗封禪。

〔五六〕「扈蹕」句，扈，侍從；蹕，帝王行幸之車駕。梁陰，梁甫（亦作「父」）之南。白虎通義卷下封禪：「梁甫者，泰山旁山名，三王禪於梁甫之山。」此與上句「汶上」互文，泛指泰山地區。

〔五七〕「列藩衛」句，謂護衛封禪之禮，有如天星環列。史記天官書：「衡，太微，三光之廷。匡衛十二星，藩臣。」索隱引春秋合誠圖：「太微主法式，陳星十二，以備武患也。」天官書又曰：「廷藩西有隋星五，曰少微，士大夫。」正義：「廷，太微廷；藩，衛也。」

〔五八〕「受嘉名」句，捧日，當爲封禪時儀仗隊名目。文獻闕載，由後世之制可覘一斑。舊唐書昭宗紀：「其殿後捧日、扈蹕等軍人，皆坊市無賴之徒，不堪侍衛。」則唐末禁軍有「捧日」之名。宋太祖開寶時，每大祀，大禮儀仗有所謂「捧日、奉宸隊」，見宋史儀衛志二。

〔五九〕「與夫」二句，史記司馬相如列傳：「相如既病免，家居茂陵。天子曰：『司馬相如病甚，可往從悉取其書，若不然，後失之矣。』使所忠往，而相如已死，家無書，問其妻，對曰：『……長卿未死時爲一卷書，曰有使者來求書奏之，無他書。』其遺札書言封禪事，奏所忠，忠奏其書，天子異之。」其遺札書言封禪事，稱「符瑞臻兹」云云。於是大司馬請封禪，武帝「乃遷思回慮，總公卿之議,詢封禪之事」。

〔六〇〕「河洛」二句,史記封禪書:「昔三代之君,皆在河洛之間。」正義:「世本云:『夏禹都陽城,避商均也。又都平陽,或在安邑,或在晉陽。』帝王世紀云:『殷湯都亳,在梁,又都偃師,至盤庚徙河北,又徙偃師也。周文、武都酆、鄗,至平王徙都河南。』按三代之居皆在河洛之間也。」漢家之事,唐代作家多以漢代唐,此所謂「漢家之事」,實指高宗封禪大典。按:以上四句,言崔獻親預高宗封禪,較之司馬相如徒有其書,甚至三代之君,皆不可同年而語。

朝鮮舊壤,歌箕子之風謡〔一〕;斗骨危城,屬阿孫之背誕〔二〕。地惟孤竹,不聞謙讓之名〔三〕;親則同株,曾無急難之意〔四〕。特進泉男生〔五〕,以蕭牆構孽〔六〕,蔓草方滋〔七〕,欲去危而就安,思轉禍而爲福,請歸有道,使者相望〔八〕。天皇愍一物之推溝〔九〕,詔公於國城内迎接,先之以造化之大,示之以雷霆之威。受其璧,焚其櫬〔一〇〕,更徵侍子〔一一〕,來朝京闕。亦猶酈生憑軾,入齊國而下其城〔一二〕;賈誼上書,伏匈奴而笞其背〔一三〕。乾封元年〔一四〕,詔遷遊騎將軍、左威衛、義陽府折衝都尉〔一五〕,仍加上柱國,右羽林軍長上如故。是歲也,太子太師英國公登壇而拜〔一六〕,鑿門而出〔一七〕。紫泥明詔,不入於三軍之中〔一八〕;黄石奇兵,自行於九天之外〔一九〕。山林爲室,不能有藩籬之險〔二〇〕;魚鼉成橋,不能有逃亡之路〔二一〕。詔公出使，預參帷幄，進奇策，納嘉謀。攘無臂而執無兵〔二二〕，戰必勝而攻必取。斬大風之翼，霧卷青丘〔二三〕；卧長鯨之鱗〔二四〕，煙銷碧海。二年，以平夷功，詔除定遠將軍、右武衛中郎將〔二五〕、檢校左羽林軍。總章二年，詔遷宣威將軍、守左武衛將軍〔二六〕。襲封成安男。咸亨二年，進爵爲子，尋奉别敕檢校右羽林軍，餘如故。

【箋注】

〔一〕「朝鮮」二句，謂朝鮮乃周之舊地，素有箕子教化之風。後漢書東夷列傳：「濊北與高句驪、沃沮，南與辰、韓接，東窮大海，西至樂浪。濊及沃沮、句驪，本皆朝鮮之地也。昔武王封箕子於朝鮮，箕子教以禮義田蠶，又制八條之教，其人終不相盜，無門户之閉，婦人貞信，飲食以籩豆。」歌，英華校：「集作歇。」形訛。

〔二〕「斗骨」二句，阿，原作「烏」，按事與烏孫無涉，當誤，據英華、四子集改。阿孫，指朱蒙，謂其爲夫餘後代。背誕，背命放誕爲亂，指朱蒙被夫餘人所逐，逃至紇斗骨城，建立高句麗。周書異域傳高麗：「高麗者，其先出於夫餘。自言始祖曰朱蒙，河伯女感日影所孕也。朱蒙長而有材略，夫餘人惡而逐之。土於紇斗骨城，自號曰高句麗，仍以高爲氏。」

〔三〕「地惟」二句，史記周本紀：「伯夷、叔齊在孤竹。」集解引應劭曰：「在遼西令支。」正義引括地志云：「孤竹故城，在平州盧龍縣南十二里，殷時諸侯孤竹國也，姓墨氏也。」按：令支故城，在今河北遷安縣東。盧龍縣，在今河北東北部。謙讓，史記伯夷列傳：「伯夷、叔齊，孤竹君之二子也。父欲立叔齊，及父卒，叔齊讓伯夷，伯夷曰：『父命也。』遂逃去。叔齊亦不肯立而逃之。」

〔四〕「親則」二句，同株，謂兄弟如常棣，本同根一株之木。詩經小雅常棣：「常棣之華，鄂不韡韡。凡今之人，莫如兄弟。」毛傳：「常棣，棣也。鄂猶鄂鄂然，言外發也。韡韡，光明也。」萼、鄂通。常棣又曰：「脊令在原，兄弟急難。」毛傳：「脊令，雝渠也，飛則鳴，行則摇，不能自舍耳。急難，言兄弟之相救于急難。」據下文，兩句言泉男生兄弟間毫無手足情誼。

〔五〕「特進」句，新唐書諸夷蕃將傳泉男生傳：「泉男生，字元德，高麗蓋蘇文子也。九歲以父任爲先人，遷中裏小兄，猶唐謁者也。又爲中裏大兄，知國政，凡辭令皆男生主之。進中裏位鎮大兄。久之，爲莫離支兼三軍大將軍，加大莫離支，出按諸部。而弟男建、男産知國事。或曰男生惡君等逼己，將除之，建、産未之信。又有謂男生將不納君，男生遣諜往，男建捕得，即矯高藏命召男生，懼不敢入。男建殺其子獻忠。男生走保國内城，率其衆與契丹靺鞨兵内附，遣子獻誠訴諸朝。高宗拜獻誠右武衛將軍，賜乘輿、馬、瑞錦、寶刀，使還報，詔契苾何力率兵援之，男生乃免。授平壤道行軍大總管，兼持節安撫大使，舉哥勿、南蘇、倉巖等城以降。帝又命西臺舍人李虔繹就軍慰勞，賜袍帶、金扣七事。明年，召入朝，……遷遼東大都督、玄菟郡公，賜第京師。」舊唐書高宗紀下：乾封元年（六六六）六月壬寅，「高麗莫離支蓋蘇文死。其子男生繼其父位，爲其弟男建所逐，使其子獻誠詣闕請降。詔左驍衛大將軍契苾何力率兵以應接之」。特進，唐六典卷二尚書吏部：「正二品曰特進。」按：授泉男生特進事，史失載。

〔六〕「以蕭牆」句，論語季氏：「吾恐季孫之憂，不在顓臾，而在蕭牆之内也。」何晏集解引鄭（玄）曰：「蕭之言肅也，牆謂屏也。君臣相見之禮，至屏而加肅敬焉，是以謂之蕭牆。」韓非子用人：「夫人主……不謹蕭牆之患，而固金城於遠境，……禍莫大於此。」後以蕭牆之患指内部危機。構孽，造孽，指兄弟相互殘殺，事見上注。

〔七〕「蔓草」句，詩經鄭風野有蔓草：「野有蔓草，零露漙兮。」毛傳：「野，四郊之外。蔓，延也。漙，漙然盛多也。」鄭玄箋：「零，落也。蔓草而有露，謂仲春之時草始生，霜爲露也。」此以蔓草喻憂患。

〔八〕「請歸」二句，有道，謂有道之君，指唐高宗。使者，英華作「所向」，校：「集作使者。」「所向」當誤。

〔九〕「天皇」句，天皇，即唐高宗，前已注。慗，同「愍」，悲痛。溝，原作「講」，據英華、四子集、全唐文改。鹽鐵論刺權：「文學曰：禹、稷自布衣，思天下有不得其所者，若己推而納之溝中，故起而佐堯平治水土，教民稼穡。其自任天下如此其重也，豈云食禄以養其妻子而已乎！」

〔一〇〕「受其」二句，左傳僖公六年：「冬，蔡穆侯將許僖公以見楚子於武城。許男面縛，銜璧，大夫衰絰，士輿櫬。楚子問諸逢伯，對曰：『昔武王克殷，微子啓如是。武王親釋其縛，受其璧而祓之。』楚子從之。」杜預注：「以璧爲質，手縛，故銜之。櫬，棺也。」孔穎達疏：「焚其櫬，禮而命之，使復其所。楚子從之。」此謂允其投誠。

〔一一〕「更徵」句，侍子，古代諸侯或屬國國王遣子入侍皇帝，稱侍子，實即人質。漢書陳湯傳：「先是，宣帝時，匈奴乖亂，五單于争立。呼韓邪單于與郅支單于俱遣子入侍，漢兩受之。……初元四年（前四五），（郅支單于）遣使奉獻，因求侍子，願爲内附。」此當指男生子獻誠。

〔一二〕「亦猶」二句，史記酈食其列傳：「酈生食其者，陳留高陽人。」見漢王劉邦，「請得奉明詔，説齊王使爲漢，而稱東藩。上曰善，迺從其畫。……酈生説齊王曰：『……天下後服者先亡矣。王疾先下漢王，齊國社稷可得而保也；不下漢王，危亡可立而待也。』田廣（即齊王）以爲然，迺聽酈生，罷歷下兵守戰備，與酈生日縱酒。淮陰侯（韓信）聞酈生伏軾下齊七十餘城，迺夜度兵平原，襲齊」。憑軾，軾爲車箱前横木，供乘者憑、扶。憑軾下城，言其下城之易也。

〔一三〕「賈誼」二句，賈誼新書卷三解縣：「陛下肯幸聽臣之計，請陛下舉中國之禍而徙之匈奴，中國乘其歲而富彊，匈奴伏其辜而殘亡。係單于之頸而制其命，伏中行説而笞其背，舉匈奴之衆唯上之令。」

〔一四〕「乾封」句，封，原作「元」，唐無「乾元」年號，據全唐文改。乾封元年，爲公元六六六年，是年六月泉男生請内附。

〔一五〕「詔遷」數句，唐六典卷五尚書兵部：「從五品上曰遊騎將軍。」左威衛大將軍、將軍，本文上已注。義陽府，唐府兵之折衝府名，在長安。宋宋敏求長安志卷八「朱雀街東第四街，即皇城之東第二街，街東從北第一長樂坊」，次南大寧坊，次南勝業坊，次南東市，次南安邑坊，「次南宣平坊，西南隅法雲尼寺，……寺東義陽府（原注：貞觀中置）」。唐六典卷二五諸衛府：「每府折衝都尉一人。」注：「上府正四品上，中府從四品上，下府正五品下。」

〔一六〕「是歲」二句，指李勣伐高麗事。舊唐書高宗紀下：乾封元年（六六六）冬十月己酉，「命司空、英國公（李）勣爲遼東道行軍大總管，以伐高麗」。登壇，謂拜李勣爲將（行軍大總管）。而，英華作「以」，校：「集作而。」

〔一七〕「鑿門」句，淮南子兵略訓：「將已受斧鉞，……乃爪鬋，設明衣也，鑿凶門而出，乘將軍車，載旌旗斧鉞，累若不勝，其臨敵決戰，不顧必死，無有二心。」高誘注：「鬋爪，送終之禮，去手足爪。明衣，喪衣也，在於暗冥，故言明。凶門，北出門也。將軍之出，以喪禮處之，以其必死也。」

〔一八〕「紫泥」二句，紫泥，色紫而粘之泥，古代用以封詔誥，本書前已注。漢書周勃傳附周亞夫傳：「亞夫爲將軍，軍細柳以備胡。上自勞軍，……之細柳軍，軍士吏被甲鋭兵刃，彀弓弩持滿。天子先驅至，不得入。先驅曰：『天子且至軍門。』都尉曰：『軍中聞將軍之令，不聞天子之詔。』有頃上至，又不得入，於是上使使持節詔將軍，曰：『吾欲勞軍。』亞夫迺傳言開壁門，……成禮而去。既出軍門，群臣皆驚，文帝曰：『嗟乎！此真將軍矣。』」謂治軍極嚴。

〔一九〕「黄石」二句，黄石，即傳説中下邳神人黄石公，史記留侯世家稱其以一編書授張良。奇兵，謂用黃石公兵法所統之兵。九天之外，猶言九天之上。孫子軍形第四：「善守者藏於九地之下，善攻者動於九天之上，故能自保而全勝也。」後漢書皇甫嵩傳李賢注引孫子，又引玄女三宮戰法曰：「行兵之道，天地之寶，九天九地，各有表裏。九天之上，六甲子也；九地之下，六癸酉也。子能順之，萬全可保。」

〔二〇〕「山林」二句，後漢書東夷列傳：「挹婁，古肅慎之國也。在夫餘東北千餘里，東濱大海，南與北沃沮接，不知其北所極。土地多山險，人形似夫餘，而言語各異。……無君長。其邑落各有大人處於山林之間，土氣極寒，常爲穴居，以深爲貴，大家至接九梯。」餘見下注。

〔二一〕「魚鼈」二句，後漢書東夷列傳：「初，北夷索離國王出行，其侍兒於後妊身，王還，欲殺之。侍兒曰：『前見天上有氣，大如雞子，來降我，因以有身。』王囚之，後遂生男，王令置於豕牢，豕以口氣噓之，不死。復徙於馬蘭，馬亦如之。王以爲神，乃聽母收養，名曰東明。東明長而善射，王忌其猛，復欲殺之。東明奔走，南至掩淲水，以弓擊水，魚鼈皆聚浮水上，東明乘之得度，因至夫餘而王之焉。」以上四句，謂不能讓高麗守險及逃亡。

〔二二〕「攘無臂」句，老子：「攘無臂，仍無敵，執無兵。」河上公注：「雖欲大怒，若無臂可攘也；雖欲仍引之，心若無敵可仍也；雖欲執持之，若無兵刃可持用也。何者？傷彼之民，罹罪於天，遭不道之君，愍忍喪之痛也。」此言讓高麗毫無抵抗之力。

〔二三〕「斬大風」二句，淮南子本經訓：「逮至堯之時，十日并出，焦禾稼，殺草木，而民無所食。猰貐、鑿齒、九嬰、大風、封豨、修蛇，皆爲民害。堯乃使羿……繳大風於青丘之澤。」高誘注：「大風，風伯也，能壞人屋舍。」又曰：「青丘，東方之澤名。」按太平御覽卷三〇五征伐引，注曰：「大風，鷙鳥也。」此謂斬翼，當指鷙鳥。

〔二四〕「卧長鯨」句，梁元帝玄覽賦：「斬横海之長鯨。」

〔二五〕「二年」三句，二年，依述事時間次序，當指乾封二年（六六七）。然考舊唐書高宗紀下曰：總章元年（六六八）九月癸巳，「司空、英國公勣破高麗，拔平壤城，擒其王高藏及其大臣男建等以歸。境内盡降，其城一百七十，户六十九萬七千，以其地爲安東都護府，分置四十二州」。以功詔除，似應在此時。新唐書百官志：「正五品上曰定遠將軍。」唐六典卷二四諸衛及通典，未載左右武衛有中郎將，然兩唐書有之，如新唐書安金藏傳：「（睿宗）景雲時，遷右武衛中郎將。」

〔二六〕「總章」二句，總章，高宗年號，總章二年爲公元六六九年。唐六典卷五尚書兵部：「從四品上曰宣威將軍。」注：「皇朝所置。」同上卷二四諸衛：左右武衛，「將軍各二人，從三品」。通典卷二八左右武衛：「（隋）置左右武衛大將軍一人、將軍各二人，以總府事。」唐因之。唐六典卷二尚書吏部：「凡任官，階卑而擬高則曰守。」「守左武衛將軍」下，原有「檢校右羽林」句，英華校：「集無此句。」四子集無此句。按下文有「奉别敕檢校右羽林」句，則此五字當衍，據英華所校集本等删。

太夫人以桑榆晚節〔一〕，霧露沉痾〔二〕，減年歲之扶危，授皇天之賜藥〔三〕。屢陳表疏，方請告歸；頻降絲綸〔四〕，未蒙優許。則知忠臣奉上，多從孝子之門〔五〕；受命臨戎，始見忘家之事〔六〕。潘安仁之愷悌，始奉板輿〔七〕；張景胤之純深，終悲晝扇〔八〕。儀鳳三年，以内憂解職。尋降詔起復本官〔九〕。四年，加雲麾將軍，正除左武衛將軍〔一〇〕，檢校右羽林軍如故。王人奪服，才聞趙熹之喪〔一一〕；明主相憂，獨訝何曾之毁〔一二〕。且割哀而從禮，將以義而斷恩〔一三〕。受軍麾命服之數〔一四〕，掌期門佽飛之職〔一五〕。以漢宫清署，忽照邊烽〔一六〕；秦塞長城，遂聞胡馬。匈奴未滅，霍去病所以辭家〔一七〕；天子動容，周亞夫於焉不拜〔一八〕。調露元年，詔公龍門鎮守〔一九〕，兼於夏州防捍〔二〇〕。飲水受命〔二一〕，倍道兼行〔二二〕，鞍甲成勞，晦明爲疾〔二三〕。璽書降問，即日追還。中使接迹於家庭〔二四〕，尚藥綢繆於錫賚〔二五〕。人生詎幾〔二六〕，神道何知！仰觀於天，值三軍之星落〔二七〕；俯察於地，逢五將之山崩〔二八〕。詔書來北斗之門〔二九〕，圖像在南宫之壁〔三〇〕。以二年秋七月〔三一〕，薨於紫桂宫右羽林軍之官第〔三二〕。詔賜御食，并錦被一張，常服一襲，雜彩百五十段，贈物一百段，粟一百石。敕書弔贈，禮越常班；喪葬所資〔三三〕，數優恒典。琳琅觸目，日月在懷〔三四〕。陶謙則戲列旛旗〔三五〕，賈逵則常陳部伍〔三六〕。閨門有德，歡若友朋；事君無隱，心如鐵石。至如出車授鉞，東征西討。孤虛向背〔三七〕，則雖女子之衆，可以當於丈夫；前後折旋〔三八〕，則雖婦人之兵，可以蹈於湯火〔三九〕。

兔起而鳧舉〔四〇〕，龍騰而鳳飛。無戰不平，無城不剋。有如馮異，羞言大樹之功〔四一〕；宛似魯連，不受黄金之賞〔四二〕。大平之事業行矣，人主之恩榮備矣。山河之寵，久預同盟〔四三〕；社稷之臣，俄悲輟祭〔四四〕。聖君興悼，列辟相趨。覩高鳥而歎良弓〔四五〕，聞鼓鼙而思將帥〔四六〕。宏圖秘略，實無得而稱焉〔四七〕；追遠飾終〔四八〕，請有易其名者。謹狀。

【箋注】

〔一〕「太夫人」句，太夫人，謂崔獻母。桑榆，漢書天文志：「太白出，而留桑榆間。」注引晉灼曰：「行遲而下也。正出舉目平正，出桑榆上，餘二千里也。」後漢書馮異傳：「可謂失之東隅，收之桑榆。」李賢注：「桑榆，謂晚也。」

〔二〕「霧露」句，後漢書後紀：「身犯霧露於雲臺之上。」李賢注：「霧露，謂疾病也。不可指言死，故假霧露以言之。」沉痾，久治難愈之病。

〔三〕「減年歲」二句，太平御覽卷六六〇真人上引登真隱訣：「至立夏日日中，上清五帝會諸仙於紫微宫，見四真人論求道之功罪。至夏至日日中，天上三官會於司命河，候校定萬民罪福，增減年算。至立秋日日中，五嶽諸真人詣中央黄房，定天下祀圖靈藥。至立冬日日中，陽臺真人會集列仙，定新得道人，始入名仙録。至冬至日日中，諸仙詣萬諸宫，東海青童君列其仙籙金書内字，凡學道之人常以夕半日中謝罪，罪各自除，克身歸善，以求長生、神仙。」減，全唐文作

「感」，誤。皇天之，英華校：「集作星辰而。」兩句謂崔母年老多病，惟學道求長生及服藥而已。

〔四〕「頻降」句，絲綸，即「王言如絲，其出如綸」，指皇帝詔令影響大，詳見前爲劉少傅等謝敕書慰勞表「虔奉絲綸」句注。

〔五〕「則知」二句，後漢書韋彪傳：「孔子曰：事親孝，故忠可移於君。是以求忠臣必於孝子之門。」李賢注：「孝經緯之文也。」

〔六〕「始見」句，漢書賈誼傳：「爲人臣者，主耳忘身，國耳忘家，公耳忘私。」注引孟康曰：「唯爲主耳，不念其身。」

〔七〕「潘安仁」二句，潘岳，字安仁。世説新語文學：「夏侯湛作周詩成，示潘安仁。安仁曰：『此非徒温雅，乃别見孝悌之性。』潘因此遂作家風詩。」劉孝標注：「岳家風詩，載其宗祖之德及自戒也。」愷悌，和樂簡易。詩經小雅蓼蕭：「既見君子，孔燕豈弟。」毛傳：「豈，樂；弟，易也。」愷悌、豈弟，異體字。板輿，文選潘岳閒居賦：「於是凛秋暑退，熙春寒往。微雨新晴，六合清朗。太夫人乃御板輿，升輕軒，遠覽王畿，近周家園。體以行和，藥以勞宣。常膳載加，舊痾有痊。」李善注：「版輿，車名。傅暢晉諸公贊曰：『傅祗以足疾，版輿上殿。』版輿一名步輿。周遷輿服雜事記曰：『步輿方四尺，素木爲之，以皮爲襻，搁（同「扛」）之，自天子至庶人通得乘之。』」劉良注：「板輿，以板爲輿。」板輿，英華、四子集、全唐文作「輕軒」。

〔八〕「張景胤」二句，宋書張敷傳：「張敷，字景胤，吴郡人，吴興太守邵子也。生而母没，年數歲，問母所在，家人告以死生之分。敷雖童蒙，便有思慕之色。年十許歲，求母遺物，而散施已盡，唯得一畫扇，乃緘録之。每至感思，輒開笥流涕。」

〔九〕「尋降」句，起復，謂官員服喪未滿而起用。

〔一〇〕「加雲麾」二句，唐六典卷五兵部尚書：「從三品曰雲麾將軍。」上文已言崔獻「守左武衛將軍」，「守」謂階卑擬高；現官階已高，故「正除」之。除，授也。

〔一一〕「王人」二句，王人，天子小官，後多指皇帝或朝廷使者。春秋莊公六年：「春王正月，王人子突救衛。」杜預注：「王人，王之微官也。」奪服，除去喪服。北堂書鈔卷九三奪禮引東觀漢記：「趙熹遭母憂，上疏乞身行喪禮。顯宗不許，遣使者爲釋服，賞賜恩寵甚渥。」

〔一二〕「明主」二句，晉書何曾傳：「何曾，字穎考，陳國陽夏人也。……時步兵校尉阮籍負才放誕，居喪無禮。曾面質籍於文帝座，曰：『卿縱情背禮敗俗之人，今忠賢執政，綜核名實，若卿之曹，不可長也。』因言於帝曰：『公方以孝治天下，而聽阮籍以重哀飲酒食肉於公座，宜擯四裔，無令汙染華夏。』帝曰：『此子羸病若此，君不能爲吾忍邪？』曾重引據，辭理甚切，帝雖不從，時人敬憚之。」

〔一三〕「且割哀」二句，三國志吴書孫權傳：嘉禾六年（二三七）春正月詔曰：「夫三年之喪，天下之達制，人情之極痛也。賢者割哀以從禮，不肖者勉而致之。世治道泰，上下無事，君子不奪人情，故三年不逮孝子之門。至於有事，則殺禮以從宜，要絰而處事，故聖人制法，有禮無時則不行。遭喪不奔，非古也，蓋隨時之宜，以義斷恩也。」

〔一四〕「受軍麾」句，文選沈約齊故安陸昭王碑文：「軍麾命服之序，監督方部之數。」李善注：「周禮曰『建大麾以田』。然麾，旌旗之名，州將之所執也。命服，爵命之服也。……數，謂等差也。」劉良注：「軍麾，以毛爲之，以指麾也。命謂天子之命也。言天子命之以受其戎旅之服。序，次序也。……數，術也。」可互參。

〔一五〕「掌期門」句，史記建元以來侯者年表：「高昌董忠父，……有材力，能騎射，用短兵給事期門。」索隱：「漢書東方朔傳曰：武帝微行，出與侍中、常侍、武騎及待詔，隴西、北地良家子能騎射者，期諸殿門，故有期門之號。」漢書百官公卿表：「屬官有大夫、郎、謁者，皆秦官；又期門、羽林，皆屬焉。」注引服虔曰：「與期門下以微行，後遂以名官。」表又曰：「期門掌執兵送從，武帝建元三年（前一三八）初置，比郎，無員，多至千人。」佽飛，漢書宣帝紀：「應募佽飛射士。」注引服虔曰：「周時，度江越人在船下負船，將覆之，佽飛入水殺之，漢因以材力名官。」又引如淳曰：「呂氏春秋：荆有兹非得寶劍於干將，渡江中流，兩蛟繞舟，兹非拔寶劍赴江刺兩蛟，殺之。荆王聞之，任以執圭，後世以爲勇力之官。兹、佽音相近。」顏師古注：「取古勇力人以名官，熊渠之類是也。」按：此期門、佽飛，泛指兵士，言崔獻掌軍職也。

〔一六〕「以漢宮」二句，漢宮，代指唐都城。清署，謂所任乃清要之職。邊烽，邊患，指有外敵入寇。漢書賈誼傳：「斥候望烽燧，不得卧。」注引文穎曰：「邊方備胡寇，作高土櫓，櫓上作桔皋，桔皋頭兜零，以薪草置其中，常低之，有寇即火燃舉之以相告，曰烽。又多積薪，寇至即燃之，以望其煙，曰燧。」顔師古注：「晝則燔燧，夜則舉烽。」

〔一七〕「匈奴」二句，漢書霍去病傳：「上（武帝）爲治第，令視之。對曰：『匈奴不滅，無以家爲也。』由此上益重愛之。」所，英華作「是」，校：「集作所。」

〔一八〕「天子」二句，漢書周勃傳附周亞夫傳：周亞夫爲將軍，軍細柳。文帝勞軍，「至中營，將軍亞夫揖曰：『介胄之士不拜，請以軍禮見。』天子爲動，改容式車，使人稱謝」。注引應劭曰：「禮，介者不拜。」以上四句，以霍去病、周亞夫擬崔獻，謂其爲國忘家，治軍嚴明。

〔一九〕「詔公」句，調露元年（六七九）冬十月，令崔獻往絳州守龍門，以備突厥，見本文前注引舊唐書高宗紀下。絳州，今山西新絳縣。龍門，當即龍門關。元和郡縣志卷一二絳州龍門縣：「黄河北去縣二十五里，即龍門口也。……三秦記曰：『河津，一名龍門。水陸不通，魚鼈之屬莫能上。江海大魚集龍門下數千，不得上，上則爲龍，故曰曝鰓龍門。』……龍門關，在縣西北二十二里。」地在今山西河津市西北。

〔二〇〕「兼於」句，元和郡縣志卷四夏州：秦上郡，漢置朔方郡，北魏時改爲夏州。隋改朔方郡，貞觀二年（六二八）又改爲夏州，并置都督府。州治在今陝西靖邊縣紅墩界鎮。

〔二一〕「飲水」句，儀禮喪服：「居倚廬，寢苫枕塊，哭，晝夜無時。歠粥，朝一溢米，夕一溢米。寢不脱絰帶。既虞，翦屛拄楣，寢有席，食疏食，水飲，朝一哭、夕一哭而已。」賈公彥疏：「云飲水者，未虞以前渴亦飲水，而在既虞後，與疏食同言水飲者，恐虞後飲漿酪之等，故云飲水而已也。」按：崔獻於儀鳳三年（六七八）喪母，至調露元年（儀鳳四年六月改調露）冬十月出征，雖已起復，尚在喪期，故言「飲水受命」也。水，英華、四子集、全唐文作「冰」，誤。

〔三二〕「倍道」句，倍道，行走速度加倍。孫子軍事第七：「是故卷甲而趨，日夜不處，倍道兼行，百里而争利，則擒三將軍。」

〔三三〕「晦明」句，左傳昭公元年：「晦淫惑疾，明淫心疾。」杜預注：「晦，夜也，爲宴寢過節，則心惑亂。明，晝也，思慮煩多，心勞生疾。」此謂日夜操勞而成疾。

〔三四〕「中使」句，中使，朝廷所派使者，多爲宦官。接迹，足迹相接，言來者不斷。何遜儒學：「生徒肅肅，賓友師師，并接迹以聞道，俱援手而授辭。」

〔三五〕「尚藥」句，唐六典卷一一殿中省尚藥局：「尚藥奉御，掌合和御藥及診候之事。」注：「凡藥，有上中下之三品。上藥爲君養命以應天，中藥爲臣養性以應人，下藥爲佐療病以應地，遞相宣攝而爲用。」綢繆，詩經豳風鴟鴞：「迨天之未陰雨，徹彼桑土，綢繆牖户。」鄭玄箋：「綢繆，猶纏綿也。」此謂事先準備。錫賚，賞賜。句謂尚藥局提前配製御藥，以備皇帝賞賜。

〔三六〕「人生」句，詎幾，能有幾何，謂時日不多。曹操短歌行：「對酒當歌，人生幾何。」又白居易感時詩：「人生詎幾何，在世猶如寄。」可參讀。

〔三七〕「仰觀」二句，三國志蜀書諸葛亮傳：（蜀漢建興）十二年（二三四）八月，「亮疾病，卒於軍，時年五十四」。裴松之注引晉陽秋曰：「有星赤而芒角，自東北西南流，投於亮營，三投再還，往大還小，俄而亮卒。」

〔二八〕「俯察」二句，華陽國志卷三蜀志：「（秦）惠王知蜀王好色，許嫁五女於蜀。蜀遣五丁迎之，還到梓潼，見一大蛇入穴中，一人攬其尾掣之，不禁，至五人相助，大呼拽蛇，山崩。時壓殺五人，及秦五女并將從，而山分爲五嶺。」

〔二九〕「詔書」句，史記天官書：「北斗七星，所謂『旋、璣、玉衡，以齊七政』。」地之北斗之門，指朝廷。

〔三〇〕「圖像」句，南宮，洛陽宮殿名。後漢書馬武傳：「永平中，顯宗追感前世功臣，乃圖畫二十八將於南宮雲臺。其外又有王常、李通、竇融、卓茂，合三十二人。」按：唐代亦嘗畫像表彰功臣。舊唐書太宗紀下：「（貞觀）十七年（六四三）春正月戊申……詔圖畫司徒、趙國公無忌等勳臣二十四人於凌煙閣。」考兩唐書，到玄宗以後，方偶有補畫者。按：此乃用事，崔獻官職不高，勳勞有限，不可能入其圖。

〔三一〕「以二年」句，二年，原作「三年」，各本同。考兩唐書，高宗調露二年（六八〇）八月乙丑，改調露二年爲永隆元年，史無調露三年。行狀上於永隆二年（六八一）正月，距崔獻卒不及半年，亦合情理。則所謂「三年」，「三」當是「二」之形訛，因改。

〔三二〕「薨於」句，紫桂宮，舊唐書高宗紀下：儀鳳四年（六七九）五月戊戌，「造紫桂宮於沔池之西」。唐會要卷三〇：「（儀鳳）四年五月十九日，造紫桂宮於澠池縣西。至永淳元年（六八二）四月十三日，改芳桂宮。弘道元年（六八三）遺詔廢之。」澠池縣，今屬河南三門峽市。按：據行狀，崔獻於儀鳳四年授檢校右羽林軍，當隨即至右羽林軍所在地紫桂宮。儀鳳四年六月，改爲調露元年，冬十月受詔鎮守龍門，因病追還，即回到紫桂宮官第。

〔三三〕「喪葬」句，葬，原作「用」，英華作「葬」，校：「集作用。」全唐文作「葬」。作「葬」義勝，據改。

〔三四〕「日月」句，當以日、月代指皇帝、皇后，謂崔獻之死，皇帝、皇后爲之悲痛。

〔三五〕「陶謙」句，後漢書陶謙傳：「陶謙，字恭祖，丹陽人也。」李賢注引吴書曰：「（陶謙）年十四，猶綴帛爲幡，乘竹馬而戲，邑中兒童皆隨之。」

〔三六〕「賈逵」句，三國志魏書賈逵傳：「賈逵，字梁道，河東襄陵人也。自爲兒童戲弄，常設部伍，祖父習異之，曰：『汝大必爲將率。』口授兵法數萬言。」按：以上四句，謂崔獻子孫皆自幼喜兵。

〔三七〕「孤虚」句，孤虚，古代占卜推算歲、月、日、時之法。史記龜策列傳：「日辰不全，故有孤虚。」集解（裴）駰案：「甲乙謂之日，子丑謂之辰。六甲孤虚法：甲子旬中無戌亥，戌亥即爲孤，辰巳即爲虚。甲戌旬中無申酉，申酉爲孤，寅卯即爲虚。甲申旬中無午未，午未爲孤，子丑即爲虚。甲午旬中無辰巳，辰巳爲孤，戌亥即爲虚。甲辰旬中無寅卯，寅卯爲孤，申酉即爲虚。甲寅旬中無子丑，子丑爲孤，午未即爲虚。」劉歆七略有風后孤虚二十卷。」若得孤虚，則主事不成，故用兵者甚忌之。向背，孫子軍争第七：「故用兵之法，高陵勿向，背丘勿逆，佯北勿從，鋭卒勿攻，餌兵勿食，歸師勿遏，圍師必闕，窮寇勿追：此用兵之法也。」句謂崔獻深諳兵法。

〔三八〕「前後」句，折旋，謂作戰時人體俯仰進退，轉折回旋，亦言陣形變化。

〔三九〕「可以」句，蹈，原作「陷」，據四子集、全唐文改。

〔四〇〕「免起」句，呂氏春秋卷八論威：「凡兵，欲急疾捷先。欲急疾捷先之道，在於知緩徐遲後而急疾捷先之分也。急疾捷先，此所以決義兵之勝也，而不可久處。知其不可久處，則知所免起鳧舉死殙之地矣。」高誘注：「起，走；舉，飛也。免走鳧飛，喻急疾也。殙音悶，謂絶氣之悶。」

〔四一〕「有如」二句，後漢書馮異傳：爲人謙退，不伐行，「每所止舍，諸將并坐論功，異常獨屏樹下，軍中號曰大樹將軍。……光武以此多之」。

〔四二〕「宛似」二句，史記魯仲連傳：魯仲連既退秦軍，於是平原君欲封魯連，又以千金壽。「魯連笑曰：『所貴於天下之士者，爲人排患釋難解紛亂而無取也，即有取者，是商賈之事也，而連不忍爲也。』遂辭平原君而去，終身不復見。」宛，英華校：「集作或。」

〔四三〕「山河」二句，指崔獻曾進爵爲子。漢書高祖紀下：「與功臣剖符作誓，丹書鐵契，金匱石室，藏之宗廟。」注引如淳曰：「謂功臣表誓，使河如帶，太山若厲，國乃滅絶。」

〔四四〕「社稷」二句，禮記檀弓下：「衛有大史曰柳莊，寢疾，公曰：『若疾革，雖當祭，必告。』公再拜稽首，請於尸曰：『有臣柳莊也者，非寡人之臣，社稷之臣也。聞之死，請往。』遂以襚之。」鄭玄注：「革，急也。急弔賢者，不釋服而往。脱君祭服以襚臣，親賢也。」按：不釋服而往，謂輟祭祀而去弔賢臣,言極爲震悼痛惜。

〔四五〕「覩高鳥」句,史記越王勾踐世家:「范蠡遂去,自齊遺大夫種書曰:『蜚鳥盡,良弓藏;狡兔死,走狗烹。』」又同書淮陰侯列傳:「高鳥盡,良工藏;敵國破,謀臣亡。」此反其義。

〔四六〕「聞鼓鼙」句,禮記樂記:「君子聽鼓鼙之聲,則思將帥之臣。」

〔四七〕「實無」句,論語泰伯:「子曰:泰伯其可謂至德也已矣,三以天下讓,民無得而稱焉。」此所謂無得而稱,謂崔獻之事業功績難以用言語表述,故下句請以謚易名。

〔四八〕「追遠」句,荀子禮論:「事生,飾始也;送死,飾終也。終始具,而孝子之事畢、聖人之道備矣。」

永隆二年正月十一日,故左武衛將軍、成安子府功曹某上尚書省考功:名也者,功之表也;謚也者,行之跡也〔一〕。公叔文子,曾辱四鄰之交;黔婁先生,有餘天下之貴〔二〕。謹按故府主左武衛將軍、上柱國、成安子崔獻,誕靈辰昴,降德山河〔三〕。漢陽閻忠,許有良、平之策〔四〕;潁川徐庶,知其管、樂之才〔五〕。生覩太平,仕逢明主。秋風金鼓,有司馬之論兵〔六〕;吉日壇場,有將軍之拜職。任重而道遠,功成而身退。奄息百夫之特,彼蒼者天〔七〕;相如千載之人,猶有生氣〔八〕。珠襦玉匣〔九〕,禮備於喪終;筮短龜長,舊從於先遠〔一〇〕。易名之道,蓋取之於舊儀;累德之文,敢望之於執事〔一一〕。謹狀。

【箋注】

〔一〕「名也者」四句，藝文類聚卷四〇謚引春秋説題辭：「號者，功之表，謚者，行之迹，所以追勸成德，使尚務節。」

〔二〕「公叔文子」四句，謂公叔文子、黔婁先生謚事，詳前中書令汾陰公薛振行狀注。

〔三〕「誕靈」二句，謂崔獻爲天地精靈所生。辰昴，乃天之精。文選王儉褚淵碑文：「辰精感運，昴靈發祥。」降德，淮南子墬形訓：「山爲積德，川爲積刑。」高誘注：「山，仁，萬物生焉，故爲積德；川，水，智，智制斷，故爲積刑也。」

〔四〕「漢陽」二句，三國志魏書賈詡傳：「賈詡，字文和，武威姑臧人也。少時人莫知，唯漢陽閻忠異之，謂詡有良、平之奇。」良、平，張良、陳平，多善謀奇策。

〔五〕「潁川」二句，三國志蜀書諸葛亮傳：「身長八尺，每自比於管仲、樂毅，時人莫之許也，惟博陵崔州平、潁川徐庶元直與亮友善，謂爲信然。」以上四句，以賈詡、諸葛亮喻崔獻。

〔六〕「秋風」二句，秋風金鼓，謂征戰在外。司馬，唐六典卷五尚書兵部：「凡將帥出征，兵滿一萬人已上，置長史、司馬、倉曹・胄曹・兵曹參軍各一人。……凡鎮皆有使一人，副使一人，萬人已上置司馬、倉曹・兵曹參軍各一人。」此泛指幕府官。

〔七〕「奄息」二句，奄，原作「荀」，據英華、四子集、全唐文改。詩經秦風黄鳥：「交交黄鳥，止于棘。誰從穆公？子車奄息。維此奄息，百夫之特。……彼蒼者天，殲我良人。如可贖兮，人百其身。」毛傳：「子車，氏；奄息，名。」「百夫」句，鄭玄箋：「百夫之中最雄俊也。」又箋「彼蒼」句：「言彼蒼者天，愬之。」此歎崔獻之死，謂蒼天不淑。

〔八〕「相如」二句，世説新語品藻：「庾道季（和）云：廉頗、藺相如雖千載上，使人懍懍恒如有生氣。」句謂崔獻雖死猶生。

〔九〕「珠襦」句，漢書董賢傳：「東園祕器，珠襦玉柙，豫以賜賢，無不備具。」顏師古注：「珠襦，以珠爲襦，如鎧狀，連縫之，以黄金爲鏤。要以下玉爲柙，至足，亦縫以黄金爲鏤。」柙，通匣。按：珠襦玉匣乃漢代帝王及高級貴族所用喪服，或云即金鏤玉衣（然出土漢代之金鏤玉衣，屍體乃全包裹，并非腰以下至足爲匣。或有多種規格，待考）。此泛指葬具。

〔一〇〕「筮短」二句，左傳僖公四年：「初，晉獻公欲以驪姬爲夫人，卜之，不吉，筮之吉。公曰：『從筮。』卜人曰：『筮短龜長，不如從長。』」杜預注：「物生而後有象，象而後有滋，滋而後有數。龜，象；筮，數，故象長數短。」此指卜葬期。「舊」、「遠」二字，原作「事」、「見」，英華校：集作「舊」、作「遠」。按禮記曲禮上：「喪事先遠日，吉事先近日。」鄭玄注：「喪事，葬與練祥也；吉事，祭祀、冠取之屬也。」孔穎達正義：「喪事先遠日者，喪事謂葬與二祥，是奪哀之義也，非孝子之所欲。但制不獲已，故卜先從遠日而起，示不宜急，微伸孝心也。故宣八年左傳云：『禮，卜葬先遠日，辟不懷。』杜（預）云：『懷，思也，辟不思親也。』此尊卑俱然，雖士亦應今月下句先卜來月下旬；不吉，卜中旬；不吉，卜上旬。」則二字，英華所校集本是，兹據改。兩句謂雖不急於卜葬，然迫於禮制，隱約有催促儘快定謚之意。

〔一二〕「累德」二句，文，指行狀。累德之文，謂若行狀所言不實，將累逝者之德。是乃謙詞，實言行狀所述皆可採信，望能據以得到美謚。執事，主其事者，指尚書省吏部考功郎中。敢，英華校：「一作必。」望，英華校：「集作望。」按：以「敢望」爲佳。

祭文

爲薛令祭劉少監文〔一〕

中書令河東薛某，謹以清酌中牢之奠〔二〕，敬祭故少監劉公之靈〔三〕。惟彼陶唐，有此冀方〔四〕。上天祚漢〔五〕，人神攸贊。開國承家，枝分葉散。三貂赫赫於臺省〔六〕，駟馬諼諼於里閈〔七〕。德之有鄰，吐符兮降神〔八〕；家之積慶，受禄兮宜君〔九〕。星躔可以衡南越〔一〇〕，都邑可以貿西秦〔一一〕。言鄭公之不死〔一二〕，謂張衡之後身〔一三〕。雍州爲積高之地，初登吏部〔一四〕；尚書即喉舌之端，始拜郎官〔一五〕。見天子而題柱〔一六〕，侍明光而握蘭〔一七〕。入麒麟之閣，圖書掌於河洛〔一八〕；測旋玉之璣，造化窮於製作〔一九〕。大風積也，方絶於雲天〔二〇〕；有力負之，生悲於溝壑〔二〕。嗚呼哀哉！

【箋　注】

〔一〕祭文，古代應用文體之一。明吴訥文章辨體序説祭文：「古之祀享，史有册祝，載其所以祀之意，……叙其所祭及悼惜之情而已。」又徐師曾文體明辨序説祭文：「古之祭祀，止於告饗而已。中世以後，兼贊言行，以寓哀傷之意，蓋祝文之變也。其辭有散文、四言、六言、雜言、騷體、駢體之不同。」劉少監，據祭文所述，或爲吴人，嘗官吏部，入尚書省爲郎，終秘書少監，然其名不詳。是文乃楊炯代薛元超作。既稱「薛令」，當在薛元超爲中書令後。按舊唐書薛元超傳：「永隆二年（六八一）拜中書令、兼太子左庶子。」既是代作，則薛元超仍在世。薛氏卒於光宅元年（六八四）冬十二月，疑托楊炯代作祭文時已在病中。

〔二〕「謹以」句，清酌，蔡邕獨斷卷上：「凡祭，號牲物異於人者，所以尊鬼神也。……酒曰清酌。」中牢，漢書昭帝紀：「祠以中牢。」顔師古注：「中牢，即少牢，謂羊豕也。」

〔三〕「敬祭」句，少監，當爲秘書省少監，詳下注。唐六典卷一〇秘書省：「少監二人，從四品上。……秘書監之職，掌邦國經籍圖書之事，有二局，一曰著作，二曰太史，皆率其屬而修其職。少監爲之貳焉。」

〔四〕「惟彼」二句，彼，原作「此」，與下句重，據全唐文卷一九六改。尚書五子之歌：「惟彼陶唐，有此冀方。」僞孔傳：「陶唐帝堯氏，都冀州，統天下四方。」按：劉向説苑卷一八辨物：「兩河間曰冀州。」古冀州，包括今山西及河南、河北北部、遼寧西部廣大地區。此指今山西省。兩句言劉氏之所出。新唐書宰相世系表：「劉氏出自祁姓，帝堯陶唐氏子孫生子，有文在手，曰『劉累』，因以爲名。」

〔五〕「上天」句，謂劉氏。劉邦建立漢朝，言乃上天所賜。祚，賜福。

〔六〕「三貂」句，三貂，三位戴貂者。南齊書何戢傳：上欲轉戢領選，欲加常侍，尚書令褚淵曰：「臣與王儉既已左珥，若復加戢，則八座便有三貂。」後漢書輿服志下：「侍中、中常侍加黄金璫，附蟬爲文，貂尾爲飾，謂之『趙惠文冠』。」詩經小雅節南山：「赫赫師尹，民具爾瞻。」毛傳：「赫赫，顯盛貌。」此所謂「三貂」，「三」言其多，非定數。臺省，資治通鑑晉紀六：「臺省府衛，僅有存者。」胡三省注：「尚書、御史、謁者臺，門下、中書、秘書省。」後泛指朝廷。

〔七〕「駟馬」句，駟馬，四匹馬所拉之車。史記梁孝王世家：「梁孝王入朝，景帝使使持節乘輿駟馬，迎梁王於闕下。」集解引瓚曰：「稱乘輿駟馬，則車馬皆往，言不駕六馬耳。天子副車駕駟馬。」諼諼，同「諠諠」，喧嘩聲。里閈，鄉里。後漢書成武孝侯順傳：「與光武同里閈。」李賢注：「閈，里門也。」以上二句，言劉氏雖分處各地，然皆權勢熏赫。

〔八〕「德之」二句，論語里仁：「子曰：德不孤，必有鄰。」何晏集解：「方以類聚，同志相求，故必有鄰，是以不孤。」吐符，符籙顯現；降神，靈異降臨。蔡邕陳太丘碑：「銘曰：峨峨崇嶽，吐符降神。」

〔九〕「家之」二句，周易坤卦文言：「積善之家，必有餘慶。」詩經大雅假樂：「干禄百福，子孫千億。穆穆皇皇，宜君宜王。」毛傳：「宜君王天下也。」

〔一〇〕「星躔」句，用張華得豐城寶劍事。星躔，星辰運行度次，此指牛斗（牽牛、北斗）。衝南越，謂紫氣衝牛斗，而牛斗爲吴越分野，故實指吴越，偏指越（即所謂南越）。晉書張華傳：「初，吴之未滅也，斗牛之間常有紫氣。……及吴平之後，紫氣愈明。……（雷）焕曰：『寶劍之精，上徹於天耳。』」按左傳昭公三十二年：「史墨曰：……越得歲，而吴伐之，必受其凶。」杜預注：「此年歲在星紀，星紀，吴越之分也。歲星所在，其國有福，吴先用兵，故反受其殃。」孔穎達正義：「鄭玄云：天文分野，斗主吴，牽牛主越。此是歲星在牽牛，故吴伐之。」

〔一一〕「都邑」句，都邑，指古吴國都城蘇州。文選左思吴都賦劉淵林注：「吴都者，蘇州是也。後漢末孫權乃都於建業，亦號吴。」貿，原作「質」。英華作「貿」，校：「集作質。」按「貿」通「侔」（音亦同），侔，等齊也，是，據英華改。西秦，即秦。文選張衡西京賦：「是時也，并爲强國者有六，然而四海同宅西秦，豈不詭哉！」此以西秦代指長安，謂蘇州可與長安相提并論。以上兩句述吴事，蓋劉少監爲吴人（或郡望爲吴），故用以贊之。

〔一二〕「言鄭公」句，晉書鄭袤傳：「鄭袤，字林叔，滎陽開封人也。高祖衆，漢大司農；父泰，揚州刺史，有高名。袤少孤，早有識鑒，荀攸見之曰：『鄭公業爲不亡矣。』」按：鄭泰，字公業。

〔一三〕「謂張衡」句，太平御覽卷三六〇孕引（裴啓）語林曰：「張衡之初死，蔡邕母始孕，此二人才貌相類，時人云邕是衡之後身。」以上兩句，謂劉少監與其先人絶相似。

〔一四〕「雍州」二句，史記封禪書：「自古以雍州積高，神明之隩，故立畤郊上帝，諸神祠皆聚云。」長安志卷二引應劭注漢書曰：「四面積高曰雍。」按：劉少監蓋嘗官雍州，然後登吏部，故云。

〔一五〕「尚書」二句，後漢書周榮傳附周興傳：「尚書出納帝命，爲王喉舌。」李賢注：「尚書爲王之喉舌官也。李固對策曰：『今陛下有尚書，猶天之有北斗也。北斗爲天之喉舌，尚書亦爲陛下之喉舌也。』」郎官，唐六典卷一尚書省：「左司郎中一人，右司郎中一人，并從五品上。左司員外郎一人，右司員外郎一人，并從六品上。左右司郎中、員外郎，各掌付十有二司之事，以舉正稽違省署符目，都事監而受焉。」劉少監曾任何郎官不詳。

〔一六〕「見天子」句，初學記卷一一侍郎郎中員外郎引三輔決録注（按太平御覽卷一八七柱引，即稱三輔決録，無「注」字）曰：「田鳳，字季宗，爲尚書郎。容儀端正，入奏事，靈帝目送之，因題柱曰：『堂堂乎張，京兆田郎。』」

〔一七〕「侍明光」句，太平御覽卷二一五總叙尚書郎引漢官儀曰：「尚書郎給青縑白綾被，……女侍執香鑪燒薰從入臺，護衣奏事明光殿。省皆胡粉塗，畫古賢人、烈女。郎握蘭含香，趣走丹墀。」

〔一八〕「入麒麟」二句，麒麟，原作「麟麒」，據英華卷九七八改。麟麒之閣，即麟麒閣。三輔黄圖卷六閣：「天禄閣，藏典籍之所。漢宫殿疏云：天禄、麒麟閣，蕭何造，以藏秘書、處賢才也。」周易繫辭上：「河出圖，洛出書，聖人則之。」此以河圖、洛書代指古代典籍。按：據此二句，知劉氏所官「少監」，乃秘書省少監。秘書省掌邦國經籍圖書之事，見本文上注。

〔一九〕「測旋玉」二句，猶言用旋玉「測」。旋玉，即旋璣玉衡（「旋」又作「璇」、「琁」，英華即作「璇」），古代測天儀器，唐代由秘書監掌管。唐六典卷一〇秘書監太史局：「太史令掌觀察天文，稽定曆數。凡日月星辰之變，風雲氣色之異，率其屬而占候焉。」造化窮於製作，謂太史局對天文、日月星辰研究極深，窮盡自然之力。陳張種與沈炯書：「若其峰崖刻削，窮造化之瑰詭。」

〔二〇〕「大風」二句，謂劉少監正欲高飛遠舉。莊子逍遥遊：「風之積也不厚，則其負大翼也無力，故九萬里則風斯在下矣。而後乃今培風，背負青天而莫之夭閼者，而後乃今將圖南。」

〔二一〕「有力」二句，謂雖承載有力，終難免一死。漢人多以填溝壑指死，如史記平津侯傳：公孫弘上書曰：「素有負薪之疾，恐先狗馬填溝壑，終無以報德塞責。」生，副詞，與前句「方」對應，表程度，猶言「甚」、「很」。

言念平生，求其友聲〔一〕。適我願兮，共得朋從之道；又吾姨也，俱承下嫁之榮〔二〕。良辰美景，必窮於樂事〔三〕；茂林修竹，每協於高情。援茝蘭而無愧，指金石以當行〔四〕。誰言倏忽，遽隔幽明。人非兮地是，心折兮骨驚〔五〕。卜日兮天未遠，陰雲凝兮歲將晚。臨平原兮望行幰〔六〕，君一去兮何時返？石室兮沉沉，蓬萊山兮寂又陰〔七〕。蒼煙漫兮紫苔深，陳絮酒兮涕沾襟〔八〕。嗚呼哀哉！

【箋注】

〔一〕「求其」句，詩經小雅伐木：「伐木丁丁，鳥鳴嚶嚶。出自幽谷，遷于喬木。嚶其鳴矣，求其友聲。相彼鳥矣，猶求友聲，矧伊人矣，不求友生！」毛傳：「君子雖遷于高位，不可以忘其朋友。」鄭玄箋：「求其友聲，求其尚在深谷者，其相得則復鳴嚶嚶然。」

〔二〕「又吾」二句，姨，母之姊妹，或妻之姊妹。詳審此文，薛元超當與劉少監同輩，故「姨」疑指其妻妹，謂再嫁入薛家。若是，則劉少監當爲薛元超妻兄弟。

〔三〕「必窮」句，窮，原作「躬」，英華、四子集作「窮」。按此言薛元超早年與劉少監一起行樂，則作「窮」是，據改。

〔四〕「援茝蘭」二句，茝蘭，指蘭；金石，指金。周易繫辭上：「子曰：君子之道，或出或處，或默或語。二人同心，其利斷金，同心之言，其臭如蘭。」此言薛、劉二人志趣相投，交誼極篤。

〔五〕「心折」句，江淹別賦：「明月白露，光陰往來。與子之別，思心徘徊。是以別方不定，別理千名。有别必怨，有怨必盈。使人意奪神駭，心折骨驚。」心折骨驚，即心驚骨折，乃倒置修辭用法。

〔六〕「臨平原」句，轜，廣韻引蒼頡篇：「帛張車上爲轜。」此代指喪車。

〔七〕「石室」二句，石室、蓬萊山，皆神仙所居。此以仙去婉言死，謂劉少監遽歸道山。

〔八〕「陳絮酒」句，太平御覽卷五六一弔引謝承後漢書曰：「徐孺子（穉）不就諸公之辟，及有喪者，萬里赴弔。常於家預炙雞一隻，以一兩綿絮浸酒中，暴乾以裹雞，徑到所赴冢，遂以水漬綿，使有酒氣，以雞置前，祭畢便去。」此泛指以酒爲祭。

同詹事府官寮祭郝少保文〔一〕

少詹事鄧玄機〔二〕，永昌令令狐恩〔三〕，府司直王思善〔四〕、楊炯，主簿鄭行該等〔五〕，謹以清酌庶羞之奠〔六〕，敬祭太子少保郝公之靈。若夫星象降質，山川受氣〔七〕，以道爲尊，以和爲貴〔八〕。軒后夢之於大澤〔九〕，文王卜之於清渭〔一〇〕，實憑舟檝之功〔一一〕，必籍鹽梅之味〔一二〕。昭昭北斗，宮號文昌〔一三〕；隱隱西掖，池名鳳凰〔一四〕。增萬機而參政本〔一五〕，定五字而對休光〔一六〕。珥豐貂之韡韡〔一七〕，識遺佩之鏘鏘〔一八〕。懸車之歲，方稱國老〔一九〕；步輦之榮，遂居師保〔二〇〕。劉蕃以光禄緝熙〔二一〕，和嶠以尚書贊道〔二二〕。百年方享於期頤〔二三〕，五福冀徵於壽考〔二四〕。西山訪藥，北壁尋經〔二五〕；金丹不化，玉藥何成。梁木斯壞，曲池坐平〔二六〕。府庭颯而變色，寮采慘而相驚〔二七〕。嗚呼哀哉！

【箋注】

〔一〕詹事府，唐六典卷二六太子詹事府：「詹事一人，正三品。少詹事一人，正四品上。太子詹事之職，統東宮三寺、十率府之政令，舉其綱紀而修其職務。少詹事爲之貳。」郝少保，即郝處俊。舊唐書郝處俊傳：「郝處俊，安州安陸人也。」貞觀中本州進士舉，解褐授著作佐郎，襲爵甑山縣。拜太子司議郎，五遷吏部侍郎，乾封二年（六六七）改爲司列少常伯。總章二年（六六九），拜東臺侍郎，尋同東西臺三品。爲中書令，歲餘，兼太子賓客，檢校兵部尚書。儀鳳二年（六七七）加金紫光禄大夫、行太子左庶子，并依舊知政事，監修國史。四年，爲侍中。遷太子少保。開耀元年（六八一）薨，年七十五。按舊唐書高宗紀下：永隆二年十月改元開耀。同年十二月辛未，「太子少保、甑山縣公郝處俊薨」。本文當作於是時。

〔二〕「少詹事」句，少詹事，爲太子詹事府詹事之副，見上注。鄧玄機，考兩唐書無其人。前薛元超行狀稱元超嘗薦鄧玄挺爲崇文館學士，當即其人，爲雍州藍田人，少善屬文，舊唐書文苑傳有傳。下「玄機等親聞教義」之「玄機」同。

〔三〕「永昌」句，武則天於垂拱四年（六八八）分河南洛陽置永昌縣，見舊唐書則天皇后紀及地理志一。高宗時别無縣名「永昌」。考垂拱四年時郝處俊已去世數年，楊炯亦不在詹事府，疑「永昌令」三字爲後來改題。令狐恩，其人事迹無考。

〔四〕「府司直」句，唐六典卷二六太子詹事府：「太子司直二人，正七品上。司直掌彈劾宮寮、糾舉職事。」王思善，事迹無考。

〔五〕「主簿」句，唐六典卷二六太子詹事府：「主簿一人，從七品上。」鄭行該，事迹無考。

〔六〕「謹以」句，清酌，即酒。庶羞，周禮天官膳夫：「羞用百二十品。」鄭玄注：「羞出於牲及禽獸，以備滋味，謂之庶羞。」按：庶，衆也。文選曹植箜篌引：「樂飲過三爵，緩帶傾庶羞。」李周翰注：「庶羞，衆味也。」

〔七〕「若夫」二句，謂郝處俊爲天上星宿降在人間，乃山川靈秀之氣而生。春秋繁露人副天數：「天地之精所以生物者，莫貴於人。人，受命乎天也。……唯人獨能偶天地。人有三百六十節，偶天之數也；形體骨肉，偶地之厚也。上有耳目聰明，日月之象也；體有空竅理脈，川谷之象也。」古人以爲天所降質、地所受氣不同，故人有賢愚之異。

〔八〕「以道」二句，論語學而：「有子曰：『禮之用，和爲貴，先王之道，斯爲美。』」

〔九〕「軒后」句，軒后，黄帝軒轅氏。太平御覽卷三七塵引帝王世紀：「黄帝夢大風吹，天下塵垢皆去；又夢人執千鈞之弩，驅羊數萬群。帝嘆曰：風爲號令，垢去土，后在也。豈有姓風名后者哉？千鈞之弩，異力，能遠驅羊數萬群，牧民爲善。天下豈有姓力名牧者哉？得風后於海隅，得力牧於大澤。」

〔一〇〕「文王」句，史記齊太公世家：「西伯將出獵，卜之，曰：『所獲非龍非彲，非虎非羆，所獲霸王之輔。』於是周西伯獵，果遇太公於渭之陽。」

〔一一〕「實馮」句，尚書説命上：爰立（傅説）作相，王置諸其左右，命之曰：「……若濟巨川，用汝作舟楫。」僞孔傳：「渡大水待舟楫。」功，英華校：「集作力。」馮、憑通。

〔一二〕「必籍」句，籍，通「藉」，借也。尚書説命下：「若作和羹，爾惟鹽梅。」僞孔傳：「鹽鹹梅醋，羹須鹹醋以和之。」按：以上四句，以風后、力牧、姜太公、傅説喻郝處俊爲宰相（同東西臺三品）事，謂其爲高宗良輔。按舊唐書郝處俊傳曰：「處俊性儉素，土木形骸。自參綜朝政，每與上言議，必引經籍以應對，多有匡益，甚得大臣之體。」其死，「高宗甚傷悼之，顧謂侍臣曰：『處俊志存忠正，兼有學識。……雖非元勳佐命，固亦多時驅使。又見遺表，憂國忘家。今既云亡，深可傷惜。』即於光順門舉哀一日，不視事」。

〔一三〕「昭昭」二句，昭昭，明亮貌。文昌，史記天官書：「斗魁戴匡六星曰文昌宮。」其第三星曰貴相。索隱引文耀鉤云：「文昌宮爲天府。」又引孝經援神契云：「文者精所聚，昌者揚天紀。輔拂并居，以成天象，故曰文昌宮。」此言郝處俊貴爲宰相。

〔一四〕「隱隱」二句，西掖，中書省之别名。隱隱，中書省專管機密，因言其深秘。鳳凰池，指中書省。晉書荀勖傳：「久之，以勖守尚書令。勖久在中書，專管機事，及失之，甚罔罔悵恨。或有賀之者，勖曰：『奪我鳳凰池，諸君賀我邪？』」上注引舊唐書郝處俊傳，述郝氏嘗爲中書令，故云。

〔一五〕「增萬機」句，萬機，「機」亦作「幾」。尚書皋陶謨：「一日二日萬幾。」僞孔傳：「幾，微也。」後指政務紛繁。增萬機，助皇帝決斷萬機之力。參政本，參預處理政事。

〔一六〕「定五字」句，史記孝武本紀：「更印章以五字。」集解引張晏曰：「漢據土德，土數五，故用五爲印文也。若丞相，曰『丞相之印章』。諸卿及守相，印文不足五字者，以『之』足也。」此以「丞相之印章」五字代指宰相，謂朝廷之事，皆定於郝處俊。對休光，對答皇帝。漢書匡衡傳：「陛下留神動静之節，使群下得望盛德休光。」顔師古注：「休，美也。」

〔一七〕「珥豐貂」句，文選左思詠史：「金張藉舊業，七葉珥漢貂。」李善注：「珥，插也。董巴輿服志曰：『侍中、中常侍冠武弁，貂尾爲飾。』」豐貂，大貂尾，代指位高權重。韡韡，原作「韡韡」，英華作「韡韡」，全唐文作「奕奕」。「奕奕」字形相去太遠，茲據四庫全書本改爲「韡韡」。詩經小雅常棣：「常棣之華，鄂不韡韡。」毛傳：「韡韡，光明也。」義謂光彩照人。

〔一八〕「識遺佩」句，詩經秦風終南：「珮玉將將，壽考不忘。」珮、佩同。將將，玉鳴聲，與「鏘鏘」同。楚辭屈原九歌湘君：「捐余玦兮江中，遺余佩兮澧浦。」王逸注：「玦，玉珮也，先王所以命臣之瑞也。」謂其家世代爲官，有祖傳玉佩可證。

〔一九〕「懸車」二句，漢書韋賢傳載諫詩：「赫赫天子，明哲且仁。懸車之義，以洎小臣。」注引應劭曰：「古者七十懸車致仕。」後漢書梁冀傳：「宜遵懸車之禮，高枕頤神。」李賢注：「薛廣德爲御史大夫，乞骸骨，賜安車駟馬，懸其安車傳子孫。」左傳僖公二十七年：「國老皆賀子文。」孔穎達正義：「王制云：有虞氏養國老於上庠，養庶老於下庠。然則國老者，國之卿大夫士之致仕者也。」

〔二〇〕「步輦」二句，文選班固西都賦：「乘茵步輦，惟所息宴。」劉良注：「輦，大車。」宋程大昌演繁露卷一〇簹：「古有車，車以轅繫馬而行。已而有輦。輦者，設杠以人肩之，故皇甫謐曰『桀爲無道，以人駕車』，是步輦之始也。」師保，漢書賈誼傳：「昔者成王幼在繦抱之中，召公爲太保，周公爲太傅，太公爲太師。保，保其身體；傅，傅之德義；師，道之教訓。此三公之職也。於是爲置三少，皆上大夫也，曰少保、少傅、少師，是與太子宴者也。」顏師古注：「宴，謂安居。」此指郝處俊遷太子少保事，詳前注。

〔二一〕「劉蕃」句，晉書劉琨傳：「劉琨，字越石，中山魏昌人，漢中山靖王勝之後也。……父蕃，清高沖儉，位至光禄大夫。」太平御覽卷二四四太子少保引晉書（按：今傳唐房玄齡等所撰晉書無此文，當是别本）曰：「懷帝以光禄劉蕃爲太子少保。」緝熙，詩經周頌維清：「維清緝熙，文王之典。」鄭玄箋：「緝熙，光明也。」此言郝處俊爲太子少保，使太子之德生輝。

〔二二〕「和嶠」句，晉書和嶠傳：「和嶠，字長輿，汝南西平人也。……嶠見太子不令，因侍坐，曰：『皇太子有淳古之風，而季世多僞，恐不了陛下家事。』帝默然不答。……或以告賈妃（按：即太子之母），妃銜之。」太康末，爲尚書。惠帝（按：即太子）即位，拜太子太傅，加散騎常侍、光禄大夫。「太子朝西宫，嶠從入，賈后使帝問嶠曰：『卿昔謂我不了家事，今日定云何？』嶠曰：『臣昔事先帝，曾有斯言，言之不效，國之福也，臣敢逃其罪乎？』」

〔二三〕「百年」句，期頤，尚書大禹謨：「帝曰：格，汝禹！朕宅帝位三十有三載，耄期，倦於勤。汝惟不怠，總朕師。」僞孔傳：「八十、九十曰耄，百年曰期頤，言已年老。」

〔二四〕「五福」句，尚書洪範：「五福：一曰壽，二曰富，三曰康寧，四曰攸好德，五曰考終命。」僞孔傳：「百二十年。財豐備。無疾病。所好者德福之道。各成其短長之命以自終，不横夭。」句謂五福之中，唯望能得其「壽」、「考」，别無所求。

〔二五〕「西山」二句，中山人衛叔卿入西嶽華山，服藥治身八十餘年，體轉少壯，遂成仙，見前從甥梁錡墓誌銘注引神仙傳卷二衛叔卿。北壁，太平御覽卷六七二仙經上引酆都六宫下制北帝文：「酆都山洞中，玉帝隱銘凡九十一言，刻石書酆都山洞天六宫北壁。六宫，萬神之靈也。」

〔二六〕「梁木」二句，顔淵死，孔子歌曰：「梁木其壞乎！哲人其萎乎！」雍門子周以琴説孟嘗君，稱「高臺既已壞，曲池既已漸」，本書前注已屢引。坐，將、漸。

〔二七〕「寮采」句，爾雅釋詁：「尸，寀也。寀、寮，官也。」郭璞注：「官地爲寀，同官爲寮。」采、寀同。

玄機等親聞教義，夙承提獎。懷德音之不忘，痛丹壑之長往〔一〕。門館闃寂，簾帷彷像〔二〕。奠行潦之蘋蘩〔三〕，庶明靈之降饗。嗚呼哀哉！

【箋注】

〔一〕「痛丹壑」句，丹壑，溝壑之美稱，指荒野。吕氏春秋卷一〇節喪：「所重所愛，死而棄之溝壑，人之情不忍爲也。」長往，往而不返。孔稚珪北山移文：「或歎幽人長往。」

〔二〕「簾帷」句，彷像，隱約相像。木華海賦：「可彷像其色，靉霼其形。」此言物在人去，連物也不甚真切。

〔三〕「奠行潦」句，詩經召南采蘩：「于以采蘩，于沼于沚。」毛傳：「蘩，皤蒿也。……公侯夫人執蘩菜以助祭。神饗德與信，不求備焉。」同上采蘋：「于以采蘋，南澗之濱。于以采藻，于彼行潦。」毛傳：「蘋，大蓱也。濱，厓也。藻，聚藻也。行潦，流潦也。」鄭玄箋稱已嫁女祭所出祖，「以蘋藻，所以成婦順也」。此謂祭品雖澹薄平常，然却情真意切。蘩，原作「繁」，據英華、全唐文改。參見前少室山少姨廟碑「可以羞澗溪沼沚之毛，可以奠潢汙行潦之水」二句注。

爲梓州官屬祭陸鄓縣文〔一〕

維垂拱二年太歲丙戌正月壬寅朔〔二〕，二十二日癸亥，長史劉某謹以清酌庶羞之奠，敬祭陸明府之靈〔三〕。夫萬里之别，猶使飲淚成血，思德音之斷絶〔四〕；況百年之分，能不憂心如薰〔五〕，想公子兮氛氲〔六〕。惟彼積德，挺生夫君〔七〕。天垂白氣，地發黄雲〔八〕。江則有汜，爲國之紀〔九〕，君傳其政，愛民如子〔一〇〕。山則有梁〔一一〕，鎮兹一方〔一二〕，君弘其道，視民如傷〔一三〕。久勞於外，路阻且長〔一四〕，曾未朞月，人之云亡〔一五〕。嗚呼哀哉！

【箋注】

〔一〕梓州，治在今四川三臺縣潼川鎮，詳見前送梓州周司功詩注引元和郡縣志。郪縣，梓州附廓屬縣，隋大業三年（六〇七）改昌城縣置。本文作於武則天垂拱二年（六八六）正月。

〔二〕「維垂拱」句，丙戌，原作「景戌」。「景」乃避唐高祖李淵父李昞諱，徑改。說詳前伯母東平郡夫人李氏墓誌銘注。

〔三〕「長史」二句，唐六典卷三〇：州長史一人，正六品上。明府，即縣令。宋洪邁容齋隨筆卷一：「唐人呼縣令爲明府。」劉某、陸明府，名字、事迹俱無考。清酌庶羞，見前同詹事府官寮祭郝少保文注。

〔四〕「夫萬里」三句，古詩十九首其一：「行行重行行，與君生別離。相去萬餘里，各在天一涯。」又江淹別賦：「割慈忍愛，離邦去里。瀝泣共訣，抆血相視。……金石震而色變，骨肉悲而心死。」德音，此指離別者日常言談之語。

〔五〕「況百年」二句，百年之分，一生緣分。人生不滿百，故云。詩經大雅雲漢：「我心憚暑，憂心如熏。」毛傳：「熏，灼也。」

〔六〕「想公子」句，公子，屈原九歌山鬼：「思公子兮徒離憂。」氛氳，氣彌漫貌，此指懷念之情彌漫。

〔七〕「惟彼」二句，積德，積累道德。詩經大雅下武：「王配于京，世德作求。」鄭玄箋：「武王配行三后之道于鎬京者，以其世世積德，庶爲終成其大功。」挺生，文選左思蜀都賦：「揚雄含章而挺生。」呂向注：「挺拔而生。」謂生而不凡。夫君，夫，語詞，君，指陸明府。楚辭九歌雲中君：「思夫君兮太息。」

〔八〕「天垂」二句，晉書天文志中十煇：「凡堅城之上……白氣如旌旗，或青雲、黄雲臨城，皆有大喜慶。」

〔九〕「江則」二句，詩經召南江有汜：「江有汜。」毛傳：「興也。決復入爲汜。」鄭玄箋：「興者，喻江水大，汜水小，然得并流。」汜，英華卷九七八作「沱」，校：「集作泥，是。」按：作「沱」誤，作「泥」亦非是，當作「汜」。汜，江河分岔之水。紀，詩經小雅四月：「滔滔江漢，南國之紀。」毛傳：「滔滔，大水貌，其神足以綱紀一方。」鄭玄箋：「江也，漢也，南國之大水，紀理衆川，使不壅滯。喻吴、楚之君能長理旁側小國，使得其所。」兩句言江水之神總理衆川。梓州西鄰岷江，古以岷江爲長江之源，故云。

〔一〇〕「君傳」二句，君，原作「居」，據四子集、全唐文改。民，原作「人」，避唐諱，徑改。劉向新序卷一雜事：「夫天生民而立之君，使司牧之，無使失性。君將賞善而除民患，愛民如子。」傳其政，謂陸明府治政一縣，其綱紀分明有如長江。

〔一一〕「山則」句，梁，謂梁山，即大劍山。元和郡縣志卷三三劍州普安縣：「大劍山，亦曰梁山，在縣北四十九里。」

〔一二〕「鎮茲」句，鎮，英華校：「集作國。」誤。句謂大劍山爲梓州一帶之鎮山。文選張載劍閣銘：

「惟蜀之門，作固作鎮。」吕向注：「大可爲鎮，險可爲固也。」

〔一三〕「視民」句，左傳哀公元年：「臣聞國之興也，視民如傷，是其福也。」杜預注：「如傷，恐驚動。」民，原作「人」，唐諱徑改。

〔一四〕「路阻」句，詩經秦風蒹葭：「所謂伊人，在水一方。遡洄從之，道阻且長。」

〔一五〕「人之」句，云亡，英華作「云云」，第二「云」字形訛。詩經大雅瞻卬：「人之云亡，邦國殄瘁。」

哀哀弱嗣，朝暮一溢〔一〕，皎皎孀妻，饋乎下室〔二〕。蜀門如劍〔三〕，長安如日〔四〕，歸路何從，我心如疾〔五〕。嗚呼哀哉！凡我在位，羈官邊城，共戮力兮，誰言死生。思其人兮，造其户庭，怳無見兮，寂無聲。稱觴兮酹酒，心折兮骨驚〔六〕。嗚呼哀哉！

【箋注】

〔一〕「哀哀」二句，弱嗣，謂嗣子甚幼，尚在弱齡。一溢，儀禮喪服：「居倚廬，寢苫枕塊，哭，晝夜無時。歠粥，朝一溢米，夕一溢米。」鄭玄注：「二十兩曰溢。爲米一升二十四分升之一。」賈公彦疏：「云歠粥朝一溢米、夕一溢米者，孝子遭父母之喪，當爲父母致病，故喪大記云水漿不入口，三日之後乃始食。必三日許食者，聖人制法，不以死傷生，恐至滅性，故禮許之食，雖食猶節之，使朝、夕各一溢米而已也。」

〔二〕「饋乎」句，儀禮既夕：「朔月若薦新，則不饋於下室。」鄭玄注：「以其殷奠有黍稷也。下室，如今之内堂。」賈公彦疏：「注釋曰『以其殷奠有黍稷也』者，大小斂奠、朝夕奠等皆無黍稷。故上篇（按：指士喪禮）『朔月有黍稷』鄭玄注云：『於是始有黍稷。』唯有下室，若生有黍稷。今此殷奠，大奠也，自有黍稷，故不復饋食於下室也。若然，大夫以上又有月半奠，有黍稷，亦不饋食於下室可知云。……『下室，如今之内堂』者，下室既爲燕寢，故鄭舉漢法内堂況之。」饋，原作「鎖」，據改。

〔三〕「蜀門」句，蜀門，即劍門。文選張載劍閣銘：「惟蜀之門，作固作鎮。是曰劍閣，壁立千仞。」太平寰宇記卷八四劍州：「諸葛武侯相蜀，於此立劍門，以大劍山至此有益東之路，故曰劍門。」

〔四〕「長安」句，謂長安之遠，其遠如日。用晉明帝少時稱「舉目見日，不見長安」事，見前唐右將軍魏哲神道碑「長安眇眇，還符『日近』之言」兩句注引世説新語夙惠。

〔五〕「我心」句，謂心中煩憂，有如生病。詩經小雅小弁：「心之憂矣，疢如疾首。」鄭玄箋：「疢，猶病也。」

〔六〕「稱觴」二句，稱觴，舉杯。酹，以酒灑地。文選任昉上蕭太傅固辭奪禮啓：「且奠酹不親，如在安寄。」李善注：「鄭玄周禮注曰：『喪所薦饋曰奠。』聲類曰：『酹，以酒祭地也。』」心折兮骨驚，謂極度傷痛，見前爲薛令祭劉少監文注。

祭汾陰公文〔一〕

維大唐光宅之元祀，太歲甲申冬十有二月戊寅朔，丁亥御辰，楊炯以柔毛清酒之奠〔二〕，敢昭告於故中書令、汾陰公之貴神〔三〕。惟公含純德而載誕兮，稟元精而秀出〔四〕。備百行而立身兮〔五〕，半千年而委質〔六〕。屬天地之貞觀兮，逢聖人之得一〔七〕。若夔龍稷卨之寅亮舜朝兮〔八〕，若蕭曹魏邴之謀猷漢室〔九〕。懸大名於宇宙兮，立大勳於輔弼。如何斯人而有斯疾〔一〇〕，曾未遐壽，中年殞卒。嗚呼哀哉！若夫家傳寶鼎〔一一〕，地闢金溝〔一二〕。文則屬詞而比事兮，學則八索而九丘〔一三〕。入則東藩之上相兮〔一四〕，出則南面之諸侯〔一五〕。唯盡善兮未善〔一六〕，固雖休而勿休〔一七〕。既知退而知進兮，亦能剛而能柔。大才則九功惟叙兮〔一八〕，大智則萬物潛周〔一九〕。崇德廣業兮，樂天知命而不憂〔二〇〕。嗚呼哀哉！

【箋注】

〔一〕汾陰公，即薛元超，其生平事迹詳前中書令汾陰公薛振行狀。薛元超卒於光宅元年（六八四）十二月初二（參前行狀注）。以戊寅朔推之，丁亥爲初十日。

〔二〕「楊炯」句，柔毛，禮記典禮下：「凡祭宗廟之禮，羊曰柔毛。」清酒，詩經小雅信南山：「祭以清酒。」鄭玄箋：「清，謂玄酒也。」禮記禮運：「玄酒在室，醴醆在户。」孔穎達正義：「玄酒，謂水也。以其色黑，謂之玄，而太古無酒，此水當酒所用，故謂之玄酒。」酒，英華卷九七八校：「集作酌。」清酌，義同。

〔三〕「敢昭告」句，貴神，英華、四子集作「靈」，英華校：「集作貴神。」此句下，英華尚有「嗚呼哀哉」句。

〔四〕「稟元精」句，後漢書郎顗傳：「元精所生，王之佐臣。」李賢注：「元爲天，精謂之精氣。春秋演孔圖曰『正氣爲帝，間氣爲臣，宮商爲佐，秀氣爲人』也。」

〔五〕「備百行」句，百，原作「五」，據英華、四子集、全唐文改。百行，多方面才能。

〔六〕「半千年」句，半千年，即五百年。委質，左傳僖公二十三年「策名委質」，孔穎達正義稱「委質，拜(官)則屈膝而委身體於地，以明敬奉之也」。詳見前中書令汾陰公薛振行狀注。句謂傑出如薛元超，其委質事君，五百年或可有之。

〔七〕「屬天地」二句，周易繫辭下：「吉凶者，貞勝者也；天地之道，貞觀者也。」韓康伯注：「貞者，正也，一也。夫有動則未免乎累，殉吉則未離乎凶。盡會通之變而不累於吉凶者，其唯貞者乎？老子曰：『王侯得一以爲天下貞。』萬變雖殊，可以執一御也。明夫天地萬物莫不保其貞以全其用也。」「得一」之「一」，指道。兩句謂薛元超逢唐皇帝得道之時。

〔八〕「若夔龍」句，夔、龍、稷、卨，皆舜臣。夔典樂，龍爲納言，稷爲農官，卨(契)爲司徒，見尚書舜典。寅亮，尚書周官「寅亮天地」，僞孔傳釋爲「敬信天地之教」。宋林之奇尚書全解卷三：「爾雅曰：『亮，左右也。』以是知亮有輔相之義。」寅，英華校：「集作翊。」亦通。

〔九〕「若蕭曹」句，指蕭何、曹參、魏豹、邴吉。前三人爲漢開國將相，史記、漢書皆有傳；邴吉嘗救助宣帝，見漢書外戚列傳史良娣傳。

〔一〇〕「如何」句，論語雍也：「伯牛有疾，子問之，自牖執其手，曰：『亡之，命矣夫！斯人也而有斯疾也，斯人也而有斯疾也！』」按：伯牛，孔子弟子冉耕。

〔一一〕「若夫」句，謂薛氏家有大功於朝，乃古所謂可銘功於鼎者。蔡邕銘論(文字據嚴可均輯全後漢文)：「昔召公作誥，先王賜朕鼎，出於武當曾水。吕尚作周太師，而封於齊，其功銘於昆吾之冶，漢獲齊侯寶樽於槐里，獲寶鼎於美陽。仲山甫有補衮闕、式百辟之功。周禮司勳：凡有大功者，銘之太常，所謂諸侯言時計功者也。宋大夫正考父，三命滋益恭，而莫侮其國。衛孔悝之父莊叔，隨難漢陽，左右獻公，衛國賴之，皆銘於鼎。晉魏顆獲秦杜回於輔氏，銘功於景鐘，所謂大夫稱伐者也。鐘鼎禮樂之器，昭德紀功，以示子孫。物不朽者，莫不朽於金石，故碑在宗廟兩階之間。」

〔一二〕「地辟」句，溝，原作「樓」，據英華、四子集、全唐文改。晉書王濟傳：「時洛京地甚貴，濟買地爲馬埒，編錢滿之，時人謂爲金溝。」此謂薛氏家富於財。

〔一三〕「文則」二句，禮記經解：「屬辭比事，春秋教也。」鄭玄注：「屬，猶合也。春秋多記諸侯朝聘會同，有相接之辭，罪辯之事。」此泛指作文。八索、九丘，古書名，前已屢注。謂薛元超學問廣博淵深。

〔一四〕「入則」句，史記天官書：「匡衛十二星，藩臣：西，將；東，相。」相在東，故稱東藩爲相。正義稱相又有上相、次相之别，其星不同。舊唐書天文志下：「貞觀十五年(六四一)二月十五日，熒惑逆犯太微東藩上相。」此指薛元超爲同中書門下三品，乃宰相之職。

〔一五〕「出則」句，古以座北面南爲尊。周易説卦：「聖人南面而聽天下。」古之諸侯，亦南面而坐。白虎通義卷上封公侯：「諸侯南面之體，體陽而行陽道不絶；大夫、人臣北面，體陰而行陰道。」此指薛元超出爲州刺史，與古代諸侯相當。侯，英華校：「集作通。」誤。

〔一六〕「唯盡善」句，論語八佾：「子謂韶盡美矣，又盡善也；謂武盡美矣，未盡善也。」何晏集解引孔（安國）曰：「韶，舜樂名，謂以聖德受禪，故盡善。武，武王樂也，以征伐取天下，故未盡善。」此言薛元超當國，所謂「盡善」、「未盡善」之事皆兼之，言其既興文德，亦重武功。

〔一七〕「固雖休」句，莊子刻意：「其死若休。」成玄英疏：「其死也若疲勞休息，曾無係戀也。」此所謂「休」，即言休息，謂政務極爲煩勞。

〔一八〕「大才」句，尚書大禹謨：「禹曰：『於，帝念哉！德惟善政，政在養民。水、火、金、木、土、穀，惟修。正德、利用、厚生，惟和。九功惟叙，九叙惟歌。』」按：水、火等即所謂「六府」，「正德」等即所謂「三事」，合之爲「九功」。「九功惟叙，九叙惟歌」，僞孔傳：「言六府三事之功有次叙，皆可歌樂，乃德政之致。」

〔一九〕「大智」句，潛周，謂隱匿如周鼎。楚辭東方朔七諫：「甂甌登於明堂兮，周鼎潛乎深淵。」王逸注：「甂甌，瓦器名也。周鼎，夏禹所作鼎也。左氏傳曰：昔夏禹之有德，遠方圖物，貢金九牧，鑄鼎象物。桀有昏德，鼎遷於商。商紂暴虐，鼎遷於周，是爲周鼎。言甂甌之器登明堂，周鼎反藏於深淵之水。言小人任政，賢者隱匿也。」句言遇逆境時，則深藏如周鼎，是乃爲臣之大智慧。

〔二〇〕「崇德」二句，周易繫辭上：「夫易，聖人所以崇德而廣業也。」韓康伯注：「窮理入神，其德崇也；兼濟萬物，其業廣也。」同上書又曰：「樂天知命，故不憂。」韓康伯注：「順天之化，故曰樂也。」

門館虚兮寂寞，歲窮陰兮摇落〔一〕。備物儼兮如存〔二〕，光靈眇兮焉託〔三〕。垂繐帷與祖帳兮〔四〕，罷歌臺與舞閣。天子惜其荼毗兮〔五〕，群臣思其可作〔六〕。嗚呼哀哉！

【箋　注】

〔一〕「歲窮陰」句，文選鮑照舞鶴賦：「窮陰殺節，急景凋年。」李善注：「禮記曰：『季冬之月，日窮於次。』神農本草經曰：『秋冬爲陰。』」薛元超卒於季冬（十二月），故云。宋玉九辯：「悲哉！秋之爲氣也。蕭瑟兮，草木摇落而變衰。」

〔二〕「備物」句，物，指喪葬用品。前崔獻行狀所謂「珠襦玉匣，禮備於喪終」是也。如存，謂儼然若生。如，英華作「以」，校：「集作如。」作「以」誤。

〔三〕「光靈」句，後漢書東平憲王蒼傳：「今魯國孔氏尚有仲尼車輿冠履。明德盛者，光靈遠也。」

按：光靈，謂神光靈躍。論衡宣漢篇：「祭后土天地之時，神光靈耀，可謂繁盛累積矣。」句言薛元超之靈魂眇不可覩，不知託於何處。

〔四〕「垂繐帷」句，繐，細而疏之麻布，古代用作喪服及帷幕。庾信思舊銘：「昔爲幕府，今成繐帷。」祖帳，臨行時所設帳幕。

〔五〕「天子」句，荼毘，原作「毘余」，不詞，當是「余毘」之倒，而「余」乃「荼」之形訛。荼毘，梵語音譯，謂焚燒、火化。大般涅槃經遺教品：「一切天人，無數大衆，應各以栴檀、沈水、微妙香油荼毘如來，哀號戀慕。」此指葬入土中，與文意正合，因改。

〔六〕「群臣」句，禮記檀弓下：「趙文子與叔譽觀乎九原，文子曰：『死者如可作也，吾誰與歸？』」鄭玄注：「作，起也。」

俯循兮弱齡，叨襲兮簪纓〔一〕。公夕拜之時也，既齒跡於渠閣〔二〕；公春華之日也，又陪遊於層城〔三〕。參兩宮而承顧眄兮〔四〕，歷一紀而洽恩榮。郭有道之題目兮〔五〕，蔡中郎之下迎〔六〕。倏焉今古，非復平生。無德不報兮，願摩頂而至足〔七〕；有生必死兮，空飲恨而吞聲〔八〕。天慘慘兮氣冥冥，月窮紀兮日上丁〔九〕。籍白茅兮无咎〔一〇〕，和黍稷兮非馨〔一一〕。嗚呼哀哉！

【箋注】

〔一〕「俯循」二句，俯循，謂俯首追憶往事。弱齡，少小之時。叨襲，謬得，乃謙詞。簪纓，代指官服。兩句楊炯自言少小時便獲得功名，指其六歲時舉神童，參見本書附録年譜。

〔二〕「公夕拜」二句，夕拜，謂作黄門侍郎。薛振行狀：「三十二，丁太夫人憂，去職。起爲黄門侍郎，固辭不許。」舊唐書薛收傳附薛元超傳：「永徽五年（六五四），丁母憂解（職），明年，起授黄門侍郎。」渠閣，即石渠閣，漢代藏書處，後代指秘書省。薛元超拜黄門侍郎時，楊炯六歲，所謂「齒跡於渠閣」，疑指在秘書省試童子科。説詳附録年譜。

〔三〕「公春華」二句，三國志魏書邢顒傳：「太祖諸子高選官屬，令曰『侯家吏宜得淵深法度如邢顒輩』，遂以爲平原侯（曹）植家丞。顒防閑以禮，無所屈撓，由是不合。庶子劉楨書諫植曰：『家丞邢顒，北土之彦，少秉高節，玄静淡泊。言少理多真，雅士也，楨誠不足同貫斯人，并列左右。而楨禮遇殊特，顒反疏簡，私懼觀者將謂君侯習近不肖，禮賢不足，採庶子之春華，忘家丞之秋實，爲上招謗，其罪不小。』」則所謂「春華之日」，指薛元超爲太子左庶子時。薛振行狀：「五十四，遷中書侍郎，尋同中書門下三品，兼檢太子左庶子。」考薛氏五十四歲，爲上元三年（六七六）。楊炯渾天賦曰：「上元三年，始以應制舉，補校書郎，朝夕靈臺之下，備見銅渾之象。」層城，猶言重城，指皇宫。層，英華校：「集作郡。」誤。

〔四〕「參兩宫」句，文選王儉褚淵碑文：「升降兩宫，實惟時寶。」李周翰注：「升降，上下也。兩宫，謂天子、太子宫。」

〔五〕「郭有道」句，郭泰，號有道先生。題目，原作「青目」，誤。「青目」乃阮籍事：見所喜之人現青眼，見禮俗之士則以白眼對之，詳晉書阮籍傳。兩字，英華作「青日」，於「青」下校：「集作題。」按：「青」作「題」是，而「目」作「日」誤。題目，品題評論，是，據改。三國志吴書步騭傳裴松之注引吴書曰：「李肅，字偉恭，南陽人。……薦述後進，題目品藻，曲有條貫，衆人以此服之。」郭泰亦善品題。後漢書郭太（泰）傳：「其奬拔士人，皆如所鑒。」李賢注引謝承（後漢）書曰：「泰之所名，人品乃定，先言後驗，衆皆服之。」此言曾得薛元超佳評。

〔六〕「蔡中郎」句，蔡中郎，即蔡邕。三國志魏書王粲傳：「獻帝西遷，粲徙長安，左中郎將蔡邕見而奇之。時邕才學顯著，貴重朝廷，常車騎填巷，賓客盈坐，聞粲在門，倒屣迎之。」此言曾得薛元超接待。

〔七〕「無德」二句，詩經大雅抑：「無言不讎，無德不報。」毛傳：「讎，用也。」鄭玄箋：「德加於民，民則以義報之。」孟子盡心上：「墨子兼愛，摩頂放踵，利天下爲之。」趙岐注：「摩突其頂，下至於踵，以利天下，己樂爲之也。」

〔八〕「有生」二句，吕氏春秋卷一〇節喪：「凡生於天地之間，其必有死，所不免也。」陶潛擬挽歌辭三首其一：「有生必有死，早終非命促。昨暮同爲人，今旦在鬼録。」江淹恨賦：「自古皆有死，莫不飲恨而吞聲。」

〔九〕「月窮紀」句，謂十二月丁亥日。周禮春官占夢：「季冬，日窮於次，月窮於紀，星回於天。」呂氏春秋季秋紀：「上丁，入學習吹。」高誘注：「是月上旬丁日。」

〔一〇〕「籍白茅」句，周易繫辭上：「『初六，藉用白茅，无咎。』子曰：『苟錯諸地而可矣。』藉之用茅，何咎之有？愼之至也。夫茅之爲物，薄而用可重也，愼斯術也以往，其無所失矣。」按：語出周易大過，孔穎達正義云：「藉用白茅者，以柔處下，心能謹愼，薦藉於物。用潔白之茅，言以潔素之道，奉事於上也。无咎者，既能謹愼如此，雖遇大過之難，而无咎也。」籍、藉通。

〔一一〕「和黍稷」句，周易既濟：「九五，東鄰殺牛，不如西鄰之禴祭實受其福。」王弼注：「牛，祭之盛者；禴，祭之薄者。居既濟之時，而處尊位，物皆濟矣，將何爲焉？其所務者，祭祀而已。祭祀之盛，莫盛修德，故沼沚之毛，蘋蘩之菜，可羞於鬼神。故黍稷非馨，明德惟馨。是以東鄰殺牛，不如西鄰之禴祭實受其福也。」句謂祭品雖薄，而心則誠信。

贊

梓州官僚贊〔一〕

昌西郡縣〔二〕，廣漢封疆〔三〕。岐嶓地德〔四〕，參井天光〔五〕。作固作鎮〔六〕，西南一方。設官分職〔七〕，鵷鷺成行〔八〕。

【箋注】

〔一〕此贊盈川集不載，據全唐文卷一九一補，原爲磨崖石刻。宋王象之輿地碑記目卷四潼川府碑記：「梓州官僚磨崖贊，唐武后時司法參軍楊炯作。在北崖，字十六七磨滅不可讀。」刻石後來被毁，文本傳録，今以全唐文爲早。贊，文體名。文心雕龍頌贊曰：「贊者，明也，助也。昔虞舜之祀，樂正重贊，蓋唱發之辭也。」王應麟詞學指南卷四曰：「贊者，贊美、贊述之辭。」并引文章緣起道：「司馬相如作荆軻贊，班史以論爲贊，范曄更以韻語。」本篇即爲韻語。梓州，唐爲東川節度使治所，地在今四川三臺縣，前已屢注。據舊唐書本傳，楊炯於則天初「坐從祖（新唐書本傳作「從父」）弟神讓犯逆，左轉梓州司法參軍」。所謂「則天初」，即垂拱元年（六八五）末或二年初。按楊炯自贊（見後）稱「歲聿云徂，小人懷土。歸歟歸歟，自衛反魯」，則贊文當作於垂拱四年任滿將離梓州時。詳參本書附録年譜。

〔二〕「昌西」句，昌西，謂昌城郡之西。元和郡縣志卷三三梓州郪縣：「本漢舊縣，屬廣漢郡。……後魏置昌城郡，後又改名昌城縣。」梓州在昌城縣（即郪縣）之西，故稱。

〔三〕「廣漢」句，廣漢，漢郡名。元和郡縣志卷三一成都府：「禹貢梁州之域，古蜀國也。……秦惠王元年（前三三七），蜀人來朝。八年，因五丁伐蜀，滅之，封公子通爲蜀侯，於成都置蜀郡，以張若爲守，因蜀山以爲郡名也。始皇三十六郡，蜀郡不改。其治（原作「理」，避唐諱，徑改）本在青衣江今嘉州龍游縣界，漢高帝王蜀，分蜀置廣漢郡，初有漢中、廣漢、巴、蜀四郡。」梓州地屬廣漢郡，故云。

〔四〕「岐嶓」句，尚書禹貢：「壺口治梁及岐。」僞孔傳：「壺口在冀州，梁、岐在雍州。」孔穎達正義：「岐山在右扶風美陽縣西北。」同書又曰：「岷嶓既藝，沱潛既道。」僞孔傳：「岷山、嶓冢，皆山名。」正義：「隴西郡西縣嶓冢山，西漢水所出。」按元和郡縣志卷二鳳翔府岐山縣：「岐山，亦名天柱山，在縣東北十里。」山在今陝西寶雞市岐山縣東北部，因山之箭括嶺雙峰對峙、山有兩岐而得名。嶓冢山，在今甘肅天水與禮縣之間。

〔五〕「參井」句，參、井，星宿名，分别爲蜀星、秦星，而兩宿相近，故此即代指蜀。史記天官書：「觜觽、參，益州。」正義：「括地志云：『漢武帝置十三州，改梁州爲益州廣漢。廣漢，今益州咎縣是也。分今河内、上黨、雲中。』然按星經，益州，魏地，畢、觜，參之分，今河内、上黨、雲中是。未詳也。」今按唐開元占經卷六二：「彗星要占曰：『參者，天之市也，伐者，天之都尉也，天之車騎也，與狼狐同精，天之候蜀也。主南夷戎之國。』一曰晉地。」同書卷六四宿次分野一：「參爲魏之分野，屬益州。漢武帝改梁州爲益州，非魏地益州也。」則參爲益州分野，漢武帝之前益州乃魏地；自漢武帝改梁州爲益州，則參亦隨地名變動而變，爲蜀之分野矣。井，史記天官書：「東井，輿鬼，雍州。」文選左思蜀都賦：「岷山之精，上爲井絡。天帝運期而會昌，景福肸饗而興作。」劉淵林注：「河圖括地象曰：『岷山之地，上爲井絡，帝以會昌，神以建福。』上爲天井，言岷山之地上爲東井維絡，岷山之精上爲天之井星也。」又晉書天文志上十二次度數：「自東井十六度至柳八度爲鶉首，於辰在未，秦之分野，屬雍州。」此與上句，述梓州之天文、地理位置。

〔六〕「作固」句，文選張載劍閣銘「作固作鎮。是曰劍閣」，吕向注：「大可爲鎮，險可爲固也。」

〔七〕「設官」句，周禮天官冢宰：「體國經野，設官分職。」鄭玄注引鄭司農云：「置冢宰、司徒、宗伯、司馬、司寇、司空，各有所職，而百事舉。」州縣亦如之。

〔八〕「鵷鷺」句，鵷、鷺群飛有序，故以喻朝廷及州縣官班行。隋書音樂志：「懷黄綰白，鵷鷺成行。」此指梓州官僚。

岳州刺史前長史弘農楊諲贊〔一〕

楊公四代，不渝淳則。學以自新，政惟柔克〔二〕。自君去矣，南浮澤國〔三〕。日往月來，吏人思德。

【箋注】

〔一〕岳州，今湖南岳陽市。前長史，謂楊諲在爲岳州刺史之前，嘗爲梓州長史。按元和郡縣志卷三三，梓州爲上州。唐六典卷三〇：上州「長史一人，從五品上。……别駕、長史、司馬掌貳府州之事，以紀綱衆務，通判列曹，歲終則更入奏計」。楊譓，與作者同爲弘農人，或爲同族。册府元龜卷一三八旌表二：「（儀鳳）三年（六七八）九月，詔賜雍州司法參軍楊譓故妻韋氏物百段，旌孝行也。韋氏，鄜州刺史吉甫之女，其父初嬰癘疾，累月不解衣而寢；及父卒，一慟而絶。帝嘉其至行，特賜縑帛，仍令編入國史。」所云雍州司法參軍楊譓，與此當即同一人，其事迹别無可考。

〔二〕「政惟」句，尚書洪範：「三德：一曰正直，二曰剛克，三曰柔克。」柔克，僞孔傳：「和柔能治。」

〔三〕「南浮」句，澤，指湖泊。岳州「左洞庭，右彭蠡」（元和郡縣志卷二七岳州），故稱「澤國」。

長史河南秦遊藝贊〔一〕

州之端右，必得其鄰〔二〕。始皇之裔，厥姓惟秦〔三〕。其明察察〔四〕，其政恂恂〔五〕。梧桐生矣〔六〕，君子當仁〔七〕。

【箋注】

〔一〕秦遊藝，河南（今河南洛陽）人，餘無考。

〔二〕「州之」二句，北堂書鈔卷五九尚書令「端右之重」引晉起居注云：「太（泰）始元年（二六五），詔曰：『尚書令總百揆，端右之職也。』」論語里仁：「子曰：『德不孤，必有鄰。』」何晏集解：「方以類聚，同志相求，故必有鄰，是以不孤。」按唐六典卷三〇李林甫注，稱「永徽中，始改别駕爲長史」。則長史爲昔日別駕之職，乃州刺史之佐，必須與刺史同心同德，有如朝廷尚書令。

〔三〕「始皇」二句，通志氏族略第二以國爲氏：「秦氏，嬴姓，少皞之後也，以皋陶爲始祖。十世曰蜚廉，生二子，一曰惡來，其後爲秦；二曰季勝，其後爲趙。惡來之後五世曰非子，初封於秦谷，爲秦氏。秦谷，故隴西秦亭是也。……至孝公，用衛鞅之術以富國彊兵，自此以還，六國不能與之争衡，凡三十五世。自子嬰降漢，秦之子孫，以國爲氏焉。」

〔四〕「其明」句，察察，過於明察。後漢書章帝紀：「論曰：魏文帝稱明帝察察，章帝長者。章帝素知人，厭明帝苛切，事從寬厚。」晉書皇甫謐傳：「虞夏欲温温而和暢，不欲察察而明切也。」又貞觀政要卷八刑法：「勿汶汶而暗，勿察察而明。」此蓋謂秦氏能明察，然稍過，略有諷意也。

〔五〕「其政」句，史記孔子世家：「其於鄉黨，恂恂似不能言者。」集解引王肅曰：「恂恂，温恭貌也。」此又謂秦氏雖察之過明，然爲政則寬和。

〔六〕「梧桐」句，詩經大雅卷阿：「鳳凰鳴矣，于彼高岡。梧桐生矣，于彼朝陽。」鄭玄箋：「梧桐生者，猶明君出也。……鳳凰之性，非梧桐不棲，非竹實不食。」

〔七〕「君子」句，論語衛靈公：「子曰：『當仁不讓於師。』」何晏集解引孔（安國）曰：「當行仁之事，不復讓於師，言行仁急。」按：以上兩句，謂秦氏值此明時，官爲長史，乃當仁不讓。

司馬上柱國隴西李景悟贊〔一〕

司馬柱國，下成桃李〔二〕。永安之孫，高平之子〔三〕。肅肅宗廟，巖巖清峙〔四〕。士元之才，一日千里〔五〕。

【箋　注】

〔一〕據唐六典卷三〇，上州「司馬一人，從五品下」。司馬之職掌，見上楊譓贊注。上柱國，勳級名。同上書卷二尚書吏部：「上柱國，比正二品。」李景悟，宗室高平郡王李道立之子，見下注。

〔二〕「下成」句，史記李將軍（廣）列傳：「諺曰：桃李不言，下自成蹊。此言雖小，可以論大也。」索隱案姚氏云：「桃李本不能言，但以華實感物，故人不期而往其下，自成蹊徑也。以喻廣雖不能道，辭能有所感，而忠心信物故也。」按隴西李氏自稱爲李廣後裔（見前伯母東平郡夫人李氏墓誌銘注），故用此事。

〔三〕「永安」二句，舊唐書宗室傳永安王孝基：「永安王孝基，高祖從父弟也。……武德元年（六一八）封永安王，歷陝州總管、鴻臚卿，以罪免。二年，劉武周將宋金剛來寇，……復以孝基爲行軍總管討之，……大戰於夏縣，王師敗績，孝基與唐儉等皆没於賊。後謀歸國，爲武周所害。高祖爲之發哀，……贈左衛大將軍，謚曰壯。無子，以從兄韶子道立爲嗣，封高平郡王。」

〔四〕「巖巖」句，世説新語容止：「王大將軍（敦）稱太尉（王衍）處衆人中，似珠玉在瓦石間。」同上賞譽下：「王公目太尉巖巖清峙，壁立千仞。」劉孝標注：「顧愷之夷甫畫贊曰：『夷甫天形瓌特，識者以爲巖巖秀峙，壁立千仞。』」

〔五〕「士元」二句，三國志蜀書龐統傳：「龐統，字士元，襄陽人也。……先主領荆州，統以從事守耒陽令，在縣不治，免官。吴將魯肅遺先主書曰：『龐士元非百里才也，使處治中、别駕之任，始當展其驥足耳。』」按：「一日千里」與百里才、千里才語義不同，此蓋謔言之也。

朝散大夫行司功參軍事淄川縣公隴西李承業字溝贊〔一〕

大夫李溝，振振公族〔二〕。就養承顔，閨門雍穆。莅官行政，民無怨讟〔三〕。貴而不驕，能保其禄。

【箋注】

〔一〕朝散大夫，官階名。唐六典卷二尚書吏部：「從五品下曰朝散大夫。」同上：「階高而擬卑，則曰行。」又同上卷三〇：上州「司功參軍事一人，從七品下。……司功參軍掌官吏考課、假使、選舉、祭祀、禎祥、道佛、學校、表疏、書啓、醫藥、陳設之事」。淄川縣公，李承業封爵名。淄川，元和郡縣志卷一一淄州淄川縣：「本漢般陽縣也。……晉省。宋於此置貝丘縣。隋開皇十八年(五九八)，改貝丘爲淄川縣，屬淄州。」今爲山東淄博市淄川區。趙明誠金石録卷四：「唐淄川公李孝同碑，撰人姓名殘缺，諸葛思禎正書，咸亨元年(六七〇)五月。」雍正陝西通志卷七〇：「淄川公李孝同墓，在縣北原上。公諱孝同，右衛將軍、淄川縣公，以總章二年(六六九)

十一月薨於京都永安之里第，咸亨元年五月歸窆於舊塋。孝同者，淮安靖王神通之子，史（按：見舊唐書宗室傳）但附名（淮安王）神通傳末。碑亦磨泐，可讀者才半。……李孝同碑，在三原北原。」觀其年代，疑李承業爲李孝同子，故襲其封爵。

〔二〕「振振」句，詩經周南麟之趾：「麟之角，振振公族。」毛傳：「麟角，所以表其德也。公族，公同祖也。」振振，同詩毛傳：「信厚也。」

〔三〕「民無」句，左傳宣公十二年：「今茲入鄭，民不罷勞，君無怨讟。」杜預注：「讟，謗也。」民，原作「人」，避唐諱，徑改。

司倉參軍事高平獨孤文字大辯贊〔一〕

大辯若訥〔二〕，歷官有聲。是司出納〔三〕，我庾如京〔四〕。原承道濟〔五〕，家在高平。祖德勳伐，受氏因生〔五〕。

【箋　注】

〔一〕唐六典卷三〇：上州「司倉參軍事一人，從七品下」。高平，元和郡縣志卷一五澤州高平縣：「本漢泫氏縣，屬上黨郡，在泫水之上，故以爲名。後魏改爲玄氏，屬建興郡。高齊文宣帝省玄氏縣，自長平高城移高平縣理之，仍改高平縣，屬高都郡。隋開皇三年（五八三），改屬澤州。」

今爲山西高平市。獨孤文，别無事迹可考。

〔二〕「大辯」句，老子：「大辯若訥。」河上公注：「大辯者智無疑，如訥者口無辭。」又王弼注：「大辯，因物而言，已無所造，故若訥也。」

〔三〕「是司」句，出納，指司倉參軍之職。唐六典卷三〇：「司倉參軍，掌公廨度量、庖廚、倉庫、租賦、徵收、田園、市肆之事。」

〔四〕「我庾」句，詩經小雅甫田：「曾孫之庾，如坻如京。」毛傳：「京，高丘也。」鄭玄箋：「庾，露積穀也。」此泛指倉庫。

〔五〕「原承」句，道濟，當爲檀道濟。宋書檀道濟傳：「檀道濟，高平金鄉人。」宋武帝劉裕大將，官至司空。以功高震主，宋文帝劉義隆疑其「立功前朝，威名甚重，左右腹心，并經百戰，諸子又有才氣，朝廷疑畏之」，故於元嘉十三年（四三六）設謀誅殺之。

〔六〕「祖德」二句，勳伐，左傳昭公三年：「爲司空以書勳。」杜預注：「勳，功也。」同書襄公十九年：「大夫稱伐。」孔穎達正義：「從行征伐，可得稱伐勞耳。」又同書隱公八年：「諸侯因生以賜姓，胙之土而命之氏。」杜預注：「因其所由生以賜姓，謂若舜由嬀汭，故陳爲嬀姓，報之以土，而命氏曰陳。」獨孤文祖先與檀道濟是何關係，何以受氏獨孤，限於史料，皆待考。

司户參軍事博陵崔翬贊〔一〕

博陵崔翬，文儒代有。其德不愆〔二〕，其言不朽〔三〕。發揮談論，抑揚琴酒。知微知章〔四〕，可大可久〔五〕。

【箋注】

〔一〕唐六典卷三〇：上州「司户參軍事二人，從七品下。……司户參軍掌户籍、計帳、道路、逆旅、田疇、六畜、過所、蠲符之事，而剖斷人之訴競」。元和郡縣志卷一八定州：博陵，漢郡名，後魏改爲定州。「大業三年（六〇七）改爲博陵郡，遥取漢博陵郡爲名也。……武德四年（六二一）討平竇建德，復置定州，復開皇之舊名也。」今爲河北定州市。崔翬，事迹别無可考。

〔二〕「其德」句，詩經大雅假樂：「不愆不忘，率由舊章。」鄭玄箋：「愆，過。」謂其德無瑕疵。

〔三〕「其言」句，左傳襄公二十四年：「太上有立德，其次有立功，其次有立言，雖久不廢，此之謂不朽。」

〔四〕「知微」句，周易繫辭下：「君子知微知彰。」孔穎達正義：「君子知微知彰者，初見事幾，是知其微；既見其幾，逆知事之禍福，是知其彰著也。」彰，同「章」。

〔五〕「可大」句，周易繫辭上：「乾以易知，坤以簡能。易則易知，簡則易從。易知則有親，易從則有功。有親則可久，有功則可大。可久，則賢人之德，可大，則賢人之業。」

司軍參軍事濮陽吴思温字如玉贊〔一〕

思温吉士，地籍東吴〔二〕。功成覆簣〔三〕，業就編蒲〔四〕。愛猶冬日〔五〕，罔若明珠〔六〕。州中煜煜〔七〕，此之謂乎！

【箋注】

〔一〕司軍參軍，考唐六典、通典等職官典籍，唐代諸衛府、州縣未設此官，且歷代亦未見有此官職。而楊炯所贊梓州群官，獨缺録事參軍。或「録事」二字石刻字迹漫漶，録文者誤讀；或已闕字，後人妄補乎？因無他證，姑説以待考。按唐六典卷三〇：上州「録事參軍事一人，從七品上。……録事參軍掌付事勾稽，省署抄目，糾正非違，監守符印，若列曹事有異同，得以聞奏」。

〔二〕濮陽，即濮州。元和郡縣志卷一一濮州：「春秋時爲衛國地。……晉置濮陽郡，後改濮陽國。……隋開皇十六年（五九六），於此置濮州。大業三年（六〇七）廢濮州入東平郡。隋末陷於寇賊。武德四年（六二一）討平王世充，於此重置濮州。」轄今山東鄄城及河南范縣、濮陽市南部之地。吴思温，别無事迹可考。

〔三〕「地籍」句，籍，籍貫，原作「藉」，形訛。蓋濮陽爲吴氏郡望，而居於東吴。東吴，今江蘇蘇州一帶。

〔三〕「功成」句，尚書旅獒：「爲山九仞，功虧一簣。」僞孔傳：「八尺曰仞，喻向成也。未成一簣，猶不爲山，故曰功虧一簣。」孔穎達正義：「言當勤行德也。若不矜惜細行，作隨宜小過，終必損累大德矣。譬如爲山已高九仞，其功虧損在於一簣，惟少一簣而止，猶尚不成山。以喻樹德行政，小有不終，德政則不成矣。必當慎終如始，以成德政。」簣，盛土竹器。按：此言其功雖已成，仍覆以簣，謂進德不已也。

〔四〕「業就」句，梁書王僧孺傳：「建武初，有詔舉士，揚州刺史始安王遥光表薦秘書丞王暕及僧孺，曰：『前侯官令東海王僧孺，年三十五，理尚棲約，思致悟敏。既筆耕爲養，亦傭書成學，至乃照螢映雪，編蒲緝柳，先言往行，人物雅俗，甘泉遺儀，南宫故事，畫地成圖，抵掌可述。』」此言吴思温雖業已就，仍在編蒲緝柳，謂苦讀積學也。

〔五〕「愛猶」句，左傳文公七年：「酆舒問於賈季曰：『趙衰、趙盾孰賢？』對曰：『趙衰，冬日之日也；趙盾，夏日之日也。』」杜預注：「冬日可愛，夏日可畏。」

〔六〕「冏若」句，太平御覽卷八〇三珠下引衛玠别傳曰：「驃騎王武子，君之舅也。常與君同游，語人曰：『昨日與吾外甥并坐，冏若明珠之在我側，朗然來映人。』」

〔七〕「州中」句，太平御覽卷二六五從事引魏志曰：「賈洪，字叔業，家貧好學，應州辟。其時州中自參軍以下百餘人，唯洪與嚴苞字文通才學最高，故衆爲之語曰：『州中曄曄（按郝經續後漢書卷六五引「曄曄」作「煜煜」）賈叔業，辨論洶洶嚴文通。』」

司兵參軍隴西李宏贊〔一〕

李宏門胄，衣冠赫奕。氣藴風霜，心如鐵石〔二〕。討論詞翰，沈研載籍。善與人交，歲寒無易〔三〕。

【箋注】

〔一〕唐六典卷三〇：上州「司兵參軍事一人，從七品下。……司兵參軍掌武官選舉、兵甲器仗、門户管鑰、烽候傳驛之事」。李宏，下稱其「門胄」、衣冠，又爲隴西人，或出生皇族，事迹待考。

〔二〕「心如」句，謂極堅强。北堂書鈔卷六八長史引魏武故事載令曰：「領長史王必，是吾披荆棘時吏也。忠能勤事，心如鐵石，國之良吏也。」

〔三〕「善與」二句，論語子罕：「子曰：歲寒，然後知松柏之後雕也。」何晏集解：「大寒之歲，衆木皆死，然後知松柏不雕傷。」此喻其重交誼，始終不渝。

司法參軍事河南宇文林裔贊〔一〕

宇文周後〔二〕，累代乘軒。樂然後笑，時然後言〔三〕。用刑勤恤，斷獄平反〔四〕。高門可待〔五〕，東海無冤〔六〕。

【箋注】

〔一〕唐六典卷三〇：上州「司法參軍事二人，從七品下。……司法參軍，掌律令格式、鞫獄定刑、督捕盜賊、糾逖奸非之事」。河南，今河南洛陽。宇文林裔，事迹别無可考。

〔二〕「宇文」句，謂其爲建立北周之宇文氏後裔。北周由鮮卑族人宇文泰奠定國基，其子宇文覺正式建立。

〔三〕「樂然後」二句，論語憲問：「夫子時然後言，人不厭其言；樂然後笑，人不厭其笑。」孔穎達正義：「時然後言，無游言也，故人不厭棄其言；可樂然後笑，不苟笑也，故人不厭惡其笑也。」

〔四〕「斷獄」句，漢書楚元王傳附劉德傳：「每行京兆尹事，多所平反罪人。」注引蘇林曰：「反，音幡。幡罪人辭，使從輕也。」

〔五〕「高門」句，漢書于定國傳：于公謂曰：「少高大門閭，令容駟馬高蓋車。我治獄多陰德，未嘗有所冤，子孫必有興者。」

〔六〕「東海」句，漢書于定國傳：「于定國，字曼倩，東海郯人也。其父于公，爲縣獄史，郡決曹。決獄平羅文法者，于公所決皆不恨，郡中爲之生立祠，號曰于公祠。東海有孝婦，少寡，亡子，養姑甚謹。姑欲嫁之，終不肯。姑謂鄰人曰：『孝婦事我勤苦，哀其亡子守寡，我老，久累丁壯，奈何？』其後姑自經死，姑女告吏婦殺我母。吏捕孝婦，孝婦辭不殺姑。吏驗治，孝婦自誣服。具獄上府，于公以爲此婦養姑十餘年，以孝聞，必不殺也。太守不聽，于公爭之，弗能得。乃抱其具獄，哭於府上，因辭疾去。太守竟論殺孝婦，郡中枯旱三年。後太守至，卜筮其故，于公曰：『孝婦不當死，前太守彊斷之，咎黨在是乎？』於是殺牛自祭孝婦冢，因表其墓，天立大雨，歲熟，郡中以此大敬重于公。定國少學法於父。父死後，定國亦爲獄史，郡決曹，補廷尉。……決疑平法，務在哀鰥寡，罪疑從輕，加審慎之心。朝廷稱之曰：『張釋之爲廷尉，天下無冤民；，于定國爲廷尉，民自以不冤。』」

司士參軍琅琊顔大智贊〔一〕

顔氏之子〔二〕，閑閑大智〔三〕。雅善玄談〔四〕，尤長奕思〔五〕。不偶流俗，坐忘人事〔六〕。同彼少游〔七〕，能安下位。

【箋注】

〔一〕唐六典卷三〇：上州「司士參軍事一人，從七品下。……司士參軍掌津梁、舟車、舍宅、百工、衆藝之事」。琅琊，元和郡縣志卷一一沂州：「春秋時爲齊地。秦併天下，置琅琊郡，因琅琊山以爲名也。……後魏莊帝置北徐州，琅琊郡屬焉。周武帝改北徐州置沂州，以州城東臨沂水，因以名之。……武德四年（六二一）討平（徐）圓朗，復置沂州。」今爲山東臨沂市。考顔真卿爲其父所作唐故通議大夫行薛王友柱國贈秘書少監國子祭酒太子少保顔君（惟貞）廟碑銘并序中，述顔惟貞諸祖、諸父，其中有顔大智，爲明經。顔惟貞亦臨沂人，此所贊顔大智，當即是人也。

〔二〕「顔氏」句，顔氏之子，指顔淵，孔子高徒。周易繫辭下：「君子知微知彰，知柔知剛，萬夫之望。子曰：『顔氏之子，其殆庶幾乎？有不善未嘗不知，知之未嘗復行也。』」此以顔大智爲顔子後裔，故稱。

〔三〕「閑閑」句，莊子齊物論：「大知閑閑，小知閒閒。」成玄英疏：「閑閑，寬裕也。……夫智惠寬大之人，率性虛淡，無是無非。」智、知同。

〔四〕「雅善」句，玄，原作「元」，避清諱，徑改。玄談，談論玄理，此泛指哲理。

〔五〕「尤長」句，奕思，博奕之思。文選沈約齊故安陸昭王碑文：「奕思之微，秋儲無以競巧。」李善注：「孟子曰：奕秋，通國之善奕者也。儲謂儲蓄精思也。馬融廣成頌曰：『儲積山藪，廣思河澤。』」劉良注：「博奕之事也。儲謂蓄精思也。奕秋，天下之善奕也。言王之奕思，雖奕秋之儲思，無以競其巧妙也。」此謂其善奕棋。

〔六〕「坐忘」句，莊子大宗師：「它日復見，曰：『回益矣。』曰：『何謂也？』曰：『回坐忘矣。』仲尼蹵然曰：『何謂坐忘？』顔回曰：『墮枝體，黜聰明，離形去知，同於大通，此謂坐忘。』」郭象注：「夫坐忘者，奚所不忘哉！既忘其迹，又忘其所以迹者，内不覺其一身，外不識有天地，然後曠然與變化爲體，而無不通也。」

〔七〕「同彼」句，後漢書馬援傳：「封援爲新息侯，食邑三千户。援乃擊牛釃酒，勞饗軍士，從容謂官屬曰：『吾從弟少游，常哀吾慷慨多大志，曰：「士生一世，但取衣食裁足，乘下澤車，御款段馬，爲郡掾吏，守墳墓，鄉里稱善人，斯可矣。致求盈餘，但自苦耳！」當吾在浪泊西里間，虜未滅之時，下潦上霧，毒氣重蒸，仰視飛鳶跕跕墮水中，卧念少游平生時語，何可得也！』」

參軍事太原王令嗣字復贊〔一〕

參軍王復，真多俗少。琴動游魚〔二〕，詞驚夢鳥〔三〕。仲舉志大〔四〕，夷吾器小〔五〕。德義可尊，人之師表。

【箋注】

〔一〕據唐六典卷三〇，上州除諸曹參軍事外，猶有參軍事四人，「掌出使、檢校及導引之事」。此及下所贊參軍事凡七人，蓋唐初限員不嚴，或時有增減歟。王令嗣，事迹别無可考。

〔二〕「琴動」句，列子湯問：「瓠巴鼓琴，而鳥舞魚躍。」張湛注：「瓠巴，古善鼓琴人也。」

〔三〕「詞驚」句，晉書羅含傳：「羅含，字君章，桂陽耒陽人也。……含幼孤，爲叔母朱氏所養。少有志尚。嘗晝卧，夢一鳥文彩異常，飛入口中，因起驚説之。朱氏曰：『鳥有文彩，汝後必有文章。』自此後藻思日新。」

〔四〕「仲舉」句，後漢書陳蕃傳：「陳蕃，字仲舉。……蕃年十五，嘗閑處一室，而庭宇蕪穢。父友同郡薛勤來候之，謂蕃曰：『孺子何不灑掃以待賓客？』蕃曰：『大丈夫處世，當掃除天下，安事一室乎？』勤知其有清世志，甚奇之。」

〔五〕「夷吾」句，論語八佾：「子曰：『管仲之器小哉！』」何晏集解：「言其氣量小也。」夷吾，管仲字。謂氣量小，蓋指其助霸，而不行堯、舜、文、武之道。晉書郤詵傳：「郤詵，字廣基，濟陰單父人也。……泰始中，詔天下舉賢良直言之士，太守文立舉詵應選。詔曰：『……夷吾之智，而功止於霸，何哉？……』詵對曰：『……臣聞聖王之化先禮樂，五霸之興勤政刑。禮樂之化深，政刑之用淺，勤之則可以小安，墮之則遂陵遲。所由之路本近，故所補之功不侔也。而齊桓失之葵丘，夷吾淪於小器，功止於霸，不亦宜乎！……』」

參軍事上柱國滎陽鄭懷義贊〔一〕

懷義倜儻，詼諧取容〔二〕。幕天席地〔三〕，何去何從？

【箋注】

〔一〕滎陽，元和郡縣志卷八鄭州：「春秋時爲鄭國。……漢高祖改三川爲河南郡，滎陽屬焉。晉武帝分河南置滎陽郡，……周改爲滎州，隋開皇三年（五八三）改滎州爲鄭州。」唐因之，地即今河南鄭州。鄭州下屬滎陽縣，今爲市。上柱國，勳級名，比正二品，上已注。鄭懷義，別無事迹可考。

〔二〕「恢諧」句，文選夏侯湛東方朔畫贊并序：「明節不可以久安也，故詼諧以取容。」李善注引班固漢書贊曰：「朔詼諧逢俗，其事浮淺。」李周翰注：「正諫恐禍及身，故不可久爲也。詼諧取容，謂戲弄以悦主上之容也。」此謂其好戲言取笑以悦人。

〔三〕「幕天」句，以天爲幕，以地爲席。劉伶酒德頌：「有大人先生，以天地爲一朝，萬期爲須臾。日月爲扃牖，八荒爲庭衢。行無轍迹，居無室廬。幕天席地，縱意所如。」蓋鄭懷義性格疏曠，少深謀遠慮，故下句云「何去何從」。

參軍中山張曼伯贊〔一〕

謙謙曼伯，不踰規矩〔二〕。節用厚生，保家之主〔三〕。

【箋注】

〔一〕中山，戰國時爲中山國。漢景帝封子勝爲中山王，都城在今河北靈壽縣，後魏道武帝改爲定州，以安定天下爲名。大業三年（六〇七）改爲博陵郡，武德四年（六二一）復置定州。見元和郡縣志卷一八定州。張曼伯，别無事迹可考。

〔二〕「不踰」句，論語爲政：「子曰：……七十而從心所欲不踰矩。」何晏集解引馬（融）曰：「矩，法也。」此蓋指張曼伯爲人謹慎小心。

〔三〕「保家」句，左傳襄公二十七年：「印段賦蟋蟀，趙孟曰：『善哉！保家之主也，吾有望矣。』」杜預注：「蟋蟀，詩唐風，曰：『無以大康，職思其居。好樂無荒，良士瞿瞿。』言瞿瞿然顧禮儀。

能戒懼不荒，所以保家。」孔穎達正義：「大夫稱主。言是守家之主，不忘族也。」

參軍事盧恒慶贊

恒慶有地〔一〕，參卿述職〔二〕。多士之林，不扶自直〔三〕。

【箋注】

〔一〕「恒慶」二句，有地，謂有來歷，有背景。晉書王藴傳：「累遷尚書吏部郎。性平和，不抑寒素。每一官缺，求者十輩，藴無所是非。時簡文帝爲會稽王輔政，藴輒連狀白之曰：某人有地，某人有才。務存進達，各隨其方，故不得者無怨焉。」

〔二〕「參卿」句，晉書孫楚傳：「遷佐著作郎，復參石包驃騎軍事。……初至，長揖曰：『天子命我參卿軍事。』」

〔三〕「不扶」句，荀子卷一勸學篇：「蓬生麻中，不扶而直。」又大戴禮記卷五：「使民不時失國，吾信之矣。『蓬生麻中，不扶自直。白沙在泥，與之皆黑。』古語云，言扶化之者衆。」此言所交皆正人君子。

參軍事滎陽鄭令賓字儼贊〔一〕

令賓茂緒，凝脂點漆〔二〕。淑慎温恭〔三〕，始終貞吉。

【箋注】

〔一〕鄭令賓，别無事迹可考。首句言「茂緒」，蓋其家族功業茂美。

〔二〕「凝脂」句，世説新語容止：「王右軍見杜弘治，歎曰：『面如凝脂，眼如點漆，此神仙中人！』」

〔三〕「淑慎」句，詩經邶風燕燕：「終温且惠，淑慎其身。」毛傳：「惠，順也。」鄭玄箋：「温謂顔色和也。淑，善也。」

參軍事通化縣男河南賀蘭寡悔贊〔一〕

猗歟寡悔〔二〕，開國承家〔三〕。當歌對酒，屬賓煙霞〔四〕。

【箋注】

〔一〕通化縣男，爵名。元和郡縣志卷三二茂州通化縣：「本漢廣柔縣地。周武帝時，於此置石門鎮。隋開皇十六年（五九六），以近白狗生羌，於金川鎮置金川縣，十八年改爲通化縣。皇朝因之。」地在今四川理縣通化鄉。賀蘭寡悔，别無事迹可考。

〔二〕「猗歟」句，猗歟，感歎詞。寡悔，取自論語爲政：「子張學干禄。子曰：『多聞闕疑，慎言其餘，則寡尤。多見闕殆，慎行其餘，則寡悔。言寡尤，行寡悔，禄在其中矣。』」何晏集解引包（咸）曰：「殆，危也。所見危者，闕而不行，則少悔。」

〔三〕「開國」句，周易師卦：「上六：大君有命，開國承家，小人勿用。」象曰：「大君有命，以正功也。小人勿用，必亂邦也。」此指賀蘭氏因功而封縣男。

〔四〕「當歌」二句，曹操短歌行：「對酒當歌，人生幾何。譬如朝露，去日苦多。」煙霞，指大自然。謂賀蘭氏苦人生短促，常留連山水，爲煙霞之賓，及時行樂。

參軍事扶風馬承慶贊〔一〕

承慶學稼〔二〕，食惟人天〔三〕。載懷充國，遠事屯田〔四〕。

【箋　注】

〔一〕扶風，即右扶風，漢代「三輔」之一，治在長安城中。據元和郡縣志卷一京兆府，唐代興平縣、盩厔縣及鳳翔府（今寶雞市）所屬各縣，皆右扶風之地。馬承慶，別無事迹可考。

〔二〕「承慶」句，論語子路：「樊遲請學稼。子曰：『吾不如老農。』」何晏集解引馬（融）曰：「樹五穀曰稼。」蓋馬承慶主持屯田事（詳下注），故云。

〔三〕「食惟」句，史記酈食其列傳：「王者以民人爲天，而民人以食爲天。」索隱引管子云：「王者以民爲天，民以食爲天。能知天之天者，斯可矣。」

〔四〕「載懷」二句，載，語詞。漢書趙充國傳：「趙充國，字翁孫，隴西上邽人也。」擊匈奴，歷車騎將軍、中郎將，還爲水衡都尉。擢爲後將軍，兼水衡如故。上屯田奏曰：「臣聞兵者所以明德除害也，故舉得於外，則福生於内，不可不慎。臣所將吏士、馬牛食，月用糧穀十九萬九千六百三十斛，鹽千六百九十三斛，茭藁二十五萬二百八十六石，難久不解，繇役不息，又恐它夷卒有不虞之變，相因并起，爲明主憂，誠非素定廟勝之册。」於是列屯田十二便，得以施行。則所謂「屯田」，即用軍隊墾植土地，以收成爲軍餉。按唐六典卷七屯田郎中曰：「凡軍州邊防鎮守轉運不給，則設屯田以益軍儲。」蓋唐初梓州即屬此類軍州，而其事由參軍主持。

博士尚文贊〔一〕

尚文儒者，優遊禮樂。萬頃汪汪，混之不濁〔二〕。

【箋注】

〔一〕唐六典卷三〇：上州「經學博士一人，從八品下；助教二人；學生六十人。……經學博士，以五經教授諸生」。尚文，别無可考。

〔二〕「萬頃」二句，後漢書黄憲傳：「叔度（按：黄憲字）汪汪若千頃陂，澄之不清，淆之不濁，不可量也。」李賢注：「淆，混也。」汪汪，水深貌。此謂尚文學問淵博且取徑正大。

録事吕忠義贊〔一〕

惟彼忠義，見賢思齊〔二〕。出言無玷，南容白圭〔三〕。

【箋　注】

〔一〕唐六典卷三〇：上州「録事二人，從九品上」。吕忠義，事迹别無可考。

〔二〕「見賢」句，論語里仁：「子曰：見賢思齊焉。」何晏集解引包（咸）曰：「思與賢者等，見不賢而内自省也。」

〔三〕「出言」二句，論語先進：「南容三復『白圭』，孔子以其兄之子妻之。」何晏集解引孔（安國）曰：「詩（按見大雅抑）云：『白圭之玷，尚可磨也；斯言之玷，不可爲也。』南容讀詩至此，三反覆之，是其心慎言也。」同書公冶長：「子謂南容，『邦有道，不廢；邦無道，免於刑戮』。」以其兄之子妻之。」集解引王（肅）曰：「南容，弟子南宫縚，魯人也，字子容。」此言吕忠義甚賢，且爲人謹慎。

鄎縣令扶風竇兢字思昚贊〔一〕

竇兢爲宰，其身自正。極深研幾〔二〕，窮理盡性〔三〕。朗如日月〔四〕，清如水鏡〔五〕。化若有神，途歌里詠〔六〕。

【箋注】

〔一〕郪縣，漢舊縣名，詳前梓州惠義寺重閣銘注，縣治在今四川三臺縣南郪江鄉。縣令，即宰。據元和郡縣志卷三三，郪縣爲下縣。又據唐六典卷三〇，「下縣令一人，從七品下」。扶風，見前注。竇兢，新唐書竇懷貞傳：「懷貞從子兢，字思慎。舉明經，爲英王府參軍，尚乘直長。調郪令，修郵舍道路，設冠婚喪紀法，百姓德之。」昚，原作「謹」，乃宋人避孝宗諱，據前梓州惠義寺重閣銘改。昚、慎同。

〔二〕「極深」句，周易繫辭上：「夫易，聖人之所以極深而研幾也。唯深也，故能通天下之志；唯幾也，故能成天下之務。」韓康伯注：「極未形之理，則曰深；適動微之會，則曰幾。」

〔三〕「窮理」句，周易説卦：「昔者聖人之作易也，幽贊於神明而生蓍，參天兩地而倚數，觀變於陰陽而立卦，發揮於剛柔而生爻，和順於道德而理於義，窮理盡性以至於命。」韓康伯注：「命者，生之極。窮理則盡其極也。」

〔四〕「朗如」句，世説新語容止：「時人目夏侯（玄）太初，朗朗如日月之入懷。」

〔五〕「清如」句，晉書樂廣傳：「魏正始中，諸名士談論，見廣而奇之，曰：『自昔諸賢既没，常恐微言將絶，而今乃復聞斯言於君矣。』命諸子造焉，曰：『此人之水鏡，見之瑩然，若披雲霧而睹青天也。』」

〔六〕「化若」二句，謂其治理之效，若有神助，處處歌之。文選沈約齊故安陸昭王碑文：「老安少懷，塗歌里詠。」張銑注：「歌頌其德也。」

鹽亭縣令南陽鄒思恭字克勤贊〔一〕

克勤無怠〔二〕，敬慎有儀〔三〕。清談振玉〔四〕，妙迹臨池〔五〕。絃歌百里〔六〕，君子攸宜。公家之事，知無不爲〔七〕。

【箋注】

〔一〕元和郡縣志卷三三梓州鹽亭縣：「本漢廣漢縣地，梁於此置北宕渠郡及縣，後魏恭帝改爲鹽亭縣，以近鹽井，因名。隋開皇三年（五八三）罷郡，屬梓州。梓潼水經縣南，去縣三里。」縣今屬四川綿陽市。同上書又載鹽亭爲上縣。唐六典卷三〇：「諸州上縣令一人，從六品上。」南陽，今屬河南。鄒思恭，別無事迹可考。

〔二〕「克勤」句，尚書蔡仲之命：「爾乃邁迹自身，克勤無怠，以垂憲乃後。」僞孔傳：「汝乃行善迹，用汝身，使可蹤迹而法，循之能勤，無懈怠，以垂法子孫，世世稱頌。」

〔三〕「敬慎」句，周易需卦：「九三：……寇之來也，自我所招，敬慎防備，可以不敗。」詩經小雅菁菁者我：「既見君子，樂且有儀。」鄭玄箋：「心既喜樂，又以禮儀見接。」

〔四〕「清談」句，清談，清雅玄虚之談。後漢書臧洪傳：「青州刺史、前刺史焦和好立虚譽，能清談。」振玉，謂聲音鏗鏘動聽。同書樊準傳：「每讌會則論難衎衎，共求政化，詳覽群言，響如振玉。」李賢注引孟子曰：「金聲而玉振之也。」

〔五〕「妙迹」句，妙迹，當指字迹，言其精書法。晉書衛瓘傳：「弘農張伯英者，因而轉精甚巧。凡家之衣帛，必書而後練之。臨池學書，池水盡黑。」

〔六〕「絃歌」句，絃歌、百里，皆代指作縣令。論語陽貨：「子之武城，聞絃歌之聲。」

〔七〕「公家」二句，晉書杜預傳：「（杜）預公家之事，知無不爲。凡所興造，必考度始終，鮮有敗事。」

玄武縣令孫警融贊〔一〕

警融好禮，宣風下邑〔二〕。百姓安居，流亡畢集。

【箋注】

〔一〕元和郡縣志卷三三梓州玄武縣：「本先主（劉備）所立五城縣也，屬廣漢郡。後魏平蜀，立玄武郡，以縣屬焉。隋開皇三年（五八三）改五城爲玄武縣，因玄武山爲名也，屬益州。武德三年

（六二〇）割屬梓州。」今爲四川中江縣。唐代玄武爲上縣。唐六典卷三〇：「諸州上縣令一人，從六品上。」孫警融，别無事迹可考。

〔三〕「宣風」句，宣風，宣傳教化，以振風俗。漢書王褒傳：「益州刺史王襄欲宣風化於衆庶，聞王褒有俊材，請與相見，使褒作中和、樂職、宣布詩。」顏師古注：「宣布者，風化普洽，無所不被。」

鄎縣丞安定梁歆字敬贊〔一〕

安定梁敬，有文有武。馬繫青絲〔二〕，弦門白羽〔三〕。

【箋注】

〔一〕鄎縣，已見上注。鄎縣爲下縣，據唐六典卷三〇，「下縣丞一人，正九品下」。安定，郡名，漢置，後魏改爲涇州，詳見元和郡縣志卷三。涇州古城遺址，在今甘肅平涼市涇川縣城北。梁歆，别無事迹可考。

〔二〕「馬繫」句，古樂府陌上桑：「青絲繫馬尾，黄金絡馬頭。」青絲，黑色絲繩。

〔三〕「弦門」句，「門」字疑誤，當與上句「繫」字對應，或是「開」之殘闕。白羽，代指箭，詳見前紫騮馬注。韓詩外傳卷九：「孔子與子貢、子路、顏淵游於戎山之上，孔子喟然歎曰：『二三子各言爾志，予將覽焉。由爾何如？』對曰：『得白羽如月，赤羽如朱，擊鐘鼓者上聞於天，下槊於地，使將而攻之，惟由爲能。』孔子曰：『勇士哉！』」

射洪縣主簿上柱國斛律澄贊〔一〕

澄爲主簿，操綱振領〔二〕。直而能温，寬以濟猛〔三〕。

【箋注】

〔一〕元和郡縣志卷三三梓州射洪縣：「本漢郪縣地，後魏分置射洪縣。縣有梓潼水，與涪江合流，急如箭，奔射涪江口。蜀人謂水口曰洪，因名射洪。」爲上縣。唐六典卷三〇，上縣「主簿一人，正九品下」。上柱國，勳級名，比正二品，上已注。斛律澄，事迹别無考。

〔二〕「操綱」句，綱，提網之繩。尚書盤庚上：「若網在綱，有條而不紊。」領，衣領。句喻能總其事。三國志魏書陳群傳附陳本傳：「所在操綱領，舉大體，能使群下自盡，有統御之才。」

〔三〕「直而」二句：尚書舜典：「直而温，寬而栗。」僞孔傳：「正直而温和，寬弘而能莊栗。」濟猛，謂寬、嚴相濟，不失其中。

通泉縣丞上柱國于梁客字希嬴贊〔一〕

希嬴負劍，久事戎韜〔二〕。功名不立，州縣爲勞。

【箋注】

〔一〕元和郡縣志卷三三梓州通泉縣：「本漢廣漢縣地。（南朝）宋於此置西宕渠郡，後魏恭帝移於涌山，改名涌泉郡。周明帝置通井縣，隋開皇三年（五八三）改爲通泉縣，十八年改屬梓州。」故址在今四川射洪縣沱牌鎮。通泉爲緊縣，據唐六典卷三〇，有丞一人，正九品上。上柱國，勳級名，比正二品。

〔二〕「久事」句，戎韜，兵略，此泛指從軍。庾信周上柱國宿國公河州都督辛威神道碑：「入陪武帳，出總戎韜。」

射洪縣尉康元辯贊〔一〕

元辯精鋭，風生筆端。片言折獄〔二〕，一尉當官。

【箋注】

〔一〕射洪縣，上已注。據唐六典卷三〇，上縣「尉二人，從九品下」。康元辯，寶刻類編卷三唐著録「瀘州刺史康元辯墓誌，王羨門撰，子晉書，開元十二年（七二四），京兆」。宋鄧名世古今姓氏書辯證卷一五述此碑，稱其人「字通理」。又通志藝文略別集四著録「康元辯集十卷」，排在許渾丁卯集之後。按唐代士大夫中，別無同姓名者，且其卒於開元間，出仕當在高宗、武后時代，亦合於理，而贊稱「風生筆端」，當能文者，蓋即同一人。

〔二〕「片言」句，論語顔淵：「子曰：片言可以折獄者，其由也與。」何晏集解引孔（安國）曰：「片猶偏也。聽訟必須兩辭以定是非，偏信一言以折獄者，唯子路可。」孔穎達正義：「聽訟必須兩辭方定是非，偏信一言，則是非難決。唯子路才性明辨，能聽偏言決斷獄訟，故云唯子路可。」

飛烏縣主簿蕭文裕贊〔一〕

文裕就列，明經擢第〔二〕。優哉游哉，聊以卒歲〔三〕。

【箋注】

〔一〕元和郡縣志卷三三梓州飛烏縣：「本漢郪縣地。隋開皇十三年（五九三），於此置飛烏鎮，十年，改鎮爲縣。因山爲名。」地在今四川中江縣釜山鎮。飛烏爲上縣，據唐六典卷三〇，上縣有「主簿一人，正九品下」。蕭文裕，别無事迹可考。

〔二〕「明經」句，明經，唐代科舉科目之一。新唐書選舉志：「唐制取士之科，……其科之目有秀才，有明經，有俊士，有進士……而明經之别，有五經，有三經，有二經，有學究一經，有三禮，有三傳，有史科：此歲舉之常選也。」

〔三〕「優哉」二句，左傳襄公二十一年：「叔向曰：『與其死亡若何？詩曰：「優哉游哉，聊以卒歲。」知也。』」杜預注：「言雖囚，何若於死亡？詩小雅，言君子優遊於衰世，所以辟害，卒其壽，是亦知也。」孔穎達疏：「詩小雅，案今小雅無此全句，唯采菽詩云『優哉游哉，亦是戾矣』。」正義曰：「此小雅采菽之篇。案彼詩云『優哉游哉，亦是戾矣』，與此不同者，蓋師讀有異。」此謂蕭文裕爲人閑淡，無所奢求。

飛烏縣尉王思明贊〔一〕

思明好學，博古知今〔二〕。友朋千里，風月招尋。

【箋　注】

〔一〕飛烏爲上縣，據唐六典卷三〇，上縣有「尉二人，從九品下」。王思明，事迹别無可考。

〔二〕「博古」句，孔子家語卷三觀周：「孔子謂南宫敬叔曰：『吾聞老聃博古知今，通禮樂之原，明道德之歸，則吾師也，今將往矣。』」

司法參軍楊炯自贊〔一〕

吾少也賤〔二〕，信而好古〔三〕。遊宦邊城，江山勞苦。歲聿云徂〔四〕，小人懷土〔五〕。歸歟歸歟〔六〕，自衛反魯〔七〕。

【箋注】

〔一〕舊唐書楊炯傳：「則天初，坐從祖（按：新唐書本傳「祖」作「父」）弟神讓犯逆，左轉梓州司法參軍。」據唐六典卷三〇，上州有「司法參軍事二人」，前已贊另一人宇文林裔，最後乃自爲贊。

〔二〕「吾少」句，論語子罕：「子貢曰：『（孔子）固天縱之將聖，又多能也。』子聞之，曰：『……吾少也賤，故多能鄙事。君子多乎哉？不多也。』」何晏集解引包（咸）曰：「我少小貧賤，常自執事，故多能爲鄙人之事。君子固不當多能。」

〔三〕「信而」句，論語述而：「子曰：述而不作，信而好古，竊比於我老彭。」集解引包（咸）曰：「老彭，殷賢大夫，好述古事。我若老彭，但述之耳。」

〔四〕「歲聿」句，詩經唐風蟋蟀：「蟋蟀在堂，歲聿其莫。」毛傳：「聿，遂，除去也。」同書小雅四月：「四月維夏，六月徂暑。」毛傳：「徂，往也。」句言歲月流逝。

〔五〕「小人」句，論語里仁：「子曰：君子懷德，小人懷土。」懷土，集解引孔（安國）曰：「重遷。」孔穎達正義：「小人安安而不能遷者，難於遷徙，是安於土也。」此言懷念故鄉。

〔六〕「歸歟」句，論語公冶長：「子在陳，曰：『歸與！歸與！吾黨之小子狂簡，斐然成章，不知所以裁之。』」集解引孔（安國）曰：「簡，大也。孔子在陳，思歸欲去，故曰吾黨之小子狂簡者，進取於大道，妄作穿鑿以成文章，不知所以裁制，我當歸以裁之耳。遂歸。」

〔七〕「自衛」句，論語子罕：「子曰：吾自衛反魯，然後樂正，雅頌各得其所。」集解引鄭（玄）曰：

「反魯，哀公十一年（前四八四）冬。是時道衰樂廢，孔子來還，乃正之，故雅頌各得其所。」此言自己急於求歸，心情有如當年之孔子。

斷句

四方已識，不事掃除；六甲裁名，知能變化。（四庫全書存目叢書影印西安文管會藏清鈔本宋晏殊編類要卷二二引楊炯交河王碑）

昔者陪臣一介，列國微庸，況乎如此實少。文德尚刊於鼎彝，武功猶勒於征鉞。（同上卷三一引交河王碑）

崔嵬介石兮夭矯首。（同上卷三一）

稽甲令，繹家牒，以漏泉告弟之恩，有螭首龜趺（按：趺，原誤作「跌」，據文意改）之制。（同上）

搖山太子始奏于樂風，緱氏仙人遽賓于上帝。（同上卷一一引楊炯碑）

三辰則重日重星，八卦則爲雹爲雷。（同上）

將軍以星奇誓衆，時聽鼓鼙；太守以月建臨人，坐分銅竹。（同上卷二〇引盈川集）

山川氣候，彰白虎于皋繇；象緯休徵，下蒼龍于曼倩。（同上卷二二稟靈上引盈川集）

雙僮授藥，嗟羽翼之無成；二豎流災，歎膏肓之遂及。（同上卷三〇引楊炯碑）

奈何李膺之上士，思就田文之下客。（宋潘自牧編記纂淵海卷六五名譽部睎慕引楊盈川碑）

匈奴未滅，甲第何營；壯士不還，塞風自起。（宋謝維新編古今合璧事類備要後集卷七四將帥門總將帥引楊盈川碑）

杜元凱以入朝之次，自表洛城之東；温太真以受世之勳，宜陪建陵之北。（宋祝穆編古今事文類聚前集卷五八喪事部墓引楊炯明豫州碑。又見翰苑新書前集卷五一群書精語）

張平子之談略，陸士衡之所記。（曾慥事實類苑卷四〇）

潘安仁宜其陋矣，仲長統何足知之。（同上）

合浦杉葉，飛向洛陽；始興鼓木，徙于臨武。（明楊慎升庵集卷七九合浦杉引楊盈川文）

楊炯集箋注附録

附録一　傳記逸事評論

舊唐書本傳

（後晉）劉　昫

楊炯，華陰人。伯祖虔威，武德中官至右衛將軍。炯幼聰敏博學，善屬文。神童舉，拜校書郎，爲崇文館學士。儀鳳中，太常博士蘇知幾上表，以公卿已下冕服，請别立節文。敕下有司詳議，炯獻議曰：

古者太昊庖羲氏，仰以觀象，俯以察法，造書契而文籍生。次有黄帝軒轅氏，長而敦敏，成而聰明，垂衣裳而天下理。其後數遷五德，君非一姓，體國經野，建邦設都，文質所以再而復，正朔所以三而改。夫改正朔者，謂夏后氏之建寅，殷人建丑，周人建子。至於以日繫月，以月繫時，以時繫年，此三王相襲之道也。夫易服色者，謂夏后氏尚黑，殷人尚白，周人尚赤。至於山、龍、華蟲、宗彝、藻、火、粉米、黼、黻，此又百代可知之道。

謹按虞書曰：「予欲觀古人之象，日、月、星辰、山、龍、華蟲作會；宗彝、藻、火、粉米、黼、黻、絺繡。」由此言之，則其所從來者尚矣。日月星辰者，光明照下土也。山者，布散雲雨，象聖王大澤霑下也。龍者，變化無方，象聖王應時布教也。華蟲者，雉也，身被五彩，象聖王體兼文明也。宗彝者，虎（按：原作「武」，避唐諱，徑改。以下「虎」字同）蜼也，以剛猛制物，象聖王神武定亂也。藻者，逐水上下，象聖王隨代而應也。火者，陶冶烹飪，象聖王至德日新也。粉米者，人恃以生，象聖王爲物之所賴也。黼能斷割，象聖王臨事能決也。黻者，兩己相背，象君臣可否相濟也。

迨有周氏，乃以日月星辰爲旌旗之飾，又登龍於山，登火於宗彝，於是乎制衮冕以祀先王也。九章者，法陽數也，以龍爲首章。衮者，卷也，龍德神異，應變潛見，表聖王深識遠智，卷舒神化也。又制鷩冕以祭先公也。鷩者，雉也，有耿介之志，表公有賢才，能守耿介之節也。又制毳冕以祭四望也。四望者，岳瀆之神也。虎蜼者，山林所生，明其象也。制絺冕以祭社稷也。社稷者，土穀之神也。粉米由之而成，象其功也。又制玄冕以祭群小祀也。百神異形，難可遍擬，但取黻之相背，昭異名也。夫以周公之多才也，故治定制禮，功成作樂。夫以孔宣之將聖也，故行夏之時，服周之冕。先王之法服，乃此之自出矣；天下之能事，又於是乎畢矣。

今知幾表狀請制大明冕十二章，乘輿服之者。謹按，日月星辰者，已施於旌旗矣。龍虎山火者，又不踰於古矣。而云麟鳳有四靈之名，玄龜有負圖之應，雲有紀官之號，水有盛德之祥，此蓋别表休徵，終是無踰比象。然則皇王受命，天地興符，仰觀則璧合珠連，俯察則銀黄玉紫。殫南宫之粉壁，不足寫其形狀；罄東觀之鉛黄，未可紀其名實。固不可畢陳於法服也。雲者，龍之氣也。水者，藻之自生也。又不假别爲章目，此蓋不經之甚也。

又鷩冕八章，三公服之者。鷩者，太平之瑞也，非三公之德也。鷹鸇者，鷙鳥也，適可以辨祥刑之職也。熊羆者，猛獸也，適可以旌武臣之力也。又稱藻爲水草，無所法象，引張衡賦「蔕倒茄於藻井，披紅葩之狎獵」，請爲蓮華，取其文彩者。夫茄者，蓮也。若以蓮代藻，變古從今，既不知草木之名，亦未達文章之意，此又不經之甚也。

又毳冕六章，三品服之者。按此王者祀四望服之名也。今三品乃得同王之毳冕，而三公不得同王之衮名，豈唯顛倒衣裳，抑亦自相矛盾，此又不經之甚也。

又絺冕四章，五品服之者。考之於古，則無其名，驗之於今，則非章首，此又不經之甚也。

若夫禮唯從俗，則命爲制，令爲詔，乃秦皇之故事，猶可以適於今矣。若夫義取隨時，則出稱警，入稱蹕，乃漢國之舊儀，猶可以行於代矣。亦何取變周公之軌物，改宣尼之法度者哉！

由是竟寢知幾所請。

炯俄遷詹事司直。則天初，坐從祖弟神讓犯逆，左轉梓州司法參軍。秩滿，選授盈川令。如意元年七月望日，宫中出盂蘭盆，分送佛寺，則天御洛南門，與百僚觀之。炯獻盂蘭盆賦，詞甚雅麗。炯至官，爲政殘酷，人吏動不如意，輒搒殺之。又所居府舍，多進士亭臺，皆書榜額，爲之美名，大爲遠近所笑。

無何卒官。中宗即位,以舊僚追贈著作郎。文集三十卷。

炯與王勃、盧照鄰、駱賓王以文詞齊名,海内稱爲「王楊盧駱」,亦號爲「四傑」。炯聞之,謂人曰:「吾愧在盧前,恥居王後。」當時議者,亦以爲然。其後崔融、李嶠、張説俱重四傑之文。崔融曰:「王勃文章宏逸,有絶塵之迹,固非常流所及。炯與照鄰可以企之,盈川之言信矣。」説曰:「楊盈川文思如懸河注水,酌之不竭,既優於盧,亦不減王。『恥居王後』,信然,『愧在盧前』,謙也。」……

虔威子德幹,高宗末,歷澤、齊、汴、相四州刺史,治有威名,郡人爲之語曰:「寧食三斗蒜,不逢楊德幹。」子神讓,天授初與徐敬業於揚州謀叛,父子伏誅。(舊唐書卷一九〇文苑上)

新唐書本傳

(宋)歐陽修等

(楊)炯,華陰人。舉神童,授校書郎。永隆二年,皇太子已釋奠,表豪俊充崇文館學士,中書侍郎薛元超薦炯及鄭祖玄、鄧玄挺、崔融等,詔可。遷詹事司直。俄坐從父弟神讓與徐敬業亂,出爲梓州司法參軍。遷盈川令,張説以箴贈行,戒其苛。至官,果以嚴酷稱,吏稍忤意,搒殺之,不爲人所多。卒官下。中宗時贈著作郎。(新唐書卷二〇一文藝上)

温泉莊卧病寄楊七炯

(唐)宋之問

多病卧兹嶺,寥寥倦幽獨。賴有嵩丘山,高枕長在目。兹山棲靈異,朝夜翳雲族。是日濛雨晴,返景入巖谷。羃羃緣澗草，菁菁山下木。此意方無窮，環顧悵林麓。伊洛何悠漫，州源信重複。夏餘烏獸蕃，秋末禾黍熟。秉願守樊圃，歸閒欣藝牧。惜無載酒人，徒把涼泉掬。（唐文粹卷一五下）

祭楊盈川文

（唐）宋之問

維大周某年月日，西河宋某，謹以清酌脯羞之奠，敬祭于楊子之靈曰：自古皆死，不朽者文。北河吐液，西嶽生靈。爰叶通氣，降精于君。伏道孔門，遊刃諸子。精微博識，黄中通理。屬詞比事，宗經匠史。玉璞金渾，風摇雲起。聞人之善，若任諸己。受人之恩，許之以死。惟子堅剛，氣陵秋霜。行不苟合，言不苟忘。大君有命，徵子文房。余亦叨忝，隨君頡頏。同趨北禁，并拜東堂。志事俱得，形骸兩忘。載罹寒暑，貧病洛陽。裘馬同敝，老幼均糧。自君出宰，南浮江海。余嘗苦飢，今日猶在。之子妙年，香名早傳。從來金馬，夙昔崇賢。門庭若市，翰墨如泉。千載之後，聞而凛然。死而不亡，問余何傷。傷余命薄，益州零落。生平之言，幽顯相託。痛君不嗣，匪我孤諾。君有兄弟，同心異體。陟岡增哀，歸葬以禮。旅櫬飄零，于洛之汀。我之懷矣，感歎入冥。見子之弟，類子之形。悼往心絶，慰存涕盈。古人有言，一死一生。昔子往矣，追送傾城。今子來也，乃知交情。惟郭是戚，有崔不易。來哭來祭，哀文在席。惟席可依，冰雪四滿。家人哀哀，賓徑微斷。今我傷悲，情懃昔時。子文子翰，我緘我持。子宅子兆，我營我思。子有神鑒，我言不欺。我有絜酒，子其歆之。我亦引滿，儻昭神期。魂兮歸來，聞余此詞。（文苑英華卷九七八）

張燕公集 二則

(唐)張説

杳杳深谷,森森喬木。天與之才,或鮮其禄。君服六藝,道德爲尊。君居百里,風化之源。才勿驕吝,政勿煩苛。明神是福,而小人無冤。畏其不畏,存其不存。作誥兹酒,成敗之根。勒銘其口,禍福之門。雖有韶夏,勿棄擊轅。豈無車馬,敢贈一言。(張燕公集卷八贈别楊盈川炯箴)

(裴行儉)在選曹,見駱賓王、盧照鄰、王勃、楊炯,評曰:「炯雖有才名,不過令長,其餘華而不實,鮮克全終。」見蘇味道、王劇,嘆曰:「十數年外,當居衡石。」後各果如其言。(張燕公集卷一五贈太尉裴公神道碑)

朝野僉載

(唐)張鷟

楊盈川姪女曰容華,幼善屬文,嘗爲新粧詩,好事者多傳之。詩曰:「宿鳥驚眠罷,房櫳乘曉開。鳳釵金作縷,鸞鏡玉爲臺。粧似臨池出,人疑向月來。自憐終不見,欲去復徘徊。」(朝野僉載卷三)

大唐新語 二則

(唐)劉肅

裴行儉少聰敏多藝,立功邊陲,屢剋兇醜。及爲吏部侍郎,賞拔蘇味道、王勮,曰:「二公後當相次掌鈞衡之任。」勵，勃之兄也。時李敬玄盛稱王勃、楊炯等四人，以示行儉。曰：「士之致遠，先器識而後文藝也。勃等雖有才名，而浮躁淺露，豈享爵祿者！楊稍似沉靜，應至令長，并鮮克令終。」卒如其言。（大唐新語卷七）

華陰楊炯與絳州王勃、范陽盧照鄰、東陽駱賓王，皆以文詞知名海内，稱爲「王楊盧駱」。炯與照鄰則可全（按：疑是「企」之誤），而盈川之言爲不信矣。張説謂人曰：「楊盈川之文，如懸河注水，酌之不竭，既優於盧，亦不減王。恥居王後則信然，愧在盧前則爲誤矣。」（同上卷八）

九家集注杜詩 二首

（唐）杜甫

論文到崔蘇，指盡流水逝。近伏盈川雄，未甘特進麗。（九家集注杜詩卷一四贈祕書監江夏李公邕）

楊王盧駱當時體，輕薄爲文哂未休。爾曹身與名俱滅，不廢江河萬古流。（同上卷二二戲爲六絶句之二）

雲仙雜記

（唐）馮贄

唐楊炯每呼朝士爲麒麟楦。或問之，曰：「今假弄麒麟者，必修飾其形，覆之驢上，宛然異物。及去其皮，還是驢耳。無德而朱紫，何以異是？」（雲仙雜記卷九引朝野僉載。按：今本僉載無此文）

唐詩紀事

（宋）計有功

世稱王楊盧駱。楊盈川之爲文，好以古人姓名連用，如：「張平子之略談，陸士衡之所記。」「潘安仁宜其陋矣，仲長統何足知之。」號爲「點鬼簿」。（唐詩記事卷七。又見曾慥事實類苑卷四〇點鬼簿）

容齋隨筆

（宋）洪　邁

王勃等四子之文，皆精切有本原。其用駢儷作記序碑碣，蓋一時體格如此，而後來頗議之。杜詩云：「王楊盧駱當時體，輕薄爲文哂未休。爾曹身與名俱滅，不廢江河萬古流。」正謂此耳。「身名俱滅」，以責輕薄子；「江河萬古流」，指四子也。（容齋四筆卷五王勃文章）

習學記言

（宋）葉　適

舊史載楊烱駁孫茂道、蘇知機冕服議，識達通諒，安於古今。唐人本不善立論，能如此者固少矣，其有俊名，不虛也。但惜文字煩雜，無以發之爾。茂道、知機何人，世之凡鄙妄作，徒費爬梳，往往而是，何足算哉！（習學記言卷三九）

淳熙稿

（宋）趙 蕃

轂波亭下一維舟，小對秋風梳白頭。欲賦新詩欠時體，江河萬古歎風流。（淳熙稿卷一九艤舟龍游作。龍游，唐盈川楊炯嘗爲令）

唐才子傳

（元）辛文房

楊炯博學善屬文，六歲舉神童，授校書郎。永隆二年，皇太子舍奠，表豪俊充崇文館學士。後爲盈川令。張説以箴贈之，戒其苛刻。至官，以刻稱，卒。炯恃才憑傲，每恥朝士矯飾，呼爲麒麟楦，或問之，曰：「今弄假麒麟戲者，必刻畫其形覆驢上，宛然異物；及去其皮，還是驢耳。」聞者甚不平，故爲時所忌。與王勃、盧照鄰、駱賓王以文辭齊名海内，稱「四才子」，亦曰「四傑」，效之者風靡焉。炯曰：「吾愧在盧前，恥居王後。」論者然之。張説曰：「盈川文如懸河，酌之不竭，優於盧，而不減於王。愧在盧前，謙也；恥在王後，信然。」有盈川集三十卷。（影印文淵閣四庫全書本唐才子傳卷一）

氏族譜

（元）費 著

楊氏自潼川徙郫，自郫徙成都，譜寔祖唐盈川令炯。炯謫梓州司法參軍，遷盈川，既卒官，還葬潼，

因家焉。盈川十一世孫天惠，始家於郫，以儒學稱，自號回光居士。（明楊慎全蜀藝文志卷五四載費著氏族譜楊氏）

升庵集

（明）楊　慎

有唐初造，文焰益輝。學記有楊炯之碑，摛辭掞千言之藻，鍥石雖泐，方乘具在。（升庵集卷四新都縣重修儒學記）

詩源辯體　三則

（明）許學夷

五言自漢魏流至陳隋，日益趨下，至武德、貞觀，尚沿其流。永徽以後，王名勃，字子安。楊名炯。盧名照鄰，字昇之。駱名賓王。則承其流而漸進矣。四子才力既大，至此始言才力，説見凡例。風氣遂還，故雖律體未成，綺靡未革，而中多雄偉之語，唐人之氣象風格始見。至此始言氣象、風格。此五言之六變也。轉進至沈宋五言律。然析而論之，王與盧駱綺靡者尚多，楊篇什雖寡，而綺靡者少，短篇則盡成律矣。炯嘗曰：「吾愧在盧前，恥居王後。」他日，崔融與張説評勃等曰：「勃文章宏放，非常人所及，炯、照鄰可以企之。」説曰：「不然。盈川炯爲盈川令。文如懸河，酌之不竭，優於盧而不減王，恥居後，信然；愧在前，謙也。」已上張説語。意炯當時必多長篇大什，而零落至此，惜哉！（詩源辯體卷一二）

五言，……楊如「明堂占氣色，華蓋辨星文」，「劍鋒生赤電，馬足起紅塵」，「牙璋辭鳳闕，鐵騎遶龍

城」，「秋陰生蜀道，殺氣繞湟中」……語皆雄偉。唐人之氣象風格，至此而見矣。（同上）

杜子美詩云：「王楊盧駱當時體，輕薄爲文哂未休。爾曹身與名俱滅，不廢江河萬古流。」此蓋推之至矣。使四子五言律體盡成，綺靡盡革，七言古調皆就純，語皆就暢，雖駕沈宋而凌高岑，不難也。乃爲時代所限，惜哉！杜「當時體」三字，最宜詳味。（同上）

詩藪 二則

（明）胡應麟

唐七言歌行，垂拱四子，詞極藻艷，然未脱梁、陳也。（詩藪内編卷三）

盈川近體，雖神俊輸王，而整肅渾雄。究其體裁，實爲正始，然長歌遂爾絶響。（同上卷四）

唐音癸籤

（明）胡震亨

王子安雖不廢藻飾，如璞含珠媚，自然發其彩光。盈川視王，微加澄汰，清骨明姿，居然大雅。范陽較楊微豐，喜其領韻疎拔，時有一往任筆，不拘整對之意。……當年四子先後品序，就文筆通論，要亦其詩之定評也歟。（唐音癸籤卷五評彙一引遯叟）

載酒園詩話又編

（清）賀裳

楊盈川詩不能高，氣殊蒼厚。「寧爲百夫長，勝作一書生」是憤語，激而成壯。（載酒園詩話又編）

全唐詩楊炯小傳

（清）彭定求等

楊炯，華陰人。幼聰敏博學，善屬文。年十一，舉神童，授校書郎，爲崇文館學士，遷詹事司直。恃才簡倨，人不容之。武后時左轉梓州司法參軍，秩滿遷婺州盈川令，卒於官。中宗即位，以舊僚贈著作郎。炯聞時人以「四傑」稱，乃自言曰：「吾愧在盧前，恥居王後。」張説曰：「楊盈川文思如懸河注水，酌之不竭，既優於盧，亦不減王也。」有盈川集三十卷，今存詩一卷。（全唐詩卷五〇）

附録二　著録序跋提要

舊唐書

（後晉）劉　昫

楊炯集三十卷。（舊唐書卷四七經籍志下）

新唐書

（宋）歐陽修等

楊炯家禮十卷。（新唐書卷五八藝文志乙部）

楊炯盈川集三十卷。（同上卷六〇藝文志丁部）

崇文總目

（宋）王堯臣等

盈川集二十卷。（崇文總目卷一一别集類）

通志

（宋）鄭樵

楊炯盈川集三十卷。（通志卷七〇藝文略）

郡齋讀書志

（宋）晁公武

楊炯盈川集二十卷。右唐楊炯也，華陰人。顯慶六年舉神童，授校書郎。終婺州盈川令，卒。炯博學善屬文，與王勃、盧照鄰、駱賓王以文詞齊名，海内稱「王楊盧駱」四才子，亦曰「四傑」。炯自謂「吾愧在盧前，恥居王後」。張説曰：「盈川文如懸河，酌之不竭，恥王後，信然；愧盧前，謙也。」集本三十卷，今多亡逸。（郡齋讀書志（袁本）卷四上）

宋史

（元）脱脱等

楊炯集二十卷，又拾遺四卷。（宋史卷二〇八藝文志七）

楊炯集序

（明）張遜業

楊炯，華陰人。幼博學聰慧，揮文宏富。拜校書郎，爲崇文館學士，神童舉也。太常博士蘇知幾儀鳳中上表，以公卿以下冕服，請别立節文，敕命詳議於有司。炯獻議極詆之，言知幾變之不經甚矣，由是竟寢知幾所請。炯俄遷詹事司直。則天初，坐從祖弟神讓犯逆，左轉梓州司法參軍。秩滿，選授盈川令。爲政殘酷，榜殺下吏，輒不爲意。美名多榜亭臺，恥笑動衆。竟卒於官。中宗即位，贈著作郎，以舊僚追及也。平生著作，惟存是帙，三十卷者，惜未之見也。其自評「吾愧在盧前，恥居王後」。張説以其文思如懸河注水，酌之不竭，既優於盧，亦不減王，「恥居王後」，信然；「愧在盧前」，謙也。

論曰：炯之賦，詞義明暢，若庖丁解牛，自中肯綮。而渾天考覈，更見沉深，推曆氏今猶擇焉。五言律工緻而得明澹之旨，沈宋肩偕，開元諸人，去其纖麗，蓋啓之也。諸作差次之。五言古詩，唐人各自成家，備一代制可也，然以漢魏鏡之，人人懸絶矣。

時嘉靖壬子歲秋日。（唐十二家詩本楊盈川集卷首）

盈川集序

（明）童　佩

盈川集者，唐盈川令、贈著作郎、華陰楊侯炯之所撰也。楊侯有詩文二十卷，世遠遺逸，流傳者僅詩一卷。余竊生侯州民之後，每見侯文章於他書，輒自手録，凡得如干篇，久之恐復散漫，因爲銓次成帙，仍其舊題曰楊盈川集云。它日，郡太守高淳韓公行縣龍丘山中，召父老文學士，詢文章、風土。余竊以是編請，公啓而爲之色喜，以爲文章之士，莫侈乎唐。其間以州郡名集者，韋應物、柳宗元、賈島之外無幾焉。夫蘇州尚矣，至柳與長江，本遐陬之小壤，卒以一守一尉之故，名不下邦國。顧兹集也，豈不爲重乎盈川也哉！因載與俱歸，移文鋟梓於縣。會南昌涂侯以文學飾吏事，欣然承公意。公因俾余紀其概。

按輿地書，盈川廢縣在瀔水北，其地隸龍丘，去郡四十許里。今址巋然獨存，舟車水陸，由楚粤朝京師，以及自北而南，道出其下，咸望而指爲楊侯治邑，草木川原猶生靈氣，彷佛丹青炳焉其間也。始，侯令盈川，無何卒，縣尋罷。故民請尸祝其地，至今春秋不輟。夫盈之地，自有民物以來，不知歷幾何年，自侯誕靈而縣始立。縣自設長吏而下，亦不知歷幾何人，視所官之地亡而其神不亡。以意求之，侯利澤入民之深，蓋必有他人之所難，惟是史册所載，盡略其治行，余竊疑焉。要之，當時必以侯長於文學，發而爲詞華，足以藻飾區宇，嘉惠人士。文章與政通，風俗以文變，明乎此則達於彼，又何必紀其他爲可重於侯哉？韓公力行，務合人心，謂侯之政事既不可考，不得已斯求其次。傳載侯所造如「懸河注水，酌之不竭」，又曰「游刃諸子，伏道孔門」。文其如此，故當流布四海，人人見而快之，又豈徒用慰一盈川人之思也，刻其可後乎哉？昔宋慶曆間，歐陽永叔得韓文脱本於漢東李氏，由是中州人始知其書。今楊集故非當時之舊，亦以萬曆初韓公、涂侯得之於余，余故未敢論其尊賢舉墜之政，然於事之相符也，要豈偶然者耶？今集凡十卷，本傳、雜文别爲一卷。

萬曆三年春三月既望，童佩子鳴甫撰。（摘藻堂四庫全書薈要本盈川集卷首）

楊炯集序

（明）皇甫汸

嘗觀經籍阨於先秦之火，擾於中原之兵，浸聚浸逸。幸遇好文之主，下求遺之詔，括以輶使，寵以官資。魯壁既穿，汲冢斯發，隋唐而後，始廣備云。經傳子史日闕，矧文集乎？大唐弘文，風沿江左，道盛開元，時則王勃、楊炯、盧照鄰、駱賓王並稱年少，俱擅高才，海内號爲「四傑」。

馬氏云：王集二十卷，劉元濟爲之序；駱集十卷，郗雲卿爲之序。然王詩賦之餘，未覩他撰；駱書啓之外，罕載雜篇。盧惟詩賦，附以五悲，咸似未全書也。楊集三十卷，後止二十卷，今皆無存焉。童氏子鳴耽書籍，謂淫嗜成癖，而盈川者其所產地也，忝兹下民，眷言父母，年祀緜隔，桑梓猶存。遡瀔水以興懷，眺龍丘而寄慨。搜輯遺文，彙裒簡帙，上於郡守高淳韓侯，深奬斯舉，移之縣令南昌涂侯，樂董厥成。若子鳴者，學臻博極，識闡淵微，架富緹緗，載充兼兩。秘監取正，訪於茂先；内庫所無，詢之宏靖。伐山而採群玉，披沙以檢碎金。共得詩賦四十二首，序、表、碑、銘、誌、狀、雜文三十九首，勒爲十卷。保殘守闕，存十於千，不愈於湮没乎？夫著作之文，張道濟譬之懸河，宋延清嘆其游刃。若渾天之製，考覆精詳；冕服之辨，援引該洽，顧不可傳耶？設使生同其時，則吴公之知賈傅，邛令之重長卿，抑奚讓焉！子鳴懼希寶之弗耀，豈抱衡而自私哉，其憐才甄藝，志蓋可嘉矣。韓名邦憲，己未進士；涂名杰，辛未進士，爲良守令云。

萬曆丙子仲春既望，賜進士、尚書吏部司勳郎吴郡皇甫汸子循撰。（四部叢刊初編影印童佩本盈川集卷首。按影印本底本是序乃轉載自縣志，文字有誤，此據摛藻堂四庫全書薈要本盈川集卷首所載序文校補）

國史經籍志

（明）焦竑

楊炯盈川集二十卷。（國史經籍志卷五）

楊盈川集題詞

（明）張燮

曹使君甫莅漳，枉訪窮巷，輒訊唐人集，毅然以梨棗爲任，燮逡巡未敢應。過浚見存，疊申前旨，因簡世無集行者，呈竄典籤，使君考訂訛誤，捐俸命梓。古誼逾摯，所不忍却，輒以楊、王爲鍥事之始，外此諸家，次第徐及之。殘竹幾行，一旦颺采，正自有數也。燮又識。（崇禎十三年張燮、曹荃漳署刻本四子集楊盈川集卷首）

四庫全書簡明目録

（清）永瑢等

盈川集十卷，附録一卷，唐楊炯撰。亦明萬曆中龍游童佩所輯録也。凡賦八首、詩三十四首、雜文三十九首，而以贈答評論之作，别爲附録。其彭城公夫人尒朱氏墓誌、伯母李氏墓誌，誤編庾信集中，此本收尒朱氏一篇，而李氏一篇仍失載，則搜採尚有所遺也。（四庫全書簡明目録卷一五别集類一）

四庫全書總目

（清）紀昀等

盈川集十卷，附録一卷，唐楊炯撰。唐書文苑傳稱其文集本三十卷，晁公武讀書志僅著録二十卷，云「今多亡逸」，是宋代已非完本。然其本今亦不傳。此乃明萬曆中龍游童佩從諸書裒集，詮次成編，併以本傳及贈答之文、評論之語，别爲附録一卷，皇甫汸爲之序。凡賦八首，詩三十四首，雜文三十九首。文苑英華載其彭城公夫人尒朱氏墓誌銘一首、伯母東平郡夫人李氏墓誌銘一首，列庾信文後，明人因誤編入信集中。此本收尒朱氏誌一篇，而李氏誌仍不載，則蒐羅尚有所遺也。舊唐書本傳最稱其盂蘭盆賦，然炯之麗製不止此篇，劉昫殆以爲奏御之作，故特加紀録歟。傳又載其駁太常博士蘇知幾冕服議一篇，引援經義，排斥游談，炯文之最有根柢者。知其詞章瑰麗，由于貫穿典籍，不止涉獵浮華，而新唐書本傳删之不載，蓋猶本紀不載詔令之意，是宋祁之偏見，非定評也。又新、舊唐書并稱炯爲政嚴酷，則非循吏可概見。童佩序稱盈川廢縣在瀫水北，其地隸龍丘，去郡四十餘里，今址巋然獨存。炯令盈川，無何卒，縣尋罷，民尸祝其地，至今春秋不輟，是則因其文藝而更粉飾其治績，亦非公論矣。（四庫全書總目卷一四九别集類二）

初唐四傑集跋

（清）項家達

唐書經籍志：王勃集三十卷，楊炯集三十卷，盧照鄰集二十卷，駱賓王集十卷，此唐人舊本也。宋史藝文志：王勃詩八卷，文集三十卷，雜序一卷，舟中纂序五卷；楊炯集二十卷，又拾遺四卷；盧照鄰集十卷，幽憂子三卷；駱賓王集十卷，百道判二卷，此本於崇文總目也。考晁公武讀書志，楊、盧、駱集卷與總目同，而王集止二十卷。陳振孫書録解題，止載盧、駱集，似未見王、楊。而洪邁容齋隨筆，又云王集二十七卷，則洪氏所見，轉較晁氏爲多。是四子集在宋已顯晦不一，多寡互異矣。

余所見王子安集，明張燮作十六卷，張遜業不分卷。楊盈川集，明童佩作十卷。駱丞集，明顔文選、施羽王并作四卷。惟盧昇之集不著編輯人氏，作七卷。俱與諸家著録不符，中間文義亦時有舛脱，大率從文苑英華諸書裒萅而成，非復當時完本。明許自昌刻初唐十二家集，僅録四子詩賦。兹取現存各本互相點勘，合刻成編，集名、卷目仍之。

乾隆辛丑仲春月，翰林院編修星渚項家達豫齋撰。（乾隆四十六年星渚項氏校刻本初唐四傑集卷首）

平津館鑒藏書籍記　（清）孫星衍

唐四傑詩集四卷，楊炯、王勃、盧照鄰、駱賓王各一卷。前有景德四年汪楠序，每卷不標大題，惟題作人姓名。又楊、王、盧詩前無目，駱賓王詩前有之。此本從北宋本影摹，序文後有「琴泉生」三字、「世恩堂」三字、「汪良用印」四字影摹墨印。巾箱本，每葉廿六行，行十九字。每葉左方上有「錢遵王述古堂藏書」八字。收藏有「吴元潤印」白文方印、「澤均」朱文方印、「長洲吴謝堂氏香雨齋珍藏書畫印」朱文方印。（平津館鑒藏書籍記三舊影寫本）

鐵琴銅劍樓藏書目録　（清）瞿　鏞

楊盈川集十三卷，舊鈔本，唐楊炯撰。唐志三十卷，晁氏讀書志二十卷。今世行本，僅有童佩、張燮兩家所輯。此仁和盧氏重訂張本，有張燮序，與童本分卷不同。舊爲李松雲藏書，每板心有「文選閣」三字。卷首有「曾在李松雲處」朱記。（鐵琴銅劍樓藏書目録卷一九）

善本書室藏書志　（清）丁　丙

楊盈川集十卷、附録一卷，明刊本，唐盈川令華陰楊炯撰。炯華陰人，顯慶六年舉神童，授校書郎。

嘗充崇文館學士，後爲婺州盈川令。有集三十卷，新、舊唐書有傳。此十卷爲明萬曆中龍游童佩校刊，後附本傳、祭文、唐會要、文獻通考數條。珮字子鳴，以詩名，有集六卷，乃書賈也。有「鋤經樓藏書印」。（善本書室藏書志卷二四）

藏園群書經眼録 二則

（近代）傅增湘

楊盈川集十卷，明武勝沈皭校刊本，九行二十字。與汪士賢刻漢魏二十一家同。鈐有「金廷契印」白文印。（藏園群書經眼録卷一二）

楊盈川集十卷，明龍游童子鳴刊本，十一行二十字。（同上）

附録三　楊炯年譜

楊炯，弘農華陰人。曾祖楊初，封華山公。祖楊虔威，左衛將軍，封武安公。父某。兄弟排行第七。

楊炯所屬之楊氏家族，其譜系詳見新唐書宰相世系表。該表所列楊氏凡五房，然可靠性學界多有質疑，本譜不予討論。在五房中，楊炯曾祖父楊初屬第三房，該房初祖爲楊孕，「孕五世孫贊，隋輔國將軍、河東公。生初，左光禄大夫、華山郡公」。楊初以下之支系，隋及初、盛唐時期無人列入世系表。其見於四部叢刊初編本盈川集（以下簡稱「本集」）者，主要有：卷四遂州長江縣先聖孔子廟堂碑：「長江令楊公，弘農華陰人也，即華山公之孫，大將軍之子。」卷九常州刺史伯父東平楊公墓誌銘：「楊氏之先，其來尚矣。在皇爲皇軒，在帝爲帝嚳，在王爲周武，在霸爲晉文：此之謂不朽。西京爲丞相，東漢爲司徒，魏室爲九卿，晉朝爲八座：此之謂世禄。公諱德裔，字德裔，弘農華陰人也。即常州刺史華山公之元孫，左衛將軍武安公之長子。」同上從弟去盈墓誌銘：「國子進士楊去盈，字流謙，弘農華陰人也。曾祖諱初，周大將軍，隋宗正卿、常州刺史、順陽公，皇朝左光禄大夫、華山郡開國公，……王考諱虔安，僞鄭王世充逼授二十八將，封鄫國公。尋謀歸順，爲充所害。皇朝贈大將軍，旌忠烈也。……父某，潤州句容、遂州長江二縣令，朝散大夫，行鄧州司馬。」又同上從弟去溢墓誌銘：「處士弘農楊去溢，年二十，即華山公之曾孫，大將軍之孫，朝散大夫、鄧州司馬之第四子也。」見於史傳者，主要爲舊唐書楊炯傳：「楊炯，華陰人。伯祖虔威，武德中官至右衛將軍。……虔威子德幹，高宗末歷澤、齊、汴、相四州刺史。治有威名，郡人爲之語曰：『寧食三斗蒜，不逢楊德幹。』子神讓，天授初與徐敬業於揚州謀叛，父子伏誅。」

據上述史料，知楊炯爲華陰人，别無他説。華陰，縣名，漢代屬弘農郡，後魏屬華州，唐因之。元和郡縣志卷二華州華陰縣：「本魏之陰晉邑，秦惠文王時，魏人犀首納之於秦，秦改曰寧秦。漢高帝八年（前一九九），更名華陰，屬弘農郡，後魏屬華州。」後因之。按：漢弘農郡，治在今河南靈寶市。唐代華州治鄭縣（今陝西華縣）。華陰今爲縣級市，屬陝西渭南市。

上引常州刺史伯父東平楊公墓誌銘稱楊氏之先，「在皇爲皇軒，在帝爲帝嚳，在王爲周武，在霸爲晉文」云云，乃以黄帝軒轅氏、黄帝曾孫帝嚳高辛氏爲始祖。所謂「在王」、「在霸」，按新唐書宰相世系表云：「楊氏出自姬姓，周宣王子尚父封爲楊侯。一云晉武公子伯僑生文，文生突，羊舌大夫也。又云晉之公族食邑於羊舌，凡三縣，一曰銅鞮，二曰楊氏，三曰平陽。……叔向，晉太傅，食采楊氏，其地平陽楊氏縣是也。叔向生伯石，字食我，以邑爲氏，號曰楊石，黨於祁盈。盈得罪於晉，并滅羊舌氏，叔向子孫逃於華山仙谷，遂居華陰。」則華陰楊氏，乃晉大夫叔向之後，故謂楊氏「在霸爲晉文」也。然各種説法僅爲傳言，並無充分的文獻依據，孰是難以判斷。伯父東平楊公墓誌銘又稱楊氏後代在「西京爲丞相，東漢爲司徒，魏室爲九卿，晉朝爲八座」，分别指楊敞、楊震、楊阜、楊珧，四人史書有傳。

梳理上引盈川集及兩唐書史料，可知楊炯自曾祖以下四代主要成員之大概。所謂「華山公」，即曾祖楊初，隋代爲常州刺史，封順陽公，入唐封華山郡開國公。楊初二子：唐贈「大將軍」者爲楊虔安，其子楊某某（失其名），曾爲句容令、長江令、鄧州司馬。楊某某二子：楊去盈、去溢。楊初次子，即所謂「左衛將軍武安公」，乃楊虔威，即楊炯之祖。虔威三子：長子德裔，即上引常州刺史伯父東平楊公墓誌銘墓主，爲楊炯伯父；德裔子令珍，早亡。次子楊某某（失其名，當爲楊德□），即楊炯之父，其名與身世不詳。楊炯有一弟，名亦不詳，炯死盈川後，曾將其靈柩運回洛陽安葬，見宋之問祭楊盈川文。楊虔威第三子德幹，爲政有威名。二子神讓、神毅。因楊德裔無子，遂過繼神毅爲子，見伯父東平楊公墓誌銘。而德幹、神讓則因徐敬業起兵反武則天案被殺。綜觀上述，除女口所知甚少外，楊初家族并不複雜，兹繪世系表於次，可一目瞭然：

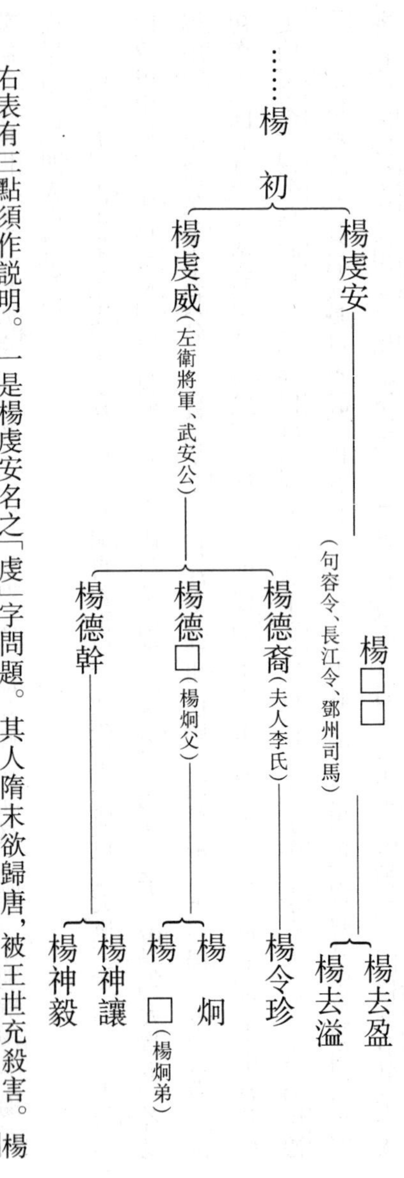

右表有三點須作説明。一是楊虔安名之「虔」字問題。其人隋末欲歸唐，被王世充殺害。楊炯從弟去盈墓誌銘稱「諱安」，即單名安，無「虔」字。册府元龜卷二六八述其被害事時，作「楊虔安」。以其弟楊虔威例之，作虔安是，本書已據補「虔」字，説詳去盈墓誌銘注。二是楊虔威是楊炯之祖，抑或「伯祖」？因事關楊氏家族世系，需略作辨析。舊唐書楊炯傳稱楊虔威爲楊炯「伯祖」：「伯祖虔威，武德中官至右衛將軍。……虔威子德幹，……（德幹）子神讓，天授初與徐敬業於揚州謀叛，父子伏誅。」而楊炯所作伯父東平楊公（德裔）墓誌銘，從其稱「伯父」可知，楊德裔與楊炯父乃親兄弟，而楊德裔之父爲「左衛將軍武安公」，即楊虔威。由是知楊德裔、楊□□（應爲楊德□，即炯父）與楊德幹三人乃親兄弟，同爲楊虔威之子。既如此，則楊炯不應稱楊虔威爲「伯祖」，而是親祖父。是乃楊炯文章所述，必不誤，只能是舊唐書本傳誤書。新唐書楊炯傳似乎欲糾正舊書之謬，稱楊炯「俄坐從父弟神讓與徐敬業亂，出爲梓州司法參軍」。楊德幹既是「從父」，自然便與德裔、德□（炯父）爲親兄弟，三人之父楊虔威，乃楊炯祖父，而非「伯祖」。至於舊唐書稱楊虔威「武德中官至右衛將軍」，而伯父東平楊公（德裔）墓誌銘又稱其爲「左衛將軍」，左、右二字形近易訛，其爲一人無疑，可勿庸深辨。三是楊初當另有一子，名善會。隋書卷七一楊善會傳：「楊善會字敬仁，弘農華陰人也。父初，官至毗陵太守。」善會拜清河通守，竇建德攻陷清河，勸其投降，不屈被害，時在大業十三年（六一七）。以上楊初家族世次及圖表，參見張曉蕾楊炯家世探微（四川師範大學學報一九九三年第三期）。蓋因楊善會早死，未入唐，又無後，故楊炯本集未曾提及，此亦不入世系表中。

楊炯在同族兄弟中排行第七，見宋之問温泉莊卧疾寄楊七炯。

唐高宗永徽元年庚戌（六五〇）

上年（貞觀二十三年）五月己巳，太宗崩於長安含風殿，年五十有三。六月甲戌朔，太子李治即位，是爲高宗，未改元。本年正月辛丑，詔改元爲永徽。王勃生。盧照鄰約十九歲。駱賓王約十歲。按：本譜各年叙事不注出處者，皆見舊唐書各帝（包括武則天）本紀，其他史料來源則注明出處。部分文學家之生、卒年，據文獻或學界一般説法，科舉及第則據清徐松登科記考。以下不再説明。

楊炯生。

楊炯渾天賦序：「顯慶五年，炯時年十一，待制弘文館。」顯慶五年爲公元六六〇年，以此上推，則楊炯當生於是年。又楊炯從弟去盈墓誌銘：「春秋二十有六，以上元三年（六七六）五月二十二日歿於京師。」以卒年、享年上推，則楊去盈當生於永徽二年（六五一）。楊炯既稱去盈爲「弟」，則楊炯生年不能晚於永徽二年，可與其自述互證。按四庫全書著録明豐坊書訣，其中唐人法帖一節稱「楊炯，字仲丹，華陰人」。又稱「成都孔子廟碑，（楊）炯文，自書，在四川」。所謂成都孔子廟碑，當即大唐益州大都督府新都縣學先聖廟堂碑文并序，是否「字仲丹」出於該碑石本？不可考知。然唐宋文獻别無記載，其説恐失實。

永徽六年乙卯（六五五）

七月，中書舍人李義府上表請廢王皇后，立武昭儀，高宗賜珠一斗，尋拜中書侍郎。八月，長安令裴行儉聞將立武昭儀，與長孫無忌、褚遂良私議之，左遷西州都督府長史（資治通鑑卷一九九）。九月，尚書右僕射、河南郡公褚遂良以諫立武昭儀，貶潭州都督。冬十月，廢王皇后爲庶人，立昭儀武則天爲皇后。

楊炯六歲，舉神童。

楊炯舉神童（即童子科）事，載於兩唐書本傳，然皆未記時間，故後代學者或依楊炯渾天賦序所述「顯慶五年（六六〇），炯時年十一，待制弘文館」，而以年十一時之顯慶五年爲舉童科之年。宋晁公武郡齋讀書志卷四上（袁本，以下簡稱晁志）著録盈川集，解題明確記載楊炯「顯慶六年，舉神童」。但無論是顯慶五年或六年，都超過新唐書選舉志所載童子科參試年齡必須在「十歲以下」之規定（見後引）。當代學者另辟蹊徑，遂從明萬曆間童佩編次本盈川集附録中找到證據，即該附録所載文獻通考引晁氏（公武）語，稱楊炯「顯慶四年舉神童」。顯慶四年楊炯十歲，正好在年齡限制之内（見傅璇琮唐代詩人叢考楊炯考）。此後學界多從是説。然此結論雖能克服顯慶五年、六年説與唐代科舉制度之矛盾，然證據之可信度却令人懷疑：通考文字乃抄晁志，若晁志被證明有誤，可用以改通考，反之則不能。質言之，無論盈川集附録所録通考是何版本，其文字皆不可能異於晁志，若以之爲據，則屬無效證據。今考楊炯文集，似能勾稽出楊炯登童子科之年代。楊炯祭汾陰公文曰：「公夕拜之時也，既齒跡於渠閣；公春華之日也，又陪遊於層城。」汾陰公，即中書令薛元超（名振）。夕拜，謂拜黄門侍郎。初學記卷一二黄門侍郎引應劭曰：「黄門郎每日暮向青瑣門拜，謂之夕郎。」楊炯薛振行狀：「（年）三十二，丁太夫人憂，去職。起爲黄門侍郎，固辭不許。」舊唐書薛收傳附薛元超傳：「永徽五年（六五四），丁母憂解。明年，起授黄門侍郎，兼檢校太子左庶子。」謂薛元超丁憂解職後，「明年」起復爲黄門侍郎，固辭不許，只能受職，「明年」爲永徽六年。渠閣，即石渠閣，漢代藏書處，唐代代指秘書省。則楊炯所謂「齒跡渠閣」，當指永徽六年參加童子科考試，其時六歲。按新唐書選舉志：「童子科，十歲以下能通一經及孝經、論語，卷誦文十,通者予官;通七,予出身。」楊炯蓋未「十通」,故僅得出身,並未授官。郡齋讀書志著録盈川集二十卷,其時楊集原本雖有散佚,但大部尚存,不應出錯,而作「顯慶六年」,疑乃晁公武誤書年號,即將「永徽」寫成「顯慶」,遂鑄成千年迷案。檢四庫全書本唐才子傳卷一,正謂楊炯「六歲,舉神童」,與上考結論完全相同。四庫館臣所用底本爲永樂大典本,當猶保存唐才子傳元刻本面貌,而該書傳世之其他版本,則被後人據晁志妄改,已踵謬承訛,不足爲據。

顯慶五年庚申(六六〇)

正月,高宗幸并州。三月,皇后武則天宴親族鄰里故舊於朝堂。六月辛丑,詔文武五品以上四科舉人。八月庚辰,蘇定方等討平百濟。

楊炯十一歲,待制弘文館。

楊炯渾天賦序:「顯慶五年,炯時年十一,待制弘文館。」前已考楊炯登童子科在永徽六年,則其待制弘文館並不與登科時間相同,而是在其後五年。待制,又稱「待詔」,漢書哀帝紀:「待詔夏賀良等言……」注引應劭曰:「諸以材技徵召,未有正官,故曰待詔。」後代又以高官備顧問爲待詔,如新唐書太宗諸子傳曰:「是時(代宗大曆時)勳望大臣無職事者皆得待詔于(集賢)院,給殮錢署舍以厚其禮,自左僕射裴冕等十三人爲之。」楊炯登童子科時僅獲出身,未授官,已見前述;而其爲弘文館待制時才十一歲,他所授「待制」爲何官? 本書初版時,筆者稱没有授官,只是等待詔命。浙江大學蔣金珅先生以爲是「職事官」,「以文學之才直弘文館」(見所作楊炯早年任官考證二則，文學遺産二〇一九年第三期），與顯慶四年（六五九）高宗「親策試舉人，凡九百人，惟郭待封、張九齡五人居上第，令待詔弘文館，隨仗供奉」（舊唐書高宗紀），以及韓思彦「舉下筆成章、志烈秋霜科，擢第。授監察御史，昌言當世得失。高宗夜召，加二階，待詔弘文館，仗内供奉」（新唐書韓思彦傳）等「待詔」情况相同。其説大體是，今已據以修正。但這種供奉官乃唐代（特别是高宗時代）對文人的重視和禮遇，無實際職掌，與正官仍有區别。故中唐以後朝廷稱這類官爲「雜名目」，即不在職官編制之内，而請求「停減」。唐會要卷六四弘文館：長慶三年（八二三）七月弘文館奏：「按六典，當館先有學士、直學士、詳正學士、校理、直館、讎校錯誤、講經博士等。雖職事則同，名目稍異，須有定制，使可遵行。今請准集賢、史館兩司元和中停減雜名目例，其登朝五品以上充學士，六品已下充直學士，未登朝官，一切充直弘文館，其餘並請停減。」所舉「雜名目」雖無待制，但請依集賢、史館例，而同書集賢院請停減的各種名目中，正有待制。楊炯十一歲時待制弘文館，到二十七歲的上元三年（六七六）登制科、補秘書省校書郎，相距十六七年，若以登童子科算起，已踰二十年，故其渾天賦序自嘲道：「二十年而一徙官，斯亦拙之效也。」「二十年而一徙官」，正説明所謂「待制」乃特殊的任官形式，並非正官，多由皇帝賞賜，故不在按官制正常除授、遷改範圍之内。

咸亨元年庚午（六七〇）

總章三年三月甲戌朔，大赦天下，改元爲咸亨元年。五月丙戌，詔曰：「諸州縣孔子廟堂及學館有破壞并先來未造者,遂使生徒無肄業之所,先師闕奠祭之儀,久致飄露,深非敬本。宜令所司速事營造。」十二月庚寅,諸司及百官各復舊名。杜審言進士及第。蘇頲生。

楊炯二十一歲,任弘文館待制(以下至上元三年補秘書省校書郎之前皆同,不再注)。

作唐右將軍魏哲神道碑(本集卷八)。

碑文稱魏哲卒於總章二年(六六九)三月,其夫人馬氏早卒於貞觀十五年(六四一),咸亨元年(六七〇)某月日祔(合葬)於某原。總章三年三月甲戌朔,改元爲咸亨元年,則所謂「某月」,當在咸亨元年三月之後。本文應作於合葬前後。

作和騫右丞省中暮望詩(本集卷二)。

考兩唐書,高宗、武后時期除騫味道外,别無騫姓高官,騫右丞當即騫味道。高宗調露初,騫味道爲考功員外郎。光宅元年(六八四)爲檢校内史,貶青州刺史。垂拱四年(六八八)九月,擢左肅政臺御史,同鳳閣鸞臺平章事,十二月被殺。事迹散見兩唐書,然未載其任右丞事。「省中」,指尚書省。唐六典卷一尚書都省:「左丞一人,正四品上;右丞一人,正四品下。」注:「龍朔二年(六六二),改爲左右肅機。咸亨元年(六七〇),復爲左右丞。」此詩稱右丞,據騫味道仕歷,當在咸亨間,確年無考,姑附於此。

上元元年甲戌(六七四)

咸亨五年秋八月壬辰,追尊宣簡公爲宣皇帝,懿王爲光皇帝,太祖武皇帝爲高祖神堯皇帝,太宗文皇帝爲文武聖皇帝，太穆皇后爲太穆神皇后，文德皇后爲文德聖皇后，皇帝稱天皇，皇后稱天后。改咸亨五年爲上元元年，大赦。十二月壬寅，天后上意見十二條，請王公百寮皆習老子，每歲明經一準孝經、論語例試於有司。

楊炯二十五歲。

作奉和上元酺宴應詔詩（本集卷二）。

詩乃歌頌自唐高祖以來歷朝皇帝之文治武功，有句曰：「百戲騁魚龍，千門壯宫殿。」按資治通鑑卷二〇二載本年九月甲寅，「上御翔鸞閣，觀大酺。分音樂爲東西朋，使雍王賢主東朋，周王顯主西朋，角勝爲樂」。此次活動，當即爲慶賀改元而辦；所謂「百戲」，蓋包括二王以音樂角勝，或當時有詔文士獻詩，故楊炯作是詩以應和也。

上元二年乙亥（六七五）

正月敕：「明經加試老子策二條，進士加試帖三條。」三月，時帝風疹，不能聽朝，政事皆決於天后。自誅上官儀後，上每視朝，天后垂簾於御座後，政事大小皆預聞之，内外稱爲「二聖」。帝欲下詔令天后攝國政，中書侍郎郝處俊諫止之。沈佺期、宋之問、劉希夷、張鷟進士及第。

楊炯二十六歲。

作大唐益州大都督府新都縣學先聖廟堂碑文并序（本集卷四）。

本文及舊唐書高宗紀下，載有咸亨元年（六七〇）五月丙戌高宗令修孔子廟堂詔，上已引録。

新都縣學及孔子廟堂，當即奉此詔修建，而碑文應作於廟堂落成稍前。考文中稱高宗爲「天皇」(見「大都督周王，天皇第八(當作『七』)子也」句)，舊唐書高宗紀：咸亨五年(六七四)秋八月壬辰，「皇帝稱天皇，皇后稱天后。改咸亨五年爲上元元年」。故咸亨五年秋八月，爲本文作年之上限。文稱廟堂建成時，來恒爲益州大都督府長史。考舊唐書高宗紀，上元三年(六七六)三月癸卯，黄門侍郎來恒爲同中書門下三品，已經離蜀，是爲本文寫作時間之下限。因來恒離蜀準確時間無考，以理推之，上元元年僅四個多月(咸亨五年秋八月至年末)，故碑文約作於上元二年。

又作遂州長江縣先聖孔子廟堂碑(本集卷四)。

遂州長江縣孔子廟堂，與新都縣學廟堂相同，亦是奉咸亨詔而建。兩廟堂落成時間或有先後，但相距應不遠，故兩碑寫作時間當相近，蓋亦在上元二年。據長江縣先聖孔子廟堂碑，長江縣令楊某(名未詳)爲楊炯族叔，即嘗任句容令、鄧州司馬者，疑楊炯其時正客遊於蜀，本碑文即遵其族叔之囑而作。

作遊廢觀詩(本集卷二)。

詩言所遊廢觀有玉女泉，按雲笈七籤卷一二二道教靈驗記有蜀州新津縣平蓋化被盜毁伐驗條，稱「蜀州新津縣平蓋化，即第十六化也。神仙崔孝通得道之所，真像存焉。化有玉人，長一丈，見則天下太平。殿左有玉女泉，水深三四尺，飲之愈疾」。該泉在今成都新津縣，知此詩作於蜀中。再由上述二廟堂碑觀之，疑楊炯在武后時貶官入蜀爲梓州司法參軍(詳後)之前，或另有入蜀之行。唐代由長安到梓州，一般入劍門關走金馬道，不經成都，況是貶官，有諸多約束，不可隨意遊山玩水。蓋上元二年左右，楊炯曾入蜀探訪爲長江縣令之族叔楊某某。前新都縣學先聖廟堂碑文稱「下問書生」、「來求小子」云云，實即到長江縣求筆也。

上元三年丙子（六七六）

中書舍人薛元超丁母憂，起復爲黄門侍郎。秋八月壬寅，敕桂、廣、交、黔等都督府，比來注擬上人，簡擇未精，自今每四年遣五品已上清正官充使，仍令御史同往注擬，時人謂之「南選」（資治通鑑卷二〇二）。十一月丁卯，敕新造上元舞，圓丘、方澤、享太廟用之，餘祭則停。王勃到交趾省父，渡南海溺水卒。崔融詞殫文律科及第，員半千文學優贍科及第。

楊炯二十七歲。

應制舉，補秘書省校書郎。

楊炯渾天賦序：「上元三年，始以應制舉，補校書郎，朝夕靈臺之下，備見銅渾之象。」前引蔣金玶楊炯早年任官考證二則之另一則，認爲楊炯所補校書郎爲秘書省校書郎，糾正本書初版時以爲補弘文館校書郎之誤，甚是，現據以改正。靈臺，乃觀測天文之高臺，銅渾即渾天儀，唐初屬太史局，隸秘書省，詳見本書渾天賦序注。楊炯只有補秘書省校書郎，方可時常接近靈臺及銅渾。按唐六典卷一〇秘書省：「校書郎八人」，正九品上。又曰：「校書郎、正字，掌讎校典籍，刊正文字，皆辨其紕繆，以正四庫之圖史焉。」

作唐上騎都尉高君神道碑（本集卷八）。

按碑文述墓主高則卒於高宗上元三年（六七六）三月，其年冬十月丁酉葬，則本文當作於此時間段內。

又作彭城公夫人尒朱氏墓誌銘（文苑英華卷九六四）。

墓誌銘未記墓主尒朱氏卒年，謂「越上元三年十月二十日」，與其夫（據誌文當爲韋氏，名不詳）合葬於長安城南之畢原，則文當作於是年十月稍前。

儀鳳元年丙子（六七六）

上元三年十一月壬申，以陳州言鳳凰見於宛丘，改上元三年曰儀鳳元年，大赦。十二月丙申，皇太子賢上所注後漢書，賜物三萬段。是年十二月，詔曰：「山東、江左人物甚衆，雖每充賓薦，而未盡英髦。或孝悌通神，遐邇惟敬；或德行光裕，邦邑崇仰；或學統九流，垂帷覩奧；或文高六藝，下筆成章；或備曉八音，洞該七曜；或射能穿札，力可翹關；或丘園秀異，志存棲隱；或將帥子孫，素稱勇烈，委巡撫大使咸加採訪，佇申褒獎。亦有婆娑鄉曲，負材傲俗，爲譏議所斥，陷於跅弛之流者，亦宜推擇，各以名聞。」（册府元龜卷六七）

楊炯二十七歲，爲秘書省校書郎。

儀鳳二年庚辰（六七七）

二月丁巳，工部尚書高藏授遼東都督，封朝鮮郡王，遣歸安東府，安輯高麗餘衆。司農卿扶餘隆熊津州都督，封帶方郡王，令往安輯百濟餘衆。仍移安東都護府於新城以統之。十二月詔：「京文武職事三品以上官，每年各舉所知。或才蘊廊廟，器均瑚璉，體王佐之嘉猷，資公輔之宏量；或奇謀異算，決勝千里；或投石拔距，勇冠三軍；或謇諤忠亮，志存規弼；或繩違糾惡，不避權豪；或威惠仁明，堪居牧守之重；或公正廉直，足膺令長之任，咸宜搜訪，具録封進。朕當詳覽，量加獎擢。」（册府元龜卷六七）張鷟、姚崇、韓思彦、王無競下筆成章科及第。

楊炯二十八歲，爲秘書省校書郎。

作公卿以下冕服議（本集卷五）。

本文寫作背景，舊唐書楊炯傳述之曰：「儀鳳中，太常博士蘇知幾上表，以公卿已下冕服，請別立節文。敕下有司詳議，炯獻議曰：……（即該文）。」按杜佑通典卷五七載「儀鳳二年十一月，太常博士蘇知機上言曰：『去龍朔中，孫茂道奏請諸臣九章服（按：孫氏於龍朔二年〔六六二〕九月戊寅上奏節文，見舊唐書輿服志），當時竟未施行。今請制大明冕十二章，乘輿服之，加日、月、星辰、龍、虎、山、火、麟、鳳、玄龜、雲、水等象。鷩冕八章，三公服之；毳冕六章，三品服之；繡冕四章，五品服之。』詔下有司詳議，崇文館學士楊炯奏」云云。英華卷七六六於作者名下注曰：「儀鳳二年。」上引通典稱楊炯時爲崇文館學士。又舊唐書輿服志述此事，亦稱「崇文館學士、校書郎楊炯奏議曰」，皆誤，當仍爲秘書省校書郎。爲崇文館學士尚在數年之後，而爲崇文館學士時，秘書省校書郎已任滿去職。

又作晦日藥園詩序（本集卷三）。

晦日，即夏曆每月最後一日。按文曰「於時丁丑之年，孟春之晦」，丁丑爲高宗儀鳳二年，孟春爲正月。

儀鳳三年戊寅（六七八）

正月辛酉，百官及蠻夷酋長朝天后於光順門。五月，「敕自今已後，道經、孝經并爲上經，貢舉人并須兼通。其餘經及論語，任依常式」（册府元龜卷六三九）。秋七月丁巳，宴近臣諸親於咸亨殿。上謂霍王元軌曰：「去冬無雪，今春少雨，自避暑此宮，甘雨頻降，夏麥豐熟，秋稼滋榮。……又男輪最小，特所留愛，比來與選新婦，多不稱情；近納劉延景女，觀其極有孝行，復是私衷一喜。思與叔等同爲此歡，各宜盡醉。」上因賦七言詩，效柏梁體，侍臣并和。

楊炯二十九歲，爲秘書省校書郎。

作從甥梁錡墓誌銘（本集卷九）。

文稱墓主梁錡卒於上元三年（六七六）秋八月，葬於儀鳳三年春二月某日，則本文當作於此時間段内。

作益州温江縣令任君神道碑（本集卷七）。

碑文謂墓主任晃「以儀鳳二年六月二十五日卒於官第」。夫人姚氏，「先以咸亨三年七月二日，終西京翊善里之私第；越儀鳳三年冬十一月一日，歸祔於永樂縣歷山之平原」。則文當作於本年。

儀鳳四年己卯（六七九）

楊炯三十歲，爲秘書省校書郎。

調露元年己亥（六七九）

儀鳳四年六月辛亥制：大赦天下，改儀鳳四年爲調露元年。調露元年秋七月己卯朔，詔以今年冬至有事嵩嶽，禮官、學士詳定儀注。

楊炯三十歲，爲秘書省校書郎。

作從弟去溢墓誌銘（本集卷九）。

楊去溢、去盈兄弟，爲前述遂州長江令楊某某之子，於楊炯爲從弟。文稱楊去溢葬於儀鳳四年十月二日。儀鳳四年十月，已改爲調露元年。

又作從弟去盈墓誌銘（本集卷九）。

文稱楊去盈卒於上元三年（六七六）五月二十二日，儀鳳四年十二月二日葬。儀鳳四年十二月，已改爲調露元年。

調露二年庚辰（六八〇）

春正月乙酉，高宗宴諸王、諸司三品已上、諸州都督刺史於洛城南門樓，奏新造六合還淳之舞。二月癸丑，幸汝州温湯。丁巳，至少室山。戊午，親謁少姨廟。賜故玉清觀道士王遠知謚曰昇真先生，贈太中大夫。又幸隱士田遊巖所居。己未，幸嵩陽觀及啓母廟，并命立碑。又幸逍遥谷道士潘師正所居。四月，「劉思立除考功員外郎。先時，進士但試策而已，思立以其膚淺，奏請帖經及試雜文，自後因以爲常」（册府元龜卷六三九）。蘇頲、宋璟進士及第。

楊炯三十一歲，爲秘書省校書郎。

作群官尋楊隱居詩序（本集卷三）。

近人高步瀛唐宋文舉要乙編卷一收此文，有解題曰：「舊唐書高宗紀曰：『調露二年（六八〇）二月丁巳，至大室山，又幸隱士田遊巖所居。己未，幸嵩陽觀。』群官尋楊隱居，疑在此時，而楊隱居名字事蹟皆未詳。」據文中「軒皇駐蹕，將尋大隗之居；堯帝省方，終全潁陽之節」等句，其説是。楊炯既預「群官」之列，時當仍在秘書省校書郎任上。

作送并州旻上人詩序（本集卷三）。

并州，今山西太原。旻上人生平無考，當與和旻上人傷果禪師詩之「旻上人」爲同一人。按序中稱相送者有「麟閣良朋」，漢書揚雄傳下：「時雄校書天禄閣上，治獄使者來，欲收雄，雄恐不能自免，乃從閣上自投下，幾死。」漢代另有騏驎閣，乃圖畫功臣處。天禄、騏驎皆傳説中獸名。此以麟閣代指唐秘書省。序當作於爲秘書省校書郎時，年份不詳，姑繫於爲校書郎之末。

尋返初服，卧疾丘園。作渾天賦（本集卷一）。

渾天賦序曰：「顯慶五年（六六〇），炯時年十一，待制弘文館。上元三年，始以應制舉，補校書郎。……尋返初服，卧疾丘園。二十年而一徙官，斯亦拙之效也。」所謂「二十年」，當由顯慶五年待制時算起，至是年爲二十年（本年八月改永隆元年）。按舊唐書職官志：「凡入仕之後，遷代則以四考爲限。」楊炯上元三年（六七六）應制舉，補校書郎到任當在次年，至是年爲四考滿任，待遷改官職，故曰「返初服」。賦當作於是年。

作登秘書省閣詩序（本集卷三）

序末曰：「登高而賦，群公陳力於大夫；聞善若驚，下走自强於玄晏。」按皇甫謐自號玄晏先生，不仕，以讀書、著述爲務，晉書有傳，作者既自比皇甫氏，當在「返初服」期間。

永隆元年庚辰（六八〇）

調露二年八月乙丑，立英王哲爲皇太子。改調露二年爲永隆元年，赦天下，大酺三日。

楊炯三十一歲，卧疾家居。

永隆二年辛巳（六八一）

閏七月丁未，黄門侍郎裴炎爲侍中，黄門侍郎崔知温、中書侍郎薛元超并爲中書令。庚申，上以服餌，令皇太子監國。八月，詔曰：「學者立身之本，文者經國之資，豈可假以虚名，必須徵其實效。如聞明經射策，不讀正經，抄撮義條，纔有數卷。進士不尋史傳，惟誦舊策，共相模擬，本無實才。所司考試之日，曾不簡練，因循舊例，以分數爲限。至於不辨章句、未涉文者，以人數未充，皆聽及第。……自今已後，考功試人，明經試帖，取十帖得六已上者，進士試雜文兩首，識文律者，然

後并令試策，仍嚴加捉搦，必材藝灼然、合昇高第者，并即依令。」（册府元龜卷六三九）

楊炯三十二歲。

作左武衛將軍成安子崔獻行狀（本集卷一〇）。

據行狀，崔獻卒於高宗調露二年（六八〇）七月，行狀上於本年正月，文當作於此時間段内。

作王勃集序（本集卷三）。

序文言及「薛令公」，薛令公即薛元超。舊唐書薛元超傳：「永隆二年（六八一），拜中書令，兼太子左庶子。」則永隆二年爲是序作年之上限。王紹宗重與王勮書稱王勃爲「從族孫」，曰「不知文筆總數幾許，更復緝注何書，小史往還，時望寫録」云云（見羅振玉據日本存唐鈔本王勃集卷三〇輯王子安佚文附録，陳尚君已輯入全唐文補編卷二二）。該書同時謂「亡孫（指王勃）靈柩在彼」云云，則必在王勃死後不久，是時文稿蓋未編次。據今人彭世團（中國前駐越南大使館文化參贊）王勃安魂處一文介紹，王勃遇海難後，當地人將其葬於越南交州之驩州（今義安）離岸不遠處，遺體並未回故里。序文末有「神其不遠」句，王勃卒於上元三年（六七六），至是不足六年，故云。而楊炯在爲崇文館學士前，又卸任家居，有時間編次校理故友遺文并作序，姑繫於此，而確年待考。

閏七月，以薛元超薦，爲崇文館學士，遷太子詹事府司直。

按唐會要卷六四：「永隆二年二月六日，皇太子（李顯）親行釋奠之禮，禮畢，上表請博延耆碩英髦之士，爲崇文館學士，許之。於是，薛元超表薦鄭祖玄、鄧玄挺、楊炯、崔融等，并爲崇文學士。」又楊炯薛振行狀：「及兼左庶子，又表鄭祖玄、沈伯儀、賀覬、鄧玄挺、顔强學、崔融等十人爲學士，天下服其知人。」按舊唐書薛收傳附薛元超傳：「永隆二年，拜中書令，兼太子左庶子。高宗幸東都，太子於京師監國，因留元超以侍太子。帝臨行謂元超曰：『朕之留卿，如去一臂。但吾子未閑庶務，關西之事，悉以委卿。所寄既深，不得默爾。』於是元超表薦鄭祖玄、鄧玄挺、崔融爲崇文館學士。」則薛氏薦諸學士，在是年爲中書令、皇太子監國之閏七月。又新唐書楊炯傳，稱其爲學士後，「遷詹事司直」。崇文館，乃太子府所設學館。通典卷三〇職官東宮官述之曰：「魏文帝始置崇文觀，以王肅爲祭酒，其後無聞。貞觀中，置崇賢館，有學士、直學士員，掌經籍圖書，教授諸生，屬左春坊。龍朔二年（六六二），改司經局爲桂坊，管崇賢館，而罷隸左春坊，兼置文學四員，司直二員。司直正七品上，職爲東宮之憲司，府門北向，以象御史臺也。其後省桂坊，而崇賢又屬左春坊。後沛王賢爲皇太子，避其名，改爲崇文館，其學士例與弘文館同。」

作崇文館宴集詩序（本集卷三）。

序略曰：「爾（指崇文館）其清垣繚繞，丹禁逶迤。魚鑰則環鎖晨開，雀牕則銅樓旦闢。周廬綺合，廨署星分。左輔右弼之官，此焉攸集；先馬後車之任，於是乎在。顧循庸菲，濫沐恩榮。屬多士之後塵，預群公之末坐。」觀其詞氣，當在新任崇文館學士後不久。

又作青苔賦（本集卷一）。

賦開篇曰：「粵若稽古聖皇，重暉日光。開博望之苑，闢思賢之堂。華館三襲，琱軒四下。地則經省而書坊，人則後車而先馬。相彼草木兮，或有足言者；吁嗟青苔兮，今可得而聞也。」所言皆太子府堂館之事。按文苑英華卷一四七載崔融瓦松賦并序，其序曰：「崇文館瓦松者，産於屋霤之上。千株萬莖，開花吐葉，高不及尺，下纔如寸，不載於仙經，靡題於藥録。謂之爲木也，訪山客而未詳；謂之爲草也，驗農皇而罕記。豈不以在人無用，在物無成乎？俗以其形似松，生必依瓦，故曰瓦松。楊炯謂余曰：『此中草木，咸可爲賦。』」則青苔賦必與崔融瓦松賦同時而作，所賦即崇文館草木之一也。寫作時間不詳，蓋亦在入館後不久，姑繫於是年。

開耀元年辛巳（六八一）

永隆二年冬十月乙丑，改永隆二年爲開耀元年。

楊炯三十二歲，爲崇文館學士、太子詹事府司直。

作同詹事府官寮祭郝少保文（本集卷一〇）。

舊唐書郝處俊傳：「郝處俊，安州安陸人也。」貞觀中本州進士舉，解褐授著作佐郎，襲爵甑山縣。拜太子司議郎，五遷吏部侍郎，乾封二年（六六七）改爲司列少常伯。總章二年（六六九），拜東臺侍郎，尋同東西臺三品。爲中書令，歲餘兼太子賓客，檢校兵部尚書。儀鳳二年（六七七）加金紫光禄大夫、行太子左庶子，并依舊知政事，監修國史。四年，爲侍中。遷太子少保。開耀元年薨，年七十五。又同書高宗紀下：永隆二年十月改元開耀。同年十二月辛未，「太子少保、甑山縣公郝處俊薨」。本文當作於是時。

開耀二年壬午（六八二）

楊炯三十三歲，爲崇文館學士、太子詹事府司直。

永淳元年壬午（六八二）

開耀二年二月癸未，以太子誕皇孫滿月，大赦。改開耀二年爲永淳元年。三月初，「令應詔舉人並試策三道，即爲永例」（册府元龜卷六三九）。四月丙寅，高宗幸東都，皇太子京師留守，命劉仁軌、裴炎、薛元超等輔之。陳子昂、劉知幾進士及第。裴行儉卒。

楊炯三十三歲，爲崇文館學士、太子詹事府司直。

作唐同州長史宇文公神道碑（本集卷六）。

宇文公，即宇文珽，河南洛陽人。碑稱其卒於永淳元年六月二十一日，享年六十五，「即以其年十月，遷窆於鄭縣安樂鄉之西源」。則碑文當作於是年六至十月間。

又作送徐録事詩序（本集卷三）。

徐録事，名不詳。文中謂徐氏爲内率府録事，按唐六典卷七尚書工部：「東宫官屬，凡府一，坊三，寺三，率府十。」李林甫注：「……十率謂左右衛率府、左右清道率府、左右司禦率府、左右内率府、左右監門率府。」同書卷二八太子左右衛及諸率府太子左右内率府：「録事參軍事各一人，正九品上。」則所謂「録事」，當即録事參軍。詩序謂徐録事出攝蒼溪縣主簿在永淳元年四月；又有「詩成『流火』之文」句，則起程當在初秋七月。

作伯母東平郡夫人李氏墓誌銘（文苑英華卷九六四）。

其伯母，即伯父楊德裔妻李氏，乃宗室女。文述其伯母卒於永淳元年八月，葬於同年冬十一月一日，則誌銘當作於九、十月間。

作庭菊賦（本集卷一）。

賦序稱天子（高宗）幸東都，皇儲（即太子李顯）監國，裴炎、薛元超爲左庶子，考史當爲永淳元年；賦末又謂「歲如何其，歲將逝」，則當作於是年秋冬之際。

作少室山少姨廟碑（本集卷五）。

前調露二年敍事，已述高宗於該年正月至少室山，親謁少姨廟及啓母廟，并命立碑。本文首稱「臣聞」，後又稱「承明詔」，知此碑文即楊炯奉「立碑」之令而作。宋趙明誠金石録卷四：「唐少姨廟碑，楊炯撰，沮渠智烈書，永淳元年十二月。」當時奉詔撰碑者，猶有崔融，所撰爲唐啓母廟碑，上引金石録同時著録。

又作和劉侍郎入隆唐觀詩（本集卷二）。

劉侍郎，當即劉禕之。舊唐書劉禕之傳：「劉禕之，常州晉陵人也。」有文藻，少與孟利貞、高智周等同直昭文館，遷左史，又與元萬頃、范履冰等共撰列女傳、臣軌等千餘卷。儀鳳二年（六七七）轉朝奉大夫、中書侍郎。又拜中書舍人，檢校中書侍郎。則天臨朝，參預其謀，擢中書侍郎、同中書門下三品。垂拱三年（六八七）被誣，賜死於家，年五十七。隆唐觀，在登封縣逍遥谷中。全唐文卷二八二載王適體玄先生潘尊師碣（又見嵩陽石刻集記卷上），謂調露元年（六七九），唐高宗同武后如嵩山，幸道士潘師正之居，「爰制有司：就師（指潘師正宅）立觀。即於逍遥隱谷建隆唐焉」。詩稱「劉侍郎」而未言其爲相，當在調露元年後、武后臨朝稱制前。詩又謂「仙都日月開」，則劉禕之之入隆唐觀，蓋在該觀落成時，當與高宗同時下令所立之唐少姨廟碑、唐啓母廟碑落成同時，故繫於是年。

永淳二年癸未（六八三）

春正月甲午朔，高宗幸奉天宫。遣使祭嵩嶽、少室、箕山、具茨等山，西王母、啓母、巢父、許由等祠。七月己丑，召皇太子至東都。十一月丁未，自奉天宫還東都。疾甚，宰臣已下并不得謁見。

楊炯三十四歲，爲崇文館學士、太子詹事府司直。

正月後不久，作爲劉少傅等謝敕書慰勞表（本集卷五）。

舊唐書高宗紀下：永隆二年（六八一）三月辛卯，「左僕射、同三品劉仁軌兼太子少傅」。同上書劉仁軌傳：「劉仁軌，汴州尉氏人也。」武德初補息州參軍，稍除陳倉尉。太宗時累遷給事中。高宗咸亨三年（六七二）拜太子左庶子、同中書門下三品。上元二年（六七五）拜尚書左僕射、同中書門下三品。「永淳元年（六八二），高宗幸東都，皇太子京師監國，遣仁軌與侍中裴炎、中書令薛元超留輔太子。」則天臨朝，加授特進。垂拱元年（六八五）薨，年八十四。本文乃楊炯代劉仁軌等諸留守大臣而作。敕書慰勞具體時間不詳。按表文述及用珪璧祭祀事，當在永淳二年正月高宗遣使遍祭諸神後不久。

作李懷州墓誌銘（本集卷九）。

李懷州，名沖寂，字廣德，隴西狄道人，高宗族兄。卒後贈懷州刺史。誌文述墓主卒於永淳元年（六八二）某月日，於次年夏五月葬，則文當作於此時間段内。

作後周青州刺史齊貞公宇文公神道碑（本集卷六）。

所稱宇文公，即宇文彪，原名蕭彪，卒於北周武帝宇文邕保定四年（五六四）。文稱「年移十紀」，十紀約一百二十年，則本文當爲改葬或補碑而作，約在高宗末或武后初，姑繫於此。

弘道元年癸未（六八三）

永淳二年十二月己酉，詔改永淳二年爲弘道元年。是夕，高宗崩於洛陽真觀殿，時年五十六。皇太子李顯即位於柩前，是爲中宗。

楊炯三十四歲，爲崇文館學士、太子詹事府司直。

作隰川縣令李公墓誌銘（本集卷九）。

墓主李公，名嘉，字大善，鎮軍大將軍李客師之子，楊炯妻兄。誌文稱「以永淳元年（六八二）八月二十一日，終於京師道政里之私第，享年七十二」；「越弘道二年歲次甲申，正月甲申朔二十六日己酉，陪葬於昭陵東南之平原」。所謂「弘道二年」，即中宗嗣聖元年（六八四），疑誌文作於弘道元年十二月（即永淳二年十二月，亦即高宗崩後一個月）。蓋楊炯作誌文時，不知下年將改何年號，故不得已而署弘道二年也。

唐中宗嗣聖元年甲申（六八四）

楊炯三十五歲，爲崇文館學士、太子詹事府司直。

嗣聖元年甲申春正月甲申朔，改元。

唐睿宗文明元年甲申（六八四）

嗣聖元年二月戊午，皇太后武則天廢皇帝（中宗）爲廬陵王，幽於別所，仍改賜名哲。己未，立豫王輪爲皇帝（睿宗），令居於別殿。大赦天下，改元文明，皇太后仍臨朝稱制。

楊炯三十五歲。爲崇文館學士、太子詹事府司直。

作瀘州都督王湛神道碑（本集卷八）。

墓主王湛卒於咸亨三年（六七二）七月，睿宗李旦文明元年二月陪葬獻陵（高祖陵），則陪葬當爲改葬。碑文應作於本年改葬稍前。

作送李庶子致仕還洛詩（本集卷二）。

庶子，太子府屬官，正四品上，見唐六典卷八。李庶子，當是李義琰。舊唐書李義琰傳：「李義琰，魏州昌樂人。……少舉進士，累補太原尉。……麟德中爲白水令，有能名，拜司刑員外郎。上元中，累遷中書侍郎，又授太子右庶子、同中書門下三品。」博學多識，言皆切直，爲官廉潔。「義琰後改葬父母，使舅氏移其舊塋，高宗知而怒曰：『豈以身在樞要，凌蔑外家，此人不可更知政事。』義琰聞而不自安，以足疾上疏乞骸骨，乃授銀青光禄大夫，聽致仕。乃將歸東都田里，公卿已下祖餞於通化門外，時人以比漢之二疏。垂拱初，起爲懷州刺史。義琰自以失則天意，恐禍及，固辭不拜。四年，卒於家。」據舊唐書高宗紀下，李義琰拜同中書門下三品在高宗上元三年（六七六）四月。又據新唐書高宗紀，弘道元年三月庚子，「李義琰罷」。按弘道僅一個月即年終，换歲後改元嗣聖，僅月餘，又改元文明。則所謂弘道元年三月，已入文明元年矣。詩當作於祖餞於通化門時。詩言「炎氛匝」，當在夏季。

武則天光宅元年甲申（六八四）

文明元年九月，大赦天下，改元爲光宅。旗幟改從金色，飾以紫，畫以雜文。改東都爲神都，又改尚書省及諸司官名，初置右肅政御史臺官員。故司空李勣孫柳州司馬徐敬業僞稱揚州司馬，殺長史陳敬之，據揚州起兵，自稱上將，以匡復爲辭。駱賓王作代李敬業傳檄天下文。薛元超卒。徐敬業起兵失敗後，駱賓王下落不明。

楊炯三十五歲，爲崇文館學士、太子詹事府司直。

作爲薛令祭劉少監文（本集卷一〇）。

是文乃楊炯代薛元超作。文稱「薛令」，當在薛元超爲中書令後。按舊唐書薛元超傳：「永隆二年（六八一）拜中書令、兼太子左庶子。」本文既是代作，則薛元超仍在世。薛氏卒於光宅元年冬十二月，疑託楊炯作祭文時已在病中，故繫於本年。

作祭汾陰公文（本集卷一〇）。

薛元超卒於光宅元年十二月初二。祭文稱「光宅之元祀，太歲甲申冬十有二月戊寅朔，丁亥御辰」，以戊寅朔推之，丁亥爲初十日。

作和石侍御山莊詩（本集卷二）。

石侍御，當即石抱忠。新唐書員半千傳附石抱忠傳：「抱忠，長安人，名屬文。初置右臺，自清道率府長史爲殿中侍御史，進檢校天官郎中，與侍郎劉奇、張詢古共領選，寡廉潔，而奇號清平。」按舊唐書職官志三：御史臺，「光宅元年（六八四）分臺爲左右，號曰左右肅政臺。左臺專知京百司，右臺按察諸州」。又曰：「殿中侍御史六人，從七品下。……殿中侍御史掌殿廷供奉之儀式。」詩既稱「侍御」，則當作於「初置右臺」之光宅元年或稍後。

垂拱元年乙酉（六八五）

垂拱元年春正月，以敬業平，大赦天下，改元。三月，遷廬陵王哲於房州。頒下親撰垂拱格於天下。

楊炯三十六歲，爲崇文館學士、太子詹事府司直。

楊炯永隆二年（六八一）以薦爲崇文館學士，遷太子詹事府司直，至上年已秩滿。原所事皇太子李顯（中宗）繼位不久即被廢，新立豫王旦爲皇帝（睿宗），然令不預政而居於別殿。此乃政治動盪時期，故原太子府屬官并未因秩滿解職，楊炯後在梓州作唐昭武校尉曹君神道碑中自述稱「始以東宮學士，出爲梓州司法」可證。

作常州刺史伯父東平楊公墓誌銘（本集卷九）。

墓主楊德裔，字德裔，乃楊炯伯父，卒於文明元年（六八四）夏四月，「越垂拱元年春二月某日，與夫人隴西李氏合葬於某原」，則本文當作於此時段内。

作中書令汾陰公薛振行狀（本集卷一〇）。

薛振即薛元超，以字行。卒於武則天光宅元年（六八四）季冬，行狀上於武則天垂拱元年四月初，則文當作於此時間段内。

秋冬，出爲梓州司法參軍。

舊唐書楊炯傳：「炯俄遷詹事司直。則天初，坐從祖弟神讓犯逆，左轉梓州司法參軍。」新唐書楊炯傳：「遷詹事司直。俄坐從父弟神讓與徐敬業亂，出爲梓州司法參軍。」作「從父弟」是，前已辨。楊炯四月尚作薛振行狀，下年初已在梓州（見所作梓州官屬祭陸鄹縣文），其赴梓州，約在是年秋冬。

垂拱二年丙戌（六八六）

正月，皇太后武則天下詔復政於皇帝，睿宗知其非實意，乃固讓。皇太后仍舊臨朝稱制。九月丁未，雍州言新豐鄉東南有山湧出，改新豐爲慶山縣。

楊炯三十七歲，爲梓州司法參軍。

作爲梓州官屬祭陸鄴縣文（本集卷一〇）。

文稱「維垂拱二年太歲丙戌正月壬寅朔，二十二日癸亥，長史劉某謹以清酌庶羞之奠，敬祭陸明府之靈」，則當作於是年初。

作唐昭武校尉曹君神道碑（本集卷八）。

墓主曹通，原爲沛國譙（今安徽亳州市）人，後世因官爲瓜州常樂縣（今甘肅安西縣一帶）人。爲鮮卑首領賀拔威部將，唐開國初投降唐軍，授昭武校尉。龍朔元年（六六一）卒。其夫人永淳元年（六八二）卒，是時陪窆於塋内。碑文稱「炯效官昌運，負譴明時。始以東宮學士，出爲梓州司法」云云。既稱「始以」，則本文當作於垂拱二年初爲梓州司法後不久。

又作和劉長史答十九兄詩（本集卷二）。

劉長史，當是劉延嗣。舊唐書劉德威傳：劉德威，徐州彭城人。子審禮，「審禮從父弟延嗣，文明年（六八四）爲潤州司馬，屬徐敬業作亂，率衆攻潤州，延嗣與刺史李思文固守不降。俄而城陷，敬業執延嗣，邀之令降，辭曰：『延嗣世蒙國恩，當思效命，州城不守，多負朝廷。終不能苟免偷生，以累宗族，豈以一身之故，爲千載之辱？今日之事，得死爲幸。』敬業大怒，將斬之，其黨魏思温救之獲免，乃囚之於江都獄。俄而賊敗，竟以裴炎近親（按舊唐書裴炎傳，炎因勸武則天歸政，誣以謀反，於光宅元年十月被殺），不得叙功，遷爲梓州長史，再轉汾州刺史，卒」。十九兄，其人無考。按：資治通鑑卷二〇三述李思文（乃徐敬業叔父）之功，繫於垂拱元年正月，劉延嗣不得叙功及遷梓州長史，蓋在此稍前。本詩末有「恩波浹後塵」句，當指作者坐從父弟神讓參與徐敬業起兵，受累貶梓州司法參軍事。楊炯在所作梓州官僚贊中，述現任梓州長史爲秦遊藝，前長史爲楊謜。疑劉延嗣任長史時間很短，待楊炯至梓州時已經離任，故自稱「後塵」。是詩約作於垂拱二年楊炯爲梓州司法參軍之初。

垂拱三年丁亥（六八七）

正月，封王子成義爲恒王，隆基爲楚王，隆範爲衛王，隆業爲趙王。「九月己卯，虢州人楊初成詐稱郎將，矯制於都市募人迎廬陵王於房州，事覺伏誅。」（資治通鑑卷二〇四）

楊炯三十八歲，爲梓州司法參軍。

垂拱四年戊子（六八八）

二月，毁乾元殿，就其基造明堂。夏四月，魏王武承嗣僞造瑞石，文云「聖母臨人，永昌帝業」，令雍州人唐同泰表稱獲之於洛水。皇太后大悦，號其石爲「寶圖」。五月，皇太后加尊號曰聖母神皇。秋七月，大赦天下，改「寶圖」曰「天授聖圖」。十二月，武后拜洛水，受「天授聖圖」。張説舉詞標文苑科及第。

楊炯三十九歲，爲梓州司法參軍。

作送東海孫尉詩序（本集卷三）。

序稱孫某爲東川（梓州）人，告別到東海（今屬江蘇連雲港市）作縣尉。末句謂「但當晨看旅鴈，君逢繫帛之書；夕望牽牛，余候乘槎之客」。按張華博物志卷一〇：有人乘槎至天河，見牽牛人，「牽牛人乃驚問曰：『何由至此？』此人具説來意，并問此是何處。答曰：『君還，至蜀郡訪嚴君平，則知之。』竟不上岸，因還如期。後至蜀，問君平，曰：『某年月日有客星犯牽牛宿。』計年月，正是此人到天河時也」。既用此典，表明是時作者在蜀，當在梓州司法參軍任上。具體年份不詳，姑繫於此。

又作梓州官僚贊（全唐文卷一九一）。

本文盈川集不載，原爲磨崖石刻，文本今見全唐文卷一九一。楊炯遍爲梓州及其屬縣官吏二十九人（包括自己）作贊，自贊稱「歲聿云徂，小人懷土。歸歟歸歟，自衛反魯」，顯然在將離梓州之時。

由長江出蜀赴洛陽，作三峽詩并序（本集卷二）。

文苑英華卷一六一載廣溪峽，編者於詩下注曰：「三峽有序，不録。」序已佚。今存廣溪峽、巫峽、西陵峽三詩。詩中無秋冬景象，而云「飛水千尺瀑」、「驚浪回天高」（廣溪峽），疑在夏季。

十二月，已在洛陽，作宴皇甫兵曹宅詩序（本集卷三）。

皇甫兵曹，據序文當爲安定（今甘肅平涼地區）人，疑爲皇甫無逸後人或族子。舊唐書皇甫無逸傳：「皇甫無逸字仁儉，安定烏氏人。」隋末爲右武衛將軍，投李淵，拜民部尚書，累轉益州大都督府長史。據唐六典等，唐代尚書兵部、諸衛、諸衛府及太子左右衛、諸王衛皆有兵曹參軍。序文稱「高會於中京」，又云「河圖適至」、「冰納千金之水」。「河圖」指武承嗣僞造之瑞石，號曰「寶圖」，武則天於是拜洛水，受「天授聖圖」。冰納，即納冰。千金之水，謂冰雖爲水，然極貴重。詩經豳風七月：「二之日鑿冰沖沖，三之日納於凌陰。」毛傳：「冰盛水腹，則命取冰於山林。沖沖，鑿冰之意。凌陰，冰室也。」按周禮天官凌人：「凌人掌冰正。歲十有二月，令斬冰，三其凌。」鄭玄注：「正歲，季冬火星中大寒，冰方盛之時。」則此文當作於洛陽，時在垂拱四年十二月。作者自謂「下走齊之濫吹」，其時已梓州司法參軍秩滿，尚無官。

永昌元年己丑（六八九）

春正月，神皇親享明堂，大赦天下，改爲永昌元年，大酺七日。張柬之舉賢良方正科及第。孟浩然生。

楊炯四十歲，在洛陽。

作鄺國公墓誌銘（本集卷九）。

按：隋恭帝（楊侑）於義寧二年（六一八）遜位於唐，封鄺國公。楊侑死，族子楊行基嗣。本墓主楊柔，即楊行基之子，嗣封鄺國公。誌銘首句云「永昌元年春二月甲申朔，鄺國公薨」；後又謂「越某月，葬於某原」，則文當作於是年二月之後數月間。

載初元年己丑（六八九）

正月，神皇親享明堂，大赦天下。依周制建子月爲正月，改永昌元年十一月爲載初元年正月，十二月爲臘月，改舊正月爲一月，大酺三日。

楊炯四十歲。

天授元年己丑（六九〇）

載初元年秋七月，有沙門十人僞撰大雲經，表上之，盛言神皇受命之事。制頒於天下，令諸州各置大雲寺，總度僧千人。九月九日壬午，革唐命，改國號爲周，改元爲天授。大赦天下，賜酺七日。乙酉，加尊號曰聖神皇帝，降皇帝爲皇嗣。丙戌，初立武氏七廟於神都。李善卒。

楊炯四十一歲，在内侍省掖廷局與宋之問分直習藝館。

文苑英華卷一四八宋之問秋蓮賦并序：「天授元年，敕學士楊炯與之問分直，於洛城西入閣。每雞鳴後，至羽林仗，閽人奏名，請龜契，佇命拱立於御橋之西。」又宋之問祭楊盈川文：「大君有命，徵子文房。余亦叨忝，隨君頡頏。同趨北禁，并拜東堂。志事俱得，形骸兩忘。載罹寒暑，貧病洛陽。裘馬同敝，老幼均糧。」則楊、宋二人自天授元年起，曾在「文房」共事。所謂「文房」，即内教，又稱内文學館、習藝館。舊唐書宋之問傳：「初徵，令與楊炯分直内教。」新唐書宋之問傳：「武后召與楊炯分直習藝館。」其正式職名爲宫教博士。新唐書百官志：「宫教博士二人，從九品下，掌教習宫人書、算、衆藝。」原注：「初，内文學館隸中書省，以儒學者一人爲學士，掌教宫人。武后如意元年，改曰習藝館，又改曰萬林内教坊，尋復舊。有内教博士十八人。……開元末館廢，以内教博士以下隸内侍省，中官爲之。」載初元年九月九日方改元天授，秋蓮賦序稱「自春徂秋」,祭楊盈川文又稱「載罹寒暑」,則至少任職至天授二年九月,其實蓋至四考秩滿,即到長壽二年(六九三)。

天授二年辛卯(六九一)

春三月,改唐太廟爲享德廟。夏四月,令釋教在道法之上,僧尼處道士、女冠之前。冬十月制,官人者咸令自舉。

楊炯四十二歲,分直習藝館。

作唐贈荆州刺史成公神道碑(本集卷七)。

本文稱「大周」云云,當作於載初元年(六八九)九月九日武則天革唐命,改國號爲周、改元天授之後。碑文闕載墓主卒、葬年份。考宋趙明誠金石録卷四:「周贈箕州刺史成公碑,楊炯撰,正書,無姓名,天授二年(六九一)二月。」據碑文,墓主成知禮嘗歷箕州平城縣令,卒後武周朝廷贈荆州刺史,與金石録「贈箕州刺史」小異,然趙氏所録當即此碑無疑。則文當作於天授二年初或稍前。

作梓州惠義寺重閣銘并序(本集卷五)。

序稱「大辰之歲,正陽之月,有鄭縣宰扶風竇兢,……與禪師釋智海,……寓目於長平之山」云云;後又稱「輪王所處,純金爲説法之堂;諸佛所遊,衆香作經行之地,亦未可同年而語也」云云,知是銘當作於重閣落成之後。按爾雅釋天:「大辰,房、心、尾也。大火謂之大辰。」大火乃古代天文學十二次之一。所謂十二次，即將天之赤道帶分爲十二等份：星經、玄枵、娵訾、降婁、大梁、實沈、鶉首、鶉火、鶉尾、壽星、大火、析木。用十二次與十二辰對應，爲古代紀年法之一。十二辰以十二地支命名，大火對應卯，故所謂「大辰之歲」，即卯年。考楊炯行年，坐從父弟楊神讓從徐敬業起兵連累，貶爲梓州司法參軍，約於垂拱元年（六八五）秋冬入蜀，天授元年（六九〇）已在洛陽內侍省掖廷局與宋之問分直習藝館（見上引宋之問秋蓮賦序），而卯年爲本年即天授二年（辛卯）。又按漢書五行志下之下：「當夏四月，是謂孟夏。說曰：正月謂周六月，夏四月，正陽純乾之月也。」則銘當作於天授二年四月。楊炯是時已離梓州，蓋應竇兢遥請而作也。

天授三年壬辰（六九二）

楊炯四十三歲，分直習藝館。

作杜袁州墓誌銘（本集卷九）。

按文稱「公諱某，字某，京兆杜陵人也。……以某年月日終於淮海之館，春秋七十有七。嗚呼哀哉！夫人太原王氏，……咸亨二年（六七一）某月日，終長杜之官第。維天授三年春二月，合祔於杜陵之平原，禮也」。則文當作於是年二月稍前。

如意元年壬辰（六九二）

天授三年四月，大赦天下，改元爲如意，禁斷天下屠殺。秋七月，大雨，洛水汎溢，漂流居民五千餘家。遣使巡問賑貸。

楊炯四十三歲，分直習藝館。

作盂蘭盆賦（本集卷一）。

賦稱「粤大周如意元年秋七月，聖神皇帝御洛城南門，會十方賢衆，蓋天子之孝也」，云云。舊唐書楊炯傳述是賦寫作緣起道：「如意元年（六九二）七月望日，宫中出盂蘭盆分送佛寺，則天御洛南門，與百僚觀之。炯獻盂蘭盆賦，詞甚雅麗。」

長壽元年壬辰（六九二）

如意元年九月，大赦天下，改元爲長壽。改用九月爲社。大酺七日。并州改置北都。

楊炯四十三歲，分直習藝館。

長壽二年癸巳（六九三）

臘月，改封皇孫隆基爲臨淄郡王。春二月，尚方監裴匪躬坐潛謁皇嗣（李旦），腰斬於都市。秋九月，上加金輪聖神皇帝號，大赦天下，大酺七日。

楊炯四十四歲，分直習藝館。

作大周明威將軍梁公神道碑（本集卷六）。

碑稱「公諱待賓，安定臨涇人也。……以長壽二年正月六日，終於神都旌善里私第，春秋五十。……粤以大周長壽二年歲次癸巳二月辛酉朔二十四日甲申，遷窆於雍州藍田縣驪山原舊塋，禮也」。文當作於此時段内。

長壽三年甲午（六九四）

楊炯四十五歲。

據舊唐書職官志，官員「遷代則以四考爲限」。楊炯分直習藝館，上年已滿四考，今年不詳是否仍在任。

延載元年甲午（六九四）

長壽三年五月，武則天加尊號爲越古金輪聖神皇帝，大赦天下，改元爲延載，大酺七日。秋八月，梁王武三思勸率諸蕃酋長，奏請大徵斂東都銅鐵，造天樞於端門之外，立頌以紀武則天之功業。

楊炯四十五歲。

證聖元年乙未（六九五）

是年春一月，武則天加尊號曰慈氏越古金輪聖神皇帝，大赦天下，改元證聖，大酺七日。丙申夜，明堂火災，至明而并從煨燼。庚子，以明堂災告廟，手詔責躬，令内外文武九品已上各上封事，極言正諫。

楊炯四十六歲。

天册萬歲元年乙未（六九五）

證聖元年春二月，武則天去「慈氏越古」尊號。秋九月，親祀南郊，加尊號天册金輪聖神皇帝，大赦天下，改元爲天冊萬歲。

楊炯四十六歲。

秋八月，作老人星賦(本集卷一)。

賦首句爲「赫赫宗周，皇天降休」；末句爲「臣炯作頌，皇家萬年」，顯非一般體物之作，而政治氣味十分濃烈。按文苑英華卷五六一載武三思賀老人星見表曰：「臣守節等文武官九品以上四千八百四十一人上言：臣聞惟德動天，必有非常之應；惟神感貺，允屬會昌之期。天鑒孔明，降休徵者所以宣天意；神聽無昧，效嘉祉者所以贊神功。……伏惟天冊金輪聖神皇帝陛下潤色丕業，光赫寶祚。執大象而御風雲，鼓洪鑪而運寒燠。浹洽四海，輝華六幽。希代符來，超今邁昔。浪委波屬，故合沓而無窮；日臻月見，尚殷勤而未已。伏見太史奏稱八月十九日夜有老人星見，……臣等謬參纓笏，叨目禎祥，慶抃之誠，實倍殊品。無任踴躍之至。」表稱老人星見在八月十九日夜，而親祀南郊、加天冊金輪聖神皇帝在九月，蓋先有老人星見，至祀南郊、加尊號時方上表爲賀。賦當亦作於是時，疑楊炯奉武三思之命而作，蓋後者欲借其名以頌聖也。

萬歲登封元年丙申(六九六)

臘月甲申，武則天登封嵩嶽。大赦天下，改爲萬歲登封元年，大酺九日。丁亥，禪於少室山。

甲申，親謁太廟。

楊炯四十七歲，約在本年授盈川令。

舊唐書本傳：「則天初，坐從祖弟神讓犯逆，左轉梓州司法參軍。秩滿，選授盈川令。」又新唐書本傳：「坐從父弟神讓與徐敬業亂，出爲梓州司法參軍。遷盈川令。」按：兩唐書本傳叙事遺漏分直習藝館事，但楊炯仕終盈川令，則無異詞。授盈川令時間，文獻闕載，上年作老人星賦，知天册萬歲八九月間尚在洛陽，則出爲盈川令，最早也只能在本年冬。有學者稱楊炯爲盈川令「始于天授元年或次年」（唐才子傳校箋第五册，中華書局一九九五年版，第六頁），根據爲顔真卿唐故通議大夫行薛王友柱國贈秘書少監國子祭酒太子少保顔君（惟貞）廟碑銘（顔魯公集卷一六補遺、金石粹編卷一〇一）。該廟碑銘曰：「天授元年，糊名考試，判入高等，以親累，授衢州參軍。與盈川令楊炯、信安尉桓彦範相得甚歡。」按唐代舉子取得科名後，并非馬上授官，故天授元年顔惟貞幾不可能赴衢州任。況顔惟貞授衢州參軍乃因「以親累」，其親（蓋指其父）所犯何事至連累其仕途、何時免於追究皆不詳，故顔氏雖天授元年判入高等，但與授衢州參軍并非同時，則廟碑銘雖文字相接，但并不等於即與授官時間。況楊炯天授元年後尚有多篇文章作於洛陽、長安一帶（見前述），并不在盈川，故據顔惟貞事推定楊炯天授元年或次年始爲盈川令，或爲誤判。按：盈川，縣名。舊唐書地理志三衢州盈川縣：「如意元年（六九二），分龍丘置，縣西有刑溪，陳時土人留異惡『刑』字，改名盈川，因以爲縣名。」後久廢。廢縣舊治，在今浙江衢州高家鎮盈川村，有楊炯祠。

臨行，張説作贈别楊盈川炯箴。

張説張燕公集卷一二贈别楊盈川炯箴略曰：「杳杳深谷，森森喬木。天與之才，或鮮其禄。君服六藝，道德爲尊。君居百里，風化之源。才勿驕吝，政勿煩苛。明神是福，而小人無冤。……」按舊唐書本傳曰：「炯至官，爲政殘酷，人吏動不如意，輒搒殺之。」又新唐書本傳：「遷盈川令，張説以箴贈行，戒其苛。至官，果以嚴酷稱，吏稍忤意，搒殺之，不爲人所多。」此蓋以張説箴敷演爲説，謂其有先見之明，然是否「爲政殘酷」，别無旁證。

作李舍人山亭詩序（本集卷三）。

據詩序，山亭原爲高陽公許敬宗所有，其後李舍人得之。李舍人乃宗室子，名不詳，蓋嘗爲太子府舍人。李舍人爲永嘉（今浙江温州）人。楊炯除爲盈川令外，平生别無東南之行，故其預李舍人山亭宴，只能在爲盈川令期間，具體年份不詳。

楊炯卒於官，時間待考。

舊唐書本傳：「（選授盈川令，）無何卒官。中宗即位，以舊僚追贈著作郎。」又新唐書本傳：「（遷盈川令，）卒官下。中宗時贈著作郎。」中宗李顯即位，在神龍元年（七〇五）春正月。按趙明誠金石録卷五載：「周晉州長史韋公碑，楊炯撰，孫希弼八分書，長安三年四月。」考新唐書宰相世系表，韋氏凡九房，唯彭城公房韋悦然嘗爲晉州長史。雍正山西通志卷七五職官唐三：「韋悦然，京兆杜陵人，晉州長史。」蓋韋悦然即韋公碑墓主。惜除此之外，現存文獻未能提供更多信息。武則天長安三年，爲公元七〇三年。就現有史料，楊炯卒於盈川令任上無疑，似不可能長安三年仍在世。然趙氏所録，或爲刊碑時間，而楊炯赴盈川任準確年份不詳，故其準確卒年不可考。有學者説周晉州長史韋公碑絶非出於楊炯之手，似難斷定。若楊炯生前已預撰碑文，或撰文時韋氏已卒，至長安三年方下葬刊石，皆不無可能。又明豐坊書訣稱楊炯被武則天「用爲司刑卿，睿宗時追論酷吏，貶盈川令，尋賜死」。此説純爲杜撰。宋之問祭楊盈川文首句稱「維大周某年月日」，則楊炯未能活到中宗時，更遑論睿宗矣。

楊炯弟由盈川運靈柩回洛陽，宋之問爲營葬，并作文祭之。

宋之問祭楊盈川文：「君有兄弟，同心異體。陟岡增哀，歸葬以禮。旅櫬飄零，於洛之汀。我之懷矣，感歎入冥。見子之弟，類子之形。悼往心絶，慰存涕盈。古人有言，一死一生。昔子往矣，追送傾城。今子來也，乃知交情。……子宅子兆，我營我思。」

楊炯妻李氏，無嗣。

李氏乃右武衛將軍、丹陽郡公李客師之女。李客師爲唐初大將李靖（舊唐書本傳稱「本名藥師」；新唐書謂「字藥師」）之弟。考隰川縣令李公墓誌銘，墓主李嘉爲李客師之子。誌銘又曰：「炯樗櫟庸材，瓶筲小器。仰惟先友，叨雅契於金環；俯逮嘉姻，荷深知於玉潤。南容有道，僅聞將聖之言；東武建塋，俄述安仁之賦。」「南容」二句，論語公冶長：「子謂南容，『邦有道，不廢；邦無道，免於刑戮』。以其兄之子妻之。」何晏集解引王（肅）曰：「南容，弟子南宫縚，魯人也，字子容。不廢，言見用。」將聖，指孔子。論語子罕：「大宰問於子貢曰：『夫子聖者與？何其多能也。』子貢曰：『固天縱之將聖，又多能也。』」兩句謂孔子之兄僅聞孔子之言，即將其女嫁南宫縚。此謂自己得李客師信任，而被俯納爲婿。「東武」二句，文選潘岳懷舊賦：「余十二而獲見於父友東武戴侯楊君。始見知名，遂申之以婚姻，而道元、公嗣，亦隆世親之愛，不幸短命，父子凋殞。」李善注引潘岳楊肇碑曰：「肇字秀初，滎陽人，封東武伯，薨，謚曰戴。」又引賈弼之山公表注曰：「楊肇女適潘岳。……肇生潭，字道元，太中大夫；次韶，字公嗣。」則「東武」指楊肇。懷舊賦又曰：「東武託焉，建塋起疇。」李善注引如淳漢書注曰：「塋，冢田也。」按潘岳字安仁，則「安仁之賦」即懷舊賦。此兩句，楊炯自謂爲妻兄李嘉作墓誌銘，與潘岳當年受岳父楊肇之託，爲妻兄弟楊潭、楊韶「建塋起疇」之事相同。由此可知，所謂「俯逮嘉姻」者爲李客師，即楊炯乃李客師之婿也。或云楊炯乃李嘉之婿，恐非是，否則「東武建塋」二句便無着落，而二句乃述事之結穴，不可不察。宋之問祭楊盈川文：「痛君不嗣，匪我孤諸。」

明楊慎編全蜀藝文志卷五四氏族志二楊氏曰：「楊氏自潼川徙郫，自郫徙成都，譜寔祖唐盈川令(楊)炯。炯謫梓州司法參軍，遷盈川，既卒官，還葬潼，因家焉。」按：上已述楊炯卒後，其弟將靈柩由盈川運回洛陽安葬，葬於何地不詳(一説墓在今陝西華陰縣東十五里)，然「葬潼」之説斷不可信。自洛陽至蜀不僅路途遥遠，且梓州乃其貶所，并非流澤之地，實無還葬之理。況炯既無嗣，何「後人」之有？又按全蜀藝文志所收氏族譜，署元費著撰，據學者考證，費著當取自南宋袁説友所修慶元成都志(見謝元魯歲華紀麗譜等九種校釋前言，巴蜀書社一九八八年版巴蜀叢書第一輯)，則南宋時已有此説，而所謂「徙郫」、「徙成都」者，蓋梓州當地楊氏攀附古代名人爲祖，行爲甚鄙，兹不取。

有家禮十卷、盈川集三十卷行世。

宋之問祭楊盈川文：「子文子翰，我緘我持。」則楊炯文稿，由宋之問保存，編纂成集，蓋亦出於宋氏之手。舊唐書本傳：「文集三十卷。」舊唐書經籍志著録楊炯集三十卷。新唐書藝文志乙部(史部)著録家禮十卷，丁部(集部)著録盈川集三十卷。崇文總目、郡齋讀書志袁本卷四上、衢本卷一七著録盈川集二十卷，晁氏解題曰：「集本三十卷，今多亡逸。」二十卷本宋以後亦散亡。明萬曆間，龍游童佩搜輯遺文，勒爲盈川集十卷。崇禎時，張燮又重輯爲十三卷，刊入初唐四子集。童佩本録入四庫全書，影印入四部叢刊初編，今爲通行本，然其文字錯訛甚多，非可謂善本。一九八〇年，徐明霞用四部叢刊初編本點校，更名楊炯集，由中華書局出版，與徐明霞點校盧照鄰集合訂爲一册。

修訂本出版後記

楊炯世稱「初唐四傑」之一，其詩文於史志目録著録爲三十卷，至宋散亡，明清時期多種詩歌叢刻僅收賦、詩兩卷，同時有數種輯刻刊行，多以明萬曆間龍游童佩搜採者爲底本，包括盈川集十卷、附録一卷。童佩本後經校改，印入四部叢刊初編，流傳廣泛，影響甚巨。祝尚書先生所撰楊炯集箋注即以四部叢刊初編影童佩本爲底本，自二〇一六年出版至今，成爲中華書局中國古典文學基本叢書中的重要品種。本次經祝先生修訂後再版，一則據陝西新公佈的上官婉墓誌，增補大周故絳蒲岐播四州司馬安養縣開國伯上官公墓誌銘一文，並加校釋。二則補校新見的影英國國家圖書館藏敦煌寫本等，新出校若干。三則修訂注釋，吸收學界新見，使更趨周密。祝先生仙逝後，編輯部復收到讀者意見，對有的注釋提出商榷意見，爲保留遺作原貌，不做修訂。特此説明。

中華書局編輯部二〇二四年二月

中國古典文學基本叢書

楊炯集箋注

（修訂本）

第三册

〔唐〕楊炯 撰
祝尚書 箋注

中華書局

楊炯集箋注卷七

神道碑

唐恒州刺史建昌公王公神道碑〔一〕

王氏之先，世爲佐命〔二〕。秦之霸也，則王離滅楚國而三將連衡〔三〕；漢之興也，則王陵誅項籍而五侯同拜〔四〕。南陽克定，應圖讖而作司空〔五〕；西晉聿興，合歌謡而濟天下〔六〕。昔者伊尹、伊陟，但保乂於商朝〔七〕；太公、桓公，唯夾輔於周室〔八〕。蕭何之後，居食禄而無聞〔九〕；鄧禹之孫，在當塗而不嗣〔一〇〕。未有夏殷三統〔一一〕，金木五遷〔一二〕，册命重光，軒裳世襲〔一三〕。則我瑯琊之郡，有冠蓋之里乎〔一四〕；建昌之縣，有公侯之子乎〔一五〕！

【箋注】

〔一〕恒州，元和郡縣志卷一七恒州：「禹貢冀州之域，周爲并州地。……（北）周武帝於此置恒州。隋煬帝大業九年（六一三）罷州，以管縣屬高陽郡。武德元年（六一八）重置爲恒州。」地在今河北正定縣。建昌，同上書卷二八洪州建昌縣：「東三里，故海昏城，即漢昌邑王賀所封。今縣城，則吴太史慈所築。」地在今江西奉新縣西。按：本碑文墓主王義童，於貞觀十五年（六四一）冬十一月二十五日卒於洛陽，次年二月二日葬伊闕縣萬安山。夫人褚氏卒後，與之合葬。後來長子王師本卒，又陪葬於先兆。碑文作於長子陪葬之後，年代不詳，當在高宗時。

〔二〕「世爲」句，後漢書朱景王杜馬劉傅堅馬列傳論曰：「能感會風雲，奮其智勇，稱爲佐命，亦各志能之士也。」世，原作「代」，避唐諱，徑改。

〔三〕「秦之霸」二句，史記王翦傳：「王翦者，頻陽東鄉人也。」少而好兵，事秦始皇。將兵滅趙，定燕薊，又領六十萬兵平楚地。子王賁與李信破定燕齊地。「秦始皇二十六年（前二二一），盡併天下，王氏、蒙氏功爲多，名施於後世。秦二世之時，王翦及其子賁皆已死，而又滅蒙氏。陳勝之反秦，秦使王翦之孫王離擊趙，圍趙王及張耳鉅鹿城。……居無何，項羽救趙，擊秦軍，果虜王離，王離軍遂降諸侯。」則滅楚乃王翦而非其孫王離，作王離，蓋作者誤記。滅楚而三將連衡，當指王翦、李信及蒙恬之父蒙武（參見史記蒙恬傳）。頻陽東鄉，索隱曰：「地理志，頻陽縣屬左馮翊。」注引應劭曰：「在頻水之陽也。」又正義：「故城在雍州東同官縣界也。」按：故址在今陝西富平縣美原鎮古城村一帶。

〔四〕「漢之興」二句，漢書王陵傳：「王陵，沛人也。始爲縣豪，高祖微時兄事陵。及高祖起沛，入咸陽，陵亦聚黨數千人居南陽，不肯從沛公。及漢王之還擊項籍，陵迺以兵屬漢。……卒從漢王定天下。以善雍齒，雍齒，高祖之仇，陵又本無從漢之意，以故後封陵爲安國侯。」據史記高祖功臣侯者年表，臺侯戴野、安國侯王陵、樂成侯丁禮、辟陽侯審食其、敬侯謬千秋，皆高祖六年（前二〇一）八月甲子所封，故稱「五侯同拜」。

〔五〕「南陽」二句，南陽，代指後漢光武帝劉秀，劉秀南陽人。作司空，指王梁。後漢書王梁傳：「王梁，字君嚴，漁陽（安）〔要〕陽人也。爲郡吏，太守彭寵以梁守狐奴令，與蓋延、吴漢俱將兵南及世祖（劉秀）於廣阿，拜偏將軍。既拔邯鄲，賜爵關内侯。從平河北，拜野王令，與河内太守寇恂南拒洛陽，北守天井關，朱鮪等不敢出兵，世祖以爲梁功。及即位，議選大司空，而赤伏符曰『王梁主衛，作玄武』，帝以野王衛之所徙，玄武水神之名，司空水土之官也，於是擢拜梁爲大司空，封武强侯。」克定，英華卷九一九作「定命」，校：「集作克定。」四子集作「定命」。按：「克定」與下句「聿興」對應，是。

〔六〕「西晉」二句，晉書王沈傳：「王沈，字處道，太原晉陽人也。……魏高貴鄉公（曹髦）好學有文才，引沈及裴秀數於東堂講讌屬文，號沈爲文籍先生，秀爲儒林丈人。及高貴鄉公將攻文帝（司馬昭），召沈及王業告之，沈、業馳白帝，以功封安平侯，邑二千户。沈既不忠於主，甚爲衆論所非。尋遷尚書，出監豫州諸軍事、奮武將軍、豫州刺史。……武帝（司馬炎）即王位，拜御史大夫，守尚書令，加給事中。沈以才望名顯當世，是以創業之事，羊祜、荀勖、裴秀、賈充等皆與沈諮謀焉。及帝（司馬炎）受禪，以佐命之勳轉驃騎將軍，録尚書事，加散騎常侍，統城外諸軍事，封博陵郡公。」同書賈充傳：「泰始中，人爲充等謡曰：『賈、裴、王，亂紀綱；王、裴、賈，濟天下。』言亡魏而成晉也。」王、裴、賈，即王沈、裴秀、賈充也。

〔七〕「昔者」二句，史記殷本紀：「伊尹名阿衡。阿衡欲干湯而無由，乃爲有莘氏媵臣，負鼎俎，以滋味説湯致於王道。……湯舉任以國政。……當是時，夏桀爲虐政淫荒，……乃興師率諸侯，伊尹從湯。」遂滅夏桀。同上又曰：「太戊立，伊陟爲相。亳有祥，桑穀共生於朝，一暮大拱。帝太戊懼，問伊陟，伊陟曰：『臣聞妖不勝德。帝之政，其有闕與？帝其修德。』太戊從之而祥桑枯死而去。……殷復興，諸侯歸之，故稱中宗。」集解引孔安國曰：「伊陟，伊尹之子。」保乂，尚書康誥：「往敷求於殷先哲王，用保乂民。」僞孔傳釋「保乂」爲「安治」。

〔八〕「太公」二句，史記齊太公世家：「太公望吕尚者，東海上人。」以魚釣姦周西伯，周西伯獵，遇太公於渭之陽，載與俱歸，立爲師。太公與武王誓於牧野，伐商紂，遂滅之。同上書：齊桓公稱霸，「率諸侯伐蔡，蔡潰，遂伐楚。楚成王興師，問曰：『何故涉吾地？』管仲對曰：『昔召康公命我先君太公曰：五侯九伯，若實征之，以夾輔周室。……』」集解裴駰案：「左傳曰：周公、太公，股肱周室，夾輔成王也。」

〔九〕「蕭何」二句，史記蕭相國世家：「蕭相國何者，沛豐人也。」舉宗從劉邦。沛公爲漢王，以何爲丞相。「漢五年（前二〇二），既殺項羽，定天下，論功行封。群臣争功，歲餘功不決，高祖以蕭何功最盛，封爲酇侯。」又封何父子兄弟十餘人，皆有食邑。孝惠二年（前一九三）卒，謚爲文終侯。「後嗣以罪失侯者四世，絶，天子輒復求何後，封續酇侯，功臣莫得比焉。」無聞，謂後嗣無知名者。

〔一〇〕「鄧禹」二句，後漢書鄧禹傳：「鄧禹，字仲華，南陽新野人也。」從劉秀征戰。「十三年（三七），天下平定，諸功臣皆增户邑定封，禹爲高密侯，食高密、昌安、夷安、淳于四縣。帝以禹功高，封弟寬爲明親侯。……天下既定，（禹）常欲遠名勢。有子十三人，各使守一藝，修整閨門，教養子孫。」永平元年（五八）卒。鄧禹之孫「在當塗而不嗣」，指其孫鄧良雖封侯而無後。同上傳：禹子珍封夷安侯，「（珍）子康，少有操行，兄良襲封，無後」。康則得罪太后，「遂免康官，遣歸國，絶屬籍」。

〔一一〕「未有」句，禮記檀弓上：「夏后氏尚黑，殷人尚白，周人尚赤。」孔穎達正義：「夏尚黑，殷尚白，周尚赤，此之謂三統。」

〔一二〕「金木」句，金木，指五行，見下。五遷，周易繫辭上：「天數五，地數五；五位相得而各有合。……此所以成變化而行鬼神也。」韓伯注：「天地之數各五，五數相配以合，成金、木、水、火、土。」按：三統，謂朝代之變；五遷，謂天地之變。

〔一三〕「册命」二句，册命，帝王用册書封立或任命。重光，多次授予榮光。軒裳，「裳」原作「裘」，英華校：「集作裳。」全唐文作「裳」。作「裳」是，據改。軒裳，謂車服，代指官宦。世襲，「世」原作「代」，避唐諱，徑改。

〔一四〕「則我」二句，元和郡縣志卷一〇青州：「古少昊氏之墟，禹貢青州之地。……武王克商，封師尚父於齊營丘。……爲秦所滅，分齊地置齊、瑯琊二郡。漢元年（前二〇六），更爲臨淄。」同上卷一一密州諸城縣：「琅琊山，在縣東南百四十里。」冠蓋里，地在今湖北襄陽宜城市冠蓋山下。漢末名士居其中，刺史二千石卿長數十人，朱軒華蓋，同會於廟下。見前遂州長江縣先聖孔子廟堂碑注引襄陽耆舊記。此以冠蓋山喻瑯琊山。

〔一五〕「建昌」二句，建昌縣，見上注。兩句指王義童於高祖武德四年（六二一）爲江南道招討使，平吳越有功，封建昌縣男，故稱建昌亦有公侯之子，見下文注。

公諱義童，字元稚，其先瑯琊臨沂人也〔一〕。永嘉之末，徙于江外〔二〕；皇運之始，遷于五陵〔三〕，今爲雍州萬年人也〔四〕。祖僧興，齊會稽令，梁安郡守、南安縣開國侯〔五〕。禄位千石〔六〕，珪符五等〔七〕。營室迴於羽儀〔八〕，山河入於盟誓〔九〕。父方賒，梁正閤主簿、伏波將軍，梁安郡守，隋上儀同三司〔一〇〕。以惠和之德〔一一〕，有文武之才。伏波將軍，從征等於馬援〔一二〕；儀同三司，開府均於鄧隲〔一三〕。家餘積慶〔一四〕，郡不乏賢。代臨本州，則元賓之父喜形於色〔一五〕；繼爲太守，則張翕之子迎者如雲〔一六〕。自齊國遜位於梁庭，及隋人内禪於皇室。夏禹之鼎，寶命集於周朝〔一七〕；御龍之家，世禄歸於范氏〔一八〕。

【箋注】

〔一〕「公諱」三句，瑯琊，已見上注。臨沂，元和郡縣志卷一一沂州臨沂縣：「本漢舊縣也，屬東海郡。東臨沂水，故名之。後漢改屬琅琊國，晉屬琅琊郡，高齊省。隋開皇末復置，屬沂州。」故城在今山東臨沂市北。

〔二〕「永嘉」二句，永嘉，西晉懷帝司馬熾年號（三〇七—三一三）。是時石勒南侵，中州大亂，懷帝被殺，士民流亡。不久，西晉滅亡，晉室渡江南遷。

〔三〕「皇運」二句，皇運之始，指唐高祖初年。五陵，漢書原涉傳：「諸豪及長安五陵諸爲氣節者，皆歸慕之。」顔師古注：「五陵，謂長陵、安陵、陽陵、茂陵、平陵也。班固西都賦曰：『南望杜霸，北眺五陵。』」此泛指長安郊縣。

〔四〕「今爲」句，元和郡縣志卷一京兆府（雍州）萬年縣：「本漢舊縣，屬馮翊。……（北）周明帝二年（五六〇）分長安、霸城、山北等三縣，始於長安城中置萬年縣。隋開皇三年（五八三）遷都，改爲大興縣，理宣陽坊。武德元年（六一八），復爲萬年。」

〔五〕「梁安郡」句，安郡，當即南安郡。元和郡縣志卷三三劍州（普安）：「本漢廣漢郡之梓潼縣地。……（南朝）宋於此置南安郡。梁武陵王蕭紀改郡立安州。」地即今四川劍閣縣。

〔六〕「禄位」句，漢書宣帝紀：「潁川太守黄霸以治行尤異，秩中二千石。」注引如淳曰：「太守雖號二千石，有千石、八百石。」句謂禄厚。

〔七〕「珪符」句，周禮地官掌節：「掌守邦節而辨其用，以輔王命。」鄭玄注：「邦節者，珍圭、牙璋、穀圭、琬圭、琰圭也。王有命，則别其節之用以授使者，輔王命者執以行爲信。」圭、珪同，上端三角形、下端方形之長條玉器。符，符節。五等，指圭、符有五個等級，依王命不同而有别，即上引鄭注所言。

〔八〕「營室」句，史記天官書：「（紫宫）後六星絶漢抵營室，曰閣道。」孔穎達正義：「營室七星，天子之宫，亦爲玄宫，亦爲清廟，主上公，亦天子離宫别館也。」又後漢書天文志上：「營室，天子之常宫。」此指皇宫，代指朝廷。羽儀，指封侯禮儀。迥，遠。謂封侯之禮遠過規格。

〔九〕「山河」句，漢書高惠高后文功臣表：漢高祖封侯者百四十有三人，「封爵之誓曰：『使黄河如帶，泰山若厲，國以永存，爰及苗裔。』」此言各有封爵。

〔一〇〕「父方賒」至「同三司」，賒，四子集、全唐文作「賖」。正閤，考梁書、隋書職官，皆無「正閤」之名。隋書百官志下：「左右衛，掌宫掖禁御，督攝仗衛，又各有直閤將軍、直寢、直齋、直後，并掌宿衛侍從。」所謂「正閤」，蓋在直閤、直齋等名目中。同上禮儀志：「入殿門，有籠冠者著之，有纓則下之。……入齋閤及横度殿庭，不得人提衣及捉服飾。入閤則執手板，自搵衣。几席不得入齋正閤。」則齋閤有正閤。此正閤是否置有主簿，待考。伏波將軍，文獻通考卷五九雜號將軍：「伏波，漢武帝征南越始置此號。……伏波者，船涉江海，欲使波浪之伏息。」梁安郡，輿地廣記卷二八荆湖北路：「漢川縣，本安陸縣地，梁置梁安郡。」上儀同三司，隋書百官志下載其爲從四品。

〔一一〕「以惠和」句，德，英華作「性」，校：「集作德。」作「德」義勝。左傳文公十八年：「高辛氏有才子八人，……忠肅共懿，宣慈惠和，天下之民謂之八元。」

〔一二〕「從征」句，後漢書馬援傳：「馬援字文淵，扶風茂陵人也。」光武帝時，馬援南擊交趾，「璽書拜援伏波將軍」。

〔一三〕「開府」句，後漢書鄧騭傳：「騭字昭伯，鄧禹第六子訓長子。」「少辟大將軍竇憲府。及女弟爲貴人，騭兄弟皆除郎中。及貴人立，是爲和熹皇后，騭三遷虎賁中郎將」。「延平元年（一〇六），拜騭車騎將軍、儀同三司，始自騭也」。隲、騭同。

〔一四〕「家餘」句，周易坤卦上六文言：「積善之家，必有餘慶。」

〔一五〕「代臨」二句，代，謂子代父職。魏書畢衆敬傳：「畢衆敬，小名捺，東平須昌人。」皇興初，就拜散騎常侍、寧南將軍、兖州刺史，賜爵東平公。「子元賓，少而豪俠，有武幹，涉獵書史。爲劉駿正員將軍，與父同建勳誠。及至京師，俱爲上客，賜爵須昌侯，加平遠將軍。後以元賓勳，重拜使持節、平南將軍、兖州刺史，假彭城公。父子相代爲本州，當世榮之。時衆敬以老還鄉，常呼元賓爲使君，每於元賓聽政之時乘輿出，至元賓所，先遣左右敕不聽起，觀其斷決，忻忻然喜見顔色。」

〔一六〕「繼爲」二句，太平御覽卷二六二良太守引華陽國志（當在該書卷一〇上巴郡士女，今傳本佚其文）曰：「張翕，字子陽，巴郡人。爲平陰郡守，布衣蔬食，儉以化民。自乘二馬之官，久之，一馬死，一馬病。翕曰：『吾將步行矣。』遷越巂太守（按：此句據北堂書鈔卷七五補），夷漢甚安其惠愛。在官十九年卒。百姓號慕，送葬者以千數，天子嗟歎，賜錢十萬，爲立祠堂。後太守數煩擾，夷人叛亂，翕子端方舉孝廉，天子起家拜越巂太守，迎者如雲。」又見後漢書西南夷傳，「子端」作「子湍」。按：以上二事，以王義童祖、父皆嘗爲安郡守，故云。迎，英華作「送」，校：「集作迎。」作「送」誤。

〔一七〕「夏禹」二句，王嘉拾遺記卷二：「禹鑄九鼎，五者以應陽法，四者以象陰數，使工師以雌金爲陰鼎，以雄金爲陽鼎。鼎中常滿，以占氣象之休否。」左傳桓公二年：「（周）武王克商，遷九鼎於雒邑。」杜預注：「九鼎，殷所受夏九鼎也。」夏鼎遷周，喻政權（寶命）轉移。

〔一八〕「御龍」二句，左傳襄公二十四年：「春，穆叔如晉，范宣子逆之，問焉，曰：『古人有言曰死而不朽，何謂也？』穆叔未對。宣子曰：『昔匄之祖，自虞以上爲陶唐氏，在夏爲御龍氏，在商爲豕韋氏，在周爲唐杜氏，晉主夏盟爲范氏，其是之謂乎？』穆叔曰：『以豹所聞，此之謂世禄，非不朽也。』」御龍氏，孔穎達正義曰：「昭二十九年傳曰：陶唐氏既衰，其後有劉累學擾龍於豢龍氏，以事孔甲。夏后嘉之，賜氏曰御龍。」此以范氏擬工氏，謂其家族世代食禄。

公台階茂緒〔一〕，昴宿精靈〔二〕。五百歲之賢才〔三〕，一千里之皇佐〔四〕。忠規武節，學府詞林。元方閨門，敬其有德〔五〕；少游鄉里，稱其善人〔六〕。實惟清廟之器，是曰皇家之寶〔七〕。韻諧金石，奏虞庭之八音〔八〕；德合珪璋，列塗山之萬國〔九〕。黄河一曲之水，莫測其源〔一〇〕；赤城千丈之巖，未階其峻〔一一〕。群童忽聚，綴帛而引旛旗〔一二〕；父老相呼，授履而傳兵法〔一三〕。隋授左勳衛率〔一四〕，非其好也。

【箋注】

〔一〕「公台階」句，史記天官書：「魁下六星，兩兩相比者，名曰三能。」集解引蘇林曰：「能音台。」應劭引黄帝泰階六符經曰：「泰階者，天子之三階：上階上星爲男主，下星爲女主；中階上星爲諸侯、三公，下星爲卿大夫；下階上星爲士，下星爲庶人。三階平，則陰陽和，風雨時。」後以「台階」代指朝廷。句謂王義童在官場中根基深厚。

〔二〕「昴宿」句，昴宿，星座名。史記天官書謂在西宫，張守節正義稱凡七星。文選任昉王文憲集序：「公之生也，……信乃昴宿垂芒，德精降祉。有一于此，蔚爲帝師。」李善注引春秋佐助期曰：「漢相蕭何，昴星精。」又引漢書曰：張良從容步游下邳圯上，有一老父出一編書，曰：「讀此，則爲王者師。」

〔三〕「五百歲」句，文選李陵答蘇武書李善注引孟子：「千年一聖，五百年一賢。」顔氏家訓卷二慕賢：「古人云：『千載一聖，猶旦暮也；五百年一賢，猶比髆也。』言聖賢之難得，疏闊如此。」

〔四〕「一千里」句，吕氏春秋觀世篇：「千里而有一士，比肩也。」後漢書王允傳：「郭林宗嘗見允而奇之，曰：『王生一日千里，王佐才也。』遂與定交。」

〔五〕「元方」二句，後漢書陳寔傳附陳紀傳：「紀字元方，亦以至德稱，兄弟孝養，閨門廱和，後進之士，皆推慕其風。」

〔六〕「少游」二句，後漢書馬援傳：「（馬援）從容謂官屬曰：『吾從弟少游，常哀吾慷慨多大志，曰：『士生一世，但取衣食裁足，乘下澤車，御款段馬，爲郡掾吏，守墳墓，鄉里稱善人，斯可矣。致求盈餘，但自苦耳。』當吾在浪泊西里間虜未滅之時，下潦上霧，毒氣重蒸，仰視飛鳶跕跕墮水中，卧念少游平生時語，何可得也。』」

〔七〕「實惟」二句，清廟，詩經周頌清廟小序：「清廟，祀文王也。」鄭玄箋：「清廟者，祭有清明之德者之宫也。」史記司馬相如列傳載上林賦：「登明堂，坐清廟。」正義：「明堂有五帝廟，故言清廟，王者朝諸侯之處。」文選收該賦，李善注引郭璞曰：「明堂者，所以朝諸侯處；清廟，太廟。」此以廟堂代指朝廷，謂王義童之材器，當處朝廷之上。家，英華作「居」，校：「集作家。」作「居」誤。

〔八〕「韻諧」二句，虞庭，舜之帝庭。尚書舜典：「三載四海，遏密八音。」僞孔傳：「八音：金、石、絲、竹、匏、土、革、木。」此指文學，謂王義童文章音韻極美。世説新語文學：「孫興公（綽）字興公，作天台賦成，以示范榮期（啓），云：『卿試擲地，要作金石聲！』」

〔九〕「德合」二句，珪璋，詩經大雅卷阿：「顒顒卬卬，如圭如璋，令聞令望。」鄭玄箋：「令，善也。王有賢臣，與之以禮義相切磋，……如玉之圭璋也，人聞之則有善聲譽，人望之則有善威儀，德行相副。」孔穎達正義：「圭璋，是玉之成器。」塗山，代指禹。初學記卷七帝王部伯禹帝夏后氏引帝王世紀：「禹，姒姓也。……始納塗山氏之女，生子啓。」萬國，尚書益稷：「禹曰：俞哉，帝！光天之下，至於海隅蒼生，萬邦黎獻，共惟帝臣。」僞孔傳：「獻，賢也。萬國衆賢，共爲帝臣。」兩句謂王義童有德，故爲帝之賢臣。

〔一〇〕「黄河」二句，太平御覽卷六一河引物理論曰：「（黄河）百里一小曲，千里一大曲。一直一曲，九曲以達於海。」兩句喻王義童志向遠大。

〔一一〕「赤城」二句，文選孫綽游天台山賦：「赤城霞起而建標，瀑布飛流以界道。」李善注引孔靈符會稽記曰：「赤城，山名，色皆赤，狀似雲霞。懸溜千仞，謂之瀑布，飛流灑散，冬夏不竭。」又太平寰宇記卷九八引述異記曰：「赤城山一峰特高，可三百丈，丹壁爍日。」兩句喻王義童風標極高。

〔一二〕「群童」二句，後漢書陶謙傳：「陶謙，字恭祖，丹陽人也。」李賢注引吴書曰：「陶謙父，故餘姚長。謙少孤，始以不羈聞於縣中。年十四，猶綴帛爲幡，乘竹馬而戲，邑中兒童皆隨之。故蒼梧太守同縣甘公出遇之，見其容貌異，而呼之與語，甚悦，許妻以女。甘夫人怒，曰：『陶家兒遨戲無度，於何以女許之？』甘公曰：『彼有奇表，長必大成。』遂與之。」

〔一三〕「父老」二句，史記留侯世家：「（張）良嘗閑從容步游下邳圯上，有一老父（按：即黄石公）衣褐，至良所，直墮其履圯下，顧謂良曰：『孺子下取履。』良愕然，欲毆之，爲其老，强忍下取履。父曰：『履我！』良業爲取履，因長跪履之。父以足受，笑而去。良殊大驚，隨目之。父去里所，復還，曰：『孺子可教矣。後五日平明，與我會此。』良因怪之，跪曰：『諾。』……夜未半往。有頃，父亦來，喜曰：『當如是。』出一編書，曰：『讀此，則爲王者師矣。……』遂去，無他言，不復見。旦日視其書，乃太公兵法也。」

〔一四〕「隋授」句，勳衛率，即率府勳衛。隋書百官志下有「太子勳衛，正八品」。唐六典卷五尚書兵部「率府勳衛」注：「四品孫，職事五品子孫，三品曾孫，若勳官三品有封者，及國公之子爲之。」隋制蓋相近。

河東離析，海内風塵〔一〕。天子溺於膠船〔二〕，諸侯問於金鼎〔三〕。能扶天下之危者，必據天下之安；能除天下之憂者，必享天下之樂〔四〕。我高祖神堯皇帝就之如日，望之如雲〔五〕。發三河之雷電〔六〕，平四時之曆象〔七〕。武王之仗黄鉞，一月臨於孟津〔八〕；高帝之執朱旗，五星聚於東井〔九〕。公瞻烏于屋〔一〇〕，射隼于墉〔一一〕。陳平則間行而去楚〔一二〕，酈生則長揖而歸漢〔一三〕。奉符繫組，觀軹道之降王〔一四〕；偃武修文，見山陽之散馬〔一五〕。初拜車騎將軍，稍遷右屯衛將軍〔一六〕，録有功也。考於周典，崇德報功〔一七〕；稽於春秋，策勳舍爵〔一八〕。車騎萬隊，備涼土之羌戎〔一九〕；衛軍千兵，掌京師之屯禁。於時天保初定〔二〇〕，邊方未輯〔二一〕。二十八舍，尚有吴越之妖氛〔二二〕；一十三州，猶積東南之殺氣〔二三〕。武德四年，詔公爲江南道招討使〔二四〕。鼓琴而送，受命而行。乘使者之輶車〔二五〕，掌行人之旌節〔二六〕。陸賈至於南海，先責尉佗〔二七〕；隨何入於九江，即徵黥布〔二八〕。詔除泉州都督，封建昌縣男〔二九〕，食邑三百户。斗牛星象〔三〇〕，舜禹精靈〔三一〕；境接東甌〔三二〕，地鄰南越〔三三〕。言其寶利，則瑇瑁珠璣〔三四〕；叙其風俗，則丹雞白犬〔三五〕。公門容駟馬〔三六〕，位列三刀〔三七〕，防薏苡之譏嫌〔三八〕，絶簡書之流謗〔三九〕。豈直廣州清節，酌貪泉於石門〔四〇〕；合浦神君，返明珠於漲海〔四一〕。貞觀三年，詔還散騎常侍、行果州刺史〔四二〕。授期天帝，肇跡人皇〔四三〕。南充國之舊都〔四四〕，西宕渠之古邑〔四五〕。岡巒紛糾，天彭雙闕而作門〔四六〕；珠貝浮沉，巴水三迴而成字〔四七〕。公入參師友，出居方伯〔四八〕。金蟬右貂〔四九〕，朱旗曲蓋〔五〇〕。纔臨蜀郡，即聞「來暮」之歌〔五一〕；初踐益州，已聽中和之樂〔五二〕。七年，詔還銀青光禄大夫、行恒州刺史〔五三〕。西街畢昴〔五四〕，北嶽恒山〔五五〕。天開太一之宫〔五六〕，地列并州之鎮〔五七〕。境分靈壽，魏將樂羊之所封〔五八〕；邑對行唐，趙王惠文之所築〔五九〕。公政成朞月，風行萬里〔六〇〕。鄧晨一郡，漢帝稱爲主人〔六一〕；李廣數年，匈奴號爲飛將〔六二〕。行嘗計日，郭伋不負於童兒〔六三〕；郡異中平，王觀無私於任子〔六四〕。既導德而齊禮〔六五〕，亦勝殘而去殺〔六六〕。三禾在殿，將拜鄭弘〔六七〕；兩鴈隨車，坐悲虞固〔六八〕。享年若干，以十五年冬十一月二十五日薨於洛陽之清化里〔六九〕。

【箋　注】

〔一〕「河東」二句，河東，指太原。兩句謂隋末太原首義，隋王朝迅速分崩離析。據舊唐書高祖紀，隋煬帝大業十三年（六一七），「群賊蜂起，江都阻絶」。「馬邑校尉劉武周據汾陽宫舉兵反」，李淵父子亦起義兵。次年五月，隋亡。河，英華作「漢」。析，英華作「柝」。皆誤。

〔二〕「天子」句，太平御覽卷八五昭王引帝王世紀曰：「（周）昭王在位五十一年，以德衰，南征及濟於漢，舡人惡之，乃膠船進王。王御船至中流，膠液解，王及祭公俱没水而崩。」按：左傳僖公四年管仲問楚「昭王南征而不復」，杜預注：「昭王，成王之孫，南巡守涉漢，船壞而溺，周人諱而不赴，諸侯不知其故，故問之。」即指其事。此謂隋煬帝荒淫無道，在江都被殺。

〔三〕「諸侯」句，左傳宣公三年：「楚子伐陸渾之戎，遂至於雒，觀兵於周疆。定王使王孫滿勞楚子，楚子問鼎之大小輕重焉。」杜預注：「王孫滿，周大夫。示欲偪周取天下。」鼎，即禹所鑄九鼎，三代相傳以爲寶，乃政權之象徵。句謂隋末諸侯皆對政權生覬覦之心。

〔四〕「能扶」四句，黄石公三略（後世依託之書，作者無考）卷下：「夫能扶天下之危者，則據天下之安；能除天下之憂者，則享天下之樂；能救天下之禍者，則獲天下之福。」

〔五〕「我高祖」二句，神堯皇帝，即唐高祖李淵，見前遂州長江縣先聖孔子廟堂碑注。漢戴德大戴禮記卷七五帝德：「宰我曰：『請問帝堯。』孔子曰：『高辛之子也曰放勳，其仁如天，其知如神，就之如日，望之如雲，富而不驕，貴而不豫。』」

〔六〕「發三河」句，漢書高帝紀上：「悉發關中兵收三河士。」注引韋昭曰：「河南、河東、河内也。」李淵起兵太原，乃河東地，故云。電，英華校：「集作霆。」

〔七〕「平四時」句，時，原作「海」，英華校：「集作時。」按後漢書李固傳：「今陛下之有尚書，猶天之有北斗也。斗爲天喉舌，尚書亦爲陛下喉舌。斗斟酌元氣，運平四時；尚書出納王命，賦政四海。」李賢注引春秋保乾圖曰：「天皇於是斟元氣，陳樞以五易威（宋均注：威，則也，法也）。天皇斟元氣，陳列樞機，受行次之當得也。」按：樞機，測天儀器，代指曆象。四海不得言曆象，故作「四時」是，即所謂「運平四時」也。據英華所校集本改。

〔八〕「武王」二句，史記周本紀「（武王）聞紂昏亂暴虐滋甚，殺王子比干，囚箕子」，於是遍告諸侯曰：「殷有重罪，不可以不畢伐。」遂率兵渡盟津，諸侯咸會，陳師牧野。紂兵皆崩畔，紂於是「自燔於火以死」。武王至紂死所，「以黄鉞斬紂頭，懸大白之旗」。孟津、盟津同。史記夏本紀：「又東至於盟津。」索隱：「盟，古孟字。孟津在河陽。十三州記云：『河陽縣在於河上，即孟津是也。』」

〔九〕「高帝」二句，漢書高帝紀：「高祖乃立爲沛公，……旗幟皆赤，由所殺蛇白帝子，所殺者赤帝子故也。」朱旗，即赤旗。又同書叙傳：「皇矣漢祖，纂堯之緒。實天生德，聰明神武。……爰兹發迹，斷蛇奮旅。神母告符，朱旗迺舉。」五星，史記張耳陳餘列傳：「漢王之入關，五星聚東井。東井者，秦分也，先至必霸，楚雖强，後必屬漢。」又漢書高帝紀：「（漢）元年（前二〇六）冬十月，五星聚於東井。」注引應劭曰：「東井，秦之分野。五星所在其下，當有聖人以義取天下，占見天文志。」

〔一〇〕「公瞻烏」句，詩經小雅正月：「瞻烏爰止，于誰之屋。」毛傳：「富人之屋，烏所集也。」鄭玄箋：「視烏集於富人之屋，以言今民亦當求明君而歸之。」

〔一一〕「射隼」句，周易解卦：「上六，公用射隼於高墉之上，獲之无不利。」象曰：「公用射隼，以解悖也。」王弼注：「處下體之上，故曰高墉。墉非隼之所處，高非三之所履，上六居動之上，爲解之極，將解荒悖而除穢亂者也。故用射之極而後動，成而後舉，故必獲之而无不利也。」孔穎達正義：「隼者，貪殘之鳥，鸇鷂之屬。墉，牆也。六三失位負乘，不應於上，即是罪釁之人，故以譬於隼。此借飛鳥爲喻，而居下體之上，其猶隼處高墉。隼之爲鳥，宜在山林，集於人家高墉，必爲人所繳射，以譬六三處於高位，必當被人所誅討。」此以隼喻隋。

〔一二〕「陳平」句，漢書陳平傳：「陳平，陽武户牖鄉人也。少時家貧，好讀書，治黃帝、老子之術。……項羽略地至河上，平往歸之，從入破秦，賜爵卿。項羽之東王彭城也，漢王還定三秦而東。殷王（司馬卬）反楚，項羽乃以平爲信武君，將魏王客在楚者往擊，殷降而還。項王使項悍拜平爲都尉，賜金二十溢。居無何，漢攻下殷，項王怒，將誅定殷者，平懼誅，乃封其金與印使使歸項王，而平身間行杖劍亡。渡河，……遂至修武降漢。」陳平多智謀，仕漢爲左丞相。

〔三〕「酈生」句，史記酈食其列傳：「酈生食其者，陳留高陽人也。好讀書，家貧落魄，無以爲衣食業。……聞沛公將兵略地陳留郊，沛公麾下騎士適酈生里中子也，沛公時時問邑中賢士豪俊。騎士歸，酈生見，謂之曰：『吾聞沛公慢而易人，多大略，此真吾所願從游，莫爲我先？……』騎士曰：『沛公不好儒，諸客冠儒冠來者，沛公輒解其冠，溲溺其中。與人言，常大罵，未可以儒生説也。』酈生曰：『弟言之。』騎士從容言，如酈生所誡者。沛公至高陽傳舍，使人召酈生。酈生至，入謁，沛公方倨牀，使兩女子洗足而見酈生。酈生入，則長揖不拜。……酈生曰：『必聚徒合義兵誅無道秦，不宜倨見長者。』於是沛公輟洗，起攝衣，延酈生上坐，謝之。」

〔四〕「奉符」二句，史記秦始皇本紀：「子嬰爲秦王四十六日，楚將沛公破秦軍，入武關，遂至霸上。使人約降子嬰。子嬰即係頸以組，白馬素車，奉天子璽符，降軹道旁。沛公遂入咸陽，封宮室府庫，還軍霸上。」集解引應劭曰：「組者，天子韍也。係頸者，言欲自殺也。素車白馬，喪人之服也。」軹道，集解引徐廣曰：「在霸陵。」裴駰案蘇林曰：「亭名，在長安東三十里。」此謂親見隋朝滅亡。

〔一五〕「偃武」二句，史記周本紀：「武王既克殷，縱馬於華山之陽，牧牛於桃林之虚，偃干戈，振兵釋旅，示天下不復用也」。正義：「華山在華陰縣南八里。山南曰陽也。」此謂唐朝建立，天下已平。

〔一六〕「初拜」二句，通典卷二八武官上將軍總叙：「漢興，置大將軍、驃騎將軍，位次丞相；車騎將軍、衛將軍、左右前後將軍，皆金印紫綬，位次上卿。後漢志曰：漢將軍比公者四，謂大將軍、驃騎、車騎、衛將軍。」同上卷二九：「隋車騎屬驃騎府，大唐省之。」地位顯著下降。右屯衛將軍，唐六典卷二四左右威衛：「左右威衛，大將軍各一人，正三品。將軍各二人，從三品。」注：「隋初置左右領軍府，煬帝改爲左右屯營，皇朝因之。至龍朔二年（六六二），改爲左右威衛，别置左右屯營，亦有大將軍等官。光宅元年（六八四），改爲左右豹韜衛。神龍元年（七〇五），復爲左右威衛。」

〔一七〕「考於」二句，周典，指尚書周書。尚書武成：「列爵惟五，分土惟三。建官惟賢，位事惟能。重民五教，惟食、喪、祭。惇信明義，崇德報功，垂拱而天下治。」崇德報功，僞孔傳：「有德尊以爵，有功報以禄。」

〔一八〕「稽於」二句，左傳桓公二年：「冬，公至自唐，告於廟也。凡公行，告於宗廟；反行飲至，舍爵策勳焉，禮也。」杜預注：「爵，飲酒器也。既飲置爵，則書勳勞於策，言速紀有功也。」

〔一九〕「備涼土」句，舊唐書地理志一：「隴右節度使，以備羌戎。統臨洮、河源、白水、安人、振威、威戎、莫門、寧塞、積石、鎮西等十軍，綏和、合川、平夷三守捉。」原注：「隴右節度使在鄯州，管兵七萬人，馬六百疋，衣賜二百五十萬疋段。」地屬古涼州，故云。同上又曰：唐末析置節度，置「涼州節度使，治梁州，管西、洮、鄯、臨、河等州」。

〔二〇〕「於時」句，天保，史記周本紀：「武王至於周，自夜不寐。周公旦即王所，曰：『曷爲不寐？』」王曰：『……我未定天保，何暇寐？』」定天保，張守節正義釋爲「定知天之安保我位」。又詩經小雅天保：「天保定爾，亦孔之固。」鄭玄箋：「保，安。爾，女(汝)也；女(汝)，王也。天之安定，女(汝)亦甚堅固。」則「天保初定」，猶言天使國家初步安定。保，英華作「下」，校：「集作保。」四子集、全唐文作「下」。按：作「天下」雖可通，然無「天保」之有典。

〔二一〕「邊方」句，漢書武帝紀：「將吏新會，上下未輯。」顔師古注：「輯，與集同。」未輯，尚未平定。

〔二二〕「二十八」二句，史記天官書：「二十八舍，主十二州。」正義曰：「二十八舍，謂東方角、亢、氐、房、心、尾、箕，北方斗、牛、女、虛、危、室、壁，西方奎、婁、胃、昴、畢、觜、參，南方井、鬼、柳、星、張、翼、軫。星經云：角、亢，鄭之分野，兖州；氐、房、心，宋之分野，豫州；尾、箕，燕之分野，幽州；南斗、牽牛，吴越之分野，揚州；須女、虛，齊之分野，青州；危、室、壁，衛之分野，并州；奎、婁，魯之分野，徐州；胃、昴，趙之分野，冀州；畢、觜、參，魏之分野，益州；東井、輿鬼，秦之分野，雍州；柳、星、張，周之分野，三河；翼、軫，楚之分野，荆州也。」此以二十八舍代指全國，吴越乃其一。妖氛，指戰亂。

〔二三〕「一十三」二句，漢書武帝紀：元封五年（前一〇六），「初置刺史，部十三州」。顔師古注引漢舊儀云：「初分十三州，假刺史印綬，有常治所。」四庫全書本考證云：「按晉志，冀、幽、并、兖、徐、青、揚、荆、豫、益、涼及朔方、交阯，所謂十三州也。」此亦指全國。殺氣，陰氣也。殺，英華校：「集作反。」作「殺」爲勝。此謂東南尚未安輯。

〔二四〕「武德」二句，武德，唐高祖年號。武德四年爲公元六二一年。江南道，新唐書地理志：「江南道，蓋古揚州南境，漢丹陽、會稽、豫章、廬江、零陵、桂陽等郡，長沙國及牂柯、江夏、南郡地，……分爲州五十一，縣二百四十七。」招討使，舊唐書職官志三招討使：「貞元末置。自後隨用兵權置，兵罷則停。」據此，則權置詔討使，實唐初已然。討，英華作「尉」，四子集、全唐文作「慰」。「尉」即「慰」字。按唐代有招討使，亦有招慰使，此不詳孰是。

〔二五〕「乘使者」句，詩經秦風駟驖：「輶車鸞鑣，載獫歇驕。」毛傳：「輶，輕也。」

〔二六〕「掌行人」句，行人，即使者。周禮地官掌節：「道路用旌節。」鄭玄注：「道路者，主治五涂之官，謂鄉遂大夫也。凡民遠出，至於邦國，邦國之民若來入，由門者，司門爲之節，由關者，司關爲之節。」此謂統管吴越之地，以招納歸降者。

〔二七〕「陸賈」二句，史記南越列傳：南越王趙佗，秦末行南海尉事。秦已破滅，佗即擊并桂林、象郡，自立爲南越武王。高帝十一年（前一九六），遣陸賈因立佗爲南越王。高后時，佗自尊爲南越武王。文帝元年（前一七九），又以陸賈爲太中大夫，使越，責讓南越王趙佗自立爲帝。趙佗恐，去帝制，願長爲藩臣，奉貢職。趙佗秦末行南海尉，故稱尉佗。

〔二八〕「隨何」二句，漢書高帝紀：「漢王西過梁地，至虞，謂謁者隨何曰：『公能説九江王（黥）布使舉兵畔楚，項王必留擊之，得留數月，吾取天下必矣。』隨何往説布，果使畔楚。」（漢）三年（前二〇四）冬十一月，「隨何既説黥布，布起兵攻楚。楚使項聲龍且攻布，布戰不勝。十二月，布與隨何間行歸漢」。

〔二九〕「詔除」二句，元和郡縣志卷二九泉州：「舊泉州本理（治）在今閩縣，武德六年（六二三）置，景雲二年（七一一）改爲閩州，開元中改爲福州。今泉州，本南安縣也，久視元年（七〇〇）縣人孫師業訴稱赴州遥遠，遂於南安縣東北界置武榮州，景雲二年改爲泉州，即今理是也。」則此所謂泉州，乃舊泉州，即後來之福州。同上書福州：舊泉州，武德八年置中都督府。建昌縣屬洪州，在今江西奉新縣西，參見本文前注。

〔三〇〕「斗牛」句，晉書張華傳：初，吴之未滅也，斗牛之間常有紫氣。張華聞豫章人雷焕妙達緯象，乃要雷宿，焕曰：「寶劍之精，上徹於天耳。」因問曰：「在何郡？」焕曰：「在豫章豐城。」華大喜，即補焕爲豐城令。焕到縣，掘獄屋基雙劍，一曰龍淵，一曰太阿。此指封建昌縣男事。

〔三一〕「舜禹」句，謂建昌地近古帝王舜、禹安葬地。精靈，謂舜、禹神靈。山海經海内經：「南方蒼梧之丘，蒼梧之淵，其中有九嶷山，舜之所葬。在長沙零陵界中。」禹葬會稽山（今浙江紹興）。

〔三二〕「境接」句，漢書武帝紀：建元三年（前一三八）秋七月，「閩越圍東甌」。注引應劭曰：「高祖五年（前二〇二）立無諸爲閩越王，惠帝立搖爲東海王，都東甌，故號東甌。」按資治通鑑卷一二述此事，胡三省注曰：「閩越王無諸，高祖五年受封，都冶，今福州侯官是也。帝（惠帝）又封搖於東海，東海即東甌，今温州永嘉是也。應劭曰：搖封東海，在吴郡東，南濱海，此閩、越所由分也。」

〔三三〕「地鄰」句，南越，漢初趙佗所建國名，今廣東、廣西一帶，見本文前注。

〔三四〕「言其」二句，史記司馬相如列傳載子虚賦：「其中則有神龜蛟鼉，瑇瑁鼈黿。」瑇瑁，正義曰：「似觜蠵，甲有文，出南海，可以飾器物也。」珠璣，文選揚雄長楊賦：「於是後宫賤瑇瑁而疏珠璣。」李善注引字書曰：「璣，小珠也。」又後漢書安帝紀：「走卒奴婢，被綺縠，著珠璣。」李賢注：「璣，珠不圓者也。」瑇瑁、珠璣皆水産品，泉州臨海，故云。

〔三五〕「叙其」二句，太平御覽卷四〇六叙交友引風土記曰：「越俗性率樸，意親好合。既脱頭上手巾，解要間五尺刀以與之，爲交拜親。跪妻。初定交，有禮俗，皆當於山間大樹下封土爲壇，祭以白犬一、丹雞一、雞子三，名曰木下雞犬五。其壇地，人畏不敢犯也。祝曰：『卿雖乘車我戴笠，後日相逢下車揖。我雖步行卿乘馬，後日相逢卿當下。』」閩、越古爲一體，故俗亦相近。

〔三六〕「公門」句，漢書于定國傳：「始，定國父于公，其閭門壞，父老方共治之。于公謂曰：『少高大門閭，令容駟馬高蓋車。我治獄多陰德，未嘗有所冤，子孫必有興者。』」句謂王義童承祖宗陰德，前程無量。

〔三七〕「位列」句，晉書王濬傳：「濬夜夢懸三刀於卧屋梁上，須臾又益一刀。濬驚覺，意甚惡之。主簿李毅再拜賀曰：『三刀爲州字，又益一者，明府其臨益州乎？』及賊張弘殺益州刺史皇甫晏，果遷濬爲益州刺史。」三刀爲州，故此謂王義童處州府長官之位。

〔三八〕「防薏苡」句，後漢書馬援傳：「援在交阯，常餌薏苡，實用能輕身省欲，以勝瘴氣。南方薏苡實大，援欲以爲種，軍還，載之一車，時人以爲南土珍怪，權貴皆望之。援時方有寵，故莫以聞，及卒後，有上書譖之者，以爲前所載還皆明珠文犀。馬武與於陵侯侯昱等皆以章言其狀，帝益怒。援妻孥惶懼，不敢以喪還舊塋，裁買城西數畝地槀葬而已，賓客故人莫敢弔。」

〔三九〕「絶簡書」句，後漢書吴祐傳：「吴祐，字季英，陳留長垣人也。父恢爲南海太守，祐年十二，隨從到官。恢欲殺青簡以寫經書，祐諫曰：『今大人踰越五領，遠在海濱，其俗誠陋，然舊多珍怪，上爲國家所疑，下爲權戚所望，此書若成，則載之兼兩。昔馬援以薏苡興謗，王陽以衣囊徼名，嫌疑之間，誠先賢所慎也。』恢乃止，撫其首曰：『吴氏世不乏季子矣。』」所望，李賢注：「希望其贈遺也。」

〔四〇〕「豈直」二句，直，原作「知」。英華作「知」，校：「集作直。」四子集、全唐文作「直」，是，據改。晉書吴隱之傳：「吴隱之，字處默，濮陽鄄城人。」善談論，博涉文史，以儒雅標名。弱冠而介立有清標。「隆安中，以隱之爲龍驤將軍、廣州刺史、假節領平越中郎將。未至州二十里，地名石門，有水曰貪泉，飲者懷無厭之欲。隱之既至，語其親人曰：『不見可欲，使心不亂，越嶺喪清，吾知之矣。』乃至泉所,酌而飲之,因賦詩曰:『古人云此水,一歃懷千金。試使夷齊飲,終當不易心。』及在州,清操踰厲,常食不過菜及乾魚而已。」泉,英華校:「集作水。」

〔四一〕「合浦」二句,太平御覽卷一七二嶺南道新州引十道志曰:「新州新興郡,古越地,秦始皇略取陸梁地置象郡,今州即其地也。漢爲合浦郡之臨元縣,晉穆永和七年(三五一)分蒼梧郡,於此置新寧郡。梁、隋、唐爲新州。」按:新州州治,在今廣東新興縣新城鎮。神君,指東漢孟嘗。後漢書孟嘗傳:「孟嘗,字伯周,會稽上虞人也。……遷合浦太守。郡不産穀實,而海出珠寶。與交阯比境,常通商販,貿糴糧食。先時,宰守并多貪穢,詭人採求,不知紀極,珠遂漸徙於交阯郡界,於是行旅不至,人物無資,貧者死餓於道。嘗到官,革易前敝,求民病利,曾未踰歲,去珠復還,百姓皆反其業,商貨流通,稱爲神明。」按:文獻所載王義童在泉、睦、建三州事迹猶有:資治通鑑卷一九〇:高祖武德五年(六二二)春正月:「唐使者王義童下泉、睦、建三州。」太平寰宇記卷一〇二泉州:「唐武德八年,都督王義童遣使招撫,得其首領周造夌、細陵等,并受騎都尉,令相統攝,不爲寇盜。」録以備考。

〔四二〕「貞觀」二句,貞觀,唐太宗年號,貞觀三年爲公元六二九年。遷,原作「還」。英華作「還」,校:「集作除。」四子集、全唐文作「遷」。按:作「還」誤,除、遷皆可,然「還」蓋「遷」之形訛,故改作「遷」近是。散騎常侍,唐六典卷八門下省置左散騎常侍二人,從三品,「掌侍奉規諷,備顧問應對」。同書卷九中書省置右散騎常侍二人,從三品,「掌如左散騎常侍之職」。所遷或爲「左」。

又同書卷二：凡任官，「階高而擬卑，則曰行」。舊唐書地理志：「漢安漢縣，屬巴郡。（南朝）宋於安漢故城置南宕渠郡。隋改安漢爲南充，果山在縣南八里。」同上又曰：「果州，中，隋巴西郡之南充縣。武德四年（六二一），割隆州（按：治今四川閬中市）之南充、相如二縣置果州，因果山爲名。」地即今四川南充市部分地區。

〔四三〕「授期」二句，謂果州由天帝授予期運，殆肇起於人皇氏之時，言其源遠流長。人皇，三皇之一，在天皇、地皇之後。太平御覽卷七八人皇引春秋命歷序曰：「人皇氏九頭，駕六羽，乘雲車，出谷口，分九州。」宋均注曰：「九頭，兄弟九人。」

〔四四〕「南充國」句，漢書地理志有「充國」。宋書州郡志四：「南充國令譙周巴記：初平四年（一九三），分充國爲南充國。」按：南充國，縣名，即今南充市屬之南部縣。清一統志卷二九八：「南充國故縣，今南部縣治。」

〔四五〕「西宕渠」句，「宕」原作「巖」。按元和郡縣志卷三三梓州通泉縣：「本漢廣漢縣地。宋於此置西宕渠郡，後魏恭帝移於涌山，改名涌泉郡。（北）周明帝置通井縣。隋開皇三年（五八三）改爲通泉縣，十八年（五九八）改屬梓州。」清一統志卷三〇八潼川府：「西宕渠廢郡，在鹽亭縣西北。齊書州郡志：益州西宕渠郡，領宕渠縣。寰宇記：廢宕渠，在鹽亭縣西北三十二里安樂村。李膺蜀記：宋元嘉十九年（四四二）置西宕渠郡，領縣四，宕渠是其一也。梁天監中廢。」考之文獻，未見「西巖渠」古邑之記載。蓋「宕」形訛爲「岩」，又寫作「巖」，故誤西宕渠爲「西巖渠」也，兹據文獻徑改。今按：鹽亭縣與南部縣接壤，故云南充國爲西宕渠古邑。

〔四六〕「天彭」句，水經江水注：大江「東南下百餘里，至白馬嶺而歷天彭闕，亦謂之天彭谷也。秦昭王以李冰爲蜀守，冰見氏道縣有天彭山，兩山相對，其形如闕，謂之天彭門，亦曰天彭闕」。元和郡縣志卷三一彭州：「江出山處，兩山相對，古謂之天彭門。」明曹學佺蜀中名勝記謂其在彭縣（今四川彭州市）北三十里丹景山前。

〔四七〕「珠貝」二句，珠貝，謂水中多貝，能産珠。文選顔延年贈王太常詩：「玉水記方流，琁源載圓折。」李善注引尸子曰：「凡水，其方折者有玉，其圓折者有珠也。」巴水，即嘉陵江。成字，蓋指成「閬」字。舊唐書地理志：「閬中，漢縣，屬巴郡。梁置北巴州，西魏置隆州及盤龍郡，煬帝改爲巴郡。武德爲隆州，皆治閬中。閬水迂曲，經郡三面，故曰閬中。」浮沉，英華校：「集作沉浮。」

〔四八〕「出居」句，方伯，史記周本紀：「齊、楚、秦、晉，始大政由方伯。」集解裴駰案：「周禮曰：『九命作伯。』鄭衆云：『長諸侯爲方伯。』」後代州府長官，相當於古代諸侯之長，故云。北堂書鈔卷七二刺史引王隱晉書曰：「山濤爲冀州刺史，處方伯之任。」

〔四九〕「金蟬」句，漢書谷永傳：「戴金貂之飾。」司馬彪後漢書志輿服下：武冠，「侍中、中常侍加黄金當，附蟬爲文，貂尾爲飾，謂之『趙惠文冠』」。劉昭注引應劭漢官儀：「説者以金取堅剛，百錬不耗。蟬居高飲絜，口在腋下。貂内勁捍而外温潤。」右貂，「右」原作「石」。英華作「右」，全唐文作「左」。按：作「右」是。通典卷二一職官三宰相（并官屬）：「散騎常侍亦武冠，右貂金蟬，絳朝服，佩水蒼玉。」

〔五〇〕「朱旗」句，東觀漢記卷二一段熲傳：「熲起於途中，爲并州刺史，滅羌有功。後徵還京師，熲乘輕車，介士，鼓吹，曲蓋，朱旗。」曲蓋，曲柄車蓋。

〔五一〕「纔臨」二句，後漢書廉範傳：「廉範，字叔度，京兆杜陵人。……建初中遷蜀郡太守，其俗尚文辯，好相持短長，範每厲以淳厚，不受媮薄之説。成都民物豐盛，邑宇逼側，舊制禁民夜作，以防火災，而更相隱蔽，燒者日屬。範乃毀削先令，但嚴使儲水而已。百姓爲便，乃歌之曰：『廉叔度，來何暮。不禁火，民安作。平生無襦，今五絝。』」

〔五二〕「初踐」二句，漢書王褒傳：「益州刺史王襄欲宣風化於衆庶，聞王褒有俊材，請與相見，使褒作中和、樂職、宣布詩，選好事者令依鹿鳴之聲習而歌之。」顔師古注：「中和者，言政治和平也；樂職者，言百官各得其職也；宣布者，風化普洽，無所不被。」

〔五三〕「七年」二句，七年，指貞觀七年，即公元六三三年。唐六典卷二尚書吏部：「從三品曰銀青光禄大夫。」注：「晉有銀青光禄大夫王翹之，宋、齊之後，或置或省，梁、陳無職。北齊三品，隋正三品，散官。煬帝改爲從三品，皇朝因之。」恒州，已見本文首注。

〔五四〕「西街」句，史記天官書：「昴、畢間爲天街，其陰，陰國；陽，陽國。」集解引孟康曰：「陰，西南，象坤維,河山已北國;陽,河山已南國。」北堂書鈔卷一六〇恒山「畢昴精」引春秋元命苞云:「畢散爲冀州,分爲趙國,立爲常山。」注云:「常山即恒山(引者按:避漢文帝劉恒諱,故改「恒」爲「常」)也,是畢、昴之精。」

〔五五〕「北嶽」句,周禮春官大宗伯:「五嶽,……北曰恒山。」山在今山西大同市渾源縣城南,有倒馬關、紫荆關、平型關、雁門關、寧武關等虎踞爲險,乃塞外通向冀中平原之咽喉要衝。

〔五六〕「天開」句,宫,原作「官」,英華同,據四庫全書本、全唐文改。此句對上「西街」句而言。太乙宫,恒山别名,代指恒山。史記趙世家正義引括地志云:「北嶽有五别名:一曰蘭臺府,二曰列女宫,三曰華陽臺,四曰紫臺,五曰太一宫。」

〔五七〕「地列」句,對上「北嶽」句而言。周禮夏官職方氏:「正北曰并州,其山鎮曰恒山。」鄭玄注:「鎮,名山安地德者也。」

〔五八〕「境分」二句,史記樂毅列傳:「樂毅者,其先祖曰樂羊。樂羊爲魏文侯將,伐取中山,魏文侯封樂羊以靈壽。」正義:「今定州。」集解引徐廣曰:「屬常山。」索隱引地理志:「常山有靈壽縣,中山桓公所都之地。」按:靈壽縣,今屬河北省石家莊市。

〔五九〕「邑對」二句,史記趙世家:「主父(趙武靈王)死,惠文王立。……(立)八年,城南行唐。」集解引徐廣曰:「在常山。」正義引括地志云:「行唐縣,屬冀州,爲南行唐築城。」南行唐,後漢書光武帝紀下李賢注:「縣名,屬常山郡,今恒州縣。」

〔六〇〕「公政成」二句，明都穆金薤琳琅卷八載闕名隋左屯衞大將軍左光禄大夫姚恭公墓誌銘并序：「俗易風移，政成朞月。」按：金薤琳琅稱「碑在常山府署之門，常山，即今之真定」。

〔六一〕「鄧晨」二句，後漢書鄧晨傳：「鄧晨，字偉卿，南陽新野人也。……更始北都洛陽，以晨爲常山太守。會王郎反，光武自薊走信都，晨亦間行，會於鉅鹿下，自請從擊邯鄲。光武曰：『偉卿以一身從我，不如以一郡爲我北道主人。』乃遣晨歸郡。」

〔六二〕「李廣」二句，漢書李廣傳：「拜廣爲右北平太守。……廣在郡，匈奴號曰漢飛將軍，避之數歲不入界。」

〔六三〕「行當」二句，見前唐同州長史宇文公神道碑注引後漢書郭伋傳，言其極守信。

〔六四〕「郡異」二句，三國志魏書王觀傳：「王觀，字偉臺，東郡廩丘人也。少孤貧厲志，太祖召爲丞相文學掾。出爲高唐、陽泉、酇、任令，所在稱治。文帝踐阼，入爲尚書郎、廷尉監，出爲南陽、涿郡太守。……明帝即位，下詔書使郡縣條爲劇、中、平者。主者欲言郡爲中平，觀教曰：『此郡濱近外虜，數有寇害，云何不爲劇邪？』主者曰：『若郡爲外劇，恐於明府有任子。』觀曰：『夫君者，所以爲民也。今郡在外劇，則於役條當有降差。豈可爲太守之私，而負一郡之民乎？』遂言爲外劇郡。後送任子詣鄴，時觀但有一子而又幼弱，其公心如此。」

〔六五〕「既導德」句，論語爲政：「道之以德，齊之以禮，有恥且格。」何晏集解引包(咸)曰：「德謂道德。格，正也。」孔穎達正義：「言君上化民必以道德。民或未從化，則制禮以齊整，使民知有禮則安，失禮則恥。如此，則民有愧恥而不犯禮，且能自修而歸正也。」

〔六六〕「亦勝殘」句，史記孝文本紀：「太史公曰：孔子言『必世然後仁。善人之治國，百年亦可以勝殘去殺』。誠哉是言！」集解引王肅曰：「勝殘暴之人，使不爲惡。去殺，不用殺也。」

〔六七〕「三禾」二句，禾，原作「木」。英華、四子集、全唐文作「禾」。後漢書蔡茂傳：「蔡茂，字子禮，河内懷人也。……建武二十年（四四），代戴涉爲司徒，在職清儉匪懈。二十三年，薨於位，時年七十二。……茂初在廣漢，夢坐大殿，極上有三穗禾，茂跳取之，得其中穗，輒復失之。以問主簿郭賀，賀離席慶曰：『大殿者，宫府之形象也。極而有禾，人臣之上禄也。取中穗，是中臺之位也。於字禾失爲秩，雖曰失之，乃所以得禄秩也。衮職有闕，君其補之。』旬月，而茂徵焉，乃辟賀爲掾。」李賢注：「屋之大者，古通呼爲殿也。極，殿梁也。」則作「禾」是，據英華等改。又北堂書鈔卷五〇引謝承後漢書曰：「鄭弘爲臨淮太守行春，兩白鹿隨車夾轂而行，弘怪問主簿黄國鹿爲吉凶，國拜賀曰：『聞三公車幡畫作鹿，明府當爲宰相。』後弘果爲太尉。」則二句用兩事。

〔六八〕「兩鴈」二句，固，原作「國」，各本同。按太平御覽卷九一七雁引會稽典録曰：「虞固字季鴻，少有孝行。爲日南太守，常有雙鴈止宿廳事上，每出行縣，輒飛逐車。卒官，鴈遂哀鳴，還至餘姚，住墓前，歷二年乃去。」又吴淑事類賦卷一九鴈注引，亦作「虞固」。則作「國」誤，據改。鴈，英華校：「集作鷹。」誤。

〔六九〕「以十五年」句，十五年，謂貞觀十五年，即公元六四一年。清化里，清徐松唐兩京城坊考卷五東京外廓城：「雒水之北，東城之東，第一南北街，北當徽安門西街，承福坊之北，從南第一曰立德坊，……次北清化坊。」

公家傳將相〔一〕，世有忠貞。屬離亂之弘多〔二〕，值雲雷之草昧〔三〕。河宗兩日，負鼎而謁成湯〔四〕；渭水七年，垂鈎而逢西伯〔五〕。將軍再命，刺史三遷。种暠、欒巴，牧人之良翰〔六〕；龐參、虞詡，將帥之宏規〔七〕。立事於當年，揚名於後代。兄國印，穀州刺史。弟國稀，仁州刺史〔八〕。荆枝擢秀〔九〕，棣萼生光〔一〇〕，何止平輿之二龍〔一一〕，是爲賈家之三虎〔一二〕。唐虞之際，四岳分居〔一三〕；趙魏之間，八男爲郡〔一四〕。公雖勳參締構，位總班條，金友玉昆〔一五〕，良田廣宅，而能吐食下士〔一六〕，倒屣迎賓〔一七〕。無笑客之美人〔一八〕，有拜賓之童隸〔一九〕。策名委質〔二〇〕，善始令終。生當封侯，克成丈夫之志〔二一〕；死而可作〔二二〕，無忘事君之道。越十六年二月二日，葬於伊闕縣之萬安山〔二三〕。詔賜雜物百段，給儀仗往還，禮也。亭連長樂〔二四〕，城枕高都〔二五〕。守闕塞者汝寬〔二六〕，適伊川者辛有〔二七〕。北瞻洛汭，尚想元凱之境〔二八〕；東望邢山，依然國僑之基〔二九〕。

【箋　注】

〔一〕「公家傳」句，家，英華校：「集作門。」似誤。

〔二〕「屬離亂」句，離，英華校：「集作袠。」誤。

〔三〕「值雲雷」句，雲，原作「風」，英華校：「集作雲。」按周易屯卦：「彖曰：『雷雨之動滿盈，天造草昧，宜建侯而不寧。』象曰：『雲雷屯，君子以經綸。』」王弼注：「屯者，天地造始之時也。造物之始，始於冥昧，故曰草昧也。」則作「雲」是，據英華所校集本改。句指有唐初造。

〔四〕「河宗」二句，尚書禹貢：「江漢朝宗於海。」僞孔傳：「二水經此州而入海，有似於朝。百川以海爲宗，宗，尊也。」兩日，太平御覽卷四日引王充論衡（按今傳本無）：「夏桀無道，兩日并照。在東者將起，在西者將滅。費昌問馮夷曰：『何者爲殷？何者爲夏？』馮夷曰：『西，夏也；東，殷也。』於是費昌徙族歸殷，殷果克隆（按費昌去夏歸商事，見史記秦本紀）。」馮夷乃河神，故稱河宗。此代指隋、唐二主。負鼎，史記殷本紀：「伊尹名阿衡。阿衡欲干湯而無由，乃爲有莘氏媵臣，負鼎俎，以滋味説湯致於王道。……伊尹去湯適夏，既醜有夏，復歸於亳（引者按：亳，殷都，代指湯）。……湯乃興師率諸侯，伊尹從湯。」兩句謂王義童棄隋歸唐，有如費昌、伊尹。

〔五〕「渭水」二句，垂鈎，指太公望呂尚；西伯，即周文王。太公釣於渭之陽，文王載與俱歸，立爲師，詳前齊貞公宇文公神道碑注引史記齊太公世家等。

〔六〕「种暠」二句，後漢書种暠傳：「种暠，字景伯，河南洛陽人，仲山甫之後也。」舉孝廉，順帝末爲侍御史。出爲益州、梁州刺史，又爲南郡太守、度遼將軍，入爲大司農。延熹四年（一六一）遷司徒。暠素慷慨，好立功立事，頗得百姓歡心。种，底本及英華等俱作「仲」，唯四庫全書本作「种」。兹據改。同書欒巴傳：「欒巴，字叔元，魏郡内黄人也。」拜郎中，四遷桂陽太守。又遷豫章太守，沛相，所在有績，徵拜尚書。靈帝時，上書極諫陳蕃、竇武之冤，帝怒，收付廷尉，自殺。良翰，詩經小雅桑扈：「之屏之翰，百辟爲憲。」毛傳：「翰，幹。」孔穎達正義謂築牆時，「幹所以當牆兩邊障土者也」。則「良翰」，猶言幹才。翰，英華校：「集作幹。」義同。

〔七〕「龐參」二句，後漢書龐參傳：「龐參，字仲達，河南緱氏人也。」舉孝廉，拜左校令。以御史中丞樊準薦，召拜謁者，使西督三輔諸軍屯，又拜漢陽太守。元初元年（一一四），遷護羌校尉。後以參爲遼東太守。永建元年（一二六），遷度遼將軍。四年，入爲大鴻臚、尚書僕射。虞詡薦參有宰相器能，順帝時以爲太尉、録尚書事。同書虞詡傳：「虞詡，字升卿，陳國武平人也。」爲朝歌長，遷懷令。後羌寇武都，鄧太后以詡有將帥之略，遷武都太守。詡大破羌兵，羌由是敗散，南入益州。永和初，遷尚書令。詡性剛正，至老不屈。

〔八〕「兄國印」四句，王國印、國稀二人事迹，别無可考。穀州，元和郡縣志卷五河南府福昌縣：「古宜陽地。……隋義寧二年（六一八），於此置宜陽郡。武德元年（六一八）改爲穀州，改宜陽縣爲福昌縣，取縣西隋宫爲名。顯慶二年（六五七）廢穀州，以縣屬河南府。」宜陽郡，治今河南宜陽縣韓城鎮。刺史，英華校：「二字集作牧。下同。」仁州，梁置，治赤坎城，在今安徽固鎮縣新馬橋鎮。舊唐書地理志虹縣：「貞觀八年（六三四），廢仁州。」

〔九〕「荆枝」句，太平御覽卷四二一引續齊諧記：「田真兄弟三人，家巨富而殊不睦。忽共議分財，金銀珍物各以斛量，田業生貲平均如一。唯堂前一株紫荆樹，花葉美茂，共議欲破爲三，人各一分。待明就截之，爾夕樹即枯死。……（真）大驚，謂語弟曰：『樹本同株，聞當分析，所以憔悴。是人不如樹也。』因悲不自勝，便不復解樹，樹應聲遂更青翠，華色繁美。」擢秀，言兄弟和睦。

〔一〇〕「棣萼」句，詩經小雅常棣小序：「常棣，燕兄弟也。」詩曰：「常棣之華，鄂不韡韡。」毛傳：「常棣，棣也。鄂猶鄂鄂然，言外發也。韡韡，光明也。」鄭玄箋：「鄂足得華之光明，則韡韡然盛興者，喻弟以敬事兄，兄以榮覆弟，恩義之顯，亦韡韡然。」

〔一一〕「何止」句，後漢書許劭傳：「許劭，字子將，汝南平輿人也。少峻名節，好人倫，多所賞識。……兄虔亦知名，汝南人稱平輿淵有二龍焉。」李賢注：「平輿故城，在今豫州汝陽縣東北，有二龍鄉、月旦里。」

〔一二〕「是爲」句，後漢書賈彪傳：「賈彪，字偉節，潁川定陵人也。少游京師，志節慷慨，與同郡荀爽齊名。」舉孝廉，補新息長。延熹九年（一六六），黨事起，乃入洛陽説城門校尉竇武、尚書霍諝，武等訟之，桓帝以此大赦黨人。後以黨禁錮，卒於家。「初，彪兄弟三人并有高名，而彪最優，故天下稱曰：『賈氏三虎，偉節最怒。』」

〔一三〕「唐虞」二句，唐虞之際，即堯、舜時代。尚書堯典：「帝曰：咨！四岳。」僞孔傳：「四岳，即上羲和之四子，分掌四岳之諸侯，故稱焉。」

〔一四〕「趙魏」二句，後漢書馮勤傳：「馮勤，字偉伯，魏郡繁陽人也。曾祖父揚，宣帝時爲弘農太守，有八子，皆爲二千石，趙魏間榮之，號曰萬石君焉。」

〔一五〕「金友」句，十六國春秋卷七五前涼録：「辛攀，字懷遠，隴西狄道人也。父鍑，晉尚書郎。兄鑒曠、弟寶迅，皆以才識著名，秦雍爲之諺曰：『三龍一門，金友玉昆。』」又南史王彧傳附王份傳：「份字季文，仕宋位始安内史。」長子琳，字孝璋，位司徒、左長史。「琳，齊代取梁武帝妹義興長公主，有子九人，并知名。長子銓，字公衡，美風儀，善占吐，尚武帝女永嘉公主，拜駙馬都尉。銓雖學業不及弟錫，而孝行齊焉，時人以爲銓、錫二王，可謂玉昆金友。」

〔一六〕「而能」句，文選曹操短歌行：「周公吐哺，天下歸心。」李善注引韓詩外傳曰：「周公踐天子之位七年，成王封伯禽於魯，周公誡之曰：『無以魯國驕士。吾文王之子，武王之弟也，成王叔父也，又相天下，吾於天下亦不輕矣。然一沐三握髮，一飯三吐哺，猶恐失天下之士也。』」哺，英華校：「一集作養。」誤。

〔一七〕「倒屣」句，倒屣，忙亂中倒穿鞋子。三國志魏書王粲傳：「王粲，字仲宣，山陽高平人也。曾祖父龔、祖父暢，皆爲漢三公。……獻帝西遷，粲徙長安，左中郎將蔡邕見而奇之。時邕才學顯著，貴重朝廷，常車騎填巷，賓客盈坐，聞粲在門，倒屣迎之。粲至，年既幼弱，容狀短小，一坐盡驚。邕曰：『此王公孫也，有異才，吾不如也。吾家書籍文章，盡當與之。』」

〔一八〕「無笑客」句，史記平原君列傳：「平原君家樓臨民家，有躄者槃散行汲。平原君美人居樓上，臨見，大笑之。」

〔一九〕「有拜賓」句，顔氏家訓卷二風操：「失教之家，閽寺無禮，或以主君寢食瞋怒，拒客未通，江南深以爲恥。黄門侍郎裴之禮，號善爲士大夫，有如此輩，對賓杖之。其門生僮僕，接於他人，折旋俯仰，辭色應對，莫不肅敬，與主無别也。」

〔二〇〕「策名」句，左傳僖公二十三年：「策名委質，貳乃辟也。」杜預注：「名書於所臣之策，屈膝而君事之，則不可以貳辟罪也。」孔穎達正義：「策，簡策也。質，形體也。古之仕者，於所臣之人書己名於策，以明係屬之也。拜則屈膝而委身體於地，以明敬奉之也。」

〔二一〕「生當」二句，後漢書班超傳：「班超字仲升，扶風平陵人。……永平五年（六二），兄固被召詣校書郎，超與母隨至洛陽。家貧，常爲官傭書以供養。久勞苦，嘗輟業投筆歎曰：『大丈夫無它志略，猶當效傅介子、張騫立功異域，以取封侯，安能久事筆研間乎？』」

〔二二〕「死而」句，禮記檀弓下：「趙文子與叔譽觀乎九原，文子曰：『死者如可作也，吾誰與歸？』」鄭玄注：「作，起也。」

〔二三〕「葬於」句，元和郡縣志卷五河南府伊闕縣：「伊闕縣，古戎蠻子國。漢爲新城縣，屬河南郡。

周武帝時屬伊川郡。隋開皇十八年（五九八）罷郡，改爲伊闕縣。」同上潁陽縣：「大石山，一名萬安山，在縣西北四十五里。」雍正河南通志卷七河南府：「萬安山，在府城東南四十里。一名大石，又名石林，馬融廣成苑賦云『金門石林，殷起乎其中』，即此。」河南府，即今洛陽市。

〔二四〕「亭連」句，長樂，亭名。三國志魏書管寧傳稱建安二十三年（二一八），孫狼等興兵殺縣主簿，作爲叛亂，南附關羽，到陸渾南長樂亭自相約誓云云。陸渾，亦河南府屬縣，見元和郡縣志卷五河南府。地在今河南嵩縣東北。

〔二五〕「城枕」句，史記周本紀：「（蘇）代曰：『君何患於是？臣能使韓毋徵甲與粟於周，又能爲君得高都。』」集解引徐廣曰：「今河南新城縣高都城也。」正義引括地志云：「高都故城，一名郜都城，在洛州伊闕縣北三十五里。」

〔二六〕「守闕塞」句，左傳昭公二十六年：「晉知躒、趙鞅帥師納王，使女寬守闕塞。」杜預注：「女寬，晉大夫。闕塞，洛陽西南伊闕口也，守之備子朝。」陸德明音義：「女音汝，本亦作汝。」

〔二七〕「適伊川」句，左傳僖公二十二年：「初，平王之東遷也，辛有適伊川，見被髮而祭於野者，曰：『不及百年，此其戎乎？其禮先亡矣。』」杜預注：「辛有，周大夫。伊川，周地，伊水也。」

〔二八〕「北瞻」二句，洛汭，史記夏本紀：「東過雒汭，至於大邳。」集解引孔安國曰：「洛汭，洛入河處山。」晉書杜預傳：「杜預字元凱，京兆杜陵人也。……預先爲遺令，曰：『……吾往爲臺郎，嘗以公事使過密縣之邢山，山上有冢，問耕夫，云是鄭大夫祭仲，或云子產之冢也，遂率從者祭而觀焉。其造冢居山之頂，四望周達，連山體南北之正而邪東北，向新鄭城，意不忘本也。其隧道唯塞其後而空其前，不填之，示藏無珍寶，不取於重深也。山多美石不用，必集洧水自然之石以爲冢藏，貴不勞工巧，而此石不入世用也。君子尚有其情，小人無利可動，歷千載無毁，儉之致也。吾去春入朝，因郭氏喪亡，緣陪陵舊義，自表營洛陽城東首陽之南爲將來兆域，而所得地中有小山，上無舊冢。其高顯雖未足比邢山，然東奉二陵，西瞻宫闕，南觀伊洛，北望夷叔，曠然遠覽，情之所安也。故遂表樹開道，爲一定之制。至時皆用洛水圓石，開隧道南向，儀制取法於鄭大夫，欲以儉自完耳。』」

〔二九〕「東望」二句，國僑，鄭大夫公孫僑，即子産（後代學者或謂子産之子，始爲國氏，如王應麟困學紀聞卷六等。然唐前稱子産爲國僑之例甚多）。元和郡縣志卷八鄭州新鄭縣：「陘山，縣西南三十里。史記魏敗楚於陘山。山上有子産墓，墓累石爲方墳，墳東有廟，皆東向，即杜元凱終制所言者。」按：陘山，又稱邢山，在今河南新鄭市西南。

夫人陽翟縣君河南褚氏〔一〕，即太常卿陽翟康侯亮之女，中書令河南郡公遂良之妹也〔二〕。宋公子之流派〔三〕，褚先生之苗裔〔四〕。弘夫人之禮〔五〕，傳「淑女」之詩〔六〕。有文在手，歸於魯國〔七〕；有鳳和鳴，適於陳氏〔八〕。邑之石窌〔九〕，縣以封丘〔一〇〕。夫尊於朝，妻貴於室。仙人暫别，初悲寡鶴之聲〔一一〕；寶劍纔分，終合雙龍之氣〔一二〕。以某年月日，薨於某所；越某年月日，祔建昌公之舊兆〔一三〕。長子師本，太穆神皇后挽郎〔一四〕，襲建昌公。歷韓王府祭酒〔一五〕、岐州司士參軍〔一六〕、定州安喜縣令〔一七〕。譽聞州里，學富丘山。以卿子而爲郎，以象賢而開國〔一八〕。朝遊濩澤，暮宿燕宮〔一九〕。東臨石柱，雍爲積高之地〔二〇〕；右會長星，唐是中山之邑〔二一〕。出遊鄰國，不以陪臣見輕〔二二〕；上謁邦君，不以屬官相待。洛陽朝覲，適見雙鳧〔二三〕；東都墓田，行悲駟馬〔二四〕。以年月日，終於某所；越某年月日，即陪葬於先兆。次子師表，左千牛備身，遷尚輦直長〔二五〕，歷許州臨潁〔二六〕、博州堂邑〔二七〕、滄州樂陵〔二八〕、綿州萬安〔二九〕、果州西充五縣令〔三〇〕。能傳祖業，克嗣家聲。有言偃之文章，兼仲由之政事〔三一〕。晨陪紫極，繞鈎陳之六星〔三二〕；旦奉黃麾，屯玉車之千乘〔三三〕。至若繁昌土宇，魏文帝之墠壇〔三四〕；堂邑隄封，漢陳嬰之侯國〔三五〕。河分九道，渤海東臨〔三六〕；江派五津，崑崙北指〔三七〕。莫不愛人以禮，爲政以德〔三八〕。鍾離意之禁暴，不用尺刀〔三九〕；公孫述之有神，能持五縣〔四〇〕。次子師玄，嶲州都督府嘉徵縣丞〔四一〕。次子師楚，夔州都督府雲安縣令〔四二〕。芝蘭有秀，羔鴈成行〔四三〕。滇北數十尹，莫大邛都之縣〔四四〕；邑東七百里，唯有巫山之峽〔四五〕。言其縣職，黃龍入於闕門〔四六〕；叙其宰民，鸞鳥翔於學舍〔四七〕。咸能生盡其孝，喪盡其哀〔四八〕。積粟萬鍾，思負米而何得〔四九〕；榱題三尺，泣吾親而不見〔五〇〕。卜其宅兆，麟鳳匝其岡巒〔五一〕；陳其簠簋，春秋變其霜露〔五二〕。思傳舊德，式建豐碑。戴安道作頌於鄭玄〔五三〕，蔡伯喈披文於郭泰〔五四〕。魏武皇讀而稱妙〔五五〕，非所望焉；夏侯湛見而陋之〔五六〕，固其宜也。

【箋注】

〔一〕「夫人」句，元和郡縣志卷五河南府陽翟縣：「本夏禹所都，春秋時鄭之櫟邑。」秦置縣。地即今河南禹州市。縣君，唐六典卷二尚書吏部：「五品若勳官三品有封，母、妻爲縣君。」陽翟爲褚氏祖籍（見下注），故封焉。

〔二〕「即太常」二句，舊唐書褚亮傳：褚亮，字希明，杭州錢塘人。……其先自陽翟徙居焉。太宗聞其名，深加禮接，授秦王文學，與杜如晦等十八人爲文學館學士。進授員外、散騎常侍，封陽翟縣男。拜通直散騎常侍，學士如故。貞觀十六年（六四二），進爵爲侯。卒，年八十八，贈太常卿，陪葬昭陵，謚曰康。同上褚遂良傳：遂良博涉文史，尤工隸書，父友歐陽詢甚重之。太宗末拜中書令。高宗即位，賜爵河南縣公。永徽元年（六五〇），進封郡公。後因反對立武氏爲皇后，貶潭州都督。

〔三〕「宋公子」句，鄭樵通志氏族略第四以官爲氏：「褚師氏，宋共公子子石爲褚師，因氏焉。又有褚師子服，衛有大夫褚師圃，亦爲褚氏，即褚師氏。褚氏，漢梁相褚大，元、成間有褚先生少孫，并以儒學稱焉。臣謹按：褚氏即褚師氏，後世略去『師』，遂爲褚氏。然衛亦有褚師氏，不獨宋也。」流派，英華校：「集作派別。」作「流派」較勝。

〔四〕「褚先生」句，即上注所謂褚先生少孫。按史記三代世表「張夫子問褚先生曰」句索隱：「褚先生，名少孫，（漢）元、成間爲博士。」嘗補史記。

〔五〕「弘夫人」句，唐六典卷二尚書吏部李林甫注：「古者諸侯之妻，邦人稱之曰夫人，亦曰小君。春秋傳曰『惠公元妃孟子』（按見左傳隱公元年，杜預注「言元妃，明始適夫人也」），則妃及夫人、郡君、縣君、鄉君之號，皆起於此。」

〔六〕「傳淑女」句，詩經周南關雎：「關關雎鳩，在河之洲。窈窕淑女，君子好逑。」毛傳：「淑，善。」舊謂是詩意在「樂得淑女，以配君子」。

〔七〕「有文」二句，左傳隱公元年：「宋武公生仲子，仲子生而有文在其手，曰：『爲魯夫人。』故仲子歸於我。」杜預注：「婦人謂嫁曰歸。以手理自然成字，有若天命，故嫁之於魯。」此謂王義童娶褚氏，有如天命。

〔八〕「有鳳」二句，左傳莊公二十二年：「初，懿氏卜妻敬仲，其妻占之，曰：『吉。是謂「鳳凰于飛，和鳴鏘鏘。有嬀之後，將育于姜。五世其昌，并于正卿。八世之後，莫之與京」。』」杜預注：「懿氏，陳大夫。敬仲，陳公子。嬀，陳姓；姜，齊姓。」

〔九〕「邑之」句，左傳成公二年：「齊侯見保者，曰：『勉之！齊師敗矣。』辟女子，女子曰：『君免乎？』曰：『免矣。』曰：『鋭司徒免乎？』曰：『免矣。』曰：『苟君與吾父免矣，可若何！』乃奔。齊侯以爲有禮。既而問之，辟司徒之妻也，予之石窌。」所謂「有禮」，杜預注：「先問君，後問父故也。」石窌，杜注：「邑名，濟北盧縣東有地，名石窌。」元和郡縣志卷一〇齊州長清縣：「石窌故城，在縣東三十里。」此喻褚氏，謂其有禮，故封陽翟縣君。

〔一〇〕「縣以」句，「縣」用如動詞，謂以封丘縣爲封，此用漢翟母事。左傳定公四年：「封父之繁弱。」杜預注：「封父，古諸侯也。」元和郡縣志卷七汴州封丘縣：「封丘縣，古之封國，後屬衛，亦屬魏。漢高祖與項羽戰，敗於延鄉，有翟母者免其難，故以延鄉爲封丘縣，以封翟母。……隋開皇三年(五八三)置郡，以縣屬汴州。」太平寰宇記卷一開封府封丘縣引魯國都紀云：「衛地之延鄉，漢高祖與項籍戰敗於翟母免難之處，後以延鄉爲封丘縣，翟母即此地也。」按：封丘縣，今屬河南新鄉市。

〔一一〕「仙人」二句，仙人，指褚夫人；暫别，婉言死。寡鶴，猶言獨鶴，喻指王義童。曹植白鶴賦：「恨離群而獨處，……獨哀鳴而戢羽。」又謝朓敬亭山詩：「獨鶴方朝唳。」

〔一二〕「寶劍」二句，晉書張華傳：張華、雷煥掘得豐城石函中龍淵、太阿雙劍，各持其一。其後「(張)華誅，失劍所在。煥卒，子華爲州從事，持劍行經延平津，劍忽於腰間躍出墮水，使人没水取之，不見劍，但見兩龍各長數丈，蟠縈有文章。没者懼而反，須臾，光彩照水，波浪驚沸，於是失劍」。此亦指褚氏亡，并謂終將相會。

〔一三〕「祔建昌公」句，禮記檀弓上：「季武子曰：『周公蓋祔。』」鄭玄注：「祔謂合葬。」兆，同「垗」，指墳地。

〔一四〕「太穆」句，舊唐書后妃傳上：「高祖太穆皇后竇氏，京兆始平人，隋定州總管神武公（竇）毅之女也。后母，周武帝（宇文邕）姊襄陽長公主。」「初葬壽安陵，後祔葬獻陵。上元元年（六七四）八月改上尊號曰太穆順聖皇后。」按同書高宗紀下：咸亨五年（六七四）秋八月壬辰，追尊「太穆皇后爲太穆神皇后」，實爲一事，即上尊號、改咸亨五年爲上元元年在同一天。挽郎，帝、后下葬時執紼、唱挽歌之六品官子弟，見唐同州長史宇文公神道碑注。

〔一五〕「歷韓王」句，舊唐書高祖二十二子傳：「韓王元嘉，高祖第十一子也。母宇文昭儀，隋左武衛大將軍述之女也。……武德四年（六二一）封宋王，徙封徐王。貞觀六年（六三二）賜實封七百户，授潞州刺史，時年十五。……十年，改封韓王，授潞州都督。」唐六典卷二九親王府：「東閣祭酒、西閣祭酒各一人，從七品上。……祭酒，掌接對賢良，導引賓客。」

〔一六〕「岐州」句，元和郡縣志卷二鳳翔府（岐州，扶風，四輔）：「禹貢雍州之域。……後魏太武於今州理東五里築雍城鎮，文帝改鎮爲岐州。……（隋）大業三年（六〇七），罷州爲扶風郡。武德元年（六一八）復爲岐州。」地即今陝西寶雞市。唐六典卷三〇：「司士參軍事一人，從七品下。」又曰：「司士參軍掌津梁、舟車、舍宅、百工、衆藝之事。」

〔一七〕「定州」句，元和郡縣志卷一八定州：「戰國時爲中山國，與六國并稱王，後爲趙武靈王所滅。……大業三年（六〇七）改爲博陵郡。……武德四年（六二一）討平竇建德，復置定州，復開皇之舊名也。」治安喜縣。「安喜縣本漢盧奴縣，屬中山國。……隋改爲鮮虞縣。武德四年，復爲安喜縣。」地即今河北定州市。

〔一八〕「以卿子」二句，爲郎，指嘗爲挽郎。象賢，尚書微子之命：「殷王元子，惟稽古，崇德象賢。」此謂有其父之賢德，故襲封建昌公。

〔一九〕「朝遊」二句，濩澤，原作「楚澤」，各本同。按上注引舊唐書高祖二十二子傳，稱韓王元嘉於貞觀十年（六三六）改封韓王，授潞州都督。元和郡縣志卷一五澤州：「漢爲上黨郡高都縣之地也。後魏道武帝置建興郡，孝莊帝改置建州，周改建州爲澤州，蓋取濩澤爲名也。」同上澤州陽城縣：「本漢濩澤縣。……濩澤，在縣西北十二里，墨子曰：『舜漁於濩澤中。』」則「楚澤」乃「濩澤」之誤，據此徑改。此指爲韓王府祭酒事。燕宫，謂慕容垂所建後燕之宫。元和郡縣志卷一八定州安喜縣：「本漢盧奴縣，屬中山國。」定州即古中山國。考晉書載記慕容垂傳，慕容垂於建興元年（三八六）建後燕，都中山。此指爲安喜縣令事，安喜縣在定州郭下，故云「宿燕宫」也。

〔二〇〕「東臨」二句，石柱，指天柱山。元和郡縣志卷二鳳翔府岐山縣：「岐山，亦名天柱山，在縣東北十里。」漢書地理志上：「雍。」注引應劭曰：「四面積高曰雍。」

〔二一〕「右會」二句，長星，水名。水經滱水注：「（滱水）又（經定州）東，右會長星溝，溝出上曲陽縣西北長星渚，渚水東流，又合洛光水，水出洛光溝，東入長星水。」定州即古唐國，戰國時爲中山國，已見上注。

〔二二〕「不以」句，陪臣，左傳僖公十二年：「陪臣敢辭。」杜預注：「諸侯之臣曰陪臣。」此指爲韓王府祭酒。輕，原作「朝」，據全唐文改。

〔二三〕「洛陽」二句，後漢書王喬傳：「王喬者，河東人也。顯宗世，爲葉令。喬有神術，每月朔望，常自縣詣臺朝，帝怪其來數，而不見車騎，密令太史伺望之。言其臨至，輒有雙鳧從東南飛來。於是候鳧至，舉羅張之，但得一隻舄焉。乃詔尚方診視，則四年中所賜尚書官屬履也。」此言王師本爲安喜縣令。

〔二四〕「東都」二句，用漢滕公事，見前後周明威將軍梁公神道碑注引西京雜記，此言王師本死。

〔二五〕「左千牛」二句，左千牛備身，武職名，見前大周明威將軍梁公神道碑「隋左千牛備身」句注。尚輦，唐六典卷一一殿中省尚輦局：「直長四人，正七品下。……尚輦奉御掌輿輦、繖扇之事，分其次序而辨其名數。直長爲之貳，凡大朝會則陳於庭，大祭祀則陳於廟。」

〔二六〕「歷許州」句，元和郡縣志卷八許州：「禹貢豫州之域。周又爲許國。……東魏高澄就古潁陰城改置南鄭州，即今州城是也。隋仁壽元年（六〇一），改南鄭州爲許州。隋末陷王世充，武德四年（六二一）世充平，復爲許州。」地在今河南許昌市。同上臨潁縣：「本漢舊縣，屬潁川郡，歷代因之。隋開皇三年（五八三）罷郡，以縣屬許州。大業四年（六〇八）自故城移於今理。」地即今河南臨潁縣。

〔二七〕「博州」句，堂，原作「棠」，據英華、全唐文改。元和郡縣志卷一六博州：「禹貢兖州之域。……

後魏明元帝於此置平原鎮。……（隋開皇）十六年（五九六）於今理置博州。……武德四年（六二一）討平竇建德，重置博州。」同上堂邑縣：「本漢清縣、發干二縣之地，屬東郡。隋開皇六年（五八六）於此置堂邑縣，屬屯州，因縣西堂邑故城爲名。大業二年（六〇六）改屬魏州。武德四年又屬屯州。貞觀元年（六二七）廢屯州，改屬博州。」按：博州，今屬山東聊城市；堂邑縣，今爲堂邑鎮，屬聊城市東昌府區。

〔二八〕「滄州」句，元和郡縣志卷一八滄州：「禹貢冀州、兖州之域。後魏孝明帝熙平二年（五一七）分瀛州、冀州置滄州，以滄海爲名。隋大業二年（六〇六）罷州爲渤海郡。武德元年（六一八）改爲滄州。」同上樂陵縣：「本燕將樂毅攻齊所築，漢以爲縣，屬平原郡，即漢大司馬史高所封之邑。後魏屬樂陵郡。隋開皇三年（五八三）罷郡，屬滄州。」按：滄州今屬河北省，而樂陵則爲山東樂陵市。滄州在黄河水系，東臨渤海。

〔二九〕「綿州」句，綿，原作「緜」，同。英華校：「集作錦。」文苑英華辨證卷四郡縣三「其或有疑，當兩存者」：「楊炯王義童碑『綿州萬安縣令』，綿一作錦。按唐志，錦州常豐縣、綿州羅江縣并初名萬安，至天寶元年（七四二）并改今名。」今按：下文「江派五津，崑崙北指」二句，即對應「萬安」句，「江」指長江（古謂岷江爲江水），五津在今成都都江堰至新津境内（詳下注），此泛指蜀地；而唐錦州在今湖南麻陽苗族自治縣，與「江派」二句所述地理方位迥别，則萬安顯然指綿州羅江縣，作「錦」乃形訛，正誤顯然，不必「兩存」。元和郡縣志卷三三綿州：「本漢廣漢郡之涪縣，後魏廢帝二年（五五三）徙梓潼郡，理梓潼舊城，於此別置潼州。隋開皇五年（五八五）改潼州爲綿州，因綿水爲名也。大業三年（六〇七）改爲金山郡，武德元年（六一八）復爲綿州。」舊唐書地理志：「羅江，漢涪縣地。晉於梓潼水尾萬安故城置萬安縣，後魏置萬安郡，隋廢。天寶元年（七四二）改萬安爲羅江。」羅江縣，今屬四川德陽市。

〔三〇〕「果州」句，舊唐書地理志：「武德四年（六二一），割隆州之南充、相如二縣，置果州，因果山爲名。又置西充、郎池二縣。」西充，今四川南充市屬縣，地與南充相接。

〔三一〕「有言偃」二句，論語先進：「子曰：……政事：冉有、季路；文學：子游、子夏。」史記孔子弟子列傳：「言偃，吴人，字子游，少孔子四十五歲。」又曰：「仲由，字子路，卞人也，少孔子九歲。」索隱：「家語：仲由一字季路。」

〔三二〕「晨陪」二句，紫極，即紫宮，代指皇宮。後漢書班固傳載西都賦：「周以鉤陳之位，衛以嚴更之署。」李賢注引前（漢）書音義曰：「鉤陳，紫宮外星也，宮衛之位亦象之。」文選該賦李善注引服虔甘泉賦注曰：「紫宮外營，鉤陳星也。」又晉書天文志上中宮：「北極五星，鉤陳六星，皆在紫宮中。」此言王師表爲左千牛備身，乃宮衛官，故云。

〔三三〕「旦奉」二句，唐六典卷四尚書禮部：「凡元日大陳設於太極殿，皇帝衮冕臨軒，展宮縣之樂，陳歷代寶玉，輿輅備黄麾仗。」宋高承事物紀原卷三黄麾：「通典曰：『黄帝振兵，設五旗五麾。』則黄麾制自有熊始也。宋朝會要曰：『麾，古有黄、朱、纁三色，所以指麾也。漢鹵簿有前、後黄麾。今制絳帛爲之如幡，采成黄。』麾字，古今注曰：『麾，所以指麾。武王執白旄以麾是也。』乘輿以黄，諸王以朱，刺史二千石以纁。」則所謂黄麾，即皇帝儀仗之黄色指揮旗。兩句指王師表爲尚輦直長，掌皇帝儀仗之事。

〔三四〕「至若」二句，補述臨潁縣事。元和郡縣志卷八許州臨潁縣：「繁昌故城，縣西北三十里。魏文帝（曹丕）行至繁陽亭，築壇受禪，因置繁昌縣，即此城也。」參見三國志魏書文帝紀。又水經潁水注：「逕繁昌故縣北曲蠡之繁陽亭也。魏書國志曰：文帝以漢獻帝延康元年（二二〇）行至曲蠡，登壇受禪於是地，改元黄初。其年以潁陰之繁陽亭爲繁昌縣。城内有三臺，時人謂之繁昌臺，壇前有二碑，昔魏文帝受禪於此。」

〔三五〕「堂邑」二句，補述堂邑縣事。元和郡縣志卷一六博州堂邑縣：「堂邑故城，在縣西北二十七里。高帝五年（前二〇二），陳嬰爲堂邑侯。嬰孫午繼封，尚館陶公主。」隄封，封賜。顔師古以爲「隄」乃「提」之誤，其匡謬正俗卷五曰：「凡言提封者，謂提舉封疆大數以爲率耳。後之學者不曉，輒讀提爲隄，著述文章者，徑變爲隄字，云總其隄防封界，故曰隄封。按封籍之體，止舉大數，定其綱陌。其言封者，譬言堰埒以知頃畝，何待堰堤然始立畔乎？正當依其本字讀之，不宜曲生異説也。」此姑仍舊。

〔三六〕「河分」二句，尚書禹貢：「九河既道。」僞孔傳：「河水分爲九道，在此州（冀州）界平原以北是。」孔穎達正義：「河從大陸東畔比行而東，比入海，冀州之東境至河之西畔，水分大河東爲九道。……（爾雅）釋水載九河之名云：徒駭、太史、馬頰、覆釜（按十三經注疏本「釜」作「鬴」）、胡蘇、簡、絜、鈎盤、鬲津。李巡曰：『徒駭，禹疏九河，以徒衆起，故云徒駭。太史，禹大使徒衆通其水道，故云太史。馬頰，河勢上廣下狹，狀如馬頰也。覆釜，水中多渚，往往而處，形如覆釜。胡蘇，其水下流，故曰胡蘇：胡，下也；蘇，流也。簡，大也，河水深而大也。絜，言河水多山石，治之苦絜，絜，苦也。鈎盤，言河水曲如鈎，屈折如盤也。鬲津，河水狹小，可鬲以爲津也。』」以下又引孫炎之説，此略。兩句指爲滄州樂陵令事。

〔三七〕「江派」二句，江，指長江。漢唐人多稱岷江正流金馬河爲大江或江水。華陽國志卷三蜀志：「其大江自湔堰下至犍爲，有五津：始曰白華津；二曰里津；三曰江首津；四曰涉頭津，劉璋時召東州民居此，改曰東州頭；五曰江南津。」地在今四川都江堰、崇州、新津一帶。崑崙，在岷山之北，乃映帶而及。此指爲綿州萬安令事。

〔三八〕「爲政」句，論語爲政：「子曰：爲政以德，譬如北辰，居其所而衆星共之。」何晏集解引包（咸）曰：「德者無爲，猶北辰之不移，而衆星共之。」

〔三九〕「鍾離意」二句，見前新都縣學先聖廟堂廟文「尺兵不用」句引後漢書鍾離意傳。尺刀，英華校：「集作五兵。」按下句爲「五縣」，「五」字當不重用，蓋誤。

〔四〇〕「公孫述」二句，後漢書公孫述傳：「公孫述，字子陽，扶風茂陵人也。哀帝時以父任爲郎，後父仁爲河南都尉，而述補清水長。仁以述年少，遣門下掾隨之官。月餘，掾辭歸，白仁曰：『述非待教者也。』後太守以其能，使兼攝五縣，政事修理，姦盜不發，郡中謂有鬼神。」李賢注：「言明察也。」

〔四一〕「巂州」句，巂，原作「雋」，據英華、全唐文改。元和郡縣志卷三二巂州：「本漢南外夷獠，秦漢爲邛都國。秦嘗攻之，通五尺道，改置吏焉。至漢武帝始誅且蘭、邛君，併殺筰侯，而冉駹等皆震恐，乃以邛都之地爲越巂郡，屬益州。……周武帝天和三年（五六八）開越巂地，於巂城置嚴州。隋開皇六年（五八六）改爲西寧州，十八年改爲巂州，皇朝因之。」巂州，地即今四川西昌及攀枝花市。舊唐書太宗紀下、玄宗紀上等皆有巂州都督之記載，新唐書地理志有巂州都督府，建置時間不詳。嘉徵縣，嘉，英華、四六法海卷一一、文章辨體彙選卷六八四作「臺」。然無論嘉徵、臺徵，文獻皆無此縣名。考元和郡縣志及新、舊唐書地理志，巂州俱有臺登縣。元和郡縣志曰：「臺登縣，本漢舊縣，屬越巂郡。周武帝重開越巂，於舊理立臺登縣，後遂因之。」驗以「嘉」或作「臺」，則「嘉徵縣」疑是「臺登縣」之誤。臺登縣，舊治在今西昌冕寧縣東。

〔四二〕「夔州」句，新唐書地理志：「夔州雲安郡，下都督府。本信州巴東郡，武德二年（六一九）更州名，天寶元年（七四二）更郡名。……縣四：奉節、雲安、巫山、大昌。」夔州治今重慶奉節，雲安，今雲陽縣。

〔四三〕「芝蘭」二句，芝蘭，用謝玄答謝安問何欲使子弟皆佳事，見前唐同州長史宇文公神道碑「氣襲芝蘭」句注引世說新語言語。羔鴈，後漢書陳寔傳附陳紀傳：「弟諶，字季方，與紀齊德同行，父子并著高名，時號『三君』。每宰府辟召，常同時旌命，羔鴈成群。」李賢注：「古者諸侯朝天子，卿執羔，大夫執鴈，士執雉。成群，言衆多也。」

〔四四〕「滇北」二句，滇，滇池，代指今雲南。尹，官名。尚書顧命「百尹」，僞孔傳謂爲「百官之長」。邛都，古邛都國，指巂州，在今雲南之北。見上注。

〔四五〕「邑東」二句，邑謂雲安縣，東指三峽。水經江水注二：「首尾百六十里，謂之巫峽，蓋因山爲名也。自三峽七百里中，兩岸連山，略無闕處，重巖疊嶂，隱天蔽日，自非停午夜分，不見曦月。」

〔四六〕「言其」二句，漢書李尋傳：「李尋，字子長，平陵人也。……哀帝初即位，召尋待詔黄門，使侍中、衛尉傅喜問尋曰：『間者水出地動，日月失度，星辰亂行，災異仍重，極言毋有所諱。』尋對曰：『……（太白）貫黄龍，入帝庭，當門而出，隨熒惑入天門，至房而分，欲與熒惑爲患，不敢當明堂之精，此陛下神靈，故禍亂不成也。』」此言其爲縣職時，蒙皇帝之恩，故無災患。黄，英華校：「一作夔。」誤。

〔四七〕「叙其」二句，宰民，「民」原作「人」。英華作「人」，校：「集作邑。」按：「人」當作「民」，避唐諱，徑改。作「邑」亦通。二字全唐文作「邑人」，誤。鸞鳥，東觀漢記卷一八王阜傳：「王阜，字世公，蜀郡人。少好經學。……補重泉令，政治肅清，舉縣畏憚，吏民嚮化，鸞鳥集於學宮。阜使五官掾長沙，疊爲張雅樂，擊磬，鳥舉足垂翼，應聲而舞，翾翔復上縣庭屋，十餘日乃去。」

〔四八〕「咸能」二句，孝經紀孝行章：「孝子之事親，居則致其敬，養則致其樂，病則致其憂，喪則致其哀。」孝，英華校：「集作養。」喪，英華校：「集作没。」

〔四九〕「積粟」二句，見前大周明威將軍梁公神道碑銘文「恨深負米」句注引説苑。何，英華校：「集作可。」誤。

〔五〇〕「榱題」二句，韓詩外傳卷七：「曾子曰：往而不可還者親也，至而不可加者年也，是故孝子欲養而親不待也。……故吾嘗仕齊爲吏，禄不過鍾釜，尚猶欣欣而喜者，非以爲多也，樂其逮親也。既没之後，吾嘗南游於楚，得尊官焉，堂高九仞，榱題三圍，轉轂百乘，猶北鄉而泣涕者，非爲賤也，悲不逮吾親也。」三圍，太平御覽卷四一四禄養引「三圍」作「三尺」。按孟子盡心下：「堂高數仞，榱題數尺，我得志弗爲也。」趙岐注：「仞，八尺也。榱題，屋溜也。堂高數仞，榱題數尺，奢汰之室，使我得志，不居此堂也。」則作「尺」亦有據。

〔五一〕「卜其」二句，麟鳳，麒麟、鳳凰，乃祥獸瑞鳥。匝，謂岡巒常有麟鳳環繞。句言葬所乃大吉之地。

〔五二〕「陳其」二句，簠簋，兩種盛食器。陳簠簋，謂祭奠。禮記祭義：「因四時之變化，感時念親，則以此祭之也。……霜露既降，君子履之，則有淒愴之心，非其寒之謂也；春雨露既濡，君子履之，必有怵惕之心，如將見之。」鄭玄注：「謂淒愴及怵惕，皆爲感時念親也。」

〔五三〕「戴安道」句，戴逵，字安道，嘗作鄭玄碑，又爲文而自鐫之，見前後周青州刺史齊貞公宇文公神道碑注引晉書戴逵傳。

〔五四〕「蔡伯喈」句，蔡邕，字伯喈。後漢書郭太（泰）傳：「（卒，）同志者乃共刻石立碑，蔡邕爲文。既而謂涿郡盧植曰：『吾爲碑銘多矣，皆有慚德，唯郭有道無愧耳。』」郭泰，號有道先生。

〔五五〕「魏武皇」句，世説新語捷悟：「魏武（曹操）嘗過曹娥碑下，楊修從，碑背上見題作『黄絹幼婦，外孫齏臼』八字。魏武謂修曰：『解不？』答曰：『解。』魏武曰：『卿未可言，待我思之。』行三十里，魏武乃曰：『吾已得。』令修別記所知，修曰：『黄絹，色絲也，於字爲絶；幼婦，少女也，於字爲妙；外孫，女子也，於字爲好；齏臼，受辛也，於字爲辭。所謂「絶妙好辭」也。』魏武亦記之，與修同。乃歎曰：『我才不及卿，乃覺三十里。』」此惟取「絶妙好辭」義。

〔五六〕「夏侯湛」句，夏侯湛張平子碑陰頌，稱碑文作者崔瑗「下筆流藻，潛思發義，文無擇辭，言必華麗。自屬文之士，未有如先生之善選言者也」。此言文不及崔瑗，故夏侯湛見必陋之，乃作者謙詞。

銘曰：

厥初兮后稷，道生民兮知稼穡〔一〕。降及文王，精翼日兮衣青光〔二〕。平東遷兮郟鄏〔三〕，晉上賓兮帝鄉〔四〕。秦三將兮繼代〔五〕，漢五侯兮克昌〔六〕。比琅山兮峻極〔七〕，等淮水兮靈長〔八〕。

【箋　注】

〔一〕「厥初」二句，史記周本紀：「周后稷，名棄。其母有邰氏女，曰姜原。姜原爲帝嚳元妃。……及爲成人，遂好耕農，相地之宜，宜穀者稼穡焉，民皆法則之。帝堯聞之，舉棄爲農師，天下得其利，有功。」按：王氏得姓，多源自周王及諸侯，見鄭樵通志氏族略第四，故此以周始祖后稷爲「厥初」。民，原作「人」，避唐諱，徑改。知，英華校：「集無此字。」

〔二〕「降及」二句，太平御覽卷八四周文王引春秋元命苞曰：「伐殷者，爲姬昌。生於岐，立於豐。精翼日，衣青色(引者按：色，古微書卷六作「光」)。」末兩句原注：「爲日精所羽翼，故遂以爲名也。木神，以其方色表衣。」

〔三〕「平東遷」句，平東遷，謂周平王東遷。郟鄏，左傳宣公三年：「成王定鼎於郟鄏。」杜預注：「郟鄏，今河南也。」河南，即洛陽。史記周本紀：「(幽王被殺)，於是諸侯乃即申侯而共立故幽王太子宜臼，是爲平王，以奉周祀。平王立，東遷於雒邑。」正義：「即王城也。平王以前號東都，至敬王以後及戰國爲西周。」

〔四〕「晉上賓」句，風俗通義卷二稱王子晉言「吾後三年將上賓於天」，後太子果死。傳説其死後爲神仙，故謂賓於帝鄉。帝鄉，神仙界也。按通志氏族略第四述王姓來歷道：「若琅邪、太原之王，則曰周靈王太子晉以直諫廢爲庶人，其子宗恭爲司徒，時人號曰王家。」

〔五〕「秦三將」句，指秦代名將王翦及其子王賁、孫王離，事迹詳史記王翦傳，參見本文前注。

〔六〕「漢五侯」句，指王陵家族。王陵助劉邦定天下，封安國侯，見本文前注引漢書本傳。本傳又曰：「王陵亦至玄孫，坐酎金國除。」王陵至其玄孫，襲封凡五代，故稱「五侯」。

〔七〕「比琅山」句，比，原作「北」，據英華、全唐文改。琅山，琅，英華作「狼」，校：「集作琅，是。」琅山，指其王氏先人所居之臨沂瑯琊山。謂王義童遠祖之尊崇，可與琅邪山比高。

〔八〕「等淮水」句，水，原作「海」，英華作「水」，校：「集作海。」全唐文作「水」。按「水」與上句「山」對應，且淮海乃地域名，不可言「長」，作「水」是，據改。句謂王氏家族之源遠流長，與淮水相當。

惟祖考兮鼎盛，佩金璋兮疊映〔一〕。彼山川兮降靈，生玉樹兮青青〔二〕。成張良兮昴宿〔三〕，乘傅説兮箕星〔四〕。出忠兮入孝〔五〕，武緯兮文經〔四〕。陳嘉謨兮制千里〔四〕，摛藻思兮掞天庭〔四〕。

【箋注】

〔一〕「佩金璋」句，禮記王制：「有圭璧金璋，不粥於市。」孔穎達正義：「圭璧、金璋，各是一物，即考工記金飾璋也。」璋，形如半圭，古代貴族、官僚祭祀、朝聘時所執禮器。疊映，重疊照映，言極多。

〔二〕「生玉樹」句,世説新語言語:「謝太傅(安)問諸子姪:『子弟亦何預人事,而正欲使其佳?』諸人莫有言者,車騎(玄)答曰:『譬如芝蘭玉樹,欲使其生於階庭耳。』」

〔三〕「成張良」句,張良爲昴宿事未詳。疑「張良」乃「蕭何」之誤用。史記蕭相國世家:「蕭相國何者,沛豐人也。以文無害爲沛主吏掾。」索隱引春秋緯:「蕭何感昴精而生,典獄制律。」

〔四〕「乘傅説」句,傅説,殷王武丁相。莊子大宗師:「夫道,……傅説得之以相武丁,奄有天下,乘東維,騎箕尾,而比於列星。」陸德明經典釋文莊子音義引星經曰:「傅説一星在尾上,言其乘東維、騎箕尾之間也。」又引崔(譔)云:「傅説死,其精神乘東維,託龍尾,乃列宿,今尾上有傅説星。」箕尾,箕爲二十八宿之一,東方青龍七宿之末宿,有星四顆。以上二句,言王義童如張良(蕭何)、傅説再生,謂其有將相之才。

〔五〕「出忠」句,漢書張敞傳:敞上書曰:「臣聞忠孝之道,退家則盡心於親,進宦則竭力於君。」

〔六〕「武緯」句,晉書良吏傳序:「有晉肇兹王業,光啓霸圖,授方任能,經文緯武。」

〔七〕「陳嘉謨」句,史記高祖本紀:「高祖曰:『夫運籌策帷帳之中,決勝於千里之外,吾不如子房(張良)。』」

〔八〕「摛藻思」句,文選左思蜀都賦:「幽思絢道德,摛藻掞天庭。」吕向注:「摛猶發也,掞猶蓋也。」按:藻思,文彩;天庭,朝廷也。

有隋兮喪亂，土崩兮瓦散〔一〕。皇運兮權輿〔二〕，人神兮攸贊〔三〕。值笙鏞兮變響〔四〕，屬天地兮貞觀〔五〕。河兩日兮事殷〔六〕，井五星兮歸漢〔七〕。帶長劍兮暐曄〔八〕，擁幡旌兮照爛〔九〕。

【箋注】

〔一〕「土崩」句，瓦散，猶言瓦解。史記秦始皇本紀：「秦之積衰，天下土崩瓦解，雖有周旦之材，無所復陳其巧。」

〔二〕「皇運」句，皇運，指李淵有天下之曆運。文選左思魏都賦：「夫泰極剖判，造化權輿。」李善注引爾雅曰：「權輿，始也。」「輿」原作「與」，誤。

〔三〕「人神」句，攸，所；贊，助也。文選史岑出師頌：「茫茫上天降祚，有漢兆基開業。人神攸贊，五曜霄映。」

〔四〕「值笙鏞」句，尚書益稷：「笙鏞以間，鳥獸蹌蹌。」僞孔傳：「鏞，大鐘；間，迭也。吹笙擊鐘，鳥獸化德，相率而舞，蹌蹌然。」此以笙鏞變響喻時勢變遷，政權更迭。隋書恭帝紀史臣曰：「恭帝年在幼沖，遭家多難，……謳歌有屬，笙鏞變響，雖欲不遵堯舜之迹，其庸可得乎？」

〔五〕「屬天地」句，周易繫辭下：「老子曰：王侯得一以爲天下貞。萬變雖殊，可以執一御也。天地之道，貞觀者也。」韓伯注：「明夫天地萬物，莫不保其貞以全其用也。」孔穎達正義：「『天地之道，貞觀者也』，謂天覆地載之道，以貞正得一，故其功可爲物之所觀也。」

〔六〕「河兩日」句，以夏、殷喻指隋、唐，指王氏棄隋歸唐，見本文前注引王充論衡。

〔七〕「井五星」句，井五星，謂五星聚於東井。此以漢王劉邦入關，五星聚東井，天下可義取喻指唐李淵，見本文前注引漢書高帝紀。

〔八〕「帶長劍」句，文選左思蜀都賦：「王褒韡曄而秀發。」吕向注：「曄，光彩也。」

〔九〕「擁幡旌」句，幡旌，旗幟。旌，英華校：「集作旗。」照爛，文選班固西都賦：「增盤崔嵬，登降炤爛。」李善注：「廣雅曰：炤（引者按：同「照」），明也。爛亦明也。」吕延濟注：「照爛，謂上下俱光明。」

周命兮惟新〔一〕，雲雷兮尚屯〔二〕。控東南兮荒景，負江海兮未賓〔三〕。陳禮樂兮命使，動輶車兮轔轔〔四〕。用蛇符兮澤國〔五〕，頒虎節兮山人〔六〕。專一方兮革面〔七〕，重九譯兮稱臣〔八〕。

【箋注】

〔一〕「周命」句，詩經大雅文王：「周雖舊邦，其命維新。」文心雕龍史傳：「洎周命惟新，姬公定法。」此指唐朝建立。

〔二〕「雲雷」句，謂有唐初造，尚屬草昧，天下未安。見本文前注引周易屯卦。

〔三〕「控東南」二句，荒景，氣象荒涼。謂東南及沿海一帶尚未歸服。參讀本文前「尚有吴越之妖氛」等句。

〔四〕「陳禮樂」二句，指武德四年（六二一）授王義童爲江南道詔討使事，見本文前注。陳禮樂，謂陳列禮樂以招徠，此乃征討之美言。尚書大禹謨：「帝乃誕敷文德，舞干羽於兩階。七旬，有苗格。」僞孔傳：「遠人不服，大布文德以來之。干，楯；羽，翳也，皆舞者所執。修闡文教，舞文舞於賓主階間，抑武事。」輶車，使者所乘車，見本文前注。轔轔，車行聲。

〔五〕「用蛇符」句，周禮地官掌節：「凡邦國之使節，山國用虎節，土國用人節，澤國用龍節，皆金也。」蛇符，即龍節也。

〔六〕「頒虎節」句，虎，原作「武」，避唐諱，全唐文已改，兹據改。虎節，見上注。

〔七〕「專一方」句，革面，周易革卦：「上六，君子豹變，小人革面。」韓伯注：「居變之終，變道已成，君子處之能成其文，小人樂成則變面以順上也。」象曰：「君子豹變，其文蔚也；小人革面，順以從君也。」

〔八〕「重九譯」句，文選張衡東京賦：「重舌之人九譯，僉稽首而來王。」薛綜注：「名重舌，謂曉夷狄語者。九譯，九度譯言，始至中國者也。」李善注引晉灼漢書注曰：「遠國使來，因九譯言語乃通也。」又引説文曰：「譯，傳四夷之語者。」九，謂多也，非定數。

天垂兮星紀〔一〕，地連兮交阯〔二〕。山草樹兮潛移，蜃樓臺兮鬱起〔三〕。遷合浦兮太守，爲廣州兮刺史。臨漲海兮明珠，飲石門兮貪水〔四〕。侃衝天兮八翼〔五〕，岱出身兮萬里〔六〕。

【箋注】

〔一〕「天垂」句，垂，原作「重」，然星不可言「重」，據英華、全唐文改。文選左思吳都賦：「故其經略，上當星紀。」劉淵林注：「爾雅曰：星紀，斗、牽牛，吳分野。斗者，日月五星之所經始，故謂之星紀。……越，今之蒼梧、鬱林、合浦、交趾、九真、南海、日南，皆越地，吳之所并也。」此指王義童由江南道招討使除泉州都督，詳本文前注。

〔二〕「地連」句，交阯，新唐書地理志：「安南中都護府，本交趾郡，武德五年（六二二）曰交州，治交趾（今越南河内）。調露元年（六七九）曰安南都護府。」交趾，即交阯。

〔三〕「蜃樓臺」句，史記天官書：「海旁蜄氣象樓台。」按即海市蜃樓，乃光經折射而成之自然現象。

〔四〕「遷合浦」四句，合浦，漢代郡名，屬交州，在今廣西南端，瀕臨北部灣。此指王義童爲泉州都督，所謂合浦太守、廣州刺史，以及漲海、貪水，皆連帶而及，見本文前注。

〔五〕「侃衝天」句，晉書陶侃傳：「或云侃少時，……夢生八翼，飛而上天，見天門九重，已登其八，唯一門不得入，閽者以杖擊之，因墜地，折其左翼，及寤，左腋猶痛。又嘗如廁，見一人朱衣介幘，歛板曰：『以君長者，故來相報：君後當爲公，位至八州都督。』」

〔六〕「岱出身」句，岱，原作「代」。三國志吳書呂岱傳：「呂岱，字定公，廣陵海陵人也。……孫亮即位，拜大司馬。岱清身奉公，所在可述。初在交州，歷年不餉家，妻子饑乏。（孫）權聞之歎息，以讓群臣曰：『呂岱出身萬里，爲國勤事，家門內困，而孤不早知，股肱耳目，其責安在？』於是加賜錢米布絹，歲有常限。」則「代」乃「岱」之音訛，據文意改。

全蜀兮奧區〔一〕，枕邛笮兮倚巴渝〔二〕。有靈臺兮古跡〔三〕，有充國兮舊都〔四〕。豐貂兮左珥〔五〕，介士兮前驅〔六〕。濬三刀兮持節〔七〕，昌兩日兮剖符〔八〕。降鳴鳩兮大夏〔九〕，騁神馬兮長衢〔一〇〕。

【箋注】

〔一〕「全蜀」句，奧區，肥美險要之地。文選張衡西京賦：「寔爲地之奧區神皋。」張銑注：「奧，美也。」

〔二〕「枕邛笮」句，史記司馬相如列傳：「是時邛筰之君長，聞南夷與漢通，得賞賜多，多欲願爲內臣妾，請吏，比南夷。」索隱引文穎曰：「邛者，今爲邛都縣；筰者，今爲定筰縣，皆屬越巂郡也。」地在今四川西昌市。巴渝，今四川北部、東部及重慶一帶。巴，周代之巴國。渝，即嘉陵江。華陽國志卷一巴志：「閬中有渝水，賨民多居水左右，天性勁勇。初，爲漢前鋒，陷陣，銳氣喜舞，帝善之，曰：此武王伐紂之歌也。乃令樂人習學之，今所謂巴渝舞也。」

〔三〕「有靈臺」句，華陽國志卷一巴志：「其名山有塗籍、靈臺，石書刊山。」同上：「閬中縣郡治，有彭池、大澤，名山靈臺，見文緯書讖。」太平御覽卷四四靈臺山引十道記：「靈臺山在（閬中）縣北，一名天柱山，高四百丈，即漢張道陵昇真之所。」

〔四〕「有充國」句，充，原作「兖」，據英華、全唐文改。漢代有充國，後分西充國、南充國。以上數句，皆言王義童爲果州刺史，俱見本文前注。

〔五〕「豐貂」句，文選左思詠史八首其二：「金張藉舊業，七葉珥漢貂。」李善注：「珥，插也。董巴輿服志曰：『侍中、中常侍冠武弁，貂尾爲飾。』」豐貂，大貂也。隋書禮志第七：「侍臣加金璫附蟬，以貂爲飾，侍左者左珥，侍右者右珥。」句指王義童遷散騎常侍。

〔六〕「介士」句，漢書張安世傳：「送以輕車介士。」顔師古注：「介士，謂甲士也。」

〔七〕「濬三刀」句，王濬夜夢懸三刀於卧屋梁上，須臾又益一刀，其主簿解讀當拜益州，見本文前注引晉書王濬傳。

〔八〕「昌兩日」句，晉書苻融傳：「兩日，昌字也。」後漢書黄昌傳：「黄昌，字聖真，會稽餘姚人也。……曉習文法。仕郡爲決曹，刺史行部，見昌，甚奇之，辟從事，後拜宛令。政尚嚴猛，好發奸伏人。有盜其車蓋者，昌初無所言，後乃密遣親客至門下賊曹家掩取得之，悉收其家，一時殺戮，大姓戰懼，皆稱神明。朝廷舉能，遷蜀郡太守。」剖符，古時天子與諸侯各執符契之半，後代官員外任似之，故稱，詳見前唐同州長史宇文公神道碑注。

〔九〕「降鳴鳩」句，搜神記卷九：「京兆長安有張氏，獨處一室。有鳩自外入，止於牀。張氏祝曰：『鳩來，爲我禍也，飛上承塵；爲我福也，即入我懷。』鳩飛入懷。以手探之，則不知鳩之所在，而得一金鈎，遂寶之。自是子孫漸富，資財萬倍。」淮南子本經訓：「大夏增加，擬於崑崙。」高誘曰：「大夏，大屋也。」此言其家族有福。

〔一〇〕「騁神馬」句，太平御覽卷六三一薦舉中引吴志：「劉繇，字正禮，東萊人。兄岱，字公山。平原陶丘洪薦繇，令舉茂才。刺史曰：『前年舉公山，奈何復舉正禮乎？』洪曰：『若使君用公山於前，擢正禮於後，所謂御二龍於長衢，騁騏驥於千里，不亦可乎！』」此言其兄弟皆有才。

畢昴兮分野〔一〕，蘭堂兮四下〔二〕。漢皇帝兮國都〔三〕，耿將軍兮壇社〔四〕。若恒山兮詔鄧〔五〕，猶朔方兮命賈〔六〕。李北平兮漢飛〔七〕，郭并州兮竹馬〔八〕。瞻太階兮坐躡〔九〕，惜天年兮不假。

【箋　注】

〔一〕「畢昴」句，畢昴分野，指恒山，恒山爲畢昴之精，見本文前注。此指王義童爲恒州刺史。

〔二〕「蘭堂」句，蘭堂，即蘭臺府，與列女宫、華陽臺、紫臺、太乙宫，爲恒山五别名，見本文前注。

〔三〕「漢皇帝」句，恒州在漢代爲常山國，治真定（今河北正定縣），故稱「國都」。後漢書卷三〇郡國志：「常山國，高帝置。建武十三年（三七）省真定國，以其縣屬（按：合并後移治元氏，今河北元氏縣西北）。」

〔四〕「耿將軍」句，後漢書耿純傳：「耿純，字伯山，鉅鹿宋子人也。」王郎反，劉秀（光武帝）自薊東南馳，「純與從昆弟訢、宿、植共率宗族賓客二千餘人，老病者皆載木自隨，奉迎於育，拜純爲前將軍，封耿鄉侯，訢、宿、植，皆偏將軍」。李賢注引酈元注水經曰：「郎水北有耿鄉。光武封耿純爲侯國，俗謂之宜安城，其故城在今恒州槀城縣西南也。」壇社，主祭祀之所，爲擁有該地之象徵。

〔五〕「若恒山」句，詔鄧，指後漢光武帝命鄧晨爲常山太守，見本文前注。

〔六〕「猶朔方」句，謂命賈宗爲朔方太守。後漢書賈復傳：「賈復，字君文，南陽冠軍人也。」爲中興名將，卒，謚剛侯。小子宗，字武孺，少有操行，多智略。建初中爲朔方太守，匈奴畏之，不敢入塞。

〔七〕「李北平」句，指李廣。漢書李廣傳：「拜廣爲右北平太守。……廣在郡，匈奴號曰漢飛將軍，避之數歲不入界。」

〔八〕「郭并州」句，指郭伋。郭伋於王莽時遷并州牧，光武帝時又調爲并州牧，童兒數百各騎竹馬於道次迎拜。見前唐同州長史宇文公神道碑注引後漢書郭伋傳。

〔九〕「瞻太階」句，太階，「太」同「泰」。古謂泰階乃天子之三階，上階上星爲男主，下星爲女主；中階上星爲諸侯三公，下星爲卿大夫，詳見前渾天賦注。句謂三公卿大夫之位本可坐至。

伊大姓兮潁川〔一〕，有美人兮嬋媛〔二〕。桂生兮因地〔三〕，女嫁兮因天〔四〕。見乘龍兮奕奕〔五〕，覩飛鳳兮翩翩〔六〕。知蘧瑗兮有禮〔七〕，笑虞丘兮未賢〔八〕。始銜悲兮晝哭〔九〕，終共盡兮千年。

【箋注】

〔一〕「伊大姓」句，伊，指示代詞。大，原作「天」，據全唐文改。大姓指褚氏，潁川指陽翟。元和郡縣志卷五河南府陽翟縣：「秦爲潁川郡。」謂王義童夫人褚氏，祖籍陽翟，詳本文前注。

〔二〕「有美人」句，楚辭屈原九歌湘君：「女嬋媛兮爲余太息。」王逸注：「女謂女須，屈原姊也。嬋媛，猶牽引也。言己遠揚精誠，雖欲自竭盡，終無從達，故女須牽引而責數之，爲己太息悲毒。」

〔三〕「桂生」句，韓詩外傳卷七：「夫姜桂因地而生，不因地而辛。」

〔四〕「女嫁」句，劉向列女傳卷一魯之母師：「婦人未嫁，則以父母爲天；既嫁，則以夫爲天。」

〔五〕「見乘龍」句，宋祝穆古今事文類聚後集卷一三兩女乘龍引楚國先賢傳：「孫儁字文英，與李元禮俱娶太尉桓玄之女，時人謂桓叔元『兩女乘龍』，言得壻如龍也。」奕奕，詩經小雅車攻：「駕彼四牡，四牡奕奕。」奕奕，孔穎達疏爲「奕奕然閑習」，蓋神色嫻婉貌。

〔六〕「覩飛鳳」句，列仙傳卷上蕭史：「蕭史者，秦穆公時人也，善吹簫，能致孔雀、白鶴於庭。穆公有女字弄玉，好之，公遂以女妻焉，日教弄玉作鳳鳴。居數年，吹似鳳聲，鳳凰來止其屋，公爲作鳳臺，夫婦止其上不下。數年，一旦皆隨鳳凰飛去。」以上二句，言王義童夫婦乃天作地合，感情極篤。

〔七〕「知蘧瑗」句，孔子家語卷一〇曲禮子貢問：「孔子在衛，司徒敬子卒，夫子弔焉。主人不哀，夫子哭不盡聲而退。蘧伯玉請曰：『衛鄙俗，不習喪禮，煩吾子辱相焉。』孔子許之，掘中溜而浴，毀竈而綴足，襲於牀。及葬，毀宗而躐行。出於大門，及墓，男子西面，婦人東面，既封而歸，殷道也。」按：蘧瑗，字伯玉，魏大夫。句謂王義童死後，褚氏極謹喪禮。

〔八〕「笑虞丘」句，劉向新序卷一：「樊姬，楚國之夫人也。楚莊王罷朝而晏，問其故，莊王曰：『今旦與賢相語，不知日之晏也。』樊姬曰：『賢相爲誰？』王曰：『爲虞丘子。』樊姬掩口而笑。王問其故，曰：『妾幸得執巾櫛以侍王，非不欲專貴擅愛也，以爲傷王之義，故所進與妾同位者數人矣。今虞丘子爲相，數十年未嘗進一賢。知而不進，是不忠也；不知，是不智也，安得爲賢？』」句謂褚氏之賢，有如樊姬。

〔九〕「始銜悲」句，禮記檀弓下：「穆伯之喪，敬姜晝哭；文伯之喪，晝夜哭。孔子曰：『知禮矣。』」鄭玄注：「喪夫不夜哭，嫌思情性也。」

卜龜謀兮習吉〔一〕，陳旨酒兮嘉粟〔二〕。車徒儼兮在門，旌旆紛兮竟術〔三〕。循洛橋兮南渡〔四〕，從國門兮右出。樹蕭蕭兮有風，雲慘慘兮無日。指丘陵兮一閉〔五〕，與天地兮相畢。

【箋注】

〔一〕「卜龜謀」句，尚書大禹謨：「帝曰：『禹！官占惟先蔽志，昆命於元龜。朕志先定，詢謀僉同，鬼神其依，龜筮協從。卜不習吉。』」僞孔傳：「習，因也。言已謀之於心，謀及卜筮，四者合從。卜不因吉，無所枚卜。」句謂擇日安葬。龜謀，英華校：「集作龜謀應。」與下句不對應，「應」字當衍。

〔二〕「陳旨酒」句，粟，原作「栗」，義礙，且不押韻，據英華改。

〔三〕「旌旆」句，旌旆，葬儀所用旗幟。文選左思蜀都賦：「亦有甲第，當衢向術。」劉淵林注：「術，道也。」

〔四〕「循洛橋」句，洛橋，即唐之天津橋。元和郡縣志卷五河南府河南縣：「天津橋，在縣北四里。隋煬帝大業元年（六〇五）初造此橋，以架洛水，用大船維舟，皆以鐵鎖鈎連之。南北夾路，對起四樓，其樓爲日月表勝之象。然洛水溢，浮橋輒壞。貞觀十四年（六四〇），更令石上累方石爲腳。爾雅『斗牛之間，爲天漢之津』，故取名焉。」

〔五〕「指丘陵」句，丘陵，此指墳墓。庾信傷心賦：「一朝風燭，萬古埃塵。丘陵兮何怨，能留兮幾人！」

悲孝子兮純深，孰憂思兮可任〔一〕。訴高天兮泣血，蹐厚地兮崩心〔二〕。樹碑兮神道〔三〕，無媿兮詞林〔四〕。歷陽之都兮水没〔五〕，圓嶠之海兮山沉〔六〕。俾外孫兮幼婦〔七〕，生白玉兮黄金〔八〕。

【箋　注】

〔一〕「孰憂思」句，文選王粲登樓賦：「情眷眷而懷歸兮，孰憂思之可任。」李善注引杜預左氏傳注曰：「任，當也。」

〔二〕「訴高天」二句，詩經小雅正月：「謂天蓋高，不敢不局。謂地蓋厚，不敢不蹐。」毛傳：「局，曲也；蹐，累足也。」

〔三〕「樹碑」句，神道及神道碑，已見前齊貞公宇文公神道碑注，兹作補充。宋程大昌演繁露卷二神道：「李廣傳：丞相李蔡得賜葬地，盗取三頃賣之，又盗取神道外壖地一畝葬其中，世之言神道者始此（西漢二十四）。又霍光塋起三土闕，築神道。神道，言神行之道也（長安志）。」同書卷一〇神道碑：「裴子野葬湘東王，爲墓誌銘，陳於藏内；邵陵王又立墓誌，堙於羡道。道列志，自此始。」

〔四〕「無媿」句，後漢書郭太（泰）傳：蔡邕謂盧植曰：「吾爲碑銘多矣，皆有慚德，唯郭有道無愧耳。」此自信所作碑文能表王義童之平生。

〔五〕「歷陽」句，淮南子俶真訓：「夫歷陽之都，一夕爲湖。」高誘注：「歷陽，淮南國縣名，今屬江都。昔有老嫗常行仁義，有二諸生過之，謂曰：『此國當没爲湖。』謂嫗視東城門閫有血，便走上北山，勿顧也。自此嫗便往視門閫，閽者問之，嫗對曰如是。其暮，門吏故殺雞血塗門閫。明旦，老嫗早往視門，見血，便上北山，國没爲湖。與門吏言其事，適一宿耳，一夕旦而爲湖也。」

〔六〕「圓嶠」句，列子湯問：「龍伯之國有大人，舉足不盈數步而暨五山之所，一釣而連六鼇，……於是岱輿、員嶠二山流於北極，沉於大海，仙聖之播遷者巨億計。帝憑怒，侵減龍伯之國使阸，侵小龍伯之民使短。」以上二句，謂山河難免陵谷之變。

〔七〕「俾外孫」句，謂碑文爲「絶妙好辭」，見本文前注引世説新語捷悟。

〔八〕「生白玉」句，搜神記卷一一：「楊公伯雍，雒陽縣人也。本以儈賣爲業，性篤孝。父母亡，葬無終山，遂家焉。山高八十里，上無水，公汲水作義漿於坂頭，行者皆飲之。三年，有一人就飲，以一斗石子與之，使至高平好地有石處種之，云：『玉當生其中。』楊公未娶，又語云：『汝後當得好婦。』語畢不見。乃種其石。數歲，時時往視，見玉子生石上，人莫知也。有徐氏者，右北平著姓女，甚有行，時人求，多不許。公乃試求徐氏，徐氏笑以爲狂，因戲云：『得白璧一雙來，當聽爲婚。』公至所種玉田中，得白璧五雙，以聘。徐氏大驚，遂以女妻公。」此言王義童子孝。

黃金，晉書五行志上：「懷帝永嘉元年（三〇七），項縣有魏豫州刺史賈逵石碑，生金可採。」以上二句，謂此碑文當永垂不朽。

唐贈荊州刺史成公神道碑〔一〕

成氏之先，有周之後〔二〕。姬文受命，三十六王〔三〕；郕伯象賢，二十一代〔四〕。漢之少府，國家維城〔五〕；晉之廣陽，王室藩屏〔六〕。

【箋　注】

〔一〕本文稱「我大周」云云，當作於載初元年（六八九）九月九日武則天革唐命，改國號爲周、改元天授之後。碑文闕載墓主卒、葬年份。考宋趙明誠金石録卷四：「周贈箕州刺史成公碑，楊炯撰，正書無姓名，天授二年（六九一）二月。」據碑文，墓主成知禮嘗歷箕州平城縣令，卒後武周朝廷贈荊州刺史，與金石録「贈箕州刺史」小異，然趙氏所録當即此碑無疑。則文當作於天授二年初或稍前。

〔二〕「成氏」二句，通志氏族略第六同名異實：「成氏有二：楚若敖之後，以字爲氏。又周有成氏。」

〔三〕「姬文」二句，姬文，指周文王姬昌。史記周本紀：周之先祖「號曰后稷，別姓姬氏」。通志氏族略第三：「帝嚳生姬水，因以爲姓。」三十六王，原作「三十八王」。左傳宣公三年：「成王定鼎於郟鄏。武王遷之，成王定之。卜世三十，卜年七百，天所命也。」孔穎達正義曰：「律曆志云：周三十六王，八百六十七年，過卜數也。」今按：史無「三十八王」之說，「八」蓋「六」字之訛，徑改。

〔四〕「郕伯」二句，左傳隱公五年：「郕人侵衛，故衛師入郕。」杜預注：「郕，國也。東平剛父縣西南有郕鄉。」孔穎達正義：「史記管蔡世家稱郕叔武，（周）文王子、武王之母弟。後世無所見，既無世家，不知其君號謚，唯文十二年郕大子朱儒奔魯，書曰『郕伯來奔』見於經傳，則郕國，伯爵也。」郕伯傳國二十一代，於史無考。

〔五〕「漢之」二句，少府，官名。漢書百官公卿表：「少府，秦官，掌山海澤池之税以給共養。」顏師古注：「大司農供軍國之用，少府以養天子也。」此當指成封。東觀漢記丁鴻傳：「肅宗詔鴻與太常樓望、少府成封、屯騎校尉桓鬱、衛士令賈逵等集議五經同異於白虎觀。」又見後漢書丁鴻傳。其人事迹別無考。維城，詩經大雅板：「懷德維寧，宗子維城。」孔穎達正義：「……不但安汝之國，亦與汝之宗子維以爲城，言其可以蔽身，又得蔽子。王必常行此德，無使宗子之城壞。」按：此以墓主成知禮爲成封之後，同爲有周宗子郕伯遠裔，故有「國家維城」之語。

〔六〕「晉之」二句，廣陽，原作「廣楊」。按晉書汝南王亮傳：「汝南文成王亮，字子翼，宣帝（司馬懿）第四子也。少清警，有才用。仕魏爲散騎侍郎、萬歲亭侯，拜東中郎將，進封廣陽鄉侯。」晉武帝（司馬炎）咸寧初，進號衛將軍、加侍中。「時宗室殷盛，無相統攝，乃以亮爲宗師，本官如故，使訓導觀察，有不遵禮法，小者正以義方，大者隨事聞奏。三年，徙封汝南，出爲鎮南大將軍、都督豫州諸軍事。遷太尉、録尚書事，領太子太傅，侍中如故。」武帝崩，楚王瑋承賈后旨，誣亮有廢立之謀，被殺。考晉代人物別無稱「廣楊」者，則「廣楊」當作「廣陽」，指廣陽鄉侯司馬亮，「楊」乃「陽」之訛，據改。藩屏，尚書康王之誥：「乃命建侯樹屏，在我後之人。」僞孔傳：「言文、武乃施政令，立諸侯，樹以爲藩屏，傳王業。在我後之人，謂子孫。」又詩經大雅板：「价人維藩，大師維垣。大邦維屏，大宗維翰。」毛傳：「藩，屏。」按：此以司馬亮擬成知禮，因其爲武則天堂姊之長女壻（詳下），故謂能屏藩王室。

公諱知禮，其先上谷人也〔一〕，子孫避地徙於某。曾祖休寧，後魏汾州刺史〔二〕，齊特進、左右衛大將軍，宇文朝江州刺史〔三〕，隋成陽郡公〔四〕，謚曰武。勳格皇天，澤充區宇，該備寵榮，兼包命賜。祖少遐，北齊民曹郎中〔五〕，宇文朝地官上士〔六〕，襲成陽公。建國之屬，以訓五品，以親百姓〔七〕。父綽，隋金紫光禄大夫，唐深州刺史〔八〕，上柱國。天子大夫，金章紫綬〔九〕；天王使者，皂蓋朱輪〔一〇〕。

【箋注】

〔一〕「其先」句，上谷，元和郡縣志卷一八易州（上谷）：「禹貢冀州之域。……秦置三十六郡，以爲上谷郡。漢分置涿郡。今州，則漢涿郡故安縣之地。隋開皇元年（五八一）改爲易州，因州南十三里易水爲名。大業初爲上谷郡，遥取漢上谷以爲名。隋亂陷賊，武德四年（六二一）又改爲易州。」治在今河北易縣。

〔二〕「後魏」句，汾州，魏書地形志：「汾州，延和三年（四三四）爲鎮，太和十二年（四八八）置州，治蒲子城。孝昌中陷，移治西河。」故治在今山西陽城縣西。

〔三〕「宇文朝」句，指宇文氏所建北周。江州，當指北江州。魏書地形志：「北江州，蕭衍置，魏因之，治鹿城關。」鹿城縣，地即今河北辛集市。成休寧任江州刺史，蓋在滅北齊之後。

〔四〕「隋成陽」句，成陽，漢縣名。元和郡縣志卷一一濮州雷澤縣：「本漢郕陽縣，古郕伯國。周武王封弟季戴於郕，漢以爲縣，屬濟陰郡。隋開皇六年（五八六）於此置雷澤縣，因縣北雷夏澤爲名也，屬濮州。」郕、成同。英華卷九二〇作「城」，誤。成陽，地在今山東鄄城縣西南。成休寧事迹，史籍所載可補者有二。其一，北齊廢帝高殷乾明元年（五六〇）八月，常山王高演（高歡子，高洋弟）欲廢以自立，遭成休寧反對。北齊書孝昭（高演）紀：「帝（高演）至東閤門，都督成休寧抽刃呵帝，帝令高歸彦喻之，休寧厲聲大呼不從。歸彦既爲領軍，素爲兵士所服，悉皆弛仗，休寧歎息而罷。」其二，隋書高祖紀上：北周静帝大象二年十二月（五八〇）辛巳，「司馬消難以陳師寇江州，刺史成休寧擊却之」。

〔五〕「北齊」句，民曹，通典卷二三歷代尚書：「秦尚書四人。漢成帝初置尚書五人，其一人爲僕射，四人分爲四曹：常侍曹、二千石曹、民曹（原注：主凡吏民上書）、客曹；後又置三公曹，是爲五曹。」後漢尚書五曹六人，其民曹「掌繕理功作、鹽池、苑囿」。北齊改民曹爲度支。通典卷二三戶部尚書：「北齊度支（原注：掌計會，凡軍國損益供糧廩等事），統度支、倉部、左户、右户、金部、庫部六曹。」故所謂「民曹郎中」，實即度支郎中。隋開皇三年（五八三），改度支爲民部，唐又改爲户部。

〔六〕「宇文朝」句，地官上士，通典卷二〇三公總叙：後周「以司徒爲地官」。同上卷二一：「後周地官府置宫門上士一人，下士一人，掌皇城十二門之禁令。」

〔七〕「以訓」二句，史記五帝本紀：「舜曰：『契！百姓不親，五品不馴。汝爲司徒，而敬敷五教，在寬。』」集解引鄭玄曰：「五品，父、母、兄、弟、子也。」又引王肅曰：「五品，五常也。」正義：「馴音訓。」五教，集解引馬融曰：「五品之教。」

〔八〕「唐深州」句，元和郡縣志卷一七深州（饒陽）：「漢爲饒陽縣地，屬涿郡。隋開皇十六年（五九六），於饒陽置深州，以州西故深城爲名。大業二年（六〇六）廢深州，武德元年（六一八）討平竇建德，四年復置。貞觀十七年（六四三）又廢，先天元年（七一二）於今理重置饒陽。」今爲河北饒陽縣。

〔九〕「天子」二句，晉書職官志：「文武官，公皆假金章紫綬，著五時服。其相國、丞相皆衮冕緑盭綬，所以殊於常公也。」公，即大夫。

〔一〇〕「天王」二句，天王，亦指天子。晉書輿服志：「小使車，赤轂，皁蓋，追捕考乘有所執取者之所乘也。凡諸使車，皆朱班輪，赤衡軛。」

公誕保靈和〔一〕，受兹介福〔二〕。講之以學，合之以和〔三〕。純粹以積其中，文明以宣其外。出於口者，必是先王之言；萌於心者，莫非君子之德。戒慎乎其所不睹，恐懼乎其所不聞〔四〕。豈時止時行〔五〕，左宫右徵〔六〕；在朝濟濟〔七〕，在家雍雍〔八〕。祗服弘業，克丕堂構〔九〕。襲成陽公。歷箕州平城〔一〇〕、洺州邯鄲二縣令〔一一〕。武鄉里閈，榆社隄封〔一二〕。公宰平城，日宣三德〔一三〕，悲歌相聚，袨服成群〔一四〕。公宰邯鄲，雷震百里〔一五〕，儀刑嘉誨，範乎人倫〔一六〕。令聞廣譽，塞乎天壤。將蹈九列〔一七〕，平三階〔一八〕，豈意大和交薄〔一九〕，而天道難諶〔二〇〕，降年不永，春秋若干，以某年月日，終於某所。

【箋注】

〔一〕「公誕保」句，誕，發語詞。保靈和，文選郭璞江賦：「保不虧而永固，禀元氣於靈和。」劉良注：「水柔弱淡然，無欲利，育於物，故保道不虧而長堅固。此乃靈和之氣所以爲也。靈和，和之氣也。」

〔二〕「受兹」句，詩經小雅楚茨：「孝孫有慶，報以介福，萬壽無疆。」介，大也。孔穎達正義：「孝孫有慶賜之事，報之以大大之福，使孝孫得萬年之壽，無有疆境也。」

〔三〕「講之」二句，禮記禮運：「爲義而不講之以學，猶種而弗耨也。講之以學，而不合之以仁，猶耨而弗獲也。」此謂其既能講學知理，又能保其和氣。和，據禮記，疑當作「仁」。

〔四〕「戒慎」二句，禮記中庸：「君子戒慎乎其所不睹，恐懼乎其所不聞。」鄭玄注：「小人閒居爲不善，無所不至也。君子則不然，雖視之無人，聽之無聲，猶戒慎恐懼，自修正，是其不須臾離道。」

〔五〕「豈時止」句，周易艮卦彖曰：「艮，止也。時止則止，時行則行，動静不失其時，其道光明。」「豈」字原無，據四子集、全唐文卷一九四補。「豈」表比較，有此字義勝。

〔六〕「左宫」句，文心雕龍聲律：「古之珮玉，左宫右徵，以節其步，聲不失序，音以律文，其可忘哉！」

〔七〕「在朝」句，詩經大雅文王：「濟濟多士，文王以寧。」毛傳：「濟濟，多威儀也。」

〔八〕「在家」句，詩經大雅思齊：「雝雝在宫，肅肅在廟。」毛傳：「雝雝，和也。」雍、雝同。

〔九〕「克丕」句，尚書大誥：「日思念之，若考作室，既底法，厥子乃弗肯堂，矧肯構？」僞孔傳：「以作室喻治政也。父已致法，子乃不肯爲堂基，況肯構立屋乎？不爲其易，則難者可知。」此言猶能大其堂構。

〔一〇〕「歷箕州」句，元和郡縣志卷一三儀州：「禹貢冀州之域。……隋開皇十六年（五九六），於遼陽故城置遼山縣，屬并州，即今州理是也。武德三年（六二〇），於此置遼州。八年，改爲箕州，因遼山縣界箕山爲名。先天元年（七一二），以與玄宗諱同聲，改爲儀州，因州東夷儀嶺爲名也。」治在遼山縣（今山西左權縣），轄地包括今山西和順、榆社等縣。同上平城縣：「平城縣，本漢涅氏縣也，晉置武鄉縣，地屬焉。隋開皇十六年（五九六），於趙簡子所立平都故城置平城縣，屬遼州。大業三年（六〇七）改屬并州，武德三年改屬榆州。六年，省榆州，改屬遼州。貞觀八年（六三四），改屬箕州。先天元年（七一二），改屬儀州。」平城故治，在今山西和順縣西。

〔一一〕「洺州」句，洺，原作「洛」。元和郡縣志卷一五洺州：「秦兼天下，是爲邯鄲郡。……周武帝建德六年（五七七），於郡置洺州，以水爲名。隋大業三年（六〇七）罷州，爲永安郡。武德元年（六一八）又改爲洺州，兼置總管。……六年，罷總管，復爲洺州。」同上磁州邯鄲縣：「本衛地也，後屬晉，七國時爲趙都。……隋開皇十年（五九〇）置磁州，邯鄲縣屬焉。大業二年（六〇六）廢磁州，縣屬洺州。」則「洛」乃形訛，據此改。邯鄲，今河北邯鄲市。

〔一二〕「武鄉」二句，武鄉，指榆社縣，因與平城縣在漢時同爲涅氏縣地，晉時又同爲武鄉縣地，故及焉。里閈，指爲石勒故里。元和郡縣志卷一三儀州榆社縣：「本漢涅氏縣地，晉於今縣西北三十五里置武鄉縣，屬上黨郡。石趙時，改屬武鄉郡。隋開皇十六年（五九六）於此置榆社縣，屬韓州，因縣西北榆社故城爲名。大業二年（六〇六）省，義寧二年（六一八）又置，武德三年（六二〇）於縣置榆州，縣屬焉。六年廢榆州，以縣屬遼州，後屬儀州。縣城，故武鄉城也，石勒時築。前趙録曰：『石勒，上黨武鄉人。僭號後還，令曰：「武鄉，吾之豐沛，其復之三世。」』」太平寰宇記卷四四榆社縣：「古榆社城，在縣北三十五里。魏地形志云：『武鄉縣北，有榆社縣城。』」今武鄉、榆社二縣，皆屬山西。

〔一三〕「日宣」句，史記夏本紀：「皋陶曰：『然，於！亦行有九德，亦言其有德。』乃言曰：『始事事，寬而栗，柔而立，愿而共，治而敬，擾而毅，直而温，簡而廉，剛而實，彊而義，章其有常，吉哉。日宣三德，蚤夜翊明有家。』」日宣三德，集解引孔安國曰：「三德，九德之中有其三也。卿大夫稱家，明行之可以爲卿大夫。」

〔一四〕「悲歌」二句，文選鄒陽上書吴王：「夫全趙之時，武力鼎士，袨服叢臺之下者，一旦成市。」李善注引服虔曰：「袨服，大盛玄黄服也。」此言宣之以德，故悲歌慷慨正直之士極多。

〔一五〕「雷震」句，周易震卦象曰：「洊雷震，君子以恐懼修省。」孔穎達正義：「洊雷震者，洊者重也，因仍也；雷相因仍，乃爲威震也。此是重震之卦，故曰洊雷震也。君子以恐懼修省者，君子恒自戰戰兢兢，不敢懈惰。今見天之怒，畏雷之威，彌自修身，省察己過，故曰君子以恐懼修省也。」百里，代指一縣。句謂能立威德，故民皆畏服。

〔一六〕「範乎」句，人倫，指同類，謂可爲所有縣令之模範。後漢書郭太（泰）傳：「林宗雖善人倫，而不爲危言覈論，故宦者擅政而不能傷也。」李賢注：「禮記曰：『擬人必於其倫。』鄭玄注曰：『倫，猶類也。』」

〔一七〕「將蹈」句，九列，漢書韋賢傳附韋玄成傳：「明明天子，俊德烈烈。不遂我遺，恤我九列。」顔師古注：「九列，卿之位。」

〔一八〕「平三階」句，泰階爲天子三階，三階平則陰陽和，風雨時。詳見前渾天賦注引史記天官書。謂其有治理天下之志。

〔一九〕「豈意」句，大（即「太」）和，周易乾卦：「乘變化而御大器，静專動直不失太和，豈非正性命之情者邪？保合太和，乃利貞。」孔穎達正義：「性者，天生之質，若剛柔、遲速之别；命者，人所禀受，若貴賤、夭壽之屬是也。保合太和乃利貞者，此二句釋利貞也。純陽剛暴，若無和順，則物不得利，又失其正。以能保安合會太和之道，乃能利貞於萬物，言萬物得利而貞正也。」則大和交薄，謂失於太和，故定命不壽。

〔二〇〕「而天道」句，詩經大雅蕩：「天生烝民，其命匪諶。靡不有初，鮮克有終。」毛傳：「諶，誠也。」鄭玄箋：「天之生此衆民，其教道之，非當以誠信使之忠厚乎？今則不然，民始皆庶幾於善道，後更化於惡俗。」此謂始皆庶幾乎長壽，後或短命，故言「天道難諶」。

夫人宜城縣主，聖神皇帝之堂姊，王姬外館之長女〔一〕。夫人道峻於閨房，名輝於邦國。我大周叙洪範，作武成〔二〕，大賚而萬姓悦〔三〕，垂拱而天下治〔四〕。法號惟舊，制贈荆州刺史〔五〕。生則唐堯不用，殁則周武追封〔六〕。爲龍爲光〔七〕，有始有卒。立名於後，以顯其親；反葬於周〔八〕，不忘其本。以某年月日，歸葬於某原〔九〕。碣石恒山，燕南趙北〔一〇〕，禮儀光被，宗族相臨。大夫弔桓子之喪〔一一〕，天子歸惠公之賵〔一二〕。蘧瑗之葬，不害良田〔一三〕；孔丘之塋，不生荆棘〔一四〕。長子司衛少卿、兼檢校魏州刺史大辨〔一五〕，中子左鷹揚將軍大方〔一六〕，少子朝議大夫、行司漢主簿大琬等〔一七〕，門承四代，德盛三賢〔一八〕，有終身之憂〔一九〕，盡生民之本〔二〇〕。璽册褒贈〔二一〕，宜宣無窮；景鐘勒銘〔二二〕，若古有訓。嗚呼哀哉！

【箋　注】

〔一〕「夫人」三句，宜城縣，元和郡縣志卷二一襄州宜城縣：「本漢邔縣地也。……後魏改爲宜城。周改宜城爲率道縣，屬武泉郡。隋開皇三年（五八三）罷郡，屬襄陽，皇朝因之。天寶元年（七四二）改爲宜城縣。」地在今湖北宜城市。則策封所用，乃舊地名。縣主，唐六典卷二：「王之女封縣主，視正二品。」聖神皇帝，即武則天。舊唐書則天皇后紀：「（載初元年，六八九）九月九日壬午，革唐命，改國號爲周，改元爲天授。……乙酉，加尊號曰聖神皇帝，降皇帝爲皇嗣。」外館，公主出嫁，在皇宫外築宅居住，稱「外館」。春秋莊公元年：「築王姬之館於外。」宋之問宴安樂公主宅：「英藩築外館，愛主出王宫。」武則天堂姊情況不詳。

〔二〕「我大周」二句，大，原無，據英華、四子集、全唐文補。此以武周擬三代之周，謂其革唐命成功，偃武修文。尚書洪範序：「武王勝殷，殺受，立武庚。以箕子歸，作洪範。」同上武成序：「武王伐殷，往伐歸獸，識其政事，作武成。」僞孔傳：「武功成，文事修。」

〔三〕「大賚」句，論語堯曰：「周有大賚，善人是富。」何晏集解：「周，周家；賚，賜也。言周家受天大賜，富於善人，有亂臣十人是也。」

〔四〕「垂拱」句，周易繫辭上：「黄帝、堯、舜垂衣裳而天下治，蓋取諸乾坤。」王充論衡卷一八自然：「垂衣裳者，垂拱無爲也。」治，原作「理」，避高宗諱，徑改。

〔五〕「制贈」句，舊唐書地理志山南東道荆州（江陵府）：「隋爲南郡，武德初蕭銑所據。四年（六二一）平銑，改爲荆州。」地在今湖北荆州市一帶。此乃贈官，僅有其名耳。

〔六〕「生則」二句，唐堯，代指唐高宗。由知成知禮當卒於高宗時。

〔七〕「爲龍」句，詩經小雅蓼蕭：「既見君子，爲龍爲光。」毛傳：「龍，寵也。」鄭玄箋：「爲寵爲光，言天子恩澤光耀被及己也。」

〔八〕「反葬」句，禮記檀弓上：「大（太）公封於營丘，比及五世，皆反葬於周。」鄭玄注：「齊大公受封，留爲大師，死葬於周，子孫生焉，不忍離也。」此言歸葬祖塋。蓋成知禮卒於邯鄲縣令任上，死後即葬該縣，故云「反葬」。

〔九〕「歸葬」句，「某原」二字原無，據全唐文補。

〔一〇〕「碣石」二句，碣石、恒山，見前少室山少姨廟碑「北臨恒碣」句注。燕南趙北，後漢書公孫瓚傳：「前此有童謠曰：『燕南垂，趙北際，中央不合大如礪，唯有此中可避世。』瓚自以爲易地當之，遂徙鎮焉。」李賢注：「前（漢）書易縣屬涿郡，續漢志曰屬河間。瓚所居易京故城，在今幽州歸義縣南十八里。」綜觀之，兩句指歸葬於祖籍上谷（易州）。元和郡縣志卷一八易州易縣：「隋開皇十六年（五九六），於漢故城西北隅置易縣，故城即燕之南郡。」

〔一一〕「大夫」句，左傳襄公十七年：「齊晏桓子卒。晏嬰麤縗斬，苴絰、帶、杖，菅屨，食鬻，居倚廬，寢苫，枕草。其老曰：『非大夫之禮也。』曰：『唯卿爲大夫。』」杜預注：晏桓子，「晏嬰父也」。又注曰：「晏子爲大夫而行士禮，其家臣不解，故譏之。晏子惡直己以斥時失禮，故孫（遜）辭略答家老。」孔穎達正義：「天子以下，其服父母，尊卑皆同，無大夫、士之異，晏子所行是正禮也。言唯卿得服大夫服，我是大夫，得服士服。又言己位卑，不得從大夫之法者，是惡其直己以斥時之失禮，故孫辭略答家老也。」句謂成知禮諸子爲大夫而行士禮，乃榮耀之事。

〔一二〕「天子」句，左傳隱公元年：「秋七月，天王使宰咺來歸惠公、仲子之賵。緩，且子氏未薨，故名。」杜預注：「惠公葬在春秋前，故曰緩也。子氏，仲子也，薨在二年。賵，助葬之物。」孔穎達正義：「緩賵惠公，生賵仲子，事由於王，非咺之過，所以貶咺者，天王至尊，不可貶責，貶王之使，足見王非。」此言天子有遲到之贈賵。高宗時無所贈，武則天時方有追贈，故云「緩」。

〔一三〕「蘧瑗」二句，禮記檀弓上：「公叔文子升於瑕丘，蘧伯玉從。文子曰：『樂哉斯丘也！死則我欲葬焉。』蘧伯玉曰：『吾子樂之，則瑗請前。』」鄭玄注：「刺其欲害人良田。瑗，伯玉名。」

〔一四〕「孔丘」二句，太平御覽卷五六〇冢墓四引皇覽冢墓記：「孔子冢在魯城北便門外，南去城十里。冢塋方百畝，冢南北廣十步，東西十步，高丈二尺。冢爲祠壇方六尺，與地方平，無祠堂。冢塋中樹以百數，皆異種，魯人世世皆無能名其樹者。魯民云：孔子弟子異國人，各持其國樹來種之。孔子塋中，不生荆棘及刺人草。」

〔一五〕「長子」句，司衛少卿，官名。通典卷二五衛尉卿：「衛尉，秦官，掌門衛屯兵。漢因之。……北齊爲衛尉寺，有卿及少卿各一人。隋文帝開皇三年（五八三），廢衛尉寺入太常及尚書省，十三年（五九三）復置。掌軍器、儀仗、帳幕之事，而以監門衛掌宫門屯兵。大唐因之。龍朔二年（六六二）改衛尉爲司衛，咸亨初復舊。光宅元年（六八四）又改爲司衛，神龍初復舊。卿一人，少卿二人。領武庫、武器、守宫三署，署各有令。」檢校，散官名，乃寵以名號之加官而非實授，參見文獻通考卷六四。魏州，唐代治貴鄉縣，在今河北大名東，詳見元和郡縣志卷一六。

〔一六〕「中子」句，左鷹揚將軍，唐六典卷二四左右衛：「左右武衛，大將軍各一人，正三品。」注：「光宅元年（六八四）改爲左右鷹揚衛，神龍元年（七〇五）復故。」

〔一七〕「少子」句，朝議大夫，唐六典卷二尚書吏部：「正五品下，曰朝議大夫。」司漢，考之文獻，唐代無此官名（唯清有之）。按唐六典卷一八大理寺鴻臚寺有司儀署，疑「漢」乃「儀」之形訛。然該署有令、丞及司儀，無主簿之職。待考。

〔一八〕「德盛」句，三賢，其説甚多，近者如北史郎基傳：「初，基任瀛州騎兵時，陳元康爲司馬，畢義雲爲屬，與基并有聲譽，爲刺史元嶷所目『三賢』，俱有當世才，後來皆當遠至。」

〔一九〕「有終身」句，禮記檀弓上：「喪三年以爲極亡，則弗之忘矣。故君子有終身之憂（鄭玄注：念其親），而無一朝之患（鄭注：毀不滅性），故忌日不樂。」同上祭義：「君子生則敬養，死則敬享，思終身弗辱也。君子有終身之喪，忌日之謂也。」

〔二〇〕「盡生民」句，民，原作「人」，避唐諱，徑改。孝經：「生事愛敬，死事哀戚，生民之本盡矣，死生之義備矣，孝子之事親終矣。」

〔二一〕「璽册」句，璽册，制書用璽，故稱。指追贈成知禮爲荆州刺史之制書。

〔二二〕「景鐘」句，國語晉語七：「昔克潞之役，秦來圖敗晉功，魏顆以其身却退秦師於輔氏，親止杜回，其勳銘於景鍾。」韋昭注：「勳，功也。景鍾，景公之鍾。」此指爲成知禮作神道碑銘。

其銘曰：

神嶽之英，大川之精〔一〕。如山之峻，如流之清。行之斯立，言之斯成〔二〕。登車發耀，在邦有聲。傳於舊國〔三〕，舊國惟平。宰於二縣，二縣惟寧。余聞舊説，天鑒孔明〔四〕。誰謂靈誕，喪落淑真〔五〕。永錫不匱〔六〕，克揚其名。册書光寵〔七〕，没有餘榮。

【箋注】

〔一〕「神嶽」二句，神嶽，指恒山。周禮夏官職方氏：「正北曰并州，其山鎮曰恒山。」易州，古爲并州地。大川，當指成氏祖籍上谷之易水。兩句謂成知禮乃山川精靈所生。

〔二〕「行之」二句，論語子張：「子貢曰：……夫子之不可及也，猶天之不可階而升也。夫子之得邦家者，所謂立之斯立，道之斯行，綏之斯來，動之斯和。其生也榮，其死也哀，如之何其可及也？」何晏集解引孔（安國）曰：「言孔子爲政，其立教則無不立，道之則莫不典行，安之則遠者來，動之則莫不和睦，故能生則榮顯，死則哀痛。」此仿其語，謂成知禮其行、其言皆有所成就。

〔三〕「傳於」句，舊國，指襲封其曾祖、祖父所傳成陽公爵位，亦指成陽其地（今山東鄄城縣西南）。

〔四〕「天鑒」句，鑒，原作「降」，據英華、四子集、全唐文改。天鑒，上天照見。詩經大雅大明：「天監在下，有命既集。」鄭玄箋：「天監視善惡於下。」監、鑒同。孔明，同上小雅楚茨：「祀事孔明。」鄭玄箋：「孔，甚也；明，猶備也，絜也。」後漢書張衡傳：「衡因上疏陳事曰：『……洪範曰：「臣有作威、作福、玉食，害於而家，凶於而國。」』天鑒孔明，雖疎不失。」

〔五〕「誰謂」二句，靈誕，神靈所生。淑真，美好純正。王粲神女賦：「惟天地之普化，何産氣之淑真。」淑真，言其人資質極美。兩句謂天鑒不明，竟讓成知禮凋喪。

〔六〕「永錫」句，詩經大雅既醉：「孝子不匱，永錫爾類。」毛傳：「匱，竭；類，善也。」鄭玄箋：「永，長也。孝子之行非有竭極之時，長以與女之族類，謂廣之以教道天下也。」

〔七〕「册書」句，册書，即上文所謂「璽册」，指追贈成知禮爲荆州刺史制書。

系曰〔一〕：

列星垂象兮炳天光〔二〕，白露爲霜兮沾人裳〔三〕，彼蒼天兮殲我良〔四〕。列星垂象兮炳天暉，白露爲霜兮沾人衣，九原可作兮吾與歸〔五〕。

【箋　注】

〔一〕「系曰」句，後漢書張衡傳載思玄賦：「系曰：天長地久歲不留，俟河之清祇懷憂。」李賢注：「系，係也。」文選載該賦，引舊注曰：「系，係也，言係賦之前意也。」黄宗羲金石要例神道碑例：「楊炯爲成知禮神道碑，其碑銘之後有『系曰』，若楚詞，別自一體。」

〔二〕「列星」句，列星，衆星。垂象，古代星象家以星變明人事，如陰陽之慘舒、日星之災變、風雨之不節、霜雪之不時之類。周易繫辭上：「天垂象，見吉凶，聖人象之。」炳，耀也。

〔三〕「白露」句，詩經秦風蒹葭：「蒹葭蒼蒼，白露爲霜。」毛傳：「蒹，薕；葭，蘆也。蒼蒼，盛也。」按：蒹葭，即蘆葦。

〔四〕「彼蒼天」句，詩經秦風黄鳥：「彼蒼者天，殲我良人。」毛傳：「殲，盡；良，善也。」數句皆哀成知禮之死。

〔五〕「九原」句，禮記檀弓下：「趙文子與叔譽觀乎九原，文子曰：『死者如可作也，吾誰與歸？』」鄭玄注：「作，起也。」按：九原，山名，在今山西新絳縣北，晉卿大夫墓地之所在。吾與歸，謂若成知禮能再生，吾將嚮慕而從之遊。

益州温江縣令任君神道碑〔一〕

漢丞相之尊官大位，乘輪滿於十人〔二〕；齊景公之利用厚生，有馬盈於千駟〔三〕。羽旄冠劍，摐金鳴玉疊其前〔四〕；苑囿池臺，清歌妙舞喧其後。崇高在於寵禄，大欲存於食貨〔五〕。義然後取，横玉帶以當仁〔六〕；道不虛行，坐鹽梅而自得〔七〕。若乃時之不與，數之不通，貴賤任於天〔八〕，窮通由於命〔九〕。左太沖之詠史，下僚實英俊之場〔一〇〕；嵇叔夜之著書，賤職爲老莊之地〔一一〕。雖復勢力以高下相懸，尊卑以商周不敵〔一二〕。孔宣父中都之小宰，幽厲多藉於陪臣〔一三〕；陳仲弓太丘之一官，公卿有慙於縣長〔一四〕。是以德成者上，道在斯尊。陶潛則安枕北窗〔一五〕，言偃則鳴絃東武〔一六〕，抑揚足以儀四海〔一七〕，顧盼足以破三軍〔一八〕。代有人焉，於斯爲盛矣〔一九〕。

【箋注】

〔一〕温江縣，元和郡縣志卷三一成都府（益州大都督府）温江縣：「本漢郫縣地也。後魏於此置温江縣，屬蜀郡。隋開皇三年（五八三）廢，入郫縣。仁壽三年（六〇三）於郫東境置萬春縣，貞觀元年(六二七)改名爲温江縣。」地即今成都市温江區。按碑文謂墓主任晃夫人姚氏於儀鳳三年(六七八)冬十一月一日祔葬,則本文當作於是時前後。

〔二〕「漢丞相」二句,丞相,指楊敞。漢書楊敞傳:「楊敞,華陰人也。……遷御史大夫,代王訢爲丞相,封安平侯。」其子楊鄆,封平通侯,因罪免爲庶人。其報友人孫會宗書曰:「惲家方隆盛時,乘朱輪者十人,位在列卿,爵爲通侯,總領從官,與聞政事。……」乘輪,英華卷九二九作「秉車」,四子集「輪」作「車」,皆誤。

〔三〕「齊景公」二句,論語季氏:「齊景公有馬千駟,死之日,民無德而稱焉。」何晏集解引孔(安國)曰:「千駟,四千匹。」

〔四〕「羽旄」二句,羽旄,儀仗;冠劍,衣冠、佩劍,此代指爵位崇高。摐金鳴玉,史記司馬相如列傳載子虛賦:「摐金鼓,吹鳴籟。」集解裴駰案:「漢書音義曰:『摐,撞也;籟,簫也。』」漢書司馬相如傳載子虛賦:「建華旗,鳴玉鸞。」注引郭璞曰:「鸞,鈴也。在軛曰鸞,在軾曰和。」此泛指奏樂。疊其前,謂多也。兩句言極盡奢華。

〔五〕「大欲」句,漢書食貨志:「洪範八政,一曰食,二曰貨。食謂農殖嘉穀可食之物,貨謂布帛可衣及金刀龜貝所以分財布利通有無者也。」顔師古注:「金謂五色之金也。黄者曰金,白者曰銀,赤者曰銅,青者曰鉛,黑者曰鐵。刀謂錢幣也。龜以卜占,貝以表飾,故皆爲寶貨也。」此泛指財物。連同上句,謂不仁者以高官厚禄爲崇高,以斂財多金爲大欲。荀子榮辱篇:「爲事利,争貨財，無辭讓果敢而振猛。貪而利，悻悻然唯利之見，是賈盜之勇也。」

〔六〕「義然後取」二句，論語里仁：「子曰：『富與貴，是人之所欲也，不以其道得之，不處也。貧與賤，是人之所惡也，不以其道得之，不去也。君子去仁，惡乎成名？』」玉帶，鑲玉腰帶，高官用以象徵身份，此代指爲官。兩句謂禄位財富若取之有道，即便終身做官，亦可以爲仁。

〔七〕「道不」二句，周易繫辭下：「明其變者，存其要也。故曰苟非其人，道不虛行。」孔穎達正義：「『苟非其人，道不虛行』者，言若聖人則能循其文辭，揆其義理，知其典常，是易道得行也。若苟非通聖之人，則不曉達易之道理，則易之道不虛空得行也。言有人則易道行，若無人則易道不行，無人而行是虛行也，必不如此，故云道不虛行也。」此即言有道之士。坐，因也。尚書説命：「若作和羹，爾惟鹽梅。」僞孔傳：「鹽鹹梅醋，羹須鹹醋以和之。」後以「和鹽梅」指宰相之能，此泛指高官。兩句謂若是有道之士，即便高官厚禄，亦能怡然自得，一無所愧。

〔八〕「貴賤」句，論語顔淵：「子夏曰：『商聞之矣：死生有命，富貴在天。』」

〔九〕「窮通」句，莊子讓王：「孔子曰：『君子通於道之謂通，窮於道之謂窮。』」

〔一〇〕「左太沖」二句，左思，字太沖，晉初作家。其詠史八首之二曰：「世胄躡高位，英俊沈下僚。地勢使之然，由來非一朝。」

〔一一〕「嵇叔夜」二句，著書，指嵇康所作與山巨源絶交書。晉書嵇康傳：「嵇康，字叔夜，譙國銍人也。」好老莊，彈琴詠詩，自足於懷。「山濤將去選官，舉康自代，康乃與濤書告絶，曰：『……老子、莊周，吾之師也，親居賤職；柳下惠、東方朔，達人也，安乎卑位，吾豈敢短之哉？……游山澤，觀魚鳥，心甚樂之。一行作吏，此事便廢，安能舍其所樂而從其所懼哉？』」

〔一二〕「尊卑」句，謂周文王姬昌爲西伯時，權勢、地位與商紂王相去甚遠。

〔一三〕「孔宣父」二句，孔宣父，即孔子。漢平帝謚孔子爲褒成宣尼公，故稱。史記孔子世家：「（魯）定公以孔子爲中都宰，一年，四方皆則之。」幽厲，周幽王、周厲王，乃無道之君。史記曆書：「幽厲之後，周室微，陪臣執政，史不記時，君不告朔。」同書周本紀「陪臣敢辭」句，集解引服虔曰：「陪，重也。諸侯之臣於天子，故曰陪臣。」多藉，多用。兩句言孔子當年僅爲魯中都之小宰，勢力、尊卑與幽、厲時執政之陪臣遠不相侔，然孔子終成聖人，而後者却默默無聞。謂窮通乃天命，而尊卑則由道德。藉，英華、四子集、全唐文作「謝」，誤。

〔一四〕「陳仲弓」二句，後漢書陳寔傳：「陳寔，字仲弓，潁川許人也。……天下服其德。司空黄瓊辟選理劇，補聞喜長。旬月，以朞喪去官。復再遷，除太丘長。修德清静，百姓以安。……太尉楊賜、司徒陳耽每拜，公卿群僚畢賀，賜等常歎寔大位未登，愧於先之。」李賢注：「太丘縣，屬沛國，故城在今亳州永城縣西北也。」此以陳寔及漢末公卿爲例，義與上兩句同。

〔一五〕「陶潛」句，潛字淵明，其與子儼等疏曰：「常言：五六月中，北窗下卧，遇涼風暫至，自謂是羲皇上人。」

〔一六〕「言偃」句，言偃，字子游，以文學稱。論語陽貨：「子之武城，聞絃歌之聲。夫子莞爾而笑，曰：『割雞焉用牛刀？』子游對曰：『昔者偃也聞諸夫子曰：君子學道則愛人，小人學道則易使也。』」東武，即指武城。同上雍也：「子游爲武城宰。」何晏集解引包（咸）曰：「武城，魯下邑。」明陳士元論語類考卷二考武城在「山東沂州費縣西北七十里錦川鄉，絃歌里有武城城是也」。

〔一七〕「抑揚」句，抑揚，英華作「柳楊」，形訛。晉書張華傳：馮紞對帝（晉武帝司馬炎）曰：「臣以爲善御者，必識六轡盈縮之勢；善政者，必審官方控帶之宜。故仲由以兼人被抑，冉求以退弱被進。漢高八王，以寵過夷滅；光武諸將，由抑損克終。非上有仁暴之殊，下有愚智之異，蓋抑揚與奪使之然也。……」帝默然，頃之徵張華爲太常，終帝之世，以列侯朝見。儀四海，謂用之則足以爲天下典範。

〔一八〕「顧盼」句，太平御覽卷二六八良令長下引鍾離意別傳：「（鍾離）意遷東平瑕丘令，男子倪直勇悍有力，便弓弩，飛射走獸，百不脱一，桀悖好犯長吏。意到官，召署捕盜掾，敕謂之云：『令昔嘗破三軍之衆，不用尺兵。』」

〔一九〕「於斯」句，斯，指温江縣令任氏，謂其乃陳寔、陶潛、言偃、張華、鍾離意之流，雖天命不濟，仕止縣令，却爲有道有德之士。句末「矣」字，英華無，校曰：「集作斯爲盛矣。」則所校集本無「於」字，而句末有「矣」字。

君諱晃，樂安博昌人也〔一〕。其後因官，遂家蒲州之永樂〔二〕。天子令德，軒皇爲誕姓之源〔三〕；諸侯計功，薛國在宗盟之後〔四〕。西京執法，則有御史大夫〔五〕；東漢循良，則有會稽都尉〔六〕。任光鄉里之忠厚，任隗朝臣之鯁直〔七〕。益州從事，術數知名〔八〕；臨海真人，清貞克己〔九〕。況乎東西海岱，强齊九合之都〔一〇〕；表裏山河，全晉三分之國〔一一〕。車馬雷駭，衣冠鼎盛。盟書百代，可謂功臣〔一二〕；遷徙丘陵，實惟豪族〔一三〕。曾祖顯，祖熙，考憬，並策名天爵〔一四〕，獨步人師。懷素履之幽貞〔一五〕，保黄裳之元吉〔一六〕。張家碑碣，荆州有七世孝廉〔一七〕；荀氏鄉亭，潁川有八人才子〔一八〕。

【箋注】

〔一〕「君諱」二句，君，英華作「公」，校：「集作君。」兩可。樂安，元和郡縣志卷一〇青州博昌縣：「本漢舊縣，屬千乘郡。昌水其勢平博，故曰博昌。後漢以千乘郡爲樂安郡，博昌縣仍屬焉。晉、宋、後魏并同。高齊省，移樂陵縣理此，屬樂安郡。隋開皇三年（五八三）罷郡，樂陵縣屬青州，十六年（五九六）改爲博昌縣。」治在今山東博興縣北。

〔二〕「遂家」句，元和郡縣志卷一二河中府：「本帝舜所都蒲坂也。……後魏太武帝於今州理置雍州，延和元年（四三二）改雍州爲秦州。周明帝改秦州爲蒲州，因蒲坂以爲名。隋大業三年（六〇七）罷州，又置河東郡。……武德元年（六一八）罷郡，置蒲州。……開元元年（七一三）

五月，改爲河中府。」同上永樂縣：「本漢河北縣地。周明帝改河北縣爲永樂縣。武帝省永樂縣，以地屬芮城縣。武德二年（六一九），分芮城，於縣東北二里永固堡重置永樂，屬芮州。七年，移於今理。貞觀八年（六三四），改屬河中府。」地在今山西永濟市東南。

〔三〕「軒皇」句，軒皇，指黄帝軒轅氏。謂黄帝爲誕姓之源，指任姓源於黄帝，然誕姓則在周以後。通志氏族略氏族序曰：「五帝之前無帝號，有國者不稱國，惟以名爲氏，所謂無懷氏、葛天氏、伏羲氏、燧人氏者也。至神農氏、軒轅氏，雖曰炎帝、黄帝，而猶以名爲氏，然不稱國。至二帝而後，國號唐、虞也。夏、商因之，雖有國號，而天子世世稱名。至周而後，諱名用謚，由是氏族之道生焉。」任姓源出黄帝，見下注。

〔四〕「諸侯」二句，諸侯計功，見前後周青州刺史齊貞公宇文公神道碑注。薛國，左傳隱公十一年：「春，滕侯、薛侯來朝，争長。」杜預注：「薛，魯國薛縣。」孔穎達正義：「譜云：薛，任姓，黄帝之苗裔奚仲封爲薛侯，今魯國薛縣是也。奚仲遷於邳，仲虺居薛，以爲湯左相。武王復以其胄爲薛侯。齊桓霸，諸侯黜爲伯，獻公始與魯同盟。小國無記，世不可知，亦不知爲誰所滅。」地理志云：「魯國薛縣，夏車正奚仲所國，後遷於邳，湯相仲虺居之。」

〔五〕「西京」二句，西京，指西漢。御史大夫，指任敖。漢書任敖傳：「任敖，沛人也。少爲獄吏。……高祖初起，敖以客從爲御史，守豐二歲。高祖立爲漢王，東擊項羽，敖遷爲上黨守。陳豨反，敖堅守，封爲廣阿侯，食邑千八百户。高后時爲御史大夫，三歲免。孝文元年（前一七九）薨，謚曰懿侯。」

〔六〕「東漢」二句，循良，即循吏，謂奉公守法之吏。會稽都尉，指任延。後漢書循吏任延傳：「任延，字長孫，南陽宛人也。年十二，爲諸生，學於長安，明詩、易、春秋，顯名太學，學中號爲任聖童。值倉卒避兵之隴西，時隗囂已據四郡，遣使請延，延不應。更始元年（二三），以延爲大司馬屬，拜會稽都尉，時年十九。」建武初，徵爲九真太守。

〔七〕「任光」二句，後漢書任光傳：「任光，字伯卿，南陽宛人也。少忠厚，爲鄉里所愛。」助劉秀募軍，拜爲左大將軍，封武成侯。後更封阿陵侯，食邑萬户。子隗，字仲和，少好黄老，清静寡欲。爲將作大匠，遷太僕，代竇固爲光禄勳，拜司空。「隗義行内修，不求名譽，而以沈正見重於世。和帝即位，大將軍竇憲秉權，專作威福，内外朝臣莫不震懾。時憲擊匈奴，國用勞費，隗奏議徵憲還，前後十上，獨與司徒袁安同心畢力，持重處正，鯁言直議，無所回隱。」

〔八〕「益州」二句，後漢書任文公傳：「任文公，巴郡閬中人也。父文孫，明曉天官風角祕要。文公少修父術，州辟從事。」又辟司空掾。平帝即位，稱疾歸家。王莽篡後，推數知當大亂，遂奔子公山十餘年，不被兵革。以占術馳名，益部爲之語曰：「任文公，智無雙。」

〔九〕「臨海」二句，當指任敦。太平御覽卷六六六道士引太平經曰：「任敦尚〔隱〕，博昌人，永嘉中投茅山，講道集衆。敦竊歎曰：『衆人雖云慕善，皆外好耳，未見真心可與斷金者。』」雲笈七籤卷一一〇洞仙傳任敦：「任敦，博昌人也。少在羅浮山學道，後居茅山南洞。修步斗之道，及洞玄五符，能役鬼召神，隱身分形。玄居山舍，虎狼不敢犯。」亦有謂其爲臨海人者。太平寰宇記卷一〇〇福州閩縣：「昇山，在州西北一十四里。越王勾踐時，一夜從會稽飛來。西南地號道士洞，舊名飛山。臨海人任敦於此昇仙，其迹猶存。天寶六載（七四七）敕改爲昇山（後代如淳熙三山志等謂天寶六年飛昇，誤）。」

〔一〇〕「況乎」二句，尚書禹貢：「海岱惟青州。」僞孔傳：「東北據海，西南距岱。」陸德明音義：「岱，泰山也。」九合，史記齊太公世家：齊桓公欲封禪，稱其「九合諸侯，一匡天下」云云。兩句言任晃祖籍爲齊。

〔一一〕「表裏」二句，左傳僖公二十八年：子犯曰：「若其不捷，表裏山河，必無害也。」杜預注：「晉國外河而内山。」三分，史記晉世家：「（晉）静公二年（前三七六），魏武侯、韓哀侯、趙敬侯滅晉後而三分其地。」兩句言任晃先人徙居於晉。

〔一二〕「盟書」二句，盟書，古代盟誓所作文書，各持一本，藏於祖廟。帝王與功臣所訂盟書，往往寫明所享有之特權，并説明子孫後代永保。

〔一三〕「遷徙」二句，丘陵，當指殷湯陵。元和郡縣志卷一二河中府寶鼎縣：「殷湯陵，在縣北四十三里。」寶鼎縣與任晃徙家之永樂縣相鄰。漢代豪族，方可徙居帝陵，故云。

〔一四〕「並策名」句，策名，左傳僖公二十三年：「策名委質，貳乃辟也。」策名，杜預注：「名書於所臣之策。」孔穎達正義：「策，簡策也。質，形體也。古之仕者，於所臣之人書己名於策，以明係屬之也。」此謂皆入仕籍，并有封爵。

〔一五〕「懷素履」句，素履，平素所行。幽貞，文選顔延年拜陵廟作一首：「未暮謝幽貞。」李善注引周易曰：「幽人貞吉。」按見周易履卦，王弼注：「履道尚謙，不憙處盈，務在致誠，惡夫外飾者也。」三國志魏書王烈傳：「有素履幽人之貞。」

〔一六〕「保黄裳」句，周易坤卦：「六五：黄裳，元吉。」王弼注：「黄，中之色也；裳，下之飾也。坤爲臣道，美盡於下。夫體无剛健，而能極物之情，通理者也。以柔順之德，處於盛位，任夫文理者也。垂黄裳以獲元吉，非用武者也。極陰之盛，不至疑陽，以文在中，美之至也。」

〔一七〕「張家」二句，太平御覽卷五八九碑引盛弘之荆州記曰：「冠軍縣有張唐墓，七世孝廉，刻其碑背曰：『白楸之棺，易朽之衣。銅鐵不入，瓦器不藏。嗟夫後人，幸勿見傷。』」世，原作「代」，避唐諱，徑改。

〔一八〕「荀氏」二句，後漢書荀淑傳：「荀淑，字季和，潁川潁陰人也。荀卿十一世孫也。少有高行，博學而不好章句。……有子八人：儉、緄、靖、燾、汪、爽、肅、專，并有名稱，時人謂『八龍』。初，荀氏舊里名西豪，潁陰令渤海苑康以爲昔高陽氏有才子八人，今荀氏亦有八子，故改其里曰高陽里。」李賢注：「專，本或作敷。今許州城内西南有荀淑故宅，相傳云即舊西豪里也。」

君外資剛健，内育文明〔一〕。合千載聖賢之間，鍾五行金木之秀〔二〕。王恭濯濯，春柳懷風〔三〕；和嶠森森，寒松列景〔四〕。有曾參之孝，有史魚之直，有子夏之文，有冉求之藝〔五〕。先王德行〔六〕，固名言而在兹；大聖温良，亦顛沛而於是〔七〕。當朝一見，許其王佐之才〔八〕；行路相逢，加以美人之贈〔九〕。解褐爲家令寺主簿〔一〇〕。天王太子之位，赫赫前星〔一一〕；天地長男之宫，巖巖左闕〔一二〕。出身事主，元良永固於萬邦〔一三〕；束髮登朝，匕鬯不驚於百里〔一四〕。秩滿，授將作監主簿〔一五〕。千門萬户，張華窮壯麗之圖〔一六〕；東主西賓，班固盡謳謡之實〔一七〕。職掌宫觀〔一八〕，是名將作。大司馬桓温之府，績用在於元琳〔一九〕；大將軍竇憲之曹，文章寄於亭伯〔二〇〕。累遷右衛長史〔二一〕。南宫左掖，上將陪藩〔二二〕；北落師門，天軍列衛〔二三〕。東觀漢記，梁統有清白之名〔二四〕；中興晉書，薛兼有恪勤之譽〔二五〕。詔遷朝散大夫、行益州温江縣令〔二六〕。華陽西極〔二七〕，漢水東流〔二八〕。背面通秦越之鄉〔二九〕，左右夾巴涼之地〔三〇〕。風煙可接，懸車束馬之山〔三一〕；雲物潛通，織女牽牛之象〔三二〕。神仙所宅，則有二十四治〔三三〕；途路所經，則有五千餘里。金城石郭〔三四〕，還聞上代之風；國富民安，時聽中和之樂〔三五〕。於是乎龍淵獨斷〔三六〕，軀旋旁求〔三七〕，品命千名〔三八〕，封疆萬户。暫過云亭，乘軒之望可知〔三九〕；且詣中軍，治劇之才有屬〔四〇〕。旌孝悌，勸農桑，省徭役，恤鰥寡，所以一縣稱平，所以百城尤最〔四一〕。蕭育是杜陵男子，不入後曹〔四二〕；黄浮非鄉里所知，不寬同歲〔四三〕。洛陽行馬，門士無心〔四四〕；齊國池魚，權家絶望〔四五〕。劉文公邵陵之縣，但稱男子之名〔四六〕；師尚父灌壇之鄉，惟有神人之哭〔四七〕。實謂樞機八座，上下三階〔四八〕；豈惟縛杜鞭絲〔四九〕，操刀製錦〔五〇〕。巫馬期之任力，弊起乘星〔五一〕；鍾離意之悦人，災生解土〔五二〕。享年五十有九，以儀鳳二年六月二十五日卒於官第〔五三〕。

【箋注】

〔一〕「君外資」二句，周易大有卦：「大有元亨。象曰：……其德剛健而文明，應乎天而時行，是以元亨。」王弼注：「德應於天，則行不失時矣。剛健不滯，文明不犯，應天則大，時行無違，是以元亨。」此言外剛内柔。

〔二〕「鍾五行」句，五行，金、木、水、火、土。鍾秀，秀美集聚，見前唐同州長史宇文公神道碑「五才鍾秀」句注。

〔三〕「王恭」二句，世説新語容止：「有人歎王恭形茂者云：『濯濯如春月柳。』」按晉書王恭傳：「王恭，字孝伯，光禄大夫蘊子，定皇后之兄也。少有美譽，清操過人，自負才地高華，恒有宰輔之望。」後爲桓玄所殺。「恭美姿儀，人多愛悦，或目之云『濯濯如春月柳』。」嘗被鶴氅裘涉雪而行，孟昶窺見之，歎曰：「此真神仙中人也！」

〔四〕「和嶠」二句，晉書和嶠傳：「和嶠，字長輿，汝南西平人也。……嶠少有風格，慕舅夏侯玄之爲人，厚自崇重，有盛名於世，朝野許其能整風俗，理人倫。襲父爵上蔡伯，起家太子舍人，累遷潁川太守。爲政清簡，甚得百姓歡心，太傅從事中郎庾顗見而歎曰：『嶠森森如千丈松，雖磥砢多節目，施之大廈，有棟梁之用。』」按：庾氏語，出世説新語賞譽。王恭、和嶠二人，皆以擬任晃。

〔五〕「有曾參」四句，曾參、子夏、冉求，皆孔子弟子。史魚爲衛大夫，爲孔子所稱。史記孔子弟子列傳：曾參，字子輿，「孔子以爲能通孝道，故授之業。作孝經」。同上曰：卜商，字子夏。冉求，字子有。論語先進謂冉求長於政事，子夏長於文學。論語衛靈公：「子曰：直哉，史魚！」何晏集解引孔（安國）曰：「衛大夫史鰌。」

〔六〕「先王」句，周易坎卦象曰：「水洊至，習坎；君子以常德行，習教事。」王弼注：「至險未夷，教不可廢，故以常德行而習教事也。習於坎然後乃能不以險難爲困，而德行不失常也。」舊謂易出於伏羲氏、周文王，故稱「先王」之言。

〔七〕「大聖」二句，大聖，指孔子。論語學而：「子貢曰：『夫子温良恭儉讓以得之。』」同上里仁：「子曰：『……君子無終食之間違仁，造次必於是，顛沛必於是。』」

〔八〕「許其」句，後漢書延篤傳：「前越嶲太守李文德素善於篤，時在京師，謂公卿曰：『延叔堅有王佐之才，奈何屈千里之足乎？』」又晉書張華傳：「陳留阮籍見之，歎曰：『王佐之才也！』由是聲名始著。」

〔九〕「加以」句，加以，原作「知其」。英華亦作「知其」，校「知」字曰：「集作加。」四子集、全唐文作

「加以」。按張衡四愁詩序曰：「張衡不樂久處機密，鬱鬱不得志，爲四愁詩。屈原以美人爲君子，以珍寶爲仁義，以水深雪雰爲小人，以道術相報，貽於時君，而懼讒邪，不得以通其辭。」詩有「美人贈我金錯刀，何以報之英瓊瑶」、「美人贈我金琅玕，何以報之雙玉盤」等語。則所謂「美人之贈」，即稱其爲君子也。據文意，作「加以」是，據改。

〔一〇〕「解褐」句，褐，古代百姓所穿粗麻衣服。解褐，謂换民服爲官服，指初入仕。家令寺，唐六典卷二七太子家令寺：「掌皇太子之飲膳、倉儲、庫藏之政令。」「主簿一人，正九品下。……主簿掌印及句檢稽失。凡寺署之出入財物，役使工徒，則剌詹事上於尚書，有所隱漏，言於司直。事若重者，舉咨家令以啓聞。」

〔一一〕「天王」二句，史記天官書：「東宫蒼龍，房，心。心爲明堂，大星天王，前後星子屬。」索隱引鴻範五行傳曰：「心之大星，天王也。前星，太子；後星，庶子。」因任晃入仕年代不詳，故其爲家令寺主簿時，太子不知爲誰。

〔一二〕「天地」二句，長男之宫，指太子宫，詳前少室山少姨廟碑注引神異經。

〔一三〕「元良」句，尚書太甲下：「一人元良，萬邦以貞。」僞孔傳：「一人，天子。天子有大善，則天下得其正。」

〔一四〕「匕鬯」句，周易震卦：「震驚百里，不喪匕鬯。」王弼注：「威震驚乎百里，則是可以不喪匕鬯矣。匕所以載鼎實，鬯，香酒，奉宗廟之盛也。」孔穎達正義：「震卦施之於人，又爲長子。長子則正體於上，將所傳重，出則撫軍，守則監國，威震驚於百里，可以奉承宗廟，彝器粢盛，守而不失也。」此言「不驚」，謂不自樹威。匕，原作「七」，形訛，據英華、全唐文改。

〔一五〕「授將作監」句，唐六典卷二三將作監：「掌供邦國修建土木工匠之政令，總四署三監百工之官屬，以供其職事。」「主簿二人，從七品下。……主簿掌印，勾檢稽失。凡官吏之申請糧料俸食務在候，使必由之以發其事。若諸司之應供，四署三監之財物器用違闕，隨而舉焉。」

〔一六〕「千門」二句，晉書張華傳：「張華，字茂先，范陽方城人也。……晉受禪，拜黃門侍郎，封關内侯。華彊記默識，四海之内若指諸掌。武帝嘗問漢宮室制度及建章千門萬户，華應對如流，聽者忘倦，畫地成圖，左右屬目。帝甚異之，時人比之子產。」此謂任將作監主簿，掌邦國建設。

〔一七〕「東主」二句，指班固兩都賦。賦設東都主人、西都賓，各誇西都長安、東都洛陽之壯麗，最後東都主人取勝，授西都賓五篇之詩，西都賓稱曰：「美哉乎斯詩！義正乎揚雄，事實乎相如。」此言任將作監主簿期間，兩都建設極宏麗。盡，英華作「致」，校：「集作盡。」實，英華、四子集、全唐文作「致」，英華校：「一作實。」據上引，作「實」是。

〔一八〕「職掌」句，職，英華校：「集作實。」上句末字作「實」，則此不應復出。

〔一九〕「大司馬」二句，元琳，即王珣。晉書王導傳附王珣傳：「珣字元琳，弱冠，與陳郡謝玄爲桓温掾，俱爲温所敬重，嘗謂之曰：『謝掾年四十，必擁旄杖節；王掾當作黑頭公，皆未易才也。』珣轉主簿。時温經略中夏，竟無寧歲，軍中機務，並委珣焉。文武數萬人，悉識其面。從討袁真，封東亭侯，轉大司馬參軍，琅邪王友、中軍長史、給事黄門侍郎。」

〔二〇〕「大將軍」二句，亭伯，即崔駰。後漢書崔駰傳：「崔駰，字亭伯，涿郡安平人也。……（竇）憲爲車騎將軍，辟駰爲掾。憲府貴重，掾屬三十人，皆故刺史二千石，唯駰以處士年少擢在其間。憲擅權驕恣，駰數諫之。及出擊匈奴，道路愈多不法，駰爲主簿，前後奏記數十，指切長短。憲不能容，稍疏之。因察駰高第，出爲長岑長。」

〔二一〕「累遷」句，唐六典卷二四左右衛：「長史各一人。從六品上。……長史掌判諸曹親、勳、翊、五府及武安、武成等五十府之事，以閲兵仗、羽儀、車馬。凡文簿、典職、廪料、請給、卒伍、軍團之名數，器械、糧儲之主守，大事則從其長，小事則專達。」

〔二二〕「南宫」二句，南宫，原作「南京」，各本同。按史記天官書：「南宫朱鳥，權、衡。衡，太微，三光之廷。匡衛十二星，藩臣：西，將；東，相。南四星，執法；中，端門；門左右，掖門。」正義：「太微宫垣十星，在翼、軫地，天子之宫庭，五帝之坐，十二諸侯之府也。其外藩，九卿也。……第四星爲次將，第五星爲上將。……其東垣北左執法、上相兩星間，名曰左掖門。」此以天上星座擬人間宫殿，謂任晃爲右衛長史，有如南宫上將星守護掖門。則「南京」之「京」字，當是「宫」之誤，據文意改。

〔二三〕「北落」二句，史記天官書：「北宫玄武，虚、危。……其南有衆星，曰羽林天軍。軍西爲壘，或曰鉞。旁有一大星爲北落。」正義：「羽林四十五星，三三而聚，散在壘壁南，天軍也，亦天宿衛。」又曰：「北落師門一星，在羽林西南，天軍之門也。長安城北落門，以象此也。」此與上二句義同。

〔二四〕「東觀漢記」二句，東觀漢記，初撰於班固等，經多次續補，隋書經籍志著録爲一百四十三卷。後代散佚嚴重，今存四庫全書本二十四卷，卷一二有梁統傳，然文字簡略，顯非全文，無稱其「清白」事。後漢書梁統傳：「梁統，字仲寧，安定烏氏人。」亦無稱「清白」事，待考。

〔二五〕「中興晉書」二句，中興晉書，即晉中興書，隋書經籍志著録爲「七十八卷，起東晉，宋湘東太守何法盛撰」。後散亡，現存佚文無稱薛兼勤恪語。按晉書薛兼傳曰：「薛兼，字令長，丹陽人也。」元帝（司馬睿）爲安東將軍，以爲軍諮祭酒，稍遷丞相長史，「甚勤王事」，封安陽鄉侯，領太子少傅。卒，明帝（司馬紹）下詔，稱其「履德沖素，盡忠恪己」云云。

〔二六〕「詔遷」句，朝散大夫，唐六典卷二尚書吏部：「從五品下曰朝散大夫。」同上：凡任官，「階高而擬卑，則曰行」。温江縣，已見本文前注。

〔二七〕「華陽」句，尚書禹貢：「華陽黑水惟梁州。」僞孔傳：「東據華山之南，西距黑水。」孔穎達正義：「梁州之境，東據華山之南，不得其山，故言陽也。此山之西，雍州之界也。」禹貢所説華陽、梁州，指今四川、雲南、貴州及甘南、陝南部分地區，此特指巴蜀（四川）。西極，「極」用如動詞，猶言西去。

〔二八〕「漢水」句，史記夏本紀：「嶓冢道瀁，東流爲漢。」集解引鄭玄曰：「地理志：瀁水出隴西氐道，至武都爲漢。」所謂漢，即西漢水，亦即嘉陵江，流經今川北、川東，在重慶入長江。

〔二九〕「背面」句，「背面通秦越」，猶言背通秦、面通越，謂蜀地北靠秦（今陝西）、南向越（泛指今東部地區）。

〔三〇〕「左右」句，「左右夾巴涼」，猶言左夾巴、右夾涼。謂蜀地左邊（東邊，方位就面南而言，下同）與巴（今川北、川東及重慶一帶）相連，右邊（西邊）與涼（古涼州，今甘肅一帶）相連。

〔三一〕「懸車」句，晉書段灼傳：「（鄧）艾受命（指伐蜀）忘身，龍驤麟振，前無堅敵。蜀地阻險，山高谷深，而艾步乘不滿二萬，束馬懸車，自投死地，勇氣淩雲，將士乘勢，故能使劉禪震怖，君臣面縛，軍不踰時，而巴蜀蕩定。」太平寰宇記卷八四劍州陰平縣：「按三國志：鄧艾伐蜀，自陰平景谷步劍閣道，懸車出馬，逕出江油而至，是此地也。馬閣山，在縣北六十里，北接梁山，西接岷峨，昔魏將鄧艾伐蜀，從景谷路射龍州江油縣至此，懸崖絶壁，乃束馬懸車，作棧閣，方得路通，因名馬閣山。」按：陰平縣，今四川平武縣。此泛指蜀山。

〔三二〕「織女」句，三輔黄圖卷四池沼引關輔古語曰：「昆明池中有二石人，立牽牛、織女於池之東西，以象天河。」此代指長安，謂蜀地與長安相通。

〔三三〕「神仙」二句，神仙，指道士。二十四治，雲笈七籤卷二八二十四治序：「謹按張天師二十四治圖云：太上以漢安二年（一四三）正月七日中時下二十四治，上八治，中八治，下八治。應天二十四氣，合二十八宿，付天師張道陵奉行。……依其度數，開立二十四治、十九静廬，授以正一盟威之道，伐誅邪僞，與天下萬神分符爲盟，悉承正一之道也。」按：治，道教廟宇。「治」原作「居」，避高宗諱，今改。

〔三四〕「金城」句，文選左思蜀都賦：「於是乎金城石郭，兼市中區；既麗且崇，實號成都。」劉淵林注：「金石，言堅也，故鼂錯曰『神農之教雖有金城湯池』也。」

〔三五〕「國富」二句，民，原作「人」，避太宗諱，徑改。中和之樂，益州刺史王襄使王褒作，言政治和平，見前唐恒州刺史建昌公王公神道碑注引漢書王褒傳。

〔三六〕「於是乎」句，戰國策韓一：蘇秦説韓王曰：「龍淵、太阿，皆陸斷馬牛，水擊鵠雁。」後漢書韓棱傳：「韓棱，字伯師，潁川舞陽人。……（顯宗時）五遷爲尚書令，與僕射郅壽、尚書陳寵，同時俱以才能稱。肅宗嘗賜諸尚書劍，唯此三人特以寶劍，自手署其名曰『韓棱楚龍淵』、『郅壽蜀漢文』、『陳寵濟南椎成』。時論者爲之説，以棱淵深有謀，故得龍淵；壽明達有文章，故得漢文；寵敦朴，善不見外，故得椎成。」李賢注引晉太康記曰：「汝南西平縣有龍淵，水可淬刀劍，特堅利。汝南，即楚分野。」淵，原作「泉」，避高祖諱，徑改。淵深有謀，謂能獨斷也。句以韓棱代指尚書省，謂由尚書省拍板定讞。

〔三七〕「龜旐」句，後漢書輿服志上：「龜旐四斿，四仞，齊首，以象營室。」劉昭注引鄭玄曰：「龜蛇爲旐，縣鄙之所建，營室，玄武宿與東壁連體而四星。」此以龜旐代指諸縣，謂從縣令中遴選。

〔三八〕「品命」句，據上下文意，蓋言朝廷欲授其太守之職。太守，漢代爲二千石官，故謂「千名」。

〔三九〕「暫過」二句，云亭，兩山名。史記封禪書：「昔無懷氏封泰山，禪云云；虙羲封泰山，禪云云。……黄帝封泰山，禪亭亭。」集解引李奇曰：「云云山，在梁父東。」索隱引晉灼云：「云云山，在蒙陽縣故城東北，下有云云亭也。」亭亭，索隱引晉灼云：「在鉅平北十餘里。」正義引括地志：「亭亭山在兗州博城縣西南三十里也。」任晃過云亭事不詳。按高宗麟德三年（六六六）初封泰山，禪社首（見舊唐書高宗紀下），疑任晃嘗以將作監主簿赴泰山籌辦相關事宜。若如此，則所謂「云亭」代指泰山。乘軒，軒乃高官所乘車，代指即將升官。

〔四〇〕「且詣」二句，中軍，指左右衛。晉書職官志：「驍騎將軍、游擊將軍，并漢雜號將軍也，魏置爲中軍。及晉，以領（按：即中領軍）、護（按：即中護軍）、左右衛、驍騎、游擊爲六軍。」左右衛之來歷，詳見唐六典卷二四左右衛、通典卷二八左右衛、左右驍衛。此言任晃曾任右衛長史。治劇，治，原作「理」，避高宗諱，徑改。治劇，處理繁重棘手之政務。

〔四一〕「所以百城」句，百城，指衆縣、諸縣。最，古代考核軍功或政績時，以上爲最。史記絳侯周勃傳：「攻槐里、好時，最。」集解引如淳曰：「於將率之中功爲最。」以上數句，言任晃本可任乘軒治劇之官，而終爲「旌孝悌、勸農桑」之縣令。

〔四二〕「蕭育」二句，漢書蕭望之傳附蕭育傳：「育字次君，少以父（蕭望之）任爲太子庶子。……後爲茂陵令，會課，育第六，而漆令郭舜殿，見責問，育爲之請扶風，怒曰：『君課第六，裁自脱，何暇欲爲左右言？』及罷出，傳召茂陵令詣後曹，當以職事對。育徑出曹，書佐隨牽育，育案佩刀曰：『蕭育杜陵男子，何詣曹也？』遂趨出，欲去官。明旦，詔召入，拜爲司隸校尉。」

〔四三〕「黄浮」二句，後漢書單超傳：徐璜，下邳良城人，桓帝初爲中常侍，後封武原侯。「璜兄子宣爲下邳令，暴虐尤甚。先是，求故汝南太守下邳李暠女不能得，及到縣，遂將吏卒至暠家，載其女歸，戲射殺之，埋著寺内。時下邳縣屬東海，汝南黄浮爲東海相，有告言宣者，浮乃收宣，家屬無少長悉考之。掾史以下固諫争，浮曰：『徐宣，國賊，今日殺之，明日坐死，足以瞑目矣。』即案宣罪棄市，暴其屍以示百姓，郡中震栗。」同歲，同歲獲薦舉，後稱「同年」。

〔四四〕「洛陽」二句，晉書曹攄傳：「曹攄，字顔遠，譙國譙人也。」調補臨淄令。「入爲尚書郎，轉洛陽令，仁惠明斷，百姓懷之。時天大雨雪，宫門夜失行馬，群官檢察，莫知所在。攄使收門士，衆官咸謂不然。攄曰：『宫掖禁嚴，非外人所敢盜，必是門士以燎寒耳。』詰之果服。」按：行馬，阻擋通行之木柵。

〔四五〕「齊國」二句，晉書王承傳：王承，字安期。爲驃騎參軍，遷司空從事中郎，「遷東海太守。政尚清静，不爲細察。小吏有盜池中魚者，綱紀推之。承曰：『文王之囿，與衆共之，池魚復何足惜邪？』」按：西漢東海郡，後漢東海國，春秋時爲魯國之東鄙，七國時屬楚。此謂「齊國」，蓋作者誤記。以上舉蕭育、黄浮、曹攄、王承數人，皆以擬任晃，謂其既疾惡如仇，又能明察愛人。

〔四六〕「劉文公」二句，春秋定公四年三月：「公會劉子、晉侯、宋公、蔡侯、衛侯、陳子、鄭伯、許男、曹伯、莒子、邾子、頓子、胡子、滕子、薛伯、杞伯、小邾子、齊國夏於召陵，侵楚。」左傳定公四年春三月：「劉文公合諸侯於召陵，謀伐楚也。」杜預注：「文公，王官伯也。」孔穎達正義：「召陵，楚地也。」引者按春秋僖公四年：「楚屈完來盟於師，盟於召陵。」杜注：「召陵，潁川縣也。」邵、召同。劉文公，春秋同上載：「秋七月，……劉卷卒。」杜注：「即劉蚠也。」正義曰：「昭二十二年傳曰『單子立劉蚠』，即此是也。」世族譜：「伯蚠、劉蚠、劉文公、劉狄、劉卷、劉子爲一人。」兩句中劉文公，「劉」原作「鄭」，各本同。據此，「鄭」當爲「劉」之誤，徑改。兩句喻指任晃不畏權勢，有如春秋所載劉文公直稱各諸侯「男」、「子」爵名。

〔四七〕「師尚父」二句，師尚父，即太公望呂尚，姓姜氏。遇周西伯（文王），立爲師。史記齊太公世家集解（裴）駰案劉向別録曰：「師之、尚之、父之，故曰師尚父。父亦男子之美號也。」太平御覽卷八四周文王引尚書帝命驗：「（西伯姬昌）至於磻谿之水，呂尚釣涯，王下趣拜，曰：『公望七年，乃今見光景於斯。』答曰：『望釣得玉璜，刻曰「姬受命，昌佐旌」。』遂置車左，王躬執驅，號曰師尚父。』」參見史記周本紀、齊太公世家。博物志卷七：「太公爲灌壇令。武王夢婦人當道夜哭，問之，曰：『吾是東海神女，嫁於西海神童。今灌壇令當道，廢我行，我行必有大風雨，而太公有德，吾不敢以暴風雨過，以毁君德。』武王明日召太公，三日三夜，果有疾風暴雨從太公邑外過。」此喻指任晃德厚。

〔四八〕「實謂」二句，樞機，開關，此用如動詞，猶言掌控。八座，通典卷二二歷代尚書附八座：「六尚書（按：吏、禮、兵、刑、户、工六部尚書）、左右僕射及令爲八座。」上下三階，「上下」亦用如動詞，猶言調節。三階，即泰階，代指朝廷。謂使泰階平，前已屢注。兩句言任晃宜擔當朝廷重任，以治理天下。

〔四九〕「豈惟」句，南齊書傅琰傳：「傅琰，字季珪，北地靈州人也。……除邵陵王左軍諮議，江夏王録事參軍。太祖輔政，以山陰獄訟煩積，復以琰爲山陰令。賣針、賣糖老姥争團絲，來詣琰，琰不辯核，縛團絲於柱鞭之，密視有鐵屑，乃罰賣糖者。……縣内稱神明，無敢復爲偷盜。」

〔五〇〕「操刀」句，左傳襄公三十一年：「子皮欲使尹何爲邑，子産曰：『少，未知可否。』子皮曰：『愿，吾愛之，不吾叛也。使夫往而學焉，夫亦愈知治矣。』子産曰：『不可。人之愛人，求利之也。今吾子愛人則以政，猶未能操刀而使割也，其傷實多。子之愛人，傷之而已，其誰敢求愛於子？子於鄭國，棟也，棟折榱崩，僑將厭焉，敢不盡言？子有美錦，不使人學製焉。大官、大邑，身之所庇也，而使學者製焉，其爲美錦，不亦多乎？僑聞學而後入政，未聞以政學者也。若果行此，必有所害。』」杜預注「其爲美錦，不亦多乎」二句曰：「言官邑之重，多於美錦。」意謂官邑之事，可要比學製美錦重大得多，千萬不可讓生手爲之。此反用其事，謂豈止嫻於操刀治劇而已。

〔五一〕「巫馬期」二句，韓詩外傳卷二：「子賤治單父，彈鳴琴，身不下堂，而單父治；巫馬期以星出，以星入，日夜不處，以身親之，而單父亦治。巫馬期問於子賤，子賤曰：『我任人，子任力；任人者佚，任力者勞。』人謂子賤則君子矣，佚四肢，全耳目，平心氣，而百官理，任其數而已，巫馬期則不然乎！然事惟勞力，教詔雖治，猶未至也。」按：宓不齊，字子賤；巫馬期，姓巫馬，字期，名施（見朱熹四書章句集注卷四論語），皆孔子弟子。此言任晃爲官過於勞累，有如巫馬期。起，英華校：「集作因。」亦通。

〔五二〕「鍾離意」二句，後漢書鍾離意傳：「鍾離意，字子阿，會稽山陰人也。」爲官以愛利爲化，人多殷富，以久病卒官。李賢注引東觀記曰：「意在堂邑，爲政愛利，輕刑慎罰，撫循百姓如赤子。初到縣，市無屋，意出俸錢帥人作屋，人齎茅竹，或持林木，争起趨作，浹日而成。功作既畢，爲解土祝曰：『興功役者令，百姓無事，如有禍祟，令自當之。』人皆悦服。」按：建宅落成時，設祭報謝土神，稱解土。此言任晃生活過於清儉。

〔五三〕「以儀鳳」句，儀鳳，唐高宗年號。儀鳳二年爲公元六七七年。

夫人姚氏，徵士神人之女也〔一〕。壽丘仙葉〔二〕，嬀水靈苗〔三〕。定姚信之機衡〔四〕，審姚光之術藝〔五〕。明星𧮰𧮰，不臨太丘之前〔六〕；暮雨沉沉，不散巫山之曲〔七〕。婦人謂嫁〔八〕，女子有行〔九〕。織紝組紃〔一〇〕，棗脩榛栗〔一一〕。南斗千齡之匣，忽愴沉江〔一二〕；北方三代之儀，終悲共穴〔一三〕。先以咸亨三年七月二日，終西京翊善里之私第〔一四〕；越儀鳳三年冬十一月一日，歸祔於永樂縣歷山之平原〔一五〕。卜虞芮之閑田〔一六〕，帶關河之設險〔一七〕。居民致祭，桐鄉有朱邑之祠〔一八〕；怪力成墳，葉縣有王喬之墓〔一九〕。

【箋　注】

〔一〕「徵士」句，徵士，不就朝廷徵召之士。神人，指道士。人，四子集、全唐文作「俊」。若作「俊」，則「神俊」當爲其名，而其人非道士。然「姚神俊」不可考，故難定孰是，姑依舊。

〔二〕「壽丘」句，壽丘，代指黃帝。史記五帝本紀：「黃帝者，少典之子，姓公孫，名曰軒轅。」索隱案：「皇甫謐云『黃帝生於壽丘，長於姬水，因以爲姓』。」正義案：「壽丘在魯東門之北，今在兖州曲阜縣東北六里。生日角龍顔，有景雲之瑞，以土德王，故曰黃帝。」同上五帝本紀：「帝顓頊高陽者，黃帝之孫而昌意之子也。」又曰：「虞舜者，名曰重華。重華父曰瞽叟，瞽叟父曰橋牛，橋牛父曰句望，句望父曰敬康，敬康父曰窮蟬，窮蟬父曰帝顓頊，顓頊父曰昌意，以至舜七世矣。」正義：「舜姚姓。……會稽舊記云舜上虞人，去虞三十里有姚丘，即舜所生也。」則舜乃黃帝後裔，姚姓，故此稱姚氏爲「壽丘仙葉」也。

〔三〕「媯水」句，酈道元水經河水注：河水南過蒲坂縣西，「郡南有歷山，謂之歷觀，舜所耕處也。有舜井，媯、汭二水出焉，南曰媯水，北曰汭水。西逕歷山下，上有舜廟。周處風土記曰：舊説舜葬上虞。又記云耕於歷山」。太平寰宇記卷九六越州餘姚縣：「風土記云：舜支庶所封。舜姓姚，唐武德四年（六二一）置姚州，七年州廢來屬越。姚丘山，在縣西北六十里。周處風土記云：『舜生於姚丘，媯水之内。』今上虞縣縣東也。」則與舜相關之媯水亦爲傳説，究在何處已難考定。

〔四〕「定姚信」句，姚信，三國時吴人。機衡，測天儀，言其測天并創立新天體論。晉書天文志上：「吴太常姚信造昕天論云：『人爲靈蟲，形最似天。今人頤前侈臨胸，而項不能覆背。近取諸身，故知天之體南低入地，北則偏高。又冬至極低，而天運近南，故日去人遠，而斗去人近，北天氣至，故冰寒也。夏至極起，而天運近北，而斗去人遠，日去人近，南天氣至，故蒸熱也。極之高時，日行地中淺，故夜短；天去地高，故晝長也。極之低時，日行地中深，故夜長；天去地下，故晝短也。』自虞喜、虞聳、姚信，皆好奇徇異之説，非極數談天者也。」

〔五〕「審姚光」句，太平御覽卷八七一灰引抱朴子曰：「吴世姚光者，有火術。吴主試之，積荻數千束裹之，因猛火而燔荻了盡，謂光當已化爲煙燼，而光端坐灰中，振衣而起。把一卷書，吴主取而視之，不能解也。」

〔六〕「明星」二句，明星，指明星玉女。太丘，指華山，華山一名太華。太平御覽卷六六九服餌上引真誥：「明星玉女者，居華山，服玉漿。山中頂上有石龜，其廣數畝，高且三仞。其側有梯磴達龜背，見玉女祠前有五石臼，號曰玉女洗頭盆，其中水碧緑澄澈，雨不加溢，旱不減耗，内有玉女馬一疋。」同上卷八六一漿引華山記：「華山上明星玉女，持玉漿。」兩句謂但見明星玉女之光芒，然其深居山中，不臨山前，故難覩其容，以喻姚氏。

〔七〕「暮雨」二句，宋玉高唐賦：「昔者先王嘗游高唐，怠而晝寢，夢見一婦人。」告辭時稱「『妾在巫山之陽，高丘之阻。旦爲朝雲，暮爲行雨。朝朝暮暮，陽臺之下』，旦朝視之如言，故爲立廟，號曰朝雲」。雲雨不散，亦言難覩，以喻指姚氏。

〔八〕「婦人」句，詩經周南葛覃：「言告師氏，言告言歸。」毛傳：「婦人謂嫁曰歸。」英華於「嫁」下有「曰歸」二字，校：「集無此二字。」按：若有二字，則與下句不對應。蓋二字爲底本讀者所加，刊刻時竄入也。

〔九〕「女子」句，詩經邶風泉水：「女子有行，遠父母兄弟。」鄭玄箋：「行，道也。婦人有出嫁之道，遠於親親，故禮緣人情，使得歸寧。」

〔一〇〕「織紝」句，詩經召南采蘋序：「大夫妻能循法度也。能循法度，則可以承先祖、共祭祀矣。」鄭玄箋：「女子十年不出姆教，婉娩聽從，執麻枲，治絲繭，織紝組紃，學女事以共衣服。觀於祭祀，納酒漿，籩豆葅醢，禮相助奠。十有五而笄，二十而嫁，此言能循法度者。」孔穎達正義：「織紝組紃者，紝也，組也，紃也，三者皆織之。服虔注左傳曰：『織、紝，治繒帛者。』則紝謂繒帛也。内則注云：『紃，絛也。』組亦絛之類，大同小異耳。」

〔一一〕「棗脩」句，左傳莊公二十四年：「女贄不過榛栗棗脩，以告虔也。」杜預注：「榛，小栗；脩，脯；虔，敬也。皆取其名以示敬。」

〔一二〕「南斗」二句，謂張華見斗牛之間常有紫氣，遂派人從豐城掘得寶劍龍淵、太阿，一劍先失所在，後兩劍相遇，化二龍而去。匣，指盛劍石函。沉江，以雙劍化龍没水，喻指夫妻二人亡而復合。詳見前唐恒州刺史建昌公王公神道碑「終合雙龍之氣」句注引晉書張華傳。

〔一三〕「北方」二句，禮記檀弓上：「舜葬於蒼梧之野，蓋三妃未之從也。」鄭玄注：「古者不合葬。」同上又曰：「季武子曰：周公蓋祔。」鄭注：「祔，謂合葬。合葬自周公以來。」孔穎達正義：「周公始祔，舜時未有此禮，故云『未之從也』。記者既論古不合葬，與周不同，引季武子之言云周公以來，蓋始祔葬，祔即合也，言將後喪合前喪。」則「北方」爲與上句「南斗」對，與所謂「三代」，皆指周也。共穴，詩經王風大車：「谷則異室，死則同穴。謂予不信，有如皦日。」毛傳：「生在於室則外内異，死則神合同爲一也。」鄭玄箋：「穴，謂冢壙中也。」

〔一四〕「先以」二句，咸亨三年，即公元六七二年。西京翊善里，徐松唐兩京城坊考卷三：「（西京長安）朱雀門街東第三街（原注：即皇城東之第一街，北當大明宫之興安門，南當啓夏門），街東從北第一翊善坊。」

〔一五〕「越儀鳳」二句，儀鳳三年，爲公元六七八年。「十一月一日」下，英華校：「集有作字。」永樂縣，地在今山西永濟市，見本文前注。歷山，尚書大禹謨：「帝初於歷山。」孔穎達正義引鄭玄云：「歷山，在河東。」又史記五帝本紀：「舜耕歷山。」正義引括地志云：「蒲州河東縣雷首山，一名中條山，亦名歷山，亦名首陽山，亦名蒲山，……凡十一名，隨州縣分之。歷山南有舜井。」今永濟市南爲中條山。

〔一六〕「卜虞芮」句，詩經大雅緜：「虞芮質厥成，文王蹶厥生。」毛傳：「質，成也，成，平也。蹶，動也。虞芮之君相與争田，久而不平，乃相謂曰：『西伯，仁人也，盍往質焉？』乃相與朝周。入其竟，則耕者讓畔，行者讓路；入其邑，男女異路，班白不提挈；入其朝，士讓爲大夫，大夫讓爲卿。二國之君感而相謂曰：『我等小人，不可以履君子之庭。』乃相讓，以其所争田爲閒田而退。天下聞之而歸者四十餘國。」王應麟詩地理考卷四虞芮：「郡縣志：故虞城，在陝州平陸縣東北五十里虞山之上，古虞國。芮城，在陝州芮城縣西二十里，古芮國。」唐永樂縣，乃高祖武德二年（六一九）分芮城置，見本文前注，故云所卜爲虞芮之閒田。

〔一七〕「帶關河」句，指函谷關、黄河。史記蘇秦列傳：「説惠王曰：『秦四塞之國，被山帶渭，東有關河，西有漢中，南有巴蜀，北有代馬，此天府也。……』」正義：「東有黄河，有函谷。」按：中條山（歷山）南爲黄河、函谷關（今屬河南省），故云。

〔一八〕「居民」二句，漢書朱邑傳：「朱邑，字仲卿，廬江舒人也。少時爲舒桐鄉嗇夫，廉平不苛，以愛利爲行。……舉賢良，爲大司農丞，遷北海太守，以治行第一，入爲大司農。爲人淳厚，篤於故舊，然性公正，不可交以私，天子器之，朝廷敬焉。……病且死，屬其子曰：『我故爲桐鄉吏，其民愛我，必葬我桐鄉。後世子孫奉嘗我，不如桐鄉民。』及死，其子葬之桐鄉西郭外，民果然共爲邑起冢立祠，歲時祠祭，至今不絶。」桐，英華作「同」，誤。民，原作「人」，避唐諱，徑改。

〔一九〕「怪力」二句，怪力，謂神力。後漢書王喬傳：「王喬者，河東人也，顯宗世，爲葉令。喬有神術。……後天下玉棺於堂前，吏人推排，終不摇動。喬曰：『天帝獨召我邪？』乃沐浴服飾，寢其中，蓋便立覆。宿昔葬於城東，土自成墳。其夕縣中牛皆流汗喘乏，而人無知者。百姓乃爲立廟，號葉君祠。」明一統志卷三〇南陽府：「王喬墓，在葉縣東南三十里。喬，漢縣令。」

君燕趙奇士〔一〕，神仙中人。容貌魁梧，衣冠甚偉。揚子雲之窮巷，好事來遊〔二〕；段干木之閭居，通侯展敬〔三〕。自陳力就列〔四〕，居家可移〔五〕。妾本絶於織蒲〔六〕，馬無聞於食粟〔七〕。原子思之厚秩，徧給鄉人〔八〕；孔文舉之中罇，延留坐客〔九〕。加以徧覩圖史，尤精釋教。夢幻泡電，知一切之皆空〔一〇〕；園林貨財，見三陽之已浄〔一一〕。時命屯坎，浮生蹇剥〔一二〕。佳人不再，荀奉倩之傷神〔一三〕；赤子無期，潘安仁之慘慟〔一四〕。天乎到此，命也如何！及其瞑目少城〔一五〕，歸魂舊壤〔一六〕。平原古樹，惟餘孺子之墳〔一七〕；春露秋霜，非復皋繇之祀〔一八〕。於是鄉鄰作主，朋友加麻〔一九〕，撰德銘之於素表〔二〇〕，披文刻之於翠石〔二一〕。魯哀公作仲尼之誄，天不憖遺〔二二〕；蔡伯喈爲有道之碑，人無媿色〔二三〕。

【箋　注】

〔一〕「君燕趙」句，漢書江充傳：「江充，字次倩，趙國邯鄲人也。……充爲人魁岸，容貌甚壯，（武帝望見而異之，謂左右曰：『燕趙固多奇士。』」北史李靈傳論曰：「古人云：燕趙多奇士。」燕趙，今河北、北京一帶。按任晃祖籍博昌，地在今山東博興縣北（見本文前注），在古代燕趙大範圍之内。

〔二〕「揚子雲」二句，漢書揚雄傳：「家素貧，耆酒，人希至其門。」左思詠史：「寂寂揚子宅，門無卿相輿。」好事，即好事者，猶言熱心人。

〔三〕「段干木」二句，後漢書李陳龐陳橋列傳論曰：「昔段干木踰牆，而避文侯之命。」李賢注引高士傳曰：「段干木者，晉人也。守道不仕，魏文侯造其門，段干木踰牆而避之。」通侯，古代侯爵中最高等級之名。原稱徹侯，避漢武帝諱改，見漢書高帝紀下「通侯諸將」句注引應劭語。劉向新序卷五：「魏文侯過段干木之閭而軾，其僕曰：『君何爲軾？』曰：『此非段干木之閭乎？段干木蓋賢者也，吾安敢不軾。且吾聞段干木未嘗肯以己易寡人也，吾安敢高之。段干木光乎德，寡人光乎地；段干木富乎義，寡人富乎財。地不如德，財不如義，寡人當事之者也。』遂致禄百萬，而時往問之。國人皆喜，相與誦之曰：『吾君好正，段干木之敬；吾君好忠，段干木之隆。』」

〔四〕「自陳力」句，論語季氏：「孔子曰：『求！周任有言曰：陳力就列，不能者止。』」何晏集解引馬（融）曰：「周任，古之良史。言當陳其才力，度己所任，以就其位，不能則當止。」句謂任晃自入仕之後，即盡力爲國。

〔五〕「居家」句，孝經廣揚名章：「子曰：『君子之事親孝，故忠可移於君。事兄悌，故順可移於長。居家理，故治可移於官。』」

〔六〕「妾本」句，左傳文公二年：「仲尼曰：『臧文仲其不仁者三，……妾織蒲，三不仁也。』」杜預注：「家人販席，言其與民争利。」此謂任晃爲官，絶不讓家屬經商牟利。

〔七〕「馬無」句，左傳成公十六年：「范文子謂欒武子曰：『季孫於魯相二君矣，妾不衣帛，馬不食粟，可不謂忠乎？』」

〔八〕「原子思」二句，論語雍也：「孔子爲魯司寇，以原憲爲家邑宰，與之粟九百，辭。子曰：『毋，以與爾鄰里鄉黨乎。』」何晏集解引包（咸）曰：「弟子原憲，思，字也。」又引鄭（玄）曰：「五家爲鄰，五鄰爲里，萬二千五百家爲鄉，五百家爲黨。」按史記仲尼弟子列傳：「原憲，字子思。」集解引鄭玄曰：「魯人。」索隱：「（孔子）家語云宋人，所記不同。少孔子三十六歲。」

〔九〕「孔文舉」二句，後漢書孔融傳：「孔融，字文舉，魯國人，孔子二十世孫也。……性寬容少忌，好士，喜誘益後進。及退閒職，賓客日盈其門。常嘆曰：『坐上客恒滿，尊中酒不空，吾無憂矣。』」

〔一〇〕「夢幻」二句，謂世界一切皆虚幻不實，故應破除執着，以求解脱。金剛經第三十二品：「一切有爲法，如夢幻泡影，如露亦如電，應作如是觀。」

〔一一〕「園林」二句，三陽，古代醫學理論指太陽、陽明、少陽三經脈。黄帝内經素問卷一：「太陽爲開，陽明爲闔，少陽爲樞。」又曰：「三陽脈衰於上，面皆焦，髮始白。」唐王冰注：「三陽之脈，盡上於頭，故三陽衰則面皆焦，髮始白。」此言三陽浄，即三陽衰，意謂雖有園林貨財，其奈老何？

陽，英華校：「集作揚。」「三揚」無義，當誤。

〔一二〕「時命」二句，時命，原作「遭時」，英華校：「集作時命。」按下句爲「浮生」，此作「時命」方可爲對，據所校集本改。時命，現實命運。浮生，莊子刻意：「其生若浮。」屯、坎、蹇、剥，皆周易卦名，言處境險惡多難。周易屯卦彖曰：「屯，剛柔始交而難生，動乎險中，大亨，貞。雷雨之動滿盈，天造草昧，宜建侯而不寧。」坎卦彖曰：「習坎，重險也。水流而不盈，行險而不失其信。」蹇卦彖曰：「蹇，難也，險在前也。見險而能上，知矣哉！」剥卦：「剥，不利有攸往。彖曰：「剥，剥也，柔變剛也。『不利有攸往』，小人長也。順而止之，觀象也。君子尚消息盈虛，天行也。」

〔一三〕「佳人」二句，荀粲，字奉倩，尚書令彧之子。世説新語惑溺「荀奉倩與婦至篤」條，劉孝標注引粲別傳曰：「粲常以婦人才智不足論，自宜以色爲主。驃騎將軍曹洪女有色，粲於是聘焉。容服帷帳甚麗，專房燕婉。歷年後婦病亡，未殯，傅嘏往唁粲，粲不哭而神傷。嘏問曰：『婦人才色并茂爲難。子之聘也，遺才存色，非難遇也，何哀之甚？』粲曰：『佳人難再得。顧逝者不能有傾城之異，然未可易遇也。』痛悼不能已已，歲餘亦亡，亡時年二十九。」兩句指任晃喪妻。

〔一四〕「赤子」二句，潘岳，字安仁，其傷弱子辭曰：「葉落永離，覆水不收。赤子何辜，罪我之由。」兩句指任晃喪子。

〔一五〕「及其」句，少城，文選左思蜀都賦：「亞以少城，接乎其西。市廛所會，萬商之淵。」劉淵林注：

「少城，小城也，在大城西，市在其中也。」此當指温江縣城，其距大城成都不遠，故稱。

〔一六〕「歸魂」句，魂，英華、四子集、全唐文作「懷」。按：上句爲「瞑目」，此當作「歸魂」，方爲的對，「懷」字誤。

〔一七〕「惟餘」句，後漢書徐穉傳：「徐穉，字孺子，豫章南昌人。」桓帝時高士，徵辟皆不赴。三國志吴書顧邵傳：「邵字孝則，博覽書傳，好樂人倫，少與舅陸績齊名。……起家爲豫章太守，下車祀先賢徐孺子之墓，優待其後。」又晉書温嶠傳：「咸和初，代應詹爲江州刺史、持節都督、平南將軍，鎮武昌，甚有惠政。甄異行能，親祭徐孺子之墓。」

〔一八〕「春露」二句，春露秋霜，指春、秋祭奠，見前建昌公王公神道碑「春秋變其霜露」句注。皋繇，上古名臣，堯時爲士（大理）。左傳文公五年：「臧文仲聞六與蓼滅，曰：『皋陶庭堅不祀，忽諸德之不建，民之無援，哀哉！』」杜預注：「蓼與六，皆皋陶後也。傷二國之君不能建德，結援大國，忽然而亡。」庭堅，皋繇字（見左傳文公十八年杜預注）。太平寰宇記卷一二九壽州：「安豐縣南八十里，舊二十三鄉，今一十九鄉，春秋時六國地，昔皋繇所封兼葬此地。漢爲縣，屬六安國。續漢書郡國志屬廬江郡。梁置陳留、安豐二郡於此。隋罷郡，縣屬揚州，改潁、壽州。」按：此句蓋言任晃無嗣。

〔一九〕「朋友」句，儀禮士虞禮：「士之屬官，爲其長弔，服加麻矣。」賈公彦疏：「禮記喪服小記云：『緦麻小功，虞，卒哭則免。』注云：卒哭，緦麻以上至斬衰皆免。今祝是執事、屬吏之等，皆無免法。」

〔一〇〕「撰德」句，撰德，述其功德。素表，「表」原作「常」，英華、四子集作「表」，英華校：「集作常。」按：古代銘功於太常，太常，旌旗畫日月之謂也。此指記其功德於碑文，以「表」爲宜，據上揭英華等改。

〔一一〕「披文」句，梁簡文帝吴興楚王神廟碑：「式樹高碑，翠石勒文。」翠石，謂石色翠，泛指美石。

〔一二〕「魯哀公」二句，史記孔子世家：「孔子年七十三，以魯哀公十六年四月己丑卒。哀公誄之曰：『旻天不弔，不慭遺一老，俾屏余一人以在位，煢煢余在疚。嗚呼哀哉！尼父，無自律！』」集解引王肅曰：「弔，善也。慭，且也。一老，謂孔子也。」

〔一三〕「蔡伯喈」二句，後漢書蔡邕傳：「蔡邕，字伯喈，陳留圉人也。」其爲郭泰（人稱有道先生）作碑，自稱「無媿」事，前已屢引。

其銘曰：

軒帝之族，漢朝之臣。西州智士，東海真人〔一〕。豪傑天縱〔二〕，衣冠日新〔三〕。實生其德，必有其鄰〔四〕。道在爲貴，知機則神〔五〕。氣衝南斗〔六〕，價直西秦〔七〕。大蒙之信，太平之仁〔八〕。辨窮非馬〔九〕，學究成麟〔一〇〕。孝友爲政，觀光利賓〔一一〕。重朋比德，少海爲春〔一二〕。宮室之象，南斗北辰〔一三〕。甲兵之衛，閶闔鈎陳〔一四〕。山控金馬，江迴玉輪〔一五〕。天文井絡，地紀梁岷〔一六〕。庭前置水〔一七〕，甑内生塵〔一八〕。園蠶生繭〔一九〕，野雉來馴〔二〇〕。時命屯蹇，生涯苦辛。實叙虚贈〔二一〕，玉樹長淪〔二二〕。厚德無輔〔二三〕，親仁不親〔二四〕。百年夭枉，一旦歸真〔二五〕。雷鳴之下，長河之濱。旌旃委鬱，徒御逡巡。悲風汨起，血下霑巾。死而可贖，人百其身〔二六〕。

【箋　注】

〔一〕「軒帝」四句，指任姓源於黄帝軒轅氏，兩漢有任敖、任延、任光，益州有任文公，臨海有任敦，已見本文前注。

〔二〕「豪傑」句，論語子罕：「太宰問於子貢曰：『夫子聖者與？何其多能也！』子貢曰：『固天縱之將聖，又多能也。』」天縱，上天所賦。

〔三〕「衣冠」句，日新，周易大畜彖曰：「大畜，剛健篤實，輝光日新其德。」孔穎達疏「日新其德」爲「日日增新其德」。同上繫辭上：「日新之謂盛德。」

〔四〕「必有」句，論語里仁：「子曰：德不孤，必有鄰。」何晏集解：「方以類聚，同志相求，故必有鄰，是以不孤。」

〔五〕「知機」二句，周易繫辭上：「子曰：知幾其神乎！君子上交不諂，下交不瀆，其知幾乎！」「機」、「幾」通。

〔六〕「氣衝」句，謂紫氣衝斗牛，用張華得龍淵、太阿事，前已屢注。此以雙劍喻任晃夫婦。

〔七〕「價直」句，以和氏璧喻任晃夫婦。史記廉頗藺相如列傳：「趙惠文王時，得楚和氏璧。秦昭王聞之，使人遺趙王書，願以十五城請易璧。」

〔八〕「大蒙」二句，爾雅釋地：「東至日所出爲太平，西至日所入爲大蒙。太平之人仁，丹穴之人智，大蒙之人信，空桐之人武。」大蒙，郭璞注：「即蒙汜也。」

〔九〕「辨窮」句，莊子齊物論：「以指喻指之非指，不若以非指喻指之非指也。以馬喻馬之非馬，不若以非馬喻馬之非馬也。天地一指也，萬物一馬也。」郭象注：「將明無是無非，莫若反覆相喻。反覆相喻，則彼與我既同於自是，又均於相非。均於相非，則天下無是；同於自是，則天下無非。」此言任晃長於辨理。

〔一〇〕「學究」句，謂遍讀群書。孔子作春秋，止於哀公十四年叔孫氏西狩獲麟，故以「成麟」代指儒家典籍。

〔一一〕「孝友」二句，尚書君陳：「惟爾令德孝恭，惟孝友于兄弟，克施有政。」僞孔傳：「言善父母者，必友于兄弟，能施有政令。」周易觀卦：「觀國之光，利用賓于王。」王弼注：「居觀之時，最近至尊，觀國之光者也；居近得位，明習國儀者也，故曰利用賓于王也。」兩句言入仕爲官。

〔一二〕「重朋」二句，尚書洪範：「凡厥庶民，無有淫朋，人無有比德，惟皇作極。」僞孔傳：「民有安中之善，則無淫過朋黨之惡，比周之德，惟天下皆大爲中正。」重朋，即「淫朋」，指朋黨。少海，

「少」原作「四」，據英華、全唐文改。少海，喻太子。以皇帝比大海，故太子爲少海。山海經東山經：「無皋之山，南望幼海。」郭璞注：「即少海也；淮南子曰：『東方大渚曰少海。』」兩句謂任晃爲太子家令寺主簿時，能行中正之道，故太子平安無事。

〔一三〕「宫室」二句，史記天官書：「營室爲清廟。」索隱：「爾雅云：『營室謂之定。』郭璞云：『定，正也。天下作宫室，皆以營室中爲正也。』」詩經鄘風定之方中：「揆之以日，作于楚室。」毛傳：「揆，度也。度日出日入以知東西，南視定北，準極以正南北。」極，即南極、北極，亦即所謂南斗、北辰。兩句謂任晃任將作監主簿頗稱職。

〔一四〕「甲兵」二句，漢書禮樂志：「游閶闔，觀玉臺。」注引應劭曰：「閶闔，天門。玉臺，上帝之所居。」後漢書班固傳載西都賦：「周以鈎陳之位，衛以嚴更之署。」李賢注引前（漢）書音義曰：「鈎陳，紫宫外星也，宫衛之位亦象之。」文選該賦李善注引服虔甘泉賦注曰：「紫宫外營，鈎陳星也。」兩句指任晃任右衛長史事。

〔一五〕「山控」二句，金馬，山名。唐樊綽蠻書卷二：「金馬山，在柘東城（按：今雲南昆明市）螺山南二十餘里，高百餘丈，與碧鷄山東南西北相對。土俗傳云昔有金馬，往往出見山上，亦有神祠。」玉輪，江名。太平寰宇記卷七八茂州汶川縣：「玉壘山在縣北三里，……其下汶水所經，蜀謂之玉輪江。」按即岷江之一段，在今四川都江堰之北。此以金馬、玉輪代指蜀（漢代昆明屬益州），言任晃入蜀爲温江縣令事。

〔一六〕「天文」二句，文選左思蜀都賦：「遠則岷山之精，上爲井絡。天帝運期而會昌，景福肸蠁而興作。」劉淵林注：「河圖括地象曰：『岷山之精，上爲天井。』言岷山之地，上爲東井維絡；岷山之精，上爲天之井星也。」同上吴都賦：「烏聞梁岷有陟方之館、行宫之基歟？」劉淵林注：「梁，梁州也；岷，岷山，皆蜀地也。」兩句亦指任晃入蜀爲温江縣令事。

〔一七〕「庭前」句，北堂書鈔卷三七公正「得屬托書，一無所發」條，引魯國先賢傳云：「孔翊爲洛陽令，置水前庭，得屬托書，皆投水中，一無所發。」又引益部耆舊傳云：「趙瑛爲青州刺史，凡得屬託書，於聽事置大器，悉投置水中，一無所發。」句言任晃爲官剛正。

〔一八〕「甑内」句，後漢書范冉傳：「桓帝時，以冉爲萊蕪長，遭母憂，不到官。……所止單陋，有時糧盡，窮居自若，言貌無改，閭里歌之曰：『甑中生塵范史雲（按范冉字史雲），釜中生魚范萊蕪。』」句言任晃爲官清廉。

〔一九〕「園蠶」句，北堂書鈔卷九八談講「因與共談，移日忘飡」條，引荆州先賢傳云：「龐士元師事司馬德操（徽），蠶月躬採桑後園，士元往見之，因與共談，遂移日忘餐，德操於是異之。」

〔二〇〕「野雉」句，太平御覽卷九一七雉引東觀漢記曰：「魯恭，字仲康，爲中牟令，螟蝗不入中牟。河南尹袁安疑其不實，乃遣郡掾肥親驗之。恭隨親行阡陌，坐樹下，雉過止其側。旁有小兒，親曰：『兒何不捕之？』兒言：『雉將雛。』親嘿然。有頃，與恭訣曰：『本來考君界有無蟲耳，今蟲不犯境，一異也；化及鳥獸，二異也；童子有仁心，三異也。府掾久留，但擾賢者。』因還府，以狀白安。」

〔二一〕「實叙」句，按等級次第所授官職，稱實叙；死後朝廷贈官，謂虚贈。碑文中并未言及贈官事，或有原故。

〔二二〕「玉樹」句，喻人亡。淪，沉没。晉書庾亮傳：「亮將葬，何充會之，歎曰：『埋玉樹於土中，使人情何能已！』」

〔二三〕「厚德」句，論語里仁：「子曰：德不孤，必有鄰。」何晏集解：「方以類聚，同志相求，故必有鄰，是以不孤。」此反其義，謂即便德厚，亦未必有同志相助。

〔二四〕「親仁」句，論語學而：「汎愛衆而親仁。」蔡邕正交論（蔡中郎集卷三）：「至於仲尼之正教，則『泛愛衆而親仁』。故非善不喜，非仁不親。」親，原作「清」，各本同。「清仁」不詞，據文意改。此亦反其義，謂親仁喜善，未必有好下場。

〔二五〕「百年」二句，夭枉，冤枉。文選謝靈運廬陵王墓下作：「促脆良可哀，夭枉特兼常。」李周翰注：「特兼常，言甚於常者。爲枉見殺戮也。」歸真，歸於自然，指死。梁簡文帝湘宫寺智茜法師墓誌銘：「薪盡火滅，歸真息假。」按碑文屢稱任晃命運屯蹇，似不止妻亡子夭，疑嘗遭不便明言之冤，已不可考。

〔二六〕「死而」二句，贖，原作「續」，據全唐文改。詩經秦風黄鳥：「彼蒼者天，殲我良人。如可贖兮，人百其身。」鄭玄箋：「如此奄息之死，可以他人贖之者，人皆百其身。謂一身百死猶爲之，惜善人之甚。」

原州百泉縣令李君神道碑〔一〕

金城裂地之災〔二〕，玉弩驚天之禍〔三〕。蹴崑崙以西倒，蹋泰山而東覆〔四〕。三微曆數，盡薰歇以聲沉〔五〕；萬國衣裳，咸土崩而瓦散〔六〕。是故殷憂啓聖，聖人騰海嶽之符〔七〕；草昧興王，王者受風雷之祉〔八〕。則有思窮圖讖，潛觀赤伏之萌〔九〕；洞識機祥，暗察黃星之兆〔一〇〕。天懸兩日，詢去就於河宗〔一一〕；地震三川，考興亡於柱史〔一二〕。危邦不入，亂邦不居〔一三〕。剪荆棘而叩天門〔一四〕，臨壇場而對休命〔一五〕。及其玄黃再造〔一六〕，日月重輪〔一七〕，功成而不居，名遂而身退〔一八〕。南華吾師也，親居賤職〔一九〕；東方達人也，安乎卑位〔二〇〕。然後武城絃唱，優游禮樂之中〔二一〕；彭澤琴樽，散誕羲皇之表〔二二〕。雖杜當陽之文武，蘭菊恒存〔二三〕；而薛孟嘗之池臺，風煙遂歇〔二四〕。悲夫！死生命也，貴賤時也〔二五〕。用之則行，舍之則藏〔二六〕。出處者君子之恒務〔二七〕，左右者君子之攸宜〔二八〕。吾聞其語矣，今見其人也。

【箋注】

〔一〕元和郡縣志卷三原州百泉縣：「本漢朝那縣地，故城在今縣理西四十五里。後魏孝明帝於今縣西南陽晉川置黄石縣，隋煬帝改爲百泉縣。武德八年（六二五）移於今所。」舊唐書地理志：「原州中都督府，隋平涼郡。武德元年平薛仁杲，置原州。貞觀五年（六三一）置都督府，管原、慶、會、銀、亭、達、要等七州。十年省亭、達、要三州，唯督四州。天寶元年（七四二）改爲平涼郡，乾元元年（七五八）復爲原州。」故治在今甘肅平涼市西北。墓主李楚才卒於顯慶元年（六五六）十二月八日，「即以某年月日，葬於某原」。顯慶元年楊炯方七歲，顯非本文作者，據此似可定爲僞作。然以「即以某年月日」句時間空闕，故亦有後來補碑或「葬於某原」之「葬」前脱「改」字之可能。爲謹慎見，姑不删除，存疑待考。

〔二〕「金城」句，史記秦始皇本紀：「天下以定，秦王之心自以爲關中之固，金城千里，子孫帝王萬世之業也。」索隱：「金城，言其實且堅也。韓子曰：『雖有金城、湯池。』漢書張良亦曰：『關中所謂金城千里，天府之國。』」則「金城」代指秦。裂地，謂秦侵吞諸侯。賈誼過秦論：「秦有餘力而制其弊，追亡逐北，伏尸百萬，流血漂櫓。因利乘便，宰割天下，分裂河山，彊國請伏，弱國入朝。」

〔三〕「玉弩」句，古微書卷三尚書帝命驗：「天鼓動，玉弩發，驚天下（注曰：秦野有枉矢，星形似弩，其行如流，天下見之而驚呼。其柄曰臂，似人臂也）。成類出，高將下（注：成類，謂秦始皇也。吕不韋之妻任身，而秦襄王納之，生始皇。高謂丞相趙高。始皇出趙高，下言天生之也）。賊起蜚，卯生虎（注：賊，始皇；虎，高祖）。卯金出軫，握命孔符（注：卯金，劉字之别。軫，楚分野之星。符，圖。劉所握天命，孔子製圖書）。」按：是乃西漢讖書，證明劉邦滅秦合乎天命。則所謂「玉弩驚天之禍」，指秦始皇以武力征服天下。

〔四〕「蹴崑崙」二句，晉書趙至傳：「趙至，字景真，代郡人也，寓居洛陽。……初，至與（嵇）康兄子蕃友善，及將遠適，乃與蕃書叙離并陳其志曰：『……思躡雲梯，横奮八極，披艱掃穢，蕩海夷嶽。蹴崑崙使西倒，蹋太山令東覆。平滌九區，恢維宇宙，斯吾之鄙願也。』」此言秦國軍事力量極其强大，勢不可當。

〔五〕「三微」二句，後漢書章帝紀：「王者重三正、慎三微也。」李賢注：「正，謂天、地、人之正。所以有三者，由有三微之月，王者所當奉而成之。禮記（按：見檀弓上）曰：『正朔三而改，文質再而復。』三微者，三正之始，萬物皆微，物色不同，故王者取法焉。」所謂「三正」，即夏、商、周三代曆法，各以寅、丑、子爲正月。則「三微」指三正月之始。此以三微代指三代曆法，又代指三代政權。薰歇，薰，氣焰；歇，消失。聲沉，聲威沉寂淪亡。兩句言三代以來所建立之社會政治制度崩潰。曆，原作「歷」，同。

〔六〕「萬國」二句，萬國，萬，謂衆多；衣裳，代指諸侯。兩句言所有諸侯國皆土崩瓦解，被一一消滅。

〔七〕「是故」二句，殷憂，深憂。文選劉琨勸進表：「或殷憂以啓聖明。」李善注引漢書路温舒曰：「禍亂之作，將以開聖人也。」海嶽之符，指漢高祖劉邦以赤帝子爲受命符。尚書禹貢：「海岱及淮惟徐州。」僞孔傳：「東至海，北至岱，南及淮。」岱即泰山，故稱嶽。史記高祖本紀：「高祖，沛豐邑中陽里人。」豐邑即豐縣，屬徐州，故以海嶽代指劉邦。同書稱，劉邦爲蛟龍所生，醉卧時「其上常有龍」。後行澤中斬大蛇，有老嫗哭稱蛇乃其子，即白帝子，而爲赤帝子所斬。同書項羽本紀又稱范增「令人望其（劉邦）氣，皆爲龍虎，成五采，此天子氣也」。故漢書高帝紀贊曰：「斷蛇著符。」

〔八〕「草昧」二句，謂劉邦以卑微之身而勃興稱帝。周易屯卦象曰：「雷雨之動滿盈，天造草昧，宜建侯而不寧。」王弼注：「雷雨之動乃得滿盈，皆剛柔始交之所爲。屯體不寧，故利建侯也。屯者，天地造始之時也。造物之始，始於冥昧，故曰草昧也。」興王，王者興起。周易益卦象曰：「風雷益，君子以見善則遷，有過則改。」孔穎達正義引子夏傳云：「雷以動之，風以散之，萬物皆益。……其意言必須雷動於前，風散於後，然後萬物皆益。如二月啓蟄之後，風以長物；八月收聲之後，風以殘物。風之爲益，其在雷後，故曰風雷益也。」此言王者以風雷之勢除舊布新。祉，福。英華卷九二九校：「集作趾。」誤。

〔九〕「則有」二句，圖讖，漢代流行之符命占驗書。此言劉秀因赤伏符而登帝位。後漢書光武帝紀上：「光武先在長安時，同舍生彊華自關中奉赤伏符，曰：『劉秀發兵捕不道，四夷雲集龍鬭野，四七之際火爲主。』群臣因復奏曰：『受命之符，人應爲大，萬里合信，不議同情，周之白魚，曷足比焉！今上無天子，海内淆亂，符瑞之應，昭然著聞。宜答天神，以塞群望。』光武於是命有司設壇場於鄗南千秋亭五成陌。」即皇帝位。李賢注：「四七二十八也。自高祖至光武初起，合二百二十八年，即四七之際也。漢火德，故火爲主也。」

〔一〇〕「洞讖」二句，機祥，吉凶。此指曹操因黄星現而勃興。三國志魏書武帝紀：「初，桓帝時有黄星見於楚、宋之分，遼東殷馗善天文，言後五十歲當有真人起於梁、沛之間，其鋒不可當。至是凡五十年，而公（曹操）破（袁）紹，天下莫敵矣。」

〔一一〕「天懸」二句，兩日，「日」原作「目」，據英華、四子集、全唐文改。兩日代指夏、殷二主。費昌見兩日并照，在東者將起，在西者將滅，於是徙族棄夏歸殷，見前唐恒州刺史建昌公王公神道碑「河宗兩日」句注引論衡。

〔一二〕「地震」二句，漢書五行志下之上：「史記：『周幽王二年，周三川皆震。』劉向以爲金、木、水、火沴土者也。伯陽甫曰：『周將亡矣。』天地之氣，不過其序，若過其序，民亂之也。陽伏而不能出，陰迫而不能升，於是有地震。今三川實震，是陽失其所，而填陰也。……」顏師古注：「三川，涇、渭、洛也。洛即漆沮也。」伯陽甫，服虔注：「周太史。」周太史即柱下史，故稱柱史。川，原作「州」，誤，據四子集、全唐文改。

〔一三〕「危邦」二句，論語泰伯：「子曰：……危邦不入，亂邦不居。天下有道則見，無道則隱。」何晏集解引包（咸）曰：「危邦不入，始欲往；亂邦不居，今欲去。亂謂臣弑君、子弑父，危者將亂之兆。」按：以上一段，皆以秦及兩漢末年喻指隋末，謂又到改朝换代之際，英雄亦到選擇去就前途之時，皆暗指墓主李楚才。

〔一四〕「剪荆棘」句，左傳襄公十四年：「謂我諸戎是四岳之裔胄也，毋是翦棄，賜我南鄙之田，狐狸所居，豺狼所嗥。我諸戎除翦其荆棘，驅其狐狸、豺狼，以爲先君不侵不叛之臣，至於今不貳。」後喻指推翻舊政權，猶如翦除荆棘。叩天門，楚辭屈原九歌大司命：「廣開兮天門。」洪興祖補注引淮南子注曰：「天門，上帝所居紫微宫門也。」後喻指投向新朝帝王。晉書陳元達傳：「臣若早叩天門者，恐大王賜處於九卿、納言之間，此則非臣之分。」兩句暗指李楚才當隋、唐鼎革之際，能棄暗投明，歸附唐朝。

〔一五〕「臨壇場」句，壇場，古代拜將時所築高臺。對休命，接受美好任命。此指李楚才歸唐後授車騎將軍、累加開府事，詳下文。

〔一六〕「及其」句，玄黄，周易坤卦：「夫玄黄者，天地之雜也，天玄而地黄。」玄，黑色。後以玄黄指天地。天地再造，指建立新王朝。

〔一七〕「日月」句，崔豹古今注：「舊説云：天子之德光明如日，規輪如月，衆輝如星，霑潤如海。太子皆比德焉，故云重爾。」

〔一八〕「功成」二句，老子：「功成而弗居。夫惟弗居，是以不去。」河上公注：「功成事就，退避不居其位。夫惟功成不居其位，福德常在，不去其身也。」老子又曰：「功成、名遂、身退，天之道。」

〔一九〕「南華」二句，南華，即莊子。隋書經籍志三子部道家類著録南華論二十五卷，梁曠撰（本三十卷)」,南華論音三卷。則莊子「南華」之號,唐前已有之。其後,唐玄宗於天寶元年(七四二)二月加莊子尊號南華真人(見舊唐書玄宗紀下)。史記老莊列傳:「莊子者,蒙人也,名周。周嘗爲蒙漆園吏。」故稱「賤職」。

〔二〇〕「東方」二句,東方,指東方朔。漢書東方朔傳贊稱其爲「滑稽之雄」,故曰「達人」。同傳曰:「東方朔,字曼倩,平原厭次人也。」武帝初上書,令待詔公車,後又待詔金馬門,故曰「卑位」。

〔二一〕「然後」二句,武城,代指子游,嘗爲武城宰。論語陽貨:「子之武城,聞絃歌之聲。夫子莞爾而笑,曰:『割雞焉用牛刀?』子游對曰:『昔者偃也聞諸夫子曰:君子學道則愛人,小人學道則易使也。』」何晏集解引孔(安國)曰:「道,謂禮樂也。樂以和人,人和則易使。」

〔二二〕「彭澤」二句,彭澤,代指陶潛。宋書陶潛傳:「陶潛,字淵明,尋陽柴桑人。曾祖侃,晉大司馬。」「性嗜酒而家貧,不能恒得。親舊知其如此,或置酒招之,造飲輒盡,期在必醉。既醉而退,曾不吝情去留。環堵蕭然,不蔽風日,裋褐穿結,簞瓢屢空,晏如也。……潛不解音聲,而畜素琴一張,無絃,每有酒適,輒撫弄以寄其意。」嘗爲彭澤令,故又稱陶彭澤。散誕,性格蕭散誕慢,如上所述。其與子儼等疏曰:「五六月中,北窗下臥,遇涼風暫至,自謂是羲皇上人。」

〔二三〕「雖杜當陽」二句,杜當陽,即杜預。嘗都督荆州諸軍事以平吴,以功進爵當陽縣侯;又自稱有左傳癖,乃文武全才。詳前齊貞公宇文公神道碑注引晉書本傳。唐孫逖送趙大夫護邊:「果持文武術,還繼杜當陽。」可參讀。蘭菊,喻其文武功德流芳後世,有如蘭菊永存。恒,英華、四子集、全唐文作「猶」,英華校:「集作恒。」皆可通。

〔二四〕「而薛孟嘗」二句,史記孟嘗君列傳:「孟嘗君名文,姓田氏。文之父曰靖郭君田嬰。田嬰者,齊威王少子,而齊宣王庶弟也。」嬰卒,「文果代立於薛」。正義:「薛故城在今徐州滕縣南四十四里也。」池臺,説苑善説:雍門子周以琴見孟嘗君,孟嘗君曰:「先生鼓琴亦能令文悲乎?」子周曰:「天下有識之士無不爲足下寒心酸鼻者,千秋萬歲之後,高臺既已壞,曲池既已漸,墳墓既已下而青廷矣。嬰兒豎子、樵採薪蕘者躑躅其足而歌其上,衆人見之,無不愁焉,爲足下悲之,曰:『夫以孟嘗君尊貴,乃可使若此乎?』」孟嘗君泫然,泣涕承睫而未殞。雍門子周引琴而鼓之,……孟嘗君涕浪汗增。」風煙遂歇,謂其池臺廢毁,當年盛況如過眼煙雲。

〔二五〕「死生」二句,論語顏淵:「死生有命,富貴在天。」孔子家語卷五在厄:「子曰:由,未之識也,吾語汝:汝以仁者爲必信也,則伯夷、叔齊不餓死首陽;汝以智者爲必用也,則王子比干不見剖心;汝以忠者爲必報也,則關龍逢不見刑;汝以諫者爲必聽也,則伍子胥不見殺。夫遇不遇者時也,賢不肖者才也,……生死者命也。」又莊子秋水:「貴賤有時,未可以爲常也。」

〔二六〕「用之」二句,論語述而:「子謂顏淵曰:用之則行,舍之則藏,唯我與爾有是夫!」何晏集解:「孔子言可行則行,可止則止,唯我與顏淵同。」

〔二七〕「出處」句,「出」謂外出做官,「處」指隱居在家。周易繫辭上:「君子出處默語,不違其中,則其迹雖異,道同則應。」恒務,常事。

〔二八〕「左右」句，左右，古人左卑右尊，故此指職位升降：左爲降黜，右爲升遷。此句原作「左右之攸宜」，無「者君子」三字，據全唐文補。

君諱楚才，衛州衛縣人也〔一〕。昔繞樞神電，軒轅氏之馭百靈〔二〕；貫月祥星，顓頊氏之臨四海〔三〕。金科作範，商丘有帝系之雲〔四〕；玉札披圖，幽谷有真人之氣〔五〕。由是公侯策命，歷千載而彌昌〔六〕；鐘鼓歡娱〔七〕，經百王而不替。豈直將軍列位，孫吴暗合之兵〔八〕；協律當官，天地冥符之樂〔九〕。若斯而已矣！曾祖裕，後魏東宫舍人、太子洗馬〔一〇〕、使持節徐州諸軍事、徐州刺史〔一一〕、燉煌郡開國公〔一二〕，贈兖、豫二州刺史〔一三〕。真城西望，高闕東臨〔一四〕。非無置驛之歡，實有前軍之寵〔一五〕。瑯玕負海〔一六〕，八門都督之榮〔一七〕；玉彰顓河〔一八〕，百代封侯之貴。大父昌，北齊彭城王府中兵參軍事〔一九〕，隋濟陰郡守〔二〇〕，襲封燉煌公。文場筆海，炤爛等於星辰〔二一〕；辯囿談叢，鏗鏘協於風雅〔二二〕。九千里之丹鳳，始踐王門；七十日之黄龍，初階郡職〔二三〕。考孝友，隋晉州岳陽縣令〔二四〕。顔回稱太平王佐，月角殊姿〔二五〕；仲由稱禮義霸臣，星衡詭狀〔二六〕。唐都晉野，有恒山太嶽之風〔二七〕；墨綬銅章，有錯節盤根之化〔二八〕。若夫于公之宅，駟馬争驅〔二九〕；辛氏之門，五龍齊駕〔三〇〕。英靈不已，還當命世之期〔三一〕；物相有徵，克保承家之業〔三二〕。東郊競日，探祕跡於機衡〔三三〕；西蜀談玄，測靈心於造化〔三四〕。雄才壯思，首九奏而和八音〔三五〕；廣見洽聞，披五車而誦三篋〔三六〕。加以興居禮樂，出入孝忠〔三七〕，簡於一人，備於萬物〔三八〕。弓旌疊奏，始命賢良〔三九〕；幣帛交馳，載徵巖穴〔四〇〕。從微至著，濫觴萌括地之波〔四一〕；積小成高，覆簣漸排雲之搆〔四二〕。隋大業十二年，補謁者臺散從員外郎〔四三〕，非其好也。屬千三否運〔四四〕，百六災年〔四五〕，諸侯窺玉鼎之尊〔四六〕，天子厭金陵之氣〔四七〕。蚩尤則命風召雨，桀黠於中州〔四八〕；共工則折柱傾維，崩騰於海縣〔四九〕。能扶天下之危者，必據天下之安；能除天下之憂者，必享天下之樂〔五〇〕。我高祖神堯皇帝所以從人望，宅靈心〔五一〕，振天關〔五二〕，迴地軸〔五三〕。鼓聲雷駭，親張霹靂之威〔五四〕；旗羽星懸，手握招搖之柄〔五五〕。

【箋　注】

〔一〕「衛州」句，舊唐書地理志：「衛州，望，隋汲郡。本治衛縣，武德元年（六一八）改爲衛州。……貞觀元年（六二七），州移治於汲縣，又廢殷州，以共城、新鄉、博望三縣來屬。六年廢博望縣，十七年廢清淇縣，其年又以廢州之黎陽縣來屬。」同上又曰：「衛（縣），漢朝歌縣，紂所都。朝歌城在今縣西。隋大業二年（六〇六）改爲衛縣，仍置汲郡於縣治，貞觀初移於汲縣。初屬義州，州廢，屬衛州。」衛縣故城，在今河南浚縣西南。

〔二〕「昔繞樞」二句，太平御覽卷七九黃帝軒轅氏引帝王世紀：「黃帝有熊氏，少典之子，姬姓也。母曰附寶。……見大電光繞北斗樞星，照郊野，感附寶，孕二十五月，生黃帝於壽丘。」百靈，即百神，指衆部落。

〔三〕「貫月」二句，太平御覽卷七九顓頊高陽氏引帝王世紀：「帝顓頊高陽氏，黃帝之孫昌意之子，姬姓也。母曰景僕，蜀山氏女，爲昌意正妃，謂之女樞。」又引河圖曰：「瑶光之星，如蜺貫月，正白，感女樞幽房之宫，生黑帝顓頊。」臨四海，謂爲帝。月，全唐文作「斗」，誤。按：以上四句，指李氏之所由來，謂其爲黃帝孫意昌之子高陽氏顓頊之後。鄭樵通志氏族略第四曰：「李氏，嬴姓。高陽氏生大業，大業生女華，女華生臯陶，字庭堅，爲堯大理，因官命族爲理氏。夏、商之季有理徵，爲翼隸中吴伯。以直道不容，得罪於紂，其妻契和氏攜子利真，逃於伊侯之墟，食木子而得全，遂改『理』爲『李氏』。利貞十一代孫老君，名耳，字伯陽，以其聃耳，故又號爲老聃，居苦縣賴鄉曲仁里。……」鄭氏按稱以「食木子遂爲李氏」爲「無是理」，以官爲氏「容有此理」，然「今不得其始，姑從理説，置在官列」。

〔四〕「金科」二句，文選揚雄劇秦美新：「懿律嘉量，金科玉條。」李善注：「金科玉條，謂法令也。言金、玉，貴之也。」此指顓頊建立社會秩序。太平御覽卷七九顓頊高陽氏引帝王世紀：「（顓頊）以水事紀官，命南正重司天以屬神，北正黎司地以屬民。於是民神不雜，萬物有序。」商丘、帝系，亦指顓頊。同上書：「（顓頊）始都窮桑，後徙商丘。命飛龍效八風之音作樂五英，以祭上帝。納勝墳氏女婦生老童，有才子八人，號八愷。顓頊在位七十八年，年九十一歲，歲在鶉火而崩，葬東郡頓丘廣陽里。」按：此以李氏源於顓頊，故云。

〔五〕「玉札」二句，玉札，道教所稱最爲珍貴、權威之道書，用金玉爲之，故又泛指道書。抱朴子内篇卷二明本：「金簡玉札，神仙之經。」雲笈七籤卷七本文玉札引金根經云：「太上大道君以大洞真經付上相青童君掌録於東華青宮，使傳後聖應爲真人者。此金簡玉札，出自太上靈都之宫，刻玉爲之。」又太平御覽卷六七六簡章引金根經曰：「金簡玉札，出自太上靈都之宫，書以朱文，編以朱繩。」披圖，謂閱金簡玉札所載老子圖。御覽卷三七〇手引神仙傳曰：「金簡玉札内經皆云太上老子足踏二五，手把十文。」幽谷，實指老子故鄉陳國（楚滅陳後屬楚）苦縣，後泛指道士修行之地。真人，道教所謂神仙也。按：道教以老子爲教主，稱太上老君，故此云云。據史記老子傳，老子姓李名耳字伯陽，謚曰聃，後世李氏以之爲始祖。

〔六〕「由是」二句，謂歷代皇帝皆策封老子爲公侯。按劉昭補後漢書祭祀志中：「桓帝即位十八年，好神仙事。延熹八年（一六五）初，使中常侍之陳國苦縣祠老子。九年，親祠老子於濯龍，文罽爲壇，飾淳金釦器，設華蓋之坐，用郊天樂也。」此是皇帝親祠之始，然并無封贈。舊唐書高宗紀下：乾封元年（六六六）「二月己未，次亳州幸老君廟，追號曰太上玄元皇帝，創造祠堂，其廟置令丞各一員」。此乃策封之始。則所謂「公侯策命」已歷千載，侈言之也，不符事實。

〔七〕「鐘鼓」句，鼓，英華、四子集、全唐文作「鼎」。下既謂「歡娱」，當指祭祀時奏樂娱神，作「鐘鼓」是。

〔八〕「豈直」二句，將軍，據下兩句，此應爲李姓之人，疑指李廣。李廣，隴西成紀人，漢武帝時名將，事迹見史記李將軍列傳。孫吴暗合，謂李廣極善用兵。三國志魏書陳思王植傳：「數承教於武皇帝（曹操），伏見行師用兵之要，不必取孫吴，而暗與之合。」

〔九〕「協律」二句，協律，指漢武帝時協律都尉李延年。史記樂書：「至今上（漢武帝）即位，作十九章，令侍中李延年次序其聲，拜爲協律都尉。通一經之士不能獨知其辭，皆集會五經家，相與共講習讀之，乃能通知其意，多爾雅之文。」索隱按：「禮樂志安世房中樂有九章。」冥符，與暗合義同。

〔一〇〕「後魏」二句，東宫舍人，即太子舍人。魏書官氏志九：太子舍人，從五品中；太子洗馬，從四品上。

〔一一〕「使持節」二句，通典卷三二州牧刺史：「魏、晉爲刺史，任重者爲使持節都督，輕者爲持節。」魏書地形志：「徐州（後漢治東海郡，魏、晉治彭城），領郡七、縣二十四。」

〔一二〕「燉煌」句，元和郡縣志卷四〇沙州：「禹貢雍州之域，古戎地也。……漢武帝元鼎六年（前一一一），分酒泉置敦煌郡，今州即其地也。……後魏太武帝於郡置敦煌鎮。明帝罷鎮，改瓜州爲敦煌郡，尋又改爲義州，莊帝又改爲瓜州。隋大業三年（六〇七），又罷州爲敦煌郡。……皇朝以敦煌爲『燉煌』。」

〔三〕「贈兖、豫」句,贈,死後追加官。元和郡縣志卷一〇兖州:「禹貢兖州之域,兼得徐州之地,春秋時爲魯國。……兖州所理不恒。獻帝初平三年(一九二),移兖州理濟陰之鄄城,以魏太祖曹操爲兖州牧。魏仍移兖州理東郡之廩丘,晉不改。永嘉之後,陷於石勒。……宋武帝平河南,又得其地,置兖州,後又屬魏。」唐代治瑕丘,在今山東兖州市北。同上書卷九蔡州:「古豫州之域。……宋文帝又於懸瓠城置司州,其後(後魏)太武帝收河南地,獻文帝改司州爲豫州。」治所在今河南汝陽縣,屬洛陽市。

〔四〕「真城」二句,真城,指所封燉煌郡,在西,乃實封,故稱「真」。高闕,指所爲官地徐州,在東。

〔五〕「非無」二句,置驛,漢書鄭當時傳:「孝景時,爲太子舍人。每五日洗沐,常置驛馬長安諸郊,請謝賓客,夜以繼日,至明旦,常恐不遍。」前軍,古代軍隊有前、後、中三軍,前軍既是先鋒,又能獨當一面,軍中地位最高。此猶言前驅。詩經衛風伯兮:「伯也執殳,爲王前驅。」兩句謂非不懂享受之樂,然國家寄以重任,亦倍感榮幸。

〔六〕「瑯玕」句,尚書禹貢:「三危既宅,三苗丕叙。厥土惟黄壤,厥田惟上上,厥賦中下,厥貢惟球、琳、琅玕。」僞孔傳:「琅玕,石而似珠。」孔穎達正義:「舜典云:『竄三苗於三危。』是三危爲西裔之山也。其山必是西裔,未知山之所在。地理志,杜林以爲敦煌郡,即古瓜州也。昭九年左傳云:『先王居檮杌於四裔,故允姓之姦,居於瓜州。』杜預云:『允姓之祖,與三苗俱放於三危。瓜州,今敦煌也。』」按:三危山在何地,其説不一,然此則指敦煌,言李裕爲敦煌郡公。負海，史記三王世家：「武帝曰：關東之國無大於齊者。齊東負海，而城郭大。」禮記明堂位鄭玄注：「負之言背也。」此所謂負海，指李裕持節徐州諸軍事事。尚書禹貢：「海、岱及淮惟徐州。」僞孔傳：「東至海，北至岱，南及淮。」故言徐州負海。

〔一七〕「八門」，異苑卷七：「陶侃夢生八翼，飛翔衝天。見天門九重，已入其八，惟一門不得進。以翼搏天，閽者以杖擊之，因墮地，折其左翼。驚悟，左腋猶痛。其後都督八州，威果震主，潛有闚擬之志，每憶折翼之祥，抑心而止。」此謂李裕持節徐州諸軍事，其榮有如陶侃。

〔一八〕「玉彰」句，玉彰，原作「王彰」，英華同。全唐文本句作「玉漳瀕河」。依行文脈絡，此句當用兖、豫二州事，然疑文字錯訛，無從校正，不詳所指。

〔一九〕「北齊」句，彭城王，即高浟。北齊書彭城景思王傳：「浟字子深，神武（高歡）第五子也。元象二年（五三九）拜通直散騎常侍，封長樂郡公。」天保初封彭城王。「河清三年（五六四）二月，群盜田子禮等數十人謀劫浟爲主，詐稱使者，徑向浟第，至內室稱敕，牽浟上馬，臨以白刃，欲引向南殿。浟大呼不從，遂遇害，時年三十二。」隋書百官志中：「中兵參軍事，爲第六品。

〔二〇〕「隋濟陰」句，守，原作「公」，英華作「成」。四子集、全唐文作「守」，是，據改。隋書地理志中：「濟陰郡，後魏置西兖州，後周改曰曹州。」元和郡縣志卷一一曹州：「禹貢豫州之域，於周又爲曹國之地，後屬於宋。……後魏於定陶城置西兖州，周武帝改西兖州爲曹州，取曹國爲名也。隋大業三年（六〇七）改爲濟陰郡。隋亂陷賊，武德四年（六二一）平孟海公，復爲曹州。」則李昌爲濟陰守，當在隋大業三年或稍後。

〔二一〕「文場」二句，文場，文章領域，猶今所言「文壇」。劉孝綽司空安成康王碑銘：「義府文場，詞人髦士。」筆海，筆，無韻之文，謂文章之多如同大海。此與「文場」義同。李善上文選注表：「酌前修之筆海。」又駱賓王餞尹大官往京序：「請振詞鋒，同開筆海。」可參讀。炤，同「照」。詩經鄭風女曰雞鳴：「子與視夜，明星有爛。」鄭玄箋：「明星尚爛爛然。」兩句言李昌善文，在當時文壇，如同明星般燦爛。

〔二二〕「辯囿」句，辯，原作「班」，據四子集、全唐文改。莊子天下：「桓團、公孫龍，辯者之徒，飾人之心，易人之意，能勝人之口，不能服人之心，辯者之囿也。」談叢，衆人聚談。梁書昭明太子傳：「總覽時才，網羅英茂，學窮優洽，辭歸繁富。或擅談叢，或稱文囿。」兩句言李昌善談論。

〔二三〕「九千里」四句，劉向新序卷一雜事：「鳥有鳳而魚有鯨。鳳鳥上擊於九千里，絶浮雲，負蒼天，翱翔乎窈冥之上。」宋謝維新編古今合璧事類備要後集卷八〇：「唐張鷟云：『九千（千原作十，據翰苑新書前集卷五九引改，下同）里之丹鳳，自下升高；七十日之黃龍，從微至著。』注：宋玉曰『鳳凰上擊九千里，翱翔乎窈冥之上，藩籬之鷃，豈得料其高哉？士亦然矣』。相書占氣要曰：『日中有黃氣如龍，七十日遷爲丞也。』」兩句謂雖前程遠大，然亦從郡職做起。

〔二四〕「隋晉州」句，隋書地理志中：「臨汾郡，後魏置唐州，改曰晉州。……岳陽（縣），後魏置，曰安澤，大業初改焉。」治今山西安澤縣西。

〔二五〕「顔回」二句，顔淵，字回。據論語、史記仲尼弟子列傳，孔子盛稱顔回「德行」、贊其「賢」，嘗向孔子問仁，故謂若用之，可爲太平王佐。王佐，英華校：「一作佐王。」似倒。古微書卷二六論語摘輔象：「顔淵山庭日角。」然文選任昉王文憲集序「淵角殊祥」句李善注引論語撰考讖，又稱「顔回有角額，似月形」。按：左目後骨爲日角，右目後骨爲月角，乃古代相士之説，詳本文後注。

〔二六〕「仲由」二句，仲由，字子路。史記仲尼弟子列傳稱子路「性鄙，好勇力，志抗直」。「子路問君子尚勇乎」？孔子曰：「義之爲上。君子好勇而無義則亂，小人好勇而無義則盜。」則子路好勇，同時又受孔子禮義之教，嘗爲季氏宰，故稱其爲「禮義霸臣」。同書謂子路未入孔門前嘗「冠雄雞，佩豭豚陵暴孔子」，此謂其「星衡詭狀」，出處待考。星，英華校：「一作奇。」以上四句，謂視其相貌，便可知李孝友具顔回之德，可爲太平王佐。參見前新都縣學先聖廟堂碑文注。

〔二七〕「唐都」二句，史記五帝本紀「帝堯者」句正義曰：「徐廣云：『號陶唐。』帝王紀云：『堯都平陽，於詩爲唐國。』徐才宗國都城記云：『唐國，帝堯之裔子所封。其北，帝夏禹都，漢曰太原郡，在古冀州太行、恒山之西，其南有晉水。』括地志云：『今晉州所理平陽故城是也。平陽河水，一名晉水也。』」地即今山西太原。此指李孝友爲晉州岳陽縣令事。

〔二八〕「墨綬」二句，漢書百官公卿表上：凡吏，「秩比六百石以上，皆銅印黑綬」，此代指縣令。錯節盤根，一云盤根錯節，比喻事物極繁難複雜。後漢書虞詡傳：「朝歌賊甯季等數千人攻殺長吏，屯聚連年，州郡不能禁。乃以詡爲朝歌長。故舊皆弔詡曰：『得朝歌，何衰！』詡笑曰：『志不求易，事不避難，臣之職也。不遇槃根錯節，何以别利器乎？』」此指李孝友有治劇之才。

〔二九〕「若夫」二句，漢書于定國傳：「始，定國父于公，其閭門壞，父老方共治之。于公謂曰：『少高大門閭，令容駟馬高蓋車。我治獄多陰德，未嘗有所冤，子孫必有興者。』」争驅，「争」原作「高」。此言駟馬高車來者之多，則作「争」是，據英華、四子集、全唐文改。

〔三〇〕「辛氏」二句，十六國春秋前涼録辛攀傳：「辛攀，字懷遠，隴西狄道人也。父鑒，晉尚書郎；兄鑒曠、弟寶迅，皆以才識著名，秦雍爲之諺曰：『三龍一門，金友玉昆。』」太平御覽卷四九五諺上引此，作「五龍一門」。若惟言辛攀兄弟，則作「三龍」是；若連其父，則不止三人，未詳孰是。

〔三一〕「英靈」二句，英靈，指其祖先之神靈。命世，「世」原作「代」，避太宗諱，徑改。文選李陵答蘇武書：「其餘佐命立功之士，賈誼、亞夫之徒，皆信命世之才，抱將相之具。」李善注引孟子注曰：「千年一聖，五百年一賢。賢聖未出，其中有命世者。」李周翰注：「命，名也，言其名流播於時代。」

〔三二〕「物相」二句，物相有徵，原作「將有後徵」，與上句「英靈不已」不對應。英華作「將有後徵」，校：「集作物相有徵。」所校集本是，據改。有徵，有徵兆也。承家，承繼家業。周易師卦：「上六，大君有命，開國承家。」王弼注：「大君之命，不失功也。開國承家，以寧邦也。」

〔三三〕「東郊」二句，指張衡。東郊，祭天處，亦考天文之所。競日，跟蹤日月星辰。機衡，即渾天儀。

後漢書張衡傳：「衡善機巧，尤致思於天文、陰陽、曆算。……安帝雅聞衡善術學，公車特徵拜郎中，再遷爲太史令，遂乃研覈陰陽，妙盡琁璣之正，作渾天儀，著靈憲、算罔論。」

〔三四〕「西蜀」二句，指揚雄。漢書揚雄傳：「揚雄，字子雲，蜀郡成都人。」故稱「西蜀」。談玄，指著太玄。靈心，天地神靈之心，謂極深奧。同上傳載解嘲，揚雄自稱所著太玄「深者入黄泉，高者出蒼天，大者含元氣，纖者入無倫」。又後漢書張衡傳：「（衡）常好玄經，謂崔瑗曰：『吾觀太玄，方知子雲妙極道數，乃與五經相擬，非徒傳記之屬，使人難論陰陽之事。漢家得天下二百歲之書也。』」以上四句，蓋言李孝友好術數之學。

〔三五〕「首九奏」句，九奏，尚書益稷：「簫韶九成，鳳皇來儀。」僞孔傳：「備樂九奏而致鳳皇。」孔穎達正義：「成，謂樂曲成也。鄭云成猶終也，每曲一終，必變更奏，故經言九成，玄言九奏，周禮謂之九變，其實一也。」和八音，八音，八種樂器。尚書舜典：「八音克諧，無相奪倫，神人以和。」僞孔傳：「倫，理也。八音能諧，理不錯奪，則神人咸和。」同篇「三載四海，遏密八音」句僞孔傳：「八音，金、石、絲、竹、匏、土、革、木。」兩句蓋謂李楚才善作詩，音節極美。

〔三六〕「廣見」二句，廣，英華、四子集作「殫」，英華校：「一作廣。」作「廣」較勝。五車三篋，言讀書極多。莊子天下：「惠施多方，其書五車。」漢書張安世傳：「安世，字子孺，少以父任爲郎，用善書給事尚書。精力於職，休沐未嘗出。上行幸河東，嘗亡書三篋，詔問莫能知，惟安世識之，具作其事。後購求得書，以相校，無所遺失。」誦，英華作「接」，校：「集作誦。」作「接」誤。

〔三七〕「加以」二句，興居，即起居，指日常生活皆依禮法。出入，猶言出處，即在朝在家。謂出忠入孝。

〔三八〕「簡於」二句，簡，通「柬」，選擇。一人，指皇帝。禮記玉藻：「凡自稱，天子曰『予一人』。」鄭玄注：「謙自別於人而已。」備於萬物，謂其具備各種能力。兩句言其才大，唯爲帝王所用。

〔三九〕「弓旌」二句，弓旌，左傳莊公二十二年：「詩云：『翹翹車乘，招我以弓。豈不欲往，畏我友朋。』」杜預注：「逸詩也。翹翹，遠貌。古者聘士以弓。言雖貪顯命，懼爲朋友所譏責。」又同書昭公二十年：「齊侯田於沛，招虞人以弓，不進。公使執之，辭曰：『昔我先君之田也，旃以招大夫，弓以招士，皮冠以招虞人。臣不見皮冠，故不敢進。』乃舍之。」旃，赤色旗，泛指旌旗。謂以賢良召辟者甚衆。

〔四〇〕「幣帛」二句，幣帛，召辟時所奉財物。周禮天官大宰「以九式均節財用」，其六爲「幣帛之式」，鄭玄注：「幣帛所以贈勞賓客者。」馳，原作「持」，據英華、四子集、全唐文改。交馳，騎馬者不絶於道，言召辟者之多。載，發語詞。巖穴，野居之所，代指隱士。謂終以隱逸之士應徵。

〔四一〕「從微」二句，尚書洛誥：「無若火始燄燄，厥攸灼叙，弗其絶。」僞孔傳：「從微至著，防之宜以初。」孔子家語卷二三恕：「子曰：……夫江始出於岷山，其源可以濫觴。及其至於江津，不舫舟，不避風，則不可以涉。非唯下流水多邪？」王肅注：「觴可以盛酒，言其微。」括地，謂水勢極大，波濤所經之地如括。兩句謂做官亦猶火勢及江河水，乃由小至大。

〔四二〕「積小」二句，周易升卦象曰：「君子以順德，積小以高大。」又劉晝（或題劉勰）劉子卷一崇學：「爲山者基於一簣之土，以成千丈之峭。」尚書旅獒所謂「爲山九仞，功虧一簣」，乃語反而義同。簣，盛土竹器。排雲，形容山極高。郭璞遊仙詩：「神仙排雲出，但見金銀臺。」此與上兩句義同。

〔四三〕「隋大業」二句，大業，隋煬帝楊廣年號，大業十二年爲公元六一六年。謁者臺，者，原作「靈」，英華校：「集作者。」全唐文作「者」。按舊唐書張行成傳：「張行成，定州義豐人也。……大業末察孝廉，爲謁者臺散從員外郎。」則作「者」是，據英華所校集本及全唐文改。隋書百官志中：「謁者臺，掌凡諸吉凶公事、導相禮儀事，僕射二人，謁者三十人，録事一人。」屬尚書省。同上百官志下：「（大業）六年（六一〇），尚書省二十四司各置員外郎一人，以司其曹之籍帳，侍郎闕則釐其曹事。」通典卷二一：「散騎常侍，掌規諫不典事，貂當插右，騎而散從。又有員外者，因曰員外散騎常侍。」

〔四四〕「屬千三」句，古微書卷三三河圖稽耀鈎引運度經云：「靈寶自然運度，有大陽九，大百六也；小陽九，小百六也。三千三百年爲小陽九，小百六也；九千九百年爲大陽九，大百六也。夫天厄謂之陽九也，地虧謂之百六也。」此所謂「千三」，當是「三千三百年」之省，以與下句「百六」對應。千三，指小陽九，即小百六，亦即指天厄。

〔四五〕「百六」句，謂初入元百六歲爲災年，乃古代曆法災咎之説。漢書律曆志上：「三統，是爲元歲。

元歲之閏，陰陽災，三統閏法。易九厄曰：初入元，百六，陽九；次三百七十四，陰九；次四百八十，陽九；……凡四千六百一十七歲，與一元終。」注引孟康曰：「易傳也。所謂陽九之厄，百六之會者也。初入元百六歲有厄者，則前元之餘氣也，若餘分爲閏也。易爻有九六七八，百六與三百七十四，六乘八之數也，六八四十八，合爲四百八十歲也。」同書食貨志上：「（王莽）下詔曰：『予遭陽九之阸，百六之會。』」顏師古注：「此曆法應有災歲之期也，事在律曆志。」又同書谷永傳：「遭无妄之卦運，直百六之災阸。」以上二句，指隋末國家喪亂，氣運將終。

〔四六〕「諸侯」句，玉鼎，鼎之美稱。窺玉鼎，猶言問鼎之輕重。左傳宣公三年：「楚子伐陸渾之戎，遂至於雒，觀兵於周疆。定王使王孫滿勞楚子，楚子問鼎之大小輕重焉。」杜預注：「示欲偪周取天下。」此謂隋末諸侯紛紛起兵（其事詳見隋書煬帝紀下），目標直指隋政權。

〔四七〕「天子」句，史記高祖本紀：「秦始皇帝常曰『東南有天子氣』，於是因東游以厭之。」索隱引廣雅云：「厭，鎮也。」後徑指東南爲金陵。晉書元帝紀：「始秦時，望氣者云五百年後金陵有天子氣，故始皇東游以厭之，改其地曰秣陵，塹北山以絶其勢。」此指隋煬帝於大業十二年（六一六）秋七月游幸江都（見隋書煬帝紀下），有如當年秦始皇。

〔四八〕「蚩尤」二句，山海經大荒北經：「蚩尤作兵伐黄帝，黄帝乃令應龍攻之冀州之野。應龍畜水，蚩尤請風伯雨師縱大風雨。黄帝乃下天女曰魃，雨止，遂殺蚩尤。」郭璞注：「冀州，中土也。」桀黠，兇暴狡詐。

〔四九〕「共工」二句，淮南子天文訓：「昔者共工與顓頊争爲帝，怒而觸不周之山，天柱折，地維絶。天傾西北，故日月星辰移焉；地不滿東南，故水潦塵埃歸焉。」海縣，指沿海各地。

〔五〇〕「能扶」四句，黄石公三略卷下：「夫能扶天下之危者，則據天下之安；能除天下之憂者，則享天下之樂；能救天下之禍者，則獲天下之福。」

〔五一〕「宅靈心」句，宅，居，謂具有。靈心，神靈之心。魏收北齊武成帝以三臺宫爲大興聖寺詔：「使靈心肹蠁，神物奔會，真覺唯寂，有感必通。」

〔五二〕「振天關」句，文選揚雄長楊賦并序：「上帝眷顧高祖，高祖奉命順斗極，運天關，横鉅海，票崑崙。」李善注引天官星占曰：「北辰一名天關。」又引星經曰：「牽牛神，一名天關也。」劉良注：「帝，天帝也。斗極、天關，皆星也。言上天眷顧，而命高祖。我高祖奉天命，順斗極，如天關星之運轉，以討暴亂。」振，英華作「鎮」，校：「集作振。」據文意，作「振」是，與「運」義同。

〔五三〕「迴地軸」句，文選木華海賦：「狀如天輪膠戾而激轉，又似地軸挺拔而争迴。」李善注引河圖括地象曰：「地下有四柱，廣十萬里，有三千六百軸。」吕向注二句道：「膠戾，環旋貌。波濤相連如輪環旋而不絶也；又似地軸拔出於地，而波浪争爲迴復也。」此以地軸喻天下，謂隋之天下已傾，唐高祖欲使其迴轉以歸於正。

〔五四〕「鼓聲」二句，文選司馬相如上林賦：「霹靂烈缺，吐火施鞭。」注引應劭曰：「霹靂，雷也；烈缺，閃隙也；火，電照也。」李善注：「言威德之盛，役使百神，故霹靂烈缺、吐火施鞭而爲衛也。」按：此以雷電喻戰鼓，謂李淵義軍聲勢浩大。

〔五五〕「旗羽」二句，旗羽，泛指旗幟，星懸，言多也。招搖，史記天官書：「杓端有兩星，一內爲矛，招搖。」集解引孟康曰：「近北斗者招搖，招搖爲天矛。」天矛代指軍隊，招搖之柄，指軍權。

君沖情索隱〔一〕，妙算知來。候東井而考前聞〔二〕，裂西河而尊故事〔三〕。上略中略，奏山石之奇謀〔四〕；文韜武韜，奉川璜之秘訣〔五〕。義寧二年〔六〕，授車騎將軍〔七〕，累加開府〔八〕。武德五年，遷右衛二十四府右車騎將軍，仍於弘州鎮守〔九〕。皇階甫闢，猶勞尉候之靈〔一〇〕；天步初夷，尚有風塵之警〔一一〕。示之以文德，陳之以武功，所以夜户不扃〔一二〕，所以重門罷柝〔一三〕。六年，轉仲山府左列〔一四〕。南州舊俗，淫其白虎之祠〔一五〕；西棘餘甿，背我黃龍之約〔一六〕。王師直進，陵劍棧以長驅〔一七〕；廟略遐宣，指銅丘而決勝〔一八〕。七年，詔君討襲。楓天棗地，金門玉帳之營〔一九〕；方卦圓蓍，剡木弦弓之射〔二〇〕。以此衆戰，誰能敵之？以此攻城，何城不克！雷出而星曜，龍騰而鳳飛。一鼓而擒四姓〔二一〕，三戰而平百濮〔二二〕。大夫耆老，非惟二十七人〔二三〕；拓土開疆，豈直五千餘里〔二四〕。返行飲至，捨爵策勳焉〔二五〕，禮也。其年加上大將軍〔二六〕，賞口十六人，并良馬一疋。而俄以争功得罪，游俠從軍〔二七〕。特降王綸，遐遷騰府〔二八〕。通塞有命，潘安仁之緒言〔二九〕；富貴在天，卜子夏之餘論〔三〇〕。無階封禪，空嘆息於周南〔三一〕；絶望夏臺，竟棲遲於漢北〔三二〕。

【箋注】

〔一〕「君沖情」句，沖情，爲人淡泊。索隱，周易繫辭上：「探賾索隱，鉤深致遠。」孔穎達正義釋爲「求索隱藏之處」。此謂能深思熟慮。

〔二〕「候東井」句，漢書高帝紀：「（漢）元年（前二〇六）冬十月，五星聚於東井。」注引應劭曰：「東井，秦之分野。五星所在其下，當有聖人以義取天下。」此謂觀察星象以判斷天下大勢。

〔三〕「裂西河」句，西河，史記夏本紀：「黑水西河惟雍州。」集解引孔安國曰：「西距黑水，東據河。龍門之河在冀州西。」則西河指黑水、黄河之間地域，亦即雍州。隋、唐之雍州，即長安周邊各縣。史記高祖本紀：項羽與沛公（劉邦）約：「先入咸陽者王。」此以雍州代指長安，時李淵、李世民等諸地義軍争相進攻長安，其勢與當年「先入咸陽者王」相似，故云「尊故事」。

〔四〕「上略」二句，上略、中略，指黄石公三略。隋書經籍志子部兵書類著録黄石公三略三卷，注曰：「下邳神人撰，成氏注。梁又有黄石公記三卷、黄石公略注三卷。」當以其卷一、卷二爲上略、中略，卷三爲下略。是書今存，已收入四庫全書子部兵家類，提要稱「大抵出於附會。是書文義不古，當亦後人依仿而托之者」，其説是，然亦出於唐之前。山石，即穀城山下之黄石，指黄石公。據史記留侯世家，張良如約夜未半往見老父（黄石公），父亦來，喜曰：「當如是。」出一編書，曰：「讀此，則爲王者師矣。後十年興，十三年孺子見我濟北穀城山下，黄石即我矣。」

〔五〕「文韜」二句，指太公六韜。隋書經籍志子部兵書類著録太公六韜五卷，注曰：「周文王師姜望撰。梁六卷。」四庫全書收録六卷本，分别爲文韜、武韜、龍韜、虎韜、豹韜、犬韜，提要亦疑其「牽合附會」。川璜，代指姜太公望。尚書大傳稱太公望嘗於磻溪釣得玉璜，刻曰：「周受命，吕佐昌。德合於今，昌來提。」詳見前唐同州長史宇文公神道碑注引。按：以上四句，英華作二句：「抉三略之奇謀，藴六韜之秘訣。」校曰：「集作上略中略，奏山石之奇謀；文韜武韜，奉川璜之秘訣。」

〔六〕「義寧」，隋書煬帝紀下：大業十三年（六一七）十一月丙辰，唐公（李淵）入京師。辛酉，「立代王侑爲帝，改元義寧」。所立即隋恭帝，義寧二年爲公元六一八年。是年五月唐朝建立，隋亡。

〔七〕「授車騎」句，唐六典卷二五諸衛府注：「隋左右衛、左右武衛、左右武侯各領軍坊鄉團，以統戎卒。開皇初，又置驃騎將軍府，每府有驃騎將軍、車騎將軍。大業三年（六〇七），改置鷹揚府，每府改驃騎爲鷹揚郎將，車騎爲鷹揚副郎將。五年，又以鷹揚副郎將爲鷹擊郎將。皇朝武德初，因隋鷹揚府，依開皇舊名置。」則車騎將軍爲唐初所置鷹揚府郎將，管理折衝府府兵。

〔八〕「累加」句，累加，多次加官。開府，即開府儀同三司，散官名。唐六典卷二尚書吏部：「從一品曰開府儀同三司。」注：「後漢殤帝延平元年（一〇六），鄧騭爲車騎將軍、儀同三司，儀同之名，自此始也。又呂布有正董卓之勳，開府如三司。魏黄初三年（二二二），黄權爲車騎將軍、開府儀同三司。開府之名，自此始也。……皇朝初惟置開府儀同三司，爲散官品。」

〔九〕「仍於」句，弘，原作「卭」，英華校：「集作弘。」按：邛州在蜀，前文并未述其守蜀事，此云「仍於」，有違文理，則作「弘」是，據改。弘，大也，謂所在鷹揚府管理二十四個折衝府（折衝府乃唐代府兵制之基層軍府）武裝，駐某大州。

〔一〇〕「皇階」二句，皇階，指新政權。尉候，軍隊將領。候，原作「侯」，據英華、全唐文改。候，守衛者。靈，原作「虛」，各本同，英華校：「集作靈。」是，據改。尉候之靈，指軍將之威靈。

〔一一〕「天步」二句，詩經小雅白華：「天步艱難，之子不猶。」毛傳：「步，行。」鄭玄箋云「天行此艱難」。孔穎達正義曰「天何爲獨行艱難」。則「天步」猶言上天所設之路。此指國家運行之路。夷，平也。風塵，指政權多不穩定因素。

〔一二〕「所以夜户」句，扃，關閉。夜户不扃，言風俗淳樸，治安極好。李白贈清漳明府姪聿詩曰：「牛羊散阡陌，夜寢不扃户。問此何以然？賢人宰吾土。」可參讀。

〔一三〕「所以重門」句，周易繫辭下：「重門擊柝，以待暴客，蓋取諸豫。」韓伯注：「取其豫備。」柝，陸德明音義：「兩木相擊以行夜。」即敲以巡夜報更或示警之木梆。罷柝，謂社會穩定、治安良好。此與上句義同。梁簡文帝慶洛陽平啓：「亭塞寢兵，關候罷柝。」

〔一四〕「轉仲山府」句，仲山府，唐代京兆府所屬折衝府之一。新唐書地理志京兆府原注：「有府百三十一，曰真化、匡道、水衡、仲山、新城、寶泉、善信、鳳神、安業、平香、太清，餘皆逸。」左列，謂由右車騎將軍轉爲左車騎將軍。

〔一五〕「南州」二句，南，英華校：「集作巴。」按：此泛指巴郡、南郡，作「南」爲勝。白虎，「虎」原作「獸」，避唐諱，徑改。後漢書南蠻傳：「巴郡、南郡蠻，本有五姓：巴氏、樊氏、瞫氏、相氏、鄭氏，皆出於武落鍾離山。……未有君長，俱事鬼神。乃共擲劍於石穴，約能中者奉以爲君。巴氏子務相乃獨中之，衆皆歎。又令各乘土船，約能浮者當以爲君。餘姓悉沈，唯務相獨浮，因共立之，是爲廩君。……廩君於是君乎夷城，四姓皆臣之。廩君死，魂魄世爲白虎。巴氏以虎飲人血，遂以人祠焉。」按：李楚才所討乃所謂南蠻，故用祠白虎事，詳下注。

〔一六〕「西棘」二句，禮記王制：「西方曰棘。」鄭玄注：「棘，當僰。僰之言偪，使之偪寄於夷戎。」按：僰，古代少數民族名，爲西南夷之一，聚居於僰道（今四川南部、貴州東部）一帶。餘甿，指後裔。黄龍之約，後漢書南蠻傳：「板楯蠻夷者，秦昭襄王時有一白虎，常從群虎數遊秦、蜀、巴、漢之境，傷害千餘人。昭王乃重募國中有能殺虎者，賞邑萬家，金百鎰。時有巴郡閬中夷人，能作白竹之弩，乃登樓射殺白虎。昭王嘉之，而以其夷人，不欲加封，乃刻石盟要，復夷人頃田不租，十妻不算，傷人者論，殺人者得以倓錢贖死。盟曰：『秦犯夷，輸黄龍一雙；夷犯秦，輸清酒一鍾。』夷人安之。」

〔一七〕「陵劍棧」句，劍棧，劍閣棧道。棧道，鑿巖架木而成之道路，古蜀多有之。戰國策秦策三：「棧道千里於蜀漢。」

〔一八〕「廟略」二句，廟略，朝廷謀略。略，原作「路」，形訛，據全唐文改。銅丘，當指銅梁山。文選左思蜀都賦：「外負銅梁於宕渠。」劉淵林注：「銅梁，山名，在巴東。」按今重慶合川南有銅梁山，又銅梁縣西北亦有銅梁山，稱小銅梁山，參清一統志卷三八七。據以上四句，李楚才所進討者，當是今四川南部一帶少數民族。

〔一九〕「楓天」二句，晉嵇含南方草木狀卷中楓人：「五嶺之間多楓木，歲久則生瘤癭，一夕遇暴雷驟雨，其樹贅暗長三五尺，謂之楓人。越巫取之作術，有通神之驗；取之不以法，則能化去。」明陳耀文天中記卷五一引唐張鷟朝野僉載（按今本無）：「江東、江西山中多有楓木人，於楓樹下生，似人形，長三四尺。夜雷雨即長，與樹齊，見人即縮依舊。曾有人失笠，於明日看笠子掛在樹頭上。旱時欲雨，以竹束其頭，禊之即雨。人取以爲式盤，極神驗，楓天棗地是也。」式盤，占卜所用局盤。唐六典卷一四太常寺太卜署注曰「其局以楓木爲天，棗心爲地，刻十二辰，下布十二辰以加占爲常，以月將加卜時，視日辰陰陽以立四課」云云。此指軍中占卜。金門玉帳，軍營之美稱。

〔二〇〕「方卦」二句，方卦圓蓍，亦指占卜局盤，代指占卜。剡，原作「刳」，據英華、全唐文改。周易繫辭下：「弦木爲弧，剡木爲矢，弧矢之利，以威天下，蓋取諸睽。」韓伯注：「睽，乖也，物乖則争興。弧矢之用，所以威乖争也。」孔穎達正義：「案爾雅『弧木，弓也』，故云。弦木爲弧，取諸睽者,睽謂乖離,弧矢所以服此乖離之人,故取諸睽也。」兩句謂以卜著取諸睽之義而作戰。

〔二二〕「一鼓」句,四姓,後漢書南蠻傳:「巴郡、南郡蠻,本有五姓:巴氏、樊氏、瞫氏、相氏、鄭氏,皆出於武落鍾離山。其山有赤黑二穴,巴氏之子生於赤穴,四姓之子皆生黑穴。」此泛指各少數民族。

〔二三〕「三戰」句,左傳文公十六年:「庸人帥群蠻以叛楚。麇人率百濮聚於選,將伐楚。……(楚)乃出師,旬有五日,百濮乃罷。」杜預注:「庸,今上庸縣,屬楚之小國。選,楚地,百濮,夷也。」孔穎達正義:「牧誓武王伐紂,有庸濮從之。孔安國云:庸濮,在江漢之南,是濮爲西南夷也。」

〔二三〕「大夫」二句,文選司馬相如難蜀父老:「(使者)結軌還轅,東鄉將報,至於蜀都,耆老大夫、搢紳先生之徒二十有七人,儼然造焉。辭畢,進曰:『蓋聞天子之牧夷狄也,其義羈縻,勿絶而已。今罷三郡之士,通夜郎之塗,三年於兹,而功不竟,士卒勞倦,萬民不贍。今又接之以西夷,百姓力屈,恐不能卒業,此亦使者之累也,竊爲左右患之。……』使者曰:『……請爲大夫粗陳其略。蓋世必有非常之人,然後有非常之事;有非常之事,然後有非常之功。……』」此謂當時阻止李楚才進軍者甚衆。大夫,泛指官員。耆老,禮記王制:「耆老皆朝於庠。」鄭玄注:「耆老,致仕及鄉中老賢者。」

〔二四〕「拓土」二句,後漢書耿弇傳附耿夔傳:「夔字定公,少有氣決。永元初,爲車騎將軍竇憲假司馬，北擊匈奴，轉車騎都尉。三年，憲復出河西，以夔爲大將軍左校尉，將精騎八百出居延塞，直奔北單于廷，於金微山斬閼氏、名王已下五千餘級，單于與數騎脱亡，盡獲其匈奴珍寶財畜，去塞五千餘里而還。自漢出師，所未嘗至也，乃封夔粟邑侯。」

〔二五〕「返行」二句，左傳桓公二年：「冬，公……反行飲至，舍爵策勳焉，禮也。」杜預注：「爵，飲酒器也。既飲置爵，則書勳勞於策，言速紀有功也。」

〔二六〕「其年」句，大將軍，唐諸衛最高職官。李楚才屬右衛，當指右衛大將軍。唐六典卷二四諸衛：「左右衛大將軍各一人，正三品。……左右衛大將軍、將軍之職掌，統領宫庭警衛之法令，以督其屬之隊仗，而總諸曹之職務。」

〔二七〕「游俠」句，史記游俠列傳：「韓子曰：儒以文亂法，而俠以武犯禁。」集解引荀悦曰：「立齊氣，作威福，結私交，以立彊於世者，謂之游俠。」軍，英華作「君」，校：「集作居。」按：當作「軍」。句謂李楚才以争功犯禁，有如從軍之游俠，故雖已加大將軍，仍嚴懲之。

〔二八〕「特降」二句，王綸，謂王言如絲如綸（前已屢注），指皇帝詔令。騰府，當爲折衝府名，在何處待考（參下文注）。

〔二九〕「通塞」二句，晉書潘岳傳載閒居賦：「自弱冠涉於知命之年，八徙官而一進階，再免，一除名，一不拜職，遷者三而已矣。雖通塞有遇，抑亦拙之效也。」

〔三〇〕「富貴」二句，卜子夏，卜商，字子夏，孔子弟子。論語顔淵：「子夏曰：商聞之矣：死生有命，富貴在天。君子敬而無失，與人恭而有禮，四海之内皆兄弟也。」

〔三一〕「無階」二句，無階，無緣也。封禪，古代帝王以成功告天之盛典，此泛指朝廷大典禮。周南，地在何處，學界自古説法不一，鄭玄毛詩譜周南召南譜曰：「周召者，禹貢雍州岐山之陽地名，今（指漢代）屬右扶風美陽縣。」此當指騰府所在地，參以下句「漢北」，蓋在今陝西之南、漢水之北，具體位置不詳。

〔三二〕「絶望」二句，史記夏本紀：「夏桀不務德，……召湯而囚之夏臺。」索隱：「獄名。夏曰鈞臺。皇甫謐云：地在陽翟是也。」則李楚才得罪後「遐遷騰府」云者，疑乃婉詞，實曾下獄。下文銘稱「蕭條異縣，坎壈浮生」，亦指此事。又，此所謂「漢北」，與上句「周南」，當爲一地，即所謂「騰府」是也。夏，英華校：「集作靈。」誤。

太宗文武聖皇帝承聖皇之大寶〔一〕，奉天帝之休期〔二〕，雷雨八瀛〔三〕，光華四極〔四〕。旌賢赦過，惟新之命屢覃〔五〕；念功簡勞，惟舊之恩累洽〔六〕。貞觀元年，授長樂監〔七〕，仍命於北門供奉〔八〕。宜春禁苑〔九〕，太液神池〔一〇〕。浸石菌而揚波〔一一〕，擢金莖而挹露〔一二〕。南經丹徼〔一三〕，恒陪萬乘之遊；北繞黄山，再奉三驅之禮〔一四〕。當是時也，穆穆焉，煌煌焉，濟濟焉，鏘鏘焉〔一五〕。一陰一陽而有序，自南自北而無外〔一六〕。猶復中宵不寐，殷勤多士之林；昃景忘疲，涣汗非常之辟〔一七〕。十四年，應詔四科舉〔一八〕，射策登甲第〔一九〕。明於國家之大體，達於人事之始終，可謂朝宰之璞〔二〇〕，可謂皇居之寶〔二一〕。洛陽才子，一承宣室之談〔二二〕；魯國儒生，行踐中都之邑〔二三〕。尋授靈州鳴沙縣令，累遷原州百泉縣令〔二四〕。斜通紫微，却負黃州〔二五〕。涼秋九月，寒沙四面。平雲匝隴，處處而秋陰〔二六〕；圓魄低關〔二七〕，蒼蒼而夜色。君乘輜演教，佩紱臨民〔二八〕，德被三城〔二九〕，風移五縣〔三〇〕。抽琴命操，還臨單父之堂〔三一〕；繫石飛鳴，即對李泉之學〔三二〕。明以御下，將水鏡而通輝〔三三〕；清以立身，共冰壺而合照〔三四〕。神行有感，方登玉鉉之階〔三五〕；靈化無方，獨嘆瓊棺之墓〔三六〕。春秋七十有一，以顯慶元年十二月八日終於官舍。

【箋注】

〔一〕「太宗」句，舊唐書高宗紀下：咸亨五年（六七四）八月壬辰，追尊「太宗文皇帝爲文武聖皇帝」。聖皇，指唐高祖；大寶，指政權。

〔二〕「奉天帝」句，謂承奉上天所賜之美好期運，指皇帝之位。句言太宗繼位。

〔三〕「雷雨」句，周易解卦彖曰：「天地解而雷雨作，雷雨作而百果草木皆甲坼。」王弼注：「天地否結則雷雨不作，交通感散，雷雨乃作也。雷雨之作，則險厄者亨，否結者散，故百果草木皆甲坼也。」此指太宗繼位後，天地更新。八瀛，指天下。鹽鐵論論鄒：「所謂中國者，天下八十分之一，名曰赤縣神州，而分爲九。川谷阻絶，陵陸不通，乃爲一州，有八瀛海圜其外，此所謂八極，而天下際焉。」

〔四〕「光華」句，四極，淮南子墬形訓：「地形之所載，六合之間，四極之内。」高誘注：「四極，四方之極。」此指普天之下。

〔五〕「惟新」句，尚書胤征：「舊染汙俗，咸與惟新。」僞孔傳：「言其餘人久染汙俗，本無惡心，皆與更新，一無所問。」覃，廣施。

〔六〕「惟舊」句，尚書盤庚上：「遲任有言曰：人惟求舊，器非求舊，惟新。」僞孔傳：「遲任，古賢。言人貴舊，器貴新。」洽，潤澤。

〔七〕「授長樂監」句，宋敏求長安志卷六：「禁苑在宫城之北，東西二十七里，南北三十三里。東接霸水，西長安故城，南連京城，北枕渭水。苑西即太倉，北距中渭橋，與長安故城相接。東西十三里，南北十三里，亦隸苑中。苑中四面皆有監：南面太樂監，北面舊宅監，東監，西監，分掌宫中植種及修葺園囿等事，又置苑總監領之，皆隸司農寺。」長樂監殆亦在其中。

〔八〕「仍命」句，北門，當指皇城北太極門，其内曰太極殿，乃皇帝朔望坐朝之地，見唐六典卷七尚書工部。供奉，官名，在皇帝左右供職。命，英華校：「集作令。」

〔九〕「宜春」句，太平寰宇記卷二五雍州：「曲江池，漢武帝所造，名爲宜春苑。」

〔一〇〕「太液」句，三輔黄圖卷四苑囿：「太液池在長安故城西，建章宫北，未央宫西南。太液者，言其津潤所及廣也。關輔記云：『建章宫北有池，以象北海，刻石爲鯨魚，長三丈。』漢書曰：『建章宮北治大池，名曰太液池，中起三山，以象瀛洲、蓬萊、方丈，刻金石爲魚龍、奇禽、異獸之屬。』」

〔一一〕「浸石菌」句，文選張衡西京賦：「長風激於別隯，起洪濤而揚波。浸石菌於重涯，濯靈芝以朱柯。」薛綜注：「石菌、靈芝，皆海中神山所有神草名，仙之所食者。」

〔一二〕「擢金莖」句，文選班固西都賦：「抗仙掌以承露，擢雙立之金莖。」李善注：「漢書曰：『孝武又作柏梁、銅柱承露仙人掌之屬矣。』方言曰：『擢，抽也。』金莖，銅柱也。」

〔一三〕「南經」句，儌，邊境。崔豹古今注：「南方儌色赤，故稱丹儌，爲南方之極也。」此泛指南方。

〔一四〕「北繞」二句，繞，原作「統」，據英華、全唐文改。黄山，文選張衡西京賦：「繞黄山而欵牛首。」薛綜注：「繞，裏也。」李善注引漢書：「右扶風槐里縣有黄山宫。」三驅，周易比卦：「九五：顯比，王用三驅失前禽，邑人不誡，吉。」孔穎達正義：「王用三驅失前禽者，此假田獵之道以喻顯比之事。凡三驅之禮，禽向己者則舍之，背己者則射之，是失於前禽也。顯比之道，與己相應者則親之，與己不相應者則疎之，與三驅田獵，愛來惡去相似，故云王用三驅失前禽也，言顯比之道似於此也。」此所謂「三驅」，指爲皇帝田獵效勞。

〔一五〕「穆穆焉」四句，文選張衡東京賦：「穆穆焉，皇皇焉，濟濟焉，將將焉，信天下之壯觀也。」薛綜注：「禮記曰：『天子穆穆，諸侯皇皇，大夫濟濟，士將將。』鄭玄曰：『威儀容止之貌。』」李周翰注：「穆穆、皇皇、濟濟、將將，皆盛美之貌。」按：四句見禮記曲禮下，「將將」作「蹌蹌」。陸德明音義：「蹌，本又作鶬，或作鏘，同。」

〔一六〕「自南」句，文選曹植七啓：「惠澤播於黎苗，威靈震乎無外。」李善注引公羊傳曰：「王者無外也。」此指無例外，言相同。

〔一七〕「昃景」二句，昃景，昃，日偏西，景，同「影」。渙汗，周易渙卦：「九五，渙汗其大號。渙，王居无咎。」孔穎達正義曰：「九五處尊履正，在號令之中，能行號令，以散險厄者也，故曰渙汗其大號也。」此即指號令。辟，徵召。兩句謂皇帝下令選拔非常之才，即下所云四科舉。

〔一八〕「十四年」二句，貞觀十四年，爲公元六四〇年。四科，唐代制科名。册府元龜卷六七載顯慶五年（六六〇）六月詔：「内外官：四科舉人，或孝悌可稱，德行夙著，通涉經史，堪居繁劇；或游泳儒術，沉研册府，下帷不倦，博物馳聲；或藻思清華，詞鋒秀逸，舉標文雅，材堪遠大；或廉平處事，彊直爲心，洞曉刑書，兼苞文藝者，精加搜訪，各以名薦。」太宗時之四科舉，與此應基本相同。

〔一九〕「射策」句，漢書蕭望之傳：「望之以射策甲科爲郎。」顔師古注：「射策者，謂爲難問疑義，書之於策，量其大小，署爲甲乙之科，列而置之，不使彰顯。有欲射者，隨其所取，得而釋之，以知優劣。射之言投射也，對策者顯問以政事、經義，令各對之，而觀其文辭定高下也。」按舊唐書玄宗紀下：天寶十三載（七五四）八月，「上御勤政樓，試四科制舉人，策外加詩、賦各一首。制舉加詩賦，自此始也」。則唐初之四科舉，蓋僅試策而已，且無「投射」之制。甲科爲第一等。

〔二〇〕「可謂朝宰」句，朝宰之璞，原作「宰相之璞」，英華校：「集作朝宰之璞。」集本是，據改。朝宰，與下句「皇居」對應，指朝廷之宰輔，範圍較宰相爲寬。玉未雕謂之璞。韓非子和氏：「然則有道者之不僇也，特帝王之璞未獻耳。」

〔二一〕「可謂皇居」句，文選孔融薦禰衡表：「帝室皇居，必畜非常之寶。」李善注：「應劭漢官儀曰：『帝室，猶古言王室。』尚書曰：『所寶惟賢，則邇人安。』」張銑注：「帝室皇居，謂天子、省閤也。畜，養也。非常之寶，謂賢人也。」

〔二二〕「洛陽」二句，漢書賈誼傳：「賈誼，雒陽人也。」主張更定法令及列侯就國，文帝欲任公卿之位，公卿盡害之，出爲長沙王太傅。「文帝思誼，徵之。至，入見，上方受釐，坐宣室。上因感鬼神事，而問鬼神之本。誼具道所以然之故。至夜半，文帝前席。既罷，曰：『吾久不見賈生，自以爲過之，今不及也。』」注引蘇林曰：「宣室，未央前正室也。」洛陽，英華作「漢朝」，校：「集作洛陽。」兩句言皇帝曾與之交談，有如賈誼。

〔二三〕「魯國」二句，魯國儒生，指孔子。史記孔子世家：「（魯）定公以孔子爲中都宰。」

〔二四〕「尋授」二句，元和郡縣志卷四靈州：「禹貢雍州之域。春秋及戰國屬秦。秦併天下，爲北地郡。漢時爲富平縣之地。……後魏太武帝平赫連昌，置薄骨律鎮，後改置靈州。……周置總管府。隋大業元年（六〇五），罷府爲靈州。三年，又改爲靈武郡。武德元年（六一八），又改爲靈州，仍置總管。七年，改爲都督府。」又曰：鳴沙縣，「本漢富平縣地，屬安定郡。……隋開皇十九年（五九九）置環州，以大河環曲爲名，仍立鳴沙縣屬焉。大業三年罷環州，以縣屬靈武百泉縣,已見本文首注。

郡。貞觀六年(六三二)復置環州。九年,州廢,以縣屬靈州」。按:地在今甘肅燉煌市。原州

〔二五〕「斜通」二句,斜,原作「科」,各本同。清人所編佩文韻府卷一四二、卷七七四引改作「斜」,極是,「科」乃形訛。却,原誤「印」,據英華改。斜、却,皆指方位。紫徼,即紫塞,指長城。崔豹古今注:「紫塞,秦築長城,土色皆紫,漢塞亦然,故稱紫塞焉。」黄州,黄沙之州,指沙漠。

〔二六〕「平雲」二句,平雲,雲低如與地平。匝,環繞。隴,即隴山,此泛指靈州附近之山。秋,英華校:「集作愁。」「愁陰」無義,當誤。

〔二七〕「圓魄」句,圓魄,指月。初學記卷一月:「魄,月始生魄然也。」闗,原作「開」,據全唐文改。闗,與上句「隴」對應,當指玉門闗。低闗,謂圓月低垂,遠望之,闗似在月之上。

〔二八〕「君乘輜」二句,漢書揚雄傳上載河東賦:「奮電鞭,驂雷輜。」顔師古注:「輜,衣車也。」説文:「輜,輧車前,衣車後也。」按:即有帷幕之車,乃官員所乘。紱,繫官印之絲帶。演教,推行教化。臨民,「民」原作「人」,避唐諱,徑改。臨民,謂處理民事。

〔二九〕「德被」句,三國志魏書程昱傳:「程昱,字仲德,東郡東阿人也。」太祖(曹操)以昱守壽張令。太祖征徐州,使昱與荀彧留守鄄城。張邈等叛,迎吕布,郡縣響應,惟鄄城、范、東阿不動。昱等堅守之,「卒完三城,以待太祖」。

〔三〇〕「風移」句,後漢書公孫述傳:「公孫述,字子陽,扶風茂陵人也。哀帝時以父任爲郎。後父仁

爲河南都尉，而述補清水長。……太守以其能，使兼攝五縣，政事修理，姦盗不發，郡中謂有鬼神。」

〔三一〕「抽琴」二句，史記仲尼弟子列傳：「宓不齊，字子賤，少孔子四十九歲。孔子謂子賤：『君子哉！魯無君子，斯焉取斯。』子賤爲單父宰。」正義曰：單父，「宋州縣也」。説苑卷七：「宓子賤治單父，彈鳴琴，身不下堂，而單父治。巫馬期亦治單父，以星出，以星入，日夜不處，以身親之，而單父亦治。巫馬期問其故於宓子賤，宓子賤曰：『我之謂任人，子之謂任力。任力者固勞，任人者固佚。』人曰：宓子賤則君子矣，佚四肢，全耳目，平心氣，而百官治，任其數而已矣。巫馬期則不然，弊性事情，勞煩教詔，雖治，猶未至也。」

〔三二〕「繫石」二句，嗚，英華校：「集作聲。」按：兩句所言事未詳，似指後漢酸棗令劉孟陽碑。歐陽修集古録卷三後漢俞鄉侯季子碑（即劉孟陽碑）以爲「似是德政碑」，又考證道：「按後漢書（光武十王傳）光武皇帝子曰廣陵思王（劉）荆，荆子元壽等四人，皆封鄉侯，史略而不載。其名俞鄉侯者，不知爲誰也，思王荆之第幾子也。」此碑甚著名，歷代文獻如水經注、金石録、金薤琳琅、隸釋及六藝之一録等皆嘗著録，或有考證。碑述劉孟陽政績，與上注用宓子賤事相類。該碑碑陰刻有建碑捐款人姓名，共一百八十人，其中有「好學李泉叔」等。則「嗚」字似當依英華所校集本作「聲」。兩句蓋謂李泉之名繫刻於劉孟陽碑碑石後，其「好學」名聲亦借此傳於後世，以言李楚才爲官興學之效。

〔三三〕「將水鏡」句，水鏡，謂人清明剔透如水似鏡。晉書樂廣傳：「樂廣，字彦輔，南陽淯陽人也。……尤善談論，每以約言析理，以厭人之心，其所不知，默如也。……尚書令衛瓘，朝之耆舊，逮與魏正始中諸名士談論，見廣而奇之，曰：『自昔諸賢既没，常恐微言將絶，而今乃復聞斯言於君矣。』命諸子造焉，曰：『此人之水鏡，見之瑩然，若披雲霧而睹青天也。』王衍自言與人語甚簡，至及見廣，便覺己之煩。其爲識者所歎美如此。出補元城令。」

〔三四〕「共冰壺」句，文選鮑照白頭吟：「直如朱絲繩，清如玉壺冰。」李周翰注：「玉壺冰，取其絜浄也。」合照，言其清可與冰相映照。

〔三五〕「神行」二句，神行，謂其操守感動神明。玉鉉，周易鼎卦：「上九，鼎，玉鉉，大吉，無不利。」王弼注：「處鼎之終，鼎道之成也。居鼎之成，體剛履柔，用勁施鉉，以斯處上，高不誡亢，得夫剛柔之節，能舉其任者也。應不在一，則靡所不舉，故曰大吉無不利也。」後以「玉鉉」指處高位之大臣。

〔三六〕「靈化」二句，靈化，謂神靈變化，不可測度，指無緣進入大臣行列。瓊棺，即玉棺。後漢書王喬傳：「王喬者，河東人也，顯宗世，爲葉令。喬有神術。……後天下玉棺於堂前，吏人推排，終不搖動。喬曰：『天帝獨召我邪？』乃沐浴服飾，寢其中，蓋便立覆。宿昔葬於城東，土自成墳。」

君年十一丁内艱，朋友相哀，家人不識〔一〕。昔稱曾、閔〔二〕，今曰荀、何〔三〕，近古以來，未之有也。隋郡東曹掾江溢見而嘆曰：「此真可謂保家緯化〔四〕。」嗟尚者久之。大業末年，皇綱漸紊。不掃一室，自懷包括之心〔五〕；獨守太玄，且忘名利之境〔六〕。於時魏特進、房僕射、杜相州等〔七〕，並以江海相期，煙霞相許，付同心之雅會〔八〕，託刎頸之良遊〔九〕。或閉户讀書，累月不出；或登山涉水，經日忘歸。斯賢達之素交，蓋千年而一遇〔一〇〕。洎塵埋五嶽，海没三山〔一一〕，辭殷而奉周，背楚而歸漢〔一二〕。深謀遠慮，即良、平無以加也〔一三〕；行軍用兵，則彭、韓不能尚焉〔一四〕。數奇命蹇〔一五〕，遂無望於高門；日往月來，竟消聲於下邑。情均寵辱，則萬象同歸〔一六〕；跡混彭殤，則百齡俱盡〔一七〕。浮生若寄〔一八〕，大漸彌留〔一九〕，遺誨子孫，庶幾薄葬。等梁鴻之宅兆，邈矣他鄉〔二〇〕；符祭仲之高居，依然新鄭〔二一〕。唯仁與達，君其有焉〔二二〕；存榮没哀，此之謂也〔二三〕。即以某年月日，葬於某原。

【箋　注】

〔一〕「君年」三句，丁，遭遇。内艱，指喪母。「内」字，英華空格。周書皇甫遐傳：「皇甫遐，字永覽，河東汾陰人也。……遭母喪，乃廬於墓側，負土爲墳，……形容枯顇，家人不識。」

〔二〕「昔稱」句，曾、閔，即曾參、閔損，皆孔子弟子。曾參至孝，嘗著孝經，詳前益州温江縣令任君神道碑注。史記仲尼弟子列傳：「閔損，字子騫，少孔子十五歲。孔子曰：『孝哉，閔子騫！人不間於其父母昆弟之言，不仕大夫，不食汙君之禄。』」

〔三〕「今曰」句，荀、何，指荀顗、何曾。晉書荀顗傳：「荀顗，字景倩，潁川人，魏太尉彧之第六子也。……性至孝，總角知名。博學洽聞，理思周密。……年踰耳順，孝養蒸蒸。以母憂去職，毁幾滅性，海内稱之。」同上何曾傳：「曾性至孝，閨門整肅，自少及長，無聲樂嬖幸之好。年老之後，與妻相見，皆正衣冠，相待如賓，已南向，妻北面，再拜上酒，酬酢既畢便出，一歲如此者不過再三焉。初，司隸校尉傅玄著論，稱曾及荀顗曰：『以文王之道事其親者，其潁昌何侯乎！其荀侯乎！古稱曾、閔，今曰荀、何。内盡其心以事其親，外崇禮讓以接天下，孝子百世之宗，仁人天下之命，有能行孝之道，君子之儀表也。』」

〔四〕「隋郡」二句，東曹掾，煬帝時諸郡所置官名。通典卷三三總論郡佐：「隋初以州爲郡，無復軍府，則州府之職參爲郡官，故有長史、司馬、録事參軍、功、户、兵、法等七曹，稍與今制同。開皇三年（五八三），詔佐官以曹爲名者，并改爲司。十二年，諸州司從事爲名者，并改爲參軍。……煬帝置通守、贊治、東西曹掾、主簿、司功、倉、户、兵、法、士等書佐。」江溢，事迹無考。保家，左傳襄公二十七年：「趙孟曰：善哉！保家之主也，吾有望矣。」杜預注：「能戒懼，不荒，所以保家。」孔穎達正義：「大夫稱主。言是守家之主，不忘族也。」緯化，助理教化。

〔五〕「不掃」二句，謂有大志。後漢書陳蕃傳：「陳蕃，字仲舉，汝南平輿人也。祖河東太守。蕃年十五，嘗閑處一室，而庭宇蕪穢。父友同郡薛勤來候之，謂蕃曰：『孺子何不灑掃以待賓客？』蕃曰：『大丈夫處世，當掃除天下，安事一室乎！』勤知其有清世志，甚奇之。」包括之心，謂胸懷天下。

〔六〕「獨守」二句，漢書揚雄傳下：「哀帝時，丁、傅、董賢用事，諸附離之者，或起家至二千石。時雄方草太玄，有以自守，泊如也。」

〔七〕「於時」句，魏特進，即魏徵，著名政治家。魏徵字玄成，鉅鹿曲城人。高祖即位，拜諫議大夫、尚書左丞。貞觀二年（六二八）遷秘書監，參預朝政。爲左光禄大夫，封鄭國公，拜特進，仍知門下事。舊唐書卷七一有傳。房僕射，即房喬，字玄齡，齊州臨淄人。貞觀元年爲中書令，進爵邢國公。爲尚書左僕射，改封魏國公。舊唐書卷六六有傳。同上杜如晦傳：杜如晦，字克明，京兆杜陵人，爲尚書右僕射，與房玄齡共掌朝政，談良相者稱「房杜」。然杜如晦無相州仕歷，疑以魏徵薨贈司空、相州都督而誤記，待考。

〔八〕「付同心」句，周易繫辭上：「子曰：君子之道，或出或處，或默或語。二人同心，其利斷金；同心之言，其臭如蘭。」

〔九〕「訖刎頸」句，史記廉頗藺相如列傳：「（廉頗）肉袒負荆，因賓客至藺相如門謝罪，曰：『鄙賤之人，不知將軍寬之至此也。』卒相與歡，爲刎頸之交。」索隱引崔浩云：「要齊生死，而刎頸無悔也。」

〔一〇〕「蓋千年」句，而，英華作「之」，校：「集作而。」按：上句爲「之」，此當作「而」。

〔一一〕「洎塵埋」二句，塵埋，謂滄桑之變。神仙傳卷三王遠：「麻姑自説接待以來，已見東海三爲桑田。向到蓬萊，水又淺於往昔會時略半也，豈將復還爲陵陸乎？方平笑曰：『聖人皆言，海中行復揚塵也。』」此言塵埋五嶽，即由此事推衍而加甚焉。海没，列子湯問：「龍伯之國有大人，舉足不盈數步而暨五山之所，一釣而連六鼇，……於是岱輿、員嶠二山流於北極，沉於大海，仙聖之播遷者巨億計。帝憑怒，侵滅龍伯之國使阨，侵小龍伯之民使短。」按：兩句喻指隋朝江山覆亡。

〔一二〕「辭殷」二句，史記周本紀：「西伯曰文王，遵后稷、公劉之業，則古公、公季之法，篤仁，敬老，慈少。禮下賢者，日中不暇食以待士，士以此多歸之。伯夷、叔齊在孤竹，聞西伯善養老，盍往歸之。太顛、閎夭、散宜生、鬻子、辛甲大夫之徒皆往歸之。」秦末劉、項争天下，原項羽智謀豪傑之士亦多歸漢，故張良、陳平説劉邦曰：「漢有天下太半，而諸侯皆附之。楚兵罷，食盡，此天亡楚之時也。」（史記項羽本紀）按：兩句以奉周、歸漢喻指李楚才由隋歸唐。魏徵、房玄齡等歸唐前，亦嘗爲隋官。

〔一三〕「深謀」二句，良、平，即張良、陳平，劉邦主要謀士。張良事迹詳史記留侯世家，高祖嘗曰：「夫運籌策帷帳之中，決勝於千里之外，吾不如子房（張良，見史記高祖本紀）。」陳平事迹詳史記陳丞相世家，太史公稱其「常出奇計，救紛糾之難，振國家之患」。

〔一四〕「行軍」二句，彭、韓，即彭越、韓信，爲劉邦主要軍事將領。韓信封淮陰侯，事迹詳史記淮陰侯傳，太史公稱其「於漢家勳，可以比周、召、太公之徒」。彭越嘗立爲梁王，事迹詳史記彭越傳，太史公稱其「席卷千里，南面稱孤」。

〔一五〕「數奇」句，史記李將軍列傳：「李廣老，數奇。」索隱引服虔云：「作事數不偶也。」命蹇，周易蹇卦彖曰：「蹇，難也，險在前也。」蹇，英華校：「一作舛。」

〔一六〕「情均」二句，莊子逍遥遊：「且舉世而譽之而不加勸，舉世而非之而不加沮，定乎内外之分，辨乎榮辱之竟，斯已矣。」萬象，萬物也；同歸，謂榮辱等齊，無有分别。

〔一七〕「跡混」二句，莊子齊物論：「天下莫大於秋毫之末，而太山爲小；莫壽乎殤子，而彭祖爲夭。天地與我并生，而萬物與我爲一。」郭象注：「無小無大，無壽無夭。」按：彭祖，傳説爲古代長壽者。殤子，夭折小兒。

〔一八〕「浮生」句，莊子刻意：「其生若浮，其死若休。」陶淵明榮木：「人生若寄，顦顇有時。」

〔一九〕「大漸」句，尚書顧命：「(成)王曰：『嗚呼，疾大漸，惟幾。病日臻。既彌留，恐不獲誓言嗣，兹予審訓命汝。』」僞孔傳釋「疾大漸」爲「疾大進篤」，釋「彌留」爲「已久留」，謂恐不可痊瘉。

〔二〇〕「等梁鴻」二句，後漢書梁鴻傳：「梁鴻，字伯鸞，扶風平陵人。」後「至吴，依大家皋伯通，居廡下，爲人賃舂」。「疾且困，告主人曰：『昔延陵季子葬子於嬴博之間，不歸鄉里。慎勿令我子持喪歸去。』及卒，伯通等爲求葬地於吴要離冢傍，咸曰：要離，烈士，而伯鸞清高，可令相近。」李賢注：「要離，刺吴王僚子慶忌者，冢在今蘇州吴縣西，伯鸞墓在其北。」

〔二〕「符祭仲」二句，晉書杜預傳：「杜預字元凱，京兆杜陵人也。……預先爲遺令，曰：『……吾往爲臺郎，嘗以公事使過密縣之邢山，山上有冢，問耕夫，云是鄭大夫祭仲，或云子産之冢也，遂率從者祭而觀焉。其造冢居山之頂，四望周達，連山體南北之正而邪東北，向新鄭城，意不忘本也。』」按：邢山墓墓主究爲何人，説者不一，此以其爲祭仲墓而論之。此及上兩句，謂李楚才遺囑死後葬於百泉縣，不必返鄉，與梁鴻、祭仲同意。

〔三〕「唯仁」二句，晉書王祥傳：「祥有五子：肇、夏、馥、烈、芬。……烈、芬并幼知名，爲祥所愛。二子亦同時而亡，將死，烈欲還葬舊土，芬欲留葬京邑，祥流涕曰：『不忘故鄉，仁也；不戀本土，達也。惟仁與達，吾二子有焉。』」

〔三〕「存榮」二句，謂生前榮耀，死後令人哀痛。論語子張：「（孔子）其生也榮，其死也哀。」蔡邕陳太丘（寔）碑：「遠近會葬，千人以上。河南尹种府君臨郡，追歎功德，述録高行，以爲遠近鮮能及之。重部大掾，以時成銘，斯可謂存榮没哀、死而不朽者已。」

夫人廣平宋氏〔一〕，齊尚書左丞士順之曾孫，隋建安郡司法長文之季女〔二〕。霜凄月瑩，菊艷苕華〔三〕。淑問秀於閨房〔四〕，柔風洽於詩禮〔五〕。琴前鏡裏，孤鸞别鶴之哀〔六〕，竹死城崩，杞婦湘妃之怨〔七〕。長子金河府校尉、上柱國輔仁等〔八〕，十輪方駕，萬石駢衡〔九〕。窺上帝之兵鈐，入先王之册府〔一〇〕。指蒼天而永訴，血下霑襟〔一一〕；對白日以長號，悲來填臆。於是緦麻執友，素蓋賓朋〔一二〕，傳祖德於高陽〔一三〕，考豐碑於太學〔一四〕。庶使城隍一變，猶知鄧艾之名〔一五〕；陵谷三遷，尚識鍾繇之字〔一六〕。

【箋　注】

〔一〕「夫人」句，元和郡縣志卷一五洺州（廣平）：「禹貢冀州之域。……秦兼天下，是爲邯鄲郡。漢武帝置平干國，宣帝改曰廣平。自漢至晉，或爲國，或爲郡。……周武帝建德六年（五七七），於郡置洺州，以水爲名。隋大業三年（六〇七），罷州爲永安郡。武德元年（六一八），又改爲洺州。」地在今河北邯鄲市永年縣。

〔二〕「齊尚書」二句，尚書左丞，隋書百官志中載爲從四品。建安郡，同上地理志下：「陳置閩州，仍廢，後又置豐州。平陳，改曰泉州。大業初改曰閩州。」即今福建福州市。司法，即司法參軍。按：宋士順、宋長文，别無事迹可考。

〔三〕「霜淒」二句，苕華，爾雅釋草：「苕，陵苕。」邢昺疏：「陸璣（毛詩草木）疏云：『一名鼠尾，生下濕水中，七八月中華紫，似今紫草，可染皁，煮以沐髮即黑。』詩小雅云『苕之華，芸其黄矣』，鄭箋云陵苕之華，紫赤而繁。陸璣亦言其華紫色，而此云黄白者，蓋就紫色之中有黄紫、白紫耳，及其將落，則全變爲黄，故詩云『芸其黄矣』。」兩句以霜、月、菊、苕，比喻宋氏清純高潔。潘岳爲任子咸妻作孤女澤蘭哀辭：「鬒髮蛾眉，巧笑美目。顔耀榮苕，華茂時菊。」

〔四〕「淑問」句，淑問，美好名聲。漢書匡衡傳上疏曰：「道德弘於京師，淑問揚乎疆外。」顔師古注：「淑，善也。問，名也。」

〔五〕「柔風」句，洽，原作「治」，據英華、四子集、全唐文改。洽，潤澤。謂其温柔敦厚之風，乃由詩禮熏陶而成。

〔六〕「琴前」二句，文選嵇康琴賦：「王昭楚妃，千里別鶴。」李善注引蔡邕琴操曰：「商陵牧子娶妻，五年無子，父兄欲爲改娶。牧子援琴鼓之，歎別鶴以舒其憤懣，故曰別鶴操。」又引崔豹古今注曰：「別鶴操，商陵牧子所作也。牧子娶妻五年無子，父母將爲之改娶。妻聞之，中夜起，聞鶴聲，倚户而悲。牧子聞之，愴然歌曰：『將乘北翼隔天端，山川悠遠路漫漫。』攬衣不寢食。後人因以爲樂章也。」范泰鸞鳥詩序：「昔罽賓王結罝峻祁之山，獲一鸞鳥。……三年不鳴。其夫人曰：『嘗聞鳥見其類而後鳴，何不懸鏡以映之？』王從其意。鸞睹形悲鳴，哀響中霄，一奮而絶。」

〔七〕「竹死」二句，楚辭屈原九歌湘夫人：「帝子降兮北渚。」王逸注：「言堯二女娥皇、女英，隨舜不反，没於湘水之渚，因爲湘夫人。」博物志卷一〇史補：「堯之二女，舜之二妃，曰湘夫人。舜崩，二妃啼，以涕揮竹，竹盡斑。」劉向列女傳卷四齊杞梁妻：「齊杞梁殖之妻也。莊公襲莒，殖戰而死。……杞梁之妻無子，内外皆無五屬之親。既無所歸，乃枕其夫之屍於城下而哭，内誠動人，道路過者莫不爲之揮涕。十日，而城爲之崩。」湘妃之怨，英華、四子集作「孀娥之泣」，英華校：「集作湘妃之怨。」所校集本義勝。「琴前」至此四句，皆言宋夫人喪夫之痛。

〔八〕「長子」句，金河府，唐折衝府名，在何處待考。校尉，武官名。通典卷二九：折衝府有「校尉六人」。上柱國，唐六典卷二尚書吏部：「司勳郎中、員外郎掌邦國官人之勳級，凡勳十有二等，十二轉爲上柱國，比正二品。」李輔仁，别無事迹可考。

〔九〕「十輪」二句，十輪、萬石，謂李輔仁兄弟仕宦、官位極盛。文選楊惲報孫會宗書（按：原載漢書楊惲傳）：「惲家方隆盛時，乘朱輪者十人。」李善注：「二千石皆得乘朱輪。」又後漢書馮勤傳：「曾祖父揚，宣帝時爲弘農太守，有八子，皆爲二千石，趙魏間榮之，號曰萬石君焉。」方駕，文選左思魏都賦：「竦峭雙碣，方駕比輪。」李周翰注：「方駕比輪，言并車也。」駢衡，同書顔延年赭白馬賦：「將使紫燕駢衡，緑蛇衛轂。」李善注：「衡，車衡也。」駢衡，謂車衡相并，與方駕義同。

〔一〇〕「窺上帝」二句，謂李輔仁等遍讀秘籍奇書，學問淵博，無所不究。後漢書方術列傳上：「若夫陰陽推步之學，往往見於墳記矣。然神經怪牒，玉策金繩，關扃於明靈之府，封縢於瑶壇之上者，靡得而闚也。至乃河洛之文，龜龍之圖，箕子之術，師曠之書，緯候之部，鈐決之符，皆所以探抽冥賾，參驗人區，時有可聞者焉。」師曠之書，李賢注：「占災異之書也。」鈐決，李賢注：

「兵法有玉鈐篇。」

〔一一〕「血下」句，下，原作「不」，據四子集、全唐文改。

〔一二〕「於是」二句，緦麻，喪禮五服爲斬衰、齊衰、大功、小功、緦麻，緦麻乃喪禮中最輕者。此指遠親及部屬，儀禮士虞禮：「士之屬官，爲其長弔，服加麻矣。」素蓋，謂素車。後漢書范式傳：范式少游太學，與張劭爲友。劭病卒，范式馳往赴之。未及到，而喪已發引；既至壙將窆，而柩不肯進。「遂停柩移時，乃見有素車白馬號哭而來」。此泛指送葬之執友賓朋。

〔一三〕「傳祖德」句，楚辭屈原離騷：「帝高陽之苗裔兮。」王逸注：「高陽，顓頊有天下之號也。」因李氏出於顓頊高陽氏，故此指稽考李楚才之祖宗世系。

〔一四〕「考豐碑」句，豐碑，指漢末所刊石經，其形制如碑，立於太學門外，「於是後儒晚學，咸取正焉」。詳見前遂州長江縣先聖孔子廟堂碑「考春秋於太學」句注引後漢書蔡邕傳等。此指所作李楚才神道碑述事翔實，文字精確。

〔一五〕「庶使」二句，古今注：「隍者，城池之無水者也。」一變，謂城復於隍。周易泰卦：「城復於隍，勿用師。」孔穎達正義：「城之爲體，由基土陪扶乃得爲城，今下不陪扶，城則隕壞。」此謂世事變遷。知鄧艾之名，三國志魏書鄧艾傳：「鄧艾，字士載，義陽棘陽人也。……年十二，隨母至潁川，讀故太丘長陳寔碑文，言『文爲世範，行爲士則』，艾遂自名範，字士則。」後爲曹魏名將。此以陳寔喻指李楚才，謂即使此碑文已毁，也將有仰慕如鄧艾者，將其事迹傳於後世。

〔一六〕「陵谷」二句，晉書杜預傳：吴平，「以功進爵當陽縣侯」。「預好爲後世名，常言：『高岸爲谷，深谷爲陵。』（引者按：二句出詩經小雅十月之交。）刻石爲二碑，紀其勳績，一沉萬山之下，一立峴山之上，曰：『焉知此後不爲陵谷乎！』」鍾繇，晉代大書法家。謂碑文也將由書碑者之字（實婉指文）傳名後世。

其銘曰〔一〕：

玉斗之英〔二〕，瑶光之精〔三〕。巡河并洛〔四〕，握紀提衡〔五〕。柱史論道〔六〕，將軍用兵〔七〕。陸離簪紱〔八〕，奕葉公卿〔九〕。岳牧騰譽〔一〇〕，絃歌有聲〔一一〕。階蘭疊影〔一二〕，巖桂增榮〔一三〕。山澤通氣，風雲表靈〔一四〕。凝脂點漆〔一五〕，月角珠庭〔一六〕。白玉無玷〔一七〕，黄金滿籯〔一八〕。忠爲令德，孝實天經。朋友千里，煙霞百靈。琴罇野尚，松竹山情。數屬群海〔一九〕，時逢闢星〔二〇〕。黄龍電震，白騎雷驚〔二一〕。赫矣高祖，元亨利貞〔二二〕。聖人有作，天下文明〔二三〕。自此提劍，因兹間行〔二四〕。攀鱗北海，附翼南溟〔二五〕。水火之陣〔二六〕，孤虚之營〔二七〕。左提右挈〔二八〕，東討西征。巨猾斯斬，元兇載清〔二九〕。功符衛霍，知若良平〔三〇〕。自滿知損，居中忌盈〔三一〕。蕭條異縣〔三二〕，坎壈浮生。降以中旨，賓於上京〔三三〕。陳書詣闕，對問揚庭〔三四〕。山連鴈塞，野接龍坰〔三五〕。期月而已，三年有成〔三六〕。波瀾不息，箭刻無停〔三七〕。梁木其壞〔三八〕，高臺已傾〔三九〕。闕雲斷絶，隴鴈飛鳴。頓雙舄於葉縣〔四〇〕，蹋四馬於滕城〔四一〕。

【箋　注】

〔一〕「其銘」句，銘，英華校：「集作詞。」亦通。

〔二〕「玉斗」句，藝文類聚帝王部一帝夏禹引帝王世紀：「（禹）虎鼻大口，兩耳參漏，胸有玉斗。」太平御覽卷八二夏禹引雒書靈準聽，注「胸懷玉斗」曰：「懷璇璣玉衡之道。或以爲有黑子如玉斗也。」此當用前説，所謂「璇璣玉衡之道」，天道也，謂李楚才爲天之英靈。

〔三〕「瑶光」句，指顓頊。太平御覽卷七九顓頊高陽氏引河圖曰：「瑶光之星，如蜺貫月，正白，感女樞幽房之宫，生黑帝顓頊。」此言李氏出於顓頊，李楚才乃瑶光星精下凡。

〔四〕「巡河」句，謂顓頊、夏禹皆有天下。周易繫辭上：「河出圖，洛出書，聖人則之。」讖緯家稱河圖、洛書乃帝王有天下之符命。

〔五〕「握紀」句，謂統治天下。握紀，掌握紀綱。駱賓王爲齊州父老請陪封禪表：「伏惟陛下乘乾握紀，纂三統之重光。」又李百藥封建論：「陛下握紀御符，應期啓聖。」提衡，漢書杜周傳贊：「爵位尊顯，繼世立朝，相與提衡。」注引如淳曰：「提衡，猶言相提攜也。」又引臣瓚曰：「衡，平也，言二人齊也。」顔師古注以爲「瓚説是也」。

〔六〕「柱史」句，指老子。老子嘗爲周守藏室史（即柱下史）。其所著老子，又稱道德經，以「道」爲核心。後世李氏多以老子爲始祖，故於李楚才亦云，參本文前注。

〔七〕「將軍」句，指李廣，見本文前注。

〔八〕「陸離」句，楚辭屈原離騷：「長余佩之陸離。」王逸注：「陸離，猶參差，衆貌也。」同上九歌大司命：「玉佩兮陸離。」王逸注：「玉佩衆多，陸離而美也。」簪紱，代指官宦。簪爲綰髮用具，紱乃繫官印之絲帶。陸機晉平西將軍孝侯周處碑：「簪紱揚名，臺閣標著。」句言李氏爲官者衆。

〔九〕「奕葉」句，奕葉，世代。文選曹植王仲宣誄：「伊君顯考，奕葉佐時。」李周翰注：「奕，不絶之稱也。」

〔一〇〕「岳牧」句，尚書堯典：「乃命羲和，欽若昊天，曆象日月星辰，敬授人時。」僞孔傳：「重、黎之後羲氏、和氏，世掌天地四時之官，故堯命之，使敬順昊天。」同書：「帝曰：咨！四岳。」僞孔傳：「四岳，即上羲和之四子，分掌四岳之諸侯，故稱焉。」後以岳牧代指州郡長官。此指李楚才曾祖李裕，後魏時嘗爲徐州刺史，封燉煌郡公，有如古之諸侯。騰譽，謂李裕爲時所稱。

〔一一〕「絃歌」句，指李楚才之父李孝友，嘗爲隋晉州岳陽縣令，有如孔子弟子子游絃歌爲武城宰。

〔一二〕「階蘭」句，階蘭，喻指子孫，言其優秀。世説新語言語：「謝太傅（安）問諸子姪：『子弟亦何預人事，而正欲使其佳？』諸人莫有言者，車騎（謝玄）答曰：『譬如芝蘭玉樹，欲使其生於階庭耳。』」疊影，謂其多。

〔一三〕「巖桂」句，巖桂，喻指祖先。世説新語德行：「客有問陳季方（諶）：『足下家君太丘（寔）有何功德，而荷天下重名？』季方曰：『吾家君譬如桂樹生泰山之阿，上有萬仞之高，下有不測之深；上爲甘露所霑，下爲淵泉所潤。當斯之時，桂樹焉知泰山之高，淵泉之深？不知有功德與無也。』」

〔一四〕「山澤」二句，周易繫辭上：「在天成象，在地成形，變化見矣。」韓康伯注：「象謂日月星辰，形況山川草木也。懸象運行，以成昏明；山澤通氣，而雲行雨施，故變化見矣。」兩句謂李氏子孫乃山川風雲之靈秀所毓。

〔一五〕「凝脂」句，世説新語容止：「王右軍見杜弘治，歎曰：『面如凝脂，眼如點漆，此神仙中人。』」按晉書杜乂傳：「杜乂，字弘治，成恭皇后父，鎮南將軍預孫，尚書左丞錫之子也。性純和，美姿容，有盛名於江左。王羲之見而目之，曰：『膚若凝脂，眼如點漆，此神仙中人。』」

〔一六〕「月角」句，月角，見本文前注。珠庭，初學記卷九帝王部「珠庭」引洛書曰：「黑帝子湯長八尺一寸，珠庭。」「珠庭」又稱「連珠庭」，見太平御覽卷八三皇王部八殷帝成湯引雒書靈準聽。未曉其詳，蓋異相也。此謂李氏子生而非凡。

〔一七〕「白玉」句，史記龜策列傳：「黄金有疵，白玉有瑕。」後漢書李王鄧來列傳贊：「款款君叔，斯言無玷。」玷，缺也。此謂李楚才爲人完美無缺。

〔一八〕「黄金」句，漢書韋賢傳：「鄒魯諺曰：『遺子黄金滿籯，不如一經。』」注引如淳曰：「籯，竹器，受三四斗，今陳留俗有此器。」此反用其義，謂李氏不遺子孫錢財，而讓其讀書飽學。

〔一九〕「數屬」句，群海，群，原作「郡」，當是「群」之形訛，據文意改。群海，謂海水群飛。文選揚雄劇秦美新：「神歇靈液，海水群飛。」李善注：「水喻萬民，群飛，言亂。」又劉良注：「海水群飛，喻天下亂也。」按：該語又見揚雄法言，參前新都縣學先聖廟堂碑文注。

〔二〇〕「時逢」句，鬬，原作「闘」。「闘」未見字書，蓋「鬬」之形訛，據四庫全書本、全唐文改。史記天官書：「歲星入月，其野有逐相；與太白鬬，其野有破軍。」集解引韋昭曰：「星相擊爲鬬。」隋書天文志中星雜變：「……三曰星鬬，星鬬，天下大亂。」

〔二一〕「黄龍」二句，唐開元占經卷一二〇龍引瑞應圖曰：「黄龍者，五龍之長也，不混池魚。」雹震，謂龍騰躍震駭如雹。白騎，即白馬。此泛指馬，「白」與上句「黄」對應。雷驚，群馬奔馳嘶鳴，其聲如雷。兩句言隋末天下大亂，各路英雄豪傑四起。

〔二二〕「元亨」句，周易乾卦：「乾，元亨利貞。」文言曰：「元者善之長也，亨者嘉之會也，利者義之和也，貞者事之幹也。君子體仁足以長人，嘉會足以合禮，利物足以和義，貞固足以幹事。君子行此四德者，故曰『乾，元亨利貞』。」

〔二三〕「天下」句，周易乾卦文言：「『見龍在田』，天下文明。」孔穎達正義：「天下文明者，陽氣在田，始生萬物，故天下有文章而光明也。」按：自「高祖」至此四句，皆頌揚唐高祖李淵起兵反隋之正義、英明。

〔二四〕「自此」二句，此，原作「北」，據全唐文改。「此」與下句「兹」對應。兩句言李楚才於是時亦提劍投奔義軍。間行，乘機而動。

〔二五〕「攀鱗」二句，鱗，原作「麟」，據英華、全唐文改。攀鱗、附翼，喻依託於人。後漢書光武帝紀上：「耿純進曰：『天下士大夫捐親戚，棄土壤，從大王於矢石之間者，其計固望其攀龍鱗、附鳳翼，以成其所志耳。』」北海、南溟，莊子逍遥遊：「北冥有魚，其名爲鯤，……化而爲鳥，其名爲鵬。」「鵬之徙於南冥也，水擊三千里，摶扶摇而上者九萬里。」溟、冥同，謂海也，則鱗指鯤。兩句言隨李淵轉戰南北。

〔二六〕「水火」句，水火陣，謂水陣、火陣。尉繚子天官：「背水陣爲絶地，向阪陣爲廢軍。武王伐紂，背濟水、向山阪而陳，以二萬二千五百人擊紂之億萬而滅商。」此乃背水陣，而水陣似别有説。北齊書方伎許遵傳：「許遵，高陽人。明易，善筮，兼曉天文、風角、占相、逆刺，其驗若神。……邙陰之役，遵謂李業興曰：『彼爲火陣，我木陣，火勝木（按北史本傳作「賊爲水陣，我爲火陣，水勝火」），我必敗。』果如其言。」

〔二七〕「孤虛」句，孤虛之營，即孤虛陣。史記龜策列傳：「日辰不全，故有孤虛。」集解（裴）駰案：「甲乙謂之日，子丑謂之辰。六甲孤虛法：甲子旬中無戌亥，戌亥即爲孤，辰巳即爲虛。甲戌旬中無申酉，申酉爲孤，寅卯即爲虛。甲申旬中無午未，午未爲孤，子丑即爲虛。甲午旬中無辰巳，辰巳爲孤，戌亥即爲虛。甲辰旬中無寅卯，寅卯爲孤，申酉即爲虛。甲寅旬中無子丑，子丑爲孤，午未即爲虚。劉歆七略有風后孤虚二十卷。」後漢書方術列傳上稱上古兵書「其流又有風角、遁甲、……須臾、孤虚之術」。同書方術列傳下趙彦傳：「趙彦者，琅邪人也。少有術學。延熹三年（一六〇），琅邪賊勞丙與太山賊叔孫無忌殺都尉，攻没琅邪屬縣，殘害吏民。朝廷以南陽宗資爲討寇中郎將，杖鉞將兵，督州郡合討無忌。彦爲陳孤虚之法，以賊屯在莒，莒有五陽之地，宜發五陽郡兵，從孤擊虚以討之。」李賢注「五陽之地」：「謂城陽、南武陽、開陽、陽都、安陽，并近莒。」又注「五陽郡兵」：「郡名有陽，謂山陽、廣陽、漢陽、南陽、丹陽郡之類也。」此即所謂以孤虚術用兵之例。唐初人員半千謂載籍又稱之爲「地陣」（見舊唐書本傳）。以上兩句，謂李楚才善布陣用兵。

〔二八〕「左提」句，漢書張耳陳餘傳：「夫以一趙尚易燕，況以兩賢王左提右挈而責殺王，滅燕易矣。」顔師古注：「提、挈，言相扶持也。」

〔二九〕「巨猾」二句，指李楚才領兵討平南州事，詳前注。

〔三〇〕「功符」二句，謂李楚才戰功與衛青、霍去病相當，智謀有如張良、陳平。

〔三一〕「自滿」二句，周易損卦彖曰「損，損下益上」，又曰「損剛益柔」、「損益盈虚」，皆滿招損之義。同書謙卦：「鬼神害盈而福謙，人道惡盈而好謙。」六二：「鳴謙，貞吉。」王弼注：「鳴者，聲名聞之謂也。得位居中，謙而正焉。」皆忌盈之義。按：兩句指李楚才因争功得罪事，詳前注。知，英華校：「集作人。」按「知」與下句「忌」對應，當是，作「人」誤。

〔三二〕「蕭條」句，異縣，指李楚才得罪後「遐遷騰府」事，所在地不詳。

〔三三〕「降以」二句，指太宗即位後授長樂監、北門供奉事，詳前注。

〔三四〕「陳書」二句，指李楚才制科登甲第。陳書，應制科考試之薦書。對問，即答策。揚庭，受到朝廷稱揚。

〔三五〕「山連」二句，指授靈州鳴沙縣令。鴈塞，即鴈門關，在今山西。龍坰，龍庭也；坰，邊遠之地。龍庭乃匈奴祭祖先、天地及鬼神處（見後漢書竇憲傳李賢注）。兩句言鳴沙縣地理位置極僻遠。

〔三六〕「期月」二句，論語子路：「子曰：『苟有用我者，期月而已可也，三年有成。』」何晏集解引孔（安國）曰：「言誠有用我於政事者，期月而可以行其政教，必三年乃有成功。」

〔三七〕「波瀾」二句，波瀾，指水。論語子罕：「子在川上，曰：『逝者如斯夫！不舍晝夜。』」何晏集解引包（咸）曰：「逝，往也。言凡往也者，如川之流。」箭刻，古代計時器，以滴漏標尺（箭）計時。義與上同。謂時光流逝，歲月不待。

〔三八〕「梁木」句，禮記檀弓上：顏淵之喪，孔子歌曰：「泰山其頹乎！梁木其壞乎！哲人其萎乎！」

〔三九〕「高臺」句，説苑善説：雍門子周以琴見孟嘗君，曰：「天下有識之士無不爲足下寒心酸鼻者，千秋萬歲之後，高臺既已壞，曲池既已漸，墳墓既已下而青廷矣。……」孟嘗君泫然。庾信思舊銘：「高臺已傾，稷下有聞琴之泣。」以上兩句，皆喻指李楚才之死。

〔四〇〕「頓雙鳧」句，頓，停下。雙鳧，後漢書王喬傳：王喬有神術，爲葉令，每月朔望常自縣詣臺朝，然不見車騎。帝密令太史伺望之，所乘乃雙鳧，而雙鳧乃所賜尚書官屬履。其後天下玉棺於堂前，王喬於是寢其中，蓋便立覆，葬於城東，土自成墳。詳見前益州温江縣令任君神道碑「怪力成墳」句注。

〔四一〕「跼四馬」句，滕公（夏侯嬰）駕至東都門，馬嘶，跼不肯前，以足跑地。掘之，得石槨，有科斗文字稱「佳城鬱鬱，三千年見白日。吁嗟滕公居此室」。滕公死，遂葬焉。詳見前後周明威將軍梁公神道碑注引西京雜記。以上兩句，亦喻指李楚才之死。

楊炯集箋注卷八

神道碑

瀘州都督王湛神道碑〔一〕

惟漢高祖應天順人，祭蚩尤於沛庭，斬大蛇於豐澤〔二〕，則豐沛之豪傑乘於雲矣〔三〕。惟漢光武龍飛鳳翔，舉新市之八千〔四〕，破王尋之百萬〔五〕，則南陽之佐命動於天矣。我高祖神堯皇帝以唐侯而建國，從晉陽以起兵〔六〕，協和萬邦〔七〕，光宅天下〔八〕，則太原之衣冠有大勳矣。

【箋注】

〔一〕瀘州，今四川瀘州市。唐初瀘州爲下都督府治所，都督瀘、榮、溱、珍四州諸軍事，即除瀘州外，尚包括今四川自貢、内江、樂山三市部分地區，地域遼闊，詳下文注。墓主王湛卒於咸亨三年（六七二）七月，睿宗李旦文明元年（六八四）二月陪葬獻陵（高祖陵），則陪葬當爲改葬。此碑文應作於改葬前夕。湛，英華卷九一二校：「集作諶，下同。」孰是已不可考，兹依底本。

〔二〕「祭蚩尤」二句，漢書高帝紀上：「秦二世元年（前二〇九）秋七月，陳涉起蘄，至陳自立爲楚王，遣武臣、張耳、陳餘略趙地。八月，武臣自立爲趙王。郡縣多殺長吏以應涉。九月，沛令欲以沛應之，……高祖乃立爲沛公，祠黄帝，祭蚩尤於沛廷，而釁鼓旗。幟皆赤，由所殺蛇白帝子，所殺者赤帝子故也。於是少年豪吏如蕭、曹、樊噲等皆爲收沛子弟，得三千人。」注引應劭曰：「黄帝戰於阪泉，以定天下。蚩尤……好五兵，故祠祭之求福祥也。」顔師古注：「沛廷，沛縣之廷。」此前劉邦以亭長爲縣送徒驪山，夜行澤中斬大蛇，詳前新都縣學先聖廟堂碑文「潛膺赤帝之圖」句注。

〔三〕「則豐沛」句，漢書高帝紀：「高祖，沛豐邑中陽里人也。」注引應劭曰：「沛，縣也。豐，其鄉也。」又引孟康曰：「後沛爲郡而豐爲縣。」按：即今江蘇徐州市之沛縣、豐縣。劉邦出生地中陽里，即今豐縣趙莊鎮。劉邦試吏爲泗上亭長，在沛縣，故豐、沛指劉邦故鄉。乘於雲，猶言雲從龍。周易乾卦文言：「九五曰『飛龍在天，利見大人』，何謂也？子曰：『同聲相應，同氣相求。水流濕，火就燥，雲從龍，風從虎，聖人作而萬物覩。本乎天者親上，本乎地者親下，則各從其類也。』」下文言南陽佐命、太原衣冠，亦指隨同起義之南陽、太原豪傑。與此義同。於，英華校：「集作慶。」按：對句爲「動於天」，則作「慶」誤。

〔四〕「惟漢光武」二句，後漢書光武帝紀上：「世祖光武皇帝諱秀，字文叔，南陽蔡陽人，高祖九世之孫也。」王莽地皇三年（二二），南陽荒饑，「宛人李通等以圖讖説光武云：『劉氏復起，李氏爲輔。』光武初不敢當，然獨念兄伯升素結輕客，必舉大事，且王莽敗亡已兆，天下方亂，遂與定謀。於是乃市兵弩。十月，與李通從弟軼等起於宛，時年二十八。……伯升於是招新市、平林兵，與其帥王鳳、陳牧西擊長聚」。李賢注：「新市，縣，屬江夏郡，故城今在郢州富水縣東北。平林，地名，在今隨州隨縣東北。」

〔五〕「破王尋」句，後漢書光武帝紀上：王莽聞漢帝立，大懼，「遣大司徒王尋、大司空王邑將兵百萬，其甲士四十二萬人」以攻義軍。後被陸續擊破。

〔六〕「我高祖」二句，舊唐書高祖紀：「高祖神堯大聖大光孝皇帝姓李氏，諱淵。其先隴西狄道人，涼武昭王暠七代孫也。」隋煬帝大業十三年（六一七）爲太原留守。時群賊蜂起，江都阻絶，其子李世民（太宗）與晉陽令劉文静首謀，勸舉義兵。「高祖乃命太宗與劉文静及門下客長孫順德、劉弘基各募兵，旬日間衆且一萬，密遣使召世子建成及元吉於河東。」五月甲子，遂起兵。晉陽，即太原。元和郡縣志卷一三太原府：「太原、大鹵、大夏、夏墟、平陽、晉陽六名，其實一也。」「以起兵」之「以」字，英華校：「集作而。」

〔七〕「協和」句，尚書堯典：「協和萬邦，黎民於變時雍。」僞孔傳：「協合黎衆，時是雍和也。言天下衆民皆變化從上，是以風俗大和。」

〔八〕「光宅」句，尚書堯典序：「昔在帝堯，聰明文思，光宅天下。」僞孔傳：「言聖德之遠著。」按：光，光輝；宅，居也。言光輝照遍天下。

公諱湛，字懷元，太原晉陽人也。十一代祖卓，晉給事中。母常山公主，河東有湯沐邑，因家焉，葬於長壽原，故鄉有太原之號〔一〕。皇業伊始，公以中涓從事，賜田鄠、杜間，今爲雍州人也〔二〕。昔武王定於下人〔三〕，太子賓於上帝〔四〕。基酆鎬而開國〔五〕，籍神仙以命氏〔六〕。霸則司徒所讓位，天子所不臣〔七〕；昶則孝弟於閨門，務學於師友〔八〕。豈直横江斬將，南登建業之臺〔九〕；玉食金溝，北徙邙山之宅〔一〇〕。自兹厥後，數百年間，國移三統，周人共推其世禄〔一一〕；家徙五陵，漢朝不易其冠冕〔一二〕。曾祖宗邁〔一三〕，後魏中書侍郎、彭城王府司馬〔一四〕，周春官大夫〔一五〕、都督、晉陽侯。祖亮，本州主簿，司木上士，隋贈信州刺史〔一六〕。大名革於東魏，天命集於西周。宗伯所以辨其儀，林衡所以平其守〔一七〕。父綽，秦孝王府掾〔一八〕、仁壽宮監〔一九〕、離石郡通守〔二〇〕、晉陽侯，皇朝石州刺史〔二一〕。逆賊劉武周攻陷郡城，因而遇害，贈代州總管〔二二〕，謚曰烈侯，禮也。天造草昧，王業艱難。周師纔至於太原，胡兵遂入於離石〔二三〕。負户而汲，不能定西戎之禍〔二四〕；析骸而爨，不能解南楚之圍〔二五〕。仁者殺身以成名〔二六〕，君子有死而無貳〔二七〕。

【箋注】

〔一〕「十一代祖」數句，王卓，晉王渾孫，王濟庶子。晉書王渾傳：「王渾，字元沖，太原晉陽人。平吴，爲征東大將軍，徵拜尚書左僕射、加散騎常侍。」「元康七年（二九七）薨，時年七十五，謚曰元。長子尚早亡，次子濟嗣。」同書王濟傳：「濟字武子，少有逸才，風姿英爽，氣蓋一時。好弓馬，勇力絶人。善易及莊老，文詞秀茂，伎藝過人，有名當世。與姊夫和嶠及裴楷齊名，尚常山公主。年二十，起家拜中書郎。以母憂去官，起爲驍騎將軍。累遷侍中。」杜預謂其有馬癖。「初，濟尚主，主兩目失明，而妬忌尤甚，然終無子。有庶子二人：卓，字文宣，嗣渾爵，拜給事中；次聿，字茂宣，襲公主封敏陽侯。」按陳子昂申州司馬王府君墓誌：「君諱某，字某，先太原人也。……十二代祖卓，晉常山公主子也。始，公主湯沐邑在汾陰，永嘉淪夷，不及南度，因樹枌檟而結廬焉。卒，葬於長壽原，至今鄉有太原之號也。」所誌墓主，當爲王湛子侄輩。湯沐邑，天子所賜封邑，邑内收入供其生活之用。春秋公羊傳隱公八年：「天子有事於泰山，諸侯皆從。泰山之下，諸侯皆有湯沐之邑焉。」何休注：「有事者，巡守祭天告至之禮也。當沐浴潔齊以致其敬，故謂之湯沐邑也，所以尊待諸侯而共其費也。」

〔二〕「皇業」四句，皇業伊始，指唐朝初建。中涓，漢書曹參傳：「高祖爲沛公也，參以中涓從。」注引如淳曰：「中涓，如中謁者也。」顔師古注：「涓，潔也。言其在内主知潔清灑埽之事，蓋親近左右也。」鄠、杜，文選班固西都賦：「其（終南山）陽則……商、洛緣其隈，鄠、杜濱其足。」李善注引漢書：「扶風有鄠縣、杜陵縣。」雍州，即京兆府。元和郡縣志卷一：「萬年縣，杜陵在縣東南二十里，漢宣帝陵也。」同書卷二：「鄠縣，本夏之扈國。……至秦改爲鄠邑，漢屬右扶風，自後魏屬京兆，後遂因之。終南山在縣東南二十里。」地在今陝西西安城南及户縣（按：户，舊作「鄠」）一帶。從事，英華校：「集無事字。」

〔三〕「昔武王」句，尚書畢命：「文、武、成、康四世爲公卿，正色率下，下人無不敬仰，師法嘉績，多於先王。」此言武王，實代指文、武、成、康，定於下人，謂由百姓所擁戴。

〔四〕「太子」句，太子，指周靈王太子晉。風俗通義卷二葉令祠：「周書稱靈王太子晉幼有盛德，聰明博達，師曠與言，弗能尚也。晉年十五，顧而問曰：『吾聞太師能知人年之短長也。』師曠對曰：『女色赤白，女聲清，女色不壽。』晉曰：『然吾後三年將上賓於天。女慎無言，禍將及女。』其後太子果死。」

〔五〕「基酆鎬」句，史記周本紀：「（西伯）伐崇侯虎，而作豐邑，自岐下而徙都豐。」正義引皇甫謐曰：「崇國蓋在豐鎬之間。詩云『既伐於崇，作邑於豐』，是國之地也。」集解引徐廣曰：「豐在京兆鄠縣東，有靈臺。鎬在上林昆明北，有鎬池，去豐二十五里，皆在長安南數十里。」正義引括地志云：「周豐宮，周文王宮也，在雍州鄠縣東三十五里。鎬在雍州西南三十二里。」按：酆、豐同。酆在今西安市西南豐水以西，爲周朝舊都。武王遷鎬，在豐水以東。基，英華校：「一作因。」

〔六〕「籍神仙」句，神仙，指王子喬；命氏，謂王姓源自王子喬。列仙傳卷上王子喬：「王子喬者，周靈王太子晉也。好吹笙作鳳凰鳴，游伊洛之間，道士浮丘公接以上嵩高山。」以，英華校：「一作而。」王符潛夫論卷九：「傳稱王子喬仙。仙之後，其嗣避周難於晉，家於平陽，因氏王氏。其後，子孫世喜養性神仙之術。」又唐王求古墓誌銘（吴敏霞主編户縣碑刻（按：户，舊作「鄠」），三秦出版社二〇〇五年版）：「（周）靈王之子晉上升，後人謂之王家。其後太原分系，冠冕蟬聯。」

〔七〕「霸則」二句，後漢書逸民王霸傳：「王霸，字儒仲，太原廣武人也。少有清節。及王莽篡位，棄冠帶，絶交宦。建武中，徵到尚書，拜稱名，不稱臣。有司問其故，霸曰：『天子有所不臣，諸侯有所不友。』司徒侯霸讓位於霸，閻陽毁之曰：『太原俗黨，儒仲頗有其風。』遂止。以病歸，隱居守志，茅屋蓬户，連徵不至，以壽終。」

〔八〕「昶則」二句，三國志魏書王昶傳：「王昶，字文舒，太原晉陽人也。……文帝（曹丕）在東宮，昶爲太子文學。遷中庶子。文帝踐阼，徙散騎侍郎，爲洛陽典農。……明帝即位，加揚烈將軍，賜爵關内侯。」著治論，略依古制而合於時務者二十餘篇，又著兵書十餘篇。又書戒子侄，有曰：「稱孝悌於閨門，務學於師友。」累遷征南大將軍、儀同三司，進封京陵侯。甘露四年（二五九）卒，謚曰穆侯，子渾嗣。

〔九〕「豈直」二句，指王渾。晉書王渾傳：伐吴之役，渾遷安東將軍、都督揚州諸軍事，鎮壽春。「吴厲武將軍陳代、平虜將軍朱明懼而來降。吴丞相張悌、大將軍孫震等率衆數萬指城陽，渾遣司馬孫疇、揚州刺史周浚擊破之，臨陣斬二將及首虜七千八百級。吴人大震，孫皓司徒何植、建威將軍孫晏送印節詣渾降。既而王濬破石頭，降孫皓，威名益振。明日，渾始濟江，登建業宫，釃酒高會，自以先據江上破皓，中軍案甲不進，致在王濬之後，意甚愧恨，有不平之色，頻奏濬罪狀，時人譏之。」業，英華校：「集作鄴。」同。

〔一〇〕「玉食」二句，指王濟。玉，原作「土」，據全唐文卷一九三改。晉書王濟傳：「素與從兄佑不平，佑黨頗謂濟不能顧其父，由是長同異之言，出爲河南尹。未拜，坐鞭王官吏免官，而王佑始見委任，而濟遂被斥外。於是乃移第北芒山下。性豪侈，麗服玉食。時洛京地甚貴，濟買地爲馬埒，編錢滿之，時人謂爲金溝。」

〔一一〕「國移」二句，三統，禮記檀弓上稱「夏后氏尚黑，殷人尚白，周人尚赤」，故三代建正（即以何月爲正月）各不同：夏以建寅之月爲正，殷以建丑之月爲正，周以建子之月爲正。後起王天下者，以此三者循環，稱爲三統。詳見前遂州長江縣先聖孔子廟堂碑注。此所謂「國移三統」，謂朝代更替。世禄，「世」原作「代」，避太宗諱，徑改。左傳襄公二十四年：范宣子謂其家在夏、商、周皆世代爲官，晉主夏盟，范氏又爲之佐，故可謂死而不朽。穆叔曰：「以豹所聞，此之謂世禄，非不朽也。」兩句以范氏喻王氏，言數百年間，無論朝代如何變更，王氏皆爲官宦之家。

〔一二〕「家徙」二句，漢書原涉傳顔師古注：「五陵，謂長陵、安陵、陽陵、茂陵、平陵也。」同書武帝紀：元朔二年（前一二七），「徙郡國豪傑及貲三百萬以上於茂陵」。太始元年（前九六），「徙郡國吏民豪桀於茂陵雲（陵）〔陽〕」，此代指雍州。二句以漢擬唐，謂雖改朝换代，王氏仍然仕途坦蕩。

〔一三〕「曾祖宗邁」句，英華無「曾」字，然下有「祖亮」云云，則無「曾」誤。全唐文無「宗」字，不詳所據，難判是非，姑依舊。

〔一四〕「後魏」二句，魏書官氏志九：中書侍郎，第四品上。同書彭城王傳：彭城王（拓跋）勰，字彦和，後魏獻文帝子。太和九年（四八五）封始平王，後改封彭城王。宣武帝永平元年（五〇八）九月，爲尚書令高肇所迫，飲藥自殺。

〔一五〕「周春官」句，周，指北周。春官，即唐之禮部。唐六典卷四尚書禮部注：「後周依周官，置春官府，大宗伯卿一人，隋更爲禮部尚書，皇朝因之。」

〔一六〕「司木」二句，司木上士，北周官名。隋書百官志：「周太祖……方隅粗定，改創章程，命尚書令盧辯遠師周之建職，置三公、三孤以爲論道之官，次置六卿以分司庶務。」其官分内命、外命，内命謂王朝之臣，外命謂諸侯及其臣，凡「四命」爲「上士」。司木，即唐之將作監，見唐六典卷二三將作監注。信州，即上饒，見元和郡縣志卷二八。王亮蓋卒於隋，故隋爲之贈官。

〔一七〕「大名」四句，大名，指魏（後魏）之國家名號。革於東魏，謂東魏爲齊（北齊）所取代。北周自稱繼承三代之周。周書孝閔帝（宇文覺）紀載即位詔，稱「上天有命，革魏於周」云云，故稱北周爲「天命」所集。宗伯，指周禮（又稱周官）春官宗伯，其曰：「惟王建國，辨方正位，體國經野，設官分職，乃立春官宗伯，使帥其屬而掌邦禮，以佐王和邦國。」此就王亮嘗任周春官大夫而言。又周禮地官司徒林衡：「林衡掌巡林麓之禁令而平其守，以時計林麓而賞罰之。」鄭玄注：「平其守者，平其地之民守林麓之部分。」此就王亮嘗任司木上士而言。

〔一八〕「秦孝王」句，隋書文四子傳：「秦孝王俊，字阿祇，高祖（隋文帝楊堅）第三子也。」開皇元年（五八一）立爲秦王。後授揚州總管四十四州諸軍事，鎮廣陵。歲餘，轉并州總管二十四州諸軍事。初頗有令問，漸窮極侈麗。頗好内，妃崔氏性妬，遂於瓜中進毒，卒。

〔一九〕「仁壽宫」句，仁壽宫，隋文帝所建宫名。隋書宇文愷傳：「上建仁壽宫，訪可任者。右僕射楊素言愷有巧思，上然之，於是檢校將作大匠，歲餘拜仁壽宫監。」唐貞觀五年（六三一）修復之，更名九成宫，爲太宗、高宗避暑之所，宫址在今陝西麟遊縣新城區。

〔二〇〕「離石郡」句，隋書地理志中：「離石郡，後齊置西汾州，後周改爲石州。」地在今山西吕梁市離石區。

〔二一〕「皇朝」句，皇朝，指唐。石州，元和郡縣志卷一四石州（昌化）：「禹貢冀州之域。……在秦爲西河郡之離石縣。……後魏明帝改爲離石郡。高齊文宣帝於城内置西汾州，周武帝改爲石州。隋大業二年（六〇六），又爲離石郡。武德元年（六一八），改爲石州。」今爲山西吕梁市離石區。

〔二二〕「逆賊」三句，舊唐書劉武周傳：「劉武周，河間景城人。」驍勇善射，交通豪俠。入洛，爲太僕楊義臣帳内募征遼東，以軍功授建節校尉。還，爲鷹揚府校尉。武周見天下已亂，遂斬太守王仁恭，自稱太守，附於突厥，僭稱皇帝，與唐軍争天下。李世民平并州，武周謀歸馬邑，爲突厥所殺。「贈代州」句，元和郡縣志卷一四代州：「古并州之域。……秦置三十六郡，雁門是其一焉。……周宣帝大象元年（五七九），自九原城移肆州於今理。隋開皇五年（五八五），改肆州爲代州。大業三年（六〇七），改爲雁門郡。隋氏喪亂，陷於寇境。武德四年（六二一）平代，置代州都督府。」地在今山西代縣。

〔二三〕「周師」二句，周師，指李淵義軍，擬周武王伐紂之兵，故稱。胡兵，指劉季真、劉武周及突厥兵。舊唐書劉季真傳：「劉季真者，離石胡人也。父龍兒，隋末擁兵數萬，自號劉王，以季真爲太子，龍兒爲虎賁郎將梁德所斬，其衆漸散。及義師起，季真與弟六兒復舉兵爲盜，引劉武周之衆攻陷石州。季真北連突厥，自稱突利可汗，以六兒爲拓定王，甚爲邊患。」

〔二四〕「負户」二句，後漢書天文志上：「（地皇）四年（二三）六月，漢兵起南陽，至昆陽。（王）莽使司徒王尋、司空王邑將諸郡兵，號曰百萬衆，已至者四十二萬人，能通兵法者六十三家，皆爲將帥，持其圖書、器械。軍出關東，牽從群象、虎狼、猛獸，放之道路，以示富强，用怖山東。至昆陽山，作營百餘，圍城數重，或爲衝車以撞城，爲雲車高十丈以瞰城中，弩矢雨集，城中負户而汲。」負户而汲，謂弩矢極密集，取水也需頂着門板。西戎，指突厥及劉季真等。

〔二五〕「析骸」二句，析，原作「折」，據全唐文改。左傳宣公十五年：「夏五月，楚師將去宋，申犀稽首於（楚）王之馬前曰：『無畏知死而不敢廢王命，王棄言焉？』王不能答。申叔時僕，曰：『築室，反耕者，宋必聽命。』從之。宋人懼，使華元夜入楚師，登子反之牀，起之曰：『寡君使元以病告，曰：「敝邑易子而食，析骸以爨，雖然，城下之盟，有以國斃，不能從也。去我三十里，唯命是聽。」』子反懼，與之盟而告王，退三十里，宋及楚平。華元爲質，盟曰：『我無爾詐，爾無我虞。』」杜預注：「爨，炊也。」析骸而爨，謂劈開人骨當柴燒。南楚，即指楚，在宋之南，故稱。以上兩句，言王湛抵抗劉武周突厥兵，歷盡艱難。

〔二六〕「仁者」句，論語衛靈公：「子曰：『志士仁人，無求生以害仁，有殺身以成仁。』」

〔二七〕「君子」句，詩經大雅大明：「上帝臨女，無貳爾心。」毛傳：「言無敢懷貳心也。」君子，英華作「事」，校：「集作君子。」作「君子」義勝。

公承聖賢之末代〔一〕，屬喪亂之弘多。天子乘輿，方靖秣陵之氣〔二〕；諸侯斧鉞，莫救驪山之烽〔三〕。國有命而何言〔四〕，邦無道而斯隱〔五〕。大業之季，本州察孝廉〔六〕，非其好也。高祖乃操斗極，拜圖書〔七〕，再駕臨於孟津〔八〕，五星合於東井〔九〕。公解衣而濟，策杖而行〔一〇〕。酈食其之長者，逢漢祖而長揖〔一一〕；袁曜卿之茂才，見曹公而不拜〔一二〕。從平霍邑，授金紫光禄大夫〔一三〕；入長安，加左光禄大夫〔一四〕。歷丞相、相國二府典籤、參軍事〔一五〕。高祖受禪〔一六〕，擢爲通事舍人、通直散騎侍郎〔一七〕，封金水縣侯，食邑七百户〔一八〕。稍遷虞部郎中〔一九〕，丁烈侯艱去職。尋起爲隴西別駕〔二〇〕，商、鄜二州刺史〔二一〕，上柱國、荆州大都督府司馬〔二二〕，冀州刺史〔二三〕。定其封邑，誓以河山〔二四〕。蕭相立功於萬代〔二五〕，留侯決策於千里〔二六〕。頗持一郡，洛陽之任耿純〔二七〕；兼攝八州，江東之拜陶侃〔二八〕。龍朔三年，遷使持節、都督瀘榮溱珍四州諸軍事、瀘州刺史〔二九〕。江陽縣地〔三〇〕，瀘水提封〔三一〕。參伐下而爲益州〔三二〕，岐山上而爲井絡〔三三〕。尺兵再戢，黄昌兩日之歌〔三四〕；槃木斯來，景伯三年之化〔三五〕。功成露冕〔三六〕，歲及懸車〔三七〕，歎疏廣之知足〔三八〕，慕祁奚之請老〔三九〕。乾封二年，上書乞骸骨，詔公禄賜同京官，仍朝朔望〔四〇〕。天子歷吉日，協靈辰，郊上玄，祀清廟，詔公行太尉事〔四一〕。國之大事〔四二〕，攝在有司。蒼璧黄琮，六玉以昭天地〔四三〕；路鼓陰竹，九變而祠祖考〔四四〕。名遂身退〔四五〕，居常待終。山川則群望並走〔四六〕，星象則中台夜坼〔四七〕。春秋九十有三，以永淳二年七月十七日，薨於京師永崇里〔四八〕，謚曰敏〔四九〕。喪事官給，賜物三百段，粟三百石，葬日車服往還，有司監護〔五〇〕。

【箋　注】

〔一〕「公承」句，末代，英華校：「一作代出。」

〔二〕「天子」二句，晉書元帝紀：「始秦時，望氣者云五百年後金陵有天子氣，故始皇東游以厭之，改其地曰秣陵，塹北山以絶其勢。」參見原州百泉縣令李君神道碑注。此言隋煬帝已預感政權岌岌可危，故急於應對。言「乘輿」，當指大業十二年（六一六）七月煬帝幸江都宫，事詳隋書煬帝紀下。靖，英華、四子集作「清」。

〔三〕「諸侯」二句，史記周本紀：「幽王嬖愛褒姒。……褒姒不好笑，幽王欲其笑，萬方故不笑。幽王爲熢燧、大鼓，有寇至則舉熢火，諸侯悉至，至而無寇，褒姒乃大笑。幽王説之，爲數舉熢火，其後不信，諸侯益亦不至。幽王以虢石父爲卿，用事，國人皆怨。石父爲人佞巧善諛好利，王用之，又廢申后，去太子也。申侯怒，與繒、西夷犬戎攻幽王，幽王舉熢火徵兵，兵莫至，遂殺幽王驪山下。」熢燧，正義曰：「晝日燃熢以望火煙，夜舉燧以望火光也。熢，土櫓也；燧，炬火也，皆山上安之，有寇舉之。」此作「烽」，同。斧鉞，兵器名，代指軍隊。兩句言隋煬帝荒淫無道，有如周幽王，已衆叛親離，終於被其右屯衛將軍宇文化及所殺。

〔四〕「國有命」句，左傳定公十三年：「夏六月，上軍司馬籍秦圍邯鄲。邯鄲午，荀寅之甥也，荀寅，范吉射之姻也，而相與睦，故不與圍邯鄲，將作亂。董安于聞之，告趙孟曰：『先備諸？』趙孟曰：『晉國有命：「始禍者死。」爲後可也。』」句言雖心怨之，尚不可輕動。

〔五〕「邦無道」句，論語衛靈公：「子曰：『君子哉，蘧伯玉！邦有道則仕，邦無道則可卷而懷之。』」何晏集解引包（咸）曰：「卷而懷，謂不與時政柔順，不忤於人。」

〔六〕「本州」句，察孝廉，漢代選舉方法之一。後漢書左雄傳論曰：「漢初，詔舉賢良方正，州郡察孝廉、秀才，斯亦貢士之方也。」隋書煬帝紀載大業三年（六〇七）夏四月甲午，煬帝詔職事官依十科舉人，首即「孝悌有聞」。

〔七〕「高祖」二句，高祖，以漢高祖劉邦代指李淵。操斗極，文選揚雄長楊賦：「於是上帝眷顧（漢）高祖，高祖奉命，順斗極，運天關。」舊注引服虔曰：「隨天斗極運轉也。」李善注：「雒書曰：『聖人受命，必順斗極。』宋均尚書中候注曰：『順斗機爲政也。』」又文選陸倕石闕銘：「我皇帝拯之，乃操斗極，把鉤陳。」李善注：「斗極，天下之所取法。」圖書，指受命圖籙。

〔八〕「再駕」句，史記周本紀：武王即位，東觀兵，至於盟津。「是時諸侯不期而會盟津者八百諸侯，諸侯皆曰『紂可伐矣』，武王曰：『女未知天命，未可也。』乃還師歸。居二年，聞紂昏亂暴虐滋甚，……遂率戎車三百乘、虎賁三千人、甲士四萬五千人，以東伐紂。十一年十二月戊午，師畢渡盟津。」盟津、孟津同，地在今河南孟津縣會盟鎮。

〔九〕「五星」句，漢書高帝紀：「（漢）元年（前二〇六）冬十月，五星聚於東井。」注引應劭曰：「東井，秦之分野。五星所在其下，當有聖人以義取天下。」以上兩句，以周武王、劉邦喻指李淵。

〔一〇〕「公解衣」二句，史記陳丞相世家：「陳丞相平者，陽武户牖鄉人也。……項羽略地至河上，陳平往歸之，從入破秦，賜平爵卿。項羽之東王彭城也，漢王還定三秦而東。殷王反楚，項羽乃以平爲信武君，將魏王咎客在楚者以往，擊降殷王而還。項王使項悍拜平爲都尉，賜金二十鎰。居無何，漢王攻下殷，項王怒，將誅定殷者將吏。陳平懼誅，乃封其金與印，使使歸項王，而平身間行杖劍亡。渡河，船人見其美丈夫獨行，疑其亡將，要中當有金玉寶器，目之，欲殺平。平恐，乃解衣裸而佐刺船。船人知其無有，乃止。平遂至修武降漢。」

〔一一〕「酈食其」二句，史記酈食其列傳：「酈生食其者，陳留高陽人也。好讀書，家貧落魄，無以爲衣食業，爲里監門吏。……沛公至高陽傳舍，使人召酈生。酈生至，入謁，沛公方倨牀，使兩女子洗足，而見酈生。酈生入，則長揖不拜，曰：『足下欲助秦攻諸侯乎？且欲率諸侯破秦也？』沛公罵曰：『豎儒！夫天下同苦秦久矣，故諸侯相率而攻秦，何謂助秦攻諸侯乎？』酈生曰：『必聚徒合義兵誅無道秦，不宜倨見長者。』於是沛公輟洗，起攝衣，延酈生上坐，謝之。」

〔一二〕「袁曜卿」二句，三國志魏書袁渙傳：「袁渙，字曜卿，陳郡扶樂人也。父滂，爲漢司徒。」劉備之爲豫州，舉渙茂才。後避地江淮間，爲袁術所命。吕布擊術於阜陵，渙往從之，遂復爲布所拘留。「布破，渙得歸太祖（曹操）」。裴松之注引袁氏世紀曰：「布之破也，陳群父子時亦在布之軍，見太祖皆拜，渙獨高揖不爲禮，太祖甚嚴憚之。」以上四句，以酈食其、袁渙擬王湛，謂其頗具帝王師友氣概。

〔一三〕「從平」二句，舊唐書高祖紀：「（大業十三年）秋七月壬子，高祖率兵西圖關中，以元吉爲鎮北將軍、太原留守。癸丑，發自太原，有兵三萬。丙辰，師次靈石縣，營於賈胡堡。隋武牙郎將宋老生屯霍邑，以拒義師。會霖雨積旬，餽運不給，高祖命旋師，太宗切諫，乃止。有白衣老父詣軍門曰：『余爲霍山神使謁唐皇帝曰：八月雨止，路出霍邑東南，吾當濟師。』高祖曰：『此神不欺趙無恤，豈負我哉！』八月辛巳，高祖引師趨霍邑，斬宋老生，平霍邑。」按元和郡縣志卷一二晉州霍邑縣：「本漢彘縣也，屬河東郡，因彘水爲名，即周厲王所奔之邑。後漢順帝改爲永安縣，屬郡不改。……隋開皇十八年（五九八）改爲霍邑縣，屬晉州，因霍山爲名。……（唐高祖）平霍邑，置霍山郡。武德元年（六一八）廢郡，復置呂州，縣屬焉。貞觀十七年（六四三）廢呂州，縣又隸晉州。」按：地即今山西霍州市。唐六典卷二尚書吏部：「正三品曰金紫光禄大夫。」

〔一四〕「入長安」二句，舊唐書高祖紀：大業十三年（六一七）十一月丙辰，「攻拔京城（長安）。……癸亥，率百僚，備法駕，立代王侑爲天子，遥尊煬帝爲太上皇，大赦，改元爲義寧。甲子，隋帝詔加高祖假黄鉞、使持節大都督内外諸軍事、大丞相，進封唐王，總録萬機。以武德殿爲丞相府，改教爲令。……十二月癸未，丞相府置長史、司録已下官僚」。唐六典卷二尚書吏部：「從二品曰光禄大夫。」注：「後周左右光禄大夫，正二品。隋爲正一品，散官。煬帝改光禄大夫爲從一品，左光禄大夫正二品，右光禄大夫從二品。皇朝初猶有左右之名，貞觀之後唯有光禄大夫。」則此所加左光禄大夫，當依隋制，爲正二品。

〔一五〕「歷丞相」句，按王湛任此二職在唐建國之前，據上注引舊唐書高祖紀，「丞相」乃大丞相李淵，丞相府在武德殿。舊唐書高祖紀又曰：「（義寧）二年（六一八）三月丙辰，右屯衛將軍宇文化及弑隋太上皇（煬帝）於江都宫，立秦王浩爲帝，自稱大丞相，徙封太宗爲趙國公。戊辰，隋帝進高祖相國，總百揆，備九錫之禮。」則所謂相國府，相國亦李淵也。典籤，唐六典卷二九親王府：「典籤二人，從八品下。」此是唐制，其建國前情況不詳。

〔一六〕「高祖受禪」句，受禪，指即位。舊唐書高祖紀：「（義寧二年五月）甲子，高祖即皇帝位於太極殿。命刑部尚書蕭造兼太尉，告於南郊。大赦天下。改隋義寧二年（六一八）爲唐武德元年。」

〔一七〕「擢爲」二句，唐六典卷九中書省：「通事舍人十六人，從六品上。通事舍人掌朝見、引納及辭謝者於殿廷通奏。」同書卷八門下省：「左散騎常侍二人，從三品。」據李林甫注，晉代有通直散騎侍郎。「武德初，散騎常侍（爲）加官。」

〔一八〕「封金水縣侯」二句，元和郡縣志卷三一簡州金水縣：「本漢廣漢郡之新都縣地也。縣有金堂山，水通於巴漢。東晉義熙末，刺史朱齡石征蜀，於東山立金泉戍。後魏平蜀，置金泉縣，隸金泉郡。隋開皇三年（五八三）罷郡，以縣屬益州。武德元年（六一八）以避神堯諱，改爲金水縣，屬簡州。」地即今四川金堂縣，屬成都市。唐六典卷二尚書吏部：「司封郎中、員外郎，掌邦之封爵，凡有九等：……六曰縣侯，從三品，食邑一千户；七曰縣伯，正四品，食邑七百户。」注：「户邑率多虚名，其言食實封者，乃得真户。」此食邑户數少於縣侯，蓋唐初之制也。

〔一九〕「稍遷」句，唐六典卷七尚書工部：「虞部郎中一人，從五品上。……虞部郎中、員外郎，掌天下虞衡山澤之事，而辨其時禁。」

〔二〇〕「尋起」句，隴西，即渭州。元和郡縣志卷三九渭州（隴西）：「禹貢雍州之域，古西戎地。……後魏莊帝永安三年（五三〇），於郡置渭州，因渭水爲名。……隋大業三年（六〇七）罷州，復置隴西郡。隋亂陷賊。武德元年（六一八）西土底平，復置渭州。」治今甘肅平涼。别駕，州刺史之佐吏，主衆曹文書。通典卷三三總論郡佐郡丞：「隋開皇三年（五八三）改别駕、治中爲長史、司馬。至煬帝又罷長史、司馬，置贊治一人。後又改郡贊治爲丞，位在通守下。今郡丞廢矣，其職復分爲别駕、長史、司馬。……大唐永徽二年（六五一）改爲長史。前上元元年（六七四）復置别駕，多以皇族爲之。神龍中廢。開元初復置，始通用庶姓。」此句英華校：「七字集作『尋起爲西韓、泗州治中，轉隆、隴二州别駕』。」按後文謂王湛「出身六十載，遺愛二十州」，則其仕歷，文中所略甚多，所校集本或是，因無别本可證，兹姑依底本。

〔二一〕「商、鄜」句，舊唐書地理志二：「商州，隋上洛郡，武德元年（六一八）改爲商州。」治在今陝西商洛市商州區。同書地理志一：「鄜州，隋上郡。武德元年改爲鄜州。」今爲陝西鄜縣。

〔二二〕「上柱國」句，唐六典卷二尚書吏部：「司勳郎中、員外郎掌邦國官人之勳級，凡勳十有二等，十二轉爲上柱國，比正二品。」舊唐書地理志二：「荆州江陵府，隋爲南郡。武德初蕭銑所據，四年（六二一）平銑，改爲荆州。……五年，荆州置大總管。……（七年）改大總管爲大都督。」地在今湖北江陵縣。司馬，唐六典卷三〇：大都督府「司馬二人，從四品下」。

〔二三〕「冀州」句，元和郡縣志卷一七冀州：「禹貢冀州，堯所都也。……（魏）文帝黄初中，以鄴爲五都之一，始移冀州理信都。自石趙至慕容垂，或理鄴，或理信都。……後魏冀州亦理於鄴，仍於信都爲舊冀州之理，置長樂郡。隋開皇三年（五八三），罷郡爲冀州。大業三年（六〇七）復爲信都郡。隋末陷賊，武德四年（六二一）討平竇建德，改爲冀州。」地在今河北冀州市。

〔二四〕「定其」二句，封邑，指封金水縣侯事。河山，漢書高惠高后文功臣表：漢高祖封侯者百四十有三人，「封爵之誓曰：『使黄河如帶，泰山若厲，國以永存，爰及苗裔。』」

〔二五〕「蕭相」句，史記蕭相國世家：「蕭相國何者，沛豐人也。」輔漢王劉邦定天下，爲丞相，「論功行封，群臣争功，歲餘，功不决。高祖以蕭何功最盛，封爲酇侯」。

〔二六〕「留侯」句，張良，字子房，封留侯。史記留侯世家：「漢六年（前二〇一）正月，封功臣，良未嘗有戰鬬功，高帝曰：『運籌策帷帳中，决勝千里外，子房功也，自擇齊三萬户。』」

〔二七〕「願持」二句，後漢書耿純傳：「耿純，字伯山，鉅鹿宋子人也。」率宗族賓客二千餘人追隨劉秀取天下，封侯。「純還京師（洛陽），因自請曰：『臣本吏家子孫，幸遭大漢復興，聖帝受命，備位列將，爵爲通侯。天下略定，臣無所用，志願試治一郡，盡力自效。』帝笑曰：『卿既治武，復欲修文邪？』迺拜純爲東郡太守。」

〔二八〕「兼攝」二句，晉書陶侃傳：「陶侃，字士行，鄱陽人。在軍四十一載，雄毅有權，明悟善決斷。時人論其『機神明鑒似魏武，忠順勤勞似孔明』。仕終侍中、太尉、都督荆江雍梁交廣益寧八州諸軍事，荆、江二州刺史，封長沙郡公。」

〔二九〕「龍朔」二句，龍朔，唐高宗年號。龍朔三年爲公元六六三年。使持節，通典卷三二州牧刺史：「魏、晉爲刺史，任重者爲使持節都督，輕者爲持節。」舊唐書地理志四瀘州下都督府：「隋瀘川郡。武德元年（六一八）改爲瀘州，領富世、江安、綿水、合江、來鳳、和義七縣。武德三年置總管府，一州。九年省來鳳。貞觀元年（六二七）置思隸、思逢、施陽三縣，仍置涇南縣，又省施陽縣。十三年，省思隸、思逢二縣。十七年，置溱、珍二州。」按：瀘州，今四川瀘州市。同上書榮州：「隋資陽郡之牢縣。武德元年（六一八）置榮州，領大牢、威遠二縣。貞觀二年（六二八）置旭川、婆日、至如三縣。二年，割瀘州之隆越來屬。三年，自公井移州治大牢，仍割嘉州資官來屬。八年，又割瀘州之和義來屬，廢婆日、至如、隆越三縣。永徽二年（六五一），移州治旭川。」今爲四川榮縣。

〔三〇〕「江陽」句，江陽縣，即公井，此代指榮州。舊唐書地理志四榮州：「大牢，漢南安縣，屬犍爲郡。隋置大牢鎮，尋改爲縣。武德元年（六一八），割資州之大牢、威遠二縣，於公井鎮置榮州，取界内榮德山爲名。又改公井爲縣。六年，自公井移州治於大牢縣也。公井，漢江陽縣。」按：公井，明代轉稱貢井，民國時與自流井合併，建自貢市。

〔三一〕「瀘水」句，元和郡縣志卷三三瀘州：「魏置瀘州，取瀘水爲名。隋大業三年（六〇七）改爲瀘川郡，武德元年（六一八）復爲瀘州。」後漢書西南夷傳：「（劉）尚軍遂渡瀘水，入益州界。」李賢注：「瀘水，一名若水，出旄牛徼外，經朱提至僰道入江，在今嶲州南。」按：瀘水即金沙江，後人定爲長江上游。顔師古匡謬正俗卷五：「凡言提封者，謂提舉封疆大數以爲率耳。」

〔三二〕「參伐」句，史記天官書：「參爲白虎，三星直者，是爲衡石。下有三星，兑，曰罰，爲斬艾事。」集解引孟康曰：「參三星者，白虎宿中，東西直，似稱衡。」正義：「罰亦作伐。春秋運斗樞云『伐事主斬艾』也。」三國志蜀書秦宓傳：「天帝布治房、心，決政參、伐。參、伐，則益州分野。」

〔三三〕「岐山」句，三國志蜀書秦宓傳：「蜀有汶阜之山，江出其腹，帝以會昌，神以建福，故能沃野千里。」李賢注引河圖括地象曰：「岷山之地，上爲東井絡，帝以會昌，神以建福，上爲天井。」又引左思蜀都賦曰：「遠則岷山之精，上爲井絡。天地運期而會昌，景福肸蠁而興作。」藝文類聚卷七山部上引河圖曰：「武關山爲地門，上爲天高星，主囹圄。岐山在崑崙東南，爲地乳，上爲天麋星。汶山之地爲井絡，帝以會昌，神以建福，上爲天井。」按：此一段皆無關岐山，疑「岐」乃「岷」之誤。

〔三四〕「尺兵」二句，後漢書黄昌傳：「黄昌，字聖真，會稽餘姚人也。本出孤微，居近學宫，數見諸生修庠序之禮，因好之，遂就經學，又曉習文法。仕郡爲決曹，刺史行部，見昌，甚奇之，辟從事，後拜宛令。政尚嚴猛，好發奸伏人。……朝廷舉能，遷蜀郡太守。先太守李根年老多悖政，百姓侵寃。及昌到，吏人訟者七百餘人，悉爲斷理，莫不得所。密捕盜帥一人，脅使條諸縣彊暴之人姓名、居處，乃分遣掩討，無有遺脫，宿惡大奸，皆奔走它境。」清姚之駰後漢書補逸卷一〇引謝承後漢書曰：「昌爲蜀郡太守，未至郡，時蜀有童謡曰：『兩日出，天兵戢。』」此或據杜佑通典卷三三引。宋葉庭珪海録碎事卷一二引，「天兵戢」作「尺兵戢」。「天」字當誤。

〔三五〕「槃木」二句，木，原作「水」，據英華、四子集改。後漢書种暠傳：「种暠，字景伯，河南洛陽人，仲山甫之後也。」舉孝廉，辟太尉府舉高第。順帝末爲侍御史。「出爲益州刺史。暠素慷慨好立功立事，在職三年，宣恩遠夷，開曉殊俗，岷山雜落，皆懷服漢德。其白狼、槃木、唐菆、卬、僰諸國，自前刺史朱輔卒後遂絶，暠至，乃復舉種嚮化。」

〔三六〕「功成」句，唐余知古渚宫舊事卷四：「郭賀，建武中爲荆州刺史，引見賞賜，恩寵特異。及到官，有殊政，百姓便之，歌曰：『厥德仁明郭喬卿，忠政朝廷上下平。』昭帝（引者按：「昭」當作「明」，避唐諱）巡狩至江陵，特見嗟嘆，賜以三公之服，黼黻冕旒，敕行部去襜帷露冕，令百姓見其容服，以彰有德。每所經過，吏民指以相示，莫不榮之。」原注：「喬卿，字也。」

〔三七〕「歲及」句，懸車，謂致仕。後漢書梁冀傳：「郎中汝南袁著，年十九，見冀凶縱，不勝其憤，乃詣闕上書曰：『……今大將軍位極功成，可爲至戒，宜遵懸車之禮，高枕頤神。』」李賢注：「薛廣德爲御史大夫，乞骸骨，賜安車駟馬，懸其安車傳子孫。欲令冀遵致仕之禮也。」

〔三八〕「歎疏廣」句，東漢時疏廣及兄子受，仕至太傅、少傅，一日歸老故鄉，稱「知足不辱，知止不殆」，見前送李庶子致仕還洛詩「此地傾城日，由來供帳華」二句注引後漢書疏廣傳。

〔三九〕「慕祁奚」句，左傳襄公三年：「祁奚請老，晉侯問嗣焉。稱解狐，其讎也，將立之而卒。又問焉，對曰：『午也可。』於是羊舌職死矣，晉侯曰：『孰可以代之？』對曰：『赤也可。』於是使祁午爲中軍尉，羊舌赤佐之。君子謂祁奚於是能舉善矣：稱其讎，不爲諂；立其子，不爲比；舉其偏，不爲黨。」杜預注：「嗣，續其職者。午，祁奚子。赤，職之子。」

〔四〇〕「乾封」四句，乾封，高宗年號。乾封二年爲公元六六七年。乞骸骨，謂請老。唐六典卷一九太倉署：「凡京官之禄，發京倉以給。」通典卷三三致仕官：「大唐令：諸職事官七十聽致仕。……開元五年（七一七）十月敕：致仕官三品以上，并聽朝朔望。」朔，初一日；望，十五日。朝朔望，蓋唐初尚無令典，故特申之。

〔四一〕「天子」五句，言國家重大祭祀活動，由王湛代太尉主其事。靈，原作「露」，據全唐文改。文選揚雄甘泉賦：「於是乃命群僚歷吉日，協靈辰。」李善注：「楚辭曰：『歷吉日吾將行。』郭璞上林賦注曰：『歷，選也。』爾雅注曰：『辰，時也。』」吕延濟注：「靈，善也。言群官選吉日、合善時而行之。」同上甘泉賦：「惟漢十世，將郊上玄。」李善注：「上玄，天也。」又司馬相如上林賦：「登明堂，坐清廟。」郭璞注：「清廟，太廟也。」行太尉事，謂代太尉行祭禮。唐六典卷一三公：「太尉一人，正一品。」注：「隋置太尉、司徒、司空爲三公，正一品，置府僚。尋省府僚，置公則於尚書省上。皇朝因焉。武德初，秦王兼之。永徽中，長孫無忌爲之。其後親王拜三公者，皆不視事，祭禮則攝者行焉。」

〔四二〕「國之」句，左傳成公十三年：「國之大事，在祀與戎。」

〔四三〕「蒼璧」二句，指祭天地。周禮春官宗伯典瑞：「四圭有邸，以祀天，旅上帝。」賈公彦疏：「凡天有六。案大宗伯云：『蒼璧禮天，據冬至祭昊天於圜丘者也。』彼又云：『青圭禮東方，赤璋禮南方，白琥禮西方，玄璜禮北方。』」典瑞又曰：「兩圭有邸，以祀地，旅四望。」鄭玄注：「兩圭者，以象地數二也。」賈公彦疏：「地謂所祀於北郊神州之神者。以其宗伯所云『黄琮禮地』，謂夏至祭崑崙、大地。明此兩圭，與上四圭郊天相對，是神州之神。」則蒼璧禮天，黄琮禮地；六玉即六圭，謂四方四圭，崑崙、大地二圭也。

〔四四〕「路鼓」二句，指祭祖先。周禮春官宗伯大司樂：「凡樂，黄鍾爲宫，大吕爲角，大蔟爲徵，應鍾爲羽，路鼓路鼗，陰竹之管，龍門之琴瑟，九德之歌，九磬之舞，於宗廟之中奏之，若樂九變，則人鬼可得而禮矣。」鄭玄注：「人鬼則主后稷。先奏是樂以致其神，禮之以玉而祼焉，乃後合樂而祭之。」賈公彦疏：「鄭司農云：靁鼓、靁鼗皆六面，靈鼓、靈鼗皆四面，路鼓、路鼗皆兩面者。」又疏「陰竹」曰：「爾雅云：山南曰陽，山北曰陰。今言陰竹，故知山北者也。」又疏「九變」曰：「言六變、八變、九變者，謂在天地及廟庭而立四表，舞人從南表向第二表爲一成，一成則一變。從第二至第三爲二成，從第三至北頭第四表爲三成。舞人各轉身南向，於北表之北，還從第一至第二爲四成，從第二至第三爲五成，從第三至南頭第一表爲六成，則天神皆降。若八變者，更從南頭北向第二爲七成，又從第二至第三爲八成，地祇皆出。若九變者，又從第三至北頭第一爲九變，人鬼可得禮焉。此約周之大武，象武王伐紂。」按：以上四句，皆以周制而言唐也。

〔四五〕「名遂」句，老子：「功成名遂身退，天之道。」河上公注：「言人所爲功成事立，名迹稱遂，不退身避位，則遇於害，此乃天之常道也。」

〔四六〕「山川」句，尚書舜典：「望於山川，徧於群神。」僞孔傳：「九州名山大川、五嶽四瀆之屬，皆一時望祭之。」望祭即遥祭。句謂祀典所載之名山大川，皆嘗遥祭以乞壽。

〔四七〕「星象」句，中台，即中階。史記天官書「魁下六星，兩兩相比者，名曰三能」，三能即三台。應劭引黄帝泰階六符經曰：「泰階者，天子之三階：上階，上星爲男主，下星爲女主；中階，上星爲諸侯、三公，下星爲卿大夫；下階，上星爲士，下星爲庶人。」王湛仕至都督，又行太尉事，爲古之諸侯、三公，故稱中台。夜拆，拆，裂、散也。謂不吉。

〔四八〕「以永淳」二句，永淳二年，原作「咸亨三年」。英華校：「集作永淳二年。」按咸亨三年爲公元六七二年，永淳二年爲公元六八三年。下文云「越文明元年二月十七日，陪葬於獻陵」，文明元年爲公元六八四年，正與永淳二年相接，是，作「咸亨三年」誤，據英華所校集本改。永崇里，其址不詳。

〔四九〕「謚曰」句，「敏」下，英華校：「集有侯字。」

〔五〇〕「喪事」五句，唐六典卷一八司儀署：「凡京官職事三品已上、散官二品已上，遭祖父母、父母喪；京官四品及都督、刺史并内外職事，若散官以理去官五品已上，在京薨卒，及五品之官死王事者，將葬，皆祭以少牢，司儀率齋郎執俎豆以往；三品已上又贈以束帛，一品加乘馬。」

公幼鍾偏罰〔一〕，毁瘠過人。八歲讀書，至「無母何恃」〔二〕，廢書慟哭，歐血數升。逮事繼親，孝聞州黨。恩深母子，比王元之事親〔三〕；夢感夫妻，等衡卿之至孝〔四〕。年纔一紀，有若成人，吏部薛公〔五〕，見而稱歎。潁川之司馬德操，早知劉廙〔六〕；譙國之夏侯泰初，深歎樂毅〔七〕。兵次霍邑，力戰有功，高祖嘉之，賜良馬一疋。進圍京城，爲伏弩所中，高祖臨視，賜物三百段。流血及屨，未絶鼓音，左輪朱殷，豈敢言病〔八〕。武德之始，奉使嶺南，馮盎等稽首稱臣，獻琛奉贄〔九〕。舍人薛卓，遇害北庭，詔公責問，單于謝罪〔一〇〕。賜黃金五十斤，雜彩二百段。南踰漲海，北度陰山〔一一〕。太中大夫，去尉佗之黃屋〔一二〕；高車使者，作匈奴之鐵券〔一三〕。離石之難也，枕干而寢〔一四〕，見星而行〔一五〕，號泣不絶聲者千里，水漿不入口者數日。同武陵之伍襲，入構諸羌〔一六〕；異河内之張武，空持遺劍〔一七〕。吴逵由其得銘〔一八〕，王裒以之攀柏〔一九〕。冀州境内，舊多淫祀，褰帷按部，申明法禁。詔書遷秩，百姓攀車〔二〇〕，立廟生祠〔二一〕，樹碑頌德。亦猶欒巴典郡，山鬼潛移〔二二〕；張禹牧州，江濤不起〔二三〕。

【箋　注】

〔一〕「公幼」句，鍾，當。偏罰，指喪母，謂雙親不全也。宋書殷景仁傳：「蘇氏卒，車駕親往臨哭，下詔曰：『朕夙罹偏罰，情事兼常。』」

〔二〕「至『無母』」句，詩經小雅蓼莪：「無父何怙，無母何恃。出則銜恤，入則靡至。」鄭玄箋：「孝子之心，怙恃父母，依依然以爲不可斯須無也。」

〔三〕「恩深」二句，王元，即王裒，字偉元。搜神記卷一一：「王裒，字偉元，城陽營陵人也。……母性畏雷，母没，每雷，輒到墓曰：『裒在此。』」按：事見晉書王裒傳，詳下文注引。

〔四〕「夢感」二句，衡卿，即衡農，字剽卿。搜神記卷一一：「衡農，字剽卿，東平人。少孤，事繼母至孝。常宿於他舍，值雷雨，頻夢虎嚙其足，農呼妻相出於庭，叩頭三下，屋忽然而壞，壓死者三十餘人，唯農夫妻獲免。」夫妻，英華作「天妻」，校：「集作夫妻。」「天妻」乃形訛。衡，英華作「行」，校：「集作衡。」作「行」誤。

〔五〕「吏部」句，薛公，當指隋初著名詩人薛道衡。隋書薛道衡傳：「（開皇）八年（五八八）伐陳，授淮南道行臺、尚書吏部郎，兼掌文翰。」還，除吏部侍郎。按：王湛卒於永淳二年（六八三），享年九十三，推之則生於隋開皇十一年（五九一），十來歲時，薛道衡正爲吏部侍郎。

〔六〕「潁川」二句，三國志魏書劉廙傳：「劉廙，字恭嗣，南陽安衆人也。年十歲，戲於講堂上，潁川司馬德操拊其頭曰：『孺子孺子，黄中通理，寧自知不？』」後歸太祖，辟爲丞相掾屬，轉五官將文學。文帝器之，至即王位爲侍中，賜爵關内侯。按：司馬徽，字德操，潁川人，清雅有知人鑒，事迹略見三國志蜀書龐統傳裴松之注引襄陽記。

〔七〕「譙國」二句，三國志魏書夏侯惇傳：「夏侯惇，字元讓，沛國譙人，夏侯嬰之後。」族弟夏侯淵，淵從子夏侯尚，尚子夏侯玄。夏侯玄，字太初，少知名，弱冠爲散騎黄門侍郎，後爲征西將軍、假節都督雍涼州諸軍事。因涉李豐奪權案被殺，夷三族。裴松之注引魏氏春秋曰：「玄嘗著樂毅、張良及本無肉刑論，辭旨通遠，咸傳於世。」泰同太。歎，英華校：「集作明。」樂毅論已佚，孰是難判。

〔八〕「流血」四句，左傳成公二年：「郤克傷於矢，流血及屨，未絶鼓音，曰：『余病矣。』張侯曰：『自始合，而矢貫余手及肘，余折以御，左輪朱殷，豈敢言病？吾子忍之。』」杜預注：「張侯，解張也。朱，血色，血色久則殷。殷音近煙，今人謂赤黑爲殷色。言血多汙車輪，御猶不敢息。」

〔九〕「武德」四句，舊唐書馮盎傳：「馮盎，高州良德人也。累代爲本部大首領。」「（隋）仁壽初，潮、成等五州獠叛，盎馳至京請討之，……即令盎發江嶺兵擊之。賊平，授金紫光禄大夫、仍除漢陽太守。」武德三年（六二〇），擊破廣、新二州賊帥高法澄、洗寶徹等，嶺外遂定。「或有說盎曰：『自隋季崩離，海内騷動，今唐雖應運，而風教未浹，南越一隅，未有所定。公克平五嶺二十餘州，豈與趙佗九郡相比？今請上南越王之號。』盎曰：『吾居南越，於茲五代，本州牧伯，唯我一門，子女玉帛，吾之有也。人生富貴，如我殆難，常恐弗克負荷，以墜先業。本州衣錦便足，餘復何求？越王之號，非所聞也。』四年，盎以南越之衆降，高祖以其地爲羅、春、白、崖、儋、林等八州，仍授盎上柱國、高羅總管，封吳國公。尋改封越國公。」詩經魯頌泮水：「憬彼淮夷，來獻其琛。」毛傳：「琛，寶也。」奉，英華校：「集作執。」按：王湛奉使嶺南，當在武德四年，史未言其事，此可補闕。

〔一〇〕「舍人」四句，薛卓在北庭遇害事，現存文獻未見記載，待考。

〔一一〕「南踰」二句，漲海，南海之別名。此所謂踰漲海，實指至南海以北，即今廣東一帶。通典卷一八八嶺南序略：「五嶺之南，漲海之北，三代以前，是爲荒服。秦平天下，開置南海等三郡。秦亂，趙佗據有其地。」陰山，今河套以北、大漠以南諸山之總稱。薛卓被殺，當在該地。

〔一二〕「太中」二句，太中大夫，指陸賈。尉佗，即趙佗。趙佗於秦末行南海尉事，故稱。秦滅，自立爲南越武王，漢高祖因立爲南越王。高后時自尊爲南越武帝，乘黄屋左纛，稱制。文帝元年（前一七九），以陸賈爲太中大夫，使越，責讓之。趙佗恐，去帝制，願長爲藩臣，奉貢職。詳史記南越列傳、陸賈傳。按：黄屋，帝王車蓋，以黄繒爲裏。

〔一三〕「高車」二句，後漢書郭丹傳：「郭丹，字少卿，南陽穰人也。……七歲而孤。小心孝順，後母哀憐之，爲鬻衣裝，買産業。後從師長安，買符入函谷關，乃慨然歎曰：『丹不乘使者車，終不出關。』既至京師，常爲都講，諸儒咸敬重之。……更始二年（二四），三公舉丹賢能，徵爲諫議大夫，持節使歸南陽，安集受降。丹自去家十有二年，果乘高車出關，如其志焉。……十三年，大司馬吴漢辟舉高第，再遷并州牧，有清平稱，轉使匈奴中郎將。」則「高車使者」，指歸南陽時之郭丹。「作匈奴之鐵券」，謂其又爲使匈奴中郎將。鐵券，帝王所頒特殊符契，以鐵爲之，受之者可享受某些特權。以上四句，以陸賈、郭丹喻指王湛。

〔一四〕「枕干」句，禮記檀弓上：「子夏問於孔子曰：『居父母之仇，如之何？』夫子曰：『寢苫枕干，不仕。』」鄭玄注：「雖除喪居處，猶若喪也。干，盾也。」

〔一五〕「見星」句，禮記奔喪：「唯父母之喪，見星而行，見星而舍。」鄭玄注：「侵晨冒昏，彌益促也。言唯著異也。」按：古人不夜行，故稱夜行爲著異。

〔一六〕「同武陵」二句，伍襲，「伍」原作「任」。太平御覽卷四一一孝感引宋躬孝子傳：「伍襲，字世長，武陵人。父没羌中，乃學羌語言衣服，與賓客入構諸羌，令相攻。襲乘其仇戎仇羌，負喪而歸。葬畢，因居墓所，每哭輒有鹿踞墳而鳴。」則「任」乃「伍」之形訛，據改。

〔一七〕「異河内」二句，後漢書張武傳：「張武者，吴郡由拳人也。父業，郡門下掾。送太守妻子還鄉里，至河内亭，盜夜劫之。業與賊戰死，遂亡失屍骸。武時年幼，不及識父。後之太學受業，每節，常持父遺劍至亡處祭醊，泣而還。太守第五倫嘉其行，舉孝廉。遭母喪過毁，傷父魂靈不返，因哀慟絶命。」

〔一八〕「吴逵」句，晉書孝友傳吴逵：「吴逵，吴興人也。經荒饑疾病，合門死者十有三人。逵時亦病篤，其喪皆鄰里以葦席裹而埋之。逵夫妻既存，家極貧窘，冬無衣被，晝則傭賃，夜燒磚甓，晝夜在山，未嘗休止。……朞年，成七墓十三棺，時有贈賻，一無所受。」逵，原作「遠」，各本同，乃「逵」之形訛，據此改。得銘，蓋指得晉書史臣贊，其曰：「……談（王談）桑（桑虞）義闡，琦（何琦）吴（吴逵）道存（按：王談等三人，皆同傳中人）。專洞之德，咸摛左言。」

〔一九〕「王裒」句，晉書孝友傳王裒：「王裒，字偉元，城陽營陵人也。祖修，有名魏世。父儀，高亮雅直，爲文帝（司馬昭）司馬。東關之役，帝問於衆曰：『近日之事，誰任其咎？』儀對曰：『責在元帥。』帝怒曰：『司馬欲委罪於孤耶？』遂引出斬之。裒少立操尚，行己以禮，……博學多能。痛父非命，未嘗西向而坐，示不臣朝廷也。於是隱居教授，三徵七辟皆不就。廬於墓側，旦夕常至墓所拜跪，攀柏悲號，涕淚著樹，樹爲之枯。」

〔二〇〕「百姓」句，攀，原作「舉」，據四子集、全唐文改。攀車，抓住車子，使不得行。藝文類聚卷五〇令長引司馬彪續漢書：「劉寵除東平陵令，……到官躬儉，訓民以禮，上下有序，都鄙有章。視事數年，以母病棄官歸，百姓士女，攀車距輪，充塞道路，車不得前，乃輕服潛遁。」

〔二一〕「立廟」句，生祠，爲表彰某人功德，生前爲之立祠廟。荀悦前漢紀孝景紀：「時欒布有功，封歙侯，爲燕相，有治迹，民爲之立生祠。」又庾信哀江南賦：「新野有生祠之廟，河南有胡書之碣。」

〔二二〕「亦猶」二句，後漢書欒巴傳：「欒巴，字叔元，魏郡内黄人也。好道。順帝世以宦者給事掖庭，補黄門令，非其好也。」擢拜郎中，四遷桂陽太守。「再遷豫章太守。郡土多山川鬼怪，小人常破貲産以祈禱。巴素有道術，能役鬼神，乃悉毀壞房祀，剪理姦誣，於是祅異自消。」

〔二三〕「張禹」二句，後漢書張禹傳：「張禹，字伯達，趙國襄國人也。……永平八年（六五）舉孝廉，稍遷。建初中拜揚州刺史，當過江行部，中土民皆以江有子胥之神，難於濟涉。禹將度，吏固請，不聽。禹厲言曰：『子胥如有靈，知吾志在理察枉訟，豈危我哉？』遂鼓楫而過。歷行郡邑，深幽之處，莫不畢到，親録囚徒，多所明舉。」以上四句，言王湛在冀州毀淫祀事。

公出身六十載，遺愛二十州，遂罷方岳之官，仍居上台之位〔一〕。始於撥亂，伊尹之輔成湯〔二〕；終於太平，軒轅之得風后〔三〕。然後拂衣高蹈，躬覽載籍，著遺誡十八章，盛行於世〔四〕。法文王周易之變〔五〕，象尼父孝經之篇〔六〕。窮性命之理，盡天人之際。莊周著論，生也若浮〔七〕；史佚立言，没而不朽〔八〕。越文明元年二月十七日，陪葬於獻陵〔九〕，禮也。長子朝散大夫、行扶風令遐觀等〔一〇〕，生芻一束，泣血三年〔一一〕，不踰聖人之禮，能行大夫之孝〔一二〕。京兆載開其新阡〔一三〕，昆吾用昭其舊德〔一四〕。百年宫室，宛在章臺之東〔一五〕；五校軍營，依然茂陵之下〔一六〕。

【箋注】

〔一〕「遂罷」二句，方岳，尚書舜典：「五載一巡守，群后四朝。」僞孔傳：「各會朝於方岳之下，凡四處，故曰四朝。」方岳，謂東、南、西、北四方，方各有岳。此泛指地方官。上台，即三台之中階上星，此指三公。文選阮籍詣將公：「伏惟明公，以含一之德，據上台之位。」李善注引泰階六符經曰：「中階上星，謂諸侯、三公。」王湛致仕後，祭祀時攝太尉，太尉乃三公之一，故稱。

〔二〕「始於」二句，撥亂，漢書高祖紀下：「帝起細微，撥亂世反之正。」顏師古注：「反，還也，還之於正道。」伊尹輔成湯事，見前後周青州刺史齊貞公宇文公神道碑注。

〔三〕「終於」二句，軒轅，即黄帝。史記五帝本紀：「舉風后、力牧、常先、大鴻以治民。」集解引鄭玄曰：「風后，黄帝三公也。」

〔四〕「著遺誡」二句，遺誡，各書目無著録。世，原作「代」，唐諱，徑改。

〔五〕「法文王」句，舊説周易卦辭乃文王作。陸德明周易注解傳述人曰：「宓犧氏之王天下，仰則觀於天文，俯則察於地理，觀鳥獸之文與地之宜，近取諸身，遠取諸物，始畫八卦，因而重之，爲六十四。文王拘於羑里，作卦辭。周公作爻辭。孔子作彖辭、象辭、文言、繫辭、説卦、序卦、雜卦，謂之十翼。」

〔六〕「象尼父」句，尼父，即孔子。舊題孔安國古文孝經序：「夫子每於閒居而歎，述古之孝道也。……唯曾參躬行匹夫之孝，而未達天子諸侯以下揚名顯親之事。因侍坐而諮問焉，故夫子告其誼，於是曾子喟然知孝之爲大也，遂集而録之，名曰孝經，與五經并行於世。」

〔七〕「莊周」二句，莊子，名周。莊子刻意：「其生若浮，其死若休。」

〔八〕「史佚」二句，左傳襄公二十四年：「穆叔曰：『以豹所聞，此之謂世禄，非不朽也。魯有先大夫曰臧文仲，既没，其言立，其是之謂乎。豹聞之，太上有立德，其次有立功，其次有立言，雖久不廢，此之謂不朽。』」「立言」句，杜預注：「史佚、周任、臧文仲。」同書僖公十五年杜預注：「史佚，周武王時太史，名佚。」

〔九〕「陪葬」句，獻陵，唐高祖陵。舊唐書高祖紀：「（武德）九年（六二六）……十月庚寅，葬於獻陵。」陵在今陝西三原縣東北。

〔一〇〕「長子」二句，唐六典卷二尚書吏部：「從五品下曰朝散大夫。」元和郡縣志卷二鳳翔府扶風縣：「本漢美陽縣地。武德三年（六二〇），分岐山縣置圍川縣，屬岐州，取今縣南湋川水爲名，近代訛作圍。四年，隸入稷州。貞觀元年（六二七）廢稷州，以縣屬岐州。八年，改爲扶風。」今屬陝西寶雞市。王遐觀事迹，别無考。

〔一一〕「生芻」二句，後漢書徐穉傳：「（郭）林宗有母憂，穉往弔之，置生芻一束於廬前而去。衆怪，不知其故。林宗曰：『此必南州高士徐孺子也。詩不云乎：「生芻一束，其人如玉（按見詩經小雅白駒）。」』」生芻，青草也。泣血，據禮制，父母喪應守喪三年（實二十五月而畢。孔子家語卷一〇曲禮子貢問：喪親「及二十五月而祥」。唐制亦然，見唐會要卷三八服紀下），故云。

〔一二〕「能行」句，孝經卿大夫：「非先王之法服不敢服，非先王之法言不敢道，非先王之德行不敢行。是故非法不言，非道不行。口無擇言，身無擇行。言滿天下無口過，行滿天下無怨惡。三者備矣，然後能守其宗廟，卿大夫之孝也。」

〔一三〕「京兆」句，言葬地在京兆府。阡，墳墓。新阡，指新遷入獻陵之王湛墓。

〔一四〕「昆吾」句，漢書外戚列傳霍皇后傳：「霍后立五年廢，處昭臺宫。後十二歲，徙雲林館，乃自殺，葬昆吾亭東。」顔師古注：「昆吾，地名，在藍田。」據此，知王湛初葬藍田縣。

〔一五〕「百年」二句，史記樗里子傳：「樗里子者，名疾，秦惠王之弟也。……樗里子卒，葬於渭南章臺之東，曰：『後百歲，是當有天子之宫夾我墓。』」索隱：「按黄圖，在漢長安故城西。」

〔一六〕「五校」二句，漢書霍光傳：光薨，「北軍五校士軍陳至茂陵，以送其葬」。五校，即五校尉，漢武帝初年所置禁衛軍。後漢書安帝紀李賢注引漢官儀，謂五校名目爲：屯騎、越騎、步兵、射聲、長水。又見漢書百官公卿表。茂陵，漢書武帝紀：建元二年（前一三九）夏四月戊申，「初置茂陵邑」。注引應劭曰：「武帝自作陵也。」顔師古注：「本槐里縣之茂鄉，故曰茂陵。」按：陵在今西安市西北之興平市東北。以上未實述王湛陪葬墓址。按唐高祖獻陵主陵，位於今陝西渭南市三原縣徐木鄉，陪葬區在主陵東北部，即相鄰之富平縣吕村鄉境内。

其銘曰：

昔在湯武，阿衡尚父〔一〕。下及高光，蕭何鄧禹〔二〕。皇天眷命〔三〕，赫矣高祖。惟岳降神〔四〕，克生元輔。攻城野戰，張飛關羽。奇策密謀，荀攸賈詡〔五〕。始陪營衛，仍參幕府〔六〕。旌節龍沙〔七〕，軒旗象浦〔八〕。出臨方岳，入調風雨〔九〕。其生也榮，池臺鍾鼓〔一〇〕。其死也哀，陳兵復土〔一一〕。孝乎惟孝〔一二〕，無父何怙〔一三〕。刊石勒銘，永傳終古。

【箋注】

〔一〕「昔在」二句，湯武，商湯、周武王，商、周二代開國之君。阿衡指伊尹，尚父指呂望，二人乃湯、武之師相，已詳前注。

〔二〕「下及」二句，高光，漢高祖、東漢光武帝。蕭何、鄧禹，爲漢高祖、光武帝之主要戰將，亦已詳前注。上舉伊尹等四人，皆擬王湛，謂其有文武輔弼之才。

〔三〕「皇天」句，尚書大禹謨：「皇天眷命，奄有四海，爲天下君。」僞孔傳：「眷，視。」

〔四〕「惟岳」句，詩經大雅崧高：「維岳降神，生甫及申。」毛傳：「岳，四岳也。……於周則有甫、有申、有齊、有許也。……岳降神靈和氣，以生申、甫之大功。」鄭玄箋：「申，申伯也；甫，甫侯也，皆以賢知入爲周之楨幹之臣。」此言王湛亦岳之神靈和氣所生。

〔五〕「荀攸」句，荀攸、賈詡，二人足智多謀，同爲曹操軍師，事迹皆見前齊貞公宇文公神道碑注引三國志本傳。

〔六〕「始陪」二句，營衛，指在李淵登帝位前，任其丞相、相國二府典籤、參軍事，實爲營衛官。參幕府，指王湛出爲隴西別駕等職。

〔七〕「旌節」二句，旌節，旌，周禮春官司常：「析羽爲旌。」據孔穎達正義，即旗上繫「染鳥羽爲五色」，此泛指旗幟。節，使者所持。龍沙，後漢書班超傳贊：「坦步葱雪，咫尺龍沙。」李賢注：「葱領，雪山；白龍堆，沙漠也。」按漢書匈奴傳下：「豈爲康居、烏孫能踰白龍堆而寇西邊哉？」注引孟康曰：「龍堆，形如土龍，身無頭有尾，高大者二三丈，埤者丈餘，皆東北向相似也。在西域中。」此泛指沙漠，言王湛奉詔赴北庭處置薛卓遇害事。

〔八〕「軒旗」句，軒旗，軒，車也。旗，周禮春官司常：「熊虎爲旗。」即旗上畫龍虎之象。此泛指旗幟。象浦，水經温水注：温水注入鬱水，鬱水「亦曰象水也，又兼象浦之名。晉功臣表所謂『金潾清逕，象渚澄源』者也」。資治通鑑卷一二四胡三省注：「象浦，即盧容浦。盧容縣即秦象郡象林縣地，故亦謂之象浦。」象郡，今廣東雷州半島一帶。此泛指廣東，言王湛奉使嶺南事。

〔九〕「入調」句，調風雨，以自然和諧喻治理國家。尚書舜典：「納舜，使大録萬幾之政，陰陽和，風雨時。」史記五帝本紀：「（堯）立義和之官，明時正度，則陰陽調，風雨節，茂氣至民，無夭疫。」

〔一〇〕「其生」二句，論語子張：「（夫子）其生也榮，其死也哀。」何晏集解引孔（安國）語，謂其言孔子「生則榮顯，死則哀痛」。蔡邕陳太丘（寔）碑：「斯可謂存榮没哀、死而不朽者已。」池臺鐘鼓，謂生活極優裕。説苑善説：雍門子周以琴見孟嘗君，謂孟嘗君「千秋萬歲之後，高臺既已壞，曲池既已漸」云云，言其生前、身後之榮哀。鍾鼓，代指音樂。史記禮書：「鍾鼓管絃，所以養耳也。」

〔一一〕「陳兵」句，漢書文帝紀：「郎中令張武爲復土將軍，發近縣卒萬六千人，發内史卒萬五千人，藏郭穿復土，屬將軍武。」注引如淳曰：「主穿壙實瘞事也。」顔師古注：「穿壙出土下棺也，已而實之，又即以爲墳，故云復土。復，反還也。」此即前文所言王湛死後「喪事官給」，葬日「有司監護」。

〔一二〕「孝乎」句：論語爲政：「或謂孔子曰：『子奚不爲政？』子曰：『書云：「孝乎惟孝，友于兄弟，施於有政。」是亦爲政，奚其爲爲政？』」何晏集解引包(咸)曰：「孝乎惟孝，美大孝之辭。友于兄弟，善於兄弟。施，行也。所行有政道，與爲政同。」

〔一三〕「無父」句，詩經小雅蓼莪：「無父何怙。」鄭玄箋：「怙，恃。」以上二句，此就其子王遐觀等而言。

唐右將軍魏哲神道碑〔一〕

經天緯地之帝，求制禮作樂之才〔二〕；撥亂反正之君，資拔山超海之力〔三〕。繼昭夏而崇號謚，非無陣戰之風〔四〕；披皇圖而稽文武，或用干戈之道〔五〕。故能彌綸宗廟〔六〕，彈壓山川〔七〕，苞四海以爲家〔八〕，一六合而光宅〔九〕。是以二十八宿，懸列將而察休徵〔一〇〕；三十五星，聚天軍而赫符彩〔一一〕。呂望垂竿於渭涘，道峻匡周；張良授策於圯橋，功崇佐漢〔一二〕。乃有心如鐵石〔一三〕，氣若風雲，洛讖名書，河圖秘象〔一四〕。青絲電燭，歷大塊以三休〔一五〕；碧羽霜淒，倚渾天而一息〔一六〕。岑彭、許允，征南、鎮北之名〔一七〕；馮異、王昌，大樹、中軍之號〔一八〕。杜太行而泥函谷〔一九〕，猛氣無前；戮封豕而斬長鯨〔二〇〕，雄圖不測。元戎十乘，驅衛霍於前軍〔二一〕；甲士三千，列孫吳於後殿〔二二〕。秋風白露，執金鼓而齊六軍；太山黄河，折銅符而光百世〔二三〕。建廟堂之策，爲社稷之臣，孰能與於此乎？在我真將軍矣〔二四〕！

【箋注】

〔一〕右將軍，即右監門將軍，見後注。按文謂魏哲卒於總章二年（六六九）三月，其夫人馬氏早卒於貞觀十五年（六四一），咸亨元年（六七〇）某月日祔（合葬）於某原。據舊唐書高宗紀下，總章三年三月甲戌朔，改元咸亨元年。則所謂「某月」，當在咸亨元年三月之後，本文應作於合葬前後。

〔二〕「經天」二句，經天緯地，原作「天經地緯」，英華校：「集作經天緯地。」四子集、全唐文作「經天緯地」。「經天緯地」與下句「撥亂反正」對應，是，據改。求，英華校：「集作扙。」疑是「仗」字之訛，亦通。蔡邕獨斷卷下：「經天緯地曰文。」南唐徐鍇説文繫傳卷三七曰：「天地絪緼，萬物化生。天感而下，地感而上，陰陽交泰，萬物咸亨。陽以經之，陰以緯之；天地經之，人實緯之，故曰經天緯地之謂文。」禮記明堂位：「周公踐天子之位以治天下六年，朝諸侯於明堂，制禮作樂，頒度量，而天下大服。」兩句言以禮樂治天下，則求能文之士。

〔三〕「撥亂」二句，漢書高祖紀下：「帝起細微，撥亂世反之正。」顔師古注：「反，還也，還之於正道。」孟子梁惠王上：「挾泰山以超北海。」史記項羽本紀：「項王乃悲歌忼慨，自爲詩曰：『力拔山兮氣蓋世。』」庾信謝周明帝賜絲布等啓：「雖復拔山超海，負德未勝。」兩句言收拾亂世，則須靠勇力超强之人。

〔四〕「繼昭夏」二句，漢書司馬相如傳下載封禪書：「續昭夏，崇號謚，略可道者七十有二君。」注引文穎曰：「昭，明也，夏，大也。德明大，相繼封禪於泰山者，七十有二人也。」昭，原作「詔」，各本同，據此改。兩句言即如重名號而封禪者，未必没有尚武之風。

〔五〕「披皇圖」二句，披，閲也。文選班固東都賦：「披皇圖，稽帝文。」吕延濟注：「皇圖，謂河圖也。」稽文武，考察周文王、武王，謂文王、武王乃以武興邦。干戈之道，即武道。

〔六〕「故能」句，周易繫辭上：「故能彌綸天地之道。」孔穎達正義：「彌謂彌縫、補合，綸謂經綸、牽引。能補合牽引天地之道。」彌綸宗廟，謂維係宗法統治。

〔七〕「彈壓」句，猶今所言改造世界。文選王融三月三日曲水詩序：「牢籠天地，彈壓山川。」吕向注：「彈壓，猶蹴蹋也。」

〔八〕「苞四海」句，史記高祖本紀：「天子以四海爲家。」苞，通「包」。

〔九〕「一六合」句，一，用如動詞，謂統一。六合，呂氏春秋審分覽曰：「神通乎六合。」高誘注：「六合，四方上下也。」光宅，擁有。文選左思吳都賦：「一六合而光宅。」劉淵林注：「一六合而光宅者，并有天下而一家也。」

〔一〇〕「是以」二句，史記律書太史公曰：「在旋璣玉衡，以齊七政，即天地二十八宿。」正義：「謂東方角、亢、氐、房、心、尾、箕，南方井、鬼、柳、星、張、翼、軫，西方奎、婁、胃、昴、畢、觜、參，北方斗、牛、女、虛、危、室、壁，凡二十八宿、一百二十八宿星也。」懸列將，謂一百二十八宿星中，即有衆多將星懸掛天穹。如角宿，史記天官書稱「左角，李（按：即「理」，指法官）；右角，將」之類。察休徵，由將星狀態考察國家安危徵兆。如畢宿，史記天官書謂畢爲「罕車，爲邊兵」，正義稱「其大星曰天高，一曰邊將，主四夷之尉也。星明大，天下安，遠夷入貢；失色，邊亂。畢動，兵起」之類。

〔一一〕「三十五」二句，史記天官書：「北宮玄武，虛、危。……其南有衆星，曰羽林天軍。軍西爲壘，或曰鉞。」正義：「羽林四十五星，三三而聚，散在壘壁南，天軍也，亦天宿衛，主兵革。」四十五星，或作三十五星。四庫全書本史記考證道：「正義『羽林四十五星』，監本作三十五星。伏查晉書天文志及步天歌，皆作四十五星，今改正。」本文依三十五星説。赫符彩，赫，明亮貌；符彩，光彩。

〔一二〕「呂望」四句，呂望、張良，前已屢注。策，英華校：「集作履。」四子集作「履」。按張良於下邳圯上所受雖爲履而非策，然實指黄石公所授太公兵法，「良數以太公兵法説沛公（劉邦），沛公善之，常用其策」（史記留侯世家），故作「策」義勝。

〔一三〕「乃有」句，晉書忠義傳序：「古人有言：『君子殺身以成仁，不求生以害仁。』又云：『非死之難，處死之難。』信哉斯言也！是知隕節苟合其宜，義夫豈吝其没？捐軀若得其所，烈士不愛其存，故能守鐵石之深衷，厲松筠之雅操。」

〔一四〕「洛讖」二句，洛讖、河圖，又稱河圖、洛書，皆漢代讖緯家所造陰陽五行、天人感應之書。名書，原作「書名」。英華校：「集作名書。」按兩句謂以河圖、洛書之説及其圖象爲兵書命名，故作「名書」義勝，且與「秘象」對應，據所校集本改。漢書藝文志兵書類所録陰陽十六家，當即所謂以「洛讖名書，河圖秘象」者，如太壹兵法一篇，天一兵法三十五篇，以及别成子望軍氣六篇、圖三卷，辟兵威勝方七十篇之類。小序曰：「陰陽者，順時而發，推刑德，隨斗擊，因五勝（顔師古注：五勝，五行相勝也），假鬼神而爲助者也。」此類兵書，隋書經籍志著録多達上百種。

〔一五〕「青絲」二句，青絲，青色絲繩。樂府古辭陌上桑：「青絲繫馬尾，黄金絡馬頭。」又梁元帝紫騮馬：「長安美少年，金絡錦連錢。宛轉青絲鞚，照曜珊瑚鞭。」此代指馬。絲，英華作「聯」，校：「集作絲。」作「聯」誤。電燭，謂馬飛馳快如電光，稍縱即逝。「電」原作「雷」，據全唐文改。大塊，大自然。莊子大宗師：「夫大塊載我以形。」三休，休息多次。賈誼新書退讓篇：「（楚王）饗客於章華之臺，上者三休，而乃至其上。」此言其遠。

〔一六〕「碧羽」二句，碧羽，此代指鳥類。莊子逍遥遊：「鵬之徙於南冥也，水擊三千里，摶扶摇而上者九萬里，去以六月息者也。」郭象注：「夫大鳥一去半歲，至天池（按：即南冥）而息。」渾，英華校：「一作暉。」誤。以上四句，以烈馬、猛禽喻武將，言其遠走高飛，氣勢非凡。

〔一七〕「岑彭」二句，後漢書岑彭傳：「岑彭，字君然，南陽棘陽人也。」王莽時守本縣長，後降劉秀，爲歸德侯、大司馬。光武即位，拜廷尉，歸德侯如故，行大將軍事。擊荆州，圍隗囂，破蜀，遇刺身亡。同上光武帝紀上：建武二年（二六）冬十一月，「以廷尉岑彭爲征南大將軍，率八將軍討鄧奉於堵鄉」。許允，三國志魏書夏侯尚傳：「徙（許）允爲鎮北將軍、假節督河北諸軍事。」裴松之注引魏略曰：「允字士宗，世冠族。父據，仕歷典農校尉、郡守。允少與同郡崔贊俱發名於冀州，召入軍。明帝時，爲尚書選曹郎。……出爲郡守，稍遷爲侍中、尚書中領軍。……會鎮北將軍劉静卒，朝廷以允代静。」

〔一八〕「馮異」二句，後漢書馮異傳：「馮異，字公孫，潁川父城人也。」歸劉秀，拜偏將軍，封應侯。爲人謙退，不伐行，「每所止舍，諸將并坐論功，異常獨屏樹下，軍中號曰『大樹將軍』。及破邯鄲，乃更部分諸將，各有配隸，軍士皆言願屬大樹將軍，光武以此多之」。同書王昌傳：「王昌，一名郎，趙國邯鄲人也。素爲卜相工，明星曆，常以爲河北有天子氣。」王莽末，詐稱成帝子子輿。傳赤眉將度河，因宣言「赤眉當立劉子輿」，百姓多信之。更始元年（二三）十二月，於邯鄲趙王宮立爲天子。後爲劉秀所殺。中軍，當即中軍校尉，然據現存文獻，王昌無此名號，且此王昌與馮異等亦非同類，疑另有其人，或作者誤記，待考。

〔一九〕「杜太行」句，史記酈食其列傳：沛公（劉邦）賜食其食，問曰：「計安出？」食其曰：「……願足下急復進兵，收取滎陽，據敖倉之粟，塞成皋之險，杜太行之道，距蜚狐之口，守白馬之津，以示諸侯形制之勢，則天下知所歸矣。」顏師古注：「太行，山名，在河内野王之北，上黨之南。」杜，斷絕。泥函谷，後漢書隗囂傳：隗囂將王元説囂曰：「元請以一丸泥爲大王東封函谷關，此萬世一時也。」

〔二〇〕「戮封豕」句，文選司馬相如上林賦：「羂騕褭，射封豕。」注引郭璞曰：「封豕，大猪也。」長鯨，喻指巨姦。徐陵爲司空徐州刺史侯安都德政碑：「自我徂征，妖氛克平。爰驅大彘，實翦長鯨。」虞世基講武賦：「登燕山而戮封豕，臨瀚海而斬長鯨。」

〔二一〕「元戎」二句，詩經小雅六月：「元戎十乘，以先啓行。」毛傳：「元，大也。夏后氏曰鉤車，先正也；殷曰寅車，先疾也；周曰元戎，先良也。」鄭玄箋：「鉤，鉤鞶，行曲直有正也；寅，進也。二者及元戎，皆可以先前啓，突敵陳之前行。其制之同異未聞。」元戎句，孔穎達正義：「言大車之善者，故云先良也。」衛霍，衛青、霍去病，漢武帝時大將。此代指麾下將軍，言其勇武。

〔二二〕「甲士」二句，甲士，着甲兵士；三千，言多也。孫吳，指孫武、吳起，古代著名軍事家。此代指軍隊將領、參謀人員，言其精習兵法。後殿，置之於後。

〔二三〕「太山」二句，謂功成行封。漢書高惠高后文功臣表：漢高祖封侯者百四十有三人，「封爵之誓曰：『使黄河如帶，泰山若厲，國以永存，爰及苗裔。』於是申以丹書之信，重以白馬之盟」。注引應劭曰：「封爵之誓，國家欲使功臣傳祚無窮也。」銅符，盟誓時所用銅製信符。百世，「世」原作「代」，避唐諱，徑改。

〔二四〕「在我」句，謂墓主魏哲不僅爲名將，且能「建廟堂之策，爲社稷之臣」，上述諸將皆不足道。史記絳侯周勃世家：「河内守周亞夫爲將軍，軍細柳以備胡。文帝欲勞軍，至軍門，都尉稱『軍中聞將軍令，不聞天子之詔』，不得入。其後再至，又不得入，文帝乃使使持節詔將軍『吾欲入勞軍』，亞夫乃傳言開壁門。成禮而去，既出軍門，群臣皆驚，文帝曰：『嗟乎，此真將軍矣！』」

公諱哲，字知人，鉅鹿曲陽人也〔一〕。七代祖靖非，前秦征北大將軍〔二〕，鎮北地上郡，其後子孫，因家於寧州襄樂縣〔三〕。開國承家之始，誕姓命氏之源〔四〕。大名發於本支，當塗峻於層構〔五〕。三辰鬱鬱，天街分畢昴之都〔六〕；九野茫茫，地險裂山河之境〔七〕。丞相以萬機論道，匡大運以震威嚴〔八〕；尚書以八座當官，贊金行而標領袖〔九〕。文昭武穆〔一〇〕，方駕齊驅；公子王孫，朱輪華轂。大鵬垂翰，馭風伯而指南溟〔一一〕；天馬騰姿，按雲師而集東道〔一二〕。祖唐，隋天水郡丞、河陽都尉〔一三〕。瑶林瓊樹，擢標格以千尋〔一四〕；圓折方流〔一五〕，委波濤而萬頃。雄飛有望，豈惟京兆之丞〔一六〕；陰德不愆，何直丹陽之尉〔一七〕。父寶，皇朝通議大夫、總管府司參軍事〔一八〕。東家孔子，至德生於上天〔一九〕；南國申侯，明靈誕於中嶽〔二〇〕。

【箋注】

〔一〕「鉅鹿」句，元和郡縣志卷一七恒州鼓城縣：「漢曲陽縣地。……隋開皇六年（五八六）置昔陽縣，十八年改爲鼓城縣。……魏收墓，在縣北七里。後魏、北齊貴族諸魏，皆此邑人也，所云『鉅鹿曲陽人』者是矣。」曲陽，今爲河北保定市屬縣。

〔二〕「前秦」句，前秦（三五一—三九四），十六國時期十六國之一，氐族人苻健所建，都長安。

〔三〕「鎮北地」三句，漢書地理志下：「北地郡，秦置，（王）莽曰威成。」同書：「上郡，秦置。高帝元年（前二〇六）更爲翟國，七月復故。」北地，在今甘肅至寧夏一帶；上郡，今陝西北部至内蒙古鄂爾多斯一帶。寧州，元和郡縣志卷三寧州襄樂縣：「本漢襄洛縣，屬上郡。後魏孝文帝改『洛』爲『樂』，屬襄樂郡。後周屬北地郡。隋開皇三年（五八三）改屬寧州，皇朝因之。」地在今甘肅寧縣東北。家，英華作「居」，校：「集作家。」作「居」亦通。

〔四〕「開國」二句，左傳隱公八年：「天子建德，因生以賜姓，胙之土而命之氏。」杜預注謂「報之以土而命氏」。孔穎達正義：「有德之人，必有美報。報之以土，謂封之以國名以爲之氏。諸侯之氏，則國名是也。」

〔五〕「大名」二句，本支，家族。當塗，當仕路，執掌大權。謂人之姓名來於家族，而當官掌權，則肇自祖宗積功累德。層構，文選張衡西京賦：「累層構而遂隮，望北辰而高興。」李善注引山海經曰：「層，重也。」又魏書李順傳載李騫釋情賦：「荷峻極之層構，道積石之洪流。」此以層構喻祖宗積累。言魏哲之德才淵源有自，故下文述其遠祖、祖、父事迹。於，英華校：「集作其。」

〔六〕「三辰」二句，三辰，漢書律曆志上：「三辰之會交矣。」注引孟康曰：「三辰，日、月、星也。」天街，史記天官書：「昴、畢間爲天街，其陰，陰國；陽，陽國。」集解引孟康曰：「陰，西南，象坤維，河山已北國；陽，河山已南國。」索隱引孫炎云：「畢昴之間，日、月、五星出入要道，若津梁。」正義：「天街二星，在畢、昴間，主國界也。街南爲華夏之國，街北爲夷狄之國，土、金守，胡兵入也。」此言魏靖非鎮守邊郡。

〔七〕「九野」二句，後漢書馮衍傳下：「疆理九野，經營五山。」李賢注：「九野，謂九州之野。」裂，原作「列」。英華作「列」，校：「集作裂。」四子集作「裂」。作「裂」是，據改。裂，分也。昴、畢分山、河爲北國、南國，已見上注。山指華山，河即黄河。文選張衡西京賦：「綴以二華，巨靈贔屭，高掌遠蹠，以流河曲，厥迹猶存。」薛綜注：「華，山名也。巨靈，河神也，巨，大也。古語云：此本一山，當河水過之而曲行，河之神以手擘開其上，足蹋離其下，中分爲二，以通河流。手足之迹，於今尚在（按太平御覽卷三九華山引，此二句作「今覩手迹於華嶽上，足迹在首陽山下，俱存焉」）。」李善注引遁甲開山圖曰：「有巨靈胡者，偏得坤元之道，能造山川、出江河。」

〔八〕「丞相」二句，當指魏相。漢書魏相傳：「魏相，字弱翁，濟陰定陶人也，徙平陵。少學易，爲郡卒史。舉賢良，以對策高第。……韋賢以老病免相，遂代爲丞相，封高平侯，食邑八百户。……宣帝始親萬機，厲精爲治，練群臣，核名實，而相總領衆職，甚稱上意。」大運，國家大計。以，英華校：「集作而。」按下句作「而」，此作「以」是。

〔九〕「尚書」二句，金行，五行當金，即以金王。以金王，指晉。晉書輿服志：「晉氏金行，而服色尚赤。」八座，通典卷二二尚書省歷代尚書附八座：「後漢以六曹尚書（按：三公曹尚書二人，吏曹、二千石曹、民曹、客曹尚書各一人）并令、僕二人，謂之八座。魏以五曹（按：吏部、左民、客曹、五兵、度支）尚書、二僕射、一令爲八座，宋、齊八座與魏同。」按晉代魏姓爲尚書者，乃魏舒。晉書魏舒傳：「對策升第，除澠池長，遷浚儀令，入爲尚書郎。……轉相國參軍，封劇陽子。府朝碎務，未嘗見是非。至於廢興大事，衆人莫能斷者，舒徐爲籌之，多出衆議之表。文帝深器重之，每朝會坐罷，目送之曰：『魏舒堂堂，人之領袖也。』遷宜陽、滎陽二郡太守，甚有聲稱。徵拜散騎常侍，出爲冀州刺史。」

〔一〇〕「文昭」句，昭穆，乃古代宗廟或墓地之輩次排列，太祖居中。二、四、六世位左稱「昭」，三、五、七世位右稱「穆」，餘類推。左傳僖公二十四年：「周公傷夏殷之叔世疏其親戚，以至滅亡，故廣封其兄弟：管、蔡、郕、霍、魯、衛、毛、聃、郜、雍、曹、滕、畢、原、酆、郇，文之昭也；邘、晉、應、韓，武之穆也。」杜預注：「十六國，皆文王子也。……四國，皆武王子。」此泛指魏氏子孫，謂皆貴幸不衰。

〔一一〕「大鵬」二句，鵬徙南溟，出莊子逍遥遊，前已屢引。

〔一二〕「天馬」二句，天馬，神馬也。按，原作「偶」。英華校：「集作按。」作「按」義勝，據改。按，駕馭。雲師，豐隆。楚辭王逸遠遊：「召豐隆使先導兮。」自注：「呼語雲師使清路也。」東道，東行之道。左傳僖公三十年：「若舍鄭以爲東道主。」此即指道路，乃與上句「南」對應。以上四句，言魏氏子孫在仕途有如大鵬、天馬，皆能遠到。

〔一三〕「隋天水」句，隋書地理志上：「天水郡，舊秦州，後周置總管府，大業初府廢。」地在今甘肅天水市。同書地理志下：河内郡河陽縣：「舊廢，開皇十六年（五九六）置。有盟津，有古河陽城治。」故城在今河南孟州市南。

〔一四〕「瑶林」二句，瑶、瓊，皆玉，此喻人才之美。世説新語賞譽：「王戎云：太尉（王衍）神姿高徹，如瑶林瓊樹，自然是風塵外物。」同上：「庾子嵩（顗）目和嶠：森森如千丈松，雖磊砢有節目，施之大廈，有棟梁之用。」瓊，英華校：「集作王。」當是「玉」之形訛。擢，原作「櫂」，據英華、全唐文改。擢，聳出。標格，風標格調。千尋，極言其高。

〔一五〕「圓折」句，文選顔延年贈王太常詩：「玉水記方流，璇源載圓折。」李善注引尸子曰：「凡水，其方折者有玉，其圓折者有珠也。」此以珠玉喻人，與上兩句義同。

〔一六〕「雄飛」二句，後漢書趙典傳：「（趙）温，字子柔，初爲京兆郡丞。歎曰：『大丈夫當雄飛，安能雌伏！』遂棄官去。」獻帝時爲司徒、録尚書事。

〔一七〕「陰德」二句，愆，失去，錯過。不愆，謂陰德必有報。後漢書何敞傳：「何敞，字文高，扶風平陵人也。其先家於汝陰，六世祖比干，學尚書於晁錯。」李賢注引何氏家傳云：「六世祖父比干，字少卿，經明行修，兼通法律，爲汝陰縣獄吏決曹掾，平活數千人。後爲丹陽都尉，獄無冤囚，淮汝號曰何公。征和三年（前九〇）三月辛亥，天大陰雨，比干在家，日中夢貴客車騎滿門，覺以語妻。語未已，而門有老嫗，可八十餘，頭白，求寄避雨，雨甚而衣履不沾漬。雨止，送至門，乃謂比干曰：『公有陰德，今天錫君策，以廣公之子孫。』因出懷中符策，狀如簡，長九寸，凡九百九十枚，以授比干，子孫佩印綬者當如此算。比干年五十八，有六男，又生三子。本始元年（前七三）自汝陰徙平陵，代爲名族。」

〔一八〕「皇朝」句，唐六典卷二尚書吏部：「正四品下曰通議大夫。」通典卷三二：「隋文帝以并、益、荆、揚四州置大總管，其餘總管府置於諸州，列爲上、中、下三等，加使持節。煬帝悉罷之。大唐諸州復有總管，亦加號使持節。……五年（六二二），以洛、荆、并、幽、交五州爲大總管府。七年，改大總管府爲大都督府，總管府爲都督府。」據唐六典卷三〇，大都督府有録事參軍事，正七品上，功、倉、户、兵、法、士六曹參軍事，正七品下。魏寶所任，不詳在何曹。全唐文於「司」下有「兵」字，當即兵曹。

〔一九〕「東家」二句，後漢紀孝靈皇帝紀：「魯人謂仲尼東家丘，蕩蕩體大，民不能名。」又顔氏家訓卷二慕賢：「魯人謂孔子爲東家丘。」至德，謂孔子之德源自於天。論語子罕：「太宰問於子貢曰：『夫子聖者與？何其多能也！』子貢曰：『固天縱之將聖，又多能也。』」

〔二〇〕「南國」二句，申侯，即申伯；中嶽，嵩山也。詩經大雅崧高：「崧高維嶽，駿極于天。維嶽降神，生甫及申。」毛傳：「堯之時，姜氏爲四伯，掌四嶽之祀，述諸侯之職。於周則有甫、有申、有齊、有許也。……嶽降神靈和氣，以生申、甫之大功。」崧高又曰：「亹亹申伯，王纘之事。于邑于謝，南國是式。」毛傳：「謝，周之南國也。」鄭玄箋：「……有申伯以賢入爲周之卿士，佐王有功，王又欲使繼其故諸侯之事，往作邑于謝，南方之國皆統理，施其法度，時改大其邑，使爲侯伯，故云然。」以上四句，以孔子、申伯喻指魏哲，謂其祖宗累有功德，故天地神靈生此英傑。

君升朝翊贊，道先王之法言〔一〕；公府弼諧，對上天之休命〔二〕。若夫聖人作而萬物覩〔三〕，元首明而庶事康〔四〕。日月粲其光華，山川鬱其雲雨。則有英靈間出，丹陵諧白獸之祥〔五〕；符瑞挺生，黑帝感蒼龍之傑〔六〕。隋珠一寸，魏后揚眉〔七〕；和璧千金，秦王動色〔八〕。顏生殆庶，聞於竹馬之年〔九〕；揚子參玄，發自銅車之歲〔一〇〕。建情峰而直上〔一一〕，疏筆海以横流〔一二〕。彫牆則百堵皆興，峻宇則千門並列〔一三〕。可大可久，無忘簡易之途〔一四〕；爲子爲臣，率由忠孝之境。郭林宗之披霧，豈敢名言〔一五〕；孔文舉之欽風，每相推薦〔一六〕。若乃五材並用，誰能去兵〔一七〕；七德兼施，止戈爲武〔一八〕。出師於九天之上，暗合兵書〔一九〕；取睽於十日之前，懸符射法〔二〇〕。固以文武之道，揄揚滿於域中；將相之才，籍甚聞於海内〔二一〕。

【箋　注】

〔一〕「君升朝」二句，升朝，立朝。翊贊，輔佐、協助。孝經卿大夫：「非先王之法言不敢道。」邢昺疏

「先王之法言」爲「先王禮法之言辭」。「君升」二字，英華作「居」，校：「集作君。」四子集、全唐文無「升」字。

〔二〕「公府」二句，公府，官府。弼諧，尚書皋陶謨：「允迪厥德，謨明弼諧。」僞孔傳釋「弼諧」爲「輔諧」，即輔弼之而使其和諧。上天，此指皇帝。休命，美好任命，謂授予好官。

〔三〕「若夫」句，周易乾卦：「雲從龍，風從虎，聖人作而萬物覩。」孔穎達正義：「此明九五爻之義。飛龍在天者，言天能廣感衆物，衆物應之，所以利見大人。因大人與衆物感應，故廣陳衆物相感應，以明聖人之作而萬物瞻覩以結之也。」此言朝野上下和諧一致。

〔四〕「元首」句，尚書益稷：「乃賡載歌曰：元首明哉，股肱良哉，庶事康哉！」僞孔傳：「帝歌歸美股肱，義未足，故續歌。先君後臣，衆事乃安，以成其義。」此言皇帝英明，若臣子優秀，則萬事皆能辦好。

〔五〕「丹陵」句，丹陵，代指堯。太平御覽卷八〇帝堯陶唐氏引帝王世紀：「帝堯陶唐氏，祁姓也。母曰慶都，孕十四月而生堯於丹陵，名曰放勳。」白獸，指白馬。史記五帝本紀：「帝堯者，……黄收純衣，彤車乘白馬，能明馴德，以親九族。」此接上「日月」二句，謂有丹陵山川之靈，故帝堯降生其地。祥，英華作「旌」，校：「集作祥。」按文獻未見堯用白獸畫旌旗之記載，作「旌」當誤。

〔六〕「黑帝」句，禮記檀弓上稱「夏后氏尚黑」，故黑帝指殷王（此指武丁）。莊子大宗師：「傅説得之（按：指道），以相武丁，奄有天下，乘東維，騎箕尾，而比於列星。」按史記天官書：東宮蒼龍宿有箕四星、尾九星，故「蒼龍」代指傅説。句謂感箕尾之瑞，而得傅説爲相。徐陵司空徐州刺史侯安都德政碑：「神賜英賢，殷帝感蒼龍之傑。」句謂傅説之出，亦有星宿呈示符瑞。

〔七〕「隋珠」二句，太平御覽卷四七九報恩引盛弘之荆州記：「隋侯曾得大蛇，不殺而遣之，蛇後銜明月珠以報隋侯，一名隋侯珠。」魏后，指衛靈公。揚眉，喜悦貌。揚，原作「楊」，據英華、全唐文改。藝文類聚卷二四諫引王孫子新書：「衛靈公坐重華之臺，侍御數百，隋珠照日，羅衣從風。仲叔敖入諫，曰：『昔桀紂行此而亡。今四境内侵，諸侯加兵，土地日削，百姓乖離。今君内寵，無乃太盛歟？』靈公再拜，曰：『寡人過矣。』」

〔八〕「和璧」二句，和璧，即和氏璧。秦昭王聞趙得楚和氏璧，願以十五城易之，詳見前後周青州刺史齊貞公宇文公神道碑注引史記廉頗藺相如列傳。以上四句，用隨侯珠、和氏璧喻指魏哲，言其生來不凡，故能感動人主。

〔九〕「顔生」二句，顔生，即顔淵。周易繫辭下：「子曰：『顔氏之子，其殆庶幾乎？有不善未嘗不知，知之未嘗復行也。』易曰：『不遠復，無祇悔，元吉。』」竹馬之年，謂童年。後漢書郭伋傳：「伋前在并州，素結恩德，及後入界，……有童兒數百各騎竹馬於道次迎拜。」又晉書殷浩傳：「（桓）温語人曰：『少時，吾與浩共騎竹馬，我棄去，浩輒取之。』」兩句謂魏哲自小有德，有如顔淵。

〔一〇〕「揚子」二句，揚子，指揚雄子揚信。太平御覽卷三八五引劉向别傳：「揚信字子烏，（揚）雄第二子。幼而聰慧，雄算玄經不會，子烏令作九數而得之。雄又擬易『羝羊觸藩』，彌日不就，子烏曰：大人何不云『荷戟入榛』？」太平廣記卷四〇五引洽聞記：「晉義熙十二載（四一六），滑陽縣群童子浴於滑水，忽見側有錢出如流沙，……又見流錢中有一銅車，小牛牽之，勢甚奔迅。兒等奔逐，掣得一輪，徑可五寸。」銅車之歲，謂與群童戲水之年。兩句謂魏哲自小聰慧，有如揚信。

〔一一〕「建情峰」句，情峰，猶言情嶽。文選王簡棲頭陀寺碑文：「愛流成海，情塵爲嶽。」吕向注：「情想漸積，若塵飛爲嶽。」言魏哲感情豐富。

〔一二〕「疏筆海」句，筆海，文章之多如海，疏浚使其横流，言魏哲善文。李善上文選注表：「搴中葉之詞林，酌前修之筆海。」

〔一三〕「彫牆」二句，尚書五子之歌：「峻宇雕牆。」僞孔傳：「峻，高大；雕，飾畫。」「彫」同「雕」。百堵，詩經小雅鴻鴈：「之子于垣，百堵皆作。」毛傳：「一丈爲板，五板爲堵。」千門，漢書郊祀志下：「于是作建章宫，度爲千門萬户。」以彫牆、峻宇之多，喻指魏哲極能成事。

〔一四〕「可大」二句，周易繫辭上：「乾以易知，坤以簡能。易則易知，簡則易從。易知則有親，易從則有功。有親則可久，有功則可大。可久，則賢人之德，可大，則賢人之業。易簡則天下之理得矣。」兩句言魏哲爲人和藹乾脆，胸懷坦蕩如天地。

〔一五〕「郭林宗」二句，後漢書郭太（泰）傳：郭太（泰），字林宗。好獎拔士人，皆如所鑒。「初，太始至南州，過袁奉高，不宿而去，從叔度（即黃憲，字叔度）累日不去。或以問太（泰），太（泰）曰：『奉高之器，譬之泛濫，雖清而易挹；叔度之器，汪汪若千頃之陂，澄之不清，撓之不濁，不可量也。』已而果然，太以是名聞天下。」李賢注引謝承（後漢）書曰：「泰之所名，人品乃定，先言後驗，衆皆服之。故適陳留則友符偉明，游太學則師仇季智，之陳國則親魏德公，入汝南則交黃叔度。」披霧，披，撥開。梁蕭綸贈言賦：「似臨潭而對鏡，若披霧而覩天。」此言郭泰品評人物能透過現象看本質，故往往準確。豈敢名言，「名言」用如動詞，謂不敢名、不敢言。二句言即如郭林宗之知人，對魏哲亦不敢評鑒。

〔一六〕「孔文舉」二句，後漢書孔融傳：「孔融，字文舉，魯國人，孔子二十世孫也。……融聞人之善，若出諸己。言有可採，必演而成之，面告其短，而退稱所長。薦達賢士，多所獎進，知而未言，以爲己過，故海内英俊皆信服之。」欽風，欽佩郭林宗之風。

〔一七〕「若乃」二句，漢書刑法志：「古人有言：天生五材，民並用之，廢一不可，誰能去兵？鞭撲不可弛於家，刑罰不可廢於國，征伐不可偃於天下，用之有本末，行之有逆順耳。孔子曰：『工欲善其事，必先利其器。』文德者，帝王之利器；威武者，文德之輔助也。」顏師古注：「五材，金、木、水、火、土也。」

〔一八〕「七德」二句，左傳宣公十二年：「夫文，止戈爲武。」杜預注：「文，字。」又曰：「夫武，禁暴、戢兵、保大、定功、安民、和衆、豐財者也。」杜注：「此武七德。」

〔一九〕「出師」二句，後漢書皇甫嵩傳：「彼守不足，我攻有餘。有餘者動於九天之上，不足者陷於九地之下。」李賢注引孫子兵法曰：「善守者藏於九地之下，善攻者動於九天之上。」又引玄女三宮戰法曰：「行兵之道，天地之寶。九天九地，各有表裏。九天之上，六甲子也；九地之下，六癸酉也。子能順之，萬全可保。」

〔二〇〕「取睽」二句，睽，原作「法」。英華作「法」，校：「集作睽。」四子集、全唐文作「睽」。按：作「睽」是，據改。睽，周易卦名。周易繫辭下：「弦木爲弧，剡木爲矢，弧矢之利，以威天下，蓋取諸睽。」韓伯注：「睽，乖也。物乖則争興，弧矢之用，所以威乖争也。」此指弓箭。懸符，淮南子本經訓：「逮至堯之時，十日並出，焦禾稼，殺草木，而民無所食。……堯乃使羿……上射十日。」懸符射法，謂在十日並出之前，即已有後世之所謂射法，言久遠也。按漢書藝文志兵家類著録逢門射法二篇、陰通成射法十一篇、李將軍射法三篇等六種。

〔二一〕「固以」四句，謂魏哲學通文武，才兼將相。揄揚，宣揚。文選班固兩都賦序：「雍容揄揚，著於後嗣。」李善注引説文曰：「揄，引也。」又引孔安國尚書傳曰：「揚，舉也。」籍甚，文選任昉宣德皇后令：「客游梁朝，則聲華籍甚。」李善注：「漢書曰：『陸賈游漢庭公卿間，名聲籍甚。』音義：『或曰狼籍甚盛也。』」又同書王儉褚淵碑文：「風流籍甚。」劉良注：「籍甚，言多也。」「若乃」至此，謂兵及知兵之重要，以言魏哲雖文武將相全才，而終於從武。

貞觀十五年，起家補國子學生〔一〕。環林掃日，驚白鳳於詞條〔二〕；璧水澄天，駭彫龍於義壑〔三〕。班超慷慨，常懷萬里之心〔四〕；季路平生，每負三軍之氣〔五〕。十六年，敕授左翊衛北門長上，禄賜同京官〔六〕，仍令爲飛騎等講禮〔七〕。鄧司徒之舊事，馬上讀書〔八〕；祭征虜之前聞，營中習禮〔九〕。杏花如錦，還臨拜將之壇〔一〇〕；槐葉成帷，復對閱軍之市〔一一〕。自皇王眷命，大帝應期〔一二〕，運璇衡而制八方〔一三〕，調玉燭而臨四極〔一四〕。玄菟、白狼之野，來奉衣簪〔一五〕；蟠桃、析木之鄉，尚迷聲教〔一六〕。太宗文皇帝操斗極，把鈎陳〔一七〕，因百姓之心，問三韓之罪〔一八〕。勝殘去殺，上憑宗廟之威〔一九〕；禁暴戢兵，下籍熊羆之用〔二〇〕。公丹心白刃，本自輕生；六郡三河，由來重氣〔二一〕。烏江討逆，剖項籍於五侯〔二二〕；涿野懲奸，磔蚩尤於四冢〔二三〕。二十年，詔除游擊將軍、右武衛信義府左果毅都尉〔二四〕，長上如故〔二五〕。

【箋　注】

〔一〕「貞觀」二句，唐太宗貞觀十五年，爲公元六四一年。學生，原作「博士」。唐六典卷二一國子監：「國子博士二人，正五品上。……國子博士掌教文武官三品已上及國公子孫、從二品已上曾孫之爲生者。」博士，英華校：「集作學士。」按國子監無「國子學士」之官，當誤，然作「博士」亦不妥。據碑文，魏哲卒於總章二年（六六九），享年五十四，推之當生於隋大業十二年（六一六），至貞觀十五年僅二十七歲，起家即爲國子博士、正五品上，絶無可能。蓋「集作學士」，「學士」之「士」，乃「生」之訛，實爲「學生」也。唐六典卷二一國子監：「學生三百人。」兹據英華所校集本及文意改。

〔二〕「環林」二句，環，原作「喬」。英華作「喬」，校：「集作環。」按：古代太學周圍林木環繞，稱環林。文選潘岳閒居賦：「環林縈映，圓海迴淵。」吕延濟注：「環林、圓海，明堂、辟雍，水木周繞。」故作「環」是，據英華所校集本改。此代指太學。掃日，言樹木極高大。白鳳，即鳯，喻指學生。詞條，文選陸機文賦：「普辭條與文律。」吕延濟注「辭條」爲「文章之條流」。意謂魏哲爲國子生時，即以文章驚人。

〔三〕「壁水」二句，上注引潘岳閒居賦吕延濟注，謂太學「水木周繞」，所繞之水，稱「璧水」。禮記禮統：「王制曰：辟雍員如璧，雍以水，内如覆，外如偃盤也。」璧，原作「壁」，據英華、全唐文改。彫龍，史記荀卿傳：「齊人頌曰：談天衍，雕龍奭。」此指作文。義壑，謂文義深如溝壑，駭人眼目。

〔四〕「班超」二句，後漢書班超傳：「家貧，常爲官傭書以供養，久勞苦。嘗輟業投筆歎曰：『大丈夫無他志略，猶當效傅介子、張騫立功異域，以取封侯，安能久事筆研間乎？』」

〔五〕「季路」二句，論語述而：「子謂顔淵曰：『用之則行，舍之則藏，唯我與爾有是夫。』子路曰：『子行三軍，則誰與？』」何晏集解引孔（安國）曰：「大國三軍。子路見孔子獨美顔淵，以爲己勇，至於夫子爲三軍將，亦當誰與己同？故發此問。」按：仲由，字子路，一字季路，以勇稱。以上四句，言魏哲志在軍旅。

〔六〕「敕授」二句，唐六典卷五尚書兵部：「凡左右衛親衛・勳衛・翊衛，及左右率府親・勳・翊衛，及諸衛之翊衛，通謂之三衛。」三衛乃隋、唐宫廷禁衛軍。同上卷二四諸衛：「凡翊府翊衛、外府射聲應番上者，則分配之。在正殿前，則以諸隊立於階下；在長樂、永安門外，則以挾門隊列於兩廊。凡分兵主守，則知皇城東、西面之助鋪，及京城、苑城諸門之職。」長上，資治通鑑卷一一〇晉隆安二年胡三省注：「凡衛兵皆更番迭上。長上者，不番代也。唐官制，懷化執戟長上、歸德執戟長上，皆武散階，九品。」

〔七〕「仍令」句，飛騎，即飛騎尉，文吏官階名。唐六典卷二尚書吏部：「三轉爲飛騎尉，比從六品；二轉爲雲騎尉，比正七品；一轉爲武騎尉，比從七品。」注：「隋文帝置驍騎、飛騎、雲騎、武騎尉，爲文散階，皇朝採爲勳品。」講禮，講解禮書。

〔八〕「鄧司徒」二句，讀，英華校：「集作披。」蓋「披」之訛。鄧司徒，指鄧禹。後漢書鄧禹傳：禹字仲華，南陽新野人。「年十三，能誦詩」。光武帝（劉秀）即位，拜爲大司徒。爲雲臺所畫中興二十八將之首。三國志吴書虞翻傳裴松之注引（虞）翻别傳：「臣生遇世亂，長於軍旅，習經於枹鼓之間，講論於戎馬之上。」按：東觀漢記鄧禹傳稱其「篤於經書，教學子孫」，然後漢書本傳及現存史料，皆無馬上或軍中讀書、披書事，疑在其他散佚文獻中，待考。

〔九〕「祭征虜」二句，後漢書祭遵傳：「祭遵，字弟孫，潁川潁陽人也。少好經書。」光武破王尋等，還過潁陽，遵以縣吏數進見，光武愛其容儀，署爲門下史。尋拜偏將軍，從平河北，以功封列侯。建武二年（二六）春，拜征虜將軍，定封潁陽侯。「遵爲將軍，取士皆用儒術，對酒設樂，必雅歌投壺。又建爲孔子立後，奏置五經大夫。雖在軍旅，不忘俎豆，可謂好禮悦樂、守死善道者也。」庾信周車騎大將軍賀婁公神道碑：「鋒旗不息，刁斗恒驚，猶得馬上讀書，軍中習禮。」

〔一〇〕「杏花」二句，杏，原作「宫」。英華作「宫」，校：「集作杏。」四子集作「杏」。按對句爲「槐」，則作「杏」是，據改。杏花，暗用孔子教於杏壇事。莊子漁父：「孔子游乎緇帷之林，休坐乎杏壇之上，弟子讀書，孔子絃歌鼓琴。」拜將，漢書高帝紀上：「韓信爲治粟都尉，亦亡去，蕭何追還之，因薦於漢王曰：『必欲争天下，非信無可與計事者。』於是漢王齊戒，設壇場，拜信爲大將軍。」顏師古注：「築土而高曰壇，除地爲場。」

〔一一〕「槐葉」二句，三輔黄圖（孫星衍校一卷本。畢沅校六卷本在補遺）：長安常滿倉之北爲槐市，「列槐樹數百行爲隊，無牆屋。諸生朔望會此市，各持其郡所出貨物及經傳書記、笙磬樂器，相與買賣，雍容揖讓，或議論槐下」（見藝文類聚卷三八學校引）。按：以上四句，以杏花、槐葉代指學文，謂當時文事方盛，而魏哲却選擇習武。

〔一二〕「自皇王」二句，文選應貞晉武帝華林園集詩：「於時上帝，乃顧惟眷。光我晉祚，應期納禪。」李善注：「毛詩曰：『皇矣上帝。』又曰：『乃眷西顧。』……范曄後漢書伏隆檄張步曰：『皇天祐漢，聖哲應期。』尚書刑德放曰：『河圖：帝王終始存亡之期。』」按：大帝，此指唐太宗李世民；應期，應上天所予期運，指太宗登皇帝位。

〔一三〕「運璇衡」句，璇，通「旋」，又作「璿」。史記天官書：「北斗七星，所謂『旋、璣、玉衡，以齊七政』。」旋、璣、玉衡，古代帝王測天儀，代指政權。八方，四方及四隅。

〔一四〕「調玉燭」句，爾雅釋天四時：「四時和謂之玉燭。」郭璞注：「道光照。」謂四時和，大道之光普照，即所謂玉燭。四極，淮南子墬形訓：「地形之所載，六合之間，四極之內。」高誘注：「四極，四方之極。」謂普天之下。以上二句，謂太宗時國家已治，遂生開疆拓土之心。

〔一五〕「玄菟」二句，後漢書安帝紀：「高句驪與穢貊寇玄菟。」李賢注：「郡名，在遼東。」按：在今遼寧東部及朝鮮咸鏡道一帶。漢書地理志下：右北平郡白狼縣，注：「（王）莽曰伏狄。」顏師古注：「有白狼山，故以名縣。」右北平郡，在古幽州。白狼縣，今遼寧凌源市。衣簪，代指漢官；來奉衣簪，謂歸順唐。

〔一六〕「蟠桃」二句，藝文類聚卷八六桃引十洲記：「東海有山，名度索山，有大桃樹，屈盤數千里，曰蟠桃。」此代指東海。北史隋本紀下：「提封所漸，細柳、蟠桃之外；聲教爰暨，紫杏、黃枝之域。」册府元龜卷三五封禪：貞觀二十一年（六四七）正月丁酉詔：「……遂致靈貺無涯，翦毛頭而降錫；遊魂削衽，盡窮髮以開疆。東苑、蟠桃，西池、昧谷，咸覃正朔，并充和氣。」按：此詔文乃許敬宗撰封禪詔，見唐大詔令集卷六七。析木，「析」原作「折」，鄉，原作「卿」，據全唐文改。漢書地理志下遼東郡有望平縣，注：「大遼水出塞外，南至安市入海，行千二百五十里。」據考證，漢望平縣治析木城。遼史地理志二東京道：「析木縣，本漢望平縣地。」在今遼寧海城市析木鎮。迷聲教，不知禮樂之教，謂未歸化。

〔一七〕「太宗」二句，文選陸倕石闕銘：「於是我皇帝拯之，乃操斗極，把鈎陳，翼百神，禔萬福。」李善注：「斗極，天下之所取法，鈎陳，兵衛之象，故王者把操焉。長楊賦曰：『高祖順斗極，運天關。』樂汁圖曰『鈎陳，後宫也』。服虔漢書音義曰：『紫宫外營陳星。』」按揚雄長楊賦：「高祖奉命，順斗極，運天關。」李善注：「雒書曰：『聖人受命，必順斗極。』宋均尚書中候注曰：『順斗機爲政也。』爾雅曰：『北極謂之北辰。』」劉良注：「斗極、天關，皆星也。言上天眷顧，而命高祖。我高祖奉天命，順斗極，如天關星之運轉，以討暴亂。」

〔一八〕「問三韓」句，三韓，後漢書東夷列傳：「韓有三種：一曰馬韓，二曰辰韓，三曰弁辰。馬韓在西，有五十四國，其北與樂浪、南與倭接。辰韓在東，十有二國，其北與濊貊接（濊，前注引後漢書作「穢」）。弁辰在辰韓之南，亦十有二國，其南亦與倭接。凡七十八國，伯濟是其一國焉。大者萬餘户，小者數千家，各在山海間，地合方四千餘里，東西以海爲限，皆古之辰國也。」按：即今朝鮮半島。所謂「問三韓之罪」，指太宗伐高麗事。舊唐書太宗紀下：貞觀十八年（六四四）十一月庚子，「命太子詹事、英國公李勣爲遼東道行軍總管，出柳城，禮部尚書、江夏郡王道宗副之；刑部尚書、鄖國公張亮爲平壤道行軍總管，以舟師出萊州，左領軍常何、瀘州都督左難當副之。發天下甲士，召募十萬，并趣平壤，以伐高麗」。次年春二月，太宗親統六軍發洛陽。六月，高麗大潰。秋七月，乃班師。

〔一九〕「勝殘」二句，論語子路：「子曰：『善人爲邦，百年亦可以勝殘去殺矣。』誠哉是言也！」何晏集解引王（肅）曰：「勝殘，殘暴之人使不爲惡也；去殺，不用刑殺也。」馮，通「憑」，依靠。宗廟之威，指皇家累世之威德。

〔二〇〕「禁暴」二句，兵，原作「姦」。英華作「兵」，校：「一作姦。」作「兵」是，據改。左傳宣公十二年：「夫武，禁暴、戢兵、保大、定功、安民、和衆、豐財者也。」杜預注：「此武七德。」孔穎達正義：「戢干戈，櫜弓矢，禁暴戢兵也。」籍，通「借」，憑藉。熊羆，尚書舜典：「帝曰：『疇若予上下草木鳥獸？』僉曰：『益哉！』帝曰：『俞。咨！益，汝作朕虞。』益拜稽首，讓於朱虎、熊羆。帝曰：『俞，往哉！汝諧。』」僞孔傳：「朱虎、熊羆，二臣名。垂、益所讓四人，皆在元凱之中。」孔穎達正義：「垂、益所讓四人，皆在元凱之中者，以文十八年左傳『八元』之内，有伯虎、仲熊，即此朱虎、熊羆是也。虎、熊在元凱之内。……益在八凱之内，垂則不可知也。」後以「熊羆」泛指猛將。

〔二一〕「六郡」二句，漢書趙充國傳：「趙充國，字翁孫，隴西上邽人也。後徙金城令居。始爲騎士，以六郡良家子，善騎射，補羽林。」注引服虔曰：「金城、隴西、天水、安定、北地、上郡是也。」顔師古注：「隴西、天水、安定、北地、上郡、西河是也。昭帝分隴西、天水置金城，充國自武帝時已爲假司馬，則初以六郡良家子者，非金城也。此名數正與地理志同也。」史記高祖本紀：「悉發關内兵，收三河士，南浮江漢以下。」三河，集解引韋昭曰：「河南、河東、河内。」按：前文已述魏哲七代祖靖非嘗鎮北地、上郡，因家於寧州襄樂縣，襄樂縣屬上郡，自漢以來男子皆英勇善戰，故云其「重氣」。

〔二二〕「烏江」二句，討，原作「計」，據四子集、全唐文改。剖，英華校：「集作割。」皆通。史記項羽本紀：漢軍圍項羽於烏江，烏江亭長勸其東渡，項王曰：「我何渡爲？且籍與江東子弟八千人渡江而西，今無一人還，縱江東父兄憐而王我，我何面目見之？……乃自刎而死。王翳取其頭，餘騎相蹂踐争項王，相殺者數十人。最其後，郎中騎楊喜，騎司馬呂馬童，郎中呂勝、楊武各得其一體。五人共會其體，皆是。故分其地爲五：封呂馬童爲中水侯，封王翳爲杜衍侯，封楊喜爲赤泉侯，封楊武爲吴防侯，封呂勝爲涅陽侯。」

〔二三〕「涿野」二句。涿，原作「鹿」。英華作「涿」，校：「集作鹿。」四子集作「涿」。史記五帝本紀：「蚩尤作亂，不用帝命。於是黄帝乃徵師諸侯，與蚩尤戰於涿鹿之野，遂禽殺蚩尤。」集解引服虔曰：「涿鹿，山名，在涿郡。」涿鹿可簡稱「涿」，似不可稱「鹿」，據英華等改。磔，分裂肢體。四冢，「冢」原作「宰」。英華作「宰」，校：「集作冢。」上引史記文，集解引皇覽曰：「蚩尤冢在東平郡壽張縣闞鄉城中，……肩髀冢在山陽郡鉅野縣重聚，大小與闞冢等。傳言黄帝與蚩尤戰於涿鹿之野，黄帝殺之，身體異處，故别葬之。」索隱按：「皇甫謐云『黄帝使應龍殺蚩尤於凶黎之谷』。或曰黄帝斬蚩尤於中冀，因名其地曰絶轡之野。」按文意，「宰」字定誤，「豕」當是「冢」之形訛，四冢即各家所述諸冢，正與「磔蚩尤」合，徑改。按：「公丹心」句至此，皆述伐高麗并獲勝事，魏哲當在軍中。

〔二四〕「二十年」二句，貞觀二十年，爲公元六四六年。唐六典卷五尚書兵部：「從五品下曰游擊將軍。」右武衛，「衛」原作「候」。唐代無左右武候之設置。按唐六典卷二四「諸衛」有「左右武衛」，則「候」當是「衛」之誤，徑改。信義府，折衝府名，在何地待考。左果毅都尉，左，英華作「右」，校：「集作左。」唐六典卷二五諸衛府：「諸衛折衝都尉府，每府折衝都尉一人，左果毅都尉一人，右果毅都尉一人。」據下文，此似當作「左」。

〔二五〕「長上」句，長上，九品武散官名，不番代之衛兵，見上文注。

顯慶二年，以内憂解職〔一〕。痛深吴隱〔二〕，哀極顔丁〔三〕。蹐厚地以崩魂，訴高天如泣血〔四〕。紫泥垂涣，頻降璽書〔五〕；墨縗臨戎，遂從金革〔六〕。三年，詔除左衛清宫府左果毅都尉〔七〕，尋園谷府折衝都尉〔八〕，並長上如故。又以應詔舉，對策甲科，遷左騎衛郎將〔九〕。于時長榆歷歷〔一〇〕，烽火猶驚；高柳依依〔一一〕，邊風尚急。關山夜月，遂爲胡虜之秋；西北浮雲，翻作穹廬之氣〔一二〕。四年，詔公爲鐵勒道行軍總管〔一三〕。陳兵玉塞，按節金微〔一四〕。學常山之蛇〔一五〕，擬麗譙之鶴〔一六〕。鐘鼓嘈囋，上聞於天；旌旗繽紛，下蟠於地。伏屍百萬，因瀚海而藏舟〔一七〕；闢地數千，即燕山而築觀〔一八〕。武臣雄略，氣慴西零〔一九〕；神將宏圖，威加北狄〔二〇〕。麟德元年，詔遷左驍騎中郎將，尋檢校右監門左武衛將軍〔二一〕，本官如故。昔者封禪陟雲亭之後，七十二君〔二二〕；圖書出河洛以還，三千餘歲〔二三〕。振兵釋旅，方崇薦帝之儀〔二四〕；道洽功成，必致禋天之禮〔二五〕。粵以皇家闢統之五十年，今上開基之十七載，登封告禪〔二六〕，玉諜金繩〔二七〕。建顯號而施尊名〔二八〕，揚英聲而騰茂實。華夷輯睦，皆承萬歲之恩〔二九〕；朝野歡娱，咸奉千年之慶〔三〇〕。乾封元年，詔加明威將軍〔三一〕，本官如故。大風遺孽，叛涣青丘〔三二〕；小水殘魂，憑陵碧海〔三三〕。率百官於文祖，尚興彭蠡之師〔三四〕；會萬國於塗山，猶有防風之戮〔三五〕。是歲也，詔公爲遼東道行軍總管〔三六〕。軍營對日〔三七〕，兵氣橫天〔三八〕。開玉堂而按部，坐金城而勒陣〔三九〕。闕鞏之甲，犀兕七重〔四〇〕；艅艎之船，舳艫千里〔四一〕。駕鼉梁於聖海，秦皇息鞭石之威〔四二〕；泛鼇釣於仙洲，愚叟罷移山之力〔四三〕。然後風行電卷，斬將屠城，塞丹浦之遥源〔四四〕，拔緑林之奥本〔四五〕。王孫公子，名霑阜隸之臣〔四六〕；澤谷大山〔四七〕，境入樵漁之囿。二年，詔加上柱國，仍檢校安東都護〔四八〕。導之以德，齊之以刑〔四九〕。威振六官〔五〇〕，風揚五部〔五一〕。兵戈載戢，無勞尉候之虞〔五二〕；桴鼓希聞，寧有穿窬之盜〔五三〕。仰太陽而晞湛露，方預四朝〔五四〕；臨逝水而急寒風〔五五〕，俄悲一去。齊孟嘗之下淚，高樹曲池〔五六〕；魯司寇之悲歌，頽山壞木〔五七〕。長安眇眇，還符「日近」之言〔五八〕；京兆悠悠，竟絶「天高」之問〔五九〕。玉關生入〔六〇〕，判自無期；繐服晨還〔六一〕，竟知何日。總章二年三月十六日，遘疾薨於府第，春秋五十有四，嗚呼哀哉！詔贈左監門將軍〔六二〕，禮也。

【箋注】

〔一〕「顯慶」二句，顯慶，唐高宗年號。顯慶二年爲公元六五七年。内憂，亦稱内艱，指喪母。據禮制，父母喪須守喪三年，官員須去職。

〔二〕「痛深」句，吴隱，當即吴隱之。晉書吴隱之傳：「吴隱之，字處默，濮陽鄄城人。……年十餘丁父憂，每號泣，行人爲之流涕。事母孝謹，及其執喪，哀毁過禮。家貧無人鳴鼓，每至哭臨之時，恒有雙鶴警叫。及祥練之夕，復有群鴈俱集，時人咸以爲孝感所致。嘗食鹹菹，以其味指，掇而棄之。與太常韓康伯鄰居，康伯母，殷浩之姊，賢明婦人也，每聞隱之哭聲，輟餐投筯，爲之悲泣，既而謂康伯曰：『汝若居銓衡，當舉如此輩人。』及康伯爲吏部尚書，隱之遂階清級。」

〔三〕「哀極」句，禮記檀弓下：「顔丁善居喪。始死，皇皇焉，如有求而弗得；及殯，望望焉，如有從而弗及。既葬，慨焉如不及，其反而息。」鄭玄注：「顔丁，魯人。」哀，英華校：「集作禮。」

〔四〕「蹐厚地」二句，詩經小雅正月：「謂天蓋高，不敢不局。謂地蓋厚，不敢不蹐。」毛傳：「局，曲也。蹐，累足也。」鄭玄箋：「局、蹐者，天高而有雷霆，地厚而有陷淪也。此民疾苦，王政上下皆可畏怖之言也。」此言喪親之痛。

〔五〕「紫泥」二句，謂得到皇帝撫慰。元和郡縣志卷三九武州（武都）將利縣：「武都有紫水，泥亦紫。漢朝封璽書用紫泥，即此水之泥也。」又太平寰宇記卷一五四階州紫水引隴右記云：「武都紫水有泥，其色赤紫而粘，貢之封璽書，故詔誥有紫泥之美。」垂涣，涣，猶言涣汗，謂傳播而令人感動。璽書，蔡邕獨斷卷上：「璽者，印也；印者，信也。天子璽以玉螭虎紐。……衛宏曰：秦以前民皆以金玉爲印，龍虎紐，唯其所好。然則秦以來，天子獨以印稱璽，又獨以玉，群臣莫敢用也。」

〔六〕「墨縗」二句，縗，原作「紱」，據英華、全唐文改。英華校：「集作紱。」墨縗，黑色喪服。左傳僖公三十三年：「遂發命遽興姜戎，子墨衰絰。」杜預注：「晉文公未葬，故襄公稱子。以凶服從戎，故墨之。」資治通鑑卷一三六齊紀二世祖武皇帝上之下胡三省注：「春秋時，晉襄公居文公之喪，墨縗絰以敗秦師於殽。自是之後，以墨縗從戎。」按禮記王制：「喪大記曰：大夫、士既葬，公政入於家；既卒哭，弁經帶，金革之事無辟也。」孔穎達正義：「若士以上負國恩重，雖在喪中，金革無辟。」金革之事，謂戰伐也。又詳禮記曾子問。

〔七〕「詔除」句，左衛，唐六典卷二四諸衛：左右衛，其大將軍、將軍「掌統領宫庭警衛之法令，以督其屬之隊仗，而總諸曹之職務。凡親、勳、翊五中郎將府及折衝府所隸者，皆總制焉」。清宫府，折衝府名，其地待考。左果毅都尉，見本文前注。

〔八〕「尋圍谷府」句，圍谷府，折衝府名。按唐太宗貞觀間嘗作温泉銘，據記載，其銘文刻石拓本末有墨書一行，曰「永徽四年（六五三）八月三十一日圍谷府果毅（下闕）」。温泉，玄宗時更名華清池，在臨潼，疑圍谷府即設在該地。唐六典卷二五諸衛府：「諸衛折衝都尉府，每府折衝都尉一人。」

〔九〕「遷左騎衛」句，唐六典卷二四諸衛有「左右驍衛」，注：「隋煬帝改左右備身爲左右驍騎。尋以左右驍衛所領名豹騎，而又別置備身。皇朝置左右騎衛府。龍朔二年（六六二）除府字。光宅元年（六八四）改爲左右武威衛。神龍元年（七〇五）復爲左右驍騎。」

〔一〇〕「于時」句，漢書伍被傳：「廣長榆，開朔方，匈奴折傷。」注引如淳曰：「長榆，塞名，王恢所謂樹榆以爲塞者也。」顔師古注：「長榆在朔方，即衛青傳所云『榆谿舊塞』是也。或謂之榆中。」歷歷，與對句「依依」，皆以地名擬樹木。歷歷，分明可數貌。

〔一一〕「高柳」句，後漢書光武帝紀下：「代郡太守劉興擊盧芳將賈覽於高柳，戰殁。」李賢注：「高柳縣，屬代郡。故城在今雲州定襄縣。」詩經小雅采薇：「昔我往矣，楊柳依依。」依依，茂盛貌。

〔一二〕「西北」二句，曹丕雜詩：「西北有浮雲，亭亭如車蓋。惜哉時不遇，忽與飄風會。」穹廬，漢書蘇武傳：「賜武馬畜、服匿、穹廬。」注引孟康曰：「穹廬，旃帳也。」氣，英華、四子集、全唐文作「景」，英華校：「集作氣。」作「氣」義勝。

〔一三〕「詔公」句，舊唐書北狄傳鐵勒：「鐵勒，本匈奴别種。自突厥强盛，鐵勒諸郡分散，衆漸寡弱。」

太宗嘗派使者，鐵勒「見使者皆頓首歡呼，請入朝。太宗至靈州，其鐵勒諸部相繼至數千人，仍請列爲州縣，北荒悉平」。後或叛或歸，朝廷亦安撫與征伐相兼。武則天時，突厥强盛，鐵勒諸部在漠北者漸爲所併，其他部則徙於甘、涼二州之地。鐵勒道，指鐵勒諸部。行軍總管，通典卷三二都督：「大唐……有行軍大總管者，蓋有征伐，則置於所征之道，以督軍事。」

〔一四〕「陳兵」二句，陳兵，與下句「按節」，皆指駐軍。玉塞，即玉門關，此泛指邊關。金微，微，原作「徽」，據英華、全唐文改。後漢書耿夔傳：「將精騎八百，……於金微山斬閼氏、名王以下五千餘級。」山即今新疆北部及蒙古國境内之阿爾泰山，唐稱金山，并置有金微都護府。

〔一五〕「學常山」句，孫子：「……故善用兵者，譬如率然。率然者，常山之蛇也，擊其首則尾至，擊其尾則首至，擊其中則首尾俱至。」晉書温嶠傳：「僕與仁公，當如常山之蛇，首尾相衛，又脣齒之喻也。」明何良臣陣紀卷二率然：「所謂率然之勢者，言其首尾顧應，斯須不離。腰不可斷，首不可擊，尾不可摧，故曰率然如常山之蛇。有率然之才者，亦如常山之蛇。」

〔一六〕「擬麗譙」句，莊子徐無鬼：「武侯曰：『……吾欲愛民而爲義偃兵，其可乎？』徐無鬼曰：『不可。……君亦必無盛鶴列於麗譙之間，無徒驥於錙壇之宫，無藏逆於得，無以巧勝人，無以謀勝人，無以戰勝人。夫殺人之士民，兼人之土地，以養吾私與吾神者，其戰不知孰善？勝之惡乎在？……夫民死已脱矣，君將惡乎用夫偃兵哉！』」郭象注：「鶴列，陳兵也。麗譙，高樓也。」成玄英疏：「鶴列，陳兵也，言陳設兵馬，如鶴之行列也。麗譙，高樓也，言其華麗嶕嶢也。……君但勿起心偃兵爲義,亦無勞盛陳兵卒於高樓之下。」此言擬前人之法以列兵布陣。

〔一七〕「因瀚海」句,瀚海,漢書霍去病傳:「封狼居胥山,禪於姑衍,登臨翰海。」翰,通「瀚」。瀚海,即大漠之别名。沙磧四際無涯,故謂之海。藏舟,莊子大宗師:「夫藏舟於壑,藏山於澤,謂之固矣,然而夜半有力者負之而走,昧者不知也。」郭象注:「方言生死變化之不可逃,故先舉固逃之極然,然後明之以必變之符,將任化而無係也。」因言沙漠如海,故鈎連而及「藏舟」。

〔一八〕「即燕山」句,後漢書竇憲傳:竇憲,字伯度,扶風平陵人。嘗請兵北伐擊匈奴,乃拜憲車騎將軍,領精騎萬餘,與北單于戰於稽落山,大破之,斬名王已下萬三千級,獲生口馬牛羊橐駝百餘萬頭,降者前後二十餘萬人。憲遂「登燕然山,去塞三千餘里,刻石勒功,紀漢威德,令班固作銘」。燕山,乃燕然山之省。築觀,觀,即京觀,左傳宣公十二年:「收晉尸以爲京觀。」杜預注:「積尸封土其上,謂之京觀。」聚尸爲高冢,以示威武與戰功。

〔一九〕「武臣」二句,武臣,指趙充國,西零,即先零,漢代羌族之一支,居今甘肅一帶。慴,懾服。漢書趙充國傳:「趙充國,字翁孫,隴西上邽人也,後徙金城令居。……爲人沈勇有大略。少好將帥之節,而學兵法,通知四夷。」武帝時以假司馬從貳師將軍擊匈奴,拜爲中郎,遷車騎將軍長史。昭帝時武都氐人反,充國以大將軍護軍都尉將兵擊定之,遷中郎將。又以水衡都尉擊匈奴,擢爲後將軍,封營平侯。神爵元年(前六一)春,先零羌聯結匈奴等叛,充國年七十餘,引兵擊先零,「虜赴水溺死者數百,降及斬首五百餘人,鹵馬牛羊十萬餘頭,車四千餘兩」。諸虜俱降。

〔二〇〕「神將」二句，神將，或指李廣；北狄，指匈奴。史記李將軍列傳：「李將軍廣者，隴西成紀人也。」一生與匈奴大小七十餘戰，爲當時名將。武帝嘗召拜廣爲右北平太守，「匈奴聞之，號曰漢之飛將軍，避之數歲，不敢入右北平」。

〔二一〕「麟德」三句，麟德元年，爲公元六六四年。左驍騎中郎將，唐六典卷五尚書兵部：「凡兵士隸衛，各有其名：左右衛曰驍騎。」則左驍騎中郎將，即左衛中郎將。唐六典卷二四諸衛左右衛：中郎將（左、右）各一人。「中郎將掌領其府校尉、旅帥、親衛、勳衛、翊衛之屬以宿衛，而總其府事。」檢校，代理。右監門，即右監門衛將軍。唐六典卷二五諸衛左右監門衛：「大將軍各一人，正三品；將軍各二人，從三品。……左右監門衛大將軍、將軍之職，掌諸門禁衛、門籍之法。」左武衛，同上左右武衛：「大將軍各一人，正三品；將軍各二人，從三品。」「左右衛大將軍、將軍之職，掌統領宮廷警衛之法令，以督其屬之隊仗，而總諸曹之職務。凡親、勳、翊五中郎將府及折衝府所隸者，皆總制焉。」

〔二二〕「昔者」二句，史記封禪書：「管仲曰：古者封泰山、禪梁父者七十二家，而夷吾所記者十有二焉。昔無懷氏封泰山、禪云云，……黄帝封泰山、禪亭亭。……」集解引李奇曰：「云云山，在梁父東。」按：云，亦作「雲」。

〔二三〕「圖書」二句，河出圖，洛出書，本書前已屢注，乃讖緯之説。庾信賀平鄴都表：「泰山梁甫以來，即有七十二代；龍圖龜書之後，又已三千餘年。」

〔二四〕「振兵」二句，史記周本紀：「縱馬於華山之陽，牧牛於桃林之虛，偃干戈，振兵釋旅，示天下不復用也。」集解（裴）駰案：「公羊傳曰：入曰振旅。」謂解散軍隊。薦帝之儀，指封禪。同上封禪書：「古者先振兵釋旅，然後封禪。」

〔二五〕「道洽」二句，白虎通封禪篇：「王者易姓而起，必升封泰山何？報告之義也。始受命之日，改制應天；天下太平，功成封禪，以告太平也。」禋天，祭名，即燒柴及牲、玉帛等，以煙向天傳達精誠，從而完成祭天之禮儀。

〔二六〕「粤以」三句，皇家闢統，指有唐開國；今上開基，指高宗即位，其時間點皆爲麟德三年（六六六），該年初高宗登封泰山。文選張衡東京賦：「登岱勒封。」薛綜注：「登，上也。」史記封禪書正義：「此泰山上築土爲壇以祭天，報天之功，故曰封。此泰山下小山上除地，報地之功，故曰禪。言禪者，神之也。」封禪爲古代朝廷大禮。舊唐書高宗紀下：「麟德三年春正月戊辰朔，車駕至泰山頓。是日親祀昊天上帝於封祀壇。……己巳，帝升山行封禪之禮。庚午，禪於社首，祭皇地祇。」

〔二七〕「玉諜」句，玉諜，即玉策。白虎通封禪篇：「或曰封者金泥銀繩，或曰石泥金繩，封之以印璽。」舊唐書禮儀志三：乾封元年（六六六）封泰山，造玉策三枚，皆以金繩連編玉簡爲之。又爲金匱二，以藏配帝之策，爲黃金繩纏之。又爲石䃭以藏玉匱，爲金繩以纏石䃭，各五周，徑三分。

〔二八〕「建顯號」句，指改元。舊唐書高宗紀下：麟德三年壬申，高宗「御朝壇受朝賀，改麟德三年爲乾封元年」。

〔二九〕「華夷」二句，舊唐書高宗紀下：「（封禪）諸行從文武官及朝覲華戎岳牧、致仕老人朝朔望者，三品已上賜爵二等，四品已下、七品以上加階，八品已下加一階，勳一轉。諸老人百歲已上版授下州刺史，婦人郡君；九十、八十節級。」

〔三〇〕「朝野」二句，舊唐書高宗紀下：封禪禮成，「齊州給復一年半，管嶽縣二年。所歷之處，無出今年租賦。乾封元年正月五日已前，大赦天下，賜酺七日」。千年之慶，謂高宗封禪乃千年未行之禮，極宜慶賀。

〔三一〕「詔加」句，新唐書百官志：「從四品下曰明威將軍、歸德中郎將。」通典卷三四武散官：「明威將軍，梁置，雜號。後魏亦有之，大唐因之。」

〔三二〕「大風」二句，大風指風夷，「大」爲對句「小」而設。後漢書東夷列傳：「夷有九種，曰畎夷、于夷、方夷、黄夷、白夷、赤夷、玄夷、風夷、陽夷。」此以風夷代指九夷，即高麗，言九夷後裔作亂。叛涣，叛亂。涣，原作「焕」，據全唐文改。青丘，史記司馬相如列傳載子虚賦：「秋田乎青邱，傍偟乎海外。」正義引服虔云：「青邱國在海東三百里。」又引郭（璞）云：「青邱，山名，上有田，亦有國，出九尾狐，在海外。」丘、邱同。

〔三三〕「小水」二句，小水，指小水貊。後漢書東夷列傳：「句驪一名貊，有别種依小水爲居，因名曰小水貊。出好弓，所謂貊弓是也。」李賢注引魏氏春秋曰：「遼東郡西安平縣北有小水，南流入海。句驪別種，因名之小水貊。」又三國志魏書東夷傳高句麗：「句麗作國，依大水而居。西安平縣北有小水，南流入海。句麗別種依小水作國，因名之爲小水貊，出好弓，所謂貊弓是也。」此亦代指高麗。殘魂，與上句「遺孽」義同，皆指後裔。憑陵，文選任昉奏彈曹景宗：「故使狡虜憑陵，淹移歲月。」吕向注：「憑陵，依據也。」

〔三四〕「率百官」二句，文祖，指禹，史記夏本紀：「夏禹，名曰文命。」彭蠡之師，指禹滅三苗氏之兵。史記吴起傳：「（魏）武侯浮西河而下，中流，顧而謂吴起曰：『美哉乎山河之固，此魏國之寶也。』（吴）起對曰：『在德不在險。昔三苗氏左洞庭、右彭蠡，德義不修，禹滅之。』」彭蠡，今江西鄱陽湖是也。

〔三五〕「會萬國」二句，塗山，尚書益稷：「禹曰：予娶於塗山。」僞孔傳：「塗山，國名。」左傳哀公七年：「禹合諸侯於塗山，執玉帛者萬國。」杜預注：「塗山，在壽春東北。」按史記孔子世家：「仲尼曰：禹致群神於會稽山，防風氏後至，禹殺而戮之。」太平御覽卷七一渚引吴興記：「烏程西風渚者，防風氏國也。」云塗山，又云會稽山，或疑「塗山有會稽之名」（見御覽卷四三塗山按語），不詳孰是。

〔三六〕「詔公」句，新唐書高宗紀：「（乾封元年）十二月己酉，李勣爲遼東道行臺大總管，率六總管兵以伐高麗。」魏哲當即六總管之一。

〔三七〕「軍營」句，軍營，英華作「營雄」，校：「集作軍營。」「營雄」與下句「兵氣」不對，當誤。

〔三八〕「兵氣」句，横，英華校：「集作浮。」作「横」義勝。

〔三九〕「開玉堂」二句，玉堂、金城，乃軍帳之美稱。謂魏哲爲遼東道行軍總管後，即巡視部隊，指揮布陣。

〔四〇〕「闕鞏」二句，闕鞏，闕，原作「關」，據四庫全書本、全唐文改。左傳昭公十五年：「闕鞏之甲，武所以克商也。」杜預注：「闕鞏國所出鎧。」同上定公四年：「分唐叔以大路、密須之鼓，闕鞏、姑洗。」杜預注「闕鞏」曰：「甲名。」意謂闕鞏國所産鎧甲，亦稱「闕鞏」。藝文類聚卷五九引陳琳武軍賦：「鎧則東胡闕鞏，百練精剛。函師振旅，韋人制縫。」犀兕，兩動物名，此指其皮；七重，謂多層。犀兕之皮堅厚，乃制鎧甲之上佳材料。

〔四一〕「艅艎」二句，玉篇舟部：「艅艎，船名。」漢書武帝紀：「自尋陽浮江，親射蛟江中，獲之。舳艫千里，薄樅陽而出，作盛唐樅陽之歌，遂北至琅邪，並海。」注引李斐曰：「舳，船後持柂處也；艫，船前頭刺櫂處也。言其船多，前後相銜，千里不絶也。」

〔四二〕「駕鼉梁」二句，竹書紀年卷下穆王：「三十七年，大起九師，東至於九江，架黿鼉以爲梁，遂伐越。」按：鼉，文選張衡西京賦：「其中則有黿鼉、巨鼈。」李善注引郭璞（注）山海經曰：「鼉，似蜥蜴。」又王嘉拾遺記卷二：「舜命禹疏川奠嶽，濟鉅海，則黿鼉而爲梁。」聖海，海之尊稱。鞭石，初學記卷七橋引齊地記：「秦始皇作石橋，欲渡海觀日出處。舊説始皇以術召石，石自行，至今皆東首，隱軫似鞭撻瘢，勢似馳逐。」又錦繡萬花谷前集卷五引三齊略記：「秦始皇作石橋，欲過海觀日出。有神人能驅石下海，石去不速，神輒鞭之，石皆流血。」兩句謂大軍渡海自有神助，秦始皇作石橋爲不足道。

〔四三〕「泛鼇釣」二句，列子湯問：「龍伯之國有大人，舉足不盈數步而暨五山之所，一釣而連六鼇，……於是岱輿、員嶠二山流於北極，沉於大海，仙聖之播遷者巨億計。」釣，原作「鈎」，據文意改。仙洲，海外神仙之洲，如岱輿、員嶠等。愚叟，即愚公。愚公移山事，亦見列子湯問。兩句言進軍神速，威猛無比，有如龍伯國人，豈似愚公之乏力。

〔四四〕「塞丹浦」句，丹浦，即丹水之浦。吕氏春秋卷二〇召數：「兵所自來者久矣。堯戰於丹水之浦，以服南蠻。」高誘注：「丹水，在南陽。浦，岸也，一曰崕也。」遥源，遠源，指高麗。唐大詔令集卷一三〇破高麗詔：「五兵爰始，軒皇戰於阪泉；七德攸基，唐帝克於丹浦。」此「唐帝」，即堯。

〔四五〕「拔緑林」句，拔緑林，原作「伐黑林」。「伐黑」二字，英華校：「集作拔緑。」兹據所校集本改。後漢書劉玄傳：「新市人王匡、王鳳爲平理諍訟，遂推爲渠帥，衆數百人。於是諸亡命馬武、王常、成丹等往從之，共攻離鄉聚，藏於緑林中。」李賢注：「緑林山，在今荆州當陽縣東北也。」後稱草莽英雄及强盜出没之地爲緑林。奥本，深根。

〔四六〕「王孫」二句，謂高麗貴胄，皆臣服爲皁隸。皁隸，左傳昭公四年杜預注：「賤官。」王孫公子，英華校：「集作何孫日子。」不成語，誤。

〔四七〕「澤谷」句，「澤」原作「深」。英華作「深」，校：「集作澤。」按下句言及「漁」，則作「澤」是，據改。

〔四八〕「詔加」二句，唐六典卷二尚書吏部：「十二轉爲上柱國，比正二品。」注：「隋高祖受命，又採後周之制，置上柱國，爲從一品；柱國，爲正二品……。皇朝改以勳轉多少爲差，以酬勳秩。」安東都護，通典卷三二都護：「大唐永徽中，始於邊方置安東、安西、安南、安北四大都護府，後又加單于、北庭都護府。府置都護一人，掌所統諸蕃慰撫、征討、斥堠，安輯蕃人及諸賞罰、叙録勳功，總判府事。」

〔四九〕「導之」二句，論語爲政：「子曰：道之以政，齊之以刑，民免而無恥。道之以德，齊之以禮，有恥且格。」道，義同「導」，引導。

〔五〇〕「威振」句，六官，周禮之天官、地官、春官、夏官、秋官、冬官（後闕，代以考工記）。此指群官。

〔五一〕「風揚」句，後漢書百官志一：「領軍皆有部曲。大將軍營五部，部校尉一人，比二千石；軍司馬一人，比千石。部下有曲，曲有軍候一人，比六百石；曲下有屯，屯長一人，比二百石。」此謂全軍。

〔五二〕「兵戈」二句，詩經周頌時邁：「載戢干戈，載橐弓矢。」毛傳：「戢，聚；橐，韜也。」鄭玄箋：「載之言則也。王巡守而天下咸服，兵不復用。」尉候，資治通鑑卷一六漢紀八孝景皇帝下胡三省注曰：「凡軍行，有大將、裨將、領軍，皆有部曲。部有校尉，曲有軍候、軍司馬，又有假候、假司馬，皆有副。其別營領屬，爲別部司馬。」此泛指軍隊將領。兩句言征高麗之役結束，不再用兵。舊唐書高宗紀下：總章元年（六六八）九月癸巳，「司空、英國公（李）勣破高麗，拔平壤城，擒其王高藏及其大臣男建等以歸。境内盡降，其城一百七十，户六十九萬七千，以其地爲安東都護府，分置四十二州」。

〔五三〕「桴鼓」二句，後漢書董宣傳：董宣，字少平。「特徵爲洛陽令。……搏擊豪彊，莫不震栗，京師號爲卧虎，歌之曰：『枹鼓不鳴董少平。』」李賢注：「枹，擊鼓杖也。」穿窬，挖洞爲盜。禮記表記：「子曰：君子不以色親人。情疏而貌親，在小人則穿窬之盜也與。」孔穎達正義：「許慎説文云：穿窬者，外貌爲好，而内懷姦盜。似此情疏貌親之人，外内乖異，故云『穿窬之盜也與』。」兩句言東部邊疆平安無事。

〔五四〕「仰太陽」二句，詩經小雅湛露：「湛湛露斯，匪陽不晞。」毛傳：「湛湛，露茂盛貌。陽，日也；晞，乾也。露雖湛湛然，見陽則乾。」此以太陽喻指皇帝，晞湛露喻生命短促。方預四朝，尚書堯典：「五載一巡守，群后四朝。」史記五帝本紀述此，集解引鄭玄曰：「巡守之年，諸侯見於方岳之下，其間四年，四方諸侯分來朝於京師。」謂正擬回京朝見皇帝。下文銘詞「本謂來朝」句，即指此事。

〔五五〕「臨逝水」句，論語子罕：「子在川上曰：『逝者如斯夫！不舍晝夜。』」何晏集解引包（咸）

曰：「逝，往也。言凡往也者，如川之流。」

〔五六〕「齊孟嘗」二句，雍門子周以琴說孟嘗君，謂其死後「高臺既已壞，曲池既已漸，墳墓既已下而青廷矣」，孟嘗君於是「泣涕承睫」、「涕浪汙增」。詳見前原州百泉縣令李君神道碑「薛孟嘗之池臺，風煙遂歇」句注引說苑善說。

〔五七〕「魯司寇」二句，魯司寇，即孔子，嘗爲魯國司冠。禮記檀弓上：顔淵之喪，孔子歌曰：「泰山其頽乎！梁木其壞乎！哲人其萎乎！」悲，英華校：「集作行。」作「悲」義勝。

〔五八〕「長安」二句，眇眇，遠貌。英華作「杳杳」，全唐文同，英華校：「集作眇眇。」同。日近，世說新語夙惠：「晉明帝數歲，坐元帝膝上。有人從長安來，……因問明帝：『汝意謂長安何如日遠？』答曰：『日遠。不聞人從日邊來，居然可知。』元帝異之。明日集群臣宴會，告以此意，更重問之。乃答曰：『日近。』元帝失色，曰：『爾何故異昨日之言邪？』答曰：『舉目見日，不見長安。』」兩句言京師長安雖路途遥遠，然皇帝仿佛就在身邊。

〔五九〕「京兆」二句，京兆，即京兆府，長安地方政府名，亦代指長安。悠悠，遥遠貌。竟，英華作「理」，校：「一作竟。」「竟」與上句「還」對，作「理」誤。屈原天問，王逸楚辭章句解題曰：「天尊不可問，故曰天問也。」此言人已云亡，天雖高，欲問已不可得。

〔六〇〕「玉關」句，玉關，即玉門關。後漢書班超傳：「超自以久在絶域，年老思土，（永元）十二年（一〇〇），上疏曰：『……臣不敢望到酒泉郡，但願生入玉門關。』」

〔六一〕「繡服」句，漢書朱買臣傳：「朱買臣，字翁子，吳人也。……上拜買臣會稽太守。上謂買臣曰：『富貴不歸故鄉，如衣繡夜行。今子何如？』買臣頓首辭謝。」此言已無緣歸鄉。晨，英華作「危」，校：「集作晨。」作「危」誤。

〔六二〕「詔贈」句，唐六典卷二四諸衛左右監門衛：「將軍各三人，從三品。」

唯公被服忠孝，周旋禮樂。仁者見之謂之仁，智者見之謂之知〔一〕。研幾册府，金縢玉版之書〔二〕；索隱兵鈐，玄女黃公之法〔三〕。每建旟推轂〔四〕，三令五申〔五〕，躬擐甲胄，親當矢石。軍井未達，如臨盜水之源；軍竈未炊，似對嗟來之食〔六〕。由是南馳北走，東討西伐〔七〕，運之無旁，按之無下〔八〕。戴筐宮裏，遥登將軍之階〔九〕；飛閣星邊，獨踐中軍之位〔一〇〕。雖龍淵匿字，薰歇光沉〔一一〕，而麟閣飛名〔一二〕，天長地久。

【箋注】

〔一〕「仁者」二句，周易繫辭上：「一陰一陽之謂道，繼之者善也，成之者性也。仁者見之謂之仁，知者見之謂之知。百姓日用而不知，故君子之道鮮矣。」韓康伯注：「仁者資道以見其仁，知者資道以見其知，各盡其分。知音智。」謂魏哲乃有道君子。兩「謂之」之「之」字，英華皆作「有」，校：「集作之。」

〔二〕「研幾」二句，周易繫辭上：「夫易，聖人之所以極深而研幾也。唯深也，故能通天下之志；唯幾也，故能成天下之務。」韓康伯注：「極未形之理則曰深，適動微之會則曰幾。幾，本作機。幾，微也。」據尚書金縢，武王疾，周公作册書告神，稱願「代某之身」，「乃納册於金縢之匱中」，病遂愈。縢，束也。以金束匱，故稱金匱。玉版，史記太史公自序：「維我漢繼五帝末流，接三代統業。周道廢，秦撥去古文，焚滅詩書，故明堂石室金匱玉版圖籍散亂。」集解引如淳曰：「刻玉版以爲文字。」此泛指書籍。

〔三〕「索隱」二句，周易繫辭上：「探賾索隱，鉤深致遠，以定天下之吉凶、成天下之亹亹者，莫大乎蓍龜。」孔穎達正義：「探賾索隱、鉤深致遠者，探謂闚探求取，賾謂幽深難見。……索謂求索，隱謂隱藏。卜筮能求索隱藏之處，故云索隱也。」兵鈐，「鈐」原作「鈴」，據全唐文改。兵鈐泛指兵書。後漢書方術列傳「鈐決之符」句李賢注：「兵法有玉鈐篇及玄女。」玄女，傳説其作者爲黄帝以前人（見武經總要後集卷二〇），蓋後人假託。隋書經籍志子部兵書類著録「玄女戰經一卷、玄女兵法四卷」，無撰人名氏。黄公，即黄石公，同上著録黄石公内記敵法一卷、黄石公三略三卷（原注：下邳神人撰，成氏注）、黄石公三奇法一卷、黄石公五壘圖一卷、黄石公陰謀行軍秘法一卷、黄石公兵書三卷等。此泛指兵書。

〔四〕「每建旟」句，文選顔延年祭屈原文：「恭承帝命，建旟舊楚。」李善注：「周禮曰：『州里建旟。』鄭玄毛詩箋曰：『謂州長之屬。』」此當指魏哲官折衝府。按：旟，軍旗之一種，畫鳥隼以示威武。推轂，指出兵。史記馮唐傳：「臣聞上古王者之遣將也，跪而推轂曰：『閫以内者，寡人制之；閫以外者，將軍制之。』」轂，車輪中心穿軸承輻處，此代指兵車。

〔五〕「三令」句，謂再三告誡。史記孫武傳：「約束既布，乃設鈇鉞，即三令五申之。」又文選張衡東京賦：「三令五申，示戮斬牲。」薛綜注引尹文子：「將戰，有司請誥誓，三令五申之，既畢，然後即敵。」

〔六〕「軍井」四句，盜水，即盜泉。説苑説叢：「水名盜泉，孔子不飲，醜其聲也。」嗟來之食，禮記檀弓下：「齊大饑，黔敖爲食於路，以待餓者而食之。有餓者蒙袂輯屨，貿貿然來。黔敖左奉食，右執飲，曰：『嗟！來食。』揚其目而視之，曰：『予唯不食嗟來之食，以至於斯也。』」未達，「達」原作「建」，英華校：「集作達。」按淮南子兵略訓曰：「軍食熟然後敢食，軍井通然後敢飲，所以同飢渴也。」又北堂書鈔卷一一五將帥引三略軍讖：「軍井未達，將不言渴；軍幕未辦，將不言倦；軍竈未炊，將不言飢。」則作「達」是，據英華所校集本改。達，通也。四句言魏哲治軍嚴謹，且與士卒同甘共苦。

〔七〕「東討」句，伐，全唐文作「征」。英華作「伐」，校：「集作征。」皆通。

〔八〕「運之」二句，莊子説劍：「天子之劍，以燕谿石城爲鋒，齊岱爲鍔，……此劍，直之無前，舉之無上，案之無下，運之無旁。上決浮雲，下絶地紀。此劍一用，匡諸侯，天下服矣。此天子之劍也。」「直之」數句，成玄英疏謂「上下旁通，無能礙者」。運，英華、四子集作「擲」，英華校：「集作運。」作「擲」誤。

〔九〕「戴筐」二句，戴，原作「載」。筐，英華作「匡」，校：「集作載筐。漢書天文志作載筐。」按漢書天文志曰：「斗魁戴（按：不作「載」）筐六星，曰文昌宫：一曰上將，二曰次將，三曰貴相，四曰司命，五曰司禄，六曰司災。」注引晉灼曰：「似筐，故曰戴筐。」則「載」乃「戴」之訛，據改。筐，英華作「匡」，古今字。階，英華、全唐文作「壇」，英華校：「集作階。」按：「階」指「上將」、「次將」之序，且與下句「位」對應，義勝。兩句言魏哲爲天上將星，故稱「遥登」。

〔一〇〕「飛閣」二句，飛閣星邊，原作「閣飛漢邊」。漢，英華作「星」，校：「集作旗。」四子集、全唐文作「飛閣星邊」，史記天官書：「紫宫左三星曰天槍，右三星曰天棓，後六星絶漢抵營室，曰閣道。」正義：「營室七星，天子之宫，亦爲玄宫，亦爲清廟。」則此所謂「飛閣星」，指天子之宫。魏哲嘗爲右監門將軍等宫廷禁衛官，「飛閣」與上句「戴筐」對應，故作「飛閣星邊」較勝，據四子集、全唐文改。獨践，践，英華、全唐文作「列」，英華校：「集作践。」作「践」是，践，登也。中軍，古代作戰分左、中、右（或上、中、下）三軍，主將爲中軍。左傳桓公五年：「秋，王以諸侯伐鄭，鄭伯御之。王爲中軍，虢公林父將右軍，周公黑肩將左軍。」後泛指主將。此指魏哲由禁衛官升爲遼東道行軍總管。

〔一一〕「雖龍淵」二句，晉書張華傳：張華補雷焕爲豐城令，焕到縣，掘獄屋基，入地四丈餘，得一石函，光氣非常，中有雙劍並刻題，一曰龍淵，一曰太阿。淵，原作「泉」，避高祖諱，徑改。匿字，謂無刻題。薰歇，謂消失。文選鮑照蕪城賦：「皆薰歇燼滅，光沉響絶。」李善注引杜預左氏傳注曰：「薰，香草也。」光沉，上引晉書張華傳：雷焕得龍淵、太阿雙劍，一送張華，一自佩。其後「華誅，失劍所在。焕卒，子華爲州從事，持劍行經延平津，劍忽於腰間躍出墮水，使人没水取之，不見劍，但見兩龍各長數丈，蟠縈有文章。没者懼而反，須臾，光彩照水，波浪驚沸，於是失劍」。兩句喻指魏哲已死。

〔三〕「而麟閣」句，漢書蘇武傳：「武年八十餘，神爵二年（前六〇）病卒。甘露三年（前五一），單于始入朝。上（漢宣帝）思股肱之美，迺圖畫其人於麒麟閣，法其形貌，署其官爵姓名，……凡十一人。」注引張晏曰：「武帝獲麒麟時作此閣，圖畫其象於閣，遂以爲名。」顏師古注：「漢宫閣疏名云蕭何造。」麟，英華校：「一作鳳。」誤。句謂魏哲之功勳，將獲圖畫麒麟閣之榮，令其英名永垂不朽。

夫人扶風馬氏〔一〕，隋濠州刺史圓之孫也〔二〕。五松春艷，牽少女之祥風〔三〕；八桂秋雲，降仙娥之寶魄〔四〕。謝家之子，歌柳絮而知慙〔五〕；劉氏之妻，頌椒花而自恥〔六〕。三周按禮，無虧内則之風〔七〕；四德揚蕤，載闡中閨之訓〔八〕。宿蟠龍於月鏡，早没鸞床〔九〕；矯飛翼於霞樓，先沉鳳穴〔一〇〕。珠星璧月，終陪季子之階〔一一〕；金鼎銀罇，竟列齊侯之寢〔一二〕。以貞觀十五年五月五日，終於某所。越咸亨元年某月日，祔於某原。長子瓜州司倉擇木〔一三〕，次子右衛親衛玄封等〔一四〕，門傳萬石〔一五〕，庭列雙珠〔一六〕，花萼争榮，芝蘭疊藹〔一七〕。天經地義，欽承避席之談〔一八〕；日就月將，虔奉趨庭之教〔一九〕。變槐檀而瀝膽，木石悲酸〔二〇〕；伐露霜以崩心，幽明感動〔二一〕。葬之以禮，祭之以時。生民之本盡矣，死生之義備矣，孝子之事親終矣〔二二〕。於是門生故吏，共緝家聲；才子文人，思傳盛德。庶使藺相如之生氣，歷千載而猶存〔二三〕；隨武子之餘風，登九原而可作〔二四〕。

【箋注】

〔一〕「夫人」句，扶風，今陝西寶雞市一帶。馬氏，「馬」字原無，據全唐文補。

〔二〕「隋濠州」句，元和郡縣志卷九濠州：漢鍾離縣，晉立爲鍾離郡，梁因之。高齊文宣帝改爲西楚州。隋開皇三年（五八三）改濠州，因水爲名。大業三年（六〇七）改爲鍾離郡。武德五年（六二二）杜伏威附，改爲濠州。此言「隋濠州」，其任該州刺史當在大業三年以前。地在今安徽鳳陽。馬圓，事迹無考。

〔三〕「五松」二句，史記秦始皇本紀：始皇二十八年（前二一九），「乃遂上泰山，立石封祠祀。下，風雨暴至，休於樹下，因封其樹爲五大夫」。後人稱所休之樹爲松樹。此「五松」，乃泛指松樹。三國志魏書管輅傳裴松之注引管輅别傳：「輅與倪清河相見，既刻雨期，倪猶未信。……日向暮，了無雲氣，衆人並嗤輅。輅言樹上已有少女微風，……黄昏之後，雷聲動天。到鼓一中星月皆没，風雲並興，玄氣四合，大雨河傾。倪調輅言誤中耳，不爲神也。輅曰：『誤中與天期，不亦工乎？』」此以風吹之樹爲松樹。兩句言馬夫人温柔祥和，有如少女風。

〔四〕「八桂」二句，八桂，文選孫綽游天台山賦：「八桂森挺以凌霜。」李善注：「山海經曰：『桂林八樹，在賁隅東。』郭璞曰：『八樹成林，言其大也。』」此泛指桂。仙娥，指嫦娥。初學記卷一天「桂月」條引虞喜安天論曰：「俗傳月中仙人桂樹，今視其初生，見仙人之足漸已成形，桂樹後生。」兩句言馬夫人極美，有如嫦娥下凡。

〔五〕「謝家」二句，晉書列女傳王凝之妻謝氏：「王凝之妻謝氏，字道韞，安西將軍奕之女也。聰識有才辯。叔父安……謂有雅人深致。又嘗内集，俄而雪驟下，安曰：『何所似也？』安兄子朗曰：『散鹽空中差可擬。』道韞曰：『未若柳絮因風起。』安大悦。」知慙，謂較之馬氏之聰慧，謝道韞將自愧不如。

〔六〕「劉氏」二句，晉書列女傳劉臻妻陳氏：「劉臻妻陳氏者，亦聰辯能屬文。嘗正旦獻椒花頌，其詞曰：『旋穹周回，三朝肇建。青陽散輝，澄景載焕。標美靈葩，爰採爰獻。聖容映之。永壽於萬。』又撰元日及冬至進見之儀，行於世。」自恥，亦謂自愧不如，與上二句義同。

〔七〕「三周」二句，禮記昏義：「壻執鴈入，揖讓升堂，再拜奠鴈，蓋親受之於父母也。降出御婦車，而壻授綏御輪三周，先俟於門外，婦至，壻揖婦以入，共牢而食，合巹而酳，所以合體同尊卑以親之也。」鄭玄注：「壻御婦車輪三周，御者代之，壻自乘其車先道之歸也。共牢而食，合巹而酳，成婦之義。」則「三周」爲聘婦儀式，代指結婚。周，全唐文作「從」，誤。內則，禮記篇名。禮記內則孔穎達正義：「案鄭（玄）目録云：『名曰內則者，以其記男女居室事父母舅姑之法。此於別録屬子法，以閨門之內，軌儀可則，故曰內則。』」

〔八〕「四德」二句，四德，禮記昏義：「婦德，貞順也；婦言，辭令也；婦容，婉娩也；婦功，絲麻也。」揚蕤，文選左思吴都賦：「羽毛揚蕤。」吕延濟注：「揚，動也；蕤，羽毛好貌。」此謂舉止優雅。載，語詞。中闈，閨房之中，代指女性。

〔九〕「宿蟠龍」二句，北堂書鈔卷一三六鏡引鄴中記：「石虎宫中鏡有徑二三尺者，下有純金蟠龍雕飾。」拾遺記卷三：「（周靈王）時，異方貢玉人石鏡。此石色白如月，照面如雪，謂之月鏡。」此即指鏡。蟠，英華作「盤」，校：「集作蟠。」鏡，英華作「境」，校：「集作鏡。」按：作「盤」同，作「境」誤。早没，范泰鸞鳥詩序：「昔罽賓王結罝峻祁之山，獲一鸞鳥。……三年不鳴。其夫人曰：『嘗聞鳥見其類而後鳴，何不懸鏡以映之？』王從其意。鸞覩形悲鳴，哀響中霄，一奮而絶。」床，英華校：「集作林。」兩句言馬氏夫人早亡。

〔一〇〕「矯飛翼」二句，霞樓，指鳳樓。列仙傳卷上蕭史：「蕭史者，秦穆公時人也，善吹簫，能致孔雀、白鶴於庭。穆公有女字弄玉，好之，公遂以女妻焉。日教弄玉作鳳鳴，居數年，吹似鳳聲，鳳凰來止其屋，公爲作鳳臺，夫婦止其上不下。數年，一旦皆隨鳳凰飛去。」鳳穴，即鳳臺。先沉鳳穴，亦言馬氏先亡。

〔一一〕「珠星」二句，珠星璧月，莊子列禦寇：「莊子將死，弟子欲厚葬之。莊子曰：『吾以天地爲棺槨，以日月爲連璧，星辰爲珠璣，萬物爲齎送，吾葬具豈不備耶，何以加此？』」季子，指季孫夙。禮記檀弓上：「季武子成寢，杜氏之葬在西階之下，請合葬焉。許之。」杜預注：「武子，魯公子季友之曾孫季孫夙。」此謂夫人馬氏終與魏哲合葬。

〔一二〕「金鼎」二句，齊侯，指齊桓公。史記孝武本紀：「（李）少君見上，上有故銅器，問少君，少君曰：『此器，齊桓公十年陳於柏寢。』已而案其刻，果齊桓公器，一宮盡駭，以少君爲神，數百歲人也。」」正義引括地志云：「柏寢臺，在青州千乘縣東北二十一里。」按漢書郊祀志上記此事，顔師古注曰：「以柏木爲寢室於臺之上。」又東觀漢記鄭衆傳：「廬江獻鼎，有詔召衆問齊桓公之鼎在柏寢臺見何書？春秋左氏有鼎事幾？衆對狀，除郎中。」此謂原馬氏陪葬器物，移至合葬墓中。

〔一三〕「長子」句，瓜州，元和郡縣志卷四〇瓜州：「本漢酒泉郡，元鼎六年（前一一一）分酒泉置敦煌郡，今州即酒泉、敦煌二郡之地。……地出美瓜，故取名焉。」故治在今甘肅安西縣東。司倉，唐六典卷三〇：「（下州）司倉參軍事一人，正八品下。」

〔一四〕「次子」句，右衛、親衛，唐六典卷五尚書兵部：「凡左右衛親衛・勳衛・翊衛，及左右率府親・勳・翊衛，及諸衛之翊衛，通謂之三衛。擇其資蔭高者爲親衛。」注：「取三品已上子、二品已上孫爲之。」右，英華校：「集作左。」

〔一五〕「門傳」句，史記萬石君傳：「萬石君，名奮，其父趙人也，姓石氏。」正義：「以父及四子皆二千石，故號奮爲萬石君。」此言其父子以仕宦傳家。

〔一六〕「庭列」句，南史謝靈運傳：「孟顗，字彦重，平昌安丘人，衛將軍昶弟也。昶、顗並美風姿，時人謂之雙珠。」

〔一七〕「花萼」二句，詩經小雅常棣小序：「常棣，燕兄弟也。」詩曰：「常棣之華，鄂不韡韡。」毛傳：「常棣，棣也。鄂猶鄂鄂然，言外發也。韡韡，光明也。」萼、鄂同。芝蘭，香草名。疊藹，原作「藹秀」，英華校：「集作疊藹。」按：「疊」與上句「争」對應，是，據改。疊，重出不窮。藹，盛，美好。此用謝玄事，見前原州百泉縣令李君神道碑「階蘭疊影」句注引世説新語言語。兩句贊魏氏兄弟有如常棣、芝蘭。

〔一八〕「天經」二句，潘岳世祖武皇帝誄：「永言孝思，天經地義。」避席，孝經開宗明義章：「子曰：『先王有至德要道，以順天下，民用和睦，上下無怨，汝知之乎？』曾子避席，曰：『參不敏，何足以知之。』」李隆基（唐明皇）注：「參，曾子名也。禮：師有問，避席起答。」此言謹從師教。

〔一九〕「日就」二句，詩經周頌敬之：「維予小子，不聰敬止。日就月將，學有緝熙于光明。」毛傳：「將，行也。」鄭玄箋：「日就月行，言當習之以積漸也。」趨庭，論語季氏：「（孔子）嘗獨立，（子）鯉趨而過庭，曰：『學詩乎？』對曰：『未也。』『不學詩，無以言。』鯉退而學詩。他日，又獨立，鯉趨而過庭，曰：『學禮乎？』對曰：『未也。』『不學禮，無以立。』鯉退而學禮。」此言恭從父教。

〔二〇〕「變槐檀」二句，周禮夏官司爟：「掌行火之政令。四時變國火，以救時疾。」鄭玄注：「行，猶用也；變，猶易也。鄭司農説以鄹子曰：『春取榆柳之火，夏取棗杏之火，季夏取桑柘之火，秋取柞楢之火，冬取槐檀之火。』」此謂其二子四時祭祀，詳下注。瀝膽，謂哀慟至極。悲酸，劉向新序卷四雜事：「鍾子期夜聞擊磬聲者而悲，且召問之，……對曰：『臣之父殺人而不得，臣之母得而爲公家隸，臣得而爲公家擊磬。臣不睹臣之母三年於此矣，昨日爲舍市而睹之，意欲贖之，無財，身又公家之有也，是以悲也。』鍾子期曰：『悲在心也，非在手也。非木非石也，悲於心而木石應之，以至誠故也。』」

〔二一〕「伐露霜」二句，伐，原作「代」，各本同，據四庫全書本改。伐露霜，謂感時念親，二子爲亡父四時設祭。禮記祭義：「君子合諸天道，春禘秋嘗。霜露既降，君子履之，必有悽愴之心，非其寒之謂也；春雨露既濡，君子履之，必有怵惕之心，如將見之。」鄭玄注：「合於天道，因四時之變化，孝子感時念親，則以此祭之也。……非其寒之謂，謂悽愴及怵惕，皆爲感時念親也。」崩心，極言悲愴。幽明，人神也，幽爲神，明爲人。

〔二二〕「生民」三句，孝經喪親章：「生事愛敬，死事哀戚，生民之本盡矣，死生之義備矣，孝子之事親終矣。」民，原作「人」，避唐諱，徑改。

〔二三〕「庶使」二句，據史記廉頗藺相如列傳，藺相如使秦，力挫其威，終於完璧歸趙，又與廉頗「將相和」。故太史公（司馬遷）曰：「知死必勇，非死者難也，處死者難。方藺相如引璧睨柱，及叱秦王左右，勢不過誅，然士或怯懦而不敢發。相如一奮其氣，威信敵國，退而讓頗，名重太山。其處智勇，可謂兼之矣。」生氣，世説新語品藻：「庾道季（和）云：廉頗、藺相如雖千載上，使人懍懍恒如有生氣。」此喻魏哲，並言作此碑文，以傳其人生風采。生，英華作「壯」，校：「集作生。」作「生」是。

〔二四〕「隨武子」二句，禮記檀弓下：「趙文子與叔譽觀乎九原，文子曰：『死者如可作也，吾誰與歸？』叔譽曰：『其陽處父乎。』文子曰：『……我則隨武子乎，利其君不忘其身，謀其身不遺其友。』」鄭玄注：「武子，士會也，食邑於隨。」武，英華作「季」，校：「集作武。」登，同上作「盡」，校：「集作登。」作「季」、「盡」誤。

其詞曰：

文王受命，畢公餘慶〔一〕。玉樹聯芳，金枝疊映〔二〕。三分並列〔三〕，七雄齊競〔四〕。建國承家，重熙累盛。功宣蹈舞，德流歌詠〔五〕。

【箋注】

〔一〕「文王」二句，述魏氏起源。史記魏世家：「魏之先，畢公高之後也。畢公高與周同姓。武王之伐紂，而高封於畢，於是爲畢姓。其後絶封，爲庶人，或在中國，或在夷狄。其苗裔曰畢萬，事晉獻公。獻公之十六年，趙夙爲御，畢萬爲右，以伐霍、耿、魏，滅之。以耿封趙夙，以魏封畢萬，爲大夫。」索隱：「左傳富辰説文王之子十六國有畢、原、豐、郇，言畢公是文王之子。此云與周同姓，似不用左氏之説。馬融亦云畢、毛，文王庶子。」集解引杜預曰：「畢在長安縣西北。」又正義：「括地志云：畢原在雍州萬年縣西南二十八里。」正義又曰：「魏城在陝州芮城縣北五里。鄭玄詩譜云：『魏，姬姓之國，武王伐紂而封焉。』」

〔二〕「玉樹」二句，以樹及樹之枝葉，喻指家族繁衍，泛指後代。金、玉，言美好也。

〔三〕「三分」句，謂魏與韓、趙三分晉國。史記晉世家：「静公二年，魏武侯、韓哀侯、趙敬侯滅晉侯而三分其地。静公遷爲家人，晉絶不祀。」同上天官書：「三家分晉。」正義：「周安王二十六年（前三七六），魏武侯、韓文侯、趙敬侯共滅晉静，而三分其地。」

〔四〕「七雄」句，指戰國「七雄」（秦、楚、燕、韓、趙、魏、齊）争奪天下，魏是其一。

〔五〕「功宣」二句，指詩經國風中有魏風流傳後世，以表魏氏祖先之功德。

河洛垂文〔一〕，山川出雲〔二〕。驪珠育照〔三〕，虹玉呈文〔四〕。直立孤聳，天然不群。棲遲膠塾〔五〕，悦懌丘墳〔六〕。恥爲儒者〔七〕，自許將軍〔八〕。

【箋注】

〔一〕「河洛」句，垂文，指河圖、洛書，前已屢注。此言李淵膺天之命，建立大唐。

〔二〕「山川」句，白虎通義封禪：「王者承統理，調和陰陽。陰陽和，萬物序，休氣充塞，故符瑞并臻，皆應德而至。……德至山陵，則景雲出，芝實茂，陵出異丹，阜出蓮莆，山出器車，澤出神鼎。」出，英華作「吐」，校：「集作出。」

〔三〕「驪珠」句，莊子列禦寇：「夫千金之珠，必在九重之淵，而驪龍頷下。」後代指極珍貴之珠。育照，生有光輝。

〔四〕「虹玉」句，搜神記卷八：「孔子修春秋，制孝經，既成，齋戒向北辰而拜，告備於天。乃洪鬱起白霧，摩地，白虹自上而下，化爲黄玉（御覽卷一四引作「玉璜」），長三尺，上有刻文。」文，英華校：「集作氣。」誤。以上二句，以珠、玉喻魏哲，言其乃卓犖傑出之才。

〔五〕「棲遲」二句，文選王粲登樓賦：「步棲遲以徙倚兮。」吕向注：「棲遲，猶優遊也。」膠，周之大學。禮記王制：「周人養國老於東膠。」塾，私學。同上學記：「古之教者，家有塾，黨有庠，術有序，國有學。」沈約齊明帝哀策文：「眷言膠塾，弘啓上庠。」此膠、塾泛指學校，謂魏哲長期在學讀書，又補國子學生（見本文前注）。

〔六〕「悦懌」句，悦懌，喜好。丘墳，左傳昭公十二年：「左史倚相趨過，王曰：『是良史也，子善視之！是能讀三墳、五典、八索、九丘。』」杜預注：「皆古書名。」王筠昭明太子哀策文：「遍該緗素，殫極丘墳。」悦懌，英華校：「集作敦閲。」

〔七〕「恥爲」句，史記酈食其列傳：「沛公不好儒，諸客冠儒冠來者，沛公輒解其冠，溲溺其中。與人言,常大罵。」杜甫送蔡希魯都尉還隴右寄高三十五書記:「健兒寧鬬死,壯士恥爲儒。」可參讀。

〔八〕「自許」句,庾信周車騎大將軍賀婁公神道碑:「雖復五車行簡,不取博士之名;一卷兵書,即以將軍自許。」

伊祁不懌〔一〕,軒轅討逆〔二〕。陣擁遼河,兵屯碣石〔三〕。班超投翰〔四〕,揚雄執戟〔五〕。弓合三才〔六〕,刀長四尺〔七〕。爰清尉候,載澄疆場〔八〕。

【箋　注】

〔一〕「伊祁」句,初學記卷九:「帝堯陶唐氏,帝王世紀曰:『堯,伊祁姓也。母曰慶都,孕十四月而生堯於丹陵,名曰放勛。鳥庭荷勝,眉有八采,豐下鋭上,或從母姓伊祁氏。』」不懌,不樂。史記五帝本紀:「(堯)召舜曰:『女謀事至而言可績,三年矣。女登帝位。』舜讓於德,不懌。」索隱:「謂辭讓於德不堪,所以心意不悦懌也。」此以堯喻指唐太宗,謂對三韓不滿,故討之(詳下注)。

〔二〕「軒轅」句,軒,原作「斬」,形訛,據英華、全唐文改。軒轅,即黃帝,此又以黃帝代指唐太宗。討逆,指貞觀十八年(六四四)十一月太宗出兵討高麗事,見本文前注。

〔三〕「陣擁」二句，「陣擁」，兵陣駐扎。遼河，明一統志卷二五遼東都指揮使司遼河：「源出塞外，自三萬衛西北入境。南流經鐵嶺、瀋陽都司之西境、廣寧之東境，又南至海州衛，西南入海，行一千二百五十里。按唐書：太宗征高麗，至遼澤，泥淖二百餘里，人馬不可通，布土作橋，既濟撤之，以堅士卒之心，即此。」碣石，漢書地理志下：右北平郡驪成縣，原注：「大揭石山在縣西南。」碣、揭同。驪成縣即今河北樂亭縣，其山後沉入海中。按：兩句言貞觀十八年太宗伐高麗事，時魏哲以左翊衛北門長上在軍中，詳本文前注。兵屯，原作「岳鎮」，謂碣石山乃一地之鎮。鎮，英華校：「集作屯。」二字全唐文作「兵屯」，蓋「岳」乃「兵」之訛。按作「兵屯」義勝，據改。兵屯，謂駐兵，與上句「陣擁」對應。

〔四〕「班超」句，後漢書班超傳：「家貧，常爲官傭書以供養，久勞苦。嘗輟業投筆歎曰：『大丈夫無他志略，猶當效傅介子、張騫立功異域，以取封侯，安能久事筆研間乎？』」遂從戎。翰，毛筆。

〔五〕「揚雄」句，文選曹植與楊德祖書：「昔揚子雲，先朝執戟之臣耳。」李善注引漢書曰：「揚雄奏羽獵賦，爲郎。然郎皆執戟而持也。」

〔六〕「弓合」句，周禮考工記弓人：「凡爲弓，冬析幹而春液角，夏治筋，秋合三材。」鄭玄注：「三材，膠、絲、漆。」三，原作「二」，據英華、四子集、全唐文及此引改。才，通「材」。

〔七〕「刀長」句，太平御覽卷三四五刀上引太公六韜：「大魯刀，重一斤，長四尺，三百枚。」同上卷三四六刀下引典論曰：「魏太子丕造百辟寶刀三，其一長四尺三寸六分，重三斤六兩，文似靈龜，名曰靈寶。其二采似丹霞,名曰含章,長四尺四寸三分,重三斤十兩。其三鋒似崩霜,刀身劍鋏,名曰素質,長四尺三寸,重二斤九兩。」四尺餘,亦可約稱四尺。

〔八〕「爰清」二句,尉候,指軍隊,見本文前注。候,原作「侯」,形訛。澄,静也。疆場,邊疆。場,原作「埸」,據全唐文改。謂伐高麗之役獲勝,邊疆於是安寧。

得人者昌,失人者亡〔一〕。皇恩俾乂,帝曰明敭〔二〕。幽桂含馥,滋蘭吐芳〔三〕。承天待詔,觀國賓王〔四〕。茂績斯遠,音聲克彰〔五〕。

【箋　注】

〔一〕「得人」二句,韓詩外傳卷七:「紂殺王子比干,箕子被髮佯狂。陳靈公殺泄冶,鄧元去陳以族從。自此之後,殷并於周,陳亡於楚,以其殺比干、泄冶而失箕子、鄧元也。燕昭王得郭隗、鄒衍、樂毅,是以魏、趙興兵而攻齊,棲於莒燕之地,計衆不與齊均也。然所以信燕至於此者,由得士也。故無常安之國,無宜治之民,得賢者昌,失賢者亡,自古及今,未有不然者也。」

〔二〕「皇恩」二句,尚書堯典:「天下民其咨,有能俾乂。」僞孔傳:「俾,使;乂,治也。」乂,原作「義」,據此改。同上:「(堯)曰:明明揚側陋。」僞孔傳:「堯知子不肖,有禪位之志,故明舉明人在側陋者,廣求賢也。」敭、揚同。按:二句謂皇帝下詔舉人,即舉行制科考試。

〔三〕「幽桂」二句，楚辭淮南小山招隱士：「桂樹叢生兮山之幽，偃蹇連蜷兮枝相繚。……攀援桂枝兮聊淹留。」兩句以幽桂、滋蘭喻指「丘園秀異，志存栖隱」之士（語見儀鳳二年〔六七六〕十二月高宗訪孝悌德行詔），謂用制科考試以搜攬之。

〔四〕「觀國」句，周易觀卦：「觀國之光，利用賓于王。」王弼注：「居觀之時，最近至尊，觀國之光者也；居近得位，明習國儀者也，故曰利用賓於王也。」此指魏哲應制舉對策事。

〔五〕「茂績」二句，言魏哲對策優秀，榮登甲科，因而聲名遠播。茂績，績，英華作「實」，校：「集作績。」誤。「克」字原無，據英華、四子集、全唐文補。

鵬池淼漫〔一〕，雞山禍亂〔二〕。出闔辭家〔三〕，夷凶静難。金微瓦解，玉亭水泮〔四〕。扈駕天門，陪祠日觀〔五〕。萬邦胥悦，千齡啓旦〔六〕。

【箋注】

〔一〕「鵬池」句，鵬池，謂大鵬飛往天池。莊子逍遥遊：「北冥有魚，其名爲鯤，鯤之大，不知其幾千里也。化而爲鳥，其名爲鵬，鵬之背，不知其幾千里也。怒而飛，其翼若垂天之雲。是鳥也，海運則將徙於南冥。南冥者，天池也。齊諧者，志怪者也，諧之言曰：『鵬之徙於南冥也，水擊三千里，摶扶摇而上者九萬里。』」淼漫，大海浩淼，征途漫長。謂魏哲對策登甲科後，有如南徙之大鵬，道路仍充滿艱險。

前注。

〔二〕「雞山」句，太平寰宇記卷一五二張掖縣：「黑水出縣界。雞山，亦名懸圃，昔娀氏女簡狄浴於玄丘之水，即黑水也。」此代指西北少數民族聚居地。禍亂，指匈奴别種鐵勒叛唐事，詳本文前注。

〔三〕「出閫」句，史記馮唐傳：「臣聞上古王者之遣將也，跪而推轂曰：『閫以内者，寡人制之；閫以外者，將軍制之。』」集解引韋昭曰：「此郭門之閫也。門中橛曰閫。」正義：「閫音苦本反，謂門限也。」句指顯慶四年（六五九）詔魏哲爲鐵勒道行軍總管事，詳前注。

〔四〕「金微」二句，金微，即金微山，唐置金微都護府；玉亭，即玉門關，皆泛指鐵勒地。泮，同判，散也。水散，與「瓦解」義同，謂戰勝鐵勒人。詳本文前注。

〔五〕「扈駕」二句，扈駕，侍從皇帝車駕。天門，初學記卷五引應劭漢官儀：「泰山東上七十里至天門。」又引泰山記：「盤道屈曲而上，凡五十餘盤，經小天門、大天門。仰視天門，如從穴中視天窗矣。」日觀，水經汶水注引漢官儀：「太山東南山頂，名曰日觀者，雞一鳴時，見日始欲出，長三丈許，故以名焉。」此天門、日觀，代指泰山。兩句言魏哲麟德三年（六六六）初陪高宗封禪泰山，事詳前注。

〔六〕「千齡」句，啓旦，開啓光明，謂封禪乃千年未行之事。抱朴子外篇卷四喻蔽：「羲和升光以啓旦，望舒曜景以灼夜。」又劉承慶、尹知章七廟議：「皇家千齡啓旦，四葉重光。」

斗骨危城〔一〕，占蹄舉兵〔二〕。丸山霧塞〔三〕，渤海波驚。帝赫斯怒，王師有征〔四〕。虔劉北貊〔五〕，戡剪東明〔六〕。遵以文軌，宣其德刑。

【箋注】

〔一〕「斗骨」句，周書異域傳上高麗：「高麗者，其先出於夫餘。自言始祖曰朱蒙，河伯女感日影所孕也。朱蒙長而有材略，夫餘人惡而逐之，土於紇斗骨城，自號曰高句麗，仍以高爲氏。」

〔二〕「占蹄」句，三國志魏書東夷傳：「夫餘，在長城之北，去玄菟千里，南與高句麗、東與挹婁、西與鮮卑接，北有弱水。……有軍事亦祭天，殺牛觀蹄，以占吉凶：蹄解者爲凶，合者爲吉。」

〔三〕「丸山」句，史記五帝本紀：「天下有不順者，黄帝從而征之，平者去之。披山通道，未嘗寧居。東至於海，登丸山。」集解：「徐廣曰：丸，一作凡。（裴）駰案地理志曰：『丸山，在琅邪朱虚縣。』」按：丸山，今稱吉山，也稱紀山，在山東濰坊市臨朐縣柳山鎮。霧塞，與下句「波驚」，皆指高麗不臣。

〔四〕「帝赫」二句，詩經大雅皇矣：「王赫斯怒，爰整其旅。」此指高宗乾封元年伐高麗事，詳本文前注。

〔五〕「虔劉」句，左傳成公十三年：「虔劉我邊陲。」杜預注：「虔、劉，皆殺也。」北貊，「貊」原作「貌」，英華校：「疑作循。集作類。」皆誤，據全唐文改。北貊即匈奴，史通卷四斷限：「夷狄本係種落所興，北貊起自淳維。」史記匈奴列傳：「匈奴，其先祖夏后氏之苗裔也，曰淳維。」

〔六〕「戢翦」句，戢翦，消滅。東明，傳説爲夫餘國開國之王。後漢書東夷列傳：「初，北夷索離國王出行，其侍兒於後娠身，王還，欲殺之。侍兒曰：『前見天上有氣，大如雞子，來降我，因以有身。』王囚之，後遂生男。王令置於豕牢，豕以口氣噓之，不死。復徙於馬蘭，馬亦如之。王以爲神，乃聽母收養，名曰東明。東明長而善射，王忌其猛，復欲殺之。東明奔走，南至掩淲水，以弓擊水，魚鼈皆聚浮水上。東明乘之得度，因至夫餘而王之焉。」此代指高麗王。

太微上將〔一〕，文昌貴相〔二〕。非熊非羆〔三〕，令問令望〔四〕。寵踰軍幕，榮參武帳。本謂來朝，何期返葬。原野蕭瑟，風煙悽愴。

【箋注】

〔一〕「太微」句，史記天官書：「南宮朱鳥，權、衡。衡，太微，三光之廷。匡衡十二星，藩臣：西，將；東，相。」索隱引宋均曰：「太微，天帝南宮也。」正義：「太微宮垣十星，在翼、軫地，天子之宮庭，五帝之坐，十二諸侯之府也。其外藩，九卿也。南藩中二星間爲端門，次東第一星爲左執法，廷尉之象；第二星爲上相；第三星爲次相；第四星爲次將；第五星爲上將。端門西第一星爲右執法，御史大夫之象也；第二星爲上將；第三星爲次將；第四星爲次相；第五星爲上相。……」

〔二〕「文昌」句，史記天官書：「斗魁戴匡六星曰文昌宮。一曰上將，二曰次將，三曰貴相，四曰司命，五曰司中，六曰司禄。」以上二句，以天上星宿，對應朝廷將相，以況魏哲之才。

〔三〕「非熊」句，史記齊太公世家：「西伯將出獵，卜之，曰：『所獲非龍非彲，非虎非羆，所獲霸王之輔。』於是周西伯獵，果遇太公於渭之陽。」按竹書紀年卷下、藝文類聚卷六六引六韜等，「非虎」并作「非熊」。此以姜太公擬魏哲。

〔四〕「令問」句，詩經大雅卷阿：「如圭如璋，令聞令望。」鄭玄箋：「令，善也。王有賢臣，……人聞之則有善聲譽，人望之則有善威儀，德行相副。」

天道如何，吞恨者多〔一〕。松風夜響，薤露晨歌〔二〕。秋月如練，春雲似羅〔三〕。榮華滅後，寒暑經過。青烏丘壠〔四〕，白馬山河〔五〕。

【箋注】

〔一〕「天道」二句，文選鮑照蕪城賦：「天道如何，吞恨者多。」李周翰注：「人皆樂生而哀死，故吞恨者多。」

〔二〕「薤露」句，崔豹古今注卷中：「薤露、蒿里，并喪歌也，出田横門人。横自殺，門人傷之，爲之悲歌，言人命如薤上之露，易晞滅也。……曰：『薤上朝露何易晞，露晞明朝還復滋，人死一去何時歸。』」

〔三〕「秋月」二句，練、羅，素色布或絲織品，喪葬時所用。此言月光浮雲，皆如爲死者哀悼。雲，英華作「波」，校：「集作雲。」作「波」誤。

〔四〕「青烏」句，青烏，舊説爲孝鳥。藝文類聚卷九九烏引尚書緯：「烏者有孝名。」又引孫氏瑞應圖曰：「蒼烏者，王者孝悌則至。」北齊書蕭放傳：「蕭放，字希逸，……居喪以孝聞。所居廬室前有二慈烏來集，……每臨時，舒翅悲鳴，全似哀泣，家人伺之，未嘗有闕。時以爲至孝之感。」丘壠，墳墓。句謂魏哲諸子守喪皆能盡孝。

〔五〕「白馬」句，後漢書范式傳：范式，與張劭爲友。張劭死，式怳然覺寤，悲歎泣下，往奔喪。喪至壙將窆，而柩不肯進，遂停柩移時，乃見范式素車白馬號哭而來。句謂朋友祭弔將接踵而至。

唐上騎都尉高君神道碑〔一〕

南方火德，陽精赫雷電之威〔二〕；西陸金行，秋令毒風霜之氣〔三〕。達其變，聖人所以定天下之文；象其宜，聖人所以觀天下之變〔四〕。或衣裳六合，舞干戚而掃虔劉〔五〕；或鐘鼓八紘，用甲兵而誅暴亂〔六〕。若夫皇天失紀，彗孛飛流〔七〕；后土不綱，山河崩竭〔八〕。蚩尤食石，災害於生民〔九〕；項羽拔山，憑陵於上國〔一〇〕。天子聞鼓鼙之響，思將帥以襲行〔一一〕；將軍屬甲胄之容〔一二〕，攬英雄而決勝。則風雲潛感，豪傑挺生。得七星之武曲破軍〔一三〕，受五運之金多木少〔一四〕。四時繁弱，射連尹於敖山〔一五〕；萬辟太阿，殺顏良於官渡〔一六〕。然後達人知足，徒興白髮之歌〔一七〕；烈士徇名，不受黄金之賞〔一八〕。與夫棄其筆墨，漢家封萬里之侯〔一九〕，稱爾戈矛，周王命百夫之長〔二〇〕，豈可同年而語哉〔二一〕！

【箋　注】

〔一〕上騎都尉，唐六典卷二尚書吏部：「凡勳，十有二等，……六轉爲上騎都尉，比正五品。」按文中述墓主高則卒於高宗上元三年（六七六）三月，其年冬十月丁酉葬，則本文當作於此時間段内。

〔二〕「南方」二句，史記天官書：「南方火，主夏，日丙丁。」白虎通義五行：「火在南方。南方者，陽在上，萬物垂枝。火之爲言，委隨也，言萬物布施；火之爲言化也，陽氣用事，萬物變化也。」太平御覽卷四日下引龍魚河圖曰：「陽精爲日。」同書卷八七〇燈引河圖汴光篇：「陽精散，而分布爲火。」雷電，藝文類聚卷二雷引易曰：「震爲雷，動萬物者莫疾於雷。」初學記卷一雷引五經通義：「電，謂之雷光也。」

〔三〕「西陸」二句，爾雅星名：「西陸，昴也。」郭璞注：「昴，西方之宿，別名旄頭。」白虎通義五行：「金在西方。西方者，陰始起，萬物禁止。金之爲言，禁也。」初學記卷三秋引梁元帝纂要，謂秋風又曰「淒風」、「悲風」等，木曰「霜柯」、「霜條」等。以上四句，以氣節之變，言萬物變化。

〔四〕「達其變」四句，周易繫辭上：「參伍以變，錯綜其數。通其變，遂成天地之文；極其數，遂定天下之象。非天下之至變，其孰能與於此！」韓伯注：「夫非忘象者則无以制象，非遺數者无以極數。至精者无籌策而不可亂，至變者體一而无不周，至神者寂然而无不應。斯蓋功用之母，象數所由立，故曰非至精、至變、至神則不得與於斯也。」此四句接上文夏有雷電、冬有風霜之氣候變化，謂聖人能够達變、觀變、通變。

〔五〕「或衣裳」二句，衣裳，謂垂衣裳。周易繫辭上：「黄帝、堯、舜垂衣裳而天下治。」六合，淮南子原道訓高誘注：「六合言滿天地間也。四方上下爲六合。」干戚，原作「歲于」。英華卷九一〇作「干歲」。「歲」當爲「戚」之訛，「于」當爲「干」之訛，據四子集、全唐文一九四改。漢書司馬相如傳子虚賦：「弋玄鶴，舞干戚。」郭璞注：「干，盾；戚，斧也。」左傳成公十三年：「虔劉我邊陲。」杜預注：「虔、劉，皆殺也。」掃虔劉，謂掃除害人者。兩句言雖天下無爲而治，然兵威仍不可或缺。

〔六〕「或鐘鼓」二句，鐘鼓，言禮樂。論語陽貨：「子曰：禮云禮云，玉帛云乎哉？樂云樂云，鐘鼓云乎哉？」八紘，淮南子墬形訓：「九州、八殥之外而有八紘，亦方千里。」高誘注：「紘，維也。維落天地而爲之表，故曰紘也。」兩句言雖以禮樂治天下，然難免有用兵誅暴亂之時。

〔七〕「若夫」二句，皇天，即天。失紀，謂天失常道。史記曆書：「天下有道，則不失紀序；無道，則正朔不行於諸侯。」漢書天文志：「彗孛飛流，日月薄食。」注引張晏曰：「彗所以除舊布新也，孛氣似彗。飛流，謂飛星、流星也。」又引孟康曰：「飛，絶迹而去也；流，光迹相連也。」是乃天災之象。

〔八〕「后土」二句，后土，指地。不綱，失去綱紀。說苑卷一八辨物：「周幽王二年，西周三川皆震。伯陽父曰：『周將亡矣。夫天地之氣，不失其序，若過其序，民亂之也。陽伏而不能出，陰迫而不能蒸，於是有地震。今三川震，是陽失其所，而填陰也。陽溢而壯，陰源必塞，國必亡。夫水土演而民用足也，土無所演，民乏財用，不亡何待？昔伊雒竭而夏亡，河竭而商亡。今周德如二代之季矣。其川源塞，塞必竭。夫國必依山川，山崩川竭，亡之徵也。川竭，山必崩，若國亡不過十年數之紀也。天之所棄，不過紀。』是歲也，三川竭，岐山崩。十一年，幽王乃滅，周乃東遷。」以上四句，言天地之災變。

〔九〕「蚩尤」二句，太平御覽卷七四沙引龍魚河圖曰：「蚩尤兄弟八十一人，并銅頭鐵額，食沙石。」災，英華作「交」，校：「集作災。」作「交」誤。民，原作「人」，唐諱，徑改。

〔一〇〕「項羽」二句，史記項羽本紀：項羽被圍垓下，「乃悲歌忼慨，自爲詩曰：『力拔山兮氣蓋世，時不利兮騅不逝。騅不逝兮可奈何，虞兮虞兮奈若何！』」文選王儉褚淵碑文：「彊臣憑陵於荊楚。」張銑注：「憑陵，勇暴貌也。」上國，指中原，即今陝西關中一帶。以上四句，謂如蚩尤、項羽之類，乃人之異變，皆當剪除。

〔一一〕「思將帥」句，禮記樂記：「君子聽鼓鼙之聲，則思將帥之臣。」龔行，猶言龔行天罰。尚書甘誓：「今予惟恭行天之罰。」僞孔傳：「恭，奉也。言欲截絶之。」孔穎達正義：「上天用失道之故，今欲截絶其命。天既如此，故我今惟奉行天之威罰，不敢違天也。」龔、恭通。

〔一二〕「將軍」句，禮記表記：「君子耻服其服而無其容，耻有其容而無其辭，耻有其辭而無其德，耻有其德而無其行。是故君子衰經則有哀色，端冕則有敬色，甲胄則有不可辱之色。」此謂服甲胄有不可辱之容色，方可爲將軍。

〔一三〕「得七星」句，唐開元占經卷六七北斗星占引洛書曰：「北斗魁，第一曰天樞，第二璇星，第三璣星，第四權星，第五玉衡，第六開陽，第七摇光。第一至第四爲魁，第五至第七爲杓（按史記天官書「北斗七星」索隱引春秋運斗樞，「杓」作「標」），合爲斗。杓陰布陽，故稱北斗。開陽重寶，故置輔易，斗中曰北斗，第一曰破軍，第二曰武曲，第三曰廉，第四曰文曲，第五曰禄存，第六曰巨門，第七曰貪狼。」則「七星」指北斗，破軍、武曲，指北斗第一、第二星。句謂北斗七星中，將軍爲第一、第二星。

〔一四〕「受五運」句，五運，即金、木、水、火、土。金爲秋，木爲春。秋主肅殺，春主和同（初學記卷三春稱春季「天地和同，草木萌動」）。金多木少，謂將軍多威武肅殺之氣。

〔一五〕「四時」二句，四時，四季，謂制弓需四季方成。周禮考工記弓人：「凡爲弓，冬析幹而春液角，夏治筋，秋合三材。」繁弱，左傳定公四年：「封父之繁弱。」杜預注：「封父，古諸侯也。繁弱，大弓名。」荀子性惡篇：「繁弱、鉅黍，古之良弓也。」左傳宣公十二年：「（晉息荀）射連尹襄老，（國語晉語七韋昭注：「連尹，楚官，名子羽。」）獲之，遂載其屍；射公子穀臣，囚之，以二者還。」此役，史稱邲之戰。同上又曰：「晉師在敖、鄗之間。」杜預注：「滎陽京縣東北有管城，敖、鄗二山在滎陽縣西北。」嶅山，即敖山也。

〔一六〕「萬辟」二句，萬辟，謂鑄造時疊打萬次。文選張協七命：「楚之陽劍，歐冶所營。耶谿之鋌，赤山之精。銷踰羊頭，鏷越鍜成。乃鍊乃鑠，萬辟千灌。豐隆奮椎，飛廉扇炭。……」李善注：「辟，謂疊之；灌，謂鑄之。典論曰：魏太子丕造百辟寶劍，長四尺。王粲刀銘曰『灌辟以數，質象以呈』也。」太阿，張華所得神劍名，前已屢注。殺顏良，三國志蜀書關羽傳：「關羽，字雲長，本字長生，河東解人也。……建安五年（二〇〇），曹公東征（即曹操、袁紹官渡之戰），先主（劉備）奔袁紹，曹公禽羽以歸，拜爲偏將軍，禮之甚厚。紹遣大將軍顏良攻東郡太守劉延於白馬，曹公使張遼及羽爲先鋒擊之。羽望見良麾蓋，策馬刺良於萬衆之中，斬其首還，紹諸將莫能當者。」

〔一七〕「然後」二句，達人，曠達之人。老子：「知足者富。」又曰：「禍莫大於不知足，咎莫大於欲得。故知足之足，常足矣。」白髮之歌，未詳所指。左思嘗作白髮賦。興，英華校：「集作從。」誤。

〔一八〕「烈士」二句，史記魯仲連傳：秦圍趙，魯仲連説秦稱帝之害，秦於是退兵。「平原君乃置酒，酒酣，起前以千金爲魯連壽。魯連笑曰：『所謂貴於天下之士者，爲人排患釋難解紛亂而無取也，即有取者，是商賈之事也，而連不忍爲也。』遂辭平原君而去，終身不復見。」

〔一九〕「與夫」二句，指班超。後漢書班超傳：「家貧，常爲官傭書以供養，久勞苦。嘗輟業投筆歎曰：『大丈夫無他志略，猶當效傅介子、張騫立功異域，以取封侯，安能久事筆研間乎？』左右皆笑之。超曰：『小子安知壯士志哉！』其後行詣相者，曰：『祭酒布衣諸生耳，而當封侯萬里之外。』超問其狀，相者指曰：『生燕頷虎頸，飛而食肉，此萬里侯相也。』」後使西域，爲都護，安輯諸國，封定遠侯。

〔二〇〕「稱爾」二句，周王，指周武王。尚書牧誓：「千夫長、百夫長，……稱爾戈，比爾干，立爾矛，予其誓！王曰：『……勗哉夫子，爾所弗勗，其於爾躬有戮！』」僞孔傳：「師帥、卒帥。」孔穎達疏：「周禮：二千五百人爲師，師帥皆中大夫；百人爲卒，卒長皆上士。」

〔二一〕「豈可」句，謂達人、烈士較之志在封侯、懼遭殺戮而勉爲力戰之輩，不可同年而語。達人、烈士指高則，以引出下文。

君諱則，字弘規，其先渤海人也〔一〕，後代因官，遂家於涇州之安定縣〔二〕。神房阿閣，太山橫日觀之峰〔三〕；金闕銀臺，滄海蔽天虛之岸〔四〕。風土形勝，關河表裏。三分六州之大業，師尚父贊其經綸〔五〕；一匡九合之元勳，齊桓公拓其疆埸〔六〕。高柴至德，籍東魯之聲名〔七〕；高鳳沉研，盛西唐之學校〔八〕。英才磊落而秀發，人物蟬聯而間起。三光不墜，察高星於太紫之宫〔九〕；八柱無疆，奠高嶽於中黃之域〔一〇〕。曾祖沖，北齊鷹揚郎將、周右屯衞清宫府別將〔一一〕。成軍夜火，教戰秋風〔一二〕。九天揚後一之兵，六合擁前三之陣〔一三〕。張良入漢，行觀滅楚之徵〔一四〕；微子奔周，坐見亡殷之兆〔一五〕。祖赦，周褒郡、南和縣長〔一六〕。陶元亮攝官於彭澤，道契羲皇〔一七〕；陳仲弓歷職於太丘，德符星緯〔一八〕。飄風驟雨，不入灌壇之鄉〔一九〕；暴虎蒼鷹，潛變瑕丘之境〔二〇〕。考才，朝議郎、上開府〔二一〕。孫子荆之天骨，亮拔不群〔二二〕；王夷甫之道心，神鋒太峻〔二三〕。議郎清秩，縣符處士之星〔二四〕；開府崇班，上接台階之位〔二五〕。

【箋注】

〔一〕「其先」句，渤海，漢郡名。漢書地理志「勃海郡」，注：「高帝置，莽曰迎河，屬幽州。」顔師古注：「在勃海之濱，因以爲名。」地在今河北、遼寧環渤海一帶。

〔二〕「遂家」句，涇州，元和郡縣志卷三涇州：「（秦）始皇分三十六郡，屬北地郡。漢分北地郡置安定郡，即此是也。……後魏太武帝神䴥三年（四三〇），於此置涇州，因水爲名。隋大業三年（六〇七），改爲安定郡。……武德元年（六一八），……改安定郡爲涇州。」安定縣，唐稱保定縣。同上書：「保定縣，本漢安定縣地，今臨涇縣安定故城也。」按：安定縣故治，在今甘肅涇川縣北。安定，英華作「定安」，校：「唐書作安定。」作「定安」倒誤。

〔三〕「神房」二句，初學記卷五泰山引尸子曰：「泰山之中，有神房阿閣。」日觀，水經汶水注引漢官儀：「太山東南山頂，名曰日觀者，雞一鳴時，見日始欲出，長三丈許，故以名焉。」按：因其祖籍渤海，故言及泰山事。

〔四〕「金闕」二句，史記封禪書：「自威、宣、燕昭使人入海求蓬萊、方丈、瀛洲。此三神山者，其傳在渤海中。……其物禽獸盡白，而黄金銀爲宫闕。」天虚，此指崑崙山。山海經海内西經：「海内崑崙之墟，在西北，帝之下都。崑崙之墟方八百里，高萬仞。」墟，虚之異體。按：兩句謂滄海（渤海）被崑崙山所蔽，不能望見其岸。因徙家涇州，地近崑崙，故云。

〔五〕「三分」二句，指吕望。三分，謂天下三分有其二。史記齊太公世家：「天下三分，其二歸周者，太公之謀計居多。」孔叢子卷上嘉言：「文王之興，附者六州。」師尚父，即太公吕望，前已屢注。史記周本紀：「（既滅殷），於是封功臣謀士，而師尚父爲首封。封尚父於營丘，曰齊。」贊，助也。其，指周文王、武王。經綸，周易屯卦象曰：「雲雷屯，君子以經綸。」孔穎達正義：「經謂經緯，綸謂繩綸，言君子法此屯，象有爲之時，以經綸天下，約束於物，故云君子以經綸也。」

〔六〕「一匡」二句，指管仲。史記管晏列傳：「管仲夷吾者，潁上人也。少時常與鮑叔牙游，鮑叔知其賢。……鮑叔事齊公子小白，管仲事公子糾。及小白立，爲桓公，公子糾死，管仲囚焉。鮑叔遂進管仲。管仲既用，任政於齊，齊桓公以霸，九合諸侯，一匡天下，管仲之謀也。」正義引管子云：「相齊以九惠之教：一曰老，二曰慈，三曰孤，四曰疾，五曰獨，六曰病，七曰通，八曰賑，九曰絶也。」按：自「神房阿閣」至此，皆述高則祖籍渤海名山、大海、古賢之事。埸，同「塲」，疑是「場」之訛，以與「拓」相配。四庫本作「塲」。

〔七〕「高柴」二句，史記仲尼弟子列傳：「高柴，字子羔，少孔子三十歲。子羔長不盈五尺，受業孔子，孔子以爲愚。子路使子羔爲費郈宰，孔子曰：『賊夫人之子。』子路曰：『有民人焉，有社稷焉，何必讀書然後爲學。』孔子曰：『是故惡夫佞者。』」高柴，集解引鄭玄曰：「衛人。」正義：「（孔子）家語云齊人。」此當以爲齊人。東魯，指曲阜，古爲魯都。籍聲名，猶言名聲籍甚，謂甚有名聲。

〔八〕「高鳳」二句，後漢書高鳳傳：「高鳳，字文通，南陽葉人也。少爲書生，家以農畝爲業，而專精誦讀，晝夜不息。妻嘗之田，曝麥於庭，令鳳護雞。時天暴雨，而鳳持竿誦經，不覺潦水流麥，妻還怪問，鳳方悟之。其後遂爲名儒，乃教授業於西唐山中。」連召不仕，以漁樵終於家。西唐山，李賢注：「在今唐州湖陽縣西北。酈元注水經，云即高鳳所隱之西唐山也。」西唐，「唐」原作「京」，英華、四子集作「堂」，皆誤，據上引改。按：以上四句，述高氏遠祖，謂德才兼備。

〔九〕「三光」二句，三光，日、月、五星。太紫之宫，即太一所居之紫宫。史記天官書：「中宫天極星，其一明者，太一常居也。旁三星三公，或曰子屬。後句四星，末大星正妃，餘三星後宫之屬也。環之匡衛十二星，藩臣。皆曰紫宫。」古代讖緯家言天人合一，以紫宫爲天子之廷，星爲官屬。故此所謂「察高星」，謂高氏家族世爲顯宦，可稽之於朝廷史册。

〔一〇〕「八柱」二句，楚辭屈原天問：「八柱何當？」王逸注：「言天有八山爲柱。」「柱」原作「椗」，誤。八柱此即指山，無疆，謂山萬世永存。奠高嶽，指祭泰山。抱朴子内篇卷三極言：「昔黄帝生而能言，役使百靈，可謂天授自然之體者也，猶復……適東岱而奉中黄。」中黄乃仙人。真誥卷五甄命授：「君曰：太極有四真人，老君處其左，佩神虎之符，帶流金之鈴，執紫毛之節，巾金精之巾。行則扶華晨蓋，乘三素之雲。」注：「此二條事出九真中經，即是論中央黄老君也。黄老爲太虚真人，南嶽赤君之師。」則所謂「中黄」，即中央黄老君也。按：兩句言高氏不僅世代爲官，且能致皇帝入道域，使其德如黄帝。唐初李氏皇帝認老子李聃爲遠祖，尊崇道教，故云。

〔一二〕「北齊」句，唐六典卷二五諸衛府諸府折衝都尉，李林甫注：「隋左右衛、左右武衛、左右武侯，各領軍坊鄉團，以統戎卒。開皇初，又置驃騎將軍府，每府有驃騎將軍、車騎將軍。大業三年（六〇七），改置鷹揚府，每府改驃騎爲鷹揚郎將，車騎爲鷹揚副郎將。五年，又以鷹揚副郎將爲鷹擊郎將。」事又見通典卷三四武散官驃騎將軍。北齊之鷹揚郎將，史失載，或亦類此。北周之右屯衛清宫府，史亦未載。清宫府當即所謂「軍坊鄉團」之名，乃後來唐代折衝府之雛型。

〔一三〕「成軍」二句，左傳僖公五年：「童謡云：『丙之晨，龍尾伏辰。均服振振，取虢之旂。鶉之賁賁，天策焞焞。火中成軍，虢公其奔。』」杜預注：「鶉鶉，火星也；賁賁，鳥星之體也。天策，傅説星，時近日，星微。焞焞，無光耀也。言丙子平旦鶉火中軍，事有成功也。」教戰，古代秋季訓練軍隊，教習陣法。兩句言高沖精兵法。

〔一三〕「九天」二句，「後一」、「前三」，言兵陣之事，未詳。

〔一四〕「張良」二句，良，英華作「生」，校：「集作良。」作「良」是。史記留侯世家：「留侯張良者，其先韓人也。」嘗擊秦始皇於博浪沙中，遂更名姓亡匿下邳，得老父太公兵法。陳涉等起兵，良亦聚少年百餘人，遇沛公（劉邦）「將數千人略地下邳西，遂屬焉。沛公拜良爲廄將。良數以太公兵法説沛公，沛公善之，常用其策」。滅楚，滅西楚霸王項羽。

〔一五〕「微子」二句，史記宋微子世家載「微子開者，殷帝乙之首子，而紂之庶兄也。紂既立，不明，淫亂於政。微子數諫，紂不聽」，遂亡。「周武王伐紂，克殷。微子乃持其祭器，造於軍門，肉袒面縛，左牽羊，右把茅，膝行而前以告。於是武王乃釋微子，復其位如故」。坐，因。以上四句，分别以張良、微子爲喻，言高沖由北齊入後周，有如張良入漢、微子奔周。按北齊書神武（高歡）紀上：「齊高祖神武皇帝姓高名歡，字賀六渾，渤海蓨人也。」則高則與高歡祖籍相同。用微子事，疑二高家族有親，其背齊入周，有似微子。此中或有一段故事，限於史料，已不可詳。

〔一六〕「祖赦」二句，褒郡，當即褒中郡。元和郡縣志卷二二興元府褒城縣：「本漢褒中縣，屬漢中郡，都尉理之。古褒國也。……魏又於此置褒中郡。隋開皇元年（五八一）以避廟諱，改爲褒内縣。仁壽元年（六〇一）改爲褒城。」地在今陝西漢中市西北。按：「褒郡」下，疑脱縣名。南和縣，同上書卷一五邢州南和縣：「本漢舊縣，屬廣平國。後漢屬鉅鹿郡，石趙屬襄國郡，周屬南和郡。隋開皇三年（五八三）屬洺州，十六年改屬邢州。」今屬河北邢臺市。赦，四子集作「敬」。

〔一七〕「陶元亮」二句，宋書陶潛傳：「陶潛，字淵明，或云淵明，字元亮，尋陽柴桑人也。」家貧，爲彭澤令。其與子儼等疏曰：「常言：五六月中，北窗下卧，遇涼風暫至，自謂是羲皇上人。」

〔一八〕「陳仲弓」二句，後漢書陳寔傳：「陳寔，字仲弓，潁川許人也。……除太丘長，修德清静，百姓以安。」德符星緯，太平御覽卷三八四幼智上引漢雜事曰：「陳寔，字仲弓。漢末太史家占星，有德星見，當有英才賢德。同游者書下諸郡縣問，潁川郡上事，其日有陳太丘父子四人俱共會社，小兒季方御，大兒元方從，抱孫子長文，此是也。」

〔一九〕「飄風」二句，博物志卷七：「太公爲灌壇令。武王夢婦人當道夜哭，問之，曰：『吾是東海神女，嫁於西海神童。今灌壇令當道，廢我行，我行必有大風雨，而太公有德，吾不敢以暴風雨過，以毁君德。』」

〔二〇〕「暴虎」二句，虎，原作「武」，避唐諱，據全唐文改。北堂書鈔卷七八縣令引鍾離意别傳：「意遷東平瑕丘令。男子兒直勇悍有力，三日一飯，十斤肉，五斗米，飯便弓弩飛射走獸，百不脱一，桀悖好犯長吏。意到，官召署捕盜掾，敕謂之云：『令昔嘗破三軍之衆，不用尺兵；嘗縛暴虎，不用尺繩，但以良計爲之爾。掾之氣勢安若？宜慎之。』因復召直子涉置門下。將游徼私出入寺門，無所關白，收涉鞭之。直走之寺門，吐氣大言，言無上下。意敕直能爲子屈，自縛謝令，不則鞭殺其子。直果自縛，意告曰：『令前告汝曹，縛暴虎不用尺繩，汝自視何如虎，自縛邪？』敕獄械直父子，結連其頭，對榜之欲死。掾吏陳諫，乃貸之。由是相率爲善。所謂上德之政，鷹化爲鳩，暴虎成狸，此之謂也。」變，原作「出」，各本同，英華校：「集作變。」據上引，作「變」是，謂殘暴如虎，其性亦可變化，據集本改。蒼鷹，猛禽，此乃由暴虎映帶而及。

〔二一〕「考才」二句，唐六典卷二尚書吏部：「正六品上曰朝議郎。」注：「宋、齊、梁、陳、後魏、北齊，諸九品散官皆以將軍爲品秩，謂之加戎號。隋開皇六年（五八六），始置六品已下散官，并以郎爲正階，尉爲從階。正六品上爲朝議郎，下爲武騎尉。」上開府，即上開府儀同三司。同上書：「從一品曰開府儀同三司。」注：「後周置上開府儀同三司、開府儀同三司、上儀同三司、儀同三司等十一號，以酬勤勞，隋氏因之。」

〔二二〕「孫子荆」二句，晉書孫楚傳：「孫楚，字子荆，太原中都人也。……楚與同郡王濟友善，濟爲本州大中正，訪問銓邑人品狀。至楚，濟曰：『此人非卿所能目，吾自爲之。』乃狀楚曰：『天才英博，亮拔不群。』」天骨，天生骨相。文選袁宏三國名臣序贊：「邈哉崔生，體正心直。天骨疎朗，牆宇高嶷。」李善注引蔡邕度侯碑曰：「朗鑒出於自然，英風發於天骨。」

〔二三〕「王夷甫」二句，晉書王衍傳：「衍字夷甫，神情明秀，風姿詳雅。總角嘗造山濤，濤嗟歎良久，既去，目而送之曰：『何物老嫗生寧馨兒！然誤天下蒼生者，未必非此人也。』」妙善玄言，唯談老莊爲事。仕至太傅，爲石勒排牆填殺，「將死，顧而言曰：『嗚呼！吾曹雖不如古人，向若不祖尚浮虚，戮力以匡天下，猶可不至今日。』」世説新語賞譽：「王平子（澄）目太尉阿兄（衍）形似道，而神鋒太儁，太尉答曰：『誠不如卿落落穆穆。』」

〔二四〕「議郎」二句，議郎，即朝議郎，見上注。縣，即「懸」字。處士星，史記天官書：「廷藩西有隋星五，曰少微，士大夫。」索隱引春秋合誠圖云：「少微，處士位。」又引天官占云「一名處士星」也。

正義：「廷，太微廷；藩，衛也。少微四星，在太微西，南北列：第一星，處士也；第二星，議士也；第三星，博士也；第四星，大夫也。」朝議郎即所謂「議士」，故謂「縣符」。

〔三五〕「開府」二句，台階，指泰階之三台，出史記天官書，前注已屢引。兩句謂高才爲上開府儀同三司，其班次之高，已與中階上星三公之位相接。

君雄心獨斷，猛氣無前。用兵書六甲於自然〔一〕，知射法三篇於性道〔二〕。早圖星象，管公明懷察變之心〔三〕；幼識旌旗，陶恭祖有行師之略〔四〕。屬隋人板蕩〔五〕，天下崩離。朱陽夾飛鳥之雲〔六〕，紫極現雄雞之象〔七〕。陳吴争戰，窺玉策於中州〔八〕；姚石壇場，竊金符於寓縣〔九〕。我高祖黄雲大帝〔一〇〕，白水真人〔一一〕。風雷海嶽之純精，天地陰陽之正氣〔一二〕。媧皇受命，殺黑龍而定水災〔一三〕；漢祖乘機，斬白蛇而開火運〔一四〕。君夜觀乾象，晝察人情〔一五〕。審熒惑之歌謡〔一六〕，驗嵩山之讖記〔一七〕。關中王氣，不勞甘德之言〔一八〕；沛國真星，無待殷馗之説〔一九〕。

【箋　注】

〔一〕「用兵書」句，六甲，五行方術之一。漢書藝文志五行家著録風鼓六甲二十四卷、文解六甲十八卷，皆失傳。晉書天文志上中宮曰：「華蓋杠旁六星曰六甲，可以分陰陽而配節候，故在帝旁，所以布政教而授農時也。」則六甲乃星象書。其後又爲兵書，隋書經籍志子部兵書類著録：「六甲孤虚雜決一卷（原注：梁有孫子戰鬭六甲兵法一卷）、六甲孤虚兵法一卷。」宋曾公亮等撰武經總要，其後集卷二〇曰：「凡對敵制勝，有六甲陰之法。經曰：『爲上將禦敵者，須作六甲陰符法，令敵人自誅，故曰寧與人千金，不與人六甲之陰符。……六甲之陰者，甲子旬陰在丁卯，其神兔頭人身；甲戌旬陰在丁丑，其神牛頭人身；甲申旬陰在丁亥，其神猪頭人身；甲午旬陰在丁酉，其神雞頭人身；甲辰旬陰在丁未，其神羊頭人身；甲寅旬陰在丁巳，其神蛇頭人身。』」則所謂六甲陰法，乃詭術也。此泛指兵法。用之於自然，謂高則敏悟，用兵書有如己出。

〔二〕「知射法」句，漢書藝文志兵家類著録射法書六種，其中有李將軍射法三篇。

〔三〕「早圖」二句，三國志魏書管輅傳：「管輅，字公明，平原人也。」裴松之注引管輅别傳曰：「輅年八九歲，便喜仰視星辰，得人輒問其名。夜不能寐，父母常禁之，猶不可止。自言我年雖小，然眼中喜視天文。常云：家雞野鵠，猶尚知時，況於人乎？與鄰比兒共戲土壤中，輒畫地作天文及日月星辰，每答言説事，語皆不常，宿學耆人，不能折之，皆知其當有大異之才。及成人，果明周易，仰觀風角占相之道，無不精微。」

〔四〕「幼識」二句，後漢書陶謙傳：「陶謙，字恭祖，丹陽人也。少爲諸生，仕州郡，四遷爲車騎將軍張温司馬。」擊黄巾軍。大破之，詔遷爲徐州牧，加安東將軍，封溧陽侯。後聚兵與曹操相抗，敗，病死。旗，英華校：「集作番。」蓋「幡」之訛。旌幡，長幅下垂之旗。

〔五〕「屬隋人」句，板，原作「版」，據英華、全唐文改。詩經大雅有板、蕩二篇，刺周厲王無道，國家敗壞。後因以政局動亂爲「板蕩」，板、版義同。

〔六〕「朱陽」句，朱陽即日，因日又稱「朱明」（楚辭招魂「朱明承夜兮」）故也。飛鳥之雲，謂雲如飛鳥狀，乃皇帝有災之象。説苑卷一君道：「楚昭王之時，有雲如飛鳥，夾日而飛三日。昭王患之，使人乘驛東而問諸太史州黎，州黎曰：『將虐於王身。……』」

〔七〕「紫極」句，紫極，即紫宫。史記天官書：中宫天極星，旁三星，後句四星，皆曰紫宫。雄雞之象，指旬始星。同上書：「旬始，出於北斗旁，狀如雄雞。其怒，青黑，象伏鼈。」集解引徐廣曰：「蚩尤也。旬，一作營。」按隋書天文志中妖星曰：「旬始，或曰，樞星散爲旬始。或曰，五星盈縮之所生也。亦曰，旬始妖氣。又曰，旬始蚩尤也。又曰，旬始出於北斗旁，狀如雄雞，其怒青黑，象伏鼈。又曰，黄慧分爲旬始，旬始者，今起也。狀如雄雞，土含陽，以交白接，精象雞，故以爲立主之題。期十年，聖人起代。又曰，旬始主争兵，主亂，主招横。又曰，旬始照，其下必有滅王。五姦争作，暴骨積骸，以子續食，見則臣亂兵作，諸侯爲虐。……又曰，出現北斗，聖人受命，天子壽，王者有福。」句謂旬始星現，天下大亂，將改朝换代。現，英華校：「集作怨。」誤。

〔八〕「陳吴」二句，陳吴，「吴」原作「兵」，各本同。按下句爲「姚石」，此二字亦應爲姓氏，「兵」當是

「吴」之形訛，以文意改。陳吴，指陳涉、吴廣，秦末起義軍領袖。窺玉策，後漢書方術列傳：「然神經怪牒，玉策金繩，關扃於明靈之府，封縢於瑶壇之上者，靡得而闚也。」蓋玉策秘載天命所歸，窺玉策，謂推究天下大勢，覬覦政權也。

〔九〕「姚石」二句，姚石，指姚萇、石勒。據晉書藝術傳，陳訓、戴洋、韓友等二十四人，皆諳熟天文、算曆、陰陽、推步、占候之學。史臣曰：「陳、戴等諸子，并該洽墳典，研精數術，究推涉之幽微，窮陰陽之祕奧，……姚、石奉之若神，良有以也。」二人奉之若神，其意皆爲奪取或鞏固政權，事例甚多，可詳該傳。壇場，指諸人作法之所。金符，符指符籙，與上句「玉策」意同。寓縣，寓同「宇」，指國家。

〔一〇〕「我高祖」句，黄雲大帝，謂唐以土德王。舊唐書禮儀志三：「有唐嗣天子臣某（玄宗李隆基）敢昭告於昊天上帝：『天啓李氏，運興土德。』」淮南子墬形訓：「凡浮生不根茇者，生於萍藻，正土之氣也，御乎埃天。埃天五百歲生缺，缺五百歲生黄埃，黄埃五百歲生黄澒，黄澒五百歲生黄金，黄金千歲生黄龍，入藏生黄泉，黄泉之埃，上爲黄雲。」太平御覽卷八雲引春秋孔演圖曰：「舜之將興，黄雲升於上。」

〔一一〕「白水」句，後漢書光武紀下：「王莽簒位，忌惡劉氏，以錢文有金刀，故改爲貨泉。或以貨泉字文爲白水真人。後望氣者蘇伯阿爲王莽使至南陽，遥望見舂陵郭，唶曰：『氣佳哉！鬱鬱葱葱然。』及始起兵還舂陵，遠望舍南火光赫然屬天，有頃不見。初，道士西門君惠、李守等亦云劉秀當爲天子。其王者受命，信有符乎？不然，何以能乘時龍而御天哉！」按：唐高祖李淵，避諱改「淵」爲「泉」，故稱其爲「白水真人」，謂有如王莽避「劉」字，「淵」字亦爲受命之符。

〔一二〕「風雷」二句，謂李淵乃山海精華，天地正氣，是真命天子。蔡邕荆州刺史庾侯碑：「君資天地之正氣，含太極之純精。」

〔一三〕「媧皇」二句，媧皇，即女媧。淮南子覽冥訓：「往古之時，四極廢，九州裂，天不兼覆，地不周載。火爁炎而不滅，水浩洋而不息，猛獸食顓民，鷙鳥攫老弱。於是女媧……殺黑龍以濟冀州，積蘆灰以止淫水。」高誘注：「黑龍，水精也，力牧、太稽殺之，以止雨。……蘆，葦也，生於水，故積聚其灰以止淫水。平地出水爲淫水。」

〔一四〕「漢祖」二句，史記高祖本紀：劉邦夜行澤中，斬大蛇，有老嫗哭稱蛇乃白帝子，而爲赤帝子所斬。史稱此爲劉邦之受命符。火運，謂漢以火德王。漢書高帝紀下：「漢承堯運，德祚已盛，斷蛇著符，旗幟上赤，協於火德，自然之應，得天統矣。」機，英華校：「集作應。」誤。

〔一五〕「君夜觀」二句，乾象，即天象。乾卦象天，故稱。後漢書郭泰傳：「或勸林宗仕進者，對曰：『吾夜觀乾象，晝察人事，天之所廢，不可支也。』」

〔一六〕「審熒惑」句，熒惑，即火星。史記天官書：「察剛氣以處熒惑。曰南方火，主夏。」歌謡，指詩經豳風七月，其首句曰「七月流火」，毛傳：「火，大火也。」故以「熒惑」代指七月。七月小序曰：「陳王業也。周公遭變，故陳后稷、先公風化之所由，致王業之艱難也。」此以周之先公代指李淵父子，謂其艱難創業，當必有爲也。

〔一七〕「驗嵩山」句，嵩山讖記，指詩經大雅崧高，其小序曰：「崧高，尹吉甫美宣王也。天下復平，能建國，親諸侯，褒賞申伯焉。」鄭玄箋：「尹吉甫、申伯，皆周之卿士也。尹，官氏；申，國名。」詩曰：「崧高維嶽，駿極于天。維嶽降神，生甫及申。」毛傳：「……嶽降神靈和氣，以生申、甫之大功。」嶽降神靈而生申、甫，故稱「讖記」。此以申、甫代指李淵父子部下之將相，謂其皆天所降生，戰之必勝。驗，英華校：「集作考。」

〔一八〕「不勞」句，甘德，戰國時星象學家。史記天官書集解引徐廣曰：「或曰甘公名德也，本是魯人。」正義引七録云：「楚人，戰國時作天文星占八卷。」

〔一九〕「沛國」二句，三國志魏書武帝紀：「初，桓帝時有黄星見於楚、宋之分，遼東殷馗善天文，言後五十歲當有真人起於梁、沛之間，其鋒不可當。」真星，謂真人之星，指沛人曹操。以上四句，言高則察知李淵將有天下。

賊薛舉豺狼梟獍〔一〕，檮杌窮奇〔二〕。守豳隴以行災〔三〕，負關河而作孽。天王按劍〔四〕，出軍於玉帳之前；猛將分麾，受律於金壇之下。以義寧二年，王師薄伐〔五〕。趙國公長孫無忌精兵若獸〔六〕，利器如霜，問君以帷幄之謀，待君以心腹之寄。營當月暈，因八門之死生〔七〕；陣法天星，乘五將之關格〔八〕。蔭華蓋〔九〕，歷明堂〔一〇〕，以我和而制其離，以我直而摧其曲〔一一〕。

敗楚師於柏舉，未足權衡〔一二〕；執秦俘於崤陵，無階等級〔一三〕。此實君之功也。其年詔授朝散大夫〔一四〕，賜物三百段。排患而釋滯〔一五〕，功成而不居〔一六〕，比疏傅以辭榮〔一七〕，追留侯之高蹈〔一八〕。三靈革故〔一九〕，君子於焉待時；四海清平，謀臣以之歸第。自太王基命，成康隆玉版之圖〔二〇〕；高帝受終，文武盛金刀之業〔二一〕。家給人足，天平地成〔二二〕。猶勞水旱之餘，尚想京坻之積〔二三〕。咸亨三年春，奉敕於河陽檢校水運使〔二四〕。搜粟都尉〔二五〕，河堤使者〔二六〕。銅檥鐵舳，蒼鷹白鶴之船〔二七〕；竹箭桃花，貝闕龍堂之水〔二八〕。引紅粟於淮海〔二九〕，汎歸舟於秦晉〔三〇〕。遂使齊臣獻納，先陳不涸之名〔三一〕；漢后綵綸，即有常平之號〔三二〕。望千石之氣，可以療飢〔三三〕；開萬箱之儲，自然知禮〔三四〕。此又君之功也。其年詔賜上騎都尉。嗟夫！河流曲直，天道盈虛，鬼神莫之要，聖賢莫能預〔三五〕。高臺下泣，孟嘗君之惻愴可知〔三六〕；梁木興歌，孔宣父之平生已矣〔三七〕。上元三年春三月日，終於樂邑里之私第〔三八〕，享年七十六。

【箋注】

〔一〕「賊薛舉」句，舊唐書薛舉傳：「薛舉，河東汾陰人也，其父汪徙居金城。舉容貌瓌偉，凶悍善射，驍武絶倫。……初爲金城府校尉。大業末，隴西群盜蜂起，百姓饑餒，金城令郝瑗募得數千人，使舉討捕，授甲於郡中。吏人咸集，置酒以饗士，舉與其子仁杲及同謀者十三人於座中劫瑗，矯稱收捕反者，因發兵囚郡縣官，開倉以賑貧乏，自稱西秦霸王，建元爲秦興。」敗隋將皇甫綰，盡有隴西之地。大業十三年（六一七）秋七月，「舉僭號於蘭州，以妻鞠氏爲皇后，母爲皇太后」。梟獍，惡鳥、惡獸名。資治通鑑卷一六六後梁紀胡三省注曰：「梟，不孝鳥也，食母；獍，惡獸也，食父。」

〔二〕「檮杌」句，史記五帝本紀：「顓頊氏有不才子，不可教訓，不知話言，天下謂之檮杌。」集解引賈逵曰：「檮杌，頑凶無疇匹之貌，謂鯀也。」窮奇，左傳文公十八年：「少皞氏有不才子，……天下之民謂之窮奇。」杜預注：「謂共工其行窮，其好奇。」孔穎達正義：「行惡終必窮，故云其行窮也；好惡言，好讒慝，是所好奇異於人也。」

〔三〕「守豳隴」句，豳，原作「幽」，各本同。英華校：「疑作幽。集作函。」按：「幽」、「函」皆誤，而「疑作幽」之「幽」，蓋爲刊誤，該字當作「豳」。舊唐書薛舉傳稱其「縱兵虜掠，至於豳、岐之地」可證。豳即今陝西彬縣，與隴西相接。據文意改。

〔四〕「天王」句，天王，指太宗李世民。按劍，發怒貌。舊唐書薛舉傳：「舉勢益張，軍號三十萬，將圖京師。會義兵（李淵軍）定關中，遂留攻扶風。太宗帥師討敗之，斬首數千級，追奔至隴坻而還。」

〔五〕「以義寧」二句，義寧二年，即武德元年（六一八）。時李淵未即位，故稱隋恭帝楊侑年號。薄伐，詩經小雅六月：「薄伐玁狁，至于大原。」毛傳：「言逐出之而已。」按舊唐書太宗紀上：

「會薛舉以勁卒十萬來逼渭濱，太宗親擊之，大破其衆，追斬萬餘級，略地至於隴坻。」記其事於義寧元年十二月前。新唐書同。此言「二年」，蓋追剿延及次年初也。

〔六〕「趙國公」句，舊唐書長孫無忌傳：「長孫無忌，字輔機，河南洛陽人。」其先出自後魏獻文帝第三兄，初爲拓跋氏，改姓長孫氏。其妹爲太宗文德皇后，常從太宗征討。封齊國公，改封趙國公，拜司徒。其用高則事，史未載。

〔七〕「營當」二句，營，兵營。軍中常以月暈爲占。漢書藝文志天文著録漢日食月暈雜變行事占驗十三卷。隋書經籍志子部天文著録日月暈三卷（原注：梁日月暈圖二卷），月暈占一卷，日月食暈占四卷等，皆佚。隋書天文志下録有片斷，如曰「凡占，兩軍相當，必謹審日月暈氣，知其所起，留止遠近，應與不應，疾遲、大小、厚薄、長短」云云，又如「軍在外，月暈師上，其將戰必勝；月暈黄色，將軍益秩禄，得位」云云。唐開元占經卷一五有月暈占。八門之死生，「八門」指休門、生門、傷門、杜門、景門、死門、驚門、開門，見唐李筌太白陰經卷六。

〔八〕「陣法」二句，天星，又稱滿天星，陣法之一，舊傳爲諸葛亮所演，見明唐順之武編前集卷四。又武經總要後集卷一八：「凡占外國動静，皆以時之客計占之，算得八門，杜賊不來，若三門具，五將發，陰陽和，八關格，格掩迫，客主俱會太乙，前所聞見爲實。」具體占法不詳。

〔九〕「蔭華蓋」句，崔豹古今注：「華蓋，黄帝所作也。與蚩尤戰於涿鹿之野，常有五色雲氣，金枝玉葉，止於帝上，有花葩之象，故因而作華蓋也。」

〔一〇〕「歷明堂」句，唐開元占經卷七二流星占引荆州占：「流星犯乘明堂，若不死則去。」

〔一一〕「以我和」二句，左傳昭公二十七年：「郤宛直而和，國人説之。」同上僖公二十八年：「子犯曰：師直爲壯，曲爲老，豈在久乎？」

〔一二〕「敗楚師」二句，春秋定公四年：「冬十有一月庚午，蔡侯以吴子及楚人戰於柏舉，楚師敗績。」杜預注：「師能左右之曰以，皆陳曰戰，大崩曰敗績。吴爲蔡討楚，從蔡計謀，故書『蔡侯以吴子』，言能左右之也。……柏舉，楚地。」未足權衡，謂與伐薛舉相較，敗楚之事太小太輕。

〔一三〕「執秦俘」二句，俘，原作「桴」，據四子集、全唐文改。左傳僖公三十三年：「夏四月辛巳，敗秦師於殽，獲百里孟明視、西乞術、白乙丙以歸。」崤、殽同。無階等級，謂不在同一級别，義與上句同。以上四句，張大高則隨長孫無忌擊薛舉之功。

〔一四〕「詔授」句，唐六典卷二尚書吏部：「從五品下曰朝散大夫。」

〔一五〕「排患」句，史記魯仲連傳：魯仲連義不帝秦，秦爲却軍五十里。平原君欲封魯連，又以千金爲壽，皆不肯受。魯仲連笑曰：「所謂貴於天下之士者，爲人排患釋難解紛亂而無取也。即有取者，是商賈之事也，而連不忍爲也。」

〔一六〕「功成」句，老子：「功成而弗居。」河上公注：「功成事就，退避不居其位。」

〔一七〕「比疏傅」句，用後漢書疏廣傳所載太傅疏廣、少傅疏受叔姪功成身退、歸老故鄉事，前已屢引。

〔一八〕「追留侯」句，張良，字子房，輔劉邦平天下，封留侯。史記留侯世家：「留侯乃稱曰：『家世相韓，及韓滅，不愛萬金之資，爲韓報仇彊秦，天下振動。今以三寸舌爲帝者師，封萬户，位列侯，此布衣之極，於良足矣。願棄人間事，欲從赤松子游耳。』乃學辟穀道引輕身。」索隱：「赤松子，神農時雨師，能入火自燒，崑崙山上隨風雨上下也。」集解引徐廣曰：「一云乃學道引，欲輕舉也。」

〔一九〕「三靈」句，文選班固典引：「答三靈之繁祉，展放唐之明文。」李善注：「三靈，天、地、人也。」三靈革故，指滅隋建唐。

〔二〇〕「自太王」二句，史記周本紀：「（文王）追尊古公爲太王，公季爲王季，蓋王瑞自太王興。」韓非子喻老：「周有玉版，紂令膠鬲索之，文王不予。」此代指周。成康，周成王、康王。周至成、康乃盛。

〔二一〕「高帝」二句，高帝，指漢高祖。受終，尚書舜典：「正月上日，受終於文祖。」僞孔傳：「終，謂堯終帝位之事。」文武，漢文帝、武帝。金刀，即「劉」字。漢書王莽傳：「夫劉之爲字，卯金刀也。」謂漢至文帝、武帝，劉氏之帝業亦大盛。以上四句，皆喻指唐高宗。

〔二二〕「天平」句，原作「天成地平」。孔子家語卷五五帝德：孔子曰：「（舜）叡明智通，爲天下帝。……天平地成，巡狩四海，五載一始。」唐張弧素履子卷下：「欲稱之平，則慎之於毫釐；欲轍之通，宜治之於轅轂。毫釐不失，轅轂無虧，則謂天平地成，乃取易象『上天下澤，履，君子以辨上下，定民志』。」則「平」、「成」二字位置倒誤，徑改。

〔二三〕「尚想」句，京坻，形容糧食極多。詩經小雅甫田：「曾孫之庾，如坻如京。」毛傳：「京，高丘也。」鄭玄箋：「曾孫，謂文王也。」又曰：「庾，露積穀也。坻，水中之高地也。」

〔二四〕「奉敕」句，河陽，元和郡縣志卷五河南府河陽縣：「本周司寇蘇忿生之邑，後爲晉邑。在漢爲河陽縣，屬河內。……武德四年（六二一）平王世充後，割屬河南府。」地在今河南孟州市，處黄河之北，故稱。檢校，散官名，由朝廷臨時詔除，負責檢查、審核，乃兼職。水運使，管理水運之使者。使，英華校：「集然使字。」「然」當是「無」之刊誤。

〔二五〕「搜粟」句，漢書百官公卿表：「騪粟都尉，武帝軍官，不常置。」注引服虔曰：「騪，音蒐狩之蒐。蒐，索也。」一作「搜」。同上書食貨志：「（武帝）下詔曰：『方今之務，在於力農，以趙過爲搜粟都尉。』」

〔二六〕「河堤」句，河堤使者，官名。漢書溝洫志：「徙民避水居丘陵九萬七千餘口，河隄使者王延世使塞以竹落。」顔師古注：「命其爲使而塞河也。」後漢書王景傳：「（明帝）詔濱河郡國置河堤員吏，如西京舊制。」李賢注引十三州志曰：「成帝時，河堤大壞，汎濫青、徐、兖、豫四州略徧。乃以校尉王延世領河堤謁者，秩千石，或名其官爲護都水使者。中興，以王府掾屬爲之。」

〔二七〕「銅橈」二句，橈，楚辭九歌湘君：「蓀橈兮蘭旌。」王逸注：「橈，船小楫也。」舳，文選左思吴都賦：「弘舸連舳，巨檻接艫。」劉淵林注：「舳，船前也。」張銑注：「船兩邊挾木也。」或云船尾（見文選郭璞江賦李善注）。橈、舳，此代指船；銅、鐵，言其堅也。初學記卷二五舟引西京雜記，謂「太液池有鳴鶴舟」；又引晉令，稱水戰有「蒼隼船」。

〔二八〕「竹箭」二句，太平御覽卷六一河引慎子（按今本慎子無此文）曰：「西河下龍門，其流駛竹箭。」古今事文類聚前集卷一六河引慎子，爲「河下龍門，流駛竹箭，駟馬追不可及」。則竹箭水，言急流如箭也。桃花水，宗懔荆楚歲時記：「三月三日，四民并出江渚池沼間，臨清流爲流觴曲水之飲。」舊傳隋杜公瞻注：「按韓詩云：『唯溱與洧，方洹洹兮。唯士與女，方秉蕑兮。』注謂今三月桃花水下，以招魂續魄，祓除歲穢。」楚辭屈原九歌河伯：「魚鱗屋兮龍堂，紫貝闕兮朱宮。」王逸注：「言河伯所居，以魚鱗蓋屋堂，朱畫蛟龍之文，紫貝作闕，朱丹其宮，形容異制甚鮮好也。」以上四句述船、水，皆言爲檢校水運使事。

〔二九〕「引紅粟」句，漢書賈捐之傳：「至孝武皇帝元狩六年（前一一七），太倉之粟紅腐而不可食。」顔師古注：「粟久腐壞，則色紅赤也。」同書枚乘傳：「轉粟西鄉，陸行不絶，水行滿河，不如海陵之倉。」注引臣瓚曰：「海陵，縣名也，有吴大倉。」按：海陵，即今江蘇泰州，古爲淮海之地。句言所得糧食極多，有如吴之海陵太倉。

〔三〇〕「汎歸舟」句，左傳僖公十三年：「秦請伐晉。秦伯曰：『其君是惡，其民何罪？』秦於是乎輸粟於晉，自雍及絳相繼，命之曰汎舟之役。」杜預注：「從渭水運入河汾。」

〔三一〕「遂使」二句，齊臣，當指公孫弘。漢書公孫弘傳：「公孫弘，菑川薛人也。」（武帝）元光五年（前一三〇）徵賢良文學，弘對策曰：「陰陽和，風雨時，甘露降，五穀登，六畜蕃，嘉禾興，朱草生，山不童，澤不涸，此和之至也。」顔師古注：「涸，水竭也。」菑川，地在今山東壽光縣，故稱「齊臣」。涸，英華作「減」，校：「集作涸。」作「減」誤。

〔三二〕「漢后」二句，漢后，漢朝皇帝。絲綸，即「王言如絲，其出如綸」，指皇帝詔令，詳見前長江縣孔子廟堂碑「如綸如綍」句注。漢書食貨志：「（耿）壽昌遂白：令邊郡皆築倉，以穀賤時增其賈而糴以利農，穀貴時減賈而糶，名曰常平倉。民便之，上（宣帝）迺下詔，賜壽昌爵關内侯。」

〔三三〕「望千石」二句，謂糧食多，心不慌，望其氣即可不飢。孔子家語卷六執轡：「食氣者神明而壽，食穀者智惠而巧。」

〔三四〕「開萬箱」二句，詩經小雅甫田：「曾孫之庾，如坻如京。……乃求千斯倉，乃求萬斯箱。」鄭玄箋：「成王見禾穀之税委積之多，於是求千倉以處之，萬車以載之。」管子牧民：「倉廩實，則知禮節；衣食足，則知榮辱。」

〔三五〕「鬼神」二句，文選潘岳西征賦：「生有修短之命，位有通塞之遇，鬼神莫之要，聖智弗能豫。」

〔三六〕「高臺」二句，雍門子周以琴見孟嘗君，謂其「千秋萬歲之後，高臺既已壞，曲池既已漸，墳墓既已下而青廷矣」云云，引琴而鼓之，孟嘗君於是涕浪汗增，見説苑善説，前已屢引。

〔三七〕「梁木」二句，禮記檀弓上：顔淵之喪，孔子歌曰：「泰山其頽乎！梁木其壞乎！哲人其萎乎！」

〔三八〕「終於」句，樂邑里，當爲長安坊名，其址不詳。

惟君魁梧動俗，符彩驚人。忠孝天資，温良日用。一門兄弟，盡同鍾毓之車〔一〕；千里賓朋，時命嵇康之駕〔二〕。每至白雲生海，素月流天，未嘗不顧眄山河，抑揚琴酒。馮公孫之大樹，對諸將而無言〔三〕；禽子夏之名山，謝時人以長往〔四〕。四林遊刃〔五〕，八水忘筌〔六〕。能祛有漏之因〔七〕，早得無生之法〔八〕。雖十年俱盡，陸士衡之長嘆有徵〔九〕；而千載猶生，藺相如之壯心恒在〔一〇〕。即以冬十月丁酉，葬於定安東南二十里之平原〔一一〕，禮也。陶公相宅〔一二〕，郭璞占墳〔一三〕。面丹鳳而背玄龜〔一四〕，兆青烏而徵白馬〔一五〕。三百篇之後，卜筮何從〔一六〕；二千石之榮，子孫無替〔一七〕。

【箋　注】

〔一〕「一門」二句，鍾毓，字稚叔，潁川長社人，繇子，三國志魏書有傳。太平御覽卷三七四鬚髯引世説（新語）（按今本世説無此條）曰：「鍾毓兄弟警悟過人，每有嘲語，未嘗屈躓。毓、會語聞安陸能作調，試共視之，於是與弟盛飾共載，從東至西門。一女子笑曰：『車中央殊高。』二鍾都不覺。車後一門生云：『向已被嘲。』鍾愕然，門生曰：『中央高者，兩頭羶。』毓兄弟多鬚，故以此調之。」此蓋言高則兄弟多翳鬚。

〔二〕「千里」二句，世説新語簡傲：「嵇康與吕安善，每一相思，千里命駕。」

〔三〕「馮公孫」二句，公孫，原作「異」，英華校：「異字，集作公孫。」按：作「公孫」、作「異」皆可，然若作「異」，則對句應作「子夏」，易誤讀，故以作「公孫」爲勝，與下句「禽子夏」對應，兹改。後漢書馮異傳：「馮異，字公孫，潁川父城人也。」歸劉秀，拜偏將軍，封應侯。「異爲人謙退不伐，行，與諸將相逢，輒引車避道，進止皆有表識，軍中號爲整齊。每所止舍，諸將并坐論功，異常獨屏樹下，軍中號曰大樹將軍。」

〔四〕「禽子夏」二句，「子夏」上「禽」字原缺，英華校：「集有禽字。」兩可，然以作禽子夏爲勝，説見上，兹補。禽子夏，即禽慶子夏。漢書兩龔（勝、舍）傳：「齊栗融客卿、北海禽慶子夏、蘇章游卿、山陽曹竟子期，皆儒生，去官不仕於（王）莽。」後漢書向長傳：「向長，字子平，河內朝歌人也，隱居不仕。……建武中，男女娶嫁既畢，敕斷家事勿相關，當如我死也。於是遂肆意與同好北海禽慶俱游五嶽名山，竟不知所終。」長往，英華作「不語」，校：「集作長往。」「不語」誤。

〔五〕「四林」句，四林，猶言四處林泉。莊子養生主庖丁曰：「今臣之刀十九年矣，所解數千牛矣，而刀刃若新發於硎。彼節者有間，而刀刃者無厚。以無厚入有間，恢恢乎其於遊刃，必有餘地矣。」此所謂「遊刃」，謂有閒暇遊覽也。

〔六〕「八水」句，八水，即八川。初學記卷六涇水引關中記：「涇與渭、洛，爲關中三川，與灞、滻、澇、潏、灃、滈，爲關中八水。」此泛指江河。莊子外物：「筌者所以在魚，得魚而忘筌。」成玄英疏：「筌，魚笱也，以竹爲之。」乃取魚工具。

〔七〕「能祛」句，祛，除去。有漏，佛教語，與「無漏」對稱。「漏」乃梵語，謂煩惱。俱舍論卷二〇載色界、無色界六十二種煩惱，除十種痴煩惱（無明）外，其餘五十二種煩惱皆爲有漏。

〔八〕「早得」句，無生，佛教語，謂没有生滅，不生不滅。大寶積經卷八七：「無生者，非先有生，後説無生，本自不生，故名無生。」

〔九〕「雖十年」二句，陸機，字士衡，其嘆逝賦序曰：「昔每聞長者追計平生，同時親故，或曾共游一途，同宴一室，十年之外，索然已盡。以是思哀，哀可知矣。」長歎，英華校：「集作歎游。」「歎游」與下句「壯心」不對應，當誤。

〔一〇〕「而千載」二句，（庾和）稱「廉頗、藺相如雖千載上，使人懔懔恒如有生氣」，見前唐右將軍魏哲神道碑「庶使藺相如之生氣」句注引世説新語。

〔一一〕「葬於」句，「定安」英華、四子集同，全唐文作「安定」。

〔一二〕「陶公」句，陶公，當指陶弘景。梁書陶弘景傳：「陶弘景，字通明，丹陽秣陵人也。」齊武帝永明十年（四九二），辭官至茅山，乃中山立館，自號華陽隱居。「性好著述，尚奇異，……尤明陰陽五行、風角星算、山川地理、方圖産物、醫術本草」。相宅，此指相墓。陶弘景善相墓事未見記載，蓋包括在所謂明「陰陽五行、風角星算」中。嘗作相經序，見藝文類聚卷七五相術。

〔一三〕「郭璞」句，晉書郭璞傳：「郭璞，字景純，河東聞喜人也。」妙於陰陽算曆，善卜葬。「璞以母憂去職，卜葬地於暨陽，去水百步許。人以近水爲言，璞曰：『當即爲陸矣。』其後沙漲，去墓數十里皆爲桑田。」又曰：「璞嘗爲人葬，帝微服往觀之，因問主人何以葬龍角，此法當滅族。主人曰：『郭璞云此葬龍耳，不出三年，當致天子也。』帝曰：『出天子邪？』答曰：『能致天子問耳。』帝甚異之。」

〔一四〕「面丹鳳」句，丹鳳，指朱雀，爲南；玄龜，即玄武，爲北。謂墓面南背北。

〔一五〕「兆青烏」句，見前唐右將軍魏哲神道碑「青烏丘壠，白馬山河」兩句注。

〔一六〕「三百篇」二句，三百篇，指詩經。按左傳哀公二年：「秋八月，……卜戰，龜焦（杜預注：兆不成）。樂丁曰：『詩曰：「爰始爰謀，爰契我龜。」謀協，以故兆詢可也。』」（杜注：樂丁，晉大夫。詩大雅，言先人事，後卜筮。）孔穎達正義曰：「詩大雅緜之篇，美大王遷岐之事。爰，於也。既見周原之地肥美可居，於是始集豳人從己者於是與謀議。人謀既從，於是契灼我龜而卜之，言先人謀、後卜筮也。」兩句謂葬事雖從神道，然既葬之後，應按詩經之義，以人謀爲先。

〔一七〕「子孫」句，詩經小雅楚茨：「子子孫孫，勿替引之。」

長男仁叡、中男仁楷、少男仁護、仁昉等〔一〕，或體窮三變，潘、陸不足以升堂〔二〕；或力敵萬夫，關、張不足以扶轂。有元方、季方之長幼，傳學詩學禮之門風〔三〕。金友玉昆〔四〕，忠臣孝子。窮號積於心髓，創鉅纏於肌骨。星辰已變，昊天無報德之期；霜露潛移，君子有終身之感〔五〕。葬之以禮，垂制度於三王〔六〕；思之以時，別蒸嘗於四季〔七〕。然後按韋賢之舊德〔八〕，叙潘岳之家風〔九〕。戴逵銘北海之文〔一〇〕，張昶刻西山之石〔一一〕。若使鄧將軍之一見，自得嘉名〔一二〕；魏太祖之來觀，懸知絶唱〔一三〕。

【箋注】

〔一〕「長男」句，諸男事迹，别無可考。「仁護」原作「上護」，據諸男名改。

〔二〕「或體窮」二句，體，指文（包括詩）體。宋書謝靈運傳史臣（沈約）曰：「自漢至魏，四百餘年，辭人才子，文體三變：相如巧爲形似之言，班固長於情理之説，子建（曹植）、仲宣（王粲）以氣質爲體，并標能擅美，獨映當時。」潘、陸，潘岳、陸機，晉元康時期代表詩人。同上引：「降及元康，潘、陸特秀。律異班（固）、賈（誼），體變曹、王，縟旨星稠，繁文綺合。綴平臺之逸響，採南皮之高韻，遺風餘烈，事極江左。」詩品卷一：「孔氏之門如用詩，則公幹（劉楨）升堂，思王（曹植）入室，景陽（張協）、潘、陸，自可坐於廊廡之間矣。」此言高則之子或學詩，其詩之佳，潘、陸不如也。

〔三〕「有元方」二句，後漢書陳寔傳：陳寔，字仲弓，潁川許人也。有志好學，坐立誦讀。「有六子，紀、諶最賢。紀字元方，亦以至德稱，兄弟孝養，閨門廱和，後進之士，皆推慕其風。……弟諶，字季方，與紀齊德同行。父子并著高名，時號『三君』。」學詩學禮，見前唐右將軍魏哲神道碑「虔奉趨庭之教」句注引論語季氏。

〔四〕「金友」句，南史王彧傳附王份傳：「長子琳，字孝璋，位司徒、左長史。琳齊代取梁武帝妹義興長公主，有子九人，并知名。長子銓，字公衡，美風儀，善占吐，尚（梁）武帝女永嘉公主，拜駙馬都尉。銓雖學業不及弟錫，而孝行齊焉，時人以爲銓、錫二王，可謂玉昆金友。」

〔五〕「霜露」二句，禮記祭義：「霜露既降，君子履之，必有淒愴之心，非其寒之謂也。春雨露既濡，君子履之，必有怵惕之心，如將見之。」鄭玄注：「非其寒之謂，謂淒愴及怵惕，皆爲感時念親也。」子，原誤「一」，據英華、四子集、全唐文改。

〔六〕「垂制度」句，三王制度，指夏、商、周三代制度。按禮記喪大記，即述大斂、小斂、葬、既葬等葬禮全過程。

〔七〕「思之」二句，禮記祭義：「祭不欲數，數則煩，煩則不敬。祭不欲疏，疏則怠，怠則忘。是故君子合諸天道，春禘秋嘗。合於天道，因四時之變化，孝子感時念親，則以此祭之也。春禘者，夏殷禮也，周以禘爲殷祭，更名春祭曰祠。」禮記王制：「天子、諸侯宗廟之祭，春曰礿，夏曰禘，秋曰嘗，冬曰烝。」鄭玄注：「此蓋夏、殷之祭名，周則改之：春曰祠，夏曰礿。以禘爲殷祭，詩小雅曰：『礿祠烝嘗，于公先王。』此周四時祭宗廟之名。」烝、蒸同，蒸乃後起字。

〔八〕「然後」句，漢書韋賢傳：「韋賢，字長孺，魯國鄒人也。其先韋孟，家本彭城，爲楚元王傅，傅子夷王及孫王戊。戊荒淫不遵道，孟作詩風諫。後遂去位，徙家於鄒，又作一篇，其諫詩曰：『肅肅我祖，國自豕韋。黼衣朱紱，四牡龍旂。……』孟卒於鄒。或曰其子孫好事述先人之志，而作是詩也。自孟至賢五世。賢爲人質樸少欲，篤志於學，兼通禮、尚書，以詩教授，號稱鄒魯大儒。」此謂欲求銘詩以述先人舊德，其志同於韋賢。

〔九〕「叙潘岳」句，世説新語文學：「夏侯湛作周詩成，示潘安仁（岳）。安仁曰：『此非徒温雅，乃別見孝悌之性。』潘因此遂作家風詩。」劉孝標注：「岳家風詩，載其宗祖之德及自戒也。」

〔一〇〕「戴逵」句，戴，原作「載」，據四子集、全唐文改。晉書戴逵傳：「總角時，以雞卵汁溲白瓦屑，作鄭玄碑，又爲文而自鐫之，詞麗器妙，時人莫不驚歎。」北海，即鄭玄，北海高密人。

〔一一〕「張昶」句，水經渭水注：「渭水又東，敷水注之。……敷水又北，逕集靈宮西。地理志曰：『華陰縣有集靈宮，武帝起，故張昶華嶽碑稱漢武慕其靈，築宮在其後，而北流注於渭。』」太平寰宇記卷二九華州華陰縣：「（太華山）南北二廟，北廟有古碑九所，其一是漢振遠將軍段煨更修之碑，黄門侍郎張昶書，魏文帝與鍾繇各於碑陰刻二十字。此碑垂名海内。」則「西山」即華山，因其爲西嶽，故稱。

〔一二〕「若使」二句，三國志魏書鄧艾傳：「鄧艾，字士載，義陽棘陽人也。少孤。太祖破荆州，徙汝南，爲農民養犢。年十二，隨母至潁川，讀故太丘長陳寔碑文，言『文爲世範，行爲士則』，艾遂自名範，字士則。」爲典農，司馬懿辟爲掾。高貴鄉公甘露元年（二五六），「以艾爲鎮西將軍、都督隴右諸軍事，進封鄧侯」。

〔一三〕「魏太祖」二句，魏太祖，即曹操。絶唱，用曹操與楊修共識曹娥碑背所題「黄絹幼婦，外孫齏臼」八字爲「絶妙好辭」事，見前唐恒州刺史建昌公王公神道碑注引世説新語捷悟。

其詞曰：

金闕千仞，銀宮百常〔一〕。發揮雷雨，震動陰陽。山水形勝，人神會昌〔二〕。九州霸業，賜履勤王〔三〕。樂只君子，邦家之光〔四〕。驚雷氣候〔五〕，大昴徵祥〔六〕。運屬飛海〔七〕，時逢吸霜〔八〕。中原逐鹿〔九〕，西嶽亡羊〔一〇〕。漢起高帝，周興太王〔一一〕。乃披荆棘，即奉壇場〔一二〕。國步猶阻，黎元未康。將軍不拜，使者相望〔一三〕。陣合星斗，兵符玉璜〔一四〕。殲夷叛逆，刷滌邊荒〔一五〕。化穆三代，時清九皇〔一六〕。猶思禮節，尚試堯湯〔一七〕。漕通淮海，水泛舟航。蒼鷹鷁舳，紫貝龍堂〔一八〕。功立身退，懸車杖鄉〔一九〕。百年俄頃，萬緒悲涼。昔時華屋，今日玄房〔二〇〕。平天慘慘，半月蒼蒼。地謂西郭〔二一〕，山言北邙〔二二〕。曲池無處〔二三〕，松檟成行〔二四〕。

【箋注】

〔一〕「金闕」二句，金銀宮闕，海上神仙宮闕，見本文前注引史記封禪書。常，古代長度單位，八尺爲尋，兩尋爲常。百常，與上句「千仞」，皆極言金銀闕之高。兩句言高則祖籍渤海。

〔二〕「人神」句，左思蜀都賦：「遠則岷山之精，上爲井絡。天地運期而會昌，景福肸蠁而興作。」此亦指渤海。

〔三〕「九州」二句，述齊桓公爭霸事，亦言渤海。左傳僖公四年：「春，齊侯以諸侯之師侵蔡，蔡潰，遂伐楚。楚子使與師言曰：『君處北海，寡人處南海，唯是風馬牛不相及也。不虞君之涉吾地也，何故？』管仲對曰：『昔召康公命我先君大公曰：「五侯九伯，女實征之，以夾輔周室。」賜我先君履，東至於海，西至於河，南至於穆陵，北至於無棣。』」五侯九伯，杜預注：「五等諸侯、九州之伯皆得征討其罪，齊桓因此命以誇楚。」夾輔周室，即所謂「勤王」。

〔四〕「樂只」二句，詩經小雅南山有臺：「南山有桑，北山有楊。樂只君子，邦家之光。」鄭玄箋：「只之言是也。」按：是詩小序稱「樂得賢也。得賢則能爲邦家立太平之基矣」。

〔五〕「驚雷」句，傅玄驚雷歌：「驚雷奮兮震萬里，威陵宇宙兮動四海，六合不維兮誰能理？」此喻指隋末世亂。

〔六〕「大昴」句，大昴，即昴宿。初學記卷一星：「昴宿，春秋佐助期曰：漢相蕭何長七尺八寸，昴星精生耳。」文選王儉褚淵碑文：「辰精感運，昴靈發祥。」李善注亦引春秋佐助期。詩經商頌長發：「濬哲維商，長發其祥。」鄭玄箋：「長，猶久也。」謂「久發見其禎祥」。句謂亂世出英雄，如蕭何輩乃奮起其間。此喻指高則。

〔七〕「運屬」句，揚雄劇秦美新：「神歇靈繹，海水群飛，二世而亡，何其劇與！」又太玄卷六劇上九：「海水群飛，蔽於天杭。測曰：海水群飛，終不可語也。」此謂時值改朝換代。

〔八〕「時逢」句，太平御覽卷八七四叙咎徵引易是類謀：「民衣霧，主吸霜。」注：「民衣霧，佞政行，被其毒也。主吸霜，被陰毒，將害躬也。」

〔九〕「中原」句，史記淮陰侯列傳：「秦之綱絶而維弛，山東大擾，異姓并起，英俊烏集。秦失其鹿，天下共逐之。」集解引張晏曰：「以鹿喻帝位也。」

〔一〇〕「西嶽」句，太平御覽卷八七四叙咎徵引易是類謀：「五星合，狼狐張。晝視無日，虹蜺煌煌。夜視無月，彗孛蔣蔣。……太山失金雞，西嶽亡玉羊。」注：「太山失金雞者，箕星亡也。箕者爲風，風動雞鳴，今期侯者亡，故雞亦亡。西嶽亡玉羊者，狼星亡，狼在於未，爲羊也。」以上數句，皆言時勢屯剥，隋朝將亡。

〔一一〕「漢起」二句，高帝，即漢高祖。太王，指周王古公，追尊爲太王，皆見本文前注。此喻指唐高祖李淵、太宗李世民。

〔一二〕「乃披」二句，謂在唐高祖、太宗披荆斬棘之際，高則曾被許以登壇拜將。

〔一三〕「將軍」二句，謂高則唯獻帷幄之謀，不願爲將，以致使者不絶於道。以上四句，詳本文前注。

〔一四〕「陣合」二句，謂高則用兵布陣合乎兵法。太平御覽卷八四周文王引尚書帝命驗，稱吕望於磻谿垂釣，釣得玉璜，刻曰「姬受命，吕佐旌」，故此「玉璜」代指吕望，謂其用兵符合太公兵法。

〔一五〕「殲夷」二句，言隨長孫無忌協助太宗追擊薛舉事，詳本文前注。

〔一六〕「化穆」二句，化穆，教化清平，與下句「時清」義同。三代，指夏、商、周。九皇，史記孝武本紀：「比德於九皇。」注引韋昭曰：「上古人皇者九人也。」

〔一七〕「尚試」句，試，謙詞，謂爲其所用。堯湯，古之聖君，代指當朝皇帝。

〔一八〕「漕通」四句，指奉敕爲河陽檢校水運使事，詳本文前注。

〔一九〕「懸車」句，懸車，謂懸其車以傳子孫，指致仕退休，見前瀘州都督王湛神道碑「歲及懸車」句注。

杖鄉，禮記王制：「五十杖於家，六十杖於鄉。」後泛指老者拄杖。任昉答到建安餉杖詩：「扶危復防咽，事歸薄暮人。勞君尚齒意，矜此杖鄉辰。」又唐玄宗千秋節宴：「處處祠田祖，年年宴杖鄉。」可參讀。

〔二〇〕「今日」句，玄房，淮南子主術訓：「天氣爲魂，地氣爲魄，反之玄房，各處其宅。」此指墓穴。

〔二一〕「地謂」句，漢書朱邑傳：「病且死，屬其子曰：『我故爲桐鄉吏，其民愛我，必葬我桐鄉。後世子孫奉嘗我，不如桐鄉民。』及死，其子葬之桐鄉西郭外，民果然共爲邑起冢立祠，歲時祠祭，至今不絶。」

〔二二〕「北邙」句，元和郡縣志卷五河南府河南縣：「北邙山，在縣北二里。西自洛陽縣界，東入鞏縣界。舊説云：北邙山是隴山之尾，乃衆山總名，連嶺修亘四百餘里。」山在今洛陽市北，自古爲王公貴族葬地。張載七哀詩二首其一：「北邙何壘壘，高陵有四五。借問誰家墳，皆云漢世主。」按：高則歸葬故鄉安定縣，此及上句所謂西郭、北邙，皆喻之也。

〔二三〕「曲池」句，用雍門子周以琴見孟嘗君事，見本文前注引説苑。無處，謂曲池已漸，無地可尋。

〔二四〕「松檟」句，文選潘岳懷舊賦：「墳壘壘而接壟，柏森森以欑植。」李善注引仲長子（統）昌言曰：「古之葬，植松柏梧桐以識其墳。」同書任昉爲范始興作求立太宰碑表：「人之云亡，忽移歲序。鵾鵶東徙，松檟成行。」李善注引左傳（哀公十一年）：伍子胥曰：「樹吾墓檟。」

唐昭武校尉曹君神道碑〔一〕

君諱通，字某，其先沛國譙人也〔二〕。近代因官，遂居於瓜州之常樂縣〔三〕，故今爲縣人焉。顓頊高陽之子孫〔四〕，曹叔振鐸之苗裔〔五〕。山河白馬，漢丞相開一代之基〔六〕；譙沛黄龍，魏武帝定三分之業〔七〕。承家恤胤，嶽峙星羅〔八〕。居雍州之西境〔九〕，斷匈奴之右臂〔一〇〕。門容駟馬，旌旗玉塞之雄〔一一〕；坐列三貂，人物金行之秀〔一二〕。祖某，隱居不仕。父顯，盪寇將軍〔一三〕。河庭寶玉〔一四〕，廣都鸞鳳〔一五〕。或閭閻之内，禮敵於諸侯〔一六〕；或枹鼓之間，威振於千里。功則可大〔一七〕，以官族而爲官；德亦不孤〔一八〕，惟將門而有將。

【箋　注】

〔一〕昭武校尉，武官名，正六品上，見下注。按碑文稱「炯效官昌運，負譴明時。始以東宫學士，出爲梓州司法」云云，則本文應作於作者爲梓州司法時，確年不可考，當在垂拱元年至三年（六八五—六八七）間。

〔二〕「其先」句，後漢書郡國志：「沛國。」李賢注：「秦泗川郡，高帝改。雒陽東南千二百里。」東漢建安末，曹操分沛國置譙郡，轄今蒙城、亳縣、鹿邑等地，治譙（今安徽亳州市）。

〔三〕「遂居」句，元和郡縣志卷四〇瓜州長樂縣：「本漢廣至縣地，屬敦煌郡。魏分廣至置宜禾縣，後魏明帝改置常樂郡，隋於此置常樂鎮。武德五年（六二二），置常樂之縣也。」地在今甘肅安西縣一帶，具體位置待考。

〔四〕「顓頊」句，太平御覽卷七九顓頊高陽氏引帝王世紀：「帝顓頊高陽氏，黄帝之孫，昌意之子，姬姓也。」史記五帝本紀：「周后稷，名棄。……帝堯封棄於邰，號曰后稷，别姓姬氏。」按曹氏始祖爲周武王之弟叔振鐸，封於曹（見下注），因得姓。則顓頊高陽氏、叔振鐸同爲姬姓，故謂曹氏爲顓頊子孫。

〔五〕「曹叔」句，左傳僖公二十八年：「曹叔振鐸，文之昭也。」杜預注：「叔振鐸，曹始封君，文王之子。」又同書哀公七年：「初，曹人或夢衆君子立於社宫，而謀亡曹。曹叔振鐸請待公孫彊，許之。」杜注：「振鐸，曹始祖。」又鄭玄毛詩譜曹：「周武王既定天下，封弟叔振鐸於曹，今日濟陰定陶是也。」

〔六〕「山河」二句，指曹參。史記吕后本紀：「高帝刑白馬，盟曰：『非劉氏而王，天下共擊之。』」謂曹參曾與高祖盟誓，爲保漢江山之臣。史記曹相國世家：「平陽侯曹參者，沛人也。」追隨劉邦定天下，封平陽侯，爲漢丞相。正義：「按沛，今徐州縣也。」

〔七〕「譙沛」二句，三國志魏書武帝紀：「太祖武皇帝，沛國譙人也。姓曹，諱操，字孟德，漢相國參之後。」同上文帝紀：「初，漢熹平五年（一七六），黄龍見譙，光禄大夫橋玄問太史令單颺：『此何祥也？』颺曰：『其國後當有王者興，不及五十年，亦當復見。天事恒象，此其應也。』内黄殷登默而記之。至四十五年，登尚在，三月，黄龍見譙，登聞之，曰：『單颺之言，其驗兹乎？』」三分之業，指魏、蜀、吴三國鼎立。按：以上數句，皆述曹家事。

〔八〕「承家」二句，恤胤，養育後代。國語周語下：「胤也者，子孫蕃育之謂也。」顔真卿臧公（懷恪）神道碑銘：「恤胤之慶，世祀宜哉。」可參讀。嶽峙星羅，極言子孫之多，有如山嶽、星辰。家，英華卷九一〇校：「集作苗。」胤，全唐文卷一九四作「允」。皆誤。

〔九〕「居雍州」句，此雍州，當指尚書禹貢所述九州之雍州，乃今西北廣大地區。其曰：「黑水、西河惟雍州。」僞孔傳：「西距黑水，東據河。龍門之河，在冀州西。」「雍州之」三字，英華無「之」字，校：「集作之字。」「作」當是「有」之誤。

〔一〇〕「斷匈奴」句，史記大宛列傳：「條枝，在安息西數千里，臨西海。……（張騫言）：『今單于新困於漢，而故渾邪地空無人。蠻夷俗貪漢財物，今誠以此時而厚幣賂烏孫，招以益東，居故渾邪之地，與漢結昆弟，其勢宜聽，聽則是斷匈奴右臂也。』」「匈奴」下，英華無「之」字，校：「集有之字。」有「之」字是。

〔一一〕「門容」二句，漢書于定國傳：「始，定國父于公，其閭門壞，父老方共治之。于公謂曰：『少高大門閭，令容駟馬高蓋車。』」旌旗玉塞，蓋其先嘗鎮守玉門關。句謂曹通家乃西域豪族。

〔一二〕「坐列」二句，南齊書何戢傳：「建元元年（四七九），遷散騎常侍、太子詹事，尋改侍中，詹事如故。上欲轉戢領選，問尚書令褚淵，以戢資重，欲加常侍。淵曰：『……不容頓加常侍。聖旨每以蟬冕不宜過多，臣與王儉既已左珥，若復加戢，則八座便有三貂。若帖以驍游，亦爲不少。』乃以戢爲吏部尚書，加驍騎將軍。」文選左思詠史八首其二：「金張藉舊業，七葉珥漢貂。」李善注：「珥，插也。董巴輿服志曰：『侍中、中常侍冠武弁，貂尾爲飾。』」句謂曹通家族嘗爲朝廷高官。金行，指晉代，晉自稱以金德王。金行之秀，當指曹志、曹攄、曹毗。據晉書本傳，三人皆爲譙人，曹志嘗爲散騎常侍，曹攄爲中書侍郎，曹毗累遷光禄勳。

〔一三〕「父顯」句，盪寇將軍，蓋始設於後漢。後漢書靈帝紀：中平二年（一八五）十一月，「張温破北宫伯玉於美陽，因遣盪寇將軍周慎追擊之」。

〔一四〕「河庭」句，文選陸倕石闕銘：「河庭紫貝。」李善注：「楚辭（按：見屈原九歌河伯）曰：『魚鱗屋兮龍堂，紫貝闕兮珠宫。』王逸曰：『言河伯所居，以紫貝作闕也。』」此言寶玉，義同。

〔一五〕「廣都」句，山海經海内經：「西南黑水之間，有廣都之野，后稷葬焉。爰有膏菽膏稻，膏黍膏稷，百穀自生，冬夏播琴，鸞鳥自歌，鳳鳥自儛。」楊慎補注：「黑水、廣都，今之成都也。」以上兩句，以寶玉、鸞鳳爲喻，謂曹顯品格高尚。

〔一六〕「或閭閻」二句，漢書異姓諸侯王表：「閭閻偪於戎狄。」注：「閭，里門也。閻，里中門也。」此指鄉鄰。禮儐，周禮秋官司儀：「及其擯之，各以其禮：公於上等，侯伯於中等，子男於下等。」鄭玄注：「謂執玉而前見於王也。擯之，各以其禮者謂擯。公者五人，侯伯四人，子男三人也。

上等、中等、下等者，謂所奠玉處也。」賈公彥疏：「禮法：禮敵并授，禮不敵者訝受。此行臣禮，則諸侯皆北面授之於堂上也。」此所謂「禮敵」，指禮品相當。兩句謂曹顯雖貴，却能謙抑，與鄰里禮尚往來。

〔一七〕「功則」句，周易繫辭上：「易則易知，簡則易從。易知則有親，易從則有功。有親則可久，有功則可大。」韓康伯注：「有易簡之德，則能成可久可大之功。」

〔一八〕「德亦」句，論語里仁：「德不孤，必有鄰。」何晏集解：「方以類聚，同志相求，故必有鄰，是以不孤。」又周易坤卦文言：「君子敬以直内，義以方外。敬、義立而德不孤。」

君天才卓越，雄略縱横。陶謙性好於幡旗〔一〕，王濬志在於長戟〔二〕。東方諫議，口誦孫吴〔三〕；諸葛武侯，坐吟梁甫〔四〕。屬有隋之末，四海分崩；皇運之初，三光草昧〔五〕。五星同聚，田横猶在於海中〔六〕；九代飛榮，隗囂尚屯於隴右〔七〕。賀拔威操符誓衆〔八〕，斬木稱兵，以被髮左衽之餘〔九〕，負檮杌窮奇之號〔一〇〕。遂欲驅馳我塞北，撓亂我河西。天子不憚於廟堂，鼓其雷電；使者相望於道路，申其弔伐。武德元年，乃詔侍中楊恭仁出使，先之以德義，陳之以兵甲〔一一〕。七旬干羽，不籍有苗之師〔一二〕；萬國侯王，坐見防風之戮〔一三〕。君深知逆順，獨斷胸懷，去危即安，轉禍爲福〔一四〕。非如馬援，遨遊二帝之都〔一五〕；不學竇融，自保三分之重〔一六〕。敕授昭武校尉〔一七〕。鮮卑醜類，慕容殘孽，遷於大棘之城，止於小蘭之界〔一八〕。雖謂其群下，願聞禮於上京〔一九〕；而拜於將軍〔二〇〕，遂誇大於諸國。

【箋注】

〔一〕「陶謙」句，後漢書陶謙傳李賢注引吴書曰：「謙少孤，始以不羈聞於縣中。年十四，猶綴帛爲幡，乘竹馬而戲，邑中兒童皆隨之。」按：幡旗，長幅下垂之旗。言其自幼好武，志在爲將。

〔二〕「王濬」句，晉書王濬傳：「王濬，字士治，弘農湖人也。……疏通亮達，恢廓有大志。嘗起宅開門前路，廣數十步，人或謂之何太過？濬曰：『吾欲使容長戟幡旗。』衆咸笑之，濬曰：『陳勝有言：燕雀安知鴻鵠之志！』」後爲平東將軍、假節都督益梁諸軍事，率大軍順流鼓棹，遂滅吴。

〔三〕「東方」二句，漢書東方朔傳：「東方朔，字曼倩，平原厭次人也。武帝初即位，徵天下舉方正賢良文學材力之士，待以不次之位。……朔初來，上書曰：『臣朔……十九學孫吴兵法，戰陣之具，鉦鼓之教，亦誦二十二萬言。』」按本傳及其他文獻，東方朔官拜太中大夫、給事中，未嘗爲諫議，蓋作者誤記。

〔四〕「諸葛」二句，三國志蜀書諸葛亮傳：「諸葛亮，字孔明，琅邪陽都人也。漢司隸校尉諸葛豐後也。……躬耕隴畝，好爲梁父吟。」後爲蜀漢丞相，封武鄉侯。

〔五〕「三光」句，三光，日、月、星。草昧，草創。漢書叙傳上載班固幽通賦：「天造草昧，立性命兮。」

注引應劭曰：「天道始造，萬物草創於冥昧之中，皆立其性命也。」

〔六〕「五星」二句，漢書高帝紀：「（漢）元年（前二〇六）冬十月，五星聚於東井。」注引應劭曰：「東井，秦之分野。五星所在其下，當有聖人以義取天下。」田橫，史記田儋列傳：「田儋者，狄人也，故齊王田氏族也。儋從弟田榮，榮弟田橫，皆豪宗彊，能得人。」「田氏兄弟與項羽、劉邦戰，及劉邦立爲皇帝，「田橫懼誅，而與其徒屬五百餘人入海居島中。高帝聞之，以爲田橫兄弟本定齊，齊人賢者多附焉。今在海中不收，後恐爲亂。迺使使赦田橫罪而召之」。田橫迺與其客二人乘傳詣雒陽，未至三十里，自殺死。海，英華作「草」，校：「集作每。」按：作「海」是，「每」蓋「海」之形殘。

〔七〕「九代」二句，「代」即「世」字，避唐諱。九世飛榮，指劉秀即皇帝位，漢於是中興。後漢書光武帝紀：「世祖光武皇帝諱秀，字文叔，南陽蔡陽人，高祖九世之孫也。」隗囂，後漢書隗囂傳：「隗囂，字季孟，天水成紀人。」王莽末起兵，遣諸將徇隴西、武都、金城、武威、張掖、酒泉、燉煌皆下之，遂歸更始。光武即位，囂欲歸之，更始遣兵圍囂，囂突圍「亡歸天水，復招聚其衆，據故地，自稱西州上將軍」。以上四句，喻指唐高祖雖已建國登基，然天下尚未平定。

〔八〕「賀拔威」句，威，原作「盛」，各本同，據兩唐書改（新唐書作「賀拔行威」）。賀拔威乃鮮卑人，唐建國初爲瓜州刺史，後叛唐被殺。詳下注。

〔九〕「以被髮」句，被髮左衽，古代少數民族妝束。尚書畢命：「四夷左衽，罔不咸賴，予小子永膺多福。」僞孔傳：「言東夷、西戎、南蠻、北狄，被髮左衽之人，無不皆恃賴三君之德，我小子亦長受其多福。」論語憲問：「子曰：『……微管仲，吾其被發左衽矣。』」邢昺疏：「衽謂衣衿。衣衿向左，謂之左衽。」被，英華作「辦」，校：「集作被。」作「辦」誤。

〔一〇〕「負檮杌」句，檮杌，頑凶無疇匹貌。窮奇，謂其行窮，其好奇異於他人。詳前唐上騎都尉高君神道碑「檮杌窮奇」句注引。

〔一一〕「武德」四句，指討賀拔威事。賀拔威新唐書作賀拔行威。新唐書高祖本紀：武德二年（六一九）十二月己酉，「瓜州刺史賀拔行威反」。元年、二年稍異，事則同一，孰是待考。舊唐書楊恭仁傳：「楊恭仁，本名綸，弘農華陰人，隋司空觀王雄之長子也。」歸高祖，「拜黄門侍郎，封觀國公，尋爲涼州總管。恭仁素習邊事，深悉羌胡情僞，推心馭下，人吏悦服，自葱嶺已東，并入朝貢。……屬瓜州刺史賀拔威擁兵作亂，朝廷憚遠，未遑征討。恭仁乃募驍勇倍道兼進，賊不虞兵至之速，克其二城。恭仁悉放俘虜，賊衆感其寬惠，遂相率執威而降」。恭仁，原作「仁恭」，各本同，據本傳乙。

〔一二〕「七旬」二句，尚書大禹謨：「三旬，苗民逆命。益贊於禹曰：『惟德動天，無遠弗届。……至諴感神，矧茲有苗。』禹拜昌言，曰：『俞！』班師振旅。帝乃誕敷文德，舞干羽於兩階。七旬，有苗格。」僞孔傳：「遠人不服，大布文德以來之。干，楯；羽，翳也，皆舞者所執。修闡文教，舞文舞於賓主階間，抑武事。討而不服，不討自來，明御之者必有道。」不籍，籍，憑借，謂不用以兵討伐。

〔一三〕「萬國」二句，史記孔子世家：「仲尼曰：禹致群神於會稽山，防風氏後至，禹殺而戮之。」集解引韋昭曰：「群神，謂主山川之君，爲群神之主，故謂之神也。」防風氏，左傳文公十一年：「鄋瞞侵齊。」杜預注：「鄋瞞，狄國名，防風之後。」陸德明音義引説文云：「北方長狄國也。在夏爲防風氏，殷爲汪芒氏。」「七旬」兩句謂先之以文德，此則言加之以兵威。

〔一四〕「君深知」四句，謂曹通原在賀拔威部下，蓋是時投誠唐軍。

〔一五〕「非如」二句，後漢書馬援傳：馬援爲隗囂綏德將軍。公孫述稱帝於蜀，與之相見，又歡如平生。後見光武帝劉秀，秀嘲其「遨遊二帝間」。最終歸劉秀，拜太中大夫。詳見前齊貞公宇文公神道碑「馬伏波來遊二帝」句注引。遨，英華校：「集作來。」

〔一六〕「不學」二句，後漢書竇融傳：「竇融，字周公，扶風平陵人也。七世祖廣國，孝文皇后之弟，封章武侯。」王莽時，以軍功封建武男。莽敗，融以軍降更始，謀得張掖屬國都尉。更始敗，爲行河西五郡大將軍。光武即位，隗囂先稱建武年號，融等從受正朔，囂假其將軍印綬。光武欲招之，賜融璽書，稱「今益州有公孫子陽，天水有隗將軍。方蜀漢相攻，權在將軍，舉足左右，便有輕重。……欲三分鼎足，連衡合從，亦宜以時定」云云。八年夏，光武西征隗囂，融率五郡太守等步騎數萬與大軍會，封爲安豐侯。

〔一七〕「敕授」句，唐六典卷五尚書兵部：「正六品上曰昭武校尉。」

〔一八〕「鮮卑」四句,鮮卑,古代少數民族之一,姓慕容氏。晉書載記第八慕容廆傳:「慕容廆,字奕洛瓌,昌黎棘城鮮卑人也。其先有熊氏之苗裔,世居北夷,邑於紫蒙之野,號曰東胡。其後與匈奴并盛。……太康十年(二八九),廆又遷於徒河之青山,廆以大棘城即帝顓頊之墟也,元康四年(二九四)乃移居之,教以農桑,法制同於上國。」小蘭之界,小蘭,不詳,或即白蘭,以與「大棘」對應,故改稱小蘭。晉書四夷傳西戎土谷渾傳「吐谷渾,慕容廆之庶長兄也。其父涉歸分部落一千七百家以隸之。及涉歸卒,廆嗣位」,吐谷渾遂離開部落,「西附陰山。永嘉之亂,始度隴而西。其後子孫據有西零已西,甘、松之界,極乎白蘭數千里」。白蘭,山名,在今青海西南。

〔一九〕「雖謂」二句,京,英華作「宗」,校:「集作京。」按:此言賀拔威部下喜禮樂之教,願學漢文化,則作「京」是,上京指唐都長安,「宗」蓋形訛。

〔二〇〕「而拜」句,將軍,指敕授曹通爲昭武校尉。

貞觀八年,詔特進、代國公李靖爲行軍大總管〔一〕。登壇拜將,授鉞行師。開太一之三門〔二〕,閉陰符之六甲〔三〕。決勝於俎豆,然後折衝萬里〔四〕;信賢如腹心,故能匡正八極〔五〕。君當仁不讓〔六〕,聞義則行。從王粲之戎旅〔七〕,棄班超之筆硯〔八〕。係單于之頸,有類長沙〔九〕;斬樓蘭之王,更加平樂〔一〇〕。詔除上騎都尉〔一一〕。

【箋注】

〔一〕「貞觀」二句，指李靖討土谷渾事。舊唐書李靖傳：「李靖，本名藥師，雍州三原人也。」仕隋，高祖克長安，將斬之，太宗召入幕府。以武功累拜至尚書右僕射，加特進。貞觀九年（六三五）正月，吐谷渾寇邊，即以靖爲西海道行軍大總管。又同書太宗紀下：貞觀八年十一月「丁亥，吐谷渾寇源州。己丑，吐谷渾拘我行人趙道德。十二月辛丑，命特進李靖、兵部尚書侯君集、刑部尚書任城王道宗、涼州都督李大亮等爲大總管，各帥師分道以討吐谷渾」。（按上引李靖本傳謂「九年」，當誤。）吐谷渾，鮮卑之一部，見上文注。

〔二〕「開太一」句，後漢書高彪傳：「天有太一，五將三門。」李賢注：「太一式：凡舉事，皆欲發三門，順五將。發三門者，開門、休門、生門，五將者，天目、文昌等。」太一式已佚，不知其詳，蓋布陣用兵之法。按三國志吴書胡綜傳曰：「（孫權）命綜作賦曰：『……乃律天時，制爲神軍。取象太一，五將三門。疾則如電，遲則如雲。進止有度，約而不煩。……』」可窺一斑。

〔三〕「閉陰符」句，隋書經籍志子部著録太公陰符鈐録一卷，已佚。今本太公六韜有陰符篇，稱「主與將有陰符，凡八等：有大勝克敵之符，長一尺；破軍殺將之符，長九寸；降城得邑之符，長八寸；却敵報遠之符，長七寸；誓衆堅守之符，長六寸；請糧益兵之符，長五寸；敗軍亡將之符，長四寸；失利亡士之符，長三寸。諸奉使行符，稽留者、若符事泄聞者、告者，皆誅之。八符者，主將秘聞所以，陰通言語不泄，中外相知之術，敵雖聖智，莫之能識」。同書五音篇：「古者三皇之世，虛無之情以制剛强。無有文字，皆由五行。五行之道，天地自然，六甲之分，微妙之神。其法以天清浄無陰雲風雨，夜半遣輕騎往至敵人之壘。去九百步外，徧持律管當耳，大呼驚之，有聲應管，其來甚微。角聲應管，當以白虎；徵聲應管，當以玄武；商聲應管，當以朱雀；羽聲應管，當以勾陳；五管聲盡不應者宫也，當以青龍。此五行之符，佐勝之徵，成敗之機。」此泛指用兵方術。六甲，即甲子、甲戌、甲申、甲午、甲辰、甲寅。兵家有所謂六甲陰符，乃列兵布陣之詭術。參見唐上騎都尉高君神道碑「用兵書六甲於自然」句注引武經總要後集卷二〇。

〔四〕「決勝」二句，俎豆，論語衛靈公：「衛靈公問陳於孔子，孔子對曰：俎豆之事則嘗聞之矣，軍旅之事，未之學也。」何晏集解引孔（安國）曰：「俎豆，禮器。」此代指朝廷。淮南子兵略訓：「修政廟堂之上，而折衝千里之外，拱揖指撝，而天下響應，此用兵之上也。」同書説山訓：「國有賢君，折衝萬里。」高誘注：「衝，兵車也，所以衝突敵城也。言賢君德不可伐，故能折於遠敵之衝車於千里之外，使敵不敢至也。」

〔五〕「信賢」二句，後漢書光武帝紀上：「降者更相語曰：『蕭王推赤心置人腹中，安得不投死乎？』」八極，泛指天下。鹽鐵論論鄒：「所謂中國者，天下八十分之一，名曰赤縣神州，而分爲九。川谷阻絶，陵陸不通，乃爲一州，有八瀛海圜其外，此所謂八極，而天下際焉。」

〔六〕「君當仁」句，論語衛靈公：「子曰：當仁不讓於師。」何晏集解引孔（安國）曰：「當行仁之事，不復讓於師，言行仁急。」

〔七〕「從王粲」句，三國志魏書王粲傳：「善屬文，舉筆便成，無所改定。……著詩賦論議垂六十篇。建安二十一年，從征吳。二十二年春，道病卒。」

〔八〕「棄班超」句，班超投筆欲立功異域事，前已屢注。

〔九〕「係單于」二句，長沙，指賈誼。漢書賈誼傳：「賈誼，雒陽人也。……天子（文帝）議以誼任公卿之位，絳、灌、東陽侯、馮敬之屬盡害之，出爲長沙王太傅。」嘗數上疏陳政事，有曰：「臣竊料匈奴之衆，不過漢一大縣。以天下之大，困於一縣之衆，甚爲執事者羞之。陛下何不試以臣爲屬國之官以主匈奴，行臣之計，請必係單于之頸而制其命，伏中行説而笞其背，舉匈奴之衆唯上之令。」

〔一〇〕「斬樓蘭」二句，漢書傅介子傳：「傅介子，北地人也。……爲中郎，遷平樂監。介子謂大將軍霍光曰：『樓蘭、龜茲數反復而不誅，無所懲艾。介子過龜茲，時其王近就人，易得也，願往刺之，以威示諸國。』大將軍曰：『龜茲道遠，且驗之於樓蘭。』於是白遣之。介子與士卒俱齎金幣，揚言以賜外國爲名。至樓蘭，樓蘭王……貪漢物，來見使者。介子與坐飲，陳物示之。飲酒皆醉，介子謂王曰：『天子使我私報王。』王起，隨介子入帳中，屏語壯士二人從後刺之，刃交胸，立死。」昭帝下詔，「封介子爲義陽侯、食邑七百户」。樂，英華作「縣」，校：「集作樂。」作「縣」誤。

〔一二〕「詔除」句，唐六典卷二尚書吏部：凡勳十有二等，「六轉爲上騎都尉，比正五品」。

車師舊國，俯枕前庭〔一〕；戊己遺墟，斜連後壁〔二〕。負天山而版蕩，擁蒲海而虔劉〔三〕。聖人之德，非欲窮兵黷武；王者之師，蓋爲夷凶静亂。十四年，詔兵部尚書侯君集爲行軍大總管〔四〕。軍營玉帳，武略珠韜〔五〕。旍旗蔽於日月，金鼓聞於天地。安民保大〔六〕，實憑帷幄之謀；斬將搴旗，咸籍武夫之力。君緬懷高義，思報國恩。從來六郡之子〔七〕，是爲萬人之敵〔八〕。梯衝所及，攻靡堅城；矛戟所臨〔九〕，野無横陣。一舉而清海外，再戰而滌河源。飲至策勳〔一〇〕，抑惟恒授。詔除上柱國〔一一〕。

【箋注】

〔一〕「車師」二句，車師，漢代西域國名。前庭，車師前國（另有車師後國）王庭。漢書西域傳下：「車師前國王治交河城。河水分流繞城下，故號交河。去長安八千一百五十里，户七百，口六千五十，勝兵千八百六十五人。……西南至都護治所千八百七里，至焉耆八百三十五里。」地在今新疆吐魯番市。

〔二〕「戊己」二句，戊己，即戊己校尉。漢書元帝紀：建昭三年（前三六）「撟發戊己校尉、屯田吏士及西域胡兵攻郅支單于」。顔師古注：「戊己校尉者，鎮安西域，無常治處，亦猶甲、乙等各有方位，而戊與己四季寄王，故以名官也。時有戊校尉，又有己校尉。一説戊己位在中央，今所置校尉處三十六國之中，故曰戊己也。」「己」原作「巳」，據改。後壁，指車師後國。按：以上四句所謂「舊國」、「遺墟」，皆指唐之高昌。舊唐書地理志三隴右道：「高昌，漢車師前王之庭，漢元帝置戊己校尉於此。以其地形高敞，故名高昌。」

〔三〕「負天山」二句，「版」同「板」，板、蕩，分别爲詩經大雅篇名，刺周厲王無道。此指製造動亂。蒲海，即蒲昌海。漢書西域傳上：「于闐在南山下，其河北流，與葱嶺河合，東注蒲昌海。蒲昌海，一名鹽澤者也，去玉門陽關三百餘里，廣袤三百里。」按：即今新疆羅布泊。虔劉，謂殺戮，前已注。

〔四〕「詔兵部」句，舊唐書侯君集傳：「侯君集，豳州三水人也。性矯飾，好矜誇。玩弓矢而不能成其藝，乃以武勇自稱。太宗在藩，引入幕府，數從征伐，累除左虞候、車騎將軍，封全椒縣子，漸蒙恩遇。……太宗即位，遷左衛將軍，以功進封潞國公，賜邑千户。尋拜右衛大將軍。貞觀四年（六三〇），遷兵部尚書，參議朝政。」又舊唐書太宗紀下：貞觀十三年十二月丁丑，「吏部尚書、陳國公侯君集爲交河道行軍大總管，帥師伐高昌」。十四年八月癸巳，「交河道行軍大總管侯君集平高昌，以其地置西州」。九月癸卯，曲赦西州大辟罪。乙卯，於西州置安西都護府」。

〔五〕「武略」句，珠韜，謂韜略寶貴如珠。珠，與上句「玉」對應。

〔六〕「安民」句，民，原作「人」，避太宗諱，徑改。左傳宣公十二年：「夫武，禁暴、戢兵、保大、定功、安民、和衆、豐財者也。」杜預注：「此武七德。」保大，孔穎達正義：「時夏保之，保大也。」或謂保持强大。

〔七〕「從來」句，漢書趙充國傳：「以六郡良家子，善騎射，補羽林。」注引服虔曰：「金城、隴西、天水、安定、北地、上郡是也。」顔師古注：「隴西、天水、安定、北地、上郡、西河是也。」曹通爲瓜州人，唐屬隴右道，故稱。

〔八〕「是爲」句，爲，英華作「惟」，校：「集作爲。」皆可通。史記項羽本紀：「（項）籍曰：『……劍一人敵，不足學，學萬人敵。』於是項梁乃教籍兵法。」

〔九〕「矛戟」句，英華校：「一作弟伐匪。」誤。

〔一〇〕「飲至」句，左傳隱公五年：「三年而治兵，入而振旅，歸而飲至，以數軍實。」杜預注：「飲於廟，以數車徒器械及所獲也。」

〔一一〕「詔除」句，唐六典卷二尚書吏部：「凡勳，十有二等，十二轉爲上柱國，比正二品。」

君備嘗艱阻，頻有戰功，天子聞之，累加徵辟。慕田疇之節，羞賣盧龍之塞〔一〕；高魯連之義，請從滄海之遊〔二〕。遂乃散髮鄉亭，拂衣丘壑。爲趙魏之老〔三〕，在羲皇之上〔四〕。關内諸公，深知郭解〔五〕；洛陽人物，高談劇孟〔六〕。家僮有禮，皆使拜賓〔七〕；門客多才，咸能市義〔八〕。南宫養老，坐聞鳩杖之榮〔九〕；東嶽遊魂，俄見鶴書之召〔一〇〕。以龍朔元年某月某日〔二〕，終於里第。嗚呼哀哉！

【箋注】

〔一〕「慕田疇」二句，塞，原作「墓」，據四庫全書本、全唐文改。三國志魏書田疇傳：「田疇，字子泰，右北平無終人也。好讀書，善擊劍。」「建安十二年（二〇七），太祖北征烏丸，時方夏雨，道路濘滯不通，田疇爲指盧龍道，遂大斬獲，追奔逐北至柳城。「軍還入塞，論功行封，封疇亭侯、邑五百户。疇自以始爲居難，率衆遁逃，志義不立，反以爲利，非本意也，固讓。太祖知其至心，許而不奪。」其後仍欲封之，遣夏侯惇爲語，臨去拊疇背曰：「田君！主意殷勤，曾不能顧乎？」疇答曰：「是何言之過也！疇負義逃竄之人耳，蒙恩全活，爲幸多矣，豈可賣盧龍之塞，以易賞禄哉？縱國私疇，疇獨不愧於心乎！將軍雅知疇者，猶復如此，若必不得已，請願效死刎首於前。」

〔二〕「高魯連」二句，戰國策趙策：秦圍趙都邯鄲，魯仲連適游趙，説辛垣衍曰：秦若爲帝，「則連有赴（史記魯仲連傳作「蹈」）東海而死耳，吾不忍爲之民也！」乃獻退秦之計。秦將聞之，爲却軍五十里。

〔三〕「爲趙魏」句，論語憲問：「子曰：孟公綽爲趙、魏老則優，不可以爲滕、薛大夫。」朱熹論語集注卷七：「公綽，魯大夫；趙、魏，晉卿之家；老，家臣之長。大家勢重，而無諸侯之事；家老望尊，而無官守之責，優有餘也。滕、薛，二國名；大夫，任國政者。滕、薛國小政繁，大夫位高責重。然則公綽，蓋廉静寡欲而短於才者也。」此謂曹通欲無職任優遊如孟公綽。

〔四〕「在羲皇」句，上，原作「年」。英華、四子集作「上」，英華校：「集作年。」陶淵明與子儼等疏曰：「常言：五六月中，北窗下卧，遇涼風暫至，自謂是羲皇上人。」則作「上」是，據改。

〔五〕「關内」二句，史記遊俠列傳：「郭解，軹人也，字翁伯。」「及解年長，更折節爲儉，以德報怨，厚施而薄望。然其自喜爲俠益甚。……解入關，關中賢豪知與不知，聞其聲，争交歡解。」

〔六〕「洛陽」二句，史記遊俠列傳：「雒陽有劇孟。周人以商賈爲資，而孟劇以任俠顯諸侯。吴楚反時，條侯爲太尉，乘傳車將至河南，得劇孟，喜曰：『吴楚舉大事而不求孟，吾知其無能爲已矣。』天下騷動，宰相得之，若得一敵國云。』劇孟行大類朱家，而好博，多少年之戲。然劇孟母死，自遠方送喪蓋千乘；及劇孟死，家無餘十金之財。」以上四句，謂曹通具豪俠之氣。

〔七〕「家僮」二句，顔氏家訓卷二風操：「失教之家，閽寺無禮，或以主君寢食瞋怒，拒客未通，江南深以爲恥。黄門侍郎裴之禮，號善爲士大夫，有如此輩，對賓杖之。其門生僮僕，接於他人，折旋俯仰，辭色應對，莫不肅敬，與主無别也。」

〔八〕「門客」二句，戰國策齊四：齊人有馮諼者，貧乏不能自存，寄食孟嘗君門下。後爲孟嘗君收責（債）於薛。至薛，「使吏召諸民當償者悉來合券。券徧合，起，矯命以責賜諸民，因燒其券，民稱萬歲。長驅到齊，晨而求見。孟嘗君怪其疾也，衣冠而見之，曰：『責畢收乎？來何疾也。』

曰：『收畢矣。』『以何市而反？』馮諼曰：『……臣竊計君宮中積珍寶，狗馬實外廄，美人充下陳，君家所寡有者，以義耳。竊以爲君市義。』孟嘗君曰：『市義奈何？』曰：『今君有區區之薛，不拊愛子其民，因而賈利之。臣竊矯君命，以責賜諸民，因燒其券，民稱萬歲，乃臣所以爲君市義也。』孟嘗君不説，曰：『諾，先生休矣。』後朞年，齊王謂孟嘗君曰：『寡人不敢以先王之臣爲臣。』孟嘗君就國於薛，未至百里，民扶老攜幼迎君道中。孟嘗君顧謂馮諼：『先生所爲文市義者，乃今日見之。』」

〔九〕「南宮」二句，史記天官書：「南宮，朱鳥。……狼比地有大星，曰南極老人。老人見，治安；不見，兵起常。」鳩杖，藝文類聚卷九二鳩引風俗通曰：「俗説高祖與項羽戰，敗於京索，遁叢薄中，羽追求之。時鳩正鳴其上，追者以鳥在無人，遂得脱。及即位，異此鳥，故作鳩杖以賜老者。」猶有他説。初學記卷二七玉「飾鳩杖」引續漢書曰：「仲秋之月，郡道皆案行比人，年始七十者，授之以玉杖；八十、九十，禮有加賜。玉杖，長九尺，端以鳩爲飾。鳩者，不噎之鳥也，欲老人不噎也。」

〔一〇〕「東嶽」二句，東嶽，即泰山。博物志卷一：「泰山一曰天孫，言爲天帝孫也，主召人魂魄。東方萬物始成，知人生命之長短。」又太平御覽卷三九泰山引道書福地記曰：「泰山……下有洞天，周迴三千里，鬼神之府。」鶴書，即鶴頭書。文選孔稚珪北山移文：「及其鳴騶入谷，鶴書赴隴。」李善注引蕭子良古今篆隸文體曰：「鶴頭書與偃波書，俱詔板所用，在漢則謂之尺一簡。髣髴鵠頭，故有其稱。」此謂天帝有召，婉言其將死。

〔一〕「以龍朔」句，朔，原作「翔」，據英華、全唐文改。龍朔，唐高宗年號。龍朔元年爲公元六六一年。

夫人某官之女也。沅湘降祉〔一〕，河洛騰休〔二〕。符玉石之堅貞，貫風霜之慘烈〔三〕。鏡飛天上，竊祥鳳於銀臺〔四〕；劍動星文，秘蛟龍於玉匣〔五〕。以某年某月日終，越某年月日，合葬於某原。

【箋注】

〔一〕「沅湘」句，沅湘，二水名，此指湘水之神湘夫人，即舜之二妃。謂曹夫人氣質高雅，猶如湘夫人降福而生。

〔二〕「河洛」句，用曹植洛神賦事。洛神賦序稱洛水之神爲宓妃。騰休，謂其善美，有如宓妃再世。

〔三〕「符玉石」二句，謂「堅貞」、「慘烈」，及觀上下文隸事造語，疑曹夫人爲非正常死亡。

〔四〕「鏡飛」二句，范泰鸞鳥詩序：「昔罽賓王結罝峻祁之山，獲一鸞鳥。……三年不鳴。其夫人曰：『嘗聞鳥見其類而後鳴，何不懸鏡以映之？』王從其意。鸞睹形悲鳴，哀響中霄，一奮而絶。」此言若夫人在天睹鏡，亦將悲傷而絶。祥鳳，即鸞鳥。銀臺，後漢書張衡傳載思玄賦：「聘王母於銀臺兮，羞玉芝以療飢。」李賢注：「銀臺，仙人所居也。」竊祥鳳，英華校：「集作死鸞鳴。」「死鸞鳴」與下句「秘蛟龍」不對應，當誤。

〔五〕「劍動」二句，用張華、雷煥於豫章豐城得龍淵、太阿二寶劍事，前注已屢引。星文，指斗牛之間有紫氣。蛟龍，即二劍，後化龍飛去。玉匣，劍匣之美稱。此喻指曹通夫人先亡。

君孝實因心〔一〕，忠爲令德。鮮花匝樹，盡兄弟之歡娱〔二〕；好鳥鳴林，展交遊之宴喜〔三〕。太初朗月〔四〕，俯照金鞍；叔夜清風〔五〕，來生寶劍。故能戰必勝，攻必取。西零種族〔六〕，遥憚武臣；北漠酋豪〔七〕，見稱飛將〔八〕。雖死之日，猶生之年〔九〕。園令獨慕於相如〔一〇〕，漢帝長懷於李牧〔一一〕。

【箋注】

〔一〕「君孝」句，詩經大雅皇矣：「因心則友，則友其兄。」毛傳：「因，親也。」孔穎達正義：「言其有親親之心。」

〔二〕「鮮花」二句，鮮花，指常棣之花。用詩經常棣「常棣之華，鄂不韡韡」事，喻指兄弟友愛，詳前唐右將軍魏哲神道碑「花萼争榮」句注。樹，英華、四子集作「苑」，英華校：「集作樹。」按：常棣未必生於苑中，作「苑」誤。

〔三〕「好鳥」二句，詩經小雅伐木：「伐木丁丁，鳥鳴嚶嚶。出自幽谷，遷于喬木。嚶其鳴矣，求其友聲。相彼鳥矣，猶求友聲，矧伊人矣，不求友生！」

〔四〕「太初」句，三國志魏書夏侯玄傳：夏侯玄，字太初，少知名，弱冠爲散騎黄門侍郎，後爲征西將軍、假節都督雍涼州諸軍事。世説新語容止：「時人目夏侯太初朗朗如日月之入懷。」

〔五〕「叔夜」句，晉書嵇康傳：「嵇康，字叔夜，譙國銍人也。」世説新語容止：「嵇康身長七尺八寸，風姿特秀，見者歎曰：『蕭蕭肅肅，爽朗清舉。』或云『肅肅如松下風，高而徐引』。」以上數句，用夏侯玄、嵇康喻曹通，謂其體貌英俊。

〔六〕「西零」句，西零，即先零，漢代羌族之一支，居今甘肅一帶。詳後漢書西羌傳。

〔七〕「北漠」句，漠，原作「漢」。按此指右北平郡（見下注），轄今河北北部及内蒙古一帶，則作「漠」是，據四子集、全唐文改。酋豪，指首領。

〔八〕「見稱」句，漢書李廣傳：「廣在郡（指右北平），匈奴號曰漢飛將軍，避之數歲不入界。」

〔九〕「雖死」二句，三國志魏書楊阜傳：「阜上疏曰：『……陛下不察臣言，恐皇祖烈考之祚將墜於地，使臣身死有補萬一，則死之日，猶生之年也。』」

〔一〇〕「園令」句，史記司馬相如列傳：「常從上至長楊獵。是時天子方好自擊熊彘，馳逐野獸。相如上疏諫之，其辭曰：……相如拜爲孝文園令。」索隱：「百官志云：陵園令六百石，掌按行掃除也。」

〔一一〕「漢帝」句，漢書馮唐傳：「馮唐，祖父趙人也。父徙代。……事文帝。帝輦過，問唐曰：『父老，何自爲郎，家安在？』具以實言。文帝曰：『吾居代時，吾尚食監高祛數爲我言趙將李齊之賢，戰於鉅鹿下。吾每飯食，意未嘗不在鉅鹿也。父老知之乎？』唐對曰：『齊尚不如廉頗、李牧之爲將也。』上曰：『何已？』唐曰：『臣大父在趙時爲官帥將，善李牧；臣父故爲代相，善李齊，知其爲人也。』上既聞廉頗、李牧爲人，良説，乃拊髀曰：『嗟乎！吾獨不得廉頗、李牧爲將，豈憂匈奴哉！』」

長子游擊將軍、和政府右果毅都尉、上柱國永雄〔一〕，次子朝散郎、行西州柳中縣主簿、上騎都尉知君等〔二〕，三餘廣學〔三〕，百戰雄才。就養之方，兼申愛敬；慎終之道，不忘哀戚〔四〕。雖雨崩防墓，無孔子之格言〔五〕；而水齧前和，有文王之故事〔六〕。即以某年月日，改葬於木城之平原〔七〕。長婦某氏，即永雄之妻也，某官之女。柔風淑譽，習禮聞詩，上奉舅姑，旁睦娣姒。温家之婦，方歡白玉之臺〔八〕；盧氏之妻，空對黃金之椀〔九〕。先以永淳元年某月日終〔一〇〕，至是即陪窆於塋内。

【箋注】

〔一〕「長子」句，唐六典卷五尚書兵部：「從五品下曰游擊將軍。」和政府，唐代折衝府名。元和郡縣志卷三九岷州和政縣：「本後周洮城郡也。……隋開皇三年（五八三）罷郡，縣屬岷州，皇朝因之。……和政府，在縣西北七里。」地在今甘肅岷縣東北。右果毅都尉，唐六典卷二五諸衛府：「諸衛折衝都尉府，每府折衝都尉一人，左果毅都尉一人，右果毅都尉一人。」上柱國，勳名，比正二品，上文已注。

〔二〕「次子」句，唐六典卷二尚書吏部：「從七品上曰朝散郎。」西州，太宗時由高昌改置，詳本文前注。元和郡縣志卷四〇西州柳中縣：「貞觀十四年（六四〇）置。當驛路，城極險固。」上騎都尉，勳名，唐六典卷二尚書吏部：「六轉爲上騎都尉，比正五品。」

〔三〕「三餘」句，歲時廣記卷四引魏略：「董遇好學，人從學者，遇不肯教，云當先讀書百遍，而義自見。從學者云『苦渴無日』，遇曰：『當以三餘。』或問三餘之意，遇曰：『冬者歲之餘，夜者日之餘，雨者晴之餘。』」

〔四〕「就養」四句，孝經喪親章：「生事愛敬，死事哀戚，生民之本盡矣，死生之義備矣，孝子之事親終矣。」唐玄宗注：「愛敬、哀戚，孝行之始終也。備陳死生之義，以盡孝子之情。」

〔五〕「雖雨崩」二句，孔子家語卷一〇曲禮子貢問：「孔子之母既喪，……遂合葬於防。曰：『吾聞之，古者墓而不墳。今丘也東西南北之人，不可以弗識也。吾見封之若堂者矣，又見若坊者矣，又見若覆夏屋者矣，又見若斧形者矣，吾從斧者焉。』於是封之，崇四尺。孔子先反虞，門人後，雨甚，至墓崩，修之。而孔子問焉，曰：『爾來何遲。』對曰：『防墓崩。』孔子不應。三云，孔子泫然而流涕，曰：『吾聞之：古不修墓，及二十五月而祥，五日而彈琴不成聲，十日過禫而成笙歌。』」

〔六〕「而水齧」二句，水，原作「鼠」；前和，原作「前松」，英華校：「集作末禾。」皆誤，據全唐文改。戰國策魏二：「昔王季歷葬於楚山之尾，欒水齧其墓，見棺之前和。文王曰：『嘻！先君必欲一見群臣百姓也夫，故使欒水見之。』於是出而爲之張於朝，百姓皆見之，三日而後更葬。此文王之義也。」鮑彪注：「和，棺兩頭木。」

〔七〕「改葬」句，木城，皇輿西域圖志卷九疆域二安西北路一木城：「木城在宜禾縣治北九十里。西南境有石城子。自鏡兒泉東北二十里至石城子，又東十里至其地。」在今甘肅安西縣西。

〔八〕「温家」二句，温家之婦，指温嶠妻劉氏；白玉之臺，指玉鏡臺。世説新語假譎：「温公（嶠）喪婦，從姑劉氏家值亂離散，唯有一女，甚有姿慧。姑以屬公覓婚，公密有自婚意。……却後少日，公報姑云：『已覓得婚處，門地粗可，婿身名宦，盡不減嶠。』因下玉鏡臺一枚。姑大喜。既婚交禮，女以手披紗扇，撫掌大笑，曰：『我固疑是老奴，果如所卜。』」

〔九〕「盧氏」二句，搜神記卷一六盧充：盧充者，范陽人，家西三十里有崔少府墓。出獵，忽見一黑門如府舍，問鈴下，鈴下對曰：「崔少府宅也。」進見，少府語充云：「尊府君爲索小女婚，故相迎耳。」成婚三日畢，送充至家，母問之，具以狀對。與崔别後四年，充三月三日臨水戲，遥見傍水有犢車，充往開其車後户，見崔氏女，與三歲男兒共載，充見之忻然。女抱兒還充，又與金鋺，乃别。「充後乘車入市賣鋺，高舉其價，不欲速售，冀有識者。欻有一老婢識此鋺，還白大家曰：『市中見一人乘車，賣崔氏女郎棺中金鋺。』大家即是崔氏親姨母也。遣兒視之，果如其婢言。」

〔一〇〕「先以」句，永淳，唐高宗年號。永淳元年爲公元六八二年。

右翊衛弘軌〔一〕，兵圖日用，劍術天知。六郡許其良家，三川養其聲利〔二〕。思弘祖德，願叙家風〔三〕。託無媿之銘〔四〕，跋涉載勞於千仞；訪他山之石〔五〕，東西向踰於萬里。炯效官昌運〔六〕，負譴明時。始以東宫學士，出爲梓州司法〔七〕。傾蓋相逢，當仁不讓〔八〕。庶使見曹娥之碣，楊修歎其好辭〔九〕；讀元壽之文，高祖稱其佳作〔一〇〕。

【箋　注】

〔一〕「右翊衛」句，翊衛，唐代禁軍三衛（親衛、勳衛、翊衛）之一，見前唐右將軍魏哲神道碑「次子右衛親衛玄封」句注。

〔二〕「六郡」二句，漢代取六郡良家子事，前已注。良家，即良家子。史記李將軍列傳「廣以良家子從軍擊胡」句索隱引如淳曰：「非醫、巫、商、賈、百工也。」三川，史記秦本紀：「秦界至大梁，初置三川郡。」集解：「韋昭曰：有河、洛、伊，故曰三川。」（裴）駰案（漢書）地理志，漢高祖更名河南郡。」鮑照詠史詩：「五都矜財雄，三川養聲利。」

〔三〕「思弘」二句，潘岳作家風詩，劉孝標稱「載其宗祖之德及自戒也」，見前唐上騎都尉高君神道碑「叙潘岳之家風」句注引世説新語。

〔四〕「託無媿」句，蔡邕自稱「爲碑銘多矣，皆有慚德，唯郭有道無愧耳」，前已屢引。

〔五〕「訪他山」句，詩經小雅鶴鳴：「他山之石，可以爲錯。」毛傳：「錯，石也，可以琢玉。」此即謂刊碑之佳石。

〔六〕「炯效官」句，炯，原作「烱」，形訛，據四子集、全唐文改。「炯」乃作者自稱其名。

〔七〕「始以」二句，東宫學士，指崇文館學士。舊唐書楊炯傳：「則天初，坐從祖（新唐書本傳作「父」）弟神讓犯逆，左轉梓州司法參軍。」其時當在垂拱元年（六八五）。

〔八〕「傾蓋」二句，文選鄒陽獄中上書：「語曰：白頭如新，傾蓋如故。」李善注引文穎曰：「傾蓋猶交蓋，駐車也。」論語衛靈公：「子曰：當仁不讓於師。」

〔九〕「庶使」二句，曹操、楊修讀曹娥碑識「絶妙好辭」事，出世説新語，前已屢引。

〔一〇〕「讀元壽」二句，魏書馮熙傳：「北邙寺碑文，中書侍郎賈元壽之詞。高祖（北魏孝文帝元宏）頻登北邙寺，親讀碑文，稱爲佳作。」

其詞曰：

大矣丞相，天地寅亮〔一〕。烝哉王侯〔二〕，子孫蕃昌。條分葉散，源濬流長。

【箋　注】

〔一〕「大矣」二句，丞相，指曹參，漢初爲丞相，見本文前注。寅亮，恭敬、信奉。尚書周官：「少師、少傅、少保，曰三孤：貳公弘化，寅亮天地，弼予一人。」僞孔傳：「副貳三公，弘大道化，敬信天地之教，以輔我一人之治。」寅，原作「翼」，英華校：「集作寅。」全唐文作「寅」。今按：「翼亮」詞義，與「寅亮」有區別，此謂輔佐、光大。句既言「天地」，則當作「寅亮」，據英華所校集本及全唐文改。

〔二〕「烝哉」句，詩經大雅文王有聲：「文王烝哉。」毛傳：「烝，君也。」鄭玄箋：「君哉者，言其誠得人君之道。」王侯，指曹操，見本文前注。以上述曹氏先祖。

金城北峙〔一〕，玉關西候〔二〕。山澤駢羅，衣冠輻湊〔三〕。降神生德，興賢誕秀。

【箋　注】

〔一〕「金城」句，金城，漢代郡名。漢書昭帝紀始元六年（前八一）秋七月，「以邊塞闊遠，取天水、隴西、張掖郡各二縣置金城郡」。同書地理志下：「金城郡，昭帝始元六年置。（王莽）曰西海。」注引應劭曰：「初，築城得金，故曰金城。」又引臣瓚曰：「稱金，取其堅固也。故墨子曰『雖金城湯池』。」顔師古注：「瓚説是也。一云以郡在京師西，故謂金城。金，西方之行。」峙，英華作

「見」，校：「集作峙。」皆通。此句以其家瓜州常樂縣（今甘肅安西縣一帶）爲言，謂金城（地在今甘肅蘭州市）聳立其北。

〔二〕「玉關」句，玉關，即玉門關。據今方位，玉門關應在安西縣之東。候，此指軍事要地。

〔三〕「衣冠」句，衣冠，代指仕宦之家。英華作「冠車」，校：「集作衣冠。」按：冠車，可理解爲衣冠車馬，雖義可通，然詞屬生造，當誤。輻湊，文選任昉天監三年策秀才文三首：「比雖輻湊闕下，多非政要。」李善注：「文子曰：『群臣輻湊。』張湛曰：『如衆輻之集於轂也。』」此喻官宦人家極多。

曰萬人英〔一〕，材摽國楨〔二〕。髫年學劍，丱歲論兵〔三〕。以身許國，東討西征。

【箋注】

〔一〕「曰萬人」句，建康實録卷一引江表傳：「（周）瑜威聲既著，劉備、曹操互疑譖之：瑜籌略，萬人英也，觀其器度廣大，恐不久爲人臣。」

〔二〕「材摽」句，摽，通「標」。國楨，詩經大雅文王：「王國克生，維周之楨。」毛傳：「楨，幹也。」鄭玄箋：「此邦能生之（指賢人），則是我周家幹事之臣。」沈約齊太尉文憲王公墓誌銘：「斯謂國楨，是惟民幹。」

〔三〕「髫年」二句，髫年，童年。髫，兒童下垂之髮。丱歲，與髫年義近。詩經齊風甫田：「總角丱兮。」毛傳：「丱，幼穉也。」

皇家啓聖〔一〕，撥亂反正〔二〕。逆賊遊魂〔三〕，不恭王命。亦既授首，河西大定〔四〕。

【箋注】

〔一〕「皇家」句，皇家，指李淵父子。啓聖，開啓、造就聖人。文選劉琨勸進表：「或殷憂以啓聖明。」李善注引漢書路溫舒曰：「禍亂之作，將以開聖人也。」

〔二〕「撥亂」句，漢書禮樂志：「漢興，撥亂反正，日不暇給。」顔師古注：「撥去亂俗，而還之於正道也。」

〔三〕「逆賊」句，指楊恭仁所討賀拔威，詳本文前注。

〔四〕「河西」句，河西，黄河以西，漢代置四郡。後漢書西羌傳：「及武帝征伐四夷，開地廣境，……初開河西，列置四郡。」李賢注：「酒泉、武威、張掖、敦煌也。」

蕞爾湟中〔一〕，車書未同〔二〕。帝赫斯怒，攢其英雄〔三〕。風行電轉，谷静山空。

【箋　注】

〔一〕「蕞爾」句，文選陸機謝平原內史表：「蕞爾之生，尚不足吝。」李善注：「左傳子產曰：諺云『蕞爾之國』，杜預曰：『蕞，小貌也。』」湟中，後漢書鄧訓傳：「湟中諸胡，皆言漢家常欲鬭我曹，今鄧使君待我以恩信。」李賢注：「湟中，月氏胡所居，今鄯州湟水縣也。」地在今青海樂都縣。

〔二〕「車書」句，同，原作「問」，據英華、全唐文改。禮記中庸：「子曰：……今天下車同軌，書同文，行同倫。」未同，未統一，謂不歸附朝廷。

〔三〕「帝赫」二句，詩經大雅皇矣：「王赫斯怒，爰整其旅。」此指李靖討土谷渾事，詳本文前注。

二庭遺孽，交河路絕〔一〕。天子聞鼙，元戎案節〔二〕。王師無戰，海外有截〔三〕。

【箋　注】

〔一〕「二庭」二句，二庭，指車師前、後王庭。車師前國王治交河城，在今新疆吐魯番市。路絕，謂不往來，與朝廷斷絕關係。

〔二〕「元戎」句，指侯君集伐高昌事，詳本文前注。

〔三〕「海外」句，截，整治。詩經商頌殷武：「有截其所，湯孫之緒。」鄭玄箋：「更自敕整，截然齊一。」此所謂「有截」，言於高昌置西州，歸朝廷統治。

歸我田廬，功成不居。歲云秋矣，日月其除〔一〕。壽非金石〔二〕，命也何如。

【箋　注】

〔一〕「歲云」二句，詩經唐風蟋蟀：「蟋蟀在堂，歲聿其莫。今我不樂，日月其除。」毛傳：「蟋蟀，蛬也，九月在堂。聿，遂；除，去也。」據此，曹通當卒於龍朔元年（六六一）秋。

〔二〕「壽非」句，古詩十九首：「人生非金石，豈能長壽考。」又曹植贈白馬王彪：「人生處一世，去若朝露晞。年在桑榆間，影響不能追。自顧非金石，咄唶令心悲。」

孝乎兄弟，葬之以禮。蓼蓼者莪〔一〕，人生苦多〔二〕。言猶在耳，邈若山河。

【箋　注】

〔一〕「蓼蓼」句，詩經小雅蓼莪小序：「民人勞苦，孝子不得終養爾。」詩曰：「蓼蓼者莪，匪莪伊蒿。哀哀父母，生我劬勞。蓼蓼者莪，匪莪伊蔚。哀哀父母，生我勞瘁。」毛傳：「興也。蓼莪，長大貌。」又菁菁者莪毛傳：「莪，蘿蒿也。」

〔二〕「人生」句，苦多，猶言「去日苦多」。曹操短歌行：「對酒當歌，人生幾何。譬如朝露，去日苦多。」苦，原作「若」，據四子集、全唐詩改。

中國古典文學基本叢書

楊炯集箋注

（修訂本）

第二册

〔唐〕楊炯 撰
祝尚書 箋注

中華書局

楊炯集箋注卷四

碑

大唐益州大都督府新都縣學先聖廟堂碑文 并序〔一〕

叙曰：銀衡用九，天門壓西北之荒〔二〕；銅蓋虚三，地户坼東南之野〔三〕。迴七星於上列，太清不能潛混茫之機〔四〕；環四海於中州，巨塊不能秘生成之業〔五〕。聖人有以見天下之賾，擬諸形容；聖人有以見天下之動，行其典禮〔六〕。靈圖廣運，百姓日用而不知〔七〕；神理潛行，萬方樂推而不厭〔八〕。古者熊山南眺，金崇横上帝之居〔九〕；鳳穴西臨，玉室考爰皇之宅〔一〇〕。五龍乘正，按天讖以希微〔一一〕；六羽提衡，驗星謡而汗漫〔一二〕。洎乎尊盧、赫胥之代，驪連、栗陸之君〔一三〕，皇名邁於上元，帝圖始於中葉〔一四〕。莫不憑三靈之寶位，鼓舞陰陽〔一五〕；籍六合之尊名，財成宇宙〔一六〕。未有貴而無位，博而無名。大禮由其再造，大樂出其一變。蕩蕩乎人無得而稱焉，巍巍乎其有成功者也〔一七〕！

【箋注】

〔一〕益州大都督府，元和郡縣志卷三一益州：「武德元年（六一八）改（隋蜀郡）爲益州總管府，三年置西行臺。龍朔三年（六六三），復爲大都督府。」按：本文及舊唐書高宗紀下，載有咸亨元年（六七〇）五月丙戌高宗詔，略曰：「諸州縣孔子廟堂及學館有破壞并先來未造者，……宜令所司速事營造。」新都縣學及孔子廟堂，當即奉此詔修建，而碑文蓋作於廟堂落成稍前。按明豐坊書訣稱「成都孔子廟碑，（楊）炯文，自書，在四川」。所謂成都孔子廟碑，應即指此碑。考文中稱高宗爲「天皇」（見「大都督周王，天皇第八子也」句），舊唐書高宗紀：咸亨五年（六七四）秋八月壬辰，「皇帝稱天皇，皇后稱天后。改咸亨五年爲上元元年」。故咸亨五年秋八月，爲本文作年之上限。文稱廟堂建成時，來恒爲益州大都督府長史。考舊唐書高宗紀，上元三年（六七六）三月癸卯，黄門侍郎來恒爲同中書門下三品，當已離蜀，是爲本文寫作時間之下限。因來恒離蜀準確時間無考，以理推之，上元元年僅四個多月（咸亨五年秋八月至年末），故碑文最有可能寫於上元二年。除此碑外，楊炯又作有遂州長江縣先聖孔子廟堂碑（見後），該廟堂亦是奉咸亨詔而建，兩碑寫作時間應相近。據長江碑，長江縣令楊某爲楊炯族叔，疑楊炯其時正客游於蜀，本碑文末所謂「下問書生」、「來求小子」，實即到長江縣求筆也。

〔二〕「銀衡」二句，衡爲渾天儀之瞄準管，可測天球不同赤緯之目標。隋書天文志：「其（渾儀）雙軸之間則置衡，長八尺，通中有孔，圓徑一寸。」唐范榮測景臺賦：「垂形象物，既不假於銀衡；司刻探元，何必邀夫銅史。」可參讀。用九，謂用陽爻。周易乾卦初九孔穎達正義：「陽爻稱九，陰爻稱六。」九爲乾，即天。天門，淮南子原道訓：「昔者馮夷、大丙之御也，……經紀山川，蹈騰崑崙。排閶闔，淪天門。」高誘注：「馮夷、大丙，二人名，古之得道能御陰陽者。……崑崙，山名也，在西北，其高萬九千里，河之所出。排，猶斥也；淪，入也。閶闔始，升天之門也。天門，上帝所居紫微宮門，馮夷、大丙之御，其耐如此。」又太平御覽卷一七九闕引神異經：「西北荒中有金闕，高百丈，上有明月珠，徑三丈，光照千里。中有金階，西北入兩闕中，名天門。」兩句謂用渾儀觀天，則西北崑崙高入天門。

〔三〕「銅蓋」二句，銅蓋，指天。蓋天論稱天如覆蓋，地如覆盆。銅，與前句「銀」，皆駢文之浮詞。虛三，謂天虛三，指地。周易咸卦（艮下兑上）象曰：「山上有澤，咸，君子以虛受人。」王弼注：「以虛受人，物乃感應。」唐李鼎祚周易集解卷七引虞翻曰：「坤爲虛。謂坤虛三受上，故以虛受人。艮，山，在地下爲謙，在澤下爲虛。」上注引周易乾卦初九孔穎達正義，謂「陽爻稱九，陰爻稱六」。故天虛三爲六，爲陰爻，爲地。地户，太平御覽卷一七九闕引神異經：「東南有石井，其方百丈，上有二石闕，夾東南面，上有蹲熊，有榜著闕，題曰地户。」王應麟困學紀聞卷九天道引河圖括地象曰：「西北爲天門，東南爲地户。天門無上，地户無下。」坼，原作「拆」，據全唐文卷一九二改。坼，分離。兩句謂地則東南低窪。

〔四〕「迴七星」二句，史記天官書：「北斗七星，所謂『旋、璣、玉衡，以齊七政』。」索隱案：「春秋運斗樞云：『斗，第一天樞，第二旋，第三璣，第四權，第五衡，第六開陽，第七摇光。第一至第四爲魁，第五至第七爲標，合而爲斗。』」又引徐整長曆云：「北斗七星，星間相去九千里。其二陰星不見者，相去八千里也。」因星與星之間相距遥遠，故稱「迴」。太清，道家所謂三天（玉清、太清、上清）之一，此代指天。混茫，混沌不分貌。兩句謂自從星斗懸列，天不再是混茫一片。

〔五〕「環四海」二句，史記孟子荀卿列傳附騶衍傳：「中國名曰赤縣神州。赤縣神州内自有九州，禹之序九州是也，不得爲州數。中國外如赤縣神州者九，乃所謂九州也。於是有裨海環之。人民禽獸莫能相通者，如一區中者，乃爲一州。如此者九，乃有大瀛海環其外，天地之際焉。」索隱：「裨海，小海也。九州之外更有大瀛海，故知此裨是小海也。」此所謂「中州」，即中國，亦即赤縣神州。巨塊，即大塊。莊子齊物論：「夫大塊噫氣，其名爲風。」郭象注：「塊者，無物也。噫氣者，豈有物哉，氣塊然而自噫耳。物之生也，莫不塊然而自生，則塊然之體大矣，故遂以大塊爲名。」兩句謂自從中州大地誕生，看似塊然無物之宇宙，其萬物如何生成，便昭然若揭。

〔六〕「聖人」四句，周易繫辭上：「聖人有以見天下之賾，而擬諸其形容，象其物宜；聖人有以見天下之動，而觀其會通，以行其典禮。」韓康伯注：「乾剛坤柔，各有其體，故曰擬諸形容，是故謂之象。」又曰：「典禮，適時之所用，繫辭焉，以斷其吉凶，是故謂之爻。」孔穎達正義：「『聖人有以見天下之賾』者，賾謂幽深難見，聖人有其神妙，以能見天下深賾之理，擬度諸物形容也。見此剛理，則擬諸乾之形容；見此柔理，則擬諸坤之形容也。象其物宜者，聖人又法象其物之所宜，若象陽物宜於剛也，若象陰物宜於柔也，是各象其物之所宜。六十四卦皆擬諸形容，象其物宜也。若泰卦比擬泰之形容，象其泰之物宜；若否卦則比擬否之形容，象其否之物宜也。舉此而言，諸卦可知也。……『聖人有以見天下之動』者，謂聖人有其微妙，以見天下萬物之動也。而『觀其會通，以行其典禮』者，既知萬物以此變動，觀看其物之會合變通，當此會通之時，以施行其典法禮儀也。」典，原作「曲」，據四子集、全唐文及上引改。

〔七〕「靈圖」二句，靈圖，文選王融三月三日曲水詩序：「秉靈圖而非泰。」李善注引春秋漢含孳曰：「天子南面秉圖書。」又引成公綏大河賦：「靈圖授録於羲皇。」呂向注：「靈圖，天子位也。」此當指古聖人之道。周易繫辭上：「百姓日用而不知，故君子之道鮮矣。」韓康伯注：「君子體道以爲用也。仁、知則滯於所見，百姓則日用而不知，體斯道者，不亦鮮矣。故常无，欲以觀其妙，始可以語至而言極也。」廣運，謂無處不在。兩句言天地自然，百姓雖賴以爲生，却不必知曉其功。

〔八〕「神理」二句，神理，即神道。周易觀卦彖曰：「觀天之神道，而四時不忒。聖人以神道設教，而天下服矣。」韓康伯注：「神則无形者也。不見天之使四時，而四時不忒；不見聖人使百姓，而百姓自服也。」二句謂天地運行，自有神理暗爲之主宰。

〔九〕「古者」二句，熊山，即熊耳山。尚書禹貢：「熊耳、外方、桐柏至于陪尾。」僞孔傳：「四山相連，……洛經熊耳。」初學記卷九總叙帝王：「地皇，始學篇曰：『地皇興於熊耳、龍門山。』」古謂熊耳山在弘農盧氏縣。金崇，金，謂其色，猶言金碧輝煌；崇，高也。上帝之居，此指古聖賢神靈寄託之所，即廟宇，謂其建造極華麗。

〔一〇〕「鳳穴」二句，鳳穴，鳳凰棲息處，指雍城。西臨，亦指雍城。周早期所居岐山，屬雍州。其後，長期爲秦國國都，遺址在今陝西鳳翔縣南雍水河以北、紙坊河以西高地之上。列仙傳卷上蕭史：「蕭史者，秦穆公時人也。善吹簫，能致孔雀、白鶴於庭。穆公有女字弄玉，好之，公遂以女妻焉。日教弄玉作鳳鳴，居數年，吹似鳳聲，鳳凰來止其屋，公爲作鳳臺，夫婦止其上不下。數年，一旦皆隨鳳凰飛去，故秦人爲作鳳女祠於雍宮中，時有簫聲而已。」故稱雍城爲「鳳穴」。玉室，此即指屋室、宮殿，言「玉」，美之也。兩句謂雍城自古爲皇宅帝都。按：以上四句，乃爲建孔子廟堂張本，即下文所謂應當貴而有位、博而有名之義。

〔一一〕「五龍」二句，司馬貞補史記三皇本紀：「自人皇已後，有五龍氏。」原注：「五龍氏兄弟五人，并乘龍上下，故曰五龍氏也。」按宋羅泌路史卷三八五龍紀據春秋命歷序云：「皇伯、皇仲、皇叔、皇季、皇少五姓同期，俱駕龍，號曰五龍。」又引遁甲開山圖云：「昆弟五人，人面而龍身，然以五音、五行分配爲五龍之名，如角龍、木仙、商龍、金仙之類。」又按雲笈七籤卷三道教本始部曰：「（人皇氏）後，五龍氏興焉。天真人太上老君降下開明之國，以靈寶真文、三皇内經各十四篇授五龍氏。五龍氏得此經，以道治世，萬二千歲，白日登仙。爾時甘露降焉，蒼生則於中化生。是後運動陰陽，作爲五行，四微、世欲、生死之業，於是而起。人乃任性混樸，茹毛飲血，男女無别，夏則巢居，冬則穴處。經於三十六萬歲後，神人氏興焉。」「按天讖以希微」，謂按之讖緯書，五龍氏之事已模糊不清。

〔二二〕「六羽」二句，謂人皇氏。明孫㲄編古微書卷一三春秋命歷序（即春秋緯）：「人皇九頭，乘雲車，駕六羽，出谷口。兄弟九人，分長九州，各立城邑，凡一百五十世，合四萬五千六百年。」提衡，漢書杜周傳贊：「爵位尊顯，繼世立朝，相與提衡。」注引如淳曰：「提衡，猶言相提攜也。」又引臣瓚曰：「衡，平也，言二人齊也。」顔師古注以爲「瓚説是也」。「驗星謡」，亦謂人皇氏之事莫可詳。星謡，指天文、星占之書，言不知其年代。汗漫，連綿字，渺茫貌。

〔二三〕「洎乎」二句，尊盧等皆傳説中上古帝王。補史記三皇本紀：「自人皇已後，有五龍氏、燧人氏、大庭氏、柏皇氏、中央氏、卷鬚氏、栗陸氏、驪連氏、赫胥氏、尊盧氏、渾沌氏、昊英氏、有巢氏、朱襄氏、葛天氏、陰康氏、無懷氏，斯蓋三皇已來有天地者之號。但載籍不紀，莫知姓、王年代，所都之處。」原注：「按皇甫謐以爲大庭已下一十五君，皆襲庖犧之號，事不經見，難可依從。然按古封太山者，首有無懷氏，乃在太昊之前，豈得如謐所説。」參見宋胡宏皇王大紀卷一三皇紀、五帝紀。

〔一四〕「皇名」二句，原作「皇圖始於中葉」一句，與下文不相偶對，頗乖駢體規則。茲據四子集、全唐文補「名邁於上元帝」六字，斷爲兩句，謂上元時名「皇」，中葉方稱「帝」。史記天官書：「其紀上元。」索隱按：「上元，是古曆之名，言用上元紀曆法。」此言「邁於上元」，謂猶在上元之前。

〔一五〕「莫不」二句，文選班固典引：「答三靈之蕃祉，展放唐之明文。」李善注：「三靈，天、地、人也。」寶位，指「皇」、「帝」之位。

〔一六〕「籍六合」二句，籍，通「藉」，假借。六合，指宇宙。淮南子原道訓：「舒之幎於六合。」高誘注：「四方上下爲六合。」尊名，指「皇」、「帝」之名。財，通「裁」。裁，剪裁。裁成，此謂造就。王弼周易注卷一〇周易略例序曰：「言大道之妙，有一陰一陽；論聖人之範圍，顯仁藏用。寔三元之胎祖，鼓舞財成；爲萬有之蓍龜，知來藏往。」

〔一七〕「蕩蕩乎」二句，論語泰伯：「子曰：巍巍乎唯天爲大，唯堯則之。蕩蕩乎民無能名焉，巍巍乎其有成功也！」何晏集解引包咸曰：「蕩蕩，廣遠之稱。言其布德廣遠，民無能識其名焉。」又注曰：「功成化隆，高大巍巍。」以上一段，謂自天地開闢以來，即有聖人，亦即有皇、王之位與名。

若夫司徒立勳於天地，還承帝嚳之家〔一〕；微子開國於商周，仍纂成湯之業〔二〕。雖玄禽曆數，推移於景亳之都〔三〕；而白馬旗裳，赫奕於商丘之國〔四〕。由是千年有屬，萬物知歸。

乾坤合而至德生，日月會而明靈降〔五〕。奎婁胃昴，風駈白虎之精〔六〕；角亢房心，雲鬱青龍之祉〔七〕。君王異表，儀石紐而法丹陵〔八〕；輔相宏資，狀皋陶而圖子産〔九〕。豈止鑿執玄象，摛光芒於北斗之宮〔一〇〕；括成地形，騰瑞氣於東山之曲〔一一〕。非天下之至精，其孰能與於此！

【箋注】

〔一〕「若夫」二句，司徒，古代官名。周禮地官司徒：「大司徒之職，掌建邦之土地之圖，與其人民之數，以佐王安擾邦國。」此指契，爲舜之司徒。史記五帝本紀：「舜曰：『契，百姓不親，五品不馴，汝爲司徒，而敬敷五教，在寬。』」同書殷本紀：「殷契，母曰簡狄，有娀氏之女，爲帝嚳次妃。」帝嚳爲「五帝」之三。五帝本紀：「帝嚳高辛者，黄帝之曾孫也。」契爲商之始祖，其母既爲帝嚳次妃，故云「還承」。按：兩句述孔子始祖。

〔二〕「微子」二句，謂孔子先祖乃微子之後，興國於宋，管、蔡之難後奉湯祀。纂，繼承。孔子家語卷九本姓解：「孔子之先，宋之後也。微子啓，帝乙之元子，紂之庶兄，以圻内諸侯，入爲王卿士。微，國名，子，爵。初，武王克殷，封紂之子武庚於朝歌，使奉湯祀。武王崩，而與管、蔡、霍三叔作難。周公相成王東征之二年，罪人斯得，乃命微子於殷後，作微子之命，由之與國於宋。」微子事，詳見史記宋微子世家。

〔三〕「雖玄禽」二句，玄禽，即燕子。詩經商頌玄鳥：「天命玄鳥，降而生商。」毛傳：「玄鳥，鳦也。春分玄鳥降，湯之先祖有娀氏女簡狄配高辛氏帝，帝率與之祈於郊禖而生契，故本其爲天所命，以玄鳥至而生焉。」陸德明音義：「玄鳥，燕也。一名鳦。」所生即契，見前注，此代指商。成都文類卷三一載此碑文，「玄禽」作「赤烏」。按赤烏乃有周得國之瑞（見墨子卷五非攻下、藝文類聚卷九九祥瑞部下烏引尚書中候等），與此文義不侔，當誤。曆，原作「歷」，同。推移，謂商有玄鳥之瑞，曆數所在，至商湯伐夏桀，政權歸焉。景亳，左傳昭公四年：「商湯有景亳之命。」杜預注：「河南鞏縣西南有湯亭。或言亳即偃師。」景亳乃湯盟誓伐夏桀之地。

〔四〕「而白馬」二句，謂殷雖亡，然宋猶延續其禮制。白馬旗裳，禮記檀弓上：「殷人尚白。」同書王制：「殷尚白而縞衣裳。」元和姓纂卷一〇引風俗通：「微子乘白馬朝周。」旗裳，代指殷之禮儀制度。赫奕，文選何晏景福殿賦：「鎬鎬鑠鑠，赫奕章灼。」李善注：「鎬鎬鑠鑠，赫奕章灼，皆謂尤顯昭明也。」商丘之國，「商」原作「風」，無義。按宋都睢陽。元和郡縣志卷七宋州：「宋州，睢陽，望。禹貢豫州之域，即高辛氏之子閼伯所居商丘，今州理（治）是也。周爲青州之域，武王封微子於宋。自微子至君偃，三十三世，爲齊、魏、楚所滅，三分其地，魏得其梁、陳留，齊得濟陰、東平，楚得沛。按梁即今州地。」則「風」當是「商」之訛誤，商丘之國，即宋國也，因改。古商丘，在今河南商丘南。以上四句，可參讀王勃益州夫子廟碑，其曰：「帝天乙之靈苗，宋微子之洪緒。自玄禽翦夏，浮寶玉於南巢；白馬朝周，載旌旗於北面。」按史記孔子世家：「其先宋人也，曰孔防叔。」故此言及宋。

〔五〕「乾坤」二句，周易坤卦彖曰：「至哉乾元，萬物資生，乃順承天。坤厚載物，德合無疆，含弘光大，品物咸亨。」乾坤合而生萬物，故謂之「至德」。又同上歸妹彖曰：「歸妹，天地之大義也。天地不交，而萬物不興。歸妹，人之終始也。」王弼注：「陰陽既合，長少又交，天地之大義，人倫之終始。」李鼎祚周易集解歸妹引虞翻注：「歸，嫁也，兑爲妹。……象陰陽之義，配日月，則天地交而萬物通，故以嫁娶。」按兩句言乾坤合、日月配而降明靈，明靈，孔子也。史記孔子世家：「（叔梁）紇與顔氏女野合而生孔子。」

〔六〕「奎婁」二句，據史記天官書，奎、婁、胃、昴四星座屬西宫，索隱引（春秋）文耀鉤曰：「西宫白帝，其精白虎。」駈，同「驅」。按周易乾卦九五謂「風從虎」，故云「風驅」。太平御覽卷七瑞星引朱宣河圖曰：「大星如虹，下流華渚，女節意感，生白帝也。」白帝，即少昊氏。兩句謂孔子有如白帝之生，乃其母所意感。

〔七〕「角亢」二句，據史記天官書，東宫蒼龍，有房、心、角、亢等星座，索隱引（春秋）文耀鉤云：「東宫蒼帝，其精爲龍也。」蒼龍，即青龍。按周易乾卦九五謂「雲從龍」，故云「雲鬱」。太平御覽卷六星中引抱朴子曰：「歲星，木精，生青龍。」兩句謂孔子之生，有如木精生青龍。按孔子家語卷六五帝：「孔子曰：『五行用事，先起於木。木，東方，萬物之初皆出焉，是故王者則之。……』」故此謂青龍生，乃天下之福祉。

〔八〕「君王」二句，石紐，代指禹。史記夏本紀：「夏禹，名曰文命，……禹者，黄帝之玄孫，而帝顓頊之孫也。」三國志蜀書秦宓傳：「禹生石紐，今之汶山郡是也。」裴松之注引帝王世紀曰：「鯀納有莘氏女曰志，是爲修己，……生禹於石紐。」又引譙周蜀本紀曰：「禹本汶山廣柔縣人也。生於石紐，其地名刳兒坪，見世帝紀。」藝文類聚卷一一帝夏禹引帝王世紀，謂禹「虎鼻大口，兩耳參漏，胸有玉斗，足文履己，故名文命，字高密，身長九尺二寸」。丹陵，代指堯。同上書帝堯陶唐氏引帝王世紀曰：「帝堯陶唐氏，祁姓也。母慶都，孕十四月而生堯於丹陵，名曰放勳。……年十五而佐帝摯，受封於唐，爲諸侯。身長十尺，嘗夢天而上之，故二十而登帝位，都平陽，置敢諫之鼓。」又引春秋元命苞曰：「堯眉八采，是謂通明。」兩句謂古君王皆有異表，而孔子儀容、法度，亦如禹與堯。按史記孔子世家曰：「孔子長九尺有六寸，人皆謂之『長人』而異之。」又古微書卷三〇輯孝經鈎命決：「仲尼牛脣，舌理七重，吐教陳機受度。」又曰：「仲尼虎掌，是謂威射；胸應矩，是謂儀古。」又曰：「仲尼龜脊。」又曰：「孔子海口，言若含澤。」又曰：「夫子輔喉。」又曰：「夫子駢齒，象鉤星也。」如此之類甚多，皆所謂「異表」之説。

〔九〕「輔相」二句，皋陶，子産，皆古代名臣。皋陶，堯時爲士（大理）。初學記卷一二大理卿引齊職儀云：「大理，古官也。唐虞以皋陶作士，士，理官也。」又引春秋元命苞曰：「堯爲天子，夢馬喙子，得皋陶，聘爲大理。」藝文類聚卷四九廷尉引文子曰：「皋陶喑，而爲大理，天下無虐刑，有貴乎言者也。」又引摯虞新禮議曰：「故事：祀皋陶於廷尉寺，新禮移祀於律寺，以同祭先聖於太學也。」可見其對後世影響之大。史記鄭世家：「子產，鄭成公少子。爲人仁愛，事君忠厚，簡公時爲卿。孔子過鄭，視子產如兄弟。及聞子產死，孔子爲泣曰：『古之遺愛也。』兄事之八年。」狀、圖，謂以之爲偶象。史記孔子世家：「孔子適鄭，與弟子相失。孔子獨立郭東門，鄭人或謂子貢曰：『東門有人，其顙似堯，其項類臯陶，其肩類子產，然自要以下不及禹三寸，纍纍若喪家之狗。』子貢以實告孔子，孔子欣然笑曰：『形狀末也，而似喪家之狗，然哉！然哉！』」按：以上四句，以古君王、名輔相喻孔子，謂其具君王、輔相資質。

〔一〇〕「豈止」二句，止，原誤「上」，據全唐文改。鑿執，穿鑿、拘執也。玄象，高深玄虚之象。周易繫辭上：「見乃謂之象。」韓康伯注：「兆見（現）曰象。」摛，此謂照射。史記天官書：「北斗七星，所謂『旋、璣、玉衡，以齊七政』。」太平御覽卷七瑞星引朱宣帝王世紀曰：「神農氏之末，少昊氏娶附寶，見大電光繞北斗，樞星照郊，感附寶，孕二十月，生黄帝於壽丘。」按：漢以後讖緯家神孔子之生，其説極離奇，如春秋演孔圖曰：「孔子母顏氏徵在游太冢之陂，睡夢黑帝，使請與己交，語曰：『女乳必於空桑之中。』覺則若感，生丘於空桑首，類尼丘山，故以爲名。」如此之類，不一而足，即所謂「鑿執玄象」也。

〔一一〕「括成」二句，括，聚集。地形，謂以地之祥瑞而生聖賢。東山，指尼山。史記孔子世家曰：「禱於尼丘而得孔子。」正義引括地志云：「叔梁紇廟，亦名尼丘山祠，在兖州泗水縣五十里尼丘山東趾。」以上四句，謂孔子本有君王異表，輔相資質，何必穿鑿玄象、昇騰瑞氣而爲之説也。

神冥造化，德合陶鈞〔一〕。獲沖用於生知，運幽機於性道〔二〕。窮庶事之終始，協庶品之自然。覩者不識其鄰，仰者不知其德〔三〕。步三光於太極，照曜三門〔四〕；含萬象於中區，聲明萬國〔五〕。惟深也能通天下之志，惟幾也能成天下之務〔六〕。非天下之至神〔七〕，其孰能與於此！

【箋　注】

〔一〕「神冥」二句，冥，此言暗合。造化，大自然。陶鈞，治理、造就。兩句言孔子之道極高妙深遠，有如大自然，而其德高尚，應當治理天下。

〔二〕「獲沖用」二句，老子：「道沖而用之。」河上公注：「沖，中也。道匿名藏譽，其用在中。」生知，謂生而知道。論語季氏：「孔子曰：『生而知之者，上也。』」孔穎達正義：「『生而知之者，上也』者，謂聖人也。」幽機，機運深不可測。性道，其性其道。徐陵（陳）文帝哀策文：「機神不測，性道難稱。」

〔三〕「窮庶事」四句，言孔子有聖人之德。孔子家語卷一五儀解：「孔子曰：『所謂聖者，德合於天地，變通無方。窮萬事之終始，協庶品之自然。敷其大道而遂成情性，明并日月，化行若神。下民不知其德，覩者不識其鄰，此謂聖人也。』」王肅注：「鄰以喻畔界也。」「鄰」原作「靈」，各本同，據此改。

〔四〕「步三光」二句，三光，史記天官書：「衡，太微，三光之廷。」索隱引宋均曰：「三光，日、月、五星也。」太極，周易繫辭上：「易有太極，是生兩儀。」韓康伯注：「太極者，无稱之稱。不可得而名，取其有之所極，況之太極者也。」即指道。三門，揚子法言卷二吾子篇：「天下有三門：由於情慾，入自禽門；由於禮義，入自人門；由於獨智，入自聖門。」禽門，宋司馬光注：「如禽獸。」兩句謂其道如日月星辰，爲世人照亮道路，而不至入於禽門。

〔五〕「含萬象」二句，萬象，宇宙間一切事物。中區，文選陸機文賦：「佇中區以玄覽。」李善注：「中區，區中也。」此以「中區」指心。聲明，文選謝朓和伏武昌登孫權故城詩：「文物共葳蕤，聲明且葱蒨。」張銑注：「文物、聲明，謂衣冠禮樂也。葳蕤、葱蒨，盛貌。」萬國，「萬」言其多。左傳哀公七年：「禹合諸侯於塗山，執玉帛者萬國。」孔穎達正義：「言萬國者，舉盈數耳。」此泛指各地。兩句謂孔子心懷天下。

〔六〕「惟深也」二句，周易繫辭上：「夫易，聖人之所以極深而研幾也。唯深也，故能通天下之志；唯幾也，故能成天下之務。子曰『易有聖人之道四焉』者，此之謂也。」

〔七〕「非天下」句，周易繫辭上：「利用出入，民咸用之，謂之神。」孔穎達正義：「言聖人以利爲用，或出或入，使民咸用之，是聖德微妙，故云謂之神。」

道尊德貴〔一〕，挫鋭同塵〔二〕。始於中都宰，終於大司寇〔三〕。能使長幼異節，男女別途，路無遺亡，器不雕僞〔四〕。奸雄獨立，初明兩觀之誅〔五〕；正教未行，仍赦同狴之罪〔六〕。盟齊侯而歸四邑，夷不亂華〔七〕；黜季氏而覆三都，家無藏甲〔八〕。非天下之至剛，其孰能與於此！

【箋注】

〔一〕「道尊」句，禮記學記：「凡學之道，嚴師爲難。師嚴然後道尊，道尊然後民知敬學。」同上祭義：「先王之所以治天下者五：貴有德、貴貴、貴老、敬長、慈幼。此五者，先王之所以定天下也。貴有德何爲也？爲其近於道也。」

〔二〕「挫鋭」句，老子：「道沖，而用之或不盈，淵乎似萬物之宗。挫其鋭，解其紛；和其光，同其塵。」「挫其鋭」，河上公注：「鋭，進也。人欲鋭精進取功名，當挫止之，法道不同也。」又注「同其塵」曰：「當與衆庶同垢塵，不當自别殊。」句謂孔子雖有道有德，然其歷世仍同於衆人。

〔三〕「始於」二句，史記孔子世家：「（魯）定公八年（前五〇二），公山不狃不得意於季氏，因陽虎爲亂。……定公九年，陽虎不勝，奔於齊。是時孔子年五十。公山不狃以費畔季氏，使人召孔子，……卒不行。其後定公以孔子爲中都宰，一年，四方皆則之。由中都宰爲司空，由司空爲大司寇。」

〔四〕「能使」四句，史記孔子世家：「（孔子）與聞國政（按指誅少正卯之後，見下注）三月，粥羔豚者弗飾賈；男女行者别於塗；塗不拾遺；四方之客至乎邑者不求有司，皆予之以歸。」不求有司，裴駰集解引王肅曰：「有司常供其職，客求而有在也。」又孔子家語卷一相魯：「孔子初仕，爲中都宰，製爲養生送死之節，長幼異食，强弱異任，男女别塗，路無拾遺，器不雕僞。」王肅注：「中都，魯邑。如禮，年十五異食也。任，謂力作之事，各從所任，不用弱也。雕，畫。無文飾，不詐僞。」

〔五〕「奸雄」二句，史記孔子世家：「定公十四年（前四九六），孔子年五十六，由大司寇行攝相事，有喜色。門人曰：『聞君子禍至不懼，福至不喜。』孔子曰：『有是言也。不曰「樂其以貴下人」乎？』於是誅魯大夫亂政者少正卯。」孔子家語卷一始誅：「孔子爲魯司寇攝行相事。……爲政七日，而誅亂政大夫少正卯，戮之於兩觀之下，屍於朝三日。子貢進曰：『夫少正卯，魯之聞人，今夫子爲政而始誅之，或者爲失乎？』孔子曰：『居，吾語汝以其故。天下有大惡者五，而竊盗不與焉：一曰心逆而險；二曰行僻而堅；三曰言僞而辯；四曰記醜而博；五曰順非而澤。此五者，有一於人則不免君子之誅，而少正卯皆兼有之，其居處足以撮徒成黨，其談説足以飾褒熒衆，其彊禦足以返是獨立。此乃人之奸雄，有不可以不除。』」王肅注：「兩觀，闕名。醜，謂非義。撮，聚。」獨立，謂不受鉗制。

〔六〕「正教」二句，孔子家語卷一始誅：「孔子爲魯大司寇，有父子訟者，夫子同狴執之，三月不别，其父請止，夫子赦之焉。季孫聞之，不悦，曰：『司寇欺余！曩告余曰：「國家必先以孝。」余今戮一不孝，以教民孝，不亦可乎？而又赦，何哉！』冉有以告孔子，子喟然歎曰：『嗚呼！上失其道，而殺其下，非理也。不教以孝而聽其獄，是殺不辜。三軍大敗，不可斬也；獄犴不治，不可刑也。何者？上教之不行，罪不在民故也。』」王肅注：「狴，獄牢也。」

〔七〕「盟齊侯」二句，孔子家語卷一相魯：「定公與齊侯會於夾谷，孔子攝相事。……至會所，爲壇位，土階三等，以遇禮相見，揖讓而登。獻酢既畢，齊使萊人以兵鼓謲劫定公。孔子歷階而進，以公退曰：『士以兵之吾兩君爲好，裔夷之俘敢以兵亂之，非齊君所以命諸侯也。裔不謀夏，夷不亂華，俘不干盟，兵不偪好。於神爲不祥，於德爲愆義，於人爲失禮，君必不然。』齊侯心怍，麾而避之。……齊侯歸，責其群臣曰：『魯以君子道輔其君，而子獨以夷狄道教寡人，使得罪。』於是乃歸所侵魯之四邑及汶陽之田。」王肅注：「遇禮，會遇之禮，禮之簡略者也。」又曰：「萊人，齊人東夷。雷鼓曰謲。裔，邊裔；夷，夷狄；俘，軍所獲虜也。言此三者何敢以兵亂兩君之好也。華、夏，中國之名。」注又曰：「四邑，鄆、讙、龜、陰之地也。汶陽之田，本魯界。」事又見史記孔子世家，所述略異，記其時在定公十年（前五〇〇）。

〔八〕「黜季氏」二句，史記孔子世家：「定公十四年（前四九六）夏，孔子言於定公曰：『臣無藏甲，大夫毋百雉之城。使仲由爲季氏宰，將墮三都。』於是叔孫氏先墮郈。季氏將墮費，公山不狃、叔孫輒率費人襲魯。公與三子入於季氏之宮，登武子之臺。費人攻之，弗克，入及公側。孔子命申句須、樂頎下伐之，費人北。國人追之，敗諸姑蔑。二子奔齊，遂墮費。……」集解引王肅曰：「高丈、長丈曰堵，三堵曰雉。」又引服虔曰：「三都，三家之邑也。」又曰：「三子，季孫、孟孫、叔孫也。」事又見孔子家語卷一相魯，「臣無藏甲」作「家無藏甲」，王肅注曰：「卿大夫稱家。甲，鎧也。」并謂孔子此舉爲「强公室，弱私家，尊君卑臣」。

青光歇滅〔一〕，赤籙衰微〔二〕。一匡爲海岱之尊〔三〕，一戰有河防之霸〔四〕。故得三王不相襲，禮亡於寇戎〔五〕；五帝不相沿，樂入於河海〔六〕。是以哀生靈之版蕩〔七〕，痛寓縣之分崩，歷聘諸侯，栖遑異國〔八〕。其爲大也，法象莫之能容〔九〕；其爲高也，黎元莫之能覩。時非我與，遂厄宋而圍陳〔一〇〕；道不吾行，終樂天而知命〔一一〕。非天下之至柔，其孰能與於此！

【箋注】

〔一〕「青光」句，文選沈約齊故安陸昭王碑文：「帝出於震，日衣青光。」李善注：「言齊之興也。周易曰：『帝出乎震。』震，東方也。春秋元命苞曰：『孔子曰：扶桑者，日所出，房所立，其耀盛，蒼神用事，精感姜原，卦得震。震者動而光，故知周蒼，代殷者爲姬昌，人形龍顔，長大，精翼日，衣青光。』宋衷曰：『爲日精所羽翼，故以爲名，木神，以其方色衣之。』」則「青光」代指周。歇滅，謂周朝衰弱以至滅亡。

〔二〕「赤籙」句，「赤」指赤烏，「籙」指圖籙，傳説爲周滅殷并崛起之瑞。墨子非攻下曰：「赤烏銜珪，降周之岐社，曰：『天命周文王伐殷，有國。』泰顛來賓，河出緑圖，地出乘黃。」又藝文類聚卷九九祥瑞部下烏引尚書中候曰：「周太子發渡孟津，有火自天，止於王屋，爲赤烏。」又引孫氏瑞應圖曰：「赤烏，武王時銜穀米至屋上，兵不血刃而殷服。」又初學記卷六洛水引尚書中候：「武王觀於河，沉璧禮畢，且退，至於日昧，榮光并塞河沉璧，青雲浮洛，赤龍臨壇，銜玄甲之圖，吐之而去。」此言「赤籙衰微」，仍指周衰微，與上句義同。

〔三〕「一匡」句，匡，原作「注」，據全唐文改。按管子中有大匡、中匡、小匡三篇，房玄齡注大匡：「謂以大事匡君。」則「匡」爲扶正義。海岱，尚書禹貢：「海岱惟青州。」僞孔傳：「東北據海，西南距岱。」陸德明音義：「岱音代，泰山也。」此指齊國。海岱之尊，指齊桓公稱霸。史記齊太公世家：「（桓公）既得管仲，與鮑叔、隰朋、高傒修齊國政，連五家之兵，設輕重魚鹽之利，以贍貧窮，禄賢能，齊人皆説。」於是伐魯，三敗之，「諸侯會桓公於甄，而桓公於是始霸焉」。其後又伐燕、蔡、楚、陳等。「是時周室微，唯齊、楚、秦、晉爲彊。……唯獨齊爲中國會盟，而桓公能宣其德，故諸侯賓會。」

〔四〕「一戰」句，指晉文公稱霸。一戰，當指晉楚城濮之戰。城濮，衛地，在今山東鄄城西南，黃河在其西，故左傳僖公二十八年載晉師獲勝後，於「壬午，濟河」。晉文公因城濮之戰而霸，故此稱之爲「河防之霸」。按史記晉世家：晉文公重耳，遭驪姬之亂，其父獻公立幼子爲嗣，被迫流亡在外十九年。返國後，「修政施惠百姓，賞從亡者及功臣，大者封邑，小者尊爵」，入王尊周。周襄王二十年（前六三二）夏四月，與楚兵會戰城濮，大勝。「五月丁未，獻楚俘於周，駟介百乘，徒兵千。天子使王子虎命晉侯爲伯。……於是晉文公稱伯。」事又詳上引左傳僖公二十八年。

〔五〕「故得」二句，禮記樂記：「五帝殊時不相沿樂，三王異世不相襲禮。」鄭玄注：「言其有損益也。」孔穎達正義：「若大判而論，則五帝以上尚樂，三王之世貴禮，故樂興五帝，禮盛三王。所以爾者，五帝之時尚德，故義取於同和；三王之代尚禮，故義取於儀别。是以樂隨王者之功，禮隨治世之教也。」三王，此指禹、湯、周文王，即禮記禮運孔子所謂「三代之英」。三王之後，禮亡寇戎，指周幽王爲西夷犬戎所殺，平王於是東遷雒邑，周室衰微，政由方伯，禮亦隨之而壞。唐賈公彦序周禮廢興（載十三經注疏本周禮注疏卷首）曰：「周公制禮之日，禮教興行。後至幽王，禮儀紛亂，故孔子云：『諸侯專行征伐十世，希不失。』鄭注云『亦謂幽王之後也』。」

〔六〕「五帝」二句，五帝樂不相沿，見上注引禮記樂記。五帝，此當依帝王世紀，指少昊、顓頊、高辛、堯、舜。樂入於河海，論語微子：「太師摯適齊，亞飯干適楚，三飯繚適蔡，四飯缺適秦。鼓方叔入於河，内播鼗武入於漢，少師陽、擊磬襄入於海。」何晏集解引孔（安國）曰：「亞，次也。次飯，樂師也。摯、干，皆名。」又引包（咸）曰：「三飯、四飯，樂章名，各異師。繚、缺，皆名也。」包咸又曰：「鼓，擊鼓者，方叔，名。入，謂居其河。播，摇也，武，名也。」又引孔（安國）曰：「魯哀公時禮壞樂崩，樂人皆去。陽、襄，皆名。」孔穎達正義：「此章記魯哀公時禮壞樂崩，樂人皆去也。」魯哀公值東周敬王時，已是春秋之末，孔子晚年矣。

〔七〕「是以」句，版蕩，詩經大雅板小序：「板，凡伯刺厲王也。」鄭玄箋：「凡伯，周同姓，周公之胤也，入爲王卿士。」版、板同。同上詩經蕩小序：「蕩，召穆公傷周至大壞也。厲王無道，天下蕩蕩無綱紀文章，故作是詩也。」鄭玄箋：「蕩蕩，法度廢壞之貌。」又鄭玄詩譜序：「周室大壞，十月之交、民勞、板、蕩，勃爾俱作，衆國紛然，刺怨相尋。」後以「板蕩」指國家喪亂，民不聊生。

〔八〕「歷聘」二句，史記孔子世家：孔子年五十六，由魯大司寇行攝相事，誅少正卯。齊人懼，曰「孔子爲政必霸」，遂沮之。孔子遂行，適衛、陳、蔡、宋、楚等，皆不見用，「孔子之去魯凡十四歲而反乎魯」。論語憲問：「微生畝謂孔子曰：『丘何爲是栖栖者與？無乃爲佞乎？』」

〔九〕「其爲大」二句，周易繫辭上：「見乃謂之象，形乃謂之器，制而用之謂之法。……是故法象莫大乎天地。」法象，此指天下。史記孔子世家：「子貢曰：夫子之道至大，故天下莫能容夫子。」下「黎元」二句義同，謂孔子之道大德高，舉世上下無人理解。

〔一〇〕「時非」二句，論語陽貨：「日月逝矣，歲不我與。」何晏集解引馬（融）曰：「年老，歲月已往，當急仕。」厄宋圍陳，史記孔子世家：「孔子去曹適宋，與弟子習禮大樹下。宋司馬桓魋欲殺孔子，拔其樹。孔子去。弟子曰：『可以速矣。』孔子曰：『天生德於予，桓魋其如予何！』」集解引徐廣曰：「年表：定公十三年（前四九七），孔子至衛。十四年，至陳。哀公三年（前四九二），孔子過宋。」同上孔子世家：「孔子遷於蔡三歲，吴伐陳。楚救陳，軍於城父。聞孔子在陳蔡之間，楚使人聘孔子。孔子將往拜禮，陳蔡大夫謀曰：『孔子賢者，……今楚，大國也，來聘孔子。孔子用於楚，則陳蔡用事大夫危矣。』於是乃相與發徒役圍孔子於野，不得行，絕糧。從者病，莫能興。孔子講誦絃歌不衰。」集解引徐廣曰：「哀公四年也。」

〔二〕「道不」二句，論語公冶長：「子曰：道不行，乘桴浮於海。」何晏集解引馬融曰：「桴，編竹木，大者曰栰，小者曰桴。」周易繫辭上：「旁行而不流，樂天知命，故不憂。」韓康伯注：「應變旁通，而不流淫也。」又注曰：「順天之化，故曰樂也。」

太山不辭土壤，故能成其高；滄海不讓細流，故能成其大〔一〕。自季孫之賜我也，交益親矣〔二〕；自敬叔之乘我也，道彌尊矣〔三〕。於是歷郊社之所，考明堂之則〔四〕。金人右對，仍觀太祖之階〔五〕；斧扆前臨，還訪周公之位〔六〕。然後删詩書而續易象〔七〕，動天地而感鬼神〔八〕。運百代之舟車，開千齡之户牖〔九〕。是故雷精日角，聞道德而搵衣〔一〇〕；月頰山庭，奉琴書而撰杖〔一一〕。非天下之至文，其孰能與於此！

【箋注】

〔一〕「太山」四句，史記李斯列傳載李斯上秦皇書：「太山不讓土壤，故能成其大；河海不擇細流，故能就其深。」索隱引管子云：「海不辭水，故能成其大；泰山不辭土石，故能成其高。」按：

「太」同「泰」。

〔二〕「自季孫」二句，季孫，指季羔。孔子家語卷二致思：「季羔爲衛之士師，刖人之足。俄而衛有蒯聵之亂，季羔逃之，走郭門，刖者守門焉，謂季羔曰：『彼有缺。』季羔曰：『君子不踰。』又曰：『彼有竇。』季羔曰：『君子不隧。』又曰：『於此有室。』季羔乃入焉。既而追者罷，季羔將去，謂刖者曰：『吾不能虧主之法而親刖子之足矣。今吾在難，此正子之報怨之時，而逃我者三，何故哉？』刖者曰：『斷足，固我之罪，無可奈何。曩者君治臣以法，令先人後臣，欲臣之免也，臣知：獄決罪定，臨當論刑，君愀然不樂。見君顔色，臣又知之。君豈私臣哉？天生君子，其道固然，此臣之所以悦君也。』孔子聞之，曰：『善哉爲吏！其用法一也，思仁恕則樹德，加嚴暴則樹怨。公以行之，其子羔乎？』孔子曰：『季孫之賜我粟千鍾也，而交益親。』」士師，王肅注：「獄官。」又注「交益親」：「得季孫千鍾之粟以施與衆，而交益親。」

〔三〕「自敬叔」二句，史記孔子世家：「魯南宮敬叔言魯君曰：『請與孔子適周。』魯君與之一乘車，兩馬，一豎子俱。適周問禮，蓋見老子云。」孔子家語卷二致思：「自南宮敬叔之乘我車也，而道加行，故道雖貴，必有時而後重，有勢而後行。微夫二子之貺財，則丘之道殆將廢矣。」同上卷三觀周：「（孔子）自周反魯，道彌尊矣，遠方弟子之進，蓋三千焉。」

〔四〕「於是」二句，孔子家語卷三觀周：「敬叔與（孔子）俱至周，問禮於老聃，訪樂於萇弘，歷郊社之所，考明堂之則，察廟朝之度，於是喟然曰：『吾乃今知周公之聖，與周之所以王也。』」萇弘，王肅注：「周大夫。」又注「廟朝之度」曰：「宗廟朝廷之法度也。」

〔五〕「金人」二句，孔子家語卷三觀周：「孔子觀周，遂入太祖、后稷之廟。廟堂右階之前，有金人焉，參緘其口，而銘其背曰：『古之慎言人也，戒之哉！無多言，多言多敗；無多事，多事多患。安樂必戒，無所行悔。勿謂何傷，其禍將長；勿謂何害，其禍將大。……』孔子既讀斯文也，顧謂弟子曰：『小子識之！此言實而中，情而信。詩云：「戰戰兢兢，如臨深淵，如履薄冰。」行身如此，豈以口過患哉！』」

〔六〕「斧扆」二句，孔子家語卷三觀周：「孔子觀乎明堂，覩四門墉，有堯、舜與桀、紂之象，而各有善惡之狀，興廢之誡焉。又有周公相成王，抱之負斧扆、南面以朝諸侯之圖焉。孔子徘徊而望之，謂從者曰：『此周公所以盛也。夫明鏡所以察形，往古者所以知今。』」

〔七〕「然後」句，史記孔子世家：「古者詩三千餘篇，及至孔子，去其重，取可施於禮義，上採契后稷，中述殷周之盛，至幽厲之缺，始於衽席，故曰關雎之亂以爲風始，鹿鳴爲小雅始，文王爲大雅始，清廟爲頌始。三百五篇，孔子皆絃歌之，以求合韶武雅頌之音。禮樂自此可得而述，以備王道，成六藝。孔子晚而喜易，序彖、繫、象、説卦、文言。讀易，韋編三絶。」又孔子家語卷九本姓解：「孔子生於衰周，先王典籍錯亂無紀，而乃論百家之遺記，考正其義，祖述堯舜，憲章文武，删詩述書，定禮理樂，製作春秋，贊明易道，垂訓後嗣，以爲法式，其文德著矣。」

〔八〕「動天地」句，毛詩序：「正得失，動天地，感鬼神，莫近乎詩。」

〔九〕「運百代」二句，謂孔子著述永可濟世致用。揚子法言吾子篇：「舍舟航而濟乎瀆者末矣，舍五經而濟乎道者末矣。棄常珍而嗜乎異饌者，惡覩其識味也；委大聖而好乎諸子者，惡覩其識道也。」淮南子説山訓：「四方皆道之門户牖向也，在所從闚之。」又太平御覽卷七七〇航引孫綽子曰：「仲尼見滄海横流，故務爲舟航。」

〔一〇〕「是故」二句，雷精，指子路。太平御覽卷一三雷引王充論衡曰：「子路感雷精而生，尚剛好勇，親涉衛難，結纓而死，孔子聞而覆醢。每聞雷鳴，乃中心惻怛，亦復如之。故後人忌焉，以爲常也。」（按今本論衡無此文）日角，指顔淵。記纂淵海卷八七相術引論語摘輔象曰：「顔淵山庭日角。」按太平御覽卷七八太昊庖犧氏引孝經援神契曰：「伏羲氏日角。」注引宋均曰：「日角有骨表，取象日所出，房所立，有星也。」摳衣，禮記曲禮上：「請業則起，請益則起。」鄭玄注：「尊師重道也。起若今摳衣前請也，業謂篇卷也，益謂受説不了，欲師更明説之。」摳，提也。據史記仲尼弟子列傳，仲由字子路，卞人，好勇力，志伉直。顔淵，即顔回，字子淵，魯人。孔子盛稱其賢，有德行。

〔一一〕「月頰」二句，月頰，不詳所指。山庭，指子貢。論語摘輔象：「子貢山庭，……謂面有三庭，言山在中，鼻高，有異相也，故子貢至孝，顔淵至仁。」據史記仲尼弟子列傳，端木賜，衛人，字子貢，利口巧辭，長於言語。撰杖，禮記曲禮上：「侍坐於君子，君子欠伸，撰杖屨。」鄭玄注：「以君子有倦意也。撰，猶持也。」以上四句，謂孔子深受衆弟子尊敬。

智以藏往，有感而必通；神以知來，無微而不照〔一〕。論五行於帝輔，潛觀大皞之先〔二〕；揆七廟於天災，預察鼇王之過〔三〕。星流十月，徵曆象於衰周〔四〕；日汎三江，採謳謡於霸楚〔五〕。神無方而易無體，聖人通變化之津〔六〕；河出圖而洛出書，聖人悟興亡之兆〔七〕。非天下之至明，其孰能與於此！

【箋　注】

〔一〕「智以」四句，周易繫辭上：「神以知來，知以藏往。」韓康伯注：「明蓍卦之用，同神知也。蓍定數於始，於卦爲來；卦成象於終，於蓍爲往。往來之用相成，猶神知也。」「智」、「知」同。此謂孔子聰慧過人，博學多識。

〔二〕「論五行」二句，帝輔，指五帝、五行。孔子家語卷六五帝：「(魯)季康子問於孔子曰：『舊聞五帝之名，而不知其實，請問何謂五帝？』孔子曰：『昔丘也聞諸老聃，曰：「天有五行木、火、金、水、土，分時化育，以成萬物，其神謂之五帝。古之王者易代而改號，取法五行，五行更王，終始相生，亦象其義，故其爲明王者而死配五行。是以太皞配木，炎帝配火，黄帝配土，少皞配金，顓頊配水。」』」其下又論五正，夫子曰：「五正者，五行之官名。五行佐成上帝，而稱五帝。太皞之屬配焉，亦云帝，從其號。」故五行乃上帝之佐，佐，輔也。而陶唐、有虞、夏后、殷、周，皆不得配五帝。

〔三〕「揆七廟」二句，孔子家語卷四六本：「孔子在齊，舍於外館，景公造焉。賓主之辭既接，而左右白曰：『周使適至，言先王廟災。』景公復問災何王之廟也，孔子曰：『此必（周）釐王之廟。』公曰：『何以知之？』孔子曰：『詩云「皇皇上天，其命不忒」。天之以善，必報其德，禍亦如之。夫釐王變文武之制，而作玄黄華麗之飾，宫室崇峻，輿馬奢侈，而弗可振也。故天殃所宜加其廟焉，以是占之爲然。』公曰：『天何不殃其身，而加罰其廟也？』孔子曰：『蓋以文武故也。若殃其身，則文武之嗣無乃殄乎？故當殃其廟，以彰其過。』俄頃，左右報曰：『所災者，釐王廟也。』景公驚起，再拜曰：『善哉！聖之智過人遠矣。』」

〔四〕「星流」二句，孔子家語卷四辨物：「季康子問於孔子曰：『今周十二月，夏之十月，而猶有螽，何也？』孔子對曰：『丘聞之：火伏而後蟄者畢。今火猶西流，司曆過也。』季康子曰：『所失者幾月也？』孔子曰：『於夏十月，火既没矣。今火見，再失閏也。』」王肅注：「火，大火，心星也。蟄，蟄蟲也。」

〔五〕「日汎」二句，三江，史記河渠書「於吴則通渠三江五湖」句，索隱按地理志曰：「北江，從會稽毗陵縣北東入海；中江，從丹陽蕪湖縣東北至會稽陽羨縣東入海；南江，從會稽吴縣南東入海。」今按：三江後匯爲一江，即長江也。孔子家語卷二致思：「楚昭王渡江，江中有物大如斗，圓而赤，直觸王舟。舟人取之，王大怪之，遍問群臣，莫之能識。王使使聘於魯，問於孔子。子曰：『此所謂萍實者也，可剖而食之，吉祥也，唯霸者爲能獲焉。』使者返，王遂食之，大美。

久之，使來以告魯大夫，大夫因子游問曰：『夫子何以知其然？』曰：『吾昔之鄭，過乎陳之野，聞童謠曰：「楚王渡江，得萍實。大如斗，赤如日。剖而食之，甜如蜜。」此是楚王之應也，吾是以知之。』」

〔六〕「神無方」二句，周易繫辭上：「範圍天地之化而不過，曲成萬物而不遺，通乎晝夜之道而知，故神無方而易無體。」韓康伯注：「範圍者，擬範天地而周備其理也。曲成者，乘變以應物，不係一方者也，則物宜得矣。通幽明之故，則無不知也。自此以上，皆言神之所爲也。方、體者，皆係乎形器者也。神則陰陽不測，易則唯變所適，不可以一方一體明。」

〔七〕「河出圖」二句，河圖、洛書，帝王受命之符，前已屢注。論語子罕：「子曰：鳳鳥不至，河不出圖，吾已矣夫！」何晏集解引孔（安國）曰：「聖人受命，則鳳鳥至，河出圖。今天無此瑞。『吾已矣夫』者，傷不得見也。河圖，八卦是也。」

極天蟠地之禮〔一〕，周旋揖讓之規〔二〕，百神於是會昌〔三〕，二儀以之同節〔四〕。非禮無以別父子兄弟親疎之序，非禮無以辨君臣上下長幼之位〔五〕。本之於元氣，徵之於太古〔六〕。德足以法於九圍〔七〕，道足以周於八極〔八〕。服先王之制度，黜紅紫而無施〔九〕；斂上帝之明威，感風雷而有變〔一〇〕。非天下之至恭，其孰能與於此！

【箋注】

〔一〕「極天」句，禮記樂記：「及夫禮樂之極乎天而蟠乎地，行乎陰陽而通乎鬼神，窮高極遠而測深厚。」鄭玄注：「極，至也。蟠，猶委也。高遠，三辰也；深厚，山川也。言禮樂之道，上至於天，下委於地，則其間無所不之。」

〔二〕「周旋」句，禮記內則：「在父母舅姑之所，有命之，應、唯敬對，進退、周旋慎齊，升降、出入、揖遊不敢噦、噫、嚏、咳、欠、伸、跛、倚、睇視，不敢唾、洟。」鄭玄注：「齊（按：同「齋」），莊也。睇，傾視也。」

〔三〕「百神」句，文選左思蜀都賦：「岷山之精，上爲井絡，天帝運期而會昌。」劉淵林注：「昌，慶也，言天帝於此會慶建福也。」

〔四〕「二儀」句，二儀，指天地。禮記樂記：「大樂與天地同和，大禮與天地同節。與其數和，故百物不失。」鄭玄注：「言順天地之氣，不失其性節。」

〔五〕「非禮」二句，禮記經解哀公問：「哀公問於孔子曰：『大禮何如？君子之言禮，何其尊也。』孔子曰：『丘也小人，不足以知禮。』君曰：『否，吾子言之也。』孔子曰：『丘聞之：民之所由生，禮爲大。非禮無以節事天地之神也，非禮無以辨君臣上下長幼之位也，非禮無以別男女父子兄弟之親、昏姻疏數之交也。』」踈，同「疏」。

〔六〕「徵之」句，按禮記及鄭玄注，言禮本於太古之事甚多。如禮記禮運：「周禮祝號有六：一曰神號，二曰鬼號，三曰祇號，四曰牲號，五曰齍號，六曰幣號。號者，所以尊神顯物也。腥其俎，謂豚解而腥之，及血毛，皆所以法於大（同「太」）古也。」禮記郊特牲「大古冠布，齊則緇之其緌也」，鄭玄注：「唐虞以上曰太古也。」

〔七〕「德足以」句，德，原作「定」，據全唐文改。九圍，詩經商頌長發：「上帝是祗，帝命式于九圍。」毛傳：「九圍，九州也。」

〔八〕「道足以」句，淮南子原道訓：「夫道者，覆天載地，廓四方，柝八極。」高誘注：「八極，八方之極。」

〔九〕「黜紅紫」句，論語鄉黨：「衣紅紫不以爲褻服。」何晏集解引王肅注：「褻服，私居服，非公會之服，皆不正。褻尚不衣，正服無所施。」謂家居不穿淺紅及紫色衣服。

〔一〇〕「歛上帝」二句，事詳尚書金縢，略曰：周武王有疾，周公築壇請以代死，納册於金縢之匱中。既卜而吉，武王疾遂瘳。後武王死，成王立，幼，周公攝政。其弟管叔及蔡叔、霍叔乃放言於國，謂「將不利於孺子」，以誣周公，以惑成王。周公於是避於東都，而成王猶有疑之之心。秋大熟，未獲，天大雷電以風，禾盡偃，大木斯拔，邦人大恐。成王感風雷之變，而啓金縢之書，知周公之心果忠於王室，迎之於東以歸，上天乃變大風雷爲雨，歲則大熟。所謂「歛上帝之明威」指此。古人謂尚書乃孔子整理，故楊炯於此舉之，以證孔子有「天下之至恭」。

五行、四氣、十二月，還相爲本；五聲、六律、十二管，還相爲宫〔一一〕。至音將簡易同和〔一二〕，廣樂與神明合契〔三〕。盛於中國，還陳武像之容〔四〕；奄有四方〔五〕，自得文王之操〔六〕。南風奏雅，知大舜之温〔七〕；北里宣淫，體殷辛之暴〔八〕。非天下之至和，其孰能與於此！

【箋注】

〔二〕「五行」四句，出禮記禮運，其曰：「一盈一闕，屈伸之義也。必三五者，播五行於四時也：一曰水，二曰火，三曰木，四曰金，五曰土，合爲十五之成數也。五行之動，迭相竭也。五行、四時、十二月，還相爲本也。五聲、六律、十二管，還相爲宫也。」鄭玄注：「言五行運轉，更相爲始也。五聲，宫、商、角、徵、羽也。其管，陽曰律，陰曰吕，布十二辰。始於黄鍾，管長九寸，下生者三分去一，上生者三分益一，終於南事，更相爲宫，凡六十也。」孔穎達正義：「論五行之動。動，謂運轉；竭，謂負戴。言五行運轉，迭相負竭，猶若春時木王則水爲終謝。送往王者爲負竭，夏火王則負戴於木也。『五行、四時、十二月，還相爲本也』者，猶若孟春則建寅之月爲諸月之本；仲春則以建卯之月爲諸月之本，是還迴迭相爲本也。『五聲、六律、十二管，還相爲宫也』者，五聲謂宫、商、角、徵、羽；六律謂陽律也，舉陽律則陰吕從之可知，故十二管也。十一月黄鍾爲宫，十二月大吕爲宫，是還迴迭相爲宫也。」按：四氣，即四時，亦即四季。董仲舒春秋繁露卷一一陽尊陰卑：「喜氣爲煖而當春，怒氣爲清而當秋，樂氣爲太陽而當夏，哀氣爲太陰而當冬。四氣者，天與人所同有也，非人所能畜也。」

〔二〕「至音」句，禮記樂記：「大樂與天地同和。」鄭玄注：「言順天地之氣。」老子：「大音希聲。」王弼注：「聽之不聞名曰希，不可得聞之音也。有聲則有分，有分則不宮而商矣；分則不能統衆，故有聲者非大音也。」故言「簡易」。

〔三〕「廣樂」句，禮記樂記：「君子反情以和其志，廣樂以成其教，樂行而民鄉方，可以觀德矣。」鄭玄注：「方，猶道也。」因「樂行而民鄉方」，極爲神妙，故云「與神明合契」。

〔四〕「盛於」二句，禮記樂記：「武王作大武，名因其得天下之功。」論語八佾：「武盡美矣，未盡善也。」何晏集解引孔（安國）曰：「武，武王樂也，以征伐取天下，故未盡善。」孔穎達正義：「武王用武除暴，爲天下所樂，故謂其樂爲武樂。武樂爲一代大事，故歷代皆稱『大』也。」

〔五〕「奄有」句，詩經大雅皇矣：「奄有四方。」毛傳：「奄，大也。」鄭玄箋云：「王季（引者按：王季即季歷，生昌，即周文王）以有因心則友之德，故世世受福祿，至於覆有天下。」按皇矣小序曰：「皇矣，美周也。天監代殷，莫若周；周世世修德，莫若文王。」孔穎達正義曰：「天監視善惡於下，就諸國之內求可以代殷爲天子者，莫若於周，言周最可以代殷也。周所以善者，以天下諸國世世修德莫有若文王者也，故作此詩以美之也。」

〔六〕「自得」句，史記孔子世家：「孔子學鼓琴師襄子。……有間，有所穆然深思焉，有所怡然高望而遠志焉。曰：『丘得其爲人，黯然而黑，幾然而長，眼如望羊，如王四國。非文王其誰能爲此也！』師襄子辟席再拜，曰：『師蓋云文王操也。』」按太平御覽卷八四周文王引桓子新論曰：

「文王操者，文王之時紂無道，爛金爲格，溢酒爲池，宫中相殘，骨肉成泥。琁室瑶臺，藹雲翳風，鍾聲雷起，疾動天地。文王躬被法度，陰行仁義，援琴作操，故其聲紛以擾，駭角震商。」

〔七〕「南風」二句，史記樂書：「昔者舜作五絃之琴，以歌南風。」集解引王肅曰：「南風，養育民之詩也。其辭曰：『南風之薰兮，可以解吾民之愠兮。』」

〔八〕「北里」二句，史記殷本紀：「帝乙崩，子辛立，是爲帝辛，天下謂之紂。……好酒淫樂，嬖於婦人，愛妲己，妲己之言是從。於是使師涓作新淫聲，北里之舞，靡靡之樂，厚賦税以實鹿臺之錢，而盈鉅橋之粟。益收狗馬奇物，充仞宫室。……以酒爲池，縣肉爲林，使男女倮相逐其間，爲長夜之飲。」

悲夫！日中則昃，動静之常也；月滿則虧，虚盈之數也〔一〕。自太平王佐，委龍翰於芳年〔二〕；禮義霸臣，摧獸文於華月〔三〕。則知天之將喪也，則知道之將廢也〔四〕。雖頽山壞木，兆悲歌於兩楹〔五〕；夏楝周牆，陳盛制於三禮〔六〕。猶使文明炤爛，百王知察變之機；鍾石鏗鏘，萬代挹希聲之樂〔七〕。信可謂備物致用，立成器以爲天下利者，莫大於聖人也〔八〕。既而三河失統，九州之寶幣不歸〔九〕；四塞提衡，萬里之長城繼作〔一〇〕。星祅日祲，乾象暗而恒文乖；禮壞樂崩，彝倫斁而舊章缺〔一一〕。洎夫碭山休氣〔一二〕，潛膺赤帝之圖〔一三〕；沛國真人，密召黄星之録〔一四〕。尊褒成之厚級，殷崇聖之榮班〔一五〕，學校於是大興〔一六〕，文武由其不墜。年當晉、宋，運柜周、隋〔一七〕，太山覆而崑崙倒，天柱傾而地維絶〔一八〕。三重赤暈〔一九〕，還開爭戰之端；千里黄埃，荐有干戈之務〔二〇〕。亂離瘼矣，黔首何依〔二一〕？王室蠢然〔二二〕，蒼生無主。閭閻匝地，今來爲講武之場〔二三〕；荆棘參天，昔日作談經之市〔二四〕。

【箋注】

〔一〕「日中」四句，日中，謂中午之太陽，到達天最高處（實爲地球運行正對太陽）；昃，太陽向西傾斜。滿，謂月圓；虧，月缺。喻萬物盛極而衰。周易豐卦：「日中則昃，月盈則食，天地盈虛，與時消息，而況於人乎？況於鬼神乎？」王弼注：「豐之爲用，困於昊食者也。施於未足則尚豐，施於已盈則方溢，不可以爲常，故具陳消息之道者也。」孔穎達正義：「『日中則昃，月盈則食』者，此孔子因豐設戒（引者按：因有孔子續易象之説，故謂此乃孔子設戒），以上言王者以豐大之德照臨天下，同於日中。然盛必有衰，自然常理。日中至盛，過中則昃；月滿則盈，過盈則食。天之寒暑往來，地之陵谷遷貿，盈則與時而息，虛則與時而消，天地日月尚不能久，況於人與鬼神，而能長保其盈盛乎？」

〔二〕「自太平」二句，楊炯原州百泉縣令李君神道碑（見本書卷七）曰：「顔回稱太平王佐。」顔回，名淵，孔子弟子。其稱太平王佐事，現存文獻别無出處，蓋孔子盛稱其「德行」、好仁之故。詳史記仲尼弟子列傳。委，棄也。龍翰，龍毛，言極難得。漢書揚雄傳載甘泉賦：「鱗羅布列，攢以龍翰。」顔師古注「龍翰」爲「如龍之豪翰」。芳年，與下句「華月」，指美妙歲月。此嘆顔回早死，未能用之於世。

〔三〕「禮義」二句，上注引李君神道碑又曰：「仲由稱禮義霸臣。」據史記仲尼弟子列傳，仲由字子路，「性鄙，好勇力，志抗直」。孔子教導他「君子好勇而無義則亂，小人好勇而無義則盜」。嘗爲季氏宰，故稱「禮義霸臣」。獸文，鳥獸文章。藝文類聚卷一一帝王部一太昊庖犧氏引禮含文嘉曰：「伏羲德洽上下，天應以鳥獸文章，地應以龜書，伏羲乃則象作易。」此代指儒家典籍。兩句謂孔子之禮義被霸臣所摧殘，故下文言天、道「將喪」、「將廢」。

〔四〕「則知」二句，論語子罕：「子畏於匡，曰：『文王既没，文不在兹乎？天之將喪斯文也，後死者不得與於斯文也；天之未喪斯文也，匡人其如予何？』」何晏集解引孔安國注：「文王既没，故孔子自謂後死；言天將喪此文者，本不當使我知之，今使我知之，未欲喪也。」又注曰：「兹，此也。言文王雖已死，其文見在此。此，自謂其身。」同書憲問：「子曰：道之將行也與，命也；道之將廢也與，命也，公伯寮其如命何！」孔穎達正義：「此章言道之廢行，皆由天命也。」

〔五〕「雖頹山」二句，禮記檀弓上：「孔子蚤作，負手曳杖，消摇於門，歌曰：『泰山其頹乎，梁木其壞乎，哲人其萎乎！』子貢聞之，曰：『泰山其頹，則吾將安仰？梁木其壞，哲人其萎，則吾將安放？夫子殆將病也。』遂趨而入。夫子曰：『賜！爾來何遲也。夏后氏殯於東階之上，則猶在阼也；殷人殯於兩楹之間，則與賓主夾之也；周人殯於西階之上，則猶賓之也。而丘也殷人也。予疇昔之夜，夢坐奠於兩楹之間。夫明王不興，而天下其孰能宗予？予殆將死也。』蓋寢疾七日而没。」鄭玄注：「是夢坐兩楹之間，而見饋食也。言奠者，以爲凶象。」又注曰：「兩楹之間，南面鄉明，人君聽治正坐之處。今無明王，誰能尊我以爲人君乎？是我殷家奠殯之象。以此自知將死。」按：楹，柱也。兩楹，東楹、西楹。「雖」下，全唐文有「復」字。

〔六〕「夏棟」二句，周禮冬官考工記匠人：「王宫門阿之制五雉，宫隅之制七雉，城隅之制九雉。」鄭玄注：「阿，棟也。宫隅，城隅，謂角浮思也。雉長三丈，高一丈。度高以高，度廣以廣。」賈公彦疏：「云『王宫門阿之制五雉』者，五雉謂高五丈。云『宫隅之制七雉』者，七雉亦謂高七丈，不言宫牆，宫牆亦高五丈也。云『城隅之制九雉』者，九雉亦謂高九丈，不言城身，城身宜七丈也。」考工記又曰：「門阿之制以爲都城之制，宫隅之制以爲諸侯之城制。」鄭注：「都，四百里。外距五百里，王子弟所封，其城隅高五丈，宫隅門阿皆三丈。諸侯，畿以外也，其城隅制高七丈，宫隅、門阿皆五丈。」此以棟、牆之制，與夏、周互文，代指夏、商、周三代之國體禮制。制，原作「則」。此指三代宫、牆制度，作「制」是，據全唐文改。三禮，「三」原作「用」。按「用」與上句「兩」不對應，據全唐文改。三禮，指周禮、儀禮、禮記三部禮書。謂孔子之死雖如頽山壞木，然其所記三代制度（史記孔子世家謂孔子「追迹三代之禮」），足爲後世之法。

〔七〕「猶使」四句，謂三禮所載之禮樂制度，仍爲後代百王萬世所用。文明，此指禮制。炤爛，照耀也。察變之機，考察變遷之關鍵所在。鍾石，泛指樂。希聲，老子：「大音希聲。」王弼注：「聽之不聞，名曰希。不可得聞之音也。有聲則有分，有分則不宮而商矣；分則不能統衆，故有聲者非大音。」

〔八〕「信可謂」三句，周易繫辭上：「備物致用，立成器以爲天下利，莫大乎聖人。」孔穎達正義：「謂備天下之物，招致天下所用，建立成就天下之器，以爲天下之利，唯聖人能然。」

〔九〕「既而」二句，史記貨殖列傳：「唐人都河東，殷人都河内，周人都河南。夫三河在天下之中，若鼎足，王者所更居也，建國各數百千歲。」集解引徐廣曰：「堯都晉陽也。」三河失統，謂三代相繼滅亡。寶幣，指寶物、貨幣。管子形勢解：「國富兵强，則諸侯服其政，鄰敵畏其威，雖不用寶幣事諸侯，諸侯不敢犯也。」此指寶鼎。藝文類聚卷九九祥瑞部鼎引孫氏瑞應圖曰：「禹治水，收天下美銅，以爲九鼎，象九州，王者興則出，衰則去。」戰國時，周王朝已名存實亡，故云鼎「不歸」。

〔一〇〕「四塞」二句，戰國策齊策三：「今秦，四塞之國。」高誘注：「四面有山關之固，故曰四塞之國也。」提衡，言相互提攜、幫助，本文前已注，此指諸侯合縱連横。萬里之長城，指戰國時諸侯國所修之長城，如戰國策秦策一所謂齊國之「長城鉅防，足以爲塞」，同書魏策一「蘇子（秦）爲趙合從説魏王」，謂其「西有長城之界」之類。兩句謂戰國時諸侯争霸。

〔一一〕「星祅」四句，祅，同「妖」。祅星即凶星，如彗星之類。太平御覽卷七妖星引劉向洪範傳曰：「彗者，去穢布新者也。此天所以去無道而建有德也。」日祲，左傳昭公十五年：「梓慎曰：禘之日，其有咎乎？吾見赤黑之祲，非祭祥也，喪氛也。」杜預注：「祲，妖氛也。蓋見於宗廟，故以爲非祭祥也。氛，惡氣也。」乾象暗，謂日無光。恒文，恒久之文，即傳統文化。後漢書班固傳：「俾其（指漢）承三季之荒末，值亢龍之災孽，懸象暗而恒文乖，彝倫斁而舊章缺。」李賢注：「三季，三王之季也。……易曰：『懸象著明，莫大於日月。』乖，謂失於常度也。倫，理也；斁，敗也。尚書曰：『彝倫攸斁。』舊章缺，謂秦燔詩書。」

〔二〕「泊夫」句，史記高祖本紀：「秦始皇帝常曰『東南有天子氣』，於是因東游以厭之。高祖即自疑，亡匿，隱於芒、碭山澤巖石之間，呂后與人俱求，常得之。高祖怪問之，呂后曰：『季所居上常有雲氣，故從往常得季。』」集解：「徐廣曰：『芒，今臨淮縣也。碭縣在梁。』（裴）駰按應劭曰：『二縣之界有山澤之固，故隱於其間也。』」又張守節正義引括地志云：「宋州碭山縣，在州東一百五十里，本漢碭陽縣也。碭山在縣東。」又引顏師古曰：「京房易兆候云：『何以知賢人隱？四方常有大雲，五色具而不雨，其下有賢人隱矣。』故呂后望雲氣而得之。」

〔三〕「潛膺」句，史記高祖本紀：「高祖以亭長爲縣送徒酈山，徒多道亡。自度比至皆亡之，到豐西澤中，止飲，夜乃解縱所送徒。曰：『公等皆去，吾亦從此逝矣。』徒中壯士願從者十餘人。高祖被酒，夜徑澤中，令一人行前。行前者還報曰：『前有大蛇當徑，願還。』高祖醉，曰：『壯士行，何畏！』乃前，拔劍擊斬蛇，蛇遂分爲兩，徑開。行數里，醉，因臥。後人來至蛇所，有一老嫗夜哭，人問何哭，嫗曰：『人殺吾子，故哭之。』人曰：『嫗子何爲見殺？』嫗曰：『吾子白帝子也,化爲蛇,當道,今爲赤帝子斬之,故哭。』人乃以嫗爲不誠,欲笞之,嫗因忽不見。」集解引應劭曰:「秦襄公自以居西戎,主少昊之神,作西畤,祠白帝。至獻公時,櫟陽雨金,以爲瑞,又作畦畤,祠白帝。少昊,金德也。赤帝堯後,謂漢也。殺之者,明漢當滅秦也。」此上二句,謂劉邦膺天命而興漢,斬白蛇乃其有天下之符命。

〔一四〕「沛國」二句,沛國真人,指曹操,操乃沛國譙人。黄星,曹操受命之符。三國志魏書武帝紀:「初,桓帝時有黄星見於楚、宋之分,遼東殷馗善天文,言後五十歲當有真人起於梁、沛之間,其鋒不可當。至是凡五十年,而公破(袁)紹,天下莫敵矣。」二句謂秦亡於沛人劉邦,而同爲沛人之曹操有黄星之瑞,又將滅漢。

〔一五〕「尊褒成」二句,殷,隆也。厚級、榮班,指高爵厚禄。漢書平帝紀:元始元年(公元一年)五月,「(封)孔子後孔均爲褒成侯,奉其祀。追謚孔子曰褒成宣尼公。」同上孔光傳:「元始元年,封周公、孔子後爲列侯,食邑各二千户。(王)莽更封爲褒成侯。」

〔一六〕「學校」句,漢書董仲舒傳:「自武帝初立魏其、武安侯爲相,而隆儒矣。及仲舒對册,推明孔氏,抑黜百家,立學校之官,州郡舉茂材、孝廉,皆自仲舒發之。」後漢書班固傳:「天乃歸功元首,將授漢劉。……故先命玄聖,使綴學立制,宏亮洪業。」李賢注:「玄聖,謂孔丘也。……綴學立制,謂爲漢家法制也。宏、洪,并大也。亮,信也。」

〔一七〕「運柜」句,柜,通「矩」。謂北周、隋效法晉、宋。

〔一八〕「太山」二句，晉書趙至傳載與嵇蕃書：「顧景中原，……思躡雲梯，横奮八極，披艱掃穢，蕩海夷嶽，蹴崑崙使西倒，蹋太山令東覆，平滌九區，恢維宇宙，斯吾之鄙願也。」淮南子天文訓：「昔者共工與顓頊争爲帝，怒而觸不周之山，天柱折，地維絶。」兩句喻指政權屢更，綱常不存。

〔一九〕「三重」二句，謂六朝戰争頻仍，兵連禍結。唐開元占經卷八日暈引蔡伯喈（邕）曰：「氣見於日傍，四周爲暈。」又引石氏曰：「日暈者，軍營之象。」又引荆州占曰：「日三暈，軍分爲三。」同卷日重暈引魏氏曰：「日重暈，中赤外青，有臣謀邪不成。」

〔二〇〕「荐有」句，荐，再、重也。四子集、全唐文作「洊」，同。

〔二一〕「亂離」二句，詩經小雅四月：「亂離瘼矣，爰其適歸。」毛傳：「離，憂；瘼，病。」鄭玄箋：「今政亂，國將有憂病者矣。」黔首，史記秦始皇本紀：始皇二十六年（前二二一），「更名民曰黔首」。離，原作「罹」。按：在遭受、遭遇意義上，兩字通，然在憂愁義項上不相通，據詩經改。

〔二二〕「王室」句，王室，此指隋朝廷。蠢然，茫然而動貌。乾鑿度立乾坤巽艮四門（見説郛卷二上）：「畫坤爲人門，萬物蠢然，俱受蔭育。」句謂王室無可奈何，任由擺布。

〔二三〕「閭閻」二句，文選班固西都賦：「内則街衢洞達，閭閻且千。」李善注引字林曰：「閭，里門也；閻，里中門也。」匝，環繞也。江淹恨賦：「黄塵匝地，歌吹四起。」講武之場，訓練軍隊之場地。太平御覽卷一九七園圃引王隱晉書曰：「涼州牧張駿增築四城箱，各千步。東城殖園果，命曰講武場。」兩句謂人口稠密之居民區，今爲軍隊校場。

〔二四〕「荆棘」二句，談經之市，指漢代長安槐市。藝文類聚卷三八學校引（三輔）黄圖曰：「禮，小學在公宫之南，太學在東，就陽位也。去城七里，東爲常滿倉，倉之北爲槐市，列槐樹數百行爲隧，無牆屋。諸生朔望會此市，各持其郡所出貨物及經傳書記，笙磬樂器，相與買賣，雍容揖讓，論説槐下。」此代指文化教育。兩句謂隋末戰亂使文教荒蕪，斯文掃地。

皇家撥亂返正〔一〕，應天順人〔二〕。鼓之以雷霆，潤之以風雨〔三〕。馳攙槍而掃穢，上廓鵬雲〔四〕；決河海以澄奸，下清鼇極〔五〕。今天子握大象〔六〕，運洪鑪〔七〕，星重輝，海重潤〔八〕。乾迴北列，垂衣裳於太紫之垣〔九〕；日出東方，備法駕於中黄之道〔一〇〕。混沌之無天無地，盡入提封〔一一〕；伯陽之有物有象，咸乘禮節〔一二〕。太階三襲，明瑞氣於朱符〔一三〕；中極四遊，法祥光於玉燭〔一四〕。東膠西序〔一五〕，雲閣蓬丘〔一六〕。國號陶唐〔一七〕，家成鄒魯〔一八〕。遂使西山童子，陳歌謡於璧水之前〔一九〕；南國老人，受几杖於環林之下〔二〇〕。乾坤之大德行矣，皇王之盛節明矣。江茆鄗黍〔二一〕，晨昏薦帝之祥；鳳穴麟洲，晷刻因天之瑞〔二二〕。乘輿乃選吉日，協靈辰，詔風伯以行觀，促雷師而出豫〔二三〕。房爲天駟，仍施列缺之鞭〔二四〕；斗爲帝車，即動招摇之柄〔二五〕。奠玉帛，奏金絲〔二六〕。登介丘，下梁甫〔二七〕。擁神休而尊明號，莫之與京〔二八〕；按玉册而考銀繩〔二九〕，於斯爲盛。於是迴輿轉旆，臨曲阜之郊畿〔三〇〕；駐蹕停鑾，訪雲壇之軌跡〔三一〕。若使九原可作，大君得廊廟之才〔三二〕；千載有知，夫子記風雲之會〔三三〕。即以乾封元年，追贈太師〔三四〕，禮也。

【箋注】

〔一〕「皇家」句，皇家，指建立唐王朝之李氏家族。撥亂，春秋公羊傳哀公十四年：「撥亂世反諸正，莫近乎春秋。」何休注：「撥，猶治也。」史記高祖本紀：「高祖起微細，撥亂世反之正，平定天下，爲漢太祖，功最高。」

〔二〕「應天」句，文選班固東都賦：「龔行天罰，應天順人，斯乃湯武之所以昭王業也。」李善注引周易曰：「湯武革命，應乎天而順乎人。」又引禮含文嘉曰：「湯武順人心，應於天。」

〔三〕「鼓之」二句，周易繫辭上：「剛柔相摩，八卦相蕩，鼓之以雷霆，潤之以風雨。」孔穎達疏：「鼓動之以震雷離電，滋潤之以巽風坎雨。」

〔四〕「馳攙槍」二句，攙，字亦作「欃」。槍，原作「搶」，形訛，據下引改。彗星之别名。爾雅釋星名：「彗星爲欃槍。」又後漢書崔駰傳載慰志賦：「運欃槍以電掃兮，清六合之土宇。」李賢注：「欃槍，彗也。」按：欃槍亦名天欃、天槍。史記天官書：「三月生天欃，長四丈，末兑。」正義：「欃，楚咸反。天欃者，在西南，長四丈，鋭。京房云：『天欃爲兵，赤地千里，枯骨籍籍。』天文志云『天欃主兵亂』也。」天官書又曰：「三月生天槍，長四丈，兩頭鋭。」正義：「其見，不過三月，必有破國亂君伏死其辜。」廓，清除。鵬雲，莊子逍遥遊：「北冥有魚，其名爲鯤。……化而爲鳥，其名爲鵬。鵬之背，不知其幾千里也，怒而飛，其翼若垂天之雲。」此泛指雲霧，喻隋末軍閥勢力，猶言廓清雲霧以見青天。兩句謂唐高祖、太宗消滅隋軍及各路軍閥。此以攙槍喻除穢之軍隊。

〔五〕「下清」句，鼇極，指天下。淮南子覽冥訓：「往古之時，四極廢，九州裂，天不兼覆，地不周載。……於是女媧鍊五色石以補蒼天，斷鼇足以立四極。……蒼天補，四極正。」高誘注：「鼇，大龜。天廢頓，以鼇足柱之。」楚詞曰『鼇載山下（引者按：下，楚辭屈原天問作「抃」），其何以安之』是也。」

〔六〕「今天子」句，今天子，指唐高宗李治。握大象，老子：「執大象，天下往。」河上公注：「執，守也。象，道也。聖人守大道，則天下萬物移心歸往之也。」文選干寶晉紀論晉武帝革命：「爲而不有，應而不求，執大象也。」劉良注：「象，法也。言如此之君，但執淳素之大法。」皆通。

〔七〕「運洪鑪」句，洪鑪，大火爐，喻治理之權。「鑪」同「爐」。後漢書何進傳：「陳琳入諫曰：『……今將軍總皇威，握兵要，龍驤虎步，高下在心，此猶鼓洪爐燎毛髮耳。』」

〔八〕「星重輝」二句，言高宗繼位後德業之盛。崔豹古今注卷中：「日重光，月重輪，群臣爲漢明帝所作也。明帝爲太子，樂人作歌詩四章，以贊太子之德。其一曰日重光，其二曰月重輪，其三曰星重輝，其四曰海重潤。漢末喪亂後，其二章亡。舊説云天子之德光明如日，規輪如月，衆輝如星，霑潤如海，太子皆比德焉，故云『重』爾。」

〔九〕「乾迴」二句，乾，天，代指皇帝。北列，文選顏延年車駕幸京口侍游蒜山作：「元天高北列。」李善注「北列」爲「列星」。吕向注：「北列，北方也。」此當指天極星（即北辰，又名北極星）。句言高宗在位。垂衣裳，周易繫辭上：「自天祐之，吉，無不利。黄帝、堯、舜垂衣裳而天下治，蓋取諸乾坤。」韓康伯注：「垂衣裳以辨貴賤，乾尊坤卑之義也。」孔穎達正義：「垂衣裳者，以前衣皮，其制短小，今衣絲麻布帛所作衣裳，其制長大，故云垂衣裳也。」王充論衡卷一八自然曰：「垂衣裳者，垂拱無爲也。」此説義較長。太紫之垣，指紫宫。太紫，謂太乙所居之紫宫。史記天官書：「中宫天極星，其一明者，太一常居也；旁三星三公，……皆曰紫宫。」索隱引春秋合誠圖：「紫微，大帝室，太一之精也。」此代指皇宫。

〔一〇〕「日出」二句，周易説卦：「帝出乎震。……震，東方也。」法駕，皇帝乘輿之一。史記吕后本紀：「迺奉天子法駕。」集解引蔡邕曰：「天子有大駕、小駕、法駕，上乘金根車，駕六馬。有五時副車，駕四馬，侍中參乘，屬車三十六乘。」同書孝文本紀：「奉天子法駕，迎於代(王)邸。」索隱引漢官儀云：「天子鹵簿，有大駕、法駕、小駕。大駕，公卿奉引，大將軍參乘，屬車八十一乘。法駕，公卿不在鹵簿中，惟京兆尹、執金吾、長安令奉引，侍中參乘，屬車三十六乘。」唐代較簡，據舊唐書輿服志，皇帝輿駕僅「乘金根而已」。中黄之道，即中黄道，天體運行路徑。唐以前算法不詳，明徐光啓新法算書卷一八渾天儀説有在渾天儀上之計算方法，其曰：「以二邊及間角求餘邊，先設兩邊并與象限等，其一爲四十七度，其一爲四十三度，間角爲五十度。試於儀上極高四十度即安高弧，令地平上依間角自南去，東距子午圈五十度，自頂於高弧上查四十三度，亦自頂於子午圈餘四十七度，得其中黄道。」此代指皇帝出行之御道。

〔二一〕「混沌」二句，混沌，莊子中寓言人物，以與下句「伯陽」對應。莊子應帝王：「南海之帝爲儵，北海之帝爲忽，中央之帝爲渾沌。」無天無地，謂天地未辟，即「混沌」之義。雲笈七籤卷二太上老君開天經：「蓋聞未有天地之間，太清之外，不可稱計，虚無之裏，寂寞無表，無天無地，無陰無陽，無日無月。……」提封，漢書刑法志：「一同百里，提封萬井。」注引李奇曰：「提，舉也。舉四封之内也。」顏師古匡謬正俗卷五：「凡言提封者，謂提舉封疆大數以爲率耳。」兩句謂普天之下，皆爲皇家所有。

〔二二〕「伯陽」二句，伯陽，即老子。史記老子列傳張守節正義：「老子，……姓李，名耳，字伯陽，一名重耳，外字聃。」老子曰：「道之爲物，惟恍惟惚。惚兮恍兮，其中有象；恍兮惚兮，其中有物。」河上公注：「道唯忽怳，無形之中獨爲萬物法像；道唯怳忽，其中有一經營主化，因氣立質。」又王弼注：「以無形始，物不係成物。萬物以始以成，而不知其所以然，故曰恍兮惚兮，惚兮恍兮，其中有象也。」咸秉禮節，謂道家雖稱「無」，其實是「有」，故所有方外之人皆願遵循禮節，將自己納入國家禮教體系。

〔二三〕「太階」二句，「太」同「泰」。泰階即三台，詳見前渾天賦注，此代指朝廷。三襲，爾雅釋山：「山三襲，陟。」郭璞注：「襲亦重。」三重，指泰階之上、中、下三階，亦極言其高。瑞氣，神靈吉祥之氣。朱符，泛指王者受命之符。太平御覽卷七六敘皇王上引春秋演孔圖：「天子皆五帝精寶，各有題序，次運相據，起必有神靈符紀，諸神扶助，使開階立隧。」兩句謂唐王朝有神靈護佑。

〔一四〕「中極」二句，中極，即紫微宮。太平御覽卷六星中引天象列星圖曰：「北極五星，一名天極，一名北極。其第一星爲太子，第二星最明者爲帝，第三星爲庶子，餘二後宮屬也。并在紫微宮中央，故謂之中極。」此亦代指朝廷。四遊，周禮地官大司徒：「日至之景，尺有五寸，謂之地中。天地之所合也，四時之所交也，風雨之所會也，陰陽之所和也。然則百物阜安，乃建王國焉，制其畿方千里而封樹之。」鄭玄注：「景尺有五寸者，南戴日下萬五千里，地與星辰四遊昇降於三萬里之中，是以半之，得地之中也。」賈公彥疏「四遊」曰：「考靈耀文言，四遊昇降者，春分之時地與星辰復本位，至夏至之日，地與星辰東南遊萬五千里，下降亦然，至秋分還復正。至冬至，地與星辰西北遊，亦萬五千里，上昇亦然，至春分還復正。進退不過三萬里，故云地與星辰四遊昇降於三萬里之中，是以半之，得地之中也。」此指全國各地。玉燭，爾雅釋天四時：「四時和謂之玉燭。」郭璞注：「道光照。」大道之光普照，故稱「祥光」。

〔一五〕「東膠」句，禮記王制：「有虞氏養國老於上庠，養庶老於下庠。夏后氏養國老於東序，養庶老於西序。殷人養國老於右學，養庶老於左學。周人養國老於東膠，養庶老於虞庠。虞庠在國之西郊。」孔穎達正義引熊氏云：「國老，謂卿大夫致仕者。庶老，謂士也。」四代學校名稱及東、西之不同，鄭玄注曰：「皆學名也，異者，四代相變耳。或上西，或上東，或貴在國，或貴在郊。上庠、右學，大學也，在西郊；下庠、左學，小學也，在國中王宫之東。東序、東膠，亦大學，在國中王宫之東；西序、虞庠，亦小學也，西序在西郊。周立小學於西郊。膠之言糾也，庠之言養也。周之小學，爲有虞氏之庠制，是以名庠云。其立鄉學亦如之。」後代已不甚區别，如孟子梁惠王上曰：「謹庠序之教。」趙岐注：「庠序者，教化之宫也。殷曰序，周曰庠。」此泛指各類學校。

〔一六〕「雲閣」句，雲閣，即凌雲閣。太平御覽卷一八四閣引漢宫殿疏曰：「天禄閣、麒麟閣，蕭何造，以藏秘書，畫賢臣；凌雲閣，秦二世造。」蓬丘，即蓬萊山。初學記卷一二職官部秘書監引華嶠後漢書曰：「學者稱東觀爲老氏藏室，道家蓬萊山。」

〔一七〕「國號」句，史記五帝本紀：「帝堯爲陶唐。」集解引韋昭曰：「陶唐，皆國名，猶湯稱殷商矣。」又引張晏曰：「堯爲唐侯，國於中山，唐縣是也。」此謂李氏所建之國號「唐」，乃遠襲帝堯。按舊唐書高祖紀：「高祖神堯大聖大光孝皇帝，姓李氏，諱淵，其先隴西狄道人。」祖諱虎，「後魏左僕射。封隴西郡公，……周受禪，追封唐國公」。考諱昞，襲唐國公。高祖七歲時襲唐國公，隋末進封唐王，故建國後，國號爲唐。

〔一八〕「家成」句，謂百姓皆知書達禮。孔子爲魯人，孟子爲魯之鄒人，故鄒魯自古號禮義之邦。漢書韋賢傳：「濟濟鄒魯，禮義唯恭。誦習絃歌，于異他邦。」顔師古注：「言禮樂之教，不同餘土也。」

〔一九〕「遂使」二句，西山，此指西蜀之山。璧水，指太學。漢書王褒傳：「益州刺史王襄欲宣風化於衆庶，聞王褒有俊材，請與相見，使褒作中和、樂職、宣布詩，選好事者令依鹿鳴之聲習而歌之。時汜鄉侯何武（按同書何武傳稱其「字君公，蜀郡郫縣人」）爲僮子，選在歌中。久之，武等學長安，歌太學下，轉而上聞。宣帝召見武等觀之，皆賜帛，謂曰：『此盛德之事，吾何足以當之！』」

〔二〇〕「南國」二句，南國老人，當指桓榮。後漢書桓榮傳：「桓榮，字春卿，沛郡龍亢（今安徽懷遠）人也。」少苦學，「貧寠無資，常客傭以自給，精力不倦，十五年不闚家園」。顯宗（漢明帝）爲皇太子時，以學問拜議郎，又拜博士。「車駕幸太學，會諸博士論難於前，榮被服儒衣，温恭有蘊藉，辯明經義，每以禮讓相猒，不以辭長勝人，儒者莫之及，特加賞賜。」拜太子少傅。顯宗即位，尊以師禮，拜太常。年踰八十，自以衰老，數上書乞身。明帝嘗幸太常府，令榮坐東面，設几杖，會百官，驃騎將軍、東平王（劉）蒼以下，及榮門生數百人，「天子親自執業，每言輒曰『大師在是』」。「永平二年（五九），三雍初成，拜榮爲五更。」按：桓榮爲沛郡人，乃古楚地，故稱之爲「南國老人」。三雍，李賢注：「宫也，謂明堂、靈臺、辟雍。」五更，後漢書明帝紀：「復踐辟雍，尊事三老，兄事五更。」李賢注：「五更，老人知五行更代事者。」環林，文選潘岳閒居賦：「環林縈映，圓海迴淵。」吕延濟注：「環林、圓海，明堂、辟雍，水木周繞。」此專指辟雍，因樹林周繞水畔，故稱「環林」。句言朝廷尊師重教。

〔二一〕「江茆」句，茆，通「茅」。管子封禪記管仲對齊桓公曰：「古之封禪，鄗上之黍，北里之禾，所以爲盛。江淮之間，一茅三脊，所以爲借也。」房玄齡注：「鄗上，山也。鄗音臛。鄗上、北里，皆地名。」又注「一茅三脊」曰：「所謂靈茅。」

〔二二〕「鳳穴」二句，穴、洲，分别指鳳、麟出没之地。上引管子封禪，管仲謂齊不宜封禪，有「今鳳凰、麒麟不來」語，則封禪當有鳳現麟來之祥瑞。晷刻，「晷」乃測日影以定時刻之儀器，「晷刻」即時刻、隨時。此及上兩句，皆謂封禪之祥瑞畢具。

〔二三〕「乘輿」四句，漢書揚雄傳載甘泉賦：「於是（漢武帝）迺命群僚，歷吉日，協靈辰，星陳而天行。詔招摇與泰陰兮，伏鈎陳使當兵。」顔師古注：「歷選吉日而合善辰也。」風伯，即飛廉，風神。楚辭屈原遠遊：「前飛廉以啓路。」王逸注：「風伯先道以開徑也。」又注曰：「風伯爲余先驅兮。」注：「飛廉奔馳而在前也。」同上屈原離騷：「前望舒使先驅兮，後飛廉使奔屬。鸞皇爲余前戒兮，雷師告余以未具。」王逸注：「飛廉，風伯也。風爲號令，以喻君命。」又注曰：「雷爲諸侯，以興於君。」此指唐高宗決定赴泰山封禪。舊唐書高宗紀上：「麟德二年（六六五）冬十月戊午，『皇后請封禪。司禮太常伯劉祥道上疏請封禪。……丁卯，將封泰山，發自東都』。

〔二四〕「房爲」二句，史記天官書：「房爲府，曰天駟，其陰右驂。」索隱：「爾雅云：『天駟，房也。』詩汜歷樞云：『房爲天馬，主車駕。』」又正義：「房星，君之位，亦主左驂，亦主良馬，故爲駟，王者恒祠之，是馬祖也。」列缺，閃電。文選張衡思玄賦：「列缺曄其照夜。」舊注：「列缺，電也。」朱熹楚辭集注屈原遠遊：「上至列缺兮，降望大壑。」注：「列缺，天隙電照也。」此以電喻鞭。句謂快馬加鞭。

〔二五〕「斗爲」二句，史記天官書：「斗爲帝車，運於中央，臨制四鄉。」索隱：「姚氏案宋均云，言是大帝乘車巡狩，故無所不紀也。」招摇，史記天官書：「杓端有兩星，一内爲矛，招摇。」集解引孟康曰：「近北斗者招摇，招摇爲天矛。」又引晉灼曰：「梗河三星：天矛、天鋒、招摇，一星耳。」亦謂招摇即斗柄。楚辭屈原遠遊曰：「舉斗柄以爲麾。」王逸注：「握持招摇東西指也。」

〔二六〕「奠玉帛」二句，謂舉行封禪儀式。舊唐書高宗紀下：「麟德三年春正月戊辰朔，車駕至泰山頓。是日親祀昊天上帝於封祀壇，以高祖、太宗配饗。」玉帛，泛指祭奠時所用財物。金絲，絲，絃索類樂器，謂「金」，美之也。此代指音樂。

〔二七〕「登介丘」二句，介丘，指泰山。漢書司馬相如傳載封禪書：「微乎斯之爲符也，以登介丘，不亦恧乎？」注引服虔曰：「介，大也。丘，山也。」又初學記卷五泰山引漢官儀及泰山記：泰山「東巖爲介丘」。梁甫，「甫」亦作「父」。史記封禪書：「天子至梁父，禮祠地主。」白虎通義卷下封禪：「梁甫者，泰山旁山名，三王禪於梁甫之山。」舊唐書高宗紀下：麟德三年春正月「己巳，帝升山行封禪之禮。庚午，禪於社首，祭皇地祇。辛未，御降禪壇」。則高宗封禪禪於社首，不在梁甫，梁甫乃代指。按史記封禪書曰：「周成王封泰山，禪社首。」集解引應劭曰：「山名，在博縣。」又引晉灼曰：「在距平南十三里。」元和郡縣志卷一〇兗州乾封縣（原名博平縣）：「社首山，在縣西北二十六里。」

〔二八〕「擁神休」二句，文選揚雄甘泉賦：「惟漢十世，將郊上玄，定泰畤，雍神休，尊明號。」注引晉灼曰：「雍，祐也。休，美也。言見祐護以休美之祥也。明號，下同符三皇也。」李善注：「言將祭泰畤，冀神擁祐之以美祥，因尊己之明號也。」按文選六臣注本「雍」作「擁」，李周翰注曰：「冀神之擁祐以休美之祥，故尊祭牲，加以殊號。」按此所謂「尊明號」，蓋指改年號。舊唐書高宗紀下：麟德三年春正月「壬申，御朝壇，受朝賀，改麟德三年爲乾封元年」。史記陳杞世家：「八世之後，莫之與京。」集解引賈逵曰：「京，大也。」

〔二九〕「按玉册」句，白虎通義卷下封禪：「或曰封者金泥銀繩，或曰石泥金繩，封之以印璽。」舊唐書禮儀志三：乾封元年（六六六）封泰山，「造玉策三枚，皆以金繩連編玉簡爲之。……又爲金匱二，以藏配座玉策。……又爲石礷以藏玉匱，……又爲金繩以纏石礷，各五周，徑三分」。

〔三〇〕「臨曲阜」句，舊唐書高宗紀下：乾封元年春正月丙戌，「發自泰山。甲午，次曲阜縣，幸孔子廟，追贈太師，增修祠宇，以少牢致祭。其褒聖侯（孔）德倫子孫，并免賦役」。

〔三一〕「訪雲壇」句，雲壇，道教神壇。道教稱其最高領袖爲「雲臺」，謂第一代雲臺爲太上老君，其後，太上老君又授張陵爲雲臺，見雲笈七籤卷四道教相承次第録。故道觀所用物事，多加「雲」字。此代指老子故居。舊唐書高宗紀下：乾封元年二月己未，「次亳州，幸老君廟，追號曰太上玄元皇帝，創造祠堂。其廟置令、丞各一員。改谷陽縣爲真源縣，縣内宗姓特給復一年」。

〔三二〕「若使」二句，禮記檀弓下：「趙文子與叔譽觀乎九原，文子曰：『死者如可作也，吾誰與歸？』」按：九原，山名，在今山西新絳縣北，晉卿大夫墓地之所在。此代指孔子、老子墓地。大君，指唐高宗。廊廟之才，兼言孔、老。

〔三三〕「千載」二句，夫子，據下兩句，此專指孔子。兩句謂若孔子地下有知，當記録此君臣際會之盛。記，全唐文作「託」，似誤。

〔三四〕「即以」二句，唐會要卷三五褒崇先聖：「乾封元年（六六六）正月三十日，追贈孔子爲太師。」

咸亨元年〔一〕，又詔：「宣尼有縱自天〔二〕，體膺上哲。合兩儀之簡易〔三〕，爲億載之師表。顧惟寢廟〔四〕，義在欽崇。諸州縣廟堂及學館，有破壞并先來未造者，遂使生徒無肄業之所，先師闕尊祭之儀，久致飄露，深非敬本。宜令州縣，速加營葺。」新都學廟堂者，奉詔之所立也。因三農之暇〔五〕，陳複道之規〔六〕。考幃帳於西京〔七〕，訪埃塵於東魯〔八〕。梅梁桂柱〔九〕，深沉風雨之津；鏤檻文棍〔一〇〕，曠望江山之表。納流雲於上棟，白日非遥〔一一〕；披濁霧於中階，青天在矚〔一二〕。雕鐫暐曄，窮妙飾於重欄〔一三〕；山海高深，盡靈姿於反宇〔一四〕。門生偘偘，如倍文杏之壇〔一五〕；冑子鏘鏘，若預崇蘭之室〔一六〕。每至南方二月，草樹華滋〔一七〕；北陸三秋〔一八〕，風煙摇落。莫不列蘋蘩於上席〔一九〕，行禮敬於質明〔二〇〕。奠椒桂於中罇〔二一〕，敬神明於如在〔二二〕。爾其邑居重複，原野平蕪，出江干之萬里，入參星之七度〔二三〕。龜城藹藹，煥繁霞於百尺之樓〔二四〕；蛟浦澄澄，洗明月於千秋之水〔二五〕。文翁舊學，日往年歸〔二六〕；劉禪平堂，煙荒霧慘〔二七〕。武侯龍伏，猶觀八陣之圖〔二八〕；壯士蛇崩，仍辨五丁之石〔二九〕。左巴右獠之勝域〔三〇〕，陸海三江之奧壤〔三一〕。

【箋注】

〔一〕「咸亨」句，按舊唐書高宗紀下，咸亨元年（六七〇）五月丙戌有此詔文，内容與「又詔」基本相同。

〔二〕「宣尼」句，宣尼，孔子謚號。漢書平帝紀：元始元年（公元一年）夏五月丁巳，「追謚孔子曰褒成宣尼公」。有縱自天，謂由天縱之。論語子罕：「太宰問於子貢曰：『夫子聖者與？何其多能也！』子貢曰：『固天縱之將聖，又多能也。』」何晏集解引孔（安國）曰：「言天固縱大聖之德，又使多能也。」縱，賦予。邢子才獻武皇帝寺銘曰：「惟睿作聖，有縱自天。」

〔三〕「合兩儀」句，兩儀，天地也。周易繫辭下：「夫乾，確然示人易矣；夫坤，隤然示人簡矣。」韓伯注：「乾、坤皆恒一，其德物由以成，故簡易也。」

〔四〕「顧惟」句，寢廟，周禮夏官隸僕：「掌五寢之埽除糞灑之事。」鄭玄注：「詩云『寢廟繹繹』，相連貌也。前曰廟，後曰寢。」賈公彥疏：「按爾雅釋宮云：有東西廂曰廟，無曰寢。寢廟大況是同，有廟、無廟爲異耳。必須寢者，祭在廟，薦在寢，故立之也。」

〔五〕「因三農」句：周禮天官太宰：「以九職任萬民，一曰三農生九谷。……」鄭玄注引鄭司農云：「三農，平地、山、澤也。」賈公彦疏：「三農，謂農民於原、隰及平地三處營種，故云三農。」此泛指農事。

〔六〕「陳複道」句，複道，史記秦始皇本紀：「爲複道，自阿房度渭，屬之咸陽。」集解引如淳曰：「上下有道，故謂之複道。」上下有道，謂下已有道，上再建道，故稱複道，有如今之天橋。按：複道又稱閣道。同上叔孫通傳：「迺作複道，方築武庫南。」集解引韋昭曰：「閣道也。」三輔黄圖卷一咸陽故城秦宫：阿房宫建複道，「以象太極閣道抵營室也」。孔子廟堂蓋仿宫殿之制，故稱建複道乃陳「規」。

〔七〕「考幃帳」句，幃帳，室内所置帳縵，此泛指陳設。

〔八〕「訪埃塵」句，埃塵，猶言遺迹。東魯，指孔子故鄉曲阜。

〔九〕「梅梁」句，梅梁，以梅爲梁。太平御覽卷九七〇梅引風俗通曰：「夏禹廟中有梅梁，忽一春生枝葉。」陳江總永陽王齋後山亭銘曰：「吾王卓爾，逸趣不群。梅梁蕙閣，桂棟蘭枌。」又沈炯太極殿銘：「晉朝繕造，文杏有闕，梅梁瑞至，畫以標花。」此似畫梅於梁。桂柱，三輔黄圖卷四池沼：「甘泉宫南有昆明池，池中有靈波殿，皆以桂爲殿柱，風來自香。」句謂選材講究。

〔一〇〕「鏤檻」句,文榥,文,用如動詞。榥,原作「軒」,據四子集、全唐文改。文選張衡西京賦:「三階重軒,鏤檻文榥。」薛綜注:「檻,欄也。皆刻畫。又以大板,廣四五尺,加漆澤焉,重置中間闌上,名曰軒。」李善注引王褒甘泉頌曰:「編瑇瑁之文榥。」又引聲類曰:「榥,屋連綿也。」呂延濟注:「檻,欄也;榥,連簷也。言皆飾爲文彩。」或言榥爲屋檐前板。句謂雕飾精美。

〔一一〕「納流雲」二句,上棟,周易繫辭下:「上古穴居而野處,後世聖人易之以宫室,上棟下宇,以待風雨。」棟,屋之正梁。兩句極言所建廟堂之高,屋梁與雲相接,故謂距日不遠。

〔一二〕「披濁霧」二句,披,撥開。濁霧,即霧,「濁」與上句「流」字對文。霧在階,謂屋基地勢高爽,人似居於霧上,故言可以觀天。

〔一三〕「雕鐫」二句,暐曄,文選左思蜀都賦:「王褒韡曄而秀發,揚雄含章而挺生。」呂向注:「暐曄,光彩也。」凡所雕飾,多在欄杆。

〔一四〕「山海」二句,山海,按新都縣在成都平原,無所謂山、海。此蓋指人工山、水,言所造山極高,而水則深如海。反宇,文選張衡西京賦:「反宇業業。」薛綜注:「凡屋宇,皆垂下向而好。大屋飛邊頭瓦,皆更微使反上,其形業業然。」

〔一五〕「門生」二句,侃侃,同「侃侃」。論語鄉黨:「(孔子)朝,與下大夫言,侃侃如也。」何晏集解引孔安國曰:「侃侃,和樂之貌。」倍,原作「培」,據全唐文改。倍,後作「陪」。文杏之壇,即杏壇。莊子漁父:「孔子游乎緇帷之林,休坐乎杏壇之上,弟子讀書,孔子絃歌鼓琴。」按顧炎武日知録卷三一杏壇，謂杏壇之名，出自莊子，司馬彪云：「杏壇，澤中高處也。」「莊子書凡述孔子，皆是寓言，漁父不必有其人，杏壇不必有其地，即有之，亦在水上葦間依陂旁渚之地，不在魯國之中也明矣。今之杏壇，乃宋乾興間四十五代孫道輔增修祖廟，移大殿於後，因以講堂舊基甃石爲壇，環植以杏，取杏壇之名名之耳。」其説是。孔道輔築壇事，見孔傳東家雜記卷下杏壇。

〔一六〕「胄子」二句，胄子，官宦人家子弟。鏘鏘，詩經大雅烝民：「八鸞鏘鏘。」鄭玄箋：「鏘鏘，鳴聲。」此指佩玉。崇蘭之室，猶言芝蘭之室。孔子家語卷四六本：「與善人居，如入芝蘭之室，久而不聞其香，即與之化矣。」

〔一七〕「每至」二句，華滋，開花。古詩十九首之九：「庭中有奇樹，緑葉發華滋。」文選丘遲與陳伯之書：「暮春三月，江南草長，雜花生樹，群鶯亂飛。」此指春季學校所行釋菜禮。夏亦如此，見下注。

〔一八〕「北陸」句，左傳昭公四年：「古者日在北陸而藏冰。」杜預注：「陸，道也。謂夏十二月，日在虚危，冰堅而藏之。」孔穎達疏：「爾雅：『高平曰陸。』高平是道路之處，故以陸爲道也。日在北陸，爲夏之十二月也。」夏十二月，指冬。又後漢書律曆志下：「日行北陸謂之冬。」三秋，謂秋季三個月。句謂秋、冬二季。按：以上三句，指學校於秋、冬二季行祭奠禮，見下注。

〔一九〕「莫不」句，指春季入學時行釋菜禮。周禮春官大胥：「春，入學，舍采合舞。」鄭玄注：「月令:仲春之月上丁,命樂正習舞,釋采。仲丁(按:指季春),又命樂正入學,習樂。玄謂舍即釋也,采讀爲菜。始入學必釋菜禮先師也。菜,蘋蘩之屬。」按禮記月令曰:「上丁,命樂正習舞,釋菜。」鄭玄注:「樂正,樂官之長也。命習舞者,順萬物始出地鼓舞也。將舞,必釋菜於先師以禮之。」皇帝、皇太子偶爾亦參加釋菜禮,如舊唐書孝敬皇帝(李)弘傳:「總章元年(六六八)二月,(高宗)親釋菜,司成館因請贈顔回太子少師,曾參太子少保,高宗并從之。」詳見唐會要卷三五釋奠。

〔二〇〕「行禮敬」句,指學校四季所行祭奠禮。禮記文王世子:「凡學,春,官釋奠於其先師,秋冬亦如之。」鄭玄注:「官謂禮樂詩書之官。……不言夏,夏從春可知也。釋奠者,設薦饌酌奠而已,無迎尸以下之事。」質明,儀禮士冠禮賈公彦疏謂「旦日正明」,即初一日天剛亮時。

〔二一〕「奠椒桂」句,既言「中罇」,當指浸以椒桂之酒,用以祭祀。太平御覽卷九五七桂引春秋運斗樞曰:「椒桂合剛陽。」原注:「椒桂,陽星之精所生也,合猶連體而生也。」

〔二二〕「敬神明」句,論語八佾:「祭如在,祭神如神在。」何晏集解引孔(安國)曰:「言事死如事生。」

〔二三〕「入參星」句,指蜀。唐開元占經卷六二參宿占引彗星要占曰:「參者,天之市也。……與狼狐同精,天之候蜀也,主南夷戎之國。」

〔二四〕「龜城」句,指成都。搜神記卷一三:「秦惠王二十七年(前三一一),使張儀築成都城,屢頹。忽有大龜浮於江,至東子城東南隅而斃,儀以問巫,巫曰:『依龜築之便就。』故名龜化城。」百尺之樓，指成都張儀樓，見登秘書省閣詩序注。

〔二五〕「蛟浦」二句，蛟浦，蛟，此指蛇（見下注），謂水中蛇大如蛟。浦，水濱。洗明月，喻月影清澈如洗。千秋之水，指漢水。按：兩句用明月浦事。淮南子覽冥訓「譬如隋侯之珠」句高誘注：「隋侯，漢東之國。……隋侯見大蛇傷斷，以藥傅之，後蛇于江中銜大珠以報之，因曰隋侯之珠，蓋明月珠也。」傳説大蛇報珠之地，後稱明月浦。

〔二六〕「文翁」二句，漢書循吏傳：「文翁，廬江舒人也。……景帝末，爲蜀郡守，仁愛好教化。見蜀地辟陋有蠻夷風，文翁欲誘進之，乃選郡縣小吏開敏有材者張叔等十餘人親自飭厲，遣詣京師，受業博士，或學律令。……又修起學官於成都市中，招下縣子弟以爲學官弟子。……繇是大化，蜀地學於京師者比齊魯焉。」顔師古注：「文翁學堂於今猶在益州城内。」按華陽國志卷三蜀志：「始，文翁立文學精舍、講堂，作石室，一曰玉室，在城南。永初後，堂遇火，太守陳留高眹更修立，又增造二石室。州奪郡文學爲州學，郡更於夷里橋南岸道東邊起文學，有女牆。」日往年歸，謂毁而復建，經久猶存。

〔二七〕「劉禪」二句，劉禪，三國時蜀主劉備子。備死繼位，史稱後主。蜀亡降魏，舉家東遷洛陽。平堂，文選張衡西京賦：「刊層平堂，設切厓隒。」薛綜注：「刊，削也。」吕向注：「層，累堂高也。厓隒，邊限也。」謂削累其階令平高，設砌以爲邊限。」此代指後主劉禪坐朝之堂。以上四句，謂文翁學堂至今猶在，而劉禪朝堂却往事如煙，渺無蹤迹。

〔二八〕「武侯」二句，三國志蜀書諸葛亮傳：「徐庶見先主（劉備），先主器之，謂先主曰：『諸葛孔明者，卧龍也，將軍豈願見之乎？』」後諸葛亮爲蜀丞相，封武鄉侯。八陣圖，傳説爲諸葛亮所布戰陣之圖，古蜀地多有之。如元和郡縣志卷二二興元府三泉縣：「八陣圖，在縣東南十里，諸葛亮疊細石爲圖。」又同上卷三一成都府雙流縣：「諸葛八陣，在縣北十九里。」按晉書桓温傳：「初，諸葛亮造八陣圖於魚復平沙之上，壘石爲八行，行相去二丈。温見之，謂此常山蛇勢也。」魚復，即今重慶奉節。則所謂「圖」，實即用石壘之也。

〔二九〕「壯士」二句，華陽國志卷三蜀志：「周顯王三十二年（前三三七），蜀使使朝秦。秦惠王數以美女進，蜀王感之，故朝焉。惠王知蜀王好色，許嫁五女於蜀。蜀遣五丁迎之，還到梓潼，見一大蛇入穴中，一人攬其尾掣之，不禁，至五人相助，大呼拙蛇，山崩。時壓殺五人，及秦五女并將從，而山分爲五嶺。」五丁之石，當指石筍。同上書：「（蜀開明帝）始立宗廟，以酒曰醴，樂曰荆，人尚赤，帝稱王。時蜀有五丁力士，能移山，舉萬鈞。每王薨，輒立大石，長三丈、重千鈞爲墓誌，今石笋是也，號曰筍里。未有謚列，但以五色爲主，故其廟稱青、赤、黑、黄、白帝也。」此石在成都西門外，唐代尚存，杜甫有石筍行詩以歌之。

〔三〇〕「左巴」句，左、右，指東、西。古蜀東部爲巴人所居，嘗建巴子國；西南部爲各少數民族所居，古稱西南夷，總稱獠。詳見華陽國志卷一巴志、卷四南中志。

〔三一〕「陸海」句，陸海，古指關中之地。漢書東方朔傳：「夫南山，天下之阻也。南有江淮，北有河渭。其地從汧隴以東，商雒以西，厥壤肥饒。漢興，去三河之地，止霸産以西，都涇渭之南，此所謂天下陸海之地。」顔師古注：「高平曰陸。關中地高，故稱陸耳。海者，萬物所出。言關中山川物産饒富，是以謂之陸海也。」後亦移指蜀，如唐王徽創築羅城記：「及李冰爲守，始鑿二江（按：内江、外江）以導舟楫，決渠以張地利，斬蛟以絶水害，沃野千里，號爲陸海，由冰之功也。」三江，指岷江、涪江、沱江，見華陽國志卷三蜀志。文選沈約齊故安陸昭王碑文：「姑蘇奥壤，任切關河。」李善注：「奥壤，猶奥區也。」按後漢書班固傳載西都賦：「防禦之阻，則天下之奥區焉。」李賢注：「奥，深也。言秦地險固，爲天下深奥之區域。」此言蜀地深厚險要。

大都督周王，天皇第八子也〔一〕。玄元繼天而作，降仙才於玉斗之庭〔二〕；武昭應運而生，開霸業於金城之域〔三〕。五潢高暎，流滋液於咸池〔四〕；十日旁羅，散光華於若木〔五〕。星懸帝子，遥澄井絡之郊〔六〕；嶽列天孫，遠控彭門之野〔七〕。姬公以明德之重，行寳化於周南〔八〕；曹植以懿親之賢，發金聲於魯北〔九〕。通議大夫、行長史南陽來恒，隋十二衛大將軍榮國公之元子〔一〇〕。申侯太嶽，鎮其靈襟〔一一〕；傅説長河，昭其神彩〔一二〕。龐士元蓄西申之逸羽，始踐題輿〔一三〕；管公明絆東道之雄姿，初臨别乘〔一四〕。朝議大夫、守司馬宇文紀，左衛將軍、靈州都督之次子〔一五〕。臺門鼎族，傳呼棨戟之榮〔一六〕；玉質金相，海若河宗之寳〔一七〕。庾冰清識，得嚴令而非常〔一八〕；桓温貴遊，無車公而不樂〔一九〕。縣令鄭玄嘉，滎陽人也〔二〇〕。東周玉裔〔二一〕，北海金宗〔二二〕。列矛戟之森森，吐風流而蒨蒨〔二三〕。尺兵不用，瑕丘有上德之君〔二四〕；枹鼓希聞，洛陽有神明之宰〔二五〕。丞京兆韋德工〔二六〕、主簿扶風馬仁礪〔二七〕、尉清河張嗣明〔二八〕、北地傅懷愛等〔二九〕，荆藍灼爍〔三〇〕，鄧杞扶疏〔三一〕。許玄度入風月之清闕〔三二〕，郭林宗獲神仙之妙境〔三三〕。南昌晦跡，共梅福而齊衡〔三四〕；左部韜真，與喬玄而等列〔三五〕。博士張玄鑒、助教費仁敬等〔三六〕，碧雞雄辯，則滄海沸騰〔三九〕；白鳳宏辭，則煙霞噴薄〔三八〕。一州聞道，親居典學之官〔三九〕；四子乘風，來聽中和之曲〔四〇〕。圓冠列侍，執巾爲於西階〔四一〕；大帶諸生，受詩書於北面〔四二〕。泮宮之上，更聞通德之門〔四三〕；小學之前，復見華陰之市〔四四〕。鄉望等魚文驥子〔四五〕，震耀於平原；漢女巴姬，駢羅於甲第〔四六〕。杜陵亭長，終成輔相之才〔四七〕；桐鄉嗇夫，且著廉平之號〔四八〕。莫不公私務隙，即聽絃歌〔四九〕；陰雨時閑，仍觀俎豆〔五〇〕。逍遥城郭，拜夫子之靈祠；髣髴風塵，見夫子之遺像〔五一〕。天道之機衡莫測，下問書生；陽精之遠近未知，來求小子〔五二〕。當仁不讓，思齊於上古之名〔五三〕；遊聖難言，有愧於中郎之石〔五四〕。

【箋　注】

〔一〕「大都督」二句，舊唐書太宗紀：武德九年（六二六）六月辛未，「廢益州道行臺，置益州大都督府」。天皇，即高宗，見本文前注。高宗第八子，乃睿宗李旦。同上睿宗紀：「睿宗玄真大聖大興孝皇帝諱旦，高宗第八子，中宗（李顯）母弟。」。李旦（曾名輪）嘗封殷王、豫王、冀王、相王，然無封周王及爲益州大都督之記載。考舊唐書中宗紀，中宗李顯，李旦母兄，高宗第七子。顯慶元年（六五六）十一月生，次年封周王，永隆元年（六八〇）立爲皇太子。史亦未載其嘗爲益州大都督，蓋本屬遥領，從未到鎮，不足記也。因疑「第八子」之「八」字，乃「七」之訛。楊炯爲當時人，「周王」以及第七子、第八子不應誤書，蓋後人傳刻之誤。

〔二〕「玄元」二句，玄元，指老子。高宗乾封元年（六六六）二月幸老君廟，追號老子爲太上玄元皇帝，已見本文前注。李氏得天下後，自稱老子爲始祖，故謂老子之生爲天降仙才。玉斗，北堂書鈔卷一一帝王部引孝經援神契，稱夏桀「折其玉斗」，原注：「玉斗者，渾儀。」又太平御覽卷八二夏帝禹引雒書靈準聽，稱禹「胸懷玉斗」，注：「懷璇璣玉衡之道。」古謂璇璣玉衡爲王者正天文之器，代表皇權，故以老子降生地爲玉斗之庭。按：兩句述老子，乃謂其後裔周王之不凡。

〔三〕武昭，指李暠。舊唐書高祖紀：「高祖神堯大聖大光孝皇帝姓李氏，諱淵，其先隴西狄道人，涼武昭王暠七代孫也。」北史序傳：「（李）信爲秦將，虜燕太子丹。信孫元曠，仕漢爲侍中。元曠弟仲翔，位太尉。仲翔討叛羌於素昌，一名狄道。仲翔臨陣隕命，葬狄道川，因家焉。」傳至十六國時，李暠建西涼（四〇五—四一七）。同上又曰：「（西）涼武昭王暠，字玄盛，小字長生。……幼好學，性沈敏寬和，美器度，通涉經史，尤長文義。及長，頗習武藝，誦孫吴兵法。」

被推爲寧朔將軍。擊走燉煌太守索嗣，「於是晉昌太守唐瑤移檄六郡，推昭王爲大都督、大將軍、涼公，領秦涼二州牧，護羌校尉，依竇融故事。昭王乃赦境内，建元號庚子，追崇祖考，大開霸府。……昭王以緯世之量，爲群雄所奉，兵無血刃，遂啓霸業，乃修燉煌舊塞。薨，謚曰武昭王，廟號高祖，陵號建世」。金城，漢郡名。漢書昭帝紀：始元六年（前八一）秋七月，「以邊塞闊遠，取天水、隴西、張掖郡各二縣置金城郡」。治所在今甘肅蘭州市西。按：兩句述李暠，謂周王乃霸主裔孫。

〔四〕「五潢」二句，史記天官書：「西宮咸池，曰天五潢。五潢，五帝車舍。」索隱案元命包曰：「咸池主五穀，其星五者，各有所職。咸池，言穀生於水，吐秀含實，主秋成，故一名『五帝車舍』，言以車載穀而販也。」因咸池生水，故言「流滋液」，謂周王乃咸池五星之一。暎，同「映」。

〔五〕「十日」二句，淮南子墬形訓：「若木在建木西，末有十日，其華照下地。」高誘注：「末，端也。若木端有十日，狀如蓮華。華猶光也，光照其下也。」此喻指兄弟，謂周王如若木十日之一。

〔六〕「星懸」二句，帝子，史記天官書：「大星天王，前後星，子屬。」索隱引洪範五行傳曰：「心之大星，天王也。前星，太子；後星，庶子。」庶子即諸王。華陽國志卷三蜀志：「（蜀）其精靈則井絡垂耀，江漢遵流。河圖括地象曰：『岷山之下爲井絡，帝以會昌，神以建福。』」

〔七〕「嶽列」二句，博物志卷一：「太山，天帝孫也。」太（泰）山爲東嶽，故云「嶽列」。水經注江水：「（大江）東南下百餘里，……有天彭山，兩山相對，其形如闕，謂之天彭門，亦曰天彭闕。」彭門在今四川彭州市西北三十餘里，故此「彭門之野」指蜀。上言「遥澄」，此言「遠控」，蓋周王雖爲益州大都督，僅遥領而已，並未到任。

〔八〕「姬公」二句，姬公，此指周公旦，姬姓。寶化，教化之美稱。鄭玄毛詩譜周南召南譜曰：「文王受命，作邑於豐，乃分岐邦周、召之地，爲周公旦、召公奭之采地，施先公之教於己所職之國。……其得聖人之化者謂之周南，得賢人之化者謂之召南，言二公之德教，自岐而行於南國也。」兩句以周公、召公分治事，喻指周王爲益州大都督。

〔九〕「曹植」二句，三國志魏書陳思王植傳：「陳思王植，字子建。年十歲餘，誦讀詩論及辭賦數十萬言，善屬文。」懿親，懿，美也，指近親。植乃曹丕之弟，故云。發金聲，猶言發金石聲，指作詩歌。魯北，指鄄城，今屬山東菏澤市。按同上陳思王植傳，曹植於建安十六年（二一一）封平原侯，十九年徙封臨菑侯。曹丕即王位，「植與諸侯并就國。黄初二年（二二一），……貶爵安鄉侯，其年改封鄄城侯，三年立爲鄄城王，邑二千五百户。四年，徙封雍丘」。以上四句，以周公旦、曹植喻周王，言其既有聖德，又富才學。

〔一〇〕「通議大夫」二句，唐六典卷二尚書吏部，郎中「正四品下，曰通議大夫」。同上卷三〇大都督府：「長史一人，從三品。」注：長史舊稱别駕，「永徽中始改别駕爲長史」。大都督府長史仍舊正四品下，開元初始增其秩」。則來恒任長史時，長史爲正四品下。官階高而低任，稱「行」；是時來恒官職相當，而亦稱「行」，乃客套話。來恒，舊唐書來濟傳有附傳。據舊唐書高宗紀，上元三年（六七六）三月癸卯，黄門侍郎來恒爲同中書門下三品，儀鳳三年（六七八）十一月壬子卒，其他仕歷不詳。考隋書來護兒傳：「來護兒，字崇善，江都（今屬江蘇揚州）人也。」煬帝時爲右驍衛大將軍，以戰功封榮國公。長子楷，次弘、整，宇文化及反，皆遇害，「唯少子恒、濟獲免」。則來恒非元子，此稱「元子」，蓋不計被宇文化及所殺之諸兄。又據隋書百官志下，煬帝即位，改革官制，「改左右衛爲左右翊衛，左右備身爲左右騎尉，左右武衛依舊名，改領軍爲左右屯衛，加置左右御，改左右武候爲左右候衛，是爲十二衛」。又，來護兒爲江都人，此稱來恒爲南陽人，蓋南陽爲其郡望（據舊唐書來濟傳，來濟封「南陽縣男」可證）。

〔二〕「申侯」二句，史記周本紀：「（周）幽王以虢石父爲卿，用事，國人皆怨。石父爲人佞巧，善諛好利，王用之。又廢申后，去太子也。申侯怒，與繒、西夷犬戎攻幽王，幽王舉燧火徵兵，兵莫至，遂殺幽王驪山下，虜褒姒，盡取周賂而去。於是諸侯乃即申侯而共立故幽王太子宜臼，是爲平王，以奉周祀。」太嶽，大山；靈襟，神靈所居之地，當指華山。

〔三〕「傅説」二句，史記殷本紀：「武丁夜夢得聖人，名曰説。以夢所見視群臣百吏，皆非也。於是迺使百工營求之野，得説於傅險中。是時説爲胥靡，築於傅險。見於武丁，武丁曰是也。得而與之語，果聖人，舉以爲相，殷國大治。故遂以傅險姓之，號曰傅説。」索隱：「舊本作『險』，亦作巖也。」正義引〔括〕地（理）志云：「傅險，即傅説版築之處。所隱之處，窟名聖人窟，在今陝州河北縣北七里，即虞國、虢國之界。又有傅説祠。」長河，指天漢、傅説星。莊子大宗師稱傅説死後，其神「乘東維，騎箕尾，而比之於列星」。晉書天文志上天漢起没曰：「天漢起東方，經尾箕之間，謂之漢津。乃分爲二道，其南經傳説，……」以上四句，以申侯、傳説喻指來恒，謂其爲社稷之臣。

〔一三〕「龐士元」二句，三國志蜀書龐統傳：「龐統，字士元，襄陽人也。……先主（劉備）領荆州，統以從事守耒陽令，在縣不治，免官。吴將魯肅遺先主書曰：『龐士元非百里才也，使處治中、別駕之任，始當展其驥足耳。』諸葛亮亦言之於先主。先主見，與善譚，大器之，以爲治中從事，親待亞於諸葛亮，遂與亮并爲軍師中郎將。亮留鎮荆州，統隨從入蜀。」西申之逸羽，謂西赴蜀以申其高飛之志。題輿，代指別駕。北堂書鈔卷七三別駕「周景題輿」引謝承後漢書云：「周景爲豫州刺史，辟陳蕃爲別駕，不就。景題別駕輿曰：『陳仲舉座也，不復更辟。』蕃惶懼，起視職。」

〔一四〕「管公明」二句，三國志魏書管輅傳裴松之注引管輅別傳曰：「管輅，字公明。年三十六，雅性寬大，與世無忌，可謂士雄。仰觀天文，則能同妙甘公石申；俯覽周易，則能思齊季主。……裴使君（冀州刺史裴徽）聞言，則慷慨曰：『何乃爾邪？雖在大州，未見異才，可用釋人鬱悶者。思還京師，得共論道耳，況草間自有清妙之才乎？如此，便相爲取之，莫使騏驥更爲凡馬，荆山反成凡石。』即檄召輅爲文學從事。一相見，清論終日，不覺罷倦。天時大熱，移牀在庭前樹下，乃至雞向晨，然後出。再相見，便轉爲鉅鹿從事；三見轉治中，四見轉爲別駕。」按：以上四句，分別以龐統、管輅喻來恒，謂其行大都督府長史賦才之優。

〔一五〕「朝議大夫」二句，唐六典卷二尚書吏部，郎中「正五品下，曰朝議大夫」。同上卷三〇大都督府：「司馬二人，從四品下。」宇文紀，生平事迹不詳。據通典卷三八秩品三，左衛將軍爲正三品。靈州都督，元和郡縣志卷四靈州：「隋靈武郡，唐武德元年（六一八）改爲靈州，『仍置總管府。七年（六二四），改爲都督府』。」地在今寧夏回族自治州寧武市。宇文紀之父、嘗爲靈州都督者，疑爲宇文士及。舊唐書宇文士及傳：「宇文士及，雍州長安（今陝西西安）人，隋右衛大將軍述子，化及弟也。」尚煬帝女南陽公主。入唐，以功進爵郢國公，遷中書侍郎，再轉太子詹事。太宗即位，代封倫爲中書令，尋以本官檢校涼州都督。入爲右衛大將軍。貞觀十六年（六四二）卒，贈左衛大將軍、涼州都督。然無爲靈州都督之記載。

〔一六〕「臺門」二句，臺門，周禮考工記：「諸侯臺門。」賈公彦疏：「禮器云：『天子、諸侯臺門。大夫不臺門。』以此觀之，天子及五等諸侯，其門阿皆五雉可知。」臺，原作「台」，據此改。鼎族，列鼎而食之族。劉向説苑建本：「累茵而坐，列鼎而食。」後泛指甲族，言極富貴。傳呼棨戟，謂出行有儀仗。後漢書杜詩傳：「世祖召見，賜以棨戟。」李賢注引漢雜事曰：「漢制，假棨戟以代斧鉞。」又引崔豹古今注曰：「棨戟，前驅之器也，以木爲之。後代刻僞，無復典刑，以赤油韜之，亦謂之油戟，亦曰棨戟。王公已下通用之以前驅也。」據唐會要卷四五，高宗總章元年（六六八）二月六日詔，宇文士及等「并爲第一功臣」。則宇文紀之父，很可能即宇文士及，唐初别無可稱「臺門鼎族」之宇文氏。

〔一七〕「玉質」二句，詩經大雅棫樸：「追琢其章，金玉其相。」毛傳：「追，雕也。金曰雕，玉曰琢。

相，質也。」又莊子秋水：「秋水時至，百川灌河，涇流之大，兩涘渚崖之間，不辨牛馬。於是焉河伯欣然自喜，以天下之美爲盡在己。順流而東行，至於北海，東面而視，不見水端。於是焉，河伯始旋其面目，望洋向若而歎曰：『野語有之曰：聞道百以爲莫己若者，我之謂也。……今我睹子之難窮也，吾非至於子之門則殆矣。吾長見笑於大方之家。』」河宗，即指河伯。謂其在海爲海若，在河爲河伯，無他人可超越，故云「寶」。

〔一八〕「庾冰」二句，晉書庾冰傳：「冰，字季堅。兄亮，以名德流訓。冰以雅素垂風，諸弟相率，莫不好禮，爲世論所重，亮常以爲庾氏之寶。」嚴令，據對句，「嚴」乃姓氏，其人與事未詳，待考。

〔一九〕「桓温」二句，晉書桓温傳：桓温，字元子，東晉譙國龍亢（今安徽懷遠）人。嘗爲荆州刺史，後溯江而上剿滅蜀成漢政權，又三次出兵北伐。晚年欲廢帝自立，未果而卒。車公，車，原作「君」，成都文類卷三一、全蜀藝文志卷三五、文章辨體彙選卷三五六所載作「車」，全唐文作「郗」。按晉書車胤傳：「車胤，字武子，南平人也。曾祖浚，吴會稽太守；父育，郡主簿。太守王胡之名知人，見胤於童幼之中，謂胤父曰：『此兒當大興卿門，可使專學。』胤恭勤不倦，博學多通。家貧，不常得油，夏月則練囊盛數十螢火以照書，以夜繼日焉。及長，風姿美劭，機悟敏速，甚有鄉曲之譽。桓温在荆州，辟爲從事。以辯識義理深重之，引爲主簿，稍遷別駕、征西長史，遂顯於朝廷。時惟胤與吴隱之以寒素博學知名於世，又善於賞會，當時每有盛坐，而胤不在，皆云『無車公不樂』。」則「君」、「郗」皆誤，當作「車」，據改。

〔二〇〕「縣令」二句，縣令，指益州大都督府所屬成都府新都縣縣令。鄭玄嘉，事迹無考。滎陽，今屬河南。

〔二一〕「東周」句，史記鄭世家：「鄭桓公友者，周厲王少子，而宣王庶弟也。宣王立二十二年，友初封於鄭。」集解引徐廣曰：「年表云母弟。」索隱：「鄭，縣名，屬京兆。秦武公十一年『初縣杜、鄭』是也。又系本云：『桓公居棫林，徙拾。』宋忠云：『棫林與拾，皆舊地名。』是封桓公，乃名爲鄭耳。至秦之縣鄭，是鄭武公東徙新鄭之後，其舊鄭乃是故都，故秦始縣之。」此言鄭氏源於有周。

〔二二〕「北海」句，金宗，謂鄭玄嘉乃鄭玄族裔。後漢書鄭玄傳：「鄭玄，字康成，北海高密人也。」金，與上句「玉」，言鄭氏祖宗、後裔皆貴重。

〔二三〕「列矛戟」二句，謂鄭玄嘉既威風凜凜，又文采風流。世説新語賞譽上：「見鍾士季（會），如觀武庫，但覩矛戟。」森森，多且陰森貌，喻威武。蒨蒨，鮮明貌，見前送徐録事詩序注。

〔二四〕「尺兵」二句，後漢書鍾離意傳：「鍾離意，字子阿，會稽山陰人也。……舉孝廉，再遷辟大司徒侯霸府。詔部送徒詣河内，時冬寒，徒病不能行。路過弘農，意輒移屬縣，使作徒衣，縣不得已與之，而上書言狀，意亦具以聞。光武得奏，以見霸曰：『君所使掾，何乃仁於用心，誠良吏也。』意遂於道解徒桎梏，恣所欲過，與克期俱至，無或違者。還，以病免。後除瑕丘令，吏有檀建者，盜竊縣内。意屏人問狀，建叩頭服罪，不忍加刑，遣令長休。建父聞之，爲建設酒，謂曰：『吾聞無道之君，以刃殘人；有道之君，以義行誅。子罪，命也。』遂令建進藥而死。」李賢注：「瑕丘，今兖州縣也。」

〔二五〕「枹鼓」二句，後漢書董宣傳：「董宣，字少平，陳留圉人也。初爲司徒侯霸所辟，舉高第，累遷北海相。爲江夏太守，以能禽姦賊聞，「特徵爲洛陽令。時湖陽公主蒼頭白日殺人，因匿主家，吏不能得。及主出行，而以奴驂乘，宣於夏門亭候之，乃駐車叩馬，以刀畫地，大言數主之失，叱奴下車，因格殺之。主即還宮訴帝，（光武）帝大怒，召宣，欲箠殺之。宣叩頭，曰：『願乞一言而死。』帝曰：『欲何言？』宣曰：『陛下聖德中興，而縱奴殺良人，將何以理天下乎？……』（帝）因敕彊項令出，賜錢三十萬，宣悉以班諸吏。由是搏擊豪彊，莫不震慄，京師號爲『卧虎』，歌之曰：『枹鼓不鳴董少平。』」李賢注：「枹，擊鼓杖也。」

〔二六〕「丞京兆」句，丞，指新都縣（以下主簿、尉亦然，不再説明）丞。京兆，元和郡縣志卷一京兆府（雍州）：「隋開皇三年（五八三）自長安故城遷都龍首川，即今都城是也，廢京兆尹，又置雍州。煬帝改爲京兆郡。武德元年（六一八），復爲雍州。開元元年（七一三），改爲京兆府。」其地即今陝西西安地區。則作此文時，當名雍州，京兆乃習慣稱謂。韋德工籍貫京兆，其人事迹，别無可考。

〔二七〕「主簿」句，扶風，漢代京兆及左馮翊、右扶風，謂之三輔，其治俱在長安城中。據元和郡縣志卷一京兆府，唐代興平縣、盩厔縣及鳳翔府（今寶雞市）所屬各縣，皆右扶風之地。馬仁礪，事迹別無考。

〔二八〕「尉清河」句，元和郡縣志卷一六貝州：漢文帝分秦之鉅鹿郡置清河郡。（北）周武帝建德六年（五七七）平齊，於此置貝州，因丘以爲名。隋大業三年（六〇七），又爲清河郡。「武德四年（六二一）討平竇建德，復置貝州。」貝州跨今河北、山東兩省，治所清河縣屬河北。按舊唐書豆盧欽望傳附張光輔傳：「張光輔者，京兆人也。少明辯，有吏幹。累遷司農少卿、文昌右丞，以討平越王貞之功，拜鳳閣侍郎、知政事。永昌元年（六八九），遷納言，旬日又拜内史，皆有名。其年洛州司馬房嗣業（按：房，資治通鑑卷二〇四作「弓」）、洛陽令張嗣明坐與徐敬業弟敬真陰相交結，敬真自流所繡州逃歸，將北投突厥，引虜入寇。途經洛下，嗣業、嗣明二人給其衣糧而遣之行，至定州，爲人所覺。嗣業於獄中自縊死。嗣明與敬真多引海内相識，冀緩其死。嗣明稱光輔徵豫州日，私説圖讖、天文，陰懷兩端，顧望以觀成敗。光輔由是被誅，家口籍没。」此張嗣明，疑與曾任新都尉之張嗣明爲同一人，然别無旁證，説以待考。

〔二九〕「北地」句，元和郡縣志卷三涇州：「秦至始皇，分三十六郡，屬北地郡。漢分北地郡置安定郡，即此是也。」按：據元和郡縣志卷三、卷四，秦之北地郡，有唐之涇、原、寧、慶、靈五州，漢之北地郡僅寧、慶二州，而分涇、原爲安定郡。漢以靈州爲富平縣，後魏太武帝時改置爲靈州。傅懷愛，事迹别無考。

〔三〇〕「荆藍」句，荆藍，即荆山、藍田。荆山嘗産和氏璧，詳老人星賦注。後漢書郡國志一京兆尹：

「藍田出美玉。」李賢注引三秦記曰：「有川方三十里，其水北流，出玉、銅、鐵石。」又初學記卷二七寶器部引京兆記曰：「藍田出美玉如藍，故曰藍田。」晉書華譚傳：「明珠文貝，生於江鬱之濱；夜光之璞，出乎荆藍之下。」灼爍，文選左思蜀都賦：「符採彪炳，暉麗灼爍。」劉淵林注：「灼爍，艷色也。」

〔三一〕「鄧杞」句，鄧，指鄧林。山海經海外北經：「夸父與日逐走，入日。渴欲得飲，飲於河渭；河渭不足，北飲大澤。未至，道渴而死。棄其杖，化爲鄧林。」杞，木枸，詩經小雅南山：「南山有杞，北山有李。樂只君子，民之父母。」陸德明音義：「杞，音起。」草木疏：「其樹如樗，一名狗骨。」扶疏，連綿字，茂盛貌。禰衡鸚鵡賦：「想崑山之高嶽，思鄧林之扶疏。」以上兩句，分別以荆山、藍田玉及鄧林、木杞，喻新都縣之丞、簿、尉，言縣衙人才之盛。

〔三二〕「許玄度」句，世説新語言語：「劉尹（惔）云：『清風朗月，輒思玄度。』」劉孝標注引晉中興士人書曰：「許詢能清言，於時士人皆欽慕仰愛之。」又唐許嵩建康實録卷八：「許詢，字玄度，高陽人。父歸，以琅琊太守隨中宗過江，遷會稽内史，因家於山陰。詢幼沖靈，好泉石，清風朗月，舉酒詠懷。中宗聞而徵爲議郎，辭不受職，遂言託居永興。」

〔三三〕「郭林宗」句，後漢書郭太（泰）傳：郭太（泰），字林宗，太原界休人。「就成皋屈伯彦學，三年業畢，博通墳籍。善談論，美音制。乃游於洛陽。始見河南尹李膺，膺大奇之，遂相友善，於是名震京師。後歸鄉里，衣冠諸儒送至河上，車數千兩。林宗唯與李膺同舟而濟，衆賓望之，以爲神仙焉。」

〔三四〕「南昌」二句，漢書梅福傳：「梅福，字子真，九江壽春人也。少學長安，明尚書、穀梁春秋，爲郡文學，補南昌尉。後去官歸壽春。」嘗上書成帝，稱「宜封孔子後，以奉湯祀」。「綏和元年（前八年），立二王後，推迹古文，以左氏、穀梁、世本、禮記相明，遂下詔封孔子世爲殷紹嘉公。」齊衡，相當。衡，平也。兩句以梅福尊崇孔子喻來恒等，謂其可與梅福齊駕。

〔三五〕「左部」二句，左，「佐」之本字，後作「佐」。佐部，指爲州郡佐吏。喬玄，「喬」亦作「橋」。張璠漢紀：「橋玄，字公祖，歷位中外，以剛斷稱。謙儉下士，不以王爵私親。光和中爲太尉，以久病策罷，拜太中大夫，卒。」其左部事未詳，當指早年爲低級職官。韜真，謂韜光養晦，以葆其真。按：以上以許、郭、梅、喬四人喻新都縣丞、簿、尉等，謂其官職雖低，然皆卓然不凡。

〔三六〕「博士」二句，據唐六典卷三〇，縣有博士一人、助教一人。張玄鑒、費仁敬，事迹無考。

〔三七〕「碧雞」二句，藝文類聚卷九一鳥部雞引幽明録：「晉兖州刺史沛國宋處宗，嘗買得一長鳴雞，愛養甚至，恒籠著窗間。雞遂作人語，與處宗談論，極有言智，終日不輟。處宗因此言巧大進。」兩句謂張、費擅論辯，滔滔如海，有如宋處宗。

〔三八〕「白鳳」二句，初學記卷三〇鳥部鳳引皇甫謐帝王世紀曰：「黄帝服齋於中宫，坐於玄扈洛上，乃有大鳥，雞頭鷰喙，龜頸龍形，麟翼魚尾，其狀如鶴。體備五色，三文成字，首文曰『順德』，背文曰『信義』，膺文曰『仁智』。」其鳥爲鳳，此言「白鳳」，乃與「碧雞」對文。宏辭，宏大之文。兩句謂張、費二人文章之富之美，有如煙霞噴薄而出。

〔三九〕「一州」二句，據下兩句，此當指益州大都督周王，謂其親自典領學事，使一州學者皆能預聞孔子之道。

〔四〇〕「四子」二句，文選王褒四子講德論序：「褒既爲益州刺史王襄作中和樂職宣布之詩，又作傳，名曰四子講德，以明其意焉。」李善注引漢書曰：「益州刺史王襄欲宣風化於衆庶，聞王褒有俊材，使褒作中和、樂職、宣布詩，選好事者令依鹿鳴之聲習而歌之。褒既爲刺史作頌，又作傳。」又引如淳曰：「言王政中和，在官者樂其職，國語所謂『宣布哲人之令德』也。」吕延濟注：「四子，謂微斯文學、虛儀夫子、浮游先生、陳丘子也。褒當假立以爲論端也。」二句以四子講漢之「盛德」喻唐，謂建廟學之德遠在王襄、王褒之上，如此政績才真可稱中和、樂職。

〔四一〕「圓冠」二句，圓冠乃儒冠，代指儒者。莊子田子方：「儒者冠圜冠者，知天時。」釋文：「圜，音圓。」執巾舄，即執巾，古代賓禮。西階爲賓位。禮記曲禮上：「主人就東階，客就西階。」

〔四二〕「大帶」二句，大帶，即博帶，儒者所服。漢書雋不疑傳：雋不疑進退必以禮，「褒衣博帶」。顏師古注：「褒，大裾也。言着褒大之衣，廣博之帶也。」北面，古代受學弟子所向。漢書于定國傳：「定國乃迎師學春秋，身執經，北面備弟子禮。」

〔四三〕「泮宮」二句，泮宮，古代州縣學之别名。禮記王制：「天子命之教，然後爲學。小學在公宮南之左，大學在郊。殷之制：天子曰辟廱，諸侯曰頖宮。」白虎通義卷上：「諸侯曰泮宮者，半於天子宫也，明尊卑有差，所化少也。」通德之門，孔融爲褒奬鄭玄所建里門。後漢書鄭玄傳：「鄭玄字康成，北海高密人。學於馬融，著書義據通深，北海國相孔融深敬之，告高密縣特爲立一鄉，曰：『今鄭君鄉宜曰「鄭公鄉」，……可廣開門衢，令容高車，號爲「通德門」。』」兩句謂新都縣學或可出如鄭玄之類大儒。

〔四四〕「小學」二句，禮記王制：「幼者教之於小學，長者教之於大學。尚書傳曰：『年十五始入小學，十八入大學。』」華陰之市，即「公超市」。後漢書張霸傳附子張楷傳：「楷字公超，通嚴氏春秋、古文尚書，門徒常百人。賓客慕之，自父黨夙儒，偕造門焉。車馬填街，徒從無所止，黄門及貴戚之家，皆起舍巷次，以候過客往來之利。楷疾其如此，輒從避之。家貧，無以爲業，常乘驢車至縣賣藥，足給食者，輒還鄉里。司隸舉茂才，除長陵令，不至官，隱居弘農山中，學者隨之，所居成市。後華陰山南，遂有公超市。」此謂學之者極衆。

〔四五〕「鄉望」句，鄉望，鄉之望族或名人。魚文，謂魚服；驥子，馬名。文選左思蜀都賦：「并乘驥子，俱服魚文。」劉淵林注引詩（按：見詩經小雅天保）云：「象弭魚服。（按毛傳曰：「魚服，魚皮也。」）」李善注引桓子（譚）新論曰：「善相馬者曰薛公，得馬惡貌而正走，名驥子。」句謂蜀人生活富足。

〔四六〕「漢女」二句，文選左思蜀都賦：「巴姬彈絃，漢女擊節。」李周翰注：「巴姬漢女，蜀之美女也。」駢羅，同書張衡西京賦：「清淵洋洋，神山峩峩。列瀛洲與方丈，夾蓬萊而駢羅。」李善

注：「駢猶并也。」張銑注：「駢羅，謂三山相布貌。」此謂羅列。甲第，同上賦：「北闕甲第，當道直啓。」薛綜注：「第，館也。甲，言第一也。」李善注引漢書曰：「贈霍光甲第一區。」又引音義曰：「有甲乙次第，故曰第也。」

〔四七〕「杜陵」二句，漢書蕭望之傳附蕭育傳：「少與陳咸、朱博爲友，著聞當世。……始，育與陳咸俱以公卿子顯名，咸最先進，年十八爲左曹，二十餘御史中丞。時朱博尚爲杜陵亭長，爲咸、育所攀援入王氏，後遂并歷刺史、郡守相。及爲九卿，而博先至將軍、上卿，歷位多於咸、育，遂至丞相。」朱博事迹，詳同書本傳。

〔四八〕「桐鄉」二句，漢書朱邑傳：「朱邑，字仲卿，廬江舒人也。少時爲舒桐鄉嗇夫，廉平不苛，以愛利爲行，未嘗笞辱人。存問耆老孤寡，遇之有恩，所部吏民愛敬焉。遷補太守卒史。舉賢良，爲大司農丞。遷北海太守，以治行第一入爲大司農。爲人淳厚，篤於故舊，然性公正，不可交以私，天子器之，朝廷敬焉。」嗇夫，鄉間小官，掌聽訟、收取賦稅。

〔四九〕「即聽」句，絃歌，謂音樂，儒家以之爲教，稱樂教。莊子秋水：「孔子游於匡，宋人圍之數匝，而絃歌不輟。」論語陽貨：「子之武城，聞絃歌之聲。夫子莞爾而笑，曰：『割雞焉用牛刀？』子游對曰：『昔者偃也聞諸夫子曰：君子學道則愛人，小人學道則易使也。』」何晏集解引孔（安國）曰：「道，謂禮樂也。樂以和人，人和則易使。」

〔五〇〕「仍觀」句，論語衛靈公：「衛靈公問陳於孔子。孔子對曰：『俎豆之事，則嘗聞之矣；軍旅之事，未之學也。』」何晏集解引孔（安國）曰：「俎豆，禮器。」

〔五一〕「髣髴」二句，文選夏侯湛東方朔畫贊：「髣髴風塵，用垂頌聲。」劉良注：「言髣髴聞其高風清塵，故此用垂頌聲也。」此倒其文序，謂見孔子遺像，髣髴聞其高風清塵。

〔五二〕「天道」四句，原無「天道之」、「陽精之」六字，據全唐文補。機衡，即璇機玉衡，古代天文儀器，詳渾天賦注。莫測，謂測天儀所不能測，言極深奥。陽精，指日。藝文類聚卷一天部上日引河圖叶光篇曰：「積精爲日。」又引皇甫謐年曆曰：「日者，衆陽之宗。陽精外發，故日以晝明，名曰曜靈。」遠近未知，列子湯問：「孔子東游，見兩小兒辯鬬，問其故，一兒曰：『我以日始出時去人近，而日中時遠也。』一兒以日初出遠，而日中時近也。一兒曰：『日初出大如車蓋，及日中則如盤盂，此不爲遠者小而近者大乎？』一兒曰：『日初出滄滄涼涼，及其日中如探湯，此不爲近者熱而遠者涼乎？』孔子不能決也。兩小兒笑曰：『孰爲汝多知乎！』」莫測、未知，此指作碑文事，言其寫作難度極大。書生、小子，皆作者自指。

〔五三〕「當仁」二句，論語衛靈公：「子曰：當仁不讓於師。」何晏集解引孔安國曰：「當行仁之事，不復讓於師，言行仁急。」同書里仁：「子曰：見賢思齊焉。」集解引包（咸）曰：「思與賢者等。」

〔五四〕「遊聖」二句，遊聖，謂遊聖人之門。漢書叙傳上載班固幽通賦：「遊聖門而靡救兮，顧覆醢其何補。」顏師古注「遊聖門」爲「遊聖人之門」。中郎，指蔡邕，嘗拜左中郎將。後漢書郭太（泰）傳：「郭太（泰）卒，同志者乃共刻石立碑，蔡邕爲文（按：指所作郭有道碑文。人稱郭泰爲有道先生)。既而謂涿郡盧植曰:『吾爲碑銘多矣,皆有慚德,唯郭有道無愧耳。』」此言「有愧」,自謙作碑劣於蔡邕。

其銘曰〔一〕:

太虚寥廓,洪鑪噴薄〔二〕。上綴三宫〔三〕,旁清八絡〔四〕。玄津獨化,聖人攸作〔五〕。鼇柱爲居,龍門是託〔六〕。爰清爰浄,惟寂惟寞〔七〕。其一

【箋注】

〔一〕銘,古代文體之一。文心雕龍銘箴以爲始於黄帝,蓋以漢書藝文志載有黄帝銘六篇,然其乃僞託。現存商、周銘詞尚多,其内容一爲述令德,一是計功,亦有自誡。此爲廟堂修建碑,其銘主要爲述令德。

〔二〕「太虚」二句,周易繫辭上:「陰陽不測之謂神。」韓康伯注:「神也者,變化之極,妙萬物而爲言,不可以形詰者也。故曰陰陽不測。嘗試論之曰:原夫兩儀之運,萬物之動,豈有使之然哉?莫不獨化於大虚,欻爾而自造矣。造之非我,理自玄應;化之无主,數自冥運。故不知所以然,而況之神。是以明兩儀以太極爲始,言變化而稱極乎神也。」陸德明音義謂「大虚之大,音泰」。孔穎達疏曰:「云『是以明兩儀以太極爲始』者,言欲明兩儀天地之體,必以太極虚

無爲初始，不知所以然將何爲始也。」則「太虛」指未形成宇宙前之世界，其時爲「太極虛無」之初始狀態。寥廓，空曠、混然一體貌。洪鑪，大火爐；噴薄，火勢凶猛貌。謂宇宙猶如洪爐，一切皆由其鑄造。

〔三〕「上綴」句，三宫，指太微、紫微、文昌，見晉書習鑿齒傳引「星人」（觀星之人）言。此泛指日月星辰。

〔四〕「旁清」句，八絡，猶言八維。絡、維義近，此言「絡」，以叶韻故也。文選張衡西京賦：「爾乃振天維，衍地絡。」薛綜注：「維，綱也；絡，網也。」楚辭東方朔七諫自悲：「引八維以自導兮。」王逸注：「天有八維以爲綱紀也。」又文選潘勗册魏公九錫文：「君龍驤虎視，旁眺八維。」吕向注：「八維，天下四方四角也。」此及上句，謂天開地闢。

〔五〕「玄津」二句，玄津，玄虛之津渡，此指萬物由無到有轉化之關鍵。獨化，魏晉時期玄學概念，已見上注引韓康伯語，而以郭象莊子注表述最爲集中，其要謂物各自生。如郭象注莊子齊物論曰：「若責其所待，而尋其所由，則尋責無極，卒至於無待，而獨化之理明矣。」又曰：「造物者無主，而物各自造。物各自造而無所待焉，以天地之正也。」兩句謂萬物自生，聖人於是乎出。

〔六〕「鼇柱」二句，鼇柱，傳説太古之時四極廢，九州裂，女媧用鼇足立四極，見本文前注引淮南子覽冥訓及高誘注。龍門，初學記卷九帝王部引地皇始學篇曰：「地皇興於熊耳、龍門山。」兩句謂天地開闢，至地皇氏始有固定聚居地。

〔七〕「爰清」二句，老子：「躁勝寒，静勝熱。清淨，爲天下正。」河上公注：「能清静，則爲天下長持正則，無終已時也。」老子又曰：「寂兮寥兮，獨立不改。」王弼注：「寂寞，無形體也。」爰、惟，皆發語詞。

龜讖韜名〔一〕，魚圖表靈〔二〕。火紀雲紀〔三〕，天正地正〔四〕。君臣禮制，宇宙輝明。文武既没，成康遂行〔五〕。群飛海水〔六〕，若羽天星〔七〕。其二

【箋注】

〔一〕「龜讖」句，龜讖，即灼龜所得徵兆。藝文類聚卷一一帝王部一太昊庖犧氏引禮含文嘉曰：「伏羲德洽上下，天應以鳥獸文章，地應以龜書，伏羲乃則象作易。」龜書，書龜兆之簡册。韜名，謂極隱秘。

〔二〕「魚圖」句，魚圖，魚所負圖，謂河圖。藝文類聚卷一一帝王部一黄帝軒轅引河圖挺佐輔曰：「……黄帝乃祓齋七日，至於翠嬀之川，大鱸魚折溜而至。乃與天老迎之，五色畢具。魚汎白圖，蘭葉朱文，以授黄帝，名曰緑圖。」周易繫辭上：「天垂象，見吉凶，聖人象之；河出圖，洛出書，聖人則之。」

〔三〕「火紀」句，左傳昭公十七年：「黄帝氏以雲紀，故爲雲師，而雲名。炎帝氏以火紀，故爲火師，

而火名。」杜預注：「黄帝軒轅氏，姬姓之祖也。黄帝受命有雲瑞，故以雲紀事，百官師長皆以雲爲名號。」又注曰：「炎帝神農氏，姜姓之祖也，亦有火瑞，以火紀事名百官。」

〔四〕「天正」句，正，即確定正月。禮記檀弓上：「夏后氏尚黑。」鄭玄注：「以建寅之月爲正。」又曰「殷人尚白」，鄭注：「以建丑之月爲正。」又曰「周人尚赤」，鄭注：「以建子之月爲正。」孔穎達正義：「易説卦云『帝出乎震』，則伏羲也。建寅之月，又木之始，其三正當從伏羲以下。文質再而復者，文質法天地。文法天，質法地。周文法地而爲天正，殷質法天而爲地正者，正朔文質不相須。正朔以三而改，文質以二而復，各自爲義，不相須也。」所謂「三而改」，即夏、商、周三代各以寅、丑、子爲正月；「二而復」，即以法天、法地相循環。

〔五〕「文武」二句，謂周文王、武王、周公制禮，而盛行於成王、康王之世。唐賈公彦序周禮廢興曰：「周公制禮之日，禮教興行。後至幽王，禮儀紛亂，故孔子云：『諸侯專行征伐十世，希不失。』鄭注云『亦謂幽王之後也』。故晉侯趙簡子見儀，皆謂之禮，孟僖子又不識其儀也。至於孔子，更修而定之，時已不具，故儀禮注云『後世衰微，幽厲尤甚，禮樂之書，稍稍廢棄』。」

〔六〕「群飛」句，揚雄太玄經劇：「上九，海水群飛，蔽於天杭。測曰：海水群飛，終不可語也。」范望注：「天杭，天漢也。金生於水，故稱海水。水群而飛，雨之象也。」又文選揚雄劇秦美新：「神歇靈繹，海水群飛，二世而亡，何其劇與！」李善注：「水喻萬民，群飛，言亂。」後以「海水群飛」形容社會極度敗壞，天下大亂。如藝文類聚卷七七載後魏温子昇寒陵山寺碑序曰：「永安之末，時各異謀。蜂蠆有毒，豺狼反噬。彀弩臨城，抽戈犯蹕。世道交喪，海水群飛。」

〔七〕「若羽」句，若羽，謂氣若羽毛。唐開元占經卷八日占四日暈引京氏曰：「日暈，有氣如毛羽，臨日不去，國有大兵憂。」天星，周禮春官保章氏：「掌天星以志星辰日月之變動，以觀天下之遷，辨其吉凶。」則「天星」包括「星辰日月」，此偏指日，謂日有暈，將有災難。

玉筐曾裔〔一〕，金符遠系〔二〕。鐘石雖遷〔三〕，山河不替。乾坤降德，陰陽合契〔四〕。虎嘯風清，龍騰雲逝〔五〕。三元載佇，萬方攸濟〔六〕。其三

【箋注】

〔一〕「玉筐」句，吕氏春秋卷六音初：「有娀氏有二佚女，爲之九成之臺，飲食必以鼓。帝令燕往視之，鳴若謚隘，二女愛而争搏之，覆以玉筐，少選發而視之，燕遺二卵，北飛，遂不反。」高誘注：「帝，天也。天令燕降卵於有娀氏，女吞之，生契。詩云：『天命玄鳥，降而生商。』（按：出詩經商頌玄鳥。）」又曰：「『有娀（氏女）方將，（帝）立子生商』（按：出詩經商頌長發），此之謂也。」故此以「玉筐」代指商。曾，中隔兩代，猶重。此所謂「曾裔」，謂遠裔也。孔子乃商代微子之後，已見本文前注，故云。

〔二〕「金符」句，史記封禪書：「殷得金德。」殷以金德王，故此以「金」代指殷。句亦謂孔子乃殷之

遠裔。

〔三〕「鐘石」句，鐘即編鐘，石指磬，皆古之樂器。此代指殷商政權。遷，改也，指滅亡。

〔四〕「乾坤」二句，謂孔子乃天地、陰陽合德所生。

〔五〕「虎嘯」二句，漢書終軍傳：「世必有聖知之君，而後有賢明之臣。故虎嘯而風冽，龍興而致雲。……易曰：『飛龍在天，利見大人。』」兩句謂孔子乃天生聖人。

〔六〕「三元」二句，三元，此指天、地、人。載佇，文選顏延年三月三日曲水詩序：「金駕總駟，聖儀載佇。」呂向注：「載佇，謂盤桓未去。」句謂天、地、人「三元」不忍棄天下，故生孔子以濟之。

魯道既昏〔一〕，綿綿若存。禄移公室，政在私門〔二〕。學而方仕，謙而彌尊〔三〕。聽之也厲，即之也温〔四〕。義責齊國〔五〕，刑徵季孫〔六〕。其四

【箋注】

〔一〕「魯道」句，指魯國慶父之難。據史記魯周公世家，魯莊公有三弟：慶父、叔牙、季友，以慶父最有野心。莊公三十二年八月，莊公病死，季友遵莊公命，立另一子姬斑繼位。慶父不甘，使人殺斑，立哀姜娣叔姜子開，是爲湣公。季友聞之，挾莊公另一子申逃邾，魯人欲誅慶父，慶父恐，奔莒，姬申得立，是爲釐公。季友爲相，以賄如莒求慶父，歸，自殺。此即所謂「慶父之難」。

左傳滑公元年：「冬，齊仲孫湫來省難。仲孫歸曰：『不去慶父，魯難未已。』公曰：『若之何而去之？』對曰：『難不已，將自斃。』」其後，魯國長期由「三桓」（即桓公子慶父、叔牙、季友後代孟孫、叔孫、季孫三氏）專權。

〔二〕「禄移」二句，左傳宣公十八年：「公孫歸父以襄仲之立公也，有寵（按：杜預注「歸父，襄仲子」），欲去三桓以張公室。」杜預注：「時三桓彊，公室弱，故欲去之，以張大公室。」「禄移」及「政在私門」，以三桓分軍爲最典型。左傳襄公十一年：「正月，作三軍，三分公室，而各有其一。」孔穎達正義：「往前民皆屬公，國家自有二軍，若非征伐，不屬三子。故三子自以采邑之民，以爲己之私乘，如子産出兵車十七乘之類，是其私家車乘也。今既三分公室，所分得者即是己有，不須更立私乘。」史記魯周公世家記此事曰：「三桓氏分爲三軍。」集解引韋昭曰：「魯，伯禽之封，舊有三軍，其後削弱，二軍而已。季武子欲專公室，故益中軍，以爲三軍，三家各徵其一。」又如左傳昭公二十五年載，季平子與郈昭伯以鬭雞故，昭公率師擊平子，平子與孟孫、叔孫氏三家共攻昭公，昭公師敗，奔於齊，魯遂亂。公室之弱可知。故論語季氏載：「孔子曰：『禄之去公室五世矣，政逮於大夫四世矣，故夫三桓之子孫微矣。』」何晏集解引鄭玄曰：「言此之時，魯定公之初。魯自東門襄仲殺文公之子赤而立宣公，於是政在大夫，爵禄不從君出，至定公爲五世矣。」

〔三〕「學而」二句，論語子張：「子夏曰：『……學而優則仕。』」同上述而：「子曰：若聖與仁，則吾豈敢？抑爲之不厭，誨人不倦，則可謂云爾已矣。」何晏集解引孔（安國）曰：「孔子謙，不敢自名仁、聖。」

〔四〕「聽之」二句，論語子張：「子夏曰：『君子有三變：望之儼然，即之也温，聽其言也厲。』」何晏集解引鄭（玄）曰：「厲，嚴。」邢昺正義：「此章論君子之德也。望之即之，及聽其言也，有此三者變易，常人之事也。厲，嚴正也，常人遠望之則多懈惰，即近之則顔色猛厲，聽其言則多佞邪。唯君子則不然，人遠望之則正其衣冠，尊其瞻視，常儼然也。就近之，則顔色温和，及聽其言辭，則嚴正而無佞邪也。」

〔五〕「義責」句，指痛恨齊贈魯君女樂事。史記孔子世家：孔子由大司寇行攝相事，齊懼，「於是選齊國中女子好者八十人，皆衣文衣而舞康樂，文馬三十駟，遺魯君。陳女樂文馬於魯城南高門外。季桓子微服往觀再三，將受，乃語魯君爲周道游，往觀終日，怠於政事。……孔子遂行」。

〔六〕「刑徵」句，指孔子墮季氏三都事，見本文前「黜季氏」二句注。

多能惟聖〔一〕，道廢惟命〔二〕。天下莫容，諸侯走聘。至於是國，必聞其政〔三〕。仁義立身，温恭成性。不徒爲樂，終悲擊磬〔四〕。其五

【箋　注】

〔一〕「多能」句，論語子罕：「大宰問於子貢曰：『夫子聖者與？何其多能也。』子貢曰：『固天縱

之將聖，又多能也。』子聞之，曰：『大宰知我乎？吾少也賤，故多能鄙事，君子多乎哉？不多也。』」

〔二〕「道廢」句，論語憲問：「子曰：『道之將行也與，命也；道之將廢也與，命也。』」邢昺疏：「言道之廢行，皆由天命也。」

〔三〕「至於」二句，論語學而：「子禽問於子貢曰：『夫子至於是邦也，必聞其政，求之與，抑與之與？』子貢曰：『夫子温良恭儉讓以得之。夫子之求之也，其諸異乎人之求之與。』」何晏集解引鄭(玄)曰：「言夫子行此五德而得之，與人求之異，明人君自與之。」

〔四〕「不徒」二句，論語憲問：「子擊磬於衛。有荷蕢而過孔氏之門者，曰：『有心哉，擊磬乎？』既而曰：『鄙哉，硜硜乎莫己知也，斯己而已矣，深則厲，淺則揭。』子曰：『果哉，末之難矣。』」按：此章文義較晦，故不妨全引邢昺疏，以便理解，其曰：「此章記隱者荷蕢之言也。子擊磬於衛者，時孔子在衛，而自擊磬爲聲也。有荷蕢而過孔氏之門者，曰『有心哉，擊磬乎』者，荷，擔揭也；蕢，草器也。有心，謂契契然。當孔子擊磬之時，有擔揭草器之人經過孔氏之門，聞其磬聲，乃言曰有心契契然憂苦哉，此擊磬之聲乎？既而曰『鄙哉，硜硜乎莫己知也，斯己而已矣』者，既，已也。硜硜，鄙賤貌。莫，無也。斯，此也。荷蕢者既言『有心哉，擊磬乎』，又察其磬聲，已而言曰：『可鄙賤哉，硜硜乎無人知己。』此硜硜者，徒信己而已，言無益也。『深則厲，淺則揭』者，此衛風匏有苦葉詩。以衣涉水爲厲，揭，揭衣也。荷蕢者引之，欲令孔子隨世以行己,若過水深則當厲,不當揭,淺則當揭而不當厲,以喻行己,知其不可則不當爲也。子曰『果哉,末之難矣』者,孔子聞荷蕢者譏己,故發此言。果謂果敢,末,無也。言未知己志,而便譏己,所以爲果敢無難者,以其不能解己之道,不以爲難,故云無難也。」孔子不爲人所知,故云「悲」。

九野八方〔一〕,栖栖遑遑〔二〕。從周返魯,考夏觀商〔三〕。先王道術,夫子文章。可久可大〔四〕,爲龍爲光〔五〕。星衡入室,月準昇堂〔六〕。其六

【箋注】

〔一〕「九野」句,淮南子原道訓:「上通九天,下貫九野。」高誘注:「九天,八方、中央也。九野亦如之。」文選曹植七啓:「揮袂則九野生風,慷慨則氣成虹蜺。」李周翰注:「九野,謂九州之野也。」句言孔子爲行道而奔走各地。

〔二〕「栖栖」句,論語憲問:「微生畝謂孔子曰:『丘何爲是栖栖者與? 無乃爲佞乎!』孔子曰:『非敢爲佞也,疾固也。』」何晏集解引包(咸)曰:「微生,姓;畝,名。」又曰:「疾世固陋,欲行道以化之。」

〔三〕「從周」二句,謂孔子赴周考夏觀商,然後返魯,已見本文前注。

〔四〕「可久」句，周易繫辭上：「有親則可久，有功則可大。可久，則賢人之德，可大，則賢人之業。」韓康伯注：「有易簡之德，則能成可久可大之功。」

〔五〕「爲龍」句，詩經小雅蓼蕭：「既見君子，爲龍爲光。」毛傳：「龍，寵也。」鄭玄箋：「爲寵爲光，言天子恩澤光耀被及己也。」此指先王、古賢所及孔子恩澤。

〔六〕「星衡」二句，古代讖緯家以爲帝王、聖賢皆有「異表」，即身體、面容等具有某些奇異點，本文前已注。故星衡、月準，指孔子門人之異表，代指門人。按論語憲問：「子曰：『由之瑟奚爲於丘之門？』門人不敬子路。子曰：『由也升堂矣，未入於室也。』」仲由，字子路，謂其「升堂」，則「星衡」當是其異表。孔門「入室」者，顔回（字子淵）當爲首選，孔子對他最器重。其異表，文選任昉王文憲集序曰：「淵角殊祥。」李善注引論語撰考讖曰：「顔回有角額，似月形。」又論語摘輔象稱「顔淵山庭日角」，未言「月準」。

智周通塞〔一〕，神兼語默〔二〕。幾然而長，黯然而黑〔三〕。漢承周運〔四〕，胡亡秦國〔五〕。察往知來〔六〕，研精茂德。無必無我〔七〕，自南自北〔八〕。其七

【箋　注】

〔一〕「智周」句，通塞，猶言進退、窮達，謂孔子深諳其道。論語衛靈公：「子曰：……君子哉蘧伯

玉！邦有道則仕，邦無道則可卷而懷之。」何晏集解引包咸曰：「卷而懷，謂不與時政柔順，不忤於人。」其後孟子盡心曰：「窮則獨善其身，達則兼善天下。」

〔二〕「神兼」句，論語先進：「子曰：夫人不言，言必有中。」又季氏：「孔子曰：侍於君子有三愆：言未及之而言謂之躁，言及之而不言謂之隱，未見顏色而言謂之瞽。」又衛靈公：「子曰：可與言而不與之言，失人；不可與言而與之言，失言。知者不失人，亦不失言。」又陽貨：「子曰：『予欲無言。』子貢曰：『子如不言，則小子何述焉。』子曰：『天何言哉，四時行焉，百物生焉。天何言哉！』」

〔三〕「幾然」二句，史記孔子世家：「曰：丘得其爲人，黯然而黑，幾然而長，眼如望羊，如王四國，非文王其誰能爲此也？」集解引王肅曰：「黯，黑貌。」又引徐廣曰：「詩云『頎而長兮』（引者按：見國風猗嗟）。」索隱：「『幾』與注『頎』，并音祈，家語無此四字。」今按：幾，全唐文作「頎」，皆可，不必改。「黯然而黑」，「黑」原作「息」，誤，據改。又按：數句乃謂文王，此則藉以言孔子。

〔四〕「漢承」句，謂周、漢皆以火德王。史記封禪書：「周得火德，有赤烏之符。」漢書高帝紀：「漢承堯運，德祚已盛。斷蛇著符，旗幟上赤，協於火德，自然之應，得天統矣。」按太平御覽卷八〇帝堯陶唐氏引帝王世紀，稱堯「以火承木」，則堯亦以火德王。

〔五〕「胡亡」句，史記秦始皇本紀：「三十二年（前二一五），……始皇巡北邊，從上郡入。燕人盧生使入海還，以鬼神事，因奏録圖書，曰『亡秦者胡也』。」集解引鄭玄曰：「胡，胡亥，秦二世名也。秦見圖書，不知此爲人名，反備北胡。」

〔六〕「察往」句，鶡冠子卷上：「鶡冠子曰：欲知來者察往，欲知古者察今。」又抱朴子外篇卷一勗學：「察往知來，博涉勸成，仰觀俯察於是乎在，人事王道於是乎備，進可以爲國，退可以保己。」

〔七〕「無必」句，無必，謂無所謂必然，無可無不可。莊子齊物論：「方生方死，方死方生。方可方不可，方不可方可。」無我，謂物我兩忘。同上：「今者吾喪我。」郭象注：「吾喪我，我自忘矣。……故都忘外内，然後超然俱得。」成玄英疏：「喪，猶忘也。」

〔八〕「自南」句，自南自北，猶言可南可北。淮南子説林訓：「楊子見逵路而哭之，爲其可以南，可以北。」按：以上具言各家思想，謂孔子集其大成。

萬象皆尊，千靈共同〔一〕。惟變所適〔二〕，居常待終〔三〕。樂天知命〔四〕，匪我求蒙〔五〕。北辰之北，東海之東〔六〕。百王遺訓，萬世餘風〔七〕。其八

【箋注】

〔一〕「萬象」二句，萬象，宇宙一切現象。千靈，靈，人、神也。尊，成都文類卷三一、全蜀藝文志卷三

五作「宗」。兩句謂孔子之道，乃天、地、人所共有。

〔二〕「惟變」句，京房京氏易略(説郛本)：「天地若不變易，不能通氣。五行迭終，四時更廢，變動不居。周流六虚，上下無常，剛柔相易，不可以爲典要，惟變所適。」

〔三〕「居常」句，陸雲榮啓期贊：「夫貧者，士之常也；死，固命之終也。居常待終，當何憂乎？」

〔四〕「樂天」句，周易繫辭上：「樂天知命，故不憂。」韓康伯注：「順天之化，故曰樂也。」

〔五〕「匪我」句，周易蒙卦：「蒙，亨，匪我求童蒙，童蒙求我。」王弼注：「蒙之所利，乃利正也。夫明莫若聖，昧莫若蒙。蒙以養正，乃聖功也，然則養正以明，失其道矣。」孔穎達正義：「蒙者，微昧暗弱之名。物皆蒙昧，唯願亨通，故云『蒙，亨』。『匪我求童蒙，童蒙求我』者，物既暗弱，而意願亨通，即明者不求於暗，即匪我師德之高明，往求童蒙之暗。但暗者求明，明者不諮於暗，故云『童蒙求我』也。」庾亮釋奠祭孔子文：「唐虞憲章，盛於文武，然後黎民時雍，彝倫攸叙。幽厲頹構，王繩絶紀，高岸爲谷，六合錯否。上陵夷而失教，下苟免而無恥。公以玄聖之靈，應感圓通，萬物我賴，匪我求蒙。」

〔六〕「北辰」二句，論語爲政：「子曰：爲政以德，譬如北辰，居其所而衆星共之。」何晏集解引包(咸)曰：「德者無爲，猶北辰之不移，而衆星共之。」邢昺疏：「案爾雅釋文云：『北極謂之北辰。』郭璞曰：『北極，天之中，以正四時。』然則極，中也；辰，時也。以其居天之中，故曰北極；以正四時，故曰北辰。」則北辰喻指統治者，亦代指德政。此言「北辰之北」，謂有超越北辰者，如東海外猶有更東之地。指孔子及其思想比北辰更重要，更能凝聚人心。

〔七〕「百王」二句，謂孔子教導乃歷代帝王所應牢記之遺訓，也將永遠影響未來社會。

時亡玉斗〔一〕，運鍾陽九〔二〕。周井龍沉〔三〕，秦原鹿走〔四〕。生人卷舌，道路鉗口〔五〕。禮樂崩頹，典章殘朽〔六〕。萬邦請命，三靈授手〔七〕。其九

【箋注】

〔一〕「時亡」句，玉斗，太平御覽卷八二夏帝禹引帝王世紀曰：「伯禹夏后氏，姒姓也。母曰修己，見流星貫昴，夢接意感，又吞神珠薏苡，胸拆而生禹於石紐。虎鼻大口，兩耳參漏，鏤首戴鉤，胸有玉斗，足文履巳。」同上又引雒書靈準聽，於「懷玉斗」句注曰：「懷璇璣玉衡之道。或以爲有黑子如玉斗也。」則「玉斗」代指禹。亡玉斗，亡，無也。無禹，指夏朝滅亡。

〔二〕「運鍾」句，古微書卷三三河圖稽耀鉤引運度經云：「靈寶自然運度，有大陽九，大百六也；小陽九，小百六也。三千三百年爲小陽九，小百六也；九千九百年爲大陽九，大百六也。夫天厄謂之陽九也，地虧謂之百六也。」句指商朝運終。

〔三〕「周井」句，周代實行井田制，故以「周井」代指周。周禮地官小司徒：「乃經土地，而井牧其田野。九夫爲井，四井爲邑。……」鄭玄注：「此謂造都鄙也。采地制井田，異於鄉遂。」龍沉，謂

有周衰亡。

〔四〕「秦原」句，史記淮陰侯列傳：蒯通對曰：「秦失其鹿，天下共逐之。」集解引張晏曰：「以鹿喻帝位也。」

〔五〕「生人」二句，卷舌、鉗口，皆不敢言貌。淮南子本經訓：「今至人生亂世之中，含德懷道，拘無窮之智，鉗口寢説，遂不言而死者衆矣。」文選陸機謝平原内史表：「鉗口結舌，不敢上訴所天。」李善注：「莊子曰：『鉗墨翟之口。』慎子曰：『臣下閉口，左右結舌。』潛夫論曰：『臣鉗口結舌而不敢言。』」此指秦始皇行暴政。

〔六〕「典章」句，典，原誤「曲」，據成都文類卷三一、四子集、全唐文改。

〔七〕「三靈」句，文選陸倕石闕銘并序：「仰叶三靈，俯從億兆。」李善注引春秋元命苞曰：「造起天地，鑄演人君，通靈之貺。」則三靈指天、地、人君。又文選班固典引：「答三靈之蕃祉。」李善注：「三靈，天、地、人也。」授手，授之以援手。後漢書崔駰傳載擬揚雄解嘲：「人有昏墊之厄，主有疇咨之憂。條垂藟蔓，上下相求。於是乎賢人授手，援世之災。」李賢注引孟子(離婁上)曰：「天下溺則援之以道，嫂溺則援之以手也。」此謂秦時天下溺矣，三靈於是乎伸出援手，以拯救百姓。

日角昇圖〔一〕，星精應符〔二〕。載揚風教，重闡規模〔三〕。數遷三國，年當五胡〔四〕。星芒夜指〔五〕，日暈朝枯〔六〕。環林摧折，璧沼荒蕪〔七〕。其十

【箋注】

〔一〕「日角」句，日角，代指光武帝劉秀。後漢書光武帝紀：「（劉秀）身長七尺三寸，美鬚眉，大口，隆準，日角。」李賢注引鄭玄尚書中候注云：「日角謂庭中骨起，狀如日。」昇圖，謂劉秀中興而得帝圖。

〔二〕「星精」句，當指漢高祖劉邦。史記高祖本紀謂劉邦嘗斬大蛇，老嫗哭稱大蛇乃白帝子，爲赤帝子所斬。應劭注以爲白帝爲秦，「赤帝，堯後，謂漢也。殺之者，明漢當滅秦也」。又史記天官書曰：「南宫朱鳥。」索隱引文耀鉤云：「南宫，赤帝，其精爲朱鳥也。」又曰：「其（南宫）内五星，五帝坐。」索隱引詩含神霧云：「五精星坐，其東蒼帝坐，神名靈威仰，精爲青龍之類是也。」正義：「黄帝坐一星，在太微宫中，含樞紐之神。四星夾黄帝坐：蒼帝東方靈威仰之神；赤帝南方赤熛怒之神；白帝西方白昭矩之神；黑帝北方叶光紀之神。五帝并設，神靈集謀者也。」則白帝、赤帝皆「星精」。此指劉邦建立漢朝，謂其爲星精應符而有天下。此與上句，蓋以日、星爲序，故先述劉秀，再述劉邦，謂兩漢皇帝皆承天膺運而有天下。

〔三〕「載揚」二句，載揚，發揚也，「載」爲語辭。謂兩漢尊儒重教，再闡述禮樂而規模三代。

〔四〕「數遷」二句，三國，魏、蜀、吴也。五胡，指匈奴、鮮卑、羯、氐、羌等少數民族，曾在北方先後建立十六個政權，即五涼（前、後、南、西、北）、二趙（前、後）、三秦（前、後、西）、四燕（前、後、南、北），以及夏、成漢，史稱「五胡十六國」。起自晉惠帝太安二年（三〇三，李特建立成漢），止於宋文帝十六年（四三九，北涼亡），前後共一百三十六年。

〔五〕「星芒」句，史記天官書：「（太白）色白五芒，出蚤爲月蝕，晚爲天夭及彗星，將發其國。出東爲德，舉事左之迎之，吉。出西爲刑，舉事右之背之，吉。反之皆凶。太白光見景，戰勝。晝見而經天，是謂争明，彊國弱，小國彊。」此言「夜指」，即太白晚出，有「天夭及彗星」，乃凶兆。

〔六〕「日暈」句，史記天官書：「兩軍相當，日暈；暈等，力鈞；厚長大，有勝；薄短小，無勝。……氣暈先至而後去，居軍勝。先至先去，前利後病；後至後去，前病後利；後至先去，前後皆病，居軍不勝。見而去，其發疾，雖勝無功。」謂「朝枯」，當指日暈「先至先去」或「後至先去」。日暈爲戰争之兆，言三國、十六國時代兵連禍結，天下大亂。

〔七〕「環林」二句，環林、璧沼，皆代指學校，本文前已注。二句謂三國、十六國時學校荒蕪，文教衰落。按北史文苑傳序：「中州板蕩，戎狄交侵，僭僞相屬，生靈塗炭，故文章黜焉。其能潛思於戰争之間，揮翰於鋒鏑之下，亦有時而間出矣。……體物緣情，則寂寥於世。非其才有優劣，時運然也。」又北史儒林傳序：「自永嘉之後，宇内分崩，禮樂文章，掃地將盡。」

赫矣高祖〔一〕，越若稽古〔二〕。丕哉文皇〔三〕，照臨下土。地維旁綴〔四〕，乾紘上補〔五〕。鯤化三千〔六〕，龍飛九五〔七〕。爰有列聖，重規襲矩〔八〕。其十一

【箋注】

〔一〕「赫矣」句，赫矣，文選陸機答賈長淵：「赫矣隆晉，奄宅率土。」呂向注：「赫、隆，皆盛美貌。」高祖，即唐高祖李淵。舊唐書高祖紀：「（武德）九年（六二六）五月庚子，高祖大漸，年七十。……群臣上謚曰大武皇帝，廟號高祖。」

〔二〕「越若」句，尚書堯典：「曰若稽古帝堯。」僞孔傳：「若，順；稽，考也。」此言「越若」，曰、越通。如尚書召誥：「周公後往，越若來三月。」

〔三〕「丕哉」句，丕，大也。庾信皇夏：「丕哉馭帝籙，鬱矣當天命。」文皇，唐太宗謚號。舊唐書太宗紀：貞觀二十三年（六四九）五月己巳，「上崩於含風殿，年五十二。……八月丙子，百寮上謚曰文皇帝，廟號太宗。」

〔四〕「地維」句，淮南子天文訓：「昔者共工與顓頊争爲帝，怒而觸不周之山，天柱折，地維絶，天傾西北，故日月星辰移焉。」綴，連接。宋江遹沖虚至德真經解（按：沖虚至德真經即列子）卷五湯問「天柱折，地維絶」二句注曰：「天柱，天之所恃以中立而不倚者；地維，則地之所資以四維而不虧者。」

〔五〕「乾紘」句，乾，天也；紘，維也。淮南子墬形訓：「八殥之外而有八紘。」高誘注：「紘，維也。維落天地而爲之表，故曰紘也。」同上覽冥訓：「往古之時，四極廢，九州裂，天不兼覆，地不周載。……於是女媧鍊五色石以補蒼天。」高誘注：「女媧，陰帝，佐虙戲治者也。三皇時天不足西北，故補之。」以上二句，以綴地維、補蒼天喻唐高祖、太宗奪取政權，安輯天下。

〔六〕「鯤化」句，莊子逍遥遊：「北冥有魚，其名爲鯤，鯤之大，不知其幾千里也。化而爲鳥，其名爲鵬。……鵬之徙於南冥也，水擊三千里，摶扶摇而上者九萬里。」鯤化爲鵬，喻高祖、太宗起義軍，如大鵬水擊三千里，而奪得政權。

〔七〕「龍飛」句，周易乾卦：「九五，飛龍在天，利見大人。」王弼注：「不行不躍，而在乎天，非飛而何？故曰飛龍也。龍德在天，則大人之路亨也。夫位以德興，德以位叙，以至德而處盛位，萬物之覩，不亦宜乎？」句謂高祖、太宗皆登皇帝寶座。

〔八〕「爰有」二句，爰，發語詞，與「曰」同。列聖，指高祖、太宗以後諸帝，謂其將繼承祖宗事業。

我君文思〔一〕，念兹在兹〔二〕。金鏡八海〔三〕，珠囊四時〔四〕。三雍九室〔五〕，秋禮冬詩〔六〕。絳帳語道〔七〕，青衿質疑〔八〕。載垂仙涣，廣創靈祠〔九〕。其十二

【箋　注】

〔一〕「我君」句，指唐高宗。尚書堯典：「曰若稽古：帝堯曰放勳。欽明文思，安安。」僞孔傳：「以敬明文思之四德安天下之當安者。」陸德明音義引馬融云：「經緯天地謂之文，道德純備謂之思。」

〔二〕「念茲」句，尚書大禹謨：「念茲在茲，釋茲在茲。」僞孔傳：「茲，此；釋，廢也。念此人在此功，廢此人在此罪，言不可誣名。」茲，此指孔子。

〔三〕「金鏡」句，文選顔延年皇太子釋奠會作詩一首：「庶士傾風，萬流仰鏡。」李善注引雒書曰：「秦失金鏡。」鄭玄注：「金鏡，喻明道也。」又北堂書鈔卷一三六鏡：「金鏡明道。」引尚書考靈曜云：「秦失金鏡，魚目入珠。」注曰：「金鏡，喻明道也。」此即指道。八海，四方、四隅皆海。陶弘景水仙賦：「淼漫八海，汯汩九河。」此「八海」代指天下，謂國家所急在道。

〔四〕「珠囊」句，太平御覽卷六星中引樂汁圖鄭玄注：「日月遺其珠囊。」珠，謂五星也。遺其囊者，盈縮失度也。」後漢書郎顗傳：「五緯循軌，四時和睦。」李賢注：「五緯，五星。」故珠囊即五星，此喻指儒家經典。孔穎達周易正義序：「秦亡金鏡，未墜斯文；漢理珠囊，重興儒雅。」

〔五〕「三雍」句，三雍，文選班固東都賦：「永平之際，重熙而累洽，盛三雍之上儀，修衮龍之法服。」李善注引漢書（按見景十三王傳）曰：「武帝時，河間獻王來朝，對三雍宮。」引應劭曰：「辟雍、明堂、靈臺也。」九室，指明堂。舊唐書禮志二：永徽二年（六五一）七月議明堂、辟雍制度，或據大戴禮及盧植、蔡邕等義，以爲九室。「上初以九室之議爲是，乃令所司詳定形制，及辟雍、門闕等。明年六月，内出九室樣，仍更令有司損益之」。高宗時代曾多次議明堂制度，但并未修建。

〔六〕「秋禮」句，謂秋天習禮，冬季讀詩。下篇長江縣先聖孔子廟堂碑又謂「冬禮春詩」。按唐大詔令集卷二八册代王爲皇太子文（永徽七年）：「春禮冬詩，趨庭靡懈。」知習詩、禮之季節，并無明確規定，言春、秋或冬，乃互文，依駢文偶對音韻所需而用之。

〔七〕「絳帳」句，後漢書馬融傳：「馬融，字季長，扶風茂陵人。從京兆摯恂學儒術，博通經籍。嘗爲從事中郎將、武都太守等。「融才高博洽，爲世通儒。教養諸生，常有千數，涿郡盧植、北海鄭玄，皆其徒也。善鼓琴，好吹笛，達生任性，不拘儒者之節。居宇器服，多存侈飾。常坐高堂，施絳紗帳，前授生徒，後列女樂，弟子以次相傳，鮮有入其室者。」後泛稱授學之所爲「絳帳」。

〔八〕「青衿」句，詩經鄭風子衿：「青青子衿，悠悠我心。」毛傳：「青衿，青領也，學子之所服。」後代指年輕學子。

〔九〕「載垂」二句，載，發語詞。仙涣，謂仙風彌漫，武三思封祀壇碑：「仙涣遥垂，忽降丹穹之液。」靈祠，指孔子廟堂。

披圖按籍，遠求陳跡〔一〕。玉檻煙開，金牕雨闢〔二〕。晬儀偘偘〔三〕，雲居寂寂。弟子摳衣〔四〕，門人避席〔五〕。階列蕙蓂，庭羅絲石〔六〕。其十三

【箋注】

〔一〕「披圖」二句，披，原作「丕」，蓋音訛，據全蜀藝文志卷三五改。兩句述孔子廟堂修建情況，即上

文所謂「考帳帷於西京，訪埃塵於東魯」之意。

〔二〕「玉檻」二句，檻、牕，謂孔子廟堂之檻欄、窗户，言金、玉，美之也。

〔三〕「睟儀」句，睟，同「睟」。儀，儀容。文選左思魏都賦：「魏國先生有睟其容，乃盱衡而誥曰：異乎交益之士。」劉淵林注：「孟子曰：『君子所性仁義禮智，根於心，其生色睟然見於面，不言而喻。』趙岐曰：『睟，潤澤貌也。』」偘偘，即侃侃，和樂之貌，本文前已注。

〔四〕「弟子」句，論語鄉黨：「入公門，……攝齊升堂，鞠躬如也，屏氣似不息者。」何晏集解引孔（安國）曰：「皆重慎也。衣下曰齊。攝齊者，摳衣也。」摳，提起。按論語所述，乃孔子入公門（朝堂），此乃言弟子入孔門。

〔五〕「門人」句，避席，極尊重貌。孝經：「子曰：『先王有至德要道，以順天下，民用和睦，上下無怨，汝知之乎？』曾子避席，曰：『參不敏，何足以知之？』」唐玄宗注：「禮，師有問，避席起答。」文選司馬相如上林賦：「逡巡避席。」吕向注：「却退以避其席也。」

〔六〕「階列」二句，簠簋，又作「簠簋」，同。簠，長方形器皿，簋，圓腹形器皿，皆古代食器，亦作祭祀時禮器。文選潘岳藉田賦：「簠簋普淖，則此之自實。」李善注引周禮曰：「舍人凡祭祀，共簠簋實之陳之。」絲石，絲索類、敲擊類樂器。此簠簋絲石，謂學校用禮樂教諸生。

地接臨邛〔一〕，山横劍峰〔二〕。滇池躍馬〔三〕，沮澤蟠龍〔四〕。中望擊節，高門扣鐘〔五〕。陰靈

肸蠁〔六〕，文雅雍容。書池必變，坐席常重〔七〕。其十四

【箋注】

〔一〕「地接」句，據漢書地理志上蜀郡，蜀郡有縣十五，其中有臨邛。應劭注：「邛水出嚴道邛來山，東入青衣。」即今邛崍，屬成都市。新都縣亦屬成都，相去不遠，故云「地接」。

〔二〕「山横」句，劍峰，指劍門山，在今四川劍閣縣。

〔三〕「滇池」句，文選左思蜀都賦：「第如滇池，集於江洲。試水客，艤輕舟。娉江婓，與神遊。」劉淵林注引譙周異物志曰：「滇池在建寧界，有大澤，水周二百餘里。水乍深廣乍淺狹，似如倒池，故俗云滇池。」按漢書西南夷傳：「（莊）蹻至滇池，地方三百里。」顏師古注：「（漢書）地理志：益州滇池縣，其澤在西北。華陽國志云：『澤下流淺狹，狀如倒池，故曰滇池。』」池在今雲南昆明市，漢代屬益州，故及之。躍馬，指莊蹻曾横行於此地。

〔四〕「沮澤」句，文選左思蜀都賦：「潛龍蟠於沮澤，應鳴鼓而興雨。」劉淵林注引譙周異物志曰：「沮有萊澤也。巴東有澤水，人謂有神龍，不可鳴鼓，鳴鼓其傍，即便雨也。」李善注引方言曰：「未升天龍，謂之蟠龍。」又引綦毋邃孟子注曰：「澤生草言葅，沮與葅同。」又劉良注：「沮猶下濕也。」

〔五〕「中望」二句，中望，較有名望；擊節，謂擊節而歌。扣鐘，文選左思蜀都賦：「亦有甲第，當衢

向術。壇宇顯敞，高門納駟。庭扣鐘磬，堂撫琴瑟。」兩句謂孔子廟堂及學館建立後，益州、新都禮義之風必將大興。

〔六〕「陰靈」句，陰靈，指孔子之靈。肸蠁，謂神靈如氣之盛，見前王勃集序注。

〔七〕「書池」二句，書池，指學書之池。晉書衛瓘傳：「臨池學書，池水盡黑。」坐席常重，古以席之層數表尊卑。禮記禮器：「天子之席五重，諸侯之席三重，大夫再重。」此言講學優異。北堂書鈔卷六七博士「子華重席講學」條引殷氏世傳云：「殷亮，字子華，建武中徵拜博士，遷講學大夫。諸儒論勝者賜席，亮重席至八九，帝嘉之，曰：『學不當如是耶！』」兩句謂學習之風濃鬱，書池之水必定變色，而講學質量將越來越高。

今還古往，寂寥無尚。太山既頹，吾將安仰。梁木斯壞，吾將安倣〔一〕。異代風行，殊塗影響〔二〕。敢立言而徵聖〔三〕，冀得意而忘象〔四〕。其十五

【箋注】

〔一〕「太山」四句，見禮記檀弓上所記子貢聞孔子臨終之歌所云，本文前注已引。

〔二〕「異代」二句，異代，不同朝代。此指唐朝。謂尊孔重儒之風行於唐代。殊塗，不同塗徑，指各行各業。影響，影隨形，響應聲，謂彼此感應，相互作用。尚書大禹謨：「禹曰：惠迪吉，從逆

凶，惟影響。」僞孔傳：「迪，道也。順道吉，從逆凶，吉凶之報若影之隨形，響之應聲，言不虚。」按：二句與下文遂州長江縣先聖孔子廟堂碑「憑風雲於異代，照日月於殊塗」同義。

〔三〕「敢立言」句，立言，指作碑文。徵聖，「聖」指孔子，謂考求孔子事迹。劉勰文心雕龍有徵聖篇，稱「夫子文章，可得而聞，則聖人之情，見乎文辭矣」。

〔四〕「冀得意」句，莊子外物：「言者所以在意，得意而忘言。吾安得夫忘言之人而與之言哉！」象，外在之形，猶如言意之「言」。謂已得孔子精神矣，則本碑之語言文字可以忘却。

遂州長江縣先聖孔子廟堂碑〔一〕

法象莫大乎天地，變通莫大乎四時。懸象著明，莫大乎日月；備物致用，莫大乎聖人〔二〕。夫子諱丘，字仲尼，魯國鄒人也。龜龍負讖，帝鴻驅八翼之軒〔三〕；魚鳥呈文，天乙降三分之璧〔四〕。五十二戰，權輿騤帝之基〔五〕；二十七征，草昧馳王之業〔六〕。平域中之禍亂，掃天下之虔劉〔七〕。以盛德大業之尊，當開階立隧之重〔八〕。及其山崩海竭，日薄星迴，曆數不還，謳謡遂遠〔九〕。元子賓周而建國，二王之車服可尋〔一〇〕；上卿翼宋而承家，三命之衣冠再襲〔一一〕。是故陰陽混合，洩符瑞於平鄉；宇宙氤氳，灑休徵於闕里〔一二〕。龍峻而龜背，月角而雷聲〔一三〕。有軒帝之殊姿，有殷王之異表。〔一四〕山開遁甲，尼丘落於紫垣〔一五〕；星掌巫咸，鈎鈐墜於蒼陸〔一六〕。淨光童子，來遊震旦之郊〔一七〕；乾象明靈，下俯庖犧之國〔一八〕。十五而志學，三十而有成〔一九〕。申下問於伯陽〔二〇〕，屈帝師於郯子〔二一〕；天爲木鐸，九州知發號之期〔二二〕；吾豈匏瓜，一國有來蘇之望〔二三〕。嘗登委吏，稍踐中都，天下可臨，諸侯取則〔二四〕。以之禮而國定，司空之官以成禮；以之義而國平，司寇之官以成義〔二五〕。掌山林於夏典，物得其生〔二六〕；聽獄訟於秋官，人忘其死〔二七〕。大夫亂法，仍行兩觀之誅〔二八〕；陪臣執權，即問三雍之罪〔二九〕。强公室，弱私家，叙君臣，明長幼〔三〇〕。用能使犧牲秬鬯，不登闤闠之庭〔三一〕；羽戟旌旄，不列壇場之位〔三二〕。

【箋注】

〔一〕元和郡縣志卷三四遂州：「秦爲蜀郡地。漢分置廣漢郡，今州又爲廣漢郡之廣漢縣地。後分廣漢爲德陽縣，東晉分置遂寧郡。（北）周保定二年（五六二），立爲遂州，後因之。」遂州管縣五，其中有長江縣，「本晉巴興縣，魏恭帝改爲長江縣」。太平寰宇記卷八七遂州長江縣：「以界内大江爲名，即涪江也。」按：遂州，地在今四川遂寧市。長江縣久廢，併入蓬溪縣，今亦屬遂寧市。據碑文，長江縣孔子廟，亦是應咸亨元年（六七〇）五月丙戌高宗詔而建，約在上元二年（六七五）落成，此碑文亦當作於是時，參前新都縣學先聖廟堂碑文注。

〔二〕「法象」六句，周易繫辭上：「法象莫大乎天地，變通莫大乎四時。縣象著明莫大乎日月，崇高莫大乎富貴。備物致用，立成器以爲天下利，莫大乎聖人。」孔穎達正義：「『法象莫大乎天地』者，言天地最大也。『變通莫大乎四時』者，謂四時以變得通，是變中最大也。『縣象著明莫大乎日月』者，謂日月中時，偏照天下，無幽不燭，故云『著明莫大乎日月』也。……『備物致用，立成器以爲天下利，莫大乎聖人』者，謂備天下之物，招致天下所用，建立成就天下之器，以爲天下之利，唯聖人能然，故云『莫大乎聖人』也。」

〔三〕「龜龍」二句，帝鴻，即黃帝。左傳文公十八年：「昔帝鴻氏有不才子。」杜預注：「帝鴻，黃帝。」藝文類聚卷一一帝王部一黃帝軒轅引河圖挺佐輔曰：「黃帝修德立義，天下大治。乃召天老而問焉：『余夢見兩龍挺白圖，以授余於河之都。』天老曰：『河出龍圖，雒出龜書，紀帝録，列聖人之姓號，興謀治太平，然後鳳皇處之。今鳳皇以下三百六十日矣，天其受帝圖乎？』黃帝乃祓齋七日，至於翠嬀之川，大鱸魚折溜而至。乃與天老迎之，五色畢具。魚汎白圖，蘭葉朱文，以授黃帝，名曰録圖。」八翼之軒，雲笈七籤卷一〇〇載軒轅本紀：「有騰黃神獸，其色黃，狀如狐。背上有兩角龍翼，出日本國，壽二千歲。黃帝得而乘之，遂周旋六合，所謂乘八翼之龍游天下也。」按：軒轅本紀疑爲唐人作品，蓋敷衍傳説及緯書而成，所取材蓋早於唐。

〔四〕「魚鳥」二句，史記殷本紀：「主癸卒，子天乙立，是爲成湯。」三分之璧，藝文類聚卷一二帝王部二殷帝成湯引尚書中候曰：「天乙在亳，諸鄰國襁負歸德。東觀乎雒，降三分璧，黃魚雙躍出，濟於壇，化爲黑玉，赤勒曰：『玄精天乙，受神福伐桀，克。』」

〔五〕「五十二戰」二句，五十二戰，乃黃帝事。藝文類聚卷一一帝王部一黃帝軒轅引帝王世紀曰：「黃帝有熊氏，少典之子，姬姓也。……及神農氏衰，黃帝修德撫民，諸侯咸去神農而歸之。黃帝於是乃擾馴猛獸，與神農氏戰於版泉之野，三戰而克之。又徵諸侯，使力牧神皇直討蚩尤氏，擒之於涿鹿之野，使應龍殺之於凶黎之丘。凡五十二戰，而天下大服。」權輿，起始。驟，與下句「馳」義同，謂奔向。帝之基，帝王基業。基，文苑英華卷八四五作「都」，校：「一作基。」作「都」誤。

〔六〕「二十七征」二句，二十七征，乃成湯事。藝文類聚卷一二帝王部二殷帝成湯引帝王世紀曰：「成湯一名帝乙，……有聖德，諸侯有不義者，湯從而征之。誅其君，弔其民，天下咸悦，故東征則西夷怨，南征則北狄怨，曰：『奚爲而後我？』凡二十七征，而德施於諸侯。」草昧，草創。

〔七〕「掃天下」句，虔劉，左傳成公十三年：「虔劉我邊陲。」杜預注：「虔、劉，皆殺也。」孔穎達正義：「劉，殺。釋詁文。「方言云：『虔，殺也。』重言殺者，亦圓文耳。」

〔八〕「當開階」句，古微書卷八春秋演孔圖：「天子皆五帝精寶，各有題序，次運相據，起必有神靈符紀，諸神扶助，使開階立隧。是以王者常置圖籙坐旁以自正。」按：開階，開泰階；立隧，隧，道也。指建國。

〔九〕「及其」四句，謂殷商滅亡。謳謠，指商代詩歌。詩經商頌那小序：「祀成湯也。微子至於戴公，其間禮樂廢壞。有正考甫者，得商頌十二篇於周之大師，以那爲首。」鄭玄箋：「禮樂廢壞者，君怠慢於爲政，不修祭祀、朝聘、養賢、待賓之事，有司忘其禮之儀制，樂師失其聲之曲折，由是散亡也。自正考甫至孔子之時，又無七篇矣。」故詩經商頌僅有詩五篇。

〔一〇〕「元子」二句，元子，長子，指微子。史記宋微子世家：「微子開者，殷帝乙之首子，而紂之庶兄也。」紂淫亂於政，微子數諫不聽，度其終不可諫，遂去。「周武王伐紂克殷，微子乃持其祭器造於軍門，肉袒面縛，左牽羊，右把茅，膝行而前以告。於是武王乃釋微子，復其位如故。武王封紂子武庚禄父以續殷祀。」武王崩，武庚與管、蔡、霍三叔作難。「周公既承成王命誅武庚，殺管叔，放蔡叔，乃命微子開代殷後，奉其先祀，……國於宋。」二王，指周武王、周成王；車服，周所賜禮器、財産。

〔一一〕「上卿」二句，孔子家語卷九本姓解：微子之後，至正考父生孔父嘉，因五世親盡，另爲公族，故姓孔氏。至孔防叔，「避華氏之禍而奔魯」。孔防叔生伯夏，夏生叔梁紇」。叔梁紇，即孔子之父。上卿、三命，皆指正考父。翼宋，輔佐宋國。史記孔子世家：「其祖弗父何始有宋而嗣讓厲公，及正考父佐戴、武、宣公，三命兹益恭，故鼎銘云：『一命而僂，再命而傴，三命而俯，循牆而走，亦莫敢余侮。饘於是，粥於是，以糊余口。』其恭如是。」按：所述據左傳昭公七年。

〔一二〕「是故」四句，陰陽混合，謂生孔子，古謂人乃陰陽二氣相交而生。平鄉，即昌平鄉。氤氲，氣盛貌。史記孔子世家：「孔子生魯昌平鄉陬邑。」索隱：「陬是邑名。昌平，鄉號。孔子居魯之陬邑（按：在今山東曲阜東南）昌平鄉之闕里也。」正義引括地志云：「故鄒城在兖州泗水縣東南六十里。昌平山在泗水縣南六十里。孔子生昌平鄉，蓋鄉取山爲名。故闕里在泗水縣南五十里。輿地志云鄒城西界闕里有尼丘山。」闕里，在今山東曲阜。

〔一三〕「龍峻」二句，宋孔傳東家雜記卷下先聖小影：「家譜云：先聖長九尺六寸，腰大十圍，凡四十九表。反首窪面，月角日準。手握天文，足履『度』字，或作『王』字。坐如龍蹲，立如鳳跱。望之如仆，就之如昇。耳垂珠庭，龜脊龍形，虎掌、駢脇，參膺。河目海口，山臍林背，翼臂，斗脣注頭。隆鼻阜胦，提眉地足，谷竅雷聲，澤腹昌顔，均頤，輔喉駢齒。眉有一十二采，目有六十四理。……胸有文曰『製作定世符運』。今家廟所藏畫像，衣燕居服、顔子從行者，世謂之小影，於聖像爲最真。」今按：東家雜記雖晚出，所據家譜述孔子「異相」，蓋取自漢代緯書及孔子家語等書，非宋代裔孫杜撰。月角，清程大中四書逸箋卷六引論語讖曰：「顔回角額似月形。」則月角指額角如月形。龍峻，全唐文「峻」作「準」，然不詞（史記高祖本紀稱劉邦「隆準」，不作「龍」）。上引家譜稱「龍形」，然「峻」、「形」兩字字形相去甚遠。難以判定，兹姑仍之。

〔一四〕「有軒帝」二句，軒帝，指黄帝軒轅氏；殷王，指成湯。孔叢子卷上嘉言：「夫子適周，見萇弘，言終退。萇弘語劉文公曰：『吾觀孔仲尼有聖人之表：河目而隆顙，黄帝之形貌也；修肱而龜背，長九尺有六寸，成湯之容體也。』」按孔子家語卷五困誓稱孔子「河目隆顙」，王肅注：「河目，上下匡平而長。顙，頰也。」

〔一五〕「山開」句，山開遁甲，指遁甲開山圖，隋書經籍志著録爲三卷，注曰「榮氏撰」。或題此書王粲撰，榮氏注。蓋漢代緯書，原本久佚，今存説郛本一卷，當爲後世輯本，其中無「尼丘」事。按史記孔子世家稱「禱於尼丘而得孔子」，故尼丘代指孔子。紫垣，即史記天官書所説紫宫，乃太乙之常居。太乙，天帝也。此句乃倒其詞序，實言「紫垣落於尼丘」，謂孔子乃天帝降生。

〔一六〕「星掌」句，星掌，謂執掌星圖。巫咸，古代巫名。鈎鈐，兩星名。史記天官書：「（房星）旁有兩星，曰衿。」索隱曰：「一音其炎反。」又引元命包曰：「鈎衿兩星，以閑防，神府闓舒，爲主鈎距，以備非常也。」墜於，即運行到，古代天文學稱之爲「躔」。蒼陸，指蒼龍座，即房、心二星，史記天官書謂「心爲明堂」，「房爲府」，正義稱房星爲「君之位」。兩句亦謂孔子乃天帝降生。

〔一七〕「浄光」四句，明徐應秋玉芝堂談薈卷十六儒童菩薩：「釋氏稱……孔子即儒童菩薩，顔子即光浄菩薩，老子即摩訶迦葉，見破邪論。……又涅槃經，閻浮界内有震旦國，我遣三異人化道人民。法行經：孔子光浄菩薩。……故唐……楊炯孔子廟碑：『浄光童子，來遊震旦之郊；乾象明靈，俯下庖犧之國。』」又胡應麟少室山房筆談卷二七玉壺遐覽二稱孔子「一曰儒童菩薩下生世間（造天地經），一曰浄光童子化身（清浄法行經）」。則孔子有儒童菩薩、光浄菩薩、浄光童子之稱，皆浮屠欲牽儒入佛之臆説。震旦，「震」原作「姬」，英華作「震」，校：「一作姬。」作「姬」誤，據英華正文及上引涅槃經改。震旦，古印度語所稱中國之音譯。

〔一八〕「乾象」二句，乾象，指天。明靈，猶言神靈。庖犧之國，太平御覽卷七二一醫一引帝王世紀：「伏羲氏仰觀象於天，俯觀法於地，觀鳥獸之文與地之宜，近取諸身，遠取諸物，於是造書契以代結繩之政，畫八卦以通神明之德。」此以伏羲造書契，代指文明之邦。按：伏羲，一作庖犧，即太昊，傳説爲上古部落長，故稱「國」。兩句謂孔子乃天之神靈，受命而降於此邦，以繼承先王之文。靈，英華校：「一作虛。」誤。

〔一九〕「十五」二句，論語爲政：「子曰：『吾十有五而志於學，三十而立。』」何晏集解：「有所成也。」

〔二〇〕「申下問」句，伯陽，即老子。史記老子列傳張守節正義：「老子，……姓李，名耳，字伯陽，一名重耳，外字聃。」句指孔子在周向老子問禮事，見孔子家語卷三觀周，詳前新都縣學先聖廟堂碑文注引。

〔二一〕「屈帝師」句，帝師，此指孔子。孔子家語卷四辨物：「郯子朝魯。魯人問曰：『少皓氏以鳥名官，何也？』對曰：『吾祖也，我知之。昔黄帝以雲紀官，故爲雲師而雲名。炎帝以火，共工以水，太昊以龍，其義一也。……』孔子聞之，遂見郯子而學焉。既而告人曰：『吾聞之：天子失官，學在四夷。猶信。』」王肅注：「郯，小國也，故吳伐郯，季文子嘆曰：『中國不振旅，蠻夷入伐，吾亡無日矣。』孔子稱官學在四夷，疾時之廢學也。」郯子所論，詳見左傳昭公十七年，孔穎達正義曰：「問官於郯子，是聖人無常師。」

〔二二〕「天爲」二句，論語八佾：「儀封人請見。曰：『君子之至於斯也，吾未嘗不得見也。』從者見之。出，曰：『二三子何患於喪乎？天下之無道也久矣，天將以夫子爲木鐸。』」何晏集解引孔（安國）曰：「木鐸，施政教時所振也。」又曰：「（儀封人）語諸弟子，言何患於夫子聖德之將喪亡邪，天下之無道已久矣，極衰必盛。言天將命孔子製作法度，以號令於天下。」

〔二三〕「吾豈」二句，論語陽貨：「佛肸召，子欲往。子路曰：『昔者由也聞諸夫子曰：「親於其身爲不善者，君子不入也。」佛肸以中牟畔，子之往也，如之何？』子曰：『然，有是言也。不曰堅乎，磨而不磷；不曰白乎，涅而不緇。吾豈匏瓜也哉，焉能繫而不食？』」何晏集解引孔（安國）曰：「佛肸，『晉大夫趙簡子之邑宰』。」又注曰：「磷，薄也；涅，可以染皁。言至堅者磨之而不薄，至白者染之於涅而不黑。喻君子雖在濁亂，濁亂不能污。」「言匏瓜得繫一處者，不食故也。吾自食物，當東西南北，不得如不食之物繫滯一處。」來蘇，蘇息。尚書仲虺之誥：「攸徂之民，室家相慶，曰：『徯予后，后來其蘇。』」僞孔傳：「湯所往之民，皆喜曰：待我君來，其可蘇息。」孔子於入叛地，不擇地而治，蓋欲變而化之，故云「一國有來蘇之望」。

〔二四〕「嘗登」四句，史記孔子世家：「孔子貧且賤。及長，嘗爲季氏史。」索隱：「有本作『委吏』。按：趙岐曰：『委吏，主委積倉庫之吏。』」同書又曰：「（魯）定公以孔子爲中都宰，一年，四方皆則之。」嘗，英華作「常」，注：「疑作嘗。」按：兩字古通。

〔二五〕「以之禮」四句，孔子家語卷六執轡：「古之御天下者，以六官總治焉。冢宰之官以成道（王肅注「治官所以成道也」），司徒之官以成德（王注「教官，所以成德」），宗伯之官以成仁（王注「禮官，所以成仁」），司馬之官以成聖（王注「治官，所以成聖。聖通征伐，所以通天下也」），司寇之官以成義（王注「刑官，所以成義」），司空之官以成禮（王注「事官，所以成禮。禮，非事不立也」）……天子以內史爲左右手，以六官爲轡，已而與三公爲執，六官均五教，齊五法（王注「仁、義、禮、智、信之法也」）。故亦唯其所引，無不如志。以之道則國治（王注「冢宰治官」），以之德則國安（王注「德教成」），以之仁則國和（王注「禮之用，和爲貴，則國安」），以之聖則國平（王注「通治遠近，則國平也」），以之禮則國定（王注「事物以禮，則國定也」），以之義則國義（王注「義，平也。刑罰當罪，則國平」）。此御政之術。」

〔二六〕「掌山林」二句，周禮地官山虞：「掌山林之政令，物爲之厲而爲之守禁。仲冬斬陽木，仲夏斬陰木。」鄭玄注：「鄭司農云：陽木，春夏生者；陰木，秋冬生者，若松柏之屬。玄謂陽木生山南者，陰木生山北者。冬斬陽，夏斬陰，堅濡調。」賈公彥疏贊同鄭玄注，謂「先鄭（鄭司農）之義非也」。夏典，指尚書夏書禹貢，蓋謂山虞之職源於禹貢。按禹貢曰：「禹敷土，隨山刊木。」僞孔傳：「洪水汎溢，禹分布治九州之土，隨行山林，斬木通道。」砍伐有序，故稱「物得其生」。

〔二七〕「聽獄訟」二句，周禮秋官司寇：「惟王建國，辨方正位，體國經野，設官分職，以爲民極。乃立秋官司寇，使帥其屬，而掌邦禁，以佐王刑邦國。」其屬甚多，如鄉士八人，「各掌其鄉之民數而糾戒之」；「聽其獄訟，察其辭（鄭玄注「察，審也」），賈公彥疏「鄉士，主治獄訟之事，故云聽其獄訟，察其辭，言審者，恐人枉濫也」），辯其獄訟，異其死刑之罪而要之，旬而職聽於朝。」鄭注：「辯異，謂殊其文書也。要之，爲其罪法之要辭，如今劾矣。十日乃以職事治之於外朝，容其自反覆。」人忘其死，謂治獄公正嚴謹而無冤枉也。按：自「以之禮」至此八句，謂孔子治政嚴格遵循禮制，故能井然有序。

〔二八〕「大夫」二句，指孔子殺少正卯，事詳孔子家語卷一始誅，見上篇新都縣學先聖廟堂碑文「初明兩觀之誅」句注引。

〔二九〕「陪臣」二句，陪臣，左傳僖公二十一年：「陪臣敢辭。」杜預注：「諸侯之臣曰陪臣。」「三雍」，謂三家以雍徹。論語八佾：「三家者以雍徹。子曰：『「相維辟公，天子穆穆。」奚取於三家之堂？』」何晏集解引馬融曰：「三家，謂仲孫、叔孫、季孫。雍，周頌臣工篇名，天子祭於宗廟，歌之以徹祭。今三家亦作此樂。」又引包（咸）曰：「辟公，謂諸侯及二王之後。穆穆，天子之容貌。雍篇歌此者，有諸侯及二王之後來助祭故也。今三家但家臣而已，何取此義而作之於堂邪？」

〔三〇〕「强公室」四句，孔子家語卷一相魯：「（孔子）墮（季氏）三都之城，彊公室，弱私家，尊君卑臣，政化大行。」同上卷七五刑解：「鄉飲酒之禮者，所以明長幼之序，而崇敬讓也。長幼必序，民懷敬讓，故雖有變鬬之獄，而無陷刑之民。」按此四句，英華作「强公室而弱私家，叙君臣而明長幼」，於兩「而」下注：「集無此字。」

〔三一〕「用能」二句，犧牲秬鬯，犧，純色牲；牲，全牛；秬，黑黍；鬯，香酒。皆古代宗廟祭祀之物。闤闠，文選左思蜀都賦：「闤闠之里，伎巧之家。」劉淵林注：「闤，市巷也；闠，市外内門也。」闤闠之里，指市場外之隱蔽處，猶如今之「黑市」。不登闤闠之庭，謂宗廟所用祭品，不許在市外交易，參見下注。

〔三三〕「羽戟」二句，孔子家語卷七刑政載仲弓問孔子制刑，孔子稱有「四誅」，此外猶有「十四禁」。「十四禁」有：命服命車不粥於市，珪璋璧琮不粥於市，宗廟之器不粥於市，兵車旌旗不粥於市，犧牲秬鬯不粥於市，戎器兵甲不粥於市，用器不中度不粥於市，等等。王肅注：「粥，賣。」羽戟旌旄，即「兵軍旌旗」。不粥於市，故不能列於「壇場之位」。壇場，祭祀之所。以上四句，謂只有刑制嚴厲，方能保證禮制運轉，而不致上下僭越。

當是時也，三光薄蝕，九土分崩〔一〕。夷狄有君，中華無主〔二〕。周京赫赫〔三〕，成康之至教蔑聞；魯國巖巖〔四〕，賢聖之餘風可墜。河圖未出，吾道不行〔五〕。周流八方，經營四海〔六〕。治亂運也〔七〕，窮通命也〔八〕。荷天下之至聖，仍逢盜跖之軍〔九〕；仗天下之至和，猶有匡人之逼〔一〇〕。德生於我，樂天命而何憂〔一一〕；文不在兹，臨大難而無懼〔一二〕。使仁者必信，安有伯夷；使智者必行，安有王子〔一三〕？豈三千擊水，牛蹄不能鼓横海之鱗；九萬摶風，雞羽不能扇垂天之翼〔一四〕。然後上不臣天子，下不事諸侯〔一五〕。乘殷之輅，服周之冕〔一六〕。或屈伸於季孟之間，或動静於魚龍之際〔一七〕。下學而上達〔一八〕，將聖而多能〔一九〕。博而無名，信而好古〔二〇〕。察殷周之禮樂，損益可知〔二一〕；觀杞宋之文章，賢才不足〔二二〕。數年學易，伏羲龍馬之圖〔二三〕；三月聞韶，嬀帝鳳凰之典〔二四〕。信存乎德，術數貫於神明〔二五〕；意見乎時，制作侔於造化〔二六〕。己所不欲，則一言可以終身〔二七〕；人之莫違，則一言可以亡國〔二八〕。惡鄭衛之亂雅樂，惡利口之覆邦家〔二九〕。榮辱定於樞機〔三〇〕，褒貶存乎簡牘。精誠密召，北辰開紫掖之星〔三一〕；福應全來，中極敷玄雲之氣〔三二〕。

【箋注】

〔一〕「三光」二句，三光，日、月、五星也，前已屢注。薄蝕，文選謝宣遠（瞻）張子房詩：「鴻門消薄蝕。」李善注引京房易飛候曰：「凡日蝕，皆於晦朔，不於晦朔蝕者，名曰薄。」九土，即九州。兩句謂孔子時社會黑暗，天下離析。

〔二〕「中華」句，主，原作「禮」。英華、四子集作「主」，英華校：「集作禮。」按：「主」與上句「君」對應，「無主」謂東周王室衰極，已名存實亡，於義較長，據改。

〔三〕「周京」句，詩經小雅正月：「赫赫宗周。」毛傳：「宗周，鎬京也。」此指東周都城洛陽。

〔四〕「魯國」句，詩經魯頌閟宮：「泰山巖巖，魯邦所詹。」同上小雅節南山「維石巖巖」，毛傳曰：「巖巖，積石貌。」

〔五〕「河圖」二句，論語子罕：「子曰：『鳳鳥不至，河不出圖，吾已矣夫！』」何晏集解引孔（安國）曰：「聖人受命，則鳳鳥至，河出圖，今天無此瑞。『吾已矣夫』者，傷不得見也。河圖，八卦是也。」同上公治長：「子曰：道不行，乘桴浮於海，從我者其由與！」

〔六〕「經營」句，莊子外物：「老萊子之弟子出薪，遇仲尼。反以告曰：『有人於彼，修上而趨下，末僂而後耳，視若營四海。不知其誰氏之子。』老萊子曰：『是丘也。』」營四海，郭象注：「儡然似營他人事者。」

〔七〕「治亂」句，治，英華校：「集作政。」按「治亂」與下句「窮通」對應，作「政」誤。晉李康運命論：「治亂，運也。」

〔八〕「窮通」句，莊子秋水：孔子圍於匡，語子路曰：「我諱窮久矣，而不免，命也；求通久矣，而不得，時也。……知窮之有命，知通之有時。」李康運命論：「窮達，命也。」

〔九〕「仍逢」句，莊子盜跖：「孔子與柳下季爲友，柳下季之弟名曰盜跖。盜跖從卒九千人，横行天下。……孔子謂柳下季曰：『……丘請爲先生往説之。』……顔回爲馭，子貢爲右，往見盜跖。盜跖乃方休卒徒大山之陽，膾人肝而餔之。……謁者入通，盜跖聞之大怒，目如明星，髮上指冠曰：『此夫魯國之巧僞人孔丘非邪？爲我告之：爾作言造語，妄稱文武，冠枝木之冠，帶死牛之脅，多辭繆説，不耕而食，不織而衣，摇脣鼓舌，擅生是非，以迷天下之主，使天下學士不反其本；妄作孝弟，而儌幸於封侯富貴者也。子之罪大極重，疾走歸，不然，我將以子肝益晝餔之膳！』……孔子再拜趨走，出門上車，執轡三失，目芒然無見，色若死灰，據軾低頭，不能出氣。」

〔一〇〕「猶有」句，指孔子游匡，宋人誤以爲陽虎，因陽虎曾暴於匡，故用兵圍之，見論語子罕。

〔一一〕「樂天命」句，周易繫辭上：「樂天知命，故不憂。」韓康伯注：「順天之化，故曰樂也。」論語顔淵：「司馬牛問君子。子曰：『君子不憂不懼。』曰：『不憂不懼，斯謂之君子已乎？』子曰：『内省不疚，夫何憂何懼！』」

〔一二〕「文不」二句，論語子罕：「子畏於匡，曰：『文王既没，文不在兹乎？天之將喪斯文也，後死者不得與於斯文也；天之未喪斯文也，匡人其如予何！』」

〔一三〕「使仁者」四句，史記伯夷列傳：「伯夷、叔齊，孤竹君之二子也。父欲立叔齊，及父卒，叔齊讓伯夷，伯夷曰：『父命也。』遂逃去，叔齊亦不肯立而逃之，國人立其中子。」武王平殷亂，天下宗周，伯夷、叔齊義不食周粟，遂餓死於首陽山。同書宋微子世家：「王子比干者，亦紂之親戚也，見箕子諫不聽而爲奴，則曰：『君有過而不以死争，則百姓何辜。』乃直言諫紂，紂怒曰：『吾聞聖人之心有七竅，信有諸乎？』乃遂殺王子比干，刳視其心。」按史記孔子世家：「孔子曰：『有是乎！由，譬使仁者而必信，安有伯夷、叔齊？使智者而必行，安有王子比干？』」正義釋前事曰：「言仁者必使四方信之，安有伯夷、叔齊餓死乎？」釋後事曰：「言智者必使處事通行，安有王子比干剖心哉。」四句謂孔子不爲當時人所理解，亦不足怪。

〔一四〕「豈三千」四句，莊子逍遥遊：「（齊）諧之言曰：『鵬之徙於南溟也，水擊三千里，摶扶摇而上者九萬里。』」郭象注：「夫翼大則難舉，故摶扶摇而後能上九萬里，乃足自勝耳。」牛蹄、雞羽，極言水少、羽弱。四句謂孔子之大才，非諸侯國所能施展。

〔一五〕「然後」二句，莊子讓王：「曾子居衛，緼袍無表，顔色腫噲，手足胼胝。……曳縰而歌商頌，聲滿天地，若出金石。天子不得臣，諸侯不得友。」

〔一六〕「乘殷」二句，論語衛靈公：「顔淵問爲邦。子曰：『行夏之時，乘殷之輅，服周之冕，樂則韶舞。』」何晏集解引馬（融）曰：「殷車曰大輅。左傳曰：『大輅越席，昭其儉也。』」又引包（咸）曰：「冕，禮冠。周之禮文而備，取其黈纊塞耳，不任視聽。」

〔一七〕「或屈伸」二句，季孟，指魯國之「三桓」，即季孫氏、孟孫氏及叔孫氏，皆魯桓公後代，長期把持國政。魚龍，指人臣及國君。

〔一八〕「下學」句，論語憲問：「子曰：『莫我知也夫！』子貢曰：『何爲其莫知子也？』子曰：『不怨天，不尤人，下學而上達。知我者其天乎！』」下學上達，何晏集解引孔（安國）曰：「下學人事，上知天命。」

〔一九〕「將聖」句，論語憲問：「太宰問於子貢曰：『夫子聖者與？何其多能也！』子貢曰：『固天縱之將聖，又多能也。』子聞之，曰：『太宰知我乎！吾少也賤，故多能鄙事。君子多乎哉？不多也。』」

〔二〇〕「博而」二句，論語子罕：「達巷黨人曰：『大哉孔子！博學而無所成名。』子聞之，謂門弟子曰：『吾何執？執御乎？執射乎？吾執御矣。』」何晏集解引鄭（玄）曰：「達巷者，黨名也。

五百家爲黨。此黨之人美孔子博學道藝，不成一名而已。聞人美之，承之以謙：吾執御，欲名六藝之卑也。」同上述而：「子曰：述而不作，信而好古。」

〔二〕「察殷周」二句，論語爲政：「子張問：『十世可知也？』子曰：『殷因於夏禮，所損益，可知也；周因於殷禮，所損益，可知也。其或繼周者，雖百世，可知也。』」何晏集解引馬（融）曰：「所因，謂三綱五常；所損益，謂文質三統。」

〔三〕「觀杞宋」二句，論語八佾：「子曰：夏禮吾能言之，杞不足徵也；殷禮吾能言之，宋不足徵也。文獻不足故也。足，則吾能徵之矣。」何晏集解引包（咸）曰：「徵，成也。杞、宋，二國名，夏、殷之後。夏、殷之禮吾能說之，杞、宋之君不足以成也。」又引鄭（玄）曰：「獻，猶賢也。我不以禮成之者，以此二國之君文章、賢才不足故也。」

〔三〕「數年」二句，論語述而：「子曰：加我數年，五十以學易，可以無大過矣。」何晏集解：「易窮理盡性，以至於命。年五十而知天命，以知命之年讀至命之書，故可以無大過。」按尚書顧命曰：「大玉、夷玉、天球、河圖，在東序。」僞孔傳：「河圖，八卦。伏犧王天下，龍馬出河，遂則其文以畫八卦，謂之河圖。」龍馬，神馬也。

〔四〕「三月」二句，論語述而：「子在齊聞韶，三月不知肉味。」孔穎達正義：「韶，舜樂名。」嬀帝，即舜。漢王符潛夫論卷九志氏姓：「帝舜，姓虞，又爲姚，君嬀。武王克殷，而封嬀滿於陳。」又應劭風俗通義卷一六國：「陳完，字敬仲，陳厲公之子也。初，懿氏卜，妻之，其繇曰：『是謂「鳳凰於飛，和鳴鏘鏘。有嬀之後，將育於姜。五世其昌，并於正卿。八世之後，莫之與京』。」

〔二五〕「信存」二句，周易繫辭上：「默而成之，不言而信，存乎德行。」王弼注：「德行，賢人之德行也。順足於內，故默而成之也；體與理會，故不言而信也。」存，英華作「在」，校：「集作存。」作「在」誤。術數，此指治國之術。貫於神明，謂料事如神。神明，英華校：「集作四時。」誤。

〔二六〕「制作」句，後漢書張衡傳論曰：「崔瑗之稱平子曰：『數術窮天地，制作侔造化。』」李賢注：「瑗撰平子碑文也。」

〔二七〕「己所」二句，論語述而：「子貢問曰：『有一言而可以終身行之者乎？』子曰：『其恕乎！己所不欲，勿施於人。』」何晏集解：「言己之所惡，勿加施於人。」

〔二八〕「人之」二句，論語述而：「定公問：……『一言而喪邦，有諸？』孔子對曰：『言不可以若是其幾也。人之言曰：「予無樂乎爲君，唯其言而莫予違也。」如其善而莫之違也，不亦善乎？如不善而莫之違也，不幾乎一言而喪邦乎？』」何晏集解引孔（安國）曰：「人君所言善無違之者，則善也；所言不善而無敢違之者，則近一言而喪國。」

〔二九〕「惡鄭衛」二句，論語陽貨：「子曰：惡紫之奪朱也，惡鄭聲之亂雅樂也，惡利口之覆邦家者。」何晏集解引包（咸）曰：「鄭聲，淫聲之哀者，惡其亂雅樂。」又引孔（安國）曰：「利口之人多言少實，苟能悦媚時君，傾覆國家。」

〔三〇〕「榮辱」句，周易繫辭上：「言行，君子之樞機。樞機之發，榮辱之主也。言行，君子之所以動天地也,可不慎乎!」王弼注:「樞機,制動之主。」

〔三一〕「精誠」二句,精誠,指孔子精神。密召,感召也。辰,原作「門」,英華校:「集作辰。」全唐文作「辰」。作「辰」是,據改。北辰,即北極,亦稱天極星,星學家稱爲「中宮」。紫掖,即紫宫,又稱紫微垣,由十五顆恒星組成,排列於以北極爲中心之天區。史記天官書:「中宫天極星,其一明者,太一常居也。旁三星三公,或曰子屬。後句四星,末大星正妃,餘三星後宫之屬也。環之匡衛十二星,藩臣。皆曰紫宫。」索隱引春秋合誠圖曰:「北辰,其星五,在紫微中。」此代指朝廷,亦即國家。謂有孔子思想感召,國家方得以存在。

〔三二〕「福應」二句,中極,揚雄太玄經卷四永:「次五三綱,得於中極,天永厥福。」范望注:「五爲君位。君上臣下,君臣父子夫婦道正,故三綱得也。三綱得正,故爲中極。極,中也。必得其中,故天長其福也。」謂孔子使三綱正,天帝永賜其福,故布散玄雲以示福佑。玄雲,天帝之雲。太平御覽卷八〇帝堯陶唐氏引易坤靈圖曰:「其母萌之,玄雲入户,蛟龍守門。」原注:「母爲慶都也。天皇之女,天帝以玄雲覆御之。」中極敷玄雲,英華校:「集作涌之玄象。」字數、句式與上句不對,當誤。

乃若知幽明之故〔一〕,見天地之心〔二〕,有感而遂通,不行而克至〔三〕。年當甲子,潛知啓漢之萌〔四〕;音協宫商,預察亡秦之兆〔五〕。星移大火,追責天司〔六〕;月入純陽,無勞兩備〔七〕。季桓子羵羊之井，推木石之禎祥〔八〕；陳惠公集隼之庭，騐蠻夷之貢賦〔九〕。然後歷三辰而玉步〔一〇〕，照四極而金聲〔一一〕。坐於緇帷之林〔一二〕，浮於亶州之海〔一三〕。門生七十，仰天路以無階；弟子三千，望宮牆而不入〔一四〕。哲人之能事畢矣，先王之至德行矣！配乎二象，不能遷必至之期〔一五〕；參乎兩曜，不能稽有常之動〔一六〕。南遊楚國，遂聞衰鳳之歌〔一七〕；西狩魯郊，獨有傷麟之泣〔一八〕。夫子周靈王二十一年冬十月庚子生，至魯哀公十有六年夏四月己丑卒，凡享年七十二〔一九〕，于今一千餘歲。泰山頹而梁木壞〔二〇〕，微言絕而大義乖〔二一〕。傳饗祀於百家，奉琴書於十代。秦始皇見登床之讖，始亂衣裳〔二二〕；魯恭王看壞壁之書，猶聞絲竹〔二三〕。漢圖起於六千日，賜金之禮載優〔二四〕；魏德行於五十年，刻石之風未泯〔二五〕。述文武者，皆憲章於聖人〔二六〕；修學校者〔二七〕，僉折衷於夫子。自韋韝玉曆，毳幕瑤圖，皇天無皁白之徵，戎狄起豺狼之釁〔二八〕。摧六律，絕笙竽，塞師曠之耳，天下之人廢其聽矣〔二九〕；散五彩，滅文章，膠離朱之目，天下之人黜其明矣〔三〇〕。

【箋注】

〔一〕「乃若」句，周易繫辭上：「仰以觀於天文，俯以察於地理，是故知幽明之故。」韓康伯注：「幽明者，有形無形之象。」

〔二〕「見天地」句,禮記禮運:「故人者,天地之心也,五行之端也,食味别聲、被色而生者也。」鄭玄注:「此言兼氣性之效也。」又周易復卦:「復,其見天地之心乎!」王弼注:「復者,反本之謂也。天地,以本爲心者也。」

〔三〕「有感」二句,周易繫辭上:「易,无思也,无爲也,寂然不動,感而遂通天下之故,非天下之至神,其孰能與於此?夫易,聖人之所以極深而研幾也。唯深也,故能通天下之志;唯幾也,故能成天下之務;唯神也,故不疾而速,不行而至。」孔穎達正義釋「感而遂通」:「感而遂通天下之故者,既无思、无爲,故寂然不動,有感必應,萬事皆通。」

〔四〕「年當」二句,史記秦始皇本紀:秦王十年(集解引徐廣曰「甲子」),「李斯因説秦王,請先取韓以恐他國,於是使斯下韓。韓王患之,與韓非謀弱秦」。同書韓非傳:「人或傳其書至秦,秦王見孤憤、五蠹之書,曰:『嗟乎,寡人得見此人與之游,死不恨矣!』李斯曰:『此韓非之所著書也。』」秦因急攻韓,韓王遣非使秦,秦王悦之。李斯、姚賈害之,下吏。李斯使人遺非藥,使自殺。「秦王後悔之,使人赦之,非已死矣。」「啓漢」説,蓋提煉王充語而來,其論衡卷二〇佚文篇曰:「天或者憎秦滅其文章,欲漢興之,故先受命以文爲瑞也。惡人操意,前後乖違。始皇前歎韓非之書,後惑李斯之議,燔五經之文,設挾書之律,五經之儒抱經隱匿,伏生之徒竄藏土中。殄賢聖之文,厥辜深重,嗣不及孫。」中唐人劉蕡有「韓非死而啓漢」語(舊唐書劉蕡傳載賢良策),即出於此。

〔五〕「音協」二句，音，英華、四子集作「運」，英華校：「集作音。」協同叶，謂諧合。按論衡卷一四譴告篇曰：「楚莊王好獵，樊姬爲之不食鳥獸之肉；秦繆公好淫樂，華陽后爲之不聽鄭衛之音。二姬非兩主拂其欲而不順其行，皇天非賞罰而順其操而渥其氣，此蓋皇天之德不若婦人賢也，故諫之爲言間也。持善間惡，必謂之一亂。」則作「音」似是。謂音與宫商相諧成樂，而樂與政通。秦繆公好淫樂，故預察亡秦之兆。

〔六〕「星移」二句，天司，指司曆。孔子家語卷四辨物：「季康子問於孔子曰：『今周十二月，夏之十月，而猶有螽，何也？』孔子對曰：『丘聞之：火伏而後蟄者畢。今火猶西流，司曆過也。』季康子曰：『所失者幾月也？』孔子曰：『於夏十月火既没矣，今火見，再失閏也。』」王肅注：「火，大火，心星也。蟄，蟄蟲也。」

〔七〕「月入」二句，純陽，詩經小雅正月：「正月繁霜，我心憂傷。」毛傳：「正月，夏之四月；繁，多也。」鄭玄箋：「夏之四月，建巳之月，純陽用事，而霜多，急恒寒若之異，傷害萬物，故心爲之憂。」董仲舒春秋繁露卷一玉杯：「志爲質，物爲文。文著於質，質不居文，文安施質？質文兩備，然後其禮成。」論語雍也：「子曰：質勝文則野，文勝質則史。文質彬彬，然後君子。」正月小傳曰：「大夫刺幽王也。」謂正月作者直言其志，唯有質而無文。故孔子選詩，不求文質兼備。純陽，英華、四子集、全唐文作「陽街」。無勞，英華校：「集作行無。」按：作「陽街」、「行無」皆誤。

〔八〕「季桓子」二句，史記孔子世家：「季桓子穿井得土缶，中若羊，問仲尼云『得狗』。仲尼曰：『以丘所聞，羊也。丘聞之，木石之怪夔、罔閬，水之怪龍、罔象，土之怪墳羊。』」集解引唐固曰：「墳羊，雌雄未成者也。」按孔子家語卷四辨物述此事，「墳」作「羵」，「羵羊」用同「墳羊」。

〔九〕「陳惠公」二句，史記孔子世家：「有隼集於陳廷而死，楛矢貫之，石砮，矢長尺有咫。陳湣公使使問仲尼，仲尼曰：『隼來遠矣，此肅慎之矢也。昔武王克商，通道九夷百蠻，使各以其方賄來貢，使無忘職業。於是肅慎貢楛矢石砮，長尺有咫。先王欲昭其令德，以肅慎矢分大姬，配虞胡公而封諸陳。分同姓以珍玉，展親；分異姓以遠方職，使無忘服。故分陳以肅慎矢。』試求之故府，果得之。」集解引韋昭曰：「隼，鷙鳥，今之鶚也。楛，木名。砮，鏃也，以石爲之。八寸曰咫。楛矢貫之，墜而死。」索隱：「（孔子）家語、國語皆作『陳惠公』，非也。按：惠公以魯昭元年立，定四年卒。又按系家，湣公（十）六年孔子適陳，十三年亦在陳，則此湣公爲是。」茲録以備考。正義引肅慎國記云：「肅慎，其地在夫餘國東北，（河）〔可〕六十日行。其弓四尺，强勁弩射四百步，今之靺鞨國方有此矢。」又集解引韋昭曰：「大姬，武王元女也。」騐，同「驗」。

〔一〇〕「然後」句，漢書律曆志上：「傳曰『天有三辰，地有五行』。……易曰：『參五以變，錯綜其數。通其變，遂成天地之文；極其數，遂定天下之象。』太極運三辰五星於上，而元氣轉三統五行於下。其於人，皇極統三德五事。」三辰，孟康注：「日、月、星也。」玉步，運轉之脚步，言玉，美之也。

〔一一〕「照四極」句，漢書禮樂志載安世房中歌十七章之三：「四極爰轃。」顏師古注：「四極，四方極遠之處也。爾雅曰：『東至於泰遠，西至於邠國，南至於濮鉛，北至於祝栗，謂之四極。』」又同上其十：「燭明四極。」金聲，謂其言論美妙如金屬之聲，其思想光照四方。

〔一二〕「坐於」句，莊子漁父：「孔子游乎緇帷之林，休坐乎杏壇之上，弟子讀書，孔子絃歌鼓琴。」司馬彪注：「緇帷，黑林名也。」顧炎武日知録卷三一杏壇謂莊子述孔子皆是寓言，「杏壇不必有其地」，詳見上文注引。其説是，所謂「緇帷之林」亦然。

〔一三〕「浮於」句，金樓子卷五：「神洲之上有不死草，似菰苗。人已死，此草覆之即活。秦始皇時，大苑中多枉死者，有鳥如烏狀，銜此草墜地，以之覆死人，即起坐。始皇遣問北郭鬼谷先生，云：東海亶州上不死之草，生瓊田中。」又太平御覽卷九二二燕引崔鴻北涼録曰：「昔魯人有浮海而失津者，至於亶州，見仲尼及七十子游於海中，與魯人一木杖，令閉目乘之，使歸告魯侯築城以備寇。魯人出海，投杖水中，乃龍也。具以狀告魯侯，魯侯不信。俄而群燕數萬銜土培城，魯侯信之，大城曲阜。訖而齊寇至，攻魯，不克而還。」則所謂「亶州之海」，亦後人所虚構之孔子神話故事也。

〔一四〕「門生」四句，史記孔子世家：「孔子以詩書禮樂教弟子，蓋三千焉，身通六藝者七十有二人。」仰天路、望宫牆，謂入孔門極難。

〔一五〕「配乎」二句，二象，指天地。遷，改也。必至之期，婉言生命結束之日。謂孔子之聖雖可與天地配，然終有一死。

〔一六〕「參乎」二句，參，三也。兩曜，指日月。稽，考。有常，謂人之壽命有常數。有常之動，與上句「必至之期」意同。謂孔子與日月同輝而三，然生命雖有定數，何日終結却不能稽考。有，英華校：「集作非。」四子集、全唐文作「非」，誤。

〔一七〕「南遊」二句，史記孔子世家：「楚昭王興師迎孔子。……楚狂接輿歌而過孔子，曰：『鳳兮鳳兮，何德之衰。往者不可諫兮，來者猶可追也。已而已而，今之從政者殆而。』孔子下，欲與之言，趨而去，弗得與之言。於是孔子自楚反乎衛。」集解引孔（安國）曰：「接輿，楚人也。佯狂而來歌，欲以感切夫子也。」又曰：「言『已而』者，言世亂已甚，不可復治也。再言之者，傷之深也。」

〔一八〕「西狩」二句，史記孔子世家：「魯哀公十四年春狩大野，叔孫氏車子鉏商獲獸，以爲不祥。仲尼視之，曰：『麟也。』……顔淵死，孔子曰：『天喪予。』及西狩見麟，曰：『吾道窮矣。』喟然嘆曰：『莫知我夫！』」集解引服虔曰：「大野，藪名，魯田圃之常處，蓋今鉅野是也。」車子鉏商，同上曰：「車子微者也，鉏商，名也。」索隱以爲「車子爲主軍車士，微者之人也，人微，故略其姓。」按：「南遊」至此四句，言孔子未能實現其政治理想，已預感生命將到盡頭。

〔一九〕「夫子」三句，孔子生年有兩説。史記孔子世家索隱曰：「若孔子以魯襄二十一年（按：前五五二）生，至哀十六年（按：前四七九）爲七十三；若襄二十二年生，則孔子年七十二。經傳生年不定，使夫子壽數不明。」

〔二〇〕「泰山」句，泰山頹，梁木壞，出孔子臨終之歌，見禮記檀弓上，前已屢引。

〔二一〕「微言」句，漢書藝文志序：「昔仲尼没而微言絶，七十子喪而大義乖。」注引李奇曰：微言，「隱微不顯之言也」。顔師古注：「精微要妙之言耳。」顔説義勝。

〔二二〕「秦始皇」二句，論衡卷二六實知篇：「儒者論聖人，以爲前知千歲，後知萬世，有獨見之明。……孔子將死，遺讖書曰：『不知何一男子，自謂秦始皇，上我之堂，踞我之床，顛倒我衣裳，至沙丘而亡。』其後秦王兼吞天下，號始皇，巡狩至魯，觀孔子宅，乃至沙丘，道病而崩。」讖，原作「識」。英華作「識」，校：「集作讖。」四子集、全唐文作「讖」。據上引，作「讖」是，因改。

〔二三〕「魯恭王」二句，漢書景十三王傳：「(魯)恭王初好治宫室，壞孔子舊宅以廣其宫，聞鐘磬琴瑟之聲，遂不敢。復壞，於其壁中得古文經傳。」

〔二四〕「漢圖」二句，圖，代指政權，讖緯家謂帝王得圖籙而登位，故稱。六千日，指王莽篡漢建立新朝歷十六年多，約六千日，而光武帝劉秀復漢成功。唐大詔令集卷一二三收復兩京大赦：「昔夏以有窮之亂，克之者四十年；漢以新莽之篡，復之者六千日。」賜金，指後漢封崇孔氏。後漢書光武紀：建武五年(二九)「冬十月，還幸魯，使大司空祠孔子」。十四年(三八)夏四月辛巳，「封孔子後志爲褒成侯」。

〔二五〕「魏德」二句，德，亦指政權。魏以土德王，故稱。據三國志魏書志，曹操於建安二十一年(二一六)封魏王，至魏元帝曹奂咸熙二年(二六五)爲司馬氏(建立晉)所滅，約五十年。刻石，指魏齊王芳正始二年（二四一）刻三體石經。因此前已有蔡邕等所刻熹平石經，故云其風「未泯」。刻石經事，詳見本文後注。兩句言曹魏仍知尊孔。

〔二六〕「述文武」二句，禮記中庸：「仲尼祖述堯舜，憲章文武。」鄭玄注：「孔子祖述堯舜之道而制春秋，而斷以文王、武王之法度。」「述文」下，英華校：「集有序字。」即作「述文序武」。

〔二七〕「修學校」句，「校」字下，英華校：「集有書字。」即作「修學校書」。

〔二八〕「自韋鞲」四句，文選李陵答蘇武書：「韋鞲毳幕，以御風雨。」李善注引説文曰：「鞲，臂衣也。」又引漢書（東方朔傳）「董君緑幘傅鞲」（韋昭）注：「鞲，形如射鞲，以縛左右手，於事便也。」毳幙，氈帳也。」張銑注：「韋，皮也。鞲，衣袖。毳，氈也。唯以皮爲袖，以氈爲幕也，戎夷之服也。」玉曆、瑶圖，帝王所用曆書、圖籍之美稱。皁，黑色。無皁白，不分黑白。宋書天文志二：「石虎頻年再閉關，不通信使，此復是天公憒憒，無皀白之徵也。」皁、皀同。四句謂以韋鞲毳幕取代玉曆瑶圖，謂戎狄少數民族侵占中原，此指南北朝時期之北朝。韋鞲，「韋」原作「革」，英華校：「集作韋。」革、韋義同，作「韋」較勝，據改。鞲、韝同。以上四句，四庫全書本盈川集作「自永嘉既渡，建業不匡，天帝既醉而剪鶉，中原則競惟逐鹿」，乃乾隆館臣以清諱改。

〔二九〕「擢六律」四句，師曠，晉平公樂師，曾主樂官，妙辨音律。莊子駢拇稱之爲「多於聰者」，「淫六律、金石、絲竹、黄鍾、大吕之聲」。同書胠篋曰：「擢亂六律，鑠絶竽瑟，塞瞽曠之耳，而天下始人含其聰矣。」四句謂戎狄摧絶傳統音樂，使天下人皆成聾子。師，英華校：「集作瞽。」

〔三〇〕「散五彩」四句，孟子離婁上趙岐注：「離婁，古之明目者，黄帝時人也。黄帝亡其玄珠，使離朱索之，離朱即離婁也，能視於百步之外，見秋毫之末。」莊子胠篋：「滅文章，散五采，膠離朱之目，而天下始人含其明矣。」四句謂戎狄欲滅絶文采，使天下人成爲瞎子。

我高祖神堯皇帝〔一〕，因三靈之寶曆，籍萬國之歡心〔二〕。風起北方〔三〕，月行中道〔四〕。削平宇宙，戢干戈於羊馬之年〔五〕；彈壓華夷，照文物於龍蛇之代〔六〕。太宗文武聖皇帝〔七〕，昇瑶壇於曲洛，受玉版於平河〔八〕。經天緯地，盪海夷嶽。坐玄宫而密轉，紫微光帝宅之尊〔九〕；戴黄屋以深居，赤縣襲神州之貴〔一〇〕。今上天無私覆〔一一〕，道不虚行。馭六氣而平太階〔一二〕，乘八風而制群動〔一三〕。星連月合，層臺有觀朔之勞〔一四〕；日晏河移，直筆有書祥之倦〔一五〕。封太山而禪梁甫，千載同歸〔一六〕；敞衢室而築明堂，百靈咸秩〔一七〕。雲行雨施，品物流形〔一八〕。天尊地卑，乾坤定矣〔一九〕。若乃虞夏商周之禮，考正朔而三遷〔二〇〕；東南西北之人，混風聲而一變。環林拂日，映高柳而對扶桑〔二一〕；圓海澄天，走鯤池而涵象浦〔二二〕。粤以乾封元年，有詔追贈夫子爲太師。咸亨元年，又詔州縣官司營葺學廟〔二三〕。憑風雲於異代，照日月於殊塗〔二四〕。死者有知，歿而無朽。如綸如綍，大君於號令之嚴〔二五〕；匪朴匪雕〔二六〕，上宰極司存之敬〔二七〕。

【箋注】

〔一〕「我高祖」句，神堯皇帝，乃唐高宗爲高祖所上尊號。舊唐書高祖紀：武德九年（六二六）五月高祖崩，「群臣上謚曰大武皇帝，廟號高祖」。「高宗上元元年（六七四）八月，改上尊號曰神堯皇帝」。

〔二〕「因三靈」二句，漢書揚雄傳載羽獵賦：「方將上獵三靈之流，下決醴泉之滋。」注引如淳曰：「三靈，日、月、星垂象之應也。」寶曆，曆之美稱。尚書堯典：「乃命羲和，欽若昊天，曆象日月星辰，敬授人時。」僞孔傳謂「日月所會曆象，其分節敬記天時以授人也」。萬國，各地，謂全國。兩句謂高祖因曆數所歸，人心所向，而建立唐朝。

〔三〕「風起」句，莊子天運：「風起北方，一西一東，有上彷徨，孰噓吸是？孰居無事而披拂是？敢問何故？巫咸袑曰：『來！吾語女。天有六極五常，帝王順之則治，逆之則凶。九洛之事，治成德備，監照下土，天下戴之，此謂上皇。』」成玄英疏：「夫帝王者，上符天道，下順蒼生，垂拱無爲，因循任物，則天下治矣。而逆萬國之歡心，乖二儀之和氣，所作凶悖，則禍亂生矣。」此謂高祖應天順人。

〔四〕「月行」句，史記天官書：「月行中道，安寧和平。」索隱案：「中道，房星之中間也。房有四星，若人之房三間有四表然，故曰房。南爲陽間，北爲陰間，則中道房星之中間也，故房是日、月、五星之行道。」句謂高祖行天之常道。

〔五〕「削平」二句，宇宙，英華校：「集作雷雨。」既言「削平」，作「宇宙」義勝，謂天下也。戢，藏也。戢干戈，謂天下已平，不再用兵。羊馬之年，指群雄争天下之年。太平御覽卷四三六勇四引殷氏世傳曰：「（殷）亮字子華（引者按：東漢初人），少好學。年十四舉孝廉，到陽城，遇兩虎争一羊，馬不敢進。於是亮乃按劍直至虎所，斬羊腹，虎乃各得其半。去時，人爲之謡曰：『石里之勇殷子華，暴虎見之合爪牙。』」「羊馬」搭配，蓋欲與下句「龍蛇」對應。

〔六〕「彈壓」二句，淮南子本經訓：「帝者體太一，……彈壓山川，含吐陰陽，申曳四時，紀綱八極，經緯六合。」彈壓，高誘注：「彈山川令出雲雨，復能壓止之。」此猶言鎮壓。文物，文選謝朓和伏武昌登孫權故城：「文物共葳蕤，聲明且葱蒨。」張銑注：「文物、聲明，謂衣冠禮樂也。」龍蛇，喻群雄，成者爲龍，敗者爲蛇。

〔七〕「太宗」句，文武聖皇帝，高宗爲太宗所上尊號。舊唐書高宗紀：「貞觀二十三年（六四九）五月己巳，太宗崩。」「八月丙子，百寮上謚曰文皇帝，廟號太宗。庚寅，葬昭陵。」「上元元年（六七四）八月，改上尊號曰文武聖皇帝。」

〔八〕「昇瑶壇」二句，楚辭屈原離騷：「望瑶臺之偃蹇兮。」王逸注：「石次玉曰瑶。詩曰：『報之以瓊瑶。』」洪興祖補注引説文云：「瑶，玉之美者。」此代指天。曲洛，穆天子傳卷五：「（天子）

東游於黄澤，宿於曲洛。」郭璞注：「洛水之迴曲，地名也。」太平寰宇記卷五河南道偃師縣：「（曲洛），今縣東洛北有曲河驛，以洛水之曲爲名，洛經其南。」玉版，史記太史公自序集解引如淳曰：「刻玉版以爲文字。」藝文類聚卷五二引徐陵司空徐州刺史侯安都德政碑：「陶唐啓國，致玉版於河宗；顓頊承家，佐金天於江水。」平河，指黄河，平，爲對下句「曲」字而設。按：玉版與所謂洛書、河圖義同，言太宗膺天命而登帝位。

〔九〕「坐玄宫」二句，玄宫，道教所稱天上宫殿；密轉，謂隨天運轉。太平御覽卷六七四理所引大有經曰：「太清極玄宫，在元景之上，太上君居之。」此指皇宫。紫微，即紫微垣，詳史記天官書，乃人間皇宫之象，前已屢注。

〔一〇〕「戴黄屋」二句，黄屋，漢書高帝紀：「紀信乃乘王車，黄屋左纛。」注引李斐曰：「天子車，以黄繒爲蓋裏。」以，英華校：「一作而。」上句爲「而」，此作「以」爲勝。赤縣神州，史記孟子荀卿列傳：「（騶衍謂）中國名曰赤縣神州。赤縣神州内自有九州，禹之序九州是也，不得爲州數；中國外如赤縣神州者九，乃所謂九州也，於是有裨海環之。」此指天下。襲，原作「列」，英華校：「一作襲。」作「襲」是，襲，繼承也，據「一作」改。兩句謂太宗上繼高祖，貴爲天下之主。

〔一一〕「今上」句，指唐高宗。禮記孔子閒居：「子夏曰：『敢問何謂三無私？』孔子曰：『天無私覆，地無私載，日月無私照。奉斯三者以勞天下，此之謂三無私。』」鄭玄注「無私」即「無私之德也」。

〔二二〕「馭六氣」句，莊子逍遥遊：「若夫乘天地之正而御六氣之辯，以游無窮者，彼且惡乎待哉。」六氣，司馬彪注：「陰、陽、風、雨、晦、明也。」又李頤集解：「平旦爲朝霞，日中爲正陽，日入爲飛泉，夜半爲沆瀣。天玄、地黄，爲六氣。」王逸楚辭注（按見楚辭章句遠遊「餐六氣而飲沆瀣兮，漱正陽而含朝霞」二句注）引淩陽子明經言：「春食朝霞，朝霞者，日欲出時黄氣也；秋食淪陰，淪陰者，日没已後赤黄氣也；冬食沆瀣，沆瀣者，北方夜半氣也；夏食正陽，正陽者，南方日中氣也。并天玄、地黄之氣，是爲六氣也。」平太（同「泰」）階，太階即魁下六星，名曰三能，三階平則陰陽和，風雨時。詳見前渾天賦注。

〔二三〕「乘八風」句，淮南子天文訓：「何謂八風？距日冬至四十五日，條風至；條風至四十五日，明庶風至；明庶風至四十五日，清明風至；清明風至四十五日，景風至；景風至四十五日，涼風至；涼風至四十五日，閶闔風至；閶闔風至四十五日，不周風至；不周風至四十五日，廣莫風至。」乘八風，與上句「御六氣」，皆謂順天應時。

〔二四〕「星連」二句，漢書律曆志上：「太初曆晦朔弦望皆最密，日月如合璧，五星如連珠。」注引孟康曰：「謂太初上元甲子夜半朔旦冬至時，七曜（按：即日、月、五星，五星爲辰星、太白、熒惑、歲星、填星）皆會聚斗、牽牛分度，夜盡如合璧連珠也。」月合，即日月合璧。珠連璧合，乃興王之象。宋書符瑞志上：「高辛氏衰，天下歸之（指堯），在帝位七十年。景星出翼，鳳凰在庭，朱草生，嘉禾秀，甘露潤，醴泉出。日月如合璧，五星如連珠。」層臺，指靈臺類觀天象高臺。「層臺」下原有

「而」字，而下句無對應字，當衍，據四庫全書本盈川集删。朔，原作「羽」。按「觀羽」不詞，全唐文作「朔」，是，據改。觀朔，即上述朔旦觀七曜。兩句謂合璧連珠之瑞屢現，觀天象者頗爲辛勞。

〔一五〕「日晏」二句，日，原作「海」。海晏，謂四海晏然，乃瑞象，然其下「河移」則非，不能爲對。英華校：「一作日。」按：日晏，日晚也。河移，謂天河移向西，指夜已深。曹丕雜詩二首其一：「天漢迴西流，三五正從横。」又張華長相思：「長思不能寢，坐望天河移。」正可與「日晏」爲配，則作「日」是，據英華校之「一作」改。直筆，指史官，謂其晝夜記録祥瑞，甚爲困倦，言其多也，與上二句義同。

〔一六〕「封太山」二句，高宗封泰山事，前已注。千載同歸，謂封泰山乃千年闕典，其盛可與古帝王相提并論。

〔一七〕「敞衢室」二句，管子卷一八桓公問：「黄帝立明臺之議者，上觀於賢也；堯有衢室之問者，下聽於人也。」三輔黄圖卷五明堂：「堯曰衢室。」則衢室爲堯布政之宫，此代指高宗朝堂。敞，謂開放。高宗議建明堂，前新都縣學先聖廟堂碑文已注。百靈，文選班固東都賦：「禮神祇，懷百靈。」李善注：「周禮曰：『大宗伯掌天神地祇之禮。』然天神曰神，地神曰祇也。毛詩曰：『懷柔百神。』」則百靈謂所有神祇。尚書洛誥：「咸秩無文。」僞孔傳訓「秩」爲「次秩」，即排列次序。按：「咸秩」，謂皆得到祭祀。

〔一八〕「雲行」二句，周易乾卦彖曰：「大哉乾元，萬物資始，乃統天，雲行雨施，品物流形。」孔穎達正義：「『雲行雨施，品物流形』者，此二句釋『亨』之德也。言乾能用天之德，使雲氣流形，雨澤施布，故品類之物，流布成形，各得亨通，無所壅蔽，是其亨也。」流形，「形」原作「行」，據英華及引文改。

〔一九〕「天尊」二句，周易繫辭上：「天尊地卑，乾坤定矣；卑高以陳，貴賤位矣。」韓康伯注：「乾坤，其易之門户。先明天尊地卑，以定乾坤之體。天尊地卑之義既列，則涉乎萬物貴賤之位明矣。」

〔二〇〕「若乃」二句，禮記檀弓上：「夏后氏尚黑，殷人尚白，周人尚赤。」鄭玄注謂夏「以建寅之月爲正，物生色黑」；殷「以建丑之月爲正，物牙色白」；周「以建子之月爲正，物萌色赤」。孔穎達正義引春秋緯元命苞及樂緯稽耀嘉云：「夏以十三月爲正，殷以十二月爲正，周以十一月爲正。」又引三正記云：「正朔三而改，文質再而復。」并謂「以此推之，自夏以上，皆正朔三而改也」。三遷，即三而改，謂正月朔日之設定，歷三代而循環更改。

〔二一〕「環林」二句，環林，代指學校，因學校周圍有水木環繞之故（見下注）。高柳，大柳樹。扶桑，楚辭離騷：「總余轡兮扶桑。」王逸注：「扶桑，日所拂木也。」淮南子（天文訓）曰：「日出湯谷，浴乎咸池，拂於扶桑，是謂晨明。」又文選張衡思玄賦：「夕余宿乎扶桑。」李善注引十洲記：「扶桑，葉似桑樹，長數千丈，大二千圍，兩兩同根生，更相依倚，是以名之扶桑。」此言學校周圍之樹高可拂日，有如扶桑。

〔二二〕「圓海」二句，圓海，即辟雍，又稱璧水，亦代指學校。文選潘岳閒居賦：「環林縈映，圓海迴淵。」李善注引三輔黃圖曰：「明堂、辟廱，水四周於外，象四海也。」鯤池，可供鯤遨遊之池，莊子逍遥遊：「北冥有魚，其名爲鯤，鯤之大，不知其幾千里也。」此極言水池之大。象浦，本爲地名，此亦形容水池極大，其浦可以馳象。武三思大周封祀壇碑并序：「鯤池象浦，才居侯甸之中；細柳蟠桃，未出王畿□□。」

〔二三〕「粵以」四句，乾封初追贈孔子爲太師、咸亨初詔各州縣營葺學廟事，已見前新都縣學先聖廟堂碑文注。

〔二四〕「憑風雲」二句，謂在唐代興起尊孔之風，讓孔子思想有如日月，照耀各行各業。兩句與上文新都縣學先聖廟堂碑文之「異代風行，殊塗影響」義同。

〔二五〕「如綸」二句，禮記緇衣：「子曰：王言如絲，其出如綸；王言如綸，其出如綍。」鄭玄注：「言言出彌大也。綸，今有秩嗇夫所佩也；綍，引棺索也。」孔穎達正義：「『王言如絲，其出如綸』者，王言初出微細如絲，及其出行於外，言更漸大如似綸也，言綸粗於絲。『王言如綸，其出如綍』者，亦言漸大，出如綍也，綍又大於綸。」大君，指皇帝。

〔二六〕「匪朴」句，謂所建廟學既不簡陋，也不過分雕飾。左思魏都賦：「匪樸匪斲，去泰去甚。」

〔二七〕「上宰」句，上宰，指長江縣令楊公，詳下文。司存，論語泰伯：「籩豆之事，則有司存。」邢昺正義釋「司存」爲「有所主者存焉」。此言楊公以極恭敬之心，而主持廟堂修建之事。

長江令楊公，弘農華陰人也〔一〕，即華山公之孫，大將軍之子〔二〕。朱宮帶地，明河一葦之西〔三〕；黄闕中天，神嶽千花之北〔四〕。山川壯麗於區宇，人物繁多於海内。齊九龍而闊步，一門鍾豹變之榮〔五〕；襲五公而長驅，四世赫蟬聯之祉〔六〕。出忠入孝，誕秀興賢。冠蓋城邑，池臺鍾鼓。英靈輻輳，鏘鏘萬玉之門；嘉瑞駢羅，濟濟千金之子〔七〕。是故北方多士，太一壯其魁梧〔八〕；南國仙人，中書偉其端雅〔九〕。椅桐可仰〔一〇〕，丹漆兼施〔一一〕。照明月於胸懷，吐清風於襟袖。臧武仲之智〔一二〕，卞莊子之勇〔一三〕，可以爲大臣矣。韓尚書之臨八座，發跡下邳〔一四〕；卓太尉之踐三階，來從密縣〔一五〕。自操刀入仕，聞魯邑之絃聲〔一六〕；解劍分司，察豐城之寶氣〔一七〕。汝陰徐令，人號無雙〔一八〕；河内王君，時稱未有〔一九〕。飛雪千里，不能改松柏之心〔二〇〕；名都十城，不能動夷齊之行〔二一〕。先是，殊方暴客，常嚴鉅野之兵〔二二〕；絶磴奸豪，每縱潢池之虣〔二三〕。數州常以爲弊〔二四〕，歷政所不能移。行人爲之聚衆，耕父由其釋耒。公英謀獨斷，鋭氣無前。奮一劍以戮元兇，馳單車而躡遺噍〔二五〕。道旁牛馬，並屬羅衡〔二六〕；縣内神明，皆稱傅琰〔二七〕。若乃山林猛獸，動星象而垂文〔二八〕；江漢貙甿，鼓風飈而作氣〔二九〕。城門六閉，未防虞吏之災〔三〇〕；都市三言，終有山君之暴〔三一〕。公雄心裂眥，壯髮衝冠〔三二〕。按東海之金刀〔三三〕，飛北斗之石箭〔三四〕。岡巒不擾，有符劉孟之城〔三五〕；坑穽無虞，更似童君之邑〔三六〕。自非愛民猶子，視物如傷〔三七〕，豈能躬斬兇渠，親除災害？與夫赤繩不用，道被於瑕丘〔三八〕；桴鼓希聞，化移於京洛〔三九〕，可同年語哉！然後示之以禮儀〔四〇〕，陳之以庠序。興役鳩工，憑三時之閑暇；依城負郭，視四野之川原〔四一〕。青泥險蹬，斜連白馬之關〔四二〕；赤岸長波，遠注黄牛之峽〔四三〕。懸四刀而開益部，照參伐於天光〔四四〕；賦上錯而闢梁州，絶岷嶓於地德〔四五〕。背山臨水，掩全蜀之膏腴；望日占星，採公宫之法度〔四六〕。丹牆數仞，吐納雲霞；椽柱三間，蔽虧風雨。瑠璃曉闢，東宫雀目之窗〔四七〕；玳瑁朝懸，西漢蛇鱗之桷〔四八〕。圖光芒於北斗，聖質猶生；赫符彩於連珠，宏姿可想〔四九〕。至於月衡月準，山額山庭，偘偘星文，堂堂日角〔五〇〕，莫不向之如在，疑遊北上之山〔五一〕；望之儼然，似矚東流之水〔五二〕。

【箋注】

〔一〕「長江令」二句，長江，縣名，本文前已注。弘農華陰，元和郡縣志卷二華州華陰縣：「本魏之陰晉邑，秦惠文王時，魏人犀首納之於秦，秦改曰寧秦。漢高帝八年（前一九九），更名華陰，屬弘農郡，後魏屬華州。」後因之。按：漢弘農郡，治在今河南靈寶市；華陰今爲縣級市，屬陝西渭南市。

〔二〕「即華山公」二句，按楊炯常州刺史伯父東平楊公墓誌銘（見本集卷九）曰：「公諱德裔，字德裔，弘農華陰人也。即常州刺史華山公之元孫，左衛將軍武安公之長子。」從弟去盈墓誌銘（同上）：「曾祖諱初，周大將軍，隋宗正卿、常州刺史、順楊公，皇朝左光禄大夫、華山郡開國公，食邑本鄉二千五百户。……王考諱虔安，僞鄭王世充逼授二十八將，封鄫國公。尋謀歸順，爲充所害。皇朝贈大將軍，旌忠烈也。……父某，潤州句容、遂州長江二縣令，朝散大夫，行鄧州司馬。」則此「長江令楊公」，其祖「華山公」即楊初，父「大將軍」爲楊虔安（楊虔安原作「楊安」，據册府元龜改，詳後從弟去盈墓誌銘「王考諱虔安」注）。又從弟去溢墓誌銘曰：「處士弘農楊去溢，年二十，即華山公之曾孫，大將軍之孫，朝散大夫、鄧州司馬之第四子也。」則楊去盈、去溢兄弟，皆「長江令楊公」之子；而楊烱稱去盈、去溢爲「從弟」，知烱爲楊公族子，然楊公之名不可考。

〔三〕「朱宫」二句，朱宫，指華山及周邊歷代宫殿。帶地，猶言遍地。華陰一帶自古宫觀祠廟極多。三輔黄圖卷三：「集靈宫、集仙宫、存仙殿、存神殿、望仙臺、望仙觀，俱在華陰縣界，皆（漢）武帝宫觀名也。」初學記卷五華山引郭緣生述征記及華山記云：「山下自華岳廟列柏南行十一里，又東迴三里，至中祠；又西南出五里至南祠；南入谷口七里，又至一祠。」明河，當指潼水及黄河。元和郡縣志卷二華州華陰縣：「（潼）關西一里有潼水，因以名關。」又云：河在關内，南流衝激關山，因謂之衝關。」一葦，謂窄。詩經衛風河廣：「誰謂河廣？一葦杭之。」毛傳：「杭，渡也。」鄭玄箋：「誰謂河水廣與？一葦加之，則可以渡之。喻狹也。」

〔四〕「黄闕」二句，黄闕，道教稱仙人居所。太平御覽卷六五九道引定真玉籙曰：「九宫真人出入，皆從黃闕絳臺中間爲道，故以道之左右置臺闕者，以司非常之氣，伺迎真人之往來也。」此代指道觀，中天，言其巍峨高聳。神嶽，指華山，在華陰之北，山以多花著稱。初學記卷五華山引華山記云：「山頂有池，生千葉蓮花，服之羽化，因曰華山。」注又引白虎通云：「西方華山，少陰用事，萬物生華，故曰華山。」

〔五〕「齊九龍」二句，北齊書王昕傳：「王昕母生九子，并風流蘊籍，世號『王氏九龍』。」此言楊氏一門之盛，可與王氏等齊。豹變，周易離卦：「上六，君子豹變。……象曰：君子豹變，其文蔚也。」王弼注：「居變之終，變道已成，君子處之，能成其文。」孔穎達正義：「君子豹變，……雖不能同九五革命創制如虎文之彪炳，然亦潤色鴻業如豹文之蔚縟，故曰君子豹變也。」

〔六〕「襲五公」二句，指東漢楊震家族。後漢書楊震傳：「楊震字伯起，弘農華陰人也。八世祖喜，高祖時有功，封赤泉侯。高祖敞，昭帝時爲丞相，封安平侯。……自震至彪，四世太尉，德業相繼。」四世，指楊震及其子秉、孫賜、曾孫彪。世，原作「代」，避唐諱，徑改。五公，上述四世加楊震玄孫、楊彪子楊修。史臣贊曰：「楊氏載德，仍世柱國。」李賢注：「言世爲國柱臣也。」。蟬聯，連綿字。文選左思吴都賦：「布濩皋澤，蟬聯陵丘。」劉淵林注：「蟬聯，不絕貌。」兩句言楊氏祖先勳德輝煌。

〔七〕「英靈」四句，英靈，先人之英魂。輻輳，謂極多。漢書叔孫通傳：「人人奉職，四方輻輳。」顔師古注：「輳，聚也。言如車輻之聚於轂也。字或作湊。」禮記玉藻：「古之君子必佩玉，……進則揖之，退則揚之，然後玉鏘鳴也。」萬玉、千金，極言其多。史記袁盎傳：盎曰：「臣聞千金之子，坐不垂堂。」索隱案張揖云：「恐簷瓦墮中人。」按：四句言楊氏先人不貴即富。

〔八〕「是故」二句，北方多士，此當以張良爲喻。史記留侯世家：「留侯張良者，其先韓人。」太乙，神名，此蓋代指漢高祖。同上書：「上（高祖）曰：『夫運籌筴帷帳之中，決勝千里外，吾不如子房。』」集解引應劭曰：「魁梧，丘虛壯大之意。」余以爲其人計魁梧奇偉，至見其圖狀，貌如婦人好女。「太一壯其」四字，英華校：「集作一壯表乎。」「一壯表乎」與下句不對應，當誤。

〔九〕「南國」二句，此當以徐邈爲喻。晉書徐邈傳：「徐邈，東莞姑幕人也。」屬永嘉之亂，遂與鄉人臧琨等率子弟并閭里士庶千餘家南渡江，家於京口。邈姿性端雅，勤行勵學，博涉多聞，以慎密自居。太傅謝安舉以應選，年四十四，始補中書舍人。在西省侍帝，前後十年。帝宴集酣樂之後，好爲手詔詩章以賜侍臣，或文詞率爾，所言穢雜，邈每應時收斂，還省刊削，皆使可觀，經帝重覽，然後出之，「時議以此多邈」。據晉書職官志，晉初武帝以秘書監并中書省，而秘書監掌圖籍，向有道家蓬萊山之喻，又稱神仙府（詳前登秘書省閣詩序注），而徐邈南渡後居京口，故稱之爲「南國仙人」。

〔一〇〕「椅桐」句，詩經小雅湛露：「其桐其椅，其實離離。豈弟君子，莫不令儀。」毛傳：「離離，垂也。」鄭玄箋：「桐也，椅也，同類而異名，喻二王之後也。其實離離，喻其薦俎禮物多於諸侯也。」孔穎達正義曰：「其桐也，其椅也，言二樹當秋成之時，其子實離離然垂而蕃多，以興其杞也。」句謂楊氏後代有衆多祖先遺烈餘蔭可仰仗。

〔一一〕「丹漆」句，尚書梓材：「若作梓材，既勤樸斲，惟其塗丹雘。」僞孔傳：「爲政之術，如梓人治材爲器，已勞力樸治斲削，惟其當塗以漆、丹以朱而後成，以言教化亦須禮義然後治。」句謂楊氏後代能以禮義自修。

〔一二〕「臧武仲」句，臧武仲，魯司寇臧宣叔子，多智謀。左傳襄公二十三年：「仲尼曰：『知之難也！有臧武仲之知，而不容於魯國，抑有由也，作不順而施不恕也。』」

〔一三〕「卞莊子」句，韓詩外傳卷一〇：「卞莊子好勇。母無恙時，三戰而三北，交遊非之，國君辱之，卞莊子受命，顔色不變。及母死三年，魯興師，卞莊子請從，至見於將軍曰：『前猶與母處，是以戰而北也，辱吾身。今母没矣，請塞責。』遂走敵而鬬，獲甲首而獻之，請以此塞一北。又獲甲首而獻之，請以此塞再北。將軍止之，曰：『足。』不止，又獲甲首而獻之，曰：『請以此塞三北。』將軍止之曰：『足。』請爲兄弟。卞莊子曰：『夫北，以養母也。今母殁矣，吾責塞矣。吾聞之，節士不以辱生。』遂奔敵，殺七十人而死。君子聞之，曰：『三北已塞責，又滅世斷宗，士節小具矣，而於孝未終也。』詩曰：『靡不有初，鮮克有終。』」

〔一四〕「韓尚書」二句，後漢書韓棱傳：「韓棱，字伯師，潁川舞陽人。」初爲郡功曹，以徵辟，五遷爲尚書令。又東觀漢記卷一九韓棱傳，稱其「除爲下邳令，視事未朞，吏人愛慕。時鄰縣皆雹傷稼，棱縣界獨無雹。遷南陽太守（按後漢書本傳謂遷南陽太守在爲尚書令之後），下車表行義，收幽滯，發摘姦盜，郡中震栗，權豪懾伏，政號嚴平」。八座，文選任昉齊竟陵文宣王行狀：「八座初啓，以公補尚書令。」李善注：「陳壽魏志評曰：八座尚書，即古六卿之任也。晉百官名曰：尚書令、尚書僕射、六尚書，古爲八座尚書。」張銑注：「八座，謂六尚書、二僕射。」按：下邳，在今江蘇睢寧縣古邳鎮。

〔一五〕「卓太尉」二句，「尉」當作「傅」，作「尉」蓋作者誤記。後漢書卓茂傳：「卓茂，字子康，南陽宛人也。」元帝時學於長安，事博士江生，習詩禮及曆算。初辟丞相府史。「後以儒術舉爲侍郎，給事黄門，遷密令（李賢注「密，今洛州密縣也」）。」數年教化大行，道不拾遺。遷京部丞。王莽居攝，以病免歸郡。光武初即位，先訪求茂，詔以茂爲太傅，封褒德侯。建武四年（二八）卒。三階，文選班固西都賦：「重軒三階。」李善注：「周禮『夏后氏世室九階』，鄭玄曰：南面三，三面各二也。」呂延濟注：「三階，言南面之階有三。」此代指朝廷。按：以上所述諸人，皆喻指長江令楊公。

〔一六〕「自操刀」二句，論語陽貨：「子之武城，聞絃歌之聲。夫子莞爾而笑，曰：『割雞焉用牛刀？』」後以入仕做官爲操刀。武城，魯邑名。按：據上注引從弟去盈墓誌銘，楊公初仕爲潤州句容令，故以子游爲武城令事爲喻。

〔一七〕「解劍」二句，北堂書鈔卷七八「解劍帶」條引益部耆舊傳，稱趙瑺「少好遊俠，行部帶劍」。後除野王令，「乃解劍帶之官，治官清約」。分司，分所執掌。晉書張華傳：華見斗牛之間常有紫氣，遂補雷焕爲豫章豐城令。焕到縣，掘獄屋基，入地四丈餘，得一石函，光氣非常，因得龍淵、太阿雙劍。詳見前渾天賦注引。

〔一八〕「汝陰」二句，太平御覽卷二六八良令長下引會稽典録曰：「徐弘，字聖通，爲汝陰令。縣俗剛强，大姓兼并。弘到官，誅剪奸桀，豪右斂手，商旅路宿，道不拾遺。童歌之曰：『徐聖通，政無雙。平刑罰，姦宄空。』」

〔一九〕「河内」二句，王君，指王涣。華陽國志卷一〇中廣漢士女：「王涣，字稚子，郪人也。初爲河内温令，路不拾遺，卧不閉門，民歌之曰：『王稚子，世未有。平徭役，百姓喜。』遷兖州刺史，部中肅清。徵拜侍御史，洛陽令。聰明惠斷，公平廉正，抑强扶弱，化行不犯，發姦擿伏，思若有神。京華密静，權豪畏敬。元興元年（一〇五）卒，百姓痛哭，二縣弔祭，行人商旅，莫不祭之。」其事迹又見後漢書本傳。以上歷數前代名宦，謂其皆起家縣令，以喻楊公之才能，蓋必將大用。

〔二〇〕「飛雪」二句，論語子罕：「子曰：歲寒，然後知松柏之後雕也。」何晏集解：「大寒之歲，衆木皆死，然後知松柏不雕傷。平歲則衆木亦有不死者，故須歲寒而後别之，喻凡人處治世，亦能自修整，與君子同；在濁世，然後知君子之正不苟容。」

〔二一〕「名都」句，伯夷、叔齊，孤竹君之二子，不願繼位，雙雙逃去。又義不食周粟，遂餓死於首陽山。詳見史記伯夷列傳。以上四句，謂楊公極有操守。

〔二二〕「殊方」二句，殊方，其他地方。鉅野之兵，謂叛軍。漢書彭越傳：「彭越，字仲昌，邑人也，常漁鉅野澤中爲盜。陳勝起，或謂越曰：『豪桀相立畔秦，仲可效之。』……居歲餘，澤間少年相聚百餘人往從越，請仲爲長，越謝不願也。少年强請，乃許。」顔師古注：「鉅野，即今鄆州鉅野縣。」嚴兵，謂防盜也。常，英華校：「集作恒。」

〔二三〕「絶磴」二句，磴，山間石條路。絶磴，極險峻閉塞之地。潢池，沼澤地。漢書龔遂傳：「其民困於飢寒，而吏不恤，故使陛下赤子，盜弄陛下之兵於潢池中耳也。」顔師古注：「赤子，猶言初生幼小之意也。積水曰潢，音黄。」虣，文選王褒洞簫賦：「剛毅彊虣，反仁恩兮。」李善注引字書曰：「虣，古文暴字也。」虣，英華校：「集作虐。」以上四句，言長江縣一帶曾被外地武裝團夥盤踞。

〔二四〕「數州」句，爲，英華校：「集作久。」

〔二五〕「馳單車」句，文選李陵答蘇武書：「足下昔以單車之使，適萬乘之虜。」吕延濟注：「單車，謂衆少。」噍，活人；遺噍，謂殘餘人員。

〔二六〕「道旁」二句，華陽國志卷一〇上先賢士女總贊論：「羅衡，字仲伯，郫縣人也。……衡爲萬年令，路不拾遺。人家牛馬皆繫道邊，曰：『屬羅公。』三府争辟，拜廣漢長，二縣皆爲立祠。」

〔二七〕「縣内」二句，南齊書傅琰傳：「傅琰，字季珪，北地靈州人也。」宋永光元年（四六五）補諸暨、武康令、廣威將軍，又除吴興郡丞。泰始六年（四七〇），遷山陰令。「服闋，除邵陵王左軍諮議、江夏王録事參軍。太祖輔政，以山陰獄訟煩積，復以琰爲山陰令。賣針、賣糖老姥争團絲，來詣琰。琰不辯覈，縛團絲於杜鞭之，密視有鐵屑，乃罰賣糖者。二野父爭雞，琰各問：『何以食雞？』一人云『粟』，一人云『豆』，乃破雞得粟，罪言豆者。縣内稱神明，無敢復爲偷盜。」

〔二八〕「若乃」二句，史記天官書：「西宮咸池，……參爲白虎。」正義：「觜三星，參三星，外四星爲實沈，於辰在申，魏之分野，爲白虎形也。」此即指猛虎，言其爲天上星宿。

〔二九〕「江漢」二句，江漢，今甘肅南部，四川北部，即岷江（古以爲長江上游）、漢水發源地一帶。參前王勃集序注。貙盳，即貙人。搜神記卷一二：「江漢之域有貙人，其先廩君之苗裔也，能化爲虎。長沙所屬蠻縣東高居民，曾作檻捕虎。檻發，明日，衆人共往格之，見一亭長，赤幘大冠，在檻中坐。因問：『君何以入此中？』亭長大怒，曰：『昨忽被縣召，夜避雨，遂誤入此中。急出我！』曰：『君見召，必當有文書耶？』即出懷中召文書，於是即出之。尋視，乃化爲虎，上山走。或云貙虎化爲人，好著紫葛衣，其足無踵。虎有五指者，皆是貙。」周易乾卦文言稱「風從虎」。文選沈約宿東園詩：「樹頂鳴風飈。」吕延濟注：「飈亦風也。」按：此以「貙盳」指虎。盳，英華校：「集作毗。」誤。氣，英華作「愾」，亦誤。

〔三〇〕「城門」二句，六閉，謂多次關閉。虞吏，指虎。抱朴子内篇卷四登涉：「山中寅日有自稱虞吏者，虎也。」

〔三一〕「都市」二句，三言，謂再三上言。戰國策魏策二：「龐葱與太子質於邯鄲，謂魏王曰：『今一人言市有虎，王信之乎？』王曰：『否。』『二人言市有虎，王信之乎？』王曰：『寡人疑之矣。』『三人言市有虎，王信之乎？』王曰：『寡人信之矣。』龐葱曰：『夫市之無虎明矣，然而三人言而成虎。今邯鄲去大梁也遠於市，而議臣者過於三人矣。願王察之矣。』」山君，底本及英華等，「山」皆作「三」。四庫全書考證卷七四曰：「遂州長江縣先聖孔子廟堂碑『都市三言，終有山君之暴』，刊本『山』訛『三』，今改。」（按：文淵閣四庫全書本仍作「三」，未改，全唐文作「山」。）今按：作「山」是，「山君」即老虎。説文虎部：「虎，山獸之君。」駢雅卷七釋獸：「山君，虎也。」

〔三二〕「公雄心」二句，裂，原作「烈」，據英華、全唐文改。史記項羽本紀：「（樊）噲遂入（鴻門宴），披帷西向立，瞋目視項王，頭髮上指，目眥盡裂。」

〔三三〕「按東海」句，西京雜記卷三：「東海人黃公，少時爲術，能制蛇禦虎。佩赤金刀，以絳繒束髮，立興雲霧，坐成山河。……秦末，有白虎見於東海，黃公乃以赤刀往厭之。」

〔三四〕「飛北斗」句，史記天官書：「北斗七星，……魁枕參首。」正義：「參主斬刈，又爲天獄，主殺罰。」此言討伐姦豪乃其天職，故言箭爲北斗所飛。石箭，上古兵器。宋杜綰雲林石譜卷中肅慎氏石矢曰：「臨江軍新淦縣數十里，地名白羊角淩雲嶺，頂上平如掌，皆古時寨基。地中往往獲石箭鏃，鋒而刃脊，其廉可劌，其實則石。長三四寸許，間有短者。此孔子所謂『楛矢石砮，肅慎氏之物也』（按：見史記孔子世家）。按禹貢，荆州貢砥礪砮丹惟箘、簵、楛；梁州貢鏐、鐵、銀、鏤、砮、磬。則楛矢石砮，自禹以來貢之矣。」此即指箭，「石」乃爲與上句

「金」對文而設。

〔三五〕「岡巒」二句，岡巒，指所管轄地域。劉孟，即劉熊，字孟陽，東漢人。嘗爲酸棗縣令，有異政。宋洪适隸釋卷五載酸棗令劉熊碑，首曰：「君諱熊，字孟（闕），廣陵海西人也。厥祖天皇大帝垂精接感，篤生聖明，（闕）仍其則子孫亨之，分源而流，枝葉扶疏，出王別胤，受爵列土，封侯載德，相繼丕顯（闕五字）。光武皇帝之玄，廣陵王之孫，俞鄉侯之季子也。」碑文盛稱其爲酸棗令時所行德政，如曰「勤恤民殷」；「仁恩如冬日，威猛烈炎夏」；「帥厲，致之雍泮」；「吏民愛若慈父，畏若神明」，云云。洪适釋曰：「水經（按見酈道元水經注濟水）云『酸棗城有縣令劉孟陽碑』，今碑損其一字。歐陽公（修）不知碑在酸棗，無以名其官，遂謂之俞鄉侯季子碑（按見歐陽文忠公集卷一三六集古録跋尾三）。趙氏（明誠）云（按見金石録卷一九）：『光武子廣陵王荆，以譴死。李利涉編古命氏云：荆生俞卿侯平，平生彪，襲封。據此，熊當爲彪之弟，然則於光武，乃其曾孫，而曰「玄孫」，碑之誤也。』」

〔三六〕「坑穽」二句，後漢書童恢傳：「童恢（李賢注曰「謝承〔後漢〕書『童』作『僮』，『恢』作『种』也」），字漢宗，琅邪姑幕人也。……少仕州郡爲吏，司徒楊賜聞其執法廉平，乃辟之。……除不其令，……一境清静，牢獄連年無囚，比縣流人歸化徙居二萬餘户。民嘗爲虎所害，乃設檻捕之，生獲二虎。恢聞而出，呪虎曰：『天生萬物，唯人爲貴。虎狼當食六畜，而殘暴於人，王法殺人者死，傷人則論法。汝若是殺人者，當垂頭服罪，自知非者，當號呼稱冤。』一虎低頭閉目，狀如震懼，即時殺之；其一視恢鳴吼，踴躍自奮，遂令放釋。吏人爲之歌頌。」坑穽，捕獸之陷坑。

〔三七〕「自非」句，民，原作「人」，避唐諱，徑改。孟子離婁下：「文王視民如傷，望道而未之見。」趙岐注：「視民如傷者，雍容不動擾也。」朱熹集注：「民已安矣，而視之猶若有傷之，愛民深而求道切。」

〔三八〕「與夫」二句，赤繩，原作「青繩」，英華、全唐文作「赤繩」。按法苑珠林卷二〇致敬篇第九感應緣引佛教故事冥報記曰：「唐左監門校尉馮翊李山龍，以武德中暴亡，而心上不冷如掌許。家人未忍殯殮，至七日而蘇。」自説其死時被收録情況，吏嘗謂有使「一人是繩主，當以赤繩縛君者；一是棒主，當以棒擊君頭者；一是袋主，當以袋吸君氣者」。此説雖距楊炯時代較近，蓋其起源甚久。同書卷八三精進部感應緣引冥祥記，稱宋沙門僧規者，武當寺僧也。永初元年（四二〇）十二月五日無痾忽暴死，二日而蘇愈，自説死時「見有五人炳炬火、執信旛逕來，入屋叱咀僧規，規因頓卧，怳然五人便以赤繩縛將去」，云云。此言赤繩「不用」，謂不用赤繩收縛罪人以致死地，作「青繩」則不可解，因據改。瑕丘，後漢書鍾離意傳：鍾離意爲瑕丘令，吏檀建盗竊，意不忍加刑，遣令長休。其父聞之，令建進藥而死。詳見前新都縣學先聖廟堂碑注引。

〔三九〕「桴鼓」二句，京洛，即洛陽。後漢書董宣傳：董宣爲洛陽令，格殺湖陽公主蒼頭，帝賜錢三十萬。由是搏擊豪彊，莫不震栗，京師號爲卧虎，歌之曰：「枹鼓不鳴董少平。」詳見前新都縣學先聖廟堂碑文注引。

〔四〇〕「然後」句，儀，全唐文作「義」，疑是。

〔四一〕「興役」四句，原作五句，爲：「興役鳩工，憑三時之閑暇；薄賦輕徭，視四野之川原。依城負郭。」英華於「興役鳩工」下注曰：「集無此句。」按四子集、全唐文作「憑三時之閒暇，興役鳩工；視四野之川原，依城負廓」，即删去「薄賦輕徭」四字，又調整上下聯中襯句，如此則意順。若按集本删「興役鳩工」，則「薄賦輕徭」與「視四野之川原」意不連貫。因據四子集、全唐文删改。鳩工，興工。鳩，集也。三時，國語周語上：「三時務農，而一時講武。」韋昭注：「三時，春、夏、秋。」視，英華校：「集作覗。」同。

〔四二〕「青泥」二句，元和郡縣志卷二二興州長舉縣：「青泥嶺，在縣西北五十三里接溪山東，即今通路也。懸崖萬仞，山多雲雨，行者屢逢泥淖，故號青泥嶺。」清一統志卷二一〇甘肅秦州秦安縣：「青泥嶺在徽縣南，爲入蜀之路。」按：山在今甘肅徽縣與陝西略陽縣青泥河鄉境内。同上卷一八八興安府：「白馬關，在安康縣北三十里。」按：清興安府，即東晉所置梁州，治所在安康縣，今爲陝西安康市。

〔四三〕「赤岸」二句，清一統志卷二九二成都府：「赤岸山，在新都縣南十七里。山赭色，岸邊常有光如火，因名。周三十里，一名宋興戍山。」此謂赤岸之水流經長江縣而注入長江。元和郡縣志卷三四遂州長江縣謂「涪江經縣南，去縣二百五步」。黃牛峽，在今湖北宜昌西，有黃牛山，山下有黃牛灘。太平御覽卷六九灘引益州記曰：「（長江）伏犀灘東南六十里有黃牛像，其崖峻嶮，遠望之斑潤，頗像黃牛。」范成大吴船録卷下：「新灘……八十里至黃牛峽，上有洺川廟，黃牛之神也，亦云助禹疏川者。廟背大峰，峻壁之上有黃迹如牛，一黑迹如人牽之，云此其神也。」峽，英華作「浹」，誤。

〔四四〕「懸四刀」二句，益部，即益州。北堂書鈔卷一一三引陸機晉（記）〔紀〕云：「王濬之在巴郡，夢懸四刀於上，甚惡之。濬問主簿李毅，毅拜賀曰：『夫三刀爲州，而見四，爲益一也，明府其臨益州乎？』後果爲益州（刺史）。」刀，全唐文作「方」，誤。參伐，詩經召南小星：「嘒彼小星，維參與昴。」毛傳：「參，伐也。」孔穎達正義：「天文志云：參，白虎宿，三星直下。有三星鋭，曰伐。其外四星，左右肩股也。則參實三星。……以伐與參連體，參爲列宿，統名之若同一宿然，但伐亦爲大星，與參互見，皆得相統。」參爲西南星，故「參伐」亦指益州。

〔四五〕「賦上錯」二句，尚書禹貢：「既載壺口，治梁及岐。……厥土惟白壤，厥賦惟上上錯。」僞孔傳：「賦謂土地所生，以供天子。上上，第一；錯，雜，雜出第二之賦。」陸德明音義引馬融云：「上下相錯，通率第一。」梁州，古州名，其地包括今陝西南部及四川。英華校：「集作長江。」誤。岷，即岷山，今四川西部群山之總稱；嶓，即嶓冢山，在今陝西寧强縣北，見前送徐録事詩序注。岷、嶓代指益州，謂梁州極占地利。岷，英華校：「集作峧。」峧即「汶」字之異體，汶山乃岷山之別稱。

〔四六〕「望日」二句，望日占星，謂孔子廟堂選址風水極佳，合乎公共建築之法度。

〔四七〕「瑠璃」二句，瑠璃，即璧琉璃，各種有光寶石，古代用以製窗。張敞東宫舊事：「閤内有曲郭，郭上雀目窗。」（又見太平御覽卷一八八窗引。）其窗形制不詳。按宋陸佃埤雅卷七釋鳥鴟鵂：「舊説雀目夕昏，人有至夕昏不見物者，謂之雀瞀。」據此，蓋謂琉璃窗傍晚後即不透光。

〔四八〕「玳瑁」二句，劉歆西京雜記（説郛本）昭陽殿：「趙飛燕女弟居昭陽殿，……窗扉多是緑琉璃，亦皆達照，毛髮不得藏焉。椽桷皆剖作龍蛇，縈繞其間，鱗甲分明，見者莫不兢栗。」則是廟堂椽桷剖作龍蛇狀，故以玳瑁爲喻。玳瑁，水生動物名，形似龜，甲片色彩絢麗，可作裝飾品。

〔四九〕「圖光芒」四句，聖質，指孔子像。謂塑像背景爲北斗及五星（辰星、太白、熒惑、歲星、填星）連珠，既星光閃耀，又有符命之祥，使孔子栩栩如生，莊嚴宏偉。

〔五〇〕「至於」四句，言所塑孔子弟子之異相。太平御覽卷三六四額引論語摘輔象：「樊遲山額，有若月衡，反宇陷額，是謂和喜。」又古微書卷二六輯論語摘輔象：「顔淵山庭日角，曾子珠衡犀角。」又曰：「子貢山庭，斗繞口。」謂面有三庭，言山在中，鼻高，有異相也。故子貢至孝，顔淵至仁。」又曰：「子貢斗星繞口，南容井口。」

〔五一〕「疑遊」句，北上之山，指農山。孔子家語卷二致思：「孔子北遊於農山，子路、子貢、顔淵侍側。孔子四望，喟然而歎曰：『於斯致思，無所不至矣。二三子各言爾志，吾將擇焉。』……子路抗手而對曰：『夫子何選焉？』孔子曰：『不傷財，不害民，不繁詞，則顔氏之子有矣。』」

〔五二〕「似矚」句，孔子家語卷二三恕：「孔子觀於東流之水。子貢問曰：『君子所見大水必觀焉，何也？』孔子曰：『以其不息，且遍與諸生而不爲也。夫水似乎德，其流也則卑下，倨邑必循其理，此似義。浩浩乎無屈盡之期，此似道。流行赴百仞之嵠而不懼，此似勇。至量必平之，此似法。盛而不求概，此似正。綽約微達，此似察。發源必東，此似志。以出以入，萬物就以化絜，此似善化也。水之德有若此，是故君子見必觀焉。』」王肅注：「遍與諸生者，物德水而後生，水不與生，而又不德也。」

博士、助教某等〔一〕，西州聞望，南國英靈。駭飛兔於文場，躍雕龍於筆海〔二〕。楊雄博識，神遊象繫之端〔三〕；李郃幽通，思入璣衡之表〔四〕。每至韶光令月，朱鳥乘春，爽氣高天，玄黿送曆〔五〕。瓊籩玉豆，中堂奉先聖之儀〔六〕；石磬金鐘，南面習諸侯之禮〔七〕。華陽曾子，鼓篋來遊〔八〕；蜀國顔生，摳衣請學〔九〕。絃歌在側，還昇武騎之臺〔一〇〕；禮樂居前，重覩文翁之室〔一一〕。祁祁茂德〔一二〕，濟濟時英。聖人千載之風，儒者一都之會。丞、主簿、尉某等〔一三〕，青田戒露，望華蓋而長鳴〔一四〕；緑地生風，下仙閣而直轡。大夫貞節，還居內史之丞〔一五〕；文學明經，猶歷南昌之尉〔一六〕。鄉望姓名等，王孫獵騎，騁原隰之盤遊〔一七〕；公子文鋒，叙江山之體勢〔一八〕。符偉明以都官謝職，逢有道而相推〔一九〕；趙元叔以郡吏從班，見司徒而不拜〔二〇〕。僉以鄉閭少事，風月多懷，命童子於雩臺〔二一〕，就門人於相圃〔二二〕。冬禮春詩之化，再造雙川〔二三〕；淹中稷下之風，一匡三蜀〔二四〕。若夫平南壯烈，沉流水於裁碑〔二五〕；逐北勳庸，登燕山而刻頌〔二六〕。庾太尉新亭之墓，尚有黄金〔二七〕；鄭康成通德之門，猶存白瓦〔二八〕。況乎功苞大象〔二九〕，績被蒼生，豈使銘典闕如，音塵不嗣？是用雕牆峻宇，列冠蓋於宜城〔三〇〕；塞陌填街，考春秋於太學〔三一〕。小人狂簡，不知所以裁之〔三二〕；夫子文章，今可得而言也〔三三〕。

【箋　注】

〔一〕「博士」句，唐六典卷三〇：諸州中下縣「博士一人，助教一人，學生二十人」。

〔二〕「駭飛兔」二句，吕氏春秋離俗覽：「飛兔要褭，古之駿馬也，材猶有短。」高誘注：「飛兔、要褭，皆馬名也，日行萬里，馳若兔之飛，因以爲名也。」雕龍，史記孟子荀卿列傳：「齊人頌曰：『談天衍，雕龍奭。』」集解引劉向别録曰：「騶衍之所言五德終始、天地廣大，盡言天事，故曰談天；騶奭修衍之文，飾若雕鏤龍文，故曰雕龍。」此「雕龍」即指龍，以與上句「飛兔」對應，喻文思敏捷。二句謂縣博士、助教等皆文筆能手。

〔三〕「楊雄」二句，象繫，即周易之象辭、繫辭。漢書藝文志曰：「孔氏（子）爲之彖、象、繫辭、文言、序卦之屬十篇，故曰易道深矣。」神遊象繫，謂揚雄仿周易而作太玄，漢書揚雄傳下稱太玄「深者入黃泉，高者出蒼天，大者含元氣，纖者入無倫」。

〔四〕「李郃」二句，後漢書李郃傳：「李郃，字孟節，漢中南鄭人也。父頡，以儒學稱，官至博士。郃襲父業，遊太學，通五經，善河洛風星，外質朴，人莫之識。縣召署幕門候吏。和帝即位，分遣使者，皆微服單行，各至州縣，觀採風謠。使者二人當到益部，投郃候舍，時夏夕露坐，郃因仰觀，問曰：『二君發京師時，寧知朝廷遣二使邪？』二人默然，驚相視曰：『不聞也。』問何以知之。郃指星示云：『有二使星向益州分野，故知之耳。』」後舉孝廉，五遷爲尚書令，又拜太常。「幽通」、「璣衡」，皆謂其深通天文。

〔五〕「每至」四句，韶光，指春季。「朱鳥乘春」謂朱鳥隨春而來，指夏季。淮南子天文訓：「南方火也，其帝炎帝，其佐朱明，執衡而治夏。其神爲熒惑，其獸朱鳥。」高誘注：「朱鳥，朱雀也。」「爽氣」指秋季。「玄龜」指冬季。淮南子天文訓又曰：「北方水也，其帝顓頊，其佐玄冥，執權而治冬。其神爲辰星，其獸玄武。」又鶡冠子卷下天權：「春用蒼龍，夏用赤鳥，秋用白虎，冬用玄武。」按論衡卷六龍虛篇曰：「天有倉龍、白虎、朱鳥、玄武之象也，地亦有龍、虎、鳥、龜之物。」又演繁露卷一〇龜符：「玄武，龜也。」冬季爲一年之末，故謂「送曆」。學校於四季皆舉行釋奠禮，故四句言之。禮記文王世子：「凡學，春，官釋奠於其先師，秋、冬亦如之。」鄭玄注：「不言夏，夏從春可知也。釋奠者，設薦饌酌奠而已，無迎尸以下之事。」

〔六〕「瓊籩」二句，籩、豆，皆古代禮器，亦爲食器，瓊、玉，言其貴重。詩經小雅常棣：「儐爾籩豆，飲酒之飫。」兩句謂在廟學中堂行釋奠禮。博士、助教等代地方長官行拜祭禮，故言「習」。

〔七〕「南面」句，諸侯，指地方長官。

〔八〕「華陽」二句，華陽，指巴蜀。華陽國志卷一巴志：「昔在唐堯，洪水滔天，鯀功無成，聖禹嗣興。導江疏河，百川蠲脩，封殖天下，因古九囿以置九州。仰稟參伐，俯壤華陽、黑水、江漢爲梁州。」又云：「洛書曰：人皇始出，繼地皇之後，兄弟九人分理九州，爲九囿，人皇居中州，制八輔，華陽之壤，梁岷之域，是其一囿，囿中之國，則巴蜀矣。」曾子，孔子弟子曾參，此代指蜀中諸生。鼓篋，禮記學記：「入學鼓篋，孫其業也。」鄭玄注：「鼓篋，擊鼓警衆，乃發篋出所治經業也。孫猶恭順也。」

〔九〕「蜀國」二句，顔生，指孔子弟子顔淵，此亦代指蜀中諸生。摳衣，摳，提也，學生提衣向老師請益，以表敬重，詳前新都縣學先聖廟堂碑文注。

〔一〇〕「絃歌」二句，孔子絃歌，見前新都縣學先聖廟堂碑文注。武騎，指司馬相如。史記司馬相如列傳：相如「事孝景帝，爲武騎常侍」。武騎之臺，指琴臺。太平寰宇記卷七二益州引益部耆舊傳云：「（相如）宅在少城中笮橋下，有百許步是也。又有琴臺在焉，今爲金花等寺。」

〔一一〕「重覩」句，漢書循吏傳：「文翁，廬江舒人也。……景帝末，爲蜀郡守，仁愛好教化。……修起學官於成都市中，招下縣子弟以爲學官弟子。……繇是大化，蜀地學於京師者，比齊魯焉。」

〔一二〕「祁祁」句，詩經召南采蘩：「被之祁祁，薄言還歸。」毛傳：「祁祁，舒遲也，去事有儀也。」鄭玄箋：「其威儀祁祁然而安舒，無罷倦之失。」茂德，指博士、助教等，謂其多德，故舉止雍容優雅。

〔一三〕「丞、主簿」句，唐六典卷三〇：諸州中下縣，「丞一人，正九品上；主簿一人，從九品上；尉一人，從九品下」。

〔一四〕「青田」二句，青田，即指田。「青」與對句「緑」相配。戒露，即指露。藝文類聚卷九〇鳥部一鶴引風土記曰：「鳴鶴戒露。此鳥性警，至八月白露降流於草上，滴滴有聲，因即高鳴相警，移徙所宿處，慮有變害也。」華蓋，車蓋，代指車。丞、簿等乘馬無車，故云「望」而「長鳴」。

〔一五〕「大夫」二句，大夫居内史丞，當指西晉張暢。陸機薦張暢表：「伏見司徒、下諫議大夫張暢除，當爲豫章内史丞。暢才思清敏，志節貞勵，秉心立操，早有名譽。其年時舊比，多歷郡守，惟暢陵遲，白首未齒，而佐下藩，遂蹈碎濁。於暢名實，居之爲劇，前後未始有此。愚以爲宜解舉，試以近縣。」

〔一六〕「文學」二句，漢書梅福傳：「梅福，字子真，九江壽春人也。少學長安，明尚書、穀梁春秋，爲郡文學，補南昌尉。」明經，英華作「明誠」，於「誠」下校：「集作經。」猶，英華校：「集作書。」作「誠」、「書」誤。按：以上四句，謂丞、簿等皆有學問，而暫屈下僚，有如張暢、梅福。

〔一七〕「王孫」二句，盤遊，尚書五子之歌：「太康尸位，以逸豫滅厥德，黎民咸貳。乃盤遊無度，畋於有洛之表，十旬弗反。」僞孔傳釋「盤遊」：「盤樂遊逸，無法度。」此言長江縣廟學竣工，「鄉望」（鄉中望族）等皆來遊覽，而留連忘返，有如夏代之太康。

〔一八〕「公子」二句，公子，指左思蜀都賦所謂「西蜀公子」，乃設客難以著意之虚擬人名。蜀都賦開首曰「有西蜀公子者，言於東吴王孫」云云。蜀都賦及吴都賦、魏都賦，合稱三都賦，左思三都賦序曰：「其山川城邑，則稽之地圖；其鳥獸草木，則驗之方志。風謡歌舞，各附其俗；魁梧長者，莫非其舊。」此言長江縣廟學竣工，文人公子多有詩文描摹歌頌，有如晉代之左思。

〔一九〕「符偉明」二句，符偉明，即符融；有道，即郭泰，字林宗，人稱有道先生。後漢書符融傳：「符融，字偉明，陳留浚儀人也。少爲都官吏，恥之，委去。後游太學，師事少府李膺。膺風性高簡，每見融，輒絶它賓客，聽其言論。融幅巾奮褎，談辭如雲，膺每捧手歎息。郭林宗始入京師，時人莫識，融一見嗟服，因以介於李膺，由是知名。」

〔二〇〕「趙元叔」二句，後漢書趙壹傳：「趙壹，字元叔，漢陽西縣人也。……光和元年（一七八）舉郡上計到京師。是時司徒袁逢受計，計吏數百人，皆拜伏庭中，莫敢仰視，壹獨長揖而已。逢望而異之，令左右往讓之曰：『下郡計吏，而揖三公，何也？』對曰：『昔酈食其長揖漢王，今揖三公，何遽怪哉！』逢則斂衽下堂，執其手，延置上坐，因問西方事，大悦，顧謂坐中曰：『此人漢陽趙元叔也。』」元叔，「叔」字原作「淑」，各本同，據此改。以上四句，謂廟學既立，當會産生如符融、趙壹之類氣節之士。

〔二一〕「命童子」句，論語先進：「子路、曾皙、冉有、公西華侍坐。……子曰：『何傷乎？亦各言其志也。』（曾皙）曰：『莫春者，春服既成，冠者五六人，童子六七人，浴乎沂，風乎舞雩，詠而歸。』夫子喟然歎曰：『吾與點也。』」邢昺正義：「雩者，祈雨之祭名，左傳曰龍見而雩是也。鄭玄曰：『雩者，吁也，吁嗟而請雨也。』……舞雩之處有壇墠樹木，可以休息，故云風凉於舞雩之下也。」按：曾點，字晳。雩，原作「雲」，英華同，全唐文作「靈」。據此當作「雩」，雲、靈皆形訛，因改。

〔二二〕「就門人」句，禮記射義：「孔子射於矍相之圃，蓋觀者如堵牆。射至於司馬，使子路執弓矢出延射，曰：『賁軍之將，亡國之大夫與爲人後者不入，其餘皆入，蓋去者半，入者半。』」鄭玄注：「矍相，地名也。樹菜蔬曰圃。」鄭玄又注，稱其爲先行飲酒禮後之射禮，可參讀，此略。

〔二三〕「冬禮」二句，冬禮春詩，謂習禮誦詩，冬、春互文，參前新都縣學先聖廟堂碑文注。雙川，指西川、東川，至肅宗至德時各置節度使，見舊唐書地理志四。

〔二四〕「淹中」二句，淹中，漢書藝文志：「禮古經者，出於魯淹中。」注引蘇林曰：「淹中，里名也。」按：在曲阜。稷下，史記田敬仲完世家：「（齊）宣王喜文學，……是以齊稷下學士復盛，且數百千人。」集解引劉向别録：「齊有稷門，城門也，談說之士期會於稷下也。」索隱引齊地記：「齊城西門側系水左右，有講堂址存焉。」按稷下在今山東臨淄縣北，齊古城西。則淹中、稷下之風，指儒學風氣。匡，正也。三蜀，三，英華作「二」，校：「集作三。」按華陽國志卷三蜀志曰：「益州以蜀郡、廣漢、犍爲爲三蜀。」則作「三」是。「命童子」句至此，謂廟學既立，教學相長，蜀中將興起儒學，丕變風俗。

〔二五〕「若夫」二句，晉書杜預傳：杜預，字元凱，京兆杜陵人。嘗拜鎮南大將軍、都督荊州諸軍事，晉初南征平吴成功。「預好爲後世名，常言：『高岸爲谷，深谷爲陵。』刻石爲二碑，紀其勳績，一沉（襄陽）萬山之下，一立峴山之上，曰：『焉知此後不爲陵谷乎？』」

〔二六〕「逐北」二句，後漢書竇憲傳：竇憲，字伯度，扶風平陵人。嘗請兵北伐擊匈奴，乃拜憲車騎將軍，領精騎萬餘，與北單于戰於稽落山，大破之，斬名王已下萬三千級，獲生口馬牛羊橐駝百餘萬頭，降者前後二十餘萬人。憲遂「登燕然山，去塞三千餘里，刻石勒功，紀漢威德，令班固作銘」。燕山，乃燕然山之省，即今蒙古國境内之杭愛山。勳庸，英華校：「集作元勳。」按：勳爲功勳，庸爲勞力，二者平行，與上句「壯烈」對應，作「元勳」誤。

〔二七〕「庾太尉」二句，晉書庾亮傳：庾亮，字元規。善談論，性好莊老。王敦舉兵，加亮左衛將軍，又假亮節，都督東征諸軍事，以功封永昌縣開國公，轉護軍將軍。輔幼主，專朝政，歷征戰，晚拜司空。卒，追贈太尉。同上書郭璞傳：郭璞善筮，庾亮弟冰令筮其後嗣，「卦成，曰：『卿諸子併當貴盛，然有白龍者凶徵至矣，若墓碑生金，庾氏之大忌也。』」至冰子藴時，「墓碑生金，俄而爲桓温所滅」。此反其義，以「生金」爲貴重。

〔二八〕「鄭康成」二句，鄭玄，字康成，孔融爲表彰其學術，於其高密縣故居開通德之門，見後漢書鄭玄傳，前新都縣學先聖廟堂碑文注已引。白瓦，晉書戴逵傳：「戴逵，字安道，譙國人也。少博學，好談論，善屬文，能鼓琴，工書畫，其餘巧藝，靡不畢綜。總角時，以雞卵汁溲白瓦屑，作鄭玄碑，又爲文而自鐫之，詞麗器妙，時人莫不驚歎。」此代指鄭玄碑。

〔二九〕「況乎」句，大象，老子：「執大象，天下往。」河上公注：「執，守也；象，道也。聖人守大道，則天下萬物移心歸往之也。」

〔三〇〕「是用」二句，用，英華作「則」，校：「集作用。」作「用」義勝。雕牆峻宇，謂所建先聖廟極宏偉壯麗。列冠蓋，晉習鑿齒襄陽耆舊記卷三（荆楚書社一九八六年輯本）：「冠蓋里。漢末嘗有四郡守、七郡尉、兩侍中、一黄門侍郎、三尚書、六刺史、一十長史，朱軒高蓋會山下，因名其里曰冠蓋里，山曰冠蓋山。」又水經注卷二八沔水：「（宜城縣）有太山，山下有廟，漢末名士居其中，刺史二千石，卿長數十人，朱軒華蓋，同會於廟下。荆州刺史行部見之，雅歎其盛，號爲冠蓋里，而刻石銘之。此碑於永嘉中始爲人所毁，其餘文尚有可傳者，其辭曰：『峨峨南嶽，烈烈離明。寔敷儁乂，君子以生。惟此君子，作漢之英。德爲龍光，聲化鶴鳴』。」宜城縣，即今湖北襄陽宜城市。兩句以宜城喻指長江縣，謂所建孔廟既竣，衆官僚遂會聚廟下，共議建碑之事。

〔三一〕「塞陌」二句，塞陌填街，形容人多。考春秋，指於太學門外以石經考正春秋文字。後漢書蔡邕傳：「邕以經籍去聖久遠，文字多謬，俗儒穿鑿，疑誤後學。熹平四年（一七五），乃與五官中郎將堂谿典，光禄大夫楊賜，諫議大夫馬日磾，議郎張馴、韓説，太史令單颺等，奏求正定六經文字，靈帝許之。邕乃自書册於碑，使工鐫刻，立於太學門外。於是後儒晚學，咸取正焉。」李賢注引洛陽記曰：「太學，在洛城南開陽門外。講堂長十丈，廣二丈。堂前石經四部。……禮記碑上有諫議大夫馬日磾、議郎蔡邕名。」同上書儒林傳序李賢注引楊龍驤洛陽記載朱超石與兄書云：「石經文都似碑，高一丈許，廣四尺，駢羅相接。」又魏齊王曹芳正始二年（二四一），有所謂三體石經。至唐初，兩石經雖在，然已十不存一。此言廟學既立，公衆視之爲學術重鎮，有如漢末洛陽太學。

〔二〕「小人」二句，論語公冶長：「子在陳，曰：『歸與！歸與！吾黨之小子狂簡，斐然成章，不知所以裁之。』」何晏集解引孔（安國）曰：「簡，大也。孔子在陳，思歸欲去，故曰吾黨之小子狂簡者，進取於大道，妄作穿鑿以成文章，不知所以裁制，我當歸以裁之耳。遂歸。」此乃作者謙詞。

〔三〕「夫子」二句，論語公冶長：「子貢曰：『夫子之文章，可得而聞也；夫子之言性與天道，不可得而聞也。』」何晏集解：「章，明也。文彩形質著見，可以耳目循。性者，人之所受以生也，天道者，元亨日新之道，深微，故不可得而聞也。」兩句謂雖不知所以裁之，然有夫子文章在，故尚可操筆。

詞曰：

西崑玉闕〔一〕，南海金堂〔二〕。惟惚惟恍〔三〕，一陰一陽〔四〕。三辰赫赫〔五〕，九土茫茫〔六〕。太極天帝，神州地皇〔七〕。

【箋　注】

〔一〕「西崑」句，太平御覽卷一元氣引十洲記曰：「昆陵，崑崙山也，上有金臺玉闕，亦元氣之所合，天地之居治處。」按：崑崙山在西方，故稱「西崑」。

〔二〕「南海」句，太平御覽卷一天部一引遁甲開山圖曰：「南溟之山，金堂玉室，上含元氣，實滋神化。」南溟，即南海。

〔三〕「惟惚」句，老子：「道之爲物，惟恍惟惚。惚兮恍兮，其中有象；恍兮惚兮，其中有物。」王弼注：「恍惚，無形不繫之歎。以無形始物，不繫成物。萬物以始以成，而不知其所以然，故曰恍兮惚兮，惚兮恍兮，其中有象也。」

〔四〕「一陰」句，周易繫辭上：「一陰一陽之謂道。」韓康伯注：「道者何？无之稱也，无不通也，无不由也，況之曰道。」

〔五〕「三辰」句，三辰，日、月、星也，本文前已注。「赫赫」及下句「茫茫」，皆博大貌。

〔六〕「九土」句，九州之地。史記孟軻傳附騶衍：「中國名曰赤縣神州。赤縣神州内自有九州，禹之序九州是也。」

〔七〕「太極」二句，周易繫辭上：「易有太極，是生兩儀。」韓康伯注：「夫有必始於無，故大極生兩儀也。大極者，无稱之稱，不可得而名，取有之所極，況之大極者也。」神州，即中國。地皇，此指地上之皇王，與上句「天帝」對應。

驪連上古，混沌中央〔一〕。降及軒頊〔二〕，終於夏商。四時玉斗〔三〕，五緯珠囊〔四〕。聖德千載，淳風八荒〔五〕。

【箋　注】

〔一〕「驪連」二句，驪連及混沌、中央，皆傳説中上古帝王名號。唐司馬貞史記索隱卷三〇三皇氏：「自人皇已後，有五龍氏、燧人氏、大庭氏、柏皇氏、中央氏、卷鬚氏、栗陸氏、驪連氏、赫胥氏、尊盧氏、渾沌氏、昊英氏、有巢氏、朱襄氏、葛天氏、陰康氏、無懷氏，斯蓋三皇已來有天地者之號。」

〔二〕「降及」句，軒，黄帝軒轅氏；頊，顓頊高陽氏，皆傳説中「五帝」之一，及華夏人文始祖。史記五帝本紀：「帝顓頊高陽者，黄帝之孫，而昌意之子也。静淵以有謀，疏通而知事，養材以任地，載時以象天，依鬼神以制義。」

〔三〕「四時」句，四時，四季也。玉斗，藝文類聚卷一一帝夏禹引帝王世紀，謂禹「虎鼻大口，兩耳参漏，胸有玉斗」。又古微書卷三録尚書帝命驗：「禹身長九尺有咫，虎鼻河目，駢齒鳥喙，耳三漏，戴成鈐，褱玉斗。」注引靈準聽云：「有人出石，夷掘地代，戴成鈐，懷玉斗。」注：姚氏云：「禹胸有墨如北斗。」鄭（玄）云：「懷璇璣玉衡之道。戴鈐，謂有骨表如鉤鈐星也。」則所謂「玉斗」，蓋即北斗也。

〔四〕「五緯」句，太平御覽卷六星中引樂汁圖鄭玄注曰：「日月遺其珠囊。珠，謂五星也。遺其囊者，盈縮失度也。」按後漢書郎顗傳：「五緯循軌，四時和睦。」李賢注：「五緯，五星。」以上二句，謂古帝王乃日月星辰之遺。

〔五〕「淳風」句，文選張衡思玄賦：「翾鳥舉而魚躍兮，將往走乎八荒。」舊注引淮南子曰：「四海之外有八澤，八澤之外曰八埏，八埏之外曰八荒。」此泛指邊遠之地，謂淳風遍及也。

天開赤籙，日照青光〔一〕。讖協金匱〔二〕，兵符玉璜〔三〕。化隆文武，澤盛成康〔四〕。天子穆穆，諸侯皇皇〔五〕。

【箋注】

〔一〕「天開」二句，赤籙、青光，皆周受命代殷而有天下之符，見前新都縣學先聖廟堂碑文注。

〔二〕「讖協」句，據尚書金縢，周成王見周公納於金縢匱中之册，而知其忠於王室，詳見前新都縣學先聖廟堂碑文注引。句指周公、成王皆見識極高。

〔三〕「兵符」句，太平御覽卷八三四釣引尚書大傳：「周文王至磻溪，見吕望釣。文王拜之尚父。望釣得玉璜，刻曰：『周受命，吕佐昌。德合於今，昌來提。』」句謂太公望用兵佐周而得天下，與玉璜所刻相符。

〔四〕「澤盛」句，盛，英華校：「集作仞。」誤。

〔五〕「天子」二句，詩經大雅假樂：「干禄百福，子孫千億。穆穆皇皇，宜君宜王。」鄭玄箋：「天子穆穆，諸侯皇皇，成王行顯顯之令德，求禄得百福，其子孫亦勤行而求之，得禄千億，故或爲諸侯，或爲天子，言皆相勗以道。」

春秋代謝，宗社危亡。帝典無象〔一〕，人倫不綱〔二〕。山河命德，天地興祥〔三〕。禮樂三變〔四〕，文明一匡〔五〕。

【箋注】

〔一〕「帝典」句，無象，「無」原作「垂」，英華、四子集、全唐文作「無」，是，據改，「垂」乃形訛。無象謂周已失去上天所授符命。論語子罕：「子曰：鳳鳥不至，河不出圖，吾已矣夫！」

〔二〕「人倫」句，禮記曲禮下：「儗人必於其倫。」鄭玄注：「儗猶比也，倫猶類也。」此指社會秩序。不綱，文選班固史述讚述高紀：「秦人不綱，網漏於楚。」李善注：「綱以喻網，網無綱，無所成，故漏也。言秦人不能整其綱維，令網目漏也。」張銑注：「綱，謂綱紀也。」以上兩句，謂周政權失去統治力，天下已亂。

〔三〕「山河」二句，謂天地將授命於有德，暗指孔子，與前新都縣學先聖廟堂碑文銘詞「三靈授手」同義。

〔四〕「禮樂」句，三變，多次變更，謂各代禮樂不盡相同。史記叔孫通傳：叔孫通曰：「五帝異樂，三王不同禮。禮者，因時事、人情爲之節文者也。故夏、殷、周之禮所以因損益可知者，謂不相復也。」

〔五〕「文明」句，周易賁卦：「天之文也，文明以止，人文也。」王弼注：「止物不以威武，而以文明，人之文也。」孔穎達正義釋「文明」爲「文德之教」，曰：「『文明以止，人文』者，文明，離也；以止，艮也。用此文明之道，裁止於人，是人之文德之教。」以上兩句，謂時當季世，孔子將以禮樂、文明匡正天下。

原承少典〔一〕，祚啓成湯〔二〕。吹律丹鳳〔三〕，銜符白狼〔四〕。三仁去國〔五〕，再命循牆〔六〕。不有積善〔七〕，其何以昌。

【箋注】

〔一〕「原承」句，謂少典乃孔子始祖。史記五帝本紀：「黄帝者，少典之子。」集解引譙周，稱少典爲「有熊國君」。孔子自稱爲殷人之後，而契爲商之始祖，其母爲帝嚳女，帝嚳爲黄帝曾孫，故追溯至少典。參見前新都縣學先聖廟堂碑文「司徒立勳」句注。

〔二〕「祚啓」句，祚，帝位；成湯，亦名帝乙，滅夏桀而建立商朝。周武王克殷，封紂之子武庚於朝歌，使奉湯祀。武王崩，武庚與管、蔡、霍三叔作難。周公相成王東征之二年，罪人斯得，乃命微子爲殷後，作微子之命，由之興國於宋，而孔子乃微子之後，故云。詳見前新都縣學先聖廟堂碑文注。

〔三〕「吹律」句，吕氏春秋卷五古樂：「昔黄帝令伶倫作爲律。伶倫自大夏之西，乃之阮隃之陰，取竹於嶰谿之谷，以生空竅厚鈞者，斷兩節間，其長三寸九分而吹之，以爲黄鍾之宫。吹曰舍少。次制十二筒，以之阮隃之下，聽鳳皇之鳴，以别十二律。其雄鳴爲六，雌鳴亦六，以比黄鍾之宫，適合。黄鍾之宫皆可以生之，故曰黄鍾之宫，律吕之本。」高誘注：「伶倫，黄帝臣。」又曰：「法鳳之雌雄，故律有陰陽，上下相生，故曰黄鍾之宫皆可以生之。」按：「吹律」爲黄帝時事，此當用少典事，蓋以少典無事可用，而以黄帝乃少典子，故用之也。

〔四〕「銜符」句，太平御覽卷八三殷帝成湯引尚書璇璣鈐曰：「湯受金符，白狼銜鈎入殷朝。」原注：「鈎，縛束之要，明湯得天下之要也。」銜符，「銜」原作「鉤」。英華作「御符」，於「符」下校：「一作鈎。」「御」蓋「銜」之形訛，實即「銜符」，全唐文作「銜符」。作「銜」是，據改。

〔五〕「三仁」句，論語微子：「微子去之，箕子爲之奴，比干諫而死。孔子曰：『殷有三仁焉。』」何晏集解引馬（融）曰：「微、箕，二國名，子爵也。微子，紂之庶兄；箕子、比干，紂之諸父。微子見紂無道，早去之。箕子佯狂爲奴。比干以諫見殺。」又曰：「仁者愛人。三人行異而同稱仁，以其俱在憂亂寧民也。」

〔六〕「再命」句，指孔子遠祖正考父。史記孔子世家：「其祖弗父何始有宋而嗣讓厲公，及正考父佐戴、武、宣公，三命兹益恭，故鼎銘云：『一命而僂，再命而傴，三命而俯，循牆而走，亦莫敢余侮。饘於是，粥於是，以糊余口。』其恭如是。」

〔七〕「不有」句，周易坤卦文言：「積善之家，必有餘慶。」

降靈鄒邑，誕哲平鄉〔一〕。月角摛彩〔二〕，星鈐吐芒〔三〕。文行忠信〔四〕，恭儉温良〔五〕。或默或語〔六〕，能柔能剛。

【箋注】

〔一〕「降靈」二句，降靈、誕哲，謂孔子誕生。鄒邑、平鄉，孔子出生地，見本文前注。

〔二〕「月角」句，謂孔子額角似月形，眉有一十二彩，見本文前注。

〔三〕「星鈐」句，星鈐，即鈎鈐星。藝文類聚卷一一帝王部一引帝王世紀曰：「伯禹夏后氏，姒姓也。生於石坳，虎鼻大口，兩耳參漏，首戴鈎鈐。」史記天官書：「（房星）旁有兩星，曰衿。」索隱引元命包曰：「鈎衿兩星，以閑防，神府闓舒，爲主鈎距，以備非常也。」吐芒，放射光芒。按史記孔子世家稱孔子適鄭，獨立郭東門，鄭人或謂其類禹，「然自要以下不及禹三寸」，故此以禹之異表言孔子。

〔四〕「文行」句，論語述而：「子以四教：文、行、忠、信。」邢昺疏：「此章記孔子行教，以此四事爲先也。文謂先王之遺文。行謂德行，在心爲德，施之爲行。中心無隱謂之忠，人言不欺謂之信。此四者有形質，故可舉以教也。」

〔五〕「恭儉」句，論語學而：「子禽問於子貢曰：『夫子至於是邦也，必聞其政，求之與，抑與之與？』子貢曰：『夫子温良恭儉讓以得之。夫子之求之也，其諸異乎人之求之與。』」

〔六〕「或默」句，周易繫辭上：「子曰：君子之道，或出或處，或默或語，二人同心，其利斷金。」

學而不厭〔一〕，師亦何常〔二〕。通禮明德，尊賢毀方〔三〕。古之君子，昔者明王。道協公旦，神交帝唐〔四〕。

【箋　注】

〔一〕「學而」句，論語述而：「子曰：默而識之，學而不厭，誨人不倦，何有於我哉！」何晏集解引鄭（玄）曰：「人無是行於我，我獨有之。」

〔二〕「師亦」句，論語述而：「子曰：三人行，必有我師焉，擇其善者而從之，其不善者而改之。」何晏集解：「言我三人行，本無賢愚，擇善從之，不善改之，故無常師。」同上書子張：「衛公孫朝問於子貢曰：『仲尼焉學？』子貢曰：『文武之道，未墜於地，在人。賢者識其大者，不賢者識其小者，莫不有文武之道焉。夫子焉不學？而亦何常師之有？』」何晏集解引馬（融）曰：「公孫朝，衛大夫。」

〔三〕「尊賢」句，毁方，禮記儒行：「儒有博學而不窮，篤行而不倦，……慕賢而容衆，毁方而瓦合，其寬裕有如此者。」鄭玄注：「毁方而瓦合，去己之大圭角，下與衆人小合也。必瓦合者，亦君子爲道不遠人。」

〔四〕「道協」二句，謂孔子祖述堯舜，憲章文武。公旦，即周公，包括周文王、武王；帝唐，指堯，包括舜。禮記中庸：「仲尼祖述堯舜，憲章文武。」鄭玄注：「此以春秋之義説孔子之德。孔子曰：『吾志在春秋，行在孝經。』二經固足以明之。孔子祖述堯舜之道而制春秋，而斷以文王、武王之法度。春秋傳曰：『君子曷爲？爲春秋。撥亂世反諸正，莫近諸春秋，其諸君子樂道堯舜之道，與末不亦樂乎？堯舜之知君子也。』又曰：『是子也，繼文王之體，守文王之法度，文王之法無求而求，故譏之也。』又曰：『王者孰謂？謂文王也。』此孔子兼包堯舜文武之盛德，而著之春秋，以俟後聖者也。」

攝官從事〔一〕，冕服端章〔二〕。示之以德〔三〕，臨之以莊〔四〕。澤如春雨，威若秋霜。男女斯别，尊卑克彰〔五〕。

【箋　注】

〔一〕「攝官」句，攝，代理。攝官指孔子爲魯司寇攝行相事，見前新都縣學先聖廟堂碑文注。

〔二〕「冕服」句，孔子家語卷二三恕：子曰：「國有道，則袞冕而執玉。」王肅注：「袞冕，文衣盛飾也。」

〔三〕「示之」句，論語爲政：「子曰：爲政以德，譬如北辰，居其所而衆星共之。」何晏集解引包（咸）曰：「德者無爲，猶北辰之不移，而衆星共之。」

〔四〕「臨之」句，論語爲政：「季康子問使民敬忠以勸，如之何？子曰：『臨之以莊則敬。』」何晏集解引孔（安國）曰：「魯卿季孫肥，康，謚。」又引包（咸）曰：「莊，嚴也。君臨民以嚴，則民敬其上。」

〔五〕「澤如」四句，指孔子仕魯時赦父子訟者，殺少正卯，以及令男女行者别於塗，制養生送死之節諸事，詳見前新都縣學先聖廟堂碑文注。

時逢版蕩〔一〕，運屬悽遑〔二〕。入齊損味〔三〕，居陳絶糧〔四〕。登山極目，臨水倘佯〔五〕。無道斯隱〔六〕，舍之則藏〔七〕。

【箋　注】

〔一〕「時逢」句，詩經大雅有板、蕩二篇，刺周厲王無道，敗壞國家，前文已注。版、板同。後以「版蕩」指時局動亂，此指春秋時期諸侯争霸，相互殺伐。

〔二〕「運屬」句，謂孔子時運不偶，悽遑終身。論語憲問：「微生畝謂孔子曰：『丘何爲是栖栖者與？無乃爲佞乎？』」悽遑，同「栖皇」，忙碌不安貌。

〔三〕「入齊」句，論語述而：「子在齊聞韶，三月不知肉味。曰：『不圖爲樂之至於斯也。』」何晏集解引周氏曰：「孔子在齊聞習韶樂之盛美，故忽忘於肉味。」又引王（肅）曰：「爲，作也。不圖作韶樂至於此。此，齊。」按：韶樂，舜樂也。句謂孔子極喜古樂，實不滿於「今樂」。

〔四〕「居陳」句，史記孔子世家：「孔子在陳蔡之間，楚使人聘孔子。孔子將往拜禮，陳蔡大夫謀曰：『孔子賢者，所刺譏皆中諸侯之疾。今者久留陳蔡之間，諸大夫所設行皆非仲尼之意。今楚，大國也，來聘孔子，孔子用於楚，則陳蔡用事大夫危矣。』於是乃相與發徒役圍孔子於野，不得行，絶糧，從者病，莫能興。」

〔五〕「登山」二句，登山、臨水，指孔子與弟子游農山、觀東流之水，本文前已注。

〔六〕「無道」句，孔子家語卷二三恕：「子路問於孔子曰：『有人於此，被褐而懷玉，何如？』子曰：『國無道，隱之可也。』」王肅注：「褐，毛布衣。」

〔七〕「舍之」句，論語述而：「子謂顏淵曰：『用之則行，舍之則藏，唯我與爾有是夫。』」何晏集解：「孔子言可行則行，可止則止，唯我與顏淵同。」

季孫大賚〔一〕，敬叔揄揚〔二〕。問官郯子〔三〕，受樂師襄〔四〕。神明協贊〔五〕，雅頌鏗鏘〔六〕。

紫麟遥集，丹烏遠翔〔七〕。

【箋　注】

〔一〕「季孫」句，季孫，魯哀公時正卿季孫肥。大賚，尚書湯誓：「予其大賚汝。」僞孔傳：「賚，與也。」此謂贈與。孔子家語卷二致思：「孔子曰：季孫之賜我粟千鍾也，而交益親。」王肅注：「得季孫千鍾之粟，以施與衆，而交益親。」

〔二〕「敬叔」句，敬叔，原作「叔敬」，據英華改。敬叔，即南宮閲（見左傳哀公三年杜預注），字敬叔，孔子弟子。揄揚，宣揚。孔子家語卷九本姓解：「齊太史子與適魯，見孔子，孔子與之言道。子與悦，……謂南宮敬叔曰：『今孔子，先聖之嗣，自弗父何以來，世有德讓，天所祚也。成湯以武德王天下，其配在文，殷宗已下未始有也。孔子生於衰周，先王典籍錯亂無紀，而乃論百家之遺記，考正其義，祖述堯舜，憲章文武，删詩述書，定禮理樂，製作春秋，贊明易道，垂訓後嗣以爲法式，其文德著矣。然凡所教誨，束脩已上三千餘人，或者天將欲與素王之乎，夫何其盛也！』敬叔曰：『殆如吾子之言。夫物莫能兩大。吾聞聖人之後而非繼世之統，其必有興者焉。今孔子之道至矣，乃將施乎無窮，雖欲辭天之祚，故未得耳。』子貢聞之，以二子告孔子，子曰：『豈若是哉！亂而治之，滯而起之，自吾志，天何與焉？』」

〔三〕「問官」句，郯子朝魯，能答少皓氏何以以鳥名官之問，孔子聞之，遂見郯子而學焉，見本文前注引孔子家語。

〔四〕「受樂」句，孔子學鼓琴於師襄子，師襄謂「丘得其爲人」，因所奏穆然深思，怡然高望，有如文王操。見前新都縣學先聖廟堂碑文注引史記孔子世家。

〔五〕「神明」句，周易說卦：「昔者聖人之作易也，幽贊於神明而生蓍。」韓康伯注：「幽，深也；贊，明也。蓍受命如嚮，不知所以然而然也。」

〔六〕「雅頌」句，論語子罕：「子曰：『吾自衛反魯，然後樂正，雅頌各得其所。』」禮記樂記：「君子之聽音，非聽其鏗鏘而已也，彼亦有所合之也。」鄭玄注：「以聲合，成己之志。」

〔七〕「紫麟」二句，宋羅泌路史卷四二麟木說引孝經中契：「（孔）丘見孝經文成而天道立，乃齋以白之天。玄霜（按：太平御覽卷六一〇引孝經中契作「雲」）湧北極，紫宮開北門，召亢星北落，司命天使書題，號云孝經，篇目玄神辰裔。孔丘知元命，使陽衢乘紫麟，下告地主要道之君。後年麟至，口吐圖文，北落郎服書魯端門，隱形不見。子夏往觀，寫之，得十七字，餘文二十消滅，飛爲赤烏（按：「烏」原作「鳥」，據上引御覽改），翔摩青雲。」

生靈水火，家國舟航〔一〕。功符日用〔二〕，德協天長〔三〕。倏嗟崩嶽，奄歎摧梁〔四〕。昧昧神道，悠悠彼蒼〔五〕。

【箋注】

〔一〕「家國」句，舟航，文選任昉王文憲集序：「功深砥礪，道邁舟航。」李善注引尚書（説命）高宗曰：「若金用汝（指傅説，下同）作礪，若濟巨川，用汝作舟楫。」呂向注：「舟，航船也，所以濟乎大川，喻濟人也。」此以喻孔子。

〔二〕「功符」句，周易繫辭上：「百姓日用而不知，故君子之道鮮矣。」韓康伯注：「君子體道以爲用也。仁知則滯於所見，百姓則日用而不知，體斯道者，不亦鮮矣！」

〔三〕「德協」句，謂孔子之德，當能求天長命。尚書召誥：「惟恭敬奉其幣帛，用供待王，當能受天長命，將以慶王多福，必上下勤恤，乃與小民，受天永命。」

〔四〕「倏嗟」二句，感歎孔子竟然逝去。崩嶽、摧梁，謂泰山頹，梁木壞，喻孔子將死，見前新都縣學先聖廟堂碑文注。

〔五〕「昧昧」二句，謂神靈暗昧，天道悠遠，不可詰問。詩經秦風黄鳥：「彼蒼者天，殲我良人！」

書開壞宅〔一〕，識識登床〔二〕。與世輕重，因時弛張〔三〕。氊裘黼黻，沙漠壇場〔四〕。璣衡慘慘〔五〕，載籍膏肓〔六〕。

【箋注】

〔一〕「書開」句，漢武帝時，魯恭王壞孔子舊宅以廣其宮，聞鐘磬琴瑟之聲，從壁中得古文經傳，見本文前注引漢書景十三王傳。壞，英華作「懷」，形訛。

〔二〕「讖識」句，謂孔子將死，遺讖書曰「不知何一男子，自謂秦始皇，上我之堂，踞我之床，顛倒我衣裳，至沙丘而亡」云云，見本文前注引論衡。識，英華校：「集作發。」誤。

〔三〕「與世」二句，世，原作「代」，唐諱，徑改。謂兩漢之後，隨時代變遷，孔子地位亦輕重不同。

〔四〕「氊裘」二句，氊裘、沙漠，代指少數民族；黼黻、壇場，代指禮樂教化之地。兩句謂南北朝時期，中國禮儀之邦屢遭異族侵略，文明國度幾成文化沙漠。

〔五〕「璣衡」句，璣衡，即璇璣玉衡，古代測天儀器。惨[忄㐱]，[忄㐱]，查古今字書未見其字，疑乃「憀」字之殘，或當時俗體。慘憀，謂天象不祥，政權危殆。

〔六〕「載籍」句，指史料文獻。膏肓，謂考之文獻，當時國家已病入膏肓，不可救藥。文選孫楚爲石仲容與孫皓書：「夫治膏肓者，必進苦口之藥；決狐疑者，必告逆耳之言。如其迷謬，未知所投，恐俞附見其已困，扁鵲知其無功也。」李善注引左氏傳曰：「晉景公夢疾爲二豎子，一曰居肓之上，一曰居膏之下，若我何？」按：見左傳成公十年，杜預注：「肓，鬲也，心下爲膏。」

汾河水白〔一〕，晉野星黄〔二〕。軒電臨斗〔三〕，殷雷入房〔四〕。九圍臣妾〔五〕，八極城隍〔六〕。東序西序，上庠下庠〔七〕。

【箋　注】

〔一〕「汾河」句，汾河，又稱汾水，源出山西寧武縣，流經太原市區，最後注入黄河。水白，左傳僖公二十四年：「(晉公子重耳逃亡)及河，子犯以璧授公子，曰：『臣負羈紲從君巡於天下，臣之罪甚多矣，臣猶知之，而況君乎？請由此亡。』公子曰：『所不與舅氏同心者，有如白水！』」杜預注：「子犯，重耳舅也。言與舅氏同心之明，如此白水。」猶詩言『謂予不信，有如皦日』。」此以汾河代指太原，實指唐高祖李淵隋末於太原起兵推翻隋朝事。水白，喻唐高祖李淵反隋理所當然，光明正大。

〔二〕「晉野」句，漢桓帝時有黄星見於楚、宋之分，殷馗稱「後五十歲當有真人起於梁、沛之間，其鋒不可當」云云，見前新都縣學先聖廟堂碑文注引三國志魏書武帝紀。此謂晉地亦有黄星之瑞，謂唐高祖李淵起兵乃上膺天命。

〔三〕「軒電」句，軒電，謂飛軒如電。軒，車也，喻車行迅疾，如電光稍縱即逝。曹植七啓：「飛軒電逝，獸逐輪轉。」臨斗，史記天官書：「北斗七星，所謂『旋、璣、玉衡，以齊七政』。……斗爲帝車，運於中央，臨制四鄉。」兩句謂唐高祖義軍勢如摧枯拉朽，迅疾如電，不久即攻入隋都長安，并奪取政權。

〔四〕「殷雷」句，詩經召南殷其雷：「殷其雷，在南山之陽。」毛傳：「殷，雷聲也。」入房，史記天官書：「東宫蒼龍，房、心。」索隱引春秋説題辭云：「房、心爲明堂，天王布政之宫。」又正義曰：

「房心，君之位。」此謂唐高祖以迅雷之勢建立唐朝，登上天子寶座。雷，英華校：「集作雲。」誤。

〔五〕「九圍」句，詩經商頌長發：「昭假遲遲，上帝是祗，帝命式于九圍。」毛傳：「九圍，九州也。」臣妾，文選劉琨勸進表：「蒼生顒然，莫不欣戴，聲教所加，願爲臣妾者哉！」李善注引史記張良曰：「百姓莫不願爲臣妾。」按史記魯周公世家：「馬牛其風，臣妾逋逃。」集解引鄭玄曰：「臣妾，厮役之屬也。」此泛指百姓，謂天下皆臣服於唐。

〔六〕「八極」句，淮南子原道訓：「夫道者，覆天載地，廓四方，柝八極。」高誘注：「八極，八方之極。」城隍，易泰卦：「城復於隍，勿用師。」孔穎達疏：「子夏傳云：隍是城下池也。城之爲體，由基土陪扶乃得爲城，今下不陪扶，城則隕壞。」此謂各地軍閥土崩瓦解，如同城復於隍，皆願歸順，與上句義同。

〔七〕「東序」二句，禮記王制：「有虞氏養國老於上庠，養庶老於下庠。夏后氏養國老於東序，養庶老於西序。殷人養國老於右學，養庶老於左學。周人養國老於東膠，養庶老於虞庠，虞庠，在國之西郊。」鄭玄注：「皆學名也，異者，四代相變耳。或上、西，或上、東。或貴在國，或貴在郊。上庠、右學，大學也，在西郊；下庠、左學，小學也，在國中王宮之東。東序、東膠，亦大學，在國中王宮之東；西序、虞庠，亦小學也，西序在西郊，周立小學於西郊。膠之言糾也，庠之言養也。」兩句謂自唐建立後，天下學校大興。

粵惟銅墨〔一〕，實號金相〔二〕。靈山地輔〔三〕，德水天潢〔四〕。芝蘭秀出〔五〕，羔鴈成行〔六〕。玉匣孤劍〔七〕，瑤臺驌驦〔八〕。

【箋注】

〔一〕「粵惟」句，粵惟，發語詞。銅墨，指縣令。漢書百官公卿表上：凡吏，「秩比六百石以上，皆銅印黑綬」。按舊唐書輿服志，唐「五品黑綬」。此代指長江令楊公，謂其官僅縣令。

〔二〕「實號」句，相，原作「箱」，全唐文同。英華亦作「箱」，校：「集作相。」按：當作相，據所校集本改。金相，謂楊公雖卑爲縣令，實爲金相玉質。晉書潘岳傳附潘尼傳史臣曰：「正叔（按：潘尼字正叔）含咀藝文，履危居正，安其身而後動，契其心而後言。著論究人道之綱，裁箴懸乘輿之鑑，可謂玉質而金相者矣。」

〔三〕「靈山」句，靈山，此指華山。地輔，謂華陰爲古京輔之地。三輔黄圖卷一三輔治所：「三輔者，謂主爵中尉及左右内史，漢武帝改曰京兆尹、左馮翊、右扶風，共治長安城中，是爲三輔。三輔郡皆有都尉如諸郡，京輔都尉治華陰，左輔都尉治高陵，右輔都尉治郿。」

〔四〕「德水」句，德水，即黄河。史記秦始皇本紀：始皇二十六年（前二二一），「更名河曰德水，以爲水德之始」。天潢，史記天官書：「漢中四星曰天駟，旁一星曰王良，……旁有八星絶漢，曰天潢。」索隱引元命包曰：「潢主河渠，所以度神通四方。」又引宋均云：「天潢，天津也。津，湊也，主計度也。」此謂黄河乃星宿之天潢。以上二句，謂楊氏世居華山之下，黄河之濱，乃地靈人傑之會。

〔五〕「芝蘭」句，芝蘭，香草名。孔子家語卷五在厄：「子曰：……芝蘭生於深林，不以無人而不芳；君子修道立德，不爲窮困而敗節。」此喻指楊氏人物品格高尚儒雅。

〔六〕「羔鴈」句，尚書舜典：「修五禮，五玉、三帛、二生、一死贄，如五器，卒乃復。」「二生」，僞孔傳：「卿執羔，大夫執鴈。」後以羔鴈代指卿大夫。成行，謂楊氏爲官者極多。

〔七〕「玉匣」句，玉匣，嵌玉劍匣，泛指劍匣。古代士以上佩劍爲禮器。初學記卷二二武部引賈子：「古者天子二十而冠，帶劍；諸侯三十而冠，帶劍；大夫四十而冠，帶劍；隸人不得冠，庶人有事得帶劍，無事不得帶劍。」孤劍，謂獨立不欹，喻指楊氏爲人剛直不阿。南朝宋吴邁遠櫂歌行：「十三爲漢使，孤劍出皋蘭。」唐楊巨源贈鄰家老將：「空餘孤劍在，開匣一沾裳。」可參讀。

〔八〕「瑶臺」句，瑶臺，楚辭屈原離騷：「望瑶臺之偃蹇兮。」此代指朝廷。驌驦，文選左思吴都賦：「吴王乃巾玉輅，軺驌驦。」劉淵林注：「驌驦，馬也。左氏傳曰：『唐成公如楚，有兩驌驦馬。』」此以良馬喻良臣，謂楊氏多朝廷幹練之才。

懲奸挫右〔一〕，濟猛移蝗〔二〕。風傳積石〔三〕，道被滄浪〔四〕。絲言涣汗〔五〕，經葺相望〔六〕。夏井蓮植，秋窗桂芳。

【箋　注】

〔一〕「懲奸」句，挫，原作「摇」。英華亦作「摇」，校：「集作挫，是。」全唐文亦作「挫」，據改。挫右，謂打擊不法豪右。

〔二〕「濟猛」句，濟猛，謂爲政以寬，以寬濟猛。移蝗，太平御覽卷二六八良令長下引海内先賢傳曰：「公沙穆遷弘農令，界有蝗蟲食禾稼，百姓惶懼。穆設壇謝曰：『百姓有過，咎在典掌。罪穆之由，請以身禱。』玄雲四集，雨下霶霈，自日中至晡，不知蝗蟲所在，百姓稱曰神明。」

〔三〕「風傳」句，風，指政風、聲名。積石，山名。尚書禹貢：「浮於積石，至於龍門、西河。」僞孔傳：「積石山，在金城西南，河所經也。沿河順流而北千里，而東千里，而南龍門山。」正義引地理志云：「積石山，在金城河關縣西南。」按：山在今甘肅省撒拉族自治縣。

〔四〕「道被」句，滄浪，水名。史記夏本紀：「嶓冢道瀁，東流爲漢，又東爲滄浪之水。」索隱：「馬融、鄭玄皆以滄浪爲夏水，即漢、河之别流也。漁父歌曰：『滄浪之水清兮，可以濯吾纓。』是此水也。」正義曰：「括地志云：『均州武當縣有滄浪水。』庾仲雍漢水記云：『武當縣西四十里漢水中有洲，名滄浪洲也。』地記云：『水出荆山，東南流，爲滄浪水。』」以上二句，謂長江令楊公爲政之善，美名遠播。

〔五〕「絲言」句，指王言，謂其初出如絲，出行於外，即大如綸，見本文前「如綸如綍」句注引禮記緇衣。涣汗，謂王言極具權威，使人驚恐遵從。周易涣卦：「九五，涣汗其大號。涣，王居无咎。」

王弼注：「處尊履正，居巽之中，散汗大號以蕩險阨者也。爲渙之主，唯王居之，乃得无咎也。」孔穎達正義曰：「渙汗其大號者，人遇險阨驚怖而勞，則汗從體出，故以汗喻險阨也。九五處尊履正，在號令之中能行號令，以散險阨者也，故曰渙汗其大號也。」按：此所謂「王言」，指咸亨元年（六七〇）高宗所下州縣營葺孔子學廟詔，已詳前注。

〔六〕「經葺」句，經葺，經營修葺。相望，指各地競相修建孔子廟學。

綉楹文琰，綺綴明璫〔一〕。四注飛閣，三休步廊〔二〕。禮行釋菜，敬盡明蘋〔三〕。圖非有若，地異空桑〔四〕。

【箋注】

〔一〕「綉楹」二句，綉楹，雕鎸之柱；文琰，謂用美玉飾柱。璫，玉質瓦當，亦作「當」，此即指瓦當。瓦當綴有花紋，故言「綺綴」，言所建孔子廟堂裝飾華美。文選班固西都賦：「雕玉瑱以居楹，裁金璧以飾當。」李善注：「言雕刻玉磌以居楹柱也。……說文曰：『楹，柱也。』上林賦曰：『華欀璧當。』韋昭曰：『裁金爲璧，以當欀頭。』」

〔二〕「四注」二句，四注，閣道布在四方。閣道又稱複道，有如今之天橋，成爲空中走廊（詳見前新都縣學先聖廟堂碑文注），故言「飛閣」。三休，形容閣道極高，言所建孔子廟堂設施完備。文選司馬相如上林賦：「高廊四注，重坐曲閣。」郭璞注引司馬彪曰：「廊廡上級下級皆可坐，故曰重坐。曲閣，閣道委曲也。」呂延濟注：「注，猶布也。高廊，行廊也。謂行廊布於四邊也。閣有兩重，上級下級皆可坐，故言重坐也。」三休，極言其高，謂多次休息方得上。賈誼新書退讓篇：「（楚王）饗客於章華之臺，上者三休，而乃至其上。」

〔三〕「禮行」二句，釋菜，採蘋蘩之類祭拜先師，見前新都縣學先聖廟堂碑文注。明薌，薌，同「香」，明薌即祭祀時燃香，以表恭敬。

〔四〕「圖非」二句，有若，指若水；空桑，傳説中山名。呂氏春秋卷五古樂：「顓頊生自若水，實處空桑，乃登爲帝。惟天之合，正風乃行，其音若熙熙、淒淒、鏘鏘。帝顓頊好其音，乃令飛龍作，效八風之音，命之曰承雲，以祭上帝。」周禮春官大司樂：「空桑之琴瑟，咸池之舞。」鄭玄注空桑爲「山名」。此有若、空桑代指顓頊，又泛指帝王。謂祭拜如此隆重，然所祭拜之畫像既非帝王，地點也不在帝王之所，以見素王孔子地位之崇高。

伏羲書契〔一〕，女媧笙簧〔二〕。匏土金石〔三〕，珪琮璧璋〔四〕。高門程鄭〔五〕，碩學王楊〔六〕。威儀秩秩〔七〕，宮徵瑲瑲。〔八〕

【箋注】

〔一〕「伏羲」句，伏羲，傳説中古帝王。書契，指文字。太平御覽卷七二一醫一引帝王世紀：「伏羲氏仰觀象於天，俯觀法於地，觀鳥獸之文與地之宜，近取諸身，遠取諸物，於是造書契以代結繩之政，畫八卦以通神明之德，以類萬物之情。」此泛指典籍文章。

〔二〕「女媧」句，女媧，傳説中古帝王。禮記明堂位：「垂之和鐘，叔之離磬，女媧之笙簧。」鄭玄注：「女媧，三皇承宓犧（按：即伏羲）者。……笙簧，笙中之簧也。世本曰：『……女媧作笙簧。』」此泛指音樂。

〔三〕「匏土」句，匏、土、金、石，皆古代樂器。尚書舜典：「三載四海，遏密八音。」僞孔傳：「八音：金、石、絲、竹、匏、土、革、木。」此泛指樂器。

〔四〕「珪琮」句，據周禮春官掌玉，所掌之玉有圭、璋、璧、琮等，皆祭祀所用禮器。圭（同「珪」）上鋭下方，璧圓，璋乃半圭，琮爲方形或圓筒形玉器。此泛指禮器。

〔五〕「高門」句，文選張衡南都賦：「壇宇顯敞，高門納駟。」李善注：「漢于公（定國）高其門，使容駟馬。」此指多財之家。史記程鄭傳：「程鄭，山東遷虜也。亦冶鑄賈椎髻之民，富埒卓氏，俱居臨邛。」

〔六〕「碩學」句，王楊，「王」指王褒，「楊」指楊雄。王、楊二人乃西漢時蜀中辭賦大家，故稱「碩學」。

〔七〕「威儀」句，詩經小雅賓之初筵：「賓之初筵，左右秩秩。」毛傳：「秩秩然肅敬也。」

〔八〕「宮徵」句，宮徵，指宮、商、角、徵、羽五音，代指音樂。瑲瑲，詩經小雅采芑：「約軧錯衡，八鸞瑲瑲。」毛傳：「瑲瑲，聲也。」以上四句，謂無論富兒學者，皆深喜孔子禮樂之教。

山棲弔鳥〔一〕,水宿鴛鴦。蜀門荷戟〔二〕,江津濫觴〔三〕。落星高堰,明月回塘〔四〕。丹碑不朽,清廟無疆〔五〕。

【箋注】

〔一〕「山棲」句,弔,原作「烏」。英華、全唐文亦作「烏」,英華校:「集作弔。」按水經注葉榆河:「益州葉榆河出其縣(指葉榆縣,已久廢)北界,屈從縣東北流。」酈道元注:「縣,故滇池葉榆之國也。漢武帝元封二年(前一〇九),使唐蒙開之,以爲益州郡。郡有葉榆縣,縣西北八十里有弔鳥山,衆鳥千百爲群,其會鳴呼啁噺。每歲七八月至,十六七日則止,一歲六至,雉雀來弔,夜燃火伺取之。其無嗉不食,似特悲者,以爲義,則不取也。俗言鳳凰死於此山,故衆鳥來弔,因名弔鳥。」烏鳥爲不祥之鳥,弔鳥則爲義鳥,與下句「鴛鴦」對應,又爲益州事,故作「弔」是,據英華所校集本改。此泛指鳥。

〔二〕「蜀門」句,蜀門,指劍門。晉張載劍閣銘:「惟蜀之門,作固作鎮。是曰劍閣,壁立千仞。」又初學記卷七地部下「蜀門」,原注引左思蜀都賦曰:「廓靈關以爲門。」按靈關在今四川廣元昭化區(古昭化縣),亦代指劍門。荷戟,文選陸機豪士賦序:「天可讎乎?而時有袨服荷戟立乎廟門之下,援旗誓衆,奮於阡陌之上。」李善注「荷戟」爲「執戟」。此喻楊令在蜀爲官守土,蜀有劍門,故有如廟門荷戟之士。

〔三〕「江津」句，水經注江水：「（江水）南過江陵縣南。」酈道元注：「城南有……奉城，故江津長所治。舊主度州郡貢於洛陽，因謂之奉城，亦曰江津戍也。戍南對馬頭岸，……北對大岸，謂之江津口，故洲亦取名焉。江大自此始也。……故郭景純云：『濟江津以起漲。』言其深廣也。」古人以爲岷江爲長江之源，故此謂長江雖深廣，其濫觴則在西蜀。文選郭璞江賦：「惟岷山之導江，初發源乎濫觴。」李善注：「家語孔子謂子路曰：『夫江始於岷山，其源可以濫觴。及其至於江津，不舫舟，不避風，則不可以涉。』王肅曰：『觴所以盛酒者，言其微也。』」句謂雖長江自江津以下方水勢浩大，但却發源於蜀。暗指楊令雖暫屈於治縣，將來必做大官。

〔四〕「落星」二句，落星，地名，明月，山名，皆在遂州。太平寰宇記卷八七遂州：小溪縣「梵雲山，在州西南二里，三面懸絶，東臨涪水，西枕落星地」。按：小溪縣，今遂寧市船山區。同上遂州長江縣：「唐上元元年（六七四），以舊縣不安，移在鳳皇川，明月山在縣西二里。」蓋兩處有塘堰，爲當時遂州風景名勝地，故特述之。

〔五〕「清廟」句，詩經周頌清廟，鄭玄箋：「清廟者，祭有清明之德者之宫也。」此指所建孔子廟堂，謂將永遠屹立在長江縣治。

楊炯集箋注卷五

碑

少室山少姨廟碑〔一〕

臣聞崑崙西北之天門也〔二〕，則五帝處其陽陸，三王居其正地〔三〕；泰山東南之日觀也〔四〕，則秦皇刻其石銘〔五〕，漢帝探其玉策〔六〕。故知建都邑，正方位，劃崇墉，刳濬洫〔七〕，必憑天地之險，然後四海爲家；擁神休，尊明號〔八〕，協時月，同量衡〔九〕，必致山川之祠，然後群神受職〔一〇〕。

【箋　注】

〔一〕宋趙明誠金石録卷四目録四：「唐少姨廟碑，楊炯撰，沮渠智烈書，永淳元年（六八三）十二月。」同書卷二四跋尾：「唐少姨廟碑。右唐少姨廟碑，楊炯撰。云少姨廟者，則漢書地理志嵩高少室之廟也；其神爲婦人像者，則故老相傳，云啓母塗山氏之妹也。余按淮南子云：塗山氏化爲石而生啓。其事不經，固已難信，今又以少姨爲塗山氏之妹，廟而祀之，其爲淺陋尤甚，蓋俚俗所立淫祀也。炯既載之於碑，又遂以爲漢書所謂少室之廟者，何其陋哉！」按：舊唐書高宗紀下：調露二年（六八〇）正月丁巳，「至少室山。戊午，親謁少姨廟。賜故玉清觀道士王遠知謚曰昇真先生，贈太中大夫。又幸隱士田遊巖所居。己未，幸嵩陽觀及啓母廟，并命立碑」。本文首稱「臣聞」，後又稱「承明詔」，知高宗「謁少姨廟」時，亦有立碑之命，此碑文即楊炯奉「立碑」之令而作。奉詔撰碑者，猶有上引金石録同時著録之「唐啓母廟碑，崔融撰，沮渠智烈書，永淳二年正月」，其文今存。傳説中上古人物雖承載某些歷史記憶，然所謂「少姨」史不可稽，純爲後人杜撰，宜乎趙明誠嗤之以「陋」。

〔二〕「臣聞」句，淮南子原道訓：「昔者馮夷、大丙之御也，……經紀山川，蹈騰崑崙。排閶闔，淪天門。」高誘注：「馮夷、大丙，二人名，古之得道能御陰陽者。……崑崙，山名也，在西北，其高萬九千里，河之所出。排，猶斥也；淪，入也。閶闔始，升天之門也。天門，上帝所居紫微宮門也。馮夷、大丙之御，其耐如此。」崙，英華卷八七八校：「集本、（唐）文粹并作閬。」「西北」下，英華有「地」字，校：「二本（指集本、〔唐〕文粹，下同）無此字。」無「地」字是。

〔三〕「則五帝」二句，吴越春秋卷五勾踐歸國外傳：「越王曰：寡人聞崑崙之山，乃地之柱，上承皇天，氣吐宇内；下處后土，稟受無外。滋聖生神，嘔養帝會，故五帝處其陽陸（按：「帝」前原無「五」字，據文選顔延年應詔觀北湖田收詩「陽陸團精氣」句李善注引吴越春秋補），三王居其正地。」陽陸，上引文選劉良注：「天道也。」

〔四〕「泰山」句，日觀，水經注汶水引應劭漢官儀：「太山東南山頂，名曰日觀者，雞一鳴時，見日始欲出，長三丈許，故以名焉。」「東南」下，英華有「地」字，校：「二本無此字。」無「地」字是。

〔五〕「則秦皇」句，史記秦始皇本紀始皇二十八年：「遂上泰山，立石，封，祠祀。下，風雨暴至，休於樹下，因封其樹爲五大夫。禪梁父。刻所立石，其辭曰：『皇帝臨位，作制明法，臣下修飭。二十有六年（前二二一），初併天下，罔不賓服。親巡遠方黎民，登茲泰山，周覽東極。從臣思迹，本原事業，祗誦功德。治道運行，諸産得宜，皆有法式。大義休明，垂於後世，順承勿革。皇帝躬聖，既平天下，不懈於治。夙興夜寐，建設長利，專隆教誨。訓經宣達，遠近畢理，咸承聖志。貴賤分明，男女禮順，慎遵職事。昭隔内外，靡不清浄，施於後嗣。化及無窮，遵奉遺詔，永承重戒。』」

〔六〕「漢帝」句，應劭風俗通卷二：「俗説岱宗上有金篋玉策，能知人年壽修短。武帝探策得十八，因讀曰『八十』，其後果用耆長。」

〔七〕「劃崇墉」二句，文選左思魏都賦：「於是崇墉濬洫，嬰堞帶涘。」劉淵林注：「墉，城也；濬，深也；洫，城溝也。」

〔八〕「擁神休」二句，文選揚雄甘泉賦：「惟漢十世，將郊上玄，定泰畤，雍神休，尊明號。」舊注引晉灼曰：「雍，祐也；休，美也。言見祐護以休美之祥也。明號，下同符三皇也。」李善注：「言將祭泰畤，冀神擁祐之以美祥，因尊己之明號也。」雍，同「擁」。

〔九〕「協時月」二句，尚書舜典：「歲二月，東巡守。至於岱宗，柴；望秩於山川。肆覲東后，協時月正日，同律度量衡。」僞孔傳：「合四時之氣節，月之大小，日之甲乙，使齊一也。律法制及尺丈、斛斗、斤兩，皆均同。」

〔一〇〕「必致」二句，禮記禮運：「禮行於郊，而百神受職焉。」鄭玄注：「言信得其禮，則神物與人皆應之。百神，列宿也。」

少室山者，山嶽之神秀也〔一〕。憑河圖而括地，用遁甲而開山〔二〕。發揮宇宙之精，噴薄陰陽之氣。壁立而千仞〔三〕，削成而四方〔四〕。北臨恒碣，猶如聚米〔五〕；南望荆衡，纔同覆簣〔六〕。共工氏觸皇天之八柱，未足擬議〔七〕；龍伯人釣溟海之五山，無階想像〔八〕。考於含神霧，白玉猶存〔九〕；驗於山海經，黄花不落〔一〇〕。其名有序，則太室西偏〔一一〕；其位可知，則嵩高佐命〔一二〕。若乃乾坤之所合，雷雨之所交〔一三〕。仰躔七星之野〔一四〕，俯鎮三河之曲〔一五〕。朝市臨於域中〔一六〕，樞機正於天下〔一七〕。六合交會，於是乎有天帝之下都〔一八〕；九州名山，於是乎有靈仙之窟宅〔一九〕。

【箋注】

〔一〕「少室山」二句，山海經中山經：「（洛水）東五十里曰少室之山。」山在今河南登封市西十餘里，周圍方百里，上有三十六峰。文選孫綽游天台山賦：「天台山者，蓋山嶽之神秀也。」李善注引廣雅曰：「秀，異也。」「神秀」下，英華有「者」字，校：「一本無此字。」

〔二〕「憑河圖」二句，謂少室山記載於河圖括地象、遁甲開山圖兩部書中。河圖、遁甲乃緯書，而括地象、開山圖則分别傅會二書以記地、記山，實亦爲緯書。括地，英華「地」作「象」，校：「文粹作地。」按：作「象」誤。

〔三〕「壁立」句，張載劍閣銘：「壁立千仞。」

〔四〕「削成」句，四方，初學記卷五嵩高山引戴延之西征記：「（少室）謂之室者，以其下各有石室焉。少室高八百六十丈，上方十里，與太室相埒，但小耳。」山海經卷二西山經：華山「削成而四方」。

〔五〕「北臨」二句，恒，即恒山；碣，指碣石山。尚書禹貢：「太行、恒山至於碣石，入於海。」僞孔傳：「此二山連延東北接碣石，而入滄海。」孔穎達正義曰：「地理志云：太行山在河内山陽縣西北，恒山在常山上曲陽縣西北。太行去恒山太遠，恒山去碣石又遠，故云此二山連延東北接碣石而入滄海。」恒山爲古代五嶽之一。碣石，山名，即漢書地理志下右北平郡驪成縣（今河北樂亭縣）西南之大碣石山，後沉入海中。後漢書馬援傳：「於帝前聚米爲山谷，指畫形勢，開示衆軍所從道徑往來，分析曲折，昭然可曉。」

〔六〕「南望」二句，尚書禹貢：「荆及衡陽惟荆州。」僞孔傳：「北據荆山，南及衡山之陽。」此即指荆山、衡山，衡山爲古代五嶽之一，即南嶽。覆簣，倒一筐土。論語子罕：「子曰：譬如爲山，未成一簣，止，吾止也。譬如平地，雖覆一簣，進，吾往也。」何晏集解引包（咸）曰：「簣，土籠也。」按：以上四句乃以諸山襯托少室山，極言其高大。

〔七〕「共工氏」二句，淮南子天文訓：「昔者共工與顓頊争爲帝，怒而觸不周之山，天柱折，地維絶。」初學記卷五地理上：「地有九州八柱。」注引河圖括地象曰：「崑崙山爲天柱，氣上通天。崑崙者，地之中也，地下有八柱，柱廣十萬里。」擬議，比較而論之。此句，全唐文卷一九二「共工」後無「氏」字。下句「龍伯」後亦無「人」字。

〔八〕「龍伯」二句，龍伯人，即龍伯國之人。列子湯問：「龍伯之國有大人，舉足不盈數步而暨五山之所，一釣而連六鼇，……於是岱輿、員嶠二山流於北極，沉於大海，仙聖之播遷者巨億計。帝憑怒，侵減龍伯之國使阨，侵小龍伯之民使短。」五山，「五」原作「三」。英華作「五」，校：「文粹作三。」據上引列子，作「五」是，據英華改。無階，無緣。想像，「想」原作「響」，據全唐文改。

〔九〕「考於」二句，含神霧，詩經緯書之一，又稱詩含神霧。古微書卷二三輯詩含神霧曰：「少室之山巔，亦有白玉膏，得服之，即得仙道，世人不得上也。」按：亦見山海經少室山「其上多玉」句（見下）郭璞注引詩含神霧，唯爲叙述式，故文字稍異。霧，英華校：「文粹作紐。」誤。

〔一〇〕「騐於」二句，騐，同「驗」。山海經中山經：「（少室山）百草木成囷，其上有木焉，其名曰帝休，葉狀如楊，其枝五衢，黄華黑實，服者不怒。其上多玉，其下多鐵，休水出焉。」兩句謂山海經所記開黄花之樹，猶繁衍至今。

〔一一〕「其名」二句，有序，謂少室乃因「太室」得名。藝文類聚卷七嵩高山引戴延之西征記：「嵩高山巖，中也，東謂太室，西謂少室，相去七十里（按：初學記卷五引作『十七里』），嵩高，總名也。」裴漼唐嵩嶽少林寺碑：「東京近甸，大（太）室西偏。」

〔一二〕「其位」二句，佐命，當指少林寺僧佐李世民抗擊王（世）充事。裴漼唐嵩嶽少林寺碑：「王（世）充潛號，署曰轅州，乘其地險，以立峰戍；擁兵洛邑，將圖梵宮。皇唐應五運之休期，受千齡之景命，掃長蛇薦食之患，拯生人塗炭之災。太宗文皇帝龍躍太原，軍次廣武，大開幕府，躬踐戎行。僧志操、惠瑒、曇宗等審靈睠之所往，辯謳歌之有屬，率衆以拒僞師，抗表以明大順，執充姪仁則，以歸本朝。太宗嘉其義烈，頻降璽書宣慰，既奉優教，兼承寵錫，賜地四十頃，水碾一具，即柏谷莊是也。」

〔一三〕「雷雨」句，説苑卷一八辨物：「五嶽何以視三公？能大布雲雨焉，能大斂雲雨焉。雲觸石而出，膚寸而合，不崇朝而雨天下，施德博大，故視三公也。」

〔一四〕「仰躔」句，躔，運行；七星，指北斗。古代分野之説，漢代已不甚詳。周禮春官保章氏：「以星土辨九州之地所封，封域皆有分星，以觀妖祥。」鄭玄注：「星，土星所主土也，封猶界也。」賈公彦疏：「按春秋緯文耀鉤云：「布度定記，分州繫象，華、岐以西，龍門、積石至三危之野，雍州，屬魁星；大行以東至碣石、王屋、砥柱，冀州，屬樞星；三河、雷澤，東至海岱以北，兖州、青州，屬機星；蒙山以東至江南，會稽，震澤、徐，揚之州，屬權星；大别以東至雷澤、九江，荆州，屬衡星；荆山西南至岷山、北嶇，鳥鼠，梁州，屬開星；外方熊耳以至泗水、陪尾，豫州，屬摇星。此九州屬北斗，星有七，州有九，但兖、青、徐、揚并屬二州，故七星主九州也，周之九州差之，義亦可知云。……古黄帝時堪輿亡，故其書亡矣。」然史記天官書又稱「房、心，豫州」。

〔一五〕「俯鎮」句，三河，漢書高祖本紀：「發關内兵，收三河士。」集解引韋昭曰：「河南、河東、河内。」

〔一六〕「朝市」句，朝市，指洛陽。文選左思蜀都賦：「焉獨三川，爲世朝市。」劉淵林注引張儀曰（按見戰國策卷三秦一）：「今三川、周室，天下之朝市也。」三川指伊、洛、河，見戰國策卷二西周韓魏易地吴師道補正鮑彪注。古代帝王之都，前朝後市，左宗廟，右社稷。

〔一七〕「樞機」句，周易繫辭上：「言行，君子之樞機。」王弼注：「樞機，制動之主。」孔穎達正義：「樞機者，樞謂户樞，機謂弩牙。言户樞之轉，或明或暗；弩牙之發，或中或否，猶言行之動，從身而發，以及於物。」此言洛陽乃天下之樞機。漢書匡衡傳：「今長安，天子之都，親承聖化。……此教化之原本，風俗之樞機，宜先正者也。」洛陽亦帝都，故云。

〔一八〕「六合」二句，文選張衡東京賦：「六合殷昌。」薛綜注：「六合，天、地、四方也。」天帝之下都，向指崑崙山，如山海經西山經：「崑崙之丘，是實惟帝之下都。」郭璞注：「天帝都邑之在下者也。」此言嵩高山爲天帝下都，蓋以崑崙擬之也。「於是」下，原無「乎」字。英華校：「一本有乎字。」全唐文亦有「乎」字，據補。下句「乎」字同。

〔一九〕「九州」二句，靈仙窟宅，神仙集中地。道教稱中嶽嵩山洞爲三十六小洞天之一，見雲笈七籤卷二七七十二福地。太平御覽卷一七八居處部六臺引嵩高山記曰：「山有玉女臺，云漢武帝見三仙女，因以名臺。」仙人在嵩高山活動及凡人遇仙得道之事，文獻記載甚多。

臣謹按少姨廟者，則漢書地理志嵩高少室之廟也〔一〕。其神爲婦人像者，則故老相傳，云啓母塗山之妹也。昔者生於石紐，水土所以致其功；娶於塗山，室家所以成其德〔二〕。后宗之位，象南宮之一星〔三〕；外戚之班，比西京之列傳〔四〕。惟幾不測，其道無方〔五〕。騁神變而揮霍〔六〕，降精靈而肸蠁〔七〕。亦猶蔣侯三妹，青溪之軌跡可尋〔八〕；虞帝二妃，湘水之波瀾未歇〔九〕。何止祠稱丁婦，廟號滕姑〔一〇〕。少女宅於西宮〔一一〕，夫人館於南嶽〔一二〕。山臨白岸，空聞石室之靈；浦對青崖，獨有金臺之異〔一三〕。若斯而已矣！

【箋　注】

〔一〕「臣謹按」二句，漢書地理志上潁川郡：「潁陰，嵩高。」原注：「武帝置，以奉太室山，是爲中嶽。有太室、少室山廟。古文以崇高爲外方山也。」顏師古注：「嵩，古崇字。」嵩高即嵩高。嵩，英華校：「文粹作崇。」以少姨廟即少室廟毫無根據，唐以前文獻亦無記載，故前引趙明誠金石録深不以爲然。

〔二〕「其神」句至此，初學記卷七帝王部伯禹帝夏后氏引帝王世紀：「禹，姒姓也，其先出顓頊。顓頊生鯀，堯封爲崇伯，納有莘氏女曰志，是爲修己。見流星貫昴，又吞神珠，意感而生禹於石紐，名文命，字高密。長於西羌，西夷人也。堯命以爲司空，繼鯀治水。十三年而洪水平，堯美其績，乃賜姓姒氏，封爲夏伯，故謂之伯禹。及堯崩，舜復命居故官。禹年七十四，舜始薦之於天。薦後十二年，舜老，始使禹代攝行天子事。五年，舜崩。禹除舜喪，明年，始即真。以金承土，都平陽，或都安邑。年百歲，崩於會稽。始納塗山氏之女，生子啓，即位。」

〔三〕「后宗」二句，后宗，指帝后塗山氏。南宮，史記天官書：「南宮朱鳥，權、衡。衡，太微，三光之廷。……權，軒轅。軒轅，黄龍體。前大星，女主像。」索隱引宋均曰：「太微，天帝南宫也。三光，日、月、五星也。」

〔四〕「外戚」二句，外戚，皇后親屬。西京即長安，此代指西漢，又代指漢書。漢書有外戚列傳上、下二卷。

〔五〕「惟幾」二句，謂神道之義。周易繫辭上：「夫易，聖人之所以極深而研幾也。唯深也，故能通天下之志；唯幾也，故能成天下之務。」韓康伯注：「極未形之理則曰深，適動微之會則曰幾。」繫辭上又曰：「神无方而易无體，一陰一陽之謂道。」韓康伯注：「方、體者，皆係於形器者也，神則陰陽不測，易則唯變所適，不可以一方一體明。」「道者何？无之稱也，无不通也，无不由也，况之曰道。寂然无體，不可爲象，必有之用極，而无之功顯。故至乎神无方而易无體，而道可見矣。」

〔六〕「騁神變」句，文選孫綽游天台山賦：「騁神變之揮霍，忽出有而入無。」李善注：「言衆仙既登正道，故能騁其神變，出於衆有，而入無爲也。」吕向注：「揮霍，變易貌。言馳騁神思，有若執轡而游，言疾也。」

〔七〕「降精靈」句，文選左思蜀都賦：「天帝運期而會昌，景福肸蠁而興作。」吕向注：「肸蠁，濕生蟲蚊類是也，其群望之如氣之布寫也。言大福之興，有如此蟲群飛而多也。」則精靈，指天帝之神；肸蠁，謂神氣旺盛。

〔八〕「亦猶」二句，干寶搜神記卷五蔣子文：「蔣子文者，廣陵人也。嗜酒好色，佻達無度，常自謂己骨清，死當爲神。漢末爲秣陵尉，逐賊至鍾山下，賊擊傷額，因解綬縛之，有頃，遂死。」至吴時屢顯靈求人爲之立廟，不即爲災。「議者以爲鬼有所歸，乃不爲厲，宜有以撫之。於是使使者封子文爲中都侯，次弟子緒爲長水校尉，皆加印綬，爲立廟堂，轉號鍾山爲蔣山，今建康東北蔣山是也。自是災厲止息，百姓遂大事之。」又南朝宋劉敬叔異苑卷五：「青溪小姑廟，云是蔣侯第三妹。廟中有大穀扶疏，鳥嘗産育其上。晉太元中，陳郡謝慶執彈乘馬繳殺數頭，即覺體中慄然，至夜夢一女子衣裳楚楚，怒云：『此鳥是我所養，何故見侵？』經日謝卒。慶名奂，靈運父也。」

〔九〕「虞帝」二句，虞帝，即舜。尚書堯典：「（堯）釐降二女於嬀汭，嬪於虞。」楚辭屈原九歌湘夫人：「帝子降兮北渚，目眇眇兮愁予。」王逸注：「帝子，謂堯女也。降，下也。言堯二女娥皇、女英隨舜不反，墮於湘水之渚，因爲湘夫人。」

〔一〇〕「何止」二句，丁婦、滕姑，蓋唐初民間所祀女神名，其事待考。滕，英華作「勝」，校：「一本作滕。」按乾隆福建通志卷六三古跡記建寧府浦城縣有勝姑庵，起源不詳，恐爲後人假託。

〔一一〕「少女」句，舊題東方朔神異經中荒經（説郛本。又見藝文類聚卷六二居處部二宮引）曰：「西方有宮，白石爲牆，五色黃門，有金牓而銀鏤，題曰『天地少女之宮』。」

〔一二〕「夫人」句，當指女仙魏華存，道家傳説封南嶽夫人。隋書經籍志著録南嶽夫人内傳一卷。舊唐書經籍志著録題范邈撰。太平御覽等書屢有徵引，如該書卷九七〇果部七引紫虚南嶽夫人傳曰：「夫人姓魏，名華存。性樂神仙。季冬夜半，有四真人，並年可二十，降夫人靖室，因設酒饌，陳玄雲紫柰。夫人還王屋山，王子喬等並降，時夫人與其人爲賓主。」太平廣記卷五八魏夫人引集仙録曰：「魏夫人者，任城人也。晉司徒劇陽文康公舒之女，名華存，字賢安。」好道成仙，仙帝授「紫虛元君，領上真司命、南嶽夫人，比秩仙公，使治天台大霍山洞」。今存唐顏真卿撰晉紫虛元君領上真司命南嶽夫人魏夫人仙壇碑銘，可參讀。

〔三〕「山臨」四句，石室、金臺，泛指靈祠神龕。白岸、青崖，泛指水畔山側。謂平常山川，往往供奉有婦女神像，其本事之有無，不必深究。

時更魏、晉〔一〕，數歷周、隋。四望於是莫修〔二〕，八神以之無主〔三〕。炎涼代序，寧觀俎豆之容〔四〕；霜露沾衣，非復絃歌之地〔五〕。國家乘天造之草昧，屬人謀之與能〔六〕，奄有大寶，遂登神器〔七〕。天地水火之無象，則女媧氏補之，於是乎鍊其五石〔八〕；東西南北之失位，則神農氏立之，於是乎甄其四海〔九〕。天皇貴與天乎合德，富與地乎侔貲〔一〇〕。窮變化之理〔一一〕，盡神明之數。伏羲畫卦，唯觀鳥獸之文〔一二〕；黄帝垂衣，蓋取乾坤之象〔一三〕。利兼於成器，功周於備物〔一四〕。瑶臺美化，闡邦國之風猷〔一五〕；銀牓嘉聲，備君親之典禮〔一六〕。稱才子者八族，則叔獻季貍〔一七〕；有亂臣者十人，則太顛閎夭〔一八〕。若夫圓丘方澤，所以饗天神地祇〔一九〕；複廟重櫩〔二〇〕，所以序文昭武穆〔二一〕。命秩宗之位〔二二〕，分大宰之官〔二三〕，考虞夏之質文〔二四〕，定殷周之損益，其大禮有如此者〔二五〕。高陽有飛龍之樂，始會八風〔二六〕；帝舜有儀鳳之音，初調九奏〔二七〕。后夔典其教〔二八〕，制氏辨其聲〔二九〕。鐘磬竽瑟致其和，尊卑長幼成其序〔三〇〕，其廣樂有如此者。太微營室，明堂布政之宫〔三一〕；白虎蒼龍，象魏懸書之法〔三二〕。下應猶草〔三三〕，王言如絲〔三四〕。北辰而拱衆星〔三五〕，南面而朝天下〔三六〕，其爲政有如此者。糾萬民者，施以八刑〔三七〕；詰四方者，戒之三典〔三八〕。畫衣不犯〔三九〕，載酒無冤〔四〇〕。免禽獸於網羅〔四一〕，納寰瀛於軌物〔四二〕，其恤刑有如此者。周人之養國老，始闢西膠〔四三〕；漢氏之召諸生，初開太學〔四四〕。辟雍所以行其禮，泮宫所以辨其教〔四五〕。童子五尺，羞談霸后之臣〔四六〕；冠者六人，惟述明王之道〔四七〕，其文德有如此者。涼風至，司馬於是乎陳兵〔四八〕；太白高，將軍於是乎宜戰〔四九〕。乘斗杓而誓旅〔五〇〕，出星門而杖鉞〔五一〕。莊周稱天子之劍，舉之按之〔五二〕；吕望言聖人之兵，如風如雨〔五三〕，其武功有如此者。稽其殷令，有文犀、利劍之效珍〔五四〕；考其周書，有赭白、乘黄之騁力〔五五〕。東漸西被〔五六〕，南馳北走。盧敖之窮觀六合，不出於城隍〔五七〕；陶侃之飛入八門，未游於仙室〔五八〕，其疆治有如此者〔五九〕。察璿璣而孚大運，天回地遊〔六〇〕；吹玉律而部民時，陽動陰静〔六一〕。煙雲蕭索而合彩〔六二〕，日月淑清而啓旦〔六三〕。豈直鳳巢阿閣，入軒后之圖書〔六四〕；魚躍中舟，稱武王之事業，其休徵有如此者〔六五〕。

【箋注】

〔一〕「時更」句，時，英華作「年」，校：「文粹作時。」按：「時」與下句「數」對應，是。

〔二〕「四望」句，四望，祭山川之禮。周禮地官舞師：「掌教兵舞，……帥而舞四方之祭祀。」鄭玄注：「四方之祭祀，謂四望也。」又周禮春官大宗伯：「國有大故，則旅上帝及四望。」鄭玄注：「鄭司農云：『四望，日、月、星、海。』玄謂四望五嶽、四鎮（按：指揚州稽山、青州沂山、幽州醫無閭山、冀州霍山）、四瀆（按：指江、河、淮、濟）。」孔穎達正義：「（鄭）玄謂四望五嶽、四鎮、四瀆，知者祭山川既稱望，案大司樂有四鎮、五嶽崩，四瀆又與五嶽相配，故知四望中有此三者。言四望者不可一往就祭，當四向望而爲壇遥祭之，故云四望也。」

〔三〕「八神」句，史記孝武本紀：「東巡海上，行禮祠八神。」集解引文穎曰：「武帝登泰山，祭太一，并祭名山於泰壇西南，開除八通鬼道，故言八神也。一曰八方之神。」索隱引韋昭云：「八神，謂天、地、陰、陽、日、月、星、辰，主四時之屬。今按郊祀志：一曰天主，祠天齊；二曰地主，祠太山、梁父；三曰兵主，祠蚩尤；四曰陰主，祠三山；五曰陽主，祠之罘；六曰月主，祠之萊山；七曰日主，祠成山；八曰四時主，祠琅邪。」無主，謂無八神之祭。

〔四〕「炎涼」二句，代序，炎涼轉换，指年代推移。寧，豈。俎豆，論語衛靈公：「俎豆之事，則嘗聞之矣。」何晏集解引孔（安國）曰：「俎豆，禮器。」按：俎謂置肉之几，豆指盛乾肉器皿。此代指祭祀。兩句言自魏至隋數百年間，未見有祭少姨廟者。

〔五〕「霜露」二句，史記淮南王（劉）安傳：「王日夜與伍被、左吴等按輿地圖，部署兵所從入。……伍被悵然曰：『……臣聞子胥諫吴王，吴王不用，乃曰「臣今見麋鹿游姑蘇之臺也」。今臣亦見宫中生荆棘，露沾衣也。』王怒，繫伍被父母，囚之三月。」則霜露沾衣，謂國破家亡也。此指六朝時代兵連禍結，山河破碎。非復絃歌之地，謂無禮樂文教可言。莊子漁父：「孔子游乎緇帷之林，休坐乎杏壇之上，弟子讀書，孔子絃歌鼓琴。」

〔六〕「國家」二句，草昧，草創。與能，周易繫辭下：「人謀鬼謀，百姓與能。」韓康伯注：「人謀況議於衆，以定得失也；鬼謀況寄卜筮，以考吉凶也。」兩句謂上天創建有唐，既是天命，亦屬民願。

〔七〕「奄有」二句，尚書大禹謨：「皇天眷命，奄有四海，爲天下君。」僞孔傳：「奄，同也。」大寶，指政權。神器，文選張衡東京賦：「巨猾間舋，竊弄神器。」薛綜注：「神器，帝位也。」

〔八〕「天地」三句，無象，謂天、地、水、火殘缺失序。女媧，傳説中上古女皇。太平御覽卷七八女媧氏引帝王世紀曰：「女媧氏，亦風姓也。承庖犧制度，亦蛇身人首。一號女希，是爲女皇。」淮南子覽冥訓：「往古之時，四極廢，九州裂，天不兼覆，地不周載。火爁炎而不滅，水浩洋而不息，猛獸食顓民，鷙鳥攫老弱。於是女媧鍊五色石以補蒼天，斷鼇足以立四極，殺黑龍以濟冀州，積蘆灰以止淫水。蒼天補，四極正，淫水涸，冀州平。」

〔九〕「東西」三句，神農氏，傳説中上古帝王，即炎帝。太平御覽卷七八皇王部三引帝王世紀：「神農氏，姜姓也。……有聖德，以火承木，位在南方，主夏，故謂之炎帝。」嘗立地形，甄四海。同上引春秋命歷序：「有神人名石耳，蒼色大眉，戴玉理，駕六龍，出地輔，號皇神農，始立地形，甄度四海，東西九十萬里，南北八十一萬里。」

〔一〇〕「天皇」二句，天皇，傳説中最古之九州長。初學記卷九帝王部總叙帝王引徐整三五曆紀云：「歲起攝提，元氣肇〔起〕，有神靈一人，有十三頭，號天皇。」又引春秋緯云：「天皇、地皇、人皇，兄弟九人，分九州，長天下也。」與天合德，周易乾卦文言：「夫大人者，與天地合其德。」與地侔貲，莊子天道：「莫神於天，莫富於地。」又漢書揚雄傳上載羽獵賦：「富既與地虖侔訾，貴正與天虖比崇。」顏師古注：「訾，與貲同。」

〔一一〕「窮變化」句，理，英華作「道」，校：「一本作理。」

〔一二〕「伏羲」二句，太平御覽卷七二一醫一引帝王世紀：「伏羲氏仰觀象於天，俯觀法於地，觀鳥獸之文與地之宜，近取諸身，遠取諸物，於是造書契以代結繩之政，畫八卦以通神明之德。」

〔一三〕「黄帝」二句，周易繫辭下：「黄帝、堯、舜垂衣裳而天下治，蓋取諸乾坤。」韓康伯注：「垂衣裳以辨貴賤，乾尊坤卑之義。」

〔一四〕「利兼」二句，周易繫辭上：「備物致用，立成器以爲天下利，莫大乎聖人。」孔穎達正義：「謂備天下之物，招致天下所用，建立成就天下之器，以爲天下之利，唯聖人能然，故云莫大乎聖人也。」

〔一五〕「瑶臺」二句，楚辭屈原離騷：「望瑶臺之偃蹇兮，見有娀之佚女。」王逸注：「石次玉名曰瑶。」

又注下句曰：「有娀，國名，佚，美也。謂帝嚳之妃契母簡狄也，配皇帝生賢子。」

〔一六〕「銀牓」二句，代指長男。舊題東方朔神異經中荒經：「東方有宫，青石爲牆，高三仞，左右闕高百丈，畫以五色，門有銀牓，以青石碧鏤，題曰『天帝長男之宫』。」周易説卦：「乾，天也，故稱乎父；坤，地也，故稱乎母。震一索而得男，故謂之長男。」此指皇太子，謂其能盡君親之禮。備，原作「茂」。英華作「備」，校：「集作美，文粹作茂。」按：作「美」誤，作「備」較長，據英華改。

〔一七〕「稱才子」二句，左傳文公十八年：「高辛氏有才子八人：伯奮、仲堪、叔獻、季仲、伯虎、仲熊、叔豹、季貍，忠肅共懿，宣慈惠和，天下之民謂之八元。」杜預注：「高辛，帝嚳之號。八人，亦其苗裔。」又曰：「即稷、契、朱虎、熊、羆之倫。」此代指諸王。

〔一八〕「有亂臣」二句，論語泰伯：「武王曰：『予有亂臣十人。』孔子曰：『才難，不其然乎！唐虞之際，於斯爲盛。』」何晏集解引馬（融）曰：「亂，治也。治官者十人，謂周公旦、召公奭、大公望、畢公、榮公、大顛、閎夭、散宜生、南宫适，其一人謂文母。」此代指朝廷大臣，謂皆傑出不凡。

〔一九〕「若夫」二句，周禮春官家宗人：「凡以神仕者，掌三辰之法，以猶鬼神示之居，辨其名物。」鄭玄注：「祭天圜丘，象北極；祭地方澤，象后妃。」孔穎達正義：「祭天圜丘，象北極者，北極有三星，則中央明者爲太乙常居，傍兩星爲臣子位焉。云祭地方澤，象后妃者，天有后妃四星，天子象天，后象地，后妃是其配合也。」

〔二〇〕「複廟」二句，禮記明堂位：「山節，藻棁，複廟，重檐，……天子之廟飾也。」鄭玄注：「……複廟，重屋也；重檐，重承壁材也。」孔穎達正義：「複廟者，上下重屋也。重檐者，皇氏云：鄭云重檐，重承壁材也，謂就外檐下壁復安板檐，以辟風雨之灑壁，故云重檐，重承壁材。」櫩，同「檐」。

〔二〕「所以」句，謂明世次。禮記中庸：「宗廟之禮，所以序昭穆也。」鄭玄注：「序，猶次也。」孔穎達疏：「序昭穆也者，若昭與昭齒，穆與穆齒是也。」又禮記大傳：「同姓從宗，合族屬。」鄭玄注：「合，合之宗子之家，序昭穆也。」孔穎達正義：「同姓從宗者，同姓父族也。從宗，謂從大小宗也。合族屬者，謂合聚族人親疏，使昭爲一行，穆爲一行同時食，故曰合族屬也。」按：昭穆，古代宗廟或墓地之輩次排列，太祖居中，二（文）、四、六世位於左，稱「昭」；三（武）、五、七世位於右，稱「穆」，餘類推。

〔三〕「命秩宗」句，尚書舜典：「帝曰：『咨，四岳！有能典朕三禮？』僉曰伯夷。帝曰：『俞，咨！伯，汝作秩宗，夙夜惟寅，直哉惟清。』」僞孔傳：「秩，序；宗，尊也。主郊廟之官。」

〔三〕「分大宰」句，大，即「太」字。尚書周官：「冢宰掌邦治，統百官，均四海。」僞孔傳：「天官卿稱太宰，主國政治，統理百官，均平四海之内邦國，言任大。」詳見周禮天官冢宰。

〔四〕「考虞夏」句，謂定正朔，即確定正月元日。禮記檀弓上稱夏后氏尚黑，殷人尚白，周人尚赤。孔穎達正義謂文法天，質法地。周文法地，而爲天正；殷質法天，而爲地正。詳見前新都縣學先聖廟堂碑文「天正地正」句注。

義同。

〔二五〕「定殷周」二句，謂考禮制。論語爲政：「子曰：殷因於夏禮，所損益可知也。周因於殷禮，所損益可知也。其或繼周者，雖百世可知也。」何晏集解引馬（融）曰：「所因，謂三綱五常；所損益，謂文質三統。」按：自前「天地水火」句至此，述古代聖君賢臣所建之豐功偉績，而贊古實爲頌今，以美化大唐王朝。以下「廣樂」、「爲政」、「恤刑」、「文德」、「武功」、「疆治」、「休徵」等

〔二六〕「高陽」二句，太平御覽卷七九皇王部四顓頊高陽氏引帝王世紀曰：「二十二而登帝位，平九黎之亂，以水事紀官。……始都窮桑，後徙商丘。命飛龍效八風之音作樂五英，以祭上帝。」

〔二七〕「帝舜」二句，史記夏本紀：「舜德大明，於是夔行樂，祖考至群后相讓，鳥獸翔舞。簫韶九成，鳳皇來儀，百獸率舞。」集解引孔安國曰：「簫韶，舜樂名，備樂九奏而致鳳皇也。」

〔二八〕「后夔」句，尚書舜典：「帝曰：夔！命汝典樂，教胄子。」僞孔傳：「胄，長也。謂元子以下至卿大夫子弟，以歌詩蹈之舞之。」

〔二九〕「制氏」句，漢書禮樂志二：「漢興，樂家有制氏，以雅樂聲律世世在太樂官，但能紀其鏗鎗鼓舞，而不能言其義。」注引服虔曰：「魯人也，善樂事也。」

〔三〇〕「鐘磬」二句，禮記樂記：「鐘磬竽瑟以和之，干戚旄狄以舞之，此所以祭先王之廟也，所以獻酬酳酢也，所以官序貴賤各得其宜也，所以示後世有尊卑長幼之序也。」鄭玄注：「官序貴賤謂尊卑，樂器列數有差次。」竽瑟，英華作「笙竽」，校：「一本作竽瑟。」據上引禮記，作「竽瑟」是。

〔三一〕「太微」二句，詩經鄘風定之方中：「定之方中，作于楚宫。」毛傳：「定，營室也。方中，昏正四方。楚宫，楚丘之宫也。仲梁子曰：初立楚宫也。」鄭玄箋：「楚宫，謂宗廟也。定星昏中而正，於是可以營制宫室，故謂之營室。」史記天官書：「衡，太微，三光之廷。」索隱引宋均曰：「太微，天帝南宫也。三光，日、月、五星也。」又引春秋合誠圖曰：「太微主法式。」布政之宫，指明堂，見下注。

〔三二〕「白虎」二句，虎，原作「獸」，避唐諱，徑改（下引晉書同）。白虎指參星。史記天官書：西宫，「參爲白虎」，共三星。晉書天文志上二十八宿：「參，白虎之體。」蒼龍，指東宫蒼龍星座。史記天官書：「東宫蒼龍，房、心。心爲明堂。」索隱引文耀鉤云：「東宫蒼帝，其精爲龍。」又引春秋説題辭：「房心爲明堂，天王布政之宫。」因其爲布政之宫，故謂「懸書」，即懸掛圖法。文選張衡東京賦：「建象魏之兩觀，旌六典之舊章。」薛綜注：「象魏，闕也，一名觀也。旌，表也。言所以立兩觀者，欲表明六典舊章之法，謂懸書於象魏。」晉書天文志上天文經星中宫：「紫宫垣十五星，……東垣下五星曰天柱，建政教、懸圖法門内。」按唐開元占經卷六九天柱星占六：「甘氏曰：『天柱五星，在紫微宫中，近東垣。』甘氏贊曰：『天柱立政，朔望懸書。』天柱，立政教、懸圖法之所也，常以朔望施禁令於柱，以示百僚。」以上四句，言唐高宗議建明堂，見前新都縣學先聖廟堂碑文「三雍九室」句注。

〔三三〕「下應」句，尚書君陳：「王若曰：『……爾惟風，下民惟草。』」僞孔傳：「凡人之行，民從上教而變，猶草應風而偃，不可不慎。」

〔三四〕「王言」句，謂王言影響巨大。禮記緇衣：「子曰：王言如絲，其出如綸；王言如綸，其出如綍。」鄭玄注：「言言出彌大也。綸，今有秩嗇夫所佩也；綍，引棺索也。」孔穎達正義：「『王言如絲，其出如綸』者，王言初出微細如絲，及其出行於外，言更漸大如似綸也，言綸粗於絲。『王言如綸，其出如綍』者，亦言漸大，出如綍也，綍又大於綸。」

〔三五〕「北辰」句，論語爲政：「子曰：爲政以德，譬如北辰，居其所而衆星共之。」何晏集解引包（咸）曰：「德者無爲，猶北辰之不移，而衆星共之。」邢昺正義曰：「爲政以德者，言爲政之善，莫若以德。德者，得也，物得以生，謂之德。淳德不散，無爲化清，則政善矣。譬如北辰，居其所而衆星共之者，譬，況也。北極謂之北辰。北辰常居其所而不移，故衆星共尊之，以況人君爲政以德，無爲清静，亦衆人共尊之也。」按：共，同「拱」，環繞也。

〔三六〕「南面」句，周易説卦：「離也者，明也。萬物皆相見，南方之卦也。聖人南面而聽天下，向明而治，蓋取諸此也。」

〔三七〕「糾萬民」二句，民，原作「人」，避唐諱，徑改。周禮地官大司徒：「以鄉八刑糾萬民：一曰不孝之刑，二曰不睦之刑，三曰不婣之刑，四曰不弟之刑，五曰不任之刑，六曰不恤之刑，七曰造言之刑，八曰亂民之刑。」鄭玄注：「糾猶割察也。不弟，不敬師長。造言，訛言惑衆。亂民，亂名改作，執左道以亂政也。鄭司農云：任，謂朋友相任。恤，謂相憂。」

〔三八〕「詰四方」二句，詰，原作「誥」，據全唐文改。周禮秋官司寇：「大司寇之職，掌建邦之三典，以佐王刑邦國，詰四方。」鄭玄注：「典，法也。詰，謹也。」

〔三九〕「畫衣」句，畫衣，即「畫衣冠」。傳説上古有「象刑」，以特殊衣冠代替死刑，稱「畫衣冠」。慎子逸文：「有虞之誅……畫衣冠、異章服以爲戮。上世用戮而民不犯也。」

〔四〇〕「載酒」句，漢書于定國傳：「于定國爲廷尉，民自以不冤。定國食酒至數石不亂，冬月治請讞，飲酒益精明。」

〔四一〕「免禽獸」句，史記殷本紀：「湯出，見野張網四面，祝曰：『自天下四方，皆入吾網。』湯曰：『嘻！盡之矣。』乃去其三面，祝曰：『欲左，左；欲右，右。不用命，乃入吾網。』諸侯聞之，曰：『湯德至矣，及禽獸。』」

〔四二〕「納寰瀛」句，左傳隱公五年：「凡物不足以講大事，其材不足以備器用，則君不舉焉，君將納民於軌物者也。故講事以度軌量謂之軌，取材以章物采謂之物。不軌不物，謂之亂政，亂政亟行，所以敗也。」杜預注：「言器用衆物不入法度，則爲不軌不物，亂敗之所起。」寰瀛，陸海，謂普天之下。納，英華作「備」，校：「一本作納。」作「備」誤。

〔四三〕「周人」二句，周人養國老及建辟雍、泮宮等事，已詳前新都縣學先聖廟堂碑文注。

〔四四〕「漢氏」二句，漢代召諸生、建太學，在武帝時。召諸生，指置博士弟子。漢書武帝紀：建元五年（前一三六）春，「置五經博士」。元朔五年（前一二四），「丞相（公孫）弘請爲博士置弟子員，學者益廣」。同上武帝紀贊：「孝武初立，卓然罷黜百家，表章六經。遂疇咨海内，舉其俊茂，與之立功。興太學，修郊祀，改正朔，……號令文章，焕焉可述。」

〔四五〕「辟雍」二句，辟雍、泮宫，指學校。禮記王制：「天子命之教，然後爲學。小學在公宫南之左，大學在郊。殷之制：天子曰辟廱，諸侯曰頖宫。」白虎通義卷上：「諸侯曰泮宫者，半於天子宫也，明尊卑有差，所化少也。」辟廱，同「辟雍」；頖宫，同「泮宫」。教，英華校：「一本作政。」

〔四六〕「童子」二句，文選揚雄解嘲：「五尺童子，羞比晏嬰與夷吾。」李善注引孫卿子曰：「仲尼之門，五尺童子羞言五伯。」劉良注：「五尺童子，謂小兒也。羞比於霸世之臣，謂已得於帝王道矣。晏嬰、管仲，并霸者之臣也。夷吾，管仲字也。」五尺，「五」原作「三」。英華作「三」，校：「一本作五。」全唐文作「五」。據上引，作「五」是，據改。談，英華校：「文粹作稱。」

〔四七〕「冠者」二句，冠者，指讀書人。六人，猶言五六人。論語先進：（曾晳）曰：「莫春者，春服既成，冠者五六人，童子六七人，浴乎沂，風乎舞雩，詠而歸。」大戴禮記卷一王言：「孔子曰：『（曾）參，女可語明王之道與。』曾子曰：『不敢以爲足也，得夫子之閑也難，是以敢問。』孔子曰：『居，吾語女。……昔者明王，内修七教，外行三至。七教修焉可以守，三至行焉可以征。七教不修，雖守不固；三至不行，雖征不服。是故明王之守也，必折衝乎千里之外；其征也，衽席之上還師。是故内修七教而上不勞，外行三至而財不費，此之謂明王之道也。』」

〔四八〕「涼風」二句，涼風，秋風。禮記月令：「涼風至，白露降，寒蟬鳴。」又初學記天部：「立秋涼風至。」陳兵，周禮夏官：「大司馬之職，掌建邦國之九法，以佐王平邦國。……中秋教治兵，如振旅之陳。」賈公彦疏：「言『教治兵』者，凡兵出曰治兵，入曰振旅。春以入兵爲名，春尚農事；秋以出兵爲名，秋尚嚴威故也。云『如振旅之陳』者，如春振旅時坐作、進退、疾徐、疏數之法也。」

〔四九〕「太白」二句，太白，即金星。史記天官書：「出太白陰，有分軍；行其陽，有偏將戰。當其行，太白逮之，破軍殺將。」索隱引宋均云：「太白宿主軍。」唐開元占經卷四五引巫咸（占）曰：「太白主兵革、誅伐。正刑法。」又荆州占曰：「太白與歲星爲雄雌，出於東方、西方，高三舍爲太白柔，又高三舍爲太白剛，用兵象也。」又引魏武帝兵法：「太白已出，高，賊深入人境，可擊，必勝。」

〔五〇〕「乘斗杓」句，乘斗杓，謂邊有兵事。唐開元占經卷六五梗河占三引石氏曰：「梗河三星，天矛也。梗者，遞也；河者，擔也。士卒更遞，擔持天矛以行也。在斗杓頭，主殺，所向無前也。主胡兵，芒角大則四裔不靖，邊兵大起。」誓旅，猶言誓師。

〔五一〕「出星門」句，星門，晉書天文志上：「天將軍十二星，在婁北，主武兵。中央大星，天之大將也。南一星曰軍南門，主誰何出入。」此即指軍門。杖鉞，杖，持也；鉞爲古兵器，形似斧而較大，圓刃。

〔五二〕「莊周」二句，莊子説劍：「臣有三劍，唯王（按：趙文王）所用，請先言而後試。王曰：『願聞三劍。』曰：『有天子劍，有諸侯劍，有庶人劍。』王曰：『天子之劍何如？』曰：『天子之劍以燕谿石城爲鋒，齊岱爲鍔，晉魏爲脊，周宋爲鐔，韓魏爲夾。包以四夷，裹以四時，繞以渤海，帶以常山，制以五行，論以刑德，開以陰陽，持以春夏，行以秋冬。此劍直之無前，舉之無上，案之無下，運之無旁，上決浮雲，下絶地紀。此劍一用，匡諸侯，天下服矣。此天子之劍也。』……」郭象注：「燕谿，地名，在燕國。石城，在塞外。」

〔五三〕「吕望」二句，吕望，姓姜名子牙，即周文王師太公吕尚，號太公望，炎帝之裔，伯夷之後。詳史記齊太公世家及裴駰集解。聖人之兵，舊題吕望六韜卷一兵道曰：「武王問太公曰：『兵道何如？』太公曰：『凡兵之道，莫過乎一。一者能獨往獨來。黄帝曰：「一者，階於道，幾於神。」用之在於機，顯之在於勢，成之在於君。故聖王號兵爲凶器，不得已而用之。』」如風如雨，言威武。尉繚子卷二武議：「夫將者，上不制於天，下不制於地，中不制於人。故兵者，凶器也，争者，逆德也。將者，死官也，故不得已而用之。無天於上，無地於下，無主於後，無敵於前。一人之兵，如狼如虎，如風如雨，如雷如電，震震冥冥，天下皆驚。」

〔五四〕「稽其」二句，殷令，指伊尹所擬四方獻令。逸周書卷七王會解：「湯問伊尹曰：『諸侯來獻，或無馬牛之所生，而獻遠方之物，事實相反，不利。今吾欲因其地勢所有獻之，必易得而不貴。其爲四方獻令。』伊尹受命，於是爲四方令，曰：『臣請正東符婁、仇州、伊慮、漚深、九夷、十蠻、越、漚、鬋髮、文身（晉孔晁注：十者東夷蠻，越之别稱。鬋髮、文身，因其事以名也），請令以魚支之鞞，□鰂之醬，鮫□、利劍爲獻。正南甌、鄧、桂國、損子、産里濮、九菌（注：六者南蠻之別名），請令以珠璣、瑇瑁、象齒、文犀、翠羽、菌鶴、短狗爲獻。』……湯曰：『善！』」令，英華作「室」，校：「一本作令。」作「室」誤。

〔五五〕「考其」二句，周書，當指尚書周書康王之誥，其曰：「王出在應門之内，太保率西方諸侯入應門左，畢公率東方諸侯入應門右，皆布乘黄朱。」僞孔傳：「諸侯皆陳四黄馬、朱鬣以爲庭實。」孔穎達正義：「諸侯皆布陳一乘四匹之黄馬、朱鬣，以爲見新王之庭實。」赭白之「赭」，原作「諸」。英華、全唐文作「兹」，英華校：「文粹作諸。」四子集作「赭」。今按：唐文粹卷五二、玉海卷一五二引、文章辨體彙選卷六六二所載皆作「赭」，是，據改。赭白，良馬名，顏延之有赭白馬賦，見文選。然康誥并未言赭白馬，蓋以對偶映帶而及。

〔五六〕「東漸」句，尚書禹貢：「東漸於海，西被於流沙，朔，南暨聲教，訖於四海。」僞孔傳：「漸，入也；被，及也。」此言五服之外，皆與王者聲教而朝見。」

〔五七〕「盧敖」二句，淮南子道應訓：「盧敖游乎北海，經乎太陰，入乎玄闕，至於蒙穀之上，見一士焉，軒軒然方迎風而舞。盧敖語之曰：『子殆可與敖爲友乎？』若士者齤然而笑曰：『……然子處矣，吾與汗漫期於九垓之外，吾不可以久駐。』若士舉臂而竦身，遂入雲中。」高誘注：「盧敖，燕人，秦始皇召以爲博士，使求神仙，亡而不反也。」城隍，指城池。

〔五八〕「陶侃」二句，異苑卷七：「陶侃夢生八翼，飛翔衝天。見天門九重，已入其八，惟一門不得進。

以翼摶天，闍者以杖擊之，因墮地，折其左翼。驚悟，左腋猶痛。其後都督八州，威果震主，潛有闚擬之志，每憶折翼之祥，抑心而止。」未游仙室，暗指未能做皇帝。仙，原作「宫」，英華、全唐文作「仙」，英華校：「一本作宫。」作「仙」直承上句，且有味，是，據英華改。

〔五九〕「其疆治」句，治，原作「理」，避高宗諱，徑改。

〔六〇〕「察璿璣」句，璿璣，即璿璣玉衡，古代測天器，前已屢注。孚，符合，英華作「平」，誤。文選張華勵志詩：「大儀斡運，天迴地游。」吕延濟注：「大儀，大道也。言大道迴運，使天左旋，地右旋。旋，猶轉也。」參該詩李善注。兩句謂上觀天文，曆運皆大吉利。

〔六一〕「吹玉律」二句，吹玉律，謂以十二律所對應之律管長度觀測陽氣、陰氣變化，從而驗證是否與月份、季節相符。後漢書律曆志上：「候氣之法，爲室三重，户閉，塗釁必周，密布緹縵。室中以木爲案，每律各一，内庳外高，從其方位，加律其上，以葭莩灰抑其内端，案曆而候之。氣至者灰（去）〔動〕。其爲氣所動者其灰散，人及風所動者其灰聚。殿中候，用玉律十二。惟二至（按：指夏至、冬至）乃候靈臺，用竹律六十。候日如其曆。」部民時，按時節進行生産活動。民，原作「人」，避唐諱，徑改。兩句言陰陽調和，國安民泰。

〔六二〕「煙雲」句，史記天官書：「若煙非煙，若雲非雲，郁郁紛紛，蕭索輪囷，是謂卿雲。卿雲，喜氣也。」蕭索，稀疏貌。合彩，謂雲氣五彩繽紛。

〔六三〕「日月」句，淮南子本經訓：「日月淑清而揚光。」高誘注：「光，明也。」啓旦，啓，開啓；旦，謂天明。

〔六四〕「豈直」二句，軒后，即黄帝軒轅氏。韓詩外傳卷八：「黄帝即位，施惠承天，一道修德，惟仁是行，宇内和平。……鳳乃止帝東園，集帝梧桐，食帝竹實，没身不去。」又初學記卷三〇鳥部鳳引皇甫謐帝王世紀曰：「黄帝服齋於中宫，坐於玄扈洛上，乃有大鳥，雞頭燕喙，龜頸龍形，麟翼魚尾，其狀如鶴，體備五色，……不食生蟲，不履生草，或止帝之東園，或巢阿閣。其飲食也，必自歌舞，音如簫笙。」阿閣，阿，曲；閣，閣門也。

〔六五〕「魚躍」三句，藝文類聚卷一〇符命部引尚書中候：「（周）武王發渡於孟津，中流，白魚躍入王船，王俯取魚，長三尺，有『文王』字。」以上一大段，從「大禮」至「休徵」等八方面，全面歌頌唐皇帝尤其是當朝皇帝高宗的英武聖明。

然則囊括混沌，發揮生靈〔一〕，大庭不足使驂乘，驪連不足使扶轂〔二〕。可以會玉帛，可以答靈祇〔三〕。行聖人之大孝，既郊祀而宗祀〔四〕；昭帝王之盛節，亦因天而事天〔五〕。猶復下聽輿人〔六〕，旁求故實。以爲唐堯五載，無聞太室之儀〔七〕；殷帝八遷，未卜王城之地〔八〕。是用陳圭置臬，建周后之兩都〔九〕；詔蹕鳴鑾，巡漢王之中嶽〔一〇〕。熒惑先列〔一一〕，招摇在上〔一二〕。隱天而動地，欱野而歕山。旌旗則日月運行，鐘鼓則雷風相薄〔一三〕。道伊闕，據轘轅〔一四〕。怡然肆望〔一五〕，邈乎周覽。壯靈山之雲雨，仍求載祀之經〔一六〕；對閑寢之丘墟，思秩無文之禮〔一七〕。於是降天渙〔一八〕，命司存〔一九〕，因其舊跡，葺其新廟〔二〇〕。詳費務，議工徒，下隴蜀之名材，致荆藍之寶玉〔二一〕。書者言乎「悦使」，民忘其勞〔二二〕；詩者歌乎「子來」，成之不日〔二三〕。東西轇轕〔二四〕，南北崢嶸〔二五〕。繡栭兮雲楣，光照耀兮奪目〔二六〕；桂棟兮蘭橑，氣氛氳兮襲人〔二七〕。皎日登於綺疏〔二八〕，奔星下於閨闥〔二九〕。珠簾璹匣，上高閣而三休〔三〇〕；金柱銀檻，出長廊而中宿〔三一〕。窮山海之瓌寶，盡人神之壯麗。豈止河庭貝闕，俯瞰馮夷之都〔三二〕；洛水瑶壇，旁臨虙妃之館〔三三〕。爾其巖嶂重複，岡巒左右，青霞起而照天，白露生而帀地〔三四〕。餘基隱嶙，仍知萬歲之亭〔三五〕；古木摧殘，尚辨三花之樹〔三六〕。明公舊祀，棟宇岧嶢〔三七〕；仙女層臺，風煙爛熳〔三八〕。軒轅之訪大隗，先求牧馬之童〔三九〕；太一之徵少君，直下乘龍之使〔四〇〕。夫峻極也，天帝因而會昌；夫降神也，景福由其興作〔四一〕。於是乎昭之以明德，聽之以和聲。可以羞澗溪沼沚之毛，可以奠潢汙行潦之水〔四二〕。聰明正直，惟鬼神而有知〔四三〕；玉帛犧牲，在陳信而無愧〔四四〕。

【箋　注】

〔一〕「然則」二句，混沌，天地未闢前混然一體貌。發揮，周易説卦：「發揮於剛柔而生爻。」韓康伯注「發揮」爲「發散變動」，此言生衍蕃育。生靈，指人。兩句謂自天開地闢、始有人類以來。

〔二〕「大庭」二句，大庭、驪連，即大庭氏、驪連氏，傳説中遠古帝王，見前新都縣學先聖廟堂碑文注。驂乘，坐於車旁；扶轂，扶車，喻卑微不足道。意謂李唐皇帝之作爲，遠在古帝王之上。文選司馬相如上林賦：「齊桓曾不足使扶轂，楚嚴（按「嚴」即「莊」字，漢避明帝諱）未足以爲驂乘。」李善注：「史記曰：齊公子小白立，是爲桓公。又曰：楚穆王卒，子莊王侶立。呂氏春秋感精記曰：黄池之會重吴子，滕、薛夾轂，魯、衛驂乘。」

〔三〕「可以」二句，會玉帛，謂盡禮數。論語陽貨：「子曰：禮云禮云，玉帛云乎哉！」何晏集解引鄭（玄）曰：「玉，圭璋之屬；帛，束帛之屬。言禮非但崇此玉帛而已，所貴者乃貴其安上治民。」答靈祇，以玉帛答謝神靈。

〔四〕「行聖人」二句，郊祀，祭天；宗祀，祭祖宗。禮記祭法鄭玄注：「祭上帝於南郊，曰郊；祭五帝、五神於明堂，曰祖宗。祖宗，通言爾。」詳參孔穎達正義，文多不録。既郊祀而宗祀，謂以祖宗配天同祭，故稱「大孝」。按：事指高宗乾封詔。舊唐書祀儀志一：「乾封二年（六六七）十二月，詔曰：『……自今以後，祭圓丘、五方、明堂、感帝、神州等祠，高祖太武皇帝、太宗文皇帝崇配，仍總祭昊天上帝及五帝於明堂。庶因心致敬，獲展虔誠，宗祀配天，永光鴻烈。』」

〔五〕「昭帝王」二句，謂以祖宗配天，合郊祀、宗祀爲一，乃彰顯祖宗盛大之節，即同以祖宗爲天，故謂「因天事天」。

〔六〕「猶復」句，輿人，普通人。左傳僖公二十八年：「聽輿人之謀曰……」杜預注：「輿，衆也。」

〔七〕「以爲」二句，唐堯五載，指堯舜時五載一巡狩。尚書舜典：「五載一巡守，群后四朝。」僞孔傳：「堯舜同道，舜攝則然，堯又可知。」無聞，謂未聞堯、舜巡狩有曾到嵩山太室之記載。

〔八〕「殷帝」二句，八遷，謂殷代曾八次遷都。史記殷本紀：「成湯自契至湯八遷，湯始居亳。」集解引孔安國曰：「十四世凡八徙國都。」又引皇甫謐曰：「梁國穀熟爲南亳，即湯都也。」正義：「括地志云：宋州穀熟縣西南三十五里南亳故城，即南亳，湯都也。宋州北五十里大蒙城爲景亳，湯所盟地，因景山爲名。河南偃師爲西亳，帝嚳及湯所都，盤庚亦徙都之。」王城，尚書康誥：「惟三月哉生魄，周公初基作新大邑於東國洛，四方民大和會。」僞孔傳：「周公攝政七年三月始生魄，月十六日明消而魄生。初造基建作王城大都邑於東國洛汭，居天下土中，四方之民大和悦而集會。」按：兩句謂殷代八次遷都，但未嘗到洛陽。

〔九〕「是用」二句，陳圭置臬，文選陸倕石闕銘并序：「乃命審曲之官，選明中之士，陳圭置臬，瞻星揆地，興復表門，草創華闕。」李善注：「周禮（地官大司徒）曰：土圭之法，測土深，正日影，以求地中。又曰：匠人建國求地中，置槷以懸視其影。鄭玄曰：槷，古文臬假借字也。」槷乃古代觀測日影之標杆。周后兩都，指西周之豐、洛二都。此言唐高宗遠承周代，建東、西兩都。按：隋煬帝大業元年（六〇五）於洛陽建新都，唐高祖武德四年（六二一）廢。太宗貞觀六年（六三二）號洛陽宮。高宗顯慶二年（六五七）十二月丁卯，「手詔改洛陽宮爲東都」（舊唐書高宗紀上），實行兩都之制。

〔一〇〕「詔蹕」二句，蹕，帝王出行前清道稱蹕。詔蹕，謂下詔巡幸。鑾，車首所裝儀鈴。鳴鑾，謂車駕出發。漢王，指漢武帝。漢書武帝紀：元封元年（前一一〇）春正月：「行幸緱氏。詔曰：『朕用事華山，至於中嶽，獲駮麃，見夏后啓母石。翌日親登嵩高，御史乘屬、在廟旁吏卒咸聞呼萬歲者三。登禮罔不答。其令祠官加增太室祠，禁無伐其草木。以山下户三百爲之奉邑，名曰崇高，獨給祠，復亡所與。』」注引韋昭曰：「嵩高山有太室、少室之山，山有石室，故以名云。」此言唐高宗所巡嵩高山，即漢武帝曾巡行之中嶽。詔，英華作「制」，校：「一本作詔。」作「詔」是。

〔一一〕「熒惑」句，史記天官書：「察剛氣以處熒惑。」索隱：「案姚氏引廣雅，熒惑謂之執法。」又引春秋緯文耀鉤云：「赤帝熛怒之神，爲熒惑焉，位於南方，禮失則罰出。」又引晉灼云：「常以十月入太微，受制而出行列宿，司無道，出入無常。」此謂高宗出巡，以執法先行，示不擾民。

〔一二〕「招摇」句，招摇，星名，畫之於旗，以爲儀杖。文選張衡西京賦：「建玄弋，樹招摇。」薛綜注：「玄弋，北斗第八星，名爲矛頭，主胡兵；招摇，第九星，名爲盾。今鹵簿中畫之於旗，建樹之以前驅。」李善注：「禮記（曲禮上）曰：『招摇在上，急繕其怒。』鄭玄曰：『繕，讀曰勁。畫招摇星於其上，以起（軍）〔居〕堅勁，軍之威怒，象天（師）〔帝〕也。』」

〔一三〕「隱天」四句，形容高宗出巡嵩山時氣勢宏大。文選班固西都賦：「千乘雷起，萬騎紛紜。元戎竟野，戈鋋彗雲。羽旄掃霓，旌旗拂天。焱焱炎炎，揚光飛文。吐燗生風，欱野歕山。日月爲之奪明，丘陵爲之摇震。」李善注引説文曰：「欱，啜也，火合切。歕，吹氣也，敷悶切。」「隱天」、「欱野」下，英華無「而」字，分别校：「一本有而字。」欱，英華校：「文粹作吹。」同。

〔一四〕「道伊闕」二句，文選張衡東京賦：「迴行道乎伊闕，邪徑捷乎轘轅。」薛綜注：「伊闕，山名也；轘轅，阪名也。」李善注：「漢書曰：『沛公從轘轅。』薛綜曰：『轘轅阪十二曲，道將去復還，故云轘轅。』臣瓚曰：『在緱氏東南。』」又曹植神女賦：「背伊闕，越轘轅。」按：「熒惑」至此數句，言高宗出巡東都。

〔一五〕「怡然」句，肆，英華校：「一本作長。」

〔一六〕「仍求」句，載祀之經，即各代所擬祀典，登載必須祭祀之神名。

〔一七〕「對閑寢」二句，閑寢，詩經商頌殷武：「旅楹有閑，寢成孔安。」毛傳：「寢，路寢也。」鄭玄箋：「路寢既成，王居之甚安。」按：此所謂「閑寢」，指久廢不祀之古先帝王陵寢地。無文，即不在祀典之神。尚書洛誥：「周公曰：王肇稱殷禮，祀於新邑（按：指洛邑），咸秩無文。」僞孔傳：「言王當始舉殷家祭祀，以禮典祀於新邑，皆次秩不在禮文者而祀之。」

〔一八〕「於是」句，天涣，指皇帝詔命。涣，猶言涣汗，聽之使人驚怖，汗從體出，見前長江縣先聖孔子廟堂碑注。

〔一九〕「命司成」句，論語泰伯：「籩豆之事，則有司存。」邢昺正義釋「司存」爲「有所主者存焉」。有所主者，即主管部門。

〔二〇〕「因其」二句，高宗令葺少姨新廟事，史籍未載，當在調露二年（六八〇）正月戊午「親謁少姨廟」時，參本文首注。

〔二一〕「致荆藍」句，荆藍，即荆山、藍田，皆出美玉，見前新都縣學先聖廟堂碑文注。

〔二二〕「書者」二句，尚書旅獒：「人不易物，惟德其物。德盛不狎侮。狎侮君子，罔以盡人心；狎侮小人，罔以盡其力。」僞孔傳：「言物貴由人有德則物貴，無德則物賤。所貴在於德。……以悦使民，民忘其勞，則力盡矣。」書者，原作「易者」，各本同，據上引尚書僞孔傳改。又「民」字，原作「人」，英華亦作「人」，校：「文粹作民，唐諱。」據改。

〔二三〕「詩者」二句，詩經大雅靈臺：「經始勿亟，庶民子來。」鄭玄箋：「亟，急也。度始靈臺之基趾，非有急成之意，衆民各以子成父事，而來攻之。」朱熹詩集傳曰：「文王之臺，方其經度營表之際，而庶民已來作之，所以不終日而成也。」按：以上言建少姨廟成。

〔二四〕「東西」句，文選張衡東京賦：「雲罕九斿，闟戟轇轕。」薛綜注：「轇轕，雜亂皃。」李善注引王逸楚辭注曰：「轇轕，參差縱横也。」又文選王逸魯靈光殿賦：「迢嶢倜儻，豐麗博敞，洞轇轕乎其無垠也。」張載注引郭璞曰：「言曠遠深邈皃。」此以郭注爲長。轇轕，英華作「膠葛」，校：「文粹作較轕。」按漢書司馬相如傳載上林賦亦作「膠葛」。兩字乃連綿字，音義同。「轇轕」、「轇輵」同。

〔二五〕「南北」句，文選班固東都賦：「巖峻崷崪，金石崢嶸。」李善注引郭璞方言注曰：「崢嶸，高峻也。」

〔二六〕「繡栭」二句，謂裝飾華美，熠熠生輝。文選張衡西京賦：「飾華榱與璧璫，流景曜之韡曄。雕楹玉碣，繡栭雲楣。」薛綜注：「曜，光也。韡曄，言明盛也。」又曰：「栭，斗也；楣，梁也。皆雲氣畫如繡也。」李善注引王褒甘泉頌曰：「採雲氣以爲楣。」目，英華作「日」，校：「二本作目。」作「日」似誤。

〔二七〕「桂棟」二句，楚辭屈原九歌湘夫人：「桂棟兮蘭橑。」王逸注：「以桂木爲屋棟，以木蘭爲榱也。」又文選雜體詩三十首顏延之侍宴：「桂棟留夏飈，蘭橑停冬霰。」呂向注：「橑，椽。」氛氳，香氣彌漫貌。

〔二八〕「皎日」句，文選孫綽游天台山賦：「曒日炯晃於綺疏。」李善注：「毛詩曰：『有如曒日。』曒，公鳥切。炯晃，光明也。李尤東觀銘曰：『房闥內布，綺疏外陳。』薛綜西京賦注曰：『疏，刻穿之也。』然刻爲綺文，謂之綺疏也。」此當指鏤有花紋之窗。呂向注：「綺疏，窗也。……日光明於綺窗。」綺，英華校：「一本作納。」誤。

〔二九〕「奔星」句，文選司馬相如上林賦：「奔星更於閨闥。」李善注：「奔，流星也，行疾，故曰奔。」劉良注閨闥爲「門窗」。

〔三〇〕「珠簾」二句，瑇匣，裝有瑇瑁之匣。瑇瑁，貝類動物，可作飾品。三休，休息多次方能登上，形容樓閣極高，見前登秘書省閣詩序注。

〔三一〕「金柱」二句，檻，原作「楹」。英華作「檻」，校：「二本作楹。」按：楹，亦柱也，文意重複，作「檻」是，因改。中宿，文選司馬相如上林賦：「步櫩周流，長途中宿。」李善注：「步櫩，步廊也。周流，周遍流行也。」張銑注：「長途中宿，謂臺閣高遠，中道而宿方至其上也。」出長廊，英華、四子集本作「巡步廊」，英華校：「文粹作出長廊，集作步長廊。」全唐文作「步長廊」。兹依底本。按：以上極言少姨廟壯麗。

〔三二〕「豈止」二句，楚辭屈原九歌河伯：「魚鱗屋兮龍堂，紫貝闕兮朱宮。」王逸注：「言河伯所居以魚鱗蓋屋堂，朱畫蛟龍之文；紫貝作闕，朱丹其宮，形容異制甚鮮好也。」同上書王逸遠遊：「使湘靈鼓瑟兮，令海若舞馮夷。」王逸自注：「百川之神皆謡歌也，河海之神咸相和也。海若，神名也；馮夷，水仙人也。淮南言『馮夷得道，以潛於大川』也。」洪興祖補注：「海若，莊子所稱北海若也；馮夷，河伯也。」或曰馮夷乃河伯夫人，見後漢書張衡傳載思玄賦李賢注引龍魚河圖。止，英華、全唐文作「直」，英華校：「文粹作止。」瞰，英華作「鏡」，當誤。

〔三三〕「洛水」二句，瑶壇，「壇」原作「璮」。按：璮，玉名，瑶、璮乃並列關係，與上句「貝闕」不對應，當誤，據英華、全唐文改。瑶，壇之美稱。太平御覽卷八〇帝堯陶唐氏引尚書中候曰：「帝堯即政七十載，……修壇河雒，……龍馬銜甲，赤文緑色，臨壇止霽，吐甲圖而帶足。」疑後人傅會此説，遂於洛水畔築壇，其詳莫考。虙妃之館，蓋洛水壇附近另有虙妃祠廟，故稱「旁臨」。文選曹植洛神賦李善注：「漢書音義如淳曰：『宓妃，宓羲氏之女，溺死洛水爲神。』」唐以前宓妃廟情況不可考，武則天曾因得所謂瑞石，於垂拱四年（六八八）秋七月「封洛水神爲顯聖，加位特進，并立廟」，見舊唐書則天皇后紀。舊唐書則天皇后紀：垂拱四年（六八八）夏四月，武承嗣僞造瑞石，表稱獲之洛水，號其石爲「寶圖」。秋七月，大赦天下，改「寶圖」曰「天授聖圖」，「封洛水神爲顯聖，加位特進，并立廟」。

〔三四〕「白露」句，露，英華校：「一本作霧。」既云「市地」，作「霧」似誤。

〔三五〕「餘基」二句，餘基，謂廢墟、遺址。文選潘岳西征賦：「覓陛殿之餘基，裁岥岮以隱嶙。」李善注：「隱嶙，絶起貌。」劉良注：「隱嶙，將平之貌。」此以劉注爲長。萬歲亭，後漢書黄瓊傳：「聞已度伊洛，近在萬歲亭，豈即事有漸，將順王命乎？」李賢注：「萬歲亭，在今洛州故嵩陽縣西北。武帝元封元年（前一一〇）幸緱氏，登太室，聞山上呼萬歲聲者三，因以名焉。」

〔三六〕「古木」二句，太平御覽卷三九地部四嵩山引嵩高山記曰：「漢有道士從外國將貝多子來，於嵩嶽西腳下種之，并立浮圖。今有四樹，與衆木有異，一年三花，花白色，其香如桂。」辨，英華作「變」，校：「一本作辨。」作「變」誤。

〔三七〕「明公」二句，明公，聰明俊偉之士，與下句「仙女」，皆泛指。岧嶤，文選何晏景福殿賦：「岧嶤岑立，崔嵬巒居。」劉良注：「岧嶤、崔嵬，危高貌。」

〔三八〕「風煙」句，熳，英華校：「文粹作漫。」全唐文即作「漫」。按：「爛熳」爲連綿字，熳、漫皆可。

〔三九〕「軒轅」二句，軒轅，即黄帝。莊子徐無鬼：「黄帝將見大隗乎具茨之山，……適遇牧馬童子，問途焉。」郭象注謂具茨山「在滎陽密縣東，今名泰隗山」。隗，英華校：「一本作塊，非。」

〔四〇〕「太一」二句，太平御覽卷三九嵩山引漢武内傳曰：「漢武帝夜夢與少君俱上嵩高山，半道有繡衣使者，乘龍持節從雲中下，言太一請少君。覺告廷臣曰：『如朕夢，少君將舍朕去矣。』」按：少君，即方士李少君，爲漢武帝授長生不老之術，其事詳漢書郊祀志。

〔四一〕「夫峻極」四句，文選左思蜀都賦：「岷山之精，上爲井絡，天帝運期而會昌，景福肸蠁而興作。」劉淵林注：「昌，慶也，言天帝於此會慶建福也。」呂延濟注：「景，大也。……言大福之興，有如此蟲（按：其釋「肸蠁」爲濕生蟲蚊之類）群飛而多也，興作皆超也。」

〔四二〕「可以」二句，左傳隱公三年：「君子曰：……苟有明信，澗谿沼沚之毛，……潢汙行潦之水，可薦於鬼神，可羞於王公。」杜預注：「谿亦澗也。沼，池也；沚，小渚也；毛，草也。」又曰：「行潦，流潦。」孔穎達正義：「毛即菜也。」又曰：「行，道也。雨水謂之潦。言道上聚流者也。服虔云：畜小水謂之潢水，不流謂之汙。行潦，道路之水是也。」二句謂若有明信，即便用蔬菜、流水爲祭亦可。

〔四三〕「聰明」二句，左傳莊公三十二年：「史嚚曰：虢其亡乎！吾聞之：國將興，聽於民；將亡，聽於神。依人而行。虢多涼德，其何土之能得？」杜預注：「求福於神，神聰明正直而壹者也，唯德是與。」

〔四四〕「玉帛」二句，玉帛，祭祀所獻玉器及絲織品；犧牲，祭祀所用動物。周禮地官牧人：「凡祭祀，共其犧牲以授充人係之。」鄭玄注：「犧牲，毛羽完具也。授充人者，當殊養之。」陳信，左傳襄公二十七年：「子木（按：楚臣屈建）問於趙孟曰：『范武子之德何如？』對曰：『夫子之家事治，言於晉國無隱情。其祝史陳信於鬼神，無愧辭。』子木歸以語（楚）王，王曰：『尚矣哉，能歆神人，宜其光輔五君，以爲盟主。』」杜預注：「歆，享也。使神享其祭，人懷其德。」在，原作「實」，英華、全唐文作「在」，英華校：「文粹作實。」按：「在」與上句「惟」對應，義勝，據改。

日之吉，靈之來〔一〕。蜺爲旌兮翠爲蓋〔二〕，雷爲車兮電爲策〔三〕。鼓之以南箕，風嫋嫋而先路〔四〕；潤之以西畢，雨冥冥而灑道〔五〕。其始至也，若海静山空，曈曈朧朧〔六〕，照白日于扶桑之東〔七〕；其少進也，若移星轉漢，燦燦爛爛，吐明月於瀛洲之半〔八〕。珮珠璣而玓瓅〔九〕，襲羅縠而飄颻〔一〇〕。建晨纓之寶冠〔一一〕，踐遠游之文履〔一二〕。命儔兮嘯侣〔一三〕，徙倚兮徘徊〔一四〕。群仙畢集，衆靈咸至。有西華之紫妃〔一五〕，有中黄之素女〔一六〕。華山之上，明星遠燭〔一七〕；陽臺之下，暮雨潛通〔一八〕。或瓊室以飛霞〔一九〕，或銀臺而薦蘂〔二〇〕。天孫忽降，蹔停支石之機〔二一〕；神女相歡，即起投壺之電〔二二〕。左侍右衛，則甲申之瓊石，乙巳之蘭蕭；妍娼妙妓，則憑悦之清歌，幽靈之鼓瑟〔二三〕。樂章既闋〔二四〕，禮容斯備。回風兮雲旗，入不言兮出不辭〔二五〕；荷衣兮蕙帶，倏而來兮忽而逝〔二六〕。惟神享德，降百福而無疆〔二七〕；惟嶽配天，視三公而有典〔二八〕。昔者夏后氏之乘四方，仍開宛委之圖〔二九〕；周穆王之御八龍，猶紀弇山之石〔三〇〕。况乎上照下漏〔三一〕，天平地成〔三二〕。人主宅中〔三三〕，旁羅於宇縣；山靈顯位，密邇於神州。豈使令德不傳，頌聲無紀〔三四〕？由是三天降策，有南霍之升儲〔三五〕；八丈鐫銘，有西王之服道〔三六〕。魏國鍾繇之字，惟勒歲年〔三七〕；晉家張載之文，遂承明詔〔三八〕。

【箋注】

〔一〕「日之吉」二句，楚辭屈原九歌東皇太一：「吉日兮辰良。」同上離騷：「歷吉日乎吾將行。」王逸注「吉日」爲「善日」。靈之來，謂少姨之神靈前來。同上九歌湘夫人：「靈之來兮如雲。」

〔二〕「蜺爲旌」句，文選宋玉高唐賦：「蜺爲旌，翠爲蓋。」李善注：「翠，翡翠也，以羽飾蓋。」呂延濟注：「雲蜺爲旌旆，翠羽爲蓋。」

〔三〕「雷爲車」句，淮南子原道訓：「大丈夫……電以爲鞭策，雷以爲車輪，上游於霄雿之野，下出於無垠之門。」高誘注：「電激氣，故以爲鞭策；雷轉氣，故以爲車輪。」

〔四〕「鼓之」二句，南箕，箕爲星座名。詩經小雅大東：「維南有箕，不可以簸揚。」又史記天官書：「箕爲敖客，曰口舌。」索隱引詩緯云：「箕爲天口，主出氣。」故此「鼓之以南箕」，即謂鼓之以氣。氣，風也。風嫋嫋，楚辭屈原九歌湘夫人：「嫋嫋兮秋風。」王逸注：「嫋嫋，秋風搖木貌也。」同上離騷：「來吾道夫先路。」王逸注：「路，道也。」

〔五〕「潤之」二句，畢，星座名，共八星。漢書天文志：「月去中道，移而東北入箕，若東南入軫則多風，西方爲雨，雨，少陰之位也。月失中道，移而西入畢，則多雨，故詩云：『月離於畢，俾滂沱矣。』言多雨也。」

〔六〕「曈曈」句，曈曈朧朧，日月欲出貌。類篇卷一九：「曈，他東切。曈曨，日欲明。」又：「朧，盧東切。朣朧，月出。」此形容少姨神影影綽綽、欲明還暗狀。

〔七〕「照白日」句，扶桑，日出處。文選沈約齊故安陸昭王碑文：「帝出於震，日衣青光。」李善注引春秋元命苞：「孔子曰：『扶桑者，日所出，房所立，其耀盛，蒼神用事。』」句謂少姨神欲來時，與朝霞交相輝映，融爲一片。

〔八〕「吐明月」句，猶言半吐明月於瀛洲。瀛洲，海外神山。史記秦始皇本紀：「齊人徐市等上書，言海中有三神山，名曰蓬萊、方丈、瀛洲，仙人居之。」

〔九〕「珮珠璣」句，史記司馬相如列傳載子虛賦：「明月珠子，玓瓅江靡。」索隱引應劭云：「明月珠子生於江中，其光耀乃照於江邊也。」璣，説文：「珠不圓也。」玓瓅，玉篇：「明珠色也。」璣，英華作「玉」。玓，英華作「的」，校：「文粹作玓。」

〔一〇〕「襲羅縠」句，張衡舞賦：「美人興而將舞，乃修容而改襲。服羅縠之雜錯，申綢繆以自飾。」襲，穿衣。又文選宋玉神女賦：「動霧縠以徐步兮。」李善注：「縠，今之輕紗，薄如霧也。」縠，英華作「紈」，校：「一本作縠。」

〔一一〕「建晨纓」句，太平御覽卷三一七月七日引漢武帝内傳：「七月七日，西王母降武帝，戴太真晨纓之冠，履玄瓊鳳文之舄。」晨纓，婦人冠名，其制不詳。

〔一二〕「踐遠游」句，文選曹植洛神賦：「踐遠游之文履，曳霧綃之輕裾。」吕向注：「遠游，履名；文，謂文飾也。」

〔一三〕「命儔」句，曹植洛神賦：「乃衆靈雜遝，命儔嘯侣。」儔、侣，同伴也。

〔一四〕「徙倚」句，楚辭王逸哀時命：「獨徙倚而彷徉。」自注：「徙倚，猶低佪也。」曹植洛神賦：「洛靈感焉，徙倚彷徨。」

〔一五〕「有西華」句，西華，指西王母。雲笈七籤卷一一四西王母傳：「西王母者，九靈太妙龜山金母也，一號太靈九光龜臺金母，亦號曰金母元君，乃西華之至妙洞陰之極尊。在昔道氣凝寂，湛體無爲，將欲啓迪玄功，生化萬物，先以東華至真之氣化而生木公焉，……又以西華至妙之氣化而生金母焉。金母生於神洲伊川，厥姓緱氏。生而飛翔，以主陰靈之氣，理於西方，亦號王母。……天上天下三界十方女子之登仙得道者，咸所隸焉。」紫妃，指西王母所隸登仙女子，蓋因「王母乘紫雲之輦」（見上傳），因虚擬焉。

〔一六〕「有中黄」句，中黄，仙人名。抱朴子内篇卷三極言：「昔黄帝生而能言，役使百靈，可謂天授自然之體者也，猶復不能端坐而得道。故陟王屋而授丹經，到鼎湖而飛流珠，登崆峒而問廣成，之具茨而事大隗，適東岱而奉中黄，入金谷而諮滑子，論道養則資玄素二女。」則中黄在泰山，素女另有其地，此乃作者牽合也。清姜宸英湛園札記卷二遍考「中黄」之義，以爲「楊炯少室山銘『有中黄之素女』，對上『西華之紫妃』，則亦指其所居之山也」。郭璞所云，乃道教無根之談，勿須坐實。

〔一七〕「華山」二句，後漢書張衡傳載思玄賦：「載太華之玉女兮。」李賢注引詩含神霧：「太華之山，上有明星玉女，主持玉漿，服之成仙。」明，英華作「飛」，校：「一本作明。」按：作「飛」誤。

〔一八〕「陽臺」二句，指巫山神女。宋玉高唐賦：「妾在巫山之陽，高丘之阻。旦爲朝雲，莫爲行雨。朝朝莫莫，陽臺之下。」

〔一九〕「或瓊室」句，舊題東方朔海内十洲記：「（崑崙山）有墉城，金臺玉樓，……瓊華之室，紫翠丹房，錦雲燭日，朱霞九光，西王母之所治也。」以，英華作「而」，校：「文粹作以。」按：下句爲「而」，此當作「以」。

〔二〇〕「或銀臺」句，後漢書張衡傳載思玄賦：「聘王母於銀臺兮，羞玉芝以療飢。」李賢注：「王母，西王母也。銀臺，仙人所居也。羞，進也。本草經曰：『白芝，一名玉芝。』」按：藥，原作「樂」，當爲「藥」之形訛。藥指玉芝，兹以文意徑改。傳説西王母多仙藥，如淮南子覽冥訓稱「羿請不死之藥於西王母，姮娥竊以奔月」云云。

〔二一〕「天孫」二句，史記天官書：「婺女，其北織女，織女，天女孫也。」索隱引荆州占云：「織女，一名天女，天子女也。」支石之機，指織機。太平御覽卷八引集林：「昔有一人尋河源，見婦人浣紗，以問之，曰：此天河也。乃與一石而歸。問嚴君平，云：此織女支機石也。」

〔二二〕「神女」二句，太平御覽卷一三雷引神異傳曰：「東王公與玉女投壺，誤而不接，天爲之笑，開口流光，今雷是也。」

〔二三〕「左侍」至此六句，甲申、乙巳，乃作者假擬日期。瓊石、蘭蕭，假擬侍衛神；憑悦、幽靈，假擬歌妓，皆非真有其人。鼓瑟，楚辭王逸遠遊：「使湘靈鼓瑟兮。」自注：「百川之神皆謡歌也。」

〔二四〕「樂章」句，闋，樂曲終止。儀禮大射：「主人答拜，樂闋。」鄭玄注：「闋，止也。樂止者，尊賓之禮盛於上也。」

〔二五〕「回風」二句，楚辭屈原九歌少司命：「入不言兮出不辭，乘迴風兮載雲旗。」王逸注上句：「言神往來奄忽，入不語言，出不訣詞，其志難知。」又注下句：「言司命之去，乘迴風，載雲旗，形貌不可得見。」

〔二六〕「荷衣」二句，楚辭屈原九歌少司命：「荷衣兮蕙帶，儵而來兮忽而逝。」王逸注：「言司命被服香浄，往來奄忽，難常值也。」按：倏、儵同。

〔二七〕「惟神」二句，享德，謂惟德是享，見本篇上文「聰明正直」二句注。降百福，詩經大雅假樂：「干禄百福，子孫千億。」鄭玄箋：「干，求也。」同上：「受福無疆，四方之綱。」孔穎達正義：「受天之福禄，無有疆境，常爲天下四方之綱。言常爲君王，統領天下。」

〔二八〕「惟嶽」二句，禮記王制：「天子祭天下名山大川，五嶽視三公，四瀆視諸侯。」鄭玄注：「視，視其牲、器之數。」

〔二九〕「昔者」二句，者，原作「周」。英華、唐文粹、四子集、全唐文俱作「者」，是，據改。夏后氏，指禹。

乘四方，謂巡視各地。宛委之圖，指金簡玉書。吴越春秋卷四越王無余外傳：「禹傷父功不成，……乃案黄帝中經曆，蓋聖人所記，曰：在於九山東南天柱，號曰宛委（注：在會稽縣東南十五里，一名玉笥山），赤帝左闕，其巖之巔，承以文玉，覆以盤石，其書金簡青玉爲字，編以白銀，皆瑑其文。禹乃東巡，登衡嶽，血白馬以祭，不幸所求。禹乃登山仰天而嘯，因夢見赤繡衣男子自稱玄夷蒼水使者，聞帝使文命於斯，故來候之，非厥歲月，將告以期，無爲戲吟。故倚歌覆釜之山，東顧謂禹曰：『欲得我山神書者，齋於黄帝巖嶽之下，三月庚子登山發石，金簡之書存矣。』禹退，又齋，三月庚子登宛委山，發金簡之書，案金簡玉字，得通水之理。」

〔三〇〕「周穆王」二句，御八龍，謂其車駕八馬，乃天子之儀。穆天子傳卷三：「天子賓於西王母，乃執白圭玄璧以見西王母，……西王母再拜受之。乙丑，天子觴西王母於瑶池之上，西王母爲天子謡曰：『白雲在天，山陵自出。道里悠遠，山川間之。將子無死，尚能復來。』天子答之曰：『予歸東土，和治諸夏。萬民平均，吾顧見汝。比及三年，將復而野。』天子遂驅，升於弇山，乃紀丌迹於弇山之石，而樹之槐，眉曰西王母之山。」弇，英華校：「一本作春。」誤。

〔三一〕「況乎」句，上照下漏，此謂唐王朝德澤普及天地。漢書朱買臣傳：「周德始乎后稷，長於公劉，大於太王，成於文、武，顯於周公，德澤上昭天，下漏泉，無所不通。」顔師古注：「昭，明也。漏言潤澤下沾，如屋之漏。」按：照、昭同。

〔三二〕「天平」句，天平地成，謂天下公正。孔子家語卷五帝德：「（舜）爲天下帝，命二十二臣，率堯舊職，恭己而已。天平地成，巡狩四海，五載一始。」唐張弧素履子卷下履平：「素履子曰：稱之用也，取之於衡；車之行也，通之於轍。衡平則毫釐不差，轍通則轅轂無滯。稱若失之於毫釐，則權衡不正；車若虧之於轅轂，則轍迹難通。欲稱之平，則慎之於毫釐；欲轍之通，宜治之於轅轂。毫釐不失，轅轂無虧，則謂天平地成，乃取易象『上天下澤，履』。」天平地成，全唐文作「地成天平」。稱，同「秤」，量輕重之器具。

〔三三〕「人主」句，宅，居也。此謂居於中土。宋謝莊歌明堂黄帝辭：「履艮宅中。」

〔三四〕「頌聲」句，「聲」下英華有「寂」字，校：「二本無此字。」「無紀」下，英華有「述」字，校：「二本無此字。」按：無「寂」、「述」二字是。

〔三五〕「由是」二句，三天，用道教玉清、太清、上清三天之説，此即指天，代指唐高宗。降策，謂高宗下達立皇太孫之策。南霍，雲笈七籤卷三道教本始部天尊老君名號歷劫經略：「人皇君時，太極真人太上老君下降於南霍之山，又授以人皇君内經十四篇，而人皇君得此經，以道治世三萬六千歲，白日登仙於太極南朱上天宫。」按：南霍，即霍山，又名天柱山，在今安徽霍山縣西北。應劭風俗通義卷一〇：「南方衡山，一名霍，……而大廟在廬江灊縣。」太平御覽卷三九引徐靈期南嶽記，稱漢武帝南巡，以衡山遼遠，於是乃徙南嶽之祭於廬灊江山（即霍山），故霍山爲衡山之「副山」。升儲，指開耀二年（六八二）立皇太孫事。舊唐書高宗紀下：開耀二年二月癸未，「以太子誕皇孫滿月，大赦，改開耀二年爲永淳元年，大酺三日。戊午，立皇孫重照爲皇太孫」。因李氏皇室自稱老子李耼爲其始祖，故謂皇太孫乃老子下南霍所賜。按此碑立於永淳元年（六八二）十二月（見本文首注），蓋文作於立皇太孫之後，而立皇太孫乃時政大事，故及之。升，英華校：「（唐）文粹作叔。」誤。

〔三六〕「八丈」二句，八丈，謂少姨廟碑壇極高。西王，即西王母。東漢郭憲漢武帝別國洞冥記卷一：「元光中，帝起壽靈壇。壇上列植垂龍之木，似青梧，高十丈，有朱露，色如丹汁，灑其葉，落地皆成珠。其枝似龍之倒垂，亦曰珍枝樹。此壇高八丈，帝使董謁乘雲霞之輦以升壇。至夜三更，聞野雞鳴，忽如曙，西王母駕玄鸞，歌春歸樂，謁乃聞王母歌聲而不見其形。歌聲繞梁三匝乃止，壇傍草樹枝葉或翻或動，歌之感也。四面列種軟棗，條如青桂。風至，自拂階上遊塵。」此以西王母喻少姨，謂碑壇成，少姨之神當如西王母降臨。

〔三七〕「魏國」二句，三國志魏書鍾繇傳：鍾繇，字元常，潁川長社人。嘗爲曹操前軍師，遷相國。文帝時官至太傅，謚成侯。繇爲著名書法家，與其後王羲之齊名，并稱「鍾王」。兩句意謂碑以書家如鍾繇者所書爲貴，而自己所撰碑文不足道，惟記歲月而已。

〔三八〕「晉家」二句，晉書張載傳：張載，字孟陽，安平人。性閒雅博學，有文章。太康初至蜀省父，道經劍閣，作劍閣銘，益州刺史張敏表上其文，武帝遣使鐫之於劍閣山。又作榷論、蒙汜賦等，知名於時。歷著作郎，轉太子中舍人，遷樂安相，拜中書侍郎。兩句意謂晉張載之銘優異，不可企及，所不同者，本文乃承詔而作。此與上二句，皆自謙之詞。詔，英華作「制」，校：「一本作詔。」按舊唐書則天皇后紀：載初元年（六八九）十二月三日，「神皇自以曌字爲名，遂改詔書爲制書」。英華底本蓋猶是宋之問原編本，故作「制」（参本書附録年譜），兹仍作「詔」。

其詞曰：

上帝有命，皇天無親〔一〕。樹之元后〔二〕，以牧烝民〔三〕。光宅六合〔四〕，懷柔百神〔五〕。德成郊祀，禮備宗禋〔六〕。其一

【箋注】

〔一〕「皇天」句，尚書蔡仲之命：「皇天無親，惟德是輔。」僞孔傳：「天之於人，無有親疏，惟有德者則輔佑之。」

〔二〕「樹之」句，樹，立也。元后，尚書大禹謨：「天之曆數在汝躬，汝終陟元后。」僞孔傳：「元，大也。大君，天子。」

〔三〕「以牧」句，尚書太甲：「克綏先王之禄，永底烝民之生。」僞孔傳釋「烝民」爲「萬姓」。詩經大雅蕩：「天生烝民，其命匪諶。」鄭玄箋：「烝，衆。」民，原作「人」，英華校：「唐諱，一本作人。」

〔四〕「光宅」句，尚書堯典序：「昔在帝堯，聰明文思，光宅天下。」蘇軾書傳釋「光宅」道：「聖人之德，如日月之光，貞一而無所不及也。」六合，四方上下，泛指天下。

〔五〕「懷柔」句，詩經周頌時邁：「懷柔百神，及河喬嶽。」毛傳釋「懷柔」爲「懷來柔安」。百神，衆神。

〔六〕「德成」二句，郊祀，祭天；宗禋，祭祖宗。禋，敬也。兩句謂唐高宗既祭天，又將祖宗配天同祭，可謂德成禮備。參見本文前「既郊祀而宗祀」句注。

軒稱配永〔一〕，崐墟帝出〔二〕。堯號則天〔三〕，汾陽詔蹕〔四〕。觀民設教〔五〕，協時同律〔六〕。有感必通，無文咸秩〔七〕。其二

【箋注】

〔一〕「軒稱」句，軒，指黃帝軒轅氏。配永，古微書卷四輯尚書中候：「黃帝軒提象，配永循機。」注：「軒轅，黃帝名。永，長也；循，順也。黃帝軒轅觀攝提之象，配而行之，以長爲順，升機爲政焉。」

〔二〕「崐墟」句，穆天子傳卷二：「吉日辛酉，天子升於崑崙之丘，以觀黃帝之宮。」郭璞注：「黃帝巡游四海，登崑崙山，起宮室於其上，見新語。」「崑」、「崐」同。

〔三〕「堯號」句，論語泰伯：「巍巍乎唯天爲大，唯堯則之。」

〔四〕「汾陽」句，莊子逍遥遊：「堯治天下之民，平海内之政，往見四子藐姑射之山，汾水之陽，窅然喪其天下焉。」郭象注：「夫堯之無用天下爲，猶越人之無所用章甫耳。然遺天下者，固天下之所宗；天下雖宗堯，而堯未嘗有天下也，故窅然喪之，而常遊心於絶冥之境，雖寄坐萬物之上，

而未始不逍遥也。」詔蹕，下詔出行。蹕爲帝王車駕行幸處。

〔五〕「觀民」句，謂依民情設立制度。周易觀卦象曰：「風行地上，觀。先王以省方，觀民設教。」孔穎達正義：「『先王以省方，觀民設教』者，以省視萬方，觀看民之風俗，以設於教。」民，原作「人」，避太宗諱，徑改。

〔六〕「協時」句，尚書舜典：「肆覲東后，協時月正日，同律度量衡。」僞孔傳：「遂見東方之國君。合四時之氣節，月之大小，日之甲乙，使齊一也。律法制及尺丈、斛斗、斤兩，皆均同。」

〔七〕「有感」二句，謂凡有感應之神，皆與交接，即便不在祀典，亦予祭祀。「無文咸秩」，見本文前注。

皇家啓聖〔一〕，受命于天。上鍊五石〔二〕，旁疏九川〔三〕。開階運斗〔四〕，宅海乘乾〔五〕。王母益地〔六〕，周公卜年〔七〕。其三

【箋注】

〔一〕「皇家」句，啓，原作「起」。英華、唐文粹、四子集、全唐文并作「啓」，是，據改。啓聖，謂天啓聖意。後漢書陳蕃傳：「前梁氏五侯毒遍海内，天啓聖意，收而戮之。」按：此句及以下，皆歌頌唐高祖及太宗建立唐朝之偉大功業。

〔二〕「上鍊」句，鍊五石，用淮南子覽冥訓「女媧鍊五色石以補蒼天」事，本文前注已引。句謂拯救國

家於危亂之中。

〔三〕「旁疏」句，「九川」之「九」，原作「百」，英華校：「一本作九。」按：此當用大禹事。尚書益稷：「予決九川距四海，濬畎澮距川，……烝民乃粒，萬邦作乂。」僞孔傳：「距，至也。決九州名川，通之至海。」則「九」并非川數，而是州數，作「九」是，據改。

〔四〕「開階」句，太平御覽卷七六叙皇王上引春秋演孔圖：「天子皆五帝精寶，各有題序，次運相據，起必有神靈符紀，諸神扶助，使開階立遂（原注：「遂當作隧，道也。」）。」運斗，星斗運轉。古有緯書春秋運斗樞，根據星斗運轉以占卜。句謂建立新王朝，以統治天下。

〔五〕「宅海」句，宅海，宅，居，謂擁有四海。沈約九日侍宴樂游苑詩：「憑玉宅海，端扆御天。」乘乾，左傳昭公三十二年：「在易卦，雷乘乾，曰大壯。」杜預注：「乾下震上，大壯。震在乾上，故曰雷乘乾。」孔穎達正義：「乾爲天，爲剛；震爲雷，爲動。天以剛而動，動則爲雷，壯之大者，故曰大壯。」此喻國家强大。

〔六〕「王母」句，藝文類聚卷一一帝王部一帝舜有虞氏引雒書靈準聽曰：「舜受終，鳳皇儀，黄龍感，朱草生，蓂莢孳。西王母授益地圖。」原注：「西王母得益地之圖來獻。」

〔七〕「周公」句，卜，原作「十」，英華、唐文粹、全唐文并作「卜」，是，據改，「十」乃形訛。卜年，左傳宣公三年：「（周）成王定鼎於郟鄏，卜世三十，卜年七百，天所命也。」

天子建德〔一〕，重規疊矩〔二〕。聖敬日躋〔三〕，宗文祖武〔四〕。範圍三極〔五〕，和平萬宇。率由舊章〔六〕，粤若稽古〔七〕。其四

【箋注】

〔一〕「天子」句，尚書禹貢：「錫土姓，祗台德。」僞孔傳：「天子建德，因生以錫姓。」

〔二〕「重規」句，謂後人所爲，與先人相同。宋書禮志一：「上（魏文帝曹丕）與先聖合符同契，重規疊矩者也。」以上二句，言唐高宗繼承高祖、太宗，所作所爲皆符合祖宗法度。

〔三〕「聖敬」句，詩經商頌長發：「湯降不遲，聖敬日躋。」毛傳：「不遲，言疾也。躋，升也。」鄭玄箋：「降，下。……湯之下士尊賢甚疾，其聖敬之德日進然。」

〔四〕「宗文」句，古微書卷一八輯禮稽命徵：「夏無大祖，宗禹而已，則五廟。殷人祖契而宗湯，則六廟。周尊后稷，宗文王、武王，則七廟。自夏及周，少不減五，多不過七。」大（太）祖爲不祧之祖，下以文、武而分昭穆，乃周制，爲後代所遵循。此指唐高祖、唐太宗。

〔五〕「範圍」句，範圍，管理。三極，周易繫辭上：「六爻之動，三極之道也。」韓康伯注：「三極，三才也。兼三才之道，故能見吉凶，成變化也。」按：三才，即天、地、人。

〔六〕「率由」句，詩經大雅假樂：「不愆不忘，率由舊章。」鄭玄箋：「愆，過。率，循也。成王之令德不過誤，不遺失，循用舊典之文章，謂周公之禮法。」

〔七〕「粵若」句，粵，發語詞，猶言「曰」。尚書堯典：「曰若稽古帝堯。」僞孔傳：「若，順；稽，考也。能順考古道而行之者。」稽，英華校：「文粹作乩。」同。按：以上二句，謂唐高宗一切皆行古道。

璇宫夜敞〔一〕，銀牓朝開〔二〕。德象陰月〔三〕，聲符震雷〔四〕。山河翼戴〔五〕，星緯鹽梅〔六〕。能事畢矣，乾元大哉〔七〕。其五

【箋注】

〔一〕「璇宫」句，王嘉拾遺記卷一：「少昊以金德王，母曰皇娥，處璇宫而夜織。」此以「璇宫」代指皇后武則天。夜敞，謂皇后夜間尚在勞作。

〔二〕「銀牓」句，藝文類聚卷六二引神異經：「東方有宫，青石爲牆，高三仞，左右闕高百丈。畫以五色，門有銀牓，以青石碧鏤，題曰天地長男之宫。」此以「銀牓」代指皇太子李顯。朝開，謂太子府凌晨即已開啓，言其讀書極勤勉。

〔三〕「德象」句，太平御覽卷四引京房易説云：「月與星，至陰也，有形無光，日照之乃有光。」因月爲陰，故以皇后爲喻。初學記卷一〇皇后引魏名臣奏曰：「臣聞帝之有后，猶日之有月也。」句謂皇后武則天有德。

〔四〕「聲符」句，見上文「宅海」句注，即易卦所謂「雷乘乾，曰大壯」，言皇太子具雄才大略。

〔五〕「山河」句，山河，指江山，代指全國人民。翼戴，尚書皋陶謨：「皋陶曰：『都！慎厥身，修思永；惇叙九族，庶明勵翼。邇可遠在兹。』」僞孔傳：「言慎修其身，厚次叙九族，則衆庶皆明其教而自勉勵，翼戴上命，近可推而遠者，在此道。」孔穎達正義：「翼戴上命，昭九年左傳説晉叔向言『翼戴天子』，故以爲『翼戴上命』，言如鳥之羽翼而奉戴之。」此言得天下百姓擁護。戴，原作「載」，英華校：「文粹作戴。」作「戴」是，據改。

〔六〕「星緯」句，文選顔延年車駕幸京口侍游蒜山作：「宅道炳星緯，誕曜應辰明。」李善注引郭璞南郊賦曰：「宅是星紀，奄有衡霍。」再引吴都賦曰：「固其經略，上當星紀。」按：此「星緯」即星紀，指宰輔大臣，謂皆有所作爲，能上配星緯，合乎天意。鹽梅，尚書説命：「若作和羹，爾惟鹽梅。」僞孔傳：「鹽鹹梅醋，羹須鹹醋以和之。」後以調合鹽梅喻宰相善於治國。

〔七〕「乾元」句，周易乾卦：「乾元，亨，利貞。」孔穎達正義：「説卦云：乾，健也。言天之體，以健爲用。」又引子夏傳云：「元，始也。」則此「乾元」指高宗，言其英明偉大。

治定制禮，功成作樂〔一〕。日月旂常〔二〕，夏殷正朔〔三〕。德溥天外〔四〕，文明地角〔五〕。氣白星黄〔六〕，風摇露濁〔七〕。其六

【箋注】

〔一〕「治定」二句，禮記樂記：「王者功成作樂，治定制禮。」鄭玄注：「功成、治定，同時耳。功主於

王業，治主於教民。明堂位説周公曰：『治天下六年，朝諸侯於明堂，制禮作樂。』」治，原作「理」，英華校：「二本作化。」按：理、化，皆避高宗李治之名，今改。

〔二〕「日月」句，周禮春官司常：「司常，掌九旗之物，名各有屬，以待國事。日月爲常，交龍爲旂。……及國之大閲，贊司馬頒旗物，王建大常，諸侯建旂。」鄭玄注：「所畫異物，則異名也。」又曰：「仲冬教大閲，司馬主其禮，自王以下治民者，旗畫成物之象，王畫日月，象天明也；諸侯畫交龍，一象其升朝，一象其下復也。」句言制度威嚴，尊卑各有禮數。旂，英華作「旗」，校：「二本作旂。」按：同上引周禮春官司常，謂「師都（民衆聚居地）建旗」，層級很低，故作「旗」誤。

〔三〕「夏殷」句，謂夏、商、周三代「正朔三而改，文質再而復」，已見前注。此言頒唐之正朔。

〔四〕「德溥」句，溥，英華校：「二本作澤。」亦通。天外，猶言域外，指少數民族未歸化之地。

〔五〕「文明」句，周易賁卦彖曰：「文明以止，人文也。……觀乎人文，以化成天下。」鄭玄注：「止物不以威武，而以文明，人之文也。……觀人之文，則化成可爲也。」地角，地之終極處。梁蕭統謝敕賚地圖啓：「域中天外，指掌可求；地角河源，户庭不出。」句言用人文之光照亮遠地，「明」用如動詞。

〔六〕「氣白」句，唐開元占經卷九五婁宿雲氣干犯占：「白氣入婁，人民受賜。」又晉書天文志中七曜：「瑞星，一曰景星，……二曰周伯星，黄色煌煌然，所見之國大昌。」

〔七〕「風摇」句，風摇，指迴風摇。太平御覽卷八〇帝堯陶唐氏引尚書中候曰：「帝堯即政七十載，景星出翼，鳳凰來庭，朱草生郊，嘉禾孳連，甘露潤液，醴泉出山。修壇河雒，榮光起，河休氣四塞，白雲起，迴風摇，龍馬御甲，赤文緑色，臨壇止霽，吐甲圖而帶足（注：帶足，音帶，去也）。」露濁，露指甘露。唐開元占經卷一〇一引運斗樞曰：「天樞得則甘露濁。」

兩京畿甸〔一〕，五載巡遊〔二〕。驅馳太一〔三〕，部列蚩尤〔四〕。將見大隗〔五〕，爰尋許由〔六〕。迴鑾躑躅，寓目周流〔七〕。其七

【箋注】

〔一〕「兩京」句，兩京，指西京長安、東京洛陽。畿甸，三代時以國都爲中心，按距離遠近將疆土劃分爲若干方形圈層。畿即王畿（又稱國畿），爲第一圈層，甸爲第三圈層。尚書禹貢：「五百里，甸服。」僞孔傳：「規方千里之内，謂之甸服，爲天子服治田，去王城四面五百里。」周禮地官大司徒：「辨其邦國都鄙之數，制其畿疆而溝封之。」鄭玄注：「千里曰畿。疆猶界也。」又周禮夏官大司馬：「乃以九畿之籍，施邦國之政職。方千里曰國畿，其外方五百里曰侯畿，又其外方五百里曰甸畿。……」孔穎達正義：「云方千里曰國畿者，此據王畿内千里而言，非九畿之畿，但九畿以此國畿爲本。向外每五百里加爲一畿也。」此泛指兩京以外地區。

〔二〕「五載」句，尚書舜典：「五載一巡守。」巡守，同上書「二月東巡守，至於岱宗」。僞孔傳：「諸侯爲天子守土，故稱守。巡，行之。」此喻指高宗巡幸嵩山。

〔三〕「驅馳」句，楚辭惜誓：「駕太一之象輿。」王逸注：「乘太一神象之輿而遊戲也。」此代指皇帝乘輿。

〔四〕「部列」句，蚩尤，傳説爲上古部落長，嘗同黃帝戰於涿鹿之野，後代用其象爲飾，以示威武。文選揚雄羽獵賦：「於是天子乃……載靈輿，蚩尤并轂，蒙公先驅。」李善注：「韓子曰：黃帝駕象車，異方并轂，蚩尤居前。」呂延濟注：「蒙公，髦頭也。謂乘革車，使蚩尤挾車轂，旄頭爲先驅也。」

〔五〕「將見」句，莊子徐無鬼：「黃帝將見大隗乎具茨之山。」大隗，郭象注：「大司神名。」

〔六〕「爰尋」句，許由，上古高隱之士。史記伯夷列傳：「説者曰：堯讓天下於許由，許由不受，恥之，逃隱。……太史公曰：余登箕山，其上蓋有許由冢云。」

〔七〕「迴鑾」二句，迴鑾，迴駕。躑躅，欲行不進貌。周流，四處觀覽。文選揚雄羽獵賦：「章皇周流，出入日月。」李善注：「章皇，猶仿偟也。周流，周匝流行也。」

鬱鬱靈鎮，巖巖積石〔一〕。直上五千，去天三百。帝休非遠〔二〕，真經可覿〔三〕。石室徘徊，瓊膏滴瀝〔四〕。其八

【箋注】

〔一〕「鬱鬱」二句，靈鎮，靈，神也；鎮，周禮夏官職方氏鄭玄注：「鎮，名山安地德者也。」巖巖，多石

貌。文選張載劍閣銘：「巖巖梁山，積石峩峩。」李善注引毛萇詩傳（按見詩經小雅節南山「節彼南山，維石巖巖」句毛傳）曰：「巖巖，積石貌也。」兩句指嵩山，謂其雄偉高大。

〔二〕「帝休」句，山海經中山經：「少室之山，百草木成囷。其上有木焉，其名曰帝休，葉狀如楊，其枝五衢，黄華黑實，服者不怒。」

〔三〕「真經」句，真，原作「貟」，英華、唐文粹、四子集、全唐文并作「真」，是，據改。真經，指少室中所謂「自然經書」，見下注。

〔四〕「石室」二句，上注引山海經少室山「帝休」條，郭璞注引詩含神霧云：「此山巔亦有白玉膏，得服之即得仙道，世人不能上也。」又太平御覽卷三九嵩山引嵩高山記：「一石室有自然經書、飲食。至前石柱，似承露盤，有水暗滴下，食之一合，與天地相畢。」滴瀝，文選雜體詩三十首謝靈運游山：「乳竇既滴瀝，丹井復寥泬。」吕向注：「滴瀝，乳垂貌。」

山惟地德，神即陰靈。瑶姬逐雨〔一〕，玉女隨星〔二〕。陰陽不測〔三〕，黍稷非馨〔四〕。倏忽年代，荒蕪廟庭〔五〕。其九

【箋　注】

〔一〕「瑶姬」句，瑶姬，即所謂巫山神女；逐雨，謂神女「旦爲朝雲，暮爲行雨」。文選宋玉高唐賦李

善注引襄陽耆舊傳曰：「赤帝女，曰姚姬，未行而卒，葬於巫山之陽，故曰巫山之女。楚懷王游於高唐，晝寢夢見與神遇，自稱是巫山之女，王因幸之，遂爲置觀於巫山之南，號爲朝雲。後至襄王時，復游高唐。」又明曹學佺蜀中廣記卷二二曰：「據宋玉賦，本以諷襄王，後世不察，一切以兒女褻之。今廟中石刻引墉城記：瑶姬，西王母之女，稱雲華夫人，助禹驅神鬼，斬石疏波，有功見紀。」按：所辨宋玉賦乃諷襄王，是；然所謂西王母之女，亦爲無稽傳説。

〔二〕「玉女」句，指華山之明星玉女，已見本文前注。

〔三〕「陰陽」句，周易繫辭上：「陰陽不測之謂神。」韓康伯注：「神也者，變化之極，妙萬物而爲言，不可以形詰者也，故曰陰陽不測。」

〔四〕「黍稷」句，周易既濟「九五」：「東鄰殺牛，不如西鄰之禴祭實受其福。」王弼注：「祭祀之盛，莫盛修德。故沼沚之毛，蘋蘩之菜，可羞於鬼神。故黍稷非馨，明德惟馨，是以東鄰殺牛，不如西鄰之禴祭實受其福也。」參見本文前「可以羞澗溪沼沚之毛」句注。

〔五〕「倏忽」二句，謂年代流逝，少姨廟庭久已荒廢。

旁求祀典，載垂天涣〔一〕。始詔林衡〔二〕，俄成壯觀。紫柱星錯，丹梁霞焕〔三〕。似對青溪〔四〕，如遊白岸〔五〕。其十

【箋　注】

〔一〕「載垂」句，載，語詞；垂，下達也。涣，原作「漢」，英華作「漢」，校：「一本作涣。」四子集、全唐文作「涣」，是，據改。涣謂涣汗，見本文前注。天涣，指高宗所頒建廟詔書。

〔二〕「始詔」句，林衡，古代掌管山林之官。周禮地官林衡：「林衡，掌巡林麓之禁令，而平其守。以時計林麓而賞罰之。若斬木材，則受法於山虞，而掌其政令。」此及下句，謂重建少姨廟速度極快，剛下令伐木，轉瞬即已竣工。詔，英華作「制」，校：「一本作詔。」

〔三〕「紫柱」二句，文選曹植七啓：「彤軒紫柱，文榱華梁。」李善注引劉梁七舉曰：「丹墀縹壁，紫柱紅梁也。」星錯，謂建築參差錯落如星座。

〔四〕「似對」句，太平御覽卷五七七琴一：「蔡邕字伯喈，陳留人。性沉審，志好琴道，以嘉平元年（二四九）入清溪，訪鬼谷先生所居。山五曲，曲有幽居靈迹。每一曲制一弄，三年而成，出呈馬融、王允、董卓等異之。」按天中記卷四二引此，注出琴纂。

〔五〕「如遊」句，白岸，即白岸亭。謝靈運過白岸亭詩：「拂衣遵沙垣，緩步入蓬屋。近澗涓密石，遠山映疏木。空翠難强名，漁釣易爲曲。援蘿聆青崖，春心自相屬。……」按太平寰宇記卷九九温州永嘉縣：「白岸亭，在楠溪西南，去州八十七里，因岸白爲名。謝公（靈運）游之，詩云：……（略）。」遊，英華校：「集作臨。」岸，英華作「崖」。按：「崖」不押韻，當形訛。

文貍赤豹〔一〕，電策雷車〔二〕。隱隱中道，訇訇太虛〔三〕。遂停龍駕，永託神居。天迴地止，霧歇雲除〔四〕。其十一

【箋　注】

〔一〕「文貍」句，楚辭屈原九歌山鬼：「乘赤豹兮從文貍。」王逸注：「言山鬼出入乘赤豹，從文貍。」洪興祖補注：「豹有數種：有赤豹，有玄豹，有白豹。詩（按見大雅韓奕）曰：『赤豹黃羆。』陸璣（按：原作「機」，所引見陸璣毛詩草木鳥獸蟲魚疏卷下，據改）云：『毛赤而文黑，謂之赤豹。』貍有虎斑文者，有猫斑者。」此代指唐高宗巡幸嵩山時所用車駕。

〔二〕「電策」句，見本文前「雷爲車兮電爲策」句注。

〔三〕「隱隱」二句，謂巡幸隊伍時而寂静，時而喧騰。隱隱，無聲貌。中道，天子所行御道。訇訇，大聲也。太虛，文選孫綽游天台山賦：「太虛遼廓而無閡。」李善注：「太虛，天也。」此謂聲震天宇。

〔四〕「天迴」二句，謂唐高宗停駕少姨廟後，天地似乎静止，雲霧忽然消散，乃頌聖語。

衆靈睒睗〔一〕，群仙容與。衡岳夫人〔二〕，漢濱游女〔三〕。洛川解珮〔四〕，天河弄杼〔五〕。顧慕招攜〔六〕，繽紛儔侶。同聲同氣〔七〕，爰笑爰語。其十二

【箋注】

〔一〕「衆靈」句，靈，神也。暘，原作「揚」，英華作「暘」，據全唐文改。睒暘，文選左思吴都賦：「輕禽狡獸，周章夷猶。狼跋乎紭中，忘其所以睒暘，失其所以去就。」李善注引説文曰：「睒，暫視也；暘，疾視也。」此言張望貌。二字英華作「睒暘」，校：「文粹作易。」韓愈寄崔二十六立之：「雷電生睒暘。」宋王伯大别本韓文考異卷五曰：「二字或從日。」按：二字乃連綿字，形異義同。

〔二〕「衡岳夫人」句，即南嶽夫人，傳説爲魏存華，見本文前注。「岳」同「嶽」。

〔三〕「漢濱」句，文選張衡南都賦：「游女弄珠於漢皋之曲。」李善注引韓詩外傳：「鄭交甫將南適楚，遵彼漢皋臺下，乃遇二女，佩兩珠，大如荆雞之卵。」「漢」，原作「海」，據英華、全唐文等改。

〔四〕「洛川」句，指洛神。文選曹植洛神賦：「黄初三年（二二二），余朝京師，還濟洛川。……覩一麗人，於巖之畔。……願誠素之先達兮，解玉珮以要之。」李善注：「洛川，洛水之川也。洛水出洛山。」

〔五〕「天河」句，指織女。亦謂天孫，已見本文前注。古詩十九首之九：「迢迢牽牛星，皎皎河漢女。纖纖擢素手，札札弄機杼。」

〔六〕「顧慕」句，顧慕，顧念也。招攜，謂邀約相從。文選謝惠連擣衣：「美人戒裳服，端飾相招攜。」李善注：「左氏傳曰：『招攜以禮。』何休公羊傳注曰：『攜，持將也。』」

〔七〕「同聲」句，周易乾卦文言：「同聲相應，同氣相求，……各從其類也。」孔穎達正義：「同聲相應者，若彈宮而宮應，彈角而角動是也。同氣相求者，若天欲雨而礎柱潤是也。此二者聲氣相感也。」此句英華校：「文粹作同氣同聲。」

于以采蘋，南澗之濱。于以采藻，于彼行潦〔一〕。日吉兮辰良，浴蘭湯兮沐芳。揚枹兮拊鼓，奠桂酒兮椒漿〔二〕。神其萃止〔三〕，降福穰穰〔四〕。其十三

【箋注】

〔一〕「于以」四句，詩經召南采蘋：「于以采蘋，南澗之濱。于以采藻，于彼行潦。」毛傳：「蘋，大蓱也。濱，厓也。藻，聚藻也。行潦，流潦也。」鄭玄箋：「祭牲用魚，芼之以蘋藻。」蘋、藻，皆祭祀時所用植物，詳本文前注。

〔二〕「日吉」四句，楚辭屈原九歌東皇太一：「吉日兮辰良，穆將愉兮上皇。……瑶席兮玉瑱，盍將把兮瓊芳。蕙肴蒸兮蘭借，奠桂酒兮椒漿。揚枹兮拊鼓，疏緩節兮安歌。」王逸注「盍將把」句曰：謂「修飾清潔」。釋「揚枹」句曰：「揚，舉也；拊，擊也。」又注「奠桂酒」句曰：「桂酒，切桂置酒中也。椒漿，以椒置漿中也。」今按：祭祀前須用香草洗沐，以示對神恭敬。枹，鼓槌。日吉，英華作「吉日」，校：「文粹作日吉。」四句言祭祀少姨之神。

〔三〕「神其」句，萃止，文選任昉宣德皇后令：「輶軒萃止。」張銑注：「萃，聚也。」萃，英華作「醉」，

校：「文粹作萃。」作「醉」誤。

〔四〕「降福」句，詩經周頌執競：「降福穰穰。」毛傳：「穰穰，衆也。」

銘

梓州惠義寺重閣銘 并序〔一〕

大辰之歲，正陽之月〔二〕，有鄜縣宰扶風竇兢，字思晉〔三〕，昭宣令德，光闡化猷，庶政惟和，萬民以治〔四〕。閑庭不擾，退食自公〔五〕，遠覽形勢，虔心浄域〔六〕。乃與禪師釋智海忘言契道，寓目於長平之山〔七〕。援飛莖，陟峭崿〔八〕。削成千仞，壁立萬尋〔九〕。俯觀大道，僅如棗葉〔一〇〕；下望須彌，裁同芥子〔一一〕。飛流滴瀝而成響〔一二〕，喬樹璀璨而垂榮。玉堂石室，千門相似〔一三〕；大殿珠毫，十方皆現〔一四〕。慷慨榱桷之未立，吁嗟棟宇之莫修〔一五〕。不吝有爲〔一六〕，取諸大壯〔一七〕。

【箋　注】

〔一〕題下「并序」二字，底本原無，據英華卷七八八、全唐文卷一九一補。梓州，今四川三臺縣，其沿革，見前送梓州周司功詩注引元和郡縣志。惠義寺，今名琴泉寺，在三臺縣潼川鎮。初名安昌寺，由北周安昌公元則始建，故名焉。唐初在其遺址重建，更名慧義寺。南宋易名護聖寺，明末稱琴泉寺，後仍之。參見王勃梓州慧義寺碑銘（蔣清翊王子安集注卷二〇）。其後杜甫有陪章留後惠義寺餞嘉州崔都督赴州、陪（李）〔章〕梓州王閬州蘇遂州李果州四使君登惠義寺二詩，可參讀。惠，英華、全唐文校：「集作彗。」誤。

〔二〕「大辰」二句，爾雅釋天：「大辰，房、心、尾也。大火謂之大辰。」大火乃古代天文學十二次之一。所謂十二次，即將天之赤道帶分爲十二等份：星紀、玄枵、娵訾、降婁、大梁、實沈、鶉首、鶉火、鶉尾、壽星、大火、析木。用十二次與十二辰對應，爲古代紀年法之一。十二辰以十二地支命名，大火對應卯，故所謂「大辰之歲」，即卯年。考楊炯行年，嘗坐從父弟楊神讓從徐敬業起兵連累，貶爲梓州司法參軍，約於垂拱元年（六八五）秋冬入蜀，天授元年（六九〇）已在洛陽内侍省掖廷局與宋之問分直習藝館（見宋之問秋蓮賦序，詳參本書附録年譜），而卯年爲武則天天授二年（辛卯）。按漢書五行志下之下：「當夏四月，是謂孟夏。」説曰：「正月謂周六月，夏四月，正陽純乾之月也。」又晉傅玄述夏賦：「四月惟夏，運臻正陽。」則「正陽」爲四月，是銘當作於天授二年四月。時楊炯已不在梓州，蓋應竇兢遥請而作也。

〔三〕「有郪縣」句，元和郡縣志卷三三梓州：「郪縣（望，郭下），本漢舊縣，屬廣漢郡，因郪江水爲名也。後魏置昌城郡，改名昌城縣。隋大業三年（六〇七）復爲郪縣。」治所在今三臺縣城南郪江鄉。宰，縣令。扶風，即漢代之右扶風，治所在長安城中。據元和郡縣志卷一京兆府，唐代興平縣、盩厔縣及鳳翔府（今陝西寶雞市）所屬各縣，皆右扶風之地。竇兢，「兢」原作「競」，據石刻本梓州官僚贊改。除此文稱其爲扶風人、字思脊、仕爲郪縣宰外，又見楊炯梓州官僚贊之郪縣令扶風竇兢字思脊贊（見後），然其生平事迹多不詳。

〔四〕「庶政」二句，尚書周官：「庶政惟和，萬國以寧。」僞孔傳釋「庶政」爲「衆政」。民，原作「人」，避太宗諱；治，原作「理」，避高宗諱，徑改。

〔五〕「退食」句，詩經召南羔羊：「退食自公，委蛇委蛇。」鄭玄箋：「退食，減膳也。」清馬瑞臣毛詩傳箋通釋卷三釋爲退朝而進食，義勝，猶今之言「下班」也。

〔六〕「虔心」句，浄域，又稱浄土，指清浄國土，即清浄功德所修成之清浄處所，爲無量永劫積功累德以建立之莊嚴清浄世界（即佛國），與穢土、穢國對稱。見放光般若經卷一九、無量壽經卷上等。沈約齊竟陵王題佛光文：「太祖皇帝濯襟慧水，凝神浄域。」

〔七〕「乃與」二句，釋智海，知其爲惠義寺禪師外，餘無考。忘言，謂契於心，勿須言語。莊子外物：「言者所以在意，得意而忘言。」長平之山，即長平山，在今三臺縣潼川鎮北泉路左側。山上除惠義寺外，猶有漢代崖墓群以及東嶽古刹等名勝古迹，爲四川省省級文物保護單位。

〔八〕「援飛莖」二句，飛莖，文選潘岳河陽縣作二首其一：「落英隕林趾，飛莖秀陵喬。」張銑注：「飛莖，直生枝也。」峭崿，同上孫綽游天台山賦：「陟峭崿之崢嶸。」李善注引文字集略曰：「崿，崖也。」

〔九〕「削成」二句，削成，謂如人力砍削加工而成，言山形奇特。山海經西山經：「太華之山，削成而四方，其高五千仞。」壁立，如牆壁般直立，極言山勢陡峭。「壁」原作「璧」，誤。張載劍閣銘：「是曰劍閣，壁立千仞。」又水經注河水：「其山惟石，壁立千仞。」仞、尋，皆古代長度單位，四尺（或言五尺、七尺、八尺）爲仞，八尺（或言七尺、六尺）爲尋。

〔一〇〕「俯觀」二句，棗葉，喻極小。法苑珠林卷五〇感福部引無上依經云：「阿難向佛合掌而作是言：『我於今日入王舍乞食，見一大重閣莊嚴新成，内外宛密，若有清信人布施，四方僧并具四事。若如來滅後取佛舍利如芥子大，安立塔中起塔如阿摩羅子大，戴刹如針大，露槃如棗葉大，造佛如麥子大，此二功德，何者爲勝？』佛告阿難：『如滿四天下四果聖人及辟支佛如甘蔗、林竹、荻麻田等，若有一人盡壽供養，四事具足，及入涅槃後悉起大塔，供養然燈、燒香、衣服、幢播等，阿難於意云何，是人功德多不？』阿難言：『甚多。』」

〔一一〕「下望」二句，須彌，佛家傳説之古印度寶山，極高大，又稱妙光山，參見一切經音義卷一。裁，通「才」。芥子，芥草種子，極細微。維摩詰經卷中不思議品：「若菩薩住是解脱者，以須彌之高廣，内（納）芥子中，無所增減，須彌山王本相如故。……是名住不思議解脱法門。」以上四句，形容長平山之高。

〔一二〕「飛流」句，文選王延壽魯靈光殿賦：「動滴瀝以成響，殷雷應其若驚。」李善注：「言簷垂滴瀝才成小響，室内應之，其聲似雷之驚也。說文曰：『滴瀝，水下滴瀝之也。』」成，英華校：「集作生。」

〔一三〕「千門」句，言惠義寺興建堂室之多，有如皇家宫殿。史記孝武紀：「於是作建章宫，度爲千門萬户。」

〔一四〕「大殿」二句，珠毫，謂惠義寺大殿所置佛珠大放光芒。毫，即毫光，光綫四射如毫毛。按：以上四句，述惠義寺之壯麗。

〔一五〕「慷慨」二句，慷慨、吁嗟，表慨歎。吁，原作「可」，據英華、四子集、全唐文改。榱桷，榱，即椽，房檩上承瓦木條；桷，方形椽子。兩句感歎惠義寺重閣建設尚不完備。桷，英華校：「集作椽。」義同。按：兩句言雖惠義寺堂室、大殿已建，然尚缺榱桷及配套建築，并未竣工。

〔一六〕「不吝」句，吝，原作「捨」，義礙，四庫全書本作「吝」，是，據改。吝，謂吝惜。有爲，指竇兢不吝家財，爲之捐資。

〔一七〕「取諸」句，大壯，周易卦名。此當取大壯「初九，壯於趾」義，王弼注：「夫得大壯者，必能自終成也。未有陵犯於物而得終，其壯者在下而壯，故曰壯於趾也。」此謂竇兢有志於使重閣修建終役蕆事。

觀夫左龍角〔一〕，右參旗〔二〕，前太微〔三〕，後營室〔四〕。駢羅列以雜沓〔五〕，颸蕭條以清泠〔六〕；上磊落以晃朗〔七〕，下泓澄以靉靆〔八〕。參參差差，森森纚纚，千櫨萬栱，乍合乍離〔九〕。蒨蒨粲粲，絢絢煥煥，六采五章，或同或散〔一〇〕。莽如天履〔一一〕，矗似雲平〔一二〕。金火合舍於垂珠，日月相望於銜璧〔一三〕。璇墀銀砌，平接太階〔一四〕；玉户金扉，俛臨閶闔〔一五〕。曳紅日，舒丹霞。豐隆爲雷，砰鏗訇於軒檻〔一六〕；列缺爲電，翕習霍於庭除〔一七〕。寒暑隔閡於墻垣，虹蜺迴帶於廊廡〔一八〕。仰之不極，目炫炫而喪精〔一九〕；登之無階，心遑遑而失度〔二〇〕。若士翔九垓之表，仍不逮於上榮〔二一〕；大章窮四海之間，猶未離於前墉〔二二〕。借如梵天之宅，釋帝之宫〔二三〕；兩曜城池，五雲樓觀〔二四〕。輪王所處，純金爲説法之堂〔二五〕；諸佛所遊，衆香作經行之地〔二六〕，亦未可同年而語也。夫黄金鏤牓，曾不若四攝之門〔二七〕；青石爲墻，曾不若三空之地〔二八〕。殫百工之力，建七寶之樓〔二九〕，豈徒然哉？良有以也。夫何故如來神力，且觀嚴浄，道師方便，化作一城〔三〇〕？事有古而可質於今，言有大而可徵於小。是則毘耶四會，俱發道心〔三一〕，險路衆人，咸知寶所〔三二〕。

【箋注】

〔一〕「觀夫」句，左龍角，指長平山之左爲惠義寺山門。史記天官書：「杓攜龍角。」集解引孟康曰：

「龍角，東方宿也。」正義：「按角星爲天關，其間天門，其内天庭。」

〔二〕「右參旗」句，文選何晏景福殿賦：「參旗九旒，從風飄颺。」李善注：「周禮曰：『熊旗六斿，以象伐。』毛萇詩傳曰：『參，伐也。』然伐一星，以旗象參，故曰參。」李周翰注：「參，三也。旗上畫日月星。」此泛指旗幟。

〔三〕「前太微」句，謂惠義寺前爲大殿。文選雜體詩三十首顔延之侍宴：「太微凝帝宇，瑶光正神縣。」李善注引淮南子曰：「太微者，天一之廷。」吕延濟注：「言匠人上法太微宫以成帝宇。」

〔四〕「後營室」句，謂惠義寺後面爲房舍建築區。文選左思吴都賦：「憲紫宫以營室，廓廣庭之漫漫。」劉良注：「經營也。言今所以經營都邑始於此者，將傳於千年也。」

〔五〕「駢羅列」句，文選揚雄甘泉賦：「駢羅列布鱗以雜沓兮。」李善注：「駢，猶并也。」雜沓，紛繁貌，言建築極多。

〔六〕「颸蕭條」句，文選王延壽魯靈光殿賦：「颸蕭條而清泠。」李善注：「颸蕭條，清涼之貌。」颸，原作「瑟」，據此當作「颸」，因改。颸，風聲。

〔七〕「上磊落」句，文選郭璞江賦：「衡霍磊落以連鎮。」磊落，李周翰注：「山高大貌。」晃朗，同上潘岳秋興賦：「天晃朗以彌高兮。」張銑注：「晃朗，天高貌。」乃連綿字。

〔八〕「下泓澄」句，文選左思吴都賦：「泓澄奫潫，澒溶沆瀁。」李善注引説文曰：「泓，下深大也；澄，湛也。」靉靆，雲屯聚貌。潘尼逸民吟：「陟彼名山，採此芝薇。朝雲靉靆，行露未晞。」

〔九〕「參參」四句，參參差差，「參差」之疊用，此形容建築高矮各别。纚纚，綿延不斷貌。栱，立柱與横梁間弓形承重結構。文選何晏景福殿賦：「欑櫨各落以相承，欒栱夭蟜而交結。」李善注：「説文曰：『櫨，柱上枅也。』薛綜西京賦注曰：『欒，柱上曲木，兩頭受櫨者。』栱，欒類而曲也。」」四句言惠義寺建築之形狀。

〔一〇〕「蒨蒨」四句，蒨蒨、絢絢，皆鮮明貌，見前盂蘭盆賦注。散，無也。四句言惠義寺建築色彩豐富，令人目不暇接。

〔一一〕「莽如」句，天履，履，此指行走，猶言「履天」，謂如步行於天上。徐陵東陽雙林寺傅大士碑：「姜嫄所履，天步可以爲儔；河流大屐，神足宜其相比。」

〔一二〕「矗似」句，似，原作「以」，全唐文作「似」，是，以與上句「如」對應，據改。雲平，與雲齊平，言其極高。

〔一三〕「金火」二句，金火，指金木水火土五星。合舍，謂五星同在斗、牽牛分度。兩句即言日月如合璧，五星如連珠，見漢書律曆志，前已屢引。

〔一四〕「璇墀」二句，璇，美玉。墀、砌，文選班固西都賦：「於是玄墀釦砌，玉階彤庭。」張銑注：「墀，階也。」李善注引廣雅曰：「砌，戺也。」戺，臺階旁所砌斜石。太階，太亦作「泰」，即魁下六星，兩兩相比，名曰三台；又言天子有上、中、下三階，詳見前渾天賦注。璇、銀，皆美言之。此謂惠義寺重閣之階砌華麗高峻，可與太階相接。

〔一五〕「玉户」二句，文選揚雄甘泉賦：「排玉户而揚金鋪兮。」李奇注：「鋪，門首也。」按：户，門；扉，門扇也。金、玉，美之也。閶闔，天門，見前渾天賦注。兩句形容惠義寺門之高，可俯視天門。

〔一六〕「豐隆」二句，楚辭屈原離騷：「豐隆乘雲兮。」王逸注：「豐隆，雷師。」雷，英華、四子集作「雲」。按：豐隆亦爲雲師。楚辭屈原遠遊：「召豐隆使先導兮。」王逸注：「呼語雲師使清路也。」然下句謂「砰訇」，則非雷不可，作「雲」誤。砰，原作「抨」，英華校：「集作砰。」全唐文作「砰」。按：抨，擊。砰，大聲貌，與「訇」皆形容雷聲巨大，作「抨」義礙，據改。訇，聲響巨大貌。曹丕滄海賦：「驚濤暴駭，騰聊澎湃。訇隱潾，涌沸凌邁。」兩句謂重閣極高，以至雷聲就在欄杆邊炸響。

〔一七〕「列缺」二句，文選張衡思玄賦：「列缺曄其照夜。」舊注：「列缺，電也。」曶霍，文選揚雄甘泉賦：「翕赫曶霍，霧集而蒙合兮。」李善注：「翕赫，盛貌；曶霍，疾貌。……曶，音忽。」「曶」原作「昒」，誤，據此改。庭除，庭院臺階。文選曹攄思友人一首：「霖潦淹庭除。」李善注引説文曰：「除，殿階也。」兩句與上二句同義，謂閃電瞬間出現在庭院。

〔一八〕「寒暑」二句，文選左思吴都賦：「寒暑隔閡於邃宇，虹蜺回帶於雲館。」劉淵林注：「寒暑所閡，謂冬温夏涼。」李周翰注：「言宫室深邃，冬則寒氣隔而不入，夏則熱氣閡而不來。雲館，館名，言此館至高，虹蜺之氣繞帶於傍也。迴，繞也。」洹，英華校：「集作落。」似誤。

〔一九〕「仰之」二句，謂惠義寺樓宇極高，仰望之令人目眩頭昏。文選王延壽魯靈光殿賦：「耳嘈嘈以失聽，目矎矎而喪精。」張載注：「言炫燿也。」喪精，李善注引洞簫賦曰：「愍眸子之喪精。」又文選張衡西京賦：「喪精亡魂，失歸忘趨。」薛綜注：「亡失精魂，不知所當歸趨也。」

〔二〇〕「登之」二句，亦謂樓極高，登之令人心生恐懼。文選班固西都賦：「魂怳怳以失度，巡回途而下低。」李周翰注：「魂神失度，下就低處。」失度，難以控制。

〔二一〕「若士」二句，若士，原作「土木」。英華作「土木」，校：「集作若士，是。」按：「土」當是「士」之訛，全唐文作「若士」，是，據改。若士乃虛擬人物。淮南子道應訓：盧敖游乎北海，至於蒙穀之上，「見一士焉，深目而玄鬢，淚注而鳶肩，豐上而殺下，軒軒然方迎風而舞」。「盧敖語之曰：『子殆可與敖爲友乎？』」「若士者，齤然而笑曰：『……然子處矣，吾與汗漫期於九垓之外，吾不可以久駐。』若士舉臂而竦身，遂入雲中。」高誘注：「九垓，九天之外。」上榮，文選揚雄甘泉賦：「列宿迺施於上榮兮，日月才經於柍振。」李善注引韋昭曰：「榮，屋翼也。」兩句謂即便有若士飛翔九垓之本領，仍難及於惠義寺樓宇之屋檐。

〔二二〕「大章」二句，大章，原作「文章」。英華作「文章」，「文」字下校：「集作火。」全唐文作「大章」。按：作「大章」是，「文」、「火」皆形訛，據改。大章，即「太章」，淮南子墬形訓：「禹乃使太章步自東極，至於西極，二億三萬三千五百里七十五步；使豎亥步自北極，至於南極，二億三萬三千五百里七十五步。凡鴻水淵藪自三百仞以上，二億三萬三千五百五十里，有九淵。禹乃以息土填洪水，以爲名山。」高誘注：「太章、竪亥，善行人，皆禹臣也。」墄，陛級也。兩句謂即使讓善行人太章巡行惠義寺，也走不出前階。

〔二三〕「借如」二句，借如，有如。梵天，此當指大梵天，爲梵王所居。釋帝，指佛，英華校：「集作帝釋。」似倒誤。宅，原作「闕」，據英華、全唐文改。兩句指佛教所傳須彌山之諸多宫殿。起世經卷九世住品第十一：「諸比丘，又於是時毗羅大風吹彼水沫，於須彌山王上分四方造作山峰。……又吹水上浮沫，爲三十三天，造作宫殿。次復更於須彌山王東西南北半腹之間，四萬二千由旬處所，爲四大天王造作宫殿，城壁垣牆，皆是七寶（按法苑珠林卷四劫量篇第一之四引，稱七寶謂「金、銀、瑠璃、玻瓈、赤珠、硨磲、碼碯」），端嚴殊妙，雜色可觀。」所述皆佛界宫殿，此以惠義寺所建重閣擬之。

〔二四〕「兩曜」二句，兩曜，即日月，城池，指宫殿。謂惠義寺又如日天子宫、月天子宫。起世經卷九世住品第十一：「爾時彼風又吹水沫。於須彌山王半腹之間，四萬二千由旬，爲月天子造作宫殿，高大城壁，七寶成就，雜色莊嚴。如是作已，復吹水沫，爲日天子具足，造作七大宫殿，城郭樓櫓，皆七寶成，種種莊嚴，雜色可觀。」五雲，五種雲。周禮春官保章氏：「以五雲之物辨吉凶。」此泛指雲霧，謂樓觀皆雲繚霧繞。

〔二五〕「輪王」二句，起世經卷一轉輪聖王品第三：「諸比丘：閻浮洲内，若轉輪王出現世時，此閻浮提自然而有七寶具足。其轉輪王復有四種神通德力。……爾時北方所有一切諸國王等亦各賫持天真金器，盛滿銀粟，天真銀器，盛滿金粟，俱來詣向轉輪王所。……爾時諸天即於其夜下來，爲彼轉輪王造立宫殿，應時成就。既成就已，妙色端嚴，四寶所作，所謂天金、銀、頗梨、琉璃。……其轉輪王，當於爾時，生大歡喜，踴躍無量。」説法之堂，即指爲轉輪王所造宫殿。

〔二六〕「諸佛」二句，起世經卷一閻浮洲品第一：「須彌山上，生種種樹，其樹鬱茂；出種種香，其香遠熏，遍滿諸山。多衆聖賢、最大威德、勝妙天神之所止住。」

〔二七〕「夫黄金」句，藝文類聚卷六二居處部二宫引神異經曰：「西南方有宫，以金爲牆，門有金榜，以銀題曰『天皇之宫』。」四攝之門，「四攝」即布施、愛語、利行、同事，乃菩薩攝受衆生時所堅持之四種方便法門。按：兩句謂天皇之門雖有金榜，然不及佛家之門有四攝。

〔二八〕「青石」二句，藝文類聚卷六二居處部二宫引神異經曰：「東方有宫，青石爲牆，高三仞，左右闕高百丈，畫以五色。門有銀牓，以青石碧鏤，題曰『天地長男之宫』。」長男，指皇太子。三空，指人空（又稱「我空」，即無自性，不見我體）、法空（法執，謂推求五藴之法如幻如化，無有自性）、俱空（空、執兩亡，契於本性），見金剛經疏論纂要卷上、金剛經纂要刊定記卷一。唯識宗謂「三空」爲無性空、異性空、自性空。按：兩句謂皇太子宫雖以青石爲牆，然不及佛家之有三空。

〔二九〕「建七寶」句，七寶，指金、銀、瑠璃、玻瓈、赤珠、硨磲、碼碯，見上注。

〔三〇〕「夫何故」四句，爲説明惠義寺重閣興建目的而發問。意謂何以如來佛只講究莊嚴清浄，而傳法和尚却喜歡修建華麗寺廟？

〔三〕「是則」二句，毘耶，梵語，又譯作毗耶離、毘捨離等，古印度城名（在今印度比哈爾邦南部）。據維摩經，維摩詰居士住毗耶城，故後以毘耶代指居士，即居家信佛之人。四會，會，英華校：「集作衆。」按：下有「衆人」句，此作「會」是。四會，謂四方居士來此會聚。道心，此指向佛之心。

〔三〕「險路」二句，心地觀經：「法寶善誘衆生達寶所，猶如險路之導師。」按：以上四句，謂惠義寺之所以修得如此富麗堂皇，乃因唯此更能啓發居士之佛性，并誘導衆人向往佛教，以回答上面「何故」四句之問。

其銘曰：

長平山兮建重閣，上穹隆兮下磅礴〔一〕。紛被麗兮駢交錯〔二〕，嚴色相兮沖寂寞〔三〕。誰所爲兮天匠作。

【箋注】

〔一〕「上穹隆」句，文選陸機挽歌詩三首其三：「旁薄立四極，穹隆放蒼天。」李善注引太玄經曰：「天穹隆而周乎下，地旁薄而向乎上。」張銑注：「旁薄，地之形也；穹、蒼，天之形。」磅礴、旁薄同。

〔二〕「紛被麗」句，文選揚雄甘泉賦：「紛被麗其亡鄂。」李善注：「被麗，分散貌也。風賦曰：『被麗披離。』」同上賦：「騈交錯而曼衍兮。」李善注：「騈，列也。」劉良注：「騈交錯，言檐棟相屬也。」

〔三〕「嚴色相」句，嚴，莊嚴貌；色相，佛教指萬物所呈現之形式。沖寂寞，謂淡泊寡欲。色，英華校：「集作靈。」

表

爲劉少傅等謝敕書慰勞表　高宗〔一〕

臣某等言：司馬、郎中王知敬至〔二〕，伏奉今月日手詔〔三〕。璿璣下照，覩天象之三光〔四〕；玉檢前開，見河洛之八卦〔五〕。發揮珪璧，感召風雲〔六〕。不知手之舞之、足之蹈之者也〔七〕。臣等稽之天地，明山闕長男之宫〔八〕；步之日星，樂府奏重光之曲〔九〕。三王所以立教者，天子爲先；萬國所以稱貞者，元良是寄〔一〇〕。

【箋　注】

〔一〕劉少傅，當爲劉仁軌。敕書，皇帝詔書之一種。表，古代臣下向帝王上書陳事所用文體之一，其體制可參劉勰文心雕龍章表。按舊唐書高宗紀下：永隆二年（六八一）三月辛卯，「左僕射、同三品劉仁軌兼太子少傅」。同上書劉仁軌傳：「劉仁軌，汴州尉氏人也。」武德初補息州參軍，稍除陳倉尉。太宗時累遷給事中。高宗咸亨三年（六七二）拜太子左庶子、同中書門下三品。上元二年（六七五）拜尚書左僕射、同中書門下三品。「永淳元年（六八二），高宗幸東都，皇太子京師監國，遣仁軌與侍中裴炎、中書令薛元超留輔太子。」則天臨朝，加授特進。垂拱元年（六八五）薨，年八十四。本文乃楊炯代劉仁軌等諸留守大臣而作。敕書慰勞具體時間不詳。按表文述及用珪璧祭祀事，當在永淳二年正月高宗遣使遍祭諸神後不久（詳下注）。

〔二〕「司馬、郎中」句，司馬、郎中，皆官名。唐六典卷五：「凡將帥出征，兵滿一萬人已上，置長史、司馬、倉曹・胄曹・兵曹參軍各一人。」郎中，此當指兵部郎中。同上書：「（兵部）郎中二人，從五品上。」王知敬，生平別無可考。

〔三〕「伏奉」句，月日，未填寫具體數字，蓋表文擬稿於手詔尚未正式到達時。手詔，皇帝親手所寫詔書。

〔四〕「璿璣」二句，璿璣，即璿璣玉衡，古代觀天儀器，帝王親握之以觀運歷，故此代指高宗。璿，同「璇」。三光，日、月、星，詳前少室山少姨廟碑注，此亦代指高宗。兩句謂手詔乃皇帝下恤留守諸臣，見之如覩天顔。

〔五〕「玉檢」二句，玉檢，玉制書函蓋。太平御覽卷五星上引論語讖，稱堯率舜等游首山，觀河渚，

「龍銜玉苞金泥玉檢封盛書」，詳見前渾天賦注引。八卦，論語子罕：「子曰：鳳鳥不至，河不出圖，吾已矣夫！」何晏集解引孔安國曰：「河圖，八卦是也。」此喻指敕書。

〔六〕「發揮」二句，發揮，謂敬用。珪璧，祭祀時所用禮器，前已注。此當指高宗在東都祭祀事。舊唐書高宗紀下：永淳二年（六八三）正月，高宗「幸奉天宫，遣使遍祭嵩山、箕山、具茨及諸神、古賢西王母、啓母、巢父、許由等祠」。感召，「感」原作「咸」，據英華卷五九八、四子集、四庫全書本、全唐文卷一九〇改。風雲，指鬼神靈氣。

〔七〕「不知」句，毛詩序：「情動於中而形於言，言之不足故嗟嘆之，嗟嘆之不足故永歌之，永歌之不足，不知手之舞之、足之蹈之也。」

〔八〕「臣等」二句，太平御覽卷八一二珍寶部十引東方朔十洲記曰：「東方外有東明山，有宫焉，左右闕而立，其高百尺，建以五色門，有銀牓，以青碧鏤題曰天地長男之宫。南方有闇明山，有宫焉，有銀牓題曰天地中女之宫（按：今傳舊題東方朔海内十洲記無此文）。」長男之宫，即太子宫。又見前少室山少姨廟碑注引東方朔神異經，然無東明山、闇明山之説。

〔九〕「步之」二句，日，指皇帝；星，此指太子。重光之曲，崔豹古今注卷中：「日重光，月重輪，群臣爲漢明帝所作也。明帝爲太子，樂人作歌詩四章，以贊太子之德。其一曰日重光，其二曰月重輪，其三曰星重輝，其四曰海重潤。……舊説云天子之德光明如日，規輪如月，衆輝如星，霑潤如海，太子皆比德焉，故云『重』爾。」曲，英華作「典」，校：「疑作曲。」作「典」誤。

〔一〇〕「萬國」二句，尚書太甲下：「弗慮胡獲，弗爲胡成，一人元良，萬邦以貞。」僞孔傳：「胡，何；貞，正也。言常念慮道德，則得道德；念爲善政，則成善政。一人，天子。天子有大善，則天下得其正。」

伏惟天皇御中，道踐平階〔一〕。對揚文武之休命〔二〕，紹伏先王之大業〔三〕。洛京朝市，義協於省方〔四〕；秦地山河，事資於監守〔五〕。皇太子一物三善〔六〕，四方繼明〔七〕。孝以承親，顯於直城之路〔八〕；明以照下，驗於長壽之街〔九〕。虔奉絲綸〔一〇〕，躬親政事。德刑詳矣〔一一〕，既遠安而邇肅；博愛先之，亦塗歌而里詠〔一二〕。固以禮成恭敬，道洽温文〔一三〕。知寶曆之無疆，信蒼生之幸甚。

【箋注】

〔一〕「伏惟」二句，天皇，即唐高宗，前已屢注。階，原作「陛」，據全唐文改。平階，謂三階平。史記天官書：「魁下六星，兩兩相比者，名曰三能。」集解：應劭引黄帝泰階六符經曰：「泰階者，天子之三階。……三階平，則陰陽和，風雨時。」

〔二〕「對揚」句，尚書説命下：「敢對揚天子之休命。」僞孔傳：「對，答也。答受美命而稱揚之。」

〔三〕「紹伏」句，紹伏，繼承。先王，原作「古先」，各本同。英華校：「一作先王。」作「先王」是，據改。先王，指唐太宗、唐高祖及以上之列祖列宗。

〔四〕「洛京」二句，洛京，指洛陽，高宗建爲東都，古代帝王之都前朝後市（前已注），故稱「朝市」。協，合。省方，又稱巡守，即皇帝到各地視察。左傳莊公二十一年：「天子省方，謂之巡守。」孔穎達正義：「孟子云：諸侯朝天子曰述職，天子適諸侯曰巡守。守者，守也，言諸侯爲天子守土，天子時巡行之。」

〔五〕「秦地」二句，秦地，指西都長安地區，爲古秦地。監守，古代君王外出，太子留守，代爲處理國政，謂之監國，從臣則稱監守。

〔六〕「皇太子」句，是時皇太子爲李顯（唐中宗）。一物三善，禮記文王世子：「行一物而三善皆得者，唯世子而已，其齒於學之謂也。」鄭玄注：「物，猶事也。故世子齒於學，國人觀之，曰：『將君我，而與我齒讓，何也？』曰：『有父在，則禮然。』然而衆知父子之道矣。其二曰：『將君我，而與我齒讓，何也？』曰：『有君在，則禮然。』然而衆著於君臣之義也。其三曰：『將君我，而與我齒讓，何也？』曰：『長長也。』然而衆知長幼之節矣。故父在斯爲子，君在斯謂之臣。居子與臣之節，所以尊君親親也。故學之爲父子焉，學之爲君臣焉，學之爲長幼焉。」文選沈約齊故安陸昭王碑文：「協隆三善。」張銑注：「三善，謂事君、事父、事長也。」

〔七〕「四方」句，周易離卦象曰：「明兩作離，大人以繼明照於四方。」王弼注：「繼，謂不絶也；明，照。相繼不絶曠也。」

〔八〕「孝以」二句，以漢成帝爲太子時喻皇太子。漢書成帝紀：「孝成皇帝，元帝太子也。……初居桂宮，上嘗急召，太子出龍樓門，不敢絶馳道，西至直城門，得絶，乃度，還入作室門。上遲之，問其故，以狀對。上大説，乃著令令太子得絶馳道云。」注引應劭曰：「馳道，天子所行道也，若今之中道。」顔師古注：「絶，横度也。」直城，「城」原作「地」，據全唐文改。

〔九〕「明以」二句，以後漢明帝少時喻皇太子。後漢書劉隆傳：「劉隆，字元伯，南陽安衆侯宗室也。……更封竟陵侯。是時，天下墾田多不以實，又户口年紀互有增減。十五年，詔下州郡檢核其事，而刺史太守多不平均，或優饒豪右，侵刻羸弱，百姓嗟怨，遮道號呼。時諸郡各遣使奏事，帝見陳留吏牘上有書，視之，云『潁川、弘農可問，河南、南陽不可問』。帝詰吏由趣，吏不肯服，抵言於長壽街上得之。帝怒。時顯宗（孝明帝）爲東海公，年十二，在幄後言曰：『吏受郡敕，當欲以墾田相方耳。』帝曰：『即如此，何故言河南、南陽不可問？』對曰：『河南帝城，多近臣，南陽帝鄉，多近親，田宅踰制，不可爲準。』帝令虎賁將詰問吏，吏乃實首服，如顯宗對。於是遣謁者考實，具知姦狀。明年，隆坐徵下獄，其疇輩十餘人皆死。帝以隆功臣，特免爲庶人。」長壽之街，「街」原作「術」，據上引及全唐文改。

〔一〇〕「虔奉」句，謂皇太子奉其父皇之命。綍綸，即「王言如絲，其出如綸」，謂影響越來越大，詳見前長江縣先聖孔子廟堂碑「如綸如綍」句注。

〔一一〕「德刑」句，左傳成公十六年：「德刑詳，義禮信，戰之器也。」杜預注：「德以施惠，刑以正邪，詳以事神。」又文選王儉褚淵碑文引左傳文，張銑注曰：「詳，審也。言有賞德，有刑罪，必審而後行。」以下句「明」字判，張說似是。

〔二〕「亦塗歌」句，塗，道路；里，鄉間，泛指各處。文選沈約齊故安陸昭王碑文：「老安少懷，塗歌里詠。」張銑注：「歌詠其德也。」

〔三〕「固以」二句，文，原作「和」，據英華、四子集、全唐文改。禮記文王世子：「凡三王教世子，必以禮樂。樂所以修内也，禮所以修外也。禮樂交錯於中，發形於外，是故其成也，懌恭敬而温文。」孔穎達正義：「懌，説懌也。恭敬而温文者，謂温文也。文者謂内外有禮貌；恭，心敬而温潤文章。」

臣等竊循愚蔽，謬荷恩私。或位聯輔弼，職在台衡〔一〕。希少陽之末光，自韜螢火〔二〕；洽重海之餘潤，已息牛涔〔三〕。不謂殊獎曲覃，真文俯及。載之眉首〔四〕，奉以周旋。聽葛天氏之歌，方慙此慶〔五〕；聞有虞氏之石，未均斯喜〔六〕。但知懷璧之罪，不可越鄉〔七〕；豈敢貪天之功，以爲己力〔八〕。傾誠每積，候朱鳥於南宫〔九〕；拜德無由，限蒼龍於左闕〔一〇〕。臣無任云云〔一一〕。

【箋　注】

〔一〕「或位聯」二句，輔弼，輔助，指宰輔大臣。台衡，後漢書安帝紀：「推咎台衡，以答天眚。」李賢

注：「台謂三台，三公象也。衡，平也。」此指少傅劉仁軌（時爲左僕射、同三品，即宰相），以及侍中裴炎、中書令薛元超等留守大臣。

〔二〕「希少陽」二句，希，仰慕。少陽，春秋公羊傳成公十六年：「春王正月，雨木冰。」何休注：「木者少陽，幼君、大臣之象。」此指皇太子。太平御覽卷一四六太子一引春秋演孔圖曰：「聖人在後曰望陽，苞懷至德，據少陽。」原注：「文王子也，故曰在後，嗣文王矣。」韜，藏也。螢火，蟲名，其光微弱，乃謙詞。

〔三〕「洽重海」二句，重海，亦指皇太子。重海即漢明帝爲太子時，樂人作海重潤，謂「霑潤如海，太子皆比德焉」，見本文上注引崔豹古今注卷中。已息，已，原作「色」，英華於下空一格。四庫全書本、全唐文作「已」，是，與上句「自」對應。牛涔，淮南子俶真訓：「夫牛蹏（按：「蹄」之異體）之涔，無尺之鯉。」高誘注：「涔，潦水也。謂水潦之年，大道上之積水。」此自喻微不足道。

〔四〕「載之」句，眉首，即臉面，蓋當時俗語。唐李磎泗州重修鼓角樓記「鼓角樓者，軍門眉首，宜特華壯」，可參讀。載之眉首，猶言給足面子。

〔五〕「聽葛天氏」二句，吕氏春秋卷五古樂：「昔葛天氏之樂，三人摻牛尾，投足以歌八闋。一曰載民，二曰玄鳥，三曰遂草木，四曰奮五穀，五曰敬天常，六曰達帝功，七曰依地德，八曰總萬物之極。」高誘注：「葛天氏，古帝名。」文選司馬相如上林賦：「聽葛天氏之歌。」

〔六〕「聞有虞氏」二句，有虞氏，指舜。尚書舜典：「簫韶九成，鳳皇來儀。」又論語述而：「子在齊聞韶，三月不知肉味。」邢昺疏：「韶，樂也。」石，鍾、磬類樂器，此代指音樂。按：以上四句，謂聽葛天氏、有虞氏之樂，皆遠不及得皇帝手詔之可慶可喜，令人感動。

〔七〕「但知」二句，璧，喻指手詔，謂極寶貴。左傳襄公十五年：「小人懷璧，不可以越鄉。」杜預注：「言必爲盜所害。」

〔八〕「豈敢」二句，左傳僖公二十四年：「竊人之財，猶謂之盜，況貪天之功以爲己力乎！」

〔九〕「候朱鳥」句，史記天官書：「南宫，朱鳥。」索隱引文耀鉤云：「南宫，赤帝，其精爲朱鳥也。」此謂恭候高宗早日返駕回宫。

〔一〇〕「限蒼龍」句，史記天官書：「東宫，蒼龍，房、心。心爲明堂。」索隱引春秋説題辭云：「房、心爲明堂，天王布政之宫。」此指長安宫殿。其時劉仁軌等皆留輔太子，故云限於職守，「無由拜德」。

〔一一〕「臣無任」句，原無，據全唐文補。英華作「臣無任」，無「云云」二字。按：無任，謂不勝，非常。因「無任」以下類爲感恩戴德之套話，故録文者常用「云云」删去。

議

公卿以下冕服議〔一〕

古者太昊庖犧氏，仰以觀象，俯以察法，造書契而文籍生〔二〕。次有黄帝軒轅氏，長而敦敏，成而聰明，垂衣裳而天下治〔三〕。其後數遷五德〔四〕，君非一姓。體國經野〔五〕，建邦設都〔六〕，文質所以再而復，正朔所以三而改〔七〕。夫改正朔者，謂夏后氏建寅，殷人建丑，周人建子。至於以日繫月，以月繫時，以時繫年，此則三王相襲之道也。夫易服色者，謂夏后氏尚黑，殷人尚白，周人尚赤〔八〕。至於山、龍、華、蟲、宗彝、藻、火、粉、米、黼、黻〔九〕，此又百代可知之道也。

【箋注】

〔一〕公卿以下，指除皇帝、皇太子之外所有官員。冕服，古代官員吉禮時所穿禮服。冕同服異，以示尊卑。議，古代文體名。文心雕龍議對：「周爰諮謀，是謂爲議。議之言宜，審事宜也。……議貴節制，經典之體也。」本文寫作背景，舊唐書楊炯傳述之曰：「儀鳳中，太常博士蘇知幾上表，以公卿已下冕服，請別立節文。敕下有司詳議，炯獻議曰：……（即本文）。」按杜佑通典卷五七載：「儀鳳二年（六七七）十一月，太常博士蘇知機上言曰『去龍朔中，孫茂道奏請諸臣九章服（按：孫氏於龍朔二年〔六六二〕九月戊寅上奏節文，見舊唐書輿服志），當時竟未施行。今請製大明冕十二章，乘輿服之，加日、月、星辰、龍、虎、山、火、麟、鳳、元龜、雲、水等象。鷩冕八章，三公服之；毳冕六章，三品服之；繡冕四章，五品服之。詔下有司詳議，崇文館學士楊炯奏」云云（按：蘇知幾、知機乃同一人。幾、機通。作爲人名，孰是不可考，茲姑各依原書，述其人則從「知幾」）。英華卷七六六於作者名下注曰：「儀鳳二年。」上引通典稱楊炯時爲崇文館學士。又舊唐書輿服志述此事，亦稱「崇文館學士、校書郎楊炯奏議曰」，皆誤，其時當仍爲秘書省校書郎。爲崇文館學士尚在數年之後，且爲崇文館學士時，校書郎已任滿去職。

〔二〕「古者」四句，太平御覽卷七八太昊庖犧氏引皇王世紀曰：「太昊帝庖犧氏，風姓也。蛇身人首，有聖德，都陳。作瑟三十六絃。燧人氏没，庖犧氏代之，……位在東方，主春，象日之明，是稱太昊。製嫁娶之禮，取犧牲以充庖廚，故號曰庖犧皇，後世音謬，故或謂之宓犧。一號雄皇氏，在位一百一十年。」書契，指表意符號。同上卷七二一醫一引帝王世紀：「伏羲氏仰觀象於天，俯觀法於地，觀鳥獸之文與地之宜，近取諸身，遠取諸物，於是造書契以代結繩之政，畫八卦以通神明之德，以類萬物之情。」

〔三〕「次有」四句，太平御覽卷七九黄帝軒轅氏引帝王世紀曰：「黄帝有熊氏，少典之子，姬姓也。……長於姬水，龍顔，有聖德，受國於有熊，居軒轅之丘，故因以爲名，又以爲號。……其史倉頡又取像鳥迹，始作文字，史官之作，蓋自此始，記其言行，策而藏之，名曰書契。」周易繫辭下：「黄帝、堯、舜垂衣裳而天下治，蓋取諸乾坤。」韓伯注：「垂衣裳以辨貴賤，乾尊坤卑之義也。」又大戴禮記卷七五帝德：「孔子曰：黄帝，少典之子也，曰軒轅。生而神靈，弱而能言，幼而慧齊，長而敦敏，成而聰明。」治，原作「理」，避高宗諱，徑改。

〔四〕「其後」句，五德，即五行，指水、火、木、金、土。讖緯家稱古帝王以五德循環而王。數遷，謂屢經改朝换代。

〔五〕「體國」句，周禮天官宗宰：「體國經野。」鄭玄注：「體猶分也。經謂爲之里數。鄭司農云：營國方九里，國中九經九緯，左祖右社，面朝後市。野則九夫爲井，四井爲邑之屬是也。」

〔六〕「建邦」句，尚書説命中：「嗚呼！明王奉若天道，建邦設都。」僞孔傳：「言明王奉順此道，以立國設都。」

〔七〕「文質」二句，文選班固答賓戲：「一陰一陽，天地之方；乃文乃質，王道之綱。」李善注引春秋元命苞：「一質一文，據天地之道，天質而地文。正朔三而改，文質再而復。」禮記檀弓上「夏后氏尚黑」一段孔穎達正義：「文質再而復者，文質法天地。文法天，質法地。周文法地而爲天正，殷質法天而爲地正者，正朔文質不相須。正朔以三而改，文質以二而復，各自爲義，不相須也。」所謂「三而改」，即寅、丑、子相循環；「二而復」，即以法天、法地相循環。

〔八〕「夫改正朔」至「周人尚赤」一段，禮記大傳：「改正朔，易服色。」孔穎達疏：「正謂年始，朔謂月初。言王者得政，示從我始，改故用新，隨寅、丑、子所建也。」所謂夏建寅、殷建丑、周建子，及服色尚黑、尚白、尚赤之説，出禮記檀弓上，詳見前新都縣學先聖廟堂碑文「天正地正」句注引。

〔九〕「至於」句，尚書虞書益稷：「帝曰：……予欲觀古人之象，日、月、星辰、山、龍、華蟲作會；宗彝、藻、火、粉米、黼、黻、絺繡，以五采彰施於五色作服，汝明。」僞孔傳釋「欲觀」句爲「欲觀示法象之服制」。又釋曰：「日、月、星爲三辰。華象草華，蟲，雉也。畫三辰、山、龍、華、蟲於衣服旌旗，會，五采也，以五采成此畫焉。宗廟、彝樽，亦以山龍華蟲爲飾。藻，水草有文者。火爲火字，粉若粟冰，米若聚米，黼若斧形，黻爲兩己相背。葛之精者曰絺，五色備曰繡。天子服日月而下，諸侯自龍衮而下至黼黻，士服藻火，大夫加粉米。上得兼下，下不得僭上。以五采明施於五色，作尊卑之服，汝明制之。」

今蘇知幾表奏請立節文改章服，奉付禮官、學士詳定是非者〔一〕。謹按虞書曰：「予欲觀古人之象，日、月、星辰、山、龍、華蟲作繪〔二〕，宗彝、藻、火、粉米、黼、黻、絺繡。」由此言之，則其所從來者尚矣。夫日、月、星辰者，象明光照下土也。山者，布散雲雨〔三〕，象聖王澤霑下人也。龍者，變化無方，象聖王應時布教也〔四〕。華蟲者，雉也〔五〕，身被五彩〔六〕，象聖王體兼文明也。宗彝者，虎蜼也〔七〕，以剛猛制物〔八〕，象聖王神武定亂也。藻者，逐水上下，象聖王隨代而應也。火者，陶冶烹飪，象聖王至德日新也。粉米者，人恃以生，象聖王爲物之所賴也。黼者，能斷割，象聖王臨事能決也。黻者，兩己相背，象君臣可否相濟也。

【箋注】

〔一〕「今蘇知幾」二句，及上段末句「也」字，原無，據英華卷七六六、四子集、全唐文卷一九〇補。蘇知幾，除知其高宗時嘗爲太常博士（見前）外，其他生平事迹不詳。

〔二〕繪，英華作「會」，校：「舊唐志（按指舊唐書輿服志，下同）、文粹作繪。」上引尚書益稷及全唐文亦作「會」。兩字通。

〔三〕「布散」句，雨，英華校：「文粹作物。」似誤。

〔四〕「象聖王」句，時，英華校：「唐志作機。」布，原作「而」，據英華、舊唐志、舊唐書本傳、四子集、全唐文改。

〔五〕「華蟲者」句，上引尚書益稷鄭玄注，以「華」爲「草華（花）」，而「蟲」方爲雉，與此不同。

〔六〕「身被」句，「身被」前，原有「雉」字，據英華、舊唐書輿服志、舊唐書本傳、全唐文删。

〔七〕「宗彝者」二句，宗彝，上引尚書益稷鄭玄注爲宗廟、彝樽。按周禮春官司服孔穎達正義曰：「宗彝是宗廟、彝樽，非蟲獸之號。而言宗彝者，以虎蜼畫於宗彝，則因號虎蜼爲宗彝，其實是虎蜼也。」虎蜼，虎，原作「武」，英華校：「唐志諱作武。」據改。虎蜼，二獸名。蜼似猴。清康熙敕撰書經傳説彙纂卷三引爾雅注曰：「蜼似獼猴而大，尾末有岐。鼻向上，雨即自懸於樹，以尾塞鼻，或以兩指。」該字讀音，各説不一。宋夏僎尚書詳解卷五綜之爲三讀，曰：「蜼音柚，獸名，似猴。周禮音壘。又蜼讀爲蛇虺之虺。」按唐文粹無「蜼」字。

〔八〕「以剛猛」句，句首原有「蜼」字，據英華、舊唐書輿服志、舊唐書本傳、四子集、全唐文删。

逮有周氏，乃以日月星辰爲旜旗之飾〔一〕。又登龍於山，登火於宗彝，於是乎制衮冕以祀先王也〔二〕。九章者，法陽數也，以龍爲首〔三〕。章衮者，卷也。龍德神異，應變潛見，表聖王深識遠知，卷舒神化也〔四〕。又制鷩冕，以祭先公也。鷩者，雉也，有耿介之志，表公有賢才，能守耿介之節也〔五〕。又制毳冕，以祭四望也。四望者，嶽瀆之神也。虎蜼者，山林所生，明其象也〔六〕。制絺冕，以祭社稷也。社稷者，土穀之神也，粉米由之成，象其功也〔七〕。又制玄冕，以祭群小祀也〔八〕。百神異形，難可遍擬，但取黻之相背，昭異名也〔九〕。夫以周公之多才也，故治定制禮，功成作樂〔一〇〕。夫以孔宣之將聖也，故行夏之時，服周之冕〔一一〕。先王之法服，乃自此之出矣〔一二〕。天下之服，能事又於是乎畢矣〔一三〕。

【箋　注】

〔一〕「乃以」句，周禮春官司服鄭玄注：「至周而以日月星辰畫於旜旗，所謂三辰旂旗，昭其明也。」同上司常：「司常，掌九旗之物，名各有屬，以待國事。日月爲常，交龍爲旂。」

〔二〕「又登龍」三句，周禮春官司服：「享先王則衮冕。」孔穎達正義：「后稷雖是公，不謚爲王，要是周之始祖，感神靈而生，文武之功因之而就，故特尊之，與先王同。是以尚書武成云『先王建邦啓土』，尊之亦謂之先王也。」則「先王」特指后稷。正義又曰：「大祫於大祖、后稷廟中，尸服衮冕，王服亦衮冕也。」則祀先王服衮冕。同上春官司服鄭玄注：「冕服九章，登龍於山，登火於宗彝，尊其神明也。」鄭玄又引鄭司農云：「衮卷，龍衣也。」孔穎達正義曰：「鄭注禮記云：『卷，俗讀，其通則曰衮。』故先鄭衮卷并言之也。」「登火於宗彝」句下，英華、四子集、全唐文有「尊神明也」四字，英華校：「唐志、文粹并無『尊神明也』四字。」舊唐書本傳所載，亦無此四字。按：據上引鄭注，當有此四字，然作者對鄭注又未必全鈔，故有否難以確定，姑兩存之而不補入。

〔三〕「九章者」三句，九章，九類冕服。周禮春官司服鄭玄注：「九章，初一曰龍，次二曰山，次三曰華蟲，次四曰火，次五曰宗彝，皆畫以爲繢；次六曰藻，次七曰粉米，次八曰黼，次九曰黻，皆希以爲繡。則衮之衣五章，裳四章，凡九也。鷩畫以雉，謂華蟲也。其衣三章，裳四章，凡七也。毳畫虎蜼，謂宗彝也，其衣三章，裳二章，凡五也。希刺粉米，無畫也。其衣一章，裳二章，凡三也。玄者，衣無文，裳刺黻而已，是以謂玄焉。凡冕服，皆玄衣纁裳。」

〔四〕「章衮者」六句，章衮，指九章衮冕。「卷」即「衮」之俗讀，見上注周禮春官司服引孔穎達正義。正義又曰：「山取其人所仰，龍取其能變化，華蟲取其文理。」此統説章衮皆由龍德圖案變化而來，以象徵帝王之德。

〔五〕「又制鷩冕」至「節也」數句，周禮春官司服：「享先公饗射，則鷩冕。」鄭玄注：「先公謂后稷之後，大王之前，不窋至諸盩。饗射，饗食賓客與諸侯射也。」周「先公」世次，其詳見史記周本紀。

按：「鷩」，古人以爲怪鳥，山海經南山經稱「其狀如雞，三首六目，六足三翼」。實乃雉之一種，即錦雞，羽毛美麗，常用作飾物。鷩冕畫以雉，見上注「九章」引。

〔六〕「又制毳冕」至「象也」數句，周禮春官司服：「祀四望山川則毳冕。」鄭玄注：「群小祀，林澤墳衍，四方百物之屬。」按：毳，鳥獸細絨毛。毳冕畫虎蜼，見上注「九章」引。

〔七〕「制絺冕」至「功也」數句，周禮春官司服：「祭社稷五祀則希冕。」希冕刺粉米，無畫，見上注「九章」引。希，孔穎達正義曰：「當從絺爲正也。」絺，細葛布。

〔八〕「又制玄冕」二句，周禮春官司服：「祭群小祀則玄冕。」玄冕衣無文，裳刺黻，見上注「九章」引。

〔九〕「但取」二句，「黻」字上，英華有「黼」字，校：「唐志、文粹并無此字。」按：無「黼」字是。「昭」字原無，據英華、舊唐書輿服志、舊唐書本傳、四子集、全唐文補。

〔一〇〕「夫以周公」三句，多才，尚書金縢：「予（周公旦）仁若考能，多材多藝，能事鬼神。」禮記樂記：「王者功成作樂，治定制禮。」鄭玄注：「明堂位説周公曰：『治天下六年，朝諸侯於明堂，制禮作樂。』」

〔一一〕「夫以孔宣」三句，論語子罕：「太宰問於子貢曰：『夫子聖者與？何其多能也！』子貢曰：『固天縱之將聖，又多能也。』」同上衛靈公：「顏淵問爲邦，子曰：『行夏之時，乘殷之輅，服周之冕。』」何晏集解曰：「據見萬物之生，以爲四時之始，取其易知。」又引馬（融）曰：「殷車曰大輅。左傳曰：『大輅越席，昭其儉也。』」又引包（咸）曰：「冕，禮冠。」

〔二〕「乃自此」句，「之」字下，英華校：「唐志、（唐）會要作此之目。」按：是句，舊唐志、舊唐書本傳、文粹、全唐文作「乃此之自出矣」。

〔三〕「天下」二句，「之」字下「服」字，原無。英華校：「文粹有服字。」全唐文亦有「服」字。按：無「服」字語意欠妥，兹據補。畢，文粹作「異」，誤。

今知幾表狀，請「製大明冕十二章，乘輿服之」者。謹按日月星辰者，已施於旌旗矣；龍山火米者〔一〕，又不踰於古矣。而云麟鳳有四靈之名〔二〕，而玄龜有負圖之應〔三〕，雲有紀官之號〔四〕，水有盛德之祥〔五〕，此蓋別表休徵，終是無踰比象〔六〕。然則皇王受命，天地與符〔七〕，仰觀則璧合珠連〔八〕，俯察則銀黄玉紫〔九〕。盡南宫之粉壁〔一〇〕，不足寫其形狀；罄東觀之鉛黄〔一一〕，無以紀其名實，固不可畢陳於法服也〔一二〕。雲者，從龍之氣也〔一三〕；水者，藻之自生也〔一四〕，又不假別爲章目也。此蓋不經之甚也。

【箋注】

〔一〕「龍山」句，英華作「龍武山火」，校：「文粹作龍山火米。」今按：除唐文粹卷四〇外，舊唐書輿服志、舊唐書本傳亦作「龍武山火」（「武」乃「虎」字，避唐諱），而册府元龜卷五八六引又作「龍山火米」。未詳孰是，姑依底本。

〔二〕「而云」句，禮記禮運：「何謂四靈？麟、鳳、龜、龍，謂之四靈。故龍以爲畜，故魚鮪不淰；鳳以爲畜，故鳥不獝；麟以爲畜，故獸不狘；龜以爲畜，故人情不失。」鄭玄注：「淰之言閃也。獝，狘，飛走之貌也。失，猶去也。龜，北方之靈，信則至矣。」

〔三〕「而玄龜」句，初學記卷六洛水引尚書中候：「堯率群臣東沉璧於洛，退候至於下稷，赤光起，玄龜負書出，赤文成字。」書，即河圖。

〔四〕「雲有」句，左傳昭公十七年：「黄帝氏以雲紀，故爲雲師，而雲名。」杜預注：「黄帝受命有雲瑞，故以雲紀事，百官師長皆以雲爲名號。」

〔五〕「水有」句，禮記月令：「天子曰：某日立冬，盛德在水。」盛，英華校：「唐志作感。」誤。

〔六〕「終是」句，踰，英華校：「會要作所。」

〔七〕「天地」句，與，原作「興」。英華作「與」，校：「諸本作興。」按：作「與」是，據改。

〔八〕「仰觀」句，謂天。璧合珠連，即日月如合璧，五星如連珠，見前渾天賦注。

〔九〕「俯察」句，謂地。銀黄，即黄銀。太平御覽卷八一二黄銀引禮斗威儀曰：「君乘金而王，則黄銀見。」玉紫，謂紫玉。初學記卷二七寶器部玉引雒書曰：「王者不藏金玉，則紫玉見於深山。」以上二句，謂天所呈祥瑞，地所藏寶物，皆可能爲王者受命之符。

〔一〇〕「盡南宫」句，南宫，東漢時洛陽宫殿名，嘗於此開學。後漢書張酺傳：「永平元年（五八），顯宗爲四姓小侯開學於南宮。」同書賈逵傳：「建初元年（七六），詔入講南宮雲臺。」同書孝安帝紀：永初四年（一一〇）二月，「詔謁者劉珍及五經博士，校定東觀五經、諸子、傳記、百家藝術，整齊脱誤，是正文字」。李賢注引洛陽宮殿名：「南宮有東觀。」粉壁，白灰（石灰）所塗牆壁。壁，原作「璧」，據英華、舊唐書輿服志、舊唐書本傳、唐文粹改，全唐文作「墨」。

〔一一〕「磬東觀」句，東觀，東漢宮中建築名，爲朝廷藏書處，在南宮，見上注。鉛黃，鉛粉與雌黃（一種橙黃色礦物晶體），可製書寫顔料。上句南宮及此東觀，皆代指爲學之地。

〔一二〕「固不可」句，陳，英華作「施」，校：「會要、文粹作陳。」今按舊唐志、舊唐書本傳所載皆作「陳」，是。法服，禮法規定之標準服。

〔一三〕「雲者」句，周易乾卦文言：「雲從龍，風從虎。」孔穎達正義：「『雲從龍，風從虎』者，龍是水畜，雲是水氣，故龍吟則景雲出，是雲從龍也。」雲者，文粹作「雲也者」。

〔一四〕「水者」句，「水」原作「茄」。舊唐書本傳、舊唐書輿服志、英華、唐文粹、四子集、全唐文俱作「水」。「茄於藻井」乃蘇知幾之説（見下文），楊炯并不認同，故此作「水」是，據改。又，「水者」，英華、文粹作「水也者」。

又「鷩冕八章〔一〕，三公服之」者也。鷩者，太平之瑞也，非三公之德也。鷹鸇者，鷙鳥也，適可以辨刑曹之職也〔二〕。熊羆者，猛獸也，適可以旌武臣之力也。又稱「藻爲水草，而無法象」，引張衡賦云「蔕倒茄於藻井，披紅葩之狎獵」〔三〕，請爲蓮華，取其文彩者。夫茄者蓮也，藻者飾也，蓋以蓮飾井，非謂藻爲蓮〔四〕。若以蓮代藻，變古從今，既不知草木之名，又未達文章之意〔五〕，此又不經之甚也。

【箋注】

〔一〕「又鷩冕」句，鷩，原作「鸞」，舊唐書本傳、册府元龜卷五八六引、英華、唐文粹同。通志、舊唐志作「鷩」。考之文獻，無「鸞冕」記載，則通志、舊唐志作「鷩」是，「鸞」蓋形訛，據改。下文「鷩者，太平之瑞也」句同。

〔二〕「適可以」句，刑曹，英華作「詳刑」，校：「文粹作刑曹。」按：舊唐志、舊唐書本傳作「祥刑」。尚書呂刑：「王曰：吁！來，有邦有土，告爾祥刑。」僞孔傳：「吁，歎也。有國土、諸侯，告汝以善用刑之道。」則英華作「詳」誤。然不詳「刑曹」、「祥刑」孰是，據文意皆可，兹姑依底本。

〔三〕「引張衡」二句，按：所引見張衡西京賦，文選薛綜注曰：「茄，藕莖也。以其莖倒殖於藻井，其華下向反披。狎獵，重接貌。藻井當棟中，交木方爲之如井幹也。」李善注：「孔安國尚書傳曰：『藻，水草之有文者也。』風俗通曰：『今殿作天井。井者，東井之象也。菱，水中之物，皆所以厭火也。』說文曰：『葩，華(花)也。』」披，英華作「被」，校：「一本作披。」按：西京賦原文作「披」。

〔四〕「藻者」三句，原無，據唐文粹補。

〔五〕「又未達」句，又，唐文粹作「亦」。意，英華作「則」，校：「文粹作意。」按：舊唐書輿服志、舊唐書本傳、四子集、全唐文俱作「意」。作「意」是。

又「毳冕六章，三品服之」者。按此王者祀四望服之名也，今三品乃得同王之毳冕，而三公不得同王之衮名〔一〕。豈惟顛倒衣裳〔二〕，抑亦自相矛盾，此又不經之甚也。

【箋注】

〔一〕「今三品」二句，舊唐書輿服志載武德令：「毳冕，五旒，服五章（原注：三章在衣，宗彝、藻、粉米，二章在裳，黼、黻也），餘同鷩冕，第三品服之。」此謂三品官可以服毳冕，與王同，而三公（據唐六典卷一，三公爲太尉、司徒、司空，皆正一品）所服反不得與王同，故下句謂之爲「顛倒」。

〔二〕「豈惟」句，詩經齊風東方未明：「東方未明，顛倒衣裳。」毛傳：「上曰衣，下曰裳。」鄭玄箋：「挈壺氏（按：負責報時之官）失漏刻之節，東方未明而以爲明，故群臣促遽，顛倒衣裳。」此言思維錯亂，不能自圓其説。

又「黼冕四章，五品服之」者〔一〕。考之於古，則無其名；驗之於今，則非章首〔二〕。此又不經之甚也。

【箋　注】

〔一〕「又黼冕」二句，「服之」二字下，原有「大」字，據舊唐書輿服志、舊唐書本傳、英華、唐文粹、四子集、全唐文删。

〔二〕「驗之」句，舊唐書輿服志載武德令：「玄冕，衣無章，裳刻黼一章，餘同繡冕（按：繡冕，四品之服），第五品服之。」則五品所服爲玄冕，且只裳有一章，故稱「非章首（指衣）」。

國家以斷鼇鍊石之功〔一〕，今上以緯地經天之德〔二〕，漢稱文景〔三〕，周曰成康〔四〕。講八代之樂，蒐三王之禮〔五〕，文物既行矣，尊卑又明矣，天下已和平矣，萬國已咸寧矣。誠請順考古道，率由舊章〔六〕，弗詢之謀勿庸，無稽之言弗聽〔七〕。若夫禮惟從俗，則命爲制、令爲詔，乃秦皇之故事〔八〕，猶可以適於今矣。若夫義取隨時，則出稱警、入稱蹕，乃漢國之舊儀〔九〕，猶可以行於世矣〔一〇〕。亦何取於變周公之軌物，改宣尼之法度者哉！謹議〔一一〕。

【箋　注】

〔一〕「國家」句至下「無稽之言弗聽」一段，原無，據英華、唐文粹、四子集、全唐文補。斷鼇鍊石，淮南子覽冥訓：「女媧鍊五色石以補蒼天，斷鼇足以立四極。」高誘注：「三皇時，天不足西北，故補之。鼇，大龜。天廢頓，以鼇足柱之。」此喻指建立唐王朝。

〔二〕「今上」句，今上，指唐高宗。緯地經天，謂治理國家。孔穎達禮記正義序：「夫禮者，經天緯地，本之則大一之初；原始要終，體之乃人情之欲。」

〔三〕「漢稱」句，文景，指漢文帝、景帝時期，乃西漢盛世，史稱「文景之治」。漢書景帝紀贊：「周秦之敝，罔密文峻，而奸軌不勝。漢興，掃除煩苛，與民休息。至於孝文，加之以恭儉。孝景遵業，五六十載之間，至於移風易俗，黎民醇厚。」

〔四〕「周曰」句，成康，指周成王、康王時期，乃周之盛世，史稱「成康之治」。史記周本紀：「成王自奄歸，在宗周，作多方。既絀殷命，襲淮夷，歸在豐，作周官，興正禮樂，度制於是改，而民和睦，頌聲興。成王既伐東夷，息慎來賀，王賜榮伯，作賄息慎之命。成王將崩，懼太子釗之不任，乃命召公、畢公率諸侯以相太子而立之。成王既崩，二公率諸侯，以太子釗見於先王廟，申告以文王、武王之所以爲王業之不易，務在節儉，毋多欲，以篤信臨之，作顧命。太子釗遂立，是爲康王。康王即位，徧告諸侯，宣告以文武之業以申之，作康誥。故成康之際，天下安寧，刑錯四十餘年不用。」

〔五〕「講八代」二句，八代、三王，文選陸機辯亡論上：「於是講八代之禮，蒐三王之樂。」李善注：「八代，三皇五帝也。杜預左氏傳注曰：『蒐，閱也。』蒐與搜古字通。三王，夏、殷、周也。」張銑注：「宇内既平，講説禮樂以見成功也。」

〔六〕「率由」句，詩經大雅假樂：「不愆不忘，率由舊章。」鄭玄箋：「愆，過。率，循也。成王之令德不過誤，不遺失，循用舊典之文章，謂周公之禮法。」此言維持既有冕服制度。

〔七〕「弗詢」二句，尚書大禹謨：「無稽之言勿聽，弗詢之謀勿庸。」僞孔傳：「無考無信驗。勿詢，專獨，終必無成，故戒勿聽用。」

〔八〕「則命」二句，史記秦始皇本紀：始皇二十六年（前二二一），丞相綰等與博士議曰：「古有天皇，有地皇，有泰皇，泰皇最貴。臣等昧死上尊號，王爲『泰皇』，命爲『制』，令爲『詔』。」集解引蔡邕（獨斷）曰：「制書，帝者制度之命也，其文曰制詔、詔書、詔告。」又文心雕龍詔策：「昔軒轅唐虞，同稱爲命。命之爲義，制性之本也。其在三代，事兼誥誓，誓以訓戎，誥以敷政。命喻自天，故授官錫胤。易之姤象，后以施命誥四方。誥命動民，若天下之有風矣。降及七國，并稱曰令，令者，使也。秦併天下，改命曰制。」

〔九〕「則出稱」二句，崔豹古今注卷上：「警蹕，所以戒行徒也。周禮蹕而不警，秦制出警入蹕，謂出軍者皆警戒，入國者皆蹕止也，故云出警入蹕也。至漢朝梁孝王，王出稱警，入稱蹕，降天子一等焉。」

〔一〇〕「猶可」句，世，原作「代」，避太宗諱，徑改。

〔一一〕「謹議」句，「謹議」二字原無，據英華、唐文粹、四子集、全唐文補。宋葉適習學記言序目卷三九唐書：「舊史載楊炯駁孫茂道、蘇知機冕服議，識達通諒，安於古今。唐人本不善立論，能如此者，固少矣。其有俊名，不虛也。但惜文字煩雜，無以發之爾。茂道、知機何人，世之凡鄙妄作，徒費爬梳，往往而是，何足算哉！」

楊炯集箋注卷六

神道碑

後周青州刺史齊貞公宇文公神道碑〔一〕

惟黄帝大電之精，以太清而張樂〔二〕；惟高辛招摇之象，以人事而紀官〔三〕。於是乎生我司徒，敬敷五教，翼贊虞帝，而咸熙庶績〔四〕。惟殷湯受天明命，以統九有之師〔五〕；惟微子崇德象賢，以爲萬邦之式〔六〕。於是乎生我丞相，約法三章，光輔漢室，而威加四海〔七〕。

【箋　注】

〔一〕後周，史又稱北周。宇文公爲宇文彪，本姓蕭氏，死後謚齊貞公。神道碑，元潘昂霄金石例卷一引事祖廣記云：「晉、宋之世，始又有神道碑，天子及諸侯皆有之。」原注：「其刻文止曰某帝或某官神道之碑，今世尚有宋文帝神道碑墨本也。其初由立之於葬兆之東南，地理家言以東南爲神道，故以名碑爾。案後漢中山簡王薨，詔爲之修冢塋，開神道。注云：墓前開道，建石柱以爲標，謂之神道。是則神道之名，在漢已有之也，晉、宋之後，易以碑刻云。」又郝經續後漢書卷六六上上：「墓前之道，神遊之道也，碑於是，則謂之神道碑。」宇文彪死於北周武帝宇文邕保定四年（五六四），文中有「年移十紀」語，則本文約作於唐高宗末或武后初。

〔二〕「惟黃帝」二句，太平御覽卷七九黃帝軒轅氏引帝王世紀：「黃帝有熊氏，少典之子，姬姓也。母曰附寶。……見大電光繞北斗樞星，照郊野，感附寶，孕二十五月，生黃帝於壽丘。」張樂，莊子天運：「北門成問於黃帝曰：『帝張咸池之樂於洞庭之野，吾始聞之懼，復聞之怠，卒聞之而惑，蕩蕩默默，乃不自得。』帝曰：『女殆其然哉！吾奏之以人，徵之以天，行之以禮義，建之以太清。』」郭象注：「由此觀之，知夫至樂者，非聲音之謂也，必先順乎天，應乎人，得於心，而適於性，然後發之以聲，奏之以曲耳。咸池之樂，待黃帝之化而後成焉。」成玄英疏：「太清，天道也。」兩句謂黃帝乃天所生，所行爲天道。

〔三〕「惟高辛」二句，太平御覽卷八〇帝嚳高辛氏引帝王世紀：「帝嚳高辛氏，姬姓也。其母不見，生而神異，自言其名曰逡𪘏。有聖德，年十五而佐顓頊，三十登帝位，都亳。以人事紀官，故以勾芒爲木正，祝融爲火正，蓐收爲金正，玄冥爲水正，后土爲土正。是五行之官，分職而治諸侯。」同上引春秋元命苞曰：「帝嚳戴干，是謂清明。發節移蓋，像招搖。」注：「干，楯也。招搖爲天戈，楯相副，戴之像見，天下以爲表。」

〔四〕「於是乎」四句，司徒，指契。太平御覽卷七九帝嚳高辛氏引帝王世紀：「（帝嚳高辛氏）有才子八人，號曰八元，亦納四妃，卜其子皆有天下。元妃有邰氏女，曰姜嫄，生后稷。次有娀氏女，曰簡翟（一作「狄」），生卨。」按：契，亦作「卨」。尚書舜典：「帝（虞舜）曰：『契！百姓不親，五品不遜。汝作司徒，敬敷五教，在寬。』」僞孔傳：「五品，謂五常。遜，順也。布五常之教，務在寬，所以得人心。」司徒，尚書牧誓：「御事司徒、司馬、司空。」僞孔傳：「司徒主民。」孔穎達正義曰：「司徒主民，治徒庶之政。」同上堯典：「允釐百工，庶績咸熙。」僞孔傳：「允，信；釐，治；工，官。績、功咸皆熙廣也。」按：史記殷本紀正義引括地志，稱卨爲帝嚳之子所封。索隱引譙周云「契生堯代，舜始舉之，必非嚳子」，又謂「簡狄非帝嚳次妃」。上古史多出傳説，録以備考。

〔五〕「惟殷湯」二句，尚書咸有一德：「惟尹躬暨湯，咸有一德，克享天心，受天明命，以有九有之師，爰革夏正。」僞孔傳：「享，當也。所征無敵，謂之受天命。爰，於也。於得九有之衆，遂伐夏。」同書「九有以亡」句，僞孔傳釋「九有」爲「諸侯」，孔穎達正義釋爲「九州所有之諸侯」。

〔六〕「惟微子」二句，尚書微子之命：「王若曰：『猷殷王元子，惟稽古崇德象賢。』」僞孔傳：「微子，帝乙元子，故順道本而稱之。惟考古典，有尊德象賢之義。」同上又曰：「上帝時歆，下民祗協，庸建爾於上公，尹茲東夏。……世世享德，萬邦作式。」僞孔傳：「孝恭之人，祭祀則神歆享，施令則人敬和。用是封立汝於上公之位，正此東方華夏之國。宋在京師東。」又曰：「微子累世享德，不忝厥祖，雖同公侯，而特爲萬國法式。」

〔七〕「於是乎」四句，丞相，指蕭何。史記蕭相國世家：「蕭相國何者，沛豐人也。」輔漢王劉邦定天下，爲丞相，「論功行封，群臣爭功，歲餘，功不決。高祖以蕭何功最盛，封爲酇侯」。約法三章，同書高祖本紀：「（劉邦）西入咸陽，欲止宮休舍。樊噲、張良諫，乃封秦重寶財物府庫，還軍霸上，召諸縣父老豪傑曰：『父老苦秦苛法久矣。……與父老約法三章耳：殺人者死，傷人及盜抵罪，餘悉除去秦法。……』秦人大喜。」「十二年十月，……高祖還歸過沛，留置酒沛宮，悉召故人父老子弟縱酒，發沛中兒得百二十人，教之歌。酒酣，高祖擊筑，自爲歌詩曰：『大風起兮雲飛揚，威加海内兮歸故鄉，安得猛士兮守四方！』」按：本文墓主宇文彪，原姓蕭氏（宇文氏蓋北周時改，詳後），其曾祖蕭道成（齊高帝）乃蕭何二十四代孫，而蕭何爲周代宋國（微子與國於宋，詳史記宋微子世家）大夫蕭叔之後，詳本文後注。

大齊宣皇帝，商周之日號西伯以稱臣〔一〕；太祖高皇帝，堯舜之朝避南河而革故〔二〕。司空臨川獻王，懿親明德，論道經邦〔三〕；中庶子平樂侯，開國承家，丹書白馬〔四〕。於是乎生我齊貞公〔五〕，惟魏之寶，惟周之幹〔六〕。開上帝而格天地，變陰陽而平水土〔七〕。詳求典載，歷選台衡〔八〕，或大澤而康帝圖〔九〕，或高丘而濟王業〔一〇〕。諸侯五百，伊尹出於庖廚〔一一〕；甲士三千，太公起於屠釣〔一二〕。未有上從軒后，下及全齊，聖主明君，三居域中之大；帝師王佐，累極人臣之重〔一三〕。古所謂殁而不朽者，抑斯之謂與〔一四〕！

【箋　注】

〔一〕「大齊」二句，南齊書高帝紀上：「（齊高帝蕭道成）皇考諱承之，字嗣伯。」東晉時初爲建威府參軍，義熙中遷揚武將軍，（宋）元嘉初徙武烈將軍、濟南太守，終右軍將軍。同書高帝紀下：「建元元年（四七九）夏四月甲午，上（蕭道成）即皇帝位於南郊。」十二月丙寅，「追尊皇考曰宣皇帝」。商周之日，謂如商湯滅夏桀、周武伐紂，即以戰伐奪取政權之時，指蕭承之在東晉及宋代皆爲人臣，其地位相當於爲西伯時之周文王。大，全唐文卷一九三作「自」，誤。

〔二〕「太祖」二句，南齊書高帝紀上：「太祖高皇帝諱道成，字紹伯，姓蕭氏，小諱鬬將。漢相國蕭何二十四世孫也。」堯舜之朝，謂禪讓之代，指蕭道成代劉宋爲帝乃「禪讓」，同上高帝紀上載即位詔即稱「升壇受禪」云云。蕭道成仕劉宋掌兵權，爲驃騎大將軍。官至尚書左僕射，加相國，封齊公、齊王，終迫宋順帝劉準「禪讓」而稱帝。避南河（按：謂天河之南），指宋順帝失政，有天之明示。南齊書天文志下：「建元元年（四七九）十月癸酉，有流星大如三升塸，色白，尾長五丈，從南河東北二尺出，北行歷輿鬼西過，未至軒轅後星而没。没後餘中央，曲如車輪，俄頃化爲白雲，久乃滅。」是年蕭道成滅宋，故謂「革故」。

〔三〕「司空」三句，南齊書高祖十二王傳蕭映傳：「高帝……謝貴嬪生臨川獻王映。……臨川獻王映，字宣光，太祖第三子也。」宋元徽四年（四七六）解褐著作佐郎，遷撫軍，以寧朔將軍鎮京口，封縣公。太祖踐阼，以映爲使持節，都督八州諸軍事，爲平西將軍、荆州刺史，封臨川王。永明元年（四八三）入爲侍中、驃騎將軍。「七年薨」，年三十二。懿親，至親。明德，德性完美。尚書君陳：「黍稷非馨，明德爲馨。」論道，同上周官：「立太師、太傅、太保。兹惟三公，論道經邦，燮理陰陽。」僞孔傳：「師，天子所師法；傅，傅相天子；保，保安天子於德義者。此惟三公之任，佐王論道，以經緯國事，和理陰陽，言有德乃堪之。」

〔四〕「中庶子」三句，中庶子，即太子中庶子，太子府屬官。南齊書高祖十二王傳稱臨川獻王「九子，皆封侯」。封平樂侯者，即墓主之父，史失其名，待考。丹書白馬，漢書高惠高后文功臣表：漢高祖封侯者百四十有三人，「封爵之誓曰：『使黄河如帶，泰山若厲，國以永存，爰及苗裔。』於是申以丹書之信，重以白馬之盟」。注引應劭曰：「封爵之誓，國家欲使功臣傳祚無窮也。」

〔五〕「於是乎」句，齊貞公，即墓主宇文彪。彪於北周先封青州齊郡公，死後謚曰貞公，故稱，見下文。

〔六〕「惟魏」二句，魏，即後魏（又稱北魏）；周，此指北周。宇文彪由後魏入北周，見後文。幹，才具，猶言棟梁。

〔七〕「開上帝」二句，謂爲後魏、北周貢獻巨大。開上帝，格天地，謂開啓天意，與天地合德。變陰陽，平水土，謂扭轉陰陽，造福於庶衆。尚書呂刑：「禹平水土。」僞孔傳：「禹治洪水。」天地，英華卷九二〇校：「集作皇天。」誤。

〔八〕「詳求」二句，謂詳數典籍所載位居台衡之高官。漢書司馬相如傳：「歷選列辟，以迄乎秦。」顔師古注：「選，數也。」台衡，輔佐大臣，見前謝敕書慰勞表「職在台衡」句注。

〔九〕「或大澤」句，指蕭何。大澤，代指劉邦故鄉。史記高祖本紀稱劉邦母「劉媪嘗息大澤之陂，夢與神遇，……遂産高祖」云云。康帝圖，謂蕭何多次庇護劉邦，使其實現帝王宏圖。同書蕭相國世家：「蕭相國何者，沛豐人也。以文無害爲沛主吏掾。高祖爲布衣時，何數以吏事護高祖。高祖爲亭長，常左右之。……及高祖起爲沛公，何常爲丞督事。……沛公爲漢王，以何爲丞相。」

〔一〇〕「或高丘」句，指蕭道成。南齊書高帝紀上：「太祖以元嘉四年丁卯歲（四二七）生。……儒士雷次宗立學於雞籠山，太祖年十三，受業治禮及左氏春秋。十七年（四四〇），宋大將軍、彭城王義康被黜，鎮豫章。皇考（蕭道成父蕭承之）領兵防守，太祖舍業南行。十九年，竟陵蠻動，文帝遣太祖領偏軍討沔北蠻。二十一年，伐索虜至丘檻山，并破走。二十三年，雍州刺史蕭思話鎮襄陽，啓太祖自隨，戍沔北，討樊、鄧諸山蠻，破其聚落，初爲左軍中兵參軍。」後致「王業」，建立宋，於建元元年（四七九）夏四月甲午即皇帝位。因蕭道成學於雞籠山，又從軍於諸山，故稱「高丘」。

〔一一〕「諸侯」二句，太平御覽卷八三殷帝成湯引帝王世紀：「及夏桀無道，湯使人哭之，桀因湯於夏臺，而後釋之。諸侯由是皆叛桀附湯，同日貢職者五百國。」伊尹，史記殷本紀：「伊尹名阿衡。阿衡欲干湯而無由，乃爲有莘氏媵臣，負鼎俎，以滋味説湯致於王道。或曰：伊尹，處士，湯使人聘迎之，五反然後肯往從湯，言素王及九主之事。湯舉任以國政。」索隱：「孫子兵書：伊尹，名摯。孔安國亦曰伊摯。」按：兩句言伊尹雖低賤，但却從衆諸侯中脱穎而出。喻指蕭氏祖先才能超凡。

〔一二〕「甲士」二句，尚書泰誓：「予有臣三千，惟一心。」僞孔傳：「三千一心，言同欲商罪貫盈，天命誅之。」史記齊太公世家：「太公望吕尚者，東海上人。」周西伯（即周文王）獵，遇太公釣於渭之陽，「載與俱歸，立爲師」。又韓詩外傳卷七：「吕望行年五十，賣食棘津，年七十屠於朝歌，九十乃爲天子師，則遇文王也。」此與上兩句義同。

〔一三〕「未有」六句，謂蕭氏從遠祖軒轅氏（黄帝）到建立齊朝，三度貴爲帝王；自虞舜之司徒契、漢丞相蕭何而下，多人嘗爲帝王師佐，位極人臣，功業遠在伊尹、姜太公之上。全，英華作「今」，校：「集作全。」按：作「今」誤。「累極」之「極」，原作「及」，據英華、四子集、全唐文改。

〔一四〕「古所謂」二句，左傳襄公二十四年：「春，穆叔如晉，范宣子逆之，問焉，曰：『古人有言曰死而不朽，何謂也？』穆叔未對，宣子曰：『昔匄之祖，自虞以上爲陶唐氏，在夏爲御龍氏，在商爲豕韋氏，在周爲唐杜氏，晉主夏盟爲范氏，其是之謂乎！』穆叔曰：『以豹所聞，此之謂世禄，非不朽也。……豹聞之：太上有立德，其次有立功，其次有立言，雖久不廢，此之謂不朽。若夫保姓受氏以守宗祊，世不絶祀，無國無之，禄之大者，不可謂不朽。』」與，英華校：「集作乎。」亦通。

公諱彪，字明俊，蘭陵人也〔一〕。即宣帝之玄孫，高帝之曾孫〔二〕，臨川王之孫，平樂侯之子。稟神河嶽，藉慶王侯〔三〕。攀兩曜之末光，乘五行之秀氣〔四〕。温厚廉讓，當時以爲達人〔五〕；宣慈惠和，天下謂之才子〔六〕。屬三方鼎立，九土星分〔七〕。禄去公朝，失諸侯之盟會〔八〕；政由梁國，建天子之旍旗〔九〕。士女同嘆於商墟〔一〇〕，鬼神共謀於曹社〔一一〕。公杜門屏迹，心不自安，與門生故吏數百人，歸於後魏〔一二〕。宣武皇帝以客禮待之〔一三〕，詔除給事中，假龍驤將軍〔一四〕。正光五年，兼彭城府長史〔一五〕。假節則將軍，比於王濬〔一六〕，優禮則長史，兼於杜襲〔一七〕。龍驤可畏，晉后任之於渡江〔一八〕；騏驥不乘，魏氏託之於留府〔一九〕。六年，除通直郎、散騎常侍、中書侍郎〔二〇〕。永安三年，帝北巡，遷撫軍將軍、銀青光禄大夫、散騎常侍〔二一〕。散騎通直，起於天興之元〔二二〕；中書侍郎，始自黄初之代〔二三〕。宣威、撫軍之號〔二四〕，僕射、光禄之名〔二五〕，奇才總於文武，重任歸於將相。徐方叛逆〔二六〕，以公爲行軍長史，兼統別部，仍加鼓節。彭城宋邑〔二七〕，海嶽徐州，嶧陽孤桐，羽畎夏翟〔二八〕，昔稱都會，今實邊陲。

魯伯禽始得征伐〔二九〕，周穆王遂行天討〔三〇〕。公手執旗鼓，坐謀帷幄〔三一〕。以陶侃部分之明〔三二〕，當阮孚戎旅之重〔三三〕。有如荀羨，獨負逸群之才〔三四〕；不學江逌，空有連雞之喻〔三五〕。徐州平，遷黄門侍郎、揚州大中正〔三六〕。黄扉藹藹，青瑣沉沉，有若張公之萬户千門，博覽圖籍〔三七〕；太湖爲浸，會稽爲山，有若荀勗之十郡一州，詮藻人物〔三八〕。累遷大司農。秦稱内史，漢曰司農〔三九〕。管夷吾陳不涸之名〔四〇〕，耿壽昌立常平之議〔四一〕。時播百穀，后稷讓於虞書〔四二〕；阜成兆民，列卿拜於周典〔四三〕。普泰元年〔四四〕，遷車騎將軍，加右光禄大夫。永熙二年，出爲潁川大守〔四五〕。人稱汝潁〔四六〕，俗尚申韓〔四七〕。有鄭伯之别都〔四八〕，有周公之朝邑〔四九〕。教之德化，無因歷於八年〔五〇〕；任於賢能，旁潤踰於九里〔五一〕。

【箋注】

〔一〕「公諱」二句，宇文彪，即蕭彪，因平樂侯兄弟等梁初以謀反罪被殺，遂投奔後魏（見下注），後改姓宇文氏，仍名彪。洛陽伽藍記卷二城東景寧寺曰：「孝義里東即是洛陽小寺，北有車騎將軍張景仁宅。景仁會稽山陰人也，正光年初，從蕭寶夤歸化，拜羽林監，賜宅城南歸正里，民間號爲吴人坊，南來投化者多居其内，近伊洛二水，任其習御。……景仁在南之日，與（陳）慶之有舊，遂設酒引邀慶之過宅，司農卿蕭彪、尚書右丞張嵩并在其座。彪亦是南人。」此蕭彪，當即宇文彪，其自南來，官司農卿（宇文彪累遷大司農，見下文）可證。又唐梁涉撰蕭寡尤墓誌銘（見吴敏霞主編户縣碑刻〔按：户，舊作「鄠」〕，三秦出版社二〇〇五年版），稱蕭寡尤之高祖蕭彪爲「後魏侍中、中書監、齊國公」，官爵與宇文彪同，亦可證蕭彪、宇文彪爲同一人，其後人蓋於唐代復姓蕭。南齊書高帝紀上：「蕭何居沛，侍中彪免官，居東海蘭陵縣中都鄉中都里。晉元康元年（二九一），分東海爲蘭陵郡。中朝亂，淮陰令整字公齊過江，居晉陵武進縣之東城里。寓居江左者皆僑置本土，加以『南』名，於是爲南蘭陵人也。」

〔二〕「高帝」句，帝，原作「皇」。英華作「帝」，校：「集作皇。」作「帝」是，據英華、四子集改。

〔三〕「禀神」二句，河即黄河，嶽指泰山。蕭氏祖籍蘭陵郡，在今山東蒼山縣西南之蘭陵鎮，故謂其禀持黄河、泰山神靈之佑。藉，通「籍」。

〔四〕「攀兩曜」二句，兩曜，日月也，代指天子。周易乾卦：「夫大人者，與天地合其德，與日月合其明。」宇文彪生值有齊亡國之世，故稱攀「末光」。漢儒稱以五行始終之德而王（白虎通義五行「五行所以更王何？以其轉相生，故有終始也」），宇文彪乃帝王後裔，故謂乘五行「秀氣」。乘，英華校：「集作得。」

〔五〕「温厚」二句，厚廉，英華校：「集作恭厚。」達人，曠達之士。三國志魏書荀攸傳：「荀攸，字公達，彧從子也。……文帝（曹丕）在東宫，太祖（曹操）謂曰：『荀公，達人之師表也，汝當盡禮敬之。』」

〔六〕「宣慈」二句，左傳文公十八年：「高辛氏有才子八人，……忠肅共懿，宣慈惠和，天下之民謂之八元。」杜預注：「肅，敬也；懿，美也；宣，徧也；元，善也。」

〔七〕「屬三方」二句，三方，指齊和帝蕭寶融、梁王（後爲梁武帝）蕭衍及後魏宣武帝元恪。齊永元二年（五〇〇），齊政大亂。九土，即九州，謂全國。事詳齊書東昏侯紀、和帝紀。

〔八〕「禄去」二句，論語季氏：「孔子曰：禄之去公室五世矣，政逮於大夫四世矣，故夫三桓之子孫微矣。」漢書劉向傳：「孔子曰：禄去公室，政逮大夫，危亡之兆。」注引臣瓚曰：「政不由君，下及大夫也。上大夫即卿也。」盟會，春秋時周天子會見諸侯，頒布册命，接受朝覲。後來周室衰微，諸侯不朝。此喻指南齊政權被族人蕭衍等大臣控制。

〔九〕「政由」二句，義即上注論語季氏所謂「政逮於大夫」。按齊永元三年（五〇一）二月，征東將軍蕭衍在襄陽起兵，攻入建康，以太后令廢帝蕭寶卷爲東昏侯。三月，蕭寶融即皇帝位，改元中興，是爲和帝。中興二年（五〇二）初，皇太后拜蕭衍爲大司馬、都督中外諸軍事。又拜相國，封梁公，進爵梁王。三月丙辰，齊和帝禪位於梁王蕭衍。於是蕭衍稱帝，建立梁朝，爲梁武帝。梁武帝奉蕭寶融爲巴陵王。按：蕭衍父蕭順之，與南齊開國皇帝蕭道成，乃同一高祖之堂兄弟。事詳梁書武帝紀上。

〔一〇〕「士女」句，史記宋微子世家：「箕子朝周，過故殷虚，感宮室毀壞，生禾黍。箕子傷之，欲哭則不可，欲泣爲其近婦人，乃作麥秀之詩以歌詠之，其詩曰：『麥秀漸漸兮，禾黍油油。彼狡僮兮，不與我好兮。』所謂狡童者，紂也。殷民聞之，皆爲流涕。」此況齊朝滅亡。

〔一二〕「鬼神」句，左傳哀公七年：「冬，鄭師救曹侵宋。初，曹人或夢衆君子立於社宫，而謀亡曹。曹叔振鐸請待公孫彊，許之。旦而求之，曹無之，戒其子曰：『我死，爾聞公孫彊爲政，必去之。』及曹伯陽即位，好田弋，曹鄙人公孫彊好弋，獲白鴈，獻之，且言田弋之説，説之。因訪政事，大説之，有寵，使爲司城以聽政。夢者之子乃行。彊言霸説於曹伯，曹伯從之，乃背晉而奸宋。宋人伐之，晉人不救。」曹於是亡。杜預注：「社宫，社也。振鐸，曹始祖。」孔穎達正義：「曹人夢見多人，不識姓名，故唯云衆君子也。」又引服虔云：「衆君子，諸國君妄耳。」此亦言齊亡。庾信哀江南賦：「鬼同曹社之謀，人有秦庭之哭。」

〔一三〕「公杜門」四句，南齊書高祖十二王傳蕭映傳：「（臨川王蕭映）九子，皆封侯。長子子晉，歷東陽、吴興二郡太守，秘書監，領後軍將軍。永元初爲侍中，遷左民尚書，坐從妹祖日不拜，爲有司所奏，事留中，子晉遂不復拜。梁王定京邑，猶服侍中服。入梁，爲輔國將軍、高平太守。第二子子游州陵侯，解褐員外郎、太子洗馬，歷琅邪、晉陵二郡太守，黄門侍郎。好音樂，解絲竹雜藝。梁初坐閨門淫穢及殺人，爲有司所奏，請議禁錮。子晉謀反，兄弟并伏誅。」既言「兄弟并伏誅」，當亦包括宇文虨（蕭虨）之父平樂侯。其奔後魏應以此，且必形勢危急，此但婉言「心不自安」耳。出奔時間，當在梁武帝蕭衍天監中。

〔一四〕「宣武皇帝」句，魏書世宗紀：「世宗宣武皇帝諱恪，高祖孝文皇帝（元宏）第二子。……太和七年（四八三）閏四月生帝於平城宫，二十一年（四九七）正月丙申立爲皇太子，二十三年夏四月丁巳即皇帝位於魯陽，大赦天下。」

〔一四〕「詔除」二句，據魏書官氏志（後魏文帝太和二十三年〔四九九〕復次職令，下同），給事中爲六品上階，龍驤將軍爲從三品。假，代理。

〔一五〕「正光」二句，正光，後魏孝明帝元詡年號。正光五年當梁武帝普通五年（五二四）。魏書地形志二：「彭城郡，漢高帝置楚國，宣帝改，後復爲楚國。後漢章帝更名彭城國，晉改。」地在今江蘇徐州。長史，又稱别駕，爲州府長官之佐。

〔一六〕「假節」二句，晉書王濬傳：「王濬，字士治，弘農湖人也。」爲益州刺史，徵拜右衛將軍，除大司農。「車騎將軍羊祜雅知濬有奇略，乃密表留濬，於是重拜益州刺史。武帝（司馬炎）謀伐吴，詔濬修舟艦。濬乃作大船連舫，方百二十步，受二千餘人，以木爲城，起樓櫓，開四出門。其上皆得馳馬來往，又畫鷁首怪獸於船首，以懼江神。舟棹之盛，自古未有。……尋以謡言，拜濬爲龍驤將軍，監益梁諸軍事。」謡言事詳下注。

〔一七〕「優禮」二句，三國志魏書杜襲傳：「杜襲，字子緒，潁川定陵人也。」荀彧薦襲，「太祖（曹操）以爲丞相軍祭酒。魏國既建，爲侍中。後襲領丞相長史，隨太祖到漢中討張魯。太祖還，拜襲駙馬都尉，留督漢中軍事。綏懷開道，百姓自樂」。

〔一八〕「龍驤」二句，仍述王濬事。晉書羊祜傳：「時吴有童謡曰：『阿童復阿童，銜刀浮渡江。不畏岸上獸，但畏水中龍。』祜聞之，曰：此必水軍有功，但當思應其名者耳。會益州刺史王濬徵爲大司農，祜知其可任，濬又小字阿童，因表留濬監益州諸軍事，加龍驤將軍，密令修舟檝，爲順流之計。」同書王濬傳：晉武帝發詔伐吳。「太康元年（二八〇）正月，濬發自成都。……吳人於江險磧要害之處，並以鐵鎖横截之，又作鐵錐長丈餘，暗置江中，以逆距船。先是，羊祜獲吳間諜，具知情狀。濬乃作大筏數十，亦方百餘步，縛草爲人，被甲持杖，令善水者以筏先行，筏遇鐵錐，錐輒著筏去。又作火炬長十餘丈，大數十圍，灌以麻油，在船前，遇鎖，然炬燒之，須臾融液斷絶，於是船無所礙。……濬入於石頭，（孫）晧乃備亡國之禮，素車白馬，肉袒面縛，銜璧牽羊，……造於壘門。濬躬解其縛，受璧焚櫬，送於京師。」吳於是平。於，英華校：「集作以。」

〔一九〕「騏驥」二句，仍述杜襲事。三國志魏書杜襲傳：「太祖東還，當選留府長史，鎮守長安。主者所選，皆不當，太祖令曰：『釋騏驥而不乘，焉皇皇而更索？』遂以襲爲留府長史，駐關中。」「不」、「氏」、「於」三字，英華分別有校：「集作所，非。」「集作皇。」「集作以。」亦非。

〔二〇〕「六年」二句，據魏書官氏志，通直散騎常侍爲四品，中書侍郎爲四品上階。

〔二一〕「永安」三句，永安，後魏孝莊帝元子攸年號。永安三年，當梁武帝中大通二年（五三〇）。三年，「三」疑「二」之訛。魏書孝莊紀：永安二年五月甲戌，「車駕北巡。乙亥，幸河内。……太原王尒朱榮會車駕於長子，即日反旆。上黨王天穆北渡，會車駕於河内」。北巡時，宇文彪蓋以近侍官隨行，故遷官。據魏書官氏志，撫軍將軍爲從二品，銀青光禄大夫爲三品。

〔二二〕「散騎」二句，天興，後魏道武帝拓跋珪年號。魏書官氏志：「天興元年（三九八）十一月，詔吏部郎鄧淵典官制，立爵品。十二月，置八部大夫、散騎常侍、待詔官等。……常侍、待詔侍直左右，出入王命。」

〔二三〕「中書侍郎」二句，黄初，魏文帝曹丕年號（二二〇—二二六）。三國志魏書王基傳：「王基，字伯輿，東萊曲城人也……年十七，郡召爲吏，非其好也，遂去，入琅邪界遊學。黄初中，察孝廉，除郎中。……大將軍司馬宣王（懿）辟基，未至，擢爲中書侍郎。」黄初，英華校：「一作延和，非。」

〔二四〕「宣威」句，威，原作「王」，據全唐文改。宣威，指宣威將軍，最早見三國志吴書步騭傳。撫軍，指撫軍將軍，最早見三國志蜀書蔣琬傳。

〔二五〕「僕射」句，史記秦始皇本紀：「始皇置酒咸陽宫，博士七十人前爲壽。僕射周青臣進頌曰……」集解：「駰案漢書百官表曰：僕射，秦官。古者重武，官有主射以督課之。應劭曰：僕，主也。射音夜。」光禄，指光禄大夫。漢書百官公卿表：「大夫掌論議。有太中大夫、中大夫、諫大夫，皆無員，多至數十人。武帝元狩五年（前一一八）初置，諫大夫秩比八百石。太初元年（前一〇四）更名中大夫爲光禄大夫，秩比二千石，太中大夫秩比千石如故。」

〔二六〕「徐方」句，詩經大雅常武：「徐方繹騷。」，徐方，鄭玄箋爲「徐國」。徐方叛逆，按魏書孝莊紀：永安三年正月辛丑，「東徐州城民吕文欣、王赦等殺刺史元太賓，據城反。以撫軍將軍、都官尚書樊子鵠兼右僕射，爲行臺，督征南將軍、都督賈顯智，征東將軍、徐州刺史嚴思達以討之。二月甲寅，克之。東徐平」。則「徐方」指東徐州。魏書地形志中：「東徐州，孝昌元年（五二五）置，永熙二年（五三三）州郡陷，（東魏）武定八年（五五〇）復。治下邳城。」下邳城，今爲江蘇睢寧縣古邳鎮。宇文虨爲行軍司馬事，史未載。

〔二七〕「彭城」句，春秋成公十八年：「夏，楚子鄭伯伐宋，宋魚石復入於彭城。」杜預注：「彭城，宋邑，今彭城縣。」即今江蘇徐州市。

〔二八〕「海嶽」三句，尚書禹貢：「海嶽及淮惟徐州。……羽畎夏翟，嶧陽孤桐。」僞孔傳：「東至海，北至岱，南及淮。」又曰：「夏翟，翟，雉名，羽中旌旄，羽山之谷有之。孤，特也。嶧山之陽，特生桐，中琴瑟。」嶽，指岱，泰山也。按：宋夏僎尚書詳解卷六曰：「羽山在東海祝其縣南，殛鯀於羽山，即此山也。」又曰：「羽畎，謂羽山之畎谷，猶青州言岱畎也。夏翟，雉也。……孔氏謂翟羽中旌旄，其意見周禮司常，有『全羽爲旞』，故謂翟爲旌旄之飾。要之，古者器用車、服用雉爲飾者多矣，不但旌旄也。嶧陽，嶧山之南也。地理志：東海下邳縣有葛嶧山，詩所謂『保有鳧嶧』，即此山也。孤桐，特生之桐也，可中造琴瑟之用。詩言『椅桐梓漆，爰伐琴瑟』，用桐可知矣。莫非桐也，而生於嶧山者爲美；嶧山固多桐也，而生於山南者爲難得；生於山南者固難得也，而介然特生於山南者，禀氣爲尤全，故尤爲可貴。」畎，原作「畝」，英華同，與「畎」同。據上引，作「畎」是，因改。

〔二九〕「魯伯禽」句，伯禽，周公旦世子，封於魯。尚書費誓：「公曰：嗟，人無譁！聽命：徂茲淮夷、徐戎并興。善敹乃甲胄，敵乃干，無敢不弔！備乃弓矢，鍛乃戈矛，礪乃鋒刃，無敢不善！……甲戌，我惟征徐戎。」僞孔傳：「伯禽爲方伯，監七百里内之諸侯，帥之以征，歎而敕之，使無喧譁，欲其静聽誓命。今往征此淮浦之夷、徐州之戎并起爲寇。……」征伐，英華、四子集、全唐文作「專征」。

〔三〇〕「周穆王」句，史記秦本紀：「造父以善御幸於周繆王，得驥、温驪、驊駵、騄耳之駟，西巡狩，樂而忘歸。徐偃王作亂，造父爲繆王御，長驅歸周，一日千里以救亂。」集解裴駰案：「穆天子傳，穆王有八駿之乘，此紀不具者也。」又引郭璞曰：「紀年云：穆王十七年，西征於崑崙丘，見西王母。」正義引括地志云：「大徐城，在泗州徐城縣北三十里，古徐國也。」天討，替天討伐。尚書臯陶謨：「所以命有德，天討有罪。」

〔三一〕「坐謀」句，坐謀，原作「入侍」。英華、四子集、全唐文作「坐謀」，英華校：「集作入侍。」按：平東徐州之役，皇帝并未親征，言「入侍」失當，據改。

〔三二〕「以陶侃」句，晉書陶侃傳：「陶侃，字士行，本鄱陽人也，吴平，徙家廬江之尋陽。」在軍四十一載，屢立戰功，尤以平蘇峻之難著名。雄毅有權，明悟善決斷。時人論其「機神明鑒似魏武，忠順勤勞似孔明」。仕終侍中、太尉、都督荆江雍梁交廣益寧八州諸軍事，荆、江二州刺史，封長沙郡公。

〔三三〕「當阮孚」句，晉書阮籍傳附阮孚傳：阮孚，字遥集，陳留尉氏人。阮籍侄孫。嘗爲丞相從事中郎，終日酣縱，爲有司所按。帝（晉元帝司馬睿）每優容之。琅邪王裒爲車騎將軍，鎮廣陵，高選綱佐，以孚爲長史。「帝謂曰：『卿既統軍府，郊壘多事，宜節飲也。』孚答曰：『陛下不以臣不才，委之以戎旅之重，臣僶俛從事，不敢有言者。』」明帝（司馬紹）即位，遷侍中，從平王敦，賜爵南安縣侯，轉吏部尚書。

〔三四〕「有如」二句，晉書荀崧傳附荀羨傳：荀羨，字令則，潁川臨潁人。清和有準。尚公主，拜駙馬都尉。又拜祕書丞、義興太守。征北將軍褚裒以爲長史，既到，「裒謂佐吏曰：『荀生資逸群之氣，將有衝天之舉，諸君宜善事之。』」尋遷建威將軍、吴國内史，除北中郎將、徐州刺史，監徐兖二州、揚州之晉陵諸軍事」。

〔三五〕「不學」二句，晉書江逌傳：「江逌，字道載，陳留圉人也。」「殷浩將謀北伐，請爲諮議參軍，浩甚重之，遷長史。浩方修復洛陽，經營荒梗，逌爲上佐，甚有匡弼之益。軍中書檄，皆以委逌。時羌及丁零叛，浩軍震懼。姚襄去浩十里結營以逼浩，浩令逌擊之。逌進兵至襄營，謂將校曰：『今兵非不精，而衆少於羌，且其塹栅甚固，難與校力。吾當以計破之。』乃取數百雞，以長繩連之，係火於足。群雞駭散，飛集襄營，襄營火發，因其亂隨而擊之，襄遂少敗。及桓温奏廢浩，佐吏逌遂免。」喻，英華作「稱」，校：「集作喻。」

〔三六〕「揚州」句，大中正，官名，掌選舉。杜佑通典卷一四選舉二：「後魏州郡皆有中正，掌選舉，每以季月與吏部銓擇可否。其秀才對策，第居中上，表叙之。」同書卷三二職官一四：「晉宣帝加置大中正，故有大、小中正，其用人甚重。……後魏有之。」按：以中正掌選舉，始於魏司空陳群，其興廢詳參馬端臨文獻通考卷六二職官考一六郡官中正。

〔三七〕「黄扉」四句，黄扉，禁門。孔稚珪爲王敬則讓司空表：「啓黄扉而爕五緯，躡青帷而調四序。」藹藹，文選左思吴都賦：「藹藹翠幄。」劉淵林注：「藹藹，盛貌。」青瑣，後漢書梁冀傳：「窗牖皆有綺疏青瑣。」李賢注：「青瑣，謂刻爲瑣文，而以青飾之也。」同書王允傳：「(吕)布駐馬青瑣門外。」李賢注引前(漢)書音義曰：「以青畫户邊鏤中，天子制也。」沉沉，史記陳涉世家：「(陳)涉之爲王沈沈者。」集解引應劭曰：「沈沈，宫室深邃之貌也。」兩句與下面「萬户千門」意同。張公，指張華。晉書張華傳：「張華，字茂先，范陽方城人也。……華學業優博，辭藻温麗，朗贍多通，圖緯方伎之書，莫不詳覽。……晉受禪，拜黄門侍郎，封關内侯。華彊記默識，四海之内若指諸掌。武帝嘗問漢宫室制度及建章千門萬户，華應對如流，聽者忘倦，畫地成圖，左右屬目。帝甚異之，時人比之子産。」此喻宇文彪博覽强記，爲黄門侍郎有如張華。

〔三八〕「太湖」四句，周禮夏官職方氏：「職方氏，掌天下之圖，以掌天下之地。……東南曰揚州，其山鎮曰會稽，其澤藪曰具區，其川三江，其浸五湖。……」鄭玄注：「鎮，名山安地德者也。會稽，在山陰。大澤曰藪。具區，五湖，在吴南，浸可以爲陂灌溉者。」五湖，一説即太湖。晉書荀勖傳：「荀勖，字公曾，潁川潁陰人。」晉武帝太康中爲光禄大夫，守中書監，爲尚書令。「在尚書，課試令史以下，覈其才能，有闇於文法、不能決疑處事者，即時遣出。帝嘗謂曰：『魏武帝言：荀文若（彧）之進善，不進不止；荀公達（攸）之退惡，不退不休。』二令君之美，亦望於君也。」十郡一州，此指揚州，太湖、會稽，皆在禹貢揚州之域。四句言宇文彪爲揚州大中正恪盡職守，其銓選之嚴，有如荀勖。

〔三九〕「秦稱」二句，史記孝景紀：中元六年（前一四四）：「治粟内史爲大農。」集解裴駰案：「漢書百官表曰：治粟内史，秦官，掌穀貨也。」是則漢初仍名治粟内史。漢書百官公卿表：「治粟内史，秦官，掌穀貨，有兩丞。景帝後元年更名大農令。武帝太初元年（前一〇四），更名大司農。屬官有太倉、均輸、平準、都内、籍田五令丞。」

〔四〇〕「管夷吾」句，史記管晏列傳：「管仲夷吾者，潁上人也。」齊桓公用任政，遂霸諸侯。所著管子卷一牧民士經曰：「錯國於不傾之地，積於不涸之倉。……錯國於不傾之地者，授有德也；積於不涸之倉者，務五穀也。」

〔四一〕「耿壽昌」句，漢書宣帝紀：五鳳四年（前五四）正月，「大司農、中丞耿壽昌奏設常平倉，以給北邊」。同書食貨志：「壽昌遂白令邊郡皆築倉，以穀賤時增其賈而糴以利農，穀貴時減賈而糶，名曰常平倉，民便之。上迺下詔，賜壽昌爵關内侯。」

〔四二〕「時播」二句，后稷，即棄，周之始祖。虞書，即舜典。讓於虞書，謂虞書有禹讓平水土事於棄之記載，然其終接受播百穀之命。尚書舜典：「帝曰：『俞，咨！禹，汝平水土，惟時懋哉。』禹拜稽首，讓於稷、契暨皋陶。帝曰：『俞，汝往哉！』」同書又載：「帝曰：『棄！黎民阻饑，汝后稷播時百穀。』」僞孔傳：「阻，難；播，布也。衆人之難在於饑，汝后稷布種是百穀以濟之，美其前功以勉之。」虞，英華校：「集作唐。」誤。

〔四三〕「皋成」二句，周典，指周官。尚書周官：「六卿分職，各率其屬，以倡九牧，皋成兆民。」僞孔傳：「六卿各率其屬官大夫士，治其所分之職，以倡道九州牧伯，爲政大成，兆民之性命皆能其官，則政治。」民，英華校：「集作人。」避太宗諱。

〔四四〕「普泰」句，普泰，後魏節閔帝元恭年號。普泰元年當梁武帝中大通三年（五三一）。

〔四五〕「永熙」二句，永熙，後魏孝武帝元修年號。永熙二年，當梁武帝中大通五年（五三三）。潁川，郡名。漢書地理志上潁川郡，原注：「秦置。高帝五年（前二〇二）爲韓國，六年復。故莽曰左隊。陽翟有工官。屬豫州。」管縣二十。

〔四六〕「人稱」句，史記禮書：「汝潁以爲險，江漢以爲池。」正義引括地志云：「汝水，源出汝州魯山縣西伏牛山，亦名猛山。汝水至豫州郾城縣名濆水。……潁水源出洛州嵩高縣東南三十五里陽乾山，俗名潁山。……東至下蔡，入淮地。」人稱，「人」原作「地」。英華作「人」，校：「集作地。」按：汝、潁相近，然并非一地，作「人」是，據改。按：魏書地形志中潁川郡，太和六年（四八二）置。領縣三：邵陵、臨潁、曲陽。惟臨潁屬漢之潁川郡，兩漢時邵陵屬汝南郡，西漢時曲陽屬東海郡。下文所述故實，多爲漢之潁川郡。

〔四七〕「俗尚」句，申韓，指申不害、韓非子。史記老莊申韓列傳：「申不害者，京人也。故鄭之賤臣，學術以干韓昭侯，昭侯用爲相。……申子之學本於黃老，而主刑名。著書二篇，號曰申子。韓非者，韓之諸公子也。喜刑名法術之學，而其歸本於黃老。」索隱：「京，今河南京縣。」正義引括地志：「京縣故城，在鄭州滎陽縣東南二十里，鄭之京邑也。」按漢書地理志上曰：「潁川，韓都。士有申子、韓非刻害餘烈，高仕宦，好文法，民以貪遴爭訟生分爲失。」

〔四八〕「有鄭伯」句，鄭伯，即鄭莊公。別都，指城潁。城潁本非都，因鄭伯曾遷母於其地，故稱「別都」。史記鄭世家：鄭武公娶申侯女爲夫人，曰武姜，「生太子寤生，生之難，及生，夫人弗愛。後生少子叔段，段生易，夫人愛之。……武公卒，寤生立，是爲莊公。莊公元年，封弟段於京，號太叔。祭仲曰：『京大於國，非所以封庶也。』莊公曰：『武姜欲之，我弗敢奪也。』段至京，繕治甲兵，……果襲鄭，武姜爲內應。莊公發兵伐段，段走，伐京，京人畔段，段出走鄢。……於是莊公遷其母武姜於城潁，誓言曰：『不至黃泉，毋相見也。』」城潁，集解引賈逵曰：「鄭地也。」正義：「疑許州臨潁縣是也。」按：據漢書地理志上，臨潁爲潁川郡屬縣之一。伯，英華校：「集作國。」按：若無鄭伯遷母事，則無「別都」之說，故作「國」誤。

〔四九〕「有周公」句，漢書地理志上潁川郡，屬縣二十，其中有父城，原注：「應鄉故國，周武王弟所封。」顏師古注：「據左氏傳曰『邗、晉、應、韓，武之穆也』。是則應侯，武王之子，又與志說不同。」則應鄉故國有周武王弟、周武王子二說，不詳孰是，然皆非周公朝邑，作者當誤。

〔五〇〕「教之」二句，漢書黄霸傳：「黄霸，字次公，淮陽陽夏人也。」少學律令，喜爲吏。爲潁川太守，秩比二千石，治爲天下第一。徵守京兆尹，因事連貶秩。「有詔歸潁川太守，官以八百石。居治如其前，前後八年，郡中愈治。是時鳳凰、神爵數集郡國，潁川尤多。天子以霸治行終長者，下詔稱揚曰：『潁川太守霸宣布詔令，百姓鄉化。……獄或八年亡重罪囚，吏民鄉於教化，興於行誼，可謂賢人君子矣。……』」後代丙吉爲丞相。八年，英華校：「集作三年。」誤。

〔五一〕「任於」二句，九里，莊子列禦寇：「河潤九里，澤及三族。」郭象注：「河潤九里，河從乾位來，乾，陽數九也。」「任於」之「於」，英華校：「集作以。」踰，同上校：「集作餘。」

於時齊武王居中作相，實有遷鼎之謀〔一〕；周太祖在外持兵，深懷事君之道〔二〕。昭公失位，由季氏之執權〔三〕；襄王出居，成晉文之霸業〔四〕。三年秋八月，武帝幸長安，以義兵從順〔五〕。大統元年，授開府儀同三司，封靈壁縣開國子〔六〕，邑三百户。金堤石印〔七〕，清濟濁河〔八〕，爰賜土田，以爲藩屏〔九〕。漢之宰相，始開封邑〔一〇〕；周之列侯，實兼卿士〔一一〕。二年，拜車騎大將軍〔一二〕。九年，遷五兵尚書〔一三〕。十年，遷中書監，領驃騎大將軍，加開府儀同三司，進爵爲公〔一四〕，增邑一千户。天子有詔，不入軍門〔一五〕；匈奴未滅，不營私第〔一六〕。蔡謨兼五兵之署〔一七〕，鄧隲比三台之儀〔一八〕。掌中書之綸翰，加上公之冕服〔一九〕。十六年，遷侍中，驃騎大將軍以下並如故。昔惟常伯，今則侍中〔二〇〕，切問近對，拾遺補闕。冕旒無象，先問顧和〔二二〕；玉佩不存，即徵王粲〔二三〕。廢帝後二年，公不賀，出爲使持節華州刺史〔二三〕，侍中並如故。桃林國邑〔二四〕，大荔城隍〔二五〕，三秦六輔之奥區〔二六〕，五嶽四瀆之襟帶〔二七〕。倪寬之爲内史，惟事溉田〔二八〕；薛宣之守馮翊，但知垂默〔二九〕。尋加特進〔三〇〕，餘如故。官品第一，朝廷所敬〔三一〕。辟吏如五府之間，班列在三公之後〔三二〕。唐虞之繼文德也，稷契謨明於兩朝〔三三〕；魏晉之順大名也，裴王建功於二代〔三四〕。

【箋　注】

〔一〕「於時」二句，齊武王，即高歡。後魏後廢帝中興二年（五三二），高歡先後廢節閔帝元恭、後廢帝元朗，立平陽王元修，是爲孝武帝（即出帝），改永熙元年。孝武帝拜高歡爲大丞相，於晉陽建大丞相府。遷鼎之謀，指永熙三年（五三四）孝武帝見高歡有異志，得宇文泰之援討之。高歡舉兵反，南向洛陽，孝武帝奔關中，依宇文泰。高歡入洛陽，立清河王元亶之子善見爲帝，改元天平，是爲東魏孝静帝，遷都於鄴。同年閏十二月，宇文泰殺孝武帝，立南陽王元寶炬爲帝，改元大統（五三五），是爲西魏文帝。後魏從此分爲東、西。東魏孝静帝武定八年（五五〇）五月，高歡次子洋滅東魏，建立齊，史稱北齊，爲文宣帝，改元天保，追謚高歡爲獻武帝。北齊後主高緯天統元年（五六五），改謚高歡爲神武皇帝，廟號高祖。事詳魏書廢出三帝紀、孝静紀，北齊書神武紀。

〔二〕「周太祖」二句，周太祖，即宇文泰，字黑獺，代武川人。孝武帝（出帝）討高歡時，進侍中、驃騎大將軍、關西大都督。大統十七年（五五一）三月，西魏文帝崩，太子元欽即位，是爲廢帝。廢帝三年（五五四），宇文泰廢之，立恭帝拓跋廓。恭帝三年（五五六）十二月，宇文泰第三子宇文覺滅西魏，建立周，史稱北周。宇文覺元年，追封宇文泰爲文王，廟曰太祖。北周明帝宇文毓武成元年（五五九），追尊爲文皇帝。事詳周書文帝紀、孝閔紀。

〔三〕「昭公」二句，魯昭公，春秋時魯國第二十四代君主。時季孫氏專權，昭公於二十五年（前五一七）伐之，大敗，逃齊，輾轉至晉。晉欲使返魯，魯不納，遂客死於晉地乾侯。事詳左傳昭公二十五至三十二年。

〔四〕「襄王」二句，襄王，指周襄王。公元前六三六年，襄王異母弟王子帶欲圖位，以狄人攻周，大敗周師，襄王逃往鄭國。春秋僖公二十四年：「冬天，王出居於鄭。」杜預注：「襄王也。天子以天下爲家，故所在稱居。天子無外，而書『出』者，譏王蔽於匹夫之孝，不顧天下之重，因其辟（避）母弟之難書『出』，言其自絶於周。」孔穎達正義：「出居，實出奔也。出謂出畿内，居若移居。」左傳僖公二十五年：「秦伯（秦穆公）師於河上，將納王。狐偃言於晉侯曰：『求諸侯莫如勤王。諸侯信之，且大義也，繼文（侯）之業，而信宣於諸侯，今爲可矣。』」於是，「晉侯辭秦師而下。三月甲辰次於陽樊，右師圍温，左師逆王。夏四月丁巳，王入於王城，取大叔於温，殺之於隰城。戊午，晉侯朝王，王饗醴，命之宥」。晉文公因有迎接襄王復位之功，得到周王支持，從此走上稱霸諸侯之路。

〔五〕「三年」三句，三年，指永熙三年（五三四）。武帝，後魏孝武帝（即出帝）。據魏書出帝紀，是年七月丁未，「帝……遂出於長安」。此謂「八月」，小失之。以義兵從順，謂宇文彪提兵隨孝武帝到長安。

〔六〕「大統」三句，大統爲西魏文帝元寶炬年號，大統元年爲公元五三五年。據魏書官氏志，儀同三司爲從一品。靈壁縣，據輿地廣記卷二〇，後魏置淮陰郡，有靈壁縣。又元和郡縣志卷九宿州苻離縣：「靈壁故城，在縣東北九十里。漢二年（前二〇五），漢王入彭城，項羽以精兵三萬人晨擊漢軍於靈壁東睢水上，大破之，睢水爲之不流。」按：靈壁縣今屬安徽宿州市。開國子，爵位名。據通典卷一九職官，「後魏有王，開國郡公，散公，侯，散侯，伯，散伯，子，散子，男，散男，凡十一等」。又據魏書官氏志，開國縣子爲四品。

〔七〕「金堤」句，金堤，堤，原作「提」，據英華、四子集、全唐文改。漢書溝洫志：「漢興三十有九年，孝文時，河決酸棗，東潰金隄。」顏師古注：「金隄，河隄名也，在東郡白馬界。」資治通鑑卷一五漢紀七胡三省注引括地志：「金隄，一名千里隄，在白馬縣東五里。」又曰：「余據河隄，自汴口以東緣河積石爲堰，通河古口，咸曰金隄。」又水經注濮陽縣故城，在河南與衛縣分水城北十里，有瓠河口，有金隄。」石印，三國志吴書孫晧傳裴松之注引江表傳曰：「歷陽縣有石山臨水，高百丈。其三十丈所，有七穿駢羅，穿中色黄赤，不與本體相似，俗相傳謂之石印。又云，石印封發，天下當太平。」

〔八〕「清濟」句，史記蘇秦列傳：「燕王曰：『吾聞齊有清濟濁河，可以爲固。』」正義：「濟、漯二水，上承黄河，并淄、青之北，流入海。黄河又一源，從洛、魏二州界北流入海，亦齊西北界。」以上兩句，述靈璧縣周圍形勝。

〔九〕「以爲」句，尚書康王之誥：「皇天用訓厥道，付畀四方，乃命建侯樹屏，在我後之人。」僞孔傳：「言文武乃施政令，立諸侯，樹以爲藩屏。」藩屏，屏障、藩籬，謂護衛。詩經大雅板：「价人維藩，大師維垣。大邦維屏，大宗維翰。」毛傳：「价，善也。藩，屏也；垣，牆也。」鄭玄箋：「大邦成國，諸侯也。大宗，王之同姓世適（嫡）子也。王當用公卿諸侯及宗室之貴者爲藩屏。」

〔一〇〕「漢之」二句，封邑，古代帝王封賜給諸侯、功臣之領地或食邑。太平御覽卷二〇〇功臣封引魏志：「漢制，凡人君特所寵念，皆賜之封邑，及丞相初拜，亦錫茅土，號曰恩澤，出自於私情，非至公之封也。中興以來無有封者。」

〔一一〕「周之」句，侯，英華作「辟」，校：「集作侯。」作「侯」是。卿士，卿大夫。尚書牧誓：「今商王受乃惟四方之多罪逋逃「以爲大夫卿士」，僞孔傳：「士，事也，用爲卿大夫，典政事。」詩經大雅常武：「赫赫明明，王命卿士。南仲大祖，大師皇父：『整我六師，以修我戎。……』」毛傳：「王命南仲於大祖，皇甫爲大師。」鄭玄箋：「南仲，文王時武臣也。……宣王之命卿士爲大將也，乃用其以南仲爲大祖者，今大師皇父是也。」孔穎達正義曰：「太師，三公之名，復言太師皇父一人，是公兼官。謂三公而兼卿士之官。」周代不特設三公，多爲兼職，反言之，則爲三公而兼卿士。參見宋葉時禮經會元卷一上兼官。

〔一二〕「二年」句，據魏書官氏志，車騎將軍爲二品。

〔一三〕「九年」句，五兵尚書，曹魏時置，魏書官氏志未列。隋書百官志中稱「後齊（即北齊）制官，多循後魏」，其五兵尚書爲尚書省六尚書之一：「五兵統左中兵（原注：掌諸郡督告身、諸宿衛官等事）、右中兵（原注：掌畿内丁帳、事力、蕃兵等事）、左外兵（原注：掌河南及潼關已東諸州丁帳，及發召征兵等事）、右外兵（原注：掌河北及潼關已西諸州，所典與左外同）、都兵（原注：掌鼓吹、太樂、雜户等事）。」

〔一四〕「十年」五句，據魏書官氏志，中書監爲從二品，驃騎將軍爲二品，儀同三司、散公爲從一品。

〔一五〕「天子」二句，史記絳侯周勃世家：「孝惠帝六年（前一八九），置太尉官，以勃爲太尉。十歲，高后崩，吕禄以趙王爲漢上將軍，吕産以吕王爲漢相國，秉漢權，欲危劉氏。勃爲太尉，不得入軍門，陳平爲丞相，不得任事。於是勃與平謀，卒誅諸吕，而立孝文皇帝。」此言宇文虨不再統領軍隊。

〔一六〕「匈奴」二句，史記衛將軍驃騎列傳：「天子爲（衛青）治第，令驃騎視之，對曰：『匈奴未滅，無以家爲也。』由此，上益重愛之。」

〔一七〕「蔡謨」句，晉書蔡謨傳：「蔡謨，字道明，陳留考城人也。」弱冠察孝廉，舉秀才。……「後爲中書侍郎，歷義興太守，大將軍王敦從事中郎、司徒左長史，遷侍中。蘇峻構逆，吳國内史庾冰出奔會稽，乃以謨爲吳國内史。謨既至，與張闓、顧衆、顧颺等共起義兵，迎冰還郡。峻平，復爲侍中，遷五兵尚書，領琅邪王師。」署，英華校：「集作省。」

〔一八〕「鄧隲」句，後漢書鄧禹傳附鄧隲傳：「騭字昭伯，南陽新野人。「延平元年（一〇六），拜騭車騎將軍、儀同三司，始自騭也。」殤帝崩，太后與騭等定策立安帝。拜大將軍。服母喪，「服闋，詔喻騭還輔朝政，更授前封。騭（兄弟）等叩頭固讓，乃止。於是并奉朝請，位次在三公下，特進、侯上，其有大議，乃詣朝堂與公卿參謀」。三台，此即指三公，因在三公下，特進、侯上，故曰「比三台」。隲、騭同。

〔一九〕「掌中書」二句，綸翰，皇帝詔書。謂所代擬王言如絲如綸，廣爲傳播。絲綸，前已屢注。上公，指三公。冕服，禮服。其形制、圖案不同，以區别官員等級。

〔二〇〕「昔爲」二句，漢書谷永傳：「戴金貂之飾，執常伯之職者，皆使學先王之道，知君臣之義。」顔師古注：「常伯，侍中也。伯，長也，常使長事者也。一曰：常任使之人，此爲長也。」

〔二一〕「冕旒」二句，晉書顧和傳：「顧和，字君孝，侍中衆之族子也。」咸康初，拜御史中丞，遷侍中。「初，中興東遷，舊章多闕，而冕旒飾以翡翠、珊瑚及雜珠等。和奏『舊冕有十二旒，皆用玉珠，今用雜珠等，非禮。若不能用玉，可用白璇』。成帝於是始下太常改之。」

〔二二〕「玉佩」二句，三國志魏書王粲傳：「王粲，字仲宣，山陽高平人也。曾祖父龔、祖父暢，皆爲漢三公。」太祖（曹操）辟爲丞相掾，賜爵關内侯。「後遷軍謀祭酒。魏國既建，拜侍中。博物多識，問無不對。時舊儀廢弛，興造制度，粲恒典之。」裴松之注引摯虞决疑要注曰：「漢末喪亂，絶無玉佩。魏侍中王粲識舊佩，始復作之。今之玉佩，受法於粲也。」玉佩，英華校：「集作珮玉。」倒誤。

〔二三〕「廢帝」三句，周書文帝紀下：西魏文帝大統十七年春三月，「魏文帝崩，皇太子（元欽）嗣位」。是爲廢帝。廢帝後二年，即廢帝三年（五五四），宇文泰廢之，立齊王拓跋廓，是爲恭帝。當時魏史柳虯執簡書於朝責宇文泰，泰乃令太常盧辯作誥諭公卿，承認「咎予其焉避」。宇文彪蓋亦對此不滿，故「不賀」，并因此得罪宇文泰，不得不出朝外任爲華州刺史。使持節，通典卷三二州牧刺史：「魏、晉爲刺史，任重者爲使持節都督，輕者爲持節。」元和郡縣志卷二華州：「後魏置東雍州，廢帝改爲華州。隋大業二年（六〇六）省華州，義寧元年（六一七）置華山郡，武德元年（六一八）復爲華州。」地在今陝西華陰市。

〔二四〕「桃林」句，尚書武成：「四月哉生明，王來自商，至於豐。歸馬於華山之陽，放牛於桃林之野，示天下弗服。」孔穎達正義引杜預云：「桃林之塞，今弘農華陰縣潼關是也。」按：華陰縣，今爲華陰市，屬陝西渭南市。桃，英華校：「集作成。」誤。

〔二五〕「大荔」句，史記秦本紀：「厲共公……十六年，壍河旁，以兵二萬伐大荔，取其王城。」集解引徐廣曰：「今之臨晉也。臨晉有王城。」張守節正義：「括地志云：同州東三十里朝邑縣東三十步，故王城，大荔近王城邑。」城隍，周易泰卦：「城復於隍，勿用師。」孔穎達正義：「子夏傳云：隍是城下池也。」此即指城。按：臨晉，漢武帝時改爲左馮翊，晉武帝更名大荔縣。今仍名大荔縣（合併古朝邑縣），在華山北，屬陝西渭南市。

〔二六〕「三秦」句，史記秦始皇本紀：「諸侯兵至，項籍爲從長。殺子嬰及秦諸公子、宗族，遂屠咸陽。……滅秦之後，各分其地爲三，名曰雍王、塞王、翟王，號曰三秦。」此泛指秦地。漢書兒寬傳：「寬表奏開六輔渠。」注引韋昭曰：「六輔爲京兆、馮翊、扶風、河東、河南、河内也。」漢武帝時改臨晉（後名大荔）爲左馮翊（見上注），在六輔之内。奥區，文選張衡西京賦：「寔爲地之奥區神皋。」張銑注：「奥，美也。」

〔二七〕「五嶽」句，五嶽，前已屢注。四瀆，爾雅釋水：「江、河、淮、濟爲四瀆。」襟帶，漢書高惠高后文功臣表：漢高祖封侯者百四十有三人，「封爵之誓曰：『使黄河如帶，泰山若厲，國以永存，爰及苗裔。』」五嶽之西嶽華山在華州，州又瀕臨黄河，故云。

〔二八〕「倪寬」二句，漢書溝洫志：「兒寬爲左内史，奏請穿鑿六輔渠，以益溉鄭國傍高卬之田。上曰：『農，天下之本也；泉流灌寖，所以育五穀也。……今内史稻田租挈重，不與郡同，其議減，令吏民勉農，盡地利，平繇行水，勿使失時。』」倪、兒同。

〔二九〕「薛宣」二句，漢書薛宣傳：「薛宣，字贛君，東海郯人也。」補御史中丞，出爲臨淮太守，徙陳留太守，盜賊禁止，吏民敬其威信。「入守左馮翊，滿歲稱職爲真。」官吏有罪，皆陰求之，令其改節，故「屬縣各有賢君，馮翊垂拱蒙成，願勉所職卒功業」。時谷永上疏，稱「左馮翊崇教意養善，威德并行，衆職修理，奸軌絶息，……功效卓爾，自左内史初置以來，未嘗有也」。後官至丞相，封高陽侯，因事免。垂默，原作「拱默」，英華同，并校：「集作垂拱。」據文意，作者舉薛宣及兒寬皆帶貶意，言其不如宇文彪，故雖漢書本傳作「垂拱」，此仍以「垂默」爲是。

〔三〇〕「尋加」句，特進，漢代官名。後漢書和殤帝紀：「賜諸侯、王公、將軍特進。」李賢注引漢官儀曰：「諸侯功德優盛、朝廷所敬異者，賜位特進，在三公下。」

〔三一〕「朝廷」句，朝廷，英華校：「集作當朝。」

〔三二〕「辟吏」二句，辟吏，徵召官吏。五府，指太傅、太尉、司徒、司空、大將軍。三公，指太尉、司徒、司空。據魏書官氏志，五府、三公皆第一品。班列，排列位次。

〔三三〕「唐虞」二句，唐虞，指堯舜。尚書舜典：「曰若稽古，帝舜曰重華，協於帝。」僞孔傳：「華謂文德。言其光文重合於堯，俱聖明。」又曰舜「受終於文祖」，僞孔傳：「文祖者堯，文德之祖廟。」稷，官名，代指棄，即后稷。稷、契，皆舜所命名臣，稷主農，契主獄。謨明，尚書皋陶謨：「皋陶曰：『允迪厥德，謨明弼諧。』」僞孔傳釋「謨明」爲「廣聰明以輔諧其政」。兩句以古之名臣喻宇文彪。

〔三四〕「魏晉」二句，順大名，謂兩代上承帝王大統。裴氏爲河東聞喜大族，王氏爲太原大族，魏晉時，兩族皆人才輩出，功業顯赫。晉書裴楷傳：「初，裴、王二族盛於魏、晉之世，時人以爲八裴方八王：徽比王祥，楷比王衍，康比王綏，綽比王澄，瓚比王敦，遐比王道，頠比王戎，邈比王玄云。」

周武成三年，進封青州齊郡公〔一〕，邑二千户，賜號東岳先生。詔曰：「堯有四岳〔二〕，朕惟公一人。」賜雜彩二千段，甲第一區〔三〕，雍州良田百頃〔四〕，其優禮如此。堯命羲仲，星鳥嵎夷之官〔五〕；周賜姜牙，穆陵無棣之境〔六〕。三王不襲，同盟固於泰山〔七〕；百代相因，舊國傳於負海〔八〕。惟保定四年〔九〕，公薨於長安私第。天子罷朝，群臣赴弔，喪用官給。嗚呼哀哉！五年，贈少保，使持節揚光桂三州諸軍事，揚州刺史，謚曰貞公，禮也。

【箋　注】

〔一〕「周武成」二句，周，指北周。武成，北周明帝宇文毓年號。武成三年已是北周武帝時，武帝宇文邕繼位未改元。周書明帝紀：「（武成）二年夏四月，帝因食遇毒。庚子，大漸。……辛丑，崩於延壽殿，時年二十七。」同書武帝紀上：「高祖武皇帝諱邕，字禰羅突，太祖第四子也。……武成二年夏四月，世宗（按：明帝廟號）崩，遺詔傳帝位於高祖。……壬寅，即皇帝位，大赦天下。」次年正月戊申詔：「可改武成三年爲保定元年。」則武帝繼位至改保定前，爲武成三年。是年當南朝陳文帝天嘉二年（五六一）。進封，「封」原作「聞」，據英華、四子集、全唐文改。據上考，則進封當在高祖宇文邕繼位之初。北周行政區劃，當依後魏。據魏書地形志中，青州領郡七，首爲齊郡。由蕭氏改姓宇文，疑亦在此時，然後人視之蓋非榮耀事，且唐代後裔已復姓（見本文前注），故碑文未書。

〔二〕「堯有」句，四岳，尚書堯典：「帝曰：『咨！四岳，湯湯洪水方割，……有能俾乂？』僉曰：『於，鯀哉！』」僞孔傳：「四岳，即上羲和之四子，分掌四岳之諸侯，故稱焉。」所謂「上」，即同書前曰：「乃命羲和，欽若昊天，曆象日月星辰，敬授人時。」僞孔傳：「重黎之後羲氏、和氏，世掌天地四時之官，故堯命之，使敬順昊天。」

〔三〕「甲第」句，史記孝武本紀：「賜列侯甲第。」集解裴駰案：「漢書音義曰：有甲乙第次，故曰第。」則甲第指頭等房舍，猶今所謂豪宅。

〔四〕「雍州」句，魏書地形志下：雍州，領京兆、馮翊、扶風、咸陽、北地五郡。即今陝西西安及周邊地區。

〔五〕「堯命」二句，尚書堯典：「分命羲仲，宅嵎夷曰暘谷，寅賓出日，平秩東作。日中，星鳥，以殷仲春。厥民析，鳥獸孳尾。」僞孔傳：「宅，居也。東表之地稱嵎夷。暘，明也。日出於谷，而天下明，故稱暘谷。暘谷、嵎夷，一也。羲仲，居治東方之官。」又曰：「日中，謂春分之日。鳥，南方朱鳥七宿。殷，正也。春分之昬，鳥星畢見，以正仲春之氣節，轉以推季、孟，則可知厥民析，鳥獸孳尾。言其民老壯分析。乳化曰孳，交接曰尾。」

〔六〕「周賜」二句，左傳僖公四年：「昔召康公命我先君大（太）公曰：『五侯九伯，女實征之，以夾輔周室。』賜我先君履，東至於海，西至於河，南至於穆陵，北至於無棣。」杜預注：「召康公，周大（太）保召公奭也。」又曰：「穆陵、無棣，皆齊竟（境）也。」按史記齊太公世家：「太公望吕尚者，東海上人。其先祖嘗爲四岳，佐禹平水土，甚有功，虞夏之際封於吕。……本姓姜氏，從其封姓，故曰吕尚。」索隱引譙周曰：「姓姜，名牙。」

〔七〕「三王」二句，三王，指夏、商、周三代；不襲，指禮不相同。史記叔孫通傳：「三王不同禮者，因時世、人情爲之節文者也。」此謂雖改朝换代，然舊封仍世代相傳，牢不可破。

〔八〕「百代」二句，謂齊郡乃舊齊國之地，由姜太公而下皆稱齊，百代未改。負海，臨海。史記三王世家：「武帝曰：關東之國，無大於齊者。齊東負海而城郭大，古時獨臨菑中十萬户，天下膏腴地莫盛於齊者矣。」

〔九〕「惟保定」句，保，原作「寶」，據英華、全唐文改。保定四年，當陳文帝天嘉五年（五六四）。

公少丁外艱，州黨稱其孝，齊武皇帝見而嘆曰：「可謂吾家曾閔。」〔一〕外祖大尉公王儉謂其子侍中騫曰：「成汝宅相者，在此孫乎〔二〕？」公之北歸也，後魏宣武帝敕曰：「昔微子去殷，項伯歸漢〔三〕，卿又得之於今。」公泣涕横流，跪而對曰：「臣家國不造，鼎祚淪亡，進不能匡正，退不能死節。今復託身有道，何敢比德古人。」帝因此重之〔四〕。及周太祖作相西朝，王侯之下皆望塵而拜〔五〕，公與之抗禮。太祖尤相敬待，屢有諮詢，嘗從容曰：「國家之子房也〔六〕！」

【箋注】

〔一〕「公少丁」四句，丁，遭逢。外艱，指喪父。其父於梁初牽連謀反罪被殺，見本文前注。齊武皇帝，即蕭賾，爲宇文虪伯祖。曾閔，指曾參、閔子騫，皆以孝稱。史記仲尼弟子列傳：「曾參，南武城人，字子輿。……孔子以爲能通孝道，故授之業，作孝經。」論語先進：「子曰：『孝哉！閔子騫。人不間於其父母昆弟之言。』」何晏集解引陳（群）曰：「言子騫上事父母，下順兄弟，動静盡善，故人不得有非間之言。」

〔二〕「外祖」三句，南齊書王儉傳：「王儉，字仲寶，琅琊臨沂人也。」解褐秘書郎、太子舍人，超遷秘書丞。依七略撰七志四十卷，又撰定元徽四部書目。官終中書監、參掌選事。宅相，謂貴甥。晉書魏舒傳：「魏舒，字陽元，任城樊人也。少孤，爲外家甯氏所養。甯氏起宅，相宅者云：『當出貴甥。』外祖母以魏氏甥小而慧，意謂應之。舒曰：『當爲外氏成此宅相。』」

〔三〕「昔微子」二句，殷紂淫亂，微子數諫不聽，遂去，詳前遂州長江縣先聖孔子廟堂碑注引史記宋微子世家。項伯，史記項羽本紀：「項伯者，項羽季父也。素善留侯張良。」鴻門宴上，「項莊拔劍起舞，項伯亦拔劍起舞，常以身翼蔽沛公，莊不得擊」。項羽既死，漢王（劉邦）「乃封項伯爲射陽侯」。

〔四〕「帝因此」句，因此，全唐文作「益」。

〔五〕「及周太祖」二句，周太祖，即宇文泰（北周建立後，尊爲太祖），魏孝武帝（出帝）逃長安，泰爲丞相，已詳本文前注。望塵而拜，謂王侯畏宇文泰權勢，皆諂事之。晉書潘岳傳：「潘岳，字安仁，滎陽中牟人也。……爲著作郎，轉散騎侍郎。岳性輕躁，趨世利，與石崇等諂事賈謐，每候其出，與崇輒望塵而拜。構愍懷之文，岳之辭也。謐二十四友，岳爲其首。謐晉書限斷，亦岳之辭也。其母數誚之，曰：『爾當知足，而乾没不已乎？』而岳終不能改。」

〔六〕「國家」句，子房，即張良。史記留侯世家：「留侯張良者，其先韓人也。」（按漢書張良傳：「張良，字子房。」）從漢王劉邦定天下，謀畫多由良。「漢六年（前二〇一）正月，封功臣，良未嘗有戰鬭功，高帝曰：『運籌策帷帳中，決勝千里外，子房功也，自擇齊三萬户。』良曰：『始臣起下邳，與上會留，此天以臣授陛下。陛下用臣計，幸而時中，臣願封留足矣，不敢當三萬户。』乃封張良爲留侯。」詢，英華校：「集作問。」

公體淳和之至性，負廊廟之大才。孝通神明，忠定社稷。馬伏波來遊二帝〔一〕，晏平仲能事百君〔二〕。在魏則賈詡、荀攸〔三〕，在周則太顛、閎夭〔四〕。惟司徒克慎厥始，惟丞相克和厥中〔五〕，惟公載德，克成厥終。三后同其政道〔六〕，子孫訓其成式。輝光助於日月，德積廣於宇宙。以某年月日葬於少陵原〔七〕。國遷三代，年移十紀〔八〕。杜當陽之碑石，沉漢水而無聞〔九〕；仲山甫之鼎銘，入匈奴而不出〔一〇〕。曾孫皇朝右金吾將軍、同州刺史得照〔一一〕，宏才大節，玉振金聲〔一二〕。入當天子之右軍，出臨帝京之左輔〔一三〕。承積善之餘慶〔一四〕，襲大宗之不遷〔一五〕，願述家風，思傳祖德。是用勒銘刻石〔一六〕，相質披文〔一七〕。載於景鍾，大夫稱伐之義〔一八〕；書於太常，諸侯計功之道〔一九〕。追題瓦屑，鄭康成北海之門〔二〇〕；重刻碑陰，張平子南陽之墓〔二一〕。

【箋注】

〔一〕「馬伏波」句，馬伏波，即馬援。後漢書馬援傳：「馬援，字文淵，扶風茂陵人也。」年十二而孤，少有大志。「建武四年（二八）冬，（隗）囂使援奉書洛陽。援至，引見於宣德殿。世祖（東漢光武帝劉秀）迎笑謂援曰：『卿遨遊二帝（按另一帝指公孫述，時在成都自立爲天子）間，今見卿，使人大慚。』援頓首辭謝。」後歸漢，拜伏波將軍。

〔二〕「晏平仲」句，晏平仲，即晏嬰，齊國相。史記管晏列傳：「晏平仲嬰者，萊之夷維人也。事齊靈公、莊公、景公，以節儉力行重於齊。」晏子春秋卷四：「梁丘據問晏子曰：『子事三君，君不同心，而子俱順焉。仁人固多心乎？』晏子對曰：『嬰聞之：順愛不懈，可以使百姓；暴强不忠，不可以使一人。一心可以事百君，三心不可以事一君。』仲尼聞之，曰：『小子識之，晏子以一心事百君者也。』」

〔三〕「在魏」句，三國志魏書賈詡傳：賈詡，字文和，武威姑臧人。歸太祖（曹操），表爲執金吾，封都亭侯，助其在官渡大破袁紹軍，徙太中大夫。定策立太子。文帝即位，以詡爲太尉，進爵壽鄉侯。同書荀攸傳：荀攸，字公達，潁川潁陰人。太祖以爲軍師，轉中軍師。魏國初建，爲尚書令。文帝在東宫，太祖謂曰：「荀公達，人之師表也，汝當盡禮敬之。」公達前後凡畫奇策十二。從征孫權，道薨，太祖言則流涕。陳壽於二人傳後評曰：「荀攸、賈詡，庶乎算無遺策，經達權變，其（張）良、（陳）平之亞歟！」

〔四〕「在周」二句，論語泰伯：「武王曰：予有亂臣十人。」何晏集解引馬（融）曰：「亂，治也。治官者十人，謂周公旦、召公奭、大公望、畢公、榮公、大顛、閎夭、散宜生、南宫适，其一人謂文母。」

〔五〕「惟司徒」二句，司徒指契，丞相指蕭何，乃蕭氏遠祖，已見本文前注。

〔六〕「三后」，即上述契、蕭何及「公」（宇文彪）。后，此義爲諸侯。句謂三人爲政之道相同。

〔七〕「以某年」句，少陵原，太平寰宇記卷二五雍州萬年縣：「少陵原，即漢鴻固原也，宣帝許后葬於此。」又宋敏求長安志卷一一萬年縣：「少陵原，在縣南四十里，南接終南，北至滻水，西屈曲六十里入長安縣界，即漢鴻固原也，宣帝許后葬於此，俗號少陵原。」

〔八〕「國遷」二句，三代，指後魏（包括西魏）、北周、隋三王朝。十紀，蓋由宇文彪去世之北周武帝保定四年（五六四）起計，後推約一百二十年，則此碑當作於唐高宗弘道元年（六八三）左右。

〔九〕「杜當陽」二句，杜當陽，即杜預，嘗封當陽縣侯，故稱。晉書杜預傳：「杜預，字元凱，京兆杜陵人。」晉初假節行平東將軍，領征南軍司，拜鎮南大將軍、都督荆州諸軍事以攻吴。吴平，以功進爵當陽縣侯。「預好爲後世名，常言：『高岸爲谷，深谷爲陵。』刻石爲二碑，紀其勳績，一沉萬山之下，一立峴山之上，曰：『焉知此後不爲陵谷乎！』」萬山之下，即漢水。

〔一〇〕「仲山甫」二句，仲山甫，嘗佐周宣王中興。詩經大雅烝民即歌其功德，略曰：「天監有周，昭假于下。保兹天子，生仲山甫。……肅肅王命，仲山甫將之。邦國若否，仲山甫明之。……吉甫作誦，穆如清風。仲山甫永懷，以慰其心。」毛傳：「仲山甫，樊侯也。」後漢書竇憲傳：憲擊匈奴，「斬名王已下萬三千級，獲生口馬牛羊橐駝百餘萬頭。於是温犢須、日逐、温吾、夫渠王柳鞮等八十一部率衆降者，前後二十餘萬人。……南單于於漠北遺憲古鼎，容五斗，其傍銘曰：『仲山甫鼎，其萬年子子孫孫永保用。』憲乃上之。」則「不出」，謂該鼎久没匈奴也。

〔一一〕「曾孫」二句，唐六典卷二五左右金吾衛：「將軍各二人，從三品（注：皇朝因隋置三人，貞觀中減置二人）。左右金吾衛大將軍、將軍之職，掌宫中及京城晝夜巡警之法，以執御非違。凡翊府及同軌等五十府皆屬焉。」同州，管縣七，治馮翊縣，見元和郡縣志卷二，地在今陝西大荔、韓城、澄城一帶。宇文得照，雍正陝西通志卷二一載：「同州刺史：宇文得照。」注：「蘭陵人，高祖時。」蓋生於高祖時，至爲其曾祖樹碑，當已在垂暮之年矣。

〔一二〕「玉振」句，孟子萬章下：「孔子之謂集大成。集大成也者，金聲而玉振之也。金聲也者，始條理也；玉振之也者，終條理也。」趙岐注：「振，揚也，故如金音之有殺振揚、玉音終始如一也。」此言宇文得照爲人有德，爲官有聲。

〔一三〕「出臨」句，左輔，元和郡縣志卷二同州：「春秋時其地屬秦，本大荔戎國。秦獲之，更名曰臨晉。……始皇併天下，京兆、馮翊、扶風并内史之地。……（漢）武帝更名左馮翊。魏除左字，但爲馮翊郡，晉因之。後魏永平三年（五一〇）改爲同州。」因漢時名左馮翊，故稱「左輔」。

〔一四〕「承積善」句，周易坤卦文言：「積善之家，必有餘慶。」

〔一五〕「襲大宗」句，禮記大傳：「别子爲祖，繼别爲宗，繼禰者爲小宗。有百世不遷之宗，有五世則遷之宗。百世不遷者，别子之後也；宗其繼别子之所自出者，百世不遷者也。」鄭玄注：「别子，謂公子若始來在此國者，後世以爲祖也。别子之世適（嫡）也，族人尊之，謂之大宗。」宇文彪入魏，即所謂「别子」，其子爲大宗，爲「百世不遷者」。大宗，「大」原作「太」，四庫全書本、全唐文俱作「大」，是，據改。詳文意，則宇文得照當爲宇文彪嫡長子之後，故稱「襲」。

〔一六〕「是用」句，勒銘，英華校：「一作勒刊豐石。」

〔一七〕「相質」句，文選陸機文賦：「碑披文以相質。」李善注：「碑以敘德，故文質相半。」

〔一八〕「載於」二句，國語卷一三晉語：「昔克潞之役，秦來圖敗晉功。魏顆以其身却退秦師於輔氏，親止杜回，其勳銘於景鍾。」韋昭注：「克，勝也。魯宣十五年六月癸卯，晉荀林父將滅赤翟潞氏。七月，秦桓公伐晉，次於輔氏，欲敗晉功。壬午，晉景公治兵以略翟土，及雒，魏顆敗秦師於輔氏，獲杜回。輔氏，晉地；杜回，秦力士也；勳，功也；景鍾，景公之鍾。」稱伐，左傳襄公十九年：「臧武仲謂季孫曰：『大夫稱伐。』」杜預注：「銘其功伐之勞。」

〔一九〕「書於」二句，尚書君牙：「王（周穆王）若曰：嗚呼！君牙：惟乃祖乃父，世篤忠貞，服勞王家，厥有成績，紀於太常。」僞孔傳：「言汝父祖，世厚忠貞，服事勤勞王家，其有成功見紀録，書於王之太常，以表顯之。王之旌旗畫日月，曰太常。」計功，左傳襄公十九年：「臧武仲謂季孫曰：『諸侯言時計功。』」杜預注：「舉得時，動有功，則可銘也。」

〔二〇〕「追題」二句，晉書戴逵傳：「戴逵，字安道，譙國人也。少博學，好談論，善屬文，能鼓琴，工書畫。其餘巧藝，靡不畢綜。總角時，以雞卵汁溲白瓦屑，作鄭玄碑，又爲文而自鐫之，詞麗器妙，時人莫不驚歎。」北海之門，指鄭玄通德門。後漢書鄭玄傳：鄭玄，字康成，北海高密人。學於馬融，著書義據通深，北海國相孔融深敬之，告高密縣特爲立一鄉，曰：「今鄭君鄉宜曰『鄭公鄉』，……可廣開門衢，令容高車，號爲『通德門』。」

〔二一〕「重刻」二句，後漢書張衡傳：「張衡，字平子，南陽西鄂人也。」李賢注：「西鄂縣故城，在今鄧州向城縣南，有平子墓及碑在焉，崔瑗之文也。」按水經注淯水：「淯水……又逕西鄂縣南，水北有張平子墓，墓之東側墳，有平子碑，文字悉是古文，篆額是崔瑗之辭。盛弘之、郭仲産并云：夏侯孝若爲郡，薄其文，復刊碑陰爲銘。然碑陰二銘，乃是崔子玉（引者按：崔瑗字子玉）及陳翕耳，而非孝若。悉是隸字，二首並存，嘗無毀壞。又言墓次有二碑，今惟見一碑，或是余夏景驛途疲，而莫究矣。」據用典并揆以年代，宇文彪墓當先已有碑，或不滿裔孫意（蓋述「家風」、「祖德」不足），或已殘損，故求文重鐫焉。

其詞曰：

黃帝攝政，勤勞耳目〔一〕。居於軒轅，戰於涿鹿〔二〕。成湯黜夏，登壇受福〔三〕。表正萬邦，纘禹舊服〔四〕。其一

【箋注】

〔一〕「黃帝」二句，史記五帝本紀：「諸侯咸尊軒轅爲天子，代神農氏，是爲黃帝。天下有不順者，黃帝從而征之，平者去之，披山通道，未嘗寧居。」下述其東至於海，西至於空桐，南至於江，北逐葷粥，「勞動心力耳目，節用水火材物」云云。

〔二〕「居於」二句，史記五帝本紀：「（黃帝）與炎帝戰於阪泉之野。……蚩尤作亂，不用帝命，於是黃帝乃徵師諸侯，與蚩尤戰於涿鹿之野，遂禽殺蚩尤。……北逐葷粥，合符釜山，而邑於涿鹿之阿。」又曰：「黃帝居軒轅之丘。」太平御覽卷七九黃帝軒轅氏引帝王世紀：「（黃帝）居軒轅之丘，故因以爲名，又以爲號。與神農氏戰於阪泉之野，三戰而克之。」「居於軒轅」句，英華作「舉於阪泉」，校：「集作居於軒轅。」按：據上引，黃帝「居於軒轅」是，阪泉乃與炎帝「戰」而非

「舉」，英華誤。

〔三〕「成湯」二句，指商湯取代夏桀。成湯，原作「咸陽」，各本同。按：夏、商皆與咸陽無涉。春秋時，秦方築咸陽城（見史記秦本紀）。此「咸陽」必是「成湯」之形訛，據文意徑改。史記殷本紀：「夏桀爲虐政淫荒，而諸侯昆吾氏爲亂。湯乃興師率諸侯，伊尹從湯，湯自把鉞以伐昆吾，遂伐桀。……於是諸侯畢服，湯乃踐天子位，平定海内。……既絀夏命，還亳，作湯誥。」

〔四〕「表正」二句，尚書仲虺之誥：「有夏昏德，民墜塗炭。天乃錫王勇智，表正萬邦，纘禹舊服。」僞孔傳：「言天與王勇智，應爲民主，儀表天下，法正萬國，繼禹之功，統其舊服。」按：本文以契爲蕭氏始祖，故此上溯契之祖黄帝，下及契之裔孫成湯。

逮乎微子，周之國賓〔一〕。降及蕭叔，宋之懿親〔二〕。高祖丞相，王迹是因〔三〕。宣王御史，社稷之臣〔四〕。其二

【箋注】

〔一〕「逮乎」二句，武王克殷，封紂之子武庚於朝歌，使奉湯祀。武王崩，武庚與管、蔡、霍三叔作難。周公平難後，乃命微子爲殷後，興國於宋。詳前新都縣學先聖廟堂碑文注。

〔二〕「降及」二句，謂宋國之蕭氏，乃宇文虨遠祖。左傳莊公十二年：「秋，宋萬弒閔公於蒙澤，……

立子游，群公子奔蕭。……冬十月，蕭叔大心及戴、武、宣、穆、莊之族以曹師伐之，……立桓公。」杜預注：「蒙澤，宋地。」又曰：「蕭，宋邑，今沛國蕭縣。」「叔蕭，大夫名。」趙汸補注：「叔，蕭大夫字，大心，其名也，傳兼稱之。」

〔三〕「高祖」二句，謂蕭何乃宋蕭叔之後。蕭何爲漢高祖劉邦丞相，爲其争帝出力良多，開國後封酇侯，見本文前注。

〔四〕「宣王」二句，宣王，指漢宣帝；御史，指蕭望之。漢書蕭望之傳：「蕭望之，字長倩，東海蘭陵人也，徙杜陵。」家世以田爲業，至望之好學，京師諸儒稱述焉。射策甲科，爲郎。宣帝拜爲謁者，出爲平原太守，徵入守少府，又爲左馮翊，遷大鴻臚。神爵三年（前五九），「代丙吉爲御史大夫」。班固贊曰：「望之堂堂，折而不橈。身爲儒宗，有輔佐之能，近古社稷臣也。」

太陰所立，皇齊誕聖〔一〕。既創元基，仍集大命〔二〕。謀孫翼子〔三〕，重熙累盛〔四〕。天禄永終〔五〕，南風不競〔六〕。其三

【箋注】

〔一〕「太陰」二句，後漢書何敞傳李賢注引何氏家傳：「六世祖父比干，字少卿，經明行修，兼通法律。爲汝陰縣獄吏決曹掾，平活數千人。後爲丹陽都尉，獄無冤囚，淮汝號曰何公。征和三年

（前九〇）三月辛亥，天大陰雨，比干在家，日中夢貴客車騎滿門，覺以語妻。語未已，而門有老嫗，可八十餘，頭白，求寄避雨，雨甚而衣履不沾漬。雨止，送至門，乃謂比干曰：『公有陰德，今天錫君策，以廣公之子孫。』因出懷中符策，狀如簡，長九寸，凡九百九十枚，以授比干，子孫佩印綬者當如此算。」此謂蕭氏祖上有陰德，故誕育齊國皇帝。

〔二〕「既創」二句，南齊書高帝紀下史臣（蕭子顯）曰：「太祖（蕭道成）基命之初，武功潛用，泰始開運，大拯時艱。……元功振主，利器難以假人，群才戮力，實懷尺寸之望。豈其天厭水行，固已人希木德。歸功與能，事極乎此。雖至公於四海，而運實時來；無心於黄屋，而道隨物變。應而不爲，此皇齊所以集大命也。」

〔三〕「謀孫」句，詩經大雅文王有聲：「豐水有芑。武王豈不仕，詒厥孫謀，以燕翼子。」毛傳：「仕，事。燕及翼，敬也。」鄭玄箋：「詒猶傳也。孫，順也。豐水猶以其潤澤生草，武王豈不以其功業爲事乎？以之爲事，故傳其所以順天下之謀，以安其敬事之子孫，謂使行之也。」孔穎達正義曰：「言豐水之傍有芑菜，豐水是無情之物，猶以潤澤而生菜爲己事，況武王豈不以功業爲事乎？言實以功業爲事，思得澤及後人，故遺傳其所以順天下之謀，以安敬事之子孫。言武王能得順天下，功被來世，後人敬其事者，則得行之，爲人君之道哉。」

〔四〕「重熙」句，文選何晏景福殿賦：「至於帝皇，遂重熙而累盛。」張銑注：「熙，明也。言至於明帝，遂繼文帝之明，故曰重明累盛。」

〔五〕「天禄」句，尚書大禹謨：「欽哉！慎乃有位，敬修其可願！四海困窮，天禄永終。」僞孔傳：「有位，天子位。可願，謂道德之美。困窮，謂天民之無告者。言爲天子，勤此三者，則天之禄籍，長終汝身。」

〔六〕「南風」句，左傳襄公十八年：「晉人聞有楚師，師曠曰：『不害，吾驟歌北風，又歌南風，南風不競，多死聲，楚必不功。』」杜預注：「歌者吹律以詠八風，南風音微，故曰不競也。」此言有齊國運不振，終至衰亡。

惟公載誕，克嗣家聲。千丈多節〔一〕，三年一鳴〔二〕。待時而動，以族而行。才歸晉國〔三〕，璧入秦庭〔四〕。其四

【箋注】

〔一〕「千丈」句，世説新語賞譽：「庾子嵩（顗）目和嶠：森森如千丈松，雖磊砢有節目，施之大廈，有棟梁之用。」

〔二〕「三年」句，史記楚世家：「（伍舉）曰：『有鳥在於阜，三年不蜚不鳴，是何鳥也？』莊王曰：『三年不蜚，蜚將衝天；三年不鳴，鳴將驚人。』」句喻指宇文虙以其族北投後魏。

〔三〕「才歸」句，左傳襄公二十六年：「雖楚有材，晉實用之。」杜預注：「言楚亡臣多在晉。」庾信擬

詠懷二十七首之四：「楚材稱晉用，秦臣即趙冠。」

〔四〕「璧入」句，史記廉頗藺相如列傳：「趙惠文王時，得楚和氏璧。秦昭王聞之，使人遺趙王書，願以十五城請易璧。趙王與大將軍廉頗諸大臣謀，欲予秦，秦城恐不可得，徒見欺；欲勿予，即患秦兵之來。」於是派藺相如入秦，使完璧歸趙。然最終趙亡於秦，故謂璧入秦庭。此以和氏璧喻宇文彪，惜梁不用其才，與上句意同。

苻堅拜首，降天之使〔一〕。陶豫策名，勤王之事〔二〕。任隆起草，榮高近侍〔三〕。赫奕禁門，雍容貂珥〔四〕。其五

【箋　注】

〔一〕「苻堅」二句，晉書載記苻堅上：苻堅，字永固，一名文玉，略陽臨渭氐人。「（苻）健（引者按：苻堅伯父）之入關也，夢天神遣使者朱衣赤冠，命拜堅爲龍驤將軍。健翼日爲壇於曲沃以授之。健泣謂堅曰：『汝祖（按：苻洪）昔受此號，今汝復爲神明所命，可不勉之！』堅揮劍捶馬，志氣感勵，士卒莫不憚服焉。」此喻指宇文彪入魏後假龍驤將軍，言乃天神所授。苻，原作「符」，徑改。

〔二〕「陶豫」二句，陶豫，其人未詳。疑「豫」乃「侃」之誤。陶侃，已見本文前注。策名，左傳僖公二

十三年:「策名委質,貳乃辟也。」杜預注:「名書於所臣之策,屈膝而君事之,則不可以貳辟罪也。」孔穎達正義:「策,簡策也。質,形體也。古之仕者,於所臣之人書己名於策,以明係屬之也。拜則屈膝而委身體於地,以明敬奉之也。名係於彼所事之君,則不可以貳心辟罪。」勤王,周禮春官大宗伯:「以賓禮親邦國。賓禮之别有八:……秋見曰覲。」鄭玄注:「覲之言勤也,欲其勤王之事。」按晉書陶侃傳,侃嘗遷龍驤將軍、武昌太守。官至太尉,封長沙郡公。薨,成帝下詔曰:「……作藩於外,八州肅清;勤王於内,皇家以寧。」

〔三〕「任隆」二句,指宇文彪入魏後任給事中、中書侍郎,已見本文前注。給事中掌顧問應對,乃近侍官。中書侍郎掌起草詔令。文獻通考卷五一中書省侍郎:「魏黄初初,中書既置監令,又置通事郎(原注:魏志曰:掌詔草,即漢尚書郎之位),……後改通事郎爲中書侍郎。」

〔四〕「赫奕」二句,文選何晏景福殿賦:「故其華表則鎬鎬鑠鑠,赫奕章灼,若日月之麗天也。」李善注:「赫奕、章灼,皆光顯昭明也。」雍容,和緩貌。貂珥,即珥貂。文選左思詠史八首其二:「金張藉舊業,七葉珥漢貂。」李善注:「珥,插也。董巴輿服志曰:『侍中、中常侍冠武弁,貂尾爲飾。』」

日暮青瑣,夕郎之職〔一〕。法駕畢陳,黄門次直〔二〕。帝王之盛,誠在農殖〔三〕。如京如坻〔四〕,我黍我稷〔五〕。其六

【箋注】

〔一〕「日暮」二句，青瑣，即東漢青瑣門，謂户邊刻爲瑣文，而以青飾之（前已注）。此代指宫殿。夕郎，即黄門侍郎。後漢書百官志：「黄門侍郎六百石。」劉昭注引漢舊儀曰：「黄門郎，屬黄門令，日暮入，對青瑣門拜，名曰夕郎。」言宇文彪在徐州平定後遷黄門侍郎。

〔二〕「法駕」二句，畢，原作「華」，形訛，據英華、四子集、全唐文改。法駕，文選班固西都賦：「於是乘鑾輿，備法駕。」李善注引司馬彪曰：「法駕，六馬也。」次直，依次輪值。

〔三〕「帝王」二句，言帝王重農。指宇文彪在後魏累遷大司農事，見本文前注。

〔四〕「如京」句，詩經小雅甫田：「曾孫之庾，如坻如京。」毛傳：「京，高丘也。」鄭玄箋：「坻，水中之高地也。」孔穎達正義：「曾孫成王所税得米粟之庾，其堆高大如渚坻、如丘京也。」

〔五〕「我黍」句，詩經小雅楚茨：「我黍與與，我稷翼翼。」鄭玄箋：「黍與與、稷翼翼，蕃廡貌。」孔穎達正義：「我所種之黍與與然，我所種之稷翼翼然，蕃茂盛大，皆得成就。」以上二句，言宇文彪爲大司農，糧食連年豐收。

吴王舊國，採山鑄錢〔一〕。公爲中正，佩以韋弦〔二〕。夏禹遺跡，今來潁川〔三〕。公爲太守，示以蒲鞭〔四〕。其七

【箋　注】

〔一〕「吴王」二句，指吴王濞。漢書吴王濞傳：「劉濞，高帝兄仲之子。立爲吴王，王三郡五十三城。孝惠高后時，天下初定，郡國諸侯各務自拊循其民。吴有豫章郡銅山，即招致天下亡命者盜鑄錢，東煮海水爲鹽，以故無賦，國用饒足。」後擁兵反，被殺。濞都廣陵城，即揚州。此言漢代吴國乃富庶之地。

〔二〕「公爲」二句，指宇文彪任後魏揚州大中正，見本文前注。韋弦，韓非子卷八觀行：「西門豹之性急，故佩韋以緩己；董安于之心緩，故佩弦以自急。故以餘補不足、以長續短之謂明主。」韋柔韌而弦緊直，故佩以自警。三國志魏書劉廙傳：「且韋弦非能言之物，而聖賢引以自匡。臣才智闇淺，願自比於韋弦。」此言揚州雖多金之地，然宇文彪常自警惕，不爲所動，故舉薦公正。

〔三〕「夏禹」二句，指永熙二年（五三三）宇文彪爲潁川太守事，見本文前注。漢書地理志上：「潁川郡，縣二十，其中有陽翟。原注：「夏禹……國，周末韓景侯自新鄭徙此。……（王）莽曰潁川。」注引應劭曰：「夏禹都也。」顔師古注：「陽翟，本禹所受封耳。」」

〔四〕「示以」句，言爲太守寬厚。後漢書劉寬傳：「劉寬，字文饒，弘農華陰人也。」桓帝時大將軍梁冀辟，五遷司徒長史。再遷，出爲東海相。延熹八年（一六五），徵拜尚書令，遷南陽太守。「典歷三郡，温仁多恕，雖在倉卒，未嘗疾言遽色。常以爲齊之以刑，民免而無恥。吏人有過，但用蒲鞭罰之，示辱而已，終不加苦事。」蒲鞭，蒲草所做鞭。

齊稱東帝〔一〕，周稱西伯〔二〕。諸侯謀王，天子下席〔三〕。公之忠義，如彼松柏〔四〕。其八

【箋注】

〔一〕「齊稱」句，史記穰侯列傳：「昭王十九年（前二八八），秦稱西帝，齊稱東帝。月餘，呂禮來，而齊、秦各復歸帝爲王。」同書魏世家：「八年，秦昭王爲西帝，齊湣王爲東帝。月餘，皆復稱王歸帝。」又見同書秦本紀。

〔二〕「周稱」句，史記周本紀：「古公卒，季歷立，是爲公季。公季修古公遺道，篤於行義，諸侯順之。公季卒，子昌立，是爲西伯，西伯曰文王。」以上二句，指後魏分裂爲西魏、東魏，各自稱帝，見本文前注。

〔三〕「諸侯」二句，戰國策卷六趙襄子：「昔齊威王嘗爲仁義矣，率天下諸侯而朝周。周貧且微，諸侯莫朝，而齊獨朝之。居歲餘，周烈王崩，諸侯皆弔，齊後往。周怒，赴於齊，曰：『天崩地拆，天子下席。東藩之臣田嬰齊後至，則斮之。』威王勃然怒曰：『叱嗟！而母婢也，卒爲天下笑。』故生則朝周，死則叱之，誠不忍其求也。彼天子固然，其無足怪。」吴師道補正引（史記魯仲連列傳）索隱云：「下席，言其寢苫居廬。謂烈王太子安王驕也。」又引史記正義云：「而母婢，罵烈王后也。」兩句指權臣高歡、宇文泰後人，又分别滅東魏、西魏，而建立北齊、北周。按：高歡第二子高洋於東魏孝静帝武定八年（五五〇）五月，廢孝静帝自立，國號齊（史稱北

齊），改元天保；宇文泰第三子宇文覺於西魏恭帝拓跋廓三年（五五六）十二月滅西魏，次年正月建立周（史稱北周）。其事分别詳北齊書文宣紀、周書孝閔帝紀。

〔四〕「公之」二句，論語子罕：「子曰：歲寒，然後知松柏之後雕也。」何晏集解：「大寒之歲，衆木皆死，然後知松柏不雕傷。平歲則衆木亦有不死者，故須歲寒而後别之，喻凡人處治世亦能自修整，與君子同，在濁世然後知君子之正不苟容。」之，原作「子」，誤。兩句謂宇文彪始終忠於後魏，嘗護衛魏孝武帝奔長安，又曾與宇文泰抗禮，故謂其「忠義」之節，堅貞有如松柏。

發自新邑〔一〕，歸於陸海〔二〕。魏德雖衰，天命未改〔三〕。功成晉鄭〔四〕，爲而不宰〔五〕。寵茂山河，於是乎在。其九

【箋　注】

〔一〕「發自」句，指宇文彪由新邑出發，一直護衛魏孝武帝西奔。新邑，後魏都城，太祖拓跋珪建。魏書太祖紀：天興六年（四〇三）九月，「行幸南平城，規度灅南，面夏屋山，背黄瓜堆，將建新邑」。資治通鑑卷一一三晉紀安皇帝：元興二年（四〇三）九月，「魏主（拓跋）珪如南平城」。胡三省注：「（晉）愍帝建興元年（三一三），代公猗盧城盛樂以爲北都，修故平城以爲南都，更南百里於灅水之陽黄瓜堆築新平城，所爲南平城也。唐朔州西南有新城，即其地。」按：新平

城，在今山西山陰縣北。至東魏孝静帝興和元年（五三九），方遷都於鄴，見魏書孝静紀及天象志一之四。

〔二〕「歸於」句，陸海，代指長安。漢書東方朔傳：「漢興，去三河之地，止霸産以西，都涇渭之南，此所謂天下陸海之地。」顔師古注：「高平曰：陸，關中地高，故稱陸耳。海者，萬物所出。言關中山川物産饒富，是以謂之陸海也。」此謂宇文彪護送出帝（孝武帝）西奔長安事，詳本文前注。

〔三〕「魏德」二句，孝武帝到長安投宇文泰，爲其所殺，而擁立元寶炬，是爲西魏文帝，元魏皇統仍在，故謂「天命未改」。

〔四〕「功成」句，左傳隱公六年：「周桓公言於王曰：『我周之東遷，晉鄭焉依。』」杜預注：「周桓公，周公黑肩也。周采地扶風雍縣東北有周城。幽王爲犬戎所殺，平王東徙，晉文侯、鄭武公左右王室，故曰晉鄭焉依。」孔穎達正義：「平王以西都偪戎，晉文侯、鄭武公來輔，平王東遷洛邑。」此以晉文侯、鄭武公輔周平王東遷，喻宇文彪佐孝武帝西奔長安之功。

〔五〕「爲而」句，老子：「生而不有，爲而不恃，長而不宰，是謂玄德。」河上公注：「道生萬物，無所取有；道所施爲，不恃望其報也。道長養萬物，不宰割以爲器用。」又王弼注：「不塞其原，則物自生，何功之有？不禁其性，則物自濟，何爲之恃？物自長足，不吾宰成，有德無主，非玄而何？」王注義勝。

亞夫真將〔一〕,去病元勳〔二〕。持兵對揖,絶漠行軍〔三〕。尚書武庫,抑有前聞〔四〕。侍中重席,曾何足云〔五〕。其十

【箋注】

〔一〕「亞夫」句,亞夫,即周亞夫。真將,謂「真可任將」。漢書周勃傳附周亞夫傳:「周勃,沛人也,其先卷人。」封絳侯,爲丞相。「弟亞夫,復爲侯。」文帝拜亞夫爲中尉,且崩時,戒太子曰:「即有緩急,周亞夫真可任將兵。」文帝崩,亞夫爲車騎將軍。孝景帝三年(前一五四),吳楚反,亞夫以中尉爲太尉,東擊吳楚。

〔二〕「去病」句,漢書霍去病傳:「霍去病,大將軍(衛)青姊少兒子也。」以皇后姊子,年十八,爲侍中。善騎射,爲票姚校尉,從大將軍衛青,以斬首捕虜再冠軍,封冠軍侯。爲票騎將軍,數征匈奴,戰功卓著。元狩六年(前一一七)薨,爲冢象祁連山,謚曰景桓侯。

〔三〕「持兵」二句,對揖,平揖,不分高低。以上四句,謂周亞夫、霍去病皆傑出將領,若論統兵沙漠作戰,二人才能相當,以喻指宇文彪。

〔四〕「尚書」二句,晉書杜預傳:「復拜度支尚書。……預在内七年,損益萬機,不可勝數,朝野稱美,號曰『杜武庫』」,言其無所不有也。」按:此蓋指宇文彪於西魏文帝大統九年(五四三)遷五兵尚書事,見上文。

〔五〕「侍中」二句，宇文彪於西魏文帝大統十六年（五五〇）遷侍中，見上文。重席，多層坐席。禮記禮器：「天子之席五重，諸侯之席三重，大夫再重。」席層越多越尊貴，故後世遂不遵古制。藝文類聚卷四六殷氏世傳：「諸儒講論，勝者賜席，（殷）亮重席至八九。」按後漢書戴憑傳：「……拜憑虎賁中郎將，以侍中兼領之。正旦朝賀，百僚畢會，帝令羣臣能説經者更相難詰，義有不通，輒奪其席以益通者，憑遂重坐五十餘席。故京師爲之語曰：『解經不窮戴侍中。』」以上四句，以杜預、戴憑喻指宇文彪，言其治政、學問皆出衆。

當途遜位〔一〕，有周經野〔二〕。二國唐虞〔三〕，兩朝裴賈〔四〕。出守馮翊，人無訟者〔五〕。受封於齊〔六〕，實匡天下。其十一

【箋注】

〔一〕「當途」句，當途，指西魏恭帝拓跋廓。西魏文帝元寶炬死後，太子元欽即位，是爲廢帝。廢帝三年（五五四），宇文泰廢之，立恭帝拓跋廓。遜位，指恭帝三年（五五六）十二月遜位於宇文泰第三子宇文覺，宇文覺於是建立周（史稱北周），已見前注。

〔二〕「有周」句，有周，指北周。經野，周禮天官冢宰：「惟王建國，……體國經野。」鄭玄注：「體猶分也。經，謂爲之里數。鄭司農云：營國方九里，國中九經九緯，左祖右社，面朝後市。野則

九夫爲井，四井爲邑之屬是也。」此謂統治國家。

〔三〕「二國」句，二國，指西魏、北周；唐虞，即堯舜。謂二國禪讓，有如堯舜。尚書舜典：「曰若稽古，帝舜曰重華，協於帝。」僞孔傳：「華謂文德。言其光文重合於堯，俱聖明。」此乃溢美之詞。

〔四〕「兩朝」句，亦指西魏和北周。裴，即本文前所謂「魏、晉之順大名，裴、王建功於二代」之「裴」，亦即裴徽、裴楷等裴氏家族；賈，即前所謂「在魏則賈詡、荀攸」之「賈」，即賈詡，并參前注。此喻宇文彪，謂其有功於兩朝，有如裴、賈之於魏、晉。

〔五〕「出守」二句，指宇文彪於廢帝三年（五五四）出爲華州刺史事，見本文前注。無訟者，後漢書陳寔傳：「除太丘長，修德清静，百姓以安，……亦竟無訟者。」

〔六〕「受封」句，指北周武成三年（五六一）進封宇文彪爲青州齊郡公事，見本文前注。

晨占赤鳥〔一〕，夜辨黄熊〔二〕。曾參易簀，期於令終〔三〕。子囊城郢，殁有遺忠〔四〕。明君輟朝，群臣會同〔五〕。其十二

【箋　注】

〔一〕「晨占」句，左傳哀公六年：「是歲也，有雲如衆赤鳥，夾日以飛，三日。楚子使問諸周大史，周大史曰：『其當王身乎？若禜之，可移於令尹、司馬。』王曰：『除腹心之疾，而寘諸股肱，何

益？不穀不有大過，天其夭諸，有罪受罰，又焉移之？』遂弗禜。……孔子曰：『楚昭王知大道矣，其不失國也宜哉！』」此謂宇文彪患疾。烏，原作「烏」。英華作「烏」，校：「集作烏。」據上引左傳，作「烏」是，據英華所校集本改。

〔二〕「夜辨」句，左傳昭公七年：「鄭子產聘於晉。晉侯疾，韓宣子逆客，私焉，曰：『寡君寢疾，於今三月矣，並走群望，有加而無瘳。今夢黄熊入於寢門，其何厲鬼也？』對曰：『以君之明，子爲大政，其何厲之有？昔堯殛鯀於羽山，其神化爲黄熊，入於羽淵，實爲夏郊，三代祀之。晉爲盟主，其或者未之祀乎？』韓子祀夏郊，晉侯乃間，賜子產莒之二方鼎。」此謂宇文彪患疾後嘗祭祀鬼神，以求痊癒。

〔三〕「曾參」二句，禮記檀弓上：「曾子寢疾，病，樂正子春坐於牀下，曾元、曾申坐於足，童子隅坐而執燭。童子曰：『華而睆，大夫之簀與？』子春曰：『止。』曾子聞之，瞿然曰：『呼。』曰：『華而睆，大夫之簀與。』曾子曰：『然，斯季孫之賜也，我未之能易也。元起易簀。』曾元曰：『夫子之病革矣，不可以變。幸而至於旦，請敬易之。』曾子曰：『爾之愛我也不如彼。君子之愛人也以德，細人之愛人也以姑息。吾何求哉，吾得正而斃焉，斯已矣。』舉扶而易之，反席未安而没。」鄭玄注：「華，畫也。簀，謂牀笫也。説者以睆爲刮節目，字或爲刮。」按：易簀，謂换去權臣季孫所賜之牀，以示「期於令終」。令終，善終也。後以「易簀」代指死。

〔四〕「子囊」二句，左傳襄公十四年：「楚子囊還自伐吴，卒。將死，遺言謂子庚：『必城郢。』君子謂子囊忠：君薨不忘增其名，將死不忘衛社稷，可不謂忠乎？忠，民之望也。詩曰：『行歸于周，萬民所望。』忠也。」杜預注「城郢」事曰：「楚徙都郢，未有城郭，公子燮、公子儀因築城爲亂，事未得訖。子囊欲訖而未暇，故遺言見意。」按：左傳成公十五年杜預注：「子囊，（楚）莊王子公子貞。」

〔五〕「明君」二句，明君，指北周武帝宇文邕。輟朝，停止上朝，以示哀悼。此即前文所謂墓主死後「天子罷朝，群臣赴弔」。君，英華校：「集作主。」亦通。朝，英華作「祭」；群，同書作「郡」，皆誤。

黄屋左纛，輕車介士〔一〕。朝發桐鄉〔二〕，暮歸蒿里〔三〕。積善餘慶，由來尚矣。公侯子孫，必復其始〔四〕。其十三

【箋注】

〔一〕「黄屋」二句，漢書霍光傳：「光薨，『載光尸柩以輼輬車，黄屋左纛，發材官輕車、北軍五校士軍陳至茂陵，以送其葬』。」按同書高帝紀上：「紀信乃乘王車，黄屋左纛。」注引李斐曰：「天子車，以黄繒爲蓋裏，纛，毛羽幢也，在乘輿車衡左方上注之。」又按後漢書輿服志上曰：「飾黄屋左纛，所以副其德、章其功也。」

〔二〕「朝發」句，漢書朱邑傳：「朱邑，字仲卿，廬江舒人也。」舉賢良，爲大司農丞。遷北海太守，以治行第一入爲大司農。爲人淳厚，篤於故舊，然性公正，不可交以私，天子器之，朝廷敬焉。「邑病且死，屬其子曰：『我故爲桐鄉吏，其民愛我，必葬我桐鄉。後世子孫奉嘗我，不如桐鄉民。』及死，其子葬之桐鄉西郭外，民果然共爲邑起冢立祠，歲時祠祭，至今不絶。」此代指宇文彪葬地少陵原。

〔三〕「暮歸」句，漢書武五子傳：「蒿里召兮郭門閲。」顔師古注：「蒿里，死人里。」指墓地。

〔四〕「公侯」二句，左傳閔公元年：「公侯之子孫，必復其始。」孔穎達正義：「公侯之子孫，必當復其初始，言此人子孫又將爲公侯也。」侯，英華校：「集作之。」此乃泛論，作「侯」義勝。

大周明威將軍梁公神道碑〔一〕

蓋聞君爲元首，臣作股肱〔二〕。或論道三槐〔三〕，或折衝千里〔四〕。至有道存俎豆〔五〕，藝總干戈〔六〕，高視翰墨之英〔七〕，猶布爪牙之旅〔八〕。究青編於學府，業有多聞〔九〕；受黄石於兵符，算無遺策〔一〇〕。故得九功咸叙〔一一〕，七德攸彰〔一二〕。文武不墜，公實兼美。

【箋注】

〔一〕梁公，即梁待賓，兩唐書無傳。碑稱墓主嗣子梁去疑遷葬於武周長壽二年（六九三）二月，本文當作於此前後。大周，原作「後周」，據全唐文卷一九五改。英華卷九〇六於題下注：「集無。」此可有兩種解讀：一是原編本盈川集無此文，乃英華編者由他處補入；二是宋初所傳盈川集有闕佚，非唐代原編之舊，故闕此文。孰是，已不可詳。

〔二〕「蓋聞」二句，尚書益稷：「帝曰：臣作朕股肱耳目。」又曰：「帝庸作歌曰：『敕天之命，惟時惟幾。』乃歌曰：『股肱喜哉，元首起哉，百工熙哉！』」僞孔傳：「元首，君也。」按：股，大腿；肱，胳膊，喻輔佐大臣與君同體。

〔三〕「或論道」句，周禮冬官考工記：「坐而論道，謂之王公。」鄭玄注：「天子、諸侯。」同書秋官朝士：「掌建邦外朝之法。左九棘，孤卿大夫位焉，群士在其後；右九棘，公侯伯子男位焉，群吏在其後。面三槐，三公位焉。」鄭玄注：「槐之言懷也。懷來人於此，欲與之謀。」三公，尚書周官：「太師、太傅、太保，兹惟三公，論道經邦，燮理陰陽。」

〔四〕「或折衝」句，晏子春秋卷五内篇雜上：「仲尼聞曰：夫不出於尊俎之間，而知千里之外，其晏子之謂也，可謂折衝矣。」漢書李尋傳：「夫本彊則精神折衝，本弱則招殃致凶，爲邪謀所陵。」顔師古注：「折衝，言有欲衝突爲害者，則能折挫之。」

〔五〕「至有」句，論語衛靈公：「孔子對曰：俎豆之事，則嘗聞之矣。」何晏集解引孔（安國）曰：「俎豆，禮器。」此代指禮，泛指文。

〔六〕「藝總」句，禮記文王世子：「春夏學干戈。」鄭玄注：「干，盾也；戈，句孑戟也。干戈萬舞，象武也。」

〔七〕「高視」句，翰墨，筆墨，張衡歸田賦：「揮翰墨以奮藻。」代指文章。翰墨之英，猶言著名作家。

〔八〕「猶布」句，詩經小雅祈父：「予王之爪牙。」鄭玄箋「爪牙」爲「勇力之士」。漢書陳湯傳：「戰克之將，國之爪牙，不可不重也。」猶，全唐文作「獨」。

〔九〕「究青編」二句，青編，竹簡書，泛指書籍。文選任昉爲范始興作求立太宰碑表：「藏諸名山，則陵谷遷貿；府之延閣，則青編落簡。」李善注「青編」：「尚書有青絲編目録。」論語述而：「多聞，擇其善者而從之。」兩句謂讀書勤苦，學問廣博。

〔一〇〕「受黄石」二句，史記留侯世家：「……（張）良夜未半往。有頃，父（按：指黄石公）亦來，喜曰：『當如是。』出一編書，曰：『讀此，則爲王者師矣。後十年興，十三年孺子見我濟北穀城山下，黄石即我矣。』遂去，無他言，不復見。旦日視其書，乃太公兵法也。」遺策，史記主父偃傳：「明主不惡切諫以博觀，忠臣不敢避重誅以直諫，是故事無遺策，而功流萬世。」又文選曹植王仲宣誄：「算無遺策，畫無失理。」李善注引孟子曰：「計及下者無遺策。」張翰注：「言計策必中也。」兩句指精通兵法、足智多謀之人。

〔一一〕「故得」句，尚書大禹謨：「水、火、金、木、土、穀惟修，正德、利用、厚生惟和，九功惟叙，九叙惟歌。」僞孔傳謂「九功」即上所謂六府三事：水、火、金、木、土、穀爲「六府」；正德、利用、厚生爲「三事」。咸叙，謂皆有次叙，而無敗壞。

〔三〕「七德」句，左傳宣公十二年：楚子曰：「夫文，止戈爲武。武王克商，……又作武，其卒章曰：『耆定爾功。』其三曰：『鋪時繹思，我徂維求定。』其六曰：『綏萬邦，屢豐年。』夫武，禁暴、戢兵、保大、定功、安民、和衆、豐財者也。」杜預注：「此武七德。」彰，顯也。按：以上由文、武兩途對應分述，謂梁待賓乃文武全才，可爲人君股肱大臣。

公諱待賓，安定臨涇人也〔一〕。竦以英才遠邁，知州縣之徒勞〔二〕；鴻以抗節遐征，覽帝京而有作〔三〕。由是五噫標興，播金石而騰徽〔四〕；七貴承榮，綰銀黄而疊茂〔五〕。貞規盛烈，映史凝圖；粗紀詠歌〔六〕，無俟詳確。

【箋注】

〔一〕「安定」句，元和郡縣志卷三涇州：「(秦)始皇分三十六郡，屬北地郡。漢分北地郡置安定郡，即此是也。……後魏太武帝神䴥三年(四三〇)，於此置涇州，因水爲名。隋大業三年(六〇七)，改爲安定郡。……武德元年(六一八)，……改安定郡爲涇州。」管縣五，臨涇乃其一。按：涇州古城遺址，在今甘肅平涼市涇川縣城北。

〔二〕「竦以」二句，後漢書梁統傳附梁竦傳：梁竦，字叔敬，安定烏氏人。少習孟氏易。坐兄松事，徙九真。「顯宗後詔聽還本郡。竦閉門自養，以經籍爲娱，著書數篇。……竦生長京師，不樂本土，自負其才，鬱鬱不得意。嘗登高遠望歎息，言曰：『大丈夫居世，生當封侯，死當廟食，如其不然，閒居可以養志，詩書足以自娛，州郡之職，徒勞人耳。』後辟命交至，并無所就。」

〔三〕「鴻以」二句，後漢書梁鴻傳：「梁鴻，字伯鸞，扶風平陵人也。受業太學，家貧而尚節介，博覽無不通，而不爲章句學。娶醜女孟光爲妻，「共入霸陵山中，以耕織爲業，詠詩書、彈琴以自娛」。有作，指作五噫之歌。同上又曰：「（梁鴻）因東出關，過京師，作五噫之歌，曰：『陟彼北芒兮，噫！顧覽帝京兮，噫！宮室崔嵬兮，噫！人之劬勞兮，噫！遼遼未央兮，噫！』肅宗聞而非之，求鴻不得，乃易姓運期，名燿，字侯光，與妻子居齊魯之間。有頃又去，適吳。將行，作詩曰：『逝舊邦兮遐征，將遥集兮東南。……』」征，原作「徑」，英華同，形訛，據四子集、全唐文、四庫全書本及上引改。抗，英華作「杭」，亦形訛。

〔四〕「由是」二句，梁鴻作五噫之歌，見上注。金石，泛指樂器。播金石，謂已入樂，爲人所歌。徽，尚書舜典：「慎徽五典。」僞孔傳：「徽，美也。」

〔五〕「七貴」二句，後漢書梁統傳附梁竦傳：「（竦）有三男三女，肅宗納其二女，皆爲貴人。小貴人生和帝，竇皇后養以爲子，而竦家私相慶。後諸竇聞之，恐梁氏得志，終爲己害，建初八年（八三），遂譖殺二貴人，而陷竦等以惡逆。詔使漢陽太守鄭據傳考竦罪，死獄中，家屬復徙九真。」和帝即位，爲梁氏平反，死者皆追封，「徵還竦妻子，封子棠爲樂平侯，棠弟雍乘氏侯，雍弟翟單父侯」，「諸梁內外以親疏，并補郎、謁者」。七貴，指梁竦子梁雍「一門前後七封侯」（同上梁冀傳），故曰「承榮」。七封侯，資治通鑑卷五四述此事，胡三省注曰：「冀祖雍封乘氏侯，冀封襄邑侯，及嗣乘氏侯，又封其子胤襄邑侯，弟不疑潁陽侯，蒙西平侯，不疑子馬潁陰侯，胤子桃城父侯，是七封侯也。」銀黃，文選劉孝標廣絶交論：「早綰銀黃，夙昭民譽。」李周翰注：「綰，貫也。銀黃，謂銀印黃綬也。」疊茂，長盛不衰。

〔六〕「粗紀」句，粗，原作「映」，據英華、全唐文改。粗紀，謂對梁氏祖先，僅略舉此二例而已。

高祖禦，後魏駙馬都尉、侍中、少保、金紫光禄大夫、揚州總管，贈太尉，謚昭公，食邑二千户〔一〕。銀牓增輝〔二〕，玉壺流渥〔三〕。位隆三少〔四〕，化浹五胥〔五〕。既而幽壠埋魂，終降槐庭之贈〔六〕；高門納駟，式居茅土之封〔七〕。曾祖睿，宇文周駙馬都尉、鄜秦二州總管、光禄大夫、兵部尚書，隋益州總管，蔣國公，贈司空，食邑三千户〔八〕。白水時清，乳虎之謠行息〔九〕；禄符垂異，扣馬之諫必申〔一〇〕。加以主西序之群英，名高八座〔一一〕；遵文翁之遺訓，學富三巴〔一二〕。茂先榮級，忽光泉壤〔一三〕；漢祖寵章，永有帶礪〔一四〕。祖海，隋沙州刺史、上柱國公〔一五〕。踐仲寧之餘躅，奸邪歛手〔一六〕；簽孝仁之遠蹤，群胡革面〔一七〕。連州跨郡，邁陶氏之隆基〔一八〕；開國承家，掩張門之累葉〔一九〕。父贊，隋左千牛備身，驪山府上騎、柱國，唐朝豐王府諮議，雲州司馬、冀州長史，蔣國公〔二〇〕。襲良弓於簪笏，榮侍紫宮〔二一〕；翼雕戟於巖廊，肅趨丹地〔二二〕。西園坐讌，侶明月而飛文〔二三〕；北土行康，望浮雲而展足〔二四〕。

【箋注】

〔一〕「高祖禦」至「二千户」，周書梁禦傳：「梁禦，字善通，其先安定人也，後因官北邊，遂家於武川，改姓爲紇豆陵氏。……少好學，進趨詳雅，及長，更好弓馬。尒朱天光西討，知禦有志略，引爲左右，授宣威將軍、都將。共平關右，除鎮西將軍，東益州刺史。……轉征西將軍、金紫光禄大夫。……（西魏文帝）大統元年（五三五），轉右衛將軍，進爵信都縣公，邑一千户。尋授尚書右僕射。從太祖（宇文泰）復弘農，破沙苑，加侍中、開府儀同三司。進爵廣平郡公，增邑一千五百户。出爲東雍州刺史。爲政舉大綱而已，民庶稱焉。四年（五三八），薨於州。……贈太尉、尚書令、雍州刺史，謚曰武昭。」東雍州，碑謂揚州，未詳孰是。總管，通典卷三二：「後周改（後魏）都督諸軍事爲總管，則總管爲都督之任矣。」

〔二〕「銀牓」句，神異經中荒經：「東方有宫，青石爲牆，高三仞，左右闕高百丈，畫以五色，門有銀牓，以青石碧鏤，題曰『天帝長男之宫』。」梁禦在後魏時尚主爲駙馬都尉，故云。

〔三〕「玉壺」句，太平御覽卷七六一壺引搜神記曰：「吴王夫差女悦童子韓重，結氣死。形見重，將入冢，取崑崙玉壺與之。」渥，恩情深厚。此言梁禦與公主夫婦情深。

〔四〕「位隆」句，漢書賈誼傳載陳政事疏：「於是爲置三少，皆上大夫也，曰少保、少傅、少師，是與太子宴者也。」顏師古注：「宴，謂安居。」梁禦嘗官少保，故云。

〔五〕「化浹」句，化浹，指讓後魏皇帝之教化遍及。五胥，五個華胥氏國。列子卷二黃帝：「黃帝……閒居大庭之館，齋心服形，三月不親政事。晝寢而夢，遊於華胥氏之國。……其國無師長，自然而已；其民無嗜慾，自然而已。不知樂生，不知惡死，故無殀殤。不知親己，不知疏物，故無愛憎。不知背逆，不知向順，故無利害。都無所愛惜，都無所畏忌。……（黃帝）又二十有八年，天下大治，幾若華胥氏之國。」

〔六〕「既而」二句，埋魂，謂死。庾信思舊銘：「烈士埋魂，即是將軍之墓。」槐庭之贈，謂贈太尉。古以太尉、司徒、司空爲三公，面三槐論道，見本文前注。

〔七〕「高門」二句，漢書于定國傳：「始，定國父于公，其閭門壞，父老方共治之。于公謂曰：『少高大門閭，令容駟馬高蓋車。我治獄多陰德，未嘗有所冤，子孫必有興者。』」同書龔勝傳：「朝廷虛心，待君以茅土之封。」茅土，尚書禹貢僞孔傳：「王者封，五色土爲社。建諸侯則各割其方色土與之，使立社，燾以黃土，苴以白茅。茅取其潔，黃取王者覆四方。」梁禦爵爲廣平郡公，故云。

〔八〕「曾祖」至「三千户」，梁睿，按周書梁禦傳：梁禦薨，「子睿襲爵。（北周武帝）天和中，拜開府儀同三司。以預佐命有功，進蔣國公。（北周静帝）大象末，除益州總管，加授柱國。睿將之任，而王謙舉兵，拒不授代。仍詔睿爲行軍元帥討謙，破之，進位上柱國」。又隋書梁睿傳：

「梁睿，字恃德，安定烏氏人也。父禦，西魏太尉。……魏恭帝時，加開府，改封爲五龍郡公，拜渭州刺史。(北)周閔帝受禪，徵爲御伯。未幾，出爲中州刺史，鎮新安以備(北)齊。齊人來寇，睿輒挫之，帝甚嘉歎，拜大將軍，進爵蔣國公。入爲司會。」隋高祖總百揆，睿代王謙爲益州總管。王謙作亂，高祖命睿爲行軍元帥，討平之，進位上柱國，總管如故。徵還京師，卒，謚曰襄。大業六年(六一〇)，改謚戴公。「宇文周駙馬都尉」，「宇文周」指宇文氏取代西魏所建之周，史稱北周或後周。駙馬都尉，當指梁睿尚北周閔帝宇文覺之女。覺爲宇文泰第三子，於公元五五七年代西魏稱帝，事詳周書孝閔帝紀。益州總管，隋書地理志上蜀郡原注：「蜀郡，舊置益州，開皇初廢。後周置總管府。開皇三年(五八三)置西南道行臺省。三年，復置總管府。大業元年(六〇五)府廢。」

〔九〕「白水」二句，白水，黄河初發源之水色，代指黄河。爾雅釋水：「河出崑崙虚，色白。所渠并千七百一川，色黄。」郭璞注：「山海經曰：河出崑崙西北隅。虚，山下基也。潛流地中，汩漱沙壤，所受渠多，衆水溷淆，宜其濁黄。」後漢書張衡傳載思玄賦：「斟白水以爲漿。」李賢注引河圖曰：「崑山出五色流水，其白水東南流入中國，名爲河也。」時清，太平御覽卷六一河引拾遺記曰：「黄河千年一清，聖人之大瑞也。」此謂時政清明。乳虎之謠，史記酷吏列傳義縱傳：「寧成家居，上欲以爲郡守。御史大夫(公孫)弘曰：『臣居山東爲小吏時，寧成爲濟南都尉，其治如狼牧羊，成不可使治民。』上乃拜成爲關都尉。歲餘，關東吏隸郡國出入關者，號曰：『寧見乳虎，無值寧成之怒。』」此謂民無酷吏之害。虎，原作「武」，避唐諱，四庫全書本已改，是，茲據改。

〔一〇〕「禄符」二句，禄符，司禄之符。史記天官書：「斗魁戴匡六星曰文昌宮。一曰上將，二曰次將，三曰貴相，四曰司命，五曰司中，六曰司禄。在斗魁中，貴人之牢。魁下六星，兩兩相比者，名曰三能。三能色齊，君臣和，不齊爲乖戾。」索隱引孟康曰：「六符，六星之符驗也。」此以六星中主司禄之星爲禄符。垂異，言三能（台）色不齊，爲乖戾。扣馬之諫，此指重視農耕之請。史記趙世家：「十六年，（趙）肅侯游大陵，出於鹿門，大戊午扣馬曰：『耕事方急，一日不作，百日不食。』肅侯下車謝。」兩句謂梁睿時艱則關心國計民生。禄符垂異，英華作「光禄武垂異」，「光」字衍，「武」字誤。

〔一一〕「加以」二句，序，原作「子」，據四子集、全唐文改。西序，指尚書省都堂之西。通典卷二二尚書省：「神龍初復爲尚書省，都堂居中，左右分司。都堂之東，有吏部、户部、禮部三行，每行四司，左司統之；都堂之西，有兵部、刑部、工部三行，每行四司，右司統之。」主西序，指梁睿嘗爲兵部尚書。八座，同上歷代尚書附八座：「後漢以六曹尚書（按：三公曹尚書二人，吏曹、二千石曹、民曹、客曹尚書各一人）并令、僕二人，謂之八座。魏以五曹（按：吏部、左民、客曹、五兵、度支）尚書、二僕射、一令爲八座，宋、齊八座與魏同。隋以六尚書（按：吏、禮、兵、刑、户、工六部尚書）、左右僕射及令爲八座，大唐與隋同。」

〔一二〕「遵文翁」二句，漢書循吏傳：「文翁，廬江舒人也。……景帝末，爲蜀郡守，仁愛好教化。見蜀地辟陋有蠻夷風，文翁欲誘進之，乃選郡縣小吏開敏有材者張叔等十餘人親自飭厲，遣詣京師，受業博士，或學律令。……又修起學官於成都市中，招下縣子弟以爲學官弟子。……繇是大化，蜀地學於京師者比齊魯焉。」三巴，華陽國志卷一巴志：「獻帝初平元年（一九〇），征東中郎將安漢趙潁建議分巴爲二郡，潁欲得巴舊名，故白益州牧劉璋以墊江以上爲巴郡，江南龐羲爲太守，治安漢。以江州至臨江爲永寧郡，朐忍至魚復爲固陵郡，巴遂分矣。建安六年（二〇一），魚復蹇胤白璋争巴名，璋乃改永寧爲巴郡，以固陵爲巴東，徙羲爲巴西太守，是爲三巴。」兩句言梁睿爲益州總管時興學重教。

〔一三〕「茂先」二句，晉書張華傳：「張華，字茂先，以功拜右光禄大夫、開府儀同三司、侍中、中書監。趙王倫廢賈后，收華，「遂害之於前殿馬道南，夷三族，朝野莫不悲痛之」。「太安二年（三〇三），詔曰：『……華之見害，俱以姦逆圖亂，濫被枉賊，其復華侍中、中書監、司空、公、廣武侯及所没財物與印綬符策，遣使弔祭之。』」榮級，高官厚禄。南齊書劉瓛傳：「托迹於客游之末，而固辭榮級。」泉壤，黄泉之地，指墳墓。潘岳寡婦賦：「下臨兮泉壤。」按：疑梁睿因故遇害，故此比作張華。事不可考。

〔一四〕「漢祖」二句，史記高祖功臣侯者年表：「封爵之誓曰：『使河如帶，泰山若厲。國以永寧，爰及苗裔。』」集解引應劭曰：「封爵之誓，國家欲使功臣傳祚無窮。帶，衣帶也；厲，砥石也。河當何時如衣帶，山當何時如厲石，言如帶厲，國乃絶耳。」礪、厲同。兩句謂梁睿終獲平反。

〔一五〕「祖海」三句，隋書梁睿傳：「卒年六十五，謚曰襄，子洋嗣。」則梁海當爲梁睿諸子。元和郡縣志卷四〇沙州：「漢武帝元鼎六年（前一一一），分酒泉置敦煌郡，今州即其地也。前涼張駿於此置沙州，蓋因鳴沙山爲名。……（後）改爲敦煌郡。涼武昭王（李暠）初都於此，後又遷於酒泉。太武帝於郡置敦煌鎮。明帝罷鎮，改瓜州爲敦煌郡，尋又改爲義州，莊帝又改爲瓜州。隋大業三年（六〇七），又罷州爲敦煌郡。隋末喪亂，陷於寇賊。武德二年（六一九），西土平定，置瓜州。五年，改爲沙州。」則隋無沙州之名，沙州乃舊名，亦爲唐代地名。地在今甘肅敦煌市。上柱國公，據隋書百官志，上柱國爲從一品。公，高步瀛唐宋文舉要乙編卷一注此文，以爲「公字上疑脱蔣國二字」。其説疑是，文獻無「上柱國公」之語。然因梁海非梁睿嗣子，是否襲爵，别無旁證，故不貿然補入，姑録以備考。

〔一六〕「踐仲寧」二句，踐，行也。仲寧，即梁統。後漢書梁統傳：「梁統，字仲寧，安定烏氏人，晉大夫梁益耳，即其先也。統高祖父子都，自河東遷居北地。子都子橋，以貲十萬徙茂陵。至哀平之末，歸安定。統性剛毅，而好法律，初仕州郡。更始二年（二四），召補中郎將，使安集涼州，拜酒泉太守。……建武十二年（三六），統與（竇）融等俱詣京師，以列侯奉朝請，更封高山侯，拜太中大夫，除四子爲郎。統在朝廷，數陳便宜，以爲法令既輕，下奸不勝，宜重刑罰，以遵舊典。」餘躅，原有做法。歛手，收手，謂不敢行奸邪之事。

〔一七〕「簽孝仁」二句，簽，英華注：「疑。」按：據文意，該字當與上句「踐」義近，作「簽」可疑，然别無校本，姑仍之。孝仁，即倉慈。三國志魏書倉慈傳：「倉慈，字孝仁，淮南人也。始爲郡吏。……太和中，遷燉煌太守。郡在西陲，以喪亂隔絶，曠無太守二十歲，大姓雄張，遂以爲俗。前太守尹奉等，循故而已，無所匡革。慈到，抑挫權右，撫恤貧羸，甚得其理。……又常日西域雜胡欲來貢獻，而諸豪族多逆斷絶，既與貿遷，欺詐侮易，多不得分明，胡常怨望，慈皆勞之。欲詣洛者，爲封過所，欲從郡還者，官爲平取，輒以府見物與共交市，使吏民護送道路，由是民夷翕然稱其德惠。」周易革卦上六：「小人革面。」王弼注：「小人樂成，則變面以順上也。」

〔一八〕「連州」二句，連州跨郡，謂同時治理多個州郡。邁，超越。陶氏，指陶侃。晉書陶侃傳：「侃雄毅有權，明悟善決斷。時人論其「機神明鑒似魏武，忠順勤勞似孔明」。仕終侍中、太尉、都督荆江雍梁交廣益寧八州諸軍事，荆、江二州刺史。」

〔一九〕「開國」二句，掩，蓋過。張門，指張軌家族。晉書張軌傳：「張軌，字士彦，安定烏氏人。」家世孝廉，以儒學顯。少明敏好學，有器望。以時方多難，陰圖據河西，於是求爲涼州，公卿亦舉軌才堪御遠。永寧初，出爲護羌校尉、涼州刺史。拜侍中、太尉、涼州牧、西平公。在州十三年，寢疾，表立子寔爲世子。卒，謚武公。寔在位六年，卒，元帝賜謚曰元。子駿年幼，弟茂攝事。茂在位五年，卒，無子，駿嗣位。駿在位二十二年，卒，穆帝追謚曰忠成公。駿第二子重華，永和二年（三四六）自稱持節大都督、太尉、護羌校尉、涼州牧、西平公、假涼王。在位十一年，卒，穆帝賜謚曰敬烈。子耀靈嗣，稱大司馬、校尉、刺史、西平公。史臣贊曰：「茂、駿、重華，資忠踵武，崎嶇僻陋,無忘本朝。故能西控諸戎,東攘巨猾,縮累葉之珪組,賦絶域之琛賨,振曜遐荒,良由杖順之效矣。」

〔二〇〕「父贊」至「蔣國公」,梁贊事迹,别無可考。左千牛備身,武職名。隋書百官志下:左右領左右府,「領千牛備身十二人」。又左右内率府有「千牛備身八人,掌執千牛刀」。又「千牛備身左右」,正六品。通典卷二八武官上左右千牛衛:「千牛,刀名。後漢有千牛備身,掌執御刀,因以名職。」按:千牛,言其刀極鋒利,用莊子養生主庖丁「所解數千牛矣,而刀刃若新發於硎」事。驪山府,於史無載。唐宋文舉要乙編卷一注此文,謂「隋沿北周府兵之制,置十二衛。煬帝大業三年(六〇七),增改爲十六府。此云驪山府,蓋即十六府所統之府。……上騎,蓋其職也」。其説是。據隋書百官志,柱國爲正二品。唐朝,全唐文作「皇朝」。豐王府,考兩唐書,玄宗子珙嘗封豐王,之前諸王無此名。詳英華(此文今存乃明刻本),其字形似爲「曹」而微誤,去「豐」較遠。考舊唐書太宗紀下:貞觀二十一年(六四七)八月丁酉,「封皇子明爲曹王」。則「豐」字疑是「曹」之訛,存疑待考。諮議,即諮議參軍。唐六典卷二九親王府:「諮議參軍事一人,正五品上。」雲州,唐屬河東道,冀州屬河北道,分别詳元和郡縣志卷一四、卷一七。雲州即今山西大同,冀州即今河北冀縣。蔣國公,當是襲其祖梁睿封爵。

〔二一〕「襲良弓」二句,禮記學記:「良冶之子,必學爲裘;良弓之子,必學爲箕。」孔穎達正義:「箕,柳箕也。言善爲弓之家,使幹角撓屈調和成其弓,故其子弟亦覩其父兄世業,仍學取柳和軟撓之成算也。」簪，連接禮冠之髮具；笏，上朝所持記事板，皆代指仕宦。紫宫，即紫微宫。太平御覽卷六星中引天象列星圖曰：「北極五星，一名天極，一名北極。其第一星爲太子，第二星最明者爲帝，第三星爲庶子，餘二後宫屬也。并在紫微宫中央。」文選班固西都賦：「焕若列宿，紫宫是環。」李善注引春秋合誠圖曰：「紫宫，大帝室。」此代指皇宫，謂梁贊嘗在隋宫廷任左千牛備身事。

〔二二〕「翼雕戟」二句，雕戟，經雕飾之戟。賀凱奉和九月九日詩：「玉砌分雕戟。」巖廊，漢書董仲舒傳：「蓋聞虞舜之時，游於巖廊之上。」注引晉灼曰：「堂邊廡。巖廊，謂嚴峻之廊也。」丹地，丹漆之地。初學記卷一二職官部下侍中第一：「丹地，蔡質漢官曰：尚書奏事於明光殿，省中皆胡粉塗壁，其邊以丹漆地。」兩句謂尚望侍衛皇帝。

〔二三〕「西園」二句，曹植公讌詩：「公子敬愛客，終宴不知疲。清夜遊西園，飛蓋相追隨。明月澄清景，列宿正參差。」文選班固東都賦：「揚光飛文。」吕延濟注：「飛揚光彩，成其文章。」兩句謂梁贊文才，可爲帝王友，當言其爲豐王府諮議事。

〔二四〕「北土」二句，左傳昭公四年：「冀之北土，馬之所産。」杜預注：「燕、代。」爾雅釋宫：「五達謂之康。」西京雜記卷二：「文帝自代還，有良馬九匹，皆天下之駿馬也。一名浮雲，……號爲九逸。」三國志蜀書龐統傳：「龐士元（統）非百里才也，使處治中、别駕之任，始當展其驥足耳。」兩句謂梁贊官職尚低，有如駿馬浮雲，猶未盡展其才。

公漸潤膏腴〔一〕，發靈川嶽〔二〕。七年可識，抱杞梓而呈才〔三〕；千里見知，負騏驥而騁駿〔四〕。靈臺遠鑒，與霜月而齊明〔五〕；智府弘深〔六〕，共煙波而等曠。踐仁義於區域，白璧已輕〔七〕；許然諾於樞機，黃金豈重〔八〕。因心孝友〔九〕，宜於自然；率志謙沖，得乎天性〔一〇〕。不脂韋而求達〔一一〕，不詭計而自媒。被玉軸之文章，三冬遽足〔一二〕；窮金壇之祕訣〔一三〕，百戰不孤。譽滿寰中，聲蓋天下，而學優將仕〔一四〕，允屬名家。欲昇「鴻漸」之姿〔一五〕，終佇「鶴鳴」之聞〔一六〕。以皇朝麟德二年補左親衛，從資例也〔一七〕。

【箋注】

〔一〕「公漸潤」句，漸潤，謂浸淫、熏染。膏腴，文選左思蜀都賦：「內函要害於膏腴。」劉淵林注：「膏腴，土地肥沃也。」此喻指梁待賓繼承家族之深厚仕宦傳統。

〔二〕「發靈」句，謂稟持山川靈秀。晉湛方生上貞女解：「抑可謂稟靈山嶽、自然天知者矣。」又梁王僧孺徐府君集序曰：「君稟靈川嶽，懸精辰象。」

〔三〕「七年」二句，史記司馬相如列傳載子虛賦：「其北則有陰林巨樹，楩柟豫章。」集解引郭璞曰：「楩，杞也，似梓。柟，葉似桑。豫章，大木也，生七年乃可知也。」國語楚語上：「其大夫皆卿才也，若杞梓、皮革焉，楚實遺之。」韋昭注：「杞梓，良材也。」

〔四〕「千里」二句，呂氏春秋卷九知士：「今有千里之馬於此，非得良工，猶若弗取。良工之與馬也，相得則然後成。」騏驥，良馬名。莊子秋水：「騏驥、驊騮，一日而馳千里。」爾雅釋詁：「駿，速也。」

〔五〕「靈臺」二句，莊子庚桑楚：「不可内於靈臺。」郭象注：「靈臺者，心也，清暢，故憂患不能入。」鑒，照也。霜月，喻其明潔。

〔六〕「智府」句，淮南子俶真訓：「智者，心之府也。」

〔七〕「踐仁義」二句，踐仁義，謂行仁義之事。晉書熊遠傳：「世人削方爲圓，撓直爲曲，豈待顧道德之清塗，踐仁義之區域乎？」白璧已輕，梁劉孝綽三日侍安成王曲水宴詩：「一言白璧輕，片善黄金賤。」言其極重仁義。

〔八〕「許然諾」二句，史記灌夫傳：「好任俠，已然諾。」索隱：「謂已許諾，必使副其前言也。」周易繫辭上：「言行，君子之樞機。」王弼注：「樞機，制動之主。」此喻指心。史記季布傳：「楚人諺曰：得黄金百斤，不如得季布一諾。」

〔九〕「因心」句，詩經大雅皇矣：「因心則友，則友其兄。」毛傳：「因，親也。」孔穎達正義：「因親之心，則復有善兄弟之友行。」言其有親親之心，復廣及宗族也。」

〔一〇〕「率志」二句，謙沖，謙虚。劉子誡盈：「聖人知盛滿之難持，每居德而謙沖。」又晉書外戚傳論：「守道謙沖者，永保貞吉。」天，英華作「而」，注：「疑作所。」全唐文作「所」。據文意，以作「天性」爲勝，且與上句「自然」對應。

〔一一〕「不脂韋」句，楚辭王逸卜居：「如脂如韋。」自注：「柔弱曲也。」洪興祖補注：「韋，柔皮也。」朱熹集注：「脂，肥澤；韋，柔軟也。」此喻指柔媚失志。

〔一二〕「被玉軸」二句，玉軸，指圖書。庾信哀江南賦：「乃使玉軸揚灰，龍文折柱。」清吴兆宜注引三國典略：「元帝焚古今圖書十四萬卷，以寶劍擊柱，折之，曰：『文武之道，今日盡矣。』」三冬，漢書東方朔傳：「朔初來，上書曰：『臣朔少失父母，長養兄嫂，年十二學書，三冬文史足用。』」注引如淳曰：「貧子冬日乃得學書，言文史之事足可用也。」

〔一三〕「窮金壇」句，金壇，指拜將之壇，言「金」，美之也。此代指軍事家。史記淮陰侯傳：「（蕭）何曰：『今拜大將，……擇良日，齋戒設壇場，具禮乃可耳。』」王勃九成宫頌并序：「天策神兵，下金壇而決勝。」祕訣，謂兵法。

〔一四〕「而學」句，論語子張：「子夏曰：……學而優則仕。」邢昺疏：「若學而德業優長者，則當仕進以行君臣之義也。」

〔一五〕「欲昇」句，周易漸卦：「上九，鴻漸於陸，其羽可用爲儀，吉。」王弼注：「進處高潔，不累於位，無物可以屈其心而亂其志，峨峨清遠，儀可貴也，故曰其羽可用爲儀，吉。」

〔一六〕「終佇」句，周易中孚：「九二，鳴鶴在陰，其子和之。我有好爵，吾與爾靡之。」王弼注：「立誠篤志，雖在暗昧，物亦應焉，故曰鳴鶴在陰，其子和之也。不私權利，唯德是與，誠之至也，故曰我有好爵，與物散之。」聞，原作「問」，據全唐文改。句謂欲仕有好爵，尚須遵循周易「鳴鶴」之義，立誠篤志，方能成功。

〔一七〕「以皇朝」二句，皇，原作「唐」，全唐文作「皇」，是，據改。作「唐」蓋宋人所改。麟德，唐高宗年號。麟德二年爲公元六六五年。左親衛，唐六典卷五尚書兵部：「凡左右衛親衛・勳衛・翊衛，及左右率府親・勳・翊衛，及諸衛之翊衛，通謂之三衛。擇其資蔭高者爲親衛（李林甫注：取三品已上子、二品已上孫爲之）；其次者爲勳衛及率府之親衛（注：四品子、三品孫、二品已上之曾孫爲之）；又次者爲翊衛及率府之勳衛（注：四品孫、職事五品子・孫、三品曾孫、若勳官三品有封者及國公之子爲之）；又次者爲諸衛及率府之翊衛（注：五品已上并柱國若有封爵兼帶職事官子孫爲之）。又次者爲王府執仗、執乘（注：散官五品已上子孫爲之）。凡三衛皆限年二十一已上。」則梁待賓所補，當爲左右衛之左親衛。從資例，即從上述資蔭之例。

屬金甲出戰，玉帳論兵，從命文昌，問罪遼碣〔一〕。公提戈赴海，投筆從燕〔二〕，智者有謀〔三〕，仁者必勇〔四〕。孤鋒直進，九種於是克清〔五〕；疋馬横行，三韓由其殄滅〔六〕。疇庸賞最〔七〕，我有力焉。俯洽恩波，泛承勳級，即授上柱國〔八〕。公深慚位薄，命舛數奇〔九〕，雖需勒石之勳，未展披堅之效〔一〇〕。嗟乎！揚子雲之才藻，空疲執戟〔一一〕；馬相如之文詞，猶勞武騎〔一二〕。今古同貫，夫復何言！

【箋　注】

〔一〕「屬金甲」四句，金甲，金屬所製鎧甲，代指軍隊；玉帳，「帳」指軍隊統帥之中軍帳，玉，美之也。文昌，「昌」原作「皇」，據英華、四子集、全唐文改。史記天官書：「斗魁戴匡六星曰文昌宫：一曰上將，二曰次將，……」索隱引春秋元命包曰：「上將建威武，次將正左右。」按：文昌宫代指朝廷，此則用「上將」、「次將」字面義，泛指將軍。遼碣，遼山、碣石山。漢書地理志下：「玄菟郡高句驪縣」，原注：「遼山，遼水所出，西南至遼隊，入大遼水。」同上右北平郡驪成縣，原注：「大揭石山在縣西南。」按：碣、揭同。驪成縣即今河北樂亭縣，其山後沉入海中。此代指高麗。舊唐書高宗紀下：乾封元年（六六六）冬十月己酉，「命司空、英國公（李）勣爲遼東道行軍大總管，以伐高麗」。總章元年（六六八）九月癸巳，「司空、英國公勣破高麗，拔平壤城，擒其王高藏及其大臣男建等以歸。境内盡降，其城一百七十，户六十九萬七千，以其地爲安東都護府，分置四十二州」。梁待賓於麟德二年（六六五）補左親衛，其從軍出征，當在李勣起兵伐高麗之初。

〔二〕「投筆」句，後漢書班超傳：「班超字仲升，扶風平陵人。……永平五年（六二），兄固被召詣校書郎，超與母隨至洛陽。家貧，常爲官傭書以供養。久勞苦，嘗輟業投筆歎曰：『大丈夫無它志略，猶當效傅介子、張騫立功異域，以取封侯，安能久事筆研間乎？』」從燕，燕即遼東，古爲燕國地。

〔三〕「智者」句，詩經小雅小旻：「民雖靡膴，或哲或謀。」鄭玄箋：「民雖無法，其心性猶有知者，有謀者。」

〔四〕「仁者」句，論語憲問：「子曰：『……仁者必有勇。』」邢昺疏：「仁者必有勇者，見危授命，殺身以成仁，是必有勇也。」

〔五〕「九種」句，後漢書東夷列傳：「夷有九種，曰畎夷、于夷、方夷、黄夷、白夷、赤夷、玄夷、風夷、陽夷。」此代指高麗。

〔六〕「疋馬」二句，横行，史記季布傳：樊噲曰：「臣願將十萬衆，横行匈奴中。」三韓，後漢書東夷傳：「韓有三種：一曰馬韓，二曰辰韓，三曰弁辰。馬韓在西，有五十四國，其北與樂浪、南與倭接。辰韓在東，十有二國，其北與濊貊接。弁韓在辰韓之南，亦十有二國，其南亦與倭接。凡七十八國。」清一統志卷四二一朝鮮：「古三韓地。今朝鮮之黄海道、忠清道，本古馬韓舊地；全羅道，本弁韓地；慶尚道，本辰韓地。」殄，滅絶。

〔七〕「疇庸」句，疇，同「酬」，報也；庸，功勞。最，謂首功。史記絳侯周勃世家：「攻槐里、好畤，最。」集解引如淳曰：「於將率之中，功爲最。」

〔八〕「俯洽」三句，謂以戰功承恩受勳。唐六典卷二尚書吏部：「司勳郎中、員外郎掌邦國官人之勳級，凡勳十有二等，十二轉爲上柱國，比正二品。」注：「柱國，楚官也，項梁爲楚上柱國。……至西魏之末，始置柱國，用旌戎秩。……上柱國、柱國之秩以賞勤勞，始以齊王憲，蜀公尉遲迥爲上柱國是也。隋高祖受命，又採後周之制，置上柱國，爲從一品，柱國爲正二品。……皇朝改以勳轉多少爲差，以酬勳秩。」

〔九〕「命舛」句，命舛，不幸。舛，相背離。沈約傷王融：「途艱行易跌，命舛志難逢。」數奇，史記李將軍（廣）列傳：「大將軍（衛）青亦陰受上誡，以爲李廣老，數奇。」集解引如淳曰：「奇爲不偶也。」

〔一〇〕「雖霑」二句，後漢書竇憲傳：請兵北伐擊匈奴，乃拜憲車騎將軍，領精騎萬餘，與北單于戰於稽落山，大破之，遂「登燕然山，去塞三千餘里，刻石勒功，紀漢威德，令班固作銘」。披堅，身穿鎧甲，謂親上戰場。史記陳涉世家：「將軍（陳勝）身被堅執鋭，伐無道，誅暴秦。」披，被之假借字。兩句謂雖也隨衆受勳，然以未上戰場爲愧。

〔一一〕「揚子雲」二句，揚雄解嘲：「位不過侍郎，擢纔給事黄門。」文選曹植與楊德祖書：「昔揚子雲，先朝執戟之臣耳。」李善注：「漢書曰：揚雄奏羽獵賦，爲郎。然郎皆執戟而持也。東方朔答客難曰：『官不過侍郎，位不過執戟。』」

〔一二〕「馬相如」二句，馬相如，即司馬相如。史記司馬相如列傳：「（相如）以貲爲郎，事孝景帝，爲武騎常侍，非其好也。」以上四句，謂此次從軍雖有武職，實則如揚雄、司馬相如，僅爲侍衛而已。

既而從牒隨班〔一〕，牽絲祇務〔二〕，起家拜朝議郎〔三〕。永淳元年正月三十日〔四〕，授伊州伊吾縣丞〔五〕，非所好也。路指金河〔六〕，途連玉塞〔七〕。塵沙共起，烽火相驚〔八〕。秋草將腓〔九〕，胡笳動吹〔一〇〕；寒膠欲折〔一一〕，虜騎騰雲。公佐佑多方，掌司攸寄，服叛懷遠，擒奸擿伏〔一二〕。於是寇敵不敢窺邊，歌頌因茲溢境。曾未朞月〔一三〕，政令大行，特簡帝心，超居不次〔一四〕。永淳二年二月四日，制授昭節校尉〔一五〕，守右衛、蒲州府左果毅〔一六〕，仍令長上〔一七〕，兼上陽、洛城等門供奉〔一八〕。公洞曉戎章，妙詳兵律，軍國是賴，戎幕允歸。由是徼道長巡，嚴扃每奉〔一九〕。朝求夕警，不怠於風霜；善牧能防，更申於閑皁〔二〇〕。其年十月七日，奉敕命於大内祥麟廄檢校馬〔二一〕。公識高東野〔二二〕，職參西極〔二三〕。勵銜策而追風逐日〔二四〕，加剪拂則絶電奔星〔二五〕。駃騠將駙騄齊衡〔二六〕，驥騮共騊駼伏櫪〔二七〕。於是龍媒間出〔二八〕，麟駒挺生〔二九〕。伯樂多謝於精微〔三〇〕，日磾有慙於牧養〔三一〕。恩制褒獎，又加崇秩。文明元年二月二十日〔三二〕，遷游擊將軍〔三三〕，仍依舊長上。

【箋注】

〔一〕「既而」句，從牒隨班，謂服從委任，按部就班。牒，文書也。王僧孺授吏部郎表：「從班隨牒，自安疏陋。」

〔二〕「牽絲」句，牽絲，執引印綬，謂初仕。文選謝靈運初去郡：「牽絲及元興。」李善注：「牽絲，初仕。……應璩詩曰：『不悞牽朱絲，三署來相尋。』」

〔三〕「起家」句，唐六典卷二尚書吏部：「郎中一人，掌考天下文吏之班秩品命，凡叙階二十九。……正六品上，曰朝議郎。」注：「隋開皇六年（五八六）始置。六品已下散官并以郎爲正階，尉爲從階。正六品上爲朝議郎，下爲武騎尉。……皇朝以郎爲文職，尉爲武職，遂採開皇、大業之制，以爲六品已下散官。」

〔四〕「永淳」句，永淳，唐高宗年號，永淳元年爲公元六八二年。日，英華校：「一無此字。」

〔五〕「授伊州」句，元和郡縣志卷四〇伊州伊吾縣：「本後漢伊吾屯，貞觀四年（六三〇）置縣。」今縣屬新疆哈密地區。按唐六典卷三〇：諸州下縣「丞一人，正九品下」。

〔六〕「路指」句，路指，謂赴任必經之路。金河，元和郡縣志卷四勝州榆林縣，「金河泊，在縣東北二十里，周迴十里」。其地在今内蒙古鄂爾多斯境。

〔七〕「途連」句，玉塞，當指玉門關。元和郡縣志卷四〇沙州壽昌縣，「玉門故關，在縣西北百一十八里」。地在今甘肅玉門市。

〔八〕「烽火」句，史記周本紀：「幽王爲燧大鼓，有寇至則舉燧火，諸侯悉至。」正義：「日燃燧以望火煙，夜舉燧以望火光也。」烽、燧同。

〔九〕「秋草」句，文選謝靈運九日從宋公戲馬臺集送孔令詩：「季秋邊朔苦，旅雁違霜雪。淒淒陽卉腓，皎皎寒潭絜。」李善注：「韓詩曰：『秋日淒淒，百卉俱腓。』薛君曰：『腓，變也。俱變而黃也。』腓音肥，毛萇曰：『痱，病也。』」

〔一〇〕「胡笳」句，文選李陵答蘇武書：「胡笳互動，牧馬悲鳴。」李善注：「杜摯笳賦序曰：『笳者，李伯陽入西戎所作也。』傅玄笳賦序曰：『吹葉爲聲。』」李周翰注：「笳，笛之類，胡人吹之爲曲。」

〔一一〕「寒膠」句，漢書晁錯傳：「欲立威者，始於折膠。」注引蘇林曰：「秋氣至，膠可折，弓弩可用。匈奴常以爲候而出軍。」

〔一二〕「擒奸」句，漢書趙廣漢傳：「其發奸擿伏如神，皆此類也。」顏師古注：「擿，謂動發之也。」

〔一三〕「曾未」句，朞月，後漢書左雄傳：「責成於期月。」李賢注：「期，匝也，謂一歲。」

〔一四〕「超居」句，不次，漢書東方朔傳：「武帝初即位，徵天下舉方正賢良文學材力之士，待以不次之位。」顏師古注：「不拘常次，言超擢之。」

〔一五〕「制授」句，唐六典卷五尚書兵部：「郎中一人，掌考武官之勳禄品命，以二十有九階。……正六品上曰昭武校尉，下曰昭武副尉。從六品上曰振威校尉，下曰振威副尉。正七品上曰致果校尉，下曰致果副尉。從七品上曰翊麾校尉，下曰翊麾副尉。正八品上曰宣節校尉，下曰宣節副尉。……」注：「漢書百官表：校尉皆二千石，武帝置。隋朝改爲散官，皇朝因之。」然無「昭節校尉」其名。疑「節」爲「武」之誤，或「昭」爲「宣」之誤。

〔一六〕「守右衛」句，新唐書兵志：「太宗貞觀十年（六三六），更號統軍爲折衝都尉，别將爲果毅都尉，諸府總曰折衝府。凡天下十道，置府六百三十四，皆有名號，而關内二百六十有一，皆以隸諸衛。……其隸於衛也，左右衛皆領六十府，諸衛領五十至四十，其餘以隸東宫六率。」蒲州，新唐書地理志河東道：「河中府河東郡，赤，本蒲州上輔，義寧元年（六一七）治桑泉，武德三年（六二〇）徙治河東（引者按：今山西永濟）。」原注：「有府三十三（按：下有三十三府之名，此略）。」文稱「守右衛」（引者按：凡任官，階卑而擬高則曰守，見唐六典卷二），則蒲州三十三府，當隸右衛。左果毅，「左」原作「佐」。按唐六典卷二五諸衛府折衝都尉府：「左果毅都尉一人，右果毅都尉一人。」則「佐」當是「左」之訛，據文意徑改。

〔一七〕「仍令」句，長上，武官名。資治通鑑卷一一〇晉隆安二年（三九八）：「（後燕慕容）寶至乙連，長上段速骨、宋赤眉等因衆心之憚征役，遂作亂。」胡三省注：「凡衛兵皆更番迭上。長上者，不番代也。唐官制，懷化執戟長上、歸德執戟長上，皆武散階，九品。長上之官尚矣。」唐六典卷五尚書兵部：「凡天下之府五百九十有四（按上注引新唐書兵志謂「六百三十四」，蓋陸續有所增加），有上中下，并載於諸衛之職。凡應宿衛官，各從番第。諸衛將軍、中郎將、郎將及諸衛率、副率、千牛備身、備身，左右太子千牛并長上，折衝果毅，應宿衛者并一日上，兩日下。諸色長上，若司階、中候、司戈、執戟，并五日上，十日下。」

〔一八〕「兼上陽」句，唐六典卷七尚書工部：「東都城，……皇城在東城之内，百僚廨署如京城之制。……其西北出曰洛城西門，……西南曰洛城南門，其内曰洛城殿。」又曰：「上陽宮在皇城之西南。」供奉，唐六典卷五尚書兵部：「凡左右衛之三衛，分爲五仗，一曰親仗，二曰供奉仗，三曰勳仗，四曰翊仗，五曰散手仗。每月各配三十六人而上下焉。」則梁待賓所兼，乃上陽宮、洛城殿等門之供奉仗。

〔一九〕「由是」二句，徼道，巡邏之道。文選班固西都賦：「周廬千列，徼道綺錯。」李善注：「漢書曰：『中尉掌徼循京師。』如淳曰：『所謂游徼循禁，備盜賊也。』」嚴扃，張衡周天大象賦：「天關嚴扃於畢野。」扃，門也。

〔二〇〕「更申」句，周禮夏官校人：「掌王馬之政。……三乘爲皁，皁一趣馬。……天子十有二閑，馬六種。」鄭玄注：「鄭司農云：『四匹爲乘。』……玄謂二耦爲乘。」二耦亦四匹。則一皁三乘，有馬十二匹。鄭玄又注曰：「每廄爲一閑。」

〔二一〕「奉敕命」句，大内，宋程大昌雍録卷三唐宮總説：「唐都城中有三大内。太極宮者，隋大興宮也，固爲正宮矣。高宗建大明宮於太極宮之東北，正相次比，亦正宮也。……太極在西，故名西内；大明在東，故名東内。別有興慶宮者，亦在都城東南角，人主亦於此出政，故又號南内也。」祥麟廄，唐六典卷一一殿中省尚乘局：「尚乘奉御，掌内外閑廄之馬，……六閑，一曰飛黄，二曰吉良，三曰龍媒，四曰騊駼，五曰駃騠，六曰天苑。左右凡十有二閑，分爲二廄，一曰祥麟，二曰鳳苑，以繫飼馬。」注：「今仗内有飛龍、祥麟、鳳苑、鵷鑾、吉良、六群等六廄，奔星、内駒等兩閑；仗外有左飛、右飛、左方、右方等四閑，東南内、西北内等兩廄。」檢校，考核也。

〔二二〕「公識高」句，東野，即東野稷。莊子達生：「東野稷以御見莊公，進退中繩，左右旋中規，莊公以爲文弗過也，使之鉤百而反。顔闔遇之，入見曰：『稷之馬將敗。』公密而不應。少焉果敗而反，公曰：『子何以知之？』曰：『其馬力竭矣，而猶求焉，故曰敗。』」

〔二三〕「職參」句，漢書禮樂志郊祀歌天馬：「天馬徠，從西極。涉流沙，九夷服。」顔師古注：「言九夷皆服，故此馬遠來也。徠，古往來字也。」職參，謂職在從西極求馬。

〔二四〕「勵銜策」句，銜，馬勒口，俗稱馬嚼子。策，馬鞭。追風，古名馬名，言其速度極快。太平御覽卷八九七馬五引古今注曰：「秦始皇有七名馬，一曰追風，二曰白兔……」逐日，亦言其快。晉王嘉拾遺記卷三：「王（周穆王）馭八龍之駿，……四名超影，逐日而行。」

〔二五〕「加剪拂」句，文選劉孝標廣絶交論：「翦拂使其長鳴。」李善注引戰國策（按見楚策四）汗明説春申君曰：「『夫驥服鹽車上大行，中坂遷延，負轅不能上。伯樂遭之，下車攀而哭之，驥於是仰而鳴者，何也？彼見伯樂之知己。今僕居鄙俗之日久矣，君獨無湔拔僕也。』湔拔、翦拂，音義同也。」剪拂，謂洗滌拂拭。剪、翦同。絶電奔星，謂極善奔跑，快如電馳星墜。上注引拾遺記謂周穆王馭八龍之駿，其四曰「奔電」。又西京雜記卷二謂「文帝自代還，有良馬九匹，其二名『赤電』」。

〔二六〕「駃騠」句，漢書鄒陽傳：「食以駃騠。」注引孟康曰：「駃騠，駿馬也，生七日而超其母。」將，與也。駙騄，駙馬、騑騄。三國志魏書王朗傳裴松之注引魏名臣奏載朗節省奏曰：「中廄則騑騄、駙馬六萬餘匹。」齊衡，相當。衡，平也。

〔二七〕「驥騮」句，驥騮，騏驥、驊騮。莊子秋水：「騏驥、驊騮，一日而馳千里。」騊駼，爾雅釋畜：「騊駼，馬。」郭璞注：「山海經云：北海有獸，狀如馬，名騊駼，色青。」陸德明音義引字林云：「北狄良馬也。一曰野馬也。」伏櫪，曹操步出夏門行龜雖壽：「老驥伏櫪，志在千里。」櫪，馬槽。

〔二八〕「於是」句，龍媒，漢書禮樂志郊祀歌天馬：「天馬徠，龍之媒。」注引應劭曰：「言天馬者乃神龍之類，今天馬已來，此龍必至之效也。」

〔二九〕「麟駒」句，西京雜記卷二：「文帝自代還，有良馬九匹，皆天下之駿馬也。」其一名麟駒。挺生，文選左思蜀都賦：「揚雄含章而挺生。」呂向注：「挺拔而生。」謂生而不凡。駒，英華、四子集、全唐文作「友」。「麟友」無義，誤。

〔三〇〕「伯樂」句，莊子馬蹄：「伯樂曰：我善治馬。」釋文：「伯樂，姓孫名陽，善馭馬。」又呂氏春秋卷九精通：「伯樂學相馬，所見無非馬者，誠乎馬也。」高誘注：「伯樂善相馬，秦穆公之臣也。所見無非馬者，親之也。」

〔三一〕「日磾」句，漢書金日磾傳：「金日磾，字翁叔，本匈奴休屠王太子也。武帝元狩中，票騎將軍霍去病將兵擊匈奴右地，多斬首。……日磾以父不降見殺，與母閼氏、弟倫俱沒入官，輸黃門養馬，時年十四矣。久之，武帝游宴見馬，後宮滿側，日磾等數十人牽馬過殿下，莫不竊視，至日磾獨不敢。日磾長八尺二寸，容貌甚嚴，馬又肥好，上異而問之，具以本狀對。上奇焉，即日賜湯沐衣冠，拜爲馬監。」牧，英華、全唐文作「秣」。上句「多謝」、此句「有慚」，謂伯樂、金日磾二人治馬、養馬不及梁待賓。

〔三二〕「文明」句，文明，唐睿宗李旦年號，文明元年爲公元六八四年。

〔三三〕「遷游擊」句，唐六典卷五尚書兵部：「郎中一人，掌考武官之勳禄品命，以二十有九階。……從五品下，曰游擊將軍。」

大周革命，兩儀開闢〔一〕。爰覃「作解」之恩〔二〕，式暢「惟新」之典〔三〕。勤勞夙著，體望允歸。拜職遷榮，寔符僉議。天授元年九月十六日，加威衛將軍、守左玉鈐衛、翊善府折衝都尉〔四〕，依舊長上，封安定縣開國男、食邑三百户〔五〕。公祇奉王庭，職司兵衛。八屯由其增峻〔六〕，五校於是克宣〔七〕。翼翼競心，積劬勞於歲月〔八〕；勤勤忠志，懷跼蹐於序時〔九〕。憂能傷人〔一〇〕，竟成沉疾，以長壽二年正月六日〔一一〕，終於神都旌善里私第〔一二〕，春秋五十。

【箋　注】

〔一〕「大周」二句，大周革命，指載初元年（六八九）九月九日武則天「革唐命，改國號爲周，改元爲天授」（舊唐書則天皇后紀）。兩儀，指天地。天地開闢，喻新朝建立。

〔二〕「爰覃」句，覃，施行。作解，周易解卦象曰：「雷雨作解，君子以赦過宥罪。」孔穎達正義：「赦謂放免，過謂誤失，宥謂寬。宥罪，謂故犯過輕則赦罪，重則宥，皆解緩之義也。」

〔三〕「式暢」句，詩經大雅文王：「周雖舊邦，其命維新。」鄭玄箋：「大王聿來胥宇，而國於周，王迹起矣，而未有天命，至文王而受命。言新者，美之也。」此謂武氏得天命。

〔四〕「加威衛」句，唐六典卷二四左右衛：「左右領軍衛，大將軍各一人，正三品。」注：「隋左右領軍府，各掌左右十二軍籍帳、羽衛之事，不置將軍，唯有長史、司馬。煬帝大業三年（六〇七），改左右屯衛。皇朝因隋屯衛名，置大將軍、將軍，後改爲威衛。又採前代領軍名，別置領軍衛，置大將軍、將軍員。龍朔二年（六六二），改爲左右戎衛，咸亨元年（六七〇）復舊。光宅元年（六八四），改爲左右玉鈐衛，神龍元年（七〇五）復故。」威衛將軍，原作「威武將軍」。考唐武官無「威武將軍」之名（惟後魏有之，見魏書官氏志、通典卷三八），據上引，則「威武」當作「威衛」，「武」乃「衛」之誤，據文意改。威衛將軍（分左右），舊唐書中屢見。翊善府，唐府兵制之折衝府名，轄地不詳。

〔五〕「封安定縣」句，男，爵名，唐代九等封爵之末等。唐六典卷二：「司封郎中、員外郎，掌邦之封爵，凡有九等，……九曰縣男，從五品，食邑三百户。」注：「户邑率多虚名，其言『食實封』者，乃得真户。」

〔六〕「八屯」句，文選張衡西京賦：「衛尉八屯，警夜巡晝。」薛綜注：「衛尉帥吏士周宮外，於四方、四角立八屯土。……晝則巡行非常，夜則警備不虞也。」

〔七〕「五校」句，漢書昭帝紀：「（元鳳）五月丁丑，孝文廟正殿火，上及群臣皆素服。發中二千石將五校作治，六日成。」顏師古注：「率領五校之士以作治也。」按：五校，即漢代所置北軍五校尉，其名爲中壘、屯騎、越騎、射聲、虎賁。

〔八〕「翼翼」二句，翼翼，詩經大雅文王：「世之不顯，厥猶翼翼。」毛傳：「翼翼，恭敬。」劬勞，詩經小雅鴻鴈：「之子于征，劬勞于野。」毛傳：「劬勞，病苦也。」

〔九〕「懷蹐蹐」句，詩經小雅正月：「謂天蓋高，不敢不局；謂地蓋厚，不敢不蹐。」毛傳：「局，曲也；蹐，累足也。」鄭玄箋：「局蹐者，天高而有雷霆，地厚而有陷淪也。」句謂責任心、危機感極强。

〔一〇〕「憂能」句，孔融與曹操論盛孝章書：「歲月不居，時節如流，五十之年，忽焉已至，公爲始滿，融又過二，海内知識，零落殆盡。惟會稽盛孝章尚存其人，困於孫氏，妻孥湮没，單孑獨立，孤危愁苦。若使憂能傷人，此子不得復永年矣。」

〔一一〕「以長壽」句，長壽，武則天年號。長壽二年爲公元六九三年。

〔一二〕「終於」句，神都，即唐之東都洛陽。舊唐書則天皇后紀：文明元年（六八四）九月，「大赦天下，改元爲光宅，……改東都爲神都」。旌善里，清徐松唐兩京城坊考卷五東京外郭城：定鼎門街東第二街，最北爲旌善坊，有「明威將軍梁待賓宅」。

惟公弱不好弄〔一〕，卓爾不群〔二〕。九歲明詩，七齡通易。月初能對，即習黃童〔三〕；日下相酬，還慙夫子〔四〕。經耳不忘，歷口不遺。性沉深有器度，能倜儻無拓落〔五〕。尤重交友，雅愛林泉。月幌風襟〔六〕，每吟謡於牋綵；花新葉早，必賞會於琴樽。加以啼猿落鴈之奇〔七〕，鸞鶩鳳翥之妙〔八〕，瀉水懸河之辨〔九〕，背碑覆局之精〔一〇〕，標映前哲，公實多敏〔一一〕。至孝過人，雍和絶俗。事父母則造次不違〔一二〕，友弟兄則温柔必盡。既風樹興感〔一三〕，霜露纏悲〔一四〕，聿修之德惟新〔一五〕，欲報之恩罔極〔一六〕。虔誠大象〔一七〕，弘誓小乘〔一八〕。廣樹慈仁，庶憑因果〔一九〕。月抽官俸，日減私財，并入薰修，咸資檀施〔二〇〕。故得雕檀之妙，俯對禪龕〔二一〕；貝葉之文，式盈梵宇〔二二〕。

【箋注】

〔一〕「惟公」句，左傳僖公九年：「夷吾弱不好弄。」杜預注：「弄，戲也。」

〔二〕「卓爾」句，漢書景十三王傳贊曰：「夫唯大雅，卓爾不群，河間獻王近之矣。」又文選袁宏三國名臣序贊：「公瑾（周瑜）卓爾，逸志不群。」張銑注：「卓爾，高貌。」

〔三〕「月初」二句，黃童，指黃琬。後漢書黃琬傳：「琬字子琰，少失父，早而辯慧。祖父瓊，初爲魏郡太守，建和元年（一四七）正月日食，京師不見，而瓊以狀聞。太后詔問所食多少，瓊思其對，而未知所況。琬年七歲，在傍曰：『何不言日食之餘，如月之初？』瓊大驚，即以其言應詔，而深奇愛之。」

〔四〕「日下」二句，日下相酬，原作「目不相訓」，據全唐文改。列子湯問：「孔子東游，見兩小兒辯鬭，問其故，一兒曰：『我以日始出時去人近，而日中時遠也。』一兒以『日初出遠，而日中時近』也。一兒曰：『日初出大如車蓋，及日中則如盤盂，此不爲遠者小，而近者大乎？』一兒曰：『日初出滄滄涼涼，及其日中如探湯，此不爲近者熱，而遠者涼乎？』孔子不能決也。兩小兒笑曰：『孰爲汝多知乎？』」以上四句，喻指梁待賓早慧。

〔五〕「能倜儻」句，文選司馬遷報任少卿書：「古者富貴而名磨滅不可勝記，唯倜儻非常之人稱焉。」李善注引廣雅曰：「倜儻，卓異也。」又漢書揚雄傳載解嘲：「何爲官之拓落也？」顔師古注：「拓落，不耦也。拓音托。」

〔六〕「月幌」句，幌，原作「慌」，據全唐文改。文選謝惠連雪賦：「月承幌而通暉。」李善注：「承，上也。文字集略曰：『幌，以帛明牕也。』」風襟，宋玉風賦：「有風颯然而至，王迺披襟而當之。」李善注引説文曰：「颯，風聲。」此言風吹衣襟。

〔七〕「加以」句，謂其善射。啼猿，淮南子説山訓：「楚王有白蝯，王自射之，則搏矢而熙；使養由基射之，始調弓矯矢，未發而蝯擁柱號矣。」高誘注：「蝯，猨。熙，戲也。」落鴈，戰國策楚策四：「更羸與魏王處京臺之下，仰見飛鳥。更羸謂魏王曰：『臣爲王引弓虚發而下鳥。』……有間，鴈從東方來，更羸以虚發而下之。魏王曰：『然則射可至此乎？』」

〔八〕「鸞鷟」句，謂其善音樂。西京雜記卷二：「慶安世年十五爲成帝侍郎，善鼓琴，能爲雙鳳、離鸞之曲。」

〔九〕「瀉水」句，謂其善言詞。世説新語賞譽：「王太尉（衍）云：『郭子玄語議如懸河寫水，注而不竭。』」

〔一〇〕「背碑」句，謂其記憶力極强。三國志魏書王粲傳：「初，粲與人共行，讀道邊碑，人問曰：『卿能暗誦乎？』曰：『能。』因使背而誦之，不失一字。觀人圍棊，局壞，粲爲覆之。棊者不信，以帊蓋局，使更以他局爲之，用相比校，不誤一道。其彊記默識如此。」

〔一一〕「公賓」句，謂其理解力强。論語公冶長：「子曰：敏而好學，不恥下問，是以謂之文也。」何晏集解引孔（安國）曰：「敏者，識之疾也。」

〔一二〕「事父母」句，論語里仁：「君子無終食之間違仁，造次必於是，顛沛必於是。」何晏集解引馬（融）曰：「造次，急遽。」孔穎達正義：「鄭玄云：倉卒也。皆迫促不暇之意，故云急遽。」謂善解父母心意。

〔一三〕「既風樹」句，韓詩外傳卷九：「孔子行，聞哭聲甚悲。孔子曰：『驅驅，前有賢者。』至則皋魚也，被褐擁鐮，哭於道傍。孔子辟車，與之言曰：『子非有喪，何哭之悲也？』皋魚曰：『吾失之三矣。……樹欲静而風不止，子欲養而親不待也。往而不可得見者，親也，吾請從此辭矣。』立槁而死。」此言其哀痛父母過世。

〔一四〕「霜露」句，禮記祭義：「霜露既降，君子履之，必有淒愴之心，非其寒之謂也；春雨露既濡，君子履之，必有怵惕之心，如將見之。」鄭玄注：「非其寒之謂，謂淒愴及怵惕，皆爲感時念親也。」

〔一五〕「聿修」句，詩經大雅文王：「無念爾祖，聿修厥德。」毛傳：「聿，述。」孔穎達正義：「毛以爲作者戒成王既無不念汝祖文王進臣之法，當述而修行其德。」此謂梁待賓在父母亡故後，更重修己之德。

〔一六〕「欲報」句，詩經小雅蓼莪：「父兮生我，母兮鞠我。……欲報之德，昊天罔極。」鄭玄箋：「我欲報父母是德，昊天乎！我心無極。」

〔一七〕「虔誠」句，大象，大日經疏卷五：「摩訶那伽，是如來別號，以現不可思議無方大用也。」可洪音義卷一：「摩訶，此言大；那伽，此云龍，亦云象。合而言之，即云大龍象也。謂世尊爲大龍象者，以彼有大威德，故以譬之。」此代指佛教。

〔一八〕「弘誓」句，弘誓，弘大誓願。小乘，相對大乘而言，即小乘佛教，又稱聲聞乘佛教，梵文譯音爲希那衍那，意爲小車子。曾流行於中國，主要經典有長阿含經、中阿含經等。楞嚴經卷四：「愛念小乘，得少爲足。」按：從下文「廣樹慈仁」、「咸資檀施」等看，所謂「小乘」，蓋爲與上句「大象」對文，仍代指佛教，所修實爲大乘也。

〔一九〕「庶憑」句，因果，原因與結果。佛教宣傳因果循環報應理論。楞伽經卷二集一切法品第二之二：「因有六種，謂當有因，相屬因，相因，能作因，顯了因，觀待因。當有因者，謂內外法作而生果；相屬因者，謂內外法作緣生果；相因者，作無閑相生相續果；能作因者，謂作增上而生果，如轉法輪；顯了因者，謂分別生能顯境相，如燈照物；觀待因者，謂滅時相續斷，無妄想生。」

〔二〇〕「并入」二句，薰修，佛教語，謂焚香禮佛，修養身心。觀無量壽經：「戒香薰修。」藝文類聚卷七六引隋江總香贊：「還符戒品，薰修福田。」檀施，布施、施捨。檀爲梵語，譯曰施。

〔二一〕「故得」二句，謂其捐資建佛像。大唐西域記卷五：「憍賞彌國……城內故宮中有大精舍，高六十餘尺，有刻檀佛像，上懸石蓋，鄔陁衍那王之所作也。……初，如來成正覺已，上昇天宮，爲母說法，三月不還。其王思慕，願圖形像，乃請尊者没特伽羅子，以神通力接工人上天宮，親觀妙相，雕刻旃檀如來自天宮還也。」檀，原作「壇」，據英華、全唐文改。

〔二二〕「貝葉」二句，謂其寫經遍布寺廟。貝，原作「記」，據全唐文改。貝葉，酉陽雜俎卷一八木篇：「貝多，出摩伽陀國，長六七丈，經冬不凋。此樹有三種，一者多羅娑力叉貝多，二者多梨婆力叉貝多，三者部婆力叉多羅多梨。并書其葉，部闍一色，取其皮書之。貝多是梵語，漢翻爲葉；貝多婆力叉者，漢言葉樹也。西域經書，用此三種皮葉，若能保護，亦得五六百年。」梵宇，佛寺。一切經音義卷六：「梵言梵摩，此譯云寂淨，或清静，或云淨潔。」

粤以大周長壽二年歲次癸巳二月辛酉朔二十四日甲申〔一〕，遷窆於雍州藍田縣驪山原舊塋〔二〕，禮也。葬事之屬，一皆官給，鼓吹儀仗，送至墓所。墳開白日，終留恨於滕城〔三〕；禮被皇家，忽霑榮於霍隧〔四〕。嗚呼哀哉！嗣子左千牛去疑，哀纏泣柏〔五〕，思結餐荼〔六〕。仰庭禮而不追〔七〕，覩楹書而增慕〔八〕。恐玄穹倚杵〔九〕，碧海成桑〔一〇〕，敬勒貞堅，乃爲銘曰：

【箋注】

〔一〕「粤以」句，長壽，武則天年號。舊唐書則天皇后紀：天授三年（六九二）四月，「改元爲如意」；九月，「改元爲長壽」。則是年二月尚爲天授，蓋作碑時已改長壽，故以後概前也。

〔二〕「遷窆」句，遷窆，下葬。説文：「窆，葬下棺也。」雍州藍田縣，雍州即京兆府。元和郡縣志卷一京兆府（雍州），管縣二十三，其中有藍田縣，「本秦孝公置。按周禮：玉之美者曰球，其次爲藍。蓋以縣出美玉，故曰藍田」。同上載驪山在長安縣，蓋山與藍田相連也。清一統志卷一七八西安府：「驪山，在臨潼縣東，元與藍田縣藍田山相連。」

〔三〕「墳開」二句，滕城，滕公佳城，謂墓也。西京雜記卷四：「滕公駕至東都門，馬鳴，跼不肯前，以足跑地久之。滕公使士卒掘馬所跑地，入三尺所，得石槨。滕公以燭照之，有銘焉。乃以水洗寫其文，文字皆古異，左右莫能知。以問叔孫通，通曰：『科斗書也。』以今文寫之，曰：『佳城鬱鬱，三千年見白日。吁嗟滕公居此室。』滕公曰：『嗟乎，天也！吾死其即安此乎？』死遂葬焉。」按漢書夏侯嬰傳：「夏侯嬰，沛人也。……初，嬰爲滕令奉車，故號滕公。」

〔四〕「禮被」二句，霍隧，指霍光墓。漢書霍光傳：光薨，上及皇太后親臨光喪，「東園温明，皆如乘輿制度。載光尸柩以輼輬車，黄屋左纛，發材官輕車、北軍五校士軍陳至茂陵，以送其葬」。後漢書趙咨傳「晉侯請隧」，李賢注：「隧謂掘地爲埏道，王之葬禮也。」

〔五〕「哀纏」句，晉書王裒傳：「王裒，字偉元，城陽營陵人也。……父儀，高亮雅直，爲文帝司馬。東關之役，帝問於衆曰：『近日之事，誰任其咎？』儀對曰：『責在元帥。』帝怒曰：『司馬欲委罪於孤耶？』遂引出斬之。裒少立操尚，行己以禮，……痛父非命，未嘗西向而坐，示不臣朝廷也。於是隱居教授，三徵七辟，皆不就。廬於墓側，旦夕常至墓所拜跪，攀柏悲號，涕淚著樹，樹爲之枯。」

〔六〕「思結」句，文選謝朓始出尚書省：「餐荼更如薺。」李善注引毛詩曰：「誰謂荼苦？其甘如薺。」按所引見詩經邶風谷風，毛傳：「荼，苦菜也。」此言心苦。餐，原作「飡」，此同「餐」。

〔七〕「仰庭禮」句，論語季氏：「鯉趨而過庭，曰：『學禮乎？』對曰：『未也。』『不學禮，無以立。』鯉退而學禮。」鯉，何晏集解引馬（融）曰：「伯魚，孔子之子。」

〔八〕「覩楹書」句，楹，原作「汲」，據全唐文改。英華作「极」，蓋「楹」字之殘。晏子春秋内篇雜下：「晏子病將死，鑿楹納書焉，謂其妻曰：『楹語也，子壯而示之。』及壯，發書之言，曰『布帛不可窮，窮不可飾；牛馬不可窮，窮不可服；士不可窮，窮不可任；國不可窮，窮不可竊』也。」此泛指其父之書。

〔九〕「恐玄穹」句，玄穹，指天。周易坤卦文言：「天玄而地黄。」文選陸雲大將軍讌會被命作詩：

「玄暉峻朗。」李善注：「玄，天色也。」爾雅釋天：「穹蒼，蒼天也。」郭璞注：「天形穹隆，其色蒼蒼，因名云。」倚杵，太平御覽卷二天部下引河圖挺佐輔曰：「百世之後，地高天下，不風不雨，不寒不暑，民復食土，皆知其母，不知其父。如此千歲之後，而天可倚杵，洶洶隆隆，曾莫知其始終。」倚杵，同上卷八七四咎徵部一引易筮謀類：「民衣霧，主吸霜。間可倚杵，於何藏。」注：「天卑地高，天地相去，其不可倚一杵耳。」句謂天地壞。

〔一〇〕「碧海」句，葛洪神仙傳：「王遠，字方平，東海人也。過吴，住胥門蔡經家，因遣人招麻姑。……麻姑自說云：『接侍以來，已見東海三爲桑田。向到蓬萊，水又淺於往日會時略半耳，豈將復爲陵陸乎？』遠嘆曰：『聖人皆言海中將復揚塵也。』」以上兩句，言作銘因由。

大哉嬴國，遠矣少梁。與秦同祖，今則夏陽〔一〕。爰暨伯翳〔二〕，胙土惟良〔三〕。自兹厥後，人物克昌〔四〕。

【箋注】

〔一〕「大哉」四句，謂梁爲嬴姓，地在夏陽縣。左傳桓公九年：「秋，虢仲、芮伯、梁伯、荀侯、賈伯伐曲沃。」杜預注：「梁國，在馮翊夏陽縣。」孔穎達正義引地理志云：「馮翊夏陽縣，故少梁也，是梁在夏陽也。僖公十七年傳曰：惠公之在梁也，梁伯妻之，梁嬴孕過期。既以國配嬴，則梁爲嬴姓。」史記秦本紀：「梁伯、芮伯來朝。」索隱：「梁，嬴姓。……梁國，馮翊夏陽。」按元和郡縣志卷二同州（馮翊四輔）韓城縣：「梁國，在今縣理（治）南二十三里，有少梁故城。」同上夏陽縣：「古有莘國，漢郃陽縣之地。武德三年（六二〇）分郃陽，於此置河西縣，在河之西，因以爲名。又割同州之郃陽、韓城二縣，於今縣理置西韓州，取古韓國爲名也，以河東有韓州，故此加『西』。貞觀八年（六三四），廢西韓州，以縣屬同州。乾元三年（七六〇），改爲夏陽縣。」按：古夏陽縣，治在今陝西韓城市南古少梁遺址。唐夏陽縣，治今陝西合陽縣東夏陽村。

〔二〕「爰暨」句，伯翳，史記秦本紀：「秦之先，帝顓頊之苗裔。孫曰女脩，……生子大業。大業取少典之子，曰女華。女華生大費。」大費「佐舜調馴鳥獸，鳥獸多馴服，是爲柏翳，舜賜姓嬴氏」。漢書地理志下：「秦之先曰柏益，出自帝顓頊。堯時助禹治水，爲舜朕虞，養育草木鳥獸，賜姓嬴氏。」顔師古注：「柏益，一號伯翳，蓋翳、益聲相近故也。」

〔三〕「胙土」句，左傳隱公八年：「天子建德，因生以賜姓，胙之土而命之氏。」杜預注謂「報之以土而命氏」。孔穎達正義：「有德之人，必有美報。報之以土，謂封之以國名以爲之氏。諸侯之氏，則國名是也。」

〔四〕「人物」句，詩經周頌雝：「燕及皇天，克昌厥後。」鄭玄箋：「安及皇天，謂降瑞應無變異也，又能昌大其子孫。」

逮乎漢朝，令望不已〔一〕。三世連輝，七侯承祉〔二〕。或顯或晦，有文有史。舄奕珪璋〔三〕，芬芳蘭芷。

【箋　注】

〔一〕「令望」句，詩經大雅卷阿：「顒顒卬卬，如圭如璋，令聞令望。」鄭玄箋：「令，善也。王有賢臣，與之以禮義相切磋，體貌則顒顒然敬順，志氣則卬卬然高朗，如玉之圭璋也，人聞之則有善聲譽，人望之則有善威儀。」

〔二〕「三世」二句，三世，指梁竦，竦子雍，雍子商。七侯，見本文前「七貴承榮」句注引後漢書梁統傳附梁竦傳。

〔三〕「舄奕」句，文選班固典引：「舄奕乎千載。」蔡邕注：「舄奕，光曜流行貌。」呂向注：「舄，長；奕，盛。」故釋舄奕爲「長盛」。

少保名揚〔一〕，司空道泰〔二〕。惟祖惟禰〔三〕，蟬聯軒蓋〔四〕。挺生令則〔五〕，在邦之最。丱歲騰芳，髫年超靄〔六〕。

【箋注】

〔一〕「少保」句，少保，指梁待賓高祖梁禦，爲後魏駙馬都尉、侍中、少保、金紫光禄大夫，見本文前注。

〔二〕「司空」句，司空，指梁待賓曾祖梁睿，曾爲隋益州總管，蔣國公，贈司空，見本文前注。道泰，謂道行於時，官運亨通。

〔三〕「惟祖」句，禰，春秋公羊傳隱公元年：「惠公者何？隱之考也。」何休注：「生稱父，死稱考，入廟稱禰。」此指梁待賓之祖梁睿、父梁贇。

〔四〕「蟬聯」句，蟬聯，連綿字。文選左思吴都賦：「布濩臯澤，蟬聯陵丘。」劉淵林注：「蟬聯，不絶貌。」軒蓋，軒，車；蓋，華蓋也，代指高官。鮑照詠史詩：「明星辰未稀，軒蓋已雲至。」

〔五〕「挺生」句，挺生，謂生而不凡。令則，令，美也；則，猶言典範。

〔六〕「丱歲」二句，詩經齊風甫田：「總角丱兮。」毛傳：「丱，幼穉也。」髫年，後漢書伏湛傳：「髫髪厲志，白首不衰。」李賢注引埤蒼曰：「髫，髦也。髫髪，謂童子垂髪也。」

君號神童，晚稱英傑。佩仁服義〔一〕，既明且哲〔二〕。七步立成〔三〕，五行不輟〔四〕。家惟萬卷，韋實三絶〔五〕。

【箋注】

〔一〕「佩仁」句，楚辭宋玉招魂：「朕幼清以廉潔兮，身服義而未沬。」王逸注：「言我少小修清潔之行，身服仁義，未曾有懈己之時也。」

〔二〕「既明」句，詩經大雅崧高：「既明且哲，以保其身。」孔穎達正義：「既能明曉善惡，且又是非辨知。以此明哲，擇安去危，而保全其身，不有禍敗。」

〔三〕「七步」句，世説新語文學：「文帝（曹丕）嘗令東阿王（曹植）七步中作詩，不成者行大法。應聲便爲詩曰：『煮豆持作羹，漉菽以爲汁。萁在釜下燃，豆在釜中泣。本自同根生，相煎何太急？』帝深有慚色。」此言梁待賓敏速有文。

〔四〕「五行」句，後漢書應奉傳：「奉少聰明，自爲童兒及長，凡所經履，莫不暗記。讀書五行并下。」

〔五〕「韋實」句，史記孔子世家：「孔子晚而喜易，序彖、繫、象、説卦、文言。讀易，韋編三絶。」

詞高許下〔一〕，學富淹中〔二〕。志惟謹潔，心亦沖融。温淳植性，朗潤在躬。閨門禮洽〔三〕，朋友財通〔四〕。

【箋注】

〔一〕「詞高」句，許下，三國志魏書武帝（曹操）紀：「劉辟等叛，應（袁）紹略許下。」許下，即許都。

同上：「建安元年，洛陽殘破，董昭等勸太祖都許。」許，即許州，今河南許昌。詞，指許都文人群體之文章。文選曹植與楊德祖書：「昔仲宣（王粲）獨步於漢南，孔璋（陳琳）鷹揚於河朔，偉長（徐幹）擅名於青土，公幹（劉禎）振藻於海隅，德璉（應瑒）發迹於此魏，足下高視於上京。當此之時，人人自謂握靈蛇之珠，家家自謂抱荆山之玉。吾王於是設天網以該之，頓八紘以掩之，今悉集兹國矣。」所謂「兹國」，即指許都。句謂梁待賓之文章，高於上述諸人。

〔二〕「學富」句，淹中，漢書藝文志：「禮古經者，出於魯淹中。」注引蘇林曰：「淹中，里名也。」在曲阜。

〔三〕「閨門」句，閨門，女子所居内室，代指女眷。禮記仲尼燕居：「子曰：……以之閨門之内有禮，故三族和也。」

〔四〕「朋友」句，白虎通義三綱六紀：「禮記曰：『同門曰朋，同志曰友。』（按：作禮記誤，語見周禮地官大司徒，「同門」作「同師」）朋友之交，……貨則通而不計，共憂患而相救。」

思若雲飛〔一〕，辨同河瀉〔二〕。兼該小説〔三〕，邕容大雅〔四〕。武擅孫吴〔五〕，文標董賈〔六〕。樹下啼猿〔七〕，封中試馬〔八〕。

【箋注】

〔一〕「思若」句，盧思道盧記室誄：「麗詞泉涌，壯思雲飛。」

〔二〕「辨同」句，用王衍事，見本文前注引世説新語。

〔三〕「兼該」句，謂梁待賓善講故事。漢書藝文志：「小説家者流，蓋出於稗官，街談巷語、道聽塗説者之所造也。孔子曰：『雖小道，必有可觀者焉。』」

〔四〕「邕容」句，文選曹植七啓：「雍容閑步，周旋馳燿。」李周翰注：「雍容，美貌閑緩也。」雍、邕同。陳祖孫登賦得司馬相如詩：「雍容文雅深，王吉共追尋。當壚應酤酒，託意且彈琴。」

〔五〕「武擅」句，孫、吴，指孫武、吴起，古代著名軍事家。史記孫子吴起列傳：「孫子武者，齊人也。以兵法見於吴王闔廬，闔廬曰：『子之十三篇，吾盡觀之矣。』」張守節正義引魏武帝云：「孫子者，齊人，事於吴王闔閭，爲吴將，作兵法十三篇。」又曰：「七録云：『孫子兵法三卷。』案：十三篇爲上卷，又有中、下二卷。」同上吴起傳：「吴起者，衛人也，好用兵。」著有吴起兵法，漢書藝文志著録吴起四十八篇。

〔六〕「文標」句，董、賈，指董仲舒、賈誼。史記董仲舒傳：「董仲舒，廣川人也。以治春秋，孝景時爲博士。下帷講誦，弟子傳以久次相受業，或莫見其面，蓋三年董仲舒不觀於舍園，其精如此。進退容止，非禮不行，學者皆師尊之。」同書賈誼傳：「賈生，名誼，雒陽人也。年十八，以能誦詩屬書聞於郡中。」「文帝即位，召以爲博士。」東漢學者以董、賈二人爲西漢文士冠冕。後漢書仲長統傳：「友人東海繆襲常稱統才章，足繼西京董、賈、劉、揚。」李賢注：「董仲舒、賈誼、劉向、揚雄也。」

〔七〕「樹下」句，以養由基喻梁待賓，言其善射，見本文前注引淮南子説山訓。

〔八〕「封中」句，封，指蟻封，即小山丘。晉書王湛傳：「（湛兄子）濟所乘馬，甚愛之。湛曰：『此馬雖快，然力薄，不堪苦行。近見督郵馬，當勝，但芻秣不至耳。』濟試養之，當與己馬等。湛又曰：『此馬任重方知之，平路無以別也。』於是當蟻封内試之，濟馬果躓，而督郵馬如常。」句謂梁待賓善識馬、牧馬，見本文前注。

且文且武，執戟登位〔一〕。海隅不賓，命我偏帥〔二〕。既陪勒石，還從飲至〔三〕。輔翊百里，褒昇佐貳〔四〕。既總兵權，入司宮掖〔五〕。徼道宵警，禁門曉闢。式重其駿，載懷斯癖〔六〕。

【箋注】

〔一〕「執戟」句，指梁待賓麟德二年（六六五）補左親衛事，見本文前注。

〔二〕「海隅」二句，尚書益稷：「至於海隅蒼生。」孔穎達正義釋爲「四海之隅」。呂氏春秋有始：「齊之海隅。」高誘注：「隅，猶崖也。」此指高麗。不賓，謂不歸附。偏帥，文選曹冏六代論：「今之用賢，或超爲名都之主，或爲偏師之帥。」呂向注：「偏師，謂佐於大軍也。」兩句指梁待賓從征高麗事，見本文前注。

〔三〕「既陪」二句，勒石，指征高麗獲勝班師，論功行賞，見本文前注。飲至，左傳隱公五年：「三年而治兵，入而振旅，歸而飲至，以數軍實。」杜預注：「飲於廟，以數車徒器械及所獲也。」

〔四〕「輔翊」二句，百里，古代一縣所轄約百里，故後代以百里代指縣令。世説新語言語：「李弘度(充)常嘆不被遇，殷揚州(浩)知其家貧，問：『君能屈志百里不？』李答曰：『北門之嘆，久已上聞；窮猿奔林，豈暇擇木？』遂授剡縣。」此指永淳元年(六八二)初授梁待賓伊州伊吾縣丞事，詳本文前注。

〔五〕「既總」二句，指永淳二年二月授梁待賓昭節(兩字疑有誤，見前注)校尉，兼上陽、洛城等門供奉事，詳本文前注。

〔六〕「式重」二句，式，語詞。駿，良馬。謂梁待賓特重駿馬，故亦有馬癖。晉書杜預傳：「王濟解相馬，又甚愛之，而和嶠頗聚斂。預常稱『濟有馬癖，嶠有錢癖』。」

我馬既良，我軍既雄。折衝千里，趨奉九重〔一〕。行承芝詔〔二〕，坐啓茅封〔三〕。恨深負米，榮暨擊鐘〔四〕。爰持戒律，思答慈容〔五〕。

【箋注】

〔一〕「趨奉」句，九重，指皇宫。楚辭宋玉九辯：「君之門以九重。」

〔二〕「行承」句，芝詔，産芝之詔。漢書武帝紀：「元封二年(前一〇九)六月，詔曰：「甘泉宫内中産芝，九莖連葉。上帝博臨，不異下房，賜朕弘休。其赦天下，賜雲陽都百户牛酒。」後世代指休美之詔，如宋文彦博宣仁聖烈皇太后挽詞：「老臣八十慚尸素，掛了貂冠歸洛陽。芝詔薦臨優眷注，蒲輪促起預平章。」此所謂「芝詔」，指梁待賓奉敕於大内祥麟廄檢校馬。

〔三〕「坐啓」句，茅封，即茅土之封，詳前注。此指天授初因養馬之功獲封安定縣男事，詳本文前注。

〔四〕「恨深」二句，謂以父母謝世爲大恨。説苑卷三建本：「子路曰：『……昔者由事二親之時，常食藜藿之實，而爲親負米百里之外。親没之後，南游於楚，從車百乘，積粟萬鍾，累茵而坐，列鼎而食，願食藜藿爲親負米之時，不可復得也。』」擊鐘，謂奏樂，即上注子路所謂「列鼎而食」。張衡西京賦：「擊鐘鼎食，連騎相過。」

〔五〕「爰持」二句，戒律，大乘義章卷一：「言尸羅者，此名清涼，亦名爲戒。……所言律者，是外國名優婆羅叉，此翻名律。」此代指佛教。謂虔誠奉佛，廣樹慈仁，以報答雙親養育之恩。

將福有徵〔一〕，謂仁必壽〔二〕。如何淑德，遭此兇咎。孺慕崩心〔三〕，惸嫠縮首〔四〕。夜泉扃閉〔五〕，天長地久〔六〕。

【箋注】

〔一〕「將福」句，謂梁待賓正有福禄之休徵。古人謂禍福皆有徵兆。風俗通義卷五：「孔子曰：『雖明天子，熒惑必謀禍福之徵，慎察用之。』」

〔二〕「謂仁」句，論語雍也：「仁者壽。」何晏集解引包(咸)曰：「性静者多壽考。」

〔三〕「孺慕」句，禮記檀弓下：「有子與子游立，見孺子慕者。」鄭玄注：「孺子之號慕。」孔穎達正義，謂「小兒直號慕而已」。

〔四〕「惸嫠」句，惸，同「煢」。煢嫠，孤兒寡婦。縮，原作「宿」，據全唐文改。縮首，不知所措貌。

〔五〕「夜泉」句，夜泉，泉即黄泉，指墳墓。扃，墓門也。謂墓門一閉，其中暗如漫漫長夜。陶潛擬挽歌辭三首其三：「幽室一已閉，千年不復朝。」庾信慕容寧神道碑：「泉扃永閉。」

〔六〕「天長」句，老子：「天長地久。」此言人雖云亡，却與天地等壽，永垂不朽。

唐同州長史宇文公神道碑〔一〕

諸侯計功〔二〕，其銘曰仲山甫誠於百辟〔三〕；大夫稱伐，其銘曰正考甫恭於三命〔四〕。所以揚其先祖，所以示其子孫〔五〕。上古之初，刊於禮樂之言；中年以降，述於宗廟之碑〔六〕。文質既殊，條流遂廣〔七〕；山河永配，金石長存。或旌原氏之阡〔八〕，或表滕公之墓〔九〕。觀百林之字者，孝廉之舊業於是乎不徭不忘〔一〇〕；讀黄鳥之詞者，文範之餘風於是乎可久可大〔一一〕。

【箋注】

〔一〕同州，唐代州名，見前後周青州刺史齊貞公宇文公神道碑注，轄今陝西大荔、韓城、澄城一帶。宇文公，即宇文珽，碑稱卒於永淳元年（六八二）六月二十一日，享年六十五歲，則當生於唐高祖武德元年（六一八）。本文當作於墓主卒後不久。

〔二〕「諸侯」句，及隔句「大夫稱伐」，俱出左傳襄公十九年，前後周青州刺史齊貞公宇文公神道碑注已引。

〔三〕「其銘曰」句，太平御覽卷五九〇銘引蔡邕銘論：「仲甫有補袞闕，誠百辟之功。」仲甫，即仲山甫，嘗佐周宣王中興，其事迹參前齊貞公宇文公神道碑注。文選張衡東京賦：「百辟乃入，司儀辨等。」薛綜注：「百辟，諸侯也。」誡，英華卷九二五校：「集作誠。」形訛。

〔四〕「其銘曰」句，左傳昭公七年：「正考父佐戴武宣，三命茲益共，故其鼎銘云：『一命而僂，再命而傴，三命而俯，循牆而走，亦莫余敢侮。饘於是，鬻於是，以糊余口。』」共，同恭。

〔五〕「所以示」句，左傳襄公十九年：「臧武仲謂季孫曰：『……大伐小取，其所得以作彝器，銘其功烈，以示子孫，昭明德而懲無禮也。』」

〔六〕「上古」四句，禮樂，指禮器、樂器。蔡邕銘論：「鐘鼎禮樂之器，昭德紀功，以示子孫。物不朽者，莫不朽於金石故也。近世以來，咸銘之於碑。」碑，英華校：「集作祖。」誤。

〔七〕「條流」句，條，原作「源」。按「源流」不可謂「廣」，據英華、四子集、全唐文卷一九三改。

〔八〕「或旌」句，漢書原涉傳：「原涉，字巨先，祖父武帝時以豪桀自陽翟徙茂陵。……初，武帝時，之原氏仟。」仟、阡通。

京兆尹曹氏葬茂陵，民謂其道爲京兆仟。涉慕之，乃買地開道，立表署曰南陽仟，人不肯從，謂

〔九〕「或表」句，滕公，即夏侯嬰。表滕公墓，見前文注引西京雜記。

〔一〇〕「觀百林」二句，孝廉，疑指桓彬。後漢書桓榮傳附桓彬傳：「桓彬，字彦林，沛郡龍亢人。少與蔡邕齊名。初舉孝廉，拜尚書郎，厲志操，與左丞劉歆、右丞杜希同好交善，中常侍曹節女壻馮方誣之爲『酒黨』，遂廢。『光和元年（一七八）卒於家，年四十六，諸儒莫不傷之。所著七説及書凡三篇，蔡邕等共論序其志，僉以爲彬有過人者四：夙智早成，岐嶷也；學優文麗，至通也；仕不苟禄，絶高也；辭隆從窊，潔操也。乃共樹碑而頌焉。』」百林，未悉其義，疑「百」乃「白」之訛，與下句「黄」對應。白林，霜雪之林，指碑之所在。陳子昂酬暉上人秋夜山亭有贈：「皎皎白林秋，微微翠山静。」可參讀。詩經大雅假樂：「不愆不忘。」鄭玄箋：「愆，過。」

〔一一〕「讀黄鳥」二句，後漢書陳寔傳：「陳寔，字仲弓，潁川許人也。」有志好學，坐立誦讀，天下服其德。「中平四年（一八七），年八十四卒於家，何進遣使弔祭，海内赴者三萬餘人，制衰麻者以百數，共刊石立碑，謚爲文範先生。」黄鳥之詞，指蔡邕陳寔碑，其銘有「交交黄鳥，爰集于棘。命不可贖，哀何有極」四句，故云。可久可大，周易繫辭上：「易知則有親，易從則有功。有親則可久，有功則可大。」韓康伯注：「順萬物之情，故曰有親；通天下之志，故曰有功。有易簡之德，則能成可久可大之功。」以上四句，謂碑銘可據以知人，極爲重要。

公諱珽，字叔珉，河南洛陽人也。宇文歸之遠派〔一〕，宇文翰之餘秩〔二〕。燭龍晝夜於鍾山〔三〕，鵬雲南北於溟海〔四〕。自中州圮坼，上國崩離〔五〕，魏氏揚其寶圖〔六〕，齊人弄其神器〔七〕。則天有成命，周雖舊邦〔八〕。文王以業重三分，昭事上帝〔九〕；武王以功成八百，陰隲下民〔一〇〕。車書混一於域中〔一一〕，子弟星羅於海内。方乎劉澤，乃天漢之懿親〔一二〕；匹以曹洪，即當塗之近屬〔一三〕。及隋室遷鼎〔一四〕，唐運握符〔一五〕，固亦壇社仍存，山河不替〔一六〕。曾祖顯和，後魏將軍，朱衣直閤，東夏州刺史、車騎將軍、散騎常侍、長廣郡公。周贈使持節、開府儀同三司、延丹綏三州諸軍事、延州刺史，周書有傳〔一七〕。對揚天命〔一八〕，保乂王家〔一九〕。霍去病初封冠軍〔二〇〕，周亞夫始爲車騎〔二一〕。剖符之重，任在於六條〔二二〕；建國之榮，禮高於五等〔二三〕。祖神舉，使持節、驃騎將軍、開府儀同三司、京兆尹、柱國、大將軍，并潞肆石四州十二鎮諸軍、并州總管，東平郡公，贈少保，周書有傳〔二四〕。材優輔弼，業贊雲雷〔二五〕。晉則羊祜儀同〔二六〕，楚則共敖柱國〔二七〕。王章之拜京兆，天子聞其直言〔二八〕；郭伋之莅并州，諸童符其恩信〔二九〕。考誼，隋文皇帝挽郎，皇朝益州青城、瀛州清苑二縣令〔三〇〕。鉤深致遠〔三一〕，直道正詞，不汲汲於富貴，每乾乾於日夕〔三二〕。廣都蔣公琰，非無社稷之能〔三三〕；太丘陳仲弓，自有閨門之德〔三四〕。

【箋注】

〔一〕「宇文歸」句，宇文歸，鮮卑族宇文部首領。據北史匈奴宇文莫槐傳，宇文氏出自南匈奴。東漢和帝永元年間南遷。周書文帝紀載，葛烏菟「雄武多算略，鮮卑慕之，奉以爲主，遂爲十二部落，世爲大人」。宇文乞得歸嗣立，依附後趙石勒。後趙石弘延熙元年（三三三），乞得歸爲別部大人宇文逸豆歸所逐，走死於外，逸豆歸自立。宇文逸豆歸，即宇文歸。

〔二〕「宇文翰」句，十六國春秋卷四四後燕録二慕容垂中：慕容垂「改（前）秦建元二十年爲（後）燕元年（三八四），服色朝儀，皆如舊章。……封從弟拔等十七人及甥宇文翰、舅子蘭審皆爲王」。則宇文翰爲慕容垂之甥。秩，此指世次；已無完整記載，故稱「餘秩」。

〔三〕「燭龍」句，山海經大荒北經：「西北海之外，赤水之北，有章尾山，有神人面蛇身而赤，直目正乘。其瞑乃晦，其視乃明，不食不寢不息，風雨是謁，是燭九陰，是謂燭龍。」同書海外北經：「鍾山之神，名曰燭陰。視爲晝，瞑爲夜，吹爲冬，呼爲夏。不飲不食不息，息爲風。……其爲物，人面蛇身赤色，居鍾山下。」燭陰，郭璞注：「燭龍也。是燭九陰，因名云。」句以燭龍喻宇文歸，謂其爲北方之龍。燭龍，英華、全唐文作「龍火」，英華校：「集作燭龍。」晝，原作「畫」，爲「晝」之形訛。鍾山，英華校：「集作東山。」按：作「龍火」、「東山」誤。

〔四〕「鵬雲」句，莊子逍遥遊：「北冥有魚，其名爲鯤，鯤之大，不知其幾千里也。化而爲鳥，其名爲鵬，鵬之背，不知其幾千里也。怒而飛，其翼若垂天之雲。是鳥也，海運則將徙於南冥。」句以大鵬喻宇文翰，謂其南北遷徙，有如大鵬。

〔五〕「自中州」二句，中州、上國義同，皆指西晉。文選嵇康琴賦：「放肆大川，濟乎中州。」李善注：「中州，猶中國也。」圮，文選張衡東京賦：「宗緒中圮。」薛綜注：「圮，絶也。」坼，裂開，分裂。桓温薦譙元彦表：「神州丘墟，三方圮裂。」此謂西晉滅亡，晉室渡江南遷。

〔六〕「魏氏」句，指後魏。揚，原作「忘」，英華作「揚」，校：「集作忘。」按：下句對文爲「弄」，此以作「揚」義長，據改。寶圖，象徵天授政權之圖籙。揚其寶圖，謂拓跋氏所建後魏勃興。

〔七〕「齊人」句，齊人，指高歡父子。東魏孝静帝武定八年（五五〇）五月，高歡次子洋滅東魏，建立齊，史稱北齊，爲文宣帝，改元天保。事詳魏書廢出三帝紀、孝静紀，北齊書神武紀。文選張衡東京賦：「竊弄神器。」薛綜注：「神器，帝位也。」李善注：「老子曰：『天下神器不可爲也，爲者敗之。』韋昭漢書注曰：『神器，天子璽也。』」

〔八〕「則天有」二句，詩經大雅文王：「周雖舊邦，其命維新。」鄭玄箋：「大王聿來胥宇，而國於周，王迹起矣，而未有天命，至文王而受命。言新者，美之也。」

〔九〕「文王」二句，三分，指天下。論語泰伯：「三分天下有其二，以服事殷，周之德，可謂至德也已矣。」何晏集解引包（咸）曰：「殷紂淫亂，文王爲西伯而有聖德，天下歸周者三分有二。」詩經大雅大明：「維此文王，小心翼翼，昭事上帝。」

〔一〇〕「武王」二句，八百，助武王伐殷之諸侯數。史記周本紀：武王伐殷，「諸侯不期而會盟津者八百諸侯」。尚書洪範：「王（武王）乃言曰：『嗚呼，箕子！惟天陰騭下民，相協厥居。』」僞孔傳：「騭，定也。天不言而默定下民。」民，原作「人」，唐諱，徑改。

〔一一〕「車書」句，禮記中庸：子曰：「今天下車同軌，書同文，行同倫。」代指周滅商統一全國。按：此所謂周，明述三代之周，實指後周即北周。西魏大統十七年（五五一）三月，文帝崩，太子元欽即位，是爲廢帝。廢帝三年（五五四），宇文泰廢之，立恭帝拓跋廓。恭帝三年（五五六）十二月，宇文泰第三子宇文覺滅西魏，建立周，史稱北周。宇文覺嘗封周公，故以「周」爲國號，「正用夏時，式遵聖道」，以繼三代之周自命。宇文覺元年，追封宇文泰爲文王，廟曰太祖。事詳周書文帝紀、孝閔紀。

〔一二〕「方乎」二句，劉澤，史記荊燕世家：「燕王劉澤者，諸劉遠屬也。」集解裴駰案：「漢書：澤，高祖從祖昆弟。」天漢，即漢。懿親，至親。按：上文言宇文珽爲宇文逸豆歸（宇文歸）之遠派，而據周書文帝紀上，宇文泰遠祖亦爲逸豆歸（周書作「侯豆歸」，晉書慕容皝載記作「逸豆歸」），故此以宇文珽比漢代之劉澤，謂其與宇文泰、宇文覺爲同一遠祖之後。乃，英華校：「集作即。」按對句作「即」，此當作「乃」。

〔一三〕「匹以」二句，三國志魏書曹洪傳：「曹洪，字子廉，太祖（曹操）從弟也。」當塗，魏之代稱。後漢書袁術傳：「少見讖書，言『代漢者當塗高』。」李賢注：「當塗高者，魏也。」下文謂宇文珽之祖爲宇文神舉，按周書宇文神舉傳：「宇文神舉，太祖（即文帝宇文泰）之族子也。」故謂「近屬」。

〔一四〕「及隋室」句，「及」下，原有「其」字。英華於「其」字下校：「集無此字。」是，據删。遷鼎，鼎乃政權象徵，遷鼎謂隋滅北周。左傳桓公二年：「武王克商，遷九鼎於雒邑。」杜預注：「九鼎，殷所受夏九鼎也。武王克商，乃營雒邑，而後去之，又遷九鼎焉。」

〔一五〕「唐運」句，唐，原作「重」，據全唐文改。唐運，李唐有天下之曆運。握符，文選沈約齊故安陸昭王碑文：「魏氏乘時於前，皇齊握符於後。」李善注引孝經鈎命決曰：「帝受命握符出。」符，象徵天命之符籙。此指唐朝李氏奪取政權。

〔一六〕「固亦」二句，壇社，祭山川社稷之高臺。主祭祀，乃權力象徵。以上四句，謂宇文氏之周雖亡，而隋、唐兩代，其後裔權勢依舊。

〔一七〕「曾祖」至「有傳」，周書宇文神舉傳：「父顯和，少而襲爵。性矜嚴，頗涉經史，膂力絶人，彎弓數百斤，能左右馳射。……（北魏孝武帝）即位，擢授冠軍將軍、閤内都督，封城陽縣公，邑五百户。遷朱衣直閤、閤内大都督，改封長廣縣公，邑一千五百户。……俄出爲持節衛將軍、東夏州刺史，以疾去職，深爲吏民所懷。尋進位車騎大將軍、儀同三司、加散騎常侍。（西）魏恭帝元年（五五四）卒，時年五十七。太祖（宇文泰）親臨之，哀動左右。（北周武帝宇文邕）建德二年（五七三），追贈使持節、驃騎大將軍、開府儀同三司、延丹綏三州諸軍事、延州刺史。」文苑英華辨證：「楊炯宇文珽碑：『曾祖顯和，後魏將軍。』集作『冠軍』，北史本傳作『冠軍將軍』。碑與集疑省文。」其説是。魏書官氏志：冠軍將軍，從三品。城陽縣，魏書地形志二上：濮陽郡，領縣四，城陽爲其一。長廣郡公，此作「縣公」。既爲「改封」，疑當作「郡公」。魏書地形志二中：「長廣郡（晉武帝置），治膠東城。」東夏州，即延州，見下注。延、丹、綏三州：元和郡縣志卷三延州：「秦置三十六郡，屬上郡。在漢爲上郡高奴縣之地，今州理即上郡高奴縣之城也。……魏省上郡，至晉陷爲戎狄。其後屬赫連勃勃。後魏滅赫連昌，以屬統萬鎮。孝文帝置金明郡，宣武帝置東夏州，廢帝改爲延州，以界内延水爲名，置總管，管丹、延、綏三州。」同上書卷四丹州：「後魏文帝大統三年（五三七），割鄜、延二州地置汾州，理三堡鎮。廢帝以河東汾州同名，改爲丹州，因丹陽川爲名，領義川、樂川縣。」同上綏州：「史記曰『魏有西河上郡』。秦併天下，始皇置三十六郡，爲上郡。……自後漢末已來，荒廢年久，俗是稽胡。及赫連勃勃都於統萬，上郡之地又爲赫連部落所居。後魏明帝神龜元年（五一八），東夏州刺史張邵於此置上郡。廢帝元年（五五一），於郡内分置綏州。」

〔一八〕「對揚」句，尚書説命下：「（傅）説拜稽首，曰：『敢對揚天子之休命。』」僞孔傳：「對，答也。答受美命而稱揚之。」

〔一九〕「保乂」句，尚書康王之誥：「聖德洽，則亦有熊羆之士，不二心之臣，保乂王家。」僞孔傳：「言文、武既聖，則亦有勇猛如熊羆之士，忠一不二心之臣，其安治王家。」

〔二〇〕「霍去病」句，漢書霍去病傳：「霍去病，大將軍（衛）青姊少兒子也。」以皇后姊子，年十八，爲侍中。善騎射，爲票姚校尉，從大將軍衛青，以斬首捕虜再冠軍，封冠軍侯。

〔二〕「周亞夫」句，漢書周勃傳：「（勃）弟亞夫，復爲侯。」文帝拜亞夫爲中尉，且崩時，戒太子曰：「即有緩急，周亞夫真可任將兵。」文帝崩，亞夫爲車騎將軍。

〔三〕「剖符」二句，剖符，文選司馬相如喻巴蜀檄：「故有剖符之封。」李善注引如淳曰：「析中分也，白藏天子，青在諸侯。」又同書王褒聖主得賢臣頌：「剖符錫壤。」張銑注：「剖，分也。符者，所以諸侯與天子分之，各執一契，舉動所爲，必合之於契，然後承命而行之。」六條，漢書百官公卿表：「武帝元封五年（前一〇六），初置部刺史，掌奉詔條察州。」顏師古注引漢官典職儀云：「刺史班宣周行，郡國省察治狀，黜涉能否，斷治冤獄，以六條問事，非條所問，即不省。一條：强宗豪右田宅踰制，以强陵弱，以衆暴寡。二條：二千石不奉詔書，遵承典制，倍公向私，旁詔守利，侵漁百姓，聚歛爲姦。三條：二千石不恤疑獄，風厲殺人，怒則任刑，喜則淫賞，煩擾刻暴，剥截黎元，爲百姓所疾，山崩石裂，祆祥訛言。四條：二千石選署不平，苟阿所愛，蔽賢寵頑。五條：二千石子弟恃怙榮勢，請託所監。六條：二千石違公下比，阿附豪强，通行貨賂，割損正令也。」

〔四〕「建國」二句，建國，指宇文顥和協助北魏孝武帝西奔長安，建立西魏。周書宇文神舉傳：「及齊神武（高歡）專政，帝（孝武帝）每不自安，謂顥和曰：『天下洶洶，將若之何？』對曰：『當今之計，莫若擇善而從之。』……帝曰：『是吾心也。』遂定入關之策。……從帝入關。」五等，尚書皋陶謨：「天秩有禮，自我五禮有庸哉。」僞孔傳：「天次秩。有禮，當用我公、侯、伯、子、男五等之禮以接之，使有常。」

〔二四〕「祖神舉」至「周書有傳」，周書宇文神舉傳：「神舉早歲而孤，有夙成之量。……（北周武帝宇文邕）保定元年（五六一），襲爵長廣縣公，邑二千三百户。尋授帥都督，遷大都督、使持節，車騎大將軍、儀同三司，拜右大夫。四年，進驃騎大將軍、開府儀同三司，治小宮伯。天和元年（五六六），遷右宮伯，中大夫，進爵清河郡公，增邑一千户。……建德元年（五七二），遷京兆尹。三年，出爲熊州刺史。……授并州刺史，加上開府儀同大將軍。……尋加上大將軍，改封武德郡公，增邑二千户。俄進柱國大將軍，改封東平郡公，增邑通前六千九百户。……授并潞肆石等四州十二鎮諸軍、并州總管。」及宣帝（宇文贇）即位，「使人齎鴆酒賜之，薨於馬邑，時年四十八」。所述缺死後「贈少保」事。并潞肆石四州，并州，元和郡縣志卷一三太原府：「晉惠帝時，并州之地盡爲劉元海所有。……後魏復爲太原郡。周武帝建德六年（五七七）平齊，置六府於并州。後省六府，置并州總管。」潞州，同上卷一五潞州：「秦爲上黨郡地。後漢末，董卓作亂，移理壺關城，即今州理是也。周武帝建德七年，於襄垣縣置潞州，上黨郡屬焉。」肆州，魏書地形志上肆州：「治九原。天賜二年（四〇五）爲鎮，真君七年（四四六）置州。」按英華於「肆」下注：「隋地理志，屬雁門郡（「郡」原誤「部」，徑改）。」按：隋書地理志中：「鴈門郡，後周置肆州。開皇五年（五八五），改爲代州，置總管府。大業初府廢。」石州，元和郡縣志卷一四石州：「在秦爲西河郡之離石縣。……石勒時改爲永石郡。後魏明帝改爲離石郡，高齊文宣帝於城内置西汾州，周武帝改爲石州。」東平郡，魏書地形志：「東平郡，故梁國，漢景帝分爲濟東國，武帝改爲大河郡，宣帝爲東平國，後漢、晉仍爲國，後改。」在今山東東平縣。

〔二五〕「業贊」句，周易屯卦象曰：「雲雷，屯，君子以經綸。」王弼注：「君子經綸之時。」此謂宇文神舉輔助皇帝治理國家。

〔二六〕「晉則」句，晉書羊祜傳：「羊祜，字叔子，泰山南城人也。……咸寧初，除征南大將軍、開府儀同三司，得專辟召。」

〔二七〕「楚則」句，共，原作「若」。英華作「若」，校：「集作共。」史記高祖紀：「項羽自立爲西楚霸王，王梁、楚地九郡，都彭城。負約更立沛公爲漢王，……懷王柱國共敖爲臨江王。」柱國，楚官名。考左傳、史記楚世家等，皆無若敖爲柱國之記載。左傳宣公二年曰：「若敖之族，自子文以來，世爲楚令尹。」則作「共」是，據英華所引集本改。

〔二八〕「王章」二句，漢書王章傳：「王章，字仲卿，泰山鉅平人也。少以文學爲官，稍遷至諫大夫，在朝廷名敢直言。元帝初，擢爲左曹中郎將。……成帝立，徵章爲諫大夫，遷司隸校尉，大臣貴戚敬憚之。王尊免，後代者不稱職，章以選爲京兆尹。」

〔二九〕「郭伋」二句，後漢書郭伋傳：「郭伋，字細侯，扶風茂陵人也。」王莽時嘗爲并州牧。世祖（光武帝）即位，拜雍州牧，轉爲漁陽太守，再調爲并州牧。「伋前在并州，素結恩德，及後入界，……

有童兒數百各騎竹馬於道次迎拜。伋問：『兒曹何自遠來？』對曰：『聞使君到，喜，故來奉迎。』伋辭謝之。及事訖，諸兒復送至郭外，問『使君何日當還』？伋謂别駕從事計日，當告之。行部既還，先期一日，伋爲違信於諸兒，遂止於野亭，須期乃入。」

〔三〇〕「考誼」至「二縣令」，挽郎，杜佑通典卷八六挽歌：「漢高帝時，齊王田横自殺，其故吏不敢哭泣，但隨柩叙哀。而後代相承，以爲挽歌，蓋因於古也。晉成帝咸康七年（三四一），杜后崩，有司聞奏，依舊選公卿以下六品子弟六十人爲挽郎，詔又停之。摯虞云：漢、魏故事，大喪及大臣之喪，執紼者挽歌。」則執紼、唱挽歌之六品官子弟，稱「挽郎」。禮記曲禮上：「助葬必執紼。」鄭玄注：「紼，引車索。」青城，元和郡縣志卷三一蜀州青城縣：「本漢江原縣地。周武帝於此置青城縣，因山爲名，屬犍爲郡。隋開皇三年（五八三）罷郡，縣屬益州。」今屬四川都江堰市。瀛州清苑，魏書地形志二上瀛州：「太和十一年（四八七）分定州河間、高陽，冀州章武、浮陽置，治趙都軍城。」領郡三：高陽、章武、河間。高陽郡領縣九，有清苑，原注：「高祖太和元年（四七七）分新城置。」其後屢有變遷，清苑等縣另屬他州。太平寰宇記卷六六河北道瀛州：貞觀元年（六二七），「割蒲州之高陽、鄚，故景州之平舒，故蠡州之博野、清苑五縣來屬」。縣今屬河北保定市。宇文誼事迹，别無可考。

〔三一〕「鈎深」句，周易繫辭上：「探賾索隱，鉤深致遠，以定天下之吉凶、成天下之亹亹者，莫大乎蓍龜。」鈎深，孔穎達正義曰：「物在深處能鈎取之，物在遠方能招致之。」

〔三二〕「每乾乾」句，周易乾卦文言：「九三曰『君子終日乾乾，夕惕若厲，无咎』，何謂也？子曰：『君子進德修業，忠信所以進德也；修辭立其誠，所以居業也。知至，至之可與幾也；知終，終之可與存義也。』」按：乾乾，危懼不安貌。

〔三三〕「廣都」二句，三國志蜀書蔣琬傳：「蔣琬，字公琰，零陵湘鄉人也。弱冠，與外弟泉陵劉敏俱知名。琬以州書佐隨先主入蜀，除廣都長。先主嘗因游觀，奄至廣都，見琬衆事不理，時又沉醉，先主大怒，將加罪戮。軍師將軍諸葛亮請曰：『蔣琬，社稷之器，非百里之才也。其爲政以安民爲本，不以修飾爲先，願主公重加察之。』先主雅敬亮，乃不加罪，倉卒但免官而已。」按：廣都，今成都雙流區。

〔三四〕「太丘」二句，後漢書陳寔傳：「陳寔，字仲弓，潁川許人也。」遷除太丘長，修德清静，百姓以安。「時歲荒民儉，有盜夜入其室，止於梁上。寔陰見，乃起，自整拂，呼命子孫，正色訓之曰：『夫人不可不自勉，不善之人未必本惡，習以性成，遂至於此梁上君子者是矣。』盜大驚，自投於地，稽顙歸罪。寔徐譬之曰：『視君狀貌不似惡人，宜深克己反善。然此當由貧困。』令遺絹二匹。自是，一縣無復盜竊。」李賢注：「太丘縣，屬沛國，故城在今亳州永城縣西北也。」按：永城縣，今爲河南永城市。閭門，家門。此謂其善於教訓子孫。

公慶成弧矢〔一〕，氣襲芝蘭〔二〕。劍則赤山之精，照牽牛於北列〔三〕；鼎則黄雲之寶，入天駟於東方〔四〕。資大孝而立身，藴中和以成德。詞參變化，稽百代之闕文〔五〕；學富圖書，閲三冬之舊史〔六〕。司徒袁粲，許之以栝柏豫章〔七〕；處士禰衡，目之以椅桐梓漆〔八〕。初任國子生，擢第，授道王府參軍，兼鄭州參軍事〔九〕。横經太學，射策王庭〔一〇〕。高陽才子，宣慈惠和之譽〔一一〕；武公新邑，濟河洛潁之聞〔一二〕。兼攝務殷〔一三〕，參卿位重〔一四〕。王徽之任達，國士升車〔一五〕；劉苟之博聞，中郎寓直〔一六〕。秩滿，授遂州司户參軍事〔一七〕。天開井絡〔一八〕，地洩江源〔一九〕。才雄翕習於外區〔二〇〕，棟宇相望於近甸〔二一〕。尹興爲政，知陸續於衆人〔二二〕；黄讜臨官，識包咸於數子〔二三〕。尋遷絳州翼城令〔二四〕。大梁星野〔二五〕，少澤封圻〔二六〕。城故絳以深其宫〔二七〕，都新田以流其惡〔二八〕。實惟繁劇，載佇循良〔二九〕。魯國有司，無擅徵之事〔三〇〕；南陽郡吏，罷休沐之娱〔三一〕。州府狀聞，鄉亭頌德。亦由禮讓之化，綿竹於是乎作歌〔三二〕；風俗之夷，浚儀於是乎刊石〔三三〕。稍遷符璽郎，尋奉敕檢校鴻臚，本官如故〔三四〕。環濟要略，掌天子之符璽〔三五〕；劉熙釋名，表京師之心腹〔三六〕。是分麾節，式贊王侯。國信不差，郊迎有序。遷尚書職方員外郎〔三七〕。夏書禹貢，辨其川澤〔三八〕；周禮職方，明其物土〔三九〕。清晨伏奏，幾承題柱之恩〔四〇〕；閑夜潔齋，惟有張燈之宿〔四一〕。詔除朝散大夫、晉州司馬，尋遷長史〔四二〕。平陽舊縣，姑射靈山，玉印仍存，瑶城未改〔四三〕。習鑿齒之逢宣武，三命而踐治中〔四四〕；管公明之謁冀州，四見而登别駕〔四五〕。詔遷同州長史〔四六〕。河西輻輳，渭北膏腴〔四七〕。秦地之下邦，漢京之左輔〔四八〕。使君何以爲政〔四九〕，端右宜其得人〔五〇〕。江統知賢，直言則陳留阮宣子〔五一〕；唐彬薦善，通理則汝南王叔度〔五二〕。王祥糾合，屈公輔之宏材〔五三〕；荀羡逸群，杜衡天之勁翮〔五四〕。享年六十有五，以永淳元年六月二十一日終於華州之別業〔五五〕。嗚呼哀哉！

【箋注】

〔一〕「公慶成」句，慶，善也。弧矢，弓箭。吳越春秋卷五勾踐歸國外傳：越王問陳音（按文選班固答賓戲李善注引作「陳章」）射道，音曰：「神農皇帝弦木爲弧，剡木爲矢，弧矢之利，以威四方。黄帝之後，楚有弧父，弧父者，生於楚之荆山，生不見父母。爲兒之時，習用弓矢，所射無脱，以其道傳於羿。羿傳逢蒙，逢蒙傳於楚琴氏。琴氏以爲弓矢不足以威天下。當是之時，諸侯相伐，兵刃交錯，弓矢之威，不能制服。琴氏乃横弓著臂，施機設樞，加之以力，然後諸侯可服。琴氏傳之楚三侯，所謂句亶、鄂、章，人號麇侯、翼侯、魏侯也。自楚之三侯，傳至靈王，自稱之楚累世，蓋以桃弓棘矢而備鄰國也。自靈王之後，射道分流，百家能人，用莫得其正。臣前人受之於楚，五世於臣矣。臣雖不明其道，惟王試之。」此謂「慶成弧矢」，乃以弧矢相傳爲喻，謂宇文斑爲人爲官之道，其善乃世代薰習傳承。

〔二〕「氣襲」句，世説新語言語：「謝太傅（安）問諸子姪：『子弟亦何預人事，而正欲使其佳？』諸人莫有言者，車騎（謝玄）答曰：『譬如芝蘭玉樹，欲使其生於階庭耳。』」芝蘭，香草。按：此與上句義同。

〔三〕「劍則」二句，文選張協七命八首其五：「耶谿之鋌，赤山之精。……流綺星連，浮彩豔發。」李善注引越絶書曰：「越王勾踐有寶劍五，聞於天下。客有能相劍者，名曰薛燭，王召而問之，對曰：『當造此劍之時，赤堇之山破而出錫，若耶之谿涸而出銅。』」呂延濟注：「耶谿、赤山，并山名，出銅鐵也。鋌，鐵名；精，銅之妙者。」流綺星連，李善注：「綺，光色也。越絶書曰：王取純鈎，薛燭觀其釽，爛如列星之行。」李周翰注：「星連，謂精氣衝天，與星連也。」牽牛，星座名，爾雅：「河鼓謂之牽牛。」晉書張華傳稱「斗牛之間常有紫氣」，乃龍淵，太阿之精所照。北列，「列」，原作「斗」，英華、四子集、全唐文作「列」，英華校：「集作斗。」據上引越絶書及對句「東方」文意，當作「列」，北列，謂北斗列星也，因改。

〔四〕「鼎則」二句，史記孝武本紀：「汾陰巫錦爲民祠魏脽后土營旁，見地如鈎狀，掊視得鼎。鼎大異於衆鼎，文鏤無款識，怪之，言吏。吏告河東太守勝，勝以聞。天子使使驗問巫錦得鼎無姦詐，乃以禮祠，迎鼎至甘泉，從行，上薦之。至中山，晏温，有黄雲蓋焉。」至長安，有司皆曰：「鼎宜見於祖禰，藏於帝廷，以合明德。」制曰：「可。」天駟，謂天府，亦即帝廷。史記天官書：「東宫蒼龍：房、心。……房爲府，曰天駟。」索隱：「爾雅云：『天駟，房也。』……宋均云：『房既近心，爲明堂，又別爲天府及天駟也。』」房在東宫，故稱「東方」。

〔五〕「稽百代」句，論語衛靈公：「子曰：吾猶及史之闕文也。」何晏集解引包（咸）曰：「古之良史，於書字有疑，則闕之以待知者。」此即指文。

〔六〕「閱三冬」句，漢書東方朔傳：「朔初來，上書曰：『臣朔少失父母，長養兄嫂，年十二學書，三冬文史足用。』」

〔七〕「司徒」句，宋書袁粲傳：「袁粲，字景倩，陳郡陽夏人。」少好學，有清才。宋孝武帝時歷遷司徒、右長史。泰始末爲尚書令。順帝即位，遷中書監，鎮石頭。身受顧託，不欲事二姓，爲齊主蕭道成所殺。南史王儉傳：儉字仲寶，四歲襲爵豫寧縣侯。幼篤學，手不釋卷。「丹陽尹袁粲聞其名，及見之，曰：『宰相之門也，栝柏豫章雖小，已有棟梁氣矣，終當任人家國事。』」按：栝柏、豫章，皆美木名。

〔八〕「處士」二句，後漢書禰衡傳：「禰衡，字正平，平原般人也。少有才辯，而氣尚剛傲，好矯時慢物。」後爲黃祖所殺。太平御覽卷四四五品藻上引典略：「趙戩遭三輔亂，客於荆州，劉表以爲賓客。是時，禰衡來游京師，詆訕朝士，及南見戩，歎之曰：『劍則干將、莫耶，木則椅桐、梓漆，人則顏冉、仲弓也。』」按詩經鄘風定之方中：「樹之榛栗，椅桐梓漆，爰伐琴瑟。」毛傳：「椅，梓屬。」鄭玄箋：「爰，曰也。樹此六木於宮者，曰其長大可伐，以爲琴瑟，言預備也。」

〔九〕「初任」四句，國子生，唐六典卷二一國子監：「國子博士，掌教文武官三品已上及國公子孫、從二品已上曾孫之爲生者，五分其經，以爲之業。習周禮、儀禮、禮記、毛詩、春秋左氏傳，每經各六十人，餘經亦兼習之。」宇文珽習何科，於何年擢第，不可考。舊唐書高祖二十二子傳：「道王元慶，高祖第十六子也。武德六年（六二三）封漢王，八年改封陳王。貞觀九年（六三五），拜趙州刺史，賜實封八百户。十年，改封道王，授豫州刺史。……麟德元年（六六四）薨。」參軍，唐六典卷二九親王府：「參軍事二人，正八品下。」同上卷三〇，上州（據唐六典卷三，鄭爲雄州）「録事參軍事一人，從七品上」；諸曹參軍，則爲從七品下。

〔一〇〕「横經」二句，横經，聽講時横陳經書。何遜七召儒學：「横經者比肩，擁箒者繼足。」射策，漢書蕭望之傳：「望之以射策甲科爲郎。」顔師古注：「射策者，謂爲難問疑義，書之於策，量其大小，署爲甲乙之科，列而置之，不使彰顯。有欲射者，隨其所取，得而釋之，以知優劣。射之言投射也，對策者顯問以政事、經義，令各對之，而觀其文辭定高下也。」

〔一一〕「高陽」二句，左傳文公十八年：「高辛氏有才子八人，……忠肅共懿，宣慈惠和，天下之民謂之八元。」杜預注：「高辛，帝嚳之號。」又：「宣，偏也。」又史記五帝本紀：「帝顓頊高陽者，黄帝之孫，而昌意之子也。」索隱引宋忠云：「顓頊，名；高陽，有天下號也。」又引張晏曰：「高陽者，所興地名也。」二句喻道王才高。

〔一二〕「武公」二句，左傳隱公十一年：「鄭伯使許大夫百里奉許叔以居許東偏，……乃使公孫獲處許西偏，曰：『凡而器用財賄，無寘於許。我死，乃亟去之。吾先君新邑於此。』」杜預注：「此，今河南新鄭，舊鄭在京兆。」孔穎達正義曰：「地理志云：『河南郡新鄭縣，鄭桓公之子武公所國。』是知新邑於此，謂河南新鄭也。且志又云：『京兆，周宣王弟鄭桓公邑。』是知舊鄭在京兆也。」濟、河、洛、潁，乃新邑（即新鄭）附近河流。史記鄭世家：「幽王以褒后故，王室治多邪，諸侯或畔之。於是桓公問太史伯曰：『王室多故，予安逃死乎？』太史伯對曰：『獨雒之東土，河、濟之南可居。』」二句指鄭州，謂其兼鄭州參軍。

〔一三〕「兼攝」句，兼攝，兼職。務殷，謂事務繁多。

〔一四〕「參卿」句，參卿，「參卿軍事」之省，即參軍。晉書孫楚傳：「孫楚，字子荆，太原中都人也。……遷佐著作郎，復參石包驃騎軍事。楚既負其材氣，頗侮易於包。初至，長揖曰：『天子命我參卿軍事。』」

〔一五〕「王徽之」句，任達，放任曠達。晉書桓宣傳附桓伊傳：伊字叔夏，「有武幹，標格簡率。爲王蒙、劉惔所知，頻參諸府軍事，累遷大司馬參軍。……與冠軍將軍謝玄、輔國將軍謝琰俱破（苻）堅於肥水，以功封永脩縣侯，進號右軍將軍，賜錢百萬，袍表千端。伊性謙素，雖有大功，而始終不替。善音樂，盡一時之妙，爲江左第一。……王徽之赴召京師，泊舟青溪側，素不與徽之相識。伊於岸上過，船中客稱伊小字曰：『此桓野王也。』徽之便令人謂伊曰：『聞君善吹笛，試爲我一奏。』伊是時已貴顯，素聞徽之名，便下車踞胡床，爲作三調，弄畢，便上車去，客主不交一言。」

〔一六〕「劉荀之」句，荀，原作「簡」。唐以前，劉簡之其人無考。按文選潘岳秋興賦序李善注：「漢書曰:『期門僕射,秩比千石,平帝更名虎賁郎,置中郎將。』寓,寄也。世説(言語)曰:桓玄既篡,將改置直館,問左右:『虎賁中郎將省合在何處?』有人答云『無省』,當時殊迕旨。問:『何以知無?』答曰:『潘岳秋興賦序云:「兼虎賁中郎將,寓直於散騎之省。」』玄咨嗟稱善。劉謙之晉紀云:『玄欲復虎賁中郎將,疑,訪之僚屬,咸莫定。參軍劉荀之對:「昔潘岳秋興賦序云:『兼虎賁中郎將,寓直於散騎之省』,以言之是也。」玄從之。』」則劉荀之事與文意合,又爲參軍,「簡」當是「荀」之訛,據文意改。

〔一七〕「授遂州」句,遂州,詳前遂州長江縣先聖孔子廟堂碑注。唐六典卷三〇:上州(按遂州爲上州。)「司户參軍事二人,從七品下。……司户參軍掌户籍、計帳、道路、逆旅、田疇、六畜、過所、蠲符之事,而剖斷人之訴競」。

〔一八〕「天開」句,井絡,原誤「并洛」,據全唐文改。井絡,代指蜀,見前王勃集序注。

〔一九〕「地洩」句,江源,指岷江。古謂岷江爲長江源頭。尚書禹貢:「岷山道江。」此亦代指蜀。

〔二〇〕「才雄」句,文選左思蜀都賦:「亦以財雄,翕習邊城。」劉淵林注:「亦以財雄,猶班壹以財雄邊城也。漢書班氏叙傳:『當孝惠、高后時,以財雄邊,出入弋獵,旌旗鼓吹。』以臨卭是蜀郡之邊縣,故云邊城。」吕延濟注:「翕習,威盛貌。言其雄富,所致威盛及於邊城。」財、才通。

〔二一〕「棟宇」句,文選左思蜀都賦:「爾乃邑居隱賑,夾江傍山。棟宇相望,桑梓接連。」近甸,同書張衡東京賦:「郊甸之内,鄉邑殷賑。」薛綜注:「五十里爲近郊,百里爲甸師。殷賑,謂富饒也。」

李善注：「尚書曰：五百里甸服。」

〔二二〕「尹興」二句，興，原作「子」，英華校：「集作興。」全唐文作「興」。按下句黃讜稱名，此亦當稱名以與之對應，故作「興」是，據改。後漢書陸續傳：「陸續，字智初，會稽吴人也。……續幼孤，仕郡户曹史。時歲荒民飢，太守尹興使續於都亭賦民饘粥，續悉簡閲其民，訊以名氏。事畢，興問所食幾何？續因口説六百餘人，皆分别姓字，無有差謬，興異之。」

〔二三〕「黃讜」二句，後漢書包咸傳：「包咸，字子良，會稽曲阿人也。少爲諸生，受業長安，師事博士右師細君，習魯詩、論語。……光武即位，乃歸鄉里，太守黃讜署户曹史。……舉孝廉，除郎中。建武中，入授皇太子論語，又爲其章句。拜諫議大夫、侍中、右中郎將。永平五年（六二），遷大鴻臚。」

〔二四〕「尋遷」句，絳州翼城，元和郡縣志卷一二：「本漢絳縣地也，屬河東郡。後魏明帝（據清張駒賢考證，當爲孝文帝）置北絳縣，隋開皇末改爲翼城縣，屬絳州，因縣東古翼城爲名也。武德元年（六一八）於此置澮州，四年（六二一）廢澮州，縣屬絳州。」今屬山西省。

〔二五〕「大梁」句，大梁，十二星次名。史記天官書：「昴、畢間爲天街。」索隱引爾雅云：「大梁，昴。」同書「胃爲天倉」正義：「胃三星、昴七星、畢八星爲大梁，於辰在酉，趙之分野。」按新唐書地理志曰：「河東道，蓋古冀州之域。漢河東、太原、上黨、西河、鴈門、代郡及鉅鹿、常山，趙國廣平國之地。河中、絳、晉、慈、隰、石、太原、汾、忻、潞、澤、沁、遼，爲實沈分；代、雲、朔、蔚、武、新、嵐、憲，爲大梁分。」實沈，亦十二星次名，即參星，見史記鄭世家。此謂絳州爲大梁分野，似誤，當爲實沈分。

〔二六〕「少澤」句，山海經北山經：「（景山）南望鹽販之澤，北望少澤。」鹽販之澤，郭璞注：「鹽池也，今在河東猗氏縣。」隋書地理志中：「聞喜縣有景山。」則少澤當在聞喜縣之北。

〔二七〕「城故絳」句，故絳，晉舊都絳邑，即唐曲沃縣。左傳莊公二十六年：「夏，士蔿城絳，以深其宮。」杜預注：「絳，晉所都也，今平陽絳邑縣。」按：士蔿，晉大司空。

〔二八〕「都新田」句，左傳成公六年：「晉人謀去故絳，諸大夫皆曰：『必居郇、瑕氏之地。』……公立於寢庭，謂獻子曰：『何如？』對曰：『不可。郇、瑕氏土薄水淺，其惡易覯。易覯則民愁，民愁則墊隘。不如新田，土厚水深，居之不疾，有汾、澮以流其惡，且民從教，十世之利也。』公説，從之。夏四月丁丑，晉遷於新田。」杜預注：「汾水出太原，經絳北，西南入河；澮水出平陽絳縣，南西入汾。惡，垢穢。」新田，即新絳縣。

〔二九〕「載佇」句，佇，原作「着」，全唐文作「著」，據英華改。載，發語詞，佇，等待。循良，奉公守法之人。

〔三〇〕「魯國」二句，孔子家語始誅：「孔子爲魯大司寇，……喟然歎曰：『嗚呼！上失其道而殺其下，非理也。……夫慢令謹昧，賊也；徵斂無時，暴也；不試責成，虐也。政無此三者，然後刑可即也。』」同上王言解：「若乃十一而稅，用民之力，歲不過三日。入山澤以其時而無徵關譏，市鄽皆不收賦，此則生財之路，而明王節之，何財之費乎？」

〔三一〕「南陽」二句，後漢書种暠傳附种拂傳：「拂字穎伯，初爲司隸從事，拜宛令。時南陽郡吏好因休沐遊戲市里，爲百姓所患。拂出逢之，必下車公謁，以愧其心，自是莫敢出者。政有能名。」

〔三二〕「亦由」二句，華陽國志卷一〇下漢中士女：「閻憲，字孟度，成固人也，名知人。爲綿竹令，以禮讓爲化，民莫敢犯。男子杜成夜行，得遺物一囊，中有錦二十五疋，求其主還之，曰：『縣有明君，何敢負其化。』童謠歌曰：『閻尹賦政，既明且昶。去苛去辟，動以禮讓。』遷蜀郡，吏民泣涕送之以千數。」

〔三三〕「風俗」二句，晉書陸雲傳：「雲字士龍，六歲能屬文。性清正，有才理，少與兄機齊名，雖文章不及機，而持論過之，號曰『二陸』。……以公府掾爲太子舍人，出補浚儀令。縣居都會之要，名爲難理。雲到官肅然，下不能欺，市無二價。人有見殺者，主名不立，雲録其妻而無所問。十許日遣出，密令人隨後，謂曰：『其去不出十里，當有男子候之與語，便縛來。』既而果然，問之具服，云與此妻通共殺其夫，聞妻得出，欲與語，憚近縣，故遠相要候。於是一縣稱其神明。郡守害其能，屢譴責之，雲乃去官。百姓追思之，圖畫形象，配食縣社。」按三國志吴陸抗傳裴松之注引機雲别傳，「配食縣社」作「生爲立祠」。所謂「刊石」，疑即指立祠事。

〔三四〕「稍遷」三句，通典卷二一：「符寶郎，周官，有典瑞、掌節二官，掌瑞節之事。秦、漢有符節令丞，領符璽郎。……隋初有符璽局，置監二人，屬門下省。煬帝改監爲郎，大唐因之。顯慶三年（六五八）改爲符寶郎，神龍初復爲符璽郎，開元初復爲符寶郎。其符節并納於宫中，有行從則請之，郎掌諸進符寶、出納幡節也。」鴻臚，即鴻臚寺，掌賓客及凶儀之事，領典客、司儀二署，見唐六典卷一八。檢校，散官名，乃加官（兼職）而非正除，故稱「本官如故」。

〔三五〕「環濟」二句，隋書經籍志史部著録「帝王要略十二卷，環濟撰，紀帝王及天官、地理、喪服」。按同上書經部又著録「喪服要略一卷，晉太學博士環濟撰」，史部又著録「吴紀九卷，晉太學博士環濟撰」。則環濟爲晉太學博士，其餘事迹不詳。帝王要略久佚。宋孫逢吉職官分紀卷二二符節令引環濟要略曰：「符節令，掌天子璽符，及節、麾、幢，有銅虎、竹，使符中分之，留其半，付受爲信。」

〔三六〕「劉熙」二句，劉熙釋名，今存，四庫全書總目提要曰：「釋名八卷，漢劉熙撰。熙字成國，北海人。其書二十篇，以同聲相諧推論稱名辨物之意，中間頗傷於穿鑿，然可因以考見古音，又去古未遠，所釋器物亦可因以推求古人制度之遺。」所引「表京師之心腹」句，今本無之。

〔三七〕「遷尚書」句，唐六典卷五尚書兵部：「（職方）員外郎一人，從六品上。」注：「周禮夏官有職方上士，後周依周官。隋開皇六年（五八六）置員外郎一人，煬帝改曰承務郎。皇朝爲職方員外郎，龍朔、咸亨并隨曹改復。」又曰：「職方郎中、員外郎，掌天下之地圖，及城隍、鎮戍、烽候之數，辨其邦國、都鄙之遠邇，及四夷之歸化者。」

〔三八〕「夏書」二句，今存僞古文尚書夏書禹貢，序曰：「禹别九州，隨山濬川，任土作貢，此堯時事，而在夏書之首，禹之王以是功。」

〔三九〕「周禮」二句，周禮夏官職方氏：「中大夫四人，下大夫八人，中士十有六人，府四人，史十有六人，胥十有六人，徒百有六十人。」鄭玄注：「職，主也，主四方之職貢者。職方氏，主四方官之長。」又土方氏：「上士五人，下士十人，府二人，史五人，胥五人，徒五十人。」鄭注：「土方氏，主四方邦國之土地。」孔穎達疏：「按其職云以土地相宅而建邦國、都鄙，與職方連類在此也，故主四方邦國之土地。」

〔四〇〕「清晨」二句，太平御覽卷二一五總叙尚書郎引三輔決録曰：「田鳳，字季宗，爲尚書郎。容儀端正，入奏事，靈帝目送之，因題柱曰：『堂堂乎張，京兆田郎。』」

〔四一〕「閑夜」二句，文選嵇康雜詩：「肅肅宵征，造我友廬。光燈吐輝，華幔長舒。」李善注：「毛詩曰：『肅肅宵征。』劉良注：『肅肅，静而獨行貌。造，至。廬，宅也。』李周翰注：『言宿友人之家，乃張燈帳也。舒，張也。』」按：兩句言奔忙公務，常宿於外。

〔四二〕「詔除」三句，唐六典卷二尚書吏部：「從五品下曰朝散大夫。」元和郡縣志卷一二晉州（平陽，望）：「禹貢冀州之域，即堯舜禹所都平陽也。……後魏太武帝於此置東雍州，孝明帝改爲唐州，尋又改爲晉州，因晉國以爲名也。……周武帝平齊，置晉州總管。義旗初建，改爲平陽郡。武德元年（六一八）罷郡，置晉州。」唐六典卷三〇：上州「司馬一人，從五品下」。同上：「長史一人，從五品上。」

〔四三〕「平陽」四句，平陽，見上注。莊子逍遥遊：「藐姑射之山，有神人居焉，肌膚若冰雪，綽約若處子。……堯治天下之民，平海内之政，往見四子藐姑射之山，汾水之陽，窅然喪其天下焉。」按：莊子所載乃寓言，元和郡縣志卷一二晉州臨汾縣：「平山，一名壺口山，今名姑射山。在縣西八里，平水出焉。」所謂玉印，蓋唐時姑射山所藏之物；瑶城，仙人所居，此指臨汾城。

〔四四〕「習鑿齒」二句，晉書習鑿齒傳：「習鑿齒，字彦威，襄陽人也。……鑿齒少有志氣，博學洽聞，以文筆著稱。……荆州刺史桓温辟爲從事。江夏相袁喬深器之，數稱其才於温，轉西曹主簿，親遇隆密。……累遷别駕。」宣武，即桓温。治中，「治」原作「侍」。考上引本傳，習氏未嘗作侍中。今按世説新語文學曰：「習鑿齒史才不常，宣武甚器之，未三十便用爲荆州治中。鑿齒謝牋亦云：『不遇明公，荆州老從事耳。』」又太平御覽卷二六三治中引檀道鸞晉紀：「習鑿齒少博涉，才情秀逸，桓温奇之，自州從事歲中三轉至治中。」治中、别駕，其實一也。同上引王隱晉書曰：「唐彬檄爲治中别駕。」又白孔六帖卷七七：「别駕亦曰治中從事。」則「侍中」當爲「治中」之誤，據文意改。通典卷三二總論州佐：「治中從事史一人，居中治事，主衆曹文書，漢制也。」

〔四五〕「管公明」二句，管輅，字公明。其與冀州刺史裴徽四見而登别駕事，已見前益州大都督府新都縣學先聖廟堂碑文注。又太平御覽卷二六三别駕引管輅别傳曰：「趙孔曜言：輅於冀州，刺史裴徽即檄召輅。一相見，清論終日，不見疲倦。天時大熱，移床在庭前樹下，乃至雞鳴向晨，然後出。自爾四見，引輅爲别駕。」别駕，太平御覽同上引應劭漢官儀曰：「元帝時，丞相于定國條州大小爲設吏員，治中、别駕、諸部從事，秩皆百石。」因出巡時另乘傳車，故稱别駕。

〔四六〕「詔遷」句，同州，地在今陝西大荔、韓城、澄城一帶，詳見前齊貞公宇文公神道碑注。

〔四七〕「河西」二句，河西，黄河之西；渭北，渭水之北，言同州方位。輻輳，漢書叔孫通傳：「人人奉職，四方輻輳。」顔師古注：「輳，聚也。言如車輻之聚於轂也。字或作湊。」同書田蚡傳：「田園極膏腴。」顔師古注：「膏腴，謂肥厚之處。」

〔四八〕「秦地」二句，據元和郡縣志卷二同州，其地春秋時秦獲之於大荔戎國，故稱下邦。同上又曰：「始皇併天下，京兆、馮翊、扶風并内史之地。……（漢）武帝更名左馮翊。」同上馮翊縣曰：「馮，輔也；翊，佐也。義取輔佐京師。」

〔四九〕「使君」句，晉書高崧傳：「高崧，字茂琰，廣陵人也。……累遷侍中。是時謝萬爲豫州都督，疲於親賓相送。方卧在室，崧徑造之，謂曰：『卿今疆理修西藩，何以爲政？』萬粗陳其意，崧便爲叙刑政之要數百言，萬遂起坐，呼崧小字曰：『阿酃，故有才具邪！』」使君，指同州刺史。謂宇文斑爲政之才，過其州守。

〔五〇〕「端右」句，端右，指尚書令。北堂書鈔卷七三别駕引王丞相集曰：「别駕宜得其才，其以護軍長史顧和爲之。」

〔五一〕「江統」二句，晉書江統傳：「江統，字應元，陳留圉人也。」「爲司徒左長史，東海王越爲兖州牧，以統爲别駕，委以州事，與統書曰：『昔王子師爲豫州，未下車辟荀慈明，下車辟孔文舉。貴州人士，有堪應此者不？』統舉高平郄鑒爲賢良，陳留阮修爲直言，濟北程收爲方正，時以爲知人。」太平御覽卷二六三别駕引江氏家傳述此事，阮修作「阮宣子」。按：唐六典卷三〇李林甫注曰：「永徽中，改别駕爲長史。垂拱初又置别駕，員多，以皇家宗枝爲之，神龍初罷。開元初復置，始通用庶姓焉。」宇文琎爲同州長史，故此及下文多用别駕事。

〔五二〕「唐彬」二句，彬，原作「林」，英華作「彬」，校：「集作林。」按唐林乃西漢末人，曾仕王莽，而此上下皆用晉事，當以作「彬」是，據改。晉書唐彬傳：唐彬，字儒宗，魯國鄒人也。有經國大度，舉孝廉，州辟主簿，累遷别駕。監巴東諸軍事，加廣武將軍，與王濬共伐吴，封上庸縣侯。元康初，拜使持節、前將軍、領西戎校尉、雍州刺史，禮敬處士皇甫申叔、嚴舒龍、姜茂時、梁子遠等。今存史籍未載其薦王叔度事，待考。

〔五三〕「王祥」二句，晉書王祥傳：王祥，字休徵，琅邪臨沂人。徐州刺史吕虔檄爲别駕，祥年垂耳順，而「虔委以州事。於時寇盜充斥，祥率勵兵士，頻討破之，州界清静，政化大行，時人歌之曰：『海沂之康，實賴王祥。邦國不空，别駕之功。』」其後仕至司空、太尉，加侍中，封睢陵侯。入晉，拜太保，進爵爲公。海沂，資治通鑑卷七七引此，胡三省注：「徐州之地，東際海，西北距泗沂，故曰海沂。」糾合，後漢書臧洪傳：「廣陵太守（張）超等糾合義兵，并赴國難。」李賢注：「糾，收也。」此指王祥整合軍隊破寇盜，謂頗屈才。

〔五四〕「荀羨」二句，晉書荀崧傳附荀羨傳：荀羨，字令則，潁川臨潁人。尚尋陽公主，拜駙馬都尉。「征北將軍褚裒以爲長史，既到，裒謂佐吏曰：『荀生資逸群之氣，將有衝天之舉，諸君宜善事之。』」尋遷建威將軍、吳國内史，除北中郎將、徐州刺史。升平二年（當作三年，三五九）卒，時年三十八。帝聞之，歎曰：「荀令則、王敬和相繼凋落，股肱腹心，將復誰寄乎！」杜，絶也，言其早死，有如羽翮斷折，未能高飛遠舉。

〔五五〕「終於」句，華州，地即今陝西華陰市，詳見前齊貞公宇文公神道碑注。別業，文選石崇思歸引序：「遂肥遯於河陽別業。」劉良注：「別業，別居也。」即別墅。

公元亨利貞〔一〕，文行忠信〔二〕。禮樂之君子，儒林之丈夫。當在顏冉中求〔三〕，自是風塵外物〔四〕。友于之義，伯淮與季江同寢〔五〕；朋從之道，鮑叔與管仲推財〔六〕。優游太學之中〔七〕，籍甚平臺之下〔八〕。輜車就列，化洽於二州〔九〕；油軾當官，政成於半刺〔一〇〕。道尊德貴，而大位不躋；有志無時，而天年不永〔一一〕。即以其年十月，遷窆於鄭縣安樂鄉之西源〔一二〕。嗣子某官等，詩禮預聞〔一三〕，箕裘早學〔一四〕。生則盡其養，劉殷積粟於七年〔一五〕；歿則致其哀，唐頌絶漿於九日〔一六〕。占白鶴〔一七〕，相青烏〔一八〕。鄭伯所封，有咸林之采地〔一九〕；晉侯所略，有河外之城邑〔二〇〕。其川渭水而玉璜〔二一〕，其鎮華山而金石〔二二〕。習習旟旐〔二三〕，紛紛野田〔二四〕。范巨卿則素車來哭〔二五〕，韓元長則緦麻設位〔二六〕。大夫受梁鴻之命，終陪烈士之壙〔二七〕；妻子從田豫之言，竟托神人之墓〔二八〕。嗚呼哀哉！

【箋注】

〔一〕「公元亨」句，周易乾卦：「元亨利貞。」文言：「元者善之長也，亨者嘉之會也，利者義之和也，貞者事之幹也。君子體仁足以長人，嘉會足以合禮，利物足以和義，貞固足以幹事。君子行此四德者，故曰『乾，元亨利貞』。」

〔二〕「文行」句，論語述而：「子以四教：文、行、忠、信。」孔穎達正義：「文謂先王之遺文。行謂德行，在心爲德，施之爲行。中心無隱，謂之忠；人言不欺，謂之信。此四者，有形質，故可舉以教也。」

〔三〕「當在」句，論語先進：「德行：顏淵、閔子騫、冉伯牛、仲弓。」按：顏回，字子淵；閔損，字子騫；冉耕，字伯牛；冉雍，字仲弓。

〔四〕「自是」句，世説新語賞譽：「王戎云：太尉（王衍）神姿高徹，如瑤林瓊樹，自然是風塵外物。」

〔五〕「友于」二句，尚書君陳：「王若曰：君陳！惟爾令德孝恭，惟孝友于兄弟，克施有政。」僞孔傳：「言善父母者，必友于兄弟。」後漢書姜肱傳：「姜肱，字伯淮，彭城廣戚人也。家世名族。肱與二弟仲海、季江俱以孝行著聞。其友愛天至，常共卧起，及各娶妻，兄弟相戀，不能別寢。以係嗣當立，乃遞往就室。」

〔六〕「朋從」二句，朋從，朋友。周易咸卦：「九四：貞吉悔亡。憧憧往來，朋從爾思。」史記管晏列傳：管仲曰：「吾始困時，嘗與鮑叔賈，分財利多自與，鮑叔不以我爲貪，知我貧也。」

〔七〕「優游」句，詩經小雅采菽：「優哉游哉，亦是戾矣。」鄭玄箋：「諸侯有盛德者，亦優游自安止，於是言思不出其位。」太學之中，謂宇文珽爲太學國子生，見本文前注。「太」原作「大」，同。

〔八〕「籍甚」句，文選任昉宣德皇后令：「客游梁朝，則聲華籍甚。」李善注：「漢書曰：『陸賈游漢庭公卿間，名聲籍甚。』音義：或曰狼籍甚盛也。」同書王儉褚淵碑文：「光昭諸侯，風流籍甚。」劉良注：「言其風美之聲流於天下籍甚也。籍甚，言多也。」平臺，漢書梁孝王傳：「大治宮室，爲複道，自宮連屬於平臺，三十餘里。」注引如淳曰：「平臺，在大梁東北，離宮所在也。」又引晉灼曰：「或說在城中東北角。」顔師古注：「今其城東二十里所有故臺基，其處寬博，土俗云平臺也。」此以平臺代指王府，謂宇文珽爲道王府參軍，詳本文前注。

〔九〕「輜車」二句，漢書張良傳：「上雖疾，彊載輜車，卧而護之。」顔師古注：「輜車，衣車也。」即有篷之車。漢代以乘輜車爲貴。化洽，教化遍及。洽，周遍也。二州，指晉州、同州，宇文珽嘗爲二州長史，見本文前注。列，英華作「烈」，注：「疑。」按：「就烈」無義，當誤。

〔一〇〕「油軾」二句，漢書黄霸傳：「霸爲潁川太守，秩比二千石。居官賜車，蓋特高一丈，別駕、主簿車，緹油屏泥於軾前，以章有德。」半刺，太平御覽卷二六三別駕引庾亮集答郭遜書曰：「別駕舊與刺史別乘周流，宣化於萬里者，其任居刺史之半，安可任非其人？」

〔一二〕「有志」二句，後漢書趙岐傳：「有重疾，卧蓐七年，自慮奄忽，乃爲遺令，敕兄子曰：大丈夫生世，遁無箕山之操，仕無伊吕之勳，天不我與，復何言哉！可立一員石於吾墓前，刻之曰：『漢有逸人，姓趙名嘉。有志無時，命也奈何！』」天年，天假之年，指自然壽命。

〔一三〕「遷窆」句，鄭縣，元和郡縣志卷二華州鄭縣：「本秦舊縣，漢屬京兆，後魏置東雍州，其縣移在州西七里。隋大業二年（六〇六），州廢移入州城，隸屬雍州。至三年，以州城屋宇壯麗，置太華宫，縣即權移城東。四年宫廢，又移入城。」即今陝西華陰市。安樂鄉，雍正陝西通志卷七一陵墓二唐贊參軍抱墓引華州志曰：「明嘉靖十四年（一五三五），州西梁家村原邊土人耕田得墓隙，入視無骨，有志銘石，横直俱一尺五寸，曰贊抱墓，蓋唐之鄭縣人左武衛兵曹參軍也，稱其葬地爲安樂鄉之原，稱其葬日爲天寶元年（七四二）。」則安樂鄉之地，蓋依稀可尋。

〔一三〕「詩禮」句，論語季氏：「陳亢問於伯魚曰：『子亦有異聞乎？』對曰：『未也。嘗獨立，鯉趨而過庭，曰：「學詩乎？」對曰：「未也。」「不學詩，無以言。」鯉退而學詩。他日又獨立，鯉趨而過庭，曰：「學禮乎？」對曰：「未也。」「不學禮，無以立。」鯉退而學禮。聞斯二者。』陳亢退而喜曰：『問一得三，聞詩聞禮，又聞君子之遠其子也。』」此泛指讀書。

〔一四〕「箕裘」句，禮記學記：「良冶之子，必學爲裘；良弓之子，必學爲箕。」鄭玄注：「仍見其家錮補穿鑿之器也。補器者其金柔乃合，有似於爲裘。仍見其家撓角乾也。橈角乾者，其材宜調，謂乃三體相勝，有似於爲楊柳之箕。」孔穎達正義謂「其子弟亦覩其父兄世業」，故仍學之。

〔一五〕「生則」二句，孝經：「子曰：『孝子之事親也，居則致其敬，養則致其樂，病則致其憂，喪則致其哀。』」晉書劉殷傳：「劉殷，字長盛，新興人也。……殷七歲喪父，哀毁過禮，喪服三年，未曾見齒。曾祖母王氏盛冬思菫而不言，食不飽者一旬矣。殷怪而問之，王言其故，殷時年九歲，乃於澤中慟哭，曰：『殷罪釁深重，幼丁艱罰，王母在堂，無旬月之養。殷爲人子，而所思無獲，皇天后土，願垂哀愍！』聲不絶者半日。於是忽若有人云『止止』聲，殷收淚視地，便有菫生焉，因得斛餘而歸，食而不減，至時菫生乃盡。又嘗夜夢人謂之曰：『西籬下有粟。』寤而掘之，得粟十五鍾，銘曰：『七年粟百石，以賜孝子。』劉殷自是食之，七載方盡。時人嘉其至性通感，競以穀帛遺之。」

〔一六〕「殁則」二句，太平御覽卷九〇六鹿引廣州先賢傳：「唐頌，字德雅，番禺人。遭喪六年，廬於墓側，白鹿舍食冢邊。」所言「絶漿於九日」，當在唐頌傳中，今已佚。

〔一七〕「占白鶴」句，神仙傳卷五茅君：茅君者，名盈，字叔申，咸陽人也。於茅山下洞中修練四十餘年，得成真，太上老君命五帝使者持節以白玉版、黄金刻書，加九錫之命，拜君爲太元真人、東嶽上卿、司命真君，主吴越生死之籍。其後每十二月二日、三月十八日，乘一白鶴集於峰頂。此以白鶴代指道士，言向其求占。

〔一八〕「相青烏」句，青烏，漢代方士，善相冢，著相冢書，太平御覽卷五六〇等存有遺文。

〔一九〕「鄭伯」二句，鄭伯，指鄭桓公。史記鄭世家：「鄭桓公友者，周厲王少子，而宣王庶弟也。宣王立二十二年，友初封於鄭。」索隱：「鄭，縣名，屬京兆。秦武公十一年『初縣杜、鄭』是也。又系本云：『桓公居棫林，徙拾。』宋忠云：『棫林與拾，皆舊地名。』是封桓公，乃名爲鄭耳。至秦之縣鄭，是鄭武公東徙新鄭之後，其舊鄭乃是故都，故秦始縣之。」鄭玄毛詩譜鄭譜：「初，宣王封母弟友於宗周畿內咸林之地，是爲鄭桓公。今京兆鄭縣，是其都也。」元和郡縣志卷二華州鄭縣：「古鄭縣，在縣理西北三里。興元元年（七八四），新築羅城及古鄭城，并在羅城內。」

〔二〇〕「晉侯」二句，晉侯，指晉文公。輅，指得周天子所賜大輅。史記晉世家：「（晉文公五年）五月丁未，獻楚俘於周，駟介百乘，徒兵千。天子使王子虎命晉侯爲伯，賜大輅，彤弓矢百，玈弓矢千，秬鬯一卣，珪瓚，虎賁三百人。晉侯三辭，然後稽首受之。」所輅，謂晉爲伯、得賜大輅後所得土地。河外，黄河之北。二句謂晉在黄河之北，與鄭爲鄰。

〔二一〕「其川」句，太平御覽卷八三四釣引尚書大傳曰：「周文王至磻溪，見呂望釣。文王拜之尚父。望釣得玉璜，刻曰：『周受命，呂佐昌。德合於今，昌來提。』」水經注卷一七渭水：「渭水之右，磻溪水注之。」磻溪在今陝西寶雞市東南。按此句謂鄭縣有渭水，磻溪乃影帶而及。同上卷一九渭水：「渭水又東，逕鄭縣故城北。」

〔二二〕「其鎮」句，周禮夏官職方氏：「河南曰豫州，其山鎮曰華山。」鄭玄注：「鎮，名山安地德者也。」元和郡縣志卷二華州鄭縣：「少華山，在縣東南十里。」金石，金指金液，石指玉版。初學記卷五華山引崔鴻前燕録曰：「石季龍使人采藥上華山，得玉版。」又引列仙傳曰：「馬明生從安期先生受金液神丹方，乃入華陰山合金液百藥昇天，但服半劑，爲地仙。」

〔二三〕「習習」句，首「習」字原作「沓」。首二字英華作「沓習」，校：「集作習習。」全唐文作「習習」。按：「沓習」無義，當作「習習」，據改。詩經邶風谷風：「習習谷風，以陰以雨。」毛傳：「習習，和舒貌。」旟旐，畫有動物之旗幟。詩經大雅桑柔：「四牡騤騤，旟旐有翩。」毛傳：「鳥隼曰旟，龜蛇曰旐。」句指送葬隊伍旗幟飄颺。

〔二四〕「紛紛」句，後「紛」字原作「紜」。首二字英華作「紛紜」，校：「集作紛紛。」全唐文作「紛紛」。按：作「紛紛」是，與上句「習習」對應，據所校集本改。

〔二五〕「范巨卿」句，後漢書范式傳：「范式，字巨卿，山陽金鄉人也。一名氾。少游太學爲諸生，與汝南張劭爲友，劭字元伯。二人并告歸鄉里。」其後，式仕爲郡功曹，張邵病卒，「式忽夢見元伯玄冕垂纓屣履而呼曰：『巨卿！吾以某日死，當以爾時葬，永歸黄泉。子未我忘，豈能相及？』式怳然覺寤，悲歎泣下，具告太守，請往奔喪。太守雖心不信，而重違其情，許之。式便服朋友之服，投其葬日，馳往赴之。式未及到，而喪已發引；既至壙將窆，而柩不肯進。其母撫之曰：『元伯，豈有望邪？』遂停柩移時，乃見有素車白馬號哭而來。其母望之曰：『是必范巨卿也。』巨卿既至，叩喪言曰：『行矣元伯！死生路異，永從此辭。』會葬者千人，咸爲揮涕。式因執紼而引，柩於是乃前。式遂留止冢次，爲修墳樹，然後乃去」。素車，古之喪車。左傳哀公二年：「素車樸馬，無入於兆，下卿之罰也。」「素車」句杜預注：「以載柩。」孔穎達正義：「素車無飾，謂不以翣柳飾車也。」

〔二六〕「韓元長」句，長，原作「良」。英華作「良」，校：「集作長。」按後漢書韓韶傳：「韓韶，字仲黄，潁川舞陽人。「子融，字元長，少能辨理，而不爲章句學，聲名甚盛，五府并辟。獻帝初至太僕，年七十卒。」三國志魏書陳群傳：「陳群，字長文，潁川許昌人也。祖父寔，父紀，叔父諶，皆有盛名。」裴松之注：「寔之亡也，司空荀爽、太僕令韓融并制緦麻，執子孫禮。」則作「長」是，據英華所校集本改。

〔二七〕「大夫」二句，烈士，「烈」原作「列」，英華作「烈」。按後漢書逸民列傳梁鴻傳：「梁鴻，字伯鸞，扶風平陵人。」先後隱霸陵山中，居齊魯之間。「至吴，依大家皋伯通，居廡下，爲人賃舂。每歸，妻爲具食，不敢於鴻前仰視，舉案齊眉。伯通察而異之，曰：彼傭能使其妻敬之如此，非凡人也。乃方舍之於家。鴻潛閉著書十餘篇。疾且困，告主人曰：『昔延陵季子葬子於嬴博之間，不歸鄉里。慎勿令我子持喪歸去。』及卒，伯通等爲求葬地於吴要離冢傍，咸曰：要離，烈士，而伯鸞清高，可令相近。」李賢注：「要離，刺吴王僚子慶忌者，冢在今蘇州吴縣西，伯鸞墓在其北。」則作「烈士」是，據英華改。

〔二八〕「妻子」二句，三國志魏書田豫傳：「田豫，字國讓，漁陽雍奴人。正始初爲振威將軍、領并州刺史。拜太中大夫，年八十二薨。裴松之注引魏略曰：「會病亡，戒其妻子曰：『葬我必於西門豹邊。』妻子難之，言西門豹古之神人，那可葬於其邊乎？豫言豹所履行與我敵等耳，使死而有靈，必與我善。妻子從之。」墓，英華校：「集作冢。」

銘曰：

國自東部〔一〕，家承北平〔二〕。遂荒中縣，奄有神京〔三〕。時逢日薄〔四〕，運改天正〔五〕。二王之後，三代之英〔六〕。其一

【箋注】

〔一〕「國自」句，東，英華校：「集作有。」按下句作「北」，則此作「東」是。東部，指後燕。後燕都中山（今河北定縣），在東，故稱「東部」。慕容垂脱離前燕立國後，封其甥宇文翰爲王，而宇文斑家族乃宇文翰之餘秩，詳本文前注。

〔二〕「家承」句，家承，原作「承家」，英華校：「集作家承。」按：「家」與上句「國」對應，作「家承」是，據英華所校集本改。北平，指北平郡。魏書地形志：「北平郡，孝昌中分中山置，治北平城。」郡領蒲陰、北平、望都三縣。北平縣，「二漢、晉屬中山，有北平城、木門城」。

〔三〕「遂荒」二句，遂荒、奄有，詩經魯頌閟宫：「奄有龜蒙，遂荒大東。」毛傳：「荒，有也。」鄭玄箋：「奄，覆荒奄也。」按：奄，謂盡有。中縣，文選劉孝標辨命論：「居先王之桑梓，竊名號於

中縣。」呂延濟注：「中縣，謂中國也。」中國，即中原，古指關中、晉南一帶。神京，指長安。二句謂宇文斑先世南遷中原，遂爲洛陽人，而其曾祖顯和協助北魏孝武帝西奔長安，建立西魏，故還居長安。

〔四〕「時逢」句，文選李密陳情表：「日薄西山，氣息奄奄。」呂向注「薄」爲「迫」。則「日薄」指日將西下，喻國之將亡。

〔五〕「運改」句，禮記檀弓上：「夏后氏尚黑。」鄭玄注：「以建寅之月爲正。」又曰：「殷人尚白。」鄭注：「以建丑之月爲正。」又曰：「周人尚赤。」鄭注：「以建子之月爲正。」孔穎達正義：「文質法天地。文法天，質法地。周文法地，而爲天正；殷質法天，而爲地正。」故「天正」指周。本文以北周擬三代之周，故「運改天正」，謂將改爲地正，指北周滅亡。

〔六〕「二王」二句，禮記禮運：「孔子曰：大道之行也，與三代之英，丘未之逮也，而有志焉。」鄭玄注：「大道，謂五帝時也。英，俊選之尤者。」二王，此指禹、湯。三代指夏、商、周，而實指北魏、西魏及北周，謂宇文斑之曾祖、祖在北魏以下三代，皆國家之英傑。

惟宗惟祖，有典有則〔一〕。大魏將軍，隆周柱國。於穆顯考〔二〕，其儀不忒〔三〕。禮樂宣風〔四〕，閨門表德。其二

【箋注】

〔一〕「有典」句，尚書五子之歌：「有典有則，貽厥子孫。」僞孔傳：「典謂經籍；則，法。貽，遺也。」

〔二〕「於穆」句，詩經周頌清廟：「於穆清廟，肅雝顯相。」僞孔傳：「於，歎辭也；穆，美。」禮記祭法：「諸侯立五廟：一壇，一墠，曰考廟，曰王考廟，曰皇考廟，皆月祭之。顯考廟、祖考廟，享嘗乃止。」鄭玄注：「顯，明也。」孔穎達正義：「顯考，高祖也。」按：此所謂顯考，當指其亡父宇文誼。文選曹植責躬詩：「於穆顯考，時惟武皇。」李善注：「武皇，謂曹操也。」

〔三〕「其儀」句，詩經曹風鳲鳩：「淑人君子，其儀不忒。其儀不忒，正是四國。」毛傳：「忒，疑也；正，長也。」鄭玄箋：「執義不疑，則可爲四國之長，言任爲侯伯。」此與上句，謂其父雖入隋唐，不再是皇親國戚，仍爲朝廷禮待，仕宦如故。

〔四〕「禮樂」句，宣風，謂以禮頌宣風化。漢書王褒傳：「益州刺史王襄欲宣風化於衆庶，聞王褒有俊材，請與相見，使褒作中和、樂職、宣布詩。」句指宇文誼爲青城、清苑縣令時頗著政績。

五才鍾秀〔一〕，百福與賢。蜀郡曾子〔二〕，漢代顔淵〔三〕。公之廣學，其積如山。公之大辨，其流如川〔四〕。其三

【箋　注】

〔一〕「五才」句，文選郭璞江賦：「咨五才之并用，實水德之靈長。」李善注：「左氏傳宋子罕曰：『天生五材，人並用之，廢一不可。』杜預曰：『金、木、水、火、土也。』」才、材義同。鍾秀，鍾，聚也，鍾秀謂秀美集聚。

〔二〕「蜀郡」句，指張霸。後漢書張霸傳：「張霸，字伯饒，蜀郡成都人也。年數歲而知孝讓，雖出入飲食，自然合禮，鄉人號爲張曾子。」郡，原作「都」，英華校：「集作郡。」據此，則作「郡」是，據英華所校集本改。

〔三〕「漢代」句，指董仲舒。漢書董仲舒傳贊曰：「劉向稱董仲舒有王佐之材，雖伊吕亡以加，管晏之屬，伯者之佐，殆不及也。至向子歆，以爲伊吕乃聖人之耦，王者不得則不興。故顔淵死，孔子曰：『噫！天喪余。』唯此一人，爲能當之，自宰我、子贛、子游、子夏不與焉。」

〔四〕「公之」四句，晉魯褒錢神論曰：「錢之爲體，有乾有坤。其積如山，其流如川。」此襲用其文句，謂宇文珽善於積學，長於論辯。

親則郕霍〔一〕，地居周鄭〔二〕。人物會同，歌謠鼎盛〔三〕。設官分職，天子有命〔四〕。束髮登朝，參卿軍政〔五〕。其四

【箋　注】

〔一〕「親則」句，左傳僖公二十四年：「周公傷夏殷之叔世，疏其親戚，以至滅亡，故廣封其兄弟：管、蔡、郕、霍、魯、衛、毛、聃、郜、雍、曹、滕、畢、原、酆、郇，文之昭也。」杜預注：「十六國，皆文王子也。」此以郕霍代指道王，謂其爲皇帝至親（道王元慶，乃高宗之叔）。

〔二〕「地居」句，鄭國先居周之京兆（舊鄭），後遷至新鄭。道王李元慶貞觀十年（六三六）授豫州刺史（見前注），其地即周之鄭國，故云。

〔三〕「人物」二句，會同，此指匯聚。兩句謂當年道王府聚集着大量人才，詩歌創作極爲活躍。

〔四〕「設官」二句，分，原作「外」，據四子集、全唐文改。周禮天官冢宰：「體國經野，設官分職。」鄭玄注：「鄭司農云：置冢宰、司徒、宗伯、司馬、司寇、司空，各有所職而百事舉。」兩句謂奉天子之命，授宇文珽道王府參軍，兼鄭州參軍事。詳本文前注。

〔五〕「參卿」句，參卿，即參卿軍事，見本文前注。軍，英華校：「集作改。」誤。

江漢之表〔一〕，河汾之都〔二〕。禮優懸榻〔三〕，任重前驅〔四〕。六璽爲貴，皇天降符〔五〕。九州爲廣，益地開圖〔六〕。其五

【箋　注】

〔一〕「江漢」句，江漢，指今四川北部、甘肅南部一帶，古以爲長江、漢水發源地，詳前遂州長江縣先

聖孔子廟堂碑注。此代指蜀，實指遂州，謂宇文珽任道王府參軍兼鄭州參軍軍秩滿後，授遂州司户參軍而入蜀，詳本文前注。

〔二〕「河汾」句，河汾，即黄河、汾水，代指晉。史記晉世家：「（成王）於是遂封叔虞於唐，唐在河汾之東，方百里。」指宇文珽除晉州司馬、尋遷長史事，見本文前注。

〔三〕「禮優」句，後漢書陳蕃傳：「陳蕃，字仲舉，汝南平輿人也。……遷爲樂安太守。時李膺爲青州刺史，名有威政，屬城聞風，皆自引去，蕃獨以清績留。郡人周璆，高潔之士，前後郡守招命莫肯至，唯蕃能致焉。字而不名，特爲置一榻，去則縣之。」

〔四〕「任重」句，驅，原作「樞」，英華校：「集作驅。」是，據改。詩經衛風伯兮：「伯也執殳，爲王前驅。」

〔五〕「六璽」二句，晉書輿服志：「乘輿六璽，秦制也，曰『皇帝行璽』、『皇帝之璽』、『皇帝信璽』、『天子行璽』、『天子之璽』、『天子信璽』。漢遵秦不改。」六璽代指皇權。皇天，即天；符，指符命。二句謂唐王朝皇權乃天授，宇文珽爲之守土，實乃禮優任重。

〔六〕「九州」二句，九州，代指全國。益地，傳説西王母嘗授帝舜益地圖，見前少室山少姨廟碑銘詞「王母益地」句注引藝文類聚。二句謂朝廷得宇文珽，有如得益地圖。

平陽土守〔一〕，下部風俗〔二〕。秦晉閭閻，山河軌躅〔三〕。緹油之化〔四〕，海沂之曲〔五〕。始聽雞晨〔六〕，行復驥足〔七〕。其六

【箋注】

〔一〕「平陽」句，平陽，即晉州。史記五帝本紀「帝堯者」句正義引括地志云：「今晉州所理平陽故城是也。平陽河水，一名晉水也。」地即今山西太原。指宇文珽爲晉州司馬遷長史事。

〔二〕「下部」句，部，轄地。風，教化。謂宇文珽到所部敦勵風俗。

〔三〕「秦晉」二句，謂秦、晉閭閻山河相連。文選班固西都賦：「内則街衢洞達，閭閻且千。」李善注引字林曰：「閭，里門也；閻，里中門也。」張衡南都賦：「外則軌躅八達，里閈對出。」按：此以秦指同州，謂宇文珽由晉州長史遷同州長史。元和郡縣志卷二同州：「本大荔戎國，秦獲之，更名曰臨晉。」

〔四〕「緹油」句，謂以緹油屏泥於別駕、主簿軾前，以章有德，事見本文前注。

〔五〕「海沂」句，王祥爲別駕，討破寇盜，時人歌之曰：「海沂之康，實賴王祥。」見本文前注。此以王祥喻宇文珽。曲，英華作「典」，誤。

〔六〕「始聽」句，晉書祖逖傳：「祖逖，字士稚，范陽遒人也。……與司空劉琨俱爲司州主簿，情好綢繆，共被同寢。中夜聞荒雞鳴，蹴琨覺，曰：『此非惡聲也。』因起舞。」

〔七〕「行復」句，三國志蜀書龐統傳：「龐士元（統）非百里才也，使處治中、別駕之任，始當展其驥足耳。」以上兩句，謂宇文珽勤於王事，正施展其治政才能。

龜長筮短〔一〕，吉往凶來。賓朋永訣，徒御相哀。華館無家，玄堂不開〔二〕。青龍水曲〔三〕，白馬車迴〔四〕。其七

【箋　注】

〔一〕「龜長」句，左傳僖公四年：「初，晉獻公欲以驪姬爲夫人，卜之不吉，筮之吉。公曰：『從筮。』卜人曰：『筮短龜長，不如從長。』」杜預注：「物生而後有象，象而後有滋，滋而後有數。龜象筮數，故象長數短。」此謂世事難料。

〔二〕「華館」二句，家，英華校：「集作象。」全唐文作「象」。按：似當作「家」。無家，謂已與家永别。玄堂，指墓室。

〔三〕「青龍」句，青龍，疑爲葬地鄭縣安樂鄉之水名。

〔四〕「白馬」句，白馬，即素車白馬，指喪車，見前注引范巨卿事。

漠漠古墓，摵摵寒桐〔一〕。郭門之路，平林之東〔二〕。天光少日，地氣多風。凡生物而必死〔三〕，唯君令始而善終〔四〕。其八

【箋注】

〔一〕「摵摵」句，原在「郭門」句之下，不押韻，據全唐文乙。摵摵，文選盧諶時興詩：「凝霜沾蔓草，悲風振林薄。摵摵芳葉零，橤橤芬華落。」呂延濟注：「摵摵，葉落聲也。」墓主葬於永淳元年十月，故稱「寒桐」。

〔二〕「郭門」二句，郭門，當指華州城門。出郭門，經平林而向東，言墓地之所在。

〔三〕「凡生物」句，揚子法言君子篇：「有生者必有死，有始者必有終，自然之道也。」又陶淵明擬挽歌辭其一：「有生必有死，早終非命促。」

〔四〕「唯君」句，文選嵇康琴賦：「既豐贍以多姿，又善始而令終。」李善注引毛詩（見大雅既醉）曰：「『高朗令終。』鄭玄箋：令，善也。」張銑注：「善始令終，謂終始皆美也。」善，英華校：「集作令。」當誤。